Henry Brodersen

Die Masken

Reisende zwischen den Welten

Buch IV

Deutschsprachige Erstausgabe Januar 2024

Henry Brodersen
Seifensiederweg 38
59494 Soest
henry_brodersen@web.de

Cover und Gestaltung: Wolkenart Media Design, Borken
www.wolkenart.com
Karten erstellt mit Campaign Cartographer 3+
https://www.profantasy.com/default.asp
ISBN: 9798877666047

Für Titus, dem ebenfalls nichts anderes übrigbleibt, als irgendwann durch das Portal zu springen und mitzureisen.

Was bisher geschah:

– DAS PORTAL –

Eines Nachts springt die Lunata Decora Nubigena auf der Flucht vor dem mysteriösen Zauberer Trucido durch ein Portal zum Studenten Finn Ritter. Sie entkommen knapp Trucidos Kelpen, landen dabei aber in der ihnen beiden unbekannten Welt Telluriscor. Die Suche nach einem Portal zurück nach Hause ist schwierig, aber sie finden Hilfe beim Bacariten Raukelunk und dem Gwilling Woti. In der Hauptstadt werden sie zunächst eingesperrt, aber König Renkeja von Weit-Alon interessiert sich sehr für den neuen Portalzauber. Er schickt die Reisenden zusammen mit der Sonnenfeder Veda und seinem Sohn, Prinz Kiran, nach Osten, um das Portal-Geheimnis zu lüften. Zuletzt aber entscheidet sich die ungleiche Truppe gegen eine Rückkehr zum König und flieht aus dem Spiegelkabinett des Fichtan-Tempels zu Finns Eltern auf die Erde …

Was bisher geschah:

– Der Baum im Meer –

Auf der Erde ist nichts mehr wie zuvor: Selbst Finns Elternhaus wird vom Nachrichtendienst überwacht. Ein Versteck muss her: Die Unerreichbare Festung auf Aethra bietet die ideale Basis. Von dort teilen sich die Reisenden auf. Finn und Raukelunk entdecken in den Sternenhallen Trucidos Blutbücher und können so die Vergangenheit des Zauberers entschlüsseln. Decora, Kiran und Woti begeben sich derweil in Celsa-Stadt auf die Suche nach einem Widerstand. Woti opfert sich für das Gelingen ihrer Suche, dann haben Zwergenbotschafter Melvin Flinkfuß und die Piratencrew von Flacka Seeschwalbe eine Idee: Vielleicht können sie den Stadtbaum finden, jenen sagenumwobenen Ort, an dem Trucido die Seepferde in Kelpen verwandelt hat. Auf dem Großen Meer kommt es zum Showdown – während die Hälfte der Truppe das Seeungeheuer Gilgathan von der Feuerente weglockt, schafft es Raukelunk, die Kelpen verwundbar zu machen. Vom sterbenden Stadtbaum aus nehmen die Reisenden ihr letztes Portal zu Kirans Vater, König Renkeja von Weit-Alon …

Was bisher geschah:

– Der Dritte Engel –

Das große Chaos beginnt schon bei der Ankunft der Reisenden: Kronprinzessin Idisi Siristochter entführt Finn, weil er als Nicht-Telluriscorianer die Insel der Engel betreten kann. Zusammen begeben sie sich auf eine Odyssee durch den verschneiten Norden des Kontinents, ständig verfolgt von Idisis böser Großmutter Hildir. Auch der Rest der Truppe hat Pech. König Renkeja versucht mit Lügen und Intrigen, seinen Sohn und Decora für seine Allmachtsfantasien einzuspannen. Doch er hat die Rechnung ohne die Piraten und Raukelunk gemacht! Sie erreichen den Robenwald und die darin verborgenen Portalscherben-Vorräte vor den Königstruppen und befreien ihre Freunde. Kiran versteht nun endlich, wie es um die wahre Natur seines Vaters bestellt ist und wendet sich gegen ihn. In der Schlacht am Hirschkopf rettet Finn als Dritter Engel die Königsheere des Nordens und Weit-Alons, bevor sie sich gegenseitig niedermachen. Aber zu einem hohen Preis: In seiner durch den Engelszauber verstärkten Eifersucht tötet er beinahe Kiran. Seine Beziehung zu Decora liegt in Scherben. Idisi ist verletzt und Hildir und Renkeja gelingt mit dem Gwilling-Sekretär Bratuck die Flucht in letzter Sekunde. Haben die Reisenden nun endlich die ersehnten Soldatinnen und Soldaten zum Kampf gegen Trucido? Können sie Liebe, Politik und Krieg trennen? Und wer ist die mysteriöse Person, die ganz zum Schluss durch ein Portal zwischen Finn, Decora und Kiran fällt?

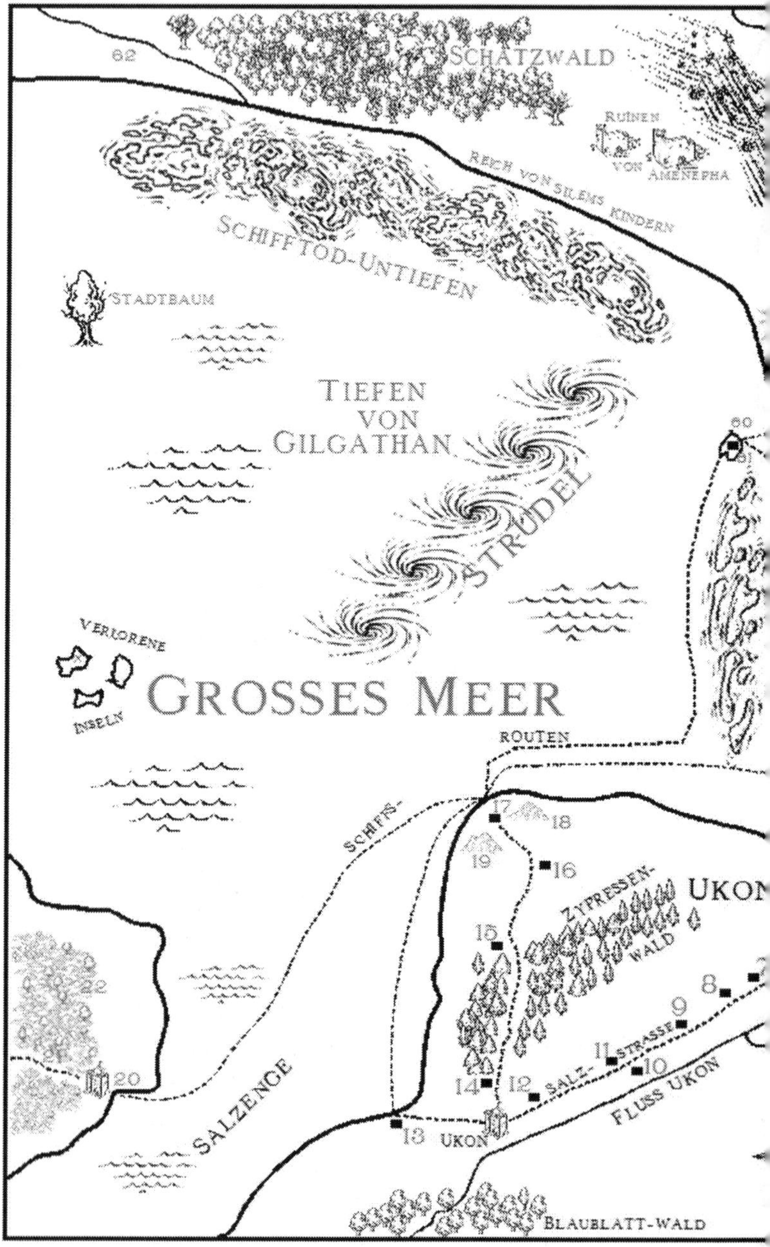

62
SCHATZWALD
RUINEN
VON
AMENEPHA
REICH VON SILEMS KINDERN
SCHIFFTOD-UNTIEFEN
STADTBAUM
TIEFEN
VON
GILGATHAN
STRUDEL
60
61
VERLORENE
INSELN
GROSSES MEER
ROUTEN
SCHIFFS-
17
18
19
16
ZYPRESSEN-
WALD
UKON
15
22
8
9
11
SALZ-
STRASSE
10
20
SALZENGE
14
12
FLUSS UKON
13
UKON
BLAUBLATT-WALD

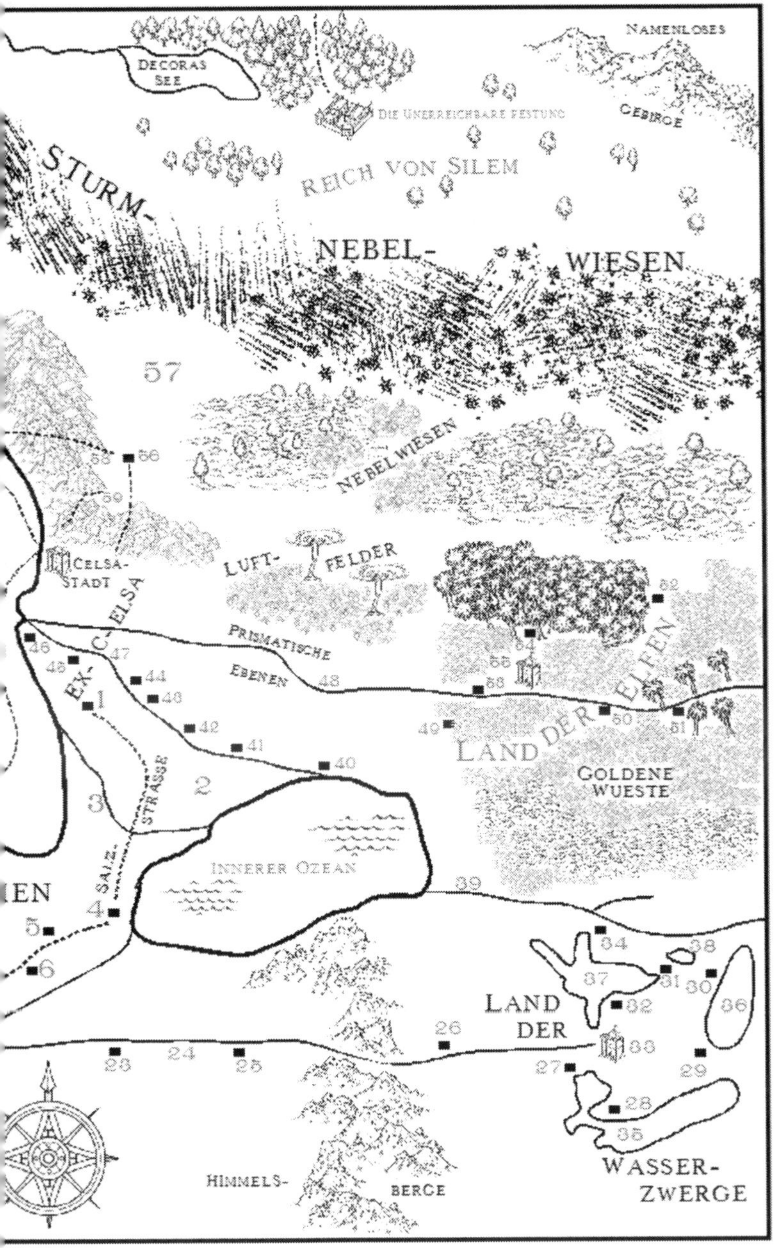
NAMENLOSES
GEBIRGE
DECORAS
SEE
DIE UNERREICHBARE FESTUNG
REICH VON SILEM
STURM-
NEBEL-
WIESEN
57
NEBELWIESEN
55
56
59
CELSA-
STADT
LUFT-
FELDER
PRISMATISCHE
EBENEN
EX-CELSA
STRASSE
52
54
55
53
48
46
45
47
44
43
1
42
41
40
49
50
51
LAND DER ELFEN
GOLDENE
WUESTE
2
3
INNERER OZEAN
SALZ-
39
IEN
4
5
6
34
38
37
31
30
32
36
LAND
DER
33
29
27
26
23
24
25
28
35
WASSER-
ZWERGE
HIMMELS-
BERGE

Legende Aethra

1	Wolkenstadt	18	Das Auge der Ewigkeit
2	Verregnete Weiten	19	Sternenschnitter
3	Blaue Schlange	20	Schwarzhaupt
4	Hal	21	Asterweg
5	Exukon	22	Alte Sümpfe
6	Nelopia	23	Nemesia
7	Eunonia	24	Friedensfluss
8	Sapphonia	25	Delia
9	Ropia	26	Lakonia
10	Monophtalmia	27	Unterlingen
11	Berenikia	28	Erisegge
12	Außenposten von Ukon	29	Silz Uderns
13	Inukon	30	Ostrach
14	Laodamia	31	Troheim
15	Phaedronia	32	Aquabrix
16	Didonia	33	Harandol
17	Ariadnia	34	Hohentingen

35 Südsee
36 Hinkelstein
37 Blauer Stern
38 Kleiner Komet
39 Zwergenwall
40 Nag
41 Kuul
42 Narkul
43 Mem
44 Ula
45 Lem
46 Sel
47 Kleine Schwester
48 Oberer Fluss
49 Disechir
50 Had Rouel
51 Dagmothar
52 Kercherai
53 Haibibi
54 Dimakisda
55 M'hidi Stadt
56 Lithumbra
57 Felder des ewigen Frühlings
58 Korallenweg
59 Geheimweg im Gebirge
60 Radia
61 Koralleninsel
62 Der endlose Fluss

WEISSE EBENEN
MEER DER MITTE
NIEMAN-DEN
MELAQUA-HALBINSEL
KÜHLBLICKS MARSCH
SIEBEN-BROT-FELDER
SÜDERNIS ↓

96
GROSSE
WÜSTE
47
48
49
50
51
52
53
55
54
61
56
57
58
59
AERUGO →
60
42
45
44
46
40
43
41
SCHWARZER
OZEAN
LAND
IDE-
34
35
39
32
33
31
36
30
37
38
KANAL
62
69
68
67
SCHWARZER
63
64
65
66
ATRAMENTA

Legende Telluriscor

1	Lampignon-Wald	28	Siebenschneider
2	Wandernder Wald	29	Elrister Wald
3	Emara	30	Gelbes Gebirge
4	Abessa	31	Topalion (Gelber Fluss)
5	Weit-Alon	32	Radiant
6	Alon	33	Edelsteinsee
7	Sichelsee	34	Rubinion (Roter Fluss)
8	Hügelwald	35	Onyxion (Schwarzer Fluss)
9	Bannwand	36	Jaderia (Grüner Fluss)
10	Siebenstadt	37	Glimmweiher
11	Alreden	38	Robenwald
12	Die Zwille	39	Dunkelfeld
13	Grenzgebirge	40	Westliche Wachpostenruine
14	Wald von Grinn	41	Östliche Wachpostenruine
15	Grinns Peitsche	42	Bergschattenruinen
16	Grinns Tränke	43	Südpassage
17	Grinningen	44	Alte Schneise
18	Freundlicher Wald	45	Nordpassage
19	Tript	46	Verbundgebirge
20	Talira	47	Mehrunes
21	Wachposten	48	Blaue Schlange
22	Totenstiege	49	Dargon
23	Hirschkopf	50	Kristasand
24	Elrist	51	Sikition, die Treppenstadt
25	Kant	52	Dagonth
26	Kronenlaub	53	Ur
27	Meran	54	Molak

55 Wüstennatter
56 Falsche Oase
57 Livor
58 Anguin
59 Serpin
60 Bal
61 Dschungel von Aerugo
62 Atra
63 Tausendrauchhöhen
64 Dunkelwindsäulen
65 Atrum
66 Ater
67 Ostblick
68 Vergessene Totenkammern
69 Fichtan-Tempel
70 Monkuhn
71 Böhn
72 Orrast
73 Diamon
74 Glaswälder
75 Raureifebene
76 Flockenfeld
77 Schollenmeer
78 Windingen
79 Kalthagen
80 Frosthagen
81 Eishagen
82 Zitterberge
83 Diamantenstadt
84 Schneegebirge
85 Windholz
86 Nebelfluss
87 Katalon
88 Bleicher See
89 Schorfeulenberge
90 Klirrspitzen
91 Erilja
92 Unda-Ren
93 Piratenküste
94 Insel der Engel
95 Grosse Strudel
96 Lange Strudel
97 Meerkerbe
98 Fannstadt
99 Aigoras
100 Eskouver
101 Küstenholz
102 Korallig
103 Adamas
104 Saphiria (Blaue Insel)

36
WEISSE EBENEN
37
34
35
NIEMAN- DEN
ERILJA
N
HERZHOLZ
WINTERSTERN
GABELUNG
AM KATALON
23
LAGUNEN
21 EISINSEL
20
22
19
SCHOLLENMEER
17
24
25
14
16
13
15
18
12
KÜHLBLICKS MARSCH
11
SIEBEN

INSEL DER
ENGEL
40
MEER DER MITTE
38
PIRATENROUTE
33
39
30
MEERKERBE
ROUTE
SCHIFFS-
32
31
29
HANDELS-
27
SAPHIRIA
28
MELAQUA-
HALBINSEL
26
LAN
HEIDE-
7
8
9
3
2
5
6
4
10
1

Legende Telluriscorianischer Nordosten

1	Elrist
2	Kant
3	Kronenlaub
4	Topalion (Gelber Fluss)
5	Radiant
6	Edelsteinsee
7	Rubinion (Roter Fluss)
8	Onyxion (Schwarzer Fluss)
9	Meran
10	Siebenschneider
11	Grenzgebirge
12	Windholz
13	Schneegebirge
14	Windingen
15	Monkuhn
16	Böhn
17	Orrast
18	Diamon
19	Kalthagen
20	Frosthagen
21	Eishagen
22	Zitterberge
23	Diamantenstadt
24	Flockenfeld
25	Raureifebene
26	Glaswälder
27	Adamas
28	Korallig
29	Küstenholz
30	Fannstadt
31	Eskouver
32	Aigoras
33	Unda-Ren
34	Nebelfluss
35	Bleicher See
36	Schorfeulenberge
37	Klirrspitzen
38	Piratenküste
39	Grosse Strudel
40	Lange Strudel

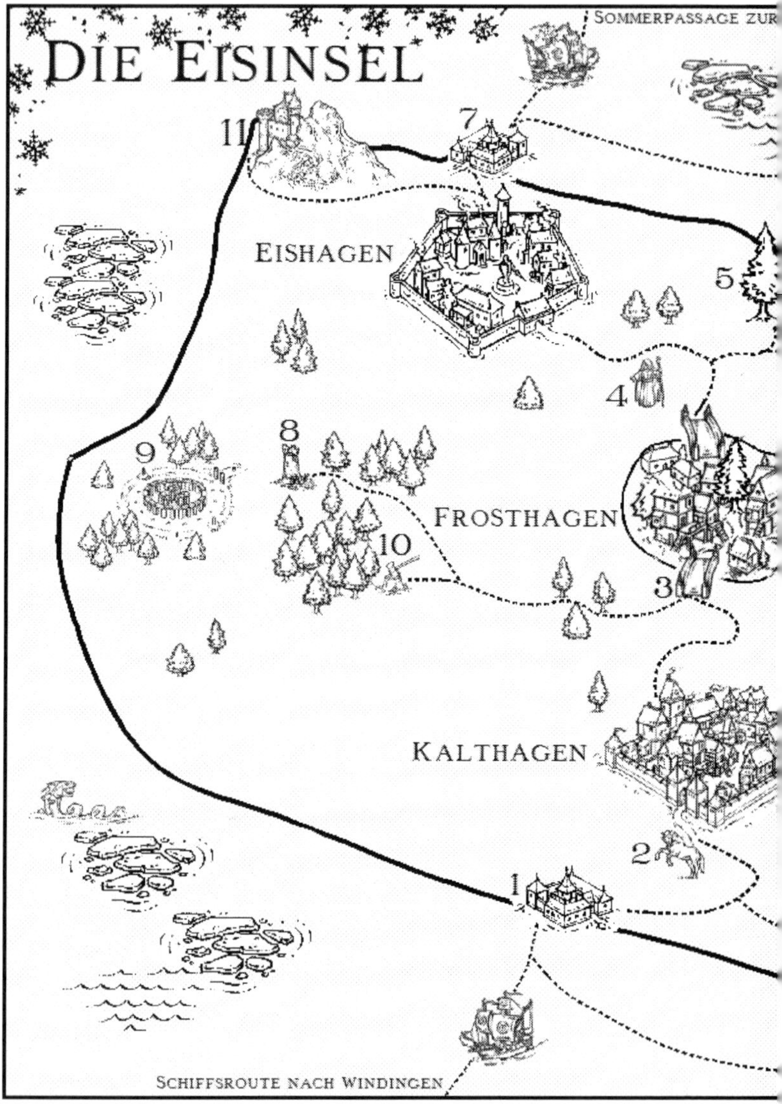

DIE EISINSEL
SOMMERPASSAGE ZUR
11
7
EISHAGEN
5
4
8
9
FROSTHAGEN
10
3
KALTHAGEN
2
1
SCHIFFSROUTE NACH WINDINGEN

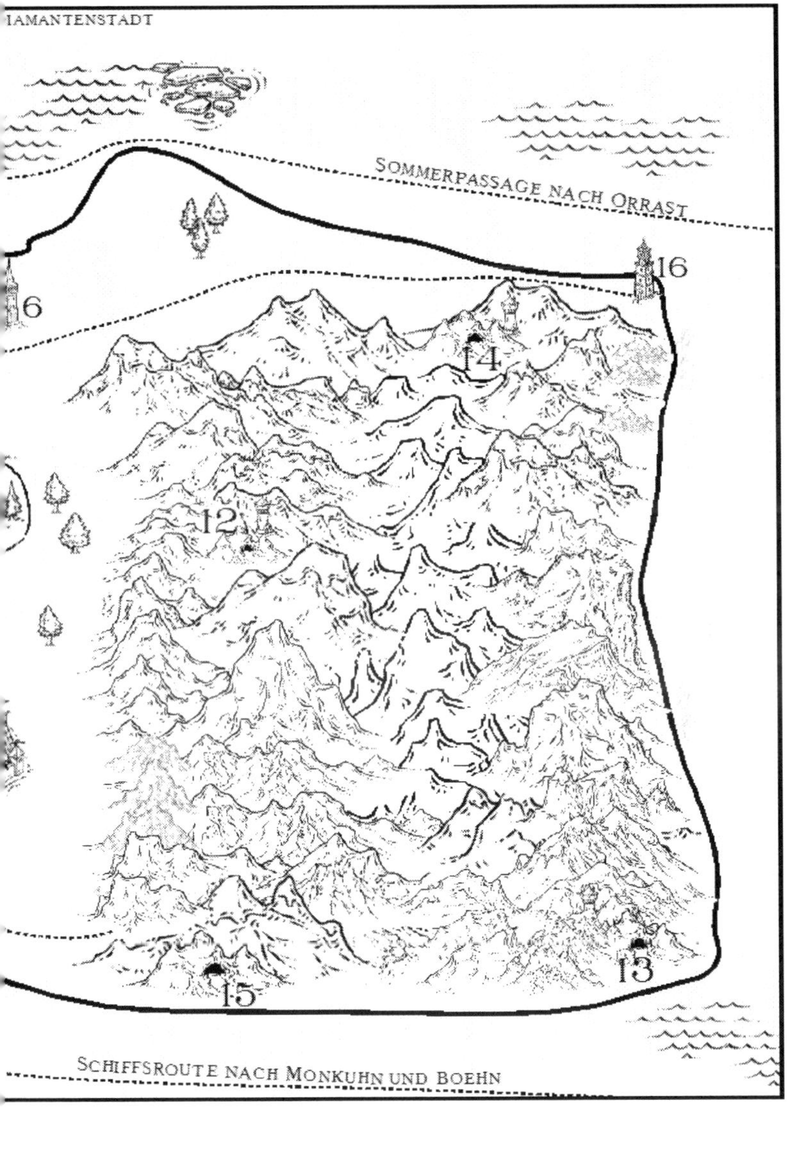

IAMANTENSTADT
SOMMERPASSAGE NACH ORRAST
16
6
14
12
13
15
SCHIFFSROUTE NACH MONKUHN UND BOEHN

LEGENDE EISINSEL

1	Hafen von Kalthagen
2	Stallungen
3	Brücke vor Frosthagen
4	Statue der Brisi von Böhn
5	Großmutterbaum
6	Schrein der Eule
7	Hafen von Eishagen
8	Turm von Ulf dem Frostienreiter
9	Klimperfeld
10	Hörnchenhain der Waldarbeiter
11	Burg und Turm der Familie von Böhn
12	Erste vergessene Höhle
13	Zweite vergessene Höhle
14	Letzte vergessene Höhle
15	Geheime Passage nach Kalthagen
16	Leuchtturm der Monkuhn-Sommerpassage

1. Teil – Celsa-Stadt im Krieg

Die Ente und das Ungeheuer

Die Feuerente raste nach Osten. Der Mond stand noch am Himmel, aber man hätte den Eindruck gewinnen können, dass die kleine Crew des Schiffes die Küste erreichen wollte, noch bevor die ersten Sonnenstrahlen auf das Große Meer fielen. Doch das war ganz und gar unmöglich.

Die Ente fuhr mitten im Nirgendwo zwischen den gewaltigen Strudeln und dem, was an Unerforschtem westlich davon lag. Selbst bei diesem Tempo hätte es Tage gedauert, auf die ersten Ausläufer Excelsas zu stoßen. Aber das war auch gar nicht der Plan. Die Ente, die schon bessere Tage gesehen hatte – sie war an der Steuerbordseite aufgerissen und an Deck herrschte ein heilloses Durcheinander – lockte etwas hinter sich her.

Gilgathan, die Meereskatze, verfolgte das Schiff unbarmherzig. Die auf der Ente Verbliebenen hatten Gilgathan außer Reichweite ihrer Freude gelockt. Decoras Winde hatten sie dabei nicht im Stich gelassen. Doch das wütende Ungeheuer ließ sich nicht mehr abschütteln. Vielleicht reichten die Winde aus, um noch eine kleine Weile weiterzufliehen. Aber irgendwann würde Schluss sein.

Gilgathans Pfeifen hallte mit dem Ostwind über das Wasser. Ihre glitschigen Haare schimmerten violett und ihre fauligen Zähne leuchteten pechschwarz im letzten Mondlicht. Wieder hatte sie ein Stück gutgemacht. Sie kam der Ente näher, egal, ob diese das schnellste Schiff weit und breit war oder von der berüchtigtsten Piratin Aethras gesteuert wurde.

»Es macht keinen Sinn mehr!«

Eine Stimme durchbrach die letzten Züge der Nacht.

»Wir können nicht ewig fliehen! Ich sage es nur ungern, aber wir müssen kämpfen.«

Die Stimme lachte bitter und es lag wenig Hoffnung in ihr.

Die Stimme gehörte Flacka Seeschwalbe.

Hinter der Ente tat sich das Meer auf. Aus dem Wasser sprang Gilgathan, lag waagerecht über der Wasseroberfläche und platschte zurück in die Tiefe. Im Sprung war sie noch näher gekommen. Aufspritzende Gischt schlug in die Segel der Ente und brachte das Schiff in Schieflage. An Deck stand das Wasser knöchelhoch zwischen den kaputten Kisten und zerrissenen Tauen, die die Katze nach ihrem ersten Angriff hinterlassen hatte.

»Na endlich!«, rief es aus der Takelage. »Endlich gibst du die richtigen Befehle. Zeigen wir unserer neuen Freundin, aus welchem Holz wir geschnitzt sind! Denn wenn wir bis Sonnenaufgang warten, dann sehen wir am Ende noch, wie hässlich dieses Mistvieh in Wirklichkeit ist!«

Aus einem Umhängebeutel, der an Seite der jungen Wasserzwergin Lilli baumelte, leuchtete es durch den Stoff bläulich.

Flacka erwiderte nichts. Sie verzog ihr Gesicht. Irgendwann würde Lillis Impulsivität ihr zum Verhängnis werden. Die Kapitänin hatte sich schon lange nichts mehr gewünscht. Doch seit sie Decora und die Reisenden getroffen hatte, hatte es doch wieder einen Wunsch gegeben: Sie wollte, dass ihre Crew, die einzige Familie, die sie hatte, das Ende dieser Geschichte miterlebte. Vielleicht konnten sie Trucido doch noch besiegen. Es gab Dinge im Leben, für die es sich lohnte, zu den Siegern zu gehören. Die Zukunft gehörte natürlich den jungen Abenteurern ihrer Crew. Aber vielleicht auch noch ein wenig dem alten, sturen Melvin, dessen blauer Bart so verdammt gut aussah. Und ihr selbst. Doch dazu musste erst das Problem mit Gilgathan gelöst werden.

»Was ist der Plan, Flacka?«

Bekassine, die Elfe, mühte sich damit ab, kaputten Ballast abzuwerfen. Die Ente musste noch schneller werden. Flacka sah, wie die Flügelfarbe Bekassines im Sekundentakt von Schwarz zu Grün und zu Blau wechselte. Hoffentlich war sie in Gedanken nicht nur bei Vanell!

»Du machst weiter, Bekassine!«, ordnete sie an.

Sie beobachtete das Flügelleuchten in der Dunkelheit. Was hatten diese verdammten Männer doch für ein unrühmliches Talent, ihnen genau dann im Kopf herumzuspuken, wenn man es so gar nicht gebrauchen konnte!

Mit einer Hand am Steuerrad drehte sie sich zu ihrer Verfolgerin um. Sie brauchten endlich eine Lösung!

»Du verdammtes, hartnäckiges Biest!«

»Hier, Lilli! Fang!«

Charadri, der eigentlich der Schiffskoch war, warf der Wasserzwergin ein Tauende zu. »Binde das irgendwo an, oder wir haben die längste Zeit eine Fock gehabt!«

»Wir brauchen keine Fock! Nur, wenn wir noch weiter davonsegeln wollen wie Feiglinge!«, entgegnete Lilli. Trotzdem band sie das Tau so gut wie möglich fest.

»Also, Flacka, was ist jetzt?« Sie rief ihrer Kapitänin durch das Platschen des Wassers zu. »In ein paar Minuten hat uns dieses verdammte Monster das Heck abgebissen!«

Flacka konnte es nicht sehen, aber sie wusste auch so, wie angriffslustig Lillis Augen loderten. Kämpfen oder Untergang – im wahrsten Sinne des Wortes. Oder beides. Doch noch zögerte Flacka. Sie mussten überlegt handeln. Denn wenn sie überhaupt eine Chance hatten, dann war sie winzig. Flacka packte das Steuerrad, dass das Holz knarrte. War sie schon so lange einem Kampf auf hoher See ferngeblieben, dass sie gar nicht mehr wusste, was in einem solchen Falle zu tun war? Was würde Melvin ihr raten? Sie schob die Gedanken an den Zwerg gewaltsam davon. Verflucht, sie brauchten die Flacka Seeschwalbe von früher! Die kühne Piratin aus den Seeräuberliedern, vor der alle Welt zusammengezuckt war, selbst in den dunkelsten und dreckigsten Spelunken!

»Ich weiß nicht, wie lange es die Segel bei diesem Kurs noch machen!«, rief Charadri. »Uns fehlen Taue! Wenn nur noch ein paar reißen …«

Charadris Gesicht war angstverzerrt. Flacka kannte ihn gut. Er kämpfte nicht gerne. Jedes Fauchen und Pfeifen Gilgathans ließ Übelkeit in ihm aufsteigen.

Die Planken der Ente bogen sich durch, als ein gewaltiger Stoß von unten das Schiff erschütterte. Charadri schleuderte es vornüber. Im Flug stieß er mit dem Kopf gegen den Mastbaum, fiel, krallte sich am Boden aber irgendwie an einer verkeilten Kiste fest. Auch Lilli verlor das Gleichgewicht. Sie stürzte von dem Seil, auf dem sie balancierte. Selbst Flacka riss es von den Füßen. Sie hängte sich ans Steuerrad und krachte nach einer halben Drehung mit dem Rücken gegen das querverstrebte Holz.

»Verflucht!«

Durch das spritzende Wasser und die Dunkelheit konnte sie zu wenig erkennen. Bekassine flog zu ihr hinauf und half ihr hoch.

»Lilli, was ist mit deinen Granaten!«, rief die Elfe in die Richtung, wo sie die Wasserzwergin vermutete. Dann wandte sie sich wieder ihrer Kapitänin zu. Aber Flacka schüttelte entschieden den Kopf.

»Zu gefährlich!«, erklärte sie. »Lilli, hörst du mich? Das ist zu gefährlich!«

»*Zu gefährlich*? Willst du mich auf den Arm nehmen? Wofür haben Melvin und ich die Dinger gebaut? Wir haben doch gar keinen anderen Plan!« Prompt kam Lillis aufgebrachte Stimme von irgendwo an Deck.

Die Worte der Zwergin trafen Flacka mitten ins Herz. Es stimmte. Sie hatten keinen anderen Plan. Obwohl es ihre Aufgabe war, immer einen parat zu haben.

Sie zögerte noch einen Herzschlag, dann rief sie mit schlechtem Gewissen: »Aber die Granaten dürfen nicht die Ente treffen. Wenn Gilgathan zu nah ist, dann …«

»Ich bin ja nicht blöd! Aber wenn ich noch länger warte, dann werden wir so oder so zerfetzt!«

Jetzt konnte Flacka Lilli wieder sehen. Sie hatte sich ganz in Charadris Nähe wieder aufgerichtet und suchte entschlossen das Meer nach Zeichen ihrer Verfolgerin ab. Die Ente hatte sich wieder beruhigt. Gilgathan hatte sich nach dem Stoß zurückgezogen. Aber sie verloren Geschwindigkeit und ihre Verfolgerin würde bald den nächsten Angriff starten. Sie saßen auf dem Präsentierteller. Die Katze musste nur noch ein letztes Mal zuschlagen.

»Sei vorsichtig«, murmelte Flacka.

»Dort!«, schrie Charadri. Auch der Schiffskoch stand wieder auf beiden Füßen. Er zeigte nach Süden. »Wenn sie uns von der Seite erwischt, dann schlägt sie ein Loch in den Rumpf!«

»Na warte, du Mistvieh!«

Schon leuchteten zwei Donnersteingranaten in Lillis Händen. In den dickwandigen, gläsernen Halbkugeln, die mit Lederriemen aneinandergezurrt waren, schwappte munter eine blaue Flüssigkeit. In einer zweiten Kammer befand sich Schießpulver.

»Hoffentlich zerbricht das Glas zwischen den Kammern«, zischte sie und stellte sich in das Loch in der Reling, wo Gilgathan sich zuvor hochgezogen hatte.

Mit rasendem Tempo kam die Katze auf sie zu.

»Nördlicher Kurs!«, schrie Flacka. »Sonst kriegt sie uns in der vollen Breitseite! Halt dich fest, Lilli!«

»Nein! Genau so bleiben! Kurs halten!«

Die Zwergin winkte Charadri näher zu sich. »Halt mich fest, damit ich nicht abrutsche.«

Er ließ sich nicht zweimal bitten. Auch wenn er Angst hatte – ein Feigling war er mitnichten.

Flink umfasste er Lillis Taille und verhakte sich mit dem rechten Fuß in einem der abgerissenen Taue, die von oben aus der Takelage hingen.

Gilgathans Kopf erhob sich aus dem Meer. Die ersten Sonnenstrahlen fielen von Osten auf die Wasseroberfläche. Das Licht fluoreszierte an ihren

Schwimmhäuten und ließ ihre Augen unheilvoll glühen. Doch sie wurde geblendet und kniff die Augen noch mehr zu Schlitzen zusammen.

»So ist es richtig!«

Lilli machte sich bereit.

»Noch ein kleines Stückchen!«

Und Gilgathan kam. Sie setzte zum Sprung an. Ein Zusammenprall würde die Ente einfach auseinanderreißen. Die Haare der Katze standen wie das verquere Geäst unterseeischer Pflanzen in alle Richtungen ab. Und dann katapultierte sie sich mit einem ohrenbetäubenden Fauchen aus dem Wasser und flog der Ente entgegen.

Lilli lächelte und warf zwei Granaten. Das Wasser türmte sich auf und nahm Flacka die Sicht. Durch den Wasserschwall bahnte sich ein gleißend heller, blauweißer Blitz. Der Granatendonner war gewaltig. Zwei Explosionen drückten die Ente in Querlage und fegten Flacka von ihren Füßen.

Flacka schlug in den Aufenthaltsraum ein und riss ein Loch in dessen Wand. Holzsplitter flogen und abgerissene Taue verwandelten sich in Peitschen. Zwischen dem Dröhnen und Donnern war der durchdringende Pfiff Gilgathans zu vernehmen. Dann erlosch der Blitz, die Ente stellte sich ächzend wieder gerade und die Wasserfontänen prasselten zurück ins Meer. Es war wieder still.

»Ist es vorbei?«, flüsterte Charadri. Er half Lilli auf die Beine. Dann vergewisserte er sich, dass die Zwergin keine offenen Wunden hatte. »Bekassine, was ist mit dir? Kannst du etwas sehen? Wo bist du? Wir müssen Flacka da raus holen.«

Er bekam keine Antwort. Plötzlich bemerkte er, wie grüngraues Blut auf ihn herab tropfte. Die Elfe war in der Takelage über ihm verfangen. Zwei ihrer rechten Flügel, aus denen das Blut kam, waren völlig verdreht. Auch ihr rechtes Bein war am Kniegelenk nach außen gebogen. Ihre Augen waren geschlossen.

»Bekassine!«

Er konnte wirklich nicht einschätzen, ob die Elfe noch lebte.

Holz zerbrach und Flacka fiel mit der losen Tür des Aufenthaltsraumes aufs Deck. Ihr Blick erstarrte, denn auch sie hatte Bekassine gesehen. Die Kapitänin blutete aus vielen kleinen und größeren Wunden, stemmte sich auf, atmete schwer, schaffte es aber, sich ganz aufzurichten und zu Bekassines Mastbaum zu wanken. Ungeachtet ihrer Verletzungen sprang sie in einem einzigen Satz nach oben, erreichte das Tau neben der Elfe und zog sich hoch. Eilig löste sie Bekassine aus den Seilen, legte sie über ihre Schulter und kletterte einarmig nach unten. Dumpf schlug sie mit den Stiefeln auf das tropfnasse Deck und legte Bekassine vorsichtig ab.

»Lebt sie noch?«, flüsterte Lilli.

Keiner beobachtete mehr das Meer.

Atemlos beugte sich Flacka über sie. »Ihr Herz schlägt noch. Und sie atmet. Bekassine! Kannst du mich hören?«

Die Elfe antwortete nicht. Doch dafür bekam Flacka ein anderes Lebenszeichen. Charadri zuckte zusammen, als er Gilgathans wütendes Fauchen vernahm.

Etwa einhundert Meter weit draußen hielt die Bestie auf sie zu. Dunkelrotes, fast schwarzes Blut färbte das Wasser. Sie hatte zumindest etwas abgekriegt. Aber unglücklicherweise war sie jetzt *wirklich* wütend. In ihren Augenschlitzen waren Mordlust und Wahnsinn zu erkennen. Dieser Angriff war kein Spiel mehr.

Lilli schleuderte die nächste Granate. Doch sie verfehlte ihr Ziel. Gilgathan war zu weit entfernt. Beim Eintritt in das Wasser explodierte das Geschoss. Wieder erbebte das Schiff, doch weniger heftig als beim ersten Mal.

»Wie kann dieses Vieh überlebt haben?«, rief sie entsetzt. »Die ersten Granaten haben sie getroffen! Müssen wir wirklich auf ein Seemonster treffen, das nicht nur böse und verdammt widerlich ist, sondern auch noch zäh wie dein Essen, Charadri?«

»Immerhin blutet sie«, stellte der Koch fest. Kalter Schweiß stand ihm auf der Stirn. Wahrscheinlich hatte er Lillis Witz nicht einmal wahrgenommen.

Gilgathan hatte abgedreht und näherte sich nun in einem weiten Bogen von Südosten. Die Hälfte ihres Körpers ragte aus dem Wasser.

»Wir können sie mit den Granaten weiter auf Distanz halten!«, sagte Flacka.

»Aber wie lange noch?«, stieß Lilli hervor. »Wir müssen sie töten! Bei einem Angriff von unten nützen uns die Granaten nichts! Ich kann das vielleicht noch ein- oder zweimal machen! Spätestens dann hat Gilgathan die Taktik durchschaut. Also, was schlägst du sonst vor, Flacka? Vielleicht nichts tun?«

Die Blicke der beiden Wasserzwerginnen trafen sich. Flacka blieb ruhig.

»Nein. Keinesfalls.« Sie hielt Lillis wütenden Augen stand.

Behände zauberte sie aus den Falten ihres Mantels ein kleines Messer hervor und schnitt kommentarlos den Beutel mit den Donnersteingranaten ab, der an Lillis Seite hing.

»Was hast du vor?«

»Was ich schon lange hätte tun müssen – meine Familie retten!«

»Flacka, ich bin nicht sicher, ob …«, setzte Charadri an, doch Flacka unterbrach ihn.

»So gierig, wie ich dieses Vieh einschätze, wird es mich nur zu gern verschlingen. Rettet Aethra zusammen mit unserer Prinzessin, wenn ihr sie wiederseht! Und sagt Melvin, dass mir seine Küsse immer geschmeckt haben!«

Flacka trat in die kaputte Reling.

»Und vergesst bloß nicht, in jeder Kneipe von diesem Kampf zu erzählen!«

Sie zwinkerte. Für einen letzten Moment ließ sie ihren Blick über ihr geliebtes Meer schweifen. Sie würde sterben. Aber sie war davor Teil von etwas Größerem geworden. Jetzt würde sie ein Teil des Ozeans werden. Ein herrliches Piratenlied würde das abgeben. Es war soweit. Sie setzte ihren rechten Fuß in die Luft.

Jäh wurde Flacka zurückgerissen. Lilli krallte sie von hinten und zog sie wieder an Deck. Flacka war überrumpelt. Sie stolperte und fiel.

»Das alles kannst du den Leuten selbst sagen. Die anderen brauchen dich. Viel mehr, als dass sie mich brauchen. Tut mir leid, aber die hier gehören mir!«

Sie entriss ihr die Donnersteingranaten.

»Lilli, warum?«

»Um meinen Tod bedeutsam zu machen«, lächelte die Zwergin. »Grüße an den Rest der Truppe!«

Zum Entsetzen von Flacka lachte sie laut auf und stieß sich mit den Beinen weit ab. Mit einem lauten Platschen landete sie im Wasser.

»Lilli«, flüsterte Flacka, »das war meine Aufgabe.«

Doch es war zu spät. Lilli war losgeschwommen.

Für Flacka lief alles wie in Zeitlupe ab: Erneut erhob sich Gilgathan aus den Wellen. Ihre Augenschlitze waren auf den kleinen Punkt im Meer fixiert, der Lilli war. In der einen Hand hielt die ihre Granaten hoch und paddelte nach Kräften mit den Füßen und dem verbliebenen Arm. Gilgathan hielt direkt auf sie zu. Lilli schrie, sie fluchte der Meereskatze entgegen. Selbst durch die Wellen war sie noch zu hören. Im nächsten Augenblick trafen sich die Zwergin und Gilgathan, dann spießte die Katze sie mit ihren Zähnen auf und riss sie in die Luft. Mit ihrem letzten Atemzug schleuderte Lilli den gesamten Beutel verbliebener Granaten tief in den Schlund der Bestie. Ihr Körper erschlaffte, noch bevor die mächtige Explosion die Katze von Innen heraus zerfetzte. Rotschwarzes Blut und turmhohe Wassersäulen stiegen auf. Zähne, Fell und Klauen flogen in den Himmel. Die Ente zitterte und bebte, aber Lilli war zuvor so weit hinausgeschwommen, dass kein Loch in den Rumpf gesprengt wurde. Der blaue Blitz leuchtete heller als die Morgensonnenstrahlen. Aber Flacka konnte ihre Augen nicht abwenden.

Als das Spektakel vorbei war und die Ente ruhig im Wasser trieb, hatte das tödliche Wettrennen an diesem Tag zwei Opfer gefordert. Das eine war Gilgathan, die Schreckliche, die nun endgültig zum Mythos geworden war. Das andere war Lilli, die starrsinnigste und tollkühnste Wasserzwergin Aethras, die sich durch ihre törichte Heldentat einen Platz in allen kommenden Piratenliedern verdient hatte.

»Komm«, sagte Charadri zur regungslosen Flacka. »Wir müssen uns um Bekassine kümmern.«

Die Kapitänin brachte kein Wort heraus.

Charadri hatte sich schon über die Elfe gebeugt.

»Das war es doch, was Lilli wollte! Oder nicht, Flacka?«

TOTE LEBEN LÄNGER

Er erwachte aus einem schrecklichen Traum. Der Traum hatte von Schmerzen gehandelt. Von Verlust. Und von Dunkelheit. Langer, unüberwindbarer Dunkelheit. Sein Kopf pochte von Innen, sein Oberkörper ebenso. Ein furchtbarer Druck. Mühsam rappelte er sich auf. Wo war er? Er konnte sich an nichts mehr erinnern.

Der kleine Raum mit der Pritsche, auf der er lag, war nicht größer als ein paar Schritte. Kerzen brannten auf einem schiefen Tisch und tropften ihn mit Wachs voll. Ein Gefäß mit Wasser – oder irgendetwas, das wie Wasser aussah – stand neben der Pritsche auf einem kleinen Holzhocker. Zusammen mit ein paar Scheiben Brot. Sein Durst war gewaltig. Wenn er nicht trank, dann würde er wieder in den schrecklichen Traum hinabsinken. Das wollte er auf keinen Fall. Also trank er. Das Wasser schmeckte frisch. Er leerte das Gefäß in wenigen Zügen. Wenn das Wasser gut war, dann würde sicherlich auch das Brot genießbar sein. Beherzt biss er hinein. Er kaute mühsam, denn jede Bewegung ließ seinen Körper noch mehr schmerzen. Seine Brust pulsierte regelrecht. Er legte das Brot zurück. Warum konnte er sich an nichts erinnern?

Gegenüber der Pritsche ging es durch einen kleinen Torbogen in einen Gang, der sich dunkel nach links und rechts erstreckte. Aber von seiner Pritsche aus konnte er ohnehin kaum etwas davon sehen. Direkt neben dem Bogen gab es mehrere Aushöhlungen in der Steinwand, in denen Flakons, Fläschchen und Tiegel mit Salben und Flüssigkeiten standen. Dieser Raum musste zur Behandlung von Kranken und Verletzten dienen. Wie lange befand er sich schon hier? Von irgendwo hörte er leise Stimmen.

Er schloss die Augen, um sich zu sammeln. Bilder aus seinem Traum blitzten auf. Sie erschreckten ihn. Er hatte das Gefühl, in Gefahr zu sein. Er wurde verfolgt. Oder war er der Verfolger?

Die Stimmen waren immer noch zu hören. Er sollte schleunigst hier weg. Sein Bauchgefühl würde ihn schon nicht …

Urplötzlich erbebte der Raum. Eine gewaltige Explosion war zu hören. Putz rieselte von den Wänden. Neben ihm krachte ein Stück Decke herunter und verfehlte ihn um Haaresbreite. Schlagartig sprang er von der

Pritsche. Er sackte zusammen. Er musste sich schon lange nicht mehr richtig bewegt haben! Wackelnd erhob er sich und setzte einen Fuß vor den anderen. Er betrachtete seine Hose und seine Schuhe. Sie kamen ihm unbekannt vor. Auch die gefütterte Weste, die er am Oberkörper trug, war ihm fremd. Wieder rummste es. Zwei Explosionen folgten direkt aufeinander. Es riss ihn von den Füßen und er wurde geradewegs durch den Torbogen gegen die dahinterliegende Wand geschleudert. Der furchtbare Schmerz, der in seiner Brust zuckte, hielt ihn bei Bewusstsein. Der Torbogen sackte ein und begrub den Krankenraum hinter sich. Von rechts kam das Licht einer Fackel näher. Da waren die Stimmen wieder. Und sie wurden lauter.

»Wir müssen unseren Patienten retten, wenn es nicht schon zu spät ist!«, rief eine Frauenstimme. »Wir können jeden brauchen. Jetzt noch mehr als zuvor! Außerdem – du weißt schon!«

»Wahrscheinlich ist er immer noch bewusstlos. Ich glaube nicht, dass er noch einmal aufwacht. Vielleicht ist es so das Beste!« Eine männliche Stimme hatte die Antwort gegeben.

Wieder bebten die Wände. Der ganze Gang verschob sich. Der Boden wurde uneben und riss weiter hinten mit lautem Rumoren auf. Weit weg waren Schreie zu hören, aber ganz sicher war er sich nicht. Die steinernen Wände um ihn herum standen nicht mehr still und ließen alles erzittern.

Dann war die Fackel fast bei ihm angelangt.

»Der Eingang ist verschüttet!«, rief der Mann. Er war ein Lunatus. Dreckverschmiert, wie er war, stach trotzdem noch die Ebenmäßigkeit seiner Züge hervor und die Augen leuchteten wie zwei zusätzliche Lichtspender. Wo hatte er *Lunatus* schon einmal gehört?

»Er ist nicht mehr zu retten! Schnell weg!«, drängte der Lunatus weiter.

»Nein!«, antwortete die Frau atemlos. Sie war kleiner als der Lunatus und verfügte nicht über eine entsprechende Aura. Es handelte sich offenbar um einen Menschen.

»Sieh doch nur! Da liegt er!«

Sie zeigte direkt auf ihn. »Unglaublich! Du bist wach! Ich hätte es nicht für möglich gehalten …«

Doch ihre überraschten Worte wurden von einer vierten Explosion abgeschnitten. Steine lösten sich und prasselten von der Decke. Die Frau verlor ihre Fackel. Etwas umständlich bückte sich der Lunatus nach ihr, verlor dabei seinen Halt und fiel der Länge nach hin. Schreckensbleich mussten die Frau und er mit ansehen, wie ein Teil der Seitenwand nach innen gedrückt wurde und den Oberkörper samt Kopf des Lunatus zwischen sich und einem massigen Deckenbrocken zerquetschte.

Die brennende Fackel lag zwischen ihnen, genau wie der grausig zugerichtete Lunatus. Er sah, wie die Frau eine Bewegung machte, als ob sie sich Tränen abwischte. Sicherlich war der Lunatus ihr Freund gewesen.

»Wir folgen ihm nach, wenn wir nicht schnell sind«, rief sie. Sogleich änderte sich ihre belegte Stimme und wurde wieder klarer. »Schnapp dir die Fackel, oder willst du ebenfalls begraben werden? Komm mit mir!«

Das hörte sich zumindest nach so etwas wie einem Plan an! Ohne weiter zu überlegen riss er die Fackel vom Boden und biss den Schmerz einfach weg, der sich in Wellen über seinen Körper ausbreitete. Er betrachtete voller Mitleid den toten Lunatus, dann sprang er über dessen Leiche hinweg zu der Frau auf der anderen Seite. Noch immer bebte der Gang. Er stolperte ihr in die Arme, aber sie fing ihn auf, bevor auch er den Halt verlor.

»Was geschieht hier?«, japste er.

»Sie sind auf alte Pulverlager gestoßen und haben sie angezündet. Es gibt hier in der Gegend einige davon. Ich wette, sie wollen die ganze Stadt in Schutt und Asche legen!«

Als sie in sein fragendes Gesicht sah, fuhr sie fort, aber setzte sich dabei in Bewegung.

»Die Kelpen! Sie haben angefangen, alles und jeden anzugreifen! Im Labyrinth und auch in den anderen Teilen der Stadt gibt es viele ehemalige Pulverlager für die Kanonenboote der Lunatae-Soldaten. Die sprengen sie in die Luft. Wenn wir nicht in Sicherheit gelangen, dann ist es aus mit uns. Wir haben dich nur so weit weg von den anderen versorgt, weil wir uns nicht ganz sicher waren …«

Die Frau hatte aufgehört zu sprechen. Sie waren sich nicht sicher gewesen? Was hatte das nun wieder zu bedeuten?

Während er rannte, so gut er konnte, dachte er über das Wort *Kelpen* nach. Er wusste, was Kelpen für grauenhafte Monster waren. Aber woher? Außerdem glaubte er, auch von diesem so genannten *Labyrinth* schon einmal gehört zu haben. Sie bogen um eine Ecke und kletterten über einen aufgetürmten Steinhaufen hinweg, der sicherlich Minuten zuvor noch nicht hier gelegen hatte.

»Du bist schon wieder ganz schön fit! Bist' echt ein zäher Bursche! Ich wusste von Anfang an, dass wir dich retten konnten. Auch wenn die meisten von uns das anders sahen! Als wir dich gefunden haben, warst du mehr tot als lebendig.«

Wieder gab es einen dumpfen Knall, der von oben zu kommen schien. Die Wände ächzten und wackelten, zwei Eisengitter flogen ihnen entgegen, aber sie konnten sich im letzten Moment unter ihnen wegducken. Hastig rannten sie weiter. Links und rechts waren vergitterte Käfige zu sehen, von denen die meisten schon unter dem Geröll der Wände verschüttet lagen. Einige Knochen leuchteten in den feuchten Gefängnissen und warteten auf ihr baldiges Begräbnis.

Vor ihnen kamen zwei Durchgänge in Sicht.

»Links!«, wies die Frau an und hechtete vor ihm hindurch. Er folgte ihr keine Sekunde zu spät: Hinter ihm fuhr die Decke herunter und zermalte alles unter sich. Es quietschte und dröhnte, dann war der komplette Gang verschwunden.

»Hier hoch!«, rief seine Begleiterin atemlos.

Es ging eine gewundene Treppe herauf, dann durchliefen sie einen langen Gang, der schurgerade vom oberen Ende der Treppe wegführte. Von dort rannten sie immer weiter, mal rechts, dann wieder links, nach oben oder unten über schmale Stiegen und dunkle Treppen, vorbei an Käfigen in den Wänden und an Schächten, die wohl an noch viel dunklere Orte führten als diesen. An einer Stelle aber mussten sie ganz kurz unter der Oberfläche sein, denn durch Gitter in der Decke fiel fahles Tageslicht zu ihnen hinunter. Schreie waren zu hören. Rauch war zu sehen. Vielleicht von den brennenden Pulverlagern, die seine Führerin erwähnt hatte.

Als sie noch ein ganzes Stück weiter waren und über und neben ihnen außer seinem Fackelschein wieder die Dunkelheit herrschte, wollte er gerade um eine Pause bitten. Seine Brust drohte zu zerspringen. Die Explosionen waren vorbei, da konnten sie doch genauso gut eine kurze Rast einlegen! Aber im selben Augenblick detonierte über ihnen wieder etwas.

»Verdammt noch mal!«, fluchte seine Begleiterin, weil sie nicht verhindern konnte, dass sie ihr Gleichgewicht verloren. Noch bevor sie sich wieder aufrichten konnten, kam plötzlich alles um sie herum in Bewegung. Der ganze Gang drehte sich in einer Vierteldrehung um die eigene Achse! Beide kugelten auf den Steinboden, der vorher noch eine Seitenwand gewesen war. Die Fackel hatte er endgültig verloren. Er wollte sie wiederholen, aber die Frau hielt ihn zurück.

»Es ist nicht mehr weit! Denk an den anderen Gang! Wir brauchen die Fackel jetzt nicht mehr!«

Unsanft zog sie ihn auf die Füße. Sie war ziemlich stark, kam es ihm in den Kopf. »Beeilung jetzt! Das schaffst du!«

Er schüttelte seine Fragen und die Schmerzen ein weiteres Mal von sich und folgte ihr.

Sie legte ein enormes Tempo an den Tag und er blieb immer weiter zurück. Vor sich konnte er nichts erkennen, das auf ein baldiges Ende des

Ganges schließen ließ. Die Stelle, an der sie eingebogen waren, lag schon Minuten hinter ihnen. Ständig zitterten die Wände, als tobte ein Gewitter in den Steinen.

»Da vorn ist es!«, prophezeite die Frau. Er wollte ihr nur zu gern glauben. Lange konnte er nicht mehr laufen. Er spürte, wie seine Beine ihm den Dienst versagen wollten. Er starrte nach vorn, aber konnte nichts erkennen außer den dunklen Wänden, die matt und feucht glänzten, von welchem Licht sie auch immer beschienen wurden.

»Siehst du?«, rief die Frau.

Jetzt sah er es! Vor ihnen endete der Gang in einer Sackgasse. Einen Wimpernschlag lang blieb ihm das Herz stehen, aber dann erkannte er drei große, runde Löcher in der Wand. Wie schwarze Mäuler verschluckten sie jedes Licht. Er versuchte, die naheliegende Schlussfolgerung zu verdrängen.

»Es ist das ganz rechte! Dort unten sind wir sicher. So tief hinunter gehen nicht einmal Explosionen. Und Trucido und die Kelpen wissen ganz sicher nichts von der Zisterne!«

Alles in ihm widerstrebte, die unausgesprochene Aufforderung in die Tat umzusetzen. Aber dann rumpelte es hinter ihnen lauter als all die Male zuvor. Eine plötzliche Staubwolke nahm ihm die Sicht. Er hustete und legte seinen Arm schützend vor die Augen. Wo war seine Begleiterin? Dann spürte er ihre Hand, die seine Schulter drückte. Als die Staubwolke sich legte, war der Gang, durch den sie gekommen waren, nicht mehr dort. Ein kleines Stückchen von ihnen entfernt endete der Boden an der Wand. Auch hier war die Decke so eingestürzt, dass sie gleich als ganzer Block hinuntergekommen war! Sie waren in einer Kammer eingesperrt, nicht größer als der Krankenraum, in dem er aufgewacht war. Irgendwie hatte die Bewegung im Stein die Fackel wieder zu ihnen gedrückt, die nun unruhige Schatten an die Wände warf. Es blieb nur noch ein einziger Ausweg. Unter dem dumpfen Poltern ringsum, das gar nicht mehr aufhören wollte, starrte er in das rechte der drei nachtschwarzen Löcher. Es ging diagonal abwärts, ein langer, metallummantelter Schacht führte in die Tiefe. Was auch immer dort unten lag, entzog sich seinen Blicken. Ein faustgroßer Stein löste sich von der Decke und fiel direkt in den Schacht hinein. Das hohle *Plong* des Steines wiederholte sich beim Hinabrutschen so oft, dass er unmöglich zählen konnte, wie viele Kurven und Knicke der Weg hinab machte. Er schaute seine Begleiterin mit weit aufgerissenen Augen an.

»Das oder hier sterben!«, stellte sie zur wenig erbaulichen Auswahl. »Lass mich nicht bereuen, dass ich dich wochenlang gepflegt habe! Nictuus darf nicht umsonst gestorben sein!«

Der Boden wackelte. Ein Riss zeigte sich unter seinen Füßen. Mit einem Ruck walzte sich ihnen die Rechte Seitenwand entgegen.

»Wir sehen uns unten!«, rief die Frau. Sie setzte sich auf den Rand des Schachtes. »Du bist ein Kämpfer! Wenn wir unten sind, kannst du mir und den anderen vielleicht endlich deine Geschichte erzählen. Sie brennen zu erfahren, was einer wie du unter dem Labyrinth zu suchen hat.«

Dann war die Frau verschwunden.

Er überlegte noch, warum genau er *einer wie er* war, dann fiel ihm in einem Moment jäher Erkenntnis plötzlich alles wieder ein. Er *war* ein Kämpfer. Damit hatte sie recht. Kopfüber stürzte er sich in den Schacht hinein, während hinter ihm das letzte Bisschen Kammer von den Wänden zusammengepresst wurde.

Der Schacht nahm kein Ende. Wo oben und unten war, spielte keine Rolle mehr, so oft hatte er sich bereits überschlagen. Es gab nichts zum Festhalten, die Fahrt durch das Rohr wurde immer schneller. Seine schmerzende Brust schien geradewegs zu bersten.

Wieder machte die Rutschpartie eine Kurve. Sein Kopf prallte gegen das Metall. Er schmeckte Blut. Irgendwo unter ihm plätscherte es. Etwas fiel ins Wasser. Gurgeln und Rauschen kam aus den Wänden. Plötzlich schossen Wasserfontänen aus kleinen Rissen im Schacht. Er konnte wieder etwas erkennen. Ein Stückchen vor ihm war das Ende des Rohres zu sehen: Ein kreisrunder Ausgang ins Nichts, blaugrünes Glänzen und das Rauschen und Tropfen von Flüssigkeit. Er wollte bremsen. Er hatte Angst, aus dem Rohr zu fallen. Aber das Wasser machte alles nur noch glitschiger. Seine Hände fanden keinen Halt. Kurz bevor ihn der Schacht ausspie, sah er ein riesiges Gewölbe vor sich. Fackelleuchten durchzuckte blaugrüne Wasserspiegelungen an turmhohen Säulen. Dann war er im freien Fall nach unten. Er zählte die Sekunden. Bei Sechs klatschte er ins Wasser. Er tauchte tief hinab. Und noch tiefer. Dunkelheit. Überall Dunkelheit. Verzweifelt suchte er nach Orientierung. Oben! Er musste nach oben! Seine Luft wurde knapp. Er setzte alles auf eine Karte und schwamm los. Da endlich erkannte er einen Lichtschimmer. Aber die Wasseroberfläche schien meilenweit entfernt! In seiner Brust hämmerte es. Er strampelte, ruderte mit den Armen. Er musste sich irgendwie nach oben kämpfen! Gleich hatte er es geschafft! Nur noch etwas weiter! Doch die Luft reichte nicht aus. Ihm wurde schwarz vor Augen. Der schreckliche Traum kam zurück. Er wollte nicht wieder in seine Erinnerung hinabgleiten, auch wenn er jetzt wusste, was geschehen war. Denn diesmal würde er nicht wieder erwachen. Nur noch ein winziges Stückchen! Ein letztes Mal zusammenreißen! Dann verlor er das Bewusstsein.

»Hey!«, rief die Frau. Seine Wange schmerzte. Hatte sie ihm eine satte Ohrfeige gegeben?

»Du stirbst mir nicht! Wie kannst du es wagen, so kurz vor der Oberfläche aufzugeben? Na los! Wach auf!«

Er spürte, wie sie auf seine Brust drückte. Er lag auf einem harten, unebenen Steinboden.

»Die aufgerissene Narbe nähe ich dir nachher schon wieder zu. Aber jetzt mach gefälligst deine Augen auf!«

Wasser bahnte sich einen Weg durch seinen Körper. Einen Moment lang hatte er es im Mund, dann spuckte er einen ganzen Schwall senkrecht nach oben.

Er öffnete seine Augen.

Die Frau hatte sich über ihn gebeugt und lächelte ihn an. Sie war vollkommen nass. Mit Sicherheit hatte sie ihn aus dem Wasser gezogen. Über sich erkannte er eine gewaltige Gewölbedecke, die von den gigantischen Säulen getragen wurde, die ihm schon im Fallen aufgefallen waren. Die Fackeln, die er gesehen hatte, waren nun ganz nah. Sie standen in gleichen Abständen zueinander, als kennzeichneten sie einen Weg. Er legte sein Kinn auf die Brust. Seine Kleidung hatte sich rot gefärbt.

»Du zäher, kleiner Kerl!«, lachte die Frau und drückte die Hand gegen seine Brust. »Du hättest Nictuus nicht enttäuscht. Wenn er nicht gewesen wäre und mich zu dir zurückbegleitet hätte – ich weiß wirklich nicht, ob ich alleine den Mut dazu gefunden hätte. Bei allem, was dort oben vor sich geht …«

Aber von *dort oben* war nichts mehr zu hören oder zu spüren. Er musste wahrlich tief nach unten gerutscht sein. Sie hatte von einer Zisterne gesprochen. Sie half ihm, sich aufzusetzen. Unter einiger Anstrengung schafften sie es.

Weit hinten, ganz am anderen Ende des Gewölbes, endete der Fackelweg an einem hohen Durchgang, der von einem so großen Tor versperrt wurde, dass selbst aus dieser Entfernung die quer gehenden Metallbeschläge zu erkennen waren. Erst jetzt sah er auch, wie groß das unterirdische Wasserbecken war, in dem er gelandet war. Fast hätte er meinem können, er säße dort am Ufer eines kleinen Sees. Das Wasser leuchtete pechschwarz. Er fragte sich, in welche Tiefen es dort wohl noch hinunterging.

»Immerhin scheinen heute keine Altweltkrokodile in der Nähe zu sein. Bei dem Krach, den wir gemacht haben.«

Die Frau schaute sich vorsichtshalber um.

»Glaub mir«, sagte sie gleich darauf aufmunternd. »Wir würden es merken, wenn es doch so wäre. Und jetzt halt dich an mir fest. Ich helfe dir.«

Sie zog ihn auf die Beine.

»Ich möchte dir gern die Zisterne zeigen. Und die anderen. Sie werden Augen machen, wenn sie hören, wie wir hergekommen sind. Und natürlich müssen sie von Nictuus` Tod erfahren.«

Langsam gingen sie nebeneinander her. Die unruhigen Fackeln ließen die grünschwarze Dunkelheit der Gewölbehalle nur noch finsterer erscheinen. Warum bekamen sie es eigentlich immer mit Monstern zu tun? Kelpen, Roben, das Andersvolk – und jetzt *Altweltkrokodile*! Aber eigentlich konnten die ja kaum schlimmer sein als die vorherigen.

Das Holztor kam näher. Mit jedem Schritt gewann es weiter an Größe. Konnte es sein, dass es sogar höher war als der Birkenblick? *Der Birkenblick*! Wie wünschte er sich, jetzt dort zu sein. Dort, bei einem kräftigen Schluck gegorenem Blaupilzsaft und einer ganz bestimmten Herbergswirtin, die ihm …

»Sag mal, *Freund*«, unterbrach die Frau seine Gedanken. »Du bist ja nicht gerade einer von der gesprächigen Sorte. Willst du mir nicht wenigstens deinen Namen verraten? Jetzt, wo ich dir sogar schon zweimal dein Leben gerettet habe. Ich bin übrigens Djakabaly.«

Sie streckte ihm die Hand entgegen.

Er riss sich von den Erinnerungen an seine Heimat los und zurück in die Gegenwart. Langsam erwiderte er den Handschlag.

»Und ich Woti«, antwortete der telluriscorianische Gwilling.

Nur ein Weg (1)

Das rußgeschwärzte Gerippe Ellis schoss über den bleichen Wüstensand auf ihn zu. Eine Kelpenarmee verfolgte die dürre Gestalt. Auf dem Rücken des Donnerponys hing eine erschlaffte Person, die keine Krone mehr auf ihrem Kopf trug. Horellios Blick war so leer wie seine Flügel, aus denen das Blut herausgelaufen war. Die toten Augen Ellis und die des Wüstenfürsten blickten nach vorn. Teilnahmslos, aber doch erschrocken. Sie blickten ihn genau an. Elli kam näher. Noch näher, zusammen mit den Kelpen, die an ihren Hufen klebten. Und dann wurde alles schwarz und rot. Die Kelpen vermischten sich mit dem Sand zu einer gestaltlosen Masse und überrollten Elli mitsamt dem Elfen, der ihn immer noch ansah, bis ganz zuletzt. Aus dem rotschwarzen Nichts erschien Trucido. Er stand direkt vor ihm. Durch seine Maske blickte er ihn an. Der Mund der Maske öffnete sich. Er wurde größer und größer. Schon überragte er ihn. Als der Mund ihn verschlang, schreckte er hoch.

Enwin Seenfürst wusste sofort, dass er aus einem Alptraum erwacht war hinein in den nächsten. Sein Herz schlug viel zu schnell. Er spürte seine nässende Wunde. Um ihn war immer noch alles schwarz. Er war vor einen vorspringenden Stein gerannt, der in den Gang ragte.

Vorsichtig hockte er sich hin und streckte die Hände in die Luft, um zu sehen, ob er sich wieder gefahrlos aufrichten konnte. Er fragte sich nur kurz, wie lange er hier gelegen hatte. Es war ja ohnehin einerlei, denn sie hatten ihn bisher nicht gefunden. Doch wenn er nicht entkam, war Horellios Opfer umsonst gewesen. Genauso wie das seiner Elli. Und das Tausender Wasserzwerge. Er hatte sie viel zu leichtfertig gegen den unterschätzten Feind geführt!

Die nagende Schuld war schrecklich. Sie schmerzte. Schlimmer noch als seine Bauchverletzung. Das alles hatte bloß ein Gutes: Er würde den Rest seines Lebens für den Missbrauch an der Zwergenkrone bezahlen. Und dafür, wie er als Person gewesen war. Eingebildet. Überheblich. Rückwärtsgewandt. Ein schlechter König.

Er konnte nicht alles wieder gutmachen, keinesfalls. Aber er konnte es vielleicht schaffen, nicht alles noch weiter im Abgrund versinken zu lassen.

Er musste bloß hier raus. Den Verliesen der Sternenhallen entkommen. Sein Leben war keinen Schluck unterlingisches Feuerwasser mehr wert, wenn er hier verrottete oder die Kelpen ihn ausweideten. Er hatte noch eine Menge zu tun, bevor er starb!

Die Gänge, durch die Enwin sich zwang, waren kalt und unwirtlich. Manchmal tropften Rinnsaale durch Spalten im Stein, die im Widerschein unergründlicher Lichtquellen müde leuchteten und dem Seenfürsten halfen, wenigstens nicht im Kreis zu laufen. Er erkannte in der Düsternis gerade so, wenn neue Weggabelungen, die er noch nicht passiert hatte, seinen Weg kreuzten und ihn noch tiefer in den unbekannten Untergrund und weiter weg von den Verliesen führten, in denen so viele unglückliche Elfen ihr grauenvolles Ende gefunden hatten.

Die Katakomben und Gewölbe unter den Sternenhallen besaßen sicherlich das Ausmaß einer kleinen Stadt. So viel wusste Enwin mit Gewissheit, auch wenn er niemals an einer der Führungen teilgenommen hatte, von denen Horellio erzählt hatte. Aber ging das verzweigte Höhlen- und Gängesystem in Wahrheit vielleicht noch viel weiter? Die Ungewissheit, wie lange er noch vorwärts musste, quälte ihn. Und das Bild des sterbenden Horellio, das ihn vor seinem inneren Auge tanzend begleitete, machte das Fortkommen auch nicht leichter. Den Hallen von Harandol sei Dank hörte er wenigstens keine Kelpen, die Jagd auf ihn machten und ihre Klauen wetzten. Stattdessen vernahm er nur dumpf und leise das Rumoren der Steine, das ihm beinahe wie das Klagelied aus der alten Zeit des Vier-Völker-Krieges vorkam. Zusammen mit dem heulenden Wind war es eine schaurige Musik, die Enwin Schritt für Schritt nervöser machte.

Eine Zeitlang ging es immer so weiter. Gang für Gang, Biegung um Biegung, Felsspalten nach Felsspalten. Enwin fragte sich, ob die Wasseradern, die den Zwergen als Notausgang aus den Gewölben gedient hatten, vielleicht nur ein Mythos waren. Wartete am Ende seiner Flucht bloß eine Sackgasse auf ihn, gerade gut genug, um darin zu sterben? Vielleicht waren die Wasseradern mit der Zeit auch versiegt. Oder man hatte sie versiegelt, damit sie die Sternenhallen nicht unterspülten. Es gab ja auch keine Notwendigkeit mehr, auf diesen Wegen zu fliehen. Nicht einmal mehr Gefangene gab es hier, geschweige denn Folterzwerge, deren schlimmste Angst ein plötzlicher Aufstand war!

Am Ende eines langen Flures schloss sich beidseitig je ein weiterer Gang an, die linke Seite aber war viel zu eng, um hindurchzuschlüpfen. Wie aus dem Nichts heraus vernahm Enwin das hässliche Geräusch von klackernden

Hufschlägen auf nasskaltem Steinboden - die Kelpen waren wieder da! Erschrocken hörte Enwin, dass sich seine Verfolger von zwei Seiten näherten: von hinten und von rechts! Rechts hing dazu ein grauer Lichtschimmer im Gang, der minimales Sehen möglich machte. Enwin stellte sich die langen Schatten von Klauen vor, die nach ihm griffen und ihn einholten. Es gab nur noch einen Weg und der führte nach links!

Der Zwerg hielt die Luft an. Unter beißendem Schmerz zog er seinen Bauch ein und trat zwischen die vorspringenden Wände des linken Ganges. Er hatte erst zwei Schritte gemacht, dann blieb er stecken. Weil er nicht mehr vor oder zurück konnte, erschrak er so sehr, dass ihm die Tränen in die Augen stiegen. Die Hufschläge waren schon ganz in der Nähe. Aber er konnte nicht einmal mehr zurückschauen. In seiner Panik hatte er den Kopf zu weit gesenkt und nun auch seine Schulter eingeklemmt. Hinter sich hörte er das Schnauben der Pferdenüstern. Er erwartete jeden Augenblick, wie eine der Klauen seinen schweißnassen Rücken aufschlitzte! Das also waren die letzten Sekunden seines Lebens. Noch einmal dachte er an Horellio und schämte sich dabei seiner Tränen. Trotzig und im Gedenken an den Thron Harandols, den er wenigstens im Tod ehren wollte, schluckte er seine Angst herunter. Seine Tränen versiegten und er schaffte es zumindest, sich wieder etwas gerader hinzustellen. Wenn die Kelpen Trucido berichteten, würden sie ihm zumindest keine Geschichte vom winselnden Zwergenfürsten erzählen können! Er öffnete die Augen, um vor sich die Schatten zu sehen. Er wollte wissen, in welchem Augenblick es geschah. Da waren sie! Sie zuckten vor ihm an den Wänden. Der Wind blies von hinten über ihn hinweg, vielleicht hatten sie ihn also noch nicht gewittert. Aber sie wussten sicher, dass er in der Nähe war. Sie brauchten in der Düsternis einfach etwas länger, bis sie ihn gesehen hatten. Enwin horchte, den Blick geradeaus gerichtet. Wartend. Bereit. Und voller Reue. Doch dann sah er es, direkt auf Augenhöhe, nur einen knappen halben Meter von ihm entfernt, beschienen von einem Lichtfetzen, der aus einem tropfnassen Riss in der gegenüberliegenden Wand fiel: ein kleines Symbol, das mit einer fluoreszierenden, blauen Farbe aufgemalt worden war, wie sie Enwin noch nie gesehen hatte. Es war die von der Welle umspülte Perle, das Symbol der Wasserzwerge! Niemand hatte das hier erst kürzlich gezeichnet. Das Symbol war uralt. Und es war magisch. Das wusste Enwin in dem Moment, in dem er es erblickt hatte.

Eine jähe Hoffnung vermischte sich mit den Schmerzen in seinem Bauch: Eine der Wasseradern musste nah sein! Die erste Klaue schlug kurz hinter ihm in die Wand, Enwin spürte schon den Luftzug des grausigen

Mordinstruments. Aber da war dieses Symbol! Ein Ausweg war nah! Er musste doch nur durch diesen verfluchten Spalt!

Noch einmal atmete der Wasserzwerg aus. Er hielt die Luft an und zog seinen Bauch ein. Im Geiste zählte er bis drei. Dann gab er sich einen gewaltigen Ruck und drückte mit der ganzen verbliebenen Kraft eines alten Seenfürsten und mit dem schieren Willen, den Monstern des Zauberers ein Schnippchen zu schlagen, seine breiten Schultern und seinen Oberkörper in die noch enger werdende Lücke zwischen den unebenen Wänden. Seine Wunde scheuerte am rauen Stein, blieb hängen, aber Enwin drückte einfach weiter. Seine Schulter sperrte, aber seine Beine besaßen immer noch den Tritt eines jüngeren Zwerges. Es knackte, vielleicht war es ein Wirbel, aber als erst der Kopf mit den Schultern durch den Spalt gedrückt war, folgte endlich auch sein Bauch. Es lief wieder Blut aus der Wunde seine Beine hinunter, aber Enwin stolperte nach vorn. Der Gang war nun breiter. Hinter ihm schlugen zwei Kelpen ihre Klauen in den Stein und rissen bröckelndes Material aus den Wänden. Wo vorher das Symbol der Wasserzwerge gewesen war, ragte nun ein Kelpenkopf zu Enwin in den Gang, schnaubte und knallte die Zähne aufeinander. Wie wild geworden traten noch mehr Kelpen gegen die Wände und versuchten zu mehreren, sich zu ihm zu zwängen. Aber dafür war der Spalt viel zu eng. Enwin sah, wie sich die Wesen mit ihren Klauen gegenseitig stachen, aber nicht einmal Notiz davon zu nehmen schienen. Einige Sekunden verharrte der Seenfürst und starrte entsetzt die wiehernden und schnaubenden Schädel mit ihren winzigen schwarzen Pupillen an, dann riss er sich zusammen und eilte vorwärts.

Ein gutes Dutzend Schritte weiter endete der Gang jäh. Enwin stieß schmerzhaft gegen die Rückwand. Es war dunkel und er hatte nicht damit gerechnet, doch in einer Sackgasse zu sein. Alarmiert schaute er zurück. Die Kelpen waren im Begriff, zu ihm durchzubrechen. Ihr wütendes Schnauben machte ihn fast wahnsinnig. Das Symbol musste eine Täuschung gewesen sein! Vielleicht, um Gefangene bei einem Aufstand zu verwirren. Also gab es doch keinen Ausweg mehr. Nur den Tod, der ihn mit spitzen Klauen erwartete.

Erschöpft ließ Enwin sich fallen.

»Entschuldigt, Horellio. Bitte verzeiht mir, was ich gewesen bin.«

Er schaute noch oben, denn er wollte den Gedanken an Horellio nicht mit dem Anblick der Kelpen besudeln. Was er aber über sich sah, ließ sich kaum in Worte fassen: Die Wasserader, die Enwin am Boden vermutet hatte, befand sich in der Decke! Eine kreisrunde, glasklare Wasseroberfläche schimmerte dort und warf gemächliche Wellen. Dahinter leuchteten blassblaue Gänge im unterwasserten Stein. Natürlich war die Wasserader verzaubert, was hatte er sich nur gedacht! Sie musste weder im Boden sein noch dem natürlichen Weg des Wassers folgen!

Enwin sprang auf die Füße. Das wilde Kelpenschnauben ließ nur einen Gedanken zu: Er musste dort hochkommen! Aber wie? Sprang er, konnte er mit etwas Glück eine seiner Hände in das Wasser tauchen, aber es musste ja irgendwie sein ganzer Körper nach oben gelangen …

Fieberhaft überlegte er. Die Kelpen bröckelten immer mehr Gestein aus den Wänden und der Oberkörper des Vordersten von ihnen ragte schon weit zu Enwin. Gleich würde er hindurchschlüpfen! Wieder sah Enwin verzweifelt nach oben. Die Wassertunnel hinter der Oberfläche waren klar zu erkennen, sogar das Symbol der Zwerge konnte er an einem der Tunnel ausmachen. Sicher war das der richtige Weg! Eines aber machte keinen Sinn: Warum war der Tunnel dort oben, wenn es für einen Zwerg zu schwierig war, ihn zu erreichen? Vor allem, wenn eine schnelle Flucht nötig war? Es musste eine einfache Lösung geben, die er nicht sah. Es gab doch ansonsten gar keine andere Möglichkeit, als hochzuspringen! Doch dann fiel es Enwin abermals siedend heiß ein: Vielleicht war das ganz einfach die Lösung – springen! Er hatte schließlich keine Ahnung von dem Zauber, der auf diesem Wasser lag. Enwin stellte sich in Position. Der erste Huf des vordersten Kelpen war im selben Augenblick durch den Engpass gekommen. Er riss weitere Furchen in den Stein, um irgendwo Halt zu finden und sich weiterzuziehen.

Enwin sprang. Als seine Fingerspitzen das Wasser berührten, war es ihm, als griff eine fremde Hand die seine! Schon verschwand seine Hand unter der Wasseroberfläche, dann sog das Wasser seinen ganzen Arm hinein. Im letzten Augenblick realisierte Enwin, was passierte. Er stieß die Luft aus seinen Lungen und füllte sie mit einem tiefen Atemzug ganz auf, dann verschluckte in der magische Sog der Wasserader.

Enwin schwebte im klaren Wasser. Unter ihm war die Oberfläche, durch die hindurch er zwei Kelpen gleichzeitig an die Stelle stürzen sah, an der er noch Sekunden zuvor selbst gestanden hatte. Wenn das Wasser ihn hochziehen konnte, dann vielleicht auch Trucidos Monster. Und auch die konnten schwimmen!

Er suchte das Symbol der Wasserzwerge. Er fand es über einem von fünf krummen und schiefen Gängen wieder, die in alle erdenklichen Richtungen führten. Als er unter dem Symbol hertauchte, platschte es hinter ihm. Er musste also noch einmal schneller sein als die Kelpen! Aber hier war er in seinem Element. Und Enwins Lungen waren gut gefüllt. Was zählte, war, die Perlen und die Wellen zu finden, die vor ihm lagen. Hoffentlich hatten die Symbole seiner Vorfahren die Zeiten genauso überdauert wie der Rest der Wasserader!

Enwin tauchte mit seinen gewaltigen Armschlägen schon Minuten durch die Wasserader. Sie war lau und verlief in unvorhersehbaren Windungen erst aufwärts, dann abwärts, links und rechts, mal in gekachelten Röhren, mal in felsigen Tunneln zu einem Ziel, das mit jedem Atemzug, der dem Wasserzwerg fehlte, unmöglicher zu erreichen schien. Schon hatte er die Kelpen vergessen, die irgendwo hinter ihm schwammen. Er hatte ohnehin schon so oft vieladrige Abzweigungen passiert, dass seine Verfolger wohl nur noch ein kleines Problem darstellten, wenn überhaupt. Stattdessen suchte er die blauen Kacheln und schimmernden Steine auf seinem Weg nach Perlen und Wellen ab, die den Weg aus diesem Unterwasser-Labyrinth markierten.

Wieder offenbarte sich vor ihm eine kleine Unterwasserhöhle mit mehreren Tunneln, aber wie zuvor fand Enwin nur bei einem Eingangsloch die Perle der Wasserzwerge, diesmal genau in der Mitte der Bodenschwelle.

Hastig tauchte er hindurch und rief sich in Erinnerung, wie der berühmte Zwerg Eddri Flossenbart zu seinen Lebzeiten angeblich den nordwestlichen Arm des Blauen Sterns auf dem Rücken eines Delphins durchquert haben sollte. Ohne auch nur einmal Luft dabei zu holen! Das war selbstverständlich Unsinn, zumal es dafür wahrscheinlich einen halben Tag gebraucht hätte. Aber Wasserzwerge konnten mehr als alle anderen Völker Unvorstellbares im Wasser vollbringen – mit Ausnahme der Seepferde natürlich!

Die Vorstellung vom Zwergenhelden Eddri gab Enwin ein letztes Bisschen an zusätzlicher Kraft, die er benötigte, um auch diesen Tunnel zu nehmen. Zweimal beschrieb der eine Rechtswindung und stieg dann quasi aus dem Nichts heraus senkrecht an. Endlich! Es ging nach oben. Das wurde auch Zeit. Die aufgestaute Luft wollte sich jede Sekunde einen Weg aus Enwins Lungen bahnen.

Nach einer gefühlten Ewigkeit, in der sich der Seenfürst immer weiter nach oben kraulte, endete die lotrechte Passage und Enwin befand sich am Anfang eines weiteren viereckigen Ganges mit bläulichen Kacheln an den Wänden. So weit sein Auge reichte, erstreckte sich dieser schnurgerade nach vorn, ohne auch nur im Entferntesten ein Ende, geschweige denn einen Ausstieg zu offenbaren. Enwin bekam es mit der schieren Angst zu tun. Seine Bewegungen verselbstständigten sich. Er schaufelte das Wasser hinter sich in der verzweifelten Hoffnung, diese Hunderte von Metern, die vor ihm lagen, irgendwie zu überstehen. Aber die Schwimmbewegungen wurden immer schwerer. Er verstand, dass er diesen Tunnel unmöglich durchqueren konnte. So schnell hätte er nicht einmal in seiner Jugend schwimmen können. Als er einsah, dass er den falschen Weg genommen hatte, erstarben seine Bewegungen. Er ließ sich einen letzten Moment in der Schwerelosigkeit des Wassers treiben. Aus seinen müden Augen sah er, wie unter ihm das umspülte Perlensymbol in eine große Fliese eingelassen war. Er wollte danach greifen. Warum, wusste er auch nicht. Aber im selben Moment, noch bevor er den Boden berührte, riss es ihn mit gewaltiger Kraft davon. Er drehte sich um die eigene Achse und hatte bald die Orientierung so weit verloren, dass er keine Ahnung hatte, wo oben und unten war. Ein gewaltiger Sog hatte ihn erfasst, viel kräftiger als jener vom Anfang der Wasserader, und er zog ihn mit Macht durch den Tunnel, immer schneller und noch schneller. Atmen! Enwin wollte nur noch Atmen. Nur noch das konnte ihn retten! Da spie ihn der Tunnel aus. Und Enwin atmete. Er atmete und tat nichts weiter als atmen, bis er abermals das Bewusstsein verlor.

Unter einem rosafarbenen Himmel wachte Enwin auf. Er erinnerte sich daran, was geschehen war. Er sah die Sonne über sich und wusste, dass es die Morgendämmerung war, die einen neuen Tag anbrechen ließ.

In einer Mischung aus Unglauben und Euphorie darüber, dass er noch lebte, kämpfte er sich auf die Füße. Schließlich stand er wackelig, aber er stand. Vorsichtig schob er das zerfetzte Hemd hoch, das immer noch an ihm hing. Die nässende Wunde an seinem Bauch konnte er gerade so gut sehen, dass er es bereute, nachgeschaut zu haben. Die aufgeweichte Haut an den Rändern der Wunde sah fürchterlich aus.

Enwin ließ sein Hemd wieder herunterfallen und wartete ab, bis ein Schwindelanfall vorüber war. Dann übergab er sich. Als auch das vorbei war, fühlte er sich zumindest ein kleines bisschen besser. Der pochende Schmerz war auszuhalten. Vor allem jetzt, da er die Wunde nicht mehr ansah. Der Wasserzwerg schaute sich um.

Er stand am Ufer eines kleinen Bachlaufs. Hier gab es nicht viel außer ein paar kleinen Bretterbuden und Hütten, die in einiger Entfernung am Rande der großen Feuchtwiese standen, die den Bach einrahmte. Die Häuser sahen ärmlich aus. Vielleicht befand er sich am Rande des so genannten Labyrinths, einem Armenviertel von Celsa-Stadt, dessen Name selbst ihm ein Begriff war.

Er versteckte sich hinter ein paar Schilfrohren und beobachtete die Umgebung. Mit ziemlicher Sicherheit hatte ihn noch niemand gesehen. Er suchte nach dem Loch, das ihn ausgespuckt hatte und fand alsbald eine Stelle, die so aussah, als gehörte sie zu einer Kanalisation. Vielleicht hatte die bewachsene Stelle nicht einmal einer der Anwohner dieser Gegend bemerkt, so unauffällig mutete sie an. Und wenn doch, hatte er sich wahrscheinlich keine Gedanken darüber gemacht.

Glücklicherweise war es an diesem Morgen nicht besonders kalt. Obwohl es winterte. Trotzdem rieb Enwin sich die Arme und schlotterte. Er war völlig entkräftet. Er brauchte Kleidung und etwas zu Essen. Von Wasser hatte er erst einmal genug und das wollte schon etwas heißen.

Um keine Aufmerksamkeit auf sich zu ziehen, ging er am Rand des Baches weiter. Kurze Zeit später kam er an einer Wäscheleine vorbei, die er um eine Decke und einen zerschlissenen Umhang erleichterte. Es war nicht viel und darüber hinaus klamm, aber er dankte im Stillen den Leuten, die er beklaute, und versprach, es ihnen doppelt und dreifach zurückzuzahlen, wenn er irgendwann die Gelegenheit dazu hatte.

Mit seinem neuen Umhang fiel er kaum auf und bald traute sich Enwin vom Bachufer hinein in die Straßen, in denen nun schon erste Frühaufsteher mit gesenkten Köpfen ihren Geschäften nachgingen. Der Seenfürst merkte sofort, wie niedergeschlagen die Bewohner der Stadt waren. Keiner hatte ein Auge für den Fremden, der durch ihr Viertel wanderte. Da dachte er sofort wieder an sein Versprechen gegenüber Horellio und an sein Vorhaben, den Zauberer von seinem unrechtmäßigen Thron zu reißen.

Als Enwin sich an einem kleinen Marktstand, der gerade im Begriff war, zu öffnen, ein Stück Dörrfleisch stibitzt hatte und er mit dieser Stärkung im Bauch wieder klarer denken konnte, begann sich ein Plan in seinem Kopf auszuschärfen: Er konnte die Elfen nicht mit den Zwergen einen, wenn er mit Nichts zu ihnen kam! Außerdem war der Weg in die Wüste zu gefährlich, nun, da wahrscheinlich Kelpentruppen die Prismatischen Ebenen, die Goldene Wüste und das Land um den Zwergenwall heimsuchten. Er musste sich darauf besinnen, wie er wieder auf seinen Thron gelangen und die Reiche zusammenbringen konnte, ohne dabei gleich den Zauberer auf sich aufmerksam zu machen. Der würde ohnehin rasend vor Wut sein, wenn er verstand, dass Enwin ihm entwischt war.

Wieder befühlte Enwin seine Bauchwunde. Die Decke, in die er sich unter seinem Mantel eingewickelt hatte, war mittlerweile trocken geworden und hatte sich noch nicht verfärbt. Das war ein gutes Zeichen. Und er hatte das Dörrfleisch in sich behalten. Vielleicht war das ein noch viel besseres Zeichen. Er konnte es schaffen. Er war aus den Katakomben entkommen. Wie schwer konnte der Rest sein?

Er überlegte: Sicherlich war ein Verbündeter hilfreich. Jemand, der sich auskannte in der neuen Weltordnung, die Trucido erschaffen hatte. Jemand, der auch im Verborgenen agieren und ihn geschickt in Politikfragen unterstützen konnte.

An einem Gatter am Ende der Straße sah der Wasserzwerg zwei angebundene Pferde. Von den Besitzern fehlte jede Spur. Der Seenfürst lächelte. Wenn er eines so gut konnte wie schwimmen, dann war es reiten. Jetzt würde er sich Stück für die Stück die Zügel in diesem Kampf zurückholen!

Nachdem er geritten und geritten war, hoffte Enwin nur, dass er nicht zu lange gebraucht hatte. Trucido wütete weiter, das hatte er bei ihrem Treffen mehr als deutlich gemacht. Aber er hatte es letzten Endes geschafft: Enwin war an seinem Ziel angekommen, ohne dass es die Kelpen des Zauberers bemerkt hatten.

Er sattelte ab und spähte in die Straßen, in denen ein leichter Nebeldunst lag. Niemand war zu sehen. Hoffentlich würde ihm jemand die Tür öffnen.

Bedächtig schritt der Zwerg in Richtung Vordach, das von sechs imposanten Säulen getragen wurde. Es wirkte einladend, das große Symbol der umspülten Perle, welches auf dem Giebelfeld des Daches zu sehen war. Ob man ihn in seiner Aufmachung überhaupt erkennen würde? Zwei leicht unterschiedliche, durchdringende Hornstöße ertönten kurz hintereinander über der Stadt, aber Enwin wusste sie nicht einzuordnen. Noch einmal atmete er tief durch und wollte den großen, ehernen Türring gegen das Tor der Zwergenbotschaft schlagen, da öffnete sich dieses ganz von allein.

In der Zisterne

»Es sind jetzt genau dreiundsiebzig Tage, seit wir dich gefunden haben.«

Woti verschlug es glatt die Sprache. So lange? Wie hatten sie ihn die ganze Zeit über versorgt? Das war unglaublich! Dreiundsiebzig Tage, seit er und der Alte vom Andersvolk …

Offensichtlich war ihm seine Überraschung anzusehen, denn Djakabaly, Wotis Führerin, machte ein betroffenes Gesicht. Sie musste sehen, welche Fülle an Fragen ihm in den Sinn gekommen war.

»Keine Sorge, Woti …«

Sie sprach seinen Namen zum ersten Mal aus, seit er ihn ihr verraten hatte, und musste sich daher wohl erst daran gewöhnen, denn sie betonte ihn falsch auf der zweiten Silbe. »Ich werde dir deine Fragen so schnell wie möglich beantworten.«

Dann sah sie sich um, als wollte sie feststellen, wie spät es war. Aber nichts in diesen Gängen ließ darauf schließen, welche Tageszeit es sein mochte. Jedenfalls ließ sie ihren prüfenden Blick noch einmal rundherum wandern, dann ging sie entschlossen weiter.

Seit sie das große Holztor mit den riesigen Eisenbeschlägen durch eine viel kleinere, in den eigentlichen Durchgang nachträglich eingelassene Pforte passiert hatten, waren sie noch niemandem begegnet. Woti hatte auch nichts gesehen, das auf die Gegenwart von den *anderen* schließen ließ, die Djakabaly zuvor erwähnt hatte.

»Sie erwarten unsere Ankunft«, erklärte Djakabaly. Sie richtete ihren Blick geradeaus, gleich so, als wäre ihre Aussage nur folgerichtig. Woti fragte sich, ob sie beobachtet wurden. Unsicher sah er sich um.

»Vertrau mir«, beruhigte ihn Djakabaly. »Sie wissen, dass ich dich hohlen wollte. Dem Plan wurde zugestimmt.«

Woti antwortete nicht. Er zermarterte sich trotz seiner Schmerzen auch lieber das Hirn darüber, wie, bei allen Engeln, er *dreiundsiebzig Tage* in der Obhut seiner Begleiterin und diesen anderen zugebracht hatte, ohne aufzuwachen oder etwas davon zu merken! Und was war mit seinen Freunden? Sie hatten ihn einfach so im Stich gelassen!? Der Alte hatte ihn aufgespießt.

So wie er den Alten. Er hatte selbst nicht damit gerechnet, seinen Angriff zu überleben. Doch was war dann geschehen? Hatten Decora und Kiran ihn für tot gehalten? Mindestens seinen Herzschlag hätten sie doch bemerken müssen …

Einzelne Bilder kamen in Woti wieder zum Vorschein. Es waren scheußliche Bilder. Er war zurück im Labyrinth. Er sah den Alten grässlich lachen. Er sah seine Dolchmesser tief in der Brust des jeweils anderen. Und er sah sich selbst, wie er seine letzten Worte an Decora richtete. Dann einen Sturz, der nicht enden wollte. Einen tiefen Schacht. Zuletzt Dunkelheit.

»Du kannst ruhig sprechen, Freund«, holte ihn Djakabaly aus seinen Gedanken zurück. Die Altweltkrokodile sind hinter dem Tor kein sehr großes Problem mehr, falls dich das nervös machen sollte! Ich erzähle dir später mehr von ihnen. Aber um dich zu beruhigen: Die Wände in und um die Zisterne sind wahrscheinlich dicker als die der Sternenhallen …«

Woti betrachtete die grüngrau gekachelten Wände, die feucht im Licht regelmäßiger Fackeln glänzten. Hier und da waren Rohre und Abflüsse in den Boden, die Decke oder die Wände eingelassen. Gittertore und quaderförmige Säulen trennten einzelne Hallen und Gänge in verschiedene Bereiche auf, durch die sie marschierten. Aber nichts davon nahm Wotis Gedanken in Beschlag, obwohl die Zisterne, wenn sie überhaupt schon in deren Inneren angekommen waren, aus allen Ecken pfiff, quietschte und gluckerte. Jeden, der nicht Wotis Schicksal teilte, hätte sie sofort in ihren Bann gezogen – im guten wie im schlechten Sinne: Alles wirkte unheimlich und zugleich seltsam anziehend. Aber selbst die ominösen Altweltkrokodile, von denen er noch nie gehört hatte, kümmerten ihn nicht.

»Das … das ist es nicht …«, bemühte sich der Gwilling endlich um ein paar Worte. »Diese Dinge fallen im Moment nicht ins Gewicht. Es geht um meine Freunde und um mich: Wir wurden getrennt – sie und ich! Dann fandet ihr mich verletzt und fast tot. Ihr rettetet mich aus meiner Not. Aber was ist mit Decora, Kiran und Finn? Mit Raukelunk und Veda, wo sind sie hin? Ich muss das alles erst verstehen – ich lebte! Wie konnten sie ohne mich gehen?«

Woti merkte gleich, dass er ohne zu überlegen Decoras Namen ausgesprochen hatte. Er musste aufpassen! Schließlich kannte er seine Retterin doch gar nicht. Hatte sie ihm überhaupt die Wahrheit erzählt? Dreiundsiebzig Tage! Wieder kam ihm diese Zahl ungeheuerlich vor. Andererseits – was blieb ihm anderes übrig als ihr zu erzählen, was mit ihm geschehen war! Er bezweifelte, dass ihm eine glaubhafte Lüge einfiel. Zumal für jemanden, der sich hier nicht auskannte.

Doch Djakabaly kommentierte keinen der Namen, die er aufgezählt hatte. Woti konnte sich jedoch kaum vorstellen, dass jemand in oder um Celsa-Stadt nicht sofort an Decora Nubigena dachte, wenn er diesen Namen hörte. Stattdessen blieb seine Führerin stehen und musterte ihn analytisch von oben bis unten.

»Du kommst wirklich nicht von hier! Sag, schon: Was hat es damit auf sich?«

Woti entschied sich also dazu, ihr entgegenzukommen. »Was genau willst du denn wissen – ich werde dir wohl Antworten geben müssen!«

Er lächelte sie an. Seine Wunde schmerzte. Als er sie vorsichtig berührte, bestätigte sich, was Djakabaly ihm gesagt hatte: Sie war schon leicht vernarbt und erst bei ihrer Flucht wieder aufgerissen. Vielleicht stimmte das mit den dreiundsiebzig Tagen wirklich …

»Na eben *das*!«

Was meinte sie? Woti sah sie verwirrt an.

»Du willst mir doch nicht erzählen, dass das ein Zufall ist! Oder dass du das gar nicht merkst!«

Noch immer fragte sich Woti, worüber sie eigentlich redeten. »Meinst du den Dolch, der in mir steckte? Oder den Ort, an dem man mich entdeckte?

Da entspannten sich plötzlich Djakabalys Züge. Und sie lachte.

Die ganze Situation war so verwirrend, dass Woti einfach mitlachte. Vielleicht vor Erleichterung, mit Sicherheit aus Verzweiflung.

»Nein, weder noch«, stellte Djakabaly klar, nachdem sie beide fertig waren.

»Ich meine das mit dem Reimen, Freund.«

»Ein *Gwilling* also! Ein Gwilling aus *Telluriscor*. Ein Gwilling aus Telluriscor, der durch ein *Portal* in unsere Welt gefallen ist. Ein Gwilling, der nur in Reimen spricht …«

Brien, ein steinalter Wasserzwerg von immer noch rüstiger Gestalt, schüttelte seinen langen, blauen Bart und fuhr sich mit den Fingern durch die ebenfalls blauen Augenbrauen, die noch wirrer als sein Bart zu allen Seiten abstanden. »Ich habe ja schon viel gehört …«

»Bitte, wenn es dich nicht stört«, fiel ihm Woti etwas unhöflich ins Wort. Aber er hatte das dringende Bedürfnis, gleich alle Dinge richtigzustellen. Der alte Wasserzwerg war ihm von Anfang an unsympathisch. »*Gesprungen*, freiwillig, und gern obendrein! Von *fallen* kann gar nicht die Rede sein. Gewiss, es war knapp auf dem Tempel der Roben. Mein Entschluss aber fiel nicht erst dort droben. Wir haben gekämpft, wir alle zusammen …«

Er stockte und seine Stimme zitterte. Aber er schaute dem alten Wasserzwerg fest in die Augen. »Doch dann ist es eben ganz anders gekommen …«

»Das mit dem Reimen stimmt jedenfalls«, meldete sich eine von drei Elfen zu Wort, die mit Woti, Brien und Djakabaly im innersten Kreis einer Gruppe von vielleicht einhundertfünfzig Personen um ein großes Feuer saßen. Es verströmte für Woti einen tröstlichen Duft von würzigem Harz und rauchigen Flammen. Erinnerungen an den Wandernden Wald kamen in ihm hoch. Das wiederum erinnerte ihn leider an seine Freunde und beschwor trübere Gedanken …

»Sei nicht so unsensibel, Ammi«, wies die zweite Elfe ihre Vorrednerin zurecht und sah diese scharf an. Woti hatte den Namen dieser zweiten Elfe bereits kurz zuvor vernommen: Sie hieß Ashnaprilla und wandte sich nun ebenfalls an ihn.

»Ich entschuldige mich für meine Gefährtin, Woti aus Telluriscor. Beginnen wir einen Neustart. Also: Brien und Ammi. Dann Djakabaly, sie kennst du ja schon ganz gut. Und Esmerylda.«

Ashnaprilla deutete zuletzt auf eine dritte Elfe, die wie sie und Ammi ein luftiges Hemd, eine Pluderhose und jede Menge Armreife, Fingerkettchen und Ringe trug.

»Zusammen führen wir den Widerstand an. Wenn es stimmt, was du sagst, dann wirst du sicher verstehen, warum wir misstrauisch sein müssen. Prinzessin Nubigena dürfte dir Beispiel genug sein, wie gefährlich Trucido für unser Land ist – ach was, für ganz Aethra. Und vielleicht, nachdem wir uns deine Geschichte anhören durften, für noch andere Welten …«

Ashnaprilla senkte nun ihren Blick und starrte ins Feuer. Was Woti den Anwesenden erzählt hatte, musste natürlich erst einmal verdaut werden. Da machte er sich keine Illusionen. Aber nachdem nun alles offenbart war, fühlte er sich in erster Linie erleichtert. Er hoffte inständig, an die richtigen Leute geraten zu sein. Zuletzt hatten die anderen und er doch genau das gewollt – einen Widerstand ausfindig machen …

Brien, der Wasserzwerg, wickelte gedankenversunken seinen Bart um den knöchrigen Finger.

»Was Ashnaprilla meint, Woti«, sprach er, ohne aufzusehen, »ist, dass es für uns überlebenswichtig ist, sehr vorsichtig zu sein. Ein falscher Schritt oben in der Stadt, eine falsche Person eingeweiht … Schon könnte Trucido hinter das Geheimnis unseres Versteckes gelangen! Nur die ständige Wahrung dieses Unterschlupfes gibt uns die Möglichkeit, einen Schlag gegen ihn vorzubereiten und durchzuführen!«

Nun schaute er unvermittelt auf und sah Woti abschätzig an. »Ich sage es ganz offen: Ich weiß nicht, ob ein Gwilling aus Telluriscor ein Segen für uns sein kann. Wohl eher ein Fluch.«

In der Menge der Anwesenden, die sie umringte, brandete Gemurmel auf. Woti fragte sich, wie diese es überhaupt so lange ausgehalten hatte, sich in Schweigen zu hüllen. Aber scheinbar herrschten hier in der Zisterne selbst in solch einer Situation Manieren und Anstand. Überhaupt hatte Woti sich die *anderen*, während er mit Djakabaly durch die Tunnel hierher marschiert war, viel rauer und wilder vorgestellt. Ganz diesem nasskalten, rumorenden und ungastlichen Ort entsprechend. Aber was er sah, das waren normale Leute, entschlossen zwar, aber nicht verroht. Und in ihren Herzen sicherlich friedliebend.

Djakabaly erhob sich und wies die Menge mit erhobener Hand an, wieder zu schweigen.

»Denkt bitte daran«, rief sie in die Runde. »Wir haben uns gemeinsam dafür entschieden, den Kranken gesund zu pflegen und hier in unsere Mitte zu hohlen. Und die Geschichte unseres Gastes deckt sich mit unserer Erfahrung. Es gibt im Moment überhaupt keinen Grund, ihm irgendetwas zu unterstellen oder anzunehmen, er sei ein Fluch für uns.«

Sie schaute böse in Richtung Brien, der ihren Blick jedoch ganz gelassen übersah. Woti überlegte angestrengt, von welcher Erfahrung Djakabaly sprach. Irgendetwas verheimlichten sie ihm.

»Ganz im Gegenteil, wie ich nun meine!« Sie fuhr fort, zunächst ohne Brien dabei aus den Augen zu lassen. »Was Wotis Geschichte betrifft, werden wir natürlich wiederum gemeinsam abstimmen, ob wir ihm Glauben schenken und ihm vertrauen wollen. Doch wenn auch nur die kleinste Möglichkeit besteht, dass er uns heute die Nachricht vom Überleben unserer zukünftigen Königin überbracht hat, dann will ich meinen, es handelt sich in seinem Falle um den größten Segen überhaupt! Nichtsdestotrotz haben wir an diesem dunklen Tag einen Mitstreiter und einen Freund aus unserer Mitte verloren. Nictuus starb unter dem Labyrinth bei der Rettung Wotis. An keinem von euch kann das spurlos vorübergehen. Doch wir wissen schon lange, dass das, was wir tun, gefährlich ist. Nictuus war nicht der Erste, den es getroffen hat, und ich weiß mit Sicherheit, dass er auch nicht der Letzte sein wird, der beim Kampf gegen Trucido stirbt. Dies hier betrifft uns also alle miteinander. Ich fordere jeden von euch auf, augenblicklich das Wort erheben, dem die Gestalt und das Aussehen des Neuankömmlings und dessen ganze Art und ja, auch die besondere Weise zu Reden so bekannt vorkommen, dass er es nicht in Betracht ziehen müsste, dessen

Offenbarungen als wahr zu erachten. Solange zumindest, bis das Gegenteil bewiesen ist …«

Woti wartete gespannt und ließ seinen Blick durch die Menge der Anwesenden schweifen. Wie der Rest der großen Halle mit dem halb gefüllten Überlaufbecken in der Mitte wurde diese von weiß glimmenden Lichtkugeln ausgeleuchtet, die ganz offensichtlich magischer Natur waren und stumm unter der hohen Decke schwebten. Als sich nach endlos langen Sekunden immer noch niemand gemeldet hatte und selbst Brien ganz vorsichtig nickte, atmete Woti erleichtert aus. Das Pfeifen und Plätschern, das aus dunklen Rohren an den weit entfernten Wänden herrührte, kam ihm mit einem Mal weniger bedrohlich vor. Denn nun veränderten sich die Blicke, die aus der Menge auf ihm ruhten. Djakabalys wohl überlegte Worte schienen die Anwesenden von seinem Schicksal zu überzeugen.

»Alles klar!«, meldete sich da Ammi, die Elfe, die Woti zuvor zumindest das mit dem Reimen abgekauft hatte. »Abschließend abstimmen können wir natürlich erst morgen, wenn wir eine Nacht über die ganze Sache geschlafen haben.« Sie beugte sich zu Ashnaprilla und zu Esmerylda, der Elfe, die noch keinen Ton gesagt hatte, und flüsterte ihnen etwas ins Ohr. Nach kurzer Zeit schienen sie sich einig zu sein. Ammi sagte: »Vorerst tun wir aber mal so, als wäre dein Abenteuer wahr! Hast du irgendwelche Fragen?«

Woti kratzte sich am Kopf, aber nicht, weil er überlegen musste: Er vermisste einen Hut. Einen, wie ihn die Gwillinge in den Sieben-Brot-Ländern trugen, und er hatte das Gefühl, dass er vor dieser ganzen Sache noch nicht so kahl gewesen war und wenigstens noch ein paar Haare mehr übrig gewesen waren als der klägliche Rest, den er nun fühlen konnte.

Tapfer sagte er: »Ihr habt mich gerettet und zu Euch gebracht! Und das, obwohl Ihr Euch Sorgen macht: Eine falsche Person, ein falsches Wort, schon ist er enttarnt, Euer Rückzugsort. Ein Fremder, verletzt, tief unten im Schacht? Das war doch nicht wirklich so unbedacht! Was war der wahre Grund, mich nicht dort zu lassen? Im Krieg sich mit so einem Problem zu befassen – ist entweder töricht und sehr naiv, oder meine Rettung schien doch lukrativ …

Djakabaly errötete. Aber Brien, der offensichtlich nur so tat, als wäre er die ganze Zeit in völlig andere Gedanken gehüllt, blaffte sie an: »Sag es ihm schon, Djakabaly! Es war schließlich hauptsächlich deine Idee! Es macht auch gar keinen Sinn, es ihm zu verschweigen.«

Dann wandte er sich an Woti: »Herr Gwilling! Wenn es nach mir gegangen wäre, ich hätte dich dort gelassen, wie du schon richtig sagtest. Ein Toter mehr oder weniger, was macht das schon? Besonders nach unserer

Erfahrung. Aber leider hat es in letzter Zeit immer mehr den Anschein, dass ich von den anwesenden Damen überstimmt werde. Und der Widerstand pflegt es dann sehr gewissenhaft, ihrem Urteil zu folgen. Und nicht dem des alten Zwerges. Ist wahrscheinlich bequemer so …«

Woti lächelte gequält und hielt sich den Bauch. Seine Narbe hatte Djakabaly gleich zu Beginn ihrer Ankunft in der großen Halle notdürftig mit Nadel und Faden genäht. Die Naht hielt, aber es fiel ihm schwer, richtig zu atmen. Er würde noch einige Zeit brauchen, bis er wieder der Alte war. Djakabaly, die ihn beobachtete, nickte ihm zu. Was wohl bedeutete, dass sie sich später weiter um die Verletzung kümmern würde.

Dann gab sie sich einen Ruck: »Vor zweieinhalb Monaten haben wir dich auf einer unserer Patrouillen durch ein Gitter hindurch in einem Schacht liegen gesehen. Nach einer ersten Untersuchung deiner Verletzung war klar, wie schwer es dich getroffen hatte! Wir waren unsicher, ob wir es wirklich schaffen konnten, dich am Leben zu halten. Es gab also zwei Möglichkeiten: dich deinem Schicksal zu überlassen, dabei aber nicht zu riskieren, in eine Falle zu laufen und enttarnt zu werden. Oder dich zu pflegen und darauf zu hoffen, Antworten zu erhalten. Die Antworten, die wir uns erhofften und aufgrund derer wir dich schließlich mitnahmen, sahen aber in unserer Vorstellung anders aus als die, die wir heute bekommen haben. Wir wollten in erster Linie erfahren, ob jemand über die Zugänge zur Zisterne Bescheid wusste. Wer hatte dir das angetan? Mit wem warst du unterwegs? Und wohin? Außerdem hat uns natürlich dein Äußeres neugierig gemacht. Du verstehst aber, dass wir dich nicht aus Nächstenliebe gerettet haben.«

Woti verstand es und er hegte keinen Groll deswegen. Alles, was Djakabaly gesagt hatte, wäre ihm andersherum wahrscheinlich genauso gegangen.

»Sicherlich«, berichtete sie weiter, »hätten wir dich auch nicht in unsere Mitte geholt, ohne deine Geschichte zu überprüfen, wenn die plötzlichen Angriffe auf die Munitionslager nicht gewesen wären. Aber dann war da noch etwas, das nun viel mehr Sinn ergibt. Das hat letztlich den Ausschlag gegeben …«

Woti wurde hellhörig. Sie kamen der Sache näher. »Lasst mich nicht weiter in Unwissenheit schweben!«

»Also schön.« Djakabaly sah noch einmal in die Runde. Esmerylda, Ammi und Ashnaprilla nickten. Brien wackelte unwirsch mit seinem Kopf, weil ihm ihre ganze Erzählung offenbar viel zu langsam vonstatten ging.

»Da war ein Lichtkreis neben deinem Krankenbett. Ein paar Wochen, nachdem wir dich fanden. Wir hatten dich damals an einem anderen Ort untergebracht, viel tiefer und näher an den Katakomben der alten Stadt.«

»Mit Funken, die flogen?« Woti war mit einem Mal ganz aus dem Häuschen. »Ihr seht – ich habe nicht gelogen! Ein Portal war's, nicht zu widerlegen! Sie haben mich doch nicht aufgegeben!«

Ihm fiel ein Stein vom Herzen: Die anderen hatten einen Weg zu ihm gesucht! Da war also ein Portal gewesen. Aber warum waren sie dann nicht gesprungen? Und warum erst Wochen nach dem Kampf mit dem Alten? Er hatte plötzlich noch mehr Fragen als zuvor.

»Was ist geschehen? Habt ihr meine Freunde gesehen?« Plötzlich wurde Woti misstrauisch.

Ashnaprilla schüttelte den Kopf. Sie und Ammi, die eng beieinander saßen, tauschten mitleidige Blicke aus.

»Leider nicht, Woti. Wahrscheinlich war es der Zwischenfall, der verhinderte, dass sie zu dir kamen …

»Nennt endlich alles beim Namen!«, verlangte Woti nachdrücklich. Er kümmerte sich in diesem Moment nicht darum, wie sehr seine Narbe stach.

Ammi erzählte nun weiter: »Wie schon gesagt, wir hatten dich in einen Krankentrakt in der Nähe der Alten Stadt ausgelagert. Von dort hättest du weder zurück noch den Weg zu uns in die Zisterne gefunden, falls du erwacht und allein gewesen wärest.«

»Der Zwischenfall, die Alte Stadt!? Muss ich raten, was es damit auf sich hat?«

Ammi grinste. Offenbar fand sie es amüsant, Woti reimen zu hören. Aber als sie seinen verzweifelten Blick sah, redete sie sofort weiter.

»Hier unten gibt es noch mehr als die Zisterne!«

Brien hob drohend den Finger. Sogleich färbten sich Ammis Flügel im magischen Licht graugelb.

»Ich kann dir vor unserer endgültigen Abstimmung nicht alles von der Alten Stadt erzählen, aber so viel kannst auch du wissen: Als wir uns hier unten versteckten, damit Trucido und seine Kelpen uns niemals finden könnten, sind wir immer tiefer gegangen. Tiefer, als dass wir überhaupt wussten, dass da unter Celsa noch etwas vorhanden war! Das Labyrinth kennen alle, einige auch die Katakomben darunter. Aber was danach kommt – selbst wir waren überrascht! Die wenigen, die außer Esmerylda die Zisterne kannten, sind alle tot. Wir hatten Glück, dass sie uns diesen Ort zeigen konnte …«

Ammi hatte leuchtende Augen bekommen. »Bei unseren Vorstößen haben wir schnell gemerkt, dass wir nicht allein hier unten waren. Es gibt Wesen, von denen wir niemals zuvor gehört hatten …«

»Sie redet von den Altweltkrokodilen!«, mischte sich Ashnaprilla mit grüngrauen Flügeln ein. »Natürlich haben wir ihnen den Namen gegeben. Aber der passt doch ziemlich gut …«

»Lass mich bitte ausreden!«, ereiferte sich Ammi.

Ashnaprilla grinste Ammi neckisch an und gab ihr zärtlich einen Kuss. »Aber klar! Entschuldige bitte!«

Ammi erzählte mit goldgrünen Flügeln weiter: »Die Krokodile sind groß! Größer als alles, was du kennst!«

Woti dachte sofort an die Unerreichbare Festung und an Silem, behielt seine Assoziation aber für sich. Er wollte endlich wissen, was geschehen war.

»Sie schwimmen durch die alten Wasseradern, die die Zisterne und die Alte Stadt umfließen. Manchmal tauchen sie hier in der Nähe aus den Unterwasserseen auf. Dann kann es passieren, dass sie angreifen. Wenn etwas in ihrer Reichweite ist, dann wollen sie es auch fressen. Neben uns befindet sich ein Versorgungsweg direkt nach unten zur …«

Wieder schüttelte Brien erhobenen Fingers den Kopf.

»Wie dem auch sei«, erklärte Ammi schuldbewusst, »es geht dort weiter nach unten. Und irgendwie müssen sich hier in den letzten Jahrhunderten ein paar Dinge verändert haben, seit keiner mehr hier war und bevor wir gekommen sind: Die Krokodile können bis an die Säulen gelangen, die du dort hinten siehst.«

Woti spähte in die ihm gewiesene Richtung. Eine Seitenwand der großen Überlaufbeckenhalle war durchlässig: Senkrechte, massive Säulen, die ihn an die Wandelhallen vor den Schwimmhäusern Weit-Alons erinnerten, reichten vielleicht fünfzehn Meter hoch bis an die ebenfalls grüngrau geflieste Decke. Die Säulen maßen auch in ihrem Durchmesser mehrere Meter, zwischen ihnen gab es allerdings nur wenig Platz. Mit Glück konnten sich zwei oder drei Personen gleichzeitig hindurchquetschen.

»Weiter östlich von hier gibt es einen Zugang aus einem tiefen See, der einen unbebauten Stollen mit der Straße verbindet, die hinter den Säulen liegt. Leider verirrt sich deshalb immer mal wieder eines der Biester bis hierher. Wenn sich dann auch noch jemand von uns hier im Hauptraum befindet, dann lassen die Krokodile oft erst nach Stunden davon ab, sich vor den Säulen herumzuwälzen oder sich gegen sie zu werfen.«

Weil Ashnaprillas Flügel sich mittlerweile komplett grün gefärbt hatten, überließ Ammi ihr doch wieder das Wort: »Willst du jetzt weitermachen, Schatz?«

Ashnaprilla ließ sich das nicht zweimal sagen. »So war es auch, als das mit dem Lichtkreis – oder *Portal* – passierte. Mit einer Ausnahme: Es waren zwei Krokodile gleichzeitig hier. So etwas hatten wir vorher noch nie erlebt! Der Krankenraum, in dem wir dich untergebracht hatten, liegt in der Nähe des Zugangs zu besagtem See. Da die Krokodile auf ihrem

Rückweg scheinbar schlechte Laune hatten und miteinander kämpfen, kam es zu mehreren kleineren Erdrutschen überall in der Gegend. Djakabaly, Ammi und Esmerylda waren dort und haben alles miterlebt! Ammi, willst du wieder weitermachen?«

Ammi nickte verschwörerisch. »Wir waren schockiert, als das *Portal* aufgetaucht ist! Wir hatten ja keinen blassen Schimmer, was überhaupt los war. Und als das mit den Erdrutschen losging, dachten wir, beides hätte miteinander zu tun. Erst nachher erfuhren wir von den beiden kämpfenden Krokodilen. Unglücklicherweise haben sich dabei auch über deinem Krankenlager ein paar Gesteinsbrocken von der Decke gelöst. Einer davon ist mit voller Wucht auf deinen verletzten Bauch gefallen. Wir dachten, dass es das nun endgültig für dich gewesen wäre. Das Portal verschwand in dem Moment, als sich dein Zustand verschlechterte. Ich würde sagen, du warst für einige Zeit danach mehr tot als lebendig …«

Ammis Flügel leuchteten blaugelb, als sie zu Ende gesprochen hatte.

Als Letzte meldete sich wieder Djakabaly zu Wort: »Aber du lebtest doch! Von da an konnten wir dich natürlich nicht mehr aufgeben: Dieses Phänomen – wir *mussten* mehr darüber wissen. Allerdings konnten wir dich auch nicht dort lassen, wo du warst. Also verlegten wir dich in den Raum, in dem du heute aufgewacht bist. Viel weiter weg von uns, falls dich noch andere Magie umgab, von der wir keine Ahnung hatten und die uns gefährlich werden konnte! Dass mit dem Angriff auf die Munitionslager konnten wir natürlich nicht vorausahnen. Trucido muss mittlerweile völlig durchgedreht sein! Seit die Kelpen verwundbar sind, wird es wirklich jeden Tag schlimmer …«

Wotis Gedanken trudelten: Sie hatten es versucht! Sie hatten versucht, zu ihm zu kommen! Aber womöglich war er mit einem Mal so schlecht zurecht gewesen, dass der Zauber auf der anderen Seite noch kein Portal geöffnet hatte – und seines sich abrupt wieder verschlossen hatte! Und dann war da noch das mit den Kelpen: Sie waren verwundbar! Waren Decora und die anderen dafür verantwortlich? Vielleicht hatten sie es mit Melvins Hilfe und der seiner Freunde wirklich geschafft, einen Weg zu finden, Trucido seine größte Stärke zu nehmen … Möglicherweise waren sie also wieder zurück in der Botschaft und schmiedeten von dort weiter Pläne! Vielleicht hatten *sie* Trucido dazu getrieben, die Munitionslager anzugreifen … Oder waren sie wieder in die Unerreichbare Festung zurückgekehrt? Es gab nur einen Weg, das alles herauszufinden: Er musste diesen seltsamen Widerstand überzeugen, ihm den Weg zurück zur Zwergenbotschaft zu zeigen …

Tunnel, Echsen und Donnersteine

Ein Beben riss Woti aus dem zermürbenden Halbschlaf, der ihn die ganze Nacht nicht hatte loslassen wollen. Beinahe fiel er von seinem Feldbett, das aus Stroh, Holzkisten, Brettern und Nägeln notdürftig zusammengeschustert war. Sofort dachte er an die Munitionslager vom Vortag, aber Djakabaly, die die Nacht an seiner Seite verbrachte und abrupt kerzengerade saß, erriet seine Gedanken.

»Nein, Woti. Nicht so weit hier unten.«

Sie blickte in den Gang vor ihrem Schlafraum. »Das kommt nicht aus Celsa, Freund.«

Die Art, wie sie seit ihrer ersten Begegnung am Vortag *Freund* zu ihm sagte und auch seinen Namen mit leichtem Akzent weiterhin falsch betonte, gefiel Woti. Ihre ganze Sprechweise zerstreute ihn. Und das Gefühl, nicht mehr allein zu sein mit seinen schrecklichen Träumen und Visionen von der Dunkelheit und dem Andersvolk, die ihn erwarteten, wenn er die Augen schloss, tat ihm gut. Es milderte auch die dunkle Vorahnung des Bebens ab, das nun beständig wiederkehrte und Putz von der Decke rieseln ließ.

»Lass uns schnell zu den anderen gehen. Sie dürften nun ebenfalls wach sein. Diese Beben verschläft niemand.«

Djakabaly lächelte bemüht, aber dahinter verbarg sich Sorge. Woti hatte nichts dagegen, sich mit mehr Leuten zu umgeben. Das Zittern der Wände und das dumpfe Grollen der Steine würden in der Menge sicher erträglicher sein.

»Sehen sie in mir wirklich eine Gefahr? Alles, was ich sagte, ist wahr.«

»Ich glaube dir.« Djakabaly zog ihn hoch und setzte sich mit ihm gemeinsam in Bewegung. »Aber wir müssen das Urteil abwarten. Nicht nur wir fünf haben das zu entscheiden. Alle haben ein Stimmrecht bei einer Neuaufnahme. Außerdem wollte ich dich noch ein wenig länger beobachten.«

»Daher die Nachtwache. Wegen der Portalsache …«

»Wegen der Portalsache«, bestätigte Djakabaly. »Wir mussten sicher sein, dass du nicht vielleicht Besuch bekommst, nachdem du jetzt nicht mehr im Koma liegst.«

Woti machte ein trauriges Gesicht. Djakabaly bemerkte es trotz ihrer Eile.

Sie sagte: »Es ist hart, seine Lieben zu verlieren. Seine Familie. Glaub mir, wir hier unten wissen das wahrscheinlich besser als viele andere. Aber ganz sicher halten dich deine Leute für tot. Sie wissen nicht, dass du hier bist. Andernfalls hätten sie dich gefunden und nicht wir.«

Die Worte Djakabalys klangen logisch und taten Woti genauso gut wie ihr *Freund*. Sie lächelte aufrichtig, während sie mit ihm um die nächste Ecke bog und eine lange Treppe hinuntermarschierte, über der wie in der Überlaufbeckenhalle weiße Lichtkugeln schwebten.

»Wir sind gleich da. Sei vorsichtig mit den Stufen. Wenn es bebt, sind sie besonders tückisch.«

Wie zum Beweis krachte es nun lauter von unten zu ihnen hinauf. Woti musste sich an Djakabaly festkrallen, damit er nicht fiel. Seine Wunde machte ihn gefühlt zehn Jahre älter, wenn nicht mehr.

»Das wird schon wieder, Freund. Nun komm. Sonst verpasst du es noch.«

Natürlich war auch Woti längst klar, was das Beben verursachte. Nachdem die Munitionslager ausgeschlossen waren, gab es auch nicht mehr viele Möglichkeiten.

»Und wir sind sicher unten beim Becken? Nicht, dass sich dort welche im Wasser verstecken?«

Woti fand es schon komisch, dass es ihm zwar mulmig war, aber er sich vor den Krokodilen, von denen ihm der Widerstand am Abend noch mehr erzählt hatte, prinzipiell weniger fürchtete als damals vor dem Sursulum, das für kurze Zeit sein Freund gewesen war. Und noch komischer war es, dass er in dieser Situation an die Unerreichbare Festung denken musste. Obwohl bei genauerer Überlegung beide Orte gute Versteckmöglichkeiten vor Trucido und den Kelpen boten …

»Keine Sorge«, lachte Djakabaly freudlos. »Das Becken ist zwar groß, aber nicht *so groß*. Da vorne ist es. Rasch jetzt.«

Wieder erfasste ein Beben die Gänge. Am Fuße der Treppe ging es um einige Ecken. Im nächsten Tunnel waren zwei Fackeln aus ihren Halterungen gefallen.

»Das muss echt ein Riesenvieh sein!«, orakelte Djakabaly.

Sie steckte die Fackeln eilig zurück und marschierte weiter. Hinter den nächsten paar Biegungen und Abzweigungen – es waren jetzt gerade so viele, dass Woti doch nicht mehr ganz damit hinterherkam, den Weg im Kopf zu behalten – schimmerte die Überlaufbeckenhalle unter den hellen Leuchtkugeln in ihrem feuchten, grüngrauen Glanz.

Als sie eintraten, fauchte es so laut, dass Woti wie angewurzelt stehenblieb. Verflucht noch mal, jetzt hatte er doch Angst!

Das riesige Altweltkrokodil wälzte sich zischend vor der Überlaufbeckenhalle. Nur die massigen Säulen, die Woti schon am Vortag bestaunt hatte, standen zwischen dem dunkelgrünen Ungetüm von einer Echse und den angespannt beobachtenden Mitgliedern des Widerstandes. Alle, oder nahezu alle, waren anwesend: Einhundertfünfzig oder mehr Personen verteilten sich um das Becken, das mit jedem Angriff des Krokodils gegen die Säulen gemächliche Wellen warf. Trotzdem war die Halle, die neben ihrer Funktion als zentraler Treffpunkt auch als kleiner Marktplatz fungierte, noch lange nicht ausgefüllt.

Woti und Djakabaly arbeiteten sich zwischen den Anwesenden weiter nach vorn. Djakabaly musste den Gwilling hinter sich herziehen, damit er sich bis auf etwa fünfzig Schritte an die Säulen herantraute. In erster Reihe trafen sie Brien und die drei Elfen wieder, die Djakabaly und Woti ernst begrüßten. Die Assoziation von Silem, die Woti während Ammis Erzählung gehabt hatte, stimmte jedenfalls in Bezug auf die schiere Größe des Tieres.

»Einschüchternd. Meinst du nicht auch?«

Briens Stimme war kratzig, als wäre er gerade erst erwacht. Er ließ das Altweltkrokodil nicht aus den Augen. Doch Woti wusste auch so, dass er gemeint war. Er nahm die silbergrauen Flügel der Elfen wahr und antwortete: »Lauf weg, sagt mein Bauch. Auf den Verstand aber will ich mich stützen: Er weiß, dass diese Säulen uns schützen.«

Als er keine Antwort erhielt, der silberne Schimmer aus den Elfenflügeln entwich und diese grau zurückließ, suchte Woti den Augenkontakt zu Djakabaly.

»Sei unbesorgt, Freund. Die Krokodile kommen und gehen. Die Säulen sind alt und stark.«

Als sie wieder zu der wütenden Riesenechse sah, die sich fauchend und zuckend blitzschnell um die eigene Achse rollte und sich gegen die Säulen warf, dass die Halle und die kleinen Marktstände darin nur so wackelten, fügte sie hinzu: »Aber noch kein Stein hat ewig gehalten.«

»Das war eines der größeren Exemplare.«

Ashnaprilla hatte sich eng an Ammi gekuschelt und starrte ins Lagerfeuer, dass die magisch erleuchtete Überlaufbeckenhalle etwas heimeliger wirken ließ. Wahrscheinlich war das auch der einzige Grund, warum es überhaupt hier war. Besonders dunkel oder frisch war es nämlich nicht. Vielleicht wurde es so tief unten auch nicht wirklich kalt, dachte Woti.

»Mach dir trotzdem keine Gedanken!«, fügte Ashnaprilla hinzu. Die Elfe konnte wieder geheimnisvoll lächeln. Die Echse war nämlich schon wieder eine ganze Weile verschwunden, nachdem sie am Ende doch nichts gegen die Säulen hatte ausrichten können. »Obwohl es noch größere gibt in den Tiefen unter uns ...«

Woti wusste, dass sie ihn bloß necken wollte, denn ihre Flügel hatten einen rosafarbenen Schimmer angenommen. So viel hatte ihm Decora in der Unerreichbaren Festung über die Elfen beigebracht. Trotzdem fröstelte es ihn bei dem bloßen Gedanken an die schwarzen Augen des Krokodils, die ihn zwischen den Säulen hindurch hungrig angestarrt hatten. Ganz zu schweigen von den schwertlangen Zähnen im langen Maul der Bestie – jeder größer als er selbst!

»Lass gut sein!«, mahnte Ammi. Woti wusste nun mit Sicherheit, dass die beiden Elfen ein Paar waren. Sie hielten nicht nur gegenseitig ihre Hände, sondern küssten sich wie am Vorabend. So auch jetzt: Ammi beugte sich zur ihrer Partnerin, bis sich die Flügel beider goldviolett färbten.

»Du bist ganz schön böse, weißt du das! Er ist doch noch neu hier!«

Aber Ammi interessierte sich in diesem Moment nur bedingt für Woti. Sie sprach nur zu Ashnaprilla.

»Vielleicht sollten wir nun zum Tagesgeschäft kommen«, schlug Brien unwirsch vor. »Wenn man euch beiden zuschaut, könnte man meinen, ihr sitzt gemütlich zuhause am Ofen!«

Sofort ließen Ammi und Ashnaprilla voneinander ab. Ashnaprilla starrte traurig ins Feuer.

Ammi fuhr den Wasserzwerg an: »War das wirklich nötig, alter Griesgram?«

Aber der Wasserzwerg scherte sich nicht groß um ihren Ärger. Er nuschelte etwas, dass sich wie *Benehmen sich wie Kinder* anhörte und stand auf.

»Das Krokodil-Schauspiel heute Morgen hatte auch sein Gutes!«, sagte er laut. Seine Stimme krächzte wie am Vortag, aber sie war nichtsdestoweniger ehrfurchtgebietend. Ganz wie die eines alten Generals, kam es Woti in den Sinn.

»Unsere Nacht war zwar noch kürzer als ohnehin schon - aber dafür sind wir bereits alle versammelt. Das Einberufen eines Treffens ist also nicht mehr vonnöten. Tun wir unserem Neuankömmling nun den Gefallen und lassen ihn nicht länger im Ungewissen. Er hat uns nach eigener Aussage die Wahrheit erzählt. Wir wissen darüber hinaus, was wir gesehen haben. Und wir wissen auch, wofür wir kämpfen. Lässt sich all das vereinen? Zeigt ihm euer Votum, welches ihr heute Nacht bei den Beratungen gefällt habt! Alle, die dafür sind, dass Woti aus Telluriscor, nach eigener Aussage Gefährte unserer zukünftigen Königin, hierbleiben und in unsere Geheimnisse eingeweiht werden darf, hebe nun seine Hand.«

Nach einigen Sekunden gingen mit einer Ausnahme alle Hände in der gesamten Halle nach oben. Allein Brien hatte sich gegen ihn entschieden.

Woti war immer noch ganz verdattert. In einem kleinen Krug hatte er etwas zu trinken, das wirklich schrecklich brannte. Einer aus dem Widerstand hatte es ihm in die Hand gedrückt. Viele andere hatten ihn schon umarmt oder ihm die Hand geschüttelt. Es schien, als wollten sie ihn alle willkommen heißen.

»Ihr seid also noch wach geblieben? So schnell habt ihr euch entschieden?«

»Nur alle anderen.« Djakabaly lächelte ihn an. »Ich war wirklich die ganze Zeit bei dir. Denn mein Votum kannten die anderen schon. Aber wenn sie sich gegen dich entschieden hätten, dann wärst du längst nicht mehr hier. *Freund.*«

Woti schluckte. Djakabalys *Freund* war ehrlich. Aber er wollte sich trotzdem nicht vorstellen, was geschehen wäre, wenn der Widerstand wie Brien entschieden hätte. Ihren Worten hatte auch eine Drohung innegewohnt.

»Und was nun?« Woti lenkte das Gespräch in eine andere Richtung. »Was werden wir jetzt tun? Wenn die Kelpen verwundbar sind, müssen wir zu meinen Freunden geschwind. In der Botschaft der Zwerge könnten sie sein. Gibt es von hier einen Weg dort hinein?«

Ammi tuschelte mit Ashnaprilla, dann tauschte sie Blicke mit Djakabaly und Esmerylda aus. Woti fand es mehr als merkwürdig, dass Letztere als Einzige noch immer kein Wort zu ihm gesagt hatte. Oder überhaupt gesprochen hatte. Zumal es in der Halle seit der »Abstimmung« viel lebhafter geworden war. Die Leute waren nicht mehr still und schweigsam, sondern gingen allem Anschein nach einer Art Tagesgeschäft nach, kamen und verschwanden wieder, viele setzten sich auch für einige Zeit zu ihm und den anderen ans Feuer und tranken mit ihnen. Was dort beredet wurde, musste ganz offenbar nicht im vertrauten Kreis der fünf Anführer und Woti bleiben.

Ammi sagte: »Es wäre vielleicht wirklich nicht schlecht, zur Botschaft aufzubrechen. Jetzt, da wir wissen, dass Melvin Flinkfuß bis vor ein paar Wochen noch gelebt hat und höchstwahrscheinlich bereit sein dürfte, uns zu helfen! Vielleicht stecken er und die anderen Reisenden wirklich hinter der Sache mit den Kelpen. Außerdem könnte er sicher Kontakt zu den anderen Reichen herstellen …«

Brien winkte ab und fuhr sich durch den Bart, der an diesem Morgen so wirr wirkte wie seine Augenbrauen.

»Bei den heiligen Hallen von Harandol, ich hab den alten Flinkfuß nie gemocht! In meiner Zeit beim Zwergenheer bin ich ihm ein- oder zweimal begegnet.«

Volltreffer, dachte Woti! Brien war also wirklich beim Militär gewesen.

»Bei den heiligen Hallen von Harandol«, äffte Ashnaprilla den Zwerg nach. »Du kannst niemanden leiden, Brien, du alter Griesgram. Und bei den meisten beruht das wohl auf Gegenseitigkeit! Aber wie so oft sollte das nicht über Wohl und Wehe unseres Kampfes entscheiden!«

Obwohl Ashnaprillas Worte scharf vorgetragen waren, schienen sie Brien nicht zu verletzten. Im Gegenteil. Er begann herablassend zu lachen. Der Sarkasmus sprach aus seinen Worten: »Natürlich hast du wieder einmal recht, kleine Prilli!«

»Du weißt, dass ich es nicht mag, wenn du mich so nennst!« Ashnaprillas Flügel färbten sich gelb.

»Und ich werde nicht gerne alter Griesgram genannt!«

»Uns wirft er vor, sich wie Kinder zu benehmen!«

Ammi schüttelte den Kopf und erhob sich. »Die Zwergenbotschaft, Woti, scheint uns den neuen Umständen entsprechend ein lohnenswertes Ziel zu sein. Wir könnten sie im besten Fall sogar in ein paar Stunden erreichen. Natürlich müssen wir erst prüfen, inwiefern die Explosionen der Munitionslager unsere Routen blockiert haben. Aber die Hauptwege halten sicher schon so lange wie die Säulen, die uns von den Krokodilen trennen. Ich bin zuversichtlich, dass sie nicht viel abbekommen haben. Für unseren Plan wäre das auch äußerst schlecht …«

Woti hakte nach: »Genauere Informationen wären mir recht. Ich bin doch jetzt Teil eurer Gruppe – sprecht also mit mir wie mit einem der Truppe!«

Er sah die vier Frauen und auch Brien mit großen Augen an. Natürlich zwickte und biss es ihn vor Aufregung, schon bald vielleicht Finn, Decora, Kiran, Raukelunk und Veda wiederzusehen, womöglich sogar mit einem Portal auf einen Abstecher nach Weit-Alon vorbeizuschauen – aber er war auch neugierig, was der Widerstand hier unten im Schilde führte.

»Also gut«, antwortete Ammi. »Djakabaly, du solltest auf jeden Fall mitgehen. Wenn alles erledigt ist und er nicht weggerannt ist, weil er uns für verrückt hält, brechen wir morgen mit ein paar Leuten zur Botschaft auf.«

»Das hier ist die Stelle, von der ich dir erzählt habe.« Djakabaly, Ammi, Ashnaprilla und Woti standen in einem dunklen Stollen. Auch hier schwebten die magischen Lichtkugeln, aber sie warfen nur wenig Licht auf die Wände und den erdigen Boden, der die Kachelfliesen abgelöst hatte, über die sie im Anschluss an die Säulen der Überlaufbeckenhalle eine Weile gewandert waren.

»Hier geht es zum unterirdischen See und dem verlassenen Stollen, durch den die Krokodile zu uns gelangen können.«

Die Elfe wies auf einen breiten Durchgang, der sich schnurgerade nach rechts erstreckte und sich nah einiger Zeit in der Düsternis verlor.

Woti bekam eine Gänsehaut und starrte gebannt in den Durchgang.

»Keine Sorge, Freund.«

Djakabaly sah ebenfalls hinein. Wenn wir Gesellschaft hätten, wüssten wir es. Nur in den Wasseradern und Seen können die Krokodile lautlos schwimmen, selbst bei ihrer Größe. An den Ufern musst du besonders vorsichtig sein.«

Woti schluckte. Aber natürlich waren sie nicht hier, um über die hiesigen Monster zu sprechen. Die Frauen wollten ihn in ihre Pläne einweihen.

»Gingen wir hier weiter, dann kämen wir zu deinem ersten Krankenlager. Es gibt noch genug Höhlen und Sackgassen auf dem Weg, damit du nicht sofort zu uns gefunden hättest – aber nach der Sache mit dem Portal hielten wir es eben für besser, dich noch weiter fortzuschaffen.«

Woti wusste all das ja bereits.

»Aber wir gehen nun weiter geradeaus?«, mutmaßte er. »Geht es da zum Vordereingang hinaus?«

Der Gwilling erinnerte sich, dass Djakabaly das große Holztor als eine Art Hintereingang bezeichnete hatte.

»Gut mitgedacht!«, bestätigte Djakabaly. »Der Versorgungsweg war wahrscheinlich einmal für die Alte Stadt gedacht.«

»So nennen wir sie jedenfalls«, fügte Ammi hinzu.

Woti blickte nur fragend in die Runde.

»Etwas weiter von unseren großen Säulen entfernt, aber in der anderen Richtung, befinden sich noch mehrere andere Passagen: Sie alle führen noch weiter hinein in den Untergrund. Wir hatten dir ja schon gesagt, dass wir bei unseren Erkundungen nicht nur auf die Zisterne gestoßen sind. Es gibt hier noch viel mehr.«

»Und hauptsächlich handelt es sich dabei um mehrere einzelne Gebiete einer – und so ist es wohl am einfachsten zu erklären – alten Stadt«, erklärte nun Ashnaprilla.

»Ich dachte, alles direkt unter dem Labyrinth wären die Überreste einer alten Stadt. Dass man weit vor dem Großen Krieg dort gelebt hat …«, rätselte Woti.

Ashnaprilla nickte. »Ich sehe, unsere zukünftige Königin hat dir ein bisschen was erzählt über den Untergrund. Aber offensichtlich sind das Labyrinth und die Katakomben nur der Anfang: Die Zisterne bildet den Ausgangspunkt für eine noch viel ältere Bebauung – Hunderte, vielleicht Tausende Jahre älter als das Labyrinth. Ich bezweifle, dass außer uns überhaupt irgendwer davon weiß. Unser einziges Glück war es, dass Esmerylda bei ihrer Arbeit auf Hinweise gestoßen ist, die uns schließlich hier herunter führten. Aber auch sie vermutete anfangs nicht mehr als die Zisterne am Ende des Weges.«

Woti dachte nach. »Was ist mit Esmerylda? Sie verhält sich sonderbar. Bisher habe ich kein einziges Wort von ihr gehört. Hab' ich sie vielleicht gestört?«

Die drei Frauen sahen sich still an. Schließlich sagte Djakabaly. »Das ist es nicht, Woti.« Langsam ging sie weiter. »Mach dir darüber bitte keine Sorgen.«

Vorher hatte sich Woti kaum Sorgen gemacht. Djakabalys kryptischer Kommentar hingegen sorgte dafür, dass er es jetzt umso mehr tat. Aber er hatte den Eindruck, dass zumindest für den Moment aus seinen Begleiterinnen keinesfalls mehr herauszubekommen war.

»Und wie passt das nun alles zusammen? Gut, ihr seid hierher gekommen. Aber woran arbeitete Esmerylda? Nichts ist mir klar!«

Ammi ergriff das Wort und blieb wieder stehen. Offenbar fiel es der Elfe schwer, beim Gehen zu reden.

»Wie du ja schon weißt, geht es hier weiter bis zum Vordereingang. Er sieht dem Holztor, durch das ihr gekommen seid, zum Verwechseln ähnlich. Übrigens stramme Leistung, die Rutschpartie durch das Rohr – und das bei deiner Verletzung!«

Woti grinste, als er sah, wie Ammis Flügel silbergrün wurden. Dann gingen sie weiter, denn die Elfe schaffte es nun doch, gleichzeitig zu marschieren und zu reden. »Wenn du den vielen verzweigten Wegen und Gängen lange Zeit folgst, die sich hinter dem Haupteingang anschließen …«

»… und du heil an den zwei großen Seen vorbeikommst …«, warf Ashnaprilla ein und fing sich einen bösen Blick ihrer Freundin ein, weil sie sie unterbrochen hatte,

»… und du heil an den zwei großen Seen vorbeikommst«, nahm Ammi den Gedanken auf, »vor allem aber weißt, wo es hergeht und dich nicht für immer und ewig in den Katakomben verläufst, dann«, sie machte eine Pause, »kommst du am Ende in die Keller des *Museums für Elementkunde und Frühgeschichte Celsas.*«

»Bitte, *was*?« Nun blieb Woti stehen.

Ammi holte sofort begeistert aus: »Das *Museum* für Elementkunde *und Frühgeschichte Celsas* bietet seinen Besuchern auf mehreren weitläufigen Ausgrabungsfeldern mithilfe von zahlreichen, bestens restaurierten Funden, die zum Teil unter dem Labyrinth gemacht wurden, Einblicke in das Leben der historischen Völker Excelsas. Darüber hinaus kann sich jeder, der sich schon immer für Steine und ähnliches interessiert hat, umfassend über Vorkommnis, Alter, Beschaffenheit und Nutzen verschiedenster Mineralien informieren, die in ganz Excelsa und den benachbarten Reichen vorkommen – über Edelmetalle aus den Höhlen unter den Himmelsbergen bis hin zu Repliken und Berichten über die legendären Donnersteine, die im mythischen Piratenkrieg ihre Verwendung gefunden haben sollen.«

Woti kam sich so vor, als wäre er gerade in eine Museumsführung gestolpert.

»Unser Glück war nur, dass das niemand sehen wollte«, grinste Ashnaprilla mit rosafarbenen Flügeln.

Ammi machte ein säuerliches Gesicht. »Erstens das und zweitens, dass das Museum nach Trucido seine Pforten geschlossen hat. Und Esmerylda …«

»Ja?«, spornte Woti sie an weiterzusprechen.

»Sie ist eine Archäologin«, übernahm Djakabaly. Sie setzten sich wieder in Bewegung. »Sie war im Museum neben einigen anderen Mitarbeitern dafür zuständig, alte Schriften zu übersetzen, Fundstücke zu untersuchen und diese zu katalogisieren und zu restaurieren. Alle ihre Kollegen sind im Laufe der Zeit den Kelpen zum Opfer gefallen. Esmerylda zog sich zurück in das leere Forschungszentrum des Museums, das erst vor ein paar Jahren in einem alten Stallsystem eingerichtet wurde, welches aber ursprünglich schon seit etwa vierhundert Jahren existiert. Das war nicht nur ein gutes Versteck. Sie konnte sich dort auch ablenken, indem sie sich ganz in ihrer Arbeit vergrub. Als sie schließlich entdeckte, dass das ganze Gebäude auf einem Durchgang errichtet worden war, dessen Zweck sie weder kannte noch erklären konnte, fing sie an, tiefer zu gehen. Einmal, weil es dort noch sicherer war und kein Kelpe sie finden würde, zum anderen, weil das Geheimnis des Durchgangs ihre Forscherleidenschaft geweckt hatte. Dabei stieß sie dann auf Hinweise zu Tunneln unter den Katakomben, die bisher unbekannt waren. Und zuletzt auf den Weg zur Zisterne. Beides, Stall und Zisterne, sind über Umwege miteinander verbunden.«

Ashnaprillas Flügel wurden nun silbergrau.

»Sie hat Monate allein in den Gängen und Tunneln zugebracht, bis sie das Haupttor fand. Und dann noch etwa zwei Wochen allein in der Zisterne, bis sie mich und Ammi mit ins Vertrauen zog. Wir waren alte Freunde. Wahrscheinlich die letzten, die sie hatte.«

»Und Ammi kam anschließend zu mir. Ich bin dann noch zu Brien gegangen.« Djakabaly fügte beinahe entschuldigend hinzu: »Er war ein enger Freund meines Vaters. Er besitzt viel Verstand unter seinen zerzausten Haaren. Und er ist sehr erfahren im Kampf. Hält an Prinzipien fest …«

Woti verstand schon. »Und der ganze Rest?«

»Wir fünf Ersten wählten sie aus. Wir gingen diejenigen durch, die wir kannten, über deren Schicksal wir Bescheid wussten, die in unserer Nachbarschaft gewohnt hatten … Wir nahmen meist die auf, die Freunde und Familien verloren hatten. Die mit uns aushalten konnten. Die schweigen konnten.«

»Diejenigen, die Trucido die Stirn bieten würden. Ohne Angst vor den Konsequenzen für die, die sie liebten«, schloss Ashnaprilla. Sie drückte Ammi fest an sich. Der Gedanke, jemanden Geliebten zu verlieren, bereitete ihr offenbar große Sorge. Wie hätte es auch anders sein sollen, dachte Woti.

Er nickte. »Ich verstehe nun den Hintergrund. Und nun kommt bitte auf den Punkt!«

»Was für ein Punkt?« Djakabaly schaute verdutzt.

Woti lächelte versonnen. »So sprechen die Menschen auf der Erde.« Leise fügte er hinzu: »Auf dass ich Finn und die anderen bald wiedersehen werde!« Dann wandte er sich wieder den Frauen zu: »Euer eigentlicher Plan: Was habt ihr hier unten nun getan?«

»Das kommt jetzt!«

Ammi setzte eine sehr ernste Miene auf. Sie bogen um eine breite Kurve. Dahinter kam im Schein der Lichtkugeln das große Holztor in Sicht.

Sie passierten das haushohe Tor abermals durch eine normalgroße Tür, die etwa in die Mitte des Durchgangs eingelassen war. Dahinter bot sich für Woti ein ähnlicher Anblick wie schon beim Hintereingang: Eine gigantische Höhle tat sich vor ihm auf. Ein leicht geschwungener Pfad führte von ihnen weg, genau zwischen zwei still daliegenden Seen. Deren jenseitige Ufer waren ebenso unsichtbar wie die Gewölbedecke. Fackeln erleuchteten den Weg zu beiden Seiten, denn die magischen Lichter gab es diesseits des Tores nicht.

»Still jetzt«, mahnte Djakabaly. »Im tieferen Wasser tauchen die Krokodile. Sie machen kaum Wellen beim Schwimmen, aber sie nehmen kleinste Erschütterungen wahr, wenn sie so nah am Ufer stattfinden. Besonders hier.«

Monstererfahrung hin oder her, diese Vorstellung gefiel Woti nun ganz und gar nicht. Er wagte es kaum, sich zu rühren. Nur widerwillig setzte er einen Fuß vor den anderen, als seine Führerinnen langsam zwischen den Seen über den erleuchteten Pfad schlichen.

Als sie wohl mindestens einen halben Kilometer gegangen waren, glaubte Woti endlich, in der Mitte der Höhle angekommen zu sein: In der Ferne erkannte er, wie sich Schutt und Geröll am Rande des linken Sees zu einer rutschigen Böschung auftürmten. Leider war ihr Pfad hier nur noch ein paar Schrittlängen breit und Wotis Herz pochte jedes Mal schneller, wenn er über die ruhigen Wasseroberflächen der beiden Seen in die Weiten der Höhle blickte.

»Wir gehen gleich wieder«, erklärte Ashnaprilla mit Blick auf den Gwilling. »Aber du *musstest* doch die Rutsche sehen!« Sie wies zu der Stelle, an der Woti vage die Böschung erkannte. »Sie ist Teil unseres Plans. So wie alles, was du bisher gesehen hast. Und auch das, was an Gängen und Stollen noch vor uns liegt, bis man im Stall des Museums landet.«

Woti hatte nicht den Hauch einer Ahnung, um was für einen abenteuerlichen Plan es sich handelte. Aber er drängte rasch dazu, wieder zurückzumarschieren. Und so drehten sie um. Auf ihrem Rückweg erklärte Ammi: »Wir haben vor, die Sternenhallen anzugreifen.«

Woti lachte wohl etwas zu ehrlich, denn Ammi verzog gekränkt das Gesicht.

»Nein, versteh doch – irgendwer muss etwas unternehmen! So wie ich es verstanden habe, sind zwei von euch *allein* zu Trucido aufgebrochen, um seinen Palast zu unterwandern. Dein blinder Freund und dieser Ritter.«

Dagegen gab es kein Argument. Finns und Raukelunks Aktion war vom jetzigen Standpunkt aus betrachtet mehr als verrückt gewesen. Vor allem, da er nicht wusste, wie das Ganze ausgegangen war. Sogar noch mehr, wenn er bedachte, dass bei Kiran, Decora, Veda und ihm auch einiges schiefgelaufen war.

»Wir wollen zuerst seine Aufmerksamkeit provozieren, Woti«, klärte ihn Ammi weiter auf. »Vor allem die der Kelpentruppen. Und dann machen wir dem Zauberer höchstpersönlich den Garaus.«

Woti nickte. Sie waren dem Holztor schon wieder nahe gekommen. »Und hier unten ist *was*?« Er dachte an diese ominöse *Rutsche*. »Wie hilft euch all das?«

»Ganz einfach«, lachte Ammi. »Hierhin kann uns auf unserem Rückzug niemand folgen!«

»Das kann einfach nicht euer Ernst sein!«

Woti war immer noch schockiert von dem – es konnte kein anderes Wort dafür geben – Irrsinn des sogenannten »Plans«.

»Niemals tappen sie in diese Falle herein. Warum sollten sie überhaupt kommen? Bei diesem Plan haben die Kelpen schon gewonnen!«

»Für jemanden, der allein durch wandernde Wälder läuft, in Monstertempeln Portale aufruft und sich todesverachtend in Fieslinge vom Andersvolk stürzt, bist du aber ganz schön fantasielos. Freund.«

Djakabaly war merklich enttäuscht von ihm.

Das wollte Woti dann doch nicht auf sich sitzen lassen. »Also gut, nicht so schnell! Nennen wir den Plan eben *speziell*: Mal angenommen, sie beißen an – was machen wir dann? Haben wir vielleicht dressierte Krokodile? Ein, zwei, drei – oder wie viele?«

Natürlich war dieser Gedanke nicht ganz ernst gemeint. Obwohl er den Elfen und Djakabaly vielleicht sogar eine solche Verrücktheit zutraute.

»Red nicht so einen Unsinn, Woti.« Nur Djakabaly betonte seinen Namen weiterhin konsequent falsch. Ammi hingegen sprach ihn mittlerweile richtig aus. »Zuerst locken wir die Kelpen von den Sternenhallen weg. Bevor wir den Palast angreifen, führen wir eine größere Sprengungen in der Stadt und mehrere kleinere, kaum wahrnehmbare auf den Ausgrabungsfeldern durch. Zum Glück ist Esmerylda einigermaßen geübt in so etwas. Sie hat in ihrer Jugend mehrere Forschungsreisen im Westen unternommen.

»Und archäologische Stätten auf ganz ähnliche Weise freigelegt«, ergänzte Ashnaprilla.

Woti zog seine Augenbraue hoch, wie er es von Finn kannte. In den finsteren Gängen war davon allerdings kaum etwas zu sehen.

»Unseren Berechnungen nach wird es einige kleine Krater in der Gegend geben, die über dem See mit der Rutsche liegt. Nichts Großes …«

Woti dachte zurück an die Höhle hinter dem großen Tor, denn sie wanderten schon wieder in dem Tunnel, der zurück zu den Säulen der Überlaufbeckenhalle führte. Er fragte sich, wie das helfen sollte. Dann hatte er eine Idee: »Die Flucht geht dann schneller, richtig? Sind die Krater da so wichtig? Und setzen wir uns dann einfach auf unsere Hintern und rutschen?« Er schüttelte missbilligend den Kopf. »Um schnell bis ganz nach unten zu flutschen?« Nicht einmal in den kühnsten Träumen konnte das alles klappen! »Lasst uns lieber sofort zur Botschaft. Die anderen haben sicher Fortschritte gemacht.« Er hoffte es wenigstens.

»Uns ist klar, wie das alles klingt.«

Djakabaly merkte natürlich, wie sehr Woti sich gegen die Vorstellung ihres Plans sträubte. Also sprach sie doppelt so streng weiter. »Wir haben hier unten viel Zeit zum Überlegen gehabt. Wage es also nicht, uns für töricht zu halten, Freund!«

Woti wurde knallrot. Das hatte er mitnichten andeuten wollen! Er wollte sich entschuldigen. Djakabaly ließ ihn jedoch nicht zu Wort kommen.

»Die Berechnungen für die Sprengungen sind Esmerylda, Brien und ein weiterer Sprengmeister, Mahasim, tausendmal durchgegangen – wenn nicht öfter. Die Rutsche, deren oberes Ende unter den Kratern beginnt, führt über mehrere verzweigte Passagen immer zum selben Ziel: Sie mündet im See vor dem Tor. Durch Zugänge bei den Kratern sind wir rasch am oberen Ende der Rutsche. Sind die Kelpen hinter uns her oder Trucido besiegt, haben wir leichtes Spiel: Wir sprengen die neuen Zugänge über uns zu und lassen nur diejenigen offen, die weiter von uns weg in die Tiefe führen. Und einige wenige, über die wir wieder nach oben gelangen. Dann warten wir, bis die Kelpen sich zerstreut haben und kommen ein paar Tage später endlich aus diesem Loch heraus. Ohne Zauberer wird die Kelpenarmee schon zu besiegen sein. Das Volk Aethras wird sich zusammenschließen.«

Woti schluckte, so überzeugt von der Sache klang seine Retterin. »Glaub mir ruhig, Woti – es wird funktionieren. Dafür sorgen wir.«

»Und was bringt sie von den Sternenhallen herab?« Woti wagte wieder Fragen zu stellen. »Und durch die ganze Stadt?«

Djakabaly hatte im fahlen Licht des Tunnels ihr Lächeln wiedergefunden. »Der Zorn über unseren Scheinangriff. Trucido hält es für unmöglich, von jemandem aus der Stadt angegriffen zu werden. Die letzten zweieinhalb Jahre haben uns sehr genau aufgezeigt, für wie unbesiegbar er sich hält.«

Nach allem, was Woti von Decora wusste, konnte er dieser Einschätzung wohl zustimmen.

»Wir greifen ihn in Wahrheit natürlich dort an, wo er sich von allen Orten am unverwundbarsten fühlt: in den Sternenhallen! Aber seine und die Aufmerksamkeit der Kelpen wird in diesem Moment etwas anderem gelten: Wenn wir sein widerliches Denkmal der Selbstüberschätzung in die Luft sprengen, auf deren Umgestaltung er zuletzt so viel Wert gelegt hat, wird er todsicher seine Monster aussenden, um Rache zu üben. Ich würde alles darauf verwetten! Er wird so voller Wut sein.« Djakabalys Augen funkelten. »Wut macht unvorsichtig, Freund.«

Woti machte ebenfalls große Augen. »Du meinst das Denkmal am Weg der Geschichte? Wir machen es zunichte?«

Er dachte an das grausige Mahnmal, das er auf dem Weg zu Melvin Flinkfuß zusammen mit Decora und Kiran gesehen hatte.

»Du kennst dich wirklich gut aus!« Djakabaly musterte ihn staunend. »Und mit *wir* meinst du uns *und dich*, verstehe ich das richtig?«

Woti wurde gleich wieder rot. Er hatte gar nicht gemerkt, dass er von jetzt auf gleich selbst Feuer und Flamme geworden war. Aber die Vorstellung, dieses entsetzliche Bauwerk in die Luft zu sprengen und es Trucido auf diese Weise so richtig zu zeigen, bereitete ihm sehr wohl eine gewisse Vorfreude.

»Immerhin«, erklärte er daraufhin, »das mit dem Denkmal macht schon Sinn …«

»Ich wusste es!« Ammi klopfte ihm auf die Schulter. »Ein telluriscorianischer Portalreise-Gwilling sieht Wege, wo andere nur Hindernisse sehen!«

Woti fühlte sich geschmeichelt, zumal Ammis Flügel knallgrün aufleuchteten.

»Also gut, dann wäre das ja geklärt.« Djakabaly legte einen Zahn zu. »Auf zur wichtigsten Station unserer Führung.«

Nachdem sie schon eine gewisse Zeit die großen Säulen passiert hatten und nun in der anderen Richtung marschierten, wurde der Weg durch die Tunnel noch dunkler. Nur noch sporadisch schwebten die magischen Kugeln in der Luft. Fackeln, die an den meisten Abzweigungen brannten, machten einfach nicht dasselbe Licht. Woti hatte unabhängig davon das Gefühl, dass sich noch etwas verändert hatte.

»Irgendetwas ist anders hier – selten trügt mich das Gespür. Es ist nicht das Licht! Nein, ich täusche mich nicht …«

Der Gwilling beobachte, wie seine drei Begleiterinnen sich gegenseitig Blicke zuwarfen. War Besorgnis darin zu erkennen? Viel verräterischer war jedoch, dass er keine Antwort auf seine ungestellte Frage bekam. Stattdessen ging Djakabaly noch schneller und ließ einen breiten Gang, in dem finsterste Schwärze herrschte, besonders schnell hinter sich. Keine einzige Fackel war hier aufgehängt.

»Wohin ging es dort? Ich meine den dunklen Ort.«

Woti wollte sich umsehen, aber Ammi und Ashnaprilla zogen ihn rasch weiter.

»Da vorn liegt unser Ziel!«

Ashnaprilla redete bemüht sorglos, aber ihre grauen Flügel sprachen eine andere Sprache. Natürlich wusste auch die Elfe, dass sie sich auf diese Weise verraten hatte, aber gerade deshalb beließ Woti es dabei und hakte nicht weiter nach. Im Gehen drehte er sich aber doch noch einmal um und hatte das sonderbare Gefühl, dass die Dunkelheit sich hinter ihm *verdichtete*. Er bekam eine Gänsehaut. Eilig richtete er seinen Blick wieder nach vorn. Nachdem sie aber eine gewisse Distanz zwischen sich und den seltsamen Gang gebracht hatten, wurde er wieder ruhiger.

»Siehst du?« Djakabaly zeigte etwas später auf einen neuen Durchgang, der mit zwei besonders großen Fackeln wieder hell erleuchtet war. »Da sind wir schon.«

Bei den Fackeln angekommen erklommen sie eine Treppe, an deren Ende sich ein zu beiden Seiten gekachelter Raum auftat. Die gegenüberliegende Wand aber war allerorten aufgebrochen. Runde Gänge führten in Fels- und Erdadern, je nachdem, was sich gerade dahinter befand. Eine Handvoll derer, die Woti bereits am Feuer kennengelernt hatte, arbeiteten mit Spitzhacken und Schaufeln in diesen Gängen oder hantierten mit leuchtenden Steinen auf Tischen, die in der Mitte des Raumes standen.

Einer der Arbeitenden kam direkt auf sie zu. »Hallo, alle zusammen! Und Woti!« Er schüttelte dem Gwilling freundlich die Hand. »Du erinnerst dich sicher nicht mehr an meinem Namen. »Ich bin Mahasim.«

Woti erinnerte sich nicht mehr an ein Treffen mit dem Fremden Mahasim, das anscheinend am Feuer stattgefunden hatte, aber sehr wohl daran, dass die Frauen kurz zuvor von ihm als weiterem Sprengmeister gesprochen hatten. Mahasim jedenfalls sagte: »Meine Familie kommt ursprünglich aus Schwarzhaupt, aber als ich noch ein Junge war …«

Als Mahasim Djakabalys Kopfschütteln sah, stoppte er prompt seine Erzählung.

»Dafür ist sicher ein andermal Zeit. Ihr wolltet also nur wissen, was wir hier machen …«

Nun nickte Djakabaly. »Also schön, Woti. Wie ich vermute, kennst du unseren Plan nun zumindest in groben Zügen. Hier aber liegt das Herzstück des Ganzen! Siehst du die Steine auf den Tischen?«

Woti und die anderen gingen ein Stück näher.

»Vorsicht! Bitte auf gar keinen Fall berühren!«, wies ihn Mahasim eindringlich an.

Auf den Tischen leuchteten eine Menge gelber Steine, die im Inneren eine Flüssigkeit zu beinhalten schienen. Seltener fanden sich dazwischen auch rote Exemplare.

»Donnersteine!«, klärte Mahasim ihn auf. »Einige von denen, die wir mittlerweile weiterverarbeitet haben, waren schon da, als wir hier runter kamen. Die *anderen* müssen sie zurückgelassen haben. Wusstest du, dass …«

Wieder schüttelte Djakabaly energisch ihren Kopf. Woti kam das Ganze immer mysteriöser vor. Ihm war plötzlich sehr unbehaglich zu Mute. Aus unerfindlichen Gründen dachte er wieder an den dunklen Durchgang von vorhin.

»Also nur die Kurzfassung!«

Mahasim redete so munter weiter, dass es Woti gelang, seine Fragen erneut beiseite zu schieben. »Wir konnten kaum glauben, womit wir es hier zu tun hatten! Sogar hin und wieder rote Donnersteine! Allen Ernstes – *rote*! Ist das nicht unglaublich!? Dass es überhaupt noch welche davon gibt …«

Mahasim klatschte sich mit der flachen Hand vor seine Stirn, als hätte ihn just eine aberwitzige Erkenntnis getroffen. Mit leuchtenden Augen nahm er ein rotes Exemplar vom Tisch und schüttelte es in seiner Hand hin und her, damit die Flüssigkeit darin noch besser sichtbar wurde. Ammi und Ashnaprilla zuckten zusammen und duckten sich weg.

»Entspannt euch!« Mahasim lachte lauthals. Seine besonders helle Hautfarbe leuchtete dabei durch den Glanz des Steines rot auf. »Wenn ich hier bin, passiert schon nichts. Und außerdem müssten wir den Stein schon öffnen. Das mit dem Nicht-Berühren sage ich doch allen, die zum ersten Mal hier sind.«

Er grinste, bis die beiden Elfen wieder lockerer wurden. Dann wandte er sich aber Woti zu. »Ich habe eine andere Reaktion von dir erwartet, Herr Gwilling«, gestand er ein. »Die meisten zucken schon zusammen, wenn sie das Wort Donnerstein nur hören. Aber vermutlich sind die alten Geschichten einfach nicht mehr jedem bekannt …«

»Oder sie kommen aus einem anderen Land …«, warf Woti ein. Er verstand die Aufregung nicht.

»*Anderes Land*«, wiederholte Mahasim. »Lustig! Zählt eine andere Welt auch als anderes Land? Bei unseren Kontinenten ist es so: …«

Mahasim hüstelte, als ihn schon zum dritten Mal Djakabalys strafender Blick traf. »Nur das Nötigste, ich weiß, ich weiß. Also, Woti, die Donnersteine kommen in höheren Lagen in Gebirgen und auch tiefer unten in Felsadern im Boden vor. Eigentlich galt dieser Rohstoff lange als aufgebraucht. Zumindest da, wo ich herkomme. Die letzten richtigen Überlieferungen, die von den Donnersteinen sprechen, stammen noch aus der Zeit des Großen Krieges. Und das ist schon siebenhundert Jahre her! Angeblich soll es damals sogar blaue Donnersteine gegeben haben, mit denen die Piraten Granaten und Kugeln für ihre Kanonen gebaut haben …«

Seine Worte ließen es so klingen, als wäre diese Vorstellung für Mahasim gleichermaßen kühn und schön. Auch Ammi schien in Gedanken bei den Piraten und ihren Kanonen zu sein, die sie schon vorher im Rahmen ihrer

Ausführungen über das *Museum für Elementkunde und Frühgeschichte Celsas* erwähnt hatte.

»Aber das sind wohl nur Märchen!«, stelle Mahasim klar. »Wir graben hier seit Monaten und es gibt nicht die Spur eines einzelnen blauen Steins. Doch eines ist wahr: Man kann aus den Steinen Bomben und Granaten bauen, wenn man sich mit Spreng-Technik auskennt. Glücklicherweise hat uns Esmerylda viel gezeigt, bis wir selbst an Ahnung und Erfahrung gewonnen hatten. Die fertigen Sprengsätze bewahren wir natürlich nicht hier auf. Sie befinden sich in Kammern noch weiter von der Zisterne entfernt. Dort, wo sich noch nie Krokodile haben Blicken lassen und wo die Wände kaum Wackeln, wenn eines dieser Viecher mal wieder wild wird. Wir brauchen nur noch ein bisschen weiterzumachen, dann können wir mit unseren Bomben nicht nur die Krater und mit ihnen den halben Weg der Geschichte in die Luft sprengen, sondern auch die Sternenhallen selbst. Wir begraben den Zauberer in seiner eigenen Festung! Das wird ihn kalt erwischen, das sage ich dir! Wenn du in den nächsten Tagen mal Zeit hast, dann zeige ich dir gern unseren Vorrat an roten Donnersteinbomben und erzähle dir auch gleich noch ein paar andere Geschichten!«

Nachdem sie gegen Mittag wieder das Lager in der Überlaufbeckenhalle erreicht und ein paar Bissen gegessen hatten, ließen Ammi, Ashnaprilla und Djakabaly Woti am Feuer zurück. Djakabaly hatte noch irgendein anderes Treffen und die beiden Elfen wollten sich etwas ausruhen, da in der Nacht ja die Abstimmung über Wotis Verbleib gewesen war. Natürlich war der Gwilling nicht allein. In der Halle herrschte offenbar zu jeder Tageszeit reges Treiben. Aber für den Moment hockte Woti ohne Gesellschaft vor den Flammen und dachte über die bisherigen Ereignisse des Tages nach. In Gedanken war er wieder bei dem Altweltkrokodil, das vor den Säulen getobt hatte. Die fauchende Echse aber verschwand so rasch aus seiner Erinnerung wie die beiden stillen Seen außerhalb der Tunnel jenseits der Zisterne. Je länger er dasaß, desto nachdrücklicher schob sich vor alle anderen Bilder in seinem Kopf das des dunklen Ganges, an dem ihn seine drei Begleiterinnen so eilig vorbeigeführt hatten. Die Schwärze, die er dort für wenige Augenblicke gesehen hatte, war anders gewesen als bloße Dunkelheit. Es widerstrebte ihm, darüber nachzudenken. Es machte ihm Angst. Er versuchte, sich stattdessen den Plan des Widerstandes vor Augen zu führen oder Fragen zu überlegen, die er dem Donnersteinexperten Mahasim stellen konnte. Aber was er auch tat - die Dunkelheit des Ganges überlagerte doch wieder seine Gedanken. Schließlich saß er einfach nur noch da und starrte ins Feuer. Doch er sah in den Flammen bloß die Tunnelöffnung in der Finsternis.

Irgendwann riss ihn eine krächzende Stimme in die Überlaufbeckenhalle zurück.

»Die Atmosphäre hier unten kann ganz schon erdrückend sein.« Brien, der alte Zwerg, hatte sich ein gutes Stückchen neben ihm niedergelassen. Saß er schon länger dort? Zuerst blickte der Zwerg ebenfalls ins Feuer, aber dann, als Woti ihn verwirrt ansah, schaute auch er ihm prüfend in die Augen. »Aber eines bleibt doch gewiss«, sagte er. »Eines jeden Gedanken bleiben verborgen. Dort oben«, er zeigte mit dem Finger in die Luft, »wie auch hier unten. Ist das nun ein Fluch oder ein Segen?«

Was wollte der Wasserzwerg ihm sagen? War es eine versteckte Aufforderung, ihm von seinen trüben Gedanken zu erzählen? Oder der Ratschlag, diese für sich zu behalten? Es kam ihm jedenfalls so vor, als ob Brien durchaus mehr durchschaute, was Wotis Gedanken anging, als das, was dessen Worte vermuten ließen. Die beiden sahen sich eine lange Zeit einfach nur an.

»Wahrscheinlich ein Segen«, antwortete Woti schließlich doch noch. »Seine Gedanken preiszugeben …«

Er machte eine Pause, um nachzudenken.

»… heißt Probleme aufzubürden. Zu einer Last zu werden.«

Brien lächelte. Keineswegs freundlich. Eher unergründlich. Dann sah er wieder ins Feuer. Nach einer Weile sagte er: »Oder doch der Fluch. Geteilte Furcht bringt nicht nur neue Probleme mit sich. Sie verspricht auch Linderung. Schweigen heißt Rückzug. Isolation. Kranksein. Ist der Verzicht des Aufbürdens das wert?«

»Ein zweischneidiges Schwert«, schloss Woti. Der Zwerg war ihm wirklich nicht geheuer. Er wusste vor allem immer noch nicht, ob die kryptische Diskussion etwas mit seinen eigenen Gedanken zu tun hatte. Als Brien nichts weiter erwiderte sondern dazu überging, ihn von oben bis unten geradezu übergriffig zu mustern, hatte Woti sich schon fast dazu entschlossen, den Zwerg auf den seltsamen Gang anzusprechen.

Just in diesem Augenblick kam Djakabaly zurück.

»Hast du wirklich den ganzen Nachmittag hier herumgesessen, Freund?« Sie sah ehrlich überrascht aus. »Ich habe dich hier vor Stunden zurückgelassen. Was hast du die ganze Zeit gemacht?«

Woti erschrak. Es war unmöglich, dass so viel Zeit verstrichen war! Djakabaly und die Elfen waren doch erst vor ein paar Minuten gegangen. Hilflos sah er Brien an. Der aber hatte sich von ihm abgewandt und wickelte seinen krausen Bart um seine knochigen Finger. Dabei starrte er desinteressiert ins Feuer, als ob niemals eine Unterhaltung zwischen ihm und Woti stattgefunden hätte.

»Ich bin bloß ein wenig in der Halle herumgelaufen«, log Woti. Etwas anderes fiel ihm nicht ein. »Nach all den Neuigkeiten musste ich heute Nachmittag einfach mal verschnaufen.« Er fragte sich selbst, warum er die seltsamen Gedanken verschwieg, die ihn scheinbar mehrere Stunden heimgesucht hatten. Für einen Augenblick dachte er, dass Brien langsam den Kopf schüttelte. Vielleicht hatte er sich aber auch getäuscht.

Bei einigen kargen Bissen Abendbrot verständigten sich Woti und die anderen endgültig darauf, am nächsten Tag zur Botschaft aufzubrechen. Es hieß, nicht zu viel Zeit zu verlieren. Ihr eigentlicher Plan, die Sternenhallen anzugreifen, konnte bereits in einigen Tagen beginnen. Mahasim und die anderen Bergarbeiter standen kurz davor, ausreichend Donnersteinbomben-Arsenal beisammen zu haben, um endlich mit den Sprengungen loszulegen. Und da die Kelpen verwundbar waren, war der richtige Zeitpunkt sowieso längst gekommen. Nicht wenige befürchteten nämlich, der Zauberer könnte einen Weg finden, diese Entwicklung rückgängig zu machen.

Natürlich war bei dem Treffen am Feuer auch Esmerylda dabei. Aber wie morgens und am Vortag hörte Woti sie kein einziges Wort sprechen. Sie lauschte, nickte oder schüttelte den Kopf, hielt ihr Ohr hin, wenn ihr jemand etwas zuflüsterte, aber ansonsten blieb sie stumm. Diesmal jedoch beobachtete ihn die Elfe im Gegensatz zu ihren vorherigen Begegnungen aufmerksam. Oft spürte Woti, wie ihr Blick auf ihm ruhte. Auch wenn er daraufhin fragend zu ihr hinübersah, wandte sie sich nicht ab, sondern sah ihn nur noch eindringlicher an. Woti war froh, als das Treffen vorbei war und sich Esmerylda wie die meisten der anderen Anwesenden zurückzog.

Noch später am Abend hatte Woti zusammen mit Djakabaly wieder ihr Nachtlager bezogen.

»Hoffen wir, dass uns heute Nacht kein Krokodil weckt«, raunte Djakabaly. Sie schien schon im Halbschlaf zu sein. »Wir haben einen anstrengenden Tag vor uns.«

Doch Woti verschwendete keinen Gedanken an die Krokodile. Während er langsam wegdämmerte, sah er bloß den Gang vor sich. Und die Finsternis dahinter.

DER TRAUM VON TIEF UNTEN

Woti schlich durch die langen Tunnel. Die magischen Lichter waren dunkler geworden. Lange Schatten huschten mit jedem Schritt des Gwillings über die Kacheln getäfelter Wände und den steinigen Fels von Stollen. Er musste leise sein. Er wollte nichts auf sich aufmerksam machen. Vor allem durfte er nicht gesehen werden. Es war gut, dass das Licht schwand. Allein der Gedanke an eine Fackel in seiner Hand jagte ihm einen Schauer über den Rücken. Wenn er eine Fackel trug, sah man ihn.

Auf Zehenspitzen eilte er weiter. Insgeheim wusste er, wohin ihn seine Füße trugen. Etwas sagte ihm, dass er nicht dorthin sollte. Aber seine Beine hatten sich verselbstständigt. Einige Biegungen ließ er hinter sich. Hier war es so still. Waren seine Stiefelabsätze in der Stille zu hören? Er betete zu den Engeln, dass sie es nicht waren. Nun erloschen die letzten kalten Lichter, die über ihm schwebten. Er war allein in der Dunkelheit. In der Dunkelheit, die links und rechts und hinter ihm in der Tiefe herrschte. Nur vor ihm, da war etwas anderes. Es war der Gang. Die Dunkelheit dort wurde verschlungen von der Finsternis. *Der wahren Finsternis.* Hier hatte noch niemals ein Licht geleuchtet. Aber Woti war nicht mehr allein.

In der Schwärze, die er nicht mit seinen Augen, sondern mit einer Ahnung durchdrang, hockte etwas. Wartend. Lauernd. *Beobachtend.* Dann hatte es ihn bemerkt.

Woti wollte schreien, aber sein Mund öffnete sich nicht. Er durfte sich noch immer nicht verraten! Er versuchte stehenzubleiben. Seine Beine aber taten einen Schritt nach dem anderen. Er kämpfte, wehrte sich gegen den eigenen Körper, doch die Schwelle vor ihm kam unaufhaltsam näher. Wenn er nur einen Fuß in den Gang setzte, würde er sterben. Nicht er war es, der nicht gesehen werden durfte. Er hatte es jetzt verstanden. Er durfte nicht sehen, was dort war!

Verzweifelt kniff Woti die Augen zu, doch die Schemen in der Finsternis brannten sich in seinen Kopf: ein kleines Stück vor ihm, zusammengekauert.

Ganz nah an der Wand. Noch beobachtete es ihn. Wollte, dass er den letzten Schritt tat. Ein leises Weinen. Die letzte Warnung. *Sieh nicht hin!*

Schweißgebadet erwachte der Gwilling.

Woti brauchte ein paar Minuten, um sein rasendes Herz wieder unter Kontrolle zu bringen. Er hörte, wie Djakabaly ungleichmäßig atmete. Schlief sie nicht? Während er lauschte, versuchte er, sich an seinen Traum zurückzuerinnern. Es war ein Alptraum gewesen. Ähnlich denen, die er während seines Komas gehabt hatte. Und doch war dieser hier anders gewesen. Er war …

Fieberhaft zwang sich Woti, die Bilder wieder heraufzubeschwören. Alles hier unten war seltsam. Mit einem Mal wurde ihm diese Tatsache vollkommen klar. Warum hatte er dies nicht schon zuvor bemerkt? Aber hatte das alles etwas mit seinem Traum zu tun? Er dachte weiter nach. Doch das führte nur dazu, dass ihm der Trauminhalt noch weiter entglitt. Es gab nur eine Sache, die Woti mit Bestimmtheit wusste: Es hatte etwas mit dem dunklen Gang zu tun.

Woti horchte auf die Atemgeräusche seiner Gefährtin. Djakabaly schien nun doch normal zu atmen, wenn sie es nicht schon vorher getan hatte. Wahrscheinlich hatte er sich geirrt, was ihren Atem anging. Leise stand er auf.

Er sah in den Gang außerhalb ihrer Kammer. Ein paar Lichtfetzen kamen bis zur Türschwelle. In einer Biegung ein Stück weiter brannte eine Fackel. Aus irgendeinem Grund fand er, dass es besser gewesen wäre, diese zur Nacht zu löschen. Unschlüssig stand er da. Warum zog es ihn aus der Kammer? Am nächsten Morgen würden sie die Botschaft aufsuchen und der ganze Spuk würde ein Ende haben. Er musste nur noch ein wenig warten.

Dann schlich er auf Zehenspitzen los.

Diesmal fand Woti den Weg zur Überlaufbeckenhalle auch allein. Aber er war zu aufgewühlt, um überrascht zu sein. Wenn überhaupt hatte er das Gefühl, dass er seinen Weg gar nicht selbst wählte. Es war ihm, als zöge ihn eine unsichtbare Kraft durch die Zisterne.

Einige Wachen, die sich am Feuer postiert hatten, nickten ihm nur kurz zu, als sie ihn erkannten. Offenbar war es in Ordnung, dass er sich auch bei Nacht frei und allein bewegte. Ein paar Händler waren ebenfalls anwesend. Es schien schon gegen Morgen zu gehen. Sie begannen bereits, ihre Stände herzurichten. Von Woti nahmen sie allenfalls nur kurz Notiz.

Prüfend blickte der Gwilling hinüber zu den Säulen. Er hatte noch eine gute Vorstellung davon, was sich in den Tunneln und Gängen rechts hinter ihnen anschloss. Vielleicht würde er den einen Gang wiederfinden. Mit Sicherheit sogar. Doch einen Herzschlag bevor sich seine Füße in Richtung Säulen aufmachten, schlug er einen anderen Weg ein.

Auf der den Säulen entgegengesetzten Seite entdeckte er einen schmalen Torbogen. Dahinter führte eine enge Stiege nach oben. Es war zu dunkel, um deren Ende zu erkennen. Woti kletterte trotzdem treppauf. Oben angekommen überlegte er nicht mehr, ob es besser war, links oder rechts zu gehen. Er überließ seinen Füßen die Entscheidung. Ein paar Mal bog er ab, durchquerte zwei Hallen mit schmalen Brunnenschächten und ließ eine Handvoll verschlossener Holztüren hinter sich. Dann, vor einer eisenbeschlagenen Tür, blieb er stehen. Die Tür war nur angelehnt.

Wotis Herz klopfte aufgeregt: Er vernahm ein Flüstern hinter der Tür. Er wusste, dass hier sein Ziel war. Auch wenn er sich nicht erklären konnte, wer oder was ihn hierher geführt hatte. Seine Hände waren feucht. Leise schob er die Tür auf.

Esmerylda lag halb zugedeckt auf ihrem Bett. Sie schlief auf der Seite. So hatten ihre Flügel genügend Platz. Das graue Flügelblut, das im Licht einer magischen Kugel leuchtete, die zusammen mit Woti hergeschwebt war, zeigte dem Gwilling an, dass auch die Elfe einen Alptraum durchlebte.

Atemlos beobachtete er, wie Esmerylda sich unruhig auf die andere Seite wälzte. Ihm wurde heiß. Es kam ihm mit einem Mal völlig falsch vor, hier zu sein. Diese Frau zu beobachten, die so schutzlos und voller Angst schien. In ihre ureigenste Privatsphäre einzubrechen. Und doch … War sie es nicht gewesen, die er flüstern gehört hatte? Sie war doch allein hier. Es konnte gar nicht anders sein!

Die Lippen der Elfe zitterten. Konnte sie am Ende doch sprechen? Da öffnete sie ihren Mund. Sie redete im Schlaf! Nur Wortfetzen drangen zu Woti. Fast war er dankbar dafür.

»In den Schatten! … Schatten …«

Ein leuchtender, silberner Schimmer mischte sich in das dunklere Flügelblutgrau. Woti bekam eine Gänsehaut.

»Zeig dich nicht …«

Wieder wälzte sich Esmerylda herum. Sie umschlang sich selbst.

»Winselmutter …«

Woti bekam es mit der Angst zu tun.

»Dahinten!«

Woti stand stocksteif in der Tür. Hinter ihm war etwas!

»Aus dem Licht! Die Winselmutter kommt!«

Woti schrie, als sich eine Hand auf seine Schulter legte. Esmerylda sprang aus dem Bett. Woti fuhr herum.

»Bleib ruhig!«

Er blickte in die besorgten Augen Djakabalys. Neben ihr stand Brien.

»Wir sind es nur, Freund.«

Esmerylda saß mit versteinertem Gesichtsausdruck neben Woti, Djakabaly und Brien an dem kleinen Rundtisch in der Kammer der Elfe. Djakabalys Hand lag auf ihrem Oberschenkel. Behutsam ließ sich die Elfe streicheln, aber Woti hatte nicht das Gefühl, dass das wirklich zu ihrer Beruhigung beitrug. Im Gegenteil – mit jeder Minute schien Esmerylda nervöser zu werden. Ihre spärlichen Bewegungen hatten etwas Fahriges und die Farbe ihrer Flügel sprach Bände. Woti schämte sich sehr, dass er sich zu ihr geschlichen hatte.

»Es ist nicht deine Schuld, Freund.«

Endlich sprach Djakabaly zu ihm. Woti kannte ihr Freund mittlerweile so gut, dass es ihn tatsächlich wieder beruhigte. Sie meinte es ernst. Brien indes ließ keine Gefühlsregung erkennen.

»Sicher misstraut ihr mir – ich war unrechtmäßig hier. Mein Fehler ist mir klar – Verzeih mir, Esmerylda!« Woti blickte betroffen drein.

Für eine Sekunde blitzten ihre Augen auf. Sie nickte ihm zu. Damit hatte Woti nicht gerechnet. Doch im nächsten Augenblick war ihr Blick wieder düster und angsterfüllt.

»Sie würde mit uns reden. Wenn sie denn könnte.« Briens kratzende Stimme erfüllte plötzlich den kleinen Raum. »Als Djakabaly mich holte, war mir schon längst alles klar. Ihr beide – ihr seid euch sehr ähnlich.«

Wieder sprach der alte Zwerg in verfluchten Rätseln! Wie lange sollte das noch so weiter gehen?

»Ich hatte – bei den Engeln – wohl genügend Leid!«, rief Woti. Sein Gefühlsausbruch erstaunte ihn selbst wohl am meisten, denn Djakabaly und vor allem Brien blieben ganz ruhig. »Für die ganze Wahrheit ist nun die Zeit!«

Djakabalys Blick wanderte fragend zu Brien.

»Ich weiß nicht, warum wir immer so lange um den heißen Brei herumreden müssen. Ich hätte es ihm verflucht noch mal gestern schon gezeigt. Seine Furcht hin oder her, aber vermutlich ist es auf diese Weise sicherer für alle.«

Schon war der alte Zwerg aufgestanden. Djakabaly erhob sich mit ihm.

»Esmerylda, komm!«, sagte sie müde. »Du weißt, dass es dich noch mehr verfolgen wird, wenn wir ohne dich gehen. Wir werden auch nur kurz bleiben. Es ist kein Geheimnis. Deine Alpträume sind wieder schlimmer geworden.«

Esmerylda zögerte. Sie zitterte. Doch dann riss sie sich offenbar zusammen und stand gerade vor ihnen.

»Es wird schon nichts geschehen.« Briens unwirsche Stimme war schon hinter der Biegung zu hören.

Djakabaly nickte umso aufmunternder. »Und nun komm auch du, Freund.«

Zusammen hatten sie die Überlaufbeckenhalle bereits hinter sich gelassen. Aber noch war der Morgen nicht angebrochen. Bis reger Betrieb am Feuer und den Marktständen herrschte und bis Mahasim und die anderen Arbeiter zu den Donnersteinstollen aufbrachen, dauerte es noch ein bisschen.

»Du hast Alpträume, seid wir dich gefunden haben«, sagte Djakabaly zu Woti gewandt.

»Das ist für jemanden, der lange Zeit bewusstlos ist oder im Koma liegt, ganz normal«, ergänzte Brien nüchtern.

Esmerylda schritt tapfer neben ihnen her, beteiligte sich aber natürlich nicht an ihrem Gespräch.

»Aber deine Träume veränderten sich schnell«, erklärte Djakabaly weiter.

»Geht das genauer eventuell?«

Woti wusste nicht mehr, was er überhaupt noch glauben sollte. Das Schlimmste aber war, dass sie nun tatsächlich zum dunklen Gang marschierten. Zu *dem* dunklen Gang.

»Natürlich«, antwortete Djakabaly. »Du lagst also im Fieber, da sind Fieberträume natürlich unausweichlich. Du sprachst nicht immer, aber wenn, dann war oft die Rede von Dolchen in deiner Brust: von solchen, wie wir ja tatsächlich einen in dir gefunden haben.«

»Also insgesamt unspektakulär«, ließ sich Brien wieder zu einem Kommentar herab.

»Vielleicht sollte bloß ich die Geschichte erzählen, meinst du nicht auch?«

Djakabaly sah den Wasserzwerg scharf an. Brien schüttelte seinen krausen Bart, ließ seine Gefährtin aber gewähren.

»Jedenfalls – schon nach einer Woche veränderte sich das, was du im Traum von dir gabst. Du erinnerst dich sicher noch daran, was du heute Nacht von Esmerylda gehört hast …«

»Du meinst, es hat … *zusammengepasst?*«

Woti wusste nicht, ob er wieder Angst bekommen sollte. Das war gar nicht gut. Warum musste alles, was ihm geschah, so unheimlich sein?

Djakabaly atmete schwer. Das war Bestätigung genug. Woti sah zu Esmerylda. Die Elfe erwiderte seinen Blick. Sie zuckte mit den Schultern, so, als wollte sie sich entschuldigen. Aber Woti konnte sich nicht vorstellen, dass sie irgendeine Schuld an dieser Situation traf.

»Heute Nacht wollte ich ein für alle Mal wissen, ob euch etwas verbindet …« Djakabaly suchte nach den richtigen Worten. »Ein schicksalhaftes Band, ein schreckliches Erlebnis im Untergrund. Etwas, dass uns das alles besser verstehen lässt. Verstehst du, was ich meine?«

Woti nickte.

»Ich habe dich zu keiner Zeit allein gelassen, das darfst du mir glauben. Als du fortgingst, nachdem du wieder im Schlaf geredet hattest, kamen für mich nur zwei Ziele in Frage: Bei dem einem warst du schon gewesen. Das andere kanntest du nicht einmal.« Sie blieb stehen. Ihre Worte schienen sie selbst zu überraschen: »Und trotzdem hast du Esmeryldas Kammer gefunden.«

»Warum sprichst du denn nicht?« Woti wollte endlich etwas aus Esmerylda herausbekommen, anstatt alles nur aus zweiter Hand zu erfahren. »Gewähre uns Einsicht!«

»Du bemühst dich umsonst!«, krächzte Brien.

»Sie wird nicht reden«, bestätigte auch Djakabaly. »Obwohl sie früher viel geredet hat, das kann ich dir sagen!«

Ein mattes Lächeln zeigte sich in Esmeryldas Gesicht und ihre Flügel leuchteten für einen Moment violettgrün. Immerhin nahm sie also die ganze Unterhaltung wahr. Sie war also nicht verrückt. Oder zumindest nicht völlig …

»Du weißt ja schon, dass sie die Erste war, die hier unten forschte. Lange bevor sie uns andere ins Vertrauen zog. Sie war es, die hier alles entdeckte, von den Tunneln unter dem Museum über die Zisterne hin bis zur Alten Stadt …«

Endlich glaubte Woti, dass sie der Sache näher kamen. Er hatte ja schon von der Alten Stadt gehört. Doch da gab es noch mehr, das ihm Brien und die Frauen verschwiegen hatten!

»Durch den Gang geht es dorthin – nur das ergibt einen Sinn …«

Bevor Djakabaly antwortete, fasste sie Esmeryldas Hand.

»Das tut es, Freund. Und Esmerylda war lange dort. Sehr lange.«

Je näher sie dem Gang kamen, desto aufgeregter wurde Woti. Er hatte das Gefühl, dass die Bilder aus seinem Traum noch irgendwo in ihm schlummerten. Er konnte sich nicht erinnern und doch waren sie da. Und wieder dachte er dabei an die Worte aus Esmeryldas Traum.

Aus dem Licht! Die Winselmutter kommt …

»Es ist nicht mehr weit. Also pass nun gut auf, Freund.« Djakabaly bemühte sich, nicht langsamer zu werden. Auch sie schien in Wahrheit keinen Wert darauf zu legen, dem Gang näher zu kommen.

»Monatelang ist nichts geschehen, als Esmerylda in der Alten Stadt geforscht hat. Selbst, als wir anderen schon hier unten waren, hat sie weiter ihre Grabungen durchgeführt. Es war auch nichts dabei. Niemand hat wirklich daran geglaubt, dass es dort mit Ausnahme von den üblichen Gefahren unter Tage gefährlich wäre. Obwohl es Anzeichen dafür gab …«

Brien räusperte sich. Es konnte alles bedeuten: Zustimmung, Unglauben, Ablehnung. Dass Woti diese Informationen nicht bekommen sollte. Der Zwerg war so undurchsichtig wie sein Bart.

Djakabaly kümmerte sich nicht darum. »Du wirst es ja selbst sehen, Woti! Jedenfalls: Ein paar Wochen nachdem fast der gesamte Widerstand vollzählig war, fanden wir Esmerylda bewusstlos in den Tunneln zwischen der Zisterne und dem Zugang zur Alten Stadt. Wir hatten sie schon die halbe Nacht gesucht, da sie abends nicht zurückgekehrt war. Erst am nächsten Tag wachte sie wieder auf. Sie hat kein Wort mehr gesprochen seit diesem Tag …

»Aber sie ist gesund und stark!«, protestierte Woti. »Was ist geschehen? Was hat sie gesehen? Warum kann sie nicht reden? Sie muss uns ihr Wissen geben …«

»Woti aus Telluriscor. *Freund.* Wir glauben nicht, dass sie nicht reden kann. Wahrscheinlich verhält es sich vielmehr so, dass sie sich dazu entschieden hat. Und diese Entscheidung respektieren wir. Auch du wirst das tun!«

Das ließ keine Widerrede zu. Sogleich wurde Djakabaly aber wieder versöhnlicher: »Dennoch hat sie uns mit ihrem Wissen versorgt. Das, woran sie sich erinnert, hat sie uns aufgeschrieben. Aber letztlich ist das nicht sehr viel. Sie ist dort auf etwas gestoßen, dort unten in der Dunkelheit. Etwas, dass sie beobachtet hat, dass sie vielleicht sogar zu sich gelockt hat. Jedenfalls hatte sie dieses Gefühl …«

Unruhig schritt Esmerylda neben ihnen. Es musste schlimm für sie sein, die Geschehnisse auf diese Weise zu durchleben, auch wenn sie dies vielleicht ohnehin immer aufs Neue im Schlaf tun musste.

»Ich glaube«, fuhr nun plötzlich Brien fort, »dass ihr etwas Schlimmes zugestoßen ist. Ob es etwas damit zu tun hat, was sie im Schlaf redet, sei dahingestellt. Vielleicht sind ihre Worte auch nur Projektionen ihrer Angst. Ich für meinen Teil glaube, dass sie ein schweres Trauma erlitten hat. Vielleicht war sie dem Tod sehr nahe. Ist gestürzt oder bekam in einer engen Kammer keine Luft mehr. Wahrscheinlich konnte sie sich nur mit letzter Kraft retten. Als wir sie fanden, hatte sie leichte und mittelschwere Verletzungen. Sie weiß nicht, woher diese stammen. Aber seit du hier bist, fühle ich mich in meiner Theorie bestätigt: Wenn man hier unten beinahe stirbt, dann macht das etwas mit einem. Man halluziniert. Man bekommt

Alpträume. Irgendwann wird es so schlimm, dass sich daraus ein Trauma entwickelt. Wie erklärst du dir sonst, dass du ebenso von derartigen Visionen heimgesucht wirst?«

Djakabaly schnaubte verächtlich. »Das ist Briens Theorie. Und nur Briens Theorie. Es gibt mehr zwischen diesem und dem nächsten Leben als wir uns vorstellen können. Esmerylda hat etwas gesehen, dass sie bis an ihr Lebensende verfolgen wird. Irgendetwas ist dort unten in den Ruinen der Alten Stadt. Etwas, das wir weder kennen noch für das wir eine Erklärung haben. Anders wäre es nicht möglich, dass du seit deiner Ankunft im Krankentrakt die exakt gleichen Worte benutzt, die auch Esmerylda im Schlaf sagt. Ein Trauma habt ihr beide, das will ich gar nicht bestreiten. Und ihr beide seid dem Tod wahrscheinlich nur knapp entronnen. Aber in diese Erfahrung mischt sich noch etwas anderes.«

»Bei den heiligen Hallen von Harandol – *die Winselmutter*!?«

Briens fast belustigte Stimme hallte durch den Gang.

Im selben Augenblick zuckte nicht nur Esmerylda, sondern auch Woti zusammen. Wie war es möglich, dass ihm allein dieses Wort derartiges Unbehagen bereitete? Wieder kamen Traumbilder irgendwo aus seinem Unterbewusstsein und versuchten, an die Oberfläche zu kriechen. Irgendetwas war dort gewesen. Hingestreckt an der dunklen Wand. Im Gang. Direkt vor ihm. *Geh aus dem Licht!*

»Schluss jetzt!«

Djakabaly war richtig wütend. Sie fuhr Brien an: »Wir waren uns längst einig, nichts ins Lächerliche zu ziehen, was Esmerylda angeht! Müssen wir diese Diskussion etwa noch einmal führen?«

»Schon gut, schon gut!«, lenkte Brien ein, aber er grinste nichtsdestoweniger.

»Sei einfach still, du verfluchter alter Zwerg! Siehst du nicht ihre Flügel?«

Die grauen Flügel Esmeryldas ließen auch Woti nicht los. So ein kaltes Grau hatte er nur einmal gesehen: Er dachte an die Elfe, die die Kelpen auf dem Weg der Geschichte getötet hatten.

»Sie macht schon genug durch. Und sie geht dennoch mit uns. Das war unsere Abmachung: Sie stellt sich hin und wieder ihrer Furcht – aber nur mit uns zusammen! *Zusammen*, verstehst du? Das bedeutet, sie bekommt unsere Unterstützung und nicht deinen Spott!«

Jetzt knirschte Brien unter seinem Bart mit den Zähnen. Er und Djakabaly bauten sich voreinander auf und sahen sich mit stechenden Blicken an. Schließlich gab der Zwerg erneut nach.

»Wir waren uns einig, richtig.«

Er wandte sich Esmerylda zu und öffnete seinen Mund. Woti glaubte für einen kurzen Augenblick, er würde sich entschuldigen. Aber dann schloss er die Lippen wieder und schwieg.

Esmerylda winkte bloß ab. Der Gwilling fand es beeindruckend, wie sie das alles ertrug. Sie redeten über sie, selbst er – sie aber musste stumm bleiben. Plötzlich sah er sie in einem Licht. Zuvor hatte sie noch schwach auf ihn gewirkt. Auch unnahbar und ein bisschen verrückt. Doch nun empfand er sie als sehr stark.

Djakabaly sagte: »Lasst uns nun rascher gehen. Ich will nicht länger hier bleiben als nötig.«

Woti wusste, was seine Gefährtin meinte. Vielleicht sogar besser als sie: Je näher sie dem Gang kamen, desto mehr kniff es in seinen Eingeweiden. Jeder weitere Schritt wurde noch qualvoller als der vorherige. Woher kamen diese Gefühle? Bei den Engeln, er war doch noch nie dort gewesen!

Sie gingen um eine weitere Biegung und folgten dem anschließenden Tunnel eine ganze Weile geradeaus. Als der dunkle Gang von weitem in Sicht kam, hätte Woti auch blind gewusst, wo sie sich befanden. Sein Herz sprang derartig auf und ab, dass er sich nicht mehr sicher war, ob er nicht vielleicht immer noch alles träumte. Esmerylda neben ihm erging es nicht besser: Ihre Flügelfarbe veränderte sich kaum noch und sie krallte ihre Hand fest in die von Djakabaly. Als Woti dies bemerkte, konnte er nicht anders. Er nahm Djakabalys andere Hand und sie ließ ihn gewähren. Selbst Brien schien jetzt hochkonzentriert. Wachsam spähte er nach vorn, als ob da wirklich etwas auf sie wartete. Aber um sie herum herrschte bloß gähnende Leere. Dann standen sie vor dem Gang.

Die Dunkelheit im Gang war atemberaubend. Woti wusste plötzlich mit einer seltsamen Bestimmtheit - vielleicht stammte sie aus seinen Träumen – dass sie hier kein Licht anzünden würden. Aber er fragte dennoch, denn immerhin hatte Brien eine Fackel in seinem Gürtel stecken: »Es gibt hier kein Licht. Warum entzünden wir es nicht?«

Der Wasserzwerg starrte angespannt nach vorn.

»Weil jedes Licht, welches hinter diese Schwelle getragen wird, sofort erlischt.«

Woti wurde es noch einmal unbehaglicher.

»Wir wissen von Esmerylda und aus eigener Erfahrung, dass es nach einer gewissen Zeit wieder möglich ist, Licht zu machen. Aber nicht in diesem Gang. Er bildet den Zugang zur Alten Stadt. Wir werden nun zu ihrer Pforte gehen.«

Das alles war eine verflucht schlechte Idee! Woti wollte plötzlich sehr dringend wieder fort.

»Aber warum?«, brachte er hervor. »Vielleicht werden auch wir stumm!

»Sei nicht albern, Woti Portalspringer«, spottete Brien. »Wir haben das schon einige Male gemacht. Und wir sind immer wohlbehalten zurückgekehrt.«

»Außerdem gibt es keine andere Möglichkeit.«

Djakabaly starrte ebenfalls nach vorn, hatte aber weder Esmeryldas noch Wotis Hand losgelassen.

»Wir können einfach umdrehen!« Woti war verzweifelt. »Alles vergessen und zurückgehen ...«

»Du verstehst das nicht.«

Brien wandte sich nun scheinbar ein letztes Mal an ihn, denn er sah so aus, als wollte er im nächsten Augenblick die Schwelle übertreten. »Warum gehen wir wohl mit Esmerylda hierhin? Um ihre Ängste und ihr Trauma in den Griff zu bekommen, natürlich. Aber es gibt noch einen Grund. Du hast es selbst gespürt – du fühlst, was auch sie fühlt. So war es doch! Beim Feuer! Oder in der Nacht! Wohin wolltest du, bevor du zu Esmeryldas Kammer aufgebrochen bist?«

Woti brauchte gar keine Antwort zu geben. Sie alle wussten es.

»Wenn wir nicht von Zeit zu Zeit mit ihr gemeinsam diesen Weg machen, dann macht sie ihn allein. Wir befürchten, dass sie beim nächsten Mal nicht mehr zurückkehrt.«

Woti stand der Schrecken ins Gesicht geschrieben. Er konnte sich sehr gut an das Gefühl erinnern, das ihn hierher hatte führen wollen. Irgendetwas hatte sich seiner bemächtigt und hatte ihm den Weg zeigen wollen. Irgendetwas, das dort in den Schatten gelegen hatte.

»Wir anderen meiden diesen Bereich, seit das mit Esmerylda geschehen ist. Wir sehen jetzt, dass es besser ist, nicht allein hier zu sein«, erklärte Djakabaly. »Oder überhaupt hier zu sein. Aber wenn das der Preis ist, Esmerylda zu helfen, dass wir mit ihr zusammen hinuntergehen, damit sie es nicht allein tut – dann ist es so. Weiter als bis zur Pforte müssen wir aber ohnehin nicht. Das reicht aus, damit sie sich für eine gewisse Zeit nicht mehr allein auf den Weg macht. Hoffentlich wird es bei dir genauso sein. Wenn du Glück hast, verschwinden dann auch die Alpträume für ein paar Wochen ...«

Als nichts mehr zu sagen war, machte Brien den ersten Schritt hinter die Schwelle.

DIE PFORTE

Woti, Djakabaly, Brien und Esmerylda schlichen vorwärts. Sie berührten einander, um sich nicht zu verlieren. Es war stockfinster. Woti wagte es nicht, sich umzusehen, sondern stierte stur dorthin, wo er das Geradeaus vermutete. Es war schwierig, hier das Gespür für die richtige Richtung zu behalten. Alles fühlte sich seltsam an. Dieser Ort schrie förmlich danach, gemieden zu werden. Er erinnerte sich wieder daran, dass in seinem Traum etwas vor ihm an der Wand gelegen hatte. Er versuchte noch mehr, sich in der Mitte des Ganges zu halten und rechnete trotzdem jeden Moment damit, auf etwas zu treten, das nur auf ihn gewartet hatte. Zur Beruhigung stellte er sich seine Heimat vor. Er dachte an Weit-Alon, an Ina. Aber das schreckliche Wort hallte durch sein Bewusstsein wie eine ständige Warnung, dass sie mit jedem Schritt das Falsche taten. *Winselmutter.*

Nach ein paar Minuten in völliger Stille erhob plötzlich Djakabaly das Wort. Obwohl sie flüsterte, zuckte Woti zusammen. »Wir können ruhig reden. Das Reden beruhigt hier unten.«

Woti war sich nicht so sicher, ob Reden eine gute Idee war. Andererseits brauchte er dringend etwas Ablenkung.

»Wann sind wir da?«, flüsterte er zurück. »Wann sehen wir wieder klar?«

»Es sind noch ein paar Minuten«, antwortete Brien, der zuvorderst ging. Dahinter kam an seiner Hand Esmerylda, dann Djakabaly und zuletzt Woti. Der Gwilling war sogar froh, das Krächzen des Wasserzwerges zu hören. Er schien immer noch zuversichtlich zu sein. Vielleicht machte ihn das Alter so hart und unempfindlich gegen diese erdrückende Stimmung. Woti beeindruckte es jedenfalls. »Wir können uns nicht verlaufen. Lauf nur nicht gegen die Wand.«

Woti hatte nicht die geringste Lust, der Wand zu Nahe zu kommen. Er wollte schön in der Mitte des Ganges bleiben. Glücklicherweise übernahm Brien das Vortasten stellvertretend für sie alle.

»Bei den Engeln – diese Dunkelheit!«, entfuhr es Woti. »Wie kam Esmerylda beim allerersten Mal so weit?«

Djakabaly drückte seine Hand noch fester. Sie schien ebenso beeindruckt wie er, dass die Elfe es irgendwann einmal auf eigene Faust geschafft hatte, diese Stelle zu passieren. Was für einen Forscherinstinkt musste sie haben, der sie so weit hatte treiben können!

»Sie hat Seile und Schnüre aneinander gespannt, damit sie ihnen wieder hinausfolgen konnte. Glücklicherweise geht es aber doch nur geradewegs diesen Gang entlang.«

Plötzlich fiel Woti etwas auf. Esmeryldas Flügel! Er konnte nicht das geringste Leuchten entdecken! Wie war das möglich?

»Ihre Flügel leuchten nicht? Ich sehe nicht das kleinste Licht!«

»Hier herrscht eine Form von Magie«, erwiderte Brien. »Das musst du doch mittlerweile begriffen haben!«

Natürlich hatte Woti das begriffen. Aber konnte die Magie, die sie offensichtlich umgab, auch Auswirkungen auf den Körper der Elfe haben? Es ärgerte ihn, dass der alte Zwerg wieder so von oben herab sprach. Während er noch überlegte, wie er sich Brien gegenüber verteidigen konnte, veränderte sich jedoch etwas: Wotis Nervosität fiel Stück für Stück von ihm ab. Jeder Schritt nach vorn sorgte nun dafür, dass er sich wieder normaler fühlte. Fast wie der Woti von früher. Er hatte plötzlich nicht mehr die große Sorge, dass die verschleierten Bilder seines Traums Wahrheit wurden. Stattdessen war er zwar noch aufgeregt, aber die Dunkelheit kam ihm lichter vor, falls das Sinn ergab. Nicht wie die bedrückende Finsternis von vorhin, sondern wie die gewöhnliche Schwärze, die eben in einem Stollen in der Erde vorherrschte. Erleichtert beschleunigte er mit den anderen seinen Schritt und fragte sich allen Ernstes, was an dem Wort Winselmutter so schlimm war. Kurze Zeit später blieben sie stehen. Es schien, als wäre Esmerylda diejenige gewesen, die gestoppt hatte.

Brien sagte: »Du hast wohl recht. Wir sind da. Lass es mich ausprobieren.«

Woti hörte, wie der Zwerg mit etwas herumhantierte. Er erschrak, als ein heller Funken die Dunkelheit durchbrach.

»Jetzt ist es wirklich nicht mehr weit!«, sagte Djakabaly zuversichtlich.

Noch ein paar Mal schlug Brien zwei Feuersteine aneinander, sodass die Funken flogen, bis er seine Fackel entzündet hatte. Eine helle Flamme leuchtete auf. Erst jetzt bemerkte Woti, dass auch Esmeryldas Flügel wieder leicht gräulich schimmerten. Stumm blickten sich die vier an.

»Da vorn ist sie«, trieb Brien sie ein weiteres Mal an. Auch Woti konnte sie jetzt sehen.

Als der Gang endete, tat sich der Vorraum der Pforte weit nach oben hin auf. Die Pforte an sich war als solche gleich zu erkennen: Unter einem runden, gemauerten Bogen bot sie einem etwa drei mal drei Meter großen Durchgang Platz, hinter dem die breiten Stufen einer noch viel gewaltigeren Treppe weiter in die Tiefe führten. In und an die massiven Mauersteine der Pforte waren links und rechts Figuren gehauen, die wie Adlige oder Krieger einer längst vergangenen Zeit aussahen: Woti bestaunte hochgewachsene Männer und Frauen, darunter auch Elfen, Lunatae und Zwerge, die lange Gewänder und Flügelhelme trugen oder in Hörner bliesen, wie es auf Telluriscor von Zeit zu Zeit noch die Soldaten Renkejas zur Verständigung taten, wenn Zauber zu aufwendig oder unangebracht waren. Auch Tiere waren zu sehen, darunter besonders Hunde und Pferde. Eine Frau, die auf einem großen, unheimlichen Uhu saß, stach Woti besonders ins Auge. Über dem Rund jedoch, mittig, war auf einem flächigen Relief eine Burg abgebildet. Nicht wenige der Steinfiguren sahen zu ihr auf. Sie leuchtete nun im Schein von vier weiteren Wandfackeln, zwei links und zwei rechts der Pforte, die Brien entzündet hatte.

»Die dunkle Burg!«, flüsterte Djakabaly ehrfürchtig. »Esmerylda hat uns von ihr erzählt. Ihr galt damals ihr Hauptinteresse.«

Die Elfe trat von einem Fuß auf den anderen. Offenbar weckte das Relief Erinnerungen in ihr.

»Wir sollten schnell machen, auch wenn es beeindruckend ist«, ordnete ihre Anführerin an. »Hier, Freund, sehen wir uns an, was wir dir zeigen können, und verschwinden wieder.«

Zusammen traten sie auf die rechte Seite der Pforte. Dabei gewann Woti den Eindruck, dass die Treppe auf der anderen Seite gar kein Ende zu nehmen schien. Auch deren seitliche Begrenzungen waren nicht zu sehen. Trotz des Lichtes, das die vier Fackeln von diesseits der Pforte irgendeiner ausgeklügelten Technik sei Dank gebündelt durch das milchige Glas auf der Hinterseite einzelner Pfortensteine ebenjene Treppe hinabwarfen. Die Stufen erinnerten Woti an die Tribünen einer Arena, wie er sie aus einigen Büchern kannte, in denen Orte in Alkanders Wüstenreich oder tief unten in der Südernis gezeigt wurden.

Sein eigentliches Augenmerk richtete Djakabaly jetzt auf eine Relieffläche, deren ursprüngliche Darstellung mit ziemlicher Sicherheit abgehauen worden war. An deren Stelle war auf etwas unebenem Grund ein kurzer Text eingemeißelt. Sie traten noch näher heran, mit Ausnahme von Esmerylda, die wohl sehr genau wusste, was dort zu lesen war. Wahrscheinlich in der Annahme, dass Woti die Worte nicht entziffern konnte, las Brien vor. Seine raue Stimme hallte zurück in den Gang und unter der Pforte hindurch treppab. Woti hielt die Luft an. Er spürte ganz deutlich, dass dieses verborgene Wissen nicht viele vor ihm zu sehen oder zu hören bekommen hatten.

»Hier also liegt die Pforte zur Alten Stadt«, krächzte Brien. »Wir nennen sie so, denn als wir kamen, war sie schon alt. Die Geschichtsbücher hatten sie vergessen. Wir wissen immer noch viel zu wenig über die, die hier lebten, oder über die Dunkelburg, die über allem thront. Doch lange lebten wir hier versteckt und gut und ahnten noch nichts von dem, das mit uns hier verborgen war. Wir brachten das Licht zurück in die Alte Stadt. Aber nun wissen wir, dass wir einen Fehler gemacht haben. Wir müssen nun fliehen. Zurück nach oben, von wo wir einst kamen. Wer auch immer das hier liest: Geht nicht weiter. Der Abstieg wird auch der Eure sein. Das Licht gehört nicht in die Tiefe der Welt. Manches darf nicht ge …«

Hier hielt Brien inne, denn die nächsten Worte waren nicht mehr lesbar. Ein ganzer Brocken hatte sich aus dem Stein gelöst. Vielleicht war dies sogar beim Schreiben selbst geschehen, kam es Woti in den Sinn. Möglicherweise war einfach zu hastig gemeißelt worden, denn das Schriftbild der nachfolgenden Worte hatte sich im Gegensatz zum Anfang hin drastisch verändert.

» … nur noch wenige«, fuhr Brien fort. »Unsere Aufzeichnungen haben wir größtenteils vernichtet. Wir nehmen nur unsere Erinnerungen mit. Mögen sie uns Warnung genug sein, den Rest unserer Tage zu …«

Ab hier fehlte eine weitere Passage und in den letzten Sätzen waren an unzähligen Stellen einzelne Worte oder Buchstaben nicht mehr zu entziffern.

» … sie h … kannst … spät … Geh … Li … Wir konnten … nicht … en. Es t …«

Ganz unten stand ein letzter unvollständiger Satz. Brien las auch ihn so gut es ging vor.

» … wir sind … ihr … Na … Bela.«

Zurück am Feuer brauchte Woti das ganze Frühstück über, um wieder zu klareren Gedanken zu kommen. Die Nacht und der Gang zur Pforte hatten ihn sehr nachdenklich gestimmt, nachdem hier in der Überlaufbeckenhalle sämtliche Schrecken verflogen waren und auch der Rückweg mit einigem Herzklopfen in völliger Dunkelheit durch den Gang so schnell vorübergegangen war wie ein fliehender Schatten. Hatte sich wirklich alles so abgespielt, wie er es in Erinnerung hatte?

Lustlos kaute Woti an einem Stück über dem Feuer gebratenen Gemüse, das wie eine Rübe aussah, aber viel säuerlicher schmeckte. Ashnaprilla, die wie Ammi und viele andere ebenfalls am Feuer saß, hatte ihm verraten, dass es selbst hier unten in den Stollen möglich war, mithilfe des magischen Lichts ein paar Gemüsesorten anzubauen.

»Ich verstehe das alles mitnichten.« Woti entschied, dass er die Erlebnisse doch noch nicht auf sich beruhen lassen wollte. Wenn sie nachher zur Botschaft aufbrachen, wollte er konzentriert sein und nicht tausend Fragen im Kopf haben. »Gibt es über diese Leute nicht alte Geschichten?«

Alle hatten natürlich schon von ihrem nächtlichen Ausflug gehört. Auch Ashnaprilla schien erleichtert, dass es Esmerylda nun ganz offenbar wieder besser ging. Sie erzählte leichthin: »Du kennst nun die Inschrift wie wir alle, Woti. Da gibt es nicht mehr viel zu sagen. Vielleicht gibt es weitere Antworten unten in der Alten Stadt. Oder sie liegen verborgen in Esmeryldas Erinnerungen.« Sie sah ihre Gefährtin aufmunternd an. »Aber so oder so gelangen wir nicht in ihren Besitz. Belasse es dabei, Woti. Nach mehr zu suchen führt nur zu …«

Sie brach ab, um nach den richtigen Worten zu suchen. Brien nahm ihr das ziemlich uncharmant ab: »Ach, Prilli! Das ihr euch immer so zieren müsst!« Er wandte sich zu Woti wie zu einem Schuljungen: »Sie meint Leid. Angst. Verderben. Eben so etwas.«

Ashnaprilla schien es ihm diesmal ziemlich übel zu nehmen, dass er ihr ins Wort gefahren war. Oder, dass er wieder ihren ungeliebten Spitznamen benutzt hatte.

»Manchmal könnte ich dich erwürgen!«, zischte sie mit gelbschwarzen Flügeln.

Ungerührt zupfte sich Brien an den Augenbrauen. »Du kannst dir nun ein eigenes Bild von der Sache machen, Woti Portalspringer. Du hast selbst unerklärliche Dinge auf deinen Reisen gesehen. Oft spielte Zauberei eine Rolle. Wer weiß, welche Magie dort unten vorherrscht, die in uns solche Ängste wecken kann! Eine, die die Traumata derjenigen verstärkt, die zu schwach in ihre Nähe kommen. Monatelang ist Esmerylda nichts geschehen. Wahrscheinlich gab es dort nichts, was einer gesunden, starken Person schaden kann. Wahrscheinlich war alles nur ein Zauber, der von ihr Besitz ergriff, als sie besonders verletzlich war. Genau so, wie er von dir Besitz ergriffen hat.«

Der Rest, der mit am Feuer saß, hatte unwillkürlich aufgehört zu sprechen. Anscheinend schien niemand, aber auch wirklich niemand die Dinge, die jenseits des Ganges in der Alten Stadt lauerten oder nicht lauerten, so zu sehen wie Brien. Dennoch gab es keinen Widerspruch. Vielleicht wollte auch keiner eine Diskussion führen, die mit Sicherheit schon zigmal geführt worden war.

Woti war trotzdem noch nicht zufrieden.

»Und die Dunkelburg? Was ist das für ein Werk? Wie groß ist diese Stadt? Wie tief geht es noch hinab?«

Sanft legte Djakabaly Woti die Hand auf die Schulter, bis er ihr – immer noch verständnislos – in die Augen sah.

»Lass es gut sein, Freund.«

Wie konnten sie sich mit der Sache so einfach abfinden?

»Lass es gut sein«, wiederholte sie. »Manche Fragen bleiben besser unbeantwortet. Das, was wir dort unten gelesen haben, war eine Warnung. Außerdem solltest du froh sein, dass es dir wieder besser geht. Spürst du nicht, wie dich der Besuch der Pforte stärker gemacht hat? Heute Nacht wirst du nicht aufwachen auf der Suche nach etwas, das nicht gefunden werden sollte.«

Woti dachte nach. In der Tat fühlte er sich zum ersten Mal, seit er aus dem Koma aufgewacht war, wieder einigermaßen frisch und lebendig. War es wirklich so einfach? Ein Besuch an der Pforte ließ in wieder klar denken und zu Kräften kommen? Und das Warum sollte er einfach auf sich beruhen lassen?!

Doch dann hatte er mit einem Mal wieder ein ganz anderes Bild vor Augen. Während er in das Feuer blickte, sah er sich selbst zusammen mit Raukelunk, Decora, Kiran, Veda und Finn vor dem Feuer der Unerreichbaren Festung sitzen. Noch bevor das Sursulum dem Kelpen zum Opfer gefallen war. Es waren trotz allem ein paar sehr glückliche Tage und Stunden für ihn gewesen. Das war er. Das war der eigentliche Grund, warum er noch lebte und atmete! Seinen Freunden beim Kampf gegen Trucido zu helfen! Der Alte vom Andersvolk hatte ihm, Woti, sein Leben nicht nehmen können. Dieses Leben hatte er vor einer gefühlten Ewigkeit der Sache von Finn und Decora verschrieben. Was nutzte es, neuen Rätseln auf den Grund zu gehen, wenn die alten noch nicht gelöst waren? Er wollte seinen Freunden von Angesicht zu Angesicht gegenübertreten. Sie fragen, warum sie ihn in den Tunneln zurückgelassen hatten. Und hoffentlich eine gute Antwort auf diese Frage erhalten. Danach aber hatte er noch so viel mehr vor sich! Wahrscheinlich war es gut, auf Djakabaly zu hören. Er hatte bereits sehr viel Zeit verloren. Jetzt hieß es seinen alten und neuen Freunden zu zeigen, was in einem echten telluriscorianischen Gwilling steckte. In einem, den selbst der grässlichste aller Wasserzwerge *Woti Portalspringer* nannte. Er hatte den Widerstand gefunden. Und er würde Decora mit ihm zusammenbringen!

Lächelnd erhob er sich. Er hatte die Dunkelburg und die Pforte aus seinem Kopf verbannt.

»Djakabaly, du hast recht! Mir ging es lange Zeit sehr schlecht. Aber langsam kommt sie wieder, meine alte Kraft.« Die anderen schauten ihn verdutzt an. »Nun denn, auf zur Botschaft!«

Drei Wochen Salzfisch

Fast drei Wochen war die Ente jetzt unterwegs, seit Lilli sich geopfert hatte, um Gilgathan der Schrecklichen den Garaus zu machen und sich einen Platz in den Piratenliedern zu verdienen. Fast drei Wochen, seit Flacka Seeschwalbe, Charadri und Bekassine mit Mühe und Not zu dritt die notdürftig zusammengeflickte Ente Richtung Osten gesteuert hatten. Fast drei Wochen, seit Decora Nubigena und der Rest ihrer Truppe von Portalreisenden und Piraten hoffentlich einen Weg gefunden hatten, beim Stadtbaum Trucidos Kelpenarmee verwundbar zu machen.

Charadri und Bekassine saßen beieinander im Aufenthaltsraum. Bei schlechtem Wetter zog es hier fürchterlich, weil sie nicht genügend Holz gehabt hatten, um alle vom Kampf gegen Gilgathan zerstörten Stellen auszubessern.

Fröstelnd schnürte sich Charadri eine Decke fester um seine Brust und schielte misstrauisch zur kleinen Öllampe, die wie die Ente im Wellengang hin- und herschaukelte.

»Bin mal gespannt, wann die auch noch hinüber ist«, sagte er gereizt. »Außerdem kann ich diesen Fisch bald nicht mehr ertragen!«

Angewidert stocherte er in der dünnen Suppe herum, die er selbst zubereitet hatte. Einige graue Brocken Fisch schwammen darin. Die ganze Zeit schon ernährten sie sich fast ausschließlich von *Salzfischen*, wie sie die Menschen Ukoniens gerne nannten. Selbst mit einer einfachen Angel und einem Rest schimmliger Gemüsereste konnte man diese auf hoher See leicht fangen. Der große Nachteil war, dass sie, wie der Name schon sagte, sehr salzig schmeckten, und man nach ein paar Tagen schon würgen musste, wenn man bloß an sie dachte. Der einzige Vorteil hingegen, dass man die Suppe auf gar keinen Fall mehr salzen brauchte. Hin und wieder gönnten sie sich auch ein paar Stücke Trockenobst, die sie noch zusammen mit den anderen zu Beginn auf die Feuerente verladen hatten. Diese Vorräte waren aber nun so gut wie aufgebraucht.

Bekassine schien ihn nicht einmal gehört zu haben. Auch sie stocherte in ihrem Essen, was er der Elfe selbstredend nicht verübeln konnte. Der Grund für ihre Appetitlosigkeit aber war nicht der Salzfisch, sondern ein anderer. Charadri beobachtete ihre tiefblauen Flügel. Sie trauerte. Nicht nur um Lilli, die sie alle gerettet hatte, sondern auch um die anderen, von denen sie sich getrennt hatten. Vor allem aber dachte sie an Vanell.

»Wenn ich Flügel hätte, wären sie auch blau«, sagte Charadri unvermittelt. Ihn hatte das Blut der Elfenflügel schon immer fasziniert. Es wirkte selbst dann friedlich auf ihn, wenn die Elfen Schmerz oder Wut empfanden. Es war – so sah er es zumindest – eine unglaublich wohltuende Eigenschaft, dem Gegenüber seine Stimmung auf diese Weise zu übermitteln.

»Glaub mir, Charadri, wünsch dir lieber keine solchen Flügel.« Sein letzter Satz hatte sie aus ihren Gedanken gerissen. »Es ist kein Vorteil, die Gefühle allen zeigen zu müssen. Es ist schwer für uns Elfen, überhaupt etwas zu verbergen.«

Nachdenklich betrachtete sie ihre Fischbrocken, entschied sich aber erneut dafür, nichts davon auf ihren Löffel zu nehmen. Stattdessen beschrieb sie damit einen Kreis in ihrer Suppe, in dessen Mitte sich die Stückchen nun umeinander drehten.

»Aber auch ohne Flügel hättest du mich durchschaut, mein alter Freund. Alle von uns hätten das. Nur Vanell war zu böse auf sich und die Welt, um zu sehen, was ich für ihn empfinde. Und dann springt er durch ein Portal weg von mir …«

Wieder rührte sie mit dem Löffel um ihr Suppenportal.

»Das alles hatte ich mir anders vorgestellt. Manchmal kommt es mir so vor, als wären wir die Letzten auf der Welt.«

Charadri wusste, was sie meinte. Die See war keine einfache Begleiterin auf einer langen Reise. Selbst für eine erfahrene Piratin nicht. Sie hatten durch Lillis, Hogins, ja selbst durch Wotis Tod den Verlust aufs Neue kennengelernt. Und nun waren sie zwar immer noch zu dritt, aber sie fühlten sich so einsam und verlassen, wenn sie die unendlichen Wasser überblickten, die sich bis zum Horizont erstreckten, dass die Ungewissheit, was nun dahinter lag, fast immer wehtat. Besonders erschrocken waren sie gewesen, als sie erkannt hatten, dass die Strudel östlich der Tiefen von Gilgathan nun passierbar waren. Waren sie zusammen mit dem Tod des Seeungeheuers verschwunden? Oder hatte etwas anderes in der Welt da draußen dafür gesorgt, dass ihre kleine Crew geradewegs Kurs auf die Küste Excelsas nehmen konnte? Wie dem auch sei – die Ungewissheit über das Schicksal ihrer Freunde und das der ganzen Welt war zermürbend. Zermürbender, als jeder Kampf es hätte sein können.

»Aber wir sind es nicht.«

Charadri entschied sich nach langem Nachdenken dafür, etwas zu entgegen. »Bekassine, wir tun schon so, als wären die anderen auf ihrer Mission umgekommen. Wir aber haben Gilgathan besiegt und leben noch. Deine Flügel und dein Bein sind wieder fast die Alten. Warum sollten wir nicht davon ausgehen, dass es auch die anderen geschafft haben?«

Bekassine blickte zu ihm auf. Sie verstand sicher, dass es manchmal einer Aufmunterung bedurfte, aber selbst ihm taten seine Worte sogleich leid.

»*Wir* haben Gilgathan besiegt? *Wir* leben noch?«

So hatte er das nicht gemeint!

»Bekassine, ich …«

»Du solltest dich lieber im Stillen bei Lilli und Hogin entschuldigen!«

Das tat Charadri auch. Traurig blickte er in sein Essen. Bei allen verfluchten Fischsuppen Aethras! Wann tat sich endlich etwas? Decoras Winde trieben sie so schnell nach Osten, dass bald Land in Sicht sein musste! Oder waren sie verdammt, ewig auf dem Großen Meer in nagender Ungewissheit Salzfische herunterzuwürgen?

Doch da spürte Charadri plötzlich Bekassines Arm um sich.

»Es tut mir leid«, sagte sie behutsam. »Ich weiß doch, wie du es meintest. Verzeih mir meine Gefühlsausbrüche. Ich denke nur immerzu an ihn. Was, wenn er es eben doch nicht geschafft hat?«

Charadri wischte sich ein paar Tränen aus den Augen. Dann lachte er schniefend.

»Er hat es geschafft. Zusammen mit Mergo treibt er den alten Melvin so zur Weißglut, dass ihm die Barthaare ausfallen. Wetten?«

»Die Wette gilt!« Jetzt lächelte auch Bekassine. »Der alte Zwerg ist nämlich hart im Nehmen. Außerdem hat Flacka doch gar nichts mehr, an dem sie sich nachts festkrallen kann, wenn Melvins Bart ab ist!«

Beide lachten laut auf. Sie lachten lange. Es war erlösend, zusammen zu lachen.

»Was ist mit Melvin und mir?«

Dass Flacka in der Tür erschienen war, hatten sie nicht einmal bemerkt. Seit dem Kampf mit Gilgathan quietschte jedes Stück Holz der Ente. Man brauchte nicht einmal mehr zu schleichen, um ungehört zu bleiben.

»Flacka, wir machen nur Spaß!«

Charadri druckste herum. Ihre Kapitänin mochte es nicht, wenn man ihr Verhältnis zum Botschafter ansprach. Sie selbst tat es ebenfalls nur selten.

Es war aber ein offenes Geheimnis, dass die beiden schon lange etwas miteinander hatten.

Doch als Flacka ihre vor Lachen roten Wangen und tränenden Augen sah, lächelte auch sie.

»Vielleicht könnt ihr bald wieder mit den anderen zusammen Schauermärchen über diese zwei alten Zwerge zum Besten geben, über die ihr euch so gerne die Mäuler zerreißt.«

Ihr Mund verzog sich zu einem bittersüßen Grinsen.

»Drei Wochen Salzfisch sind genug! Seit ein paar Minuten ist endlich die Küste zu sehen. Kommt, lasst uns unsere Suppe gegen einen handfesten Kampf …«

In der Ferne schnitt eine gewaltige Explosion der Kapitänin das Wort ab.

Die Stadt eines Wahnsinnigen

Im Schutz der Dunkelheit hatten sie die Ente in die verlassene Reederei gesteuert, die Flacka und ihre Crew schon seit jeher als Versteck für ihr teures Schiff genutzt hatten. Als sie nun über die Reling von Bord kletterten und wieder festen Boden unter den Füßen hatten, sah ihr Schiff zum ersten Mal so aus, als würde es tatsächlich an diesen heruntergekommenen Ort gehören.

»Sie sieht so traurig aus«, stellte Charadri mitfühlend fest. Für sie alle war die Ente wie selbstverständlich immer ein zusätzlicher Teil der Crew gewesen. Und jetzt war sie übel zugerichtet. Fast war es ein Wunder, dass sie sie überhaupt noch bis an die Küste getragen hatte.

»Keine Sorge«, beschwichtigte Flacka. Sie hatte lange gebraucht, um nach Lillis Tod, der ihr eigener hätte sein sollen, wieder Mut zu fassen. Doch das Erreichen der Küste hatte neue Leidenschaft in ihr aufflammen lassen. Lillis Opfer war nicht umsonst gewesen! Sie hatte nicht nur ihre Kapitänin, sondern auch Bekassine und Charadri gerettet und ihnen sowie dem Rest der Truppe auf diese Weise die Chance zu geben, den Kampf gegen Trucido weiter mitzubestimmen.

»Wenn Gilgathan es nicht geschafft hat, die Ente kleinzukriegen, dann, bei allen Wassern des Großen Meeres, sind ihre Tage noch nicht gezählt! Die Feuerente wird wieder glänzen, ich spüre es!«

»Man könnte beinahe glauben, da spräche die Flacka Seeschwalbe von früher!«

Bekassines Flügel hatten sich goldviolett gefärbt.

»Ich muss mir selbst und euch gegenüber eingestehen, dass ich in letzter Zeit nicht die beste Kapitänin war. Das tut mir leid. Ich will versuchen, es wieder gutzumachen.« Flacka schluckte.

Charadri betrachtete versonnen die Bilder auf der Reling der Ente. Diejenigen, die noch übrig waren.

»Jeder große Kampf fordert seine Opfer. Auch wir mussten das erst kennenlernen. Jeder von uns. Auf die eine oder andere Weise, früher oder später. Du hast das gleiche Recht wie wir alle, zu trauern und Schwäche zu zeigen.«

Bekassine, die ebenfalls zu den abgebildeten Gefechten des Vier-Völker-Krieges und an dessen Ende auf die Kanonenboote der Piraten von einst aufschaute, stimmte ihm zu: »Wenn es so einfach wäre, einen Krieg zu führen, wäre er wohl nicht der Stoff für Heldenlieder. Dass du trauerst und dich grämst, weil du es nicht gewesen bist, die an Lillis Stelle gestorben ist, macht dich nicht zu einer schlechten Kapitänin. Im Gegenteil.«

»Die Piraten sind die Beschützer des Volkes«, erklärte Charadri, als wäre es nur selbstverständlich, das an gerade dieser Stelle zu erwähnen. »Ohne ihr großes Herz wären sie keine Piraten.«

Flacka hatte einen dicken Kloß im Hals. Sie konnte es noch gerade so unterdrücken, zu weinen. Vielleicht hatte sie geahnt, dass die anderen so von ihr dachten. Gehofft hatte sie es sicherlich. Aber es war wirklich schön, es laut ausgesprochen zu hören. Trotzdem war es nun Zeit, in die Hände zu spucken und die Sachen anzupacken. Vom Reden allein bekam man keinen Platz in den Tafeln auf der Reling eines legendären Piratenschiffes! Lilli hatte das gewusst. Und die berüchtigtste Kapitänin Aethras wusste es ebenfalls.

Aus dem Inneren der Stadt war schon wieder eine Explosion zu hören. Selbst hier, so weit entfernt, wackelte die alte Reederei leicht im Nachklang der Detonation.

»Dann lasst uns aufs Neue Herz beweisen und Trucido ein für alle Mal zeigen, dass man sich nicht mit den Piraten der Feuerente anlegt!«

»Hast du denn einen Plan?«

Charadris Lippen zitterten, als er seine Frage stellte.

Jetzt konnte Flacka beweisen, dass sie immer noch die Alte war.

»Was auch immer dort draußen los ist – wir kämpfen uns durch bis zu Melvins Botschaft. Schon lange ist es nirgendwo mehr sicher. Aber wenn es eine Chance gibt, uns mit den anderen zu vereinen, dann dort!«

Bekassine schwebte schon ein gutes Stück vor ihnen. Ihr Flügelblut blitzte grüngolden im Licht des Mondes, das durch die Ritzen und Löcher im baufälligen Dach der Reederei fiel. »Gut, dass wir hier über die Jahre eine Menge Waffen versteckt haben. Ich habe das Gefühl, wir können sie bald gut gebrauchen!«

Flacka schlich voran. Hinter ihr kam auf leisen Sohlen erst Bekassine, Charadri bildete die Nachhut. Die Hafengegend war wie ausgestorben.

»Wahrscheinlich traut sich niemand auf die Straße, der hier wohnt.«

Charadri flüsterte von hinten, obwohl weit und breit niemand da war, der sie hätte belauschen können. Trotzdem war ihre Stimmung angespannt. Aus der weiter entfernten Stadt waren Schreie zu hören. Es musste einen Aufruhr geben.

Über dem Labyrinth, dem Stadtteil, der ihnen vom Hafen aus am nächsten war, über der Innenstadt, dem Herrschaftsviertel mit den Sternenhallen, und auch über dem Marktviertel, in dem unter anderem der berühmte Mondtempel-Markt zu finden war, standen Rauchsäulen, die bis hoch in den Nachthimmel reichten. Rotgelb beschienen wurden sie von den dazugehörigen größeren Feuern, die an mindestens acht oder neun Stellen in der Stadt brannten.

»Oder die, die noch alle Sinne beisammen haben und laufen können, sind geflohen.« Flacka schwante Böses. »Der Zauberer muss endgültig durchgedreht sein. Also, noch mehr als ohnehin schon. Ich denke, ich weiß, was dort in Brand steht.«

Sie steuerte gezielt eine heruntergekommene Häuserecke an.

»Warum halten wir an?«, wollte Charadri wissen.

»Bekassine, würdest du uns Gewissheit verschaffen?«, war Flackas indirekte Antwort.

Bekassine ließ sich nicht lange bitten. Sie wusste gleich, was zu tun war. Ihre Flügel surrten leise, als sie sich auf das niedrige Dach des Hauses schwang. Von dort erreichte sie mühelos einen halb eingestürzten Balkon im höher gelegenen Stock eines rechteckigen Aufbaus, der nachträglich auf das eigentliche Dach gesetzt war. Sie nahm Anlauf, sprang und flog zur nächsten Station: Eine Dachterrasse auf dem angrenzenden Nachbarhaus bot einen guten Überblick über dieses und die angrenzenden Viertel. Höhere Häuser waren hier selten. Diese hier bildeten eine seltene Ausnahme.

Flacka beobachtete, wie Bekassine sich in der Dunkelheit nach allen Seiten umsah. Ihre Silhouette kam im Mondlicht gut zum Vorschein und ihre Flügel leuchteten grünlich zu ihnen hinunter. Dann hatte sie offenbar genug gesehen und schwebte langsam hinunter zurück zu ihnen. Mit einem leisen Stöhnen setzte sie auf. Ihr Bein schmerzte noch. Kein Wunder. Der Bruch, den sie sich beim Kampf mit Gilgathan geholt hatte, war kaum verheilt. Auch wenn sie sicherlich die Beste darin gewesen war, selbst ihr Bein zu schienen und sich mit Salben zu verarzten.

Rasch erklärte sie ihnen, welche Orte sie lokalisiert hatte.

»Wie ich es mir dachte!«, sagte Flacka. Sie ballte die Fäuste. »Der Wahnsinnige hat die alten Pulverlager des Himmelsfürsten ausfindig gemacht und sie gesprengt. Da wohnen Tausende von Leuten!«

»Warum tut er das?« Bekassines Stimme zitterte vor Unglauben. »Was hat er davon?«

»Hörst du nicht die Schreie«, fragte Flacka zurück. »Ich denke, du erinnerst dich noch an seine Vorführungen auf dem Balkon?«

Bekassine nickte langsam.

»Die Schreie werden mit jedem unserer Schritte schlimmer. Bald werden wir es sehen: Ich wette, die Straßen sind voller Kelpen, die Jagd auf Unglückliche machen.«

Charadri räusperte sich. »Die Rache«, war das Einzige, das er herausbrachte.

Flacka sah gefasst nach vorn.

»Celsa ist jetzt die Stadt eines Wahnsinnigen. Zieht lieber eure Waffen.«

Flacka Seeschwalbe fasste ihre zwei Säbel so fest, dass ihre Finger wehtaten.

»Noch nicht!«, zischte sie.

Charadri und Bekassine drückten sich hinter ihr in den schmalen Zwischenraum zwischen zwei Häusern, in den sie sich geflüchtet hatten. Sie waren etwa bis zur Mitte des Labyrinths gekommen, bis ihnen Kelpen begegnet waren. Zunächst hatten sie die ersten Monster umlaufen können. Aber dann waren sie von allen Seiten gekommen, bis die drei einfach gerannt waren. Quasi aus dem Nichts heraus waren die Straßen um sie herum voller marodierender Monster und flüchtender Männer, Frauen und Kinder. Sie hatten jetzt die Feuer erreicht. Ein ganzer Häuserblock stand in der Nähe in Flammen. Sie konnten das Prasseln des Feuers bis hier hören. Im letzten Moment hatten sie sich vor einem Dutzend Kelpen verstecken können, die zwischen den Rauchschwaden herausgesprungen waren. Der Mond und das Feuer offenbarten, dass die Straße direkt vor ihnen voller Blutpfützen war.

»Verflucht, verflucht, verflucht!«, flüsterte Bekassine. »Jetzt ist übrigens so ein Moment, Charadri.«

»Was zum Henker meinst du?«, entgegnete der.

»Dass die Flügel hinderlich sind. Selbst unser graustes Blut leuchtet noch verräterisch.«

»Immerhin kannst du dich auf ein Dach retten, wenn es zu bunt wird!«

»Und dir und deinen Bratspießen den ganzen Spaß überlassen? Keine Chance! Wenn Lillis Geist uns von irgendwoher zuschaut, dann soll er stolz auf mich sein! Warum hast du dir eigentlich keine vernünftigen Waffen mitgenommen?«

»Was soll ich sagen?!«, entgegnete Charadri. Er umfasste seine beiden schweren Spieße so fest wie Flacka ihre Säbel. »Ich bin eben der Koch.«

»Es freut mich ja sehr, dass ihr euch euren Galgenhumor bewahrt habt«, Flacka drückte sie noch ein Stück zurück, »aber wenn wir nicht schon nach einer Stunde an Land draufgehen wollen, dann haltet jetzt eure Klappe!«

Sie warteten ein paar Minuten. Einige Kelpen liefen vorüber, entdecken sie aber nicht. Als auch die Schreie in der Umgebung abebbten, wagten sie sich aus der Deckung.

»Wir sollten schnell sein. Und zur Not wieder schnell versteckt. Es sind viele von denen unterwegs. Wir sind nur zu dritt.«

Flacka fragte sich, was übrig war vom Auf-in-den-Kampf-Gedanken bei ihrer Ankunft im Hafen. Charadri aber hatte sie durchschaut. Er sprach aus, woran sie wirklich gedacht hatte, während sie ihre beiden Gefährten zwischen die Häuser gedrückt hatte.

»Du fragst dich, ob die Dinger wirklich verwundbar sind.«

Flacka drehte sich zu ihm um. »Ich habe Lilli verloren. Wir werden kämpfen. Aber nicht, wenn es den sicheren Tod bedeutet. Verstecken ist keine Schande, wenn wir danach in der Lage sind, weiter Pläne zu …«

Noch während Flacka sprach, fuhr ihnen das schreckliche Geräusch schnaubender Nüstern in alle Glieder. Ein paar Meter vor ihnen, mitten heraus aus der Dunkelheit und den tanzenden Lichtfetzen des Feuers schälten sich die Umrisse eines Kelpen. Und dann die eines weiteren. Die Hufen eines dritten klackerten auf den Pflastersteinen, als er zu seinen Artgenossen galoppierte. Die drei beäugten sie. Sie hatten sie im Visier. Irrtum ausgeschlossen. Verstecken nützte nichts mehr.

»Ich bin doch nur der Koch«, flüsterte Charadri.

Dann stürmten die Kelpen los.

Flacka rannte zuerst. Mitten hinein in die drei angreifenden Monster. Ihr roter Umhang wehte im feuerheißen Wind, als sie ihre beiden Säbel im Kreis um sich herumtanzen ließ. Die Kelpen parierten mit ihren Klauen den wilden Zorn von Flackas Säbeln, aber der Angriff trieb sie ein Stück auseinander. Flacka glühte innerlich. Vielleicht hatte es diesen Moment gebraucht! Die Notwendigkeit zu kämpfen. Ihre Säbel wieder surren zu hören. Wie früher. Gleich würden sie sehen, ob die Kelpen verwundbar waren oder nicht. Kein Zögern mehr. Beidhändig stach sie zu. Die Kelpenklauen vor ihr schlossen sich zu langsam. Und der Panzer mit dem Stadtbaum war nur aus Holz! Was war schon ein widerliches Biest gegen die berüchtigtste Piratin Aethras? Der Kelpe trat aufgespießt um sich, aber Flacka hatte ihre Säbel schon wieder aus seinem Brustkorb gezogen. Sie duckte sich unter dem Huftritt weg und säbelte ihrem Gegner das Standbein unterhalb des abgeknickten Knies einfach ab. Schnaubend fiel der Kelpe zu Boden. Flacka machte einen Satz nach vorn. Einen ihrer Säbel stach sie dabei mitten durch den Kelpenschädel. Das Zucken erstarb. Flacka lachte laut auf. Sie war Flacka Seeschwalbe! Sie traf ihre Feinde wie die Brandung einer Sturmflut! Ihr Gegner war verwundbar. Sollten die anderen Kelpen ruhig kommen!

Angestachelt vom wilden Zorn ihrer Kapitänin griffen Charadri und Bekassine ins Kampfgeschehen ein. Sie umliefen die Kelpen, deren Augenmerk einzig der grimmigen Wasserzwergin galt. Flacka holte schon wieder aus, als Charadri und Bekassine hinter einem der Kelpen angekommen waren. Charadri bohrte der Bestie seine Spieße von hinten in beide Schultern. Mit ganzer Kraft riss er den Kelpen von seinen Füßen. Die hin- und herrotierenden Klauenglieder schnitten ins Leere. Auch Bekassine hatte ihre Waffen gezückt: Ein Kurzspeer lag jetzt in ihren Händen, der besser als ein Schwert in einer Halterung zwischen ihren Flügeln auf ihrem Rücken Platz fand. Charadri hatte den Kelpen mit den Widerhaken seiner Spieße fest im Griff. Bekassine passte den richtigen Moment ab. Sie stach zischen den Klauen hindurch dorthin, wo sie oberhalb des Brustpanzers so etwas wie die Halsschlagader des Monsters vermutete. Aus seinen Nüstern dampfte es heiß. Blut quoll aus seinem Maul, während der Kelpe seinen letzten Zug tat. Jetzt stand es drei zu eins. Charadri und Bekassine flankierten Flacka. Die hielt mit ihren Säbeln – den zweiten hatte sie sich wieder zurückgeangelt – den letzten Kelpen auf Distanz.

»Gib mir einen deiner Spieße!«

Charadri fragte nicht nach, sondern kam Bekassines Aufforderung stumm nach. Die Elfe schleuderte ihren Kurzspeer nach vorn. Im Bauch des Kelpen blieb er stecken. Er hatte seinen hölzernen Brustpanzer glatt durchschlagen. Der Kelpe schnaubte wütend und warf seinen Kopf herum, sodass er Bekassine aus seinen winzigen schwarzen Pupillen anstarren konnte. Wankend stürzte er auf sie zu. Doch sie schwang sich in die Luft. Hinter ihm kam sie wieder auf dem Boden auf. Sie stach Charadris Bratspieß durch die klebrige Mähne in den Nacken des Kelpen. Er torkelte. Abermals fuhr er herum, aber im selben Moment streckten ihn Charadri und Flacka nieder. Nichts war zu hören außer weiter entfernten Schreien und dem Prasseln von Feuer. Alle drei Kelpen waren tot.

»Sie haben es geschafft!«, brachte Flacka schließlich heraus. »Decora und die anderen haben es geschafft!«

»Es gibt wieder Hoffnung!«

Bekassine hatte Freudentränen in den Augen. Ihre Flügel leuchteten violett.

»Der Widerstand ist zurück nach Celsa gekommen«, rief Charadri. Sein Atem ging schnell. Er zog mit einiger Mühe seinen Bratspieß aus dem leblosen Körper des Kelpen und betrachtete ihn von allen Seiten. »Und der Schiffskoch ist auch dabei.«

Alle drei lachten und umarmten sich.

Schließlich löste Flacka ihre Umarmung. Sie streifte das Blut an ihren Säbeln am Fell der toten Kelpen ab.

»Schlagen wir uns zur Botschaft durch.«

Die drei Piraten rannten mutig durch die Hauptstadt. Der Sieg gegen die Kelpen hatte ihnen nicht nur Hoffnung, sondern wahre Zuversicht geschenkt. Doch je weiter sie kamen, desto chaotischer wurde das Treiben in Celsas Straßen: Kleinere und mittelgroße Kelpentrupps hatten sich zusammengerottet und machten Jagd auf alles und jeden. Sie traten Türen ein, sprangen aus den Schatten hervor und kümmerten sich nicht darum, wenn sie in den zahlreichen Feuern, die von den größeren Explosionen oder kleineren Brandherden wie demolierten Öfen oder heruntergerissenen Fackeln herrührten, entzündet wurden oder gar verbrannten. Sie schienen keinen Schmerz zu spüren. Selbst jetzt nicht, da sie verwundbar waren. Aber nur die wenigsten stellten sich ihnen entgegen. Vereinzelt hatten mutige Bürger zu den Waffen gegriffen. Doch die waren keine Kämpfer und die Blutpfützen, die die Rinnsteine füllten, waren bloß vom Blut der Bevölkerung Celsas getränkt, die auf ihrer Flucht nicht schnell genug gewesen waren. Auf ihrem Weg konnten die Piraten einige hilfsbedürftige Bürger vor den Kelpen retten und streckten dabei vielleicht zwei Dutzend der Monster nieder. Die Leichen der Unschuldigen aber, die ihren Weg kreuzten, waren so zahlreich wie die Todesschreie derer, die nicht das Glück hatten, auf dem Weg der Piraten den Kelpen in die Hände zu fallen.

»Wenn das so weiter geht, haben wir nichts mehr, das wir retten können!«, sprach Charadri in die rußgetränkte Nacht.

Flacka biss sich auf die Lippe. Da war verflucht noch mal etwas dran! Hoffentlich hatten die anderen schon einen Plan. Wie sollten sie ein ganzes Volk voller Kelpen bezwingen? Wie viele Seepferde hatte es auf Aethra überhaupt gegeben? Auch wenn es wohl stimmte, es war unvorstellbar, dass sie alle zu Kelpen geworden waren.

»Erstmal zur Botschaft, dann sehen wir weiter. Die anderen wissen sicher mehr.«

Es war für sie selbst verblüffend, wie fest sie daran glaubte, dort auf ihre Freunde zu treffen. Aber alles andere hatte auch funktioniert. Ihr Unterfangen konnte ja schlecht daran scheitern, dass sie nicht wieder zusammenfanden!

Wieder stürmte ihnen von vorn eine Handvoll Kelpen entgegen. »Auseinander!«, rief Flacka. »Die Biester lassen sich leichter einzeln einen Kopf kürzer machen!«

Sofort liefen sie in verschiedene Richtungen. Flacka beeindruckte es, wie selbstverständlich vor allem Charadri den Kampf annahm. Er hatte seine Feuerprobe bisher wahrlich gemeistert.

Einen Säbel nach oben, den anderen nach unten zeigend sprang die Kapitänin seitlich vorwärts. Genau zwischen zwei Kelpen. Beidhändig stach sie zu. Treffer! Hinter ihr erstarben die Bewegungen. Sie hatte von unten nach oben durch den Kopf des Kelpen gestoßen. Ihren vorderen Säbel riss sie nach oben, um ihn aus ihrem Gegner herauszubekommen. Aber der Kelpe kämpfte sich vor. Der Säbelgriff glitt aus ihrer Hand. Flacka warf sich nach hinten und vollführte eine Rückwärtsrolle. Dabei bekam sie ihren zweiten Säbel zu fassen und riss ihn aus dem Kelpenkopf. Ansatzlos schwang sie sich auf. Als sie zum Schlag ausholte, traf sie ein Huftritt. Sie fiel nach vorn, direkt in die Arme des Kelpen! Nur noch Zentimeter trennten sie von dessen Klauen, da fegte es auch dieses Monster von seinen Füßen. Bekassine flog von der Seite heran! Ihr Kurzspeer steckte in der Seite des Kelpen. Sie landete auf ihm, zog ihre Waffe heraus und schwang sich noch im selben Moment wieder in die Luft. Flacka sah, wie die Elfe ihren Flügelschlag aussetzte. Im freien Fall bohrte sie den senkrecht nach unten zeigenden Speer in den nächsten Kelpen hinein und begrub ihn unter sich.

Charadri eilte herbei. Er zog Flacka hoch. Sein Gesicht war blutverschmiert. Zähflüssiges, schwarzrotes Blut. Kelpenblut.

»Ich habe noch nie einen Koch so kämpfen gesehen!«

»Ich auch nicht!« Charadri lachte beinahe. »Irgendetwas scheinen Seemonster und Kelpen aber in mir auszulösen!«

»Mir soll es recht sein!«

Zusammen folgten sie Bekassines Kampfrichtung und streckten die vom Wurfspeer der Elfe verletzten Kelpen endgültig nieder. Die letzten zwei Kelpen erwischten sie abermals von hinten, während diese Bekassine jagten, die in Richtung eines Fenstersimses entschwebte.

Nach vollendeter Arbeit legte Flacka den Arm um Charadri, drückte ihn an sich und reckte ihre Säbel zur Elfe hoch.

»Beim nächsten Mal gebe ich ein unterlingisches Feuerwasser aus für jeden getöteten Kelpen …«

Weiter kam sie nicht. Eine Explosion ein paar Häuser weiter erschütterte die Umgebung. Die Druckwelle breitete sich aus. Flacka und Charadri fielen übereinander. Über ihrem Kopf trudelte Bekassine durch die Luft. Gebäude stürzten ein. Jedenfalls glaubte Flacka das. Neben sich sah sie einen Riss. Der Boden war aufgerissen. Dann nahmen ihr Staub und Rauch die Sicht. Etwas traf sie am Kopf. Dunkelheit.

Flacka hustete. Sie bekam kaum Luft.

»Charadri!«, keuchte sie. »Bekassine!« Sie rieb sich Blut von ihrer Stirn.

»Hier!« Eine erstickte Stimme konnte die Piratin Charadri zuordnen. Sie richtete sich mühsam auf und wankte los. Ihre Hüfte tat weh. Das Gehen fiel ihr schwer. Sie konnte immer noch nichts sehen.

»Hier, Flacka! Wir sind hier.« Diesmal rief Bekassine! »Sei vorsichtig! Wir sind hier unten.«

Flacka erinnerte sich wieder an den Riss in der Straße. Sie kniff die Augen zusammen. Langsam verzog sich der Rauch. Sie konnte wieder Umrisse erkennen. Der Riss war genau vor ihr.

»Flacka, ich …«

Bekassine klang gar nicht gut.

Ihre Schmerzen missachtend kletterte Flacka nach unten. Der Riss war länger, als dass sie dessen Enden sehen konnte, in der Breite war er aber nicht länger als eineinhalb Meter. Im Riss ging es noch weiter unter die aufgerissene Straße. Wie in eine Art Höhle kroch Flacka gebückt in einen kleinen Hohlraum, der sich nach hinten verbreiterte. Die ganze Stadt war ja unterhöhlt von Gängen und Kammern! Vielleicht waren das aber auch einfach nur die Keller eines der angrenzenden Häuser. An eine schiefe Säule gestützt fand Flacka ihre beiden Mitstreiter. Charadri lehnte sich über Bekassine. Von hier aus war die Straße oben nicht mehr einzusehen. Graugelbes Blut floss der Elfe aus zwei ihrer größeren Flügel.

»Ich …«, wiederholte sie.

»Bleib ganz ruhig, Bekassine.«

Flacka hockte sich zu ihr. Die Zwergin wusste sofort, dass die beiden Flügel nicht mehr zu retten waren. Ein kurzer Blick, den sie mit Charadri wechselte, zeigte ihr an, dass dieser die Einschätzung teilte. Beide Flügel hingen kaum noch an ihrem Rücken.

»Ich werde nicht mehr fliegen können …«

Bekassine starrte sie beinahe fassungslos an. Flacka wusste nicht, was sie sagen sollte.

»Alles wird wieder gut«, brachte sie heraus.

»Du brauchst nicht zu lügen.« Bekassine wirkte gefasst. »Vielleicht …« Sie machte eine Pause.

»Sprich mit uns!«, forderte Flacka sie auf.

»Vielleicht verbindet mich das mit Vanell. Vielleicht sieht er mich dann endlich.«

Flacka hatte Tränen in den Augen, obwohl es eigentlich an Bekassine gewesen wäre, zu weinen.

»Er sieht dich auch so. Das hat er doch schon immer. Er war einfach nur ein Trottel, nichts zu sagen. Aber wenn ihr euch wiederseht, dann kann er dich gern umso mehr umsorgen!« Die Kapitänin schniefte. »Du weißt, dass wir das nicht so lassen können, oder?«

Bekassine drückte Charadris Hand fest. Sie nickte. »Wie viele?«

»Zwei große«, sagte Flacka ernst.

Charadri stand auf. Ihm schien weiter nichts zu fehlen. »Ich hole Feuer. Wir müssen danach die Wunden ausbrennen.«

Flacka widersprach nicht. »Beeil dich.«

Ein paar Augenblicke später war Charadri wieder zurück. Er hatte ein Stück Holz gefunden, es mit einigen Fetzen der Schürze eines toten Kelpen umwickelt und angezündet.

»Mach schon!«, forderte Bekassine. Sie zitterte am ganzen Körper. Das in Strömen aus den beiden fast abgerissenen Flügeln austretende Blut war jetzt pechschwarz. Flacka bewunderte die Elfe, dass sie überhaupt noch bei Bewusstsein war. Das Austreten von Flügelblut war unsagbar schmerzhaft. Das wusste jeder.

»Wenn ich fertig bin, legst du gleich los, Charadri. Verstanden?!« Der Koch aber war schon vollkommen konzentriert.

»Es wird nicht besser, Flacka«, entgegnete er deshalb knapp.

Flacka konzentrierte sich. Sie schloss die Augen. Der Säbel lag schon in ihrer Hand. Als sie Augen öffnete, dauerte es keine zwei Sekunden, bis der erste Flügel restlos abgeschnitten war. Bekassine schrie dumpf auf. Charadri drückte die Behelfsfackel fest auf die Wunde. Bekassine sackte in sich zusammen.

»Halt sie hoch!«, ordnete Flacka an.

Charadri tat sein Bestes. Wieder setzte Flacka ihren Säbel an. Dann lag auch der zweite Flügel auf dem Boden. Dessen restliches Blut leuchtete noch einmal schwarz auf, dann verlor es seine eigentümliche Farbe. Flacka stützte die schlaff herabhängende Bekassine, bis Charadri auch diese Wunde mit seinem Feuer versiegelt hatte.

»Was machen wir jetzt?«, flüsterte Charadri, als es vorbei war. »Wir können sie nicht lange hier lassen. Wir müssen sie zur Botschaft bringen!«

»Ich weiß.« Flackas Blick ging nach oben. »Alles scheint ruhig. Vielleicht können wir den Rest ungesehen schaffen. Wir tragen sie abwechselnd.«

Charadri hatte Bekassine schon hochgehievt, da wurde er stocksteif und rührte sich nicht mehr. Auch Flacka hatte es gehört. Das Schnauben und Hufgetrappel war genau über ihnen. Flacka dachte an die Erzählungen Decoras: Die Kelpen vor der Botschaft hatten sich nicht gerührt, bevor Kiran sie mit einem

Stein abgelenkt hatte. Bewachten sie jetzt die Straße? Weiter zogen sie jedenfalls nicht. Sie standen einfach da. Wer weiß, wie viele! Die Zwergin betete, dass sie nicht auf die Idee kamen, in den Riss zu steigen. Hatte Trucido durch seine Verbindung zu den Kelpen etwa gemerkt, wo man ihm Widerstand leistete?

Flacka legte ihre Hand behutsam auf Bekassines Rücken um sich zu vergewissern, dass ihr Herz weiter schlug und sie noch atmete. Charadri wusste genauso gut wie sie, dass sie in dieser Situation abwarten mussten. Langsam setzte sich der Koch mit Bekassine im Arm zurück an die schiefe Säule. Flacka plumpste ermattet neben die beiden.

Mit jedem Hufscharren und -klackern über ihnen wurde es allmählich heller. Bald kroch das Sonnenlicht ein Stückchen vor ihnen hinab in den Riss. Es wurde Tag über Celsa.

Als Bekassine erwachte, war Flacka gerade in einen unruhigen Halbschlaf gefallen. Die Zwergin schreckte von Bekassines Zuckungen alarmiert hoch. Charadri hielt der Elfe gerade noch rechtzeitig die Hand vor den Mund, damit sie nicht aufschrie.

Die Elfe sah furchtbar aus. Kalkweiß war sie. Selbst in diesem Licht war das zu erkennen, obwohl es wieder Abend geworden war. Oder doch Nacht? Flacka konnte nur grob schätzen, dass die Sonne wohl noch nicht allzu lange untergegangen war. Die Kelpen allerdings waren immer noch nicht weitergezogen. Es bedurfte auch gar keiner Erklärung, warum sie noch hier waren. Bekassine konnte ebenfalls hören, wie die Kelpen direkt über ihnen schnaubten. Ihre Augen weiteten sich ängstlich. Flacka spürte förmlich, wie die Elfe gegen ihre Verletzung ankämpfte. Sicher wollte sie wach bleiben. Doch schon im nächsten Moment gingen ihre Augen langsam wieder zu. Charadri sah so besorgt aus, wie Flacka sich fühlte. Aber auch ihre Augenlider wurden wieder schwer. Wenn sie das nächste Mal erwachte und die Kelpen noch da waren, gab es nur einen Ausweg. Sie würde herausklettern, die Kelpen hinter sich herlocken und Charadri zusammen mit Bekassine die Flucht ermöglichen. Sie musste vorher nur noch ein bisschen Kraft tanken. Flacka lehnte sich ein letztes Mal zurück und schloss die Augen.

»Flacka!« Charadri flüsterte irgendetwas. »Flacka!« Er rüttelte an ihrem Arm.

»Was denn?«, gab sie erschrocken zurück. Vor ihnen drang wieder Tageslicht durch den Riss.

»Ich glaube, sie sind weg.« Charadri wies nach oben. Bekassine schlief immer noch, aber ihr Atem ging ruhig und ihre Brust hob und senkte sich regelmäßig. Aufmerksam horchte Flacka. Nichts!

Sie hockte sich hin. »Bist du sicher?«, flüsterte sie.

»Ich sehe und höre so viel wie du!«

Flacka merkte einmal mehr, wie viel Abgeklärtheit in ihrem Koch steckte, von der er vorher sicherlich selbst nicht unbedingt gewusst hatte.

»Dann nichts wie raus hier!«, entschied sie. »Aber ich gehe vor. Wenn die Luft rein ist, dann folgst du mit Bekassine. Wenn nicht, dann lenke ich sie ab und du siehst zu, dass du sie irgendwie zur Botschaft bekommst.«

»Wir machen das zusammen!«, flüsterte Charadri zurück.

Flacka kroch bis dahin, wo das Tageslicht sie fast berührte. Sie spähte nach oben. Nichts war zu sehen. Und zu hören war auch nichts. Die Kelpen waren tatsächlich abgezogen!

Flacka massierte ihre Hüfte. Es würde schon gehen. Sie kroch noch weiter. Dann erklomm sie die nächsthöhere Ebene und steckte von dort ihren Kopf aus dem Riss. Mindestens ein Dutzend Kelpen sah sie an. Verflucht noch eins! Das war schlecht. Während die Kelpen sie noch anstierten, zog sich Flacka aus dem Riss.

»Kommt nur her, ihr widerlichen Ungetüme! Kommt her, und holt mich!«

Sie schleuderte einen Stein gegen den Kopf des ersten Kelpen und rannte los.

Zwei Widerstände

Zusammengekauert versuchte Woti, mehr zu sehen als die Blätter, die seit dem letzten Mal weniger geworden waren. Er erinnerte sich daran, wie er sich mit Decora und Kiran hier versteckt hatte. Als sie es bis in die Botschaft geschafft hatten, hatte nur noch eine Nacht zwischen ihnen und seinem Schicksal unter dem Labyrinth gelegen. Der Gwilling schüttelte den scheußlichen Gedanken an die lange Dunkelheit ab. Dieses Mal war es anders. Außerdem war Eile geboten. Ammi war schlimm an ihren Flügeln verletzt. Die Elfe blutete immer noch etwas, war aber glücklicherweise bei Bewusstsein. Sie hatten es nicht geschafft, ungesehen durch die Stadt zu kommen. Fünf Kelpen hatten ihnen vor ein paar Kilometern aufgelauert. Bei dem unausweichlichen Kampf hatten seine Begleiter gezeigt, was in ihnen steckte. Djakabaly und Ashnaprilla waren geübt mit dem Schwert. Offenbar hatten sie die Zeit in der Zisterne genutzt, um für die bevorstehenden Kämpfe trainiert zu sein. Vor allem aber war es Brien gewesen, der sie schlussendlich aus dem Schlamassel gerettet hatte. Die letzten zwei Kelpen hatte er mit gezielten Würfen seiner Äxte ausgeschaltet, von denen er zwei an den Hüften und weitere zwei auf dem Rücken trug. Der Zwerg war wahrscheinlich der gefährlichste alte Kämpfer, den Woti kannte. Nicht einmal einen Kratzer hatte er abbekommen, dafür traten hinter seinem krausen Bart und den wirren Augenbrauen seine blauen Adern pulsierend hervor.

»Wir müssen sie reinbringen!«, krächzte er. Und er hatte recht damit. Ammi musste versorgt werden. Woti graute es davor, aber er hatte das Gefühl, dass man ihr sicherlich zwei der drei verletzten Flügel abnehmen musste. Auch sie schien das zu wissen. Aber sie biss die Zähne zusammen und stürzte sich gebückt auf Ashnaprilla, die ein sorgenvolles Gesicht machte.

»Hier ist weit und breit niemand!« Djakabaly duckte sich zurück in Deckung. »Wir müssen es wagen.« Sie wischte sich getrocknetes Kelpenblut von der Wange. »Hoffen wir, dass unseren Kampf nicht noch mehr von den Biestern beobachtet haben.«

»So schlau sind die Kelpen nicht.« Brien hatte zwei seiner Äxte griffbereit in den Händen. »Laufen in meine Äxte hinein als gäbe es bei mir was umsonst! Wenn uns noch welche gesehen hätten, hätten sie uns längst angegriffen. Wir sollten es geschafft haben!«

Woti bestätigte Briens Verdacht. Was Decora ihm und den anderen erzählt hatte, zusätzlich seine eigenen Begegnungen mit Kelpen – all das ließ Grund zu der Annahme, dass Trucidos kämpfende Bestien nicht viel mehr konnten, als draufloszustürmen und ihre Klauen irgendwo hineinzuschlagen.

»Los jetzt!« Woti war echt nervös. »Sie ist schlimm verletzt!«

Ammi hielt sich kaum mehr auf ihren Füßen. Aber auch aus einem anderen Grund klopfte Wotis Herz immer schneller: Die Botschaft war zum Greifen nah. Vielleicht warteten sie dort auf ihn!

Djakabaly und Brien wagten sich als Erste vor. Als keine Kelpen auf sie zurannten, winkten sie auch die anderen aus dem Versteck heraus. Woti und Ashnaprilla stützten Ammi. Mehr waren sie nicht. Esmerylda hatte ihnen zu verstehen gegeben, nach den Ereignissen der Nacht ruhen zu müssen. Noch weitere Personen hätten ohnehin bloß die Gefahr mit sich gebracht, leichter entdeckt zu werden. Zum Glück gab es seit gestern Nacht anscheinend wenigstens keine Pulverlager mehr, die die Kelpen anzünden und sprengen konnten.

Gemeinsam huschten sie über die breite Straße. Woti sah nach oben. Fast erwartete er, Decora, Kiran, Raukelunk oder Finn hinter dem dunklen Fenster des Arbeitszimmers zu sehen. Aber natürlich blieb alles dunkel. Niemand zeigte sich. So dumm waren seine Freunde auch nicht.

Dann waren sie an der schweren Tür angekommen.

»Sollen wir den Türring benutzen?« Ashnaprilla hatte genug mit Ammi zu tun und konnte schlecht an den anderen vorbeischauen.

»Das ist nicht nötig«, antwortete Djakabaly. Ihr Tonfall war alarmierend. »Die Tür ist nicht verschlossen. Jemand hat sich daran zu schaffen gemacht.« Sie begutachtete die Stelle unter dem Türknauf. »Zieht eure Waffen!«

Vorsichtig betrat sie mit Brien an ihrer Seite das dunkle Gebäude.

»*Du*?! Du bist das!«

Der Mann vor ihnen sah aus, als hätte er einen Geist gesehen. Kreidebleich stand er ein Stückchen über ihnen auf dem Treppenabsatz. Er zeigte auf Woti.

»Woti, wer ist das?« Djakabaly trat vor Brien und sprach mit nach vorne gerichtetem Blick. Sie hatte ihr Schwert drohend erhoben. Der Mann da oben schien gehörig verwirrt. Vielleicht war er auch gefährlich. Und wo waren die Begleiter des Fremden?

»Sollte ich dich kennen? Woti richtete das Wort an ihn. »Du musst uns deinen Namen nennen!« Er machte sich so groß, wie es ihm möglich war. Irgendetwas an der Sache war oberfaul. »Wir haben uns noch nie gesehen. Du scheinst etwas misszuverstehen!«

»Woti, du … Du warst mit uns auf der Ente!«

Der Mann kam zwei Treppenstufen auf sie zu. »Was ist mit eurer Freundin?« Er hatte Ammi gesehen. »Sie ist verletzt! Ich helfe euch!«

»Keinen Schritt weiter!«

Brien hielt eine seiner Äxte wurfbereit im Anschlag und postierte sich wieder neben Djakabaly. »Die geht mitten durch dich hindurch, wenn du nicht stehenbleibst und mit der Sprache rausrückst, was hier los ist. Woti war niemals auf der *Ente*!«

Wotis Gedanken sprangen hin und her. Warum kannte dieser Mann seinen Namen? Er hatte ihn noch nie in seinem Leben gesehen. Von was für einer Ente sprachen er und Brien?

»Lasst es mich erklären!«, antwortete der Fremde. Auch er war bewaffnet. Für Woti sah es allerdings so aus, als handelte es sich bei der Waffe um einen Bratspieß. Jedenfalls schien er das Ding fester zu greifen. Er war eindeutig nicht ganz bei sich! Dann sprach er: »Aber vorher sollten wir ihr helfen.« Wieder deutete er auf Ammi. »Und wir müssen zurück zu meiner Gefährtin. Sie ist auch …«

Dummerweise machte er dabei noch zwei weitere Schritte treppab.

»Jetzt reicht es!« Brien machte seinerseits einen Schritt nach vorn. »Das ist ein Trick! Zauberei ist im Spiel. Du kannst Woti nicht kennen! Und was hast du mit der Ente zu tun?«

Er hob seine Axt und holte aus.

»Das würde ich an deiner Stelle lassen!«

Erschrocken drehten sich Woti, Djakabaly und Brien um. Hinter ihnen war jemand aus der Dunkelheit getreten. Jetzt hielt die Person Ammi und Ashnaprilla mit einem Säbel vor beiden Kehlen gleichzeitig in ihrer Gewalt.

»Das ist nicht möglich!«, krächzte Brien wie vom Donner gerührt. »Flacka Seeschwalbe!?«

»Du erinnerst dich also noch. Und offensichtlich hat dich der Zahn der Zeit immer noch nicht totgekriegt. Schade!«

Flacka Seeschwalbe, oder wie auch immer diese freche Zwergenpiratin – jedenfalls war sie das ihrem Auftreten nach zu urteilen – hieß, hatte Brien fest im Blick und hielt Ammi und Ashnaprilla dabei mühelos in Schach.

»Wir werden euch alles erklären. Wenn ihr dasselbe tut. Woti war wirklich mit uns auf der Feuerente. Aber nicht so, wie ihr es euch vorstellt.«

Langsam ließ sie ihren Säbel sinken. Es war ein eindeutiges Zeichen des guten Willens.

»Du solltest deine Waffe ebenfalls wegstecken. Deine Freundin ebenso.« Immer noch fixierte die Piratin ausschließlich Brien. »Unsere Feinde sind dort draußen, nicht hier drinnen. Ich fürchte, wir sind diesmal auf derselben Seite, *Brien Flussratte.*

»Eines muss ich noch wissen.« Die Elfe Ashnaprilla wiegte die andere schlafende Elfe, Ammi, in ihrem Schoß und küsste sie zärtlich auf den Mund. Ammi stöhnte leise im Schlaf.

»Was denn?« Flacka Seeschwalbe beobachtete, mit welcher Hingabe sich die Elfe um ihre Freundin kümmerte. Sie dachte an Melvin. Sie hatten die anderen hier nicht gefunden. Dafür einen wilden Haufen, der sich für den Widerstand hielt. Dabei waren sie doch der Widerstand!

»Wieso Flussratte? Hast du ihm diesen Namen gegeben? Er hat nie etwas davon erwähnt.«

Flacka lachte missmutig. Sie überlegte, wie viel sie preisgeben sollte. Sie und Brien hatten eine gemeinsame Vergangenheit. Keine gute, wohlgemerkt! Zu seinen Hochzeiten hatte Brien im Dienste des Seenfürsten Jagd auf Waren gemacht, die halblegal oder illegal von der Salzenge oder der ukonischen Bucht zum Ukon geschmuggelt wurden, um sie dann flussaufwärts hinter die Himmelsberge zu bringen und schließlich bei den Wasserzwergen zu Geld zu machen oder einzutauschen. Waren, die ehrliche Piraten wie Flacka im Schweiße ihres Angesichts von den fetten Handelskreuzern der Fürsten erbeutet hatten, die damit lieber noch reicher werden wollten anstatt sie zur Sanierung der Elendsviertel in ihren Städten zu nutzen! Brien hatte zwar Flacka niemals schnappen können, aber dafür hatte er sich auf andere Weise einen Namen gemacht. Flacka hatte mit eigenen Augen gesehen, zu was die Flussratte fähig war.

Irgendetwas sagte ihr allerdings, dass es zurzeit nicht hilfreich war, diesen Fremden gleich alles auf die Nase zu binden. Sie schienen Brien zu vertrauen. Zwischen dem Damals und dem Heute war viel Zeit vergangen. Vielleicht wussten sie nichts von seinen Taten.

»Er war viel auf dem Ukon unterwegs, euer Brien«, sagte Flacka schließlich. »Er war in der Armee des Seenfürsten. Eine Piratin wie ich war nie gut auf die Soldaten der Könige zu sprechen, wenn ihr versteht. Quasi von Berufs wegen. Wir hatten in den wilden Zeiten von früher Spitznamen für alle ranghohen Offiziere, die irgendwann einmal das Kommando über ein Schiff hatten.«

»Brien hatte ein Schiffskommando?«

Jetzt sprach Djakabaly. Sie hatte sich schnell beruhigt, als klar gewesen war, dass Ammis Flügeln geholfen werden konnte. Und zwar von Bekassine! Einen halben Tag hatte Charadri mit ihr in der verlassenen Botschaft zugebracht, nachdem er zuerst das Schloss geknackt und dann niemanden dort vorgefunden hatte. Bekassine war erst kurz bevor sie selbst und die anderen hier eingetroffen waren wieder erwacht. Charadri hatte sie allein den ganzen restlichen Weg bis zur Botschaft getragen!

Obwohl Bekassine schlimme Schmerzen litt, hatte sie nicht eine Sekunde gezögert, ihre medizinische Fachkenntnis einzusetzen, um Ammi ihr eigenes Schicksal zu ersparen. Vielleicht ließ die Arbeit sie auch ihren Schmerz leichter ertragen. In jedem Fall leistete sie damit enorme Überzeugungsarbeit und schaffte es auf diese Weise rasch, die anderen für sich einzunehmen. Gerade als Flacka antwortete, kämpfte sie sich erneut auf die Beine, um nach den Nähten an Ammis drei verletzten Flügeln zu sehen. Lediglich ein kleines Stück am oberen Ende eines linken großen Flügels war nicht mehr zu retten gewesen. Doch wenn es dabei blieb, würde die Elfe trotzdem wieder fliegen können.

»Nicht nur ein Kommando«, stellte Flacka also fest. »Aber keines seiner Schiffe konnte auch nur annähernd mit der Feuerente mithalten!«, fügte sie süffisant hinzu.

»Kein Wunder, dass er dich nicht leiden kann!« Ashnaprilla schien belustigt. »Der alte Kauz hasst es, wenn jemand mehr von einem Handwerk versteht als er selbst.« Sie schaute in Richtung Tür. Aber Brien, der den Raum schon vor einiger Zeit verlassen hatte, nachdem beide Seiten ihre verrückten Geschichten mit Woti als Vermittler ausgetauscht hatten, war nicht zu sehen. Sie flüsterte: »Ich kann nicht glauben, dass ich wirklich *der* Flacka Seeschwalbe gegenübersitze! Ist die Feuerente wirklich das schnellste Schiff der Welt? Und liegt sie jetzt gerade im Hafen? Habt ihr wirklich mit der Ente gegen Gilgathan gekämpft?«

Diese Art von Unterhaltung gefiel Flacka schon besser. Aber sie wusste auch, dass nicht die Zeit dafür war, sich Honig um den Bart schmieren zu lassen. Trotzdem musste sie wenigstens ein bisschen ihrer Piratenader nachgeben: »Es war so, wie wir erzählt haben. Naja, vielleicht war Gilgathan noch ein wenig größer. Und die Feuerente ist wirklich das schnellste Schiff der Welt.« In jovialem Ton schloss sie: »Und mindestens zehnmal schneller als jedes von Briens Schiffen!«

Charadri, der bei jedem Gang Bekassines sorgenvoll auf seine Gefährtin blickte, erkannte ebenfalls den Ernst der Lage. »Auch ich würde mich liebend gern über die Vorzüge unseres Schiffes unterhalten. Aber es gibt wichtigere Dinge zu tun, nicht wahr, Flacka.«

»So ist es, Charadri. Ich bin stolz auf dich. Du hast dich mehr als tapfer geschlagen. Und Mergo wird ebenso stolz auf dich sein, wenn wir ihn und den Rest der Truppe wiedersehen.«

Charadri errötete. Vielleicht ihrer Worte wegen. Oder weil er nicht weiter über Mergo und die anderen reden wollte. Er sagte: »Offenbar sind zumindest wir alle zur rechten Zeit am rechten Ort gewesen. Ich glaube fast, wir sollten uns hier in der Botschaft finden. Die Geschichte mit Woti ist einfach zu unglaublich. Und trotzdem sind wir eigentlich alle auf der Suche nach jemand anderem. Wo sind Decora Nubigena und der Rest unserer Freunde?«

Die Versammelten sahen sich schweigend an.

Schließlich sprach Charadri das aus, was sich vermutlich schon alle gefragt hatten: »Wenn es den anderen gutgeht und ihr Plan auf Telluriscor erfolgreich war, warum rufen sie dann nicht einfach ein Portal zu uns auf? Sie wussten, wo die Portalscherben zu finden sind. Kirans Vater ist der König! Was, wenn doch etwas schiefgegangen ist?«

Djakabaly nickte. »Ich kann diese Frage gut nachvollziehen. Offensichtlich kämpfen wir alle für dasselbe. Ich hätte vor ein paar Tagen nicht gedacht, dass wir den Mitstreitern unserer rechtmäßigen Königin begegnen würden. Oder der berühmtesten Piratin Aethras!«

»Oder diese haarsträubende Geschichte über das Andersvolk hören würden«, stieg Ashnaprilla mit ein. »Oder Trucidos Manifest kennenlernen würden.«

»Ganz genau«, übernahm wieder Djakabaly. »Aber so toll es auch ist, dass die Kelpen nun verwundbar sind. Und so unglaublich die Geschichten sind, die dazu geführt haben – es muss etwas passiert sein in Wotis Heimat. Andernfalls wäre Decora Nubigena oder einer der anderen zu euch zurückgekommen. Denn euch hielten sie im Gegensatz zu Woti nicht für tot.«

Zum ersten Mal seit einer gefühlten Ewigkeit sprach nun Bekassine. Als ihr Flügelblut sich dabei in den verbliebenen vierzehn Flügeln blaugrün färbte, zuckte sie vor Schmerzen zusammen. »Soll das heißen, dass wir nun euren Plan verfolgen? Die Sternenhallen und Trucido direkt angreifen? Mit den Donnersteinen, die ihr unter Celsa geschürft habt? Ist das nicht ein bisschen wagemutig?«

Sie schwankte, da sie ihre Flügel nicht wie sonst nutzen konnte, um das Gleichgewicht zu halten. Sie musste erst üben, sich eher wie jemand ohne Flügel zu bewegen. Doch Djakabaly sprang auf und stützte sie, noch bevor Charadri es tun konnte.

»Und was ist daran so falsch, Bekassine? Ihr sagt, ihr wärt der Widerstand gegen Trucido. Das sind wir auch. Und wenn ich eure und unsere Geschichten vergleiche, weiß ich sofort, welche wagemutiger sind. Wie wollt ihr eure Freunde je wiedersehen, wenn wir nicht an diese Portalscherben gelangen? Ich weiß nur einen Ort, wo wir welche finden können. Und wer sie dort mit seiner geistesgestörten Maske bewacht, weiß ich auch. Sprengen wir den verrückten Zauberer ins Jenseits. Zusammen mit dem ganzen Palast, wenn es nach mir geht. Die Scherben suchen wir dann aus den Trümmern heraus. Die Sternenhallen mögen von unschätzbarem Wert sein. Aber eher reiße ich sie in Stücke, als dieses Monster sie noch länger entweihen zu lassen. Ich denke, Decora Nubigena würde das genauso sehen.«

»Du weißt nicht, wie Decora das sehen würde!« Bekassines Flügel leuchteten schwarz. Sie löste sich von Djakabaly und kämpfte damit, stehenzubleiben.

»Mag sein«, antwortete Djakabaly sichtlich betroffen. »Sicher weißt du besser als ich, wie sie jetzt entscheiden würde. Aber ganz sicher weiß ich, dass sie jetzt nicht hier ist. Und vielleicht wird sie das auch nie wieder.«

Bekassine sackte in sich zusammen. Charadri half ihr, wenigstens sitzen zu bleiben. Nachdem niemand etwas sagte, war es erneut Bekassine, die das Wort ergriff: »Erklärt uns noch einmal euren Plan, bitte.«

»Also schön. Würdest du, Ashnaprilla?« Djakabaly überließ der Elfe das Wort.

Die fing sogleich an: »Alles steht und fällt damit, wie hoch die Spreng- und Feuerkraft unserer Bomben und Granaten ist.«

Plötzlich lachte Flacka lauthals auf. »Ich hätte da eine Idee. Vielleicht sollten wir diesen Angriff, wenn wir uns wirklich dazu entschließen, nur ein paar Tage lang verschieben.«

»Was soll das nun wieder heißen?« Djakabalys Unterton war gereizt.

»Dass wir mit blauen Donnersteinen sicherlich viel weiter kommen als mit euren gelben und roten. Wir wissen, wo es welche in rauen Mengen gibt! Und Woti kennt den Eingang zum Geheimgang der Nubigenas!«

»Apropos«, sagte Charadri. »Wo ist unser Gwilling überhaupt?«

Ein Raum weiter, im Dunkeln, saß Woti. Die Kerzen der anderen warfen genügend Licht in den offenen Durchgang, sodass er trotzdem noch etwas sehen konnte. Er hörte, was die anderen sich erzählten und fragte sich hin und wieder, ob Brien, der ganz offensichtlich nicht sonderlich darauf brannte, sich in Flacka Seeschwalbes Nähe aufzuhalten und daher durch das Haus stromerte, wieder zurückkam, aber seine wahren Gedanken kreisten um etwas völlig anderes. Er dachte an seine Freunde. Er dachte an Kiran, an Finn, an Decora, an Veda und an Raukelunk. Er dachte daran, dass er sie hier nicht gefunden hatte. Aber er dachte auch mit unendlicher Freude im Herzen daran, dass sie ihn nicht im Stich gelassen hatten. Er wusste nun, was wirklich unter dem Labyrinth geschehen war. Dass seine Freunde einem Irrglauben aufgesessen waren. Dass sie um sein Leben gekämpft und ihn am Ende betrauert hatten. Sogar, dass sie vielleicht eines ihrer letzten Portale zu ihm aufgerufen hatten, obgleich dieser Versuch doch gescheitert war. Sie hatten ihn nicht verraten, sondern ihn in all ihren Handlungen als einen der Ihren geehrt. Sie hatten Woti, den Gwilling aus Telluriscor, nicht allein zum Sterben zurückgelassen.

Woti wischte sich einige Tränen von der Wange. Es tat weh, so glücklich war er. Er hatte die richtigen Antworten auf seine Fragen erhalten. Aber die anderen hatten ihm etwas Wichtiges klargemacht: Es musste wirklich etwas vorgefallen sein in seiner Heimat. Anders war die lange Abwesenheit der Reisenden nicht zu erklären. Ganz sicher lag es nun an ihnen, den vereinigten Widerständen Aethras, etwas zu unternehmen. Der Plan, den Djakabaly und der Rest ausgetüftelt hatten, war wahnsinnig. Sicher. Aber das war so vieles andere auch. Und wenn am Ende dieses Plans die Möglichkeit bestand, Trucido in die Knie zu zwingen und einen Weg zu seinen Freunden zu finden, dann war er mehr als nur dabei. Er konnte sich noch sehr gut daran erinnern, wie man durch die Felder des ewigen Frühlings und über den Sonnengrußpass zum Geheimgang gelangte, in dem Finn und Raukelunk blaue Donnersteingranaten gefunden hatten, wie er nun wusste. Langsam erhob er sich. Er hielt noch einen Augenblick inne, dann trat er in den Kerzenschein.

»Da bist du ja, Freund!«

Djakabaly sah ihn zuerst. Alle Blicke richteten sich nun auf ihn.

»Wir müssen Mahasim mitnehmen«, entschied Woti. Er lächelte siegessicher. Die Hoffnung auf ein baldiges Ende ihres Kampfes stärkte ihn. »Der Geheimgang wird ihn am meisten interessieren.«

DIE BLAUEN STEINE

»Eure Freunde haben also wirklich *blaue* Donnersteine gefunden? Sicher, dass sie sich nicht getäuscht haben? Im Dunkeln hat dieser Finn vielleicht nicht richtig hingesehen. Und da waren ja wohl noch Erdwölfe. Wusstet ihr übrigens, dass blaue Donnersteine seit Hunderten von …«

Flacka stöhnte genervt.

»Ja, Mahasim, das wussten wir! Möglicherweise hast du es schon das ein oder andere Mal erwähnt. Und wenn du nicht gleich still bist, gebe ich deinem Pferd einen solchen Klaps auf den Hintern, dass es dich noch vor Sonnenuntergang zurück nach Celsa und direkt hinein in die Sternenhallen trägt. Dann kannst du Trucido mit deinen Geschichten in den Wahnsinn treiben. Vielleicht gibt er dann freiwillig auf.«

Djakabaly lachte. Doch Mahasim verzog das Gesicht und ließ den Kopf hängen. Zusammen mit Djakabaly und Flacka waren er und Woti auf Pferden, die sie vor der Stadt auf einem der zahlreichen verwaisten Bauernhöfe gefunden hatten, zum Geheimgang unterwegs. Es waren mittlerweile zwei Tage vergangen, seit sich die Widerstände in der Botschaft vereint hatten. Sie waren auf dem Rückweg in den Untergrund noch bedächtiger vorgegangen und hatten es schließlich geschafft, ungesehen in ihr Versteck zu gelangen. In der Stadt hatte sich derweil das Chaos zumindest etwas gelegt, denn die Feuer der Explosionen waren in den meisten Fällen gelöscht oder von selbst ausgegangen. Jetzt waren es nur noch die Kelpen, die die leeren Straßenzüge unsicher machten. Die Bevölkerung war – wer es geschafft hatte – endgültig die Küste entlang in Richtung Narkul oder ins Hinterland die Kleine Schwester hinauf geflüchtet. Kaum jemand war noch in der Stadt geblieben. Doch die Kelpen hatten ihrethalben die Verfolgung aufgenommen. Große Scharen von Trucidos Armee waren in alle vier Winde ausgeströmt, um die Rache ihres Meisters zu vollziehen.

Ein paar Minuten ritten sie weiter und hörten nur den Melodien im Wind zu, der eiskalt um die Felsformationen pfiff und von weit oben im Gebirge und vom Meer, das hinter den gewaltigen Spitzen zu ihrer Linken lag, zu ihnen kam. Doch Mahasim hielt das Schweigen nicht lange aus: »Wenn wir dem Sonnengrußpass bis zu seinem Ende folgen würden, kämen wir zu den Feldern des ewigen Frühlings. Wusstet ihr, dass es dort mit Sicherheit wärmer ist? Die Leute in Lithumbra frieren wohl auch im Winter nicht, denn das Gebirgsmassiv schirmt die Winde …«

»Wir wissen es, Mahasim!« Flacka rollte mit den Augen. »Wir sind auch Aethraer, falls du es vergessen hast. Und Woti hat das alles schon von Decora gehört. Redest du wirklich immer so viel?«

Wieder musste Djakabaly lachen. »Darauf kannst du wetten, Flacka.«

»Ich finde deine Geschichten gut«, meldete sich Woti zu Mahasims Verteidigung. »Sie lenken ab oder machen Mut!«

Ein freudiges Strahlen zeigte sich in Mahasims Gesicht, das im Schein der morgendlichen Sonne beinahe weiß glänzte. Der Himmel war wolkenlos. Es war eiskalt. Der Winter hatte endgültig Einzug in Excelsa gehalten. Sogar Schnee war schon gefallen. Ein kleiner weißer Teppich lag unter den Hufen ihrer Pferde. Nur bis in die Stadt waren die Flocken noch nicht gekommen. An Celsas nordwestlichen Ausläufern – hauptsächlich war die nahe Umgebung der Hauptstadt bäuerlich geprägt – wo ebenfalls noch kein Schneefall eingesetzt hatte, hatten sie sich im Schutz der Nacht ungesehen zu den Ausläufern des Sonnengrußpasses davongestohlen.

Woti musterte ihren Sprengmeister eingehend. »Haben jenseits der Salzenge alle eine so helle Farbe der Haut? Wie ist es dort überhaupt?«

Während Flacka stöhnte, klopfte ihr Djakabaly mitfühlend auf die Schulter. »Wir reiten noch den ganzen Tag. Das heißt keine Ablenkung in den nächsten Stunden – wenn wir Glück haben jedenfalls! Nicht mal eine Flacka Seeschwalbe kann es schaffen, ihm solch eine Möglichkeit zu nehmen, seine Geschichten zum Besten zu geben. Ertrag es wie eine echte Piratin.«

Mahasim schien weder das Stöhnen noch Djakabaly gehört zu haben. Emsig gestikulierend erzählte er so freudig weiter, dass nun sogar Flacka schmunzeln musste.

»Eine sehr gute und spannende Frage, Woti! Die meisten westlich der Sümpfe von Schwarzhaupt Geborenen sind sehr hellhäutig, das ist wahr. Das betrifft gleichsam alle Völker Aethras, besonders aber die Menschen, die Lunatae und die Elfen. Während diejenigen aus den Wüstengebieten im Osten Aethras meistens dunkelhäutig sind, wie du sicher weißt. Aber wie immer gibt es natürlich Ausnahmen: Am westlichen Ende des Asterwegs zum Beispiel existieren einige Siedlungen, in denen es auch Zwerge mit dunklerer Haut gibt. Die gibt es meines Wissens in den Ländern des Seenfürsten nicht. Flacka, du als Piratin hast doch sicher schon einmal

Schwarzhaupt gesehen und bist auf dem Asterweg gereist! Was sagst du dazu?«

Während Flacka sich die Hand vor die Stirn hielt, lauthals stöhnte und der Weg vor ihnen immer steiler wurde, peitschte der kalte Wind Djakabalys und Wotis Lachen bergauf.

»Flacka, was ist denn nun?«

» … natürlich nur, wenn der Abenteurer die Gefahren dort, von denen ich eben sprach, überlebt. Als Belohung ist ihm sodann ein Schatz gewiss. Deshalb nennt man sie wahrscheinlich auch Schatzwälder. Obwohl der Name nicht sehr einfallsreich ist, wie ich zugeben muss.«

Mahasim machte ein nachdenkliches Gesicht. »Möchte bloß mal wissen, wer sich diesen Namen ausgedacht hat. *Schatzwälder*, dass ich nicht lache! Ein kreativer Faulpelz war das! Ich hätte da ein paar passendere Ideen. Du magst sie sicher hören, Woti!«

Mahasim hatte den ganzen Tag über nicht eine Sekunde Pause gemacht, ihnen Geschichten zu erzählen und Woti die Einzelheiten Aethras zu erklären – ganz gleich, ob er sie bereits kannte oder nicht. Trotzdem hatte der Gwilling gern zugehört, zum Leidwesen ihrer weiblichen Begleitung. Flacka ritt schon seit geraumer voraus. Der Wind, der ihnen nun entgegenblies, trug Mahasims Worte von ihr weg.

Für den Moment aber spähte auch der Gwilling in die zerklüftete Landschaft neben sich und schwieg.

»Gefahrenforst vielleicht!« Mahasim lachte schelmisch über seine eigene Idee. »Oder Ruhmesdickicht …«

»Jetzt kurz mal nicht!«, zischte Woti ihm zu.

Mahasim war sofort still. Er war zwar ein Geschichtenerzähler und sicher auch ein Schwafler, wenn genügend Muße vorhanden war, aber er wusste doch, wann es Zeit war, damit aufzuhören.

»Ist es das?« Woti rief Flacka und deutete in den Himmel, der mittlerweile dunkel wurde. »Dort oben, ganz blass?«

Sofort ritt die Zwergin zurück und studierte mit Djakabaly das frühabendliche Firmament.

»Ich bin viele Jahre nach den Sternen zur See gefahren. Das ist es. Das Sternbild Seepferd. Ganz gewiss.«

Flackas Augen leuchteten. Sie brannte darauf, die blauen Donnersteine zu bergen, seit sie noch in der Botschaft die Idee dazu gehabt hatte.

»Ich denke, wir müssen wieder ein Stück zurück«, mutmaßte Woti. Er kniff die Augen zusammen und spähte nach Westen, wo hinter den Felsen in der Ferne das Große Meer rauschte. »Ich erkenne die Stelle mit etwas Glück.«

Gemeinsam drehten sie um und führten ihre Pferde wieder ein Stück bergauf. Mittlerweile hatten sie den Gebirgsgrat nämlich schon längst überschritten. Sie ließen Woti sich voll konzentrieren, auch Mahasim hielt sich zurück und beobachtete gespannt, ob der Gwilling den richtigen Ort wiederfand.

»Ich bin schon einmal hier gewesen.« Woti hielt sein Pferd an und strahlte. Er war nun sicher. »Decora hat genau hier in den Sternen gelesen!«

Er wies auf eine gewaltige Bergspitze in südwestlicher Richtung.

»Wenn der unterste Seepferd-Stern genau über der Bergspitze aufsteigt – ist es das Zeichen, welches die Geheimtür anzeigt.«

Die Sterne waren nun vollständig und hell am klaren Himmel aufgegangen. Es würde eine eiskalte Nacht werden. Noch kälter als der Tag. Nach einigem mäßigen Schneefall am Mittag hatte es bereits seit Stunden wieder aufgeklart. Sie kamen genau richtig. Im Berg würde es zumindest wärmer sein.

»Selbst der Mond passt«, flüsterte Mahasim.

Selbstredend hatte er etwas übrig für Zufälle, die allzu schicksalhaft erschienen. Über dem Sternbild des Seepferds, beinahe im Zenit des Abendhimmels, glänzte ein goldener Viertelmond, der ein Ebenbild von Decoras Gürtelschnalle hätte sein können. Einmal mehr dachte Woti an seine Freunde. Er tat das Richtige. Das hier war der Weg, den er gehen musste. Decora hatte ihnen dieses Geheimnis der Nubigenas offenbart. Im Nachhinein war es wohl zu mehr Nütze gewesen als nur für Finns und Raukelunks Abstieg in die Sternenhallen.

»Seht, jetzt sind sie genau übereinander.« Djakabaly lächelte versonnen. Sie hatte lange mit den anderen unter Tage zugebracht. Es musste für sie wie eine Erlösung sein, hier oben unter dem Sternenzelt daran mitzuwirken, dass ihre langen Vorbereitungen, ihre immensen Opfer und Entbehrungen endlich Früchte trugen. »Der unterste Stern zeigt sich über der Bergspitze.«

»Wir müssen uns von unseren Pferden trennen.« Flacka sattelte ab. »Sie haben in den letzten Tagen genug Schrecken auf ihren Höfen miterlebt und sind mit dem Leben davongekommen. Jetzt dürfen sie in die Felder des ewigen Frühlings oder in die Nebelwiesen laufen und sind dort hoffentlich in Sicherheit.«

Mit einem Klaps und gut gemeinten Worten verabschiedeten sie sich von ihren Reittieren. Die Pferde schienen verstanden zu haben, wieherten glücklich und trabten nordwärts den Berg hinab davon.

»Auf den Rückweg werden wir uns also zu Fuß machen müssen«, stellte Djakabaly fest, während sie den Weg verließen.

»Mehr Zeit zum Erzählen also«, antwortete Mahasim. Er stupste Flacka keck mit dem Ellbogen in die Seite.

»Er mag dich gern«, erklärte Djakabaly. Sie sah mit Woti und Flacka ihrem Geschichtenerzähler hinterher, der bereits die Felsen westlich von ihnen absuchte. »Weißt du eigentlich, wie viele Geschichten er über Flacka Seeschwalbe, die berüchtigtste Piratin Aethras, zu erzählen weiß? Du solltest ihn bei Gelegenheit mal danach fragen.«

Funken durchzuckten die Dunkelheit. Flackas Feuersteine schlugen gegeneinander. Dann hatte sie das Zunderzeug an einer mitgebrachten Fackel in Brand gesteckt. Sie entzündete damit noch weitere Fackeln, sodass jeder eine davon tragen konnte. Zwei weitere pro Person als Ersatz hatten sie ebenfalls dabei. Sie sahen sich um.

Der massive Fels hinter ihnen hatte sich wieder geschlossen. Er sah ganz so aus, als könnte sich nicht in einer Million Jahren noch ein zweites Mal eine Geheimtür daraus machen lassen.

»Sicher, dass wir auch wieder herauskönnen?« Djakabalys Stimme war leicht nervös.

»Die Vorfahren der Nubigenas haben sich schon etwas dabei gedacht. Sie haben den Weg beidseitig passierbar gemacht.«

Woti hatte keine Lust, darüber nachzudenken, ob die Erschütterungen im Berg etwas getan hatten, das dem magischen Mechanismus geschadet hatte. Wenn so etwas überhaupt Einfluss auf Magie nehmen konnte. So oder so war Djakabaly mit seiner Erklärung einverstanden. Was blieb ihr auch anderes übrig?

»Ich habe es immer gewusst!«, sagte sie. Das Licht der Fackel tanzte in ihrem lächelnden Gesicht. »Du bist der wahre Tapfere von uns, Freund.«

Woti fühlte sich geschmeichelt. Er fragte sich, ob Flacka wohl wusste, dass er anfangs vor einem Sursulum Angst gehabt hatte.

Aber die Piratin sagte: »Lasst uns gehen. Wir haben keine Zeit mehr zu verlieren. Wir können uns dann beglückwünschen, wenn wir mit den Donnersteinen im Gepäck zurück in der Zisterne sind.«

»Wenigstens sind wir jetzt wieder in unserem Element«, witzelte Djakabaly. Sie sah Mahasim an, der unsicher auf den in Dunkelheit abfallenden Weg vor ihnen starrte.

»Was meinst du?«, fragte er, ohne sich umzudrehen. Seine Stimme war belegt.

»Es geht wieder unter Tage«, war die prompte Antwort. »Du solltest dich hier noch am wohlsten fühlen.«

»Möglich«, hüstelte Mahasim. Für den Moment schienen ihm die Anekdoten ausgegangen zu sein.

Sie gingen los.

Der Sprengmeister aber blieb schon nach wenigen Metern wieder stehen. »Was war das?«

Djakabaly beruhigte ihn: »Bloß der Wind, der durch die Ritzen im Gestein fegt.«

»Oder leises Wolfsgeheul«, mutmaßte Flacka.

Sie ging grinsend und mit festem Schritt an Mahasim und den anderen vorbei.

»Mach schon mal dein Schwert bereit, Sprengmeister. Wir werden bestimmt welchen begegnen – ich kann dir ja beim Abstieg ein paar Geschichten über Erdwölfe erzählen, die ich im Laufe der Zeit aufgeschnappt habe …«

Flackas nicht ganz ernst gemeinte Wolfsprophezeiung hatte sich bisher glücklicherweise nicht bewahrheitet. Sie waren dem Geheimweg ein paar Stunden immer weiter ohne großartige Zwischenfälle gefolgt. Einige Male hatten ihnen zwar große Gesteinsbrocken den Weg versperrt, aber der Durchgang war trotzdem immer breit genug gewesen, dass ein bisschen Baucheinziehen bereits ausreichte, um weiterzukommen. Nur einmal hatte sich ein so großer Bereich der Wand in den Gang geschoben, dass sie auf ein paar Metern nur kriechend vorwärtskamen. Woti blieb stecken und bekam Panik, aber als Flacka beherzt schob, schafften sie es doch alle hindurch.

Es graute Woti schon davor, die gleiche Passage zurücknehmen zu müssen, aber noch hatten sie ja nicht einmal das Ziel ihrer Reise erreicht.

Schon kurze Zeit später – vielleicht war eine weitere Stunde vergangen – gelangten sie aber in einen Bereich, in dem sich der Gang plötzlich unnatürlich verbreiterte. Hohlräume über und neben ihnen zeigten an, wie vor nicht allzu langer Zeit eine gewaltige Erschütterung hier unten alles verändert hatte. Auch der Gang senkte sich abrupt ab und wurde vor ihnen steil abschüssig.

»Hier sind sie abgerutscht, Raukelunk und Finn.« Woti untersuchte den feuchten Fels zu seiner Rechten. Überall war es rutschig. Sie mussten vorsichtig sein. »Jeder Tritt ist gefährlich, seht gut hin!«

Sie stützten sich gegenseitig beim Abstieg und schafften es ein gutes Stück weiter, ohne selbst abzurutschen. Woti dachte darüber nach, wie es wohl gewesen war, als sich der ganze Gang ohne große Vorwarnung selbstständig gemacht hatte. Für wen war es schlimmer gewesen? Für den blinden Raukelunk oder Finn, der das Unheil vielleicht sogar im letzten Moment hatte kommen sehen?

Schließlich mussten sie sich nacheinander einen zweieinhalb Meter großen Abbruch herunterhängen lassen und abspringen, dann standen sie an der Stelle, wo die Seitenwand des Ganges komplett weggebrochen war.

»Das ist unglaublich!« Flacka stand so gebannt wie die anderen drei vor der großen Höhle, die sich im Schein kleiner, bläulicher Lichter vor ihnen auftat. »Wir haben sie gefunden!«

Vorsichtig betraten sie die Höhle.

»Wir müssen immer noch vorsichtig sein!«

Es war gar nicht nötig, dass Djakabaly sie erinnerte. Alle wussten, dass Raukelunk und Finn hier dem alten Leitwolf begegnet waren. In der einen Hand ihre Fackeln, in der anderen die einsatzbereiten Waffen schlichen sie weiter. Herzklopfend umrundeten sie einmal die große Felsensäule, die ziemlich mittig in der Höhle gelegen war. Keine Spur eines Wolfs! Je weiter sie danach in Richtung der gegenüberliegenden Wand marschierten, desto zahlreicher wurden die Donnersteine zwischen ihren Füßen. Bald war der Boden übersät von schimmernden kleinen und großen Splittern, deren flüssiges Inneres sanft ihm Fackellicht fluoreszierte. Nah an der Wand, bei einem Loch im Boden, hielten sie an. Hier gab es die meisten Steine zu finden.

»Geht nicht zu nah heran«, mahnte Djakabaly. »Vielleicht ist der Boden an anderen Stellen auch brüchig.«

Doch sie waren allein in der Höhle und ihre Abenteuerlust war größer geworden, nachdem das blaue Leuchten um sie herum sie in seinen Bann gezogen hatte. Also riskierten sie doch einen Blick.

»Wie viele Fackeln haben wir noch übrig?«, fragte Flacka. Sie sahen in das düstere Loch hinein, um das sie sich postiert hatten.

»Wenn wir es wieder so gut zurückschaffen wie her, dann mehr als genug.« Mahasim zählte ihre Fackeln schnell durch. »Diese Dinger brennen länger als gedacht.«

Ohne Vorwarnung ließ Flacka ihre eigene Fackel fallen. Dumpf landete sie in der Höhle unter ihnen.

»Was soll das?« Djakabaly gab sich im ersten Augenblick empört. Doch auch sie kam nicht darum hin, fasziniert und erschrocken zugleich in die Tiefe zu starren. Bleiche Überreste großer Knochen leuchteten im Schein der Fackel.

»Sie haben ihren eigenen Artgenossen komplett aufgefressen und seine Knochen abgenagt.« Mahasim schienen die Haare zu Berge zu stehen.

»Wusstet ihr, dass Erdwölfe das manchmal tun?«, fragte er mit fröstelnder Stimme.

Spätestens jetzt wussten sie es. Es war Zeit, eine große Ladung Donnersteine zu sammeln und von diesem ungastlichen Ort zu verschwinden! Als sie sich umdrehten, war das Heulen eines Wolfs aus der unteren Höhle zu vernehmen.

»Unglaublich, dass immer noch welche von denen dort waren!« Djakabaly führte mit Woti die Truppe an. Mahasim und Flacka sicherten den Weg in ihrem Rücken. Aber natürlich war keiner der Wölfe, deren ganzes Rudel offenbar verborgen in der unteren Höhle gelauert hatte, zu ihnen nach oben gelangt. Der frühere Erdrutsch hatte die Verbindung beider Höhlen zueinander, die sicherlich an einer anderen Stelle zu finden gewesen war, wohl ebenfalls verschüttet.

»Das ist kein Wunder«, flüsterte Mahasim von hinten. »Erdwolfrudel haben ein bestimmtes Revier, das sie nicht verlassen. Und wenn sie gejagt haben, zieht es sie immer wieder zurück zu denselben Orten, an denen sie in familienartigen Strukturen leben. Nur die ganz alten Wölfe sind Einzelgänger.«

Mittlerweile hätte wohl auch Flacka zugeben müssen, dass Mahasims Ausführungen eine beruhigende Wirkung haben konnten. Kein einziges Mal auf ihrem Rückweg machte sie eine spöttische Bemerkung oder stöhnte auf.

Noch immer konnten sie vereinzelt das Heulen der Wölfe vernehmen, die so richtig wild unter ihnen geworden waren, während sie ihre mitgebrachten Säcke vorsichtig mit Donnersteinen gefüllt hatten.

Nun waren sie seitdem schon mehr als eine Stunde marschiert. Der Rückweg war durch den stetigen Anstieg viel beschwerlicher. Aber das entfernte Heulen trieb sie an. Begleitet von tröpfelnden Rinnsalen, die ihnen entgegenflossen, und dem ewig pfeifenden Wind machten sie keine Rast, bis sie endlich an der Stelle waren, an der sie kriechen mussten, um wieder zurückzukommen. Erneut schaffte es Woti mit einiger Mühe und Hilfe der anderen, bäuchlings das Hindernis zu nehmen. Sie zogen ihre Säcke aus dem Kriechgang und stützten sich erschöpft gegen die Felswände.

»Hier durch schaffen es die Wölfe sowieso nicht.« Mahasim begutachtete fachmännisch den engen Durchgang. »Und wenn doch, nur einer nach dem anderen.«

In der Tat war die Vorstellung beruhigend, nun einen gewissen Schutz hinter ihnen zu wissen.

Sie aßen ein wenig getrocknetes Fleisch, das sie als Proviant mitgenommen hatten, machten aber keine längere Verschnaufpause.

Der nun folgende restliche Anstieg wurde mit jeder Felsnadel, an der sie sich vorbeiquetschten, und mit jedem noch so kleinen Stück, auf dem der Weg etwas steiler wurde, kräftezehrender. Ihre Waffen, Fackeln und nun das enorme Gewicht der Steine waren eine echte Last und sie hatten lange kein richtiges Auge mehr zugetan. Trotzdem quälten sie sich immer weiter. Keiner der vier wollte riskieren, dass sie so nah an ihrem Ziel, die Donnersteine aus dem Gebirge zu bergen, noch scheiterten. Zu groß schien die Gefahr, dass doch noch irgendwo ein unentdeckter Spalt wartete, durch den Wölfe zu ihnen schlüpfen konnten, oder ihre Anwesenheit dem Berg erneut die Möglichkeit gab, seine Steine und Felsen in Bewegung zu bringen.

Mit letzter Kraft erreichten sie nach stundenlangem Aufstieg das Ende des Geheimganges. Flacka vollführte die Bewegung auf dem Stein – die Tür schwang auf! Draußen stand die Sonne bereits hoch am Himmel.

»Wir waren die ganze Nacht und den halben Tag unterwegs.« Djakabaly hielt sich die Hand vor die Augen, um das Licht abzuschirmen.

Sie traten an die frische Luft und atmeten tief ein. Hinter ihnen schob Woti die Tür zu. Erschöpft ließen sie sich fallen. Der Fels hinter ihnen glich den normalen Felswänden wieder wie ein Ei dem anderen.

»Mahasim, wusstet du eigentlich, dass es angeblich mal eine gefürchtete Piratenmannschaft gab, die jahrzehntelang Beute gemacht und alles hier in diesem Gebirge versteckt hat? Von Donnersteinen oder Wölfen war dabei zwar nie die Rede, aber unglaubliche Reichtümer und seltene Artefakte sollen im Besitz der Truppe gewesen sein. Was da alles für Stücke dabei gewesen sind! Mahasim, hörst du mir überhaupt zu?«

Flacka sah trotz ihrer Müdigkeit spitzbübisch zu ihrem Sprengmeister, der schon fast seine Augen geschlossen hatte.

»Bitte, Flacka! Keine Geschichten jetzt. Manchmal muss man auch schweigen können.«

Dann lachten sie alle und ruhten sich endlich aus.

DER PIRATENKRIEG

»Der Himmel war rot gefärbt von den Feuern der Schlacht. Über den Prismatischen Ebenen ertönten die verzweifelten Schreie der Verwundeten von Nag bis nach Disechir und Had Rouel. Tote pflasterten den Weg der Heere, die sich nun zur letzten Schlacht im Herzen Aethras getroffen hatten. Die Zwerge, Menschen und Lunatae waren von Norden und von Westen und von Süden gekommen, die Elfen aber hielten mit letzter Kraft ihr Bollwerk im Osten. Die Goldene Wüste hielt den Eindringlingen stand. Aber wie lange noch?«

Flacka Seeschwalbe stand erhöht auf dem Tresen der Ruinen des Mondankers. Rechts hinter ihr wachte die Galionsfigur Marias und wurde Zeuge davon, wie hundertfünfzig oder mehr Seelen gebannt an den Lippen der Zwergenkapitänin hingen.

»Schon waren die ersten Scharmützel im Gange. Leicht gewannen die Zwerge, die die Heere der Menschen und Lunatae anführten, mit ihren schweren Brustpanzern und trainierten Kriegsponys die Oberhand gegen die Elfenaufgebote, die durch viele Jahre des Krieges gegen den Rest ihrer Welt erschöpft und dezimiert waren. Tagelang tobten die Gefechte. Die Streitmacht der überlegenen drei Parteien machte Stück für Stück Raum gut. Einen Monat nach Beginn der letzten Kämpfe waren sie vorgerückt, bis Haibibi in ihrem Rücken lag. Nun stand nur noch M`hidi Stadt selbst den Kämpfern im Weg, deren Aprikosenturmglocken und rauschende Palmen im Lärm der heranziehenden Scharen längst still geworden waren.«

»Doch dann!«

Plötzlich sprang Mahasim neben Flacka auf den Tresen und nutzte mit keckem Grinsen die Überraschung der dicht gedrängten Zuhörer aus, um einen blauen Donnerstein aus seiner Weste zu ziehen. Flacka zwinkerte ihm zu. Ihre Nummer war einstudiert.

»Doch dann!«, rief Mahasim noch einmal und warf dabei den Donnerstein in die Luft. Das erschrockene Raunen erstarb, als Mahasim den Stein wieder sicher in seinen Händen gefangen hatte.

»Doch dann erschütterte die Welt!«, intonierte Mahasim ein drittes Mal.

Flacka zückte einen ihrer Säbel. »Zusammen mit einem letzten Großaufgebot der Elfen, von denen die anderen Völker nichts gewusst hatten und das aus den entlegeneren Winkeln der östlichen Reiche, die noch jenseits der Wüste lagen, zusammengezogen worden war, glänzten die Flüsse des Kontinents mit einem Mal bunt von den Segeln Tausender Piratenschiffe.«

Mahasim und Flacka wechselten sich nun ab. »Die sogenannten Gesetzlosen und Barbaren hatten – vielleicht mit Ausnahme der Elfen – als Einzige erkannt, wer sich der Gesetzlosigkeit und der Barbarei schuldig gemacht hatte.«

»Die drei großen Völker der Welt waren es!« Nun sprach wieder Flacka, während von draußen die Gischt an die Wände des Mondankers schlug. »Sie hörten es im dröhnenden Wind, sie vernahmen die verzweifelten Nachrichten ihrer Kuriere, sie sahen es am Ende mit den eigenen Augen – Kanonendonner überzog das Land.«

»Ukons Vorstädte, Harandol, Celsa-Stadt!«, rief Mahasim.

»Sie alle lagen in Schutt und Asche!«, vollendete Flacka. »Schutzlos den Piratenschiffen ausgeliefert, verwaist von ihren einstigen Besitzern, die schon auf dem Weg waren, im Osten Beute zu machen, oder die gar selbst in dem alles verzehrenden Krieg kämpften.«

»Der gelbe, rote und blaue Donner der Piraten zwang die Völker, zurückzuschauen. Hinzusehen. Innezuhalten.« Flacka steckte ihren Säbel wieder ein.

»Und endlich zu verstehen.« Mahasim wurde nun leiser. Er hielt der Menge seinen Donnerstein entgegen, »Zu verstehen, dass dieser letzte Akt der Gewalt die Welt der Kriegsparteien aufreiben würde, wenn sie nicht aufhörten, sich selbst aufzureiben, und verstünden, dass sie alle gleichberechtigter Teil dieser Welt waren!«

»Die Piraten«, Flacka zog ihre Worte nun in die Länge und sprang vom Tresen, um ihren Zuhörern näher zu sein, »nahmen in ihre Herzen und in ihren Kreis jeden auf, der sich ihrer Sache verschrieb. Sie zeigten ihrer Heimat in dieser scheinbar ausweglosen Notlage, wie stark eine Gemeinschaft sein konnte - selbst, wenn sie nur klein war und wie ein Flickenteppich ausschaute.«

Mahasims Stiefel schlugen dumpf neben Flacka auf. »Sie zwangen das Volk und die Soldaten einzusehen, welche Ungerechtigkeiten vorherrschten und wie die Länder, nachdem der Große Krieg der vier Völker erst überkommen wäre, zu neuer Stärke und Kraft finden könnten.«

»Vereint«, nickte Flacka Mahasim zu.

»Wie wir«, schloss dieser.

»Lasst uns dieser und den anderen Welten zeigen, wie ein kleiner Haufen Widerstand auch heute noch eine große Ungerechtigkeit in die Knie zwingen kann. Lasst uns«, Flacka sah der Reihe nach in die Augen von Woti, Charadri, Bekassine, Ashnaprilla und Ammi, die in der vordersten Reihe des Widerstandes standen, »den elenden Zauberer aus den Sternenhallen herausbomben. Lasst uns Trucido stürzen. Für Decora Nubigena und unsere Freunde, die die Kelpen verwundbar gemacht haben. Für die zahlreichen Toten, die dieser Kampf bereits gefordert hat. Für das Volk der Seepferde, die das größte aller Opfer erbringen mussten. Und für uns selbst.« Sie versuchte, noch einmal alle Anwesenden in den Blick zu nehmen. »Für alle, die in Frieden leben wollen.«

Dann wurde sie still.

»Lasst uns nun auf das Zeichen warten.« Mahasims Tonfall war geradezu beschwörerisch. »Es kann nicht mehr lange dauern. Drehen wir heute den Spieß um.«

Im Schankraum des Mondankers war es jetzt totenstill. Für einen Augenblick geschah nichts. Dann war der laute Knall einer Explosion zu hören.

Djakabaly und Esmerylda schlichen gebückt den Weg der Geschichte entlang. Sie waren die beiden einzigen, die nicht beim restlichen Widerstand waren.

»Was jetzt wohl im Mondanker los ist?«, flüsterte Djakabaly. Sie drückte sich in einen Hauseingang und spähte die dunkle Straße hinunter. Die Luft war rein. Natürlich antwortete Esmerylda nicht, aber es beruhigte Djakabaly trotzdem, wenn sie mit ihrer Gefährtin redete. Und sie hatte das Gefühl, dass dies auch auf Gegenseitigkeit beruhte. »Bestimmt haben Flacka und Mahasim die anderen mit ihrer Geschichte schon darauf eingestimmt, was geschehen wird.«

Während sie in den letzten eineinhalb Wochen, seit sie mit den Donnersteinen unversehrt aus dem Gebirge zurückgekommen waren, im Untergrund ihr Arsenal mit wirklich unglaublicher Feuerkraft aufgestockt hatten, hatten vor allem Flacka und Mahasim, die sich von Tag zu Tag besser verstanden hatten, ausgeklügelt, von wo und wann der Angriff starten sollte. Und natürlich – wie es sich für die Kenner und Liebhaber von Abenteuergeschichten und Seemannsgarn gehörte – wie sie den Widerstand in die richtige Stimmung bringen konnten.

»Dass wir uns ausgerechnet den Mondanker ausgesucht haben …« Sie huschten weiter. »Aber wenn die Worte wahr sind, die Trucido in seine Blutbücher geschrieben, dann ist eine seiner Schwächen die Selbstüberschätzung.

Er rechnet niemals damit, auf welche Weise wir zuschlagen können. Und wenn ich es recht bedenke, wird die alte Ruine einer der Orte sein, über den sich der Zauberer aufgrund seiner Vergangenheit kaum Gedanken machen wird.«

Bestimmt merkte Esmerylda, dass Djakabaly durch ihre laut geäußerten Sorgen nur Sicherheit gewinnen wollte. Aber in diesem Punkt war Esmerylda wirklich die perfekte Partnerin. Selbst wenn sie die Dinge anders sah, ließ sie es einen nicht wissen.

»Jetzt dauert es nicht mehr lange«, fing sie erneut an, als sie endlich das Ende des Weges erreicht hatten. Dunkel thronte vor ihnen das Denkmal Trucidos. Des Zauberers Maske schien jeden Ankömmling anzustarren, der sich herwagte, um das unheimliche Monument in Augenschein zu nehmen. Djakabaly lief ein Schauer über den Rücken. War es die Maske oder das, was dahinter lag, das ihr Angst einjagte?

Sie schluckte. »Ich hoffe, die Feuerente ist bereit für ihren großen Auftritt!«

Gemeinsam spähten sie und Esmerylda aus der Deckung einer Statue, die den Himmelsfürsten Oraurum Nubigena zeigte. Er war Decoras Urgroßvater gewesen, war aber schon Jahre vor ihrer Geburt gestorben.

Energisch stupste Esmerylda in Djakabalys Seite. Die Elfe zeigte am marmornen Trucido vorbei. Drei Kelpen kamen von der anderen Seite auf den Platz gelaufen.

»Mist!«, flüsterte Djakabaly. Sie brauchten zwar nicht lange, aber jeder Handgriff musste sitzen, damit der Effekt entsprechend ausfiel.

»Wir haben nicht viel Zeit«, entschied Djakabaly. »Der Morgen naht. Die Ente braucht noch ein paar Stunden den Schutz der Dunkelheit!«

Sie schickte sich an, aus der Deckung zu treten. Esmerylda zog sie zurück. Seit sie die Pforte zur Alten Stadt besucht hatten, ging es Esmerylda so viel besser. Ihre Angst vor den Rätseln der Tiefe war fürs Erste verschwunden. Doch nun leuchteten ihre Augen und ihre Flügel wieder voller Schrecken. Sie alle hatten Furcht vor weiteren Verlusten. Aber ohne sich in Gefahr zu begeben funktionierte das alles nicht.

»Wer ist die Sprengstoffexpertin von uns beiden? Du oder ich? Wir hatten das doch besprochen. Es ist notwendig. Und die anderen zählen auf uns.«

Traurig ließ Esmerylda sie los.

»Wir sehen uns später wieder. *Hier endet die Geschichte*!« Djakabaly lächelte. Wenn sie jetzt zögerte, hatten sie monatelang, jahrelang umsonst gelitten. Sie rannte los.

Sie brauchte nicht zu rufen, damit die Kelpen auf sie aufmerksam wurden. Ihre Stiefel auf der Straße waren Lockmittel genug, damit die Monster ihre Verfolgung aufnahmen. Aber als sie am Marmor-Trucido vorbei und an einem der anderen Ausgänge vom Platz sprintete, beseelte sie die Zuversicht: Esmeryldas Tasche war voller Sprengstoff. Erst würde es seinem scheußlichen Monument, dann dem Zauberer selbst an den Kragen gehen!

Sie rannte und rannte. In kleine Gassen, in Hinterhöfe, durch verlassene Vorgärten. Hatte sie die Kelpen schon abgehängt? Hinter ihr war nichts mehr zu hören. Sie verschnaufte einen Augenblick. Jetzt wagte sie auch einen Blick zurück. Keine Kelpen! Sie hatte es vorerst geschafft! Fehlte nur noch eins: Warum war noch nichts geschehen? Wie lange brauchte Esmerylda denn?

Dann erschütterte die Explosion den gesamten Straßenzug. Eine rote Feuersäule schoss in den Himmel.

Siegessicher reckte Djakabaly ihre Hand in die Luft. Auf Esmerylda war Verlass! Das musste Ablenkung genug sein. Wenn Trucido jetzt nicht seine Kelpen mobilisierte, dann wusste sie auch nicht. So begann es also. Gleich wimmelte es hier nur so von Kelpen. Diese Explosion konnte man von jedem Fenster der Sternenhallen, ach, von ganz Celsa aus sehen. Sie musste sich beeilen und zu den anderen stoßen. Es war Zeit, ein paar weitere Bomben zu zünden!

Das fahrende Gerüst ächzte unter dem Gewicht der Feuerente. Mehr als eine Woche hatten Dreißig von ihnen daran gebaut. Weitere Zwanzig hatten die Feuerente wieder so fit gemacht, wie es in der kurzen Zeit und versteckt in der alten Reederei möglich gewesen war. Flacka hatte ihnen obendrein Orte verraten, an denen noch intakte Kanonen verborgen waren. Ganze siebzehn davon hatten sie an Deck der Ente vertäuen können. Sie alle konnten separat – wahlweise gleichzeitig oder hintereinander – gezündet werden. Fässerweise mit Donnersteinextrakt präparierte Kanonenkugeln leuchteten gelb und rot und blau unter einem Mond, der schon blass geworden und nun vom Morgengrauen abgelöst wurde. Dutzende weitere Fässer rollte der verteilte Widerstand in diesen Minuten von mehreren dezentralen Verstecken um die Sternenhallen in Richtung des Palastes. Am Vorplatz des Herrschersitzes, spätestens, würde alles zusammenkommen: Der von überall herlaufende Widerstand, die Feuerentencrew und der Zauberer, der erst wissen würde, was geschah, wenn ihm bereits die Hallen über seinem Kopf einstürzten!

Woti zog in vorderster Linie mit etwa vierzig von ihnen an dicken Tauen, damit die Ente, die noch einmal voller Stolz sein würde, überhaupt durch die Straßen manövriert werden konnte. Neben ihm zogen auch Flacka,

Bekassine, die zumindest ihre Arme und Beine wieder benutzen konnte, Charadri, Ashnaprilla, Mahasim und Djakabaly, die erst vor ein paar Minuten zu ihnen gestoßen war. Ammi hielt auf der Ente Ausschau und war ihr Frühwarnsystem: Sie konnte aufgrund von Bekassines Fürsorge wirklich wieder all ihre Flügel benutzen und schwebte aus der Takelage der Ente von Hausdach zu Hausdach und wieder zurück, um sicherzugehen, dass keine Kelpen ihren Weg kreuzten. Brien war mit bloß einer Handvoll von ihnen bei den Zisternenzugängen in der Nähe der Ställe zurückgeblieben, die zum *Museum für Elementkunde und Frühgeschichte* gehörten. Dort wollten sie Esmerylda in Empfang nehmen und mit ihr dafür sorgen, dass – falls etwas schiefging – der geordnete Rückzug gewährleistet werden konnte und die Sprengladungen bei den Ausgrabungsfeldern richtig platziert waren.

»Ist das nicht seltsam«, fragte Woti plötzlich unvermittelt. Er wusste selbst nicht, woher der Gedanke plötzlich kam. »Wir haben uns zusammengetan. Einer, der tot sein sollte. Ein Widerstand, der nicht aufgeben wollte. Piraten, die jetzt für die Königin kämpfen. Elfen, Lunatae, Zwerge, Menschen. Und doch habe ich wie schon oft das Gefühl: Hier, genau hier, nirgendwo sonst ist mein Ziel.«

»Ich habe es bisher keinem gesagt, mein lieber Woti«, antwortete Flacka so laut, dass auch alle anderen es hören konnten. »Aber seit diese Dinge mit dem Wiederauftauchen von Decora Nubigena ins Rollen kamen, hatte ich zum ersten Mal seit langer Zeit das Gefühl, dass wieder alles ins Lot kommen würde. Ich bin stolz eine Piratin zu sein, die für etwas kämpft, dass den alten Geschichten gerecht wird. Wenn wir uns nicht tief in unserem Inneren bewahrt hätten, was uns heute dazu antreibt, ein ganzes Piratenschiff durch die Gassen Celsas zu ziehen – dann würde es keine Zukunft für uns geben!«

Eine Weile hörten sie nur das Quietschen des fahrenden Entenunterbaus.

»Warum sagst du *Geschichte*«, fragte plötzlich einer derer, die mit ihnen die Taue zogen. »Ist das, was du uns im Mondanker erzählt hast, denn nun wirklich passiert oder nicht?«

Der Himmel war mittlerweile rosafarben geworden. Südöstlich von ihnen stieg immer noch Rauch in den Himmel auf, der von Esmeryldas Explosion am Weg der Geschichte herrührte. Flackas Gesicht war in den Schatten ihres Piratenhutes nicht zu sehen.

»Sieh hinauf in den Himmel, mein Freund.«

Nicht nur der eine Mann, sondern alle sahen in die Rauchwolke, die in den ansonsten perfekten Wintermorgenhimmel stach.

»Schau, was wir bisher vollbracht haben, und frage dich selbst: Ist *das* alles bloß eine Geschichte?«

Der Mann antwortete nicht, aber als er noch entschlossener am Tau zog, war das der Antwort genug.

»Die Sonne zeigt sich über uns«, rief Ammi, die nun auf dem Bug über ihnen hockte. »Genau wie die Sternenhallen.«

Vor ihnen kam eine lange Straße in Sicht, die im Volksmund *Sternenbrücke* genannt wurde und eine der Hauptverkehrsadern Celsas war. Sie endete auf dem großen Vorplatz der Sternenhallen. Dort hatte Trucido seine Herrschaft begonnen und die Nubigenas beinahe vernichtet.

Sie hatten es bis hierher geschafft. Ihr bisheriger Plan war aufgegangen. Nun konnten sie nicht mehr damit rechnen, unentdeckt zu bleiben. Woti war gleichsam fest entschlossen und ein nervliches Wrack. Es kam jetzt auf Schnelligkeit und Entschlossenheit an. Mochten die Engel ihnen beistehen! Und alle, die in dieser Welt über sie wachten. Denn jetzt ging es los. Wie zum Beweis rannte unter Ammis wildem Rufen die erste Welle Kelpen auf sie zu.

Flacka riss an ihren Seilen, sodass sie in ihren Händen ächzten.

»Alle Schützen auf die Ente! Der Zauberer wollte den Piratenkrieg?! Er soll ihn bekommen!«

Die Fahrt auf der Sternenbrücke

Woti kletterte mit einem Dutzend Mitstreiter die Taue hinauf, so rasch er konnte. Er fühlte, wie seine Brust vor Aufregung zerspringen wollte. Die pulsierende Dolchmesserwunde erinnerte ihn daran, wie real die Gefahr seiner Abenteuer wirklich war. Aber kein Zweifeln konnte sich nun mehr auf sein Herz legen: Er war Woti Portalspringer, ein telluriscorianischer Gwilling! Heute würde er noch dazu ein waschechter Pirat werden! Er sprang von seinem Tau an Deck. Die Kanone vor ihm hatte er bereits in der Nacht selbst geladen. Charadri eilte zu ihm. Ohne Nachzudenken nahm Woti eine der Fackeln entgegen, die der Schiffskoch an die Schützen verteilte. Sie waren in der Theorie alles tausendmal durchgegangen. Da er der Kleinste von ihnen allen war, besetzte Woti die vorderste der Kanonen – der einzige Ort, wo auch er einen guten Überblick hatte. Er war es, der den ersten Schuss abgeben würde!

Die Kelpenhorde rannte schwarz und rot auf sie zu. Eine Welle angefüllt mit dem Hass Trucidos. Woti entzündete die Lunte. Jetzt waren es nur noch Sekunden. Er stemmte sich gegen das Rohr. Es war so eiskalt wie es Woti heiß war. Die Kanone quietschte. Das offene Rohr war ausgerichtet. Woti behielt die Kelpen im Blick.

Ein dumpfer Ton, Zischen, Rauch. Woti erschrak. Er hatte nicht damit gerechnet, die Flugbahn der Kugel wirklich sehen zu können. Das kometenartige Geschoss wirbelte durch die Luft. Ein gelber Schweif beschrieb die Flugbahn. Kelpen und Kanonenkugel prallten gegeneinander. In einem wahnsinnigen Knall sprengte der Schuss die Angreifer auseinander. Woti zählte drei Kelpen, die in die umliegenden Straßen katapultiert wurden. Den Rest hatte die Explosion wahrscheinlich pulverisiert. Das Jubeln seiner Mitstreiter vermischte sich mit dem Zischen weiterer Lunten. Rückzug war keine Option. Woti lud nach.

Die Ente rollte aus Wotis Kanonenqualm um die Ecke. Wer unten, angeführt von Flacka, weiterzog, war mittlerweile gerüstet und behelmt mit allem, was die Kapitänin aus ihren gesammelten Piratenschatzlagern gehoben hatte. Sie hatten die Sternenbrücke erreicht. Die Sternenhallen ragten über ihnen in die Wolken hinein. Es war das mächtigste Bauwerk, das Woti je gesehen hatte. Sie fuhren auf einen Giganten zu, den sie in die Knie zwingen mussten.

Gelbe und rote Kanonenschläge krachten in den Himmel. Die Bögen, die sie beschrieben, senkten sich donnernd auf den Palast. Türme bröckelten, Zinnen fielen herab, dem uralten Stein wurden Wunden geschlagen. Das einstige Monument der Himmelsfürsten Celsas wackelte.

Woti zielte auf die Türme mit den Fahnenmasten, die die Banner Trucidos zeigten. Wer von der Bevölkerung noch da war, sollte es sehen: Heute verlor das Rot und Schwarz seinen Schrecken!

Weitere Kelpen stürmten ihnen blindlings entgegen. Woti hatte plötzlich keine Zweifel mehr. Ihr Plan funktionierte. Er blieb standhaft und nahm weiter den Palast in Beschuss. Dabei konnte er selbst im Donnern der Kanonen die Hufen der Kelpen ausmachen. Die Feinde kamen näher.

Die erste Granate zerbarst auf der Straße mitten zwischen den Kelpen und machte ihnen den Weg wieder frei. Ein blauer Lichtteppich breitete sich kreisförmig um die Detonation aus. Die Ente erbebte, aber fuhr weiter. Woti schrie vor Euphorie auf. Die anderen waren gekommen! Auf den Dächern neben ihnen zeigten sich immer mehr Kämpfer des Widerstandes. Gelbe, rote und blaue Granaten hagelten in die Straßen, von wo auch immer die Kelpen sie angriffen. Die Ente machte das nächste Stück Weg gut, während Donnern und Granatenleuchten den Morgen erfüllten.

Der große Platz lag noch ein paar hundert Meter vor ihnen. Woti blinzelte durch den Staub und die Asche. Die Ziehenden der Feuerente leisteten die Arbeit ihres Lebens. Er konnte Flacka schreien hören. Unermüdlich feuerte sie ihre Mitstreiter an, um keinen Preis auf der Welt stehenzubleiben.

Wotis Kanonenrohr spuckte den nächsten roten Kometen aus. Er verfolgte den Schuss, bis der in einen der westlichen Türme der Sternenhallen einschlug. Es krachte, aber der Turm blieb beieinander. Alles, was sie abfeuerten, diente dazu, den Stein mürbe zu machen. Sie mussten es bis zum großen Platz schaffen. Dann erst folgte das Finale.

Die Straßen um die Ente herum waren erfüllt von den Detonationen der Donnersteingranaten. Besonders im Südosten mehrten sich jetzt die Einschläge. Die Kelpen kehrten zurück, nachdem Esmeryldas Explosion sie von den Sternenhallen weggelockt hatte. Aber sie würden es rechtzeitig schaffen. Die Ente rollte weiter und weiter. Mit jedem Kanonenschlag ein Stück.

Woti sah in der Ferne noch mehr Kelpen, die jetzt auch aus den Palasttoren stürmten. Hier war Decoras Familie gestorben. Mit einem Mal schoss es ihm in den Kopf: Würde Trucido selbst kämpfen, bevor er besiegt war?

Der Gwilling beugte sich über sein Fass mit Nachschub. Ganz unten schimmerte es blau. Er aber schnappte sich eine Kugel, die er zuvor gelb markiert hatte. Er schmiss zuerst den kleinen Beutel mit der Treibladung in das Rohr, dann hievte er die schwere Kugel hinterher. Gekonnt führte er eine neue Lunte in das Zündloch und hielt seine Fackel dagegen, bis es zischte. Er zählte die Sekunden. Er kam bis sieben. Jede einzelne Sekunde wurde dabei von einem Dutzend anderer Explosionen begleitet. Die Straßenzüge und die Sternenhallen selbst: Feuer und Bombenleuchten verschluckten das Herrschaftsviertel.

Wotis Kanonenschlag traf den Balkon, von dem Decora so viele traurige Geschichten zu berichten wusste. Als sich der gelbe Rauch verzog, war von dem Balkon nichts mehr zu sehen. Nur noch ein paar letzte Meter!

Die Ente hatte den großen Platz erreicht. Flacka schrie irgendetwas. Das Holz des Schiffes ächzte. Dann blieben sie stehen. Wer bisher gezogen hatte, erklomm nun ebenfalls das Deck. Zwischen den Häusern, die oft nur noch zum Teil standen, traten Widerständler aus ihrer Deckung hervor. Auf den noch intakten Dächern zeigten sich Elfen, in deren Händen Granaten leuchteten.

»Bringt die Türme zum Einsturz!«

Flacka hatte neben Woti Stellung bezogen. Ihr Mantel wehte im rauchigen Wind. Asche legte sich auf ihr Gesicht, dessen blaue Adern pulsierten. Woti spürte etwas Kaltes. Es schneite!

»Lasst die Ente blaues Feuer spucken!«

Der Wendepunkt

Das blaue Feuer traf die Sternenhallen mit einer Wucht, die wahrscheinlich nicht einmal Flacka für möglich gehalten hatte! Woti spürte, dass der Wendepunkt des Kampfes nah war. Etwas lag in der Luft.

Von allen Seiten hatten sie die laufenden Widerständler schützend umringt. Die Zugänge zum großen Platz waren blockiert. Granaten explodierten und hielten die Kelpen auf Abstand, die über den Schutt kletterten und aus der Stadt kamen, um sie doch noch aufzuhalten. Die Tore der Sternenhallen waren vollkommen eingestürzt. Kein Kelpe konnte sich aus dem Palastinneren zu ihnen durch die Trümmer wühlen. Wenn Trucido irgendwo dort drinnen starb, war der Spuk vorbei. Sie würden ihn hier und jetzt begraben!

Die Kanonen spieen noch mehr blaue Kometen heraus. Als erster fiel der westlichste Turm der Sternenhallen: Die Spitze senkte sich wie ein strauchelnder Riese aus den verhangenen Wolken herab. Etwa auf der Mitte des Gebäudeteils brach die obere Hälfte von der unteren. Im freien Fall senkte sich der gigantische Abbruch immer mehr nach Westen. Das Krachen war ohrenbetäubend. Als der halbe Turm ganze Straßenzüge bis fast zur Küste hin unter sich begrub und Schutt und Steine aufwirbelte, wurde der Schnee zu einem grauen Trümmer- und Ascheregen, der über Celsa niederging.

»Konzentriert die Kanonen!« Flacka schrie ihren Befehl aus Leibeskräften. Irgendwie schaffte sie es, dass ihre Stimme in all dem noch zu hören war. Woti hatte keine Ahnung, wer mittlerweile neben ihm stand. Charadri oder Djakabaly vielleicht? Er hatte bloß noch einen Tunnelblick. Die blau markierte Bombe verschwand in seiner Kanone.

»Auf mein Zeichen!«, brüllte Flacka und übertönte alles. »Zielt über die Dächer hinweg auf die mittleren Türme!«

Woti wusste, dass das ihre einzige Chance war, lebend aus der Sache herauszukommen. Stürzte der weit von ihnen entfernte Mittelteil der Hallen mit seinen höchsten Türmen geradewegs nach unten und fiel in sich zusammen, dann würde sich der Rest des Palastäußeren bei Beschuss nach innen neigen und sie nicht unter sich begraben.

»Die Lunten! Jetzt!«

Siebzehn Kanonen hatten blaue Kugeln geladen. Woti zückte die Fackel und zündete das Luntenende an. Er hörte die Schreie der anderen nicht einmal. Auch nicht, dass eine Ladung Granaten direkt neben der Ente hochging. Erst als das Piratenschiff von der Explosion in Schieflage geriet und das Holzgerüst an Steuerbord brach, sah er die Menge der schwarzroten Kelpen, die sich wie ineinanderfließende Blutpfützen auf dem Platz ausbreiteten. Die Brunnen! Sie krochen aus den Brunnen hervor! Mehrere Schächte hatten die Kämpfenden bereits gesprengt, aber den Rest hatten sie doch nicht schnell genug versiegelt! Wie hatten sie die Brunnen vergessen können? Erst als die Ente ganz abrutschte, feuerten die Kanonen.

Woti stolperte und fiel. Er knallte gegen die Reling. Die Donnersteinkanonen malten über ihm blaue Bögen in die Luft, aus der es Schnee und Trümmer und Asche regnete. Weit mehr als die Hälfte verfehlte ihr Ziel: Die Außenwände der Vorburg brachen auf, Türme und Zinnen auf der der Stadt zugewandten Südseite der Sternenhallen krachten auf Häuser und Teile des großen Platzes. Das letzte, das Woti vom Palast sehen konnte, war der Aufprall von vielleicht fünf oder sechs Kanonenkugeln, die die anvisierte innere Festung wirklich trafen. Irgendwo darunter befand sich der Thronsaal! Dann schlug die Ente auf der Seite auf. Überall war Rauch. Schreie. Granatenexplosionen. Das Schnauben der Kelpen.

Rückzug! Irgendjemand schrie einen Befehl. Es klang hilflos. War Trucido tot? Woti krallte sich an einem Stück Holz fest. Seine Beine baumelten in der Luft. Das Holz brach. Er prallte hart auf den Steinboden. Orientierungslos rappelte er sich auf. Er versuchte zu sehen. Kelpen rannten ihm aus einer blauen Wolke entgegen! Neben ihm blitzte ein Granatenbeutel in der Hand einer toten Elfe, mit der er noch vor ein paar Tagen am Unterbau der Ente gewerkelt hatte. Sein Schädel dröhnte. Seine Brust stach.

Rückzug!

Hatten sie es geschafft? Das hier war doch der Wendepunkt! Er musste es sein!

Kurzerhand schnappte er sich den Beutel, riss eine Granate heraus und schleuderte sie den Kelpen entgegen.

Noch bevor sich der Schimmer der Explosion vollständig gelegt hatte, drehte er um und floh an der gefallenen Ente vorbei zurück zur Sternenbrücke.

Gesprengte Hoffnung

Irgendwo neben ihm hörte er die Stimme Flackas. *Rennt! Schlagt Haken! Bleibt nicht zu dicht zusammen!*

Woti folgte dem Befehl. Er rannte und rannte. Seine Seiten stachen. Ein Blick auf sein Oberteil verriet ihm, dass beim Sturz von der Ente die Dolchwunde aufgerissen war. Blut nässte durch den Stoff. Er biss die Zähne zusammen. Dann erbebte die Erde. Ein wahnsinniger Lärm. Woti rannte weiter. Immer wieder dachte er daran, dass sie es geschafft hatten. Er hatte genau gesehen, wie mehrere Bomben ihr Ziel getroffen hatten! Trucido war tot und begraben …

Vor ihm kam das Ende der Sternenbrücke in Sicht. Sie mündete in einen kleineren Platz als der vor den Sternenhallen. Aber er war immer noch größer als die meisten anderen.

Die Rauchschwaden, die ihn begleitet hatten, lichteten sich ein wenig. Er erkannte zwischen den vereinzelten Schneeflocken nun mehr von ihnen: Viele des Widerstandes kamen mit ihm hier an. Aber die Kelpen waren schon da. Die, die sie vorher auf Abstand gehalten hatten, taten nun noch wütender ihr schreckliches Werk. Leichen übersäten die Pflastersteine. Die Schreie der Verletzten wurden übertönt von den Granaten, die in den umliegenden Straßen explodierten. Wie viele von ihnen hatten die Kelpen bereits erwischt?

Woti rannte einfach drauflos. Er musste den Platz überqueren und in den Gassen untertauchen. Auf einem anderen Weg zurück zu den Sternenhallen gelangen! Nur dort würden sie Spiegelscherben finden …

Im Lauf schnappte er sich ein kurzes Schwert. Es war einem toten Zwerg aus der Hand gerollt. Mit vorwurfsvollen Augen schien ihn die Leiche anzusehen. War ihr Plan zu anmaßend gewesen? Was, wenn …

Er schob den Gedanken einfach weg. Sie mussten es ja geschafft haben! Er hatte die Bomben selbst gesehen. Den toten Zwerg würde das trotzdem nicht wieder aufwecken.

Wotis Flucht ging zwischen zwei Kelpen her, die sofort seine Verfolgung aufnahmen. Er sprang über eine weitere Leiche. Beim Aufkommen fiel er. Tapfer hielt er das Schwert vor sich. Die Kelpen waren bei ihm angelangt. Er fragte sich noch, warum sie nicht auf ihn sprangen, dann kippte der erste von ihnen um. Ein Kurzspeer steckte in seinem Hinterkopf. Bekassine rauschte von der Seite heran. Der zweite Kelpe sackte regungslos auf die Knie. Ein Bratspieß hatte ihn niedergestreckt. Charadri zog seine Waffe schmatzend aus dem Nacken des Kelpen.

»Komm weiter! Schnell«

Bekassine half Woti auf die Beine. Ihr ganzes Gesicht war rußverschmiert.

Als er stand, sah er die gewaltige Wolke: Die Sternenbrücke, die umliegende Stadt, die Sternenhallen – alles was hinter ihnen lag, war darin verschwunden.

»Ein Teil des Palastsystems ist wirklich eingestürzt!« Charadri hatte den Anflug eines Lächelns auf den Lippen.

»Wissen wir mehr? Trucido? Also ist er …?«

Woti stand wie angewurzelt da und starrte in die Wolke, die immer näherkam und dabei alles verschluckte. Er hatte es gewusst! Sie *waren* erfolgreich gewesen!

Bekassine aber fasste seine Schultern. »Wir müssen hier weg, Woti!«

Warum bejahte sie seine Frage nicht? So viel Zeit mussten sie doch haben!

»Oder lebt er noch?« Er löste seinen Blick von der Wolke und fixierte Bekassine. Warum hatte er plötzlich ein so merkwürdiges Gefühl? Hier waren so viele Leichen. »Bekassine, antworte mir doch!«

In der Wolke waren weitere Kelpen zu hören. Er kannte die Antwort plötzlich.

»Woti«, Charadri fasste ihn an der Hand, »die Kelpen …« Der Koch schaute nervös zurück. »Sie töten noch immer. Wir werden später sehen …«

»Er lebt!?« Woti traf es wie ein Schlag! Mit Trucidos Tod hätten die Kelpen das Morden stoppen müssen …

»Die Kanonenschüsse kamen zu spät?«

Verzweiflung packte ihn. Was nützte es jetzt noch, weiterzurennen?

Ihre Hoffnung würde im Staub der Wolke untergehen. Wie die Hoffnung derer, die in diesem Moment von den Kelpen zerfetzt wurden!

»Lasst mich hier! Flieht ihr!«

Er sah wieder in die Wolke. Fast hatte sie sie erreicht. »Ich blieb schon einmal zurück. Vielleicht habe ich noch einmal Glück!«

Wenn auch nur die geringste Chance bestand, dass der Zauberer doch Geschichte war, musste er die Ruinen nach Spiegelscherben durchsuchen. Das war der eine Weg, um zu den anderen zu gelangen! Vielleicht dauerte es einfach eine Weile, bis die Kelpen ihre Befehle vergaßen …

»Du wirst niemandem mehr nützen, wenn du jetzt etwas Dummes machst«, sagte Charadri so gefasst, wie es diese Situation nur zuließ. Er schien erraten zu haben, was Woti vorhatte. Dann sprach er es aus: »Er lebt noch. Trucido ist nicht tot.«

Woti entgegnete nichts.

»Aber wenn wir hierbleiben«, sprach der Koch weiter, »weiß ich sicher, dass wir es an seiner statt sein werden.«

Woti sah Charadri einfach nur an. Er und Bekassine waren immer noch bei ihm.

»Warum geht ihr nicht einfach?« Er war verzweifelt. Irgendwo da draußen flüsterte Trucido den Kelpen noch immer seine vergifteten Befehle ein. »Ich fühle mich so schwach …«

»Nicht noch einmal, Woti. Du bleibst nicht noch einmal allein.«

Bekassine zog ihn sanft zu sich.

Wie viele Kelpen waren dort in der Wolke? Es hörte sich an, es käme eine ganze Armee zu ihnen gestürmt.

»Solange deine Freunde in der Nähe sind, wirst du nicht mehr zurückgelassen.«

Woti sah jetzt zur Elfe. Wenn er blieb, starben sie mit ihm. Er setzte sich in Bewegung.

Irgendwann gelangten sie über eine Seitengasse zum Weg der Geschichte. Sie hatten sich stundenlang durch Celsa gekämpft. Ein Dutzend Kelpen hatten sie bis hierher zu dritt besiegt. Doch die Leichen ihrer Mitstreiter waren noch zahlreicher gewesen. Der frühe Nachmittag, der längst angebrochen sein musste, schien zur Nacht geworden zu sein: Über der ganzen Stadt hing nun die Asche- und Staubwolke.

»Es ist nicht mehr weit. Wir müssen noch vorsichtiger sein.« Bekassine ging vor. Sie drosselte ihr Tempo, bis sie schlichen. So war es leichter, den Überblick zu behalten. Bis vor etwa einer Stunde waren vereinzelt immer noch Detonationen von Donnersteingranaten zu hören gewesen. Aber nun lag eine gespenstische Ruhe über Celsa. Hoffentlich hatten es wenigstens einige von ihnen geschafft, zurückzukommen.

»Da vorn ist es!«

Charadri atmete erleichtert auf. Immerhin waren hier in der Gegend bis auf Esmeryldas erste Bombe noch keine Sprengladungen hochgegangen. Die Kelpen hatten ihren Rückzugsort also nicht entdeckt. Andernfalls hätten Brien und Esmerylda die Zugänge blockieren müssen.

Sie erreichten ein großes Gebäude. Von hier waren es bis zum Ende des Wegs der Geschichte noch etwa zwei bis drei Kilometer. *Museum für Elementkunde und Frühgeschichte Celsas* stand in altertümlicher Schrift auf dem dreieckigen Giebelfeld über dem Gebäudeeingang. In die rechte Seite der hölzernen Tür war ein dicker Nagel geschlagen. Eine Plakette hing daran: *Ausstellung und Grabungsfelder bis auf weiteres geschlossen.* Woti dachte daran, dass es schon vor langer Zeit von Esmerylda hier angebracht worden war.

Sie vergewisserten sich noch einmal, dass keine Kelpen in der Nähe waren. An der Nordostseite des Gebäudes gab es dichte Sträucher und Bäume, von denen sie wussten, dass sie den Anfang eines kleineren Parks bildeten. Sie waren zur Straße ziemlich dicht und es war kaum möglich, einen Blick nach dahinter zu erhaschen. Sie kontrollierten die Straße ein letztes Mal. Dann schwangen sie sich über einen kleinen, schmiedeeisernen Zaun und schlugen sich in die Büsche. Die ungepflegten Gräser und Kräuter reichten Woti bis zum Kinn.

Eilig durchstreiften sie die hohen Wiesen, die sich selbst überlassen worden waren. Hier und da fanden sie das Unterholz zertrampelt vor. Sie waren also nicht die Ersten, die zurückkamen!

Zu ihrer Linken lag schließlich die hohe Mauer des Museums hinter ihnen. Müde kämpften sie sich aus der letzten Buschreihe hervor. Die graue Wolke überschattete die ausgedehnten Ausgrabungsfelder. In diesem Teil der Stadt war kaum Schnee gefallen. Die Felder waren ziemlich matschig. Etwas mehr als einen halben Kilometer von ihnen entfernt, am Ende der Felder, waren Esmeryldas Ställe zu finden. Dorthin mussten sie.

Die Felder waren allerorten durchlöchert von kleineren und größeren Ausgrabungsflächen. Immer noch herrschte eine unheimliche Stille. Woti spürte, wie lange hier schon niemand mehr gegraben hatte. Auch die Besucherwege, die durch die Felder mäanderten, waren schon seit Ewigkeiten verlassen.

»Worauf warten wir?« Bekassine war richtig nervös. »Jetzt oder nie!«

Sie ließen den Schutz der Bäume hinter sich und begaben sich aufs freie Feld.

Hier waren sie einem Angriff schutzlos ausgeliefert. Woti hoffte einfach darauf, dass die Kelpen nichts von diesem Ort wussten. Schon hatten sie die Hälfte des Weges hinter sich gelassen.

»Fast geschafft!«, keuchte Charadri.

Die Ställe kamen immer näher. Plötzlich zeigte sich eine Gestalt in deren Eingang. Brien!

Der alte Zwerg winkte aufgeregt und hüpfte dabei hin und her. Sie kamen ja schon!

Woti legte noch einen Zahn zu. Nur noch ein kleines Stückchen! Brien im Stalleingang aber wurde immer wilder. Was wollte er?

Als Woti verstand, war es zu spät.

»Hinter euch!«, rief Brien. Er ließ nun alle Vorsicht fahren.

In ihrem Rücken rannten Flacka, Djakabaly und zwei Dutzend andere von ihnen. Aber was hinter ihnen kam, war der eigentliche Grund zur Sorge: An die hundert Kelpen hatten ihre Verfolgung aufgenommen. Die Monster waren schon auf das Ausgrabungsfeld gelaufen.

Brien empfing sie lauthals fluchend. »Verdammte Flacka Seeschwalbe! Führt sie direkt zu uns!«

Esmerylda trat aus den Schatten. Sie war schreckensbleich. Stumm wies sie ihnen den Weg zur Kellertreppe. Woti und die beiden Piraten wussten schon, wo es herging. Im Untergrund war der verzweigte Weg dann markiert, damit sie sich bis zur Zisterne nicht verirrten.

»Haben es viele geschafft?«

Bekassine machte keine Anstalten, treppab zu gehen. Sie sah erst auf die Flüchtenden, dann zu Esmerylda. Die Augen der Elfe und ihre bläulichen Flügel sprachen Bände.

»Die meisten sind tot!« bellte Brien. »Und wir werden das bald auch sein. Unten ist nur eine Handvoll. Was hat sie sich nur gedacht? *Piratenkrieg*! Pah!«

Er spuckte auf den Boden.

»Wenn die Kelpen es bis hierher schaffen, müssen wir sprengen. Wir wissen nicht, was der Zauberer von ihnen erfahren kann!«

Woti wurde heiß. Sie waren so kurz vor dem Ziel gewesen. Und nun ging am Ende doch noch alles den Bach runter.

Er beobachtete, wie Flacka die Flüchtenden antrieb. Briens strafenden Blick hatte sie nicht verdient: Absichtlich ließ sich die Kapitänin plötzlich zurückfallen und schrie den Kelpen wüste Beleidigungen entgegen. Und rettete den anderen damit das Leben! Doch dann blieb noch eine zweite Person zurück. Djakabaly! Woti konnte seine Augen nicht abwenden. Das würde kein gutes Ende nehmen!

In den Händen der Anführerin leuchtete es blau. Sie hatte noch eine Granate zurückbehalten. Derweil hatte Flacka bereits ihre Säbel gezückt.

Sie lief den Kelpen jetzt entgehen. Ihr von Schlamm und Asche schwarz gewordener Mantel wehte im Wind. Djakabaly drehte sich noch einmal um: Anstatt die Granate in die Kelpenmeute zu schleudern, warf sie sie im hohen Bogen in die Luft, genau zwischen sich selbst und Flacka und den Rest der Fliehenden. Das Letzte, das Woti von ihr sah, war ihr Nicken. Es galt Brien und Esmerylda. Dann formte sie ein Wort mit ihren Lippen. *Freund*. Es galt ihnen allen.

Als die Granate explodierte, waren die Kelpen, Flacka und Djakabaly in den aufspritzenden Erdmassen und dem blauen Schimmer verschwunden. Der Rest der Fliehenden hatte sie erreicht. Brien schlug fluchend die Stalltüren zu und sperrte mit einem Holzbalken ab.

»Das wird nicht lange halten! Sie hat uns dazu gezwungen!« Brien war wutentbrannt. »Vermaledeite Flacka Seeschwalbe!«

Woti wollte etwas entgegnen, aber ihm war die Kehle wie zugeschnürt. Waren sie wirklich nur noch so wenige? Unter den Geflüchteten war auch Mahasim. Er rang nach Luft und brachte ebenfalls keinen Ton hervor. Sie stolperten mehrere Stiegen hinunter, bis sie etwa zweieinhalb Stockwerke unter den Ställen waren. Am unteren Ende erwarteten sie drei Gänge am Ende eines feuchten Raumes, an dem rostige Ketten und Haken von der Decke hingen. Vielleicht handelte es sich um einen alten Vorratsraum für Fleisch. Am rechten Gang war ein Zeichen in den Stein geritzt, um den richtigen Weg zu markieren.

Woti schluckte einen Kloß hinunter, der ihm im Hals saß. Sie hatten die Sternenhallen wenigstens zum Teil in Schutt und Asche gelegt. Decoras Sternenhallen. Aber Trucido lebte noch immer. Und jetzt wusste er nicht einmal mehr, ob er seine Freunde je wiedersehen würde. So viele von ihnen waren tot oder sonst wo hin versprengt. Flacka und Djakabaly kämpfen auf verlorenem Posten, wenn sie nicht auch schon tot waren. Was hatte sie nur dazu veranlasst zu glauben, sie hätten Trucido besiegen können?

Brien trieb sie eilig weiter. Ihr Weg beschrieb einen Bogen vorbei an Schächten im Stein, die in eine Tiefe führten, die sich nur erahnen ließ. Wieder folgten sie an der anschließenden Gabelung dem Zeichen des Widerstands. Eine kleine Passage ging es nur geradeaus, dann blieben sie in einem Raum stehen, der so niedrig war, dass nur Woti den Kopf nicht einziehen musste. Hinaus ging es durch einen runden Abfluss, dessen Gitter Esmerylda und Brien zuvor entfernt hatten. Von der Decke hingen Lunten, die durch Löcher nach oben führten. Irgendwo über ihnen hatte Esmerylda ein kompliziertes Netzwerk von Zündvorrichtungen und Bomben gebaut.

»Wir müssen es tun.«

Briens kratzende Stimme war wieder etwas gefasster, seine Augenbrauen und der Bart waren jedoch wirrer denn je. Sie schienen in diesem Moment Spiegel seiner Wut zu sein, die in seinen hervorspringenden blauen Adern kochte. »Esmerylda, sieh mich an!«

Die Elfe tat es merklich ungern, aber sie folgte Briens Aufforderung. Sie sah ihm in die Augen.

»Du stimmst dem auch zu! Habe ich recht?«

Natürlich antwortete Esmerylda nicht. Sie stand bloß da.

Die anderen waren angespannt. Einige zitterten sogar. Woti fühlte sich vollkommen hilflos.

»Deine Flügel sind mir Antwort genug. Du siehst es so wie ich.«

Brien nahm eine brennende Fackel von der Wand, die weit weg von den Lunten angebracht war. »Ich habe diese Entscheidung nicht allein gefällt.«

Alle konnten die graublauen Flügel Esmeryldas sehen: Trauer und Furcht. Sie wollte es sicherlich nicht, aber in ihrem tiefsten Inneren dachte sie wie Brien. Sie hatten wahrlich keine Wahl. Die Kelpen hatten den Eingang zu ihrem Versteck gefunden. Es würde nur eine Frage der Zeit sein, bis Trucido hier auftauchte. Er würde einen Weg zu ihnen finden. Die Ställe, die Ausgrabungsfelder. Hier durfte dann nichts mehr so sein wie vorher. Dieser Zugang musste verschüttet werden.

Als Esmerylda nickte, entzündete Brien alle Lunten.

Kleine Funken sprühten unter der Decke. Die Feuer der Lunten zischten wie winzige Schlangen. Dann waren sie in den Deckenlöchern verschwunden.

Stille.

Woti konzentrierte sich. Konnte er hören, wie die Lunten irgendwo über ihnen weiterbrannten? Er war sich nicht sicher, obwohl keiner es wagte, auch nur zu atmen.

»Hier sind wir sicher«, sagte Brien unvermittelt in die Stille. »Wir sind es tausendmal durchgegangen. Da oben - da fliegt alles in die Luft! Unser Standort befindet sich auf der ersten Etage, in der nichts mehr geschehen wird. Vielleicht rumpelt es ein bisschen.«

Er lachte freudlos.

Natürlich wussten sie das. Aber trotzdem. Es war …

Woti konnte den Gedanken nicht zu Ende führen. Die Explosion über ihm brachte den ganzen Raum zum Wackeln. Putz rieselte von den Wänden und der Decke. Aus einigen Luntenlöchern brachen kleinere Gesteinsbrocken heraus.

»Nur die Ruhe!«, rief Brien. »Das ist nicht der Rede wert. Haltet euch gegenseitig fest!«

Leichter gesagt, als getan! Es folgten mehrere Explosionen, die ihre verbliebene Truppe gewaltig durchschüttelten. Woti verlor sein Gleichgewicht. Auch andere von ihnen stürzten. War das wirklich geplant?

»Alles in Ordnung!«, stellte Brien klar. Aber sein Tonfall hatte sich plötzlich verändert. »Esmerylda, sollten wir gehen?«

Sein zweiter Satz war nur ein Flüstern gewesen, aber in der Pause, die nach der letzten Detonation entstanden war, hatten ihn alle hören können. Esmeryldas Flügel leuchteten silbergrau. Etwas ging da oben nicht mit rechten Dingen zu. Woti bekam Panik.

Die nächste Explosion sorgte dafür, dass ihr Boden ein paar Zentimeter absackte. Woti rutschte gleichfalls das Herz in die Hose. Als alle wieder standen, ruhten die erschrockenen Blicke auf Brien.

»Ich weiß auch nicht …«, stammelte der Zwerg.

Esmerylda hingegen bugsierte die ersten von ihnen hastig durch den Abfluss. Als sich ihre und Briens Blicke trafen, tat sie so, als würde sie eine Granate werfen. Dann zeigte sie nach oben. Im selben Augenblick weiteten sich Briens Augen, als wäre die Erkenntnis wie ein Blitz in ihn eingeschlagen!

»Djakabalys Granate hat etwas mit den Stützwänden auf der obersten Ebene gemacht!«

Der alte Zwerg schien händeringend zu überlegen, was das für sie bedeutete. Woti hatte solch einen Blick bei ihm nicht einmal in der Nacht gesehen, als sie zur Pforte marschiert waren.

»Wir müssen …«, rief er.

Drei gewaltige Explosionen folgten und schnitten Brien das Wort ab. Der Raum begann zu zittern. Rohre quietschten und dröhnten. Etwas brach über ihnen. Es klang nach Metall. Plötzlich neigte sich der Boden. So, wie sie dastanden, fielen sie übereinander gegen die Wand. Das Grummeln und Rumoren hörte nicht mehr auf. Sie versuchten sich gegenseitig zu stützen, wieder auf die Füße zu kommen. Dann brach die Wand auf.

Woti stürzte so etwas wie einen Hang hinunter. Über sich erkannte er graues Tageslicht. Hinter ihm, vor ihm, neben ihm – überall überschlugen sich seine verbliebenen Mitstreiter. Das ganze Ausgrabungsfeld war eingestürzt und hatte sich abgesenkt. Offenbar wurden sie allesamt in einen gigantischen Krater gezogen!

Verzweifelt versuchte Woti, sich an etwas festzuhalten. Eisenstangen, ganze Türen, Torbögen, Wandfragmente – alles war in Bewegung. Es gab hier kein Halten. Der Gwilling riss die Arme hoch, um sich irgendwie zu schützen. Er prallte gegen jemanden, aber wer es war, wusste er nicht. Zusammen fielen sie weiter, bis auch die Steilwand des Hanges unter ihnen wegbrach. Im freien Fall konnte er nach oben sehen. Weit über ihm sprangen Dutzende Kelpen vom Rand des Kraters, wo kurz vorher noch die Ausgrabungsfelder gewesen waren. Diese dämlichen Viecher! Wenigstens würde sie der Aufprall ebenso zermalmen! Er konzentrierte sich. Was Ina jetzt wohl tat? Zuletzt schloss er die Augen. Er sah die Gwilling-Dame und sich selbst im Birkenblick sitzen. Sie tranken gegorenen Blaupilzsaft und küssten sich. Einen schöneren letzten Gedanken gab es nicht. Er war soweit. Dann klatschte er mit dem Rücken ins Wasser.

Der Erlöser (1)

Trucido stand wie erstarrt am Ostfenster seines Schlafgemachs und betrachtete mit einer Mischung aus Wut und Entsetzen die Explosion, die vom Weg der Geschichte kommen musste. Es war noch dunkelste Nacht, seine eigenen Feuer waren seit fast zwei Wochen erloschen. Celsa war nur noch ein ausgemergeltes Gerippe, eine fast tote Figur, der er mit seiner Rache das alte, stinkende Fleisch der Verfehlung abgezogen hatte. Dereinst konnte er eine ganz neue Welt auf diesen säuberlich abgeschälten Knochen aufbauen. Eine Welt, in der kein Zweifler mehr vorhanden war, der den Erlöser verkannte. Der *ihn* verkannte.

Doch wie es schien, war die letzte Säuberung der Hauptstadt noch immer nicht ganz vollendet. Irgendwer hatte es gewagt, sein Monument zu entweihen. Zum Beweis brannten die Flammen vor seinen Augen. Er spürte, ja wusste, dass die Explosion genau dort war: Am Ende des Weges der Geschichte. Sie hatten seine Statue zerstört. Die Statue, die er als Abschiedsgruß für die alte Welt und als Willkommensgruß für die neue hatte bauen lassen.

Trucido hatte sich noch immer keinen Millimeter bewegt. Seine Maske blieb still auf das Feuer gerichtet. Die Todesurteile würden grausamer werden für jeden, der noch das Pech hatte, in den Gassen unter ihm lebendig zu sein. Die Kelpen in der Stadt hörten seinen stummen Befehl: Ausschwärmen. Südosten. Weg der Geschichte. Zerfetzen. Töten.

Als Trucido spürte, wie die Kelpen seinen Wunsch ausführten, schaffte er es, sich zu bewegen. Sich zu artikulieren. Seine Lippen zitterten unter der Maske. Sein Mund öffnete sich. Er begann mit einem Schrei. Und er lachte. Ein verwundertes, wütendes und schreiendes Lachen.

Der Zauberer stürzte rasenden Zornes die Treppen zum Herrschertrakt hinunter. Wie konnte das überhaupt möglich sein? Diese wurmartigen Lunatae, Zwerge und Elfen. Diese kleingeistigen Menschen. Keiner von ihnen besser als ein ekeliges Insekt. Sie durften gar nicht mehr den Mut haben, sich zu wehren! Dafür sorgte er doch tagtäglich. Aber jetzt war seine Statue zerstört. Das war ein Angriff auf sein Vermächtnis gewesen. Eigentlich mussten es doch alle wissen – *Hier endet die Geschichte.*

Vielleicht dachte er zuviel nach, aber auf den letzten Treppenstufen geriet Trucido ins Stolpern. Er rutschte aus und fiel kopfüber nach vorn. Einen Augenblick später fand er sich am Treppenende auf dem Steinboden wieder. Verwirrt stützte er sich wieder auf. Er registrierte, wie er am ganzen Körper zitterte. Dann erst merkte er, was geschehen war. Durch die Maske starrte er auf seine linke Hand: Beim Abfangen des Sturzes hatte sich sein Ringfinger abgespreizt. Er erschrak fürchterlich, als er den Finger umdrehte und sah, dass der kleine Knochen darin gebrochen und aus dem zweiten Fingerglied ausgetreten war. Dann kam das Blut. So viel Blut! Es quoll einfach aus ihm heraus und tropfte alles voll. Trucido wusste nicht einmal, ob er wieder schrie. Dieser Schmerz! Der Schmerz machte ihn blind.

Ein Fetzen Stoff hatte seine Blutung gestillt. Es hatte Trucido viel Kraft gekostet, den eigenen Knochen magisch zu richten. So viel, wie schon lange nicht mehr. Es war unglaublich schwierig, Teile des eigenen Körpers mit der Kraft des Geistes zu bewegen. Viel schwieriger, als einen fetten Zwerg hochzuheben beispielsweise. Er dachte flüchtig an den einstigen Seenfürsten Enwin. Irgendwie hatte der es geschafft, vor den Kelpen und aus den Katakomben seines Palastes zu fliehen. Sicher, es war in Wahrheit sein Spiel gewesen, den gefallenen König nicht sofort umzubringen. Ein Spiel, um ihn zu zerstreuen. Auch er konnte nicht den ganzen Tag die kräftezehrende Arbeit eines Erlösers vollführen, ohne sich ein wenig Abwechslung und Erheiterung zu verschaffen. Doch Enwin war nur vermeintlich der Sieger dieses Spiels gewesen: Nach dessen Flucht hatte Trucido entschieden, Celsa einfach noch ein wenig mehr zu martern. Er hatte die Stadt in die Luft gesprengt, wo das mithilfe alter Lunatae-Pulvertürme und Waffenlager möglich gewesen war. Der Zwerg hatte eine noch passendere Rache mit seiner Flucht besiegelt. Trucido konnte man nicht besiegen.

Aber jetzt dachte er doch wieder darüber nach: War Enwin vielleicht am Angriff auf ihn beteiligt? Hatte er noch Mitstreiter in Celsa gefunden? In Trucidos Totenstadt? Oder war es der Zwerg allein gewesen, ein verzweifelter Versuch, etwas Unabänderliches hinauszuzögern? Nur, um Trucido noch mehr zu erzürnen? Oder hatte Enwin am Ende gar nichts damit zu tun? Vielleicht lag er auch schon tot und verrottend in irgendeiner Gosse.

So richtig interessierte sich Trucido allerdings nicht für diese Fragen. Viel entscheidender war doch, dass jeder Stein, der ihm von jenen, die sich selbst überschätzten und ihr eigenes Schicksal nicht akzeptieren konnten, in den Weg gelegt wurde, die vergiftete Handschrift Decora Nubigenas und ihrer Schar von Dienern und Haustieren trug. Dem aberwitzigen Baumwesen zum Beispiel, das mit dazu beigetragen hatte, dass seine Kelpen nun verwundbar waren. Die lästige Hexe Nubigena und ihre Vertrautenschar waren die Einzigen, bei denen es sich lohnte, sie zu jagen und in die Finger zu bekommen. Ihre Qualen und ihr baldiger, unausweichlicher Tod würden der krönende Abschluss seiner Rache sein. Aethra würde neu erstrahlen. Im Glanz des Erlösers.

Trucido betrat die Schwelle zum Spiegelraum, in dem Decora Nubigena damals das erste Portal geöffnet hatte. Tag und Nacht verbrauchte er Kraft dazu, es offenzuhalten. Jetzt gerade viel es ihm besonders schwer. Sein Finger schwächte ihn. Vielleicht war es auch mehr als der eigentliche Finger das Entsetzen darüber, dass die Explosion am Ende Folgen für ihn gehabt hatte.

Er fixierte den wabernden Portalkreis durch seine Maske hindurch. Er konzentrierte sich. Selbst mithilfe kleinerer Rationen Holzschildkrötenpulver, die er nun täglich einnahm, seit der Stadtbaum gefallen war, war er nicht hinter das Geheimnis des Portals gelangt. Ein Grund mehr, Decora Nubigena zu hassen. Wenn er sie in die Finger bekam, würde er ihr mit der Marionetten-Sichel befehlen, sich den Verstand aus dem Körper zu schneiden. Bevor sie starb, würde die Lunata bekommen, was sie verdiente. Doch zuerst würde er ihr Portalgeheimnis lüften. Genug war genug. Einen weiteren Angriff auf ihn würde es nicht geben!

Er trat näher an das Portal. So nah, dass er es hätte berühren können. In ein paar Stunden, am Tag, würde er sich selbst davon überzeugen, welcher Schaden an seinem Denkmal am Weg der Gesichte angerichtet war und wie viele Leichen die Kelpen dem Gräberfeld hinzugefügt hatten, das einst Celsa-Stadt gewesen war. Die Dämmerung aber würde er dazu nutzen, um ein für alle Mal Klarheit darüber zu schaffen, wie mächtig er wirklich war.

Er fischte eine Ampulle aus seinem Gewand. Die Kelpen brachten ihm seit Wochen Holzschildkröten aus dem Großen Meer in seinen Palast. Zumindest waren diese letzten Biester ihrer Art ihm nützlich! Drei komplett zerstoßene Panzer befanden sich allein in der Lösung dieser Ampulle. Trucido entkorkte sie und führte die Mündungsöffnung vorsichtig unter seine Maske.

Ohne zu zögern kippte er die leicht zähe Flüssigkeit hinunter. Noch ehe die Sonne am Himmel stand, würde er hinter Decora Nubigenas Rätsel gekommen sein!

Trucidos Blick war starr nach vorn gerichtet. Er blinzelte nicht unter seiner Maske. Er sah nur Decora Nubigenas Portal. Und seine vielen Ichs in den Spiegeln, die ihn umgaben. So musste auch sie es gemacht haben! Er stellte sich vor, wie das Portal anwuchs. Wie er es kontrollierte. Er spürte, dass diesmal wirklich etwas geschah. Er wagte nicht mehr, etwas anderes zu fühlen und zu denken. Es klappte. Es klappte nicht nur in seiner Vorstellung!

Magie drang auf Trucido ein. Wütende, impulsive Magie. Sein ganzer Körper vibrierte. Er war überrascht von solcher Intensität. Er durfte jetzt keinen anderen Gedanken mehr zulassen. Es war Magie, die sich ungefragt ihren Weg zu ihm bahnte, die zu ihm *wollte*, zum Erlöser, um in seinen Verstand einzudringen und mit ihm zusammen Großes zu bewirken. Er konnte die magische Signatur hinter dem Portalzauber fast greifen. Sie *musste* es sein. Aus tausend Richtungen gleichzeitig drang die Magie auf ihn ein, legte sich auf seinen Geist. Ein unsichtbares Geflecht. Das Gitternetz einer stofflosen Welt, die alles umgab und in allem wohnte. Spitze Fäden, die schneidend seinen Verstand umwanden und die er mit seinem Verstand ebenso einwickeln und entschärfen konnte. Er musste ihre Webstruktur nur richtig lesen. Portal, Portal, Portal. Sein einziger Gedanke war das Portal. Er fühlte etwas Vertrautes. Das neue Muster, das von ihm erkannt werden wollte, war in Wahrheit ein altbekanntes. Er konnte das Geheimnis jetzt lösen. Er war der Erlöser. Als er endlich verstand, bebte das Fundament dessen, was er für möglich gehalten hatte.

Trucido stürzte. Und mit ihm seine Hoffnung, das Portalgeheimnis jemals zu entschlüsseln. Er schrie vor Wut und vor Überraschung. Der Boden bebte. Unglaublicher Lärm ertönte. Etwas stimmte nicht mit den Sternenhallen. Die stummen Botschaften unzähliger Kelpen trafen seinen Verstand wie Hammerschläge. Widerstand! Kampf! Tot! Ihre Rufe waren nun klar und deutlich. Bilder durchzuckten Trucidos Gedanken wie Blitzlichter. Manifestierten sich als stofflicher Schmerz hinter seiner Schädeldecke. Er kreischte, weil er es sonst nicht aushalten konnte – nichts von der Magie, die er zuvor für die ersehnte Signatur gehalten hatte, war mit dem Portal verbunden. Sie kam von außerhalb des Palastes. Er wurde angegriffen. Er – nicht nur seine Kelpen oder sein Monument. Er selbst. *Trucido.*

Der Wahnsinn überkam den Zauberer wie eine heiße Feuerwelle, die ihn mit Haut und Haaren fressen wollte. Sie hatten ihn überlistet! Sie hatten ihn abgelenkt, um einen Vernichtungsschlag gegen ihn zu führen.

Die Sternenhallen standen unter Beschuss. Die Kelpen kämpften gegen die feigen Mörder. Aber sie starben und konnten nichts gegen die Angreifer ausrichten. Der große Platz vor den Sternenhallen, etwas, das wie ein Schiff anmutete, Kometenhagel, gelbe und rote und blaue Feuer: Die Bilder waren weiter nur Schemen, ein kurzes Aufblitzen größerer Zusammenhänge, aber Trucido verstand sie trotzdem. Er schloss die Augen unter der Maske. Er schirmte seinen Verstand vor den Rufen der Kelpen ab. Er benötigte einen Moment der Klarheit. Er war der auserwählte Erlöser. Es musste einen Ausweg für ihn geben!

Die Brunnen! Das Schicksal hatte ihm diesen Weg schon einmal beschieden. Die Angreifer hatten die Brunnen nicht bedacht!

Sein Befehl packte die innerhalb des Palastes verbliebenen Kelpen mit der ganzen Wucht seiner Schildkrötenpulver-Magie. Sie riss an ihnen, trieb sie erbarmungslos in die Kellerschächte und katapultierte sie aus den Brunnen, noch bevor Trucido selbst oder auch die Angreifer einen weiteren Gedanken hatten fassen können. Er fühlte, dass der Gegenschlag zumindest teilweise glückte: Seine Kelpen töteten wieder. Aber er war geschwächt. Er hockte da und spürte sein eigenes Entsetzen. Als die Decke über ihm aufriss und dann einstürzte, sah er ein letztes Bild von draußen vor seinem inneren Auge aufflackern: Blauer Donner, der seine Türme getroffen hatte.

Trucido glaubte, dies wäre sein Ende. Er war wieder der Junge im Mondanker, den alle töten wollten. Über den die Gewalt kam wie ein feiges Erdbeben. Beschworen von denjenigen, die verzweifelt retten wollten, was unrettbar war. Die lieber ihren Erlöser umbrachten als dem Schicksal ins Auge zu sehen. Aber dieser Junge war auch damals nicht gestorben. Das Holzschildkrötenpulver wurde zum zweiten Mal seine Rettung.

Als die ersten Steine von der Decke neben ihm einschlugen, formte Trucido mit seiner immer noch verstärkten Magie wie damals einen kugelförmigen Schutzschild. Dann kam wahrlich alles auf ihn hernieder: Die Sternenhallen begruben ihn unter sich. Sie begruben nicht nur ihn, sondern auch einen großen Teil seines Einflusses auf die Außenwelt. Während er unter seinem Schild immer weiter in die einstürzenden Tiefen gedrückt wurde, hörte er seine Kelpen nicht mehr. Sie rannten sicherlich weiter und töteten, aber er konnte sich nur noch auf das eigene Überleben konzentrieren. Doch die Steine begruben noch eine dritte Sache: Seine Verbindung zum Portal Decora Nubigenas. Als das Rumoren verhallte, die Steine zum Erliegen gekommen und er in seinem Gefängnis aus Ruinen und Dunkelheit wieder denken konnte, war das Portal mitsamt den Fäden, die seit so vielen Monden das magische Konstrukt mit seinem Geist verbanden, verschwunden.

Er dachte still darüber nach, was das bedeutete. Man konnte ihn verletzten. Schlimmer noch – man konnte seinen Geist in die Knie zwingen. Zum ersten Mal seit er sich damals als Junge auf den verlorenen Inseln wiedergefunden hatte, bekam er Zweifel. Selbstzweifel.

Niemand war da, um das Lachen zu hören, das unter den Ruinen hervorkam. Das Lachen, von dem Trucido selbst nicht wusste, ob es aus ihm herauskam, weil er nicht anders konnte oder weil er es wirklich so wollte. Wie konnte er der Erlöser dieser und anderer Welten sein, wenn er am Ende nicht einmal das Portalgeheimnis einer unbedeutenden Lunata entschlüsseln konnte?

Das Reich der Krokodile

Woti schluckte Wasser. Die feuchten Massen schlossen sich über ihm und drückten ihn in die Tiefe. Ihm kam das alles vage bekannt vor. Er war so müde.

Dann fiel ihm ein, dass er eigentlich längst hätte tot sein müssen. Vielleicht sollte er nicht mehr kämpfen. Es gab ohnehin kein Portal. Keinen Weg zurück nach Telluriscor. Tief unten, am Grund dieses Wassers, war es sicherlich friedlich. Möglicherweise kam dort auch das Bild Inas zu ihm zurück. Es würde ihm ermöglichen, loszulassen. Loszulassen und …

Doch dazu kam es nicht. Etwas Gewaltiges rauschte unter ihm heran. Der Sog des Wassers ließ ihn herumwirbeln, als es in wahnsinniger Geschwindigkeit an ihm vorbei nach oben schoss. Woti hatte keine Ahnung, was geschah. Ehe ihm die Luft völlig ausging, stieß unter Wasser etwas gegen ihn und riss ihn mit sich. Sekunden später tauchte er über der Wasseroberfläche des unterirdischen Sees auf, in dessen Zwilling er schon zuvor gefallen war, nachdem Djakabaly ihn aus dem Krankenraum geholt hatte. Und den er ein zweites Mal mit ihr, Ammi und Ashnaprilla besichtigt hatte. Aber nun war hier alles anders. Das schiere Chaos war ausgebrochen: Widerständler schwammen im See oder wateten hektisch am nahen Ufer – das übergetretene Wasser stand sicherlich einen Meter hoch – um irgendwie in Richtung Holztür in Sicherheit zu gelangen. Als Woti vom Schwanz der Riesenechse katapultiert durch die Luft flog, wusste er auch, warum: Das Altweltkrokodil, das ihn mitgerissen hatte, war nicht das einzige Exemplar. Im zweiten See – eigentlich war es jetzt nur noch ein See – schwamm ebenfalls eines, schnappte nach zappelnden Körpern und ließ dabei hohe Wasserfontänen aufspritzen. An Land, wenn man das so sagen konnte, krabbelte und glitschte ein drittes Krokodil auf seinen kurzen Beinen umher. Es fauchte und zischte verwirrt von so viel potenzieller Beute. Alles schien zu Beben, als es sich krachend und wasserspritzend nach vorn warf, um etwas zwischen den schwertlangen Zähnen aufzuspießen. Doch nicht genug: Kurz bevor Woti wieder am Seerand, der gar kein richtiger mehr war, zurück ins Wasser fiel, sah er die Kelpen! Unmengen von ihnen klatschten ebenfalls in den See und noch mehr kamen von oben nach. Im trüben Licht war das riesige Loch über Woti zu sehen. Kelpen und Krokodile – na wunderbar! Dazu war wieder einmal alles eingestürzt! Doch als Woti unter Wasser diffus erkannte, wie das Riesenmonster, das ihn zuvor unabsichtlich hochgezogen hatte, nun direkt auf ihn zuhielt, erwachten seine Lebensgeister plötzlich wieder. Er hatte doch keine Lust, aufgefressen zu werden.

Verzweifelt paddelte er ebenfalls in Richtung Holztor. Das war der einzige Weg aus dieser Todesfalle. Hinter ihm fauchte das Krokodil. Woti hörte, wie dessen Maul zuschnappte. Als er Boden unter seinen Füßen spürte, drehte er sich um. Sein Kopf und seine Brust schauten aus dem Wasser, er konnte stehen. Im See tauchte das Altweltkrokodil mit einem zappelnden Kelpen im Maul wieder unter. Vier oder fünf andere Kelpen hatten ihre Klauen in den übermächtigen Gegner geschlagen und wurden gleich mit in die Tiefe gerissen. Vielleicht konnte er es schaffen. Vielleicht waren die Krokodile Verbündete wider Willen. Er musste schon wieder schnell sein!

Woti eilte los. Doch das brusthohe Wasser machte ihm das Fortkommen kaum möglich. Also schwamm er. Alle paar Meter änderte sich die Strömung des Wassers. Es drückte ihn nach vorn oder nach hinten, nach rechts oder links – die zwei übrig gebliebenen Altweltkrokodile machten nun Jagd auf alles, das sich bewegte. Hohe Wellen schwappten ununterbrochen durch die unterirdische Höhle. Überall schwammen und sprangen dazu die Kelpen. Die Krokodile wurden immer wilder. Viele der Kelpen hatten sich nun den Echsen zugewandt. Offensichtlich war ihnen egal, wen oder was sie töteten. Woti hatte nicht das Gefühl, dass sie sich mit diesem Gegenangriff schützen wollten.

Mit Arm- und Beinschlägen kämpfte er sich weiter vor. Neben ihm rutschte eines der Krokodile heran: Um Haaresbreite glitt das gigantische Tier an ihm vorbei und prallte mit einer Traube Kelpen zusammen, die sich irgendwie ineinander verkeilt hatten. Die Kelpen hatten keine Chance, als sich das Krokodil auf sie warf. Lärmend riss es seinen Körper herum und drehte sich um die eigene Achse. Die Kelpen darunter wurden einfach zermalmt. Andere Kelpen, die sich zuvor mit den Klauen am Rücken und Schwanz des Krokodils festgebohrt hatten, konnten sich nicht mehr halten und flogen im hohen Bogen durch die Luft. Für jeden auf diese Weise abgeworfenen Kelpen schwammen sogleich zwei neue heran. Fliehend sah

Woti, wie immer mehr Bestien aus Trucidos Armee durch das Kraterloch hinabsprangen und im Wasser landeten.

Er fixierte nun bloß noch das Tor. Das Schnauben der Kelpen, das Zischen der Krokodile – er blendete alles aus. Ein paar vom Widerstand waren schon da. Ein gutes Dutzend oder mehr hatte es zumindest bis dorthin geschafft! Offenbar versuchten die Verbliebenen verzweifelt, die ins Tor eingelassene kleinere Tür zu öffnen. Woti warf sich nach vorn und schwamm weiter.

Die Wellen wurden immer wilder. Als er überspült wurde, trudelte er und überschlug sich unter Wasser. Er hatte Mühe und Not, überhaupt wieder aufzutauchen. Als er es doch bis an die Oberfläche schaffte, musste er sich erst orientieren: Die Welle hatte ihn quer durch die Höhle gedrückt und ein paar hundert Meter weiter wieder losgelassen. Die anderen und das Tor waren nun links vom ihm. Die Krokodile tobten ein Stück zurück. Mittlerweile war auch das dritte von ihnen wieder aufgetaucht und schnappte und vertilgte fallende Kelpen direkt aus der Luft heraus. Die bereits gelandeten Kelpen hatten aber nunmehr auch die Flüchtenden wieder im Blick. Hinter Woti kamen sie rasch herbei. Er sah, wie mehrere von ihnen abtauchten und zwischen dem nahen Boden und der Wasseroberfläche gehörig Strecke gutmachten. Sie waren schnell! Panisch ruderte Woti herum und begann erneut die Flucht zum Tor. Er rief nach seinen Mitstreitern, aber die hörten außer dem ohrenbetäubenden Lärm der Krokodile und dem wilden Wasser gar nichts. Zu sehen war er auch schlecht, denn jede neue Welle verdeckte oder verschluckte ihn vollkommen. Plötzlich legte sich eine Hand auf seine Schuler. Woti erschrak, aber ihm nächsten Augenblick erhellte sich sein Gesicht: Flacka!

»Komm, Woti!« Die Kapitänin blutete stark im Gesicht. Sie war kaum wiederzuerkennen. Eine Welle traf die Zwergin und spülte etwas vom Blut davon. Ihr fehlte das rechte Auge! Tiefe Klauenrisse zogen sich quer über ihr Gesicht

»Hab schon Schlimmeres erlebt«, hustete sie. Sie schien Wotis Schrecken selbst einäugig zu bemerken. »Solltest den Kelpen sehen, der das gemacht hat …« Sie hustete wieder. »Aber nun komm!«

»Und Djakabaly? Wo ist sie?« Woti kam schneller voran, weil Flacka ihn anschob.

Die Zwergin schüttelte den Kopf. »Sie hat mir das Leben gerettet. Und dir. Und denen da vorn!«

Sie marschierte schnurstracks zum großen Tor, als bemerkte sie gar nicht, dass ihr ein Auge fehlte.

»Lass es nicht umsonst gewesen sein, Woti. Beeil dich. Wenn uns hier etwas aufspießt, dann war's das.«

Gemeinsam erreichten sie die anderen. Ammi und Ashnaprilla waren ganz vorn am Tor. Noch immer schien es nicht aufzugehen. »Zu viel Wasser!«, rief Ashnaprilla durch das tosende Wasser.

Woti schielte über seine Schulter. Die Kelpen waren fast da. Und im Tageslicht, das selbst bis hierhin durch die mächtige Krateröffnung fiel, konnte er sehen, dass der Nachschub an Kelpen andauerte. Immer noch mehr sprangen zu ihnen herunter.

Als Flacka vortrat, stellte sich ihr plötzlich Brien in den Weg. »Zurück, Piratin! Du hast uns verraten!«

Flacka wischte sich das immer noch fließende Blut aus dem Gesicht. Aus ihrem verbliebenen Auge stierte sie Brien an. »Du wagst es, von Verrat zu sprechen, Flussratte!?«

Aus der kleinen Menge arbeiteten sich Charadri und Bekassine hervor. Erleichtert und wütend zugleich flankierten und stützten sie Flacka.

Noch bevor Brien etwas erwidern konnte, ertönte ein fürchterliches Zischen und Gurgeln. Eines der Krokodile war bei seiner Todesrolle nicht wieder auf die Beine gekommen und war nun den Kelpen ausgeliefert. Zehn, vielleicht auch zwanzig von ihnen sprangen und kletterten auf die Echse und gruben ihre vereinten Klauen durch die weichere Bauchhaut.

»Das ist verdammt noch mal nicht die richtige Zeit zum Streiten!«

Ammi kam von der Tür zu ihnen und stellte sich zwischen die Piraten und Brien. Auch Mahasim, der es ebenfalls geschafft hatte, war zur Stelle. »Sie hat uns da oben gerettet, Brien! Das musst du doch sehen …«

Aber der alte Zwerg ließ sich nicht beirren. »Ich sollte dich hier und jetzt …«

Aber wieder kam er nicht weit: Mit einem Mal erbebte das gesamte Holztor.

»Das kann doch nicht …« Ashnaprilla und ihre Helfer fielen und ruderten im Wasser zurück.

Dann zerbarst das Tor. Aus den fliegenden Brettern und Eisenbeschlägen arbeiteten sich fauchend zwei weitere Altweltkrokodile hervor!

»Der Lärm lockt sie an!«

Ashnaprillas Stimme drang wie durch Watte zu Woti. Das schäumende Wasser riss ihn mit sich, ein Unterdruck zog ihn zu Boden. Er spürte, wie die Riesenechsen über ihm in die Höhle sprangen, den Kelpen entgegen. Er dachte, dass ihn mit Sicherheit eine der Riesenklauen zerdrücken würde, aber das Wasser spülte ihn zwischen den Beinen der Tiere fort.

Heraus aus der Höhle und hinein in den dahinterliegenden Stollen. Die Stimmen derer, die es mit ihm schafften, konnte er nicht mehr einordnen. Er merkte nur, wie er unendlich viel Wasser ausspuckte und dabei unsanft aufgerissen wurde. Ammi und Ashnaprilla!

»Komm!«, riefen sie wie aus einem Munde. Sie setzten sich in Bewegung. Flucht nach vorn. Einfach hinein in den Stollen. Zur Zisterne.

Neben ihnen rannten noch mehr vom Widerstand. Wo waren die Piraten? Hatten sie es auch durchs Tor geschafft? Woti hatte Mühe, sich zu konzentrieren.

»Wir müssen ins Lager!«, keuchte Ammi.

Wahrscheinlich hatte sie recht. Es kostete Woti seine volle Kraft, weiterzulaufen. Er ließ sich einfach mitziehen.

»Die Kelpen brechen zwischen den Krokodilen durch!«

Aber Woti hörte hinter sich nicht nur Kelpen. Das Fauchen der wütenden Echsen ließ sein Trommelfell vibrieren. Wie viele weitere Ausgänge hatte die Zisterne?

Die Truppe rannte durch die Gänge des Untergrunds. Die dumpfen Töne ihrer Stiefel begleiteten sie. Genau wie die Hufschläge der Kelpen, die an den graugrünen Kacheln der Wände echoten. Lange konnten sie das Tempo nicht mehr halten. Sie waren erschöpft. Viele waren verletzt. Aber das war nicht das Schlimmste, kam es Woti immer wieder zusammenhanglos in den Sinn: Sie waren geschlagen. Endgültig geschlagen.

Schließlich erreichten sie den breiten Gang, an den in einiger Entfernung die Säulen der Überlaufbeckenhalle anschlossen. Vielleicht hatten sie wirklich eine allerletzte Chance, sich in die Gänge der Zisterne zurückzuziehen und einen der hinteren Fluchtwege zu nutzen, bevor sie entweder Beute eines Krokodils oder Opfer der Kelpen würden. Trucidos Diener würden keinesfalls ruhen, ehe sie nicht alles hier unten durchforstet hatten. Bis sie auch den letzten Überlebenden gefunden hatten. Aber wo sollten sie sich verstecken? Celsa glich einem Friedhof. Und die Kelpen waren die Geister, die ihn heimsuchten.

Als die Säulen in Sichtweite kamen, drosselte Ammi ihr Tempo. Sie und Ashnaprilla führten sie an. Woti hatte erst jetzt die Gelegenheit, nach den anderen Ausschau zu halten. Der Weg bis hierhin war wie ein wilder Ritt durch einen schwarzen Tunnel gewesen. Hinter ihm näherten sich Charadri und Bekassine. Zwischen sich stützten sie Flacka! Ihre Kapitänin hatte es geschafft. Aber ihre Verletzung zeigte jetzt volle Wirkung: Kaum noch konnte sie sich auf den Beinen halten. Auch Mahasim war in ihrer

Nähe. Weiter vorn bei Ammi und Ashnaprilla liefen Esmerylda und Brien. Zusätzlich gehörten noch weitere zehn von ihnen zu den Überlebenden. Insgesamt neunzehn, zählte Woti! Gab es in der Stadt noch mehr von ihnen? Woti hatte das bedrückende Gefühl, dass keiner, der jetzt nicht hier stand, noch lebte. Vor ein paar Stunden waren sie noch so verflucht viele gewesen!

Kaum einer sagte etwas. Ihre Kräfte und die Moral waren am Ende. Schreckensbleich sahen sie die Flügel der drei Elfen leuchten, die mit Brien vorgeschlichen waren: Silbergrau. Unglauben. Und Angst. Ammi stand ganz vorn und spähte am Beginn des Durchlasses zur ersten Säule hinein in die Überlaufbeckenhalle. Langsam drehte sie sich zu ihnen um. Sie winkte sie heran. Vorsichtig rückten sie auf. Als Woti selbst um die Ecke lugte, bestätigte sich sein schlimmster Verdacht: Sie waren verloren.

Die Überlaufbeckenhalle glich einem Trümmerfeld. Die halbe Decke war eingestürzt. Gleich hinter den Säulen lag der Schutt meterhoch. Vom Becken oder der Feuerstelle war nichts mehr zu erkennen. Geschweige denn von den Aufgängen und Fluchtwegen auf der gegenüberliegenden Seite. Da durch zu kommen würde Tage, wenn nicht Wochen des Grabens bedeuten! Vorausgesetzt, es lohnte sich überhaupt und die ganzen Explosionen hatten nicht auch die Gänge dahinter verschüttet.

Ratlos standen sie sich gegenüber. Flacka kämpfte damit, nicht das Bewusstsein zu verlieren. Immer noch quoll Blut aus ihrer Augenhöhle. Ohne Charadri und Bekassine wäre sie einfach zusammengebrochen. Immer wieder schielte Brien zu ihr herüber, aber er sagte nichts. Vielleicht auch deswegen, weil Mahasim sich ebenfalls zu ihr gesellt hatte und Bekassine und Charadri nicht nur körperlich unterstützte.

Ein paar Minuten, in denen sie sich ausruhten und nach einer Lösung suchten, die nicht da war, blieb es zwischen ihnen totenstill.

Dann klopften Hufe auf dem Steinboden. Zum zweiten und letzten Mal würde er nun aufgespießt werden, dachte Woti.

Sie rückten eng zusammen. Ganz unwillkürlich. Wenigstens waren sie nicht allein. Niemand musste das erst sagen. Es gab auch sonst nichts zu besprechen. Sie warteten einfach. Und lauschten. Die Hufschläge waren nah.

Doch plötzlich, in den grauen Schimmer der magischen Lichtkugeln, mischte sich mehr Licht: Grün, silbern, golden, gelb und schwarz. Es war Esmerylda. Sie kämpfe mit ihren Gefühlen. Sie focht einen inneren Zwist aus. Und ihre Flügel legten Zeugnis davon ab.

Vor aller Augen trat die Elfe aus ihrer Gruppe heraus. Ein Stück vor ihnen blieb sie stehen. Sie rang mit sich, das war unverkennbar. Das wilde Leuchten ihrer Flügel wurde heftiger. Als sie sich umdrehte, lief Woti ein Schauer über den Rücken. Er spürte tief in seinem Inneren eine Verbindung zwischen sich und ihr.

Die Elfe streckte ihren Arm aus. Sie wies zitternd in die Tiefe der Stollen. Dann lief sie los.

Der Vorhof zur Dunkelburg

Ihre Beine schafften es noch zu laufen, aber ihre Gedanken taumelten bloß durch die Dunkelheit. Woti wusste, welchen Weg sie einschlugen. Auch die anderen wussten es. Niemand zweifelte daran. Ihr vermeintliches Ziel lag jenseits der Pforte. Gab es dort noch einen weiteren geheimen Ausweg?

Mit ziemlicher Sicherheit war es der drohende Tod, der Esmerylda dazu getrieben hatte, sie dorthin zu führen. Aber selbst im Angesicht ihres Endes hatte sie noch lange gezögert. Was wartete in der Alten Stadt, das so schrecklich war? Woti hatte auch hiervon eine dunkle Ahnung. Tief in ihm verborgen. Er betete zu den Engeln, dass sie niemals wieder an die Oberfläche kommen musste. Das eine Wort, das ihm seit jenen Nächten im Koma auf der Zunge lag, reichte aus, beinahe verrückt zu werden. Plötzlich war die Angst aus den Stunden nach seinem Koma wieder da. Er wollte nicht dorthin zurück. Zur Pforte. Oder weiter. Und doch trugen ihn seine Füße plötzlich schneller. Wo kamen die neuen Kräfte her? Es war das Wort. Rief sie ihn zu sich? *Winselmutter.*

Der Gang zur Pforte empfing sie mit einer seltsamen, bedrückenden Stille. Die Winde pfiffen hier nicht mehr, das Hallen der Kelpenhufen verlor sich hinter ihnen, als wäre diese Tiefe etwas anderes und kein Teil mehr der dunklen Welt unter Celsa. Alle Farben, alle Schatten starben. Der schwere Schleier der Dunkelheit umhüllte sie. Gemeinsam schlichen sie vorwärts. Einer neben oder hinter dem anderen. Sie berührten sich. Hauptsache, sie waren nicht allein. Wenn sie allein waren, würde es ein grausiges Ende mit ihnen nehmen. Woti wagte nicht, zu Boden zu sehen. Er wagte nicht, an die Wand zu starren. Er schloss seine Augen, obwohl er in der Dunkelheit nichts sehen konnte. Die Angst, doch einen Schemen zu entdecken, war unerträglich. *Sie* zu entdecken. War sie wirklich hier unten?

Nach einiger Zeit aber schwächten sich Wotis Ängste ab. Seine Gedanken wurden wieder klarer. Rationaler. Wie schon beim ersten Mal schien es einen Punkt im Gang zu geben, ab dem man sich wieder normal fortbewegen konnte. Woti fragte sich, wie viel von seinen Gefühlen Magie und wie viel echter Schutzinstinkt gewesen war.

Als sie die Pforte erreichten, staunten viele von ihnen. Mahasim und mehrere andere waren noch nie bis hierher vorgedrungen. Und selbstverständlich hatten auch die Piraten keine Ahnung von der Pforte oder der Alten Stadt gehabt. Im wechselnden Schimmer der Elfenflügel wirkten die gewandeten Figuren und aufgeplusterten Tiere auf den Reliefs noch unheimlicher. Als das Abbild der Dunkelburg hell im Licht einer Fackel erstrahlte, die Brien von einem Stapel auf dem Boden aufgelesen und entzündet hatte, wandten sich alle Köpfe nach oben. Einzig Flacka hing schlaff an Bekassine und Charadri, die ihre Gefährtin wachzuhalten versuchten.

»Lasst sie hier!«, ätzte Brien. Er funkelte die Zwergin an. »Sie hat alles zunichte gemacht!«

»Wie kannst du es wagen?«

Jetzt schaltete sich auch Ammi in den Konflikt ein. Sie war buchstäblich flugs auf die Seite der Piraten gewechselt. »Hast du vergessen, dass das *unser* Plan war? Alle haben ihm zugestimmt. Sogar du. Vermischt du nicht etwas? Dieser Kampf ist nicht der eure von damals …«

Ashnaprilla trat ebenfalls hinzu. Sie fasste entschlossen Ammis Hand.

»Natürlich!« In Briens Stimme grollte Zorn. »Ihr alle seid schwach. Zu schwach um jemanden zurückzulassen, der schon tot ist.« Nun positionierte sich auch der Rest dem Zwerg gegenüber bei den Piraten. Brien stand allein da.

»Sie wird nur uns aufhalten«, rief er. »Sagt nicht, ich hätte euch nicht gewarnt. Was, wenn …«

»Was, wenn wir *dich* hier zurücklassen?«

Ashnaprillas Flügel waren pechschwarz.

»Sagt später nicht, ich hätte euch nicht gewarnt«, wiederholte Brien noch einmal. Dann drehte er sich um. Er wusste, dass er verloren hatte.

Esmerylda ging als Erste. Mittlerweile hatte auch sie eine Fackel und entzündete im Vorbeigehen die Lichtkonstruktion an der Wand. Sie sah das große Relief an. Das Abbild der Dunkelburg befand sich nun genau über ihr. Dann ging sie ein Stück weiter, am Durchgang vorbei, wo die Inschriften zu finden waren, die Woti schon kannte.

Als sie vor der Wand stand, wanderte ihre Hand allerdings an der Inschriftentafel vorbei. Ein Stückchen weiter oben, rechts davon, blieb ihre Handfläche liegen. Sie drehte sich um. Ihre Flügel hatten noch immer nicht aufgehört, die Farben zu wechseln. Woti hatte im flackernden Licht Mühe zu erkennen, was sie ihnen da zeigte. Da endlich begriff er: die Ovale, die dort abgebildet waren, kleine Punkte, die wie Sterne schimmerten, ein Augenpaar, das über den Ovalen und Sternen wachte …

»Funken, Spiegel, Augen!« Wotis Stimme war atemlos. »Ich vermag es nicht zu glauben! Der Ausweg kann nur sein – in ein Portal hinein!«

Esmeryldas Lippe zitterte. Am Ende nickte sie.

Ein Portal? Ein weiterer Spiegelraum? Konnte es wirklich so einfach sein? Oder war dieser Zufall einer zu viel? Andererseits: Auch in den Sternenhallen gab es einen Spiegelraum. Und die lagen immerhin über ihnen. Wie aber hatte Esmerylda das den anderen so lange verschweigen können? Und warum?

Als Esmerylda sich mit silbergrauen Flügeln in Bewegung setzte, folgten sie ihr abermals.

Die weite Treppe in die Alte Stadt atmete mit jedem dumpfen Schritt den Staub der Jahrhunderte in die Stille. Sie wagten nicht, laut zu sprechen. Stattdessen kletterten sie im gelbgoldenen Kegel der geheimnisvollen Lichtanlage ins Ungewisse hinunter, in das Esmerylda sie entführte. Woti fragte sich, ob es den anderen ging wie ihm: Oben bei den Kelpen lauerte der Tod. Aber selbst jetzt, nachdem das überwältigende Gefühl des Ganges vorüber war, wollte er nicht hier sein und lieber wieder zurück. Die Stufen der Treppe waren tief. Jeder Sprung herab brachte ihn näher an etwas heran, zu dem er nicht gelangen durfte. Vielleicht war der Spiegelraum noch weit entfernt. Wie groß war dieser Ort überhaupt? Konnte hier wirklich eine ganze Stadt verborgen liegen? Insgeheim war er doch neugierig.

Seine letzte Frage beantworte sich rasch: Woti sprang eine weitere Stufe herab und half Bekassine, Charadri und Mahasim, Flacka ebenfalls hinunterzubugsieren. Als er sich umdrehte und der aufgewirbelte Staub langsam verflog, tat sich ein weiter Blick auf. Woti sah von oben herab in eine Art Talkessel, deren seitliche Begrenzungen in weiter Ferne die mächtigen, unterirdischen Felswände bildeten. Der Lichtkegel, mit dem sie gekommen waren, verlor sich hinter ihnen und schien nun wie eine schwache Sonne in ihrem Rücken. Dafür schwebten wieder gräuliche, magische Lichter vor ihnen über der Stadt, die Woti schlicht den Atem raubte. Sie war gigantisch! Häuser, Hunderte, wahrscheinlich sogar Tausende, drängten sich im finsteren Tal zu ihren Füßen. Enge Gassen und schiefe Treppen verbanden größere und kleinere Tempel mit Türmen, Stallanlagen, Vorratssilos und Plätzen. Und vor ihnen, viele Kilometer weit entfernt, ragte die Dunkle Burg auf und wachte über der Stille. Ob sie den Sternenhallen glich? Vielleicht, dachte Woti. Sicherlich war sie weniger hoch, aber nicht wesentlich, denn ihre höchsten Türme verbanden sich mit der Gewölbedecke des gigantischen Tals, wo die Lichter schwebten als wären sie wahrhaftig dunkle Sterne. Die Burg breitete sich auch in alle vier Himmelsrichtungen weithin aus und was hinter ihr lag, konnte Woti nur vermuten. Das Tal reichte nämlich noch viel weiter hinein in den Untergrund als bis zur Burg. Vielleicht stieß es genau wie die Sternenhallen und Celsa an das Gebirge und seine unterirdischen Ausläufer.

»Da sind Fußspuren ...«

Briens tiefe Stimme ließ sie zusammenzucken. »Aber ich nehme an, es sind deine, Esmerylda. Bist du über diese Leiter nach unten gekommen?«

Der Wasserzwerg stand ein paar Schritte weiter an der Felskante, die die letzte Treppenstufe bildete. Vor ihm hing eine Strickleiter an einer mäßig stabil wirkenden Holzkonstruktion. Sie war mit Eisennägeln in den Stein geschlagen.

Einen Augenblick fixierte Esmerylda irritiert die Abdrücke im Staub. Sie führten in einem leichten Bogen von ihnen weg wieder zurück nach oben. Dann tippte sie sich mit dem Finger auf die eigene Brust und nickte.

»Was auch sonst?«, brummte Brien. Es schien ihn zu belustigen, dass dem Rest bei Esmeryldas zurückhaltender Reaktion ganz anders geworden war. »Viel Glück dabei, die Halbtote hier runter zu bekommen!« Er schielte auf Flacka, dann drehte er sich um und warf sich an die Leiter. »Hält, ihr Feiglinge.«

Im nächsten Augenblick war sein Kopf verschwunden. Esmerylda folgte ihm, ohne noch einmal auf die Fußspuren zu blicken.

Woti bildete zusammen mit Ammi und Ashnaprilla die Nachhut. Als alle anderen hinuntergeklettert waren, gewährte er auch den beiden Elfen den Vortritt. Dann ließ er seinen Blick ein letztes Mal über die unterirdische Stadt wandern. Eigentlich sah sie schön aus. Verwunschen. Aber der Schein trog. Er konnte es spüren. Als er die Holzstreben der Leiterkonstruktion griff, sah er es: In einem der Häuser weit unter ihnen, genau am Horizont dieser unterirdischen Welt, brannte Licht. *Richtiges* Licht. Rotgoldener Feuerschein tanzte unruhig in den kleinen Fenstern. Er erschrak. Er sah fragend zu den Elfen, ob sie das Licht ebenfalls bemerkt hatten, aber die widmeten ihre gesamte Aufmerksamkeit der Kletterpartie.

»Komm!« Ammi bemerkte, dass er nicht nachkam. »Willst du dort oben Wurzeln schlagen?«

Als er wieder hochsah und das Haus mit dem Licht suchte, fand er es nicht mehr. Es war erloschen. Ein Grausen überkam ihn. Er beeilte sich, zu den anderen aufzuschließen.

Unten erwartete sie ein strammer Marsch bergab über felsigen Untergrund. Sie befanden sich noch ein gutes Stück vor der Häusergrenze, aber ein vor langer Zeit plattgetretener Pfad führte sie in gemächlichen Biegungen voran. Über ihnen wachte nun die gewaltige Dunkelburg und glotzte am Horizont wie ein steinernes Ungetüm auf sie herab. Mit jedem Steinchen, das sich unter ihren Füßen löste, oder wenn Schotter den Abhang hinabrutschte, zuckten sie zusammen. Es war, als könnten sie mit den leisen Geräuschen etwas wecken, das hier unten in einen unseligen Schlaf gefallen war. Allein Brien, der mit Esmerylda voranging, schien nichts von den Befürchtungen der anderen zu spüren. Er mahnte unerschrocken mit seiner lauten, kehligen Stimme vor falschen Tritten und spornte sie gleichzeitig an, schneller zu marschieren. Vielleicht war sein Ziel, Flacka endgültig zu entkräften und ihr den Rest zu geben, denn die Piratin wurde von Charadri, Bekassine und Mahasim mehr gezogen, als dass sie noch selbst einen Fuß vor den anderen bekam. Woti machte sich große Sorgen um sie. Gleichzeitig hielt er alle paar Schritte Ausschau nach noch mehr Fußspuren, in der Annahme, auch hier unten müssten welche zu finden sein. Esmerylda hatte diesen Weg schließlich oft benutzt. Wenn da welche waren, machte ihm die Dunkelheit allerdings einen Strich durch die Rechnung: Die magischen Lichter schwebten zu hoch über ihnen, um den Boden genauer in Augeschein zu nehmen, und die Fackeln von Brien und Esmerylda waren zu weit vor ihm, um seinen Weg zu erhellen. Noch immer wanderte er hinter der Gruppe. Er stellte sich vor, was wäre, wenn er tatsächlich nicht nur ein Fußspurenpaar fand, das von Esmeryldas Anwesenheit zeigte, sondern noch ein weiteres. Ihm sträubten sich die Nackenhaare. Den Blick nun nach vorne gerichtet eilte er geradewegs zwischen die anderen.

Zehn Minuten später erreichten sie die ersten Häuser und damit die Ausläufer der Alten Stadt. Woti war erstaunt, dass die meisten Häuser intakt schienen. Er hatte sich vorgestellt, dass sie es hier mit Ruinen zu tun bekamen, aber weit gefehlt: Die Gehöfte und Steinhäuschen mit ihren flachen Dächern standen ordentlich entlang des Weges, als wären sie vor nicht allzu langer Zeit noch bewohnt gewesen. Woti erinnerte die Architektur ein wenig an die drei Städte im Wandernden Wald, besonders an Trolloft, das er ein paar Mal in seiner Jugend besucht hatte. Doch die

Dunkelheit, die nur durch das diffuse magische Licht aufgebrochen wurde, vermittelte ein gänzlich anderes Gefühl als in seiner Heimat. Er fragte sich, wie hier überhaupt jemand hatte leben können.

»Sieht so aus, als würden hier immer noch Leute wohnen …« Ashnaprillas Flüstern war gekennzeichnet von Aufregung. Woti musste ihr zustimmen: Vor einzelnen Häusern standen Bänke und Tische, die immer noch eingedeckt waren mit Tellern und Tassen.

»Oder sie hatten bei ihrer Flucht keine Zeit mehr, das alles wegzuräumen. Denkt an die Inschrift …« Ammi fasste Ashnaprilla bei der Hand. »Lasst uns schnell weiter. Ich werde noch verrückt hier unten! Ich kann mir keine Sekunde lang vorstellen, wie du an diesem Ort Monate lang geforscht hast, Esmerylda.«

Keiner Widersprach. Esmerylda hatte ihre Gefährtin sicherlich gehört, aber sie drehte sich doch nicht um, damit die beiden einen klärenden Blick austauschen konnten. Stattdessen legte sie noch einen Zahn zu und führte sie auf einen Pfad, der zwischen enger stehenden Häusern leicht anstieg.

»Ich brauche eine Pause«, meldete sich Mahasim eine ganze Weile später. Sie waren nun sicherlich eine Stunde oder mehr gewandert, seit sie die Strickleiter hinuntergeklettert waren. Mahasim blieb stehen. »Und Flacka braucht auch dringend einen Moment, um zu verschnaufen.«

Esmerylda sah, dass Mahasim keineswegs übertrieb: Die Piratin hatte ihr verbliebenes Auge geschlossen. Sie atmete zwar noch, aber schien ihr Bewusstsein verloren zu haben. Ganz offensichtlich gefiel es der Elfe nicht, dass sie pausierten, aber es half nichts. Sie stoppte ebenfalls und ging ein paar Schritte zurück.

Sie befanden sich am Rand eines kleinen Hofs, der zu einem bäuerlich anmutenden Haus gehörte. Esmerylda lief zur Häuserecke rechts von ihnen und spähte in die Umgebung. Als sie sich endlich wieder umdrehte, nickte sie. Brien machte einen abfälligen Laut, aber gab ebenfalls kein besonderes Widerwort.

Erschöpft setzten Mahasim, Bekassine und Charadri Flacka auf eine Holzbank, die vor dem Eingang zum Bauernhaus stand. Es gab keine Tür, aber die Schwärze hinter dem Eingang war so undurchdringlich für das Auge, dass alles, war dort drinnen verborgen war, es auch blieb. Woti gefiel es nicht, in der Nähe des undurchsichtigen Eingangs zu stehen, also sah er sich auf dem Hof etwas genauer um.

In einer kleinen Umzäunung fand er weiß schimmernde Knochen, die wahrscheinlich tierischer Abstammung waren. Er fragte sich, welches Vieh man hier unten hatte halten können, und ging rasch weiter. Hier und da lagen Geräte und Werkzeuge verstreut. Hammer, eine Sense, ein alter Planwagen.

Er schielte zu den anderen hinüber, die weiter verschnauften. Es kam ihm immer noch unglaublich vor, dass sich hier unten eine komplette, antike Stadt befand. Das übte eine ebensolche Anziehungskraft auf ihn aus wie es ihn abstieß. Vielleicht sollte er nur einmal um die nächste Ecke blicken? Bloß um sicherzugehen, ob er nicht doch etwas Spannendes fand …

Langsam bewegte er sich auf das nordwestliche Hofareal zu. Seine Beine schienen ganz von selbst zu bestimmen, in welche Richtung es ging. Warum auch nicht? – Hier war doch jede Richtung so gut wie die andere!

Als er an einem angrenzenden Gebäude angekommen war, ging er an dessen Wand entlang. Herzklopfend erreichte er die Ecke. Er stützte sich an ihr ab und spähte in die ewige Nacht vor ihm. Das Blut gefror in seinen Adern: Einen Steinwurf von ihm entfernt leuchtete gelbgoldener Feuerschein aus einem kleinen Gebäude. Woti riss die Augen weit auf. Er konnte hören, wie das Feuer darinnen knisterte. Und er hörte noch etwas anderes …

Die Faszination für diesen Ort war weg. Sie hatte sich in einem Augenblick des Entsetzens in Luft aufgelöst. Er wollte nur noch fort. Doch er schaffte es nicht, sich abzuwenden. Die einzige Richtung, in die er gehen konnte, war vorwärts. Er schloss die Augen. Er durfte nicht sehen, was in dem feuerhellen Haus war. Er konnte es ja bereits hören …

Grob wurde er nach hinten gerissen. Er blickte in Esmeryldas weit geöffnete Augen. Sie sahen einander an. Er dachte an das Licht. An den Feuerschein. Und an das, was er gehört hatte. Sie verstand.

Ohne selbst einen Blick zu riskieren schleifte sie ihn mit sich zurück zu den anderen. Als sie angekommen waren, konnte Woti seine Beine wieder selbst kontrollieren. Esmeryldas alarmierte Bewegungen reichten aus, um den anderen zu bedeuten, dass ihre Pause vorüber war.

Während sie den Hof verließen, gelang es Woti, einen letzten Blick zurück zu werfen. Zu demjenigen Gebäude, in dem das Feuer gebrannt hatte. Aber es war erloschen. Er wusste nicht, ob ihm das nun mehr oder weniger Angst machte.

Von nun an marschierten sie noch schneller, obwohl Flacka es ihnen sehr schwer machte. Brien schnaubte jedes Mal verächtlich, wenn sich die Truppe damit abwechselte, Bekassine, Charadri und Mahasim zu Hilfe zu kommen. Die konnten unmöglich einen solchen Marsch hinlegen und gleichzeitig nur zu dritt die Wasserzwergin tragen. Mit vereinten Kräften schafften sie es aber. Woti, als er an der Reihe war, Flacka zu stützen, ertappte sich einmal dabei, die Piratin für tot zu halten. Dann aber seufzte sie abwesend und Woti mobilisierte all seine Kräfte, damit sie nicht durchhing.

Währenddessen warf er immer wieder ein Auge auf Esmerylda. Die Elfe hatte sich verändert, seit sie ihn vor dem geheimnisvollen Licht bewahrt hatte. Ihre Flügel zeugten immer noch von Angst, aber vermehrt auch von Aufregung und Sehnsucht. Vielleicht verspürte sie wie er ein unergründliches Verlangen in sich, auf das Licht zuzugehen. Oder sie war einfach voller Sehnsucht und Aufregung im Angesicht ihrer baldigen Rettung. Wie weit war es noch bis zum Spiegelraum? Zu glauben, dass Esmerylda sich vielleicht getäuscht und er das Bild bei der Pforte falsch gedeutet hatte, dass es am Ende gar kein Portal gab, daran wagte er nicht einmal zu denken.

Sie überquerten bald eine mit breiten Steinen gepflasterte, nach oben gewölbte Brücke, unter der ein kleiner Rinnsaal rauschte. Das Flüstern des Wassers schien Woti eine Botschaft vermitteln zu wollen, aber er war sich sicher, dass die anderen nicht stehenbleiben würden, um mit ihm nach dieser Botschaft zu lauschen. Stattdessen liefen sie rasch weiter. Das Säuseln wurde immer leiser, bis es ganz hinter ihnen verschwunden war.

Von oben herab wehten nun immer mehr magische Kugeln heran und leuchteten die Straßenzüge gräulich aus. Sie waren seit der Pforte weit vorangekommen und das Antlitz der Alten Stadt hatte sich gewechselt: Weg war ihr bäuerlicher Anstrich. Nun bestimmten weite Plätze das Bild, in deren Mitten erhöhte Tempel standen. Häuser mit prunkvollen Ornamenten an den Türstürzen waren hinter Säulengärten zu finden und auf Hochreliefs beobachteten gewandete Adlige vergangener Zeiten die Vorbeiziehenden aus ihren steinernen Augen.

Endlich, als Woti schon nicht mehr daran glauben wollte, blieb Esmerylda stehen. Erschöpft machten auch die anderen Halt. Flacka tat die Verschnaufpause wie zu Erwarten gut: Sie nuschelte etwas und zeigte damit den anderen an, dass sie immer noch da war und kämpfte. Für den Moment schaffte sie es sogar, allein zu stehen. Das geronnene Blut um ihr fehlendes Auge verklebte die Wunde. Es hatte aufgehört herauszufließen.

»Halt dich lieber wieder fest, Seeschwalbe«, tönte Brien. Es passte ihm nicht in den Kram, dass Flacka sich ein wenig erholt hatte. Woti konnte es seiner Stimme anhören. Er war doch ein grausamer alter Zwerg!

Esmerylda spähte sogleich in verschiedenste Richtungen und machte zwischen mehreren düsteren Tempeln einen Rundgang über den hinter einer Treppe höher gelegenen Platz, an dessen Aufgang sie nun darauf warteten, was weiter zu tun war. Vielleicht waren sie dem Spiegelraum schon nahe. Woti hoffte es. Die Dunkelburg war nun nicht mehr weit. Sie waren bis auf etwa vier oder fünf Kilometer an sie herangekommen. Die Zinnen und wuchtigen Türme raubten ihnen schier den Atem. Als beschwerte das steinerne Ungetüm die Luft mit seiner Anwesenheit, fiel Woti das Einatmen immer schwerer. Obwohl die Schatten allgegenwärtig waren, wurden sie so nah unter der Burg noch länger, und die grauen Lichter glitten lautlos durch die stickige Luft wie leuchtende Unterwasserwesen in einem schwarzen Ozean. Wenn nicht hier, dann nirgendwo: Dies war der Vorhof zur Dunkelburg, dachte Woti. Die scheußliche, abstoßende Faszination, die er für diesen Ort empfand, vergrößerte sich abseits des lockenden Feuers erneut, und endlich verstand er ganz, warum Esmerylda es hier unten so lange ausgehalten hatte. Sie hatte gar keine Wahl gehabt. Wie er hatte sie zugleich weg gewollt und noch weiter hineingestrebt in diese Welt, in der die Luft nicht nur schwer von Staub war, sondern voller brennender Fragen hing. Wie musste es erst in der Dunkelburg selbst sein! War Esmerylda dort gewesen?

Auf einen Wink der Elfe kamen sie heran. Esmerylda wies ihnen den Weg: Ihr Fingerzeig markierte den mittleren von drei Tempeln, die im Halbrund an der rechten Seite des Platzes standen. Den, der der Dunkelburg am nächsten war und sie genau in seinem Rücken hatte.

»Ist er dort, der Raum?«

Ammis Stimme hallte dumpf über den Platz. Wieder einmal nickte Esmerylda nur.

Woti setzte sich noch ein letztes Mal mit den anderen in Bewegung. Ein Licht schwebte heran, diesmal bewegte es sich ganz nah vor dem Gwilling. Nun konnte er auch den Staub unter seinen Füßen besser erkennen. *Fußspuren*! Überall Fußspuren! Woti rang nach Luft. Die hier kamen nicht von ihnen.

Sie brauchten gar nicht erst in den Tempel hineinzugehen, um zu wissen, dass sie richtig waren. Lichtkugeln schwebten auch in der großen Halle, die sich direkt hinter dem Eingang anschloss. Das Licht reflektierte sich in unzähligen Spiegeln. Gab es hier eine Ordnung, oder war das schon lange nicht mehr jenes Spiegelkabinett, das die Erbauer dereinst im Sinn gehabt hatten? Es war müßig, darüber nachzusinnen, denn wenn es überhaupt einen Ausweg gab, dann lag er in der Mitte dieses Raumes. Ein Weg, gekennzeichnet durch Rillen und Symbole im Boden, die Woti ein wenig an den Fichtan-Tempel erinnerten, führte zwischen den gewölbten Spiegeln in das Herz der Halle. Sie wussten alle, was zu tun war. Woti hatte es dem Widerstand erzählt, die Piraten wussten es von den Reisenden.

Woti begann den Zauber. Ihr Weg konnte nur zu Decora und den anderen führen. Sie mussten fort von hier. Fort von Aethra. Zumindest für eine Weile. Die Spiegel wurden von den meisten anderen in Position gedreht und ihm entgegen gehalten. Vielleicht war es nicht mehr die Anordnung von damals, aber das war auch im Fichtan-Tempel nicht entscheidend gewesen. Er sah sich von der zentralen Stelle der Halle aus unendlich oft selbst in die Augen. Das musste genügen. Er sprach die Worte:

Öffne uns den Weg dorthin, zu Decora und zu Finn! Öffne uns den Weg dorthin, zu Decora und zu Finn!

Er sprach hinein in die Stille. Immer wieder.

Öffne uns den Weg dorthin, zu Decora und zu Finn!

Die anderen sahen ihm gebannt zu. Nur wenige standen abseits, damit sie seinen Spiegelungen nicht in die Quere kamen. Nach einer gefühlten Ewigkeit tat sich etwas. Ein winziger Portalkreis öffnete sich aus dem Nichts und ließ lilafarbene Funken zwischen ihnen tanzen!

Öffne uns den Weg dorthin, zu Decora und zu Finn!

Woti wurde heiß. Es klappte! Esmerylda hatte ihnen einen Ausweg offenbart. Und das Portal wuchs an: Das hieß, die anderen waren noch am Leben!

Öffne uns den Weg dorthin, zu Decora und zu Finn!

»Was ist denn das?«

Briens Stimme hallte mitten in Wotis Beschwörungsformeln hinein. Sie hatte einen ungläubigen Unterton angenommen. Erschrocken sah Woti mit seinen aufgerissenen Augen, wie der alte Zwerg aus der Gruppe heraustrat, zurücklief und seinen Kopf wieder aus dem Tempel herausreckte.

»Das ist doch was …«

Woti wagte nicht aufzuhören, aber er bekam es jetzt endgültig mit der Angst zu tun. Während Brien wieder im Eingang stand, färbten sich seine wirren Haare in einem Schein goldenen Lichts.

»Hier ist noch ein kleiner Raum nebenan!«, rief er.

Hatte er vergessen, dass Woti sie hier hinausführen wollte? Briens sonst so tiefe Stimme überschlug sich beinahe. »Da brennt Feuer.« Er stockte und verschluckte sich beim nächsten Satz beinahe: »Ich kann etwas hören …«

Entsetzt über diese Wendung wusste niemand mehr, was zu tun. Woti spürte, wie der Schock jeden von ihnen auf der Stelle festnagelte. Sollten sie bei ihm bleiben, die Spiegel halten und auf das Portal warten oder zurück zu Brien?

Öffne uns den Weg dorthin, zu Decora und zu Finn!

Woti kämpfte vor Angst mit den Tränen. Da war wirklich etwas. Dort, vor dem Tempel. Woti wusste das. Brien durfte nicht hinausgehen! Er wollte ihn warnen, aber er riss sich mit aller Kraft zusammen, um nicht leiser zu werden und seine Beschwörung zu vergessen. Fast hatte das Portal seine volle Größe erreicht! Noch eine Chance würde ihnen nicht gewährt werden. Er sah, wie das goldene Licht immer heller wurde.

»Seht doch nur!«, krächzte Brien in einer Mischung aus Verzückung und Furcht. »Dort! Auf dem Boden! Ich glaube, da ist etwas!«

Er zeigte mit dem Finger um die Ecke nach draußen. Ins Licht. Nur noch ein einziger Schritt trennte ihn davon, wieder jenseits der Schwelle zu sein. Da trat genau im rechten Moment Flacka zusammen mit Esmerylda hinter den Zwerg. Wie die Piratin es geschafft hatte, wieder derartig zu Kräften zu gelangen, war Woti ein Rätsel. Ein letztes Mal intonierte er den Zauber. Das Portal war jetzt vollkommen. Dann stand er bloß wie angewurzelt da, zum Beobachter degradiert: Flacka riss Brien am Kragen zurück und bekam glücklicherweise keine Gegenwehr von ihm. Sie fielen beide der Länge nach hin, Flacka vor Erschöpfung, Brien, weil er für nichts anderes mehr Augen hatte als für das, was dort draußen war. Entsetzen durchfuhr Woti, als plötzlich Esmerylda an seiner statt über die Schwelle trat und sich von draußen noch einmal zu ihnen umdrehte.

»Flieht!«

Sie spie ihre verzweifelte Bitte förmlich aus. Es war scheußlich, sie reden zu hören. Sie litt. Sie wollte keinen einzigen Ton über ihre Lippen kommen lassen, aber sie zwang sich dazu.

»Stellt keine Fragen! Kehrt nie wieder zurück!«

Dann trat sie mit wildem Flügelleuchten ins Licht.

Flackas Stimme drang an Wotis Ohr. Bei ihr war es keine Bitte, es war ein Befehl: »Spring, Woti! Die anderen werden dir folgen!«

Woti wandte seine Augen ab und sprang.

DER ERLÖSER (2)

»Mutter, ich habe versagt!«

Der Mann mit der Maske wanderte wie ein Geist durch den Teil der Sternenhallen, den der feige Angriff der Aethraer in Ruinen zurückgelassen hatte. Klagend. Heulend. Ziellos. Planlos.

»Mutter, kannst du mich noch sehen?«, rief er.

Seine Stimme war verbraucht, aufgerieben, als hätte er denselben Satz schon unzählige Male zuvor in die Trostlosigkeit der zerbröckelten Hoffnung ringsum geschrien.

»Mutter!«, kreischte er noch einmal. »Siehst du mich noch? Oder bin ich wieder der Junge von damals, der dir mehr Last als Freude gewesen ist? Mutter, bin ich es immer noch? Oder war ich es nie? Bin ich *Trucido*?

Der Einsturz der Türme vor mehr als einer Woche hatte einen großen Teil der inneren Burg vernichtet, den Thronsaal und Decora Nubigenas Spiegelraum miteingeschlossen. Es gab zwar immer noch Gänge in diesem Teil der Festung, aber die waren zu luftraubenden Kriechpassagen oder verqueren Korridoren geworden, die ihm in ihren unvorhersehbaren, wahnsinnigen Windungen so sehr ähnelten, dass es kein Zufall sein konnte.

Der Mann, der vielleicht nie Trucido gewesen war, kreischte bei dieser Erkenntnis, bis ihm die Tränen aus den Augen unter seiner Maske schossen. Sein rotschwarzes Heiligtum war bei dem Angriff heil geblieben, genau wie er selbst. Von außen wohlgemerkt. Das Portal aber war dahin. Der größte Zauberer der Welt, *der Erlöser* der Welt – hatte sich täuschen lassen? Von denen, die wie Würmer in dieser ausgebluteten Stadt gekrochen waren? Sie hatten ihn bestohlen. Sein Werkzeug hatten sie ihm genommen. Das eine Instrument, mit dem er die Herrlichkeit des Erlösers auch in andere Welten getragen hätte. Sie hatten seinen Plan durchkreuzt. Seine Rache war nicht mehr makellos. Er war nicht mehr makellos. Ein Erlöser aber musste makellos sein. Was also bedeutete das?

Der Mann hatte das Gefühl, die Antwort zu kennen. Sie lag ihm wie ein schmerzhafter, heraufziehender Schluckauf drückend auf der Brust, aber sie weigerte sich noch, herauszukommen. Sie beschwerte ihn. Quälte ihn. Er wollte sie endlich loswerden. Also lachte er. Lachte und lachte zwischen Geröll und Schutt, zwischen zerbrochenem, altem Marmor und Gold und noch älteren Erinnerungen an das, was er damals als Junge auf dem Stadtbaum von sich selbst erwartet hatte.

»Mutter, wie kannst du mich jetzt noch lieben?«

In das heisere, beißende Lachen schob sich noch mehr verzweifelte Gewissheit. »Du kannst es so nicht mehr.«

Der Mann blieb stehen. Plötzlich stand er im Freien. Er blickte über ein weites Trümmerfeld. Die äußeren Burgteile im Rund standen noch, waren noch immer imposant und mächtig. Aber hier bei ihm war alles zerstört.

Mühsam und ohne zu wissen, warum, erklomm er den Geröllhügel vor sich. Er heulte und lachte abwechselnd. Seine Mutter musste ihn jetzt so sehen wie ihn der Rest der Welt sah: Als ein Ärgernis. Als einen Käfer, der zerquetscht werden musste. Sie hatte all ihre Hoffnung in ihn gesetzt, hatte viele Jahre lang gelitten und ihn trotzdem alles gelehrt, was ihn hätte ausmachen sollen. Doch er hatte versagt. Er hatte sie enttäuscht. Trucido hätte das nicht getan. Nun würde niemand mehr den Erlöser in ihm sehen.

Der Gedanke marterte ihn. Was sollte er jetzt tun? Das Schicksal war ihm immer hold gewesen. Alles war vorherbestimmt. Aber das? Das konnte niemals vorherbestimmt gewesen sein. Hatte er sich wirklich in allem geirrt? Wo war das Zeichen der Vorherbestimmung, das ihn wieder auf seinen Kurs zurückbrachte, zu dem er damals von den Verlorenen Inseln aufgebrochen war?

Mit einem letzten müden Lachen erreichte er die Spitze des Geröllberges. Zwischen den weiter entfernten Burgtürmen leuchtete der Mond in einer hellen Sichel. Sie sahen sich an. Er und der Mond.

Das war es. Das war sein Zeichen. Die Lunata hatte ihn mit ihrem Portal besiegt. Er war hier unten. Die Mondsichel aber leuchtete immer noch über dieser Welt. Diejenigen, die dieses Licht am Himmel sehen konnten, während es auf die Trümmer seiner Herrschaft schien, würden ihn nie als ihren Erlöser akzeptieren. Genau wie die nachfolgenden Generationen. Vielleicht war es das Beste, mit allem Schluss zu machen. Niemanden übrig zu lassen. Die Kelpen konnten diese Welt verschlingen. Und er würde warten, bis dieses notwendige Werk getan war. Der letzte Geist der Vergangenheit. Bis er starb. Eine Rache ohne Erlösung. Ein Mann ohne Maske. Ein Junge ohne Mutter …

Als er die Maske schon berührte, um sie abzusetzen, schob sich ein Schatten vor die Mondsichel. Genau in deren Mitte. Erst noch klein, dann immer größer werdend. Der Schatten kam genau auf ihn zu. Ein Schauer lief ihm über den Rücken. Konnte das sein?

Erst ganz zuletzt erkannte er, dass es sich wirklich um eine große Eule handelte. Gelbäugig und krummschnäblig setzte sich der Vogel auf einen Stein ihm gegenüber. Er sah ihn an. Prüfend.

Noch nie hatte der Mann eine so große Eule gesehen. Sie reichte ihm fast bis zum Hals. Was wollte sie?

Die Eule legte ihren Kopf schräg. Sie schien seine Maske genau zu studieren. Der Mann rührte sich nicht. Was hatte das zu bedeuten? Dann kreischte die Eule und hob ihre Kralle an. Der Mann sah eine Pergamentrolle daran angebunden. Er zögerte nur kurz, dann trat er ganz nah an den Vogel heran und band die Rolle los. Was hatte er schon zu verlieren?

Als er das Pergament vollständig in den Händen hielt, schlug die Eule mit ihren Flügeln und erhob sich in die Luft. Mit einem langgezogenen Kreischen schwebte sie in den Nachthimmel, in dem sich nun Wolken vor die Mondsichel geschoben hatten.

Mit klopfendem Herzen entrollte er das Pergament. Etwas stand darauf geschrieben. Die Nachricht war für ihn bestimmt. Nur für ihn.

Er brauchte eine Weile, um zu verstehen, was das zu bedeuten hatte.

An Trucido,

als diejenigen Eurer Untertanen, die im Gegensatz zu so vielen anderen wissen, an welcher Stelle sie unter Euch zu stehen haben, bitten wir Euch, Trucido, inständig um Hilfe: Befreit uns von den Fesseln der alten Welt und schafft für uns eine neue Zukunft. Steht uns bei, alles Unwürdige zu tilgen, bis nur noch der wahre Herrscher übrig ist. Wir schenken Euch dafür alles, was wir haben. Unseren Leib, unsere Seele, unsere Treue und unser bestgehütetes Geheimnis: den Weg zu Decora Nubigena. Auf dass die falsche Prinzessin und alle falschen Herrscher mit ihr untergehen werden! Kommt zu uns, denn wir brauchen Euch, um ihnen den Todesstoß zu verpassen. Allein können wir dies nicht schaffen. Wir erwarten Euch. Enttäuscht uns nicht. Wir brauchen unseren Erlöser.

Mit der Hoffnung auf Besserung durch Reinigung

Eure ergebenen Diener von Ukon auf Burg Immerstein

Das war es! Das war sein Zeichen! Wie hatte er nur zweifeln können? In seinem schwächsten Moment richtete ihn die Vorherbestimmung wieder auf. Nur sie hätte es einrichten können, ihm genau hier und jetzt jene Nachricht zu übermitteln. Seine Mutter hatte es doch geschafft! Sie hatte der Welt ihren Erlöser geschenkt. Er würde nicht mehr zweifeln. Von nun an nicht mehr. Alles geschah, wie es nun einmal geschehen musste. Alles fügte sich zusammen. Er hatte das Portal erst verlieren müssen, um einen neuen Weg zu entdecken. Es gab jemanden, der verstanden hatte. Der seine Taten sah. Der *ihn* sehen wollte. Trucido würde gnädig sein und diesen Wunsch gewähren.

Der Zauberer reckte seinen Kopf in die Höhe und schrie es in die Nacht hinein. »Mutter, sieh mich an!«

Sein Weg war vorgezeichnet. Von Anfang bis Ende. Der Sohn seiner Mutter. Der Mann mit der Maske. Der Erlöser nach der Rache. Trucido.

2. Teil – Wie die Scherben eines Spiegels

Chaos am Hirschkopf

»Du!?«, riefen Finn, Decora und Kiran wie aus einem Munde.

Hinter dem aufgewirbelten Schnee rappelte sich Woti auf und starrte seine drei Freunde an. Decora hatte tränennasse Augen, ihre Haare leuchteten weißer als der blendende Schnee, in dem er gelandet war. Er hielt sich die Hand vor Augen, um das Licht abzuschirmen, und sah, wie sie Kiran stützte und im Arm hielt, der sich allein kaum auf den Beinen halten konnte. Etwas abseits stand Finn über einer leblosen Frau, mit hängenden Schultern, hinter seinem erschrockenem Blick blitzte tiefes Entsetzen hervor, und um seine Füße lagen im Rund dunkle Federn im Schnee, wie Woti sie noch niemals zuvor gesehen hatte, nicht einmal auf den Vogelmärkten Weit-Alons. Der Gwilling hatte ein merkwürdiges Gefühl, besonders beim Anblick der Federn, und die Furcht vor den unaussprechlichen Geheimnissen der Alten Stadt und der Dunkelburg, die ihn abgrundtief erschüttert hatten, vermischten sich mit der Ahnung, dass hier ähnlich unglaubliche Dinge geschehen waren. Doch er war am Leben und es war seine Aufgabe, dass auch alle anderen es blieben. Woti fragte sich kaum, warum die Augen von so vielen Soldatinnen und Soldaten auf ihn gerichtet waren, in ihrer Zahl zu groß, um sie zu zählen, er wusste nur, dass es gut war, zuerst gesprungen zu sein. Erklärungen mussten warten. Jetzt durfte niemand nervös werden und angreifen.

»Es kommen noch mehr hinter mir!«, rief er.

Seine Stimme überschlug sich. Er riss sich zusammen und sprach nun direkt zu den fremden Kämpfern, die das Portal umlagerten, so weit seine Augen reichten.

»Wir sind in friedlicher Absicht hier. Die Waffen lasst ruh`n, ihr dürft uns nichts tun!«

Keiner der Krieger rührte sich. Niemand sprach. Was ging hier vor sich? Sie alle sahen ihn in ebensolcher Mischung aus Entsetzen und Verwunderung an, wie er wohl selbst dreinblicken musste. Würden sie wirklich alle einfach so stehenbleiben? Zur Sicherheit setzte er noch einmal an: »Lasst uns nun in Eure Mitte!« Nicht eine Seele erwiderte etwas. »Bitte!«, schob er hinterher.

Da endlich war es Decora, die als Erste sprach. »Woti, du lebst! Wir dachten …«

Sie schien erneut den Tränen nah und machte einen Schritt auf ihn zu. Kiran drohte hinzufallen. Sie sprang zurück, aber Kiran schob sie von sich. »Ich schaffe es. Ich kann stehen.«

Seine Beine zitterten, aber er stand allein.

»Geh!« Er meinte Decora.

Sie zögerte noch kurz, aber dann lief sie zu ihm. Nur Finn sagte keinen Ton. Woti sah, dass auch er zitterte. Er schien kaum er selbst zu sein. Doch da fiel Decora vor ihm auf die Knie und dann um seinen Hals.

»Woti! Aber wie?«, hauchte sie.

Sie musste genauso viele Fragen haben wie er. Es war so unwirklich, dass diese Unmengen von Kämpfern einfach nur dastanden. Warum waren sie hier? Worauf warteten sie?

Woti sagte: »Tot war ich nie!«

Weiter kam er nicht. Jetzt sprangen und purzelten die Piraten und der übriggebliebene Widerstand aus dem Portal und es wurde lauter in der Ebene. Mit jedem Neuankömmling begannen nun auch die Kämpfer zu rufen und sich Fragen zu stellen. Und auch die Ankömmlinge riefen durcheinander.

Zuerst kamen Charadri, Bekassine, Mahasim und Flacka durch das Portal und jagten dabei neue Funken in den Wind.

»Wir brauchen Hilfe!«, rief Mahasim lauthals ins Blaue hinein, noch bevor er überhaupt einen Einzigen der Soldatinnen und Soldaten gesehen hatte, und kämpfe sich mit der Zwergin im Arm aus dem Schnee hoch. Erst dann erblickte er die Kampfreihen und zuckte zusammen. Charadri und Bekassine schirmten ihre Kapitänin ab. Blutverschmiert hing sie zwischen ihnen und bekam wohl nur die Hälfte von allem mit. Irgendwo aus der Menge wurden neue Rufe laut.

»Charadri! Charadri! Hier bin ich!«

Ein junger Elf kämpfe sich durch die Menge hindurch, surrte mit den Flügeln und flog und sprang zwischen staunenden Männern und Frauen und über deren Köpfe hinweg. Das konnte nur Mergo sein, dachte Woti. Der Junge hatte im Stimmengewirr sein Ziel erreicht. Mit leuchtenden Flügeln landete er in Charadris Armen.

Hinter ihm, in einer Schneise von Auseinanderweichenden, raste Botschafter Melvin auf sie zu. Im Rennen löste er seine Fesseln, denn seine Arme waren wohl hinter seinem Rücken zusammengebunden. Er trug einen Apparat um sein lahmes Bein, der ihn verflucht schnell machte: Es zischte und dampfte und ein erschrockenes Raunen begleitete den Wasserzwerg. Zuletzt rannte er nicht einmal mehr, er übersprang einfach mehrere Meter und Kämpfer gleichzeitig.

»Flacka!«

Als er die Kapitänin erreichte, brach sie zusammen und fiel von Mahasim in seine Arme.

»Wo ist dein Bart?«, raunte sie noch, doch dann verlor sich ihre Stimme im endgültigen Trubel, der nun ausbrach.

Immer mehr der Soldatinnen und Soldaten riefen und begannen umherzulaufen, viele wollte mehr sehen, andere hielten offensichtlich nach verschwundenen Gefährten oder Verletzten Ausschau. Eine Menge von ihnen strebte hin zu Finn, um den ein neuer Kreis entstand und der so aus Wotis Sichtfeld verschwand. Rufe drangen an sein Ohr. *Der Dritte Engel! Die Prophezeiung ist wahr!* Woti wurde heiß und kalt gleichzeitig. Die Federn! Er musste an die Federn denken, die unter Finn gelegen hatten! Im selben Augenblick purzelten noch mehr Personen aus dem Portal: Brien und Ashnaprilla führten den Widerstand an. Die knapp zwanzig Überlebenden und Zurückgekehrten vom Angriff auf die Sternenhallen kamen in kurzen Abständen, stolperten ineinander, darunter auch Ammi, die als Nachhut gesprungen war. »Wo sind wir?«, riefen sie. Oder: »Wo ist Königin Nubigena?«

Es war das reinste Chaos.

Zwischen den Piraten und dem Widerstand bahnten sich derweil die fremden Kämpfer ihre Wege, und nun kam auch in die Tiere Bewegung, vermutlich deshalb, weil auch deren Herren unruhig wurden. Zu den Rufen der Kämpfer mischten sich Brüllen und Röhren, Elche und Pferde rissen sich los und sprangen umher, mehrere Soldaten versuchten in Wotis nächster Nähe einen Bären unter Kontrolle zu bringen. Währenddessen wurde ein Stück weiter Kiran von einer anwachsenden Traube in Beschlag genommen. Woti hatte Angst, dass sein Freund damit nicht fertig wurde. Decora versuchte, sich gleich zurück zu ihm durchzuschlagen, wollte aber auch nicht recht Wotis Hand loslassen. Bekassine rief verzweifelt den Namen Vanells, schließlich wurde das Stimmengewirr einfach zu groß, um noch irgendetwas von irgendjemandem zu verstehen. Woti hatte seine liebe Mühe, sich selbst auf den Beinen zu halten. Er versuchte, bei Decora und Kiran zu bleiben, da fiel ihm Flacka wieder ein, um die sie sich doch in erster Linie kümmern mussten! Tausend Gedanken gingen ihm durch den Kopf, und immer wieder dachte er an Finn und die Federn. Er hörte Worte, die in der Luft lagen und aus allen Richtungen gleichzeitig zu kommen schienen. Gesprochen aus den Mündern von Fremden, ihm einen Schauer nach dem anderen über den Rücken jagend: *Der Dritte Engel! Wartet auf seine Anweisungen!* Oder: *Bei den Engeln! König und Königin sind fort! Er soll uns sagen, was zu tun ist!*

Um Woti drehte sich alles. War auch Raukelunk hier? Von welchem König sprachen sie? Und von welcher Königin? Er sah plötzlich nur noch in fremde Gesichter. Wo waren seine Freunde?

Woti ging auf die Knie und blickte empor. Das Portal war fort. Wenigstens war ihnen sonst nichts aus der Alten Stadt gefolgt. Jedenfalls hoffte er das. Wann hatte dieses Chaos endlich ein Ende? So würden sich nur allesamt tottrampeln! Er schloss die Augen und betete zu den Engeln. Da wurde es stiller. Die Worte ringsum wurden weniger. Die wild gewordenen Massen blieben Reihe um Reihe stehen. Schließlich waren da nur noch wenige Worte zu hören, die von Kämpfer zu Kämpfer weitergegeben wurden und sich flüsternd wiederholten: *Er will, dass wir König Kiran zuhören! Lasst Kiran von Weit-Alon sprechen!*«

Wer war dieser *er*, von dem da die Rede war? Aus irgendeinem Grund dachte Woti wieder an Finn und an das, was er einen Moment lang in dessen Augen gesehen hatte. Nun lichteten sich wieder die Reihen vor ihm, ein großer Kreis bildete sich um den Mann, der nur mit allerletzter Kraft stand. Kiran. Auch Decora war wieder bei ihm. Trotz seiner offensichtlichen Verletzungen strahlte Kiran eine Stärke aus, die zwischen so vielen Zuschauern nur noch unglaublicher wirkte. Aber Woti konnte in den Augen seines Freundes die Unsicherheit und die Fragen sehen, die auch ihn plagten. Es schien Kiran nicht zu gefallen, aber er wusste wohl, dass er allein nun der Schlüssel zu Ruhe und Ordnung in dieser verrückten Situation war. Er überlegte kaum ein paar Sekunden lang, in denen er bloß Decoras Blickkontakt suchte. Sie sah ihn müde an und nickte. Daraufhin blickte Kiran auf und in die Augen der Männer und Frauen, die bereits an seinen Lippen hingen. Seine Stimme war nicht die, die Womit in Erinnerung hatte, sondern die eines gebrochenen Mannes. Aber seine Worte waren einfach und klar und zeugten von der Kraft, die immer noch in ihm wohnte.

»Nun spreche ich in so kurzer Zeit erneut zu euch, doch alles hat sich verändert. Ihr habt viele Fragen. Die habe ich auch. Aber wir werden sie nicht beantworten, wenn wir weiter kopflos umherirren. Eines jedoch ist sicher: Der Krieg ist vorbei. Mein Vater Renkeja ist fort. Die Königinmutter Hildir ist fort. Der Norden und Weit-Alon sind zu Opfern von Betrügern geworden. Lasst uns dieses furchtbare Kapitel schließen und ein neues beginnen, indem wir fürs Erste ohne Blutvergießen nebeneinander lagern. Erweist den Toten auf diese Weise Ehre und wisst sie in der Obhut der Engel der Vergangenheit!

Denn heute haben wir gesehen, dass die Engel immer noch für uns da sind. Kümmert euch um die Verletzten! Schlagt Zelte auf! Helft einander! Stärkt euch! Redet über das, was geschehen ist! Die, die aus dem Portal gekommen sind, sind Freunde von Telluriscor. Ich bürge für jeden Einzelnen von ihnen. Ihr alle aber werdet bald eine richtige Erklärung bekommen.«

Bei diesen Worten sah er einen Herzschlag lang zu Woti.

»Bei den Engeln, ich verspreche es euch! Auch wenn der Dritte Engel es gesagt hat, ich spreche als Kiran von Weit-Alon zu euch, noch nicht als Prinz oder König. Lasst mich für heute bloß euer Feldherr sein. Offiziere beider Seiten, beruhigt die Tiere, streicht die Waffen und leitet jetzt den Lagerbau an! Schenkt mir alle ein wenig Eurer Geduld und einen Augenblick Zeit mit meinen Freunden. In Kürze spreche ich wieder zu Euch, dann mit mehr Antworten als jetzt. Mögen bis dahin all unsere Wege heller sein als in den dunklen Stunden zuvor!«

Seine Rede war zu Ende. Es dauerte ein wenig, bis sich die ersten Männer und Frauen erneut in Bewegung setzten. Nun aber geordneter. Viele nickten Kiran zu, bevor sie sich umdrehten, nicht wenige verbeugten sich auch vor ihm. Kiran blieb tapfer stehen und erwiderte die stummen Grüße, bis endliche viel Platz und Abstand um ihn und Decora entstanden war.

Daraufhin winkte Kiran der Kleidung nach ranghöhere Soldaten zu sich und gab ihnen den Auftrag, einen Kommandoposten sowie Aufenthalts- und Ruhezelte in der Nähe zu errichten. Ein gutes Dutzend bestellte er ab, um sich um Flacka und alle anderen leichter Verletzten aus ihren eigenen Reihen zu kümmern.

Schließlich war alles in Auftrag gegeben. Kiran nahm Decoras Hand. So kamen sie gemeinsam zu Woti und den anderen, die trotz allem geduldig gewartet und beobachtet hatten. Dann lagen sich die drei in den Armen.

»Du hast uns so sehr gefehlt!«, flüsterte Kiran.

»Wir haben uns wieder, das ist, was zählt«, erwiderte Woti. Doch dann streckte er seine Arme aus und drückte die beiden von sich. »Wo ist Raukelunk und was ist mit Finn? Das, was ich glaube, ergibt keinen Sinn …«

Kiran und Decora sahen sich nervös an.

»Im Moment ergibt vieles keinen Sinn.«

Kiran sah über Woti in die unsicheren Augen der anderen, die vom Widerstand mitgekommen waren. Er blickte zu den Piraten, allen voran Bekassine.

»Es wird das Beste sein, wenn wir alles von Anfang an zu klären versuchen. Da vorn entsteht ein großes Aufenthaltszelt. Dahin gehen wir. Kommt mit. Ihr alle.«

Ein neues Kommando

Es war schrecklich. Bekassine und Mergo weinten am Totenbett Vanells. Auch Charadris oder Melvins tröstende Worte konnten ihre Trauer nicht lindern, selbst als Flacka sich verarztet und mit improvisierter Augenklappe zu ihren Gefährten geschleppt hatte, milderte das ihren Schmerz nur wenig. Kiran hatte einigen Soldaten den Auftrag gegeben, die Leiche des Elfen zu finden und aufzubahren und nach kurzer Zeit waren sie bereits mit seinen sterblichen Überresten zurückgekehrt. Die Nachricht vom Tod Lillis mehrte noch ihren Schmerz, und auch Esmerylda war bei den düsteren Schrecken in der ewigen Nacht der Alten Stadt zurückgeblieben. Zuletzt hatte sich Djakabaly geopfert, um dem Rest von ihnen eine Flucht vor den Kelpen zu ermöglichen, Innis war verschollen und irgendwo im ewigen Eis hatte auch Veda ihren Tod gefunden. Es war ein grausames Wiedersehen. Die Freude über das Ende der Kämpfe und das Zusammenfinden der Gemeinschaften wurde von den schlimmen Nachrichten und Schicksalen sowohl aus Aethra als auch aus Telluriscor überschattet. Und selbst da hörte es nicht auf: Denn wo Raukelunk war und dass Finn sofort nach ihrer Ankunft verschwunden war, zermürbte Woti und die anderen nur noch mehr.

»Der Dritte Engel ist hier und dort zur Stelle.«

Sie hatten sich irgendwann so gut als möglich auf den gegenseitig neuesten Stand gebracht, aber von allen Dingen, die in den beiden Welten geschehen waren, war das sicher das Erstaunlichste. Woti schüttelte den Kopf, als er die alte Prophezeiung zitierte.

»Unversehens, helle. Es geht also um Portale und Welten? Ist es das, wovon diese Worte all die Zeit erzählten?«

Kiran sah ihn verblüfft an.

»Wenn du es so sagst, klingt es beinahe logisch. *Und schneidet der Welt den Wahnsinn ab.* Vielleicht war der Wahnsinn dieses Krieges gemeint …«

Decoras Haare leuchteten, ihr war die innere Zerrissenheit deutlicher anzusehen als jedem anderen von ihnen.

»Er schneidet ihn ab? Oder entfacht er ihn? Mir kommt es nicht so vor, als wäre alles in Ordnung. Die Sternenhallen liegen in Schutt und Asche! So viele sind gestorben! Und Finn beendet diesen Krieg. Und dann? Wo ist er?«

In Kiran schien der bloße Gedanke an die Geschehnisse am Ende der Schlacht Unbehagen auszulösen. Er blickte ins Leere und hatte offensichtlich keine Antwort auf ihre Fragen. Oder keine, die er geben wollte. Das schien auch Decora so zu sehen und trat zu ihm.

»Ich wollte nicht …«

Sie sah ihn von oben bis unten an. Er sah furchtbar aus.

»Er hat dich … Es tut mir leid, Kiran. Du bist hier und ich …«

Es war grotesk. Es gab so viele unglaubliche Probleme, aber Woti erkannte in diesen riesigen großen Fragezeichen einen kleinen Kern, der doch so universell schwerwiegend war, dass sich seine beiden Freunde nicht davon freimachen konnten.

Liebe.

»Sei nicht albern«, würgte Kiran mit belegter Stimme heraus. Er sah sie um Fassung bemüht an. »Es ist doch klar, dass …«

»Nicht!«, unterbrach ihn Decora. »Wenn er wollte, könnte er hier sein.«

Und dann, zu Wotis großer Überraschung und sicher auch zur Überraschung der Piraten, küsste sie Kiran. Es war sicherlich der umständlichste Kuss, den der Gwilling bisher gesehen hatte, aber irgendwie schaffte Kiran es trotz aller Zuschauer und der Tatsache, dass er vollkommen überrumpelt war, ihren Kuss zu erwidern. Danach herrschte peinliches Schweigen, doch zum ersten Mal sah Woti in Kirans Gesicht den Anflug eines Lächelns. Decora hingegen wirkte noch unglücklicher als zuvor, doch womöglich lag das daran, dass sie sich schuldig gegenüber Bekassine fühlte, die ein Stück entfernt immer noch über Vanells Leichnam saß. Denn natürlich bekam sie mit, was geschah.

»Ist es deshalb zum Streit gekommen?«, fragte Woti schließlich. »Ihr beide seid also zusammen?«

Erneutes Schweigen. Kiran schien diese Frage vor versammelter Mannschaft zu entsetzen. Aber Decora fasste seine Hand. Sie sagte nur ein Wort.

»Ja.«

In ihren Augen aber konnte Woti sehen, dass es mehr eine Frage als eine Antwort war. Gerade als Kiran endlich ebenfalls sprechen wollte, meldete sich Brien mit seiner meckernden Stimme und trat in die Mitte der Versammelten.

»Man könnte wohl glauben, man ist hier in einem Kinderzimmer gelandet!«

Mit giftigem Blick musterte er Kiran. Als er sich daraufhin Decora besah, zwang er sich wohl dazu, den Blick etwas weniger abschätzig wirken zu lassen.

»Königin Nubigena, Ihr lebt und scheint gesund. Wenn Euer Freund hier«, er schielte geradezu angewidert zu Kiran hinüber, »so ein wichtiger Prinz ist, dessen Vater den Thron freigeräumt hat, dann macht das wohl einen König aus ihm. Bittet ihn auf der Stelle um seine Soldaten. Sie sind hier für einen Kampf. Der wurde ihnen genommen. Lasst ihn uns auf Aethra weiterführen. Trucido ist vielleicht geschwächt. Alles andere ist im Vergleich zum Verderben, welches Trucido bringt …« er machte eine Pause, »… mindestens unwichtig.«

Woti entging nicht, dass er dabei auch auf Flacka schielte, die eng bei Melvin an einem Tisch saß und ihre Hände fest in die seinen gelegt hatte. Er schien ausgesprochen schnell den Schrecken vergessen zu haben, der ihnen in der alten Stadt begegnet war, und war nun zu seinem gewohnten Verhalten zurückgekehrt.

Doch da hatte er die Rechnung ohne den Botschafter gemacht. Zürnend sprang der auf und machte bedrohlich dampfende Schritte auf den noch älteren Zwerg zu.

»*Flussratte*!«

Melvin war Brien in einem Wimpernschlag ganz nah gekommen.

»So hat man dich doch genannt, als du noch ein Zwerg warst, den man seiner Jugend wegen noch halbwegs ernst nehmen konnte. Aber einen ergrauten Fiesling wie dich sollte niemand anhören müssen, der mit derartig viel Not und Leid geschlagen ist wie die hier Versammelten. Bevor du es wagst, den nächsten Ratschlag zu erteilen, solltest du lernen, an welche Adresse deine Forderungen gehen! Erstens haben es hier alle verdient, einen Moment zu verschnaufen, und zweitens, obwohl Decora unsere Königin ist, hast du nicht das Recht, mit einem Ansinnen an sie König Kiran zu beleidigen, indem du ihn nicht einmal persönlich ansprichst. Geschweige denn auch nur eines der vielen anderen Probleme in diesem Zelt für unwichtig zu erklären!«

»*Melvin Flinkfuß*!«

Brien sprach mit soviel Abscheu in der Stimme, dass kein Zweifel daran aufkommen konnte, ob es sich um eine Provokation handelte.

»Rührend, deine Worte. Ich frage mich bis heute, wie einer, der ganz offensichtlich Liebschaften und anderes Weibergewäsch so hoch ansieht und, wie ich erfahren musste, eine besondere Schwäche für Piraten hegt, sich einmal Botschafter von Celsa schimpfen konnte. Da könnte man ja fast von Glück sprechen, dass Trucido die alten Strukturen in der Heimat aufgebrochen hat!«

»Na, warte! Du wirst es nicht noch einmal wagen, so etwas …« Melvin stapfte noch einen Schritt näher, sodass kein Blatt mehr zwischen die Wasserzwerge passte.

»Hört auf!« Kiran trat zu ihnen. »Wir werden nicht ausgerechnet diejenigen sein, die von allen, die in dieser Ebene lagern, einen Kampf vom Zaun brechen. Ich bin froh, dass bis jetzt keine Schreie aus dem Lager zu uns dringen, weil Weit-Alon und der Norden sich in Wahrheit immer noch spinnefeind sind.«

»So ist es!«

Decora schaltete sich ein. Sie legte Melvin beruhigend die Hand auf die Schulter. Dann sprach sie zu Brien: »Im Gegensatz zu Flacka und Melvin kenne ich Euch nicht, Herr Brien. Aber ich bin sicher, diese Situation ist für uns alle nicht leicht. Auch nicht für Euch. Auch Ihr habt Verluste erlitten, wenn ich alles richtig verstanden habe. Doch bevor wir irgendetwas unternehmen, will das wohl überlegt sein. Ich danke Euch trotzdem für Euren Vorschlag.«

»Natürlich, Majestät.«

Brien verbeugte sich in einem übertrieben tiefen Knicks, der mehr wie Hohn als alles andere wirkte. Als er wieder hochkam, standen seine Augenbrauen noch wirrer ab.

»Da anscheinend niemand die Notwendigkeit sieht, sogleich tätig zu werden, gestattet Ihr mir sicher, mich im Lager ein wenig umzusehen, Königin?«

Decora antwortete schmallippig: »Ihr braucht mich nicht um Erlaubnis zu bitten.«

Daraufhin drehte sich Brien um und marschierte aus dem Zelt heraus.

»Widerling!«, zürnte Melvin.

Flacka meldete sich mit schwacher Stimme: »Dabei hat er nicht unrecht.«

»Du ergreifst Partei für ihn!« Melvin war fassungslos. »Er hätte dich doch da unten sterben lassen!«

»Ich ergreife nicht Partei für ihn. Nichts läge mir ferner. Ich ergreife Partei für seinen Vorstoß, nicht lange untätig zu bleiben.«

Kiran kam in die Mitte und fasste Decoras Hand. Woti sah, wie ihm seine nächste Handlung alles abverlangte. Er küsste diesmal von sich aus Decora.

»Das werden wir auch nicht! Dafür haben zu viele zu viel geopfert.«

Längst stand der Mond in einer gelbgoldenen Sichel am Himmel und funkelte neben unzähligen Sternen, die in dieser Nacht die kalten Ebenen westlich des Hirschkopfes erleuchteten.

Die meisten anderen vom Widerstand hatten sich in ein angrenzendes Schlafzelt begeben. Doch der nun erweiterte Kern der Reisenden saß immer noch beisammen und hatte die vergangenen Stunden dazu genutzt, um sich untereinander näher zu kommen, oder um immer noch offene Fragen zu diskutieren, die natürlich im Kern genau das blieben: *offen.* Woti und die anderen vom Widerstand hatten keine Erklärungen für die Rätsel der Alten Stadt und auch Finn war nicht zurückgekommen. Welches Schicksal Renkeja und Hildir ereilt hatte, konnte ebenfalls niemand erahnen. Und ob oder was der Angriff auf die Sternenhallen mit Trucido gemacht hatte, blieb doch nichts als reine Spekulation.

Nachdem sie Vanells Leiche irgendwann mit mehreren Umhängen zugedeckt hatte, hatte sich um Bekassine zu sehr später Stunde noch eine kleine Frauentruppe versammelt. Die Elfe hatte ihren Kopf in Decoras Schoß gelegt, die Lunata saß dazu im Schneidersitz auf dem Zeltteppich und streichelte Bekassines Haar. Im Rund saßen da nun auch noch Ammi und Ashnaprilla eng aneinandergekuschelt und Flacka, die ihren Melvin irgendwann laut schnarchend auf einer Bank neben Charadri zurückgelassen hatte. Dieser schlief ebenfalls tief und fest ein Stückchen entfernt von ihnen und hielt dabei Mergo an sich gedrückt auf seinem Schoß fest.

Betrachtete man nun jene Frauengruppe von außen, hätte man sicher nicht auf die Idee kommen können, dass eine von ihnen eine Königin war. Einträchtig konnte Woti, der auch noch wach und mit Mahasim und Kiran zusammengerückt war, sie flüsterten sehen. Vielleicht versuchten sie ja, sich die Schwere des Tages gegenseitig ein wenig abzumildern. Als sich plötzlich Ammi und Ashnaprilla umdrehten und ganz offensichtlich Kiran musterten, glaubte Woti sogar, ein Grinsen in den Gesichtern der Frauen zu sehen. Hatte Brien, der nicht zurückgekehrt war und die Nacht scheinbar anderswo verbrachte, recht gehabt? Vergaben sie wichtige Zeit, indem sie nicht sofort handelten?

Wotis Gedanken wurden von Mahasim unterbrochen. Er fragte: »Also du und Königin Nubigena?«

Kiran atmete tief durch.

»Kannst du mir nicht eine einfachere Frage stellen, Mahasim? Zum Beispiel über Krieg und Frieden, über die Engel und die Religion oder wie das Wetter in einem Jahr wird?«

Mahasim lächelte wissend. »Ich hatte auch mal eine komplizierte Beziehung.«

»Kompliziert«, wiederholte Kiran. »Ja, so kann man es wohl sagen.«

Woti hatte das Gefühl, etwas Unbequemes aussprechen zu müssen. »Kiran, was Finn angeht ... Die Beziehung mit Decora ist doch nicht einfach so fortgeweht!«

Der frischgebackene König sah Woti eine Sekunde lang fast zornig an, dann entspannten sich seine Gesichtszüge. Müde sagte er: »Das befürchte ich auch.«

»Und das Küssen? Ihr saht so aus, als hättet ihr ein schlechtes Gewissen.«

Woti sprach so leise, dass auf keinen Fall ein Wort ans andere Ende des Zeltes gelangte.

»Alter Freund«, sprach Kiran gequält. »Waren die letzten Stunden nicht schlimm genug? Dürfen wir wenigstens bis morgen damit warten? Bei Tageslicht erkennen wir vielleicht, wie wir Antworten finden können.«

Woti und Mahasim verzogen die Gesichter.

»Dass wir Antworten finden, daran glaubt ihr nicht. Ich weiß.« Kiran wurde von Sekunde zu Sekunde unkonzentrierter. Plötzlich schwankte er sogar. Er flüsterte: »Nein, wir sollten natürlich nicht warten. Die Küsse machen alles schlimmer. Aber ich liebe sie.«

Im nächsten Augenblick legte er sich einfach hin und fiel in einen so tiefen Schlaf, dass Woti und die anderen sich hüteten, den Geschundenen aufzuwecken. Sie versorgten ihn mit Decken und ließen ihn an Ort und Stelle liegen. Es war noch einige Zeit bis zum Morgengrauen.

Als niemand hinhörte und fast alle weggedöst waren, zischelte Woti: »Mahasim, hör zu, ich kann nicht warten. Ich muss die Suche nach Finn und dieser Königin starten.«

Mahasim war ebenfalls halb schlaftrunken. »Du willst die beiden finden? Jetzt?«

»Kiran und sie teilen sich die Königswürde. Also auch dieselbe Bürde.

Mahasim schüttelte den Kopf. »Auch du solltest schlafen. Warte doch bis morgen.«

Woti war schon aufgestanden.

»Erwartet mich bald zurück.« Er grinste verwegen. »Mit etwas Glück.«

Als er schon fast aus dem Zelt war, sah sich Woti noch einmal um. Decora saß aufrecht und beobachtete ihn. Ihre Augen stellten ihm eine Frage. Er nickte, drehte sich um und verschwand in der Nacht.

Gemeinsam einsam (1)

»Erzähl es mir noch einmal, ich bitte dich!«

»Isi, ich …«

Finn hatte einen merkwürdig sauren Geschmack im Mund. Er wollte nicht noch einmal über den Dritten Engel reden. Er wollte …

»Ist es wirklich so schlimm, Finn Ritter? Kannst du dich nicht wenigstens ein bisschen darüber freuen, dass es funktioniert hat? Dass du wirklich und wahrhaftig der Dritte Engel bist und das ganze Kämpfen und Sterben verhindern konntest? Ich weiß es – auch dir bedeutet das etwas!«

Finn blickte zu Isi auf und nickte abwesend. Er saß neben ihrem Bett und hielt ihre Hand. Sie war verwundet, wenn auch nicht schwer, aber der Kampf mit Decora und Kiran und die Wochen davor hatten ihr zugesetzt. Sie und er hatten sich bereits mehrmals berichtet, was alles geschehen war. Gefunden hatten sie sich schnell, nachdem die Soldaten des Schneeköniginnenreichs den »Dritten Engel« nur zu gern zu ihrer verletzten Thronfolgerin gebracht hatten. Das Zelt, das sie für Isi errichtet hatten, war warm und gemütlich und mit Teppichen und Fellen ausgestattet, als hätte es nur auf sie gewartet. Aber das gefiel Finn ebenso wenig wie die gesamte Situation. Die normalen Soldatinnen und Soldaten froren dort draußen. Und er … Seine Gedanken jedenfalls waren frostig und trüb.

»All das … Und du denkst nur an sie. Hab ich recht?«

Isi setzte sich ächzend auf. Ihr rotes Haar war feucht vom Schweiß. Es klebte an ihrem Gesicht. Unter ihren Fellen war es sicherlich noch wärmer.

Finn murmelte Unverständliches. Sie wartete ruhig auf eine richtige Antwort.

»Das ist es nicht«, log er schließlich. »Warum hast du mir nicht von vornherein die Wahrheit gesagt?«

Vielleicht log er doch nicht, denn auch diese Frage brannte ihm auf dem Herzen, obwohl er die Antwort natürlich kannte.

Isi stellte ihre Füße auf den Boden. Ihre nackten Beine berührten Finn. Er rückte rasch von ihr ab. Isi schien das mit wenig Wohlwollen zur Kenntnis zu nehmen.

Ihr Ton war vorwurfsvoll: »Hättest du mir denn auch nur ein Wort davon geglaubt? Nur eine einzige Nuance dieser verrückten Geschichte?«

Sie gab sich die Antwort gleich selbst: »Nein! Nicht in eintausend Jahren! Ich habe dich kennengelernt. Zwar glaubst du an das Schicksal, aber niemals daran, dass du der Dritte Egel hättest sein können. Und selbst jetzt scheinst du noch deine Zweifel zu haben. Ich sehe es dir an. In deinem Gesicht kann man wie in einem Buch lesen.«

»Und ist das so schwer zu verstehen?« Auch sein Ton war vorwurfsvoll. »Ich, Finn von der Erde – ein Engel? Ein Engel aus einer Prophezeiung? Der mit ein paar Flügelschlägen einen ganzen Glauben erschüttert?«

Isi wurde hellhörig. »Warum sagst du das? Ich würde behaupten, es hat unseren Glauben nur gestärkt! Die Prophezeiung ist wahr. Also war sie es immer. Die Wege solcher Dinge sind eben manchmal unerklärlich. Und von mir aus können sie es auch bleiben. Vielleicht kannst du dich damit anfreunden.«

Finn dachte an das Aufeinandertreffen mit Kalva und Ventosa und an die Andeutungen, die sie gemacht hatten. Ihre Unterredung verschwamm in seiner Erinnerung von Stunde zu Stunde mehr. Aber er wusste immer noch genug, um Isi zu verunsichern, wenn er ihr alle Einzelheiten erzählte. War es also besser, einiges für sich zu behalten? Außerdem erinnerte er sich daran, welches Gefühl er gehabt hatte, als die Flügel noch da gewesen waren. Es hatte sich echt angefühlt. Aufgebläht. Und Monströs. Aber *echt*. Alles war so furchtbar kompliziert. Wie immer.

Schließlich antwortete er: »Ich werde mich wohl damit anfreunden müssen.«

Er zwang sich zu einem Lächeln. Auch wenn es aufgesetzt war und sie es wusste - damit schien auch Isi fürs Erste einverstanden zu sein.

Sie stand auf. Ihre Felle fielen von ihr ab. Sie war nackt. Finn spürte, wie er rot wurde. Er wandte sich ungelenk ab. »Ich werde mir mal etwas anziehen. Damit du dich nicht noch unwohler in meiner Gegenwart fühlst.«

Machte sie extra langsam, oder kam es Finn nur so vor? Jedenfalls hantierte sie lange mit ihrer Kleidung, bis sie endlich angezogen war. Als sie wieder auf dem Bett saß, flüsterte sie etwas, das Finn nur zur Hälfte verstand.

»Diese Nubigena … in Acht nehmen …«

Finn wollte nicht darauf einzugehen. Er tat es dennoch.

»Das hatten wir doch schon! Ihr habt euch auf dem Schlachtfeld sicher nur …«, er überlegte, wie er es am besten sagen konnte, » … unter widrigen Bedingungen kennengelernt! Euer Kampf - das war alles nur ein Missverständnis.«

Isi ballte die Fäuste.

»Natürlich! Und dein alter Freund und neuer König Kiran von Weit-Alon hat mich sicherlich auch nur so aus Versehen mit seinem Schwert niedergestreckt! Wie naiv kann man eigentlich sein?! Für sie bin ich dieselbe Hexe wie meine Großmutter.«

Finn knirschte mit den Zähnen. Er wusste ja selbst nicht, was er glauben sollte. Weder hatte er alles mit eigenen Augen gesehen noch traute er seinen Empfindungen blindlings, wenn es darum ging, die Geschehnisse aufzuarbeiten, während er noch der Engel gewesen war. In ihm manifestierte sich dasselbe Gefühl, das er auch auf dem Schlachtfeld gehabt hatte, nachdem die letzten Federn von ihm gefallen waren. *Scham.* Er flüsterte nur zu sich selbst: »Ich weiß nicht, ob Kiran mein Freund ist.«

Kurze Zeit später wurde der Vorhang des Zeltes aufgeschoben. Ein Offizier kam herein. Er wurde rot wie zuvor Finn und begann zu stottern. Aber nicht, weil er Isi sah, sondern weil er zugegen war. *Finn*!

»Verzeiht meine Anwesenheit, Dritter Engel.« Er schob hinterher: »Königin Isi.«

Isi warf Finn einen bedeutungsschweren Blick zu.

»Draußen ist jemand, der Euch sprechen möchte.«

»Na schön, schickt ihn herein«, entschied Isi.

»Verzeiht, Königin!«

Der Offizier wurde noch kleinlauter, obwohl er seinem Aussehen nach schon alles in seinem Leben gesehen und gehört haben musste. »Ich meinte nicht Euch. Dritter Engel, wenn Ihr es wünscht, schicke ich den Besucher wieder weg …«

Finn atmete tief durch. Sollte das nun so weitergehen? Er – verehrt als Dritter Engel? Das war so gar nicht das, was er wollte. Aber zumindest war er neugierig, wer ihn sprechen wollte. Und warum.

»Hat es etwas mit der Prophezeiung zu tun«, erkundigte er sich. Er hatte im Moment nicht die Kraft, sich darüber mit einem Wildfremden auszutauschen.

Der Offizier sprach mittlerweile mit tief gesenktem Haupt. »Im Gegenteil, Dritter Engel, das haben wir vorher abgeklärt. Der Gwilling behauptet allerdings steif und fest, er wäre ein guter Freund von Euch. Und er meint zu wissen, dass Euer Name Finn Ritter sei.«

Da ging Finn ein Licht auf. Der Offizier verbeugte sich derweil so tief, dass es sicherlich nicht mehr lange dauerte, bis er vorn überkippte.

»Ich werde dem Fremdling gern ausrichten, dass der Dritte Engel für derlei Scherze kein offenes Ohr hat«, murmelte er. Schon wandte er sich zum Gehen.

Aber Finn lächelte und schüttelte den Kopf. Er war sich in den letzten Stunden nicht einmal mehr sicher gewesen, ob er sich am Ende der Schlacht getäuscht hatte. Aber natürlich konnte nur ein Gwilling seinen Namen wissen! Er sah Isi an. Die zuckte nur mit den Schultern.

»Schon gut, Offizier. Führt ihn bitte hinein.«

Gemeinsam einsam (2)

Finn drückte Woti fest an sich. Ihm liefen Tränen über die Wangen, so sehr freute er sich, seinen Freund wiederzusehen. Er schluchzte, sodass Woti gar nicht erst dazu kam, irgendetwas zu erklären, geschweige denn Isi zu begrüßen. Jetzt brach alles aus Finn heraus.

»Woti, du lebst wirklich!«

Doch im selben Moment kamen ihm Zweifel – er hatte bereits zu viel erlebt. »Aber wie ist das möglich? Wir haben von der Ente ein Portal zu dir aufgerufen …«

Er löste seine Umklammerung. Erst jetzt sah er Woti richtig in die Augen. Das besänftigte sein Misstrauen etwas. Trotzdem ging er auf Abstand, denn in Wotis Blick war etwas, das er nicht richtig deuten konnte. Oder nicht deuten wollte.

»Ich bin es wirklich, das ist keine List.«

Der Gwilling zögerte.

»Aber du, du bist …«

Finn biss sich auf die Lippe. Er wollte doch nur, dass alles weniger kompliziert war! Er brauchte seine Freunde. Er brauchte niemanden, der nur die Flügel des Dritten Engels sah, die er nicht einmal mehr besaß …

Doch vielleicht erkannte Woti genau das in seinem Blick. Der Gwilling hatte schon immer ein gutes Gespür dafür besessen, wie man sich fühlte. Nichts an ihrem gemeinsamen Weg war normal. Also war vielleicht das Verrückte in Wahrheit zu ihrer Normalität geworden.

Woti trat mutig vor. »Ich bin es, so wahr ich hier stehe. Und ich begrüße meinen Freund Finn, den ich vor mir sehe.«

Und mit diesen Worten begann auch Woti zu schluchzen. Eine große Anspannung schien von ihm abzufallen. Nun lagen sie sich wieder in den Armen, solange, bis Isi sich endlich räusperte und mit rollenden Augen zu ihnen kam.

»Du bist also Woti. Ich habe schon viel von dir gehört. Ich bin Idisi Ylvi Finja Tilvi Sigvalda Girda Ilina Siristochter.«

Woti ließ Finn los und sah ihn sogleich fragend und misstrauisch an.

Er hatte noch gut in Erinnerung wie Woti ihm zu Anfang ihrer gemeinsamen Reise von den *kalten Hexen* berichtet hatte. Selbst wenn er es niemals ausgesprochen hätte, aber Isi hatte recht: Nicht wenige würden sicher ein Abbild ihrer Großmutter in ihr sehen. Es hatte so lange Krieg geherrscht! Finn atmete erschöpft aus und setzte sich auf den Boden. Zumindest das Misstrauen seiner Freunde würde sich sicher bald auflösen. *Hoffentlich* …

»Schon gut, schon gut«, sagte Isi mit dem Versuch eines versöhnlichen Lächelns. »Ich weiß genau, dass nicht die Zeit für Etikette ist. Und dass du mir nicht über den Weg traust. Daher nenn mich einfach Isi. Finn vertraut mir. Ich hoffe, das reicht für dich aus, um uns zu erzählen, warum du nicht tot bist!«

Lange berichtete Woti von seiner Zeit beim Widerstand und von den verlustreichen Kämpfen in Celsa-Stadt. Er erzählte auch von ihrer Ankunft auf dem Schlachtfeld und den anschließenden Gesprächen auf der anderen Seite des Lagers. Natürlich mussten auch Finn und Isi erzählen, warum sie zusammen waren und wie es ihnen ergangen war – und selbstverständlich, was es mit Finn und dem Dritten Engel auf sich hatte. Doch zu Finns großer Erleichterung stellte Woti nicht allzu viele Nachfragen diesbezüglich. Welche Antworten hätte er ihm auch geben können?

Es war sicherlich gegen Mittag, als sie endlich fertig waren.

»Ich danke dir für deine Offenheit!«, sagte Woti abschließend. Er hatte sich nach einiger Zeit daran gewöhnt, Isi tatsächlich zu duzen. Zunächst war er noch mehrmals in ein – zugegebenermaßen - abschätziges *Euch* verfallen. Aber mit fortschreitender Unterhaltung hatte er seine Bedenken ihr gegenüber mehr und mehr abgelegt.

»Du hast nun eine schwere Zeit. Der Verlust deiner Mutter schmerzt sicher sehr. Doch wisse, du hast nun einen Freund mehr.«

Isi lächelte bitter. Finn fand es in der Tat bemerkenswert, wie stark und klaglos sie trotz allem blieb. Doch er konnte ihre Lippen beim Sprechen zittern sehen.

»Vielen Dank, Woti aus Weit-Alon. Ich weiß einen neuen Freund zu schätzen. Vor allem einen, der mich vor ein paar Stunden wahrscheinlich am liebsten erdolcht hätte, wenn er mir alleine begegnet wäre.«

Sie lächelte bittersüß.

»Außerdem habe ich nicht viele Freunde, musst du wissen.«

Eine peinliche Stille entstand. Finn hatte einen Kloß im Hals. Aus irgendeinem Grund fühlte er, dass es richtig und angebracht war, Isi in den Arm zu nehmen. Letztlich entschied er sich doch dagegen. Als sie sich von

Woti und ihm entfernte, um zum Kamin auf der anderen Seite des Zeltes zu treten, hätte sich Finn am liebsten selbst geohrfeigt. Dennoch war es nicht schlecht, wenn er ein paar Minuten mit Woti allein sprechen konnte.

»Wir werden nur kurz …«, stammelte er ihr hinterher.

»Macht nur!«, rief Isi kurz angebunden. »Ich komme klar. Ihr habt viel zu bereden. Das verstehe ich. Aber beeilt euch. Ich habe das Gefühl, dass wir schon bald aus diesem Zelt heraus müssen, um uns den Heeren zu stellen.«

Wotis Blick ließ erahnen, wie recht er ihr gab. Und Finn war nicht dumm – aus diesem Zelt führte nur ein Weg. Und der würde für den Dritten Engel nicht leicht werden. Selbst wenn dieser gar nicht mehr da war.

Einen Augenblick dachte er noch darüber nach, was ihn dort draußen vielleicht erwartete. Die Vorstellung ließ ihn erschaudern. Schnell schüttelte er den Gedanken ab. Und dann sprudelte aus seinem Mund, woran er eigentlich dachte. Woran er die ganze Zeit dachte.

»Woti, was ist mit …«

Der Gwilling sah ihn wohl wissend an, sagte aber nichts. Er musste es wohl oder übel aussprechen. Auch, wenn Isi in Hörweite stand.

Er fragte: »Was ist mit Decora?«

Woti war müde, das konnte man förmlich greifen, aber er hatte natürlich mit dieser Frage gerechnet.

»Sie ist Decora.«

Finn blickte verdattert zu seinem Freund.

»Die, die sie immer war«, ergänzte der Gwilling, als wäre diese Antwort nur natürlich.

Finn widersprach vehement. Endlich konnte er das sagen, was er brennend auf seiner Seele fühlte!

»Nein! Sie und Kiran … Sie sind …«

»Sie sind was?«, grätschte ihm Woti ins Wort. »Nichts weißt du gewiss!«

Finn war wie vor den Kopf gestoßen. Woti fuhr ihn an? Ihn schien diese Sache ebenfalls mitzunehmen. Aber möglicherweise aus anderen Gründen.

»Ich komme wieder zu euch nach so langer Zeit …« Er sprach nun deutlich lauter. »Und ihr? Ihr seid entzweit?!«

Was Woti sagte, war genau genommen keine Frage. Es war ein Vorwurf. Finn glaubte zu verstehen, was den Gwilling so aufwühlte. Plötzlich verspürte er den Drang, seine ganze Situation infrage stellen. Wie hatte es überhaupt dazu kommen können, dass er und die anderen immer noch getrennt waren? Er versuchte es mit einer kleinlauten Erklärung: »Aber sie und Kiran … Sie haben …«

»Sich geküsst?«, ergänzte Woti streng. »Na schön, das hast du gewusst. Und sonst? Was weißt du noch?«

Finn schwieg.

»Bitte, Finn, so sag es doch!«

Woti wurde richtig aufbrausend. Finn fühlte sich hilflos. Und dumm.

Der Gwilling übernahm jetzt vollständig das Sprechen. »Hast du mit einem von ihnen gesprochen? Nein, bisher hast du dich bloß hier verkrochen!«

Wotis Worte trafen ihn wie ein Schlag.

»Du kannst dir Flügel wachsen lassen. Du kannst fliegen zwischen den Massen. Du kämpfst, du springst von Welt zu Welt. Ein Kuss aber ist es, der dich aufhält?«

Finn wurde gefühlt immer kleiner.

Woti aber setzte noch einen drauf. »Nichts könnt ihr wissen! Auch nicht nach tausend Küssen! Kiran nicht, Decora nicht, du auch nicht. Ihr müsst reden, von Angesicht zu Angesicht!«

Danach ließ Woti erschöpft die Schultern hängen.

»Größere Fragen brennen. Kiran und Isi müssen gemeinsam die Antworten nennen. Aber ihr seid Helden und Kinder zugleich. So sehe ich schwarz für dieses und jenes Reich. Ihr seid hier gemeinsam. Und doch seid ihr einsam.«

So hatte Finn Woti wahrlich noch nie erlebt. Er war immer noch der Woti von früher, aber er war auch ein anderer geworden. Vielleicht ja derjenige, den es nun brauchte. Seine Worte hatten ihn wahrhaft aufgerüttelt. Alles stimmte: Fragen brannten! Welche zuerst geklärt werden mussten? Er wusste es nicht. Aber hier und jetzt und in diesem Zelt ließ sich sicher keine von ihnen beantworten.

»Danke, Woti, dass du so schnell zu uns gekommen bist. Wir sollten zu den anderen aufbrechen. Isi, was meinst du? Hast du zugehört?«

Was für eine Frage! Als Finn sich umdrehte, stand Isi schon aufbruchbereit hinter ihm.

»Gut, dass du unter dieser Wolkenstadt nicht draufgegangen bist, Woti aus Weir-Alon! Vielleicht bringst du ja die Entscheidungsfreude mit, die unserem Ritter hier bisweilen fehlt! Der behauptet nämlich steif und fest, alles, was auf dem Schlachtfeld passiert wäre, wäre ein großes Missverständnis. Aber erst durch deinen Bericht wage ich in Betracht zu ziehen, dass es tatsächlich so sein könnte, Herr Gwilling! Bei den Engeln – ich bin gespannt, wie sich der tolle Kiran Schwertschwinger da herausreden möchte!«

Finn verzog den Mund. Aber er freute sich auch, dass Isi trotz ihrer Verluste noch kaltschnäuzig sein konnte. Wahrscheinlich war die Flucht nach vorn auch das Beste, was sie tun konnten.

Isi zog ihren Umhang zu.

»Also gehen wir? *Jetzt*?« Das ging für Finn dann doch sehr schnell!

Woti und Isi sahen sich bloß an und verdrehten die Augen.

»Komm, Finn«, sagte der Gwilling. »Du weißt, Warten macht keinen Sinn.«

»Nicht *Finn*!«, korrigierte Isi. »*Dritter Engel*!« Sie schob ihn an. »Die da draußen haben ihr Urteil längst gefällt. Finn von der Erde gibt es hier nicht mehr. Nur den Vollbringer der uralten Prophezeiung. Sei darauf gefasst.«

Finn schluckte. Der Zeltausgang sah plötzlich ziemlich bedrohlich aus. Er war den Weg dort draußen schon einmal gegangen. Die Leute hatten ihm geholfen, als er Isi gesucht hatte. So richtig konnte er sich aber nicht mehr daran erinnern, was alles passiert war. Nach dem Verlust seiner Flügel hatte ihn der Zauber kurze Zeit in eine Art Dämmerzustand versetzt. Wie auch immer – so schlimm würde es schon nicht werden. Ohne Flügel hatten sie bald ohnehin kein Interesse mehr an ihm. Der Offizier von zuvor war bloß ein Sonderfall …

»Es hat keinen Sinn zu warten«, beschwichtigte ihn Isi noch einmal.

Woti hielt den dicken Zeltstoff des Ausgangs bereits geöffnet. Helles Sonnelicht strömte zusammen mit eiskalter Luft herein.

Isi sagte: »Außerdem will ich endlich wissen, ob du und diese Mond-Prinzessin immer noch zusammen seid. Schließlich ist der Schwertschwinger von Weit-Alon zwar ein fieser Geselle, aber ansonsten ganz süß. Es wäre doch zu schade, wenn sie sich das entgehen lassen würde! Ich finde, die beiden passen perfekt zueinander!«

Und mit diesen Worten waren Woti und die grinsende Isi endgültig aus dem Zelt herausgetreten.

Der Prophezeiung Schatten

Es war kalt. Und das merkte Finn erst jetzt so richtig, weil es keinen Kampf mehr gab und weil keine Bedrohung hinter der nächsten Biegung lauerte. Und – er war jetzt wieder bei klarem Verstand – weil die seltsame Stimmung, die im Lager herrschte, sich mit der eisigen Luft vermengte und mit jedem Atemzug in ihn hineinströmte: Blicke trafen ihn, um welche Zeltecke er auch immer ging, laute Gespräche verstummten, an welchem Lagerfeuer er auch immer entlangstapfte. Stattdessen begleitete ihn ungläubiges Gemurmel auf seinem Weg und klebte an ihm, als wären die dunklen Flügel an seinem Rücken doch noch nicht verschwunden.

Finn richtete seinen Blick stur geradeaus und vermied es, den Fremden in ihre Gesichter zu schauen. Es beruhigte ihn nur, dass nichts davon für länger anhalten würde.

Ihr Marsch dauerte an. Irgendwann aber waren sie im Grenzbereich angekommen, in dem immer weniger Zelte des Nordens, dafür aber mehr aus den Sieben-Brot-Landen zu finden waren. Die Rüstungen und Umhänge waren verändert, die Reittiere gaben ein gänzlich anderes Bild ab, doch die Blicke der Soldatinnen und Soldaten blieben auch hier dieselben.

Woti und Isi redeten nicht viel, auch sie hatten es eilig, ihr Ziel zu erreichen. Aber es war gar nicht so einfach, sich in dem riesigen Heerlager zurechtzufinden. Finn war dankbar dafür, dass sie nicht stehenblieben. Hier draußen wurde ihm noch viel klarer, wie wichtig es war, dass sich – neben den *anderen Fragen* - Kiran und Isi treffen mussten. Ihr Kampf auf dem Schlachtfeld hin oder her. Der Krieg war vorbei und nun bedurfte es in irgendeiner Form eines Arrangements zwischen den beiden! Vor allem musste kurzfristig etwas mit den zigtausend Soldaten geschehen. Finn war sich ziemlich sicher, nach der Schlacht instinktiv richtig gehandelt zu haben, als er das letzte Mal als Engel zu den Massen gesprochen hatte. Den Rest mussten nun Isi und Kiran erledigen. Vielleicht lenkten die Herrscheraufgaben Kiran auch genug ab, um …

Mitten zwischen seine Gedanken schob sich der Lärm eines Aufruhrs. Finn sah sich um. Zuerst konnte er nicht klar erkennen, woher die lauten Stimmen und Schreie kamen. Doch als mehrere andere Personen mit gezückten Waffen ein Stück weiter zwischen Zeltschnüren und leeren Weinfässern herbeieilten, sah er die Soldatentraube, die sich auf einem kleinen freien Platz zwischen mehreren Zelten zusammengerottet hatte. Während Woti und er noch dastanden und sich fragten, ob die Situation sie überhaupt betraf, war Isi längst losgerannt. Als er seine Gefährtin inmitten der Meute rufen hörte und wild gestikulieren sah, war die Entscheidung gefallen. Instinktiv stürzte er ihr hinterher und Woti folgte ihm.

Er versuchte Isi nicht aus den Augen zu verlieren. Das war gar nicht so einfach. Immer mehr Soldaten stürmten herbei und es herrschte gewaltiger Lärm. Finn verstand plötzlich, dass die Farben der zwei unterschiedlichen Rüstungsarten miteinander vermengt waren. Jetzt ahnte er, was vor sich ging! Zwischen den Köpfen, hochgereckten Armen und geballten Fäusten sah er vielleicht sieben oder acht Kämpfer, die in einem Kreis von Anfeuernden aufeinander losgingen. Zwei auf den ersten Blick leblose Körper lagen bereits am Boden. Die Beschimpfungen, die in der Luft hallten, gingen von der Zuschauermeute aus, die Kämpfenden keuchten bloß und ließen ihre Waffen sprechen. Es war bitterer Ernst!

Vor Finn tauchte Isi wieder auf. Verzweifelt versuchte sie die Menge auseinanderzuschieben.

»Hört auf! Der Kampf ist vorbei!«

Ihre Stimme ging im Lärm völlig unter.

Eine dritte Person im inneren Kreis fiel. Ein Schwert steckte im Rücken des Soldaten. Der Boden um ihn färbte sich rot. Die Menge schrie wutentbrannt auf. Für den einen Toten sprang sogleich ein halbes Dutzend weiterer Bewaffneter in den eisigen Ring.

»Legt die Waffen nieder! Ich bin Idisi Siristochter! Bei den Engeln, ich befehle es euch!«

Isis Stimme verhallte. Kaum jemand nahm Notiz von ihr und die sie hörten, schien es nicht zu kümmern. Wahrscheinlich verstanden sie nicht einmal, wer da zu ihnen sprach. Dabei war Isi ihre neue Königin!

Finn kämpfte sich zu ihr vor.

»Hört auf!«, schrie er. »Hört auf eure Königin!«

Aber auch er hatte keinen Erfolg. Hinter ihm versuchte selbst Woti, die Leute zur Vernunft zu bringen, aber der Gwilling musste aufpassen, dass ihn die neu Hinzuströmenden nicht einfach über den Haufen rannten.

Der Kreis in der Mitte wurde immer enger. Es war sekündlich schwieriger zu überblicken, was dort überhaupt geschah. Doch Finn wusste, dass mehr und mehr Soldaten in den Kampf einstiegen. Die Woge der Wut brandete auf. Wieder ein Toter!

Jetzt drückten von hinten die Neuankömmlinge so sehr, dass es kein Zurück mehr gab. Inmitten dieses Chaos drehte sich Isi verzweifelt zu ihm. Niemand würde auf sie hören. Nicht, wenn die Gefühle erst einmal so überkochten. Sie brauchte nichts zu sagen. Es gab nur eine einzige Möglichkeit, das hier zu beenden. Finn schluckte. Er wollte nicht, aber er hatte gar keine Wahl.

Er rief: »Der Dritte Engel ist hier!«

Er versuchte sich vorzustellen, wie es gewesen war, als er auf das Schlachtfeld hinabgeflogen war. Er versuchte seine Stimme laut und hart klingen zu lassen.

»Der Dritte Engel ist hier!«

Er versuchte sich groß und kräftig zu machen und zu voller Statur aufzurichten. Obgleich er doch nur Finn war.

Wahrscheinlich brachte nichts davon den Erfolg, aber diese zwei Worte wurden dennoch gehört: *Dritter Engel.* Niemand hier war dagegen gewappnet, wenigstens kurz innezuhalten, wenn er an den vorherigen Tag dachte. Zwar begriffen erst nur wenige, wer da zwischen ihnen stand, aber diese wenigen übernahmen es dann umso deutlicher, seine Anwesenheit weiterzugeben. Die Stimmen um ihn wurden lauter als diejenigen ringsum die Kämpfer. Wie eine Welle schwappte die Erkenntnis zu den nächsten und von dort wieder zu den nächsten. Die Menge wich zurück. Der Kampflärm erstarb.

Finn brauchte nicht mehr zu rufen. Er sprach nur leise. Er war Finn. Aber sie sahen den Engel. Das Bild von ihm, von seinen Flügeln, es hatte sich so sehr in ihr Gedächtnis gebrannt …

Er sagte: »Der Krieg ist vorbei. Ihr seid keine Feinde mehr. Legt eure Waffen nieder. Eure Königin ist unter euch. Idisi Siristochter sitzt jetzt auf dem Thron. Hört ihre Worte!«

Reihenweise fielen die Umstehenden auf die Knie. Finn hoffte, dass sie es vor Isi taten. Er hörte ihre Worte nur undeutlich. Seine Gedanken waren anderswo.

»Kümmert euch um die Verletzten. Der hier lebt noch! Ihr habt es doch gehört! Dieser Krieg ist vorbei! Die Prophezeiung ist in Erfüllung gegangen!«

Finn sah zu Boden. Er wollte nicht in die Gesichter blicken, die noch mehr Botschaften vom Dritten Engel vernehmen wollten. Weisheiten.

Warnungen. Oder irgendetwas dazwischen. Er war so ratlos wie sie, was die Zukunft anging. Woti stand nahe bei ihm und blickte von unten zu ihm auf. Er war es, der Finn erlöste.

»Führt den Dritten Engel und Königin Idisi zum König von Weit-Alon! Es muss ein Treffen geben zwischen beiden Nachfolgern auf dem Thron!«

Niemand widersprach oder stellte infrage, was Woti gefordert und gesagt hatte, da auch Finn nicht widersprach. Von der brüllenden und feiernden und verrückten Masse ließen sie sich weg von den Toten und Verwundeten des Aufruhrs mitziehen hin zum Zelt von Kiran.

Als sie ankamen, wurden sie bereits erwartet. Die Nachricht über ihr Kommen war schneller gewesen als sie selbst. In der Mitte des Zelteingangs stand Decora. Sie sah ihn an. *Ihn*! Das spürte Finn. Er wollte sich bloß noch aus der Menge befreien und sie in die Arme schließen. So lange hatte er darauf gewartet.

Plötzlich ergriff Isi von hinten Finns Hand, ohne dass er etwas dagegen machen konnte. Neben Decora stand Kiran. Da ergriff auch er die Hand Decoras. Decoras Haare flackerten auf so grell wie der Schnee unter ihren Füßen. Dann sah sie weg. Stattdessen traf Finns Blick nun auf den von Kiran. Er sah furchtbar aus. Finn wusste, dass er ihm das angetan hatte. Er schämte sich, ein stechender Kopfschmerz überkam ihn. So viel war inzwischen geschehen. Aber der Dritte Engel war fort! Finn wollte, dass derjenige, der ihn dort ansah, sein alter Freund Kiran war. Und doch hielt er an Stelle von ihm die Hand Decoras. Und sein Blick war hart wie der eines telluriscorianischen Königs. Auf diese Weise hatte Kiran ihn zuvor nie angesehen. Nun versteinerte auch Finns Miene.

GEMEINSAM EINSAM (3)

Finn glühte der Kopf vor Schmerzen! Die Rufe und Schreie der Meute waren kaum auszuhalten, als er sich von einigen Offizieren, die Ordnung in das Chaos zu bringen versuchten, mit Woti und Isi ins Königszelt bugsieren ließ.

Der Dritte Engel hat eine Unterredung mit Kiran von Weit-Alon und Idisi Siristochter!

Wir wollen den Dritten Engel sehen!

Was wird nun geschehen? Wir brauchen Antworten! Bleibst du bei uns, Dritter Engel?

Das und vieles mehr hallte in seinem dröhnenden Schädel wider. Decoras gesenkter Blick und Kirans Anblick hatten ihn getroffen wie ein Blitzschlag. Sein Verstand sagte ihm nun endgültig, dass nichts mehr so war wie vorher. Allein das letzte Fünkchen Hoffnung auf ein Wunder gab ihm die Kraft, sich zu denjenigen zu schleppen, die doch seine engsten Freunde, ja, seine Familie waren! Er betete, dass sich die Menge einfach zerschlug und ihn Decora küsste, sobald er einen Fuß hinter den dicken Zeltvorhang gesetzt hatte. Das Gegenteil war der Fall.

Der Vorhang fiel zu. Gedämpft zwar, doch immer noch drangen die neugierigen und hysterischen Schreie der Soldatinnen und Soldaten zu ihnen ins Zelt. Drinnen aber herrschte das unsinnigste Schweigen, das man sich vorstellen konnte. Keiner sagte etwas! Woti hatte schon recht, sie mussten jetzt miteinander sprechen. Doch was sie stattdessen taten, war ein gegenseitiges Belauern. Konnten zwei Flügel eine Gemeinschaft wirklich innerhalb weniger Stunden auseinanderreißen? Oder hatte sich ihre Trennung bereits zuvor vollzogen? Schweigend würde er keine Antwort auf seine Fragen erhalten! Finn dachte, ihm würde der Schädel zerspringen, wenn er nicht endlich Worte in diese Unsicherheit entließ und das verfluchte geflügelte Wesen aus seinen Gedanken verbannte!

Er befreite seine Hand aus Isis Griff und sah allen voran Kiran an. Auch wenn der und auch niemand sonst ihm glaubte – er musste es einfach aussprechen.

»Ich bin Finn«, sagte er.

Seine Stimme zitterte. »Bitte lasst uns einfach reden.«

Als er sah, wie sich die versteinerte Mine Kirans ein wenig entspannte, wurde auch sein Kopfschmerz weniger.

»*Das wissen wir*!«

»*Komm her, mein Freund*!«

»*Natürlich reden wir, bald klärt sich alles*!«

Erst jetzt bemerkte Finn, dass die Piraten längst ganz nah bei ihm standen. Er war wie in einem Tunnel gewesen und hatte nicht verstanden, dass sie zu ihm geeilt waren. Sie stützten ihn. Redeten nun auf ihn ein. Umarmten ihn. *Als Freunde.*

Melvin, Charadri, Mergo. Auch Flacka war da und humpelte neben ihn. Allein Bekassine stand abseits bei Decora. Finn wusste, warum. Sein Verstand funktionierte noch. Die Anwesenheit der Piraten und Woti verschaffte ihm Auftrieb. Da er zögerte, schubste Woti ihn sacht nach vorn. Er ging zu Bekassine. Sie sah so aus, als wüsste sie nicht, ob es Decora recht war, dass Finn sie einfach in den Arm nahm, aber sie wehrte sich auch nicht. Schließlich drückte auch sie ihn.

Finn sagte: »Es tut mir leid!«

Bekassine schluchzte. Ihre Flügel färbten sich blaugrün.

»Für mich war Vanell ein Freund. Ich weiß, dass er für dich noch mehr war.«

Bekassine sah ihn an. Sie nickte. Er hatte das Richtige gesagt. Er hatte gesagt, was er fühlte.

Finn suchte nun Melvins und Flackas Gesichter. Er fand sie hinter sich.

»Und Lilli … Woti hat mir alles erzählt! Es tut mir leid. Für mich und für uns alle. Und für sie!«

Vereinzeltes Schluchzen war zu hören.

»Aber jetzt müssen wir miteinander klären, wie es weitergeht.«

Er traute sich und sah Decora direkt in ihre blitzenden Augen. Sicher war es besser, erst die Dinge zu beratschlagen, die über Krieg und Frieden entschieden und was sonst noch alles. Ein Gespräch nur mit Decora musste warten. Sie konnten sich nicht um sich selbst kümmern, bevor die Sache mit dem Dritten Engel geklärt war, die wie ein Damokles-Schwert über ihnen allen schwebte. Er suchte Wotis Blick. Der Gwilling lächelte ihm aufmunternd zu. Er hatte es mit wenigen Worten geschafft, eine Grundlage für ein vernünftiges Gespräch zu legen. Und jetzt würde er sich zuerst dafür entschuldigen, was zwischen ihm und Kiran auf dem Schlachtfeld geschehen war.

»Decora«, sagte er. Er nahm all seinen Mut zusammen. »Wir beide sollten erst später …«

Doch er konnte seinen Satz nicht zu Ende bringen. Eine krächzend bösartige Stimme übertönte ihn vom Zelteingang aus.

»Die Meute da draußen zerreißt sich fast vor existenziellen Fragen, aber hier drinnen geht es schon wieder nur um die Liebschaften der zukünftigen Königin! Ich sehe schwarz für uns alle, wenn Kindern weiter erlaubt wird, hier Entscheidungen zu treffen!«

Finn fuhr herum. Ein uralter Wasserzwerg mit wirrem Bart war hineingelassen worden. Also gehörte er irgendwie zu ihnen. Es konnte sich eigentlich nur um Brien handeln, einem Anführer des Widerstands, von dem Woti berichtet hatte. Er hatte die ganze Situation falsch verstanden, das war klar, aber das half nun auch nicht mehr weiter!«

Zwei Elfen – vermutlich Ammi und *Ashna-irgendwas*, Finn hatte nicht alle Namen sofort behalten – herrschten den Wasserzwerg noch an, aber Bekassine bahnte sich ihren Weg zu ihm. In das Trauerblau ihrer verbliebenen Flügel mischte sich wütendes Schwarz.

»Du schon wieder, alter Zwerg! Was weißt du schon von Liebe? Die Königin hat jedes Recht, sich die Reihenfolge ihrer Probleme auszusuchen. Du aber solltest dich hüten, so respektlos über sie zu reden!«

Brien lachte heiser. »Jedes deiner Worte ist wie Wasser auf meine Mühlen! Weder kannst du beurteilen, was ich von der Liebe weiß, noch kannst du leugnen, dass dich dein eigener Verlust dazu bringt, einen klaren Kopf zu verlieren. Deine verkrüppelten Flügel sprechen Bände. So wichtig kann kein *Pirat* sein, dass wir uns hier darüber aufregen sollten, dass er sich für etwas Besseres geopfert hat! Froh solltest du über seinen Tod sein!«

Der Wasserzwerg bleckte gehässig die Zähne, die unter seinem blauen Bart hervorblitzten. Er hatte das Wort Pirat so geringschätzig ausgesprochen wie nur irgend möglich. Das war zuviel für Bekassine!

Sie machte zwei Schritte nach vorn und schlug Brien ins Gesicht.

Der Zwerg plumpste nach hinten. Auf dem Boden sitzend und mit bläulich blutverschmierter Nase sah er in die Runde der schockierten Truppe.

»Ich werde schon einen Weg finden, alles geradezubiegen. Verliert ihr alle euch nur in eurem sentimentalen Herzschmerz. Esmerylda wäre bestimmt stolz auf euch! Einfacher wäre es, ihr würdet akzeptieren, dass unser Engelsjunge hier sich eine andere Prinzessin gesucht hat!«

Briens Blick ging zu Finn, der in dem Trubel plötzlich wieder ganz nah an Isi gerückt war. Auch ihre beiden Hände hatten sich wieder gefunden.

Aber das war ganz unwillkürlich geschehen! Finn konnte es sich selbst nicht erklären!

Meckernd rappelte sich Brien auf die Beine und verließ das Zelt. Verfluchter Kerl! Finn verwünschte den alten Zwerg insgeheim. Woti hatte ihn ganz richtig beschrieben. Er wurde rot, weil er spürte, dass alle Blicke auf Isis und seiner Hand ruhten. Er löste sich aufs Neue von ihr.

»Und? Hat Brien recht?«, fragte Decora endlich in die neuerlich angespannte Stille. »Wir sind jetzt hier. Gemeinsam. Also sprechen wir auch gemeinsam. Das auf dem Schlachtfeld …« Sie sah ihn prüfend an. »Das warst nicht allein du. Aber jetzt bist du wieder du selbst, Finn! Beantworte meine Frage.«

Finns Lippen zitterten. Ihm wurde heiß. Er spürte Isis Blick auf ihm. Er konnte jetzt einfach *Nein* sagen. Dass sie nicht zusammen waren. Aber es war Decoras Frage, die ihn verletzte! Sie musste doch wissen, dass er nur sie liebte. Mit Sicherheit aber war es falsch von ihm, eine Gegenfrage zu stellen, doch die Worte kamen einfach so aus ihm heraus.

»Und was ist mit euch?«

Er sah sie mit einem strafenden Blick an. »Du hast ihn geküsst!«

Ihre Haare leuchteten auf. Decora antwortete nicht. Da trat Kiran vor und baute sich zu voller Größe auf.

»Ich habe *sie* geküsst!«

Finns Fäuste ballten sich ganz von allein. Er spürte, wie Unruhe in ihre ganze Truppe kam. Woti zog an ihm, damit er sich zurückhielt.

»Ich weiß es noch sehr genau, Kiran! Aber sie hat den Kuss erwidert.« Ganz sicher waren die nächsten Worte noch falscher als alle zuvor. »Und erinnerst du dich auch noch daran, was meine Antwort auf dem Schlachtfeld daraufhin war?«

»Hört auf!«, riefen die Piraten dazwischen, allen voran der kleine Mergo. Nur Bekassine hatte sich wütend wieder neben Decora aufgebaut.

Kiran sah ihn an. Ihm schien es ähnlich schwer zu fallen wie Finn, sich zusammenzureißen.

»Wie könnte ich jemals vergessen, was auf dem Schlachtfeld geschehen ist? Möchtest du vielleicht, dass ich das Knie vor dir beuge, Herr Engel?«

Finns stechender Kopfschmerz schoss wieder in seine Stirn und Schläfen.

»Das könnte dir so passen! Diesen Engelsfluch benutzen, um mir das Wort im Mund umzudrehen! Ich habe das für uns alle getan. Und ich hatte nicht einmal eine Wahl! Ihr aber schon!«

»Oh, großer Retter, habt Dank!«, fuhr ihn Kiran an. »Danke, dass du mich fast umgebracht hast!«

»Du weißt, dass ich nicht ich selbst war!«

»Und doch bist du verschwunden, nachdem Woti auftauchte! Wo war unser Freund, als seine Flügel verschwunden waren? Und wo war unser Freund, als ich der Versuchung wochenlang widerstanden habe, Decora näher zu kommen? Du hast uns im Stich gelassen! Du hast *sie* im Stich gelassen!«

Was zuviel war, war zuviel! Finn ging auf Kiran los. Im gleichen Moment schoss Isi dazwischen. Sie schubste Finn zurück.

»Sie sind es nicht wert, Finn! Komm, wir gehen!«

Kiran rief: »Du weißt also alles besser, Enkelin von Hildir? Und hältst dich selbst auch für etwas Besseres, nicht wahr?«

Isi hielt an sich, aber Finn spürte, dass es nicht viel mehr brauchte, dass sie Kiran ins Gesicht sprang.

»Vielleicht ist es so. Auf jeden Fall täte deine kleine Prinzessin aber gut daran, Finn mehr Vertrauen entgegen zu bringen!«

»Kleine Prinzessin? Ich warne dich! Und was soll das überhaupt heißen? Ich habe euch beide gesehen!«

Decora war also lange genug still gewesen. Sie kämpfte sich zwischen den Piraten zu Isi vor. Die beiden Frauen standen sich nun direkt gegenüber.

Decora fauchte: »Tu also nicht so scheinheilig, Isi *Von-wem-auch-immer-Tochter*!«

Ihre Haare flammten auf.

»Das hat Stil!«, höhnte Isi mit trotziger, belegter Stimme. »Eine Beleidigung auf Kosten der getöteten Mutter aussprechen! Du scheinst nicht viel aus deiner eigenen Geschichte gelernt zu haben, Herzchen!«

Decoras Augen leuchteten. »Deine Mutter war Kriegsherrin und wurde von ihrer eigenen Mutter getötet. Meinst du nicht, das ist etwas anders als bei mir?«

Isis Hand öffnete sich. Flammen schlugen daraus in bedenklicher Nähe zu Decoras Gesicht hervor.

»Natürlich«, bemerkte Decora spöttisch und wich keinen Zentimeter zurück. »Gewalt scheint bei euch in der Familie das Mittel der Wahl zu sein!«

Finn hatte keine Ahnung, wie in Sekunden alles derart den Bach runtergehen konnte.

»Decora, Isi, bitte …«

Sein kläglicher Schlichtungsversuch war nicht viel mehr als ein erbärmliches Stammeln.

»Und du, Finn!«, fuhr Decora ihn an. Ihre weiß glühenden Haare wurden vom Orangerot von Isis Flammen angestrahlt.

»Ich habe alles gesehen! Gehofft hatte ich. Stunde um Stunde! Und dann *diese Nachricht*, die ich von euch bekam ...« Tränen standen ihr in den Augen. »Worauf hätte ich denn deiner Meinung nach warten sollen? Und trotzdem tat ich es auch dann noch!«

Finn war wie vor den Kopf gestoßen.

»Decora, wovon redest du? In meiner Nachricht habe ich alles erklärt!«

»Überraschung – für mich kam es so rüber, als würdest du sie lieben!«

Decora hatte nun jedweden höflichen Ton fallengelassen. Sie schrie ihn geradezu an. »Alles war eine Lüge! Von Anfang an! Menschen verlieben sich in Lunatae, wenn sie lange mit ihnen zusammen sind. Du hast mich daher nie wirklich geliebt! Und jetzt hast du sie gefunden ...«

»Decora, das alles muss ein Missverständnis sein!«

Finn war verzweifelt. Sein Kopfschmerz wurde immer schlimmer. Er musste sich ausruhen. Ein klarer Gedanke war kaum mehr möglich.

»Missverständnis?!«, funkte Isi dazwischen. »Finn, mach dich nicht klein! Ich habe bisher noch keine Antwort von den beiden hübschen Thronfolgern gehört. Was ist denn mit ihnen? Sie leugnen doch gar nicht, dass sie zusammen sind! Es gibt hier kein Missverständnis!«

»Isi, das ist keine Hilfe ...« Finn wurde immer leiser. »Der Brief ... Decora, was ist mit dem Brief?«

»Ich weiß es nicht, Finn! Aber das Ganze auch noch zu lesen – ich weiß nicht, ob es das besser gemacht hätte!«

In Finns Kopf drehte sich alles. Er verstand nichts mehr. »Also wolltest du mich gar nicht mehr? Ist es das?«

»Du bist wirklich ein Dummkopf wie es keinen zweiten gibt, Finn Ritter!«

»Alles steht in meinem Brief, Decora.« Finns Stimme war in ein Flehen übergegangen. »Lies ihn.«

»Ich habe nie einen Brief von dir bekommen, Finn!«

Er horchte verzweifelt auf.

»Was ist mit Veda? Ich habe sie zu dir zurückgeschickt.«

Decoras Stimme brach.

»Du kannst jetzt viel behaupten, von dem, was angeblich in deinem tollen Brief stand!«

»Bitte, was?«

»Veda war sogar dabei! Und dann ist sie nie mehr zurückgekehrt. Sie ist gestorben für eine Wahrheit, die ich nie hören wollte! Du hast deiner Schneehexe am Feuer gesagt, du würdest sie lieben«

Finn kam nicht mehr mit.

»Decora, das mit Veda tut mir so leid, ich wusste es nicht! Aber …«

»*Schneehexe*?« Isi schnaubte vor Wut. »Glaubst du vielleicht, weil du ein kleines Prinzesschen bist, kannst du dir alles erlauben?«

Isi hätte Decora sicherlich umgehauen, wenn Bekassine sich nicht ebenfalls in den Ring geworfen hätte! Die Elfe verpasste Isi einen satten Stoß und überrumpelte sie.

»Du bist doch selbst eine verdammte Prinzessin!«

Die beiden gingen aufeinander los. Finn sprang dazwischen. Er versuchte, Isi und Bekassine auseinander zu bekommen. Es war zwecklos.

Und dann rief Kiran: »Ja, wir sind zusammen. Ich liebe sie.«

Stille.

»Ist es das, was du hören wolltest, Finn?«

Finn sah Decora an. Mit Tränen in den Augen stand sie an Kirans Seite.

Ermattet sagte Finn: »Ich verstehe. Die Liebe kann man sich nicht aussuchen.«

Als er sich zum Gehen wandte, hörte er in das Stechen seines Kopfschmerzes hinein die Rufe der vor dem Zelt versammelten Soldatenmeute.

»Ich weiß nicht, wie es mit dem Dritten Engel weitergehen soll.« Trotz lag in seiner Stimme. »Aber da wir jetzt alles Unwichtige geklärt haben, können wir uns nun den echten Fragen widmen. Viele von uns sind nicht wegen unseres Krieges hier, sondern wegen eines anderen. Ich werde diesen Verrückten da draußen noch einmal erklären, dass Königin Idisi und König Kiran alsbald entscheiden, was mit ihnen geschehen wird.«

Zuletzt drehte er sich noch einmal zu Kiran um. »Ich hoffe, du weißt noch, warum uns das Schicksal eigentlich hier versammelt hat!«

Und zu Isi gewandt sagte er: »Redet miteinander. Du weißt am besten, wie nötig es ist.«

DIE ERBEN HILDIRS UND RENKEJAS

Die Nacht war voller Stimmen. Voller Gemurmel. Voller Unruhe. Die wenigsten schliefen, obwohl der Mond sich zusammen mit den Sternen hinter dichten Hochnebelfeldern zurückgezogen hatte und das Lager am Hirschkopf noch dunkler war, als es die Spätwinternächte in diesem Teil Telluriscors üblicherweise waren.

»Hättest du dir das jemals vorstellen können?«

Endlich brachte Kiran es fertig, ihr Schweigen zu brechen. Königin Idisi und er hatten sich nun lange genug gegenseitig belauert.

Die rothaarige junge Frau, die mit Fellen behangen war und ihre Hände stets gefährlich nahe am Griff ihrer Streitaxt behielt, funkelte ihn an.

»Was meinst du, Herr der Sieben-Brot-Lande?«

Sie schritt im Halbrund um ihn.

»Dass wir uns gegenüberstehen ohne die Waffen gezückt zu halten, nachdem du mich auf dem Schlachtfeld niedergeschlagen hast? Oder vielleicht die Tatsache, dass wir hier beieinander sind, ohne Finn Ritter bei uns zu haben, den weder du noch die fremde Prinzessin als Gefährten verdient haben?«

Kiran biss die Zähne zusammen. Die Enkelin Hildirs machte keine Gefangenen. Sie führte ihre Worte mit der Schärfe eines alonischen Schwertes.

»Oder, Kiran von Weit-Alon, meinst du vielleicht das Flüstern, von dem diese seltsame Nacht allerorten erfüllt ist?«

Sie machte eine Pause, aber sie sah nicht eine Sekunde weg.

»Die Stimmen der Männer und Frauen erzählen vom Dritten Engel. Wer weiß schon, was genau sie da fabulieren? Und wahrscheinlich ist es auch besser, nicht zu genau hinzuhören. Denn im Zweifel hätten sie mit dem meisten, was sie da von sich geben, wohl recht.«

Kiran atmete schwer. Er wollte sich setzen, widerstand aber dem Drang.

»Ich bin nicht sicher«, antwortete er schließlich. »Alles drei wahrscheinlich.«

Königin Idisi ließ den Anflug eines Lächelns erkennen. Vielleicht gefiel es ihr, dass er ihr in der Sache mit Finn nicht widersprochen hatte. Ihr Streit von vorhin hätte keinesfalls so ausgehen dürfen!

»Jedenfalls …« Er rang nach den richtigen Worten. Wahrscheinlich war es besser, es möglichst klar und deutlich zu halten.

»Jedenfalls tut es mir leid. Die Sache auf dem Schlachtfeld. Ich konnte nicht wissen, wie sich die Dinge entwickeln würden. Das alles mit Finn …«

Idisis Haltung entspannte sich etwas. »Das zumindest verstehe ich. Ich war genauso voller Unsicherheit. Und Zorn.«

»Und Trauer.« Kiran ging nun einen Schritt auf sie zu. »Dein Verlust tut mir ebenso leid. Ich versichere dir, dass ich nicht vorhatte, deiner Mutter etwas anzutun.«

»Das weiß ich jetzt«, lenkte die Königin ein. »Das alles war Hildir …

»Vergiss meinen Vater nicht«, ergänzte Kiran bitter.

»Nein, natürlich nicht.« Idisi war sichtlich schmerzerfüllt. »Auch du hast einen Verlust erlitten. Sei dir meines Mitgefühls sicher.«

Kiran reichte der Königin die Hand. Nach kurzem Zögern ging sie auf den Handschlag ein.

Plötzlich grinste sie. »Das ist mir ein wenig zu gefühlsduselig. Wir sollten auf keinen Fall vergessen, dass wir uns nicht leiden können!«

»Auf keinen Fall!«

Kiran zog die Hand wieder weg. Auch er grinste.

»Wir tun das hier nur auf Wunsch des Dritten Engels!«

Jetzt lachten sie beide. Vielleicht würde das Treffen mit Königin Idisi doch einfacher als gedacht!

»Und nun?«

»Und nun was?«, gab Idisi zurück. Sie umrundete ihn erneut und trat an den Tisch, neben dem ein verlorener Waffenständer stand. Sie hatten das Zelt gewechselt. Das Kommandozelt mit den anderen befand sich nebenan.

»Wollen wir einfach über alles reden?«

Kiran kam sich dumm vor, noch während er die Worte aussprach.

Sie musterte ihn, während sie sich seinen Wein eingoss und ihn aus seinem Glas in einem einzigen Zug austrank.

»Auch wenn du es dir sicher wünschst, großer Prinz, aber ich werde sicher keine religiösen Fragen mit dir erörtern.«

Sie schüttete sich nach.

»Vor allem, da es sich …« Sie machte eine Trinkpause.

»… da es sich um Finn handelt«, vollendete er ihren Gedanken. »Keine Sorge, nichts läge mir ferner.«

Er ging zu ihr an den Tisch, nahm sich ein neues Glas und schüttete sich ebenfalls ein.

»Übrigens bin ich jetzt auch ein König. Kein Prinz mehr.«

»Oh, entschuldige!«

Idisi durchbohrte ihn mit ihren grünen Augen. »Wie konnte ich das vergessen? Ein König und eine Königin. Und wahrscheinlich hätten beide nicht im Traum damit gerechnet, so schnell in diesen Genuss zu kommen.« Mit zerknirschtem Gesichtsausdruck leerte sie auch das zweite Glas. »Aber nun sind wir hier, auch wenn ich wohl lieber an jedem anderen Ort auf der Welt wäre …«

Kiran wurde diese junge Königin, die ja eigentlich nicht viel mehr als eine völlig Fremde für ihn war, mit jedem Satz sympathischer.

»Es geht mir genauso«, bestätigte er.

»So?« Idisi forderte ihn mit der Stimme heraus. »Vielleicht auf Aethra? Beim Kampf gegen Trucido? Deiner Heimat den Rücken kehrend?«

Er überlegte. Vielleicht war sie ihm doch nicht so sympathisch!

»Du kennst Aethra? Und Trucido?«, fragte er halb überrascht.

»Mehr Muskeln als Verstand nehme ich an!«

Sie klang herablassend. »Denkst du, ich verbringe Wochen mit Finn, ohne eure Geschichte in allen Einzelheiten zu kennen?«

»Nein, natürlich nicht …«

Kiran kam sich schon wieder dumm vor. Aber er hatte weder Lust, sich von ihr belehren zu lassen, noch etwas vorgeworfen zu bekommen.

»Dann wirst du sicherlich nachvollziehen können, dass es keinesfalls so ist, Telluriscor den Rücken zu kehren, wenn ich stattdessen Trucido bekämpfe.«

»Du klingst wie Finn.«

Kiran räusperte sich. Immerzu dachte er an Finn und ihre zerrüttete Freundschaft.

»Dann ist er so klug, wie ich ihn kennengelernt habe.« Er schluckte. »Trotz allem …«, fügte er hinzu. »Der Kampf gegen Trucido dient auch dem Schutz Telluriscors!«

Idisi lachte laut auf.

»Du meinst wohl eher dem Imponieren vor deiner kleinen Mondprinzessin!«

»Sprich nicht so über Decora!«, herrschte Kiran sie an. »Sie hat mehr gelitten als wir beide zusammen!«

Idisi knallte das Glas auf den Tisch.

»Woher willst du wissen, worunter ich zeitlebens leiden musste? Außerdem scheint etwas dran zu sein, wenn du dich so schnell ärgern lässt!«

Kiran riss sich zusammen.

»Glaub über mich, was auch immer du willst. Aber wie mir scheint, vertraust du Finn.«

Idisi erwiderte nichts, was einer Zustimmung gleichkam.

»Wenn ich also so wie er klinge, dann müsstest du doch mittlerweile verstehen, was alles an diesem Kampf hängt. Wir haben Dinge gesehen, die würdest du nicht für möglich halten! Die Kelpen Trucidos sind …« Er stockte. Finn musste ihr auch davon erzählt haben. »Jedenfalls sind alle Welten bedroht, solange dieser Zauberer da draußen sein Unwesen treibt. Und diesem Treiben ein Ende zu setzen war von Beginn an unser Ziel. Mein Vater schickte mich los, um an das Portalgeheimnis zu kommen, aber ich entschied mich für Decoras Kampf.«

»Für sie. Nicht für ihren Kampf.«

»Wenn du es genau wissen willst - ja! Doch es spielt keine Rolle, warum ich zu Anfang meine Meinung änderte. In der Zwischenzeit kenne ich die Hintergründe und weiß sehr genau, wie wichtig es ist, was nun mit den Soldaten um uns herum geschieht!«

Idisi wurde hellhörig.

»Endlich kommen wir der Sache näher! Du willst zusammen mit den Heeren und euren Portalen in die fremde Welt aufbrechen, um dich den Armeen des Zauberers entgegenzustellen!«

»Ich werde dich nicht anlügen, da ich keinesfalls in die Fußstapfen unserer Eltern treten möchte: So ist es. Daher kamen wir zurück. Um Kämpfer zu bekommen, die mit uns gegen Trucido ziehen.«

»In Decoras Kampf.«

»In den Kampf von uns allen«, widersprach Kiran.

Die Königin schüttelte den Kopf.

»Haben du und Finn das einstudiert? Wochenlang hat er mir dasselbe erzählt.«

»Aber dann muss die Entscheidung doch klar sein.«

Kiran stützte die Hände auf den Tisch. Er fühlte sich schwach. »Schließe dich der Sache an. Meiner Sache. Decoras Sache. Finns Sache. Wie auch immer du sie nennen willst. *Deiner* Sache. Der Krieg unserer Eltern ist Geschichte. Aber noch ist unsere Heimat keinesfalls sicher.

Gib Befehl, dass die Krieger des Nordens zusammen mit denen Weit-Alons nach Aethra aufbrechen.«

Idisi lachte. »Das könnte dir so passen!«

Kiran wusste nicht mehr weiter. »Du bist mir ein Rätsel! Krieg willst du nicht, obwohl du verstehst, dass der Frieden manchmal nicht ohne Kampf erreicht werden kann. Finn ist der Dritte Engel - bei allem, was uns heilig ist, wieso vertraust du seinem Wort nicht?«

»Ich vertraue seinem Wort! Ich warne dich, das infragezustellen, junger König!«

»Schon gut!«, lenkte er ein. »Ich glaube, du wirfst anderen Dinge vor, derer du dich selbst schuldig machst! Wenn du so vernarrt in ihn bist, dann leiste seinem Wunsch doch einfach folge!«

»Ich bin nicht du!«, rief sie. »Folgen würde ich ihm überallhin, wenn ich dabei wüsste, dass unsere Heimat in Sicherheit ist.«

Kiran wurde es langsam zu bunt. »Aber darum geht es doch! Trucido zu vernichten, damit *alle* sicher sein können!«

Idisi atmete langsam ein und aus.

»Lass uns wieder ruhig werden. Wir sollten unsere neue Macht nicht von diesen starken Gefühlen lenken lassen. Wir wissen, wohin das führen kann.«

Kiran nickte. Da hatte sie verdammt noch mal recht!

Sie sagte: »Ich glaube nicht, dass Telluriscor im Augenblick in Sicherheit ist. Aber ich halte euren Trucido dabei für das kleinere Übel.«

Plötzlich verstand Kiran, was sie umtrieb.

»Mein Vater und deine Großmutter.«

»So ist es. Sie sind der Wahnsinn, den man abschneiden muss. Es steckt mehr dahinter, als du ahnst.«

Kiran hatte ein seltsames Gefühl, so als wollte Idisi ihm noch etwas sehr Wichtiges erzählen.

Dann aber sagte Idisi: »Falls es dich tröstet, Hildir hat eine ganze Meuchelmördertruppe auf meinen Kopf angesetzt.«

»Wie soll mir das weiterhelfen?«, entgegnete Kiran entrüstet. Dann murmelte er: »Naja, vielleicht ein bisschen.« Er zwang sich zu einem Grinsen.

»Insgeheim verstehst du«, sagte Idisi, »dass ich Telluriscor nicht Lebewohl sagen werde. Und meine Krieger werde ich ebenso wenig ziehen lassen. Ich bin fest davon überzeugt, dass Hildir und Renkeja nach einem Weg zurück auf den Thron trachten. Sie leben und sie sind vielleicht sogar zusammen. Das macht sie noch gefährlicher als all die Jahre zuvor. Sie haben nichts mehr zu verlieren. Falls sie es schaffen, sich zusammenzuraufen und zurückzukommen, und dann die Herrschersitze verwaist vorfinden, werden sie das Volk dazu bringen, sie erneut als König und Königin anzuerkennen. Das werde ich niemals zulassen.«

Sie hatte einen wunden Punkt getroffen. Aber trotzdem wollte er nicht glauben, dass sie sich zusammenraufen könnten. Oder verschwieg ihm Idisi doch etwas? Zumindest aber war klar: Auch allein würde jeder von ihnen nicht ruhen. Sie würden nicht aufgeben. Sein Vater nicht. Und ebenso wenig Hildir, die ihre eigene Tochter enthauptet hatte, um einen Krieg zu bekommen.

»Und dennoch sind wir auch nicht sicher, wenn wir uns hier festsetzen, um eine Rückkehr Hildirs und meines Vaters zu verhindern. Ich gab Decora nicht nur mein Versprechen, ich bin auch im Grunde meines Herzens davon überzeugt, dass Trucido unschädlich gemacht werden muss.«

»Dann gibt es nur einen Weg.«

Kiran sah sie an. »Wir trennen die Heere?«

Idisi bestätigte: »So, wie sie es schon immer waren. Aber nun sind sie keine Feinde mehr. Du gehst mit deinem Heer nach Aethra und zeigst diesem Zauberer, aus welchem Holz Telluriscorianer geschnitzt sind.«

»Und du kehrst in den Norden zurück und bewachst den Thron deiner Vorfahren.«

»Nicht ganz, Kiran von Weit-Alon.«

»Nicht?«

»Nein! Ich bewache die Throne *unserer Vorfahren.*«

Kiran starrte sie an.

»Wenn du mich lässt«, fügte sie hinzu. »Sobald du zurückkehrst, gehört Weit-Alon wieder dir.«

Der neue König dachte nach. Schließlich sagte er: »Wenn Finn dir vertraut, tue ich es auch.«

»Er ist immer noch dein Freund, nicht wahr?«, fragte sie.

Er antwortete: »Wäre er es nicht, wäre es keine Freundschaft gewesen.«

»Vielleicht«, überlegte sie, »bist du doch nicht so schlimm wie ich dachte.«

Ein wenig später standen sie neben dem Zeltausgang

»Eine Sache haben wir noch nicht besprochen«, sagte Kiran. »Es wird nicht leicht werden, die Soldaten zu überzeugen, einer fremden Herrscherin und mir nach Aethra zu folgen. Damals hatte ich noch auf die Unterstützung meines Vaters gehofft. Aber nun bin ich selbst König und soll dieses Unterfangen zu meiner ersten Amtshandlung machen …«

Er legte die Stirn in Falten. »Und wie willst du deinen Soldatinnen und Soldaten nahebringen, die Sieben-Brot-Lande zu beschützen? Wie kannst du sicherstellen, dass sie keine Gefahr für die normale Bevölkerung sind. Bis vor zwei Tagen waren sie noch Todfeinde!«

Idisi lächelte breit. »Endlich mal etwas, dass sich mit Leichtigkeit bewältigen lässst.«

Kiran sah sie fragend an.

»Komm schon!« Sie blickte verständnislos drein. »Warum muss man die Männer eigentlich immer auf so naheliegende Sachen stoßen?! Wir haben den Dritten Engel!«

Kiran überlegte. Das klang tatsächlich logisch. Natürlich würde er ihnen helfen. Seinetwegen standen Idisi und er doch überhaupt nur hier! Aber zuerst mussten sie die anderen in Kenntnis setzen.

»Wirst du noch mitkommen, Idisi?«, fragte Kiran.

Insgeheim hoffte er, dass sie seine implizite Einladung ablehnen würde. Er dachte an Decora.

Sie offenbar ebenfalls. »Ich verzichte lieber auf das Mondgesicht deiner Freundin und ihrer geflügelten Anstandsdame!«

Sie sprach von Bekassine. Kiran war erleichtert. Er ließ es bleiben, Idisi zurechtzuweisen. Sie hatte offensichtlich einen Scherz gemacht.

Sie sagte: »Ich suche Finn und rede schon einmal mit ihm.«

Kiran spürte plötzlich eine vage Hoffnung aufkeimen.

»Du hast mir vorhin nicht widersprochen. Findet er dich eigentlich auch so toll wie du ihn? Das würde einiges einfacher machen!«

»Ich sag ja: Leider mehr Muskeln als Verstand.«

Und damit ließ Idisi Kiran allein beim Zeltausgang zurück.

Engel oder Ritter?

Die kleine Truppe, die selbst in einem Heerlager wie diesem, das so viele verschiedene Völker, Krieger und Kriegstiere in sich vereinte, sonderbar exotisch und fremd wirkte, bewegte sich gemächlich zwischen den Zelten auf jene Anhöhe zu, von der Decora mit ihrem Eisenholzstab vor nicht allzu langer Zeit das falsche Engelsdonnern heraufbeschworen hatte, um die Kämpfe aufzuhalten. Die Lunata war es auch, die nun der kleinen Truppe voranging. Mittlerweile war etwas mehr Ruhe in die Krieger gekommen, denn bereits am Vormittag dieses Tages hatten Kiran und die neue Königin zu ihren Heeresteilen gesprochen und sie darauf vorbereitet, dass ihr Aufenthalt in dieser kalten Ebene seinem Ende zuging. Allein, was konkret folgen sollte, hatten die beiden Anführer den Männern und Frauen einstweilen verschwiegen. Aber auch das bloße Zeigen ihrer Präsenz und ihr gemeinsames Vorgehen hatten kurzfristig zur Beruhigung der erhitzten Gemüter beigetragen. Ein weiterer Effekt war, das der Name Decora Nubigena nun ebenfalls in aller Munde war und es für die Soldatinnen und Soldaten nicht schwer zu erraten war, welche Prinzessinnenkönigin aus einer anderen Welt da zusammen mit ihren Freunden und Beratern durch ihr Lager wanderte. Sogar mit dem Dritten Engel sollten diese Personen bekannt sein. Wenn das nicht ein wahrhaftiger Grund zum Tuscheln und für noch ein wenig Geduld war! Jedenfalls machte man Decora und ihren Freunden Platz, grüßte sie bisweilen mit dem telluriscorianischen Gruß, den die Lunata jedes einzelne Mal zu erwidern wusste.

»Erfolgreiche Prüfungen!«, warf Decora gerade einer kleinen Gruppe von Trollen zu, die Oberkörper frei an einem Lagerfeuer saßen und Stockbrot briet, als wäre es eine laue Sommernacht und nicht frostklirrender Spätwinter.

Die Trolle lachten laut und winkten, es gefiel ihnen sicherlich, dass eine Herrscherin - zumal eine Fremde - frei im Lager herumspazierte und dabei auch noch das eine oder andere freundliche Wort übrig hatte.

»Wollt Ihr auch etwas?«, rief der vorderste Troll. Seine Haut dampfte vor Kälte. Oder vor Wärme? Decora war nicht in der Lage, sich darüber Gedanken zu machen. Sie schüttelte den Kopf und marschierte weiter.

»Ein anderes Mal vielleicht.«

Sie wollte nicht unhöflich sein.

»Wir kommen darauf zurück«, rief ein zweiter Troll und biss genüsslich in sein braunschwarz verbranntes Stück Brot.

»Du wirst einmal eine gute Königin werden!«, sagte Flacka ernst.

Decora lächelte matt. Sie hatte auch nicht die Spur von Lust über diese Angelegenheit nachzudenken. Aber die Anwesenheit des Widerstandes und der Piraten hatten ihr in den letzten Stunden klargemacht, dass man dies und nichts anderes am Ende ihrer Reise erwartete: den Thron von Excelsa einzunehmen. Himmelsfürstin sein. Etwas, das sie nie gewollt, geschweige denn sich Gedanken darüber gemacht hatte. Bis … Ja, bis Trucido gekommen war. Aber auch danach hatte sie ihre diesbezügliche Zukunft stets erfolgreich aus allen Erwägungen zu verdrängen verstanden.

»Vorausgesetzt, da ist etwas übrig, von dem man Königin sein könnte«, sagte sie angespannt. »Außerdem bezweifle ich, was du sagst. Aber ich danke dir wenigstens für den Versuch, mich aufzumuntern.«

»Das ist nur ein kleiner Teil meiner Absicht, Decora«, widersprach die Kapitänin röchelnd. Sie erreichten den steiler werdenden Teil der Anhöhe. Melvin und Charadri stützten Flacka nach Kräften. Sie hatte es sich nicht nehmen lassen, mit ihnen zu kommen. »Eher will ich mich selbst aufmuntern. Schließlich ist es meine Heimat, die du einmal regieren willst!«

Decora musste schmunzeln. »Es tut gut, euch wieder um mich zu haben.«

»Es geht uns genauso!«, bestätigte Melvin. Ihm machte der Marsch am wenigsten aus. Sein Beinapparat tat sein Wunderwerk, ganz gleich, in welchem Gelände der Wasserzwerg sich bewegte. »Vanell, Lilli, Veda. Ich habe das Gefühl, sie sind immer noch bei uns, wenn wir zusammen sind.«

Bekassine schniefte. Mergo ging an ihrer Hand. Seit die Piraten - allen voran Charadri - zurück waren, war er wieder etwas unbeschwerter geworden. Aber sobald die Rede auf die beiden Toten zu sprechen kam, zitterten seine verfärbten Flügel. Doch diesmal riss er sich noch mehr zusammen und sagte: »Und Raukelunk und Ina! Auch sie sind fort. Es stimmt, was Melvin sagt. Ich habe das Gefühl, sie sind mitten unter uns. Obwohl sie aufgebrochen sind und uns nicht einmal gesagt haben, wohin!«

Woti schloss zu Bekassine und Mergo auf und fasste ebenfalls die Hand des Jungen.

»Schade, dass ich nicht mit euch auf der Feuerente war! Mit einer Truppe wie euch war es bestimmt wunderbar!«

Decora rümpfte die Nase. »Gegen die Gesellschaft war nichts einzuwenden. Wenn wir nur nicht die ganze Zeit Todesangst um dich gehabt hätten. Oder dich später tatsächlich für tot gehalten hätten.«

»Oder gegen eine Monsterversion von dir hätten kämpfen müssen!«, ergänzte Charadri.

»Oder«, stieg jetzt auch Mergo mit ein, »wenn wir nur nicht wochenlang in einer Flaute versauert wären!«

Flacka beschloss diese Aufnahme der gesammelten Schrecken, die sie auf der Ente erlebt hatten: »Oder wir nicht dem leibhaftigen Schrecken der Meere begegnet wären!«

Woti lachte trocken. »Getauscht hätte ich liebend gern! Wo ich war, war das Licht so fern …«

Sie erreichten nun langsam die Spitze der Anhöhe. Decora sagte: »Na, wir haben es echt drauf, selbst in einer Situation der Hoffnung Trübsal zu blasen.«

Mergo lachte. »Wir haben es drauf!? Das sagt man doch nicht als Königin! Hört sich eher wie etwas an, das Finn sagen würde!«

Bekassine rügte den Elfejungen mit einem bösen Blick.

»Entschuldige, Decora! Ich dachte nur gerade …«

»Du brauchst dich nicht zu entschuldigen.«

Sie seufzte.

»Doch, doch!«, beteuerte Mergo. »Weil du ja jetzt mit Kiran zusammen bist und …«

»Lass es gut sein, Mergo«, sagte Charadri väterlich. »Das ist kein gutes Thema.

Decora wollte unbekümmert klingen, ihre Stimme aber war brüchiger als beabsichtigt. »Ach, was. Es gibt nichts, worüber wir nicht sprechen könnten. Es ist ja kein Geheimnis!«

Die anderen vermieden es trotzdem, sie anzusehen. Na, toll! Was sollte das nun wieder bedeuten? Glaubten sie ihr etwa nicht?

Schließlich sagte Melvin: »Aber deswegen sind wir ja auch gar nicht hier. Lasst uns lieber den Ausblick verinnerlichen!«

Gemeinsam atmeten sie auf und drehten sich nach Osten. Das Lager lag in der Ebene vor ihnen. Gut zu sehen war der Bruch, an dem es sich in die Truppen des Nordens und die Weit-Alons teilte. Weit-Alon besaß mehr Kämpfer, wenn auch nicht viele, schätzte Decora.

»Was meinst du, zukünftige Königin?«, fragte Flacka.

Decora trat ganz nach vorn. »Ich glaube, es wäre die größte und schlagkräftigste Streitmacht, die Aethra seit dem Vier-Völker-Krieg gesehen hat.«

»Das wohl! Meine Frage beantwortet hast du damit aber nicht.«

Decora spürte, wie Flacka neben ihr die Zähne zusammenbiss. Mit ihrem verbliebenen Auge musterte die Zwergin sie von der Seite.

Die Lunata hielt den Blick nach vorn gerichtet.

»Ich habe auch nicht vor, der berüchtigtsten Kapitänin aller Zeiten etwas vorzumachen. Ich habe keine Vorstellung davon, wie groß Trucidos Kelpenheere in Wahrheit sind. Auch bin ich keine Offizierin. Aber ich glaube nicht, dass wir ihm zahlenmäßig auf Augenhöhe begegnen können. Königin Idisi wird ihre Truppen nicht zur Verfügung stellen. Die Schwerter, die vielleicht mit uns ziehen, sind nur die Hälfte von denen, die wir dort unten sehen.«

»Und doch höre ich ein Fünkchen Zuversicht in deiner Stimme«, bemerkte Melvin.

»Und ich in deiner.«

Nun sah Decora in die Runde.

»Bisher haben wir so vieles geschafft, was eigentlich unmöglich hätte sein sollen. Und das hier, das war unser Plan, falls wir die Kelpen verwundbar machen könnten! Nun ist es soweit. Vielleicht ist Trucido sogar geschwächt. Wer weiß, was der Angriff auf die Sternenhallen mit ihm gemacht hat. Jedenfalls werde ich nicht diese unglaubliche Chance, die wir hier erreicht haben, zerreden, nur weil so vieles ungewiss bleibt. Worauf es nun wirklich ankommt, ist Kiran. Er muss die Truppen überzeugen, mit uns in einen neuen Krieg zu ziehen.«

Flacka sagte: »Und auf Finn.«

Decoras Augen und Haare leuchteten auf. Sie sah auf die Truppen des Nordens.

»Ja, und auf Finn.«

Die anderen waren ein wenig später wieder zurück den Hügel hinabgestiegen. Decora aber hatte sich erbeten, noch ein wenig dort zu bleiben. Gedankenverloren beobachtete sie das Heerlager und hörte, wie die unzähligen Rufe der Kämpfer gedämpft bis zu ihr drangen. Plötzlich räusperte sich jemand neben ihr. Decora erschrak. Woti! Der Gwilling war dageblieben und sah ebenfalls hinab in die Ebene. Ein kalter Windzug ließ Decora frösteln, als er sprach.

»Du denkst immerzu an ihn. An Finn.«

Sie fühlte sich ertappt. Ihre Stimme klang trotzig, ohne dass sie es wollte.

»Ich denke an uns alle. Natürlich denke ich auch an ihn.«

Woti lachte hohl.

»Ich muss das jetzt sagen. Und du musst es ertragen.«

Decora wollte keine Standpauke bekommen, aber genau so fühlte es sich an. Die Kraft, etwas einzuwerfen, hatte sie aber auch nicht.

»Er liebt dich, das ist gewiss.« Woti machte eine Pause. »Das alles war ein Missverständnis.«

Decora hatte das Gefühl, gleich laut aufschreien zu müssen. Sie schaffte es nur mit Mühe, sich zusammenzureißen.

»Immer diese Sache mit dem Missverständnis! Sag, warum ist er dann bei ihr?«

»Du meinst wohl nicht bei dir?«

»Ja, das meine ich! Kannst du mir das vielleicht erklären, Woti? Und seid wann bist du der Experte in Liebesdingen?«

Auf der Stelle tat es ihr leid. Sie wollte Woti nicht beleidigen. Aber er schien klug genug um zu verstehen, dass sie aufgebracht war, und ging erst gar nicht darauf ein.

Stattdessen sagte er in scharfem Ton: »Warum bist *du* nicht bei Finn? Dein Vorwurf macht keinen Sinn! Du kennst ihn doch!« Er schien die nächsten Worte wohl überlegt zu haben: »Finn, das ist er immer noch!«

Decora wusste einfach nicht, was sie dazu sagen sollte.

Also machte Woti weiter. »Der Engel war er nicht, weil er es wollte. Doch wohl eher, weil es sein Weg zurück zu dir sein sollte!«

Sie sah das Flackern ihrer Haare als Spiegelung in Wotis Augen. Warum öffnete sich jetzt kein Portal? Irgendwohin, wo sie ganz allein war. Ein Ort ohne Gefühle …

»Und was ist mit Königin Idisi?«, brachte sie heraus.

Woti funkelte sie tadelnd an.

»Ernsthafte Konkurrenz für dich war sie zu keiner Zeit. Aber jetzt kommt sie für dich wie eine gute Gelegenheit!«

Entgeistert starrte sie ihren Freund an. »Was willst du damit sagen?«

»Liebst du nun Kiran oder Finn? Halte sie nicht beide hin!«

Decora war dermaßen entwaffnet, sie schaffte es nicht, einen einzigen klaren Gedanken zu fassen. Geschweige denn, eine vernünftige Antwort zu geben.

»Decora, du musst dich entscheiden. Sonst müssen statt einem alle leiden!«

Woti war längst weg. Decora stand immer noch auf der Anhöhe. Sie war verwirrt. Verletzt. Und wütend. Vor allem auf sich selbst. Sie brauchte jetzt ein Ventil. Vielleicht das Gesicht der Schneehexenkönigin?! Keine gute

Idee. Und Fieslinge waren auch nicht in der Nähe. Sie drückte ihren Eisenholzstab zwischen ihren Händen, den sie nun wieder stets bei sich trug. Eine Kraft durchfuhr sie, die von ihrer Wut noch genährt wurde. Finn, Kiran, Idisi! Es gab andere Weichen zu stellen! Ein ganzes Heer musste ihr folgen. Einer Lunata, die stark war. Die es mit jedem aufnehmen konnte. Der Eisenholzstab war die Waffe Telluriscors. Die Waffe Weit-Alons. Sie musste sie sicher beherrschen. Noch einmal hörte sie auf die Wut in ihrem Bauch. Sie sammelte sie, kostete noch mehr von diesem bittersüßen Gefühl, dann dachte sie das Wort. *Blitz*!

Im nächsten Augenblick schoss aus dem Diamant des Stabes ein zuckender Blitz gen Himmel. Kraftvoll. Mächtig. Zusammen mit einer großen Portion ihrer Wut. Es war ein unglaubliches Gefühl. Das konnte sie noch einmal! Bestimmt ließ sich noch besser zielen! Sie lächelte grimmig. Ihre Augen flirrten mit ihren wehenden Haaren um die Wette, während über der Anhöhe des Heerlagers ein zuckender und sirrender Blitz nach dem nächsten das dichte Wolkengrau zerriss und allmählich die Wintersonnenstrahlen dahinter befreite.

DAS SYMBOL

Mächtige Blitze zuckten in die Wolken über dem Heerlager. Finn und Isi waren davon aufgeschreckt worden. Sie waren wie unzählige andere auch rasch unter freien Himmel geeilt und reckten ihre Köpfe nach oben, um das seltsame Schauspiel mitzuerleben, das sich südöstlich von ihnen abspielte.

Irgendwann, als die Blitze einen großen Riss in die Wolkendecke getrieben hatten und helle Wintersonnenstrahlen ihre Gesichter wärmten, wie es schon lange nicht mehr der Fall gewesen war, ließ Isi ein beinahe böses Lachen vernehmen.

»Das ist sie.«

Finn antwortete nicht.

»Schon gut. Du brauchst nichts zu sagen. Ich weiß es auch so. Sehr schlau.«

Es war kein Kompliment. Denn Isi klang überhaupt nicht begeistert.

»Isi, müssen wir darüber reden?«

Doch die frisch gebackene Königin schien seinen Einwand gar nicht zu hören.

»Sie zeigt ihre Macht. Sieh nur, wie alle gebannt zu ihren Blitzen starren! Ich wette, sie lacht sich jetzt ins Fäustchen!«

Finn hielt es kaum noch aus. Er benötigte all seine Willenskraft, um Ruhe zu bewahren.

»Ist es nicht genau das, was sie tun sollte? *Unsere Stärke* demonstrieren. Wir haben eine schreckliche Schlacht verhindert, einen Krieg beendet! Aber der eigentliche Kampf liegt noch vor uns. Halte von ihr, was du willst, aber der Sinn und Zweck davon sollte auch dir einleuchten.«

»Natürlich!« Finn spürte Isis Blick von der Seite. »Gesprochen wie ein echter Ritter.«

»Lass es einfach bleiben, Isi!«

Er wurde zusehends gereizter. Aber sie ließ es nicht bleiben.

»Nur dass du kein einfacher Ritter bist, Finn!«

»Was soll das nun wieder heißen?«

»Geh doch spaßeshalber mal ein paar Schritte ins Lager hinein! Das meine ich!«

Finn biss die Zähne zusammen. Lange konnte er nicht gehen, bis die Männer und Frauen ihn belagern würden.

»Das ist doch schon ein alter Hut! Worauf willst du wirklich hinaus?«

»Ein alter Hut? Ist das wieder so ein dämliches Sprichwort von der Erde?«

Finn drehte sich um und war im Begriff, wieder im Zelt zu verschwinden.

»Du willst dich doch bloß streiten. Darauf kann ich verzichten!«

»Schon gut!« Isi hielt ihn auf. »Lass uns vernünftig reden!«

Er blieb stehen.

»Natürlich hat sie damit recht, nicht untätig zu sein. Und es ist *wirklich* schlau von ihr, ihre Macht zu zeigen. König Muskelmann und sie werden es trotzdem nicht leicht haben, ihre Leute nachhaltig davon zu überzeugen, durch ein Portal zu hüpfen und dann gegen einen verzogenen Maskenzauberer und seine Pferdemonster zu kämpfen.«

Finn grinste besänftigt.

»Nicht, wenn sie es so bescheuert rüberbringen!«

Isi ließ sich ebenfalls auf ein Lächeln ein.

»Aber«, sagte Finn wieder ernst, »vielleicht haben sie noch einen Trumpf.«

Isi wusste natürlich, woran er dachte. Er brauchte es gar nicht zu sagen.

»Das meine ich, Finn. Das ist es, was mir Sorgen bereitet.«

Finn war verwirrt. Sie war es doch, die die Sache mit dem Engel erst ins Rollen gebracht hatte!

Wie zum Beweis sagte sie: »Du bist kein Ritter. Sondern ein Symbol. Echt oder nicht. Aber so echt wie du für mich bist, so echt ist der Engel für diese unzähligen Männer und Frauen, die im eisigen Schnee für zwei Verrückte gestorben wären. Du hast das alles in der Hand.«

»Aber es gibt ein Problem …?«, rätselte er.

»Es gibt immer ein Problem. Selbst für einen Engel.«

Isi sah ihn an. In ihren grünen Augen hielten sich Angst und Hoffnung die Wage.

»Wir haben zusammen herausgefunden, welcher Wahnsinn in Hildir und Renkeja steckt.«

»Das haben wir«, bestätigte Finn. Er hatte plötzlich eine vage Vermutung, worauf das Ganze herauslief.

»*Er schneidet der Welt den Wahnsinn ab*!«, zitierte sie die alte Prophezeiung.

Finn schluckte.

»Sie sind immer noch da draußen, Finn. Ihr Wahnsinn glüht, so lange sie leben. Ich bin mir sicher. Und wenn du nicht mit Scheuklappen zusammen mit mir durch dieses Land gestolpert bist, dann wirst du zugeben müssen, dass das auf dem Schlachtfeld nicht das letzte Mal gewesen ist, dass wir von den beiden gehört haben.«

Finn hatte überraschenderweise nicht den leisesten Zweifel, wie recht Isi hatte. Er versuchte deshalb auch nur halbherzig dagegenzureden.

»Vielleicht sind sie beim Sprung durch das Portal gestorben. Oder sie sind so weit weg, dass sie nie wieder einen Weg zurück finden.«

Isi zeigte ihre Zähne. Sie war ohnehin stur, aber das hier war darüber hinaus so persönlich, wie es nur sein konnte.

»Ich habe gelernt, an das Schicksal zu glauben.«

Verflucht! Sie traf wieder einen wunden Punkt! Wie sollte er da widersprechen?

»Selbst du und Königin Sternenglanz habt einen Weg gefunden, ein Portal zu öffnen! Hildir und Renkeja sind mit allen Wassern gewaschen. Sie werden es ebenso schaffen.«

»Erstens«, sagte Finn, »hör mit diesen Namen auf!«

»Hättest du wohl gern! Erzähl mir lieber zweitens«, forderte sie ihn auf.

»Zweitens«, sagte er, »erkläre mir doch bitte, was das deiner Meinung nach für Konsequenzen hat.« Und leiser fügte er hinzu: »*Für mich.*«

»Du bist der Dritte Engel. Ein Symbol.«

Finn versuchte verächtlich zu schnauben. Aber selbst das bekam er nicht hin.

Sie sprach weiter: »Flügel hin oder her. Ich brauche dich hier, um diese Welt zu beschützen.«

Finn wusste nicht, was er sagen sollte. Er hatte sich längst Decoras Sache verschrieben. Und Isi wusste das. Es spielte keine Rolle, was da sonst zwischen Decora und ihm war. Trucido war derjenige, der bekämpft werden musste.

»Ich kann und will nicht leugnen, dass Hildir und Renkeja immer noch eine Gefahr bedeuten können«, sprach er schließlich. »Aber was du da verlangst, Isi …«

»Ich verlange es ja nicht für mich!«

Plötzlich hatte sie Tränen in den Augen. Ihre verletzlichste Seite beruhte auf der Liebe zur Freiheit. Auf dem sehnlichen Wunsch nach Ruhe und Frieden. War sie ihm deshalb so ans Herz gewachsen?

»Isi … Versteh doch, ich kann das nicht tun …«

Sie weinte leise.

»Für sie kannst du es!«

»Das ist unfair.« Er hatte ebenfalls Tränen in den Augen.

»Unfair?« Sie lachte schniefend und verschluckte ein paar ihrer Tränen. »Unfair ist, dass wir uns nicht eher begegnet sind.«

»Isi, du hast doch selbst vom Schicksal geredet. Dann ist es doch nur …«

»Ach!« Sie ließ ihn nicht ausreden. »Dann ist es also nur das Schicksal, das dich an sie bindet? Meinst du etwa das?«

Sie verdrehte ihm die Worte im Mund!

»Nein! Natürlich nicht! Hör endlich auf damit!«

Verbissen schüttelte sie Kopf.

»Ich kann so wenig damit aufhören, für meine Sache zu kämpfen, wie das Schicksal dich an deine Prüfungen gebunden hat! Ich werde also immer die Idisi Siristochter sein, die Frieden für ihre Heimat will. Aber wie schon so oft ist mein Frieden leider weniger wert als der von anderen. Aber jetzt hat sich etwas verändert: Du kannst die Zeit nicht mehr zurückdrehen! Du bist nun für immer ein Engel. Ich bitte dich nicht für mich, sondern für Telluriscor. Kämpfer werden mit König Kiran in die neue Welt ziehen. Das wird ganz sicher geschehen. Aber zurück bleibt eine ganze Welt. Du kannst dafür sorgen, dass, solange auch du hierbleibst, Frieden herrscht. Niemand wird empfänglich für Tyrannen wie Hildir und Renkeja sein, wenn ein Engel mit gutem Beispiel vorangeht. So viel Macht darfst du nicht einfach von dir weisen! Zumal das Schicksal sie dir verliehen hat. Ich bitte dich, Finn von der Erde, der immer bestrebt ist, für das Gute und Richtige zu kämpfen – lass die Königin der Blitze das neue Symbol für Kirans Armee sein. Aber sei du weiter das Symbol Telluriscors, nach dem sich dieses Land so lange verzehrt hat! Sei diesmal hier zur Stelle. Sei unser Dritter Engel!«

DIE FLUSSRATTE

Es dämmerte schon, als die zerzauste Gestalt zwischen den Zelten hindurchschlich. Die Wachen dachten sich vielleicht ihren Teil, aber der stechende Blick des Fremden und die Tatsache, dass er zusammen mit den Neuankömmlingen durch das Portal gekommen war und mit der Sternenprinzessin und König Kiran bekannt war, bescherte ihm die Freiheit, in die Nähe der Kommandozelte zu kommen oder zu gehen, wann und wie er es wollte. Es handelte sich um einen sogenannten *Wasserzwerg*. Und um einen uralten noch dazu. Warum nun *Wasser*, das war den Soldatinnen und Soldaten Telluriscors wohl weniger klar, aber von Zwergen im Allgemeinen hatte jeder schon einmal gehört. Natürlich nur in Märchen und Geschichten, aber was hieß das dieser Tage schon?! Die Märchen und Geschichten der alten Zeit waren womöglich die Realität von heute. Portale, fremde Welten, der Dritte Engel - ein Zwerg fiel da kaum ins Gewicht. Ob nun Wasser oder nicht! Und mit Ausnahme ihrer drahtigeren Erscheinung und mehr Haaren - deutlich mehr Haaren! - waren diese Wasserzwerge den Gwillingen auch nicht völlig unähnlich. Jedenfalls machte ein alter Vertreter dieser blaublütigen Zwerge bestimmt keinen Ärger, auch wenn er geheimniskrämerisch wirkte und tagein tagaus einsam und mit sich selbst redend umherstreifte. Und da der Krieg mit dem Norden nun scheinbar wirklich und wahrhaftig vorbei war, war man ohnehin etwas nachsichtiger. Was genau war nun eigentlich zu bewachen? Und vor wem? Von König Kiran war zu vernehmen, dass das Lager bald aufgelöst werden sollte. Sollte sich der alte Mann ruhig überall umschauen.

»Mögen Eure Wege hell und Eure Prüfungen erfolgreich sein, Herr Wasserzwerg!«, grüßte die Wache, die in südöstlicher Richtung unterwegs war und deren Schicht gleich endlich endete.

Der Wasserzwerg murmelte Unverständliches und wanderte scheelen Blickes an ihr vorbei. Er ging in die entgegengesetzte Richtung und als die Wache ganz außer Sichtweite war, näherte er sich einem großen Zelt, aus dem es verführerisch duftete. Er blickte sich noch einmal zu allen Seiten um, dann schob der Zwerg den Stoff beiseite und huschte hinein.

Drinnen war es um ein Vielfaches wärmer als draußen und noch viel mannigfaltigere Düfte lagen in der schweren Luft. Heute roch es nach frischem Siebenkorn, der Spezialität des Königreichs von Weit-Alon, die es noch vor wenigen Tagen sicher nicht gegeben hätte! Der Duft war purer Luxus, einzig, ob der alte Wasserzwerg dies auch so sah, blieb ein Geheimnis.

Der Zwerg schien sich derweil kurz zu orientieren, musterte die zwei steinernen Öfen, deren Abzüge durch die dunklen Zeltdecken ins Freie reichten und die nur aufgebaut wurden, wenn das Heer länger an einem Ort lagerte. Mit einem gewöhnlichen Lagerfeuer waren diese Kochstellen nicht zu vergleichen.

Schließlich schien der Wasserzwerg seine Richtung gefunden zu haben. Er näherte sich einer Reihe Tischen in der dem Eingang gegenüberliegenden, rückseitigen Zelteinbuchtung, die als Küchenplatte dienten. Zubereitete und rohe Speisen waren darauf zu finden. Zwei Köche, ein Troll und ein Mensch, waren emsig bei der Arbeit. Als sich der Wasserzwerg näherte, bemerkte ihn der Troll und schaute über seine Schulter. Im ersten Augenblick erschrak er, dann konnte man die Erleichterung in seiner Stimme vernehmen.

»Brien!«

Der Wasserzwerg brummte seine Zustimmung und hob die Hand zum Gruß.

»Bist du auch sicher, dass dich niemand beim Hineinkommen gesehen hat?«

Der Wasserzwerg Brien verzog das Gesicht, sodass kaum mehr sichtbar war, ob er hinter den Falten und buschigen Haaren seine Augen geöffnet hatte.

»Ich erinnere mich noch gut an gestern, Herr Koch! Ihr habt mir eingebläut, vorsichtig zu sein. Ich will ja nicht, dass ihr Schwierigkeiten bekommt!« In entrüstetem Tonfall, ergänzte er: »Ich bin alt, nicht vergesslich!«

Der Troll sah peinlich berührt zu Boden, zumal sein Kollege laut auflachte. Er sagte: »Das hast du ihm wirklich schon gestern erzählt, Otto!«

Otto, der Trollkoch, widmete sich wieder einem Haufen buntem Gemüse, das geschält und geschnippelt werden wollte.

Der andere warf dem Zwerg unversehens einen halben Laib Siebenkorn zu.

»Probiert das mal, Herr Zwerg! Danach ist es gewiss, dass Ihr uns auch morgen besuchen werdet.«

Brien lachte krächzend.

»Danke, Harm!«

Er biss herzhaft hinein.

»Und nichts für ungut!« Nun meinte er wieder den Troll Otto. »Ich ärgere die Leute gern ein wenig.«

Sofort hellte sich der Blick des Trollkochs wieder auf. »Ihr bekommt noch mehr, wenn Ihr möchtet, Herr Zwerg!«

»Wie großzügig von Euch«, entgegnete Brien. »Und was möchtet Ihr dafür haben? Darf ich raten?«

Die zwei Köche sahen sich an, als würde sie diese Frage auf dem falschen Fuß erwischen. Doch sie waren schlechte Schauspieler. Brien röchelte ein grauenhaft ungesundes Lachen heraus.

»Sagt es ruhig frei heraus, meine Herren! Ihr möchtet Geschichten über die Welt hinter dem Portal hören! Wer könnte es Euch verübeln?«

Die Köche sahen sich einander an. Koch Harm fand schließlich als Erster seine Worte wieder.

»Wohl wahr! Niemand könnte uns das verübeln. Wir möchten alles wissen, alter Mann!«

Brien lachte heiser weiter, diesmal aber leiser. Fast verschwörerisch.

»Ein alter Mann, das bin ich in der Tat. Die Entbehrungen eines Feldzuges kannte ich als junger Mann gut - aber nun? Ich suche nicht umsonst Euren Arbeitsplatz auf. Wir haben gegenseitig die Waren, nach denen es uns verlangt.«

Er biss abermals beherzt in das Stück Siebenkorn.

»Ausgezeichnet«, schmatzte er. »Aber für einen Exklusiv-Bericht Über die Welt hinter dem Portal brauche ich mehr!«

Otto und Harm sahen sich an und nickten. Der Troll verschaffte Brien eifrig einen Überblick: »Wonach verlangt es Euch? Habt Ihr Durst? Ein Fässchen Schnaps aus den Körnern der Sandrute ist noch nicht ganz leer! Wurde noch in Sikition gebrannt und ist in diesem Teil der Welt nicht leicht zu bekommen! Oder haltet ihr es mit den Vorlieben der Gwillinge? Wir haben eine Menge gegorenen Blaupilzsaft. Oder möchtet ihr noch mehr zu essen? Vielleicht Sonnenfeder am Spießchen? Seit zwei Tagen haben wir aber auch Schneeäpfel von der anderen Seite des Lagers. Kompott, Küchlein, ausgebraten - was Ihr wünscht! Wir haben sogar Apfelöhrchen im Teigmantel - *Falscher Hase* nennen wir das!«

Brien lächelte. »Ich bin kein Kostverächter. Das alles hört sich wunderbar an.«

»Aber?«, deutete Harm Briens Tonfall richtig.

»Aber ich bin verwöhnt. Ich bevorzuge Luxus, der sich an höheren Maßstäben orientiert.«

Keiner der beiden Köche schien auch nur die geringste Ahnung zu haben, was das heißen sollte. Vielleicht waren sie nicht die Schlausten.

Brien klärte sie auf: »Meine Stellung zuhause war ranghoch, aber in die Nähe von König und Königin kam sie nie. Deshalb will ich nun das Gleiche haben, das auch die Prinzessinnenkönigin Nubigena bekommt!«

Otto lachte leicht gequält auf. »Jetzt verstehe ich. Ihr wollt Euch selbst königlich fühlen.« Unsicher sah er seinen Kollegen an. Diese Bitte bereite ihm wohl doch Bauchschmerzen. Doch Harm war anscheinend noch versessener darauf, Briens Geschichten zu hören. »Stellen wir uns nicht so an, Otto. Unser Gast ist weit gereist. Wer sind wir, ihm diesen Wunsch zu verwehren, den wir doch so leicht erfüllen können? Außerdem stibitzen wir auch von den besten Tellern!«

Otto überlegte noch: »Die Geschichten, dir Ihr zu erzählen habt, sind es doch wert?«

»Sie sind es!«, versicherte Brien. »Was bekommt nun die Königin von Excelsa aufgetischt?«

Harm wies hin zu einem goldenen Tisch mit blütenweißem Tischtuch. »Dort stehen die Speisen für Herrn Kiran und Frau Nubigena. Eigentlich müsste Otto sie jeden Moment ins Kommandozelt bringen! Es gibt Braten vom Bär in brauner Soße. Der besondere Kniff ist das Aroma von Schlauchnüssen in der Soße.«

»Hervorragend!«, teilte Brien mit. Er eilte ohne weitere Aufforderung zum Königstisch. »Ich nehme an, der kleinere Teller ist für die Prinzessin gedacht?«

»Es heißt, sie würde ohnehin nicht essen.« Otto zuckte mit den Schultern. »Sie hat das Essen abbestellt.«

Harm erklärte: »Aber nicht mit uns! König oder Königin, Prinz oder Prinzessin. Das ist unser Job! Jeder bekommt eine Kleinigkeit. Und ganz unter uns: Das mit dem Essen wird ja wohl nicht stimmen! Jeder muss essen.« Dann sah er verwirrt zu Brien. »Oder etwa nicht?«

Brien lachte geheimnisvoll. »Hab Geduld! Erst genehmige ich mir einen winzigen Bissen!«

»Aber doch nicht gleich von ihrem Teller!« Ottos Augen weiteten sich, als er sah, wie Brien im Begriff war, zuzulangen. »Ich fülle Euch etwas ab!«.

Brien scherte sich nicht darum. »Ich würde es nur von ihrem Teller essen! Es geht mir schwerlich um den Bär, sondern um das Gefühl, wisst Ihr!«

»Das können wir aber nicht erlauben!«, beharrte nun auch Harm. »Alles muss seine Ordnung haben!«

»Ich passe schon auf, dass nichts verrutscht. Nur ein Häppchen wird fehlen, das bemerkt niemand. Wollt Ihr nun Geschichten hören oder nicht?«

Briens Tonfall wurde scharf.

Die Köche sahen sich zweifelnd an. Doch letztlich nickten sie.

Otto sagte: »Aber beeilt Euch! Eigentlich muss ich schon damit los!« Er sah auf eine massige Sanduhr, deren letzte Körner in diesem Augenblick in das untere Glas rieselten.

»Keine Sorge. Ihr kommt schon rechtzeitig.«

Er beugte sich über den Goldtisch und wandte den Köchen den Rücken zu, während er sprach.

»Und damit ich beim Erzählen gleich keine trockene Kehle bekomme, könntet Ihr mir etwas von diesem Trunk hinter Euch eingießen! Was ist das noch gleich? Es sieht bemerkenswert gut aus!«

Die Köche drehten sich gleich um.

»Ach, das!« Otto lachte. »Das ist bloß gewöhnlicher Met.«

Als sie sich wieder umdrehten, stand Brien bereits bei ihnen. Er kaute an einem kleinen Stückchen Bärenfleisch.

»Naja, Bär«, sagte er mit abschätzigem Blick. »Mir reicht wahrlich das Gefühl. Aber ich danke Euch! Nun soll es sich Frau Nubigena schmecken lassen! Vielleicht isst sie ja aus Höflichkeit einen Bissen mit. Und zum Erzählen ist Met sowieso besser! Das scheint mir schon einmal in jeder Welt gleich zu sein.«

Er krächzte amüsiert in die kleine Runde und sein Bart kräuselte sich dabei an all seinen wirren Enden.

»Trinkt Ihr auch mit oder bleibt Ihr bei der Arbeit nüchtern?«

Die Totenfeier (1)

Eine seltsame Melodie pfiff durch das Lager, brach sich an den Stofffetzen der Zelte und verkündete eine Botschaft, die so recht noch niemand verstehen konnte.

»Da ist etwas im Wind, meinst du nicht auch?«

Bekassine hatte lange bloß gelauscht. Als Decora die Stille brach, setzte sie sich auf und schaute der Lunata in die Augen.

»Heute Abend schweigen die Soldaten. Vielleicht hören auch sie dem Wind zu. Ungewöhnlich ist er in jedem Fall.«

Decora lag immer noch auf den Fellen, auf denen sie sich niedergelassen hatten. In drei Feuerschalen prasselten letzte Flämmchen. Eigentlich war es längst Zeit schlafen zu gehen.

Bekassines Flügel leuchteten grün. Aber es war das plötzliche leise Weinen der Elfe, das Decora ein Gefühl in der Magengegend bescherte, als wäre sie eingeschnürt.

Bekassine flüsterte: »Vielleicht ist es ja der Frühling, der sich irgendwo hinter dieser schneeverwehten Einöde heranpirscht. Aber ob ich ihn ohne Vanell haben möchte, weiß ich nicht.«

Sie wischte sich die Tränen aus den Augen.

Decora setzte sich nun ebenfalls auf.

»Danke, dass du hier bist.« Sie nahm Bekassine in den Arm. Die beiden Frauen drückten sich fest. »Seit der Ente bist du die Einzige, mit der ich normal reden kann. Vielleicht die Einzige, mit der ich je normal reden konnte. Ergibt das Sinn?« Decora lachte und schluchzte gleichzeitig. Jetzt musste auch Bekassine zwischen ihren Tränen aufglucksen.

»Wo sollte ich denn sonst sein? – Unsere Königin braucht doch jemanden, der ihr mit Rat und Tat zur Seite steht. Eine Frau, wohlgemerkt! Und so viele gibt es hier nicht, die da in Frage kommen! Männer, wohin das Auge blickt!«

Jetzt lachten sie beide und lagen sich weiter in den Armen.

»Übrigens – wo ist dein Herzensbrecher eigentlich?«

»Welchen meinst du?« Decora verzog ihr Gesicht. Es sollte ein Scherz sein. Aber er fühlte sich beim Aussprechen zu echt an, um darüber zu lachen.

»Den frischgebackenen König meine ich.«

»Er schläft bei den anderen. Ich habe ihm gesagt, ich will mit dir reden. Von Frau zu Frau.«

Bekassine stupste sie schelmisch an. »Doch sicher, um Geheimnisse auszuplaudern! Sag schon, habt ihr euch bisher nur geküsst? Oder war da in der langen Zeit in Gefangenschaft noch mehr …«

»Bekassine!« Decoras Haare flammten auf.

»Decora!«, äffte die Elfe sie liebvoll nach. »Willst du etwa nicht über die beiden reden? Von mir aus kannst du mir auch deinen Plan verraten, wie du sie beide bei Laune halten willst. Die wunderschöne Himmelsfürstin, der muskulöse König, der schneidige Engel – eine Dreiecksbeziehung zwischen den Welten! Davon werden sie noch in tausend Jahren Lieder singen! Ich stelle mir gerade vor, wie absolut ungerecht schön eure Kinder aussehen müssen …«

»Schluss jetzt!«

Decora schubste Bekassine in die Felle. Sie grinste über beide Ohren, obwohl sie eigentlich in melancholischer Stimmung gewesen war. »Das meine ich ja: Ich habe das Gefühl, es geht immer nur um mich. Du heiterst mich auf, aber deine Verluste kommen dabei zu kurz. Lilli. Vanell …«

Bekassine sah Decora streng an.

»Du schaffst es wirklich, die Stimmung mies zu halten! Sei es drum! Aber fang nicht an, die Toten gegeneinander aufzuwiegen. Vanell und Lilli. Deine Familie. All jene, die Trucido, die Kelpen und diese Kriege auf dem Gewissen haben: Die einen sind nicht mehr wert als die anderen.«

Decora spürte, wie schwer es der Elfe fiel, selbst daran zu glauben. Sie sagte: »Und doch erlaubt es uns die Liebe nicht, alles nüchtern zu betrachten. Du darfst dir alle Zeit der Welt nehmen, um Vanell zu betrauern. Wenn wir morgen Abschied nehmen, dann werde ich an deiner Seite sein. Ich hoffe, die Totenfeier ist eine gute Idee.«

Bekassine nickte stumm.

Eine Weile hörten sie wieder auf den säuselnden Wind und seine verschlüsselten Botschaften.

Schließlich sagte die Elfe: »Wenn ich das vor ein paar Jahren über einem Teller von Charadris Salzfischsuppe den anderen erzählt hätte, hätten sie mich ausgelacht!«

»Was meinst du? Trucido? Die verschiedenen Welten?« Decora horchte weiter nach draußen, während sie sprach.

Bekassine legte den Kopf auf ihre Schultern.

»Dass eine Piratin einmal Freundin der Himmelskönigin sein würde.«

Decoras Lippen zitterten.

Schließlich flüsterte sie: »Mir wäre es auch so ergangen. Aber es ist schön, dass zwischen all dem unglaublich Schrecklichen auch unglaublich Gutes geschieht.«

»Soll ich dir was sagen?«, fragte Decora.

Sie lagen auf den Fellen und starrten gedankenversunken die Zeltdecke an.

»Auf jeden Fall!«

»Ich habe nicht die geringste Lust zu schlafen. Und selbst wenn, ich könnte nicht. Vielleicht sollten wir doch über Finn und Kiran reden. Du weißt schon, ganz unter uns. Ist doch nichts dabei, oder?«

»Endlich kommen wir der Sache näher!«

Bekassine setzte sich erwartungsvoll in den Schneidersitz. »Legen wir noch ein bisschen Holz in die Feuerschalen?«

»Ach, es wird schon noch ein wenig reichen!«, vermutete Decora.

»Na, schön. Aber wenn wir noch aufbleiben, muss ich etwas essen. Ich sterbe sonst vor Hunger.«

Decora sagte: »Du kannst mein Essen haben. Ich habe es nicht angerührt. Es ist zwar kalt, als Mitternachtsmahl taugt es aber allemal. Diese beiden Köche von Renkeja scheinen ihr Handwerk zu verstehen. Kiran hat sich jedenfalls nie beschwert. Und obwohl ich ihnen mehrmals gesagt habe, dass ich nichts brauche, stellen sie mir dennoch ein ganze Portion her.«

Bekassine ließ sich das nicht zweimal sagen. Sie holte sich gleich Decoras ganzen Teller und setzte sich wieder zu der Lunata.

Die sagte: »Bär, denke ich. Den kenne ich sowieso schon!«

Bekassine langte beherzt zu. »Ich aber nicht! Du glaubst gar nicht, wie viel besser als Charadris Piratenküche das ist!«

Decora freute sich, Bekassine zufrieden zu sehen. Sicher hätte die Elfe in der Nacht vor der Trauerfeier ebenso wenig ein Auge zu bekommen.

»Also«, schmatzte Bekassine mit vollem Mund, »wie ist das jetzt? Wer ist der bessere Küsser?«

Decora funkelte sie mit hochgezogener Augenbraue an.

»Also, erst einmal …«

Mitten im Satz brach Decora ab. Sie starrte Bekassine an. »Was ist mit dir?«

Die Elfe saß plötzlich wie erstarrt vor ihr.

»Bekassine, sag doch was! Ist dir schlecht?«

Aber Bekassine gab keine Antwort. Stattdessen lief Blut aus ihren Mundwinkeln. Ihr Gesicht färbte sich blau und ihre Flügel schimmerten silbergrau.

Decora hatte längst begriffen, dass es ernst war. Wie wild schüttelte sie die Elfe. Als das nichts half, legte sie sie flach auf den Boden. Sie öffnete ihren Mund, fischte Stücke vom Essen heraus und versuchte, weiter hinten etwas aus dem Hals herauszubekommen, doch da war nichts. Als Bekassine die Augen heraustraten, geriet Decora in Panik. Sie drückte Bekassines Brustkorb auf und ab, damit sie nur irgendwie weiteratmete, gleichzeitig schrie sie um Hilfe. Bekassine blieb regungs- und atemlos. Decora presste ihre Lippen auf die von Bekassine und versuchte, Luft in ihre Lungen zu atmen. Tränen schossen in ihre Augen, während sie ihren verzweifelten Rettungsversuch weiterführte. Blut troff jetzt auch aus den Augen und Ohren der Elfe.

»Hilfe!«

Decora schrie so laut sie konnte. Mit Gewalt schlug sie auf die Stelle unterhalb von Bekassines Brustkorb.

»Helft uns!«

Bekassines aufgequollenes Gesicht war dunkelblauschwarz wie der Nachthimmel.

»Hilfe«, flüsterte Decora.

Als Kiran, die anderen und eine Handvoll Soldaten ins Zelt stürmten, war Bekassine lange tot.

DIE TOTENFEIER (2)

Die Toten waren in einer schmerzhaft langen Reihe in etwa eineinhalb Kilometer Entfernung entlang der Südwestseite des Lagers aufgebahrt. Ein paar Nadelbäume wuchsen hier und da, die Schlacht hatte weiter nördlich stattgefunden. Die Gegend wirkte noch weitgehend unberührt. Es schien ein friedlicher Ort zu sein. Vögel, die der Winter nicht schreckte, waren vereinzelt in den Baumwipfeln zu hören. Man hätte es für Klagelieder halten können. Die Heerscharen der Soldatinnen und Soldaten hatten sich in ehrerbietigem Abstand aufgereiht und gedachten still ihrer verloren Freunde und Gefährten. Die letzten Reihen reichten bis an die Lagergrenze, niemand war dem Ruf zu diesem Totengedenken der zwei Königinnen und des Königs ferngeblieben. Irgendwo in der Mitte der Gefallenen lagen Bekassine und Vanell im Tod vereint, ihre Hände ineinander gelegt.

Die Mienen der Piraten waren nicht anders als die der Kämpfer der Königsheere, ein jeder hatte hier jemanden verloren, der ihm wichtig gewesen war. Den er vielleicht sogar geliebt hatte.

»600 Tote. Es sind fast 600 Tote. Ich hatte ja keine Ahnung!« Decora wirkte trotz ihrer Worte auf den ersten Blick gefasst, aber in ihrem Inneren sah es vollkommen anders aus.

Kiran nickte mit versteinertem Blick. Auch er konnte sich kaum vorstellen, dass das Treiben seines Vaters und Hildirs solches Leid hervorgebracht hatte. Decora sah, wie seine Augen sich nach Norden wandten. Sie sah auch gleich, was er da entdeckt hatte: Königin Isi war natürlich ebenfalls gekommen. Immerhin hatte sie zusammen mit Kiran auf Decoras Bestreben hin das alles hier in die Wege geleitet. Sie vermochte auf die Entfernung aber nicht zu sagen, wer neben ihr stand.

»Es war eine gute Idee.«

Decora reagierte nicht. Sie war in Gedanken. Vielleicht dachte Kiran deshalb, dass er sich erklären musste.

»Ich bin wirklich nicht sicher, ob ich selbst darauf gekommen wäre. Es wäre möglich, dass ich einfach ein Gedenken für Vanell und Bekassine abgehalten hätte.«

Dieser Gedanke schien ihn schwer zu belasten.

»König von Weit-Alon - dieser Sache bin ich nicht gewachsen.«

»Nicht, dass du denkst, ich würde dir zustimmen, aber solltest du dem nicht gewachsen bist, dann bin ich noch viel weniger geeignet für den Thron der Himmelsfürsten«, erklärte Decora bitter. »Bekassine hat mich bei der Idee zu dieser Feier bestärkt. Es ist auch ihr Verdienst, nicht bloß meiner. Und nun ist sie fort.«

Kiran, Woti, die Piraten und der Rest der Reisenden, die sich um Decora geschart hatten, horchten auf. Decora sagte: »Sie hat kurz vor ihrem Tod noch gesagt, dass ich die Toten nicht gegeneinander aufwiegen soll. Dass sie alle gleich viel wert seien. Seht euch nur um: Jeder hier hat einen Vanell, eine Bekassine, eine Lilli, eine Esmerylda oder eine Djakabaly verloren. Oder eine Veda.«

Zwischen den Totenreihen standen ab und an auch behelfsmäßig aufgepflockte Schilder, die an diejenigen erinnern sollten, deren Leichen aus verschiedenen Gründen nicht hier aufgebahrt werden konnten.

Flacka und Melvin stützten sich gegenseitig. Die Kapitänin sagte mit belegter Stimme: »Ich hoffe, sie und Vanell streifen nun zusammen durch die blaue Oase!«

Es war eine Anspielung auf die Vorstellung der Elfen Aethras, nach dem Tod in eine ewig fruchtbare Oase inmitten eines unermesslichen Flussdeltas einzugehen.

»Und wenn schon! Ihr Tod ist trotzdem nicht fair!«

Mergo weinte bitterlich. Charadri, der sich ebenfalls kaum zurückhalten konnte, drückte ihn fest an sich.

»Ein Pirat mehr oder weniger, was macht das schon!«

Das grässlich reibeiserne Krächzen kam von weiter hinten. Brien hatte sich ebenfalls zur Feier bequemt.

Melvin gingen fast die Augen über und Charadri hatte seine Liebe Mühe, Mergo festzuhalten, der am liebsten direkt zum Angriff übergegangen wäre. »Nicht hier!«, rief er gedämpft.

Ammi und Ashnaprilla zogen den alten Zwerg an seinem Umhang zurück. Es war ihnen hochnotpeinlich, einen solchen Kameraden dabeizuhaben. Mahasim schubste den Zwerg schließlich grob nach hinten, damit er aus der Reichweite der Piraten kam. Woti und Kiran flankierten Decora und hielten sie zurück. Sie war drauf und dran, Brien mit ihrem Eisenholzstab niederzustrecken.

Flacka aber sagte: »Beachtet ihn nicht. Wir strafen seine verkrustete Denkweise umso mehr Lügen, wenn wir ihn gar nicht hören. Ich kenne ihn. Das wird ihn umso mehr ärgern. Seine Zeit ist bald vorbei. Welchen Schaden soll er schon anrichten, wenn wir uns nicht von ihm provozieren lassen!«

Das war aber gar nicht so einfach. Während er von Mahasim weiter zurückgedrängt wurde, rief er für alle umstehenden hörbar: »Das Gift war sicher nicht für die Piratin bestimmt! Nicht jedem scheint Eure Art der Führung zu schmecken, ihr Kindskönige!«

Jetzt bebten auch Kirans Fäuste. Woti versuchte nun beide zu beruhigen, den König und Decora. Die Lunata wusste sehr wohl, dass der Anschlag ihr gegolten hatte. Was die ganze Sache noch viel furchtbarer machte! Die beiden Köche, die ihr das vergiftete Essen untergejubelt hatten, waren allerdings über alle Berge. Der Aufruhr, der Bekassines Tod gefolgt war, musste sie gewarnt haben, wenn sie nicht schon vorher auf und davon gewesen waren.

»Dieser Widerling!«

Kiran hatte sich mit Mühe wieder unter Kontrolle.

Die krächzenden Zwischenrufe Briens wurden jetzt immer leiser. Aber nun waren die Augen aller endgültig auf Decora und Kiran gerichtet. Melvin löste sich von Flacka und nahm sich die beiden zur Brust.

»Dieses Gedenken war eine gute Idee. Jeder soll sich auf seine Weise mit den Toten befassen. Wenn ihr erhobenen Hauptes und aufrichtig vor diese Frauen und Männer tretet, dann werdet ihr in ihrer Gunst steigen. Sie kennen euch noch nicht gut. Vielleicht fürchten sie euch.«

Er bedachte Decora mit einem vielsagenden Blick.

»Feinde werdet ihr auch weiterhin haben. Alle hier haben lange den falschen Anführern gedient und einige mögen nicht verstehen, dass sie einer Lüge aufgesessen sind. Doch Finns Flügel und diese Feier können den Grundstein für ein Umdenken legen. Ich hasse es, der Flussratte zuzustimmen, aber wir müssen nun handeln. Morgen verlassen wir Telluriscor mit mindestens der Hälfte dieser Kämpfer. Sorgt dafür, dass das letzte Kapitel dieser Geschichte unter einem guten Stern steht. Sprecht jetzt zu den Versammelten und haltet mit nichts hinter dem Berg. Ich weiß, dass ihr als Königin taugt, Majestät.« Er lächelte einnehmend. »Überzeugt auch diese Leute davon!«

Decora schluckte. Sie trat vor. Kiran folgte ihr.

Isi beobachtete König Kiran und Decora Nubigena aus der Entfernung. Sie sträubte sich zwar dagegen, aber insgeheim war sie glücklich darüber, dass die Mondprinzessin diese Totenfeier ins Leben gerufen hatte. Es war zwar eine einfache Geste, sicher, aber war sie denn selbst darauf gekommen? Nein. Obwohl sie es doch eigentlich hätte sein müssen, die darüber nachzudenken hatte, wie den Männern und Frauen Linderung zu verschaffen war. So viele Tote! Der Anblick allein war grauenhaft. Aber viel schlimmer war, dass zwischen all denen, die für eine Lüge gestorben waren, auch ihre eigene Mutter war. Erst jetzt schien Isi die Wucht dieses Verlustes mit voller Kraft zu treffen. Erst jetzt, als sie Zeit hatte, die Leiche im matten Licht dieses Wintertages anzusehen, inmitten all jener, die vielleicht einen ähnlichen Verlust in ihren Herzen verspürten, wusste sie, dass ihre Mutter niemals zurückkommen würde.

Das spärliche Sonnenlicht fing sich in den roten Haaren Siris. Isi wurde schlecht bei dem Gedanken, dass dieser in Wirklichkeit abgetrennt war und bloß von einem Feldheiler notdürftig angenäht war. Ihre Trauer begrüßte den Hass zurück. Denselben Hass, den sie zuletzt auch auf dem Schlachtfeld gespürt hatte. Den Hass auf ihre Großmutter, deren Verfolgung Decora Nubigena und ihre Blitze ihr verwehrt hatten. Ja! Ihre Entscheidung, hierzubleiben, war richtig. Sie konnte nicht fort und einen neuen Kampf ausfechten, wenn Hildir noch dort draußen war. Sie würde die Stellung halten, bis Hildir zurückkam. Und dann würde Isi sie töten!

Die neue Königin atmete tief durch. Auf der anderen Seite der Heeresreihen schien es einen Streit geben. So richtig erkennen ließ sich nicht, was vor sich ging. Aber Decora Nubigena und König Kiran schienen direkt involviert zu sein. Wahrscheinlich hatte es etwas mit dem Giftanschlag auf die Lunata zu tun. Dass es Decoras und Finns Piratenfreundin getroffen hatte, war natürlich auch bis zu ihnen durchgedrungen. Isi rechnete es Finn hoch an, dass er sich trotzdem mit ihr zeigte. Vielleicht entschied er sich am Ende doch noch dafür, bei ihr zu bleiben.

»Finn«, flüsterte sie ohne sich zu ihm umzudrehen. Die Soldatinnen und Soldaten hielten im Rahmen dieses Gedenkens einen respektvollen Abstand zu ihrem Dritten Engel. Daher konnte Isi gefahrlos sprechen, ohne dass es gleich jeder mitbekam.

»Danke, dass du mit mir gekommen bist. Aber ich kann es verstehen, wenn du später zu deinen Freunden gehen möchtest. Ich warte nach der Zeremonie im Zelt auf dich …«

Natürlich hoffte sie insgeheim, er würde bei ihr bleiben. Sie weiter unterstützen, auch nachdem sie gleich zur Leiche ihrer Mutter gegangen waren. Sie wusste, wie selbstsüchtig das war.

»Finn, wirst du zu ihnen gehen?«, flüsterte sie noch einmal. Diesmal etwas lauter.

Finn antwortete immer noch nicht.

Sie drehte sich um. Finn war fort. Sie sah auf eine freie Schneise zwischen den Soldatenreihen, die in südliche Richtung führte. Das Blut schoss ihr ins Gesicht. Es war ihr unangenehm. Sie fühlte sich allein. Und bloßgestellt. Ihre einzige Frage war, wie lange Finn schon weg war.

PORTALSTUDIEN

Finn schlich allein durch das Lager. Er hatte das alles nicht mehr ertragen. Die Blicke dieser Leute in seinem Rücken. Auf die Stelle, an der seine Flügel gewesen waren. Was war mit ihm? Mit Finn? Durfte auch er Abschied nehmen? Von Vanell und Bekassine. Von Lilli und Veda. Wann hatte er eigentlich von seinem alten Leben Abschied genommen? Wie ging es seinen Eltern? Dort draußen gedachten seine Freunde ihren Familien. Die Erde aber war für ihn selbst so fern wie schon lange nicht mehr.

Er setzte sich auf einen Baumstumpf neben einem heruntergebrannten Lagerfeuer. Trotz aller Widrigkeiten war ihm nie zuvor so seltsam zumute gewesen. Er fragte sich allen Ernstes, ob mit der Prophezeiung des Dritten Engels auch der alte Finn Ritter gestorben war. Vielleicht war es so. Ob seine Freunde das Gefühl hatten, dass auch er Teil der Toten in dieser Feier wäre. Kochte Isi vor Wut, nachdem sie gemerkt hatte, dass er nicht mehr bei ihr war und er sie mit ihrer toten Mutter allein gelassen hatte? Und über allem schwebte die fürchterliche Frage, wie es mit Decora weiterging. Das konnte doch nicht das Ende für sie beide sein!

Sein Blick ging ins Leere. *Finn von der Erde - wie soll das bloß alles enden?*

Eine ganze Weile saß Finn einfach nur da. Längst war die Dunkelheit gekommen, aber hier und da hatten sich einige Fackeln entzündet. Vermutlich für die Rückkehrer von der Zeremonie, damit die Zelte und Schnüre nicht zu Fallen wurden. Vielleicht hatten die Gwilling-Magier der alonischen Armee sie zuvor verzaubert. Aber in Wahrheit war es Finn auch egal, er begrüßte es dennoch, dass er noch ein wenig sehen konnte. Nach all diesen bedrückenden Fragen war sein Kopf zum ersten Mal seit Langem vollkommen leer. Er konnte sich auf nichts recht konzentrieren. Seine Gedanken verschwanden bereits, bevor sie richtig gekommen waren. Es fühlte sich fast befreiend an. Vielleicht lag es daran, dass er wahrhaftig allein war. Niemand sah ihn an. Jeder Soldat, jede Soldatin war bei der Totenfeier.

Wie er so dasaß wanderte seine Hand plötzlich unter seinen Umhang. Es geschah einfach. Finn fragte sich nicht warum, sondern zog das kleine Büchlein hervor, das er im letzten Moment von der Insel der Engel mitgenommen hatte. Seitdem hatte er nicht mehr daran gedacht, aber nun gelang es ihm, es genauer in Augenschein zu nehmen. Er erinnerte sich an ein vages Gefühl, das er in Gegenwart der Engel gespürt hatte: Dieses Buch war für ihn bestimmt gewesen. Kalva und Ventosa hatten gewusst, dass er die Schrift entziffern konnte, aber so wenig wie er mit ihnen darüber hatte sprechen wollen, so wenig hatten sie ihn genötigt, sein Wissen mit ihnen zu teilen. Er las die vergilbte Schrift auf dem abgegriffenen Buchdeckel: *Portalstudien*.

Dieses Buch hätten Decora und er in der Inobliten-Gilde gebraucht, schoss es ihm durch den Kopf! Aber wo sonst, wenn nicht auf der Insel der Engel, hätte so etwas zu finden sein können? Er lächelte in sich hinein.

Finn drehte das Buch in seinen Händen. Es war zwar klein, besonders leicht aber war es nicht. Vielmehr hatte es genau das richtige Gewicht. Es fühlte sich gut an.

Finn schlug es wahllos auf. Er überflog auf mancher Seite einzelne Sätze. Es gab auch Zeichnungen. Er erkannte Portale, Spiegel, Linien und Wellen, hier und da Landschaften, oder zumindest etwas, das er dafür hielt. Erstaunlich, dass er alles lesen konnte. Er fragte sich, wie die Buchstaben und Symbole wohl ursprünglich aussahen. Veränderte der Portalzauber das Buch selbst oder nur die Wahrnehmung dessen? Für ihn sah die Schrift so aus, als käme sie direkt von der Erde. Für einen Augenblick überlegte er, ob es vielleicht sogar so war, denn telluriscorianisch waren die Portalstudien sicher nicht. Andernfalls hätten Kalva und Ventosa sie sicher lesen können. Ob es im Buch Hinweise gab, wer das Buch verfasst hatte und wo?

Die ersten zwei Seiten waren leer. Finn bemerkte bei genauerem Hinsehen, dass danach einige Seiten fehlten. Sie mussten irgendwann fein säuberlich herausgetrennt worden sein, doch wenn man sich Mühe gab, konnte man die schmalen Seitenränder noch sehen und fühlen. Die erste beschriebene Seite begann mitten im Satz.

… wie Spiegel der Schlüssel waren, da sie durch die Spiegelung des zauberischen beziehungsweise zaubernden Selbst in der Lage waren, die magischen Kräfte zu verstärken. Auf diese Weise boten spiegelnde Objekte auch die Möglichkeit, magische Signaturen dauerhaft zu speichern, um sie einstweilen reaktiviert zu nutzen, ohne bis zu ihrem

kompletten Verbrauch wesentlich an Kraft einzubüßen. Zuletzt ließen die Kraft der Spiegelung und die Speicherung der Magiesignaturen darauf hoffen, den beinahe unmöglichen zauberischen Akt der Portalreise auch magisch Ungeschulten möglich zu machen. In seiner Konsequenz heißt das wiederum, dass die Portalzauberer von einst ihr Geschenk zwar hinterließen, es durch die Komplexität und Schwierigkeit des magischen Aktes heutzutage aber nahezu unmöglich scheint, diesen im Rahmen der mit der Zeit immer weiter abgeschwächten zauberischen Fähigkeiten der Gegenwart zu reproduzieren.

Darunter fand sich die verblasste Zeichnung eines rund gerahmten Spiegels, in dessen Mitte in einer Art Strudel Energielinien flossen.

Finn war sofort Feuer und Flamme für die *Portalstudien*. Mehr noch als in Gegenwart der Engel spürte er, welchen Schatz er da gefunden hatte. Hastig blätterte er weiter und vergewisserte sich vorher, dass niemand ihn beobachtete. Es war verrückt, aber das Buch hatte dort für ihn gelegen. Anders konnte es nicht sein! Es war alt. Aber wie alt? Von welcher Gegenwart sprach der unbekannte Verfasser?

Viele der Kapitel hörten sich spannend an. Er würde sie sicher alle lesen, aber jetzt hatte er bloß Zeit, sie einmal durchzublättern. In einem der letzten Kapitel - *Das Weltennetz* - gab es eine weitere Zeichnung. Es handelte sich um eine kleine Kugel, aus der leuchtend schimmernde Licht- oder Energiefäden austraten. Finn fragte sich allen Ernstes ...

Er fingerte noch einmal in seine Tasche. Dann zog er die verschnörkelte Kugel heraus, die er zusammen mit dem Buch gefunden hatte. Die Kugel, die ihm buchstäblich in die Finger gerollt war! Das seltsame Artefakt zischte leise. Lichtfetzen erhellten Finns Handfläche, die aus dem Inneren heraus flackerten wie zu luftiger Energie gewordenes Diamantgestein. Kein Zweifel: Die Zeichnung im Buch zeigte die Kugel in seiner Hand. Finns Augen leuchteten. Er überflog den Text. Als er den letzten Satz des kurzen Kapitels las, lief ein Schauer über seinen Rücken. Er blätterte um. Da war noch eine weitere Zeichnung. Sie zeigte dieselbe Kugel, aber nun war diese von der Mitte aus zu zwei Hälften geöffnet. Daneben lagen drei noch kleinere Kügelchen, scheinbar wenig größer als eine Daumenbreite. Auch sie leuchteten und schimmerten von Innen. Finn hob seine Kugel hoch. Im spärlichen Licht versuchte er, etwas zwischen den filigranen Aussparungen der Kugel zu erkennen. Aber mehr als Licht, das ihn blendete, gab es nicht zu sehen. Oder doch? Er schüttelte die Kugel sanft hin und her. Darin schien sich tatsächlich etwas zu bewegen ...

Plötzlich hörte er Stimmen! Die Zeremonie musste zu Ende sein! Hastig steckte er Buch und Kugel wieder sorgsam an seinen Platz. Er war wieder zurück im Heerlager. Dort, wo ihn diesmal kein Portal aus dem Geschehen riss. Bekassine war tot. Und Vanell und Lilli und Veda. Decora war mit Glück einem Anschlag entgangen. Sie mussten endlich miteinander reden. Allein.

DIE TOTENFEIER (3)

Die ersten Sterne erhellten das immer dunkelblauer werdende Firmament. Decora hielt sich an ihrem Eisenholzstab fest. Er gab ihr Halt, obwohl sie lieber eine warme Hand gespürt hätte. Kiran aber schritt ein ganzes Stück hinter ihr. Und wo war Finn?

Sie schob jeden Gedanken an die beiden Männer zur Seite. Es ging hier nicht um sie. Sie erinnerte sich daran, wie es war, zusammen mit Trucido in den Sternenhallen zu leben. Durchzuhalten, um etwas zu bewegen. Durchzuhalten, um den Menschen Aethras ein Symbol zu sein. Ein Symbol für eine hoffnungsvollere Zukunft. Das war es doch, was sie ursächlich angetrieben hatte! Wenn sie daran dachte, spürte sie diese starken Gefühle heute wieder genau so wie damals. Sie hatte sehr viel schlimmere Dinge durchgemacht. Das hier war doch bloß so etwas wie eine Kür. Eine Rede halten. Im Vergleich zu den zwei Jahren ohne ihre Familie oder im Vergleich zum Kampf mit Gilgathan - wie schwierig konnte das schon sein?

Sie zwang sich dazu, sich stark zu fühlen. *Stark zu sein*! Das war der Moment, der entschied, wie sie den letzten Akt gegen den Feind aller Welten einläuten würde. Und zwar mit Worten. Nicht mit Kirans Worten. Nicht mit Idisis Worten. Nicht mit Finns Worten.

Mit ihren Worten.

Ihr gleißend weißes Haar stach wie ein Leuchtfeuer vor den Reihen der Toten hervor.

»Soldatinnen und Soldaten Telluriscors. Lasst mich zu Euch zu sprechen, bevor wir unsere Toten für immer verabschieden.«

Decora sah ruhig in die Reihen.

Sie rief: »*Aber sie ist eine Fremde*!«

Pause.

»Viele von Euch werden genau das denken. Mit welchem Recht nimmt sie sich die Freiheit heraus, anstelle von Königin Idisi und von König Kiran zu reden?«

Wieder machte sie eine Pause und sah in die dunklen Gesichter der Heere.

»Diese Frage stelle ich mir nicht weniger als Ihr alle, die Ihr hierher gekommen seid. Und dennoch - «

Sie machte eine letzte Pause. Sie schloss ihre Augen und legte den Kopf ganz leicht in den Nacken. Sie kostete das unvergleichliche Gefühl des in sie hineinströmenden Mondlichts. Sie atmete tief ein und aus. Dann öffnete sie ihre strahlenden Augen und hielt ihre Rede.

»Soldatinnen und Soldaten Telluriscors! Es ist mir ein Bedürfnis, einige Dinge klarzustellen. Viele von Euch werden am morgigen Tag eine Reise antreten, die sie in einen Krieg führt. Und das, obgleich der Krieg in Telluriscor sich doch eigentlich wie ein Kampf anfühlt, der der Vergangenheit angehört. Aber leider ist dieses Gefühl ein Trugschluss! Meine Heimat Aethra wird von Trucido und einer Armee der Monster als Geisel genommen. Leid herrscht dort, selbst vor ganzen Völkern macht der Wahnsinn Trucidos keinen Halt. König Kiran, Euer Dritter Engel und alle, die mit mir gekommen sind, sind meine Gewährsleute. Als ich hierher kam, nach Telluriscor, trieb mich das Schicksal an und schickte mich auf einen Weg, der mich bis hierher führte. Heute, zu diesem Tag, zu dieser Stunde, im Angesicht unglaublicher Ereignisse, deren Zeuge wir alle gemeinsam wurden. Selbst ausgesucht habe ich diesen Weg also nur bedingt. Aber so, wie sich die Wege zusammengefügt haben - helle wie dunkle - scheint es nie eine andere Option gegeben zu haben als nun vor Euch zu stehen und zu sprechen. Ähnlich wie heute habe ich seit Trucidos Auftauchen im Palast meiner Eltern mit Tod und Verlust zu kämpfen gehabt. Ich weiß, wie es sich anfühlt, seine Freunde zu verlieren. Seine Verwandten. Seine Familie. Und Geliebte. Mit dem Wissen um dieses Leid habe ich den Völkern Aethras und mir selbst gegenüber das Versprechen abgelegt, dem Unrecht etwas entgegenzusetzen. In der Zwischenzeit ist klar geworden, dass Trucido niemals Halt machen wird. Diese Welt, Telluriscor, in all ihrer Pracht, ist wie andere Welten auch für ihn in greifbare Nähe gerückt. Wie lange wird es dauern, bis ein so mächtiger Zauberer das Geheimnis der Portale entschlüsselt? Morgen, wenn wir unsere Portale nach Aethra aufrufen, werdet ihr selbst entscheiden können, ob es sich lohnt, es darauf ankommen zu lassen. In meinen Augen ist es also nicht nur Zeit, mein Versprechen von damals vor so vielen Augen und Ohren zu erneuern, sondern es auch mit besonderer Eile anzugehen. Zusätzlich muss ich dieses Versprechen erweitern: Ich möchte nicht mehr nur Aethra vor Trucido schützen, sondern auch Telluriscor. Und die Erde. Und all das, was auch immer sich noch dort draußen befindet.«

Decora lächelte. Ihre Haare blitzten von langen Lichtfetzen und die Zuhörer hörten ihr gebannt zu.

»Ich stehe hier vor Euch als Fremde, die sich längst als eine von Euch fühlt. Meine Freunde und meine Familie, alle, die ich habe und die mir geblieben sind: Sie alle sind ein wilder Haufen Reisender zwischen den Welten. Ich glaube nicht mehr daran, dass alles getrennt ist. Ich glaube daran, dass alles zusammengehört. Und dass wir gemeinsam stark sein können. Mein Eisenholzstab ließ euch einhalten in der Schlacht. Ihr habt gesehen, wozu er fähig ist. Eine Lunata von Aethra und eine telluriscorianische Waffe. Diese Verbindung fühlt sich für mich richtig an. Wenn ihr einzig Euren Königen und Engeln gehorcht, kann und will ich nichts dagegen einwenden. Aber doch bitte ich Euch, nicht als eine Königin, die ohnehin nicht die Eure ist, sondern als eine Lunata, die weiß, wofür es sich wahrhaftig zu kämpfen lohnt: Richtig Eure Aufmerksamkeit und Eure Kraft gegen Trucido, der Euch alle bedroht. Folgt mir nach Aethra, wo Eure Waffen eine bessere Verwendung finden, als gegen die eigenen Landsleute zu kämpfen. Ich will Euch nichts vormachen: Wenn es zur Schlacht gegen Trucido und seine Kelpen kommt, wird es noch mehr Reihen von Toten geben. Aber es wird ein Kampf für das Richtige sein. Halten wir zusammen, dann werden unsere Prüfungen erfolgreich sein. Und wenn sie dies sind, dann können vielleicht die Völker aller Welten auf hellen Wegen wandeln!«

Decora wurde still. Unsicher sah sie Kiran an. Sein Blick zeigte ihr, dass sie das Richtige gesagt hatte. Er nickte ihr zu. Nicht wie ihr Freund Kiran. Sondern wie ein König. Dann knieten sie beide im selben Moment nieder.

Decora rief: »Lasst uns nun der Toten gedenken und einem jeden von ihnen die letzte Ehre erweisen. Kommt! Kommt alle näher. Geht zu Euren Gefallenen. Im Tod sind wir gleich. Warum sollte es da im Leben anders sein? Euer aller Platz ist hier vorn.«

Und dann kamen sie alle. Decora stand mit ihnen auf. Sie ging zu Bekassine und Vanell. Ihre Freunde waren bei ihr. Woti, Kiran, Flacka, Melvin, Charadri, Mergo und der Rest vom Widerstand. Sie standen neben Vanell und Bekassine beieinander und hielten sich an den Händen. Decora hatte Königin Nubigena mit dem Ende ihrer Rede wieder abgestreift. Doch sie wusste jetzt, wie diese Königin sich anfühlen konnte. In diesem Augenblick aber war sie einfach nur Decora, die die Toten beweinte.

Finn horchte auf die Stimmen. Sie kamen näher. Noch konnte er nichts erkennen. Er war unschlüssig, wohin er gehen sollte. Oder zu wem. Ob er überhaupt irgendwohin gehen sollte. Vielleicht lohnte es sich ja, einfach dazubleiben. Vielleicht sollte das Schicksal entscheiden, was nun geschah. Bisher war das nicht die schlechteste Richtschnur gewesen. Und während er noch unschlüssig dastand, sah er ihr Leuchten. Es gab nur eine Person, die sich so durch die Nacht bewegte. Decoras Leuchten kündigte sie an, noch bevor sie selbst in Erscheinung trat. Die Fackeln um ihn herum offenbarten seine Anwesenheit. Bevor er einen Atemzug getan hatte, hörte er sie.

»Finn!«

Er sah sie nur an.

»Lasst uns allein. Bitte.«

Er konnte nun auch die anderen sehen. Die Piraten, den Widerstand, Woti, Kiran.

Decora sagte noch einmal: »Ich möchte allein mit ihm reden.«

Die anderen erwiderten nichts. Es war kaum festzustellen, was sie davon hielten. Kiran beeilte sich, an ihm vorbeizukommen und sah ihn dabei nicht an. Einige der anderen nickten ihm zu und machten sich ebenso schnell von dannen. Woti warf ihm im Halbdunkel der Flammen ein aufmunterndes Lächeln zu und verschwand zwischen den Zelten. Dann waren sie allein. Nach so langer Zeit.

Finn hatte keine Ahnung, was er sagen sollte. Ihm war heiß und kalt gleichzeitig.

Decora sah ihn an. Sie stand so nahe bei ihm, dass ihre Haare ihn berühren konnten, wenn der Wind sie aufgebauscht hätte. Aber in diesem Augenblick war es ganz und gar windstill.

»Wir sind etwas eher gegangen«, erklärte sie. »Viele Kämpfer sind noch dort. Du warst nicht bei uns.«

Finn war sich nicht sicher, aber ihr Gesicht und ihr Leuchten sagten ihm, dass sie ihre Worte bereute. Sie hatte sicher nicht mit einem Vorwurf starten wollen. Recht hatte sie dennoch.

»Ich habe das alles nicht mehr ausgehalten. In Gedanken bin ich immer bei euch. Aber diese Blicke. Es ist alles anders geworden.«

»Die Flügel, stimmt's?« In Decoras Stimme lag Unsicherheit. »Aber sie sind jetzt ganz fort, oder?«

Finn lächelte bitter.

»Ja«, sagte er. »Und nein.« Er schaute sie hilflos an. »Hör doch nur die Stimmen in diesen Lagern. Dann weißt du, wie schwierig es ist, eine Antwort auf diese Frage zu finden.«

Er überlegte, was die richtigen Worte waren. Dann sagte er: »Ich habe das Gefühl, damit alleine zu sein.«

»Und deshalb streifst du dann tatsächlich allein durch die Nacht? Was sagt *sie* überhaupt dazu? Ihr seid doch vorhin zusammen bei der Zeremonie gewesen.«

Finn schnaubte. Decoras Worte waren Nadelstiche. Wollte sie ihn absichtlich verletzten?

»*Du* machst *mir* Vorwürfe? Ich wollte mit *dir* darüber reden! Nicht mit Isi! Immer nur mit dir! Kapierst du es wirklich nicht, oder stellst du dich nur so dumm an, damit es dir leichter fällt, dich für Kiran entscheiden zu können?« Finn schluchzte auf, schluckte seine Tränen aber mit Mühe herunter.

Die Lunata rang um Fassung: »Dafür, dass du immer nur mit mir allein reden wolltest, hast du dich herzlich wenig blicken lassen. Vielleicht stimmt es, was du sagst, aber …

»Vielleicht?!«

Finn schnitt ihr erbost das Wort ab.

»*Vielleicht* stimmt es?!«

»Ja, *vielleicht*!«

Nun war sie es, die erbost war. »Denn wenn du eins und eins zusammen zählst, wie ehrlich bist du wirklich?«

»Was willst du damit sagen?«

»Du hast es doch gerade eben gesagt, Finn Ritter! Du selbst! Dass die Frage zu beantworten so schwierig ist! Ob deine Flügel nun weg sind oder nicht - für diese Leute bist und bleibst du der Engel aus ihrer Prophezeiung!«

»Decora! Ich habe mir das nicht ausgesucht! Das musst du doch verstehen!«

»Und ich habe mir nicht ausgesucht, durch dieses Portal zu dir zu kommen. Und doch ist es geschehen. Das Schicksal brachte uns zusammen. Und jetzt stellt es dich vor die Wahl!«

»Vor welche Wahl?«

»Du hast deine Pflicht getan. Wir haben die Kelpen verwundbar gemacht. Und auch deinen Flügeln ist es zu verdanken, dass ich mit einem Heer nach Aethra zurückkehren und gegen Trucido kämpfen kann. Wirst du mich nun verlassen und ihr Engel bleiben? An der Seite einer wunderschönen Königin, die dich liebt? Oder wirst du morgen mitkommen?«

Finn war wie vor den Kopf gestoßen. Allein, dass sie immer noch danach fragte, schmerzte so sehr, als würde sie versuchen, ihm das Herz herauszureißen. Er hatte sich für sie entschieden. Der Kampf gegen Trucido war der Preis, den er für sie tausendmal zu zahlen bereit war. Es schien, dass sie diejenige war, die sich seiner nicht sicher war.

Ganz leise fragte er sie: »An der Seite einer wunderschönen Königin, die mich liebt?«

Sie sah ihn an. Ihre Haare blitzten. Sie öffnete ihren Mund, um zu antworten.

Plötzlich waren da abermals Stimmen! Sie waren schon so nah, dass Finn erschrocken herumschnellte. Die Soldaten kamen zurück von ihrem Totengedenken. Eine Traube Männer und Frauen mit melancholischem Gesang auf den Lippen stapfte auf sie zu. In dem Moment, als Finn sie sah, sahen sie auch ihn.

»Ihr seid es! Ihr seid es wirklich!«

Sofort stellten sie Gespräch und Gesang ein und flüsterten aufgeregt.

Einer forderte ihn auf: »Bitte sagt uns, wie wir Euch nennen können! Wir haben gehört, Euer Name wäre Finn Ritter! Wie lautet Euer Engelsname?«

Finn konnte kaum reagieren, da hatten sie ihn schon umringt.

»Wenn die Engel sich offenbaren, teilen Sie ihre Namen mit uns!«, sagte ein anderer.

»Decora!«, flüsterte Finn.

Eine Frau trat noch näher an ihn heran. In ihren Augen lag hoffnungsfrohe Erwartung.

»Herr! Bitte schenkt uns ein paar Minuten Eurer Zeit! Und habt Dank, dass Ihr heute kurz bei der Zeremonie anwesend wart!«

»Decora«, sagte Finn noch einmal. Atemlos drehte er sich um. Decora aber war fort.

Zwei Welten, zwei Heere

Der nächste Morgen kam rasch über die kalten Ebenen gezogen. Das fahle Sonnenlicht brachte böigen Wind mit sich, der die Rauchschwaden immer noch schwelender Aschehaufen ostwärts verwehte. Viele der Soldaten hatten in der Nacht ihre Toten verbrannt, wieder andere hatten behelfsmäßige Gräber in der steinharten Erde ausgehoben. Einige wenige Grüppchen waren bereits mit zu Leichenwagen umfunktionierten Pferdeanhängern und Erlaubnis der beiden Könige Richtung heimwärts aufgebrochen, um andere Bestattungen vorzunehmen, die hier im Lager nicht möglich waren. In den Lagern herrschte überdies Katerstimmung. Es war eine merkwürdige Atmosphäre. Anspannung lag in der Luft. Nur wenige Gespräche waren zu hören, das Abbauen der Zelte und der Versorgungsstätten fand größtenteils in konzentrierter Stille statt. Wer zwischendurch aß, tat dies für sich, die meisten Lagerfeuer waren zugeschüttet und die Gruppenplätze waren verwaist. Ein jeder verzurrte und packte seine Habseligkeiten allein. Gewiss, unzählige Leute arbeiteten nebeneinander, aber die Frage, was nun kam, ließ jeden Einzelnen seinen ganz eigenen Gedanken nachhängen.

Decora und Kiran hatten überhaupt noch nicht geschlafen, wenngleich sie schweigend nebeneinander gelegen und beide krampfhaft versucht hatten, ein Auge zuzubekommen. Decora war spät nachts nach dem Gespräch mit Finn zu Kiran ins Zelt gekommen, hatte sich hingelegt und geschwiegen. Kiran hatte sich nach einiger Zeit, in der er vor einem leeren Krug Met vor sich hin gegrübelt hatte, neben sie gelegt und sie nicht ausgefragt. Als das erste Licht und gedämpfte Stimmen durch die Zeltritzen drangen, waren sie dankbar, aufstehen zu dürfen.

Decora hatte gesagt: »Woti und ich werden Fred dazuholen. Zusammen mit seinem Freund schaffen wir die Scherben vom Tempel aus Raukelunks Hütte hierher. Wir müssen ihm sowieso ein Lebenszeichen von uns geben. Bestimmt freut er sich, dabei zu sein. Was meinst du dazu?«

Kiran hatte nichts dagegen.

»Ich werde derweil die Truppen auf dem freien Feld zusammenkommen lassen und vorher die Befehle zum endgültigen Abbau geben. Wie lange wird alles zusammen dauern?«

Decora zuckte mit den Schultern. »Es sind so viele Leute. Und dazu das Material. Das ganze Lager muss ja mit. Wenn wir die Offiziere dazu bekommen, ebenfalls Portale aufzurufen, und das Lager in ein paar Stunden abgebaut und reisebereit ist, dann sind wir vielleicht heute am späten Nachmittag fertig.«

»Wir verteilen die Scherben also?«

Decora war so müde! Sie fragte sich, warum sie das Ganze noch einmal durchgehen mussten.

»Wir waren uns doch einig«, sagte sie. »Nachher sammeln wir sie wieder ein. Das Geheimnis ist doch längst keines mehr. Wir wollen nicht so sein wie ...«

»... mein Vater«, beendete Kiran ihren Gedanken. »Ja, natürlich. Die Leute sollen wissen, worauf sie sich einlassen.«

Decora ermutigte ihn: »Täten wir es nicht, würde die Neugierde die Leute dazu antreiben, ohne unser Einverständnis an die Scherben zu gelangen. Sollen ruhig alle sehen, wie wir die Portale aufrufen. So ist die Gefahr am geringsten, dass Begehrlichkeiten entstehen. Obwohl natürlich jeder Scherben wird haben wollen. Machen wir uns nichts vor. Einen gewaltigen Vorteil hat es aber noch dazu, wenn wir auf diese Weise vorgehen. Der Gedanke kam mir erst gestern während meiner Rede: Sie werden einsehen, wie leicht es für unseren Feind sein könnte, ebenfalls Portale aufzurufen.«

Sie versank in Gedanken und sprach leiser weiter. »Ich frage mich wirklich, warum das nicht schon längst geschehen ist.«

Darauf hatte auch Kiran keine Antwort. Stattdessen murmelte er: »Überhaupt - wer sind wir schon, diesen Leuten das Portalgeheimnis vorzuenthalten?«

»Könige und Königinnen«, antwortete Decora gedankenversunken. Sie blickte nicht auf.

Kiran sah sie erstaunt an. Er sagte: »Aber wir könnten die Truppen ja sowieso nicht durch die Portale bekommen, ohne dass sie sehen, wie wir es machen.«

Kiran betonte seinen Satz so, dass er auch gut und gerne eine Frage hätte sein können.

»Eben«, bestätigte Decora halblaut. »Und wenn wir jetzt noch weiter darüber nachdenken, machen wir uns künstlich noch mehr Probleme als wir ohnehin schon haben. Ich gehe jetzt los und hole Woti. Er will auf jeden Fall mitkommen. Er hat es nicht gesagt, aber ich weiß es. Er hofft, dass wir Raukelunk in der Hütte treffen. Und Ina.«

Kiran legte sich seinen Umhang an und grinste. »Raukelunk fehlt mir«, sagte er, nachdem er mit dem Umhang fertig war.

»Mir auch«, seufzte Decora. »Er würde sich bestimmt freuen, die Festung wiederzusehen.«

»Meinst du?«

»Natürlich! Das ist doch unsere Basis. Weißt du noch, wie er den Festungshain unsicher gemacht hat?«

Sie lächelte und vergaß für den Moment ihre trüben Gedanken. Dann aber verfinsterte sich ihr Blick wieder.

»Ich habe es im Gefühl, dass wir ihn nicht zuhause antreffen werden. Irgendetwas sagt mir, dass es noch ein wenig dauert, bis wir ihn wiedersehen. Er wusste, dass wir die Scherben früher oder später brauchen. Und wollte allein mit Ina sein. Ich kann mir nicht denken, dass er oder sie neben den Körben sitzen und uns mit einem Glas Bitterbeerensaft empfangen, was auch immer sie gerade so Geheimnisvolles veranstalten.«

»Wahrscheinlich nicht. Dann hoffe ich wenigstens, dass es nicht mehr zu lange dauert, bis er von sich aus zurückkommt. Ich mache mir Sorgen um Ina und ihn.«

Er blickte sie ratlos an. Es gab nichts mehr zu sagen.

»Dann sehen wir uns wohl später …«

Unschlüssig stand er ihr gegenüber.

Decoras Augen blitzten auf. Sie wusste, worauf er wartete.

»Klar, bis später.«

Sie ging, ohne ihn zu küssen.

Finn beobachtete alles aus weiter Entfernung. Er hatte keine Ahnung, ob ihn jemand dabei beobachtet hatte, wie er die Anhöhen östlich des Lagers hinaufgeklettert war. Aber er zerbrach sich nicht den Kopf darüber.

Hinter Finn schlängelte sich der Hirschkopf durch die Ebene. Seine Wasser rauschten laut, selbst hier oben klang die Melodie des Wassers in seinen Ohren. Die erste Schneeschmelze hatte ihn zu einem reißenden Fluss werden lassen. Das Land wirkte rau und unberührt. Vor Finn bot sich ein gänzlich anderes Bild.

Die Lagerstätten und Versorgungszelte im Südwesten waren allesamt abgebaut. Zugtiere waren vor Wagen gespannt, Pferde und Kriegsbestien scharrten neben ihren Reitern nervös mit den Hufen und Klauen. Viele

Tausend Männer und Frauen standen mit oder ohne Tiere in kleinen und größeren Gruppen, aufgeteilt nach ihren Heereszuordnungen auf dem hellbraunen, matschigen Boden und warteten. Dabei gab es zweierlei von Wartenden: Die einen, jene, die nördlicher standen und die zu Isis Truppen gehörten, setzten sich langsam, Stück für Stück, in Marschbewegung Richtung Böhn, Monkuhn und Orrast. Die alonischen Truppen weiter südlich waren auf viele Hunderte kleinere Trauben aufgeteilt, zwischen denen immer wieder leuchtende Portale Funken warfen und wie Lichtkleckse aus dem matschig-braunen Farbeinerlei herausstachen.

Nun ging es wahrhaftig los! Finn vergaß fast seine ganzen Sorgen über die Tatsache, dass sie es endlich geschafft hatten: Ein Heer machte sich auf in Richtung Aethra! Nun konnte sich das Blatt wenden. Nur dafür hatten sie so viele Mühen und Strapazen auf sich genommen. Sogar einige Hundert Soldaten aus Isis Truppe wagte den Sprung durch die Portale. Mit Erlaubnis der Königin natürlich, aber sie hatte es auch nicht nötig, denjenigen, die in die fremde Welt aufbrechen wollten, ihren Wunsch zu verweigern. Der Großteil ihrer Truppen kehrte gern mit ihr ins Schneeköniginnenreich zurück.

Immer wenn ein Portal erlosch oder ein neues entstand, erfasste Finn eine seltsame Faszination. Mittlerweile hätte dies eigentlich kaum noch etwas Überraschendes für ihn sein sollen, doch nun, da das Geheimnis an so viele weitergegeben worden war, ließ ihn der Gedanke nicht los, dass nichts mehr so war wie zuvor. Dieser Tag veränderte mit einem Schlag das Leben so vieler. Und zwar auf eine andere Art als eine Schlacht zwischen verfeindeten Heeren oder der Überfall durch einen Zauberer. Jedenfalls fühlte es sich so an.

Decora, Kiran, Woti und die anderen hatten also die Scherben, die sie aus dem Fichten-Tempel hatten, aus Raukelunks Hütte hergeschafft und ranghöhere Soldaten instruiert, was sie für den Portalzauber zu tun hatten. Es war unglaublich, dass alles so schnell ging. Von hier oben konnte Finn sehen, wo Decora und die anderen sich aufhielten. Kiran, Woti und die meisten Piraten waren bereits auf der anderen Seite, die Widerständler und zumindest Melvin waren bei Decora geblieben. Finn war sich nicht ganz sicher, aber er glaubte, dass unter Decoras Helfern auch zwei Trolle waren, von denen einer ihr alter Bekannter Fred aus Felsgau sein mochte! Das war gar nicht unwahrscheinlich, denn er hatte gehört, dass Fred Decora und Kiran aus Renkejas Gefangenschaft befreit hatte. Insgesamt war es nicht allzu schwer, den Überblick zu behalten, wenn man sich einmal orientiert hatte. Aus diesem Grund wusste er auch, von welchem Ort aus Isi den

Abzug ihrer Truppen überwachte. Seit er sie bei der Zeremonie verlassen hatte, war er nicht wieder zu ihr zurückgekehrt. Doch just in dem Moment, als er an sie dachte und über diese gewaltige Strecke zu ihr hinabsah, überkam ihn das überwältigende Gefühl, dass auch sie über ihn Bescheid wusste und ihn ansah. Es war Zeit, aufzubrechen.

Der Eisenholzstab lag fest in Decoras Händen. Sie glaubte, dass den Umständen entsprechend alles mindestens gut verlief, doch nervös war sie trotzdem. Hoffentlich war in der Unerreichbaren Festung alles so, wie sie es in Erinnerung hatten! Und hoffentlich klappte der Lageraufbau vor den Toren der Festung unter Kirans Leitung reibungslos! Während sie zwischen die Soldatinnen und Soldaten Weit-Alons trat, so selbstsicher und unerschütterlich zu wirken versuchte, wie sie nur konnte, und wildfremden telluriscorianischen Offizieren, die sie noch nie in ihrem Leben gesehen hatte, Tipps zum Portalaufruf gab, waren ihre Gedanken bereits in ihrer Heimat. Wann würden sie gegen Trucido ins Feld ziehen können? Welche Taktik würden sie dabei verfolgen? Sie war nur Decora, keine Kriegsgeneralin. Und ein Heer hatte auch Kiran noch nicht befehligt und in die Schlacht geführt. Wo wollten sie angreifen? Und wie sollten sie die Truppen überhaupt schnell zu diesem ominösen Kampfplatz bekommen, den sie noch nicht einmal kannten? Der Nachmittag, den sie zuerst anvisiert hatte, ging bald in den Abend über, und sicher würde der Mond bereits am Himmel stehen, wenn alle endlich den Sprung durch das Portal geschafft hatten … Plötzlich war sie so sehr in Gedanken, dass sie gar nicht bemerkte, wie eine Handvoll Kämpfer an sie herantrat.

»Königin Nubigena, entschuldigt!«

Decora schreckte auf.

»Verzeiht, ich war in Gedanken. Bitte, sprecht!«

Sie sah in die Augen von vier Männern und einer Frau, allesamt in alonische Kampfestracht gehüllt, ihre Habseligkeiten und Waffen aufbruchbereit umgeschnallt. Einer der Männer war ein Gwilling, der wahrscheinlich zu den Heeresmagiern gehörte, denn ein Eisenholzstab mit gelblichem Edelstein an der Spitze steckte in seiner Rückenhalterung und überragte ihn um zwei Kopfeslängen. Keiner der Kämpfer war Offizier.

»Mein Name ist Menewal, Frau Nubigena. Ich komme aus Weit-Alon, wie viele von uns.«

»Es freut mich, Menewal«, grüßte Decora. »Schön, Euch und Eure Kameraden kennenzulernen.«

Obwohl sie immer noch in Gedanken war, versuchte sie sich auf die Truppe einzulassen.

»Danke für die Zeremonie, Frau Nubigena«, sprach Menewal und verbeugte sich höflich. »Im Namen von uns allen und sicherlich von vielen anderen möchten wir Euch wissen lassen, dass es so etwas in der Form sicher noch nie gegeben hat. Jedenfalls nicht in den letzten zwanzig Jahren.«

Die anderen nickten bestätigend. Decora lächelte. Sie war ehrlich dankbar für Menewals Worte.

»Es bedeutet mir viel, dass Ihr gekommen seid, um mir dies zu sagen. Ihr seid die Ersten, von denen ich das höre. Aber wie sollte es auch anders sein? Wir kennen uns nicht und dennoch fordere ich von Euch, einem unbekannten Feind gegenüberzutreten. Sicher sind mir nicht alle Kämpfer so wohlgesonnen wie Ihr.«

Offenbar war der Soldat Menewal verblüfft, wie offen Decora redete. Zugegebenermaßen wusste Decora selbst nicht, ob das richtig oder falsch war. Doch sie erinnerte sich an Melvin, der gesagt hatte, sie solle mit nichts hinter dem Berg halten.

»Es ist erfrischend, eine Königin wie Euch kennenzulernen«, traute sich Menewal zu sagen. »Wir sind gespannt, wie es in Eurer Welt aussieht.«

Decora bemerkte sehr wohl, dass er ihr nicht widersprochen hatte. Dann deutete Menewal auf ein Portal, das just drei Offiziere geöffnet hatten. Eine Gruppe etwas weiter entfernt trat sogleich die Reise an.

»Das ist unseres«, erklärte Menewal ehrfürchtig. Er schien etwas zu überlegen, die anderen wandten sich indes mit einer kurzen Verbeugung zum Gehen.

»Jedenfalls denken nicht nur wir so. Vielen hat die letzte Nacht etwas bedeutet. Die Dinge, die Geschehen sind – das Ende des Krieges, Euer Freund der Dritte Engel, die Portale – wir sind nun Teil von etwas Größerem. Wir werden uns bemühen, unsere Pflicht als Soldaten Telluriscors an Eurer Seite auch in der Fremde zu tun!«

Decora war sprachlos. Jetzt hatte er ihre Befürchtung zumindest relativiert. Vorausgesetzt, er log sie nicht aus Höflichkeit an. So oder so – seine Worte waren genau das, was sie gebraucht hatte.

»Vielen Dank, Menewal. Und Euch allen.«

»Wann werdet Ihr in eines der Portale gehen, Frau Nubigena.« Es war die einzige Soldatin in der Runde, die fragte. »Bald sind alle drüben. Ihr fehlt noch. Dabei ist es Eure Welt. Vielleicht solltet ihr auf der anderen Seite das Willkommen organisieren. Bestimmt sucht man schon nach Euch!«

Decora überlegte. Die Frage war nur logisch. Wann würde sie kommen?

Natürlich war es Absicht, dass sie so lange wie möglich hierblieb. Aber bisher war er nicht aufgetaucht. War es möglich, dass er mit Königin Idisi in den Norden zog?

Die fünf Soldaten erwarteten neugierig ihre Antwort. Sie waren wieder stehengeblieben.

Decora fühlte, wie das flaue Gefühl in ihrem Magen plötzlich sehr viel stärker wurde. Wenn er bis jetzt nicht aufgetaucht war ... Sicher würde es mit jeder Minute, die sie blieb, noch schlimmer werden. Wahrscheinlich war es klüger, einfach sofort zu gehen. Finn wusste, wohin sie aufbrach und wie er dorthin gelangen konnte.

»Ich denke, ich habe lange genug die Abreise überwacht«, entschied Decora. »Meine Freunde erledigen hier den Rest.«

Sie suchte mit einigen wenigen Blicken die Umgebung nach Melvin ab und fand ihn ein Stück weiter beim Instruieren einer Offiziersgruppe in der Nähe von Fred und Badrak, Freds etwas ungehobeltem Freund. Sie und Woti hatten die beiden Trolle mit einem Portal am Morgen gleich mit aus Felsgau abgeholt, nachdem sie weder Raukelunk noch Ina im Lampignon-Wald angetroffen hatten. Kurz vor der Schlacht und nach ihrer Tunnel-Rettungsaktion waren die beiden Trolle nämlich wieder per Portal nach Hause zurückgereist und hatten auf dem Weg dorthin die Tempel-Scherben in Raukelunks Hütte versteckt.

Melvin winkte Decora zu. Er hatte verstanden. Der Wasserzwerg würde die Stellung noch halten.

Decora fragte: »Macht es Euch etwas aus, wenn ich Euch begleite?«

Menewal und die anderen Soldaten waren freudig überrascht. »Selbstverständlich nicht! Es wäre uns eine Ehre! Die anderen werden Augen machen, wenn wir erzählen, dass wir mit der Sternenkönigin durch das Portal gekommen sind!«

»Frau Nubigena, tut es weh?«, fragte plötzlich der jüngste Soldat in der kleinen Gruppe.

Decora lächelte. »Keineswegs. Ihr werdet sehen, es ist unglaublich.«

Jetzt lächelte auch der junge Soldat.

»Kommt«, sagte Decora. Besser, sie machten schnell, bevor sie es sich wieder anders überlegte!

Gemeinsam gingen sie zu den Offizieren, die das Portal aufrechthielten.

Kurz vor ihrem Sprung drehte sich Decora noch einmal um. Sie hatte so ein Gefühl. Aber hinter ihr war niemand. Schweren Herzens nahm sie Menewal und den jungen Soldaten an die Hand und zog sie mit sich in das Portal hinein.

Finn hatte sich so lange bei den Hügeln in einer Baumgruppe versteckt, bis Decora im Portal verschwunden war. Er hatte beobachtet, wie sie sich suchend umgeblickt hatte. Hatte sie ihn gesucht? Es zerriss sein Herz, aber doch hatte er es nicht über sich gebracht, zu ihr zu gehen. Da war etwas anderes, das er tun musste. Er spürte, dass er nicht so weit war. Dieses Gefühl saß ihm in den Knochen, bedrückte und beschwerte sein Herz, beinahe so, als wäre es kein Gefühl mehr, sondern eine ganz reale Wunde, die mit ihrem Schmerz Erinnerungen heraufbeschwor. Das Weiß des letzten Schnees zwischen seinen Füßen, das eisige Land ringsumher – hier an diesem Ort spürte er überall Isi. In der trockenen Kälte der Luft, im Rauschen des Wassers – der telluriscorianische Winter war getränkt von den Gedanken an ihr gemeinsames Abenteuer.

»Ich wusste es!«

Finn schreckte hoch.

»*Isi*!«

Ein Ruf des Erstaunens entfuhr ihm. Wie lange hatte er in Gedanken zugebracht? Er übersah das Portalfeld. Nur noch ein paar Handvoll Reisender warteten auf ihren Übergang. Es war Abend geworden. Wie hatte er so lange geträumt? Er war verwirrt.

»Musst du nicht mit deinen Truppen reiten?«

»Finn Ritter von der Erde!«, sagte sie. »Natürlich muss ich das. Später. Aber Hildir wird nicht in den nächsten Stunden zurückkommen, da bin ich mir sicher. Doch was ist mit dir? Musst du nicht langsam eine Entscheidung treffen?«

Mit einer Kopfbewegung deutete sie hinter sich auf die letzten verbliebenen Portalrufer.

»Ich habe dich heute auf der Anhöhe gesehen«, ergänzte sie wie beiläufig. »Du hast es gespürt, nicht wahr?«

»Aber wie …?«, stammelte Finn.

Isi lachte kalt. »Vergiss nicht, ich bin eine Hexe. Außerdem warst du leicht zu sehen, wenn man wusste, wonach man sucht.«

»Ich …« Ihm fehlten die Worte. »Es tut mir leid, dass ich dich zurückgelassen habe.«

Lange sagte sie nichts.

»Ich war wütend. Und verletzt. Aber dann habe ich verstanden. Du hast mich nicht zurückgelassen. Nicht auf der Eisinsel, nicht vor Hildirs Landhaus, nicht auf der Insel der Engel. Nicht gestern. Und auch nicht heute. Du bist noch hier.«

Finns Herz pochte in seiner Brust. Er sah in ihre großen grünen Augen und dachte daran, wie verletzlich sie sein konnte. Er wusste, welche Geräusche sie im Schlaf machte. Er wusste, wie sie roch. Er wusste, wie ihre Lippen schmeckten.

»Ich …«

Wieder hatte er keine Ahnung, was er sagen sollte. Er hasste sich dafür, in solchen Situationen nicht stärker und klarer sein zu können. Dabei musste sie es doch wissen!

»Du musst nichts sagen, Finn.«

Sie musterte ihn, wie sie ihn damals in ihrem kleinen Boot auf dem Schollenmeer gemustert hatte.

»Ich wusste von Anfang an, dass du es warst.«

»Der Engel?«, presste Finn heraus.

Sie widersprach nicht.

»Aber dann habe ich noch so viel mehr erfahren.«

Sie legte ihre Hand auf seine Brust, nestelte an seinem Umhang und sah zu Boden.

Schließlich sagte sie: »Ich bin Idisi Ylvi Finja Tilvi Sigvalda Girda Ilina Siristochter. Und ich liebe dich, Finn Ritter.«

Finn wurde es heißkalt. Sie entblößte sich vor ihm und war gleichzeitig entwaffnend.

»Ich werde dich nicht noch einmal darum bitten, mit mir zu kommen, obgleich ich es mir wünsche.«

»Wegen des Engels?«, flüsterte Finn und wünschte sich, dass sie einfach *Ja* sagte.

»Und meinetwegen«, antwortete Isi. »Vor allem meinetwegen.«

»Isi, du weißt …«

Sie unterbrach ihn. »Alles, was du jetzt sagen könntest, ist mir bewusst. Spar dir deine Worte.«

Tränen standen in ihren Augen. Doch sie schaffte es, den Drang loszuweinen zu unterdrücken.

»Wer kann sich schon zwischen zwei Königinnen entscheiden?«

Sie schluckte einen Kloß im Hals hinunter. Dann sah sie ihn fast verbissen an.

»Tu mir nur einen Gefallen: Schleiche nicht länger auf diesen Hügeln herum, denn so lange hältst du auch mich hier fest. Und eine Sache musst du noch wissen, Finn Ritter: Wenn du jetzt und hier durch eines dieser Portale gehst, dann werde ich nicht mehr für dich zur Verfügung stehen. Ich werde nicht darauf warten, dass wir uns irgendwann wiedersehen. Auch ich habe meinen Stolz. Wer soll es also sein? Ich? Oder *sie*?«

Finn wusste plötzlich, worauf er gewartet hatte. Er hätte nicht eher gehen können, ohne noch einmal mit Isi zu sprechen. Er sah ihr in die Augen so fest er konnte.

»Ich hoffe, dass uns unsere gemeinsame Zeit für immer verbinden wird und wir uns doch irgendwann als alte Freunde wiedersehen. Aber ich liebe Decora. Als ich dir begegnet bin, hatte ich mein Herz längst verschenkt. Helle Wege, Idisi Siristochter!«

Dann drehte er sich um, eilte den Hügel hinab, und sah auch nicht zurück, als er Isis Schluchzen hörte. Bevor jemand groß Notiz von ihm nehmen konnte, sprang er hinein in die letzte Soldatengruppe und mitten in das Portal, das ihn zu der Königin bringen würde, die hoffentlich auf ihn wartete.

3. Teil – Dschungelfieber

Das Sperrgebiet

Professor Felden blickte sorgenvoll auf die Computerbildschirme, die ein weitgehend leeres Zimmer zeigten. Es besaß nur zwei Ausgänge. Der eine führte in ein kleines Badezimmer, der andere in einen winzigen Flur. Auch ansonsten war das Zimmer auf den ersten Blick höchst unspektakulär. Es gab einen Schrank, mehrere Fenster, über den Boden verteilt lagen einige versprengte Holzreste und ein paar achtlos hingeworfene Bücher. Einzig die zahllosen Drähte, Spulen, Magneten, Kühlaggregate, Kameras, Messgeräte, Kabel und mehrere Schreibtische mit Laptops und Computern, die um die leere Mitte des Raumes kreisförmig hingen und aufgestellt waren, ließen vermuten, dass mehr hinter dieser scheinbaren Unscheinbarkeit steckte.

»Was soll das heißen, es ist *weg*?«

General Jagers Augen versprühten Zorn, genau wie seine raue Stimme, als er in den Raum bellte. Noch hielt er sich für seine Verhältnisse unter Kontrolle. Er wandte sich nun direkt an Felden, denn er war der wissenschaftliche Leiter der ganzen Operation. Er war, ohne anzugeben, der fähigste Quantenphysiker seiner Generation und Träger zahlloser internationaler Auszeichnungen auf seinem Gebiet. Insgesamt sicher der beste Mann, den man für so etwas hatte *gewinnen* können.

Die restlichen Mitarbeiter Feldens sahen betrübt zu Boden. Sie hatten Angst, Jager auch nur einen Moment in die Augen zu sehen. Aber mit der Zeit hatte Felden selbst seinen Schrecken gegenüber Jager weitestgehend verloren. Das alles hier war zu groß und zu wichtig, als dass er sich noch von einem grobschlächtigen Militär einschüchtern ließ. Außerdem schien Jager die Angst seines Gegenübers geradezu riechen zu können und erweckte stets den Eindruck, sich genüsslich in dem Gefühl zu suhlen, von anderen als überlegen wahrgenommen zu werden.

»Weg heißt weg«, erklärte Felden also mit größtmöglicher Ruhe. Seine Stimme klang blechern in dem kleinen, abgeschirmten Kontrollraum. »Ich weiß nicht warum, ich kann es lediglich vermuten.«

Jagers Blick verhärtete sich noch mehr. Er verspürte sicher Lust, Felden mit der Faust ins Gesicht zu schlagen und zu überprüfen, ob vielleicht auch seine Brillengläser einfach verschwinden konnten. Vielleicht in seinen Augenhöhlen. Ja, solche Gedanken hatte Jager ohne Zweifel. Doch stattdessen sagte der Zig-Sterne-General: »Erhellen Sie uns doch bitte mit Ihrer Vermutung, Felden.«

»Wir haben auf dieser Seite nichts verändert, Jager«, sagte er trotz allem pflichtbewusst. »Wenn ich darauf wetten müsste, dann würde ich sagen, die Destabilisierung kam von der anderen Seite.«

»Ist das so?«, zischte Jager. »War es denn nicht Ihre Aufgabe dafür zu sorgen, dass genau das nicht geschieht? Die Destabilisierung zu verhindern? Wofür haben wir einen eigenen Reaktor unter dieses Gebäude gesetzt, wenn nicht, um die Energiesignatur hinter diesem Ding aufrechtzuerhalten und um die Forschungen nicht zum Erliegen zu bringen.«

Felden erhob sich langsam von seinem Stuhl und trat Jager Auge in Auge gegenüber. »Auf meinem Wissensgebiet bin ich führender Experte für alles bisher Bekannte *auf dieser Welt*. Nichtsdestotrotz bilde ich mir ein, mich auch bei Neuentdeckungen rasch einarbeiten zu können. Meine Expertise können selbst Sie mir nicht absprechen, General. Allein, wenn die Art und Weise der Neuentdeckung *derartig* unglaublich und unbekannt ist – dann habe ich nie und werde auch nie eine Garantie dafür geben können, mit hundertprozentiger Sicherheit für das Gelingen sämtlicher Forschungen oder gar Vorstöße zu bürgen.«

Jager fletschte die Zähne. Doch Felden setzte noch einen drauf: »Nicht einmal zu fünfzig Prozent war ich mir sicher, dass die Stabilisierungsversuche Erfolg bringen würden, wenn auf der anderen Seite etwas Unvorhergesehenes geschieht. Offen gesagt gehe ich wie die meisten hier mittlerweile davon aus, dass unsere bekannte Physik komplett umgeschrieben oder zumindest fundamental erweitert werden muss. Ich hätte mich früher davor gehütet, ein solches Wort überhaupt in den Mund zu nehmen, aber mein Fachgebiet, die Physik, muss sich erst noch an das Untergebiet der *Magie* gewöhnen.«

Jager donnerte mit der Faust auf einen Tisch. Zwei Mitarbeiter Feldens wichen erschrocken zurück.

»Wird das Portal wiederkommen? Magisch oder nicht?«

Felden lächelte ungerührt. »Woher soll ich das wissen, Jager? Und ich hege wirklich keinen Zweifel mehr daran, dass Magie im Spiel war. Zumindest solange werde ich sie so nennen, wie mir die physikalischen Mechanismen dahinter noch so unverständlich sind.«

Felden veränderte nun seinen Blick. Irgendetwas an Jager erschien ihm plötzlich anders. Für einen solch harten Rückschlag wie heute war er geradezu gut gelaunt. Noch niemand war niedergeschlagen worden. Das wollte schon was heißen. Er musste es also wenigstens versuchen. Aber wenn schon, dann ohne wie ein winselnder Bittsteller zu wirken. Jager verstand sowieso nur die Sprache der Konfrontation und der Stärke.

»Vielleicht, General Jager«, sagte er, »ist es Ihnen jetzt sogar möglich, mich wieder nach Hause zu lassen. Ich glaube nicht, dass sie mich aufgrund der aktuellen Situation in den nächsten Tagen hier im Sperrgebiet benötigen. Falls das Portal doch zurückkommt, können sie mich ja gern ein zweites Mal entführen. Ich bin sicher, meine Frau übersteht den Schrecken diesmal ohne ein weiteres lebenslanges Trauma zu entwickeln. Sie ist ja immerhin schon geübt in dieser Sache.«

Doch Felden hatte sich verkalkuliert. Seine freche Ansprache verwandelte sich bei Jager nicht in Respekt, sondern schien seine Wut doch noch zu steigern. Statt ihm entgegenzukommen, lächelte er böse und entgegnete leise: »Wie mir scheint, sind Sie wirklich fürs Erste überflüssig geworden, Felden. Meine Männer werden Sie und Ihre offensichtlich nutzlosen Mitarbeiter aber lieber ins Hotel begleiten. Wer weiß, das verfrühte Wiedersehen mit ihrer Frau könnte am Ende noch dazu führen, dass sie beide sich wieder aneinander gewöhnen. Und wenn ich Sie dann wirklich erneut entführen lassen müsste – solch eine tragische Lebenswendung möchte ich Ihrer liebenswürdigen besseren Hälfte doch lieber ersparen. Wie Sie wissen, bin ich, was die Beziehungsebene angeht, ein sehr fürsorglicher Mensch.«

Jager drückte einen Knopf an der Wand. Eine Tür schob sich lautlos auf und mehrere mit Maschinenpistolen bewaffnete Soldaten traten in den Beobachtungsraum.

»Abführen. Ins Gefängnis«, rief Jager ihnen zu. »Allesamt.« Dann räusperte er sich grinsend. »Verzeihung, mein Fehler. Ins *Hotel*, wollte ich natürlich sagen.«

Auf seinem Weg durch das Sperrgebiet dachte Jager nach. Es war doch immer bloß eine Frage der Zeit gewesen, bis sie das Portal verlieren würden. Auch wenn er Felden nicht leiden konnte, prinzipiell war er sich mit ihm einig: Ihre halbherzigen Versuche, mit Naturwissenschaft auf Magie zu reagieren, waren sicher von Anfang an zum Scheitern verurteilt gewesen. Er würde es nicht vor seinen Männern zugeben, aber er hatte nicht nur mit diesem Gedanken gespielt, sondern hatte insgeheim fest damit gerechnet, dass dieser Tag kommen würde. Allein, es reichte kaum aus, was sie bisher herausgefunden hatten! Felden und seine Mitarbeiter hatten ihre Arbeit so gut gemacht, wie ein paar hoch dotierte und ebenso hoch eingebildete Wissenschaftler es eben tun konnten. Sie hatten analysiert und Theorien aufgestellt, zahllose Datensätze gesammelt und diese wieder und wieder ausgewertet und verworfen. Doch nun? Jager dachte mit Sorge an die Pläne, die sie mit dem Portal gehabt hatten. Und was sollte er später dem Kanzler sagen? Um das Ganze weiter am Laufen zu halten, waren solch enorme Gelder vonnöten, dass ein fehlendes Portal gewiss Zweifel an der ganzen Operation mehren konnte, zumal sie in der jetzigen Situation ja gar nichts mehr hatten, dass es zu erforschen galt. Die ganze Sache war bis zu diesem Tag ohnehin zum teuersten Staatsprojekt aller Zeiten mutiert, und das schon nach so wenigen Monaten. Die Implikationen beschränkten sich nicht allein auf das militärische Sperrgebiet, das fast die gesamte Innenstadt um die ehemalige Wohnung Finn Ritters umfasste, und auf dessen milliardenschweren Umbau, die Räumung und die Zwangsumsiedlung der Bewohner, die als Folgen eines schweren Chemieanschlags hatten vertuscht werden müssen. Die unzähligen Zeugen mundtot zu machen, das Internet von Videos und den hysterischen Aufrufen zahlloser selbsternannter Heils- oder Unheilsprediger zu säubern, das hatte viele weitere Millionen im dreistelligen Bereich verschlungen. Ganz zu schweigen vom Aufspüren und Einfangen der echten Monster, die aus der fremden Welt zu ihnen gekommen waren. Kelpen, wie sie angeblich hießen, und nicht Pferdemänner, wie sie in den Medien bezeichnet worden waren.

Jager eilte weiter durch die leeren Straßenzüge an Panzern, Kommandozelten und mobilen Störanlagen vorbei, die Satellitenspionage und Datentransfers im und aus dem Sperrgebiet verhindern sollten. Es ließ ihn nicht los: Bisher hatte alles so gut geklappt. Jetzt kam es darauf an, wie er weiter vorging, damit nicht alles umsonst gewesen war. Die Sache war noch nicht vorbei, dafür würde er schon sorgen. Das Militär war noch nicht fertig mit den Portalen. An diesem Ort aber war *er* das Militär. Es war Zeit also zum Handeln.

In der Nähe des Hotels *Adlerturm*, das unter seiner persönlichen Führung zum Militärgefängnis des Sperrgebiets umfunktioniert worden war, kamen ihm ein Agent des Nachrichtendienstes und zwei Soldaten der Militärpolizei entgegen. Jager beobachtete den Agenten und setzte dabei eine abschätzige Miene auf: Kannte man einen von ihnen, kannte man alle. In ihren schwarzen Anzügen kamen sie sich den lieben langen Tag vor wie in einem Kinofilm, aber in Wirklichkeit fehlte es ihnen sowohl an der Präzision eines Militärs als auch an der Weitsichtigkeit eines Jagers. Sie hatten es ja nicht einmal geschafft, Finn Ritter, dessen Eltern und seine Truppe verrückter Außerirdischer allesamt gefangen zu nehmen, ohne dass es bei deren Verfolgung gleich die halbe Welt mitbekommen hatte! Dutzender Beschlagnahmungen von Smartphones und Verkehrskameras, Bestechungen von Polizeibeamten, Reportern und Zivilisten sowie ein paar unangenehmer Verhöre und Inhaftierungen hatte es bedurft, um die Sache wieder in Vergessenheit geraten zu lassen, mit der der Nachrichtendienst letzten Sommer für so hässliche Schlagzeilen gesorgt hatte. Und das, bevor auch nur ansatzweise etwas bereit gewesen war. Glücklicherweise lagen die Dinge nun schon etwas länger zurück und zumindest etwas Gras war über die Sache gewachsen. Sie hatten Zeit gehabt, sich den wirklich wichtigen Dingen zu widmen.

Die drei Männer, die mittlerweile bei ihm angelangt waren, hatten noch einen mit Handfesseln ruhiggestellten Gefangenen im Schlepptau, der in einen langen Mantel gehüllt und mit einem Hut auf dem Kopf so aussah, als hielte er sich für einen Detektiv oder Spitzel aus den Zwanzigern.

»Was ist hier los? Meldung!«

Jager ließ dabei den Mann im Trenchcoat nicht aus den Augen. Der Agent kam seiner Aufforderung auch nach, wenn er ihn nicht ansah. Vielleicht sogar umso mehr. Er spürte in der Geringschätzung seiner Person instinktiv, wer hier das Sagen hatte.

»Die Militärpolizei hat ihn am Rand des Sperrgebiets beim Herumschnüffeln erwischt. Noch jenseits des Zaunes, General Jager«, erklärte der Agent.

»*Jenseits des Zaunes*? Und warum haben Sie ihn dann festgenommen?«, entgegnete Jager erbost. Noch einmal taxierte er den Trenchcoat. »Es ist nicht verboten, wie ein geisteskranker Vollidiot herumzulaufen. Aber es ist immer schlecht, Zivilisten ohne triftigen Grund festzunehmen. Jedes mal muss man sich gleich um die ganze Familie und möglicherweise auch noch um hellhörig gewordene Freunde der Gefangenen kümmern. Das bedeutet sehr viel Arbeit. Viele wollen sowieso nur mal schauen, ob sie etwas entdecken können. Jenseits des Zaunes aber ist nichts, das man gegen uns verwenden könnte. Da der Mann aber nun das Innere des Sperrgebiets gesehen hat, verhält sich die Sache völlig anders. Es ist bereits schwierig, bei den wenigen Hundert Beamten und Agenten, die unter mir dienen, Verschwiegenheit zu gewährleisten, aber ein Zivilist mit Kenntnis über das Sperrgebiet – auch wenn es sich dabei nur um die Infrastruktur und unser militärische Equipment handelt – ist eindeutig einer zu viel.«

Die zwei Militärpolizisten schauten wie Trottel aus der Wäsche, der Agent jedoch sprach mutig weiter: »Herr General, ich habe den Befehl zur Festnahme aus gutem Grund gegeben.«

»Ist das so?« Jagers Stimme wurde sehr leise. »Und was ist der Grund, wenn ich fragen darf?«

»Führt ihn ab«, ordnete der Agent an, ohne Jager direkt zu antworten. »In eine Zelle in Trakt 4.«

Die beiden Militärpolizisten zögerten einen Moment, aber als Jager dem Befehl nichts entgegensetzte, führten sie den schweigsamen Gefangenen, den man unter seinem Hut immer noch nicht richtig hatte sehen können, ab in Richtung *Adlerturm*.

Als sie außer Hörweite waren, wandte sich der Agent wieder an Jager.

»Ich habe den Befehl gegeben, Herr General, weil bei der Durchsuchung des Gefangenen außerhalb der Zäune *das hier* gefunden wurde.«

Der Agent reichte ihm ein in Leder eingebundenes Notizbüchlein, das er aus der Innentasche seines Anzugs zog. Auf dem Einband zeigte es eine hölzerne Fackel, deren Flamme ein senkrecht stehendes, brennendes Auge bildete. Ein rotes Bändchen lag zwischen den Seiten. Jager schlug es auf. Eingehend betrachtete er die Worte und die Zeichnung, die auf der markierten Seite zu sehen waren.

»Bemerkenswert, nicht wahr, Herr General?«

In der Tat. Das stimmte. Der Agent hielt es seiner zittrigen Stimme nach zu urteilen kaum noch aus, dass Jager noch nichts erwidert hatte.

»Wie war noch gleich ihr Name, Agent?«

»Bäumer. Viktor Bäumer, Herr General.«

»Hat dieses Buch noch jemand zu Gesicht bekommen?«

Bäumer schüttelte vehement den Kopf.

»Nein, Herr General. Nur der Gefangene, die zwei Militärpolizisten, Sie und ich.«

Jager machte eine lange Pause und sah den Agenten prüfend an. Schließlich sagte er: »Gut gemacht, Agent Bäumer. Sie haben in diesem Fall richtig gehandelt. Finden Sie alles heraus, was es über diesen Gefangenen herauszufinden gibt. Ich werde noch heute Nacht selbst ein Verhör bei ihm in Trakt 4 durchführen. Bis dahin brauche ich alle üblichen Informationen und noch mehr. Ich vertraue Ihnen in dieser Sache, Agent Bäumer. Und alles, was sie herausfinden, geht nur an mich. Verstanden?«

Bäumers Brust schwoll vor Stolz an. »Sehr wohl, Herr General Jager. Ich werde Sie nicht enttäuschen.«

Als sich Agent Bäumer ebenfalls entfernt hatte, warf Jager einen erneuten Blick in das kleine Büchlein. Er blätterte es auf die Schnelle durch, hielt von Zeit zu Zeit inne, dann schlug er es wieder an der Stelle auf, wo das rote Bändchen zu finden war. Vorsichtig zog er mit dem Finger die Bleichstiftzeichnung nach. Sie zeigte ein Portal. Es sah dem Portal, das noch bis vor wenigen Stunden Herzstück dieser Operation gewesen war, zum Verwechseln ähnlich. Der Agent hatte gar keine andere Wahl gehabt, als den Mann festzunehmen, nachdem er das hier gesehen hatte. Filigrane Funken fanden sich vom Rand des Portals ausgehend über der ganzen Seite verteilt. Unter dem Portal standen die beiden unterstrichenen Worte *Amazonas* und *Portale.*

Jager klappte das Buch zu und ließ es in seiner Feldbluse verschwinden. Schnellen Schrittes schlug er den Rest des Weges zum Adlerturm ein. Er würde später in der Nacht von dort aus mit dem Kanzler telefonieren. Bis dahin hatte er noch einiges zu tun.

DER GEFANGENE

»Erzählen Sie schon, Sie mickriger Wurm!«

Jager schlug mit seinem Handrücken so fest zu, dass der Stuhl, an den der Gefangene mit Handschellen gefesselt war, beinahe umkippte.

»Ich weiß bereits alles über Sie, also worauf warten Sie noch?«, schnauzte er weiter.

Felden, den Jager aus irgendeinem Grund mit zu diesem Verhör aus seinem vergitterten »Hotelzimmer« geholt hatte, zuckte zusammen, als er in das aufgequollene Gesicht des gefangenen Mannes sah. Vielleicht war es eine weitere Demonstration von Jagers Macht, aber Felden verabscheute es, wenn jemandem so übel mitgespielt wurde, nur damit etwas bewiesen werden konnte. Was hatte der Mann überhaupt verbrochen? Er hatte versucht, etwas herauszufinden? Die Welt war ein schrecklicher Ort geworden. Jemand, der die Wahrheit verstehen wollte, konnte sich plötzlich seines Lebens nicht mehr sicher sein. Und nicht irgendwelche Gesetzlosen waren sein Problem, sondern das Militär und die Regierung selbst. Obwohl die Grenzen hier schon lange nicht mehr so klar gezogen werden konnten.

Wieder krachte die Hand Jagers ins Gesicht des Gefangenen. Seine Wange war längst aufgesprungen und ein dickes Veilchen begann sich um das linke Auge abzuzeichnen.

»Langsam werde ich ungeduldig!«, bellte Jager kaltherzig weiter.

Felden stellte sich vor, wie selbst die Soldaten und Agenten auf der anderen Seite des Verhörraumspiegels zusammenzuckten, während der General herumtobte.

Felden schickte ein Dankgebet zum Himmel, als der Gefangene endlich zu reden begann. Er wusste, dass Jager andernfalls noch stundenlang so weitermachen konnte.

Obwohl geschunden, blickte der Gefangene doch mit wachem Blick auf seinen Peiniger.

»Wenn Sie es doch alles wissen, warum wollen Sie es dann noch einmal hören, General?«

Jagers Augen verengten sich zu Schlitzen. Das war gar nicht gut.

»Sie wissen also auch etwas«, sagte er fast genüsslich. »Sogar das Wichtigste: Sie wissen, wer ich bin. Dass ich hier der General bin. Dann können Sie sich vielleicht auch zusammenreimen, wer hier, was Sie betrifft, über das weitere Vorgehen zu bestimmen hat. Wenn Sie nicht kooperativ sind, Mann, lasse ich Sie hier in meinem Hotel verrotten!«

Felden schätzte den Gefangenen auf etwa fünfzig, ähnlich wie Jager. Er war auch nicht viel weniger muskulös als der General. Sein zerfurchtes, gebräuntes Gesicht mit den zahllosen Sonnenfältchen, das unter Hut und Mantel zum Vorschein gekommen war, zeugte davon, dass er wahrscheinlich viel Zeit seines Lebens draußen verbracht hatte und Strapazen gewohnt war. Er schien nicht leicht zu knacken zu sein. Hoffentlich spielte er dennoch nicht länger den Helden. Mit Jager war längst nicht mehr zu spaßen.

»Wer sagt denn«, antwortete der Gefangene und Felden atmete erleichtert aus, »dass ich nicht von Anfang an kooperativ sein wollte, *Herr General*? Warum sonst glauben Sie wohl, bin ich vor dem Zaun herumgestromert? In diesem lächerlichen Detektivoutfit? Um unentdeckt zu bleiben, vielleicht? Denken Sie nach! Und was ist mit dem Buch, das sie mir abgenommen haben? Ich hätte es sicherlich besser verstecken können. Oder gar nicht erst mitnehmen müssen. Ich weiß, was auf jeder einzelnen Seite darin zu finden ist. Aber nur durch meine Scharade konnte ich sicher sein, dass das Interesse von demjenigen geweckt würde, wer auch immer hier das Sagen hat. Obwohl das Ganze schon recht durchsichtig war. Aber ich war mir auch von vornherein sicher, dass die meisten, die hier arbeiten, nicht gerade die Hellsten sind.«

Felden blieb fast das Herz stehen. Der Gefangene war lebensmüde.

Jager sog geräuschvoll die Luft ein. Mit so einer Dreistigkeit hatte offenbar nicht einmal er gerechnet. Felden fragte sich, was jetzt in seinem Kopf vorging. Langsam machte Jager zwei Schritte auf den Gefangenen zu, bis er ganz dicht vor ihm stand. Schließlich kniete er sich auf Augenhöhe vor ihn.

»Sie wollten also von Anfang an kooperativ sein, verstehe ich das richtig? Dann erkläre ich Ihnen jetzt mal, dass Ihre Kooperation völlig wertlos für mich ist. Und das mich Ihre Taschenspielertricks kalt lassen. Meine Agenten haben sich nämlich in den letzten Stunden die Mühe gemacht, etwas genauer nachzuforschen, wer mir da ins Netz gegangen ist.«

Jager erhob sich wieder und begann, neben dem Verhörtisch auf- und abzugehen. Er referierte: »Name – Edgar Berghof, Alter – 53 Jahre, geboren in Österreich, zweimal von der Schule geflogen, keine abgeschlossene Ausbildung, Beruf – Archäologe, Glücksritter, vielleicht auch Lebenskünstler, um bei etwas Positivem zu bleiben. Ich hingegen würde eher Grabräuber und Verschwörungstheoretiker sagen. Sie haben lange in Südostasien und Südamerika zugebracht. Saßen dort insgesamt für etwas mehr als sieben Jahre wegen der Entweihung heiliger Stätten in Peru und Kolumbien in Haft. Wahrscheinlich noch anderswo, wenn meine Menschenkenntnis mich nicht trügt. Keine bekannte Familie mehr, keine nennenswerten sozialen Kontakte in den letzten zwanzig Jahren. Und ihre sämtlichen Aufzeichnungen«, Jager zog das kleine Lederbüchlein hervor, »sind nun in meiner Hand. Wenn ich Sie also hier für den Rest Ihres kläglichen Lebens verrotten lassen will, dann kräht kein Hahn nach einem Verrückten wie Ihnen. Nun, mein sehr verehrter Mr. Berghof, würden Sie nun endlich so freundlich sein, sich Ihr immer noch vorhandenes Lächeln aus dem demolierten Gesicht zu wischen, und mir etwas mitteilen, was für die Fortführung dieses Gesprächs wirklich relevant ist?! Ich bin sicher, sonst unversehens einen Weg zu finden, wie meine Männer die Nacht für Sie noch einigermaßen interessant gestalten können. Jedoch ohne dass ich dabei anwesend sein müsste.«

Felden spürte den Drang, sich zwischen Jager und den Gefangenen Berghof zu stellen, aber der wütende Blick Jagers, als er sich in Bewegung setzte, ließ es ihn sich anders überlegen.

»Bleiben Sie bloß dort, Felden. Sonst kümmere ich mich später auch um Sie.«

Berghof nutzte die Zeit, um sich wenigstens etwas gerader zu rücken. Er räusperte sich. Dann blickte er Jager vollkommen furchtlos in den Augen.

»Ich weiß sehr wohl, wie gründlich das Militär sein kann, wenn es um personenbezogene Daten geht, Herr General. Sie berichteten ja selbst von meiner Vergangenheit, in der ich das ein oder andere Mal mit dem Staatswesen in Kontakt gekommen bin. Allein, alles, was Sie herausgefunden haben, wird Ihnen nicht dabei helfen, die Informationen, die ich während der Hälfte meines Lebens gesammelt habe, auch richtig zu deuten.«

Berghof nickte in Richtung Notizbüchlein. »Ich bin sicher, Sie wissen mittlerweile genauso gut wie ich, dass meine Zeichnung eines Portals dem Original sehr nahe kommt. Was Sie aber nicht wissen, ist, warum ich gerade heute hier auftauche, um mit Ihnen mein Wissen zu teilen.«

Jager schien für einen kurzen Moment wie vor den Kopf gestoßen. Er blieb stehen und fixierte Berghof unschlüssig. Dafür sprach der mit gewachsener Sicherheit in der Stimme weiter: »Ich muss mich verbessern,

Herr General, Sie ahnen es wohl doch. Immerhin ist heute Morgen hier wohl nicht alles so ganz nach Plan verlaufen. Oder wo befindet sich Ihr Forschungsobjekt im Augenblick?«

Abermals erwiderte Jager nichts.

»Es ist also wirklich weg, Ihr Portal, richtig? Jetzt staunen Sie aber, mein lieber Herr General. Und grübeln darüber nach, wie ich an diese Informationen gelangen konnte. Aber ich will Ihnen noch etwas geben, über das sie scharf nachdenken können: Wenn Sie das eine Portal verloren haben, Herr General, wie hoch schätzen Sie dann die Chance ein, dass ein verrückter ehemaliger Häftling, Grabräuber und Verschwörungstheoretiker wie ich Ihnen den Weg zeigen könnte, an das wahre Geheimnis hinter den Portalen zu gelangen? Ich bin sicher, Sie haben alle Seiten meines Notizbüchleins studiert. Ich werde auch das andere Wissen, das meine Aufzeichnungen von einem Portal ergänzt, mit Ihnen teilen. Vorausgesetzt, man behandelt mich mit ein wenig mehr Gastfreundlichkeit als dies jetzt der Fall ist …«

Der Vogel im Keller

Felden beobachtete, wie Jager die Finger von seinem Ohr nahm. Er wusste, dass die sichere Leitung ins Kanzleramt nun unterbrochen war. Das Gespräch zwischen dem General und dem Kanzler hatte nicht sehr lange gedauert. In ein paar Stunden würde dieser sich selbst ein Bild von der Lage vor Ort machen. Das war Felden auch schon vorher klar gewesen, aber nun, nachdem der mysteriöse Berghof aufgetaucht war, schien die Sache überhaupt keinen Aufschub mehr zu dulden. Blieb nur noch die eine Frage: Warum hatte Jager ihn beim Verhör und nun an seiner Seite haben wollen? Felden hasste Jager und es war ganz und gar unmöglich, dass das nicht auch auf Gegenseitigkeit beruhte. Sogar das Gespräch mit dem Kanzler hatte er mithören dürfen, wenngleich er natürlich nur Jagers Gesprächsanteile mitbekommen hatte. Aber auch das hatte ausgereicht, um mehr als nur die Basisinfos zu erhalten.

»Sagen Sie schon, Jager. Was haben Sie vor? Warum bin ich hier?«

Jager lächelte undurchsichtig. Er ging in Richtung Tür. Offenbar wollte er sein Arbeitszimmer verlassen. Er gab den Türschlosscode ein und die Sicherheitstür schob sich von allein auf. Felden kam nicht umher, die Zahlenfolge deutlich zu sehen. Ihm wurde es ungemütlich.

»Keine Sorge, Felden«, erklärte Jager. »Ein kleiner Vertrauensbeweis meinerseits. Ich will Sie später schon nicht um die Ecke bringen, falls Sie das denken. Darüber hinaus hoffe ich, dass die eine oder andere Ohrfeige, die Sie von mir erhalten haben, nicht immer noch zwischen uns steht. Jeder macht seinen Job nun einmal so gut, wie er kann, verstehen Sie? Wie hätten Sie sonst merken sollen, dass ich die Dinge auch so meine, wie ich sie sage?«

Felden überlegte. Er glaubte mehr denn je, dass es nicht gut war, sich gegenüber Jager klein zu machen, sondern dem General erhobenen Hauptes gegenüber aufzutreten. Der Gefangene Berghof hatte das aufs Neue bewiesen.

»Die Sache mit meiner Entführung hätte dazu sicherlich ausgereicht, Herr General. Aber die Schläge machten mir natürlich bewusst, dass Sie die Dinge nicht nur so meinen, wie Sie sie sagen, sondern dass Sie auch extrem gründlich sind. Seien Sie aber nun versichert: Selbst wenn ich Ihnen als Zivilist begriffsstutzig vorkommen mag – mein Gesicht ist mittlerweile sehr gut geübt im Erinnern. Es bedarf also keiner weiteren Überzeugung von ihren Prinzipien.«

Jager brummte belustigt. »Ich mag Sie wirklich nicht, Felden. Doch das wussten Sie bereits. Das bedeutet aber nicht, dass ich grundsätzlich keinen Respekt vor Ihnen habe. Vor allem vor Ihrer fachlichen Expertise ziehe ich den Hut. Meine Leute hingegen haben im Allgemeinen ein deutlich weniger gutes Gedächtnis als Ihr Gesicht. Also war ich immer wieder dazu gezwungen, unserer beider Arbeitshierarchie entsprechend zu verdeutlichen.« Er winkte ab und drehte sich um. »Und nun spielen Sie nicht weiter den Beleidigten, Felden. Kommen Sie lieber mit mir.«

Die Männer verließen das Büro und bogen in einen Korridor ein, der mit unzähligen Kameras vollgestopft war. Die schicken Art-déco-Lampen, kleine Beistelltische mit Zimmerpflanzen und der dicke Teppich, der jeden Tritt ihrer Schuhe und Stiefel verschluckte, versprühten aber immer noch den exklusiven Charme des Hotels Adlerturm.

»Wohin gehen wir?«, fragte Felden. Er bekam keine Antwort. In diesem Moment hasste er Jager noch viel mehr als sonst. Erwartete er tatsächlich, dass seine ganzen Demütigungen ihm gegenüber sich so leicht ausblenden ließen?

Kurz darauf erreichten sie das Treppenhaus. Felden war aus irgendeinem Grund auf Konfrontationskurs aus.

»Zeigen Sie mir vielleicht Ihre privaten Räumlichkeiten, Jager? Trotz Ihrer unverhofften Liebenswürdigkeit möchte ich gern darauf verzichten, mit Ihnen anzustoßen. Das Gespräch mit dem Kanzler scheint gut verlaufen zu sein. Beglückwünschen Sie sich doch allein. Ganz Ihrer unangefochtenen Führungsrolle in dieser Basis und Ihrer ebenso legendären Selbstgefälligkeit entsprechend.«

Der General schien Feldens Kommentar einfach zu überhören. Vielleicht machte es wirklich einen Unterschied, ob Sie allein waren. Felden fragte sich, wie er damit umgehen sollte. Ihm war ein wilder, ungehobelter Jager fast lieber als ein geheimnisvoll jovialer. Er machte sich immer größere Sorgen. Was konnte dabei schon Gutes herauskommen?

Gemeinsam gingen sie Etage um Etage treppab, bis sie schließlich die Kellerebene erreichten. Wieder war der Zugang an der Tür mit einem

Code versperrt. Jager schickte die beiden Wachen der Militärpolizei, die dort ihren Dienst schoben, wortkarg fort. Automatisch drehte Felden sich um, aber Jager sprach die Zahlenkombination der Tür einfach mit, während er sie eintippte.

»83 16 98.«

Verflixt, Jager würde ihn nachher wirklich um die Ecke bringen! Jetzt war es gewiss. Der Keller des Adlerturms war allerhöchstes Sperrgebiet und niemand mit Ausnahme des Generals hatte hier Zutritt.

»Ich verstehe das alles nicht.«

Feldens Stimme war jetzt flehentlich. »Was ist dort drinnen? Warum bringen Sie mich erst jetzt dorthin? Gibt es noch ein zweites Portal?«

Jager lachte freudlos. Sein dichter schwarzer Dreitagebart glänzte im Licht einer stummen, auf- und abblendenden roten Sirene über der Zugangstür.

»Ich muss Sie enttäuschen. Das wäre wirklich toll. Nein, Felden. Hier unten ist etwas gänzlich anderes aufbewahrt. Sagen Sie, wie gut erinnern Sie sich noch an die neun Semester Biologie, die Sie vor ihrer Berufung zur Physik studiert haben? Wenn ich richtig informiert bin, haben Sie darin sogar einen zweiten Abschluss?«

»Was in aller Welt hat das mit diesem Keller zu tun?«

Doch Jager gab abermals keine Antwort, sondern marschierte los.

Die Gänge, die sie unter dem Adlerturm durchquerten, wurden immer kälter. Alte Waschkeller und Versorgungsräume enthielten vereinzelt militärisches Equipment, das zwischen den Dingen eingelagert war, die einmal für den Hotelbetrieb notwendig gewesen waren.

»Warum ist es hier so eisig?«

Felden hatte immer noch keinen Schimmer, was Jager ihm zeigen wollte. Der General blieb wortkarg. Dafür legte der noch einen Zahn zu und bog am Ende eines nur mit schummeriger Notbeleuchtung erhellten Korridors ab, bis sie vor einer weiteren Codetür standen. Auch hier war es nicht nötig, dass Felden sich abwandte. Die Tür schwang auf. Kaltes Licht blendete Felden.

»Wie in einer Kühlkammer«, entfuhr es dem Professor. Es war echt eiskalt.

Jager sagte: »Nicht *wie*.«

Eine letzte automatische Tür schwang vor ihnen auf und sie machten Halt in einem kleinen Vorraum, von dem aus sie durch breite Fenster in ein stark heruntergekühltes Labor sehen konnten. Felden bemerkte die dunstige, kalte Luft hinter den Scheiben. Vielleicht Trockeneis, dachte er. Aber das war es nicht, was seinen Blick von der ersten Sekunde an gefangen hielt.

»Dachte ich es mir«, sagte Jager wenig überrascht. Er musterte Felden von der Seite, während der einfach nur sprachlos war. »Ist auch wirklich ein imposantes Ungetüm. Vor allem, wenn man es zum ersten Mal sieht. Wir sollten uns jetzt die Kälteanzüge überziehen, Herr Biologe.«

Rasch zogen Sie sich um. Eine letzte Tür hinein ins Kühllabor schloss Jager doch tatsächlich mit einem herkömmlichen Schlüssel auf.

»Manchmal sind altbewährte Dinge nicht zu unterschätzen«, kommentierte er. Dann traten sie ein.

Der gefrorene Monstervogel, der aufgebahrt auf einem Untersuchungstisch in der Mitte des Labors lag, glotzte sie aus seinen toten Augen an. Felden fröstelte, aber diesmal nicht vor Kälte.

»Was ist *das* für ein Ding?«

Es war die einzige Frage, die ihm einfiel. Es war die einzige Frage, die passend war.

Jager klopfte ihm seufzend auf die Schulter. Die ganze Situation war so aufregend und erschreckend, dass Felden nicht einmal das mehr seltsam fand.

»Sie sind der Experte, Felden. Deshalb nahm ich Sie mit. Erinnern Sie sich an das Verhör?«

Felden war ganz zerstreut. Er versuchte sich die Einzelheiten in Erinnerung zu rufen, die ihm Aufschluss bei diesem Tier geben konnte. Dann fiel ihm plötzlich etwas ein.

»Der Gefangene, Berghof, hat nicht nur von einem Portal gesprochen. Er sprach auch noch von anderem Wissen …«

Felden dachte fieberhaft nach. Was hatte das mit diesem Vieh zu tun?

»Was Sie hier sehen, ist eine *Robe.*« Jager erklärte in aller Ruhe: »Ich persönlich habe diese hier im Keller der Ritter-Eltern gefunden. War noch nicht allzu lange tot, daher ist sie auch so gut erhalten. Immerhin«, er seufzte, »kann man so etwas mit einem Kopfschuss erledigen.«

Felden hatte das Einschussloch ebenfalls gesehen.

»Barbara Ritter hat dem Vieh laut eigener Aussage den Garaus gemacht. Sie und ihr Mann Thomas hüllen sich zwar bei den allermeisten Fragen in Schweigen, wahrscheinlich lügen Sie uns auch an, aber dieses Detail entspricht ziemlich sicher der Wahrheit. Die Kugel, die ich im Kopf der Robe gefunden habe, entspricht denen von Mrs. Ritters Dienstwaffe.«

»Und diese, diese … *Robe* …«

Felden konnte seinen Blick nicht einen Augenblick von dem schwarzen Vogel mit dem scheußlich spitzen, gelb leuchtenden Schnabel lösen.

» ... kam aus einem der Portale bei den Ritters. Das Ding hat die Welten gewechselt. Genau wie die Kelpen. Und genau wie Finn Ritter und seine Begleiter«, ergänzte Jager.

»Was wissen wir noch darüber?« Felden war längst in einer Mischung aus Zerstreuung und Forscherneugier gefangen.

»*Wir* wissen so gut wie nichts. Und mit *wir* meine ich *Sie und ich*. Mit Ausnahme von uns beiden und allen, die sich während des Aufenthaltes von Finn Ritter zeitweilig in dessen Elternhaus aufhielten, hat dieses Ding noch niemand anders zu Gesicht bekommen.«

Plötzlich dämmerte es Felden.

»Außer diesem Berghof!«

Wie schon so oft in den letzten zwei Stunden, seit Felden mit Jager allein war, lächelte der General.

»Unmöglich. Es sei denn, er hätte Informationen von mir persönlich erhalten. Nein, irgendetwas an dieser Sache ist verflucht faul. Aber ich weiß beim besten Willen nicht, was genau. *Dieses Ding* kann er nicht kennen, aber sehen Sie sich das hier an.«

Jager zog Berghofs Notizbüchlein aus seiner inneren Brusttasche und öffnete es an einer mit Bändchen markierten Stelle. Aufgeregt nahm Felden es entgegen. Auf der rechten Doppelseite war die Bleistiftzeichnung eines Portals zu sehen. Die Worte *Amazonas* und *Portale* waren darunter zu lesen.

»Es sieht wirklich genau aus wie unseres«, flüsterte Felden.

»Blättern Sie eine Seite zurück, bitte«, forderte Jager ihn höflich auf.

Felden kam der Bitte sofort nach. Ein Schauer lief ihm über den Rücken.

»Das ist unglaublich!«

»Dachte ich mir auch«, bestätigte Jager mit bedeutungsschwerem Blick.

Die Zeichnung auf der vorhergehenden Seite zeigte in allen Einzelheiten einen Monstervogel derselben Art, wie er hier vor ihnen lag.

Jager umrundete den Tisch. Er wirkte ehrlich ahnungslos. Aber auch voller Tatendrang.

»Nein, diese Robe hier kann Berghof nicht kennen. Aber er hat ein anderes Exemplar gezeichnet. Das steht außer Frage. Dazu ist die Zeichnung zu genau. Zufall ausgeschlossen. Er weiß etwas. Etwas, das möglicherweise, nur möglicherweise, größer ist, als unser bisheriges Wissen über Portale und alles andere, was damit zusammenhängt. Ich will Sie nicht anlügen, Felden, aber ich glaube nicht, dass unser Portal in der nächsten Zeit zurückkommen wird.«

Felden musterte den General. Vorsichtig sagte er: »Vielleicht gibt es eine undichte Stelle in dieser Basis. Sie sagen, niemand außer den Gefangenen Ritters und uns hat das hier zu Gesicht bekommen? Jemand muss doch diese Kühlräume entsprechend umgebaut haben. Und was war mit dem Einsatzteam bei den Ritters?«

Jager schien ihm die Skepsis nicht übel zu nehmen. Im Gegenteil. Er nickte anerkennend und sagte: »Nicht nur Wissenschaftler, sondern auch Detektiv! Ich bin mehr und mehr beeindruckt von Ihnen, Felden, und das passiert mir nicht oft. Doch ich kann Sie beruhigen. Oder beunruhigen, je nachdem, wie Sie am Ende dazu stehen: Die Begehung des Kellers bei den Ritters habe ich kurz nach der Festnahme der Eltern selbst durchgeführt. *Bevor* jemand anders dort unten war. Ich traue dem Nachrichtendienst wenig über den Weg. Diese Agenten hatten schon die Beschattung und die Verfolgung der Ritters gehörig in den Sand gesetzt. Die Robe war also bis dato unentdeckt geblieben. Es war ganz einfach, sie geheim zu halten: Ich habe einen Gefahrengut-Abtransport aus dem Ritter-Haus angeordnet. Der Fahrer des Strahlenschutz-LKW hatte keine Ahnung, was er dort verlud. Das Verpacken der Fracht hatte ebenfalls ich allein in die Hand genommen. Und zur Sicherheit bin ich während des Transports mitgefahren, bis der Vogel in dieser riesigen Kühltruhe hier unten angeliefert wurde.« Er wies auf eine offene Transportbox in der hinteren Ecke des Raumes. »Das Vieh ist schwer, aber auch hier unten war ich immer allein mit dem Vogel. Den vorherigen Umbau zum Kühlraum hat das Militär zu verantworten, das ist natürlich richtig. Aber die Arbeiter gingen davon aus, dass wir weitere Kühlräume für Gefahrenstoffe benötigten. Niemand, der sich in Gegenwart von gesundheitsgefährdenden Chemikalien wähnt, stellt zu viele Fragen oder arbeitet langsam. Viele Soldaten glauben sowieso an den Anschlag, der durch die Medien kolportiert wurde. Nur wenige Mitarbeiter von Ihnen und einige hochrangigere Agenten und Militärs wissen von dem Portal. Von diesem Vogel – dafür lege ich meine Hand ins Feuer – wissen nur wir beide.«

Jager zögerte einen Augenblick, dann sagte er abschließend: »Ich hatte das Gefühl, etwas in der Hinterhand haben zu müssen. Mein Gespür hat mich nicht getrügt.«

Felden verstand langsam. Vielleicht musste er wirklich überdenken, wie Jager einzuschätzen war. Was in seinem normalen Verhalten war Schauspiel, was echt? Er betrachtete erneut das Buch in seiner Hand.

»Sie glauben also, dass es diese Dinger im Amazonasgebiet gibt? Zusammen mit Portalen?«

Jager stand nun still. »Es gibt Karten in diesen Aufzeichnungen, die ich nicht vollständig zuordnen kann. Aber ich bin sicher, dass es sich so verhält. Alle Indizien sprechen dafür. Der Gefangene Berghof ist uns bei dieser Sache wahrscheinlich ein gutes Stück voraus. Ich fürchte, er allein ist unser Schlüssel, noch weiterzukommen als bisher. Aber wie sagt man so schön? Schließt sich eine Tür, öffnet sich eine andere.«

»Sie meinen wohl Portal?«, wagte Felden zu witzeln.

»Das meine ich. Buchstäblich.«

Jager sah ihn daraufhin ernst an. »Wie auch immer Berghof an die Informationen über unser Portal herangekommen ist, werde ich schon noch herausfinden. Aber einstweilen benötigen wir ihn schon allein für das alles hier.«

Er wies mit einem Blick auf das Notizbuch.

»Was ist das überhaupt? Ich meine das Symbol auf dem Einband.« Felden hatte das Buch zugeschlagen und betrachtete die hölzerne Fackel mit der brennenden, senkrechten Augenflamme.

»Ein Geheimbund«, erklärte Jager kurz und bündig. »So geheim, dass selbst Geheimdienstkreise nicht hundertprozentig Bescheid wissen, wie viele aktive Mitglieder er hat und wo oder auf welche Weise er agiert. Nennt sich *Das Flammende Auge.* Grob zusammengefasst geht es wohl um die Erleuchtung der Mitglieder, Wahrheitsfindung und derartiges Zeug. Nichts Ungewöhnliches. Quasi das kleine Einmaleins für Geheimbünde. Und wie sonst auch sind die Mitglieder als Verschwörungstheoretiker verschrien.«

»Was sie auch sind.« Felden sah skeptisch auf die Augenflamme, dann in Jagers Gesicht. »Oder etwa nicht?«

»Sicher, wenn Sie das sagen, Felden.«

Jager lachte kalt. Dann legte er seine Hand auf den gefrorenen Vogel. »Aber auch ein blindes Huhn findet wohl mal ein Korn.«

Eine Weile schwiegen die beiden Männer. Schließlich glaubte Felden, alles so weit verstanden zu haben.

»Und was genau ist meine Aufgabe?«

Jager sah ihn überrascht an. »Ich dachte, das hätten Sie längst durchschaut. Wenn wir Glück haben, wird der Kanzler in weniger als einer Stunde hier eintreffen. Er wird der Dritte nach uns sein, der Kenntnis vom Inhalt dieses Labors erhält.«

»Er weiß es auch noch nicht?« Felden war schlichtweg schockiert.

»Hören Sie mir beim nächsten Mal doch bitte genau zu, Felden! Ich sagte es bereits! Es ist wirklich nicht meine Art, Sie unter vier Augen anzulügen.«

»Aber …« Felden konnte sich kaum vorstellen, was es hieß, der obersten Regierungsebene so etwas zu verschweigen. »Der Kanzler wird *nicht gerade erfreut* sein, wenn er erfährt, dass man ihm derartiges vorenthalten hat.«

Jetzt lachte Jager das erste Mal wirklich herzhaft.

»Dafür habe ich doch meinen Quantenphysiker-Biologen eingeweiht. *Sie* werden hier unten die Wogen glätten und dafür sorgen, dass der Kanzler uns eine geheime Operation nach Südamerika an den Amazonas genehmigt.«

Felden schnappte nach Luft. »*Uns*? Sie meinen, ich komme mit?«

Der General verzog keine Miene. »Das Ganze wird nur unter dem Radar passieren. Ich habe mich schlau gemacht. Es gibt immer noch einige weiße Flecken auf der Erde. Wenn ich recht habe, dann gibt es Karten in Berghofs Aufzeichnungen, die auf die Tepui-Tafelberge am nördlichen Rand des Amazonasbeckens hinweisen. Doch natürlich sind die Karten unvollständig, wie ich bereits erwähnte. Berghof ist gewiss nicht dumm. Er gibt uns nur so viel, damit wir anbeißen und ihn brauchen. Das hat er geschafft. So eine Operation ist aber auch aus anderen Gründen schwierig: Venezuela, Guyana und Brasilien, auf deren Territorien besagte Tafelberge verteilt sind, verbieten es den allermeisten – besonders aber ausländischem Militär – diese Regionen zu betreten. Manche Tepuis sind aufgrund ihrer schwierigen geografischen Lage sogar noch nie von einem Menschen betreten worden. Wenn es irgendwo einen Ort auf der Welt gibt, an dem wir unser Wissen über Portale, Roben oder was auch immer erweitern können, dann dort.«

Jager schnalzte mit der Zunge und tätschelte die tote Robe, als wäre sie ein ausgestopftes Haustier auf einem Kaminsims. »Der Kanzler muss allerdings noch einmal Geld locker machen. Ein bisschen Schmiergeld ist nötig, um unsere Spuren in Südamerika zu verwischen. Oder auch ein bisschen mehr. Wir wollen ja schließlich die Ersten sein, die diese Entdeckungen für sich beanspruchen können.«

Felden horchte auf. »Wen genau meinen Sie? Das Militär? Sie selbst?«

Jager lachte erneut. »Tun Sie nicht so scheinheilig, Professor. Ihr wissenschaftliches Interesse ist doch schon lange mehr als nur geweckt. Selbst wenn ich Sie lassen würde – würden Sie jetzt noch abreisen, um Ihre Frau wiederzusehen? So wie ich mich erinnere, haben Sie außer heute Mittag noch nicht einmal *ehrlich* danach gefragt, ob Sie zurück nach Hause dürfen.«

Felden knirschte mit den Zähnen.

»Was ist überhaupt Ihr persönliches Interesse an den Portalen? Oder das des Militärs?«

»Hören Sie, Felden, hier bin *ich* das Militär. Das haben Sie vollkommen richtig begriffen. Daher läuft bisher auch alles so gut und konnte im Geheimen verbleiben – die Sache mit Berghof einmal ausgenommen. Aber Sie scheinen völlig zu vergessen, dass ich genau in diesem Moment dabei bin, unseren hoch verehrten Kanzler einzuschalten und ihm alles mitzuteilen. Selbst ich habe mich nämlich einem höheren Ziel verschrieben. Es mag pathetisch klingen, aber die Sicherheitslage auf dieser Welt kommt für mich mit großem Abstand vor allen anderen Dingen. Ich erwecke in Gegenwart der meisten Leute nicht gern den Eindruck, mir ginge es bei meiner Arbeit um den Frieden. Die Rolle, die ich spiele, und die Opfer, die einige für meine Entscheidungen erbringen müssen, schenken mir Handlungsfreiraum und machen mich letztlich erfolgreich. Das große Ganze, Felden, das große Ganze. Das ist es, was ich im Auge habe. Nicht den einen Wissenschaftler, dessen Frau ich erschreckt habe. Nicht den einen Gefangenen, dem ich ein paar Mal eine reingehauen habe. Nicht das eine Elternpaar, das ich die letzten Monate gegen dessen Willen festhalte. Das *große Ganze.*«

Er ballte seine rechte Faust. »Wenn es irgendeinen Unterschied machen würde, würde ich mir auch selbst eine Hand dafür abhacken, dass eine so bedeutsame und gefährliche Technik wie die eines Portals nur in die Hände unserer eigenen Regierung fällt. Ganz egal, welches andere Land auf der ganzen Welt sonst den Zuschlag bekäme. Ich möchte, dass wir sie haben und kontrollieren. Verstehen Sie mich nun, Felden?«

Hier konnte selbst Felden nicht widersprechen. Dieser Tag war bemerkenswert. In vielerlei Hinsicht. Bei genauerem Nachdenken war Felden richtig froh, dass das Portal Finn Ritters hier bei ihnen erschienen war und nicht irgendwo anders auf der Welt. Es gab so viele Länder, die nicht über eine solche Technik verfügen durften. Nein, das war nicht ganz richtig. Jager hatte mit seiner Einschätzung den Nagel exakt auf den Kopf getroffen: Sie waren *das einzige Land*, das dieses Wissen haben durfte.

»Ich werde mit dem Kanzler reden?« In Feldens Kopf begann langsam ein Szenario zu entstehen, wie der Abend und die Nacht weitergingen.

»Keine Sorge, ich werde auch dabei sein. Aber wie es schon immer war und auch immer sein wird, haben zwar alle gehörig Respekt vor einem Mann wie mir – selbst der Kanzler – aber kaum einer traut einem Militär *echte* Weitsicht zu. Oder Fürsorge in Bezug auf das große Ganze. Geschweige denn universitäres Fachwissen.« Er winkte ab, als wäre allein die Vorstellung absurd. »Ich bin bloß ein grobschlächtiger Kerl, der es irgendwie auf einen hohen Posten geschafft hat. Wahrscheinlich gerade, weil alle

Welt Angst vor mir hat. Einer, der Entscheidungen treffen kann, wenn die Auswahl darin besteht, ob 20 oder 30 Störsendemasten für einen funktionierenden Sperrbezirk gebraucht werden. Sie hingegen, Professor Felden, ein Kind der Wissenschaft, Schüler gleich mehrerer renommierter Universitäten, können mit Ihrer Expertise auch einen Laien wie den Kanzler davon überzeugen, dass das Amazonasbecken selbst heute noch Raum für Entdeckungen bietet, die Menschheitsgeschichte schreiben können. Sie sind das Maß der Dinge, wenn es darum geht, wie viel Geld und was an Equipment nötig ist, um wirklich und wahrhaftig erfolgreiche biologische und physikalische Feldstudien im Regenwald durchzuführen.«

Felden schluckte. Es gab also noch einiges zu tun. »Sollte ich vielleicht vorher etwas über diese Tepui-Tafelberge recherchieren?«

Jager lächelte ihn ruhig an. »Ich wusste, dass nicht viel Überzeugungsarbeit nötig sein würde. Wahrscheinlich wäre das eine gute Idee. Und die Liste mit dem Equipment habe ich bereits in meinem Kopf.«

Felden sah Jager erstaunt an. Der erwiderte nur: »Ich bin bloß wie Sie. In Gedanken bereits in Südamerika auf Portaljagd.«

Ein aufgeregtes Grinsen, das sich einfach nicht verbergen ließ, umspielte Feldens Lippen. Er hätte es vor dieser gemeinsamen Unterhaltung niemals vor Jager zugegeben, aber als das Portal verschwunden war, war er vor Enttäuschung am Boden zerstört gewesen. Jetzt gab es Hoffnung, dass die Forschung weiterging. Eine Forschung, die wichtig für das große Ganze war. *Seine* Forschung.

Jager musterte ihn. »Ich sehe es in ihrem Blick, Felden. Sie haben endlich die Idee zugelassen, dass bestimmte Dinge getan werden müssen, wenn sie getan werden müssen. Sie wussten das zwar schon vorher, aber wollten es sich nie eingestehen. Sich diese Denkweise nie zu eigen machen. Die Zeit hier hat sie nicht verändert: Sie hat sie bloß empfänglicher dafür gemacht, die Opfer, die für eine Notwendigkeit erbracht werden müssen, nicht zu verdammen.«

Der General reichte ihm seine Hand über den Kopf der toten Robe hinweg.

»Ich schlage vor, dass wir ab heute keine Feinde mehr sind, Felden. Was sagen Sie dazu? Diese Robe soll unser Zeuge sein.«

Felden zögerte nicht. Er schlug ein.

ABFLUG

Barbara Ritter lag in unruhigem Halbschlaf auf dem kleinen Doppelbett in Zimmer 322 des »Hotels« Adlerturm, als das Knacken der Tür sie hochschrecken ließ. Beinahe wollte sie ihre Dienstwaffe greifen, doch sie wusste noch im selben Augenblick, dass nichts zur Verteidigung neben ihr lag. Thomas, der vor dem Bett gestanden hatte und vielleicht etwas gegessen hatte, wich automatisch zurück und ließ sich neben sie fallen. Er sah besorgt aus. Besorgt wie immer, kurz bevor sich die Tür ganz geöffnet hatte. Sie beide hatten in den letzten Monaten gelernt, dass bei den Verhören, während derer sie ihre »Gefängniszelle« verlassen durften, nie und nimmer etwas Gutes geschah.

»Schon gut, Barbara«, sagte Thomas leise. Er griff ihre Hand. Sie liebte ihn dafür, dass er sie nach all der Zeit immer noch tröstete, obwohl er derjenige von ihnen war, der prinzipiell viel mehr an Aufmunterung und Trost bedurfte. Doch auch er war hier im Sperrgebiet härter geworden. Sie hatten es zusammen geschafft, nicht verrückt zu werden. Sich gegenseitig aufzufangen, wenn es doch einmal zu schwer geworden war, das alles zu ertragen.

Wie immer, wenn Soldaten oder Agenten zu ihnen kamen, glomm das kleine Fünkchen Hoffnung in Barbara, dass sie ihnen Nachricht von Finn und den anderen brachten. Aber wie jedes Mal wusste sie auch heute, dass dieses Fünkchen nur die Spinnerei einer Mutter war. Wenn sie je wieder etwas von Finn hören würden, käme die Nachricht gewiss nicht in Form einer Botschaft des Militärs durch die Tür zu ihnen, sondern durch ein Portal direkt in ihre Mitte.

Wie zu erwarten sahen also die beiden Agenten, die nun breitschultrig und von hinten durch das Licht im Hotelkorridor beschienen in der Tür standen, viel zu übellaunig aus, als das das Folgende irgendwie unter einem guten Stern hätte stehen können.

Thomas fasste ihre Hand noch fester. Zusammen erhoben sie sich. Stark. Furchtlos. In Gegenwart dieser Leute offenbarten sie ihre Ängste schon lange nicht mehr.

»Hände auf den Rücken. Umdrehen«, sagte der eine der beiden Beamten. Er trug ein Namensschild an seinem Jackett. Er hieß *Bäumer.*

Der andere Agent trug ebenfalls ein solches Schild. Sein Name war *Vincent.* Barbara wusste zumindest so viel von Rängen, dass sie an der fehlenden Krawattennadel von Mr. Vincent erkannte, dass Bäumer dessen Vorgesetzter war. Daher war es auch nicht verwunderlich, dass Mr. Vincent die recht einfältige Drohung aussprach, die offensichtlich zum Standardprotokoll bei dieser Art von Interaktion gehörte: »Sollten Sie etwas versuchen, werden wir Gebrauch von der Waffe machen.«

Barbara seufzte. Dieses affige Machtgehabe war beinahe peinlich. Erstens war das ganze Gebiet voller Agenten, Militärs und Überwachungskameras, die eine Flucht oder was auch immer unmöglich machten. Zweitens hatten Thomas und sie noch nie versucht, sich den Weg freizukämpfen, falls das mit *etwas* gemeint war. Und Drittens war es ebenso offensichtlich, dass die Agenten sie im Falle des Versuchs einer Gegenwehr gar nicht erschießen konnten! Thomas und sie waren eine Art Rückversicherung für das Militär. Ein Druckmittel, das nicht aus der Hand gegeben werden durfte. In Wahrheit hatten die Leute hier nämlich alle Angst. Angst vor Finn und vor dem, was er aus einer anderen Welt mitbringen konnte. Auch das hatten sie in den langen Verhören gelernt: dass sie nicht machtlos waren. Im Gegenteil. Sie waren höchst wertvoll. In Bezug auf ihr Wissen und in Bezug auf ihre Verbindung zu Finn. Diejenigen, die sie hier festhielten und die sich nach außen hin stark gaben, hatten die Hosen nämlich gestrichen voll. Sie alle lebten hier zusammen in einem Sperrgebiet, dessen Grenzen auch für die Militärs und Agenten nicht mehr zu überwinden waren. Die einen hatten ein kleines Hotelzimmer, die anderen lediglich ein paar Quadratmeter mehr ihres Lügennetzes zur Verfügung, das nicht in die Außenwelt hineinpasste.

»Komm, Thomas, bringen wir es hinter uns.«

Thomas lächelte sie tapfer an. »Damit wir Finn irgendwann noch mehr zu erzählen haben.«

Sie liebten es trotz ihrer Anspannung, immer diesen einen Satz zu sagen, wenn sie in Gegenwart solcher Laufburschen ihr Zimmer verließen. Er verunsicherte sie. Niemand wusste adäquat darauf zu reagieren. In welcher Art und Weise sie mit Finn, Decora und den anderen verblieben waren, bevor diese zurück nach Aethra gereist waren, das herauszufinden, daran hatten sich alle die Zähne ausgebissen. Barbara und Thomas hielten den Status quo aufrecht.

Agent Vincent zuckte zusammen, als er den Namen Finn hörte, Bäumer ließ sich jedoch nichts anmerken. Offensichtlich war er schwieriger zu knacken als die üblichen Agenten.

»Los jetzt«, wies er sie noch einmal an.

Sie drehten sich um. Vincent trat eilig an sie heran und fixierte ihre Hände auf ihrem Rücken. Überhaupt: Wie sollten sie mit Handschellen gefesselt an Flucht denken?

Sie folgten Bäumer und Vincent aus ihrem Zimmer. Zu Barbaras Überraschung gingen sie nicht wie sonst rechts hinaus, wo der Verhörraum am Ende der Etage lag, sondern folgten dem Korridor nach links. Vor der Tür zu den Aufzügen warteten bereits zwei weitere rangniedrigere Agenten, denen ebenfalls die Krawattennadel fehlte und die von einem fremden Gefangenen begleitet wurden. Ein paar Mal hatten Thomas und Barbara bereits bemerkt, dass auch andere Leute hier festgehalten wurden, aber der Mann hier war ihnen bisher noch nicht begegnet. Er war muskulös, gebräunt, mittleren Alters und trug neben Handschellen auch ein ziemlich albernes Hawaiihemd. Als sie näher traten, öffnete sich die Aufzugstür. Während die Agenten sie in den Aufzug schubsten, trafen sich Barbaras und der Blick des Gefangenen. In seinen Augen lag so etwas wie Neugierde. Sie bekam das unbestimmte Gefühl, als wüsste der Gefangene bereits etwas über sie. Wohingegen sie ihn überhaupt nicht einordnen konnte. Wahrscheinlich täuschte sie sich in ihrer Aufregung einfach.

Als alle sieben Personen im Inneren des Aufzugs waren, schloss sich die Tür. Barbara konzentrierte sich lieber auf Thomas als auf den ominösen Fremden. Vielleicht würden Sie später mehr über ihn erfahren. Aber es war doch ungewöhnlich, dass mehrere Gefangene zusammen abgeführt wurden. Thomas schien dasselbe zu denken. Wohin in aller Welt brachten sie sie?

Während Barbara weiterrätselte und Thomas und sie sich so eng aneinander schmiegten wie möglich, zeigte die Etagenanzeige *Foyer* an. Sie würden doch nicht etwa?

»Das bedeutet dann wohl Aufbruch!«

Der Gefangene, der im Gesicht so aussah, als hätte er heute schon mehrere Verhöre hinter sich gehabt, sprach mit einer Stärke in der Stimme, als könnte ihn nichts auf der Welt erschüttern.

»Ihr seid so berechenbar!«, richtete er das Wort an die Agenten in seinem Rücken. »Sammeln wir unterwegs noch mehr Personenschutz ein?«

Barbara hatte keine Ahnung, wovon der Gefangene sprach.

»Oder hat der General gleich Nägel mit Köpfen gemacht?«, redete er munter weiter.

»Schnauze!«, blaffte einer seiner Wächter mit Namen *Weißhaupt* auf seiner Brust.

Als sich die Tür aufschob, hörte Barbara bereits den Lärm. Vor dem Hotel dämmerte der Himmel himbeerrot. Der Tagesanbruch war durch die breite Fensterfront gut zu sehen. Und mitten auf der Straße donnerte der Rotor eines startbereiten Militärhubschraubers.

»Wir verlieren also wirklich keine Zeit!«, rief der Gefangene. Lachend ließ er sich von Agent Weißhaupt weiterschubsen. Und noch ehe Barbara verstand, was geschah, oder sie sich mit Thomas austauschen konnte, fanden sie sich mit dem Gefangenen und den vier Agenten vor dem Hotel und in den Hubschrauber kletternd wieder. Sekunden später hob er ab und stieg senkrecht gen Himmel auf. Barbara und Thomas verließen zum ersten Mal seit Monaten das Sperrgebiet. Von oben konnte Barbara das Hotel Adlerturm sehen. Nein, das war definitiv kein normales Verhör. Zum Teufel – was war das hier?

»Damit Sie Finn irgendwann noch mehr zu erzählen haben«, rief Agent Bäumer durch den Fluglärm.

Jetzt wurde Barbara wirklich nervös.

Die Morgensonne ließ die massige, beige Privatmaschine des Militärs glänzen. Einige Soldaten in Flecktarn beluden den Frachtraum des Flugzeugs mit Kisten, während Barbara zusammen mit Thomas und den restlichen Passagieren aus dem gelandeten Hubschrauber kletterte. Finns Mutter verstand die Welt nicht mehr: Soeben waren sie noch eingesperrt in ihrem Hotelzimmer gewesen, seit Monaten hatte sich quasi nichts getan, und nun führte eine Handvoll Agenten sie zu einem Flugzeug auf irgendeinem Rollfeld, das so aussah, als würde es jeden Moment ins Ungewisse starten.

»Was soll das alles? Rücken Sie endlich raus mit der Sprache!«, rief sie und stolperte vorwärts. Bereits im Hubschrauber hatte sie ein paar Mal den Versuch gestartet, mehr herauszubekommen, aber die Agenten hatten sie bloß angeschwiegen. Auch jetzt blieben die Lippen der Beamten versiegelt.

»Dämliche Idioten!«, warf Barbara hinterher.

Thomas war der Einzige, der eine Reaktion zeigte. Er zuckte zusammen, weil er den Zorn der Agenten fürchtete, aber die trieben sie bloß weiter zur Eile, als wären sie alle vier taubstumm.

»Unfassbar«, resümierte Barbara.

»Lass es gut sein«, flüsterte Thomas eindringlich. »Warum willst du sie verärgern? Früher oder später müssen sie uns etwas erklären.«

»Das können Sie laut sagen!«, meldete sich plötzlich der fremde Gefangene zu Wort. Wie die Agenten hatte auch er sich während des

Hubschrauberfluges in Schweigen geübt. Er musste Thomas' Flüstern mitgehört haben. »Da vorne kommt nämlich der Übeltäter, der für all das hier verantwortlich ist. Bei ihm können Sie sich gern bedanken, dass man Sie in all das hier reinzieht. Sicherlich kennen Sie sich bereits ...«

Der Blick des Gefangenen ging nach vorn, wo sich oberhalb der Zugangstreppe in der Tür des Flugzeuges General Jager zeigte.

»So ein verdammter Mist!« Thomas starrte zu Jager nach oben.

Barbara ballte ihre Fäuste. Sie wunderte sich überhaupt nicht. Wer sonst konnte dahinterstecken, wenn nicht der sadistische und selbstgerechte Scheißkerl Jager? Er leitete und überwachte alles, was mit dem Sperrgebiet zu tun hatte. Er hatte Thomas und sie entführt, verprügelt, eingesperrt und in regelmäßigen Abständen von vorn damit angefangen. Er ließ hochrangige Wissenschaftler das Portal in Finns Wohnung untersuchen und log der Öffentlichkeit etwas vor, während er selbst Angst hatte, dass neben ihm ein neues Portal entstehen könnte, aus dem die Vergeltung für seine Taten herausspringen könnte. *Scheißkerl* war ein noch viel zu guter Begriff für den General.

»Jager, Sie verlieren wirklich keine Zeit!«, rief der Gefangene dem General entgegen. Ihr Grüppchen war schon an der Treppe angelangt. »Ich hoffe, Sie haben meine Notizen dabei. Ansonsten bedeutet dieser kleine Trip bloß verschwendete Zeit für uns alle.«

Jager fletschte die Zähne und behielt den vorlauten Gefangenen genau im Auge, während dieser leichthin als Erster die Treppenstufen nahm. Agent Bäumer hielt ihm dabei eine Maschinenpistole von hinten zwischen die Rippen, die der Gefangene jedoch einfach wegignorierte. Im Abstand von einigen Schritten folgten Agent Vincent, dann Thomas, nach ihm Agent Weißhaupt, zuletzt Barbara mit dem vierten Agenten im Rücken, dessen Namensschild ihn als *Mr. Talsum* auswies.

Als Barbara sich durch die Tür ins Flugzeuginnere schob, in dem General Jager längst wieder verschwunden war, dachte sie darüber nach, dass Thomas und sie nicht einmal Gepäck und Kleidung für eine Reise dabeihatten.

Drinnen war es angenehm temperiert. Die Klimaanlage surrte leise, was Barbara sogar ein bisschen beruhigte. Der hintere Teil des Fluggastraums, über den sie einstiegen, bestand aus Zweier-Sitzreihen an beiden Fensterseiten, denen gegenüber, sodass man sich ansehen konnte, im vorderen Teil noch einmal ebenso viele Sitze zu finden waren. Jeder der Sitze mutete so ausgestattet an, als wäre er für nichts anderes als für Langstreckenflüge gemacht. Genau in der Mitte dieser gegenüberliegen Sitzreihen befand sich ein fest montiertes Pult, welches von beiden Seiten benutzbar war und augenscheinlich dazu diente, eine Lagebesprechung vorzunehmen. Barbara hatte Zeit ihres Lebens im Polizeidienst in allen möglichen Konferenzräumen schon eine Menge Rednerpulte gesehen. Sie hatte keinen Zweifel daran, dass sie hier mehr erfahren würden. Weiter in Richtung Cockpit, zwischen den von ihr aus gesehen hintersten Sitzen, konnte Barbara auf einem aus der Decke gefahrenen Bildschirm Bilder von Felsplateaus und Dschungellandschaften sehen. Sie erkannte auch eine Flagge. Sie wusste nicht, zu welchem Land sie gehörte, nur, dass es ziemlich sicher in Südamerika lag.

»Siehst du das da?«, flüsterte ihr Thomas zu.

Die Agenten schubsten sie derweil weiter zu den Sitzplätzen.

»Ich sehe es.«

»Venezuela, glaube ich«, redete Thomas mit gedämpfter Stimme weiter. Er war unheimlich aufgeregt. Barbara fasste erneut seine Hand. Sie war es ebenfalls.

»Gut möglich«, raunte sie zurück.

»Hervorragende Erdkundekenntnisse!«

Barbara erschrak. Der seltsame Gefangene zeigte sich hinter der Rückenlehne der vordersten Sitzreihe vor dem Pult. Er hatte es sich augenscheinlich bereits gemütlich gemacht. Und er musste wirklich hervorragende Ohren haben.

»Das *ist* die Flagge Venezuelas.« Er wandte sich nach vorn. Dorthin, wo der General sich postiert hatte und die Lage zu sondieren schien. »Jager, wie lange wollen Sie Ihre Gäste noch auf die Folter spannen? So benimmt sich doch kein Reiseleiter. Oder wollen Sie, dass lieber ich die Erörterung vornehme? Vielleicht wäre das ja am zielführendsten. Dafür müssten Sie mir aber noch die Handschellen abnehmen. Ich rede gerne mit den Händen, wenn Sie verstehen …«

Barbara fand es erschreckend mutig und erschreckend dumm zugleich, wie der Gefangene mit Jager redete. Für den Bruchteil einer Sekunde glaubte sie in den Augen des Generals, dessen Gesicht ansonsten wie in Stein gemeißelt schien, etwas Merkwürdiges zu sehen. Etwas, das sie sonst nie bei ihm gesehen hatte. Doch ehe sie weiter darüber nachsinnen konnte, worum es sich handelte, trat Jager, neben dem ein Mann stand, der wie das lächerliche Abziehbild eines Wissenschaftler aus einem Forschungsmagazin aussah, in die Mitte der Sitzreihen zum Pult vor und forderte Thomas und sie sowie die noch stehenden Agenten mit einer raschen Handbewegung dazu auf, sich ebenfalls zu setzen.

»Gibt es für die Besprechung wenigstens etwas zu trinken?«, meldete sich abermals der vorlaute Gefangene. »Ich bevorzuge Gin, aber ein kühles Bier tut es auch!«

Diesmal reichte es Jager. Er gab Agent Bäumer ein Zeichen, woraufhin dieser wieder aufstand und mit dem Griff seiner Maschinenpistole auf den Hinterkopf des Gefangenen schlug. Der sackte auf seinem Sitz in sich zusammen.

»Damit von vornherein klar ist, dass sich die Zuständigkeiten auf dieser Reise nicht geändert haben«, gab Jager kühl zu Protokoll.

Barbara hatte von Anfang an nicht daran gezweifelt. Jemand wie Jager war leicht zu durchschauen. Brutal und machthungrig. Wenn etwas nicht lief, wie er wollte, dann bog er sich die Dinge eben mit Gewalt zurecht.

Obwohl ihr das Herz bis zum Hals schlug, stellte sie sich vor, wie sie eins gegen eins mit Jager in den Ring stieg und das Ganze in einem fairen Kampf regelte. Ohne Agenten-Schergen, die mit vorgehaltener Waffe herumwedelten, und ohne Handschellen, die dieser Feigling ihnen und dem anderen Gefangenen so gern anlegte.

Jager wandte sich nun seinem Publikum zu, indem er nachdenklich in die Runde sah. Dann räusperte er sich, ging noch einmal in sich und legte schließlich los.

»Mr. und Mrs. Ritter, auch Sie haben nun Edgar Berghof kennenlernen dürfen.«

Barbara schielte auf den bewusstlosen Gefangenen, den nur der Mittelgang von ihr trennte.

»Ihm haben wir die Reise, die vor uns liegt, zu verdanken.« Nun sprach der General wieder zu allen. »Ich werde mit Ihnen von nun an ganz offen sein. Befehlshierarchie – ja. Codes und Verschlüsselungen, Verhörtaktiken oder Lügen – nein. Hören Sie mir trotzdem gut zu, denn ich wiederhole mich ungern.«

In diesem Moment rollte das Flugzeug los. Barbara und Thomas sahen sich an. Warum ging alles so schnell? Jager hatte noch nicht einmal ansatzweise erklärt, was hier vor sich ging. Und natürlich glaubte sie ihm kein Wort.

Das Flugzeug wurde sekündlich schneller. Die Maschine ruckelte auf und ab. Jagers Hände hielten zwar die Seiten des Pults, doch der Stand des Generals schien so fest und unerschütterlich zu sein, dass er nicht einmal ein kleines bisschen schwankte, als das Flugzeug schließlich unter dem Dröhnen der Motoren abhob. Als sich der Lärm verflüchtigt hatte, redete er vollkommen ungerührt weiter, so als hätte er nicht gerade wie eine

Statue und ohne mit der Wimper zu zucken den Start eines Militärflugzeuges im Stehen und ohne Sicherung mitgemacht.

»Es befinden sich neun Personen in diesem Flugzeug. Professor Felden«, er wies auf den Wissenschaftler, der sich direkt neben das Pult gesetzt hatte, »Mr. Berghof, die Agenten Bäumer, Vincent, Weißhaupt und Talsum, wobei letztere zwei beiden unsere Maschine fliegen, Mr. und Mrs. Ritter und meine Wenigkeit. Wir alle werden unweigerlich die nächste Zeit miteinander verbringen. Zwei weitere Personen werden erst am Zielort dieses Fluges zu unserer Gruppe stoßen. Sobald Mr. Berghof aus seinem Schönheitsschläfchen erwacht, wird er weiter ins Detail gehen, was unser Vorhaben angeht, aber so viel kann ich Ihnen allen bereits vorweg verraten: Das Portal, das wir kürzlich verloren haben«, Barbara und Thomas sahen sich alarmiert an, »ist nicht das einzige Portal gewesen, das existiert oder existiert hat. Mr. und Mrs. Ritter sind Zeugen dieser Tatsache geworden, auch wenn Sie mir gegenüber immer nur ungern darüber geredet haben. Ich halte ihnen aber zu Gute, dass jeder ein Ass im Ärmel braucht, sei es auch nur das Wissen, das sie anderen voraushaben.«

Thomas flüsterte: »Der kriegt mit seinem Schmierentheater nichts aus uns raus, selbst wenn er uns zehnmal um die Welt fliegt!«

»Wie dem auch sei«, fuhr Jager fort, »mein geschätzter Kollege Professor Felden und ich konnten heute den Bundeskanzler von der Idee dieser geheimen Operation überzeugen. Da aufgrund des Verschwindens unseres Forschungsobjekts und anderer Vorkommnisse betreffend Mr. Berghof größte Eile geboten ist, werden Sie sicher verstehen, warum es erst jetzt nach Reisebeginn zu dieser Besprechung kommen konnte. Doch bis Venezuela sind es ja noch einige Stunden. Ich bin sicher, in dieser Zeit wird sich dann auch alles aufklären. Und was Sie angeht, Mr. und Mrs. Ritter, machen Sie sich keine Sorgen. Für Gepäck und alles, was Sie auf dieser Unternehmung benötigen, ist gesorgt. Wahrscheinlich fragen Sie sich gar nicht, warum Sie hier sind, weil Sie nicht dumm sind, doch ich will es Ihnen trotzdem sagen: Ich gehe natürlich nicht ohne meine Versicherung aus dem Haus. Ich behalte Sie stets bei mir und – das wird Sie beruhigen – passe selbstverständlich gut auf sie auf.«

Jager grinste sie an. Barbara verabscheute ihn: Wie konnte er einfach so zugeben, dass sie für ihn nichts weiter waren als Geiseln, die er verschleppen konnte, wie es ihm beliebte? Sie hatte große Lust aufzuspringen, Agent Bäumer seine Maschinenpistole zu entreißen und Jagers Hinterkopf damit ebenfalls Bekanntschaft machen zu lassen. Natürlich besann sie sich eines Besseren. Außerdem war sie immer noch mit Handschellen gefesselt.

Stattdessen sah sie also wütend auf den Bildschirm, auf dem Jager just eine Präsentation startete.

»Das Amazonasbecken!«, sagte Jager, als wäre er Sprecher einer Natur-Dokumentation. Er machte eine bedeutungsschwere Pause. »Einer der letzten Orte auf unserer Erde, der immer noch weiße Flecken bereithält. Wie die Tepui-Tafelberge zum Beispiel.«

Auf dem Bildschirm zeigten sich gigantische Felsmassive, deren Steilwände hoch über dichten Dschungellandschaften emporragten.

»Auf mehrere dieser Tafelberge hat selbst heute noch nie ein Mensch seinen Fuß besetzt. Und auf einigen anderen sind wohl nur sehr wenige Menschen bisher gewesen. Auf einem bestimmten allerdings scheint unser schlafender Kollege Berghof Studien betrieben zu haben. Und nun will ich Ihnen einen Teil davon erklären, wie ich mir die nächsten Wochen von diesem Moment an vorstelle.«

»Unglaublich.«

Thomas Ritter sah rätselnd auf die dunkle Wolkendecke, die unter seinem Fenster vorbeizog. Es war längst Abend geworden. »Einfach unglaublich. Ich meine, Venezuela? *Wir*?«

Babara sah ihren Mann an. »Weißt du noch, was wir gesagt haben, als Finn und die anderen nach Aethra zurückgereist sind?«

Thomas drehte sich zu ihr. Seinen Mund umspielte der Anflug eines Lächelns. Sie wusste, dass er sich gern daran zurückerinnerte. Nicht an den Weggang ihres Sohnes, aber an das, was sie sich damals gegenseitig versprochen hatten. Damit konnte sie ihn immer aufmuntern.

»Dass das hier unser Abenteuer werden würde«, antwortete er. »Wie könnte ich das jemals vergessen?«

Sie nickte. »Und es bleibt unser Abenteuer. Unser Abenteuer, verstehst du? Es mag zwar den Anschein haben, aber es ist nicht das von Jager oder diesem Felden. Oder irgendeinem anderen von den Leuten hier. Es ist *unseres*. Das müssen wir uns immer wieder sagen. Dann kann uns nichts passieren, meinst du nicht auch?«

Thomas lächelte jetzt wirklich. »Ich weiß nicht, was ich ohne dich machen würde, Barbara.«

»Das war zwar kein Ja, aber ich kann trotzdem mit der Antwort leben.« Sie küsste ihn. »Und ich wüsste nicht, was ich ohne dich machen würde.«

Er sah an ihr vorbei auf den Bildschirm, der immer noch die mysteriösen Tepui-Tafelberge zeigte. Jager hatte sich, nachdem er seine Ausführungen beendet hatte, längst hingesetzt.

»Meinst du es stimmt, was er uns erzählt hat?«

Der General saß ihnen diagonal gegenüber, aus ihrer Sicht hinter dem Pult, und behielt alle genauestens im Blick. Er schien wach wie zu Beginn ihres Fluges. Kein Anzeichen von Müdigkeit war in seinem ernsten Gesicht zu sehen.

»Das mit den Portalen?«

Barbara flüsterte genau wie Thomas. Zwar blieb wohl nicht viel Deutungsspielraum, worüber sie redeten, aber trotzdem wollten sie nicht, dass die anderen gleich jedes Wort mitbekamen.

»Unser Sohn ist zwischen den Welten hin- und hergereist, Thomas. Unter anderem mit einem Gwilling, einem Bacariten und einer Lunata. Die Frage ist nicht wirklich, ob da draußen noch mehr Portal-Orte existieren, sondern ob sie im Amazonas-Becken zu finden sind. Da, wo diese geheimnisvollen Aufzeichnungen Berghofs angeblich hinführen.«

»Ich werde nicht schlau aus der ganzen Sache«, legte Thomas Einspruch ein. »Überleg doch mal: Wenn dieser Berghof und sein Geheimbund doch wissen, wo Portale zu finden sind, warum ist er dann direkt in die Arme von Jager spaziert? Das ergibt doch keinen Sinn. Wollen sie die Möglichkeit der Portalzauber nicht für sich haben? Alles wäre besser, als sie Jager und seinen Kidnapping-Agenten zu geben.«

Da war etwas dran. Soweit hatte Barbara noch nicht gedacht. »Vielleicht war es doch ein Versehen, dass Berghof erwischt wurde. Am Ende hat er bloß behauptet, dass er sich hat schnappen lassen, um bei Jager oder sonst wem einen besseren Stand zu haben?«

Thomas schüttelte den Kopf. »Überzeugt mich nicht. Aber was weiß ich schon. Du bist die Polizistin. Trotzdem stinkt hier irgendetwas zum Himmel. Wieso erzählt uns Jager überhaupt so viel? Vom Flughafen in Venezuela, von den Bestechungsgeldern und der Ausrüstung? Will er sich beliebt machen? Dann sollte er uns lieber die Handschellen abmachen. Oder glaubt er, wir würden gegen ein halbes Dutzend Agenten kämpfen und anschließend mit Fallschirmen aus der Maschine springen?«

»Wahrscheinlich genau das!«

Barbara zuckte zusammen, als über den Mittelgang hinweg Berghof zu ihnen herüberflüsterte. Seine Augen schauten sie wach an, von Jager aus musste es aber so aussehen, als wäre er immer noch bewusstlos. Er hatte seinen schräg liegenden Kopf noch nicht bewegt.

»Jager ist ein Kontrollfreak, wie alle hochrangigen Militärs. Und ja, er hat meine Aufzeichnungen richtig wiedergegeben – es gibt die Möglichkeit, Portale aufzurufen. Oder zumindest an deren Technik zu kommen.

In Venezuela. Und ich habe ihm diese Informationen tatsächlich absichtlich gegeben. Zusammen mit meiner Zeichnung einer Robe. Wie ich hörte, haben sie auch schon Bekanntschaft mit einem dieser niedlichen Tierchen machen dürfen?«

»Woher wissen Sie davon?«

Thomas war wie vom Donner gerührt. »Sind Sie etwa der Lieblingsgefangene von Jager, Mr. Berghof? Spricht er mit Ihnen über uns? Und warum brauchen Sie all das überhaupt? Das Militär, dieses Flugzeug, den General? Ich glaube ihnen kein Wort, Mann!«

Barbara war beeindruckt. Thomas ging direkt auf Konfrontationskurs und ließ keinen Zweifel daran, dass er es mit seinem Gegenüber an Schneid aufnehmen konnte. Sicherlich hatte ihn das viel Überwindung gekostet. Oder diese verrückte Situation brachte ganz neue Facetten an ihm zum Vorschein. Wie auch immer – Barbara gefiel seine Art.

»Sie werden schon noch sehen, dass es keinen anderen Weg gibt«, antwortete Berghof kryptisch aber nicht unfreundlich. »Ich werde es ihnen bei einer besseren Gelegenheit gern ausführlich erklären. Aber nun fürchte ich, werde ich mich etwas eingehender zu den Tepuis äußern müssen. Jager hat sicherlich noch ein paar brennende Fragen an mich.«

Barbara sah, wie Jager sich erhob. Er hatte Berghofs Erwachen nun bemerkt.

»Und vergessen Sie beide nicht, Mr. und Mrs. Ritter: Wenn wir schon die drei einzigen Gefangenen hier sind, sollten wir wenigstens an einem Strang ziehen. Wir haben hier sonst keine Freunde.«

Im nächsten Augenblick trat Jager an sie heran.

»Haben Sie sich genügend ausgeruht, Berghof? Hätte nicht gedacht, dass ein kleiner Klaps auf den Hinterkopf sie so lange ausschaltet. Sie machten mir einen zäheren Eindruck. Oder sind Sie am Ende doch nur ein Blender. Genau wie Ihre Augenflamme?«

Zum ersten Mal schien Berghof keinen Spruch auf den Lippen zu haben. Stattdessen fletschte er seine Zähne: »Ohne das Flammende Auge wären Sie überhaupt nicht hier! Sie säßen immer noch in Ihrem Sperrbezirk und würden hoffen, dass durch Zufall ein neues Portal zu Ihnen käme. Sie haben kein Recht, das Flammende Auge …«

»Na, na, Berghof! Wer wird denn gleich eingeschnappt sein?« Jager musterte seinen Gefangenen fast belustigt. »Sie sind ja wirklich ein Überzeugungstäter. Aber wie Sie wünschen: Ich werde Ihren Geheimbund in Ruhe lassen. Er interessiert mich sowieso nicht. Sie wissen allerdings genau, was mich interessiert. Ich möchte mit Ihnen darüber reden, wie Sie an die Informationen über das verschwundene Portal gekommen sind.«

»Das möchten Sie gerne wissen, natürlich.«

»In der Tat«, stellte Jager klar. »Vielleicht verraten Sie es mir ja im Gegenzug dafür, dass ich Ihnen von der Robe der Ritters erzählt habe. Gegenseitiges Vertrauen heißt ab heute die Devise ...«

Berghof verzog das Gesicht. »Sie wissen doch nicht mal, wie man gegenseitiges Vertrauen buchstabiert!«

Jager atmete tief durch. »Ich sehe die nächsten Tage schon vor mir: Wir werden wie eine nette kleine Familie sein. Kleine Sticheleien hier, kleine Nadelstiche da. Einfach herzerfrischend.« Dann sah er Barbara und Thomas an. »Entschuldigen Sie bitte Ihren neuen angeheirateten und buckligen Onkel, den in Wahrheit keiner ausstehen kann, Mr. und Mrs. Ritter. Ich möchte Ihnen diese Unverschämtheiten nicht weiter zumuten. Berghof und ich werden das Gespräch vorn weiterführen.«

Mit seinem bärenstarken rechten Arm riss Jager Berghof am Kragen seines Hawaiihemdes vom Sitz hoch und bugsierte ihn mit festem Griff um die Handschellenkette hinter den Sitzreihen zur Vorderseite des Flugzeuges, wo beide durch einen schmalen Durchgang hinter einem Vorhang in Richtung Cockpit verschwanden.

»Die sind doch alle verrückt«, sagte Thomas.

Hinter ihnen war ein Schnarchen zu hören. Barbara drehte sich um und sah über die Lehne. Agent Vincent war eingeschlafen und machte im Schlaf Geräusche wie ein Bär. Agent Bäumer hielt indes weiter Wache im Sitzen, seine Waffe im Anschlag. Er grinste Barbara fies an.

»Kein Widerspruch, Thomas. Ich bin gespannt, wohin uns der Weg noch führt!«

IM LANDEANFLUG

»Wach auf!«

Barbara erwachte völlig orientierungslos. Ihr Kopf und Nacken taten weh. Sie bekam Panik, weil sie für den Moment nicht einmal wusste, welches Jahr sie hatten.

»Wach auf! Ich glaube, der Landeanflug beginnt gleich.«

Erst einen Herzschlag später verstand sie, dass es Thomas war, der neben ihr saß und sie vorsichtig aus dem Schlaf stupste. »Hey, ich bin`s«, schob er passenderweise nach.

»Wo sind wir?«

Barbara realisierte das Innere eines Flugzeugs um sie herum. Noch wollte es ihr nicht dämmern, warum sie hier war. Sie dachte angestrengt nach. Warum hatte sie bloß so verkrümmt gelegen? Sie konnte ihren Hals kaum von links nach rechts bewegen!

»Wenn es für dich nicht zu verrückt klingt, würde ich Venezuela sagen. Das da unten ist offenbar Caracas.«

Venezuela? Caracas? Barbaras Gedanken rotierten.

»Selbst Jager scheint langsam nervös zu werden. Er tigert schon seit einer Viertelstunde von vorne bis hinten durch die Maschine.«

Jager! In dem Moment kamen alle Erinnerungen zurück. Der verdammte Mistkerl von General! Barbara bemerke nun auch die Agenten Vincent und Bäumer, die wie Jager ebenfalls standen, Professor Felden in seinem Sitz vor ihnen und den Gefangenen Edgar Berghof, der seelenruhig schlief.

»Es passiert wirklich, Barbara.«

Thomas sah aus dem Fenster. Zwar wollte sich Barbara noch weiter ärgern, aber ihre Neugier obsiegte. Sie drückte sich an ihren Mann und spähte ebenfalls aus ihrer Maschine.

Unter ihnen glänzte das karibische Meer blausilbern in der Mittagssonne. Davor lag die Küste Venezuelas. Barbara konnte bereits die Landebahnen eines Flughafens erkennen.

»Caracas liegt noch ein paar Kilometer im Inland«, flüsterte Thomas. »Dort!«

Barbara konnte die gewaltige Stadt sehen: Hochhäuser und Kirchtürme, Straßenzüge und Parkanlagen, Brücken und Autobahnen bildeten ein von Menschen geschaffenes Netzwerk, das beinahe zu groß wirkte, um noch überschaubar zu sein. Dahinter schossen Berge in den Himmel und rahmten die Metropole in das dunkle Grün ihrer Dschungelhänge.

»Das Ávila-Massiv«, sagte eine Stimme von hinten.

»Du meine Güte! Müssen Sie mich so erschrecken!«

Mr. Berghof hatte sich urplötzlich eingeschaltet und konnte darüber hinaus scheinbar Gedanken lesen. Oder er verfügte bloß über eine sehr gute Intuition. Er war aufgestanden und beugte sich jetzt trotz seiner Handschellen über Barbara und Thomas zu ihrer Fensterseite.

Barbara wurde nicht schlau aus Berghof. »Haben Sie tatsächlich geschlafen oder nur so getan?«

Berghof ging nicht darauf ein. Stattdessen erklärte er: »Der Name der Ureinwohner für dieses Massiv lautet *Guaraira Repano. Großes Gebirge.* Und diese Indios haben ganz recht damit, wenn Sie mich fragen.«

Barbara sah wieder aus dem Fenster. Was erwartete sie eigentlich? Dann war Berghof eben ein sonderbarer Typ. Sie konnte nichts daran ändern. Es wäre auch verblüffend gewesen, wenn irgendetwas bei dieser Unternehmung nicht sonderbar gewesen wäre.

Das Flugzeug flog nun in einer geraden Linie mit dem Küstenstreifen, an dem der Flughafen vor Caracas lag.

»Símon Bolivar«, redete Berghof munter weiter. »Der berühmte Freiheitskämpfer. Zu seinen Ehren wurde der Flughafen benannt. Gleich müssten wir mit der Schleife zum Landeanflug beginnen.«

Wie auf Kommando begann die Maschine ein Wendemanöver. Die Triebwerke wurden lauter.

»Sie waren also schon oft hier?« Thomas hatte sich zu Berghof gedreht. »Gibt es hier wirklich die Möglichkeit, Portale aufzurufen?«

Berghof lachte. Erst dachte Barbara, er wollte Thomas keine Antwort geben, doch dann redete er doch noch, bloß diesmal leiser. »Sie meinen hier? In Caracas? Wohl eher nicht.«

Thomas machte ein zerknirschtes Gesicht. »Das meinte ich natürlich nicht. Vielen Dank auch für die Antwort.«

Ein schelmisches Grinsen zeigte sich in Berghofs Gesicht. »Nehmen Sie's locker, Mr. Ritter. Wo bliebe sonst der Spaß? Aber im Ernst: Wir müssen weiter. Viel weiter. Ins Landesinnere. In den Süden. Das hier ist nur eine Zwischenstation. Ich glaube, dass unser Aufenthalt an der Küste nur von kurzer Dauer sein wird. Der Tepui, auf den wir müssen, liegt fernab von einem Ort wie Caracas.«

»Und um welchen Tepui handelt es sich? So wie ich es verstanden habe, gibt es mehrere davon.«

Berghof legte den Kopf schräg und begutachte Thomas. »Nicht mehrere. Weit über hundert.«

»Oh, okay«, überlegte Thomas. »Schön. Und welcher ist es? Was macht unseren so besonders?«

Berghof lächelte immer noch, aber schaute nun wieder aus dem Fenster. »Lehnen Sie beide sich lieber wieder zurück. Gleich geht's schnell runter!«

»Ich dachte«, warf Barbara ein und folgte dabei zusammen mit Thomas Berghofs Ratschlag, der ebenfalls wieder bei sich Platz nahm, »wir wären Freunde während dieser ganzen Sache. Immerhin waren das Ihre Worte. Dafür sind Sie aber ein ganz schöner Geheimniskrämer. Warum antworten Sie nicht auf die Frage meines Mannes?«

Berghof schloss die Augen, als das Flugzeug an Höhe verlor.

»Ich bin es gewohnt, dass die Leute mir keinen Glauben schenken. Quasi schon aufgrund meines Status. Und aufgrund meines Tätigkeitsfeldes. Außerdem war es mir nie erlaubt, mit meinem Wissen hausieren zu gehen. Verbuchen Sie es also als lästige alte Angewohnheit von mir, wenn ich hin und wieder ein bisschen kryptisch bin. Ich werde versuchen, für Sie beide an mir zu arbeiten.«

Barbara und Thomas sahen sich misstrauisch an.

Weiter vorn gab Jager ein Nicken von sich. Sofort meldete sich hinter ihnen Agent Bäumer. »Schluss jetzt mit den Gesprächen. Wir landen in Kürze. Sitzen Sie still.«

»Sonst was?«, blaffte Barbara. Jedes Wort aus dem Mund eines der Agenten regte sie auf. »Wollen Sie mich sonst vielleicht aus der Maschine werfen?«

Als Agent Vincent seine Waffe wie ein grobschlächtiger Hornochse stoßbereit hochzog, war das Antwort genug. Barbara gehorchte.

Das Flugzeug sank weiter rasch nach unten. Der Druck auf Barbaras Ohren wurde größer. Genau wie das Kribbeln in ihrem Bauch. Venezuela. Tepuis. Dschungel. Und irgendwo Portale. Wenn das kein Abenteuer war!

Der Flughafen Simon Bolivar

Die bunten, ineinandergeschobenen Dreiecke auf den Teppichen in der Flughafenhalle erinnerten Barbara an gemusterte Ponchos.

»Kannst du mir mal sagen, warum wir durch keine Kontrolle mussten? Barbara, hörst du mich?«

Thomas flüsterte leise auf seine Frau ein. Endlich entfloh Barbara den hypnotischen Mustern. Das Ganze war so verwirrend wie diese Teppiche. Vor einem halben Tag hatten sie noch am anderen Ende der Welt gesessen, eingekerkert, wenn man so wollte, und nun marschierten sie durch den Trubel des größten Flughafens Venezuelas und mussten nicht einmal irgendwelche Kontrollen passieren? Ganz offenbar interessierte sich hier niemand für ihre Handschellen.

»Keine Ahnung«, raunte sie also zurück. »Wahrscheinlich reicht die Militärmontur aus. Und die Waffen schrecken ab …«

Die Agenten Vincent und Bäumer trugen immer noch ihre MPs offen sichtbar, und auch General Jager war unter seiner Feldbluse bewaffnet. Ein geübtes Auge konnte die Ausbeulung durch seinen Holster leicht erkennen.

Barbara schaute nach links und rechts und in die Ladenzeilen, wo Einheimische und Touristen auf den ersten Blick keine Notiz von ihnen nahmen. Sie wusste, dass niemand gern Leute mit Waffen anstarrte. Aus den Augenwinkeln aber bemerkten ganz sicher die meisten, dass dort Gefangene mit Waffengewalt entlanggeführt wurden.

»Vielleicht sollten wir fliehen.« Thomas folgte den Blicken seiner Frau. »Hier ist viel los. Ich glaube nicht, dass Vincent oder Bäumer schießen werden. Genauso wenig Jager. Was sollen sie machen? Wir müssen nur schnell sein.«

Gemeinsam bog ihre Gruppe hinter einer Boutique für Luxusanzüge rechts ab und folgte weiteren Musterteppichen in einen Bereich, den Oberlichter hell mit Sonnenlicht durchfluteten.

Barbara dachte nach. Was Thomas sagte, machte Sinn. Vielleicht war das hier ihre erste und letzte Chance. Ein Flughafen war ein guter Ausgangspunkt für eine Flucht. Gemeinsam wurden sie einen Schritt langsamer. Aber lediglich so, dass sie immer noch mitkamen, ohne dass Bäumer hinter ihnen zu viel antizipieren konnte.

»Da vorn ist ein ganzer Trupp Reisender«, flüsterte Barbara. Unauffällig deutete sie mit dem Kopf auf eine Personengruppe, die mit Rollkoffern und Taschen in ihre Richtung marschierte. Offenbar waren alle in Eile. Ein Dutzend Kinder kam zur Menge der Erwachsenen hinzu. Nicht alle liefen an den Händen ihrer Eltern, sondern pesten links und rechts von ihnen durch den Gang. Wenn sie den richtigen Moment abpassten, konnten sie den Schutz der Gruppe nutzen, in einen Quergang entwischen und irgendwo nach draußen flüchten. Ein Taxi konnte sie wegbringen und …

»Daran würde ich nicht einmal im Traum denken.«

Plötzlich ging General Jager direkt neben ihnen. Barbara bemerkte ihn erst jetzt und zuckte zusammen. »Ich habe schon zu viel in meinem Leben gesehen, als dass Ihre Gedanken mir verborgen bleiben könnten, Mr. und Mrs. Ritter.«

Barbara wurde heiß. Sie konnte nicht ein Wort erwidern, so ertappt fühlte sie sich. Thomas erging es nicht anders, er brachte jedoch noch ein gequältes *Wovon reden Sie?* heraus.

Jager blieb völlig ungerührt. »Ich sagte bereits, ich will von nun an ganz ehrlich zu Ihnen allen sein: Selbst wenn Sie es schafften, Bäumer, seinen Männern und mir zu entkommen: was dann? Sie haben keine Pässe, sprechen die Sprache nicht. Sie sind mit Handschellen gefesselt. Wahrscheinlich landen Sie im Gefängnis, bevor auch nur eine einzige Personen in Betracht ziehen würde, Ihnen zu helfen. Ich denke, Sie haben bereits eine Ahnung davon, ob die Gefängniszellen hier oder die im Adlerturm angenehmer sind. Und selbst wenn jemand Sie anhört und Sie dann auch noch versteht: Welche Geschichte wollen Sie erzählen?«

Jager zog sein Tempo wieder an und marschierte, ohne eine Erwiderung von Barbara oder Thomas abzuwarten, zurück an die Spitze. Im nächsten Augenblick war die Reisentruppe auch schon an ihnen vorbeigerauscht und ihre Chance war verstrichen. Das Dreiecksteppichmuster, das sich wie eine optische Täuschung mit ihnen bewegte, schien sie nicht loslassen zu wollen. Es hätte genauso gut ein Rollband sein können. Ohne es wirklich zu wollen, setzten Barbara und Thomas nun brav immer weiter einen Schritt vor den anderen und folgten Jagers Marschroute vorbei an noch mehr Geschäften, Aufgängen zu den Abflugbereichen oder Büros von Reiseveranstaltern und Autovermietungen.

»Er hat recht«, meldete sich einmal mehr ungefragt Berghof zu Wort. »Und er hat Ihnen nicht mal alles gesagt, was es dabei zu sagen gibt. Wundern Sie sich nicht, dass wir hier einfach so durchmarschieren können? Maschinenpistolen, Gefangene – und das an einem Flughafen? Wir sind auch noch Ausländer, dürfen Sie nicht vergessen.

»Das haben wir uns auch gefragt«, antwortete Barbara mit belegter Stimme.

Berghof blickte sich um. »Da müssen eine ganze Menge an Gefallen eingelöst worden sein. Auf höchster internationaler Diplomatenebene. Und Gelder sind geflossen. Gefallen und Dollars gehen meistens miteinander einher.«

Barbara und Thomas nickten bloß. Sicher hatte Berghof den Nagel auf den Kopf getroffen. Andererseits konnte so eine Vermutung jeder abgeben, der jemals einen Spionagefilm geschaut hatte. Doch Berghof war noch nicht fertig. Er flüsterte nicht, sodass Bäumer und auch Vincent, der Berghof wie ein Schatten verfolgte, ihn genau hören konnten. »Wir bewegen uns zwar frei, aber keinesfalls unbeobachtet. Im Gegenteil: Wir werden auf Schritt und Tritt überwacht, seit wir aus der Maschine ausgestiegen sind. Und erst recht, seit wir das Rollfeld verlassen haben. Sehen Sie sich genau um. Da vorn zum Beispiel: Was macht dieser Kerl dort?«

Berghof machte sie auf einen Mann aufmerksam, der bloß dem Anschein nach mit seinem Handy am Ohr an einer Säule lehnte. Als Barbaras Blick sich mit dem des Fremden traf, sah dieser nicht weg. Er schaute ihr stattdessen finster in die Augen und brachte sich in Stellung, indem er sein Telefon herunternahm und mit der anderen Hand an seine Hüfte wanderte.

»Bewaffnet«, stellte Berghof mit einer Stimme fest, die an Abgeklärtheit nicht zu übertreffen war. »So wie Dutzende andere seiner Kollegen, die ich bisher ausmachen konnte.«

»Vielleicht können die uns helfen?«, sagte Thomas wieder so leise, dass diesmal weder Vincent noch Bäumer es im Lärm der Terminal-Halle verstehen konnten.

Berghof lachte auf und scherte sich nicht die Spur um seine Lautstärke. »Sie verstehen das völlig falsch, Mr. Ritter. Die sind hier, falls *wir* etwas Unvorgesehenes machen, nicht Jager und die anderen. Die Regierung hat echt was locker gemacht, dass das hier so reibungslos über die Bühne gehen kann. Ausländische Militärs sind niemals besonders gern gesehen Gäste. In keinem Land der Welt. Jager hat also von ganz oben das Go für diese Mission bekommen. Oder Unternehmung. Wie auch immer Sie das hier nennen wollen. Ich bevorzuge Expedition.«

Jager ganz vorn bog wieder ab, Professor Felden, Talsum und Weißhaupt folgten noch vor Barbara, Thomas, Berghof, Vincent und Bäumer. Sie erreichten jetzt einen Bereich, in dem die Flughafengäste ihre Koffer und anderen Habseligkeiten in Schließfächern verstauen konnten.

Thomas legte seine Stirn in Falten, als sie stehenblieben. »Sie nehmen das alles so locker hin, Berghof. Machen Sie sich keine Sorgen? Ich finde es beunruhigend, über welchen Einfluss Jager verfügt.«

Berghof drehte sich um und musterte Thomas. »Sie und Ihre Frau sollten *alle* Hinweise, die sie bereits kennen, immer in ihre Überlegungen miteinbeziehen. Denn wir werden bald noch sehr viel unglaublichere Dinge tun, als als Gefangene durch einen Flughafen zu spazieren.«

Barbara konnte sich noch immer nicht entscheiden, ob ihr Berghofs Art nun gefiel. Imponierend war sie allemal. In gewisser Weise aber auch herablassend.

»Was meinen Sie jetzt wieder mit Hinweisen?«, fragte sie unwirsch. Sie fühlte sich wie damals in der Polizeischule vor einem arroganten Vorgesetzten.

»Sie wissen doch, dass *ich* es war, der zu Jager kam.«

»Und?«

»Und daher begrüße ich unsere Situation, Mrs. Ritter. Damit meine ich alles, was hier in diesem Moment geschieht.«

»Ein Gefangener zu sein? Der Willkür eines Jagers und seiner ach so gehorsamen Handlanger ausgeliefert zu sein?«

Bäumer neben ihnen fletschte die Zähne. Er hörte immer noch mit. Sollte er doch. Wenn Jager sie nicht weiter behelligte, obwohl er durchschaut hatte, dass sie über eine Flucht nachdachten, dann waren seine Agenten doch bloß zahnlose Tiger.

»Wenn Sie so wollen, Mrs. Ritter«, antwortete Berghof heiter. Es belustigte ihn ganz offensichtlich, wie Barbara Bäumer bloßgestellt hatte. Er führte den Gedanken weiter aus: »Ich wusste von Anfang an, was mich erwartet. Aber ganz nach der Willkür von Jager läuft das alles nicht ab, auch wenn er sich das wohl einbildet. Die wichtigsten Informationen über das Ziel unserer Reise besitze nämlich allein ich. Und diese sind solange meine Absicherung gegen die Willkür Jagers, wie ich es wünsche. Ich will Portale finden, Mrs. Ritter. Mein halbes Leben habe ich diesem Wunsch nun schon gewidmet. Und ich habe bisher weitaus größere Opfer dafür gebracht als das hier. Diese ganze Sache zuhause war ein Glücksfall für mich.« Er rüttelte mit den Handschellen hinter seinem Rücken. »Denn eins ist klar: Man kann nicht einfach nach Venezuela fliegen und einen

Tepui besteigen, um sich dort nach Portalen umzusehen. Allein die Einreise ist riskant, geschweige denn die Weiterreise ins Landesinnere. Es ist illegal, in diese Naturreservate einzudringen. Irgendwo gibt es immer undichte Stellen. Ein Mann wie ich, mit so einer Vergangenheit, kann sich nicht mehr ungesehen bewegen. Wenn sie mich auch nur in der Nähe eines Tepuis erwischen und herauskommt, dass ich nicht bloß ein unvorsichtiger oder dummdreister Tourist bin, dann sperren sie mich in ein Loch, aus dem ich nicht mehr lebend hinauskomme. Das hier, dieser Weg, mit Kontakten bis ganz nach oben, ist meine einzige Chance, an einen Ort zu gelangen, an dem das möglich ist, was Ihr Sohn bereits erleben durfte.«

Sie warteten nun schon mehrere Minuten darauf, dass es weiterging. Der Bereich mit den Schließfächern lag durch einige Trennwände abgeschirmt von der Terminalhalle und sie waren im Augenblick die Einzigen, die sich hier befanden. Zweimal kamen Reisende in den Bereich geeilt, machten aber auf dem Fuße kehrt, als sie die Bewaffneten Agenten und sie in Handschellen sahen. Dann erhielt Jager einen Anruf. Aus seiner Bluse kam dabei ein Telefon zum Vorschein, das mit seiner langen Antenne recht antiquiert wirkte. Barbara vermutete so etwas wie ein Satellitentelefon oder ein Gerät, das abhörsicher war, genau genommen kam es aber nicht darauf an. Viel spannender war, dass Jager sich mit dem Mobiltelefon am Ohr umschaute und offenbar Instruktionen von seinem Gesprächspartner erhielt. Während er allein weiter nach hinten in den Schließfachbereich vordrang, gab er seinen Agenten ein Zeichen.

»Umdrehen«, schnauzte Bäumer. »Machen Sie schon!«

Auch Weishaupt, Talsum und Vincent wurden munter und legten mit Hand an, damit sich alle schnell in die von Jager entgegengesetzte Richtung drehten. Auch Professor Felden war zurückgeblieben und befolgte den Befehl.

»So viel zur Ehrlichkeit«, lachte Berghof röchelnd. Talsum hatte ihn an Hals und Schulter gepackt. Scheinbar ging es ihrem vormaligen Piloten nicht schnell genug. Berghof lag wieder richtig – so viel zu den offenen Karten Jagers. Barbara rätselte, was der General in einem der Schließfächer zu finden gedachte.

Ein paar Augenblicke später wusste sie es: Jager brachte einen olivgrünen Rucksack mit, den er sich vor aller Augen aufsetzte. Natürlich war es sinnlos danach zu fragen, was sich darin befand.

»Weiter jetzt«, ordnete Jager wortkarg an.

Sie traten aus dem Schließfachbereich heraus und setzten ihren marsch fort.

Als sie schließlich vor dem Flughafen ins Freie traten, steuerte Jager zielstrebig einen Parkstreifen in direkter Nähe des Terminals an. Mehrere Lieferwagen standen dort. Der General zog einen kleinen Zettel aus seiner Tasche, las und schaute sich um. Offensichtlich hatte er gefunden, wonach er gesucht hatte, denn er ging direkt auf einen der Lieferwagen zu. Während die anderen ihm folgten, holte Jager ein Feuerzeug hervor, entzündete das Stück Papier und warf es, nachdem nur ein Fitzelchen davon übrig war, auf den Boden, wo auch der Rest verbrannte.

»Den Zettel hat er bestimmt im Schließfach gefunden«, murmelte Thomas.

Barbara nickte. »Wahrscheinlich das Kennzeichen des Lieferwagens.«

Während Felden und Talsum zusammen mit Jager vorn einstiegen, schob Bäumer die Tür zum Laderaum auf. Sie kletterten hinein und konnten neben weiteren Rücksäcken und einer Menge Equipment auf zwei Bänken Platz nehmen. Als sie saßen, nahmen Vincent und Weißhaupt ihnen nacheinander die Handschellen ab, um sie ihnen gleich darauf wieder anzulegen, diesmal aber mit der Kette zusätzlich an Griffen befestigt, die hinter ihnen mit der Fahrzeugwand verschweißt waren.

»Auf eine angenehme Fahrt«, spottete Weißhaupt, den Barbara bisher überhaupt noch nicht sprechen gehört hatte. Er zog die Schiebetür zu und zwei schwache Oberlichter gingen an, die den Laderaum in hässliches, orangebräunliches Licht tauchten.

Dann setzten sich auch die Agenten. Vincent schlug dreimal gegen die Rückwand zur Fahrerkabine und der Lieferwagen rollte los.

Ins Inland

Als Barbara aufwachte, wusste sie diesmal sofort, wo sie war. Agent Bäumer starrte sie an, als hätte er sie im Schlaf beobachtet.

»Wollen Sie ein Autogramm?!«, fuhr sie ihn an.

Der Agent blinzelte und sah einen Moment verwirrt drein. Vielleicht hatte er bloß mit leerem Blick vor sich hin geträumt, kam es Barbara in den Sinn. Wie lange hatte Bäumer nicht mehr geschlafen? Im Flugzeug hatte sich bloß Vincent ausgeruht.

Jetzt wurden auch Thomas und Berghof wach. Auch sie hatten geschlafen. Thomas stöhnte und versuchte seinen Hals zu recken. Seine Wirbel knackten beim vergeblichen Versuch. Er hielt seinen Kopf immer noch schief. Sicherlich hatte er Nackenschmerzen. Auch Barbara merkte jeden Knochen im Körper. Der Schlaf hatte überhaupt keine Erholung gebracht und sie fühlte sich noch müder als nach ihrem Flug.

»Wie lange sind wir schon unterwegs?«, bemühte sich Berghof um Konversation.

Zu Barbaras Überraschung bekam er eine Antwort. Bäumer sagte: »Sie haben etwa fünf Stunden geschlafen. Davor waren wir bereits drei Stunden unterwegs.«

Selbst Berghof war von dieser Offenheit entwaffnet und sah den Agenten fragend an.

»Sie haben den General doch gehört: Keine Geheimnisse mehr. Wir haben den Befehl, Ihnen nichts vorzuenthalten.«

Berghof lachte. Es war schwer nachzuvollziehen, was er dachte.

»Dann sagen Sie uns doch beispielsweise, was in dem Rucksack aus dem Schließfach war«, forderte Thomas Bäumer auf.

Der Agent sah Thomas lange an.

»Wie wäre es mit etwas zu essen?«, fragte der Beamte schließlich. »Sie müssen hungrig sein. Unsere Reise dauert noch.«

Da lachte Berghof nur noch mehr.

Ihr Essen war karg. Es bestand aus Müsliriegeln, die extra viele Kalorien enthielten, isotonischen und mit allerlei Nahrungsergänzungsmitteln angereicherten Limonaden sowie einem widerlich schmeckenden, gelbweißen Brei, den man sich aus Tuben drücken konnte, auf denen irgendetwas auf Spanisch stand.

»Essen Sie alles auf«, empfahl Bäumer Barbara.

Sie aß allein, während Berghof, der schon fertig war, wieder gefesselt dasaß. Offenbar hatten die Agenten immer noch Angst, ihnen allen zusammen die Fesseln zu lösen.

Als Bäumer sprach, schwang dieses Mal keine Bösartigkeit in seiner Stimmer mit: »Wir haben dasselbe Essen wie Sie. Essen Sie. Sie werden jedes Bisschen Energie benötigen.«

Barbara folgte Bäumers Rat und drückte sich auch den letzten Rest Paste in den Mund.

Als Letzter folgte Thomas, der ebenfalls alles aufaß. Im Anschluss ging die Fahrt zunächst schweigsam weiter. Schließlich ging wie so oft Berghof in die Offensive.

»Wie machen wir es?«

Weißhaupt und Vincent sahen Bäumer an. Sie fragten sich wohl, ob Sie auch drüber Auskunft geben durften. Barbara hingegen überlegte, was genau ihr Mitgefangener meinte.

»Auf jeden Fall fahren wir nicht die ganze Strecke mit dem Wagen. Aber bevor die Reise richtig losgeht, steigen wir noch einmal um. Es ist zu unsicher, die ganze Zeit mit einem einzigen Lieferwagen zu fahren. In zwei oder drei Stunden ist es soweit. Dann müssten wir in der Nähe von Guayana sein.«

»Wir fahren also Autobahn? Nicht durchs Inland? Das ist gewagt.« Berghof sah Bäumer misstrauisch an.

»Gefährlich wäre es, sofort ins Inland zu starten.« Bäumer erwiderte Berghofs Blick gelassen. »Wer die Autobahn nimmt, hat nichts zu verbergen.«

»Mmmh«, machte Berghof. Er wirkte nun indifferent. »Und nachdem wir umgestiegen sind?«

Bäumer lächelte verschmitzt. »Geht es ins Inland. Das letzte Stück unserer Reise wird selbst sie überraschen.«

»Erhellen Sie uns doch bitte, Bäumer«, bat Berghof überbetont freundlich.

Der Agent zog seine Mundwinkel nach oben. »Für jemanden, der sein ganzes Leben hinter Geheimnissen hergejagt ist, wollen Sie sich aber schnell die Vorfreude verderben lassen. Wie ich bereits sagte, lassen Sie sich überraschen.«

Barbara war wieder eingenickt. Sie schreckte hoch, als der Motor des Lieferwagens ausging. Vincent löste sie vom Metallgriff hinter ihr, legte ihr die Handschellen aber sogleich wieder an. Bäumer und Weishaupt kümmerten sich derweil um Thomas und Berghof.

»Wir steigen jetzt um«, erklärte Bäumer.

Sie verließen den Lieferwagen. Barbara eierte vorwärts. Sie konnte kaum laufen, alles tat ihr weh. Ihre Beine und Arme waren eingeschlafen. Die Sonne, die rötlich am Himmel stand, blendete sie. Mit der flachen Hand schirmte sie das Licht ab. Sie blinzelte durch die Zwischenräume ihrer Finger. Es schien Morgen zu sein. Sie hatten auf einem staubigen Parkplatz Halt gemacht, die schnurgerade Straße neben ihnen war nicht großartig befahren. Als sich ihre Augen an die Helligkeit gewöhnt hatten, sah sie hinter ausgedehnten Feldern mit irgendwelchen hüfthohen Gewächsen in der Ferne den Dschungel. Vielleicht war es nur ein kleiner Streifen, aber es konnte sich genauso gut um einen weitläufigeren Teil des Urwalds handeln. Der Ausblick hatte etwas. Es war das für sie Ungewohnte, das sie in den Bann zog. Zuvor hatte sie erst einmal in ihrem Leben den Regenwald gesehen. Zusammen mit Thomas, aber das lag schon mehr als zwei Jahrzehnte zurück. Am liebsten hätte sie die Aussicht länger genossen, aber sie zwang sich dazu, ihre Konzentration auf naheliegendere Dinge zu legen.

Auf der anderen Straßenseite befanden sich hinter einem unbefestigten Schotterstreifen zwei Gebäude, von denen das eine mit ziemlicher Sicherheit leer stand. In dem anderem war so etwas wie eine mit Zapfsäulen kombinierte Imbissbude zu finden. Niemand war zu sehen. Möglicherweise war also auch das zweite Gebäude verlassen. Ein paar Meter weiter parkte ein weiterer Lieferwagen, grünorange, auf dessen Seite ein lachender Smiley mit einer Sprechblase abgebildet war. »*Las floras dan risa*«, sagte der Smiley.

»*Blumen bringen Lachen*«, übersetzte Berghof.

»Woher wissen Sie, dass ich genau darüber nachgedacht habe«, fragte Barbara, während sie auf den Blumenlieferwagen zustapften. Erst jetzt merkte sie, wie warm es war. In ihrem Wagen hatte es tatsächlich eine Klimaanlage gegeben.

»Ich konzentriere mich sehr auf die Dinge, die um mich herum geschehen«, sagte Berghof, den Kopf nach vorn gerichtet. Ich dachte mir, diese Expedition würde für Sie etwas leichter werden, wenn ich Ihnen den einen oder anderen Hinweis geben kann. Wissen schafft Sicherheit. Außerdem besäßen Sie normalerweise ein ebenso gutes Gespür wie ich. Sie sind doch Polizistin. Es ist bloß diese Situation, die Sie etwas aus der Form bringt. Aber Sie werden sich noch besser daran gewöhnen. Vertrauen Sie mir.«

Barbara wollte protestieren und erklären, dass sie genau das tat – sich auf ihre Umgebung und auf die wichtigen Kleinigkeiten zu konzentrieren – doch just schob sich die Seitentür des Blumenwagens auf. Heraus sprang ein hochgewachsener Kerl in schwarzer Funktionskleidung. Er trug Sonnenbrille, nahm diese aber ab, als er einen Schritt auf Jager zumachte.

»Sie sind also General Jager«, sagte er.

»Und Sie müssen *Wilmer* sein.«

»Andrew Wilmer, das ist korrekt, General.«

Der Mann sprach völlig akzentfrei. Es handelte sich auf keinen Fall um einen gebürtigen Südamerikaner, schlussfolgerte Barbara darum bemüht, den kleinen Dingen Beachtung zu schenken.

»Sehr schön, Wilmer.« Jager schüttelte ihm die Hand und lächelte. »Das sind meine Agenten Bäumer, Vincent, Talsum und Weißhaupt. Daneben befindet sich Professer Felden. Mr. und Mrs. Ritter begleiten uns ebenfalls. Und zuletzt haben wir noch Mr. Berghof. Ich werde Ihnen auf der Weiterreise alle nötigen Infos geben.«

Nachdem er sie vorgestellt hatte, fügte Jager hinzu: »Mr. Wilmer ist unser Kletterexperte. Er wird uns auf dem Tepui unerlässlich sein.«

Als das geklärt war, machten sich Wilmer und die Agenten daran, das Gepäck umzuladen. Alle Kisten und Rucksäcke aus ihrem ersten Wagen kamen in den Blumentransporter. Barbara erkannte dort noch mehr Equipment, insbesondere zwei Militärkoffer, die verdammt wichtig und wertvoll aussahen.

»Niemand weiß über uns Bescheid?«, erkundigte sich Jager bei Wilmer.

»Niemand, Sir«, stellte Wilmer klar. »Das ganze Zeug habe ich wie angewiesen auf dem Schrottplatz vor Lecheria abgeholt und selbst verladen. Ich war allein. Außer ausgeschlachteten Autos war dort nichts und niemand. Keine Kameras, keine Telefonmasten. Den Wagen habe ich aus einem Vorort von Valencia, neue Nummernschilder sind ebenfalls dran. Dass jemand einen Zusammenhang sieht, ist ausgeschlossen. Außerdem bin ich bloß Landstraßen und Schotterpisten gefahren. Praktisch keine Verkehrsüberwachung.

»Und dieser Wagen? Smileys und Blumen? Ist das nicht zu auffällig?«

»Im Gegenteil. Gehörte zu einer Kette. Die haben aber mittlerweile auf neuere Modelle umgesattelt und ihr Logo gewechselt. Die ganzen Restbestände fahren unter neuen Privatbesitzern durch ganz Südamerika.

»Sehr gut«, nickte Jager. »Bäumer, wenn Sie fertig sind, kümmern Sie sich mit Talsum um unseren Wagen. Ich habe ihn während der Fahrt bereits instruiert.«

Kurze Zeit später hatte Talsum das Nummernschild ihres ersten Wagens abmontiert und ebenfalls im Blumentransporter untergebracht. Als kein Auto weit und breit zu sehen war, fuhr er mit Bäumer über die Straße und mitten hinein in eine mittelgroße Ansammlung von Büschen, Palmen und ungezähmtem Unterholz hinter den leeren Gebäuden. Zwei Minuten später kamen die beiden Männer wieder zum Vorschein. Als sie wieder bei ihnen waren, erschütterte eine Explosion die Baumgruppe. Eine Rauchsäule stieg hinter den Gebäuden auf.

»Wäre es nicht einfacher gewesen, den Wagen einfach dort stehen zu lassen anstatt ihn in die Luft zu jagen?«, fragte Thomas.

»Keine Fingerabdrücke mehr. Keine DNA-Spuren. Überhaupt nichts mehr«, erläuterte Talsum kurzerhand. »So ist es besser. Man kann nicht vorsichtig genug sein, Mr. Ritter.«

»Nicht zurückzuverfolgen?«, versicherte sich Jager und kümmerte sich nicht um Thomas.

»Die Karosserienummer war schon vorher weg, General.«

»Dann los«, ordnete Jager an.

Vielleicht waren sie eine halbe Stunde gefahren, als Thomas das Schweigen brach. Sie saßen in derselben Konstellation wie zuvor hinten im Laderaum, denn die Fahrerkabine bot Platz für einen vierten Mann. Den hatte sich Wilmer geschnappt, damit Jager ihn briefen konnten.

»Das Feuer oder die Rauchsäule wird jemand entdecken.«

»Lassen Sie das unsere Sorge sein«, versicherte Weißhaupt noch bevor Bäumer antworten konnte.

Als keine weitere Erklärung folgte, meldete sich Berghof zu Wort. »Die Leute verbrennen Hausmüll und Schrott auf ihren Grundstücken. Hier ist das kein großes Problem. Eine Rauchsäule scheucht niemanden auf, schon gar nicht an der Landstraße, an der wir gehalten haben. Nicht mal die Explosion ist besonders ungewöhnlich. Lassen Sie es gut sein, Mr. Ritter. Unsere Aufpasser haben an alles gedacht.«

»Da haben Sie es«, verkündete Bäumer.

Eine weitere halbe Stunde später wurde die Fahrt holpriger. Es ging jetzt über weite Strecken bergauf und die Schlaglöcher, die sie mitnahmen, fuhren ihnen in sämtliche Glieder. Barbara hatte noch nie etwas dermaßen Unbequemes mitgemacht und hoffte jede Minuten, dass ihre Fahrt endlich ein Ende nahm. Doch sie hoffte vergeblich. Schließlich wurde es einfach nur noch grausam, angekettet dazusitzen. Die Agenten konnten sich wenigstens festhalten und das Hin- und Herschaukeln etwas abfedern, aber Barbara konnte an nichts anderes mehr denken als daran, wann die nächste Unebenheit auf der Straße ihr durch Mark und Bein fegen würde.

Glücklicherweise war nun scheinbar der richtige Zeitpunkt gekommen, dass Berghof sie und Thomas endlich über alles aufklärte, was sie noch nicht wussten.

»Wissen schafft nicht nur Sicherheit«, sagte er gequält und biss die Zähne zusammen. Auch ihm musste alles wehtun. »Es kann auch ablenken. Außerdem lautet das Motto unseres geschätzten Anführers doch *Vertrauen*. Irgendwelche Einwände, die Herren?«

Weder Bäumer noch Weißhaupt schienen etwas dagegen zu haben. Bäumer grunzte zwar, aber es hörte sich nicht wie ein Veto an. Vincent hingegen war wie schon im Flugzeug eingeschlafen und hatte sich dabei zwischen zwei Kisten geklemmt und einen Rucksack in den Nacken geschoben. Barbara fand es unglaublich, dass der Agent hier schlafen konnte.

»Wie Sie bereits von Jager wissen«, durchbrach Berghof Vincents Schnarchen, »ist unser Ziel einer der Tafelberge der Amazonasregion. Genau genommen werden wir uns auf den Roraima-Tepui begeben. Er liegt im Südosten von Venezuela, im Dreiländereck an den Grenzen zu Guyana und Brasilien.«

»Roraima«, wiederholte Thomas. »Und Sie waren bereits dort? Wie kommt es, dass Sie nicht schon alles haben, was es dort zu wissen oder zu holen gibt? Wozu brauchen Sie das alles noch, Mr. Berghof. Sie wissen schon: diese *Expedition*.«

Berghof setzte ein ernstes Gesicht auf. »Das ist eine gute Frage, Mr. Ritter. Und bitte nennen Sie mich doch *Edgar*. Unter diesen Umständen halte ich das nur für angemessen, finden Sie nicht?«

»Also schön. Ich bin Thomas. Ich verzichte ausnahmsweise darauf, Ihnen die Hand zu reichen. Sie verstehen schon. Trotzdem haben Sie meine Frage nicht beantwortet, *Edgar*.«

»Sicher, dass Ihre Frau die Polizistin ist, Thomas?«

»Lenken Sie nicht ab. Was ist nun mit dem Vertrauen, das uns hier alle versprechen?«

Barbara schmunzelte. Thomas machte das alles nicht bloß gut – er war einsame spitze! Sie war so froh, ihn an ihrer Seite zu haben.

»Sie haben recht«, erklärte Berghof schmallippig. »Ich war bereits dort. Natürlich. Wie auch sonst? Aber das war vor vielen Jahren. Ich war ein jüngerer Mann, müssen Sie wissen. Ein anderer Mann. Und auch die Zeiten waren damals andere. Besonders was den Aufenthalt in Naturschutzgebieten angeht. Außerdem war ich noch nicht durch meine späteren Gesetzeskonflikte gebrandmarkt.«

Berghof machte eine Pause.

»Das erklärt bisher eigentlich gar nichts«, resümierte Thomas ungerührt. »Das hätte ich vielleicht sogar erraten können, Edgar.

»Ich habe Sie falsch eingeschätzt, Thomas. Sie und Ihre Frau ebenfalls. In Ihnen steckt so viel mehr, als es den Anschein hat. Sie verkraften diese Situation erstaunlich gut.« Er senkte den Kopf und nicht nur Barbara und Thomas sondern auch Bäumer und Weißhaupt warteten gespannt, was er noch zu sagen hatte. Schließlich fuhr er fort: »Dieses ganze verrückte Zeug, das Ihrem Sohn da passiert ist. Oder das, was er da zu uns mitgebracht hat, was auch immer das genau war – Jager hat mir bei Weitem nicht alles erzählt, und vielleicht, wenn Sie beide klug sind, weiß er auch gar nicht alles – all das ist nicht neu auf dieser Welt. Erinnern Sie sich an das Notizbuch, das Jager mir abgenommen hat? Die Informationen daraus stammen alle vom Roraima. Zeichnungen an den Felsformationen, die dort oben zu finden sind, uralte, eingekerbte Botschaften aus kilometertiefen Höhlen: Ich habe mehr als ausreichend Indizien dafür gefunden, dass Tore in andere Welten schon vor Urzeiten geöffnet wurden. Das Roraima ist der Schlüssel zu den Geheimnissen, denen das Militär und Professor Felden mit seinen Mitarbeitern seit dem Zwischenfall mit Ihrem Sohn auf der Spur waren.«

»Was hat sie bloß daran gehindert, damals alles Wichtige zusammenzutragen? Oder später? Man findet Wege, ein derart bedeutsames Geheimnis zu lüften. Selbst unter größten Widrigkeiten.«

Diesmal war es sogar Bäumer, der mehr erfahren wollte.

»Agent Bäumer, endlich zeigen Sie mal etwas Menschlichkeit!« Berghof war es anzusehen, dass ihm die Stichelei enorme Freude bereitete. »Gut zu wissen, dass hinter Ihrem kalten Antlitz kein Roboter zu finden ist. In der heutigen Zeit weiß man ja nie …«

Bäumer wollte wohl etwas erwidern, überlegte es sich aber anders. Stattdessen sagte er: »Erzählen Sie schon weiter, Mann.«

»Ich will Ihnen in allem zustimmen. Natürlich findet man einen Weg.« Berghof lächelte siegessicher. »Das hier ist der Weg. Der Weg, der mir alle anderen Widrigkeiten ebnen wird.«

»Sie meinen …?« Bäumer schien die Erkenntnis zu erschüttern.

»Ganz genau. Ich habe Jahre auf den richtigen Zeitpunkt gewartet. Damals war es mir nicht möglich, in die Haupthöhle des Roraima hinabzusteigen. Außerdem gab es zu meiner Zeit keine Technik, die mir eine mögliche Bergung von wichtigen Artefakten ermöglicht hätte. Jedenfalls nichts, dass ich hätte mit mir führen können. Mit Hilfe von Drohnen und Mr. Wilmer kann ich heute beides. Meine Brüder und Schwestern sind geduldige Menschen. Ebenso ich. Wir haben den richtigen Zeitpunkt abgewartet. Nichts wäre fataler gewesen, als es darauf ankommen zu lassen und am Ende bei einem gescheiterten Expeditionsversuch mit leeren Händen dazustehen. Was, wenn die Regierung auf meine Entdeckungen aufmerksam geworden wäre? Nein, das wollten wir nicht riskieren.«

»Brüder und Schwestern? Meinen Sie das Flammende Auge, von dem Jager im Flugzeug gesprochen hat?« Barbara hatte ihre schmerzenden Gelenke fast vergessen. Sie wollte endlich alles wissen.

»Das Flammende Auge«, sagte Berghof todernst, »ist verantwortlich dafür, dass ich überhaupt über den Tellerrand hinausschauen durfte. Die Studien beispielsweise, denen ich mich zeitlebens gewidmet habe, sind von den Schriften in unseren Bibliotheken inspiriert. Wir sind offen dafür, das Unmögliche zu denken. Meinen Sie nicht, dass unser Orden damit den richtigen Ansatz verfolgt? Für gewöhnlich, wenn jemand von einem Geheimbund hört, belächelt er bloß alles, was damit zusammenhängt. Aber Sie sehen diese Dinge heute sicher anders. Sie alle wissen, dass es mehr gibt zwischen Himmel und Erde, als man der Menschheit weismachen möchte.«

»Und was möchte das Flammende Auge?« Barbaras Tonfall ging beinahe ins Ärgerliche über. »Diese Desinformationskampagne der Regierung, das Vertuschen all dessen, was geschehen ist. Das Portal, die Kelpen … Was wollen Sie? Sie und Ihre Brüder und Schwestern? Wenn Sie erst einmal Herr über das Wissen um Portale sind, wollen Sie es am Ende nicht auch nur für sich haben? Geben Sie es zu! Sie sind nicht besser als all die Regierungen dieser Welt.«

Berghof legte seinen Kopf schräg. »Barbara, ich werde Ihnen dieses Mal Ihre Anschuldigungen verzeihen. Ich kann wohl kaum erwarten, dass Sie in einer solchen Extremsituation besonders sensibel sind. Doch Sie liegen falsch: Wir haben in der Vergangenheit und bis heute immer dafür gekämpft, dass die Wahrheit ans Licht kommt. Die Augenflamme steht sinnbildlich dafür, wie das Licht der Erkenntnis die Menschen trifft. Aber es wird mit der Zeit immer schwieriger, die Welt, in der wir leben, aufzuklären. Die Situation auf diesem Planeten wird von Jahr zu Jahr komplexer und komplizierter. Politik, Religion, Wirtschaft – alles ist miteinander verbunden. Wir möchten nicht, dass bloß irgendwelche Spinner an unsere Enthüllungen glauben, weil sie über tatsächliche Verschwörungstheorien im Internet zufällig an eines unserer Videos geraten sind. Wir wollen, dass ein Ruck durch die Gesellschaften aller Länder geht. Niemandem hilft es, wenn eine so große Sache schlecht vorbereitet ist und aus Mangel an unwiderlegbaren Beweisen von der Wissenschaft und den Medien als Schwachsinn abgetan wird. Nein, das durfte nicht sein. Ich musste auf diese Gelegenheit hier warten. Auf heute. Auch wenn es lange gedauert hat. Als die ganze Vertuschungsaktion der Regierung vor Monaten anlief, konnte uns niemand etwas vormachen. Wir wussten sofort Bescheid, dass da noch mehr dahintersteckte, und haben angefangen, herumzustochern.«

»Wie kommt es, dass ich noch nie vom Flammenden Auge gehört habe?«, erkundigte sich Thomas. »Soll das hier also Ihre erste Aufklärungsarbeit werden?«

»Thomas, denken Sie nach: Noch vor kurzer Zeit - für wie vertrauensvoll hätten Sie eine Quelle gehalten, die sich als Geheimbund herausstellt, von dem zu allem Überfluss bloß die wenigsten je etwas gehört haben?«

Es war eine rhetorische Frage, also wartete Berghof nicht auf eine Antwort. »Wir konnten noch nie in der Geschichte der Menschheit offenbaren, was unser Wirken war oder ist. Aber wir haben schon immer über gute Kontakte verfügt. In den Reihen unserer Brüder und Schwestern gibt es wichtige Persönlichkeiten aller Herren Länder. Nur unsere Verschwiegenheit ermöglicht es uns, frei und ungestört zu wirken und Informationen oder Ideen so zu platzieren, dass sie auch von der Gesellschaft akzeptiert werden. Unser Lohn ist der Erfolg der Sache. Den Ruhm streichen andere ein. Ich versichere Ihnen, dass Ihr modernes, fortschrittliches Leben zu einem erheblichen Anteil der Arbeit des Flammenden Auges zu verdanken ist.«

Thomas dachte darüber nach. Er sagte nichts mehr.

»Dann habe ich eigentlich nur noch eine Frage«, meldete sich stattdessen Barbara. »Wieso glauben Sie, dass Jager oder die anwesenden Herren Sie mit dem Wissen, das uns dieser Roraima-Tepui vielleicht geben wird, davonkommen lassen.«

Bäumers und Vincents Blicke richteten sich augenblicklich konzentriert auf Berghof.

»Jetzt wird es ein bisschen heikel«, gab Berghof zu. »Lassen Sie es mich so ausdrücken, Barbara: Ich glaube fest an meinem taktischen Vorteil.

Meine Aufzeichnungen sind ganz und gar unvollständig. Allein mit dem Wissen um meine früheren Feldstudien und mit weiteren Informationen aus den Archiven des Flammenden Auges kombiniert ergibt sich ein vollständiges Bild. Selbst wenn in den Höhlen alles zu finden ist, was für ein Portal vonnöten ist – wovon ich tatsächlich ausgehe – gibt es noch etwas, wovon nur ich und wenige meiner Brüder und Schwestern wissen. Ich kann auch dieses Wissen preisgeben, aber erst, wenn ich wieder in Sicherheit bin. Und natürlich Sie beide. Meine Freunde werde ich nicht im Stich lassen.«

Barbara ließ die Worte sacken, während Berghof ruhig nachdachte. Als er sich selbst seiner Gedanken zu versichert haben schien, erklärte er weiter: »Keiner wird am Ende sagen, ich wäre ein Lügner. Weder Sie, oder Sie, Bäumer und Vincent, noch Jager oder sonst wer. Ich bin ganz sicher, dass Jager und unserer Regierung daran gelegen ist, auch dieses letzte Puzzlestück zu bekommen. Es ist nämlich das größte von allen, wenn ich das so sagen darf. Selbst wenn das schlussendlich bedeutet, dass ich mit dem Portalwissen davonkomme, um es vielleicht oder vielleicht auch nicht zeitnah weiterzugeben. Kombiniert man nämlich diese letzte Information mit einer funktionierenden Portaltechnik …« Er schnalzte mit der Zunge und führte den Gedanken nicht zu Ende.

»Jedenfalls ist diese letzte Information es mehr als wert, uns dafür gehen zu lassen. Vertrauen Sie mir. Ich irre mich nicht. Und dass Jager vorher an mein Wissen gelangt, ist ausgeschlossen. Kein Außenstehender des Flammenden Auges weiß etwas davon. Das Wissen könnte sich überall auf der Welt befinden. Nicht einmal, in welcher Form es vorhanden ist, könnte einer von Ihnen erraten.«

Ein paar Minuten später – Barbara dachte ausnahmsweise nicht an ihre Knochen und Gelenke sondern daran, was Berghof erzählt hatte – hielt der Lieferwagen und der Motor wurde ausgeschaltet.

Vincent erwachte und sah sich verschlafen um. Dann klopfte es dreimal an der Zwischenwand zur Fahrerkabine.

Bäumer stand auf. »Das ist das Signal«, brummte er. »Wir sind da. Zeit zum Umsteigen.«

Barbara seufzte hörbar.

»Entspannen Sie sich«, meinte Bäumer. »Das Schlimmste haben Sie nun hinter sich. Gleich nehmen wir Ihnen die Handschellen ab.«

Thomas und Barbara sahen sich an. Sie konnten nur hoffen, dass Bäumer die Wahrheit sagte.

»Jetzt schon?«, fragte Berghof. Er schien irritiert. Nie im Leben sind wir schon da. Wir brauchen noch einen halben Tag. Mindestens. Die Straßen sind verzweigt und mäandern durch das Amazonasbecken.«

»Tolle Erdkundestunde«, blaffte Bäumer. »Wollen Sie ein Fleißkärtchen?«

Berghof hielt sich zurück. Er fragte bloß: »Sagen Sie schon? Was hat Jager sich ausgedacht?«

»Sehen Sie doch selbst!«

Vincent und Weißhaupt hatten bereits ihre Handschellen von den Halterungen gelöst. Bäumer schob die Wagentür auf.

Draußen begrüßte sie schwüle Nachtluft. Am Himmel funkelten die Sterne, wie Barbara es noch nie in ihrem Leben gesehen hatte. Hier gab es keine Lichter außer denen am Himmel und das Sternenzelt war so gewaltig und wunderschön, dass sie für einen Moment vergaß, in welcher Situation sie sich befand. Während sie zusammen mit den anderen zu Jager, Felden, Talsum und Wilmer humpelte, drangen die Geräusche des Nachtdschungels zu ihr. Affengebrüll, Vogelkreischen, Insektenzirpen, etwas, das sich wie das weit entfernte Prasseln von Regenmassen auf unendlichem Grün anhörte. Das wilde Lied einer ungezähmten Natur ließ ihr einen Schauer über den Rücken fahren. Sie schaute vor sich auf baumreiche Täler, durch die sie auf einer nun verborgenen Straße gefahren sein mussten, hinter sich sah sie auf sanft aber beständig ansteigende Bergrücken, deren tropischer Regenwald schwarz dalag und bedrohlich rauschte.

»Fantastisch, oder?« Berghof stand neben ihr. »In einer solchen Situation dürfen Sie die Kleinigkeiten außer Acht lassen und auf das große Ganze sehen.«

Doch Barbara wollte den Moment lieber mit Thomas teilen. Sie rückte von Berghof ab und trat zu ihrem Mann. Ihre Fingerspitzen berührten sich trotz ihrer Handschellen. Zusammen machte ihnen dieser fantastische und urgewaltige Ort weniger Angst.

»Wir schaffen das«, sagte Thomas. »Das ist unser Abenteuer, Barbara.«

Sie hörte es immer heraus, wenn er sich einer Sache nicht sicher war. Aber in diesem Moment war er überzeugt.

»Da unten müssen Sie hinsehen, Mr. und Mrs. Ritter!« General Jager lachte in die Nacht hinein. »Sie haben ihn ja noch gar nicht gesehen. Dabei habe ich keinerlei Kosten und Mühen gescheut, Ihnen den Urlaub so ereignisreich wie möglich zu gestalten.«

Jager wies mit dem Finger auf eine Anhöhe zu ihrer Linken. Barbara, Thomas und Berghof machten ein paar Schritte nach vorn. Nun war die Sichtachse frei, die vorher durch den Lieferwagen versperrt gewesen war.

»Ist das ein Heißluftballon?« Berghof versuchte erst gar nicht seine Überraschung zu verbergen.

Über eine relativ baum- und buschfreie Schneise, die zu besagter Anhöhe führte, bewegte sich eine Gestalt auf die zu.

»*Carlos*? Sind Sie das?«

»Luis Carlos, zu Ihren Diensten, General«, kam die prompte Antwort.

»Sie sind pünktlich. Wie in alten Zeiten. Nicht viele hätten die Fahrt und den Aufbau in dieser Zeit geschafft. Sind alle bereit für einen kleinen Rundflug?«

Jager hatte eine Taschenlampe angeknipst. In deren hellem Lichtkegel kam der Fremde Luis Carlos bei ihnen an. Er war kaum 1, 60 m groß, trug ein Hawaiihemd wie Berghof und rauchte eine Zigarre, die größer als sein Kopf war.

»Ihr Stil gefällt mir, Carlos«, sagte Berghof amüsiert. »Und Sie sind dann wohl unser *Heißluftballonpilot*?«

»Lassen Sie mich doch bitte reden, Berghof.« Jagers Tonfall war weniger ärgerlich als Barbara vermutet hätte. »Und verschwenden Sie nicht unsere Zeit mit sinnlosem Gerede. Nehmen Sie das Offensichtliche einfach hin. Ihr überbordendes Geltungsbedürfnis sollte Ihnen jedenfalls Sorgen machen. So etwas ist nicht gesund. Vielleicht haben Ihre Flammen sie ja zu sehr hochgekocht.«

Bevor Berghof reagieren konnte, ordnete der General an: »Alle Mann umladen. Ich möchte den Ballon in dreißig Minuten startklar haben. Bäumer, Talsum – Sie kümmern sich um den Blumentransporter.«

Während Jager, die Agenten, Wilmer, Carlos und sogar Professor Felden das Gepäck umluden, standen Berghof, Thomas und Barbara ungläubig daneben.

»Damit habe selbst ich nicht gerechnet«, erklärte Berghof.

Barbara konnte ihn gut verstehen. Sie sah die Silhouette des Ballons gegen den Nachthimmel und wie er sich immer weiter aufblies. Das Feuer über dem Korb erhellte in kurzen Abständen die Nacht und zu den Geräuschen des Dschungels gesellte sich das Schlürfen und Rauschen des Gases, das aus den Flaschenventilen in den Brenner geleitet wurde.

»Wir schaffen das. Das ist unser Abenteuer«, flüsterte Thomas ganz leise.

In zwei Tagen um die Welt

Professor Felden stand an der Brüstung und sah gebannt, wie der dunkle Dschungel unter ihrem Heißluftballon vorbeizog. Die Schreie der Affen aus den Schatten der uralten Bäume ließen ihn gehörig erschaudern. Er wusste selbst nicht, warum er das Brüllen so derart unheimlich fand, vielleicht war es auch bloß die diffuse Ahnung, dass da etwas Urgewaltiges vor ihm lag, das den Dschungel und das, was darin durch die Nacht tobte, so furchterregend erscheinen ließ.

»Sie sehen aus, als hätten Sie da unten ein Gespenst gesehen, Professor.«

Felden drehte sich erschrocken zur Seite. Thomas Ritter stand plötzlich neben ihm. Die anderen, mit Ausnahme ihres Piloten Carlos, der etwas am Brenner nachjustierte, saßen allesamt im Passagierkorb ihres Ballons, der für eine elfköpfige Mannschaft eine recht geräumige Grundfläche von etwa dreieinhalb mal zwei Meter besaß. Sogar General Jager döste mehr oder minder vor sich hin, nachdem er sich an den düsteren Baumwipfeln sattgesehen hatte.

»Was wollen Sie?«, sprudelte es aus Felden heraus.

Irritiert betrachtete Thomas Ritter ihn. Verflucht, so hatte das gar nicht klingen sollen.

»Wir hatten bisher noch nicht das Vergnügen«, antwortete Mr. Ritter trotz seines rüden Tons. »Da dachte ich, ich mache den ersten Schritt. Da wir wohl oder übel zusammen diese Sache durchziehen. Aber wenn Sie wollen …« Er wandte sich von ihm ab.

»Nein, nein. Entschuldigen Sie, Mr. Ritter. Ich war nur in Gedanken. Ich wollte Sie nicht vergraulen. Im Gegenteil. Ich hätte gern etwas Gesellschaft. Der Rest fühlt sich bei dieser Ballonfahrt wohl deutlich sicherer als ich.«

Mr. Ritter lächelte und umfasste mit beiden Händen fest die Brüstung. »Ich bin noch nie mit einem Ballon geflogen«, erklärte er. »Und ich bin auch noch nie bei einer so verrückten Sache dabei gewesen.«

Felden musterte ihn. »Sind Sie sicher? Die Sache mit Ihrem Sohn erscheint mir ein geeigneter Vergleich zu sein …«

Sogleich bereute Felden auch diese Worte. Was dachte er sich nur, ihn direkt auf seinen Sohn anzusprechen? Wegen dieser Sache waren seine Frau und er Gefangene. Wer weiß, ob sie ihren Sohn jemals würden wiedersehen.

»Ich bitte nochmals um Verzeihung, Mr. Ritter. Es kann nur daran liegen, dass diese Situation ebenso neu für mich ist wie für Sie. Außerdem bin ich nicht geübt darin, richtige Konversation zu treiben. Jedenfalls nicht in letzter Zeit.«

Thomas Ritter schien den richtigen Instinkt zu haben. »Sind Sie freiwillig bei dieser Sache dabei?«

Felden verstand, dass Mr. Ritter *alles* meinte und nicht nur diese Expedition. Er dachte eine Weile darüber nach, während wahre Giganten von Bäumen unter ihrem Weidenkorb dahinzogen. Mit ihren verzweigten Stämmen endeten sie in mehreren Kronen, von denen jede einzelne so riesig war wie die größten Bäume, die Felden bisher gewöhnt war.

»Ich habe mich das während unserer ganzen Reise gefragt, wenn ich ehrlich bin.«

Thomas Ritter wartete geduldig, bis er weitersprach. »Ich bin zu dem Schluss gekommen, dass es so ist.«

Ein paar Minuten beobachteten sie gemeinsam den Dschungel. Ein Fluss kreuzte den Flug ihres Ballons. Erst als dieser schon lange in der Nacht verschwunden war, sprach Mr. Ritter. »Meine Frau und ich sind es nicht. Aber das wussten Sie.«

Es war eine einfache Wahrheit, die Mr. Ritter da aussprach. Aber vielleicht tat es ihm gut, sie loszuwerden.

»Ja. Und es tut mir leid für Sie beide.«

»Wie können Sie dann freiwillig dabei sein?« Mr. Ritter sah nicht mehr in den Dschungel, sondern er sah ihn an. Das Feuer aus den Brennern ließ ihre Gesichter in zuckendem Flammenlicht leuchten. »Sie sind Wissenschaftler, kein Verbrecher.«

Felden rieb sich das Gesicht. Es war klebrig von der schwülen Luft. Er fühlte sich plötzlich sehr schmutzig. Ob es daran lag, was Mr. Ritter gesagt hatte? Wieder musste er lange nachdenken, wie er antworten sollte. Letztlich entschied er sich dazu, dass er sich schmutzig fühlte, weil er es wirklich war, nicht, weil er sich mit Schuld beladen hatte. Das hatte er nämlich nicht.

»Die Dinge sind oft nicht so, wie sie scheinen, Mr. Ritter. Ich habe Jager immer für einen Verbrecher gehalten. Für einen Machtmenschen, der nur seinen eigenen Vorteil sieht und dafür wahrscheinlich über Leichen gehen würde.«

»Und das hat sich geändert?«, entgegnete Mr. Ritter. »Haben Sie deshalb ihre Stimme gesenkt. Damit der General, der doch nicht über Leichen gehen würde, sie nicht hören kann?«

Felden atmete kraftlos aus. Wurde das jetzt ein Verhör?

»Mir scheint, auch Ihnen ist die Fähigkeit zur leichten Konversation auf unserem Weg abhanden gekommen. Lassen Sie es gut sein, Mr. Ritter. Glauben Sie es mir oder glauben Sie es mir nicht: Ich habe den General falsch eingeschätzt. Mir liegt die Wissenschaft am Herzen. Für die Wissenschaft mussten schon immer Opfer gebracht werden. Aber ihm liegt mehr als die Wissenschaft am Herzen, so bin ich geneigt zu glauben. Welch schwerwiegendes Opfer ist erlaubt, wenn es um etwas ungleich Größeres als die Wissenschaft geht?«

Mr. Ritter schien verstanden zu haben, dass Felden es bei dieser Antwort belassen wollte. Er wandte seinen Blick wieder in die Weite vor ihnen. Felden tat es ihm gleich. Doch da schreckte er wieder auf.

»Er meint Sie mit dem schwerwiegenden Opfer, Thomas. Sie und Ihre Frau.«

Berghof hatte es irgendwie geschafft, sich absolut leise zu ihnen begeben. Sein Kopf tauchte plötzlich zwischen den beiden Männern auf. Nun aber sprach er direkt zu Felden: »Das Militär kämpft für die Sicherheit. Besser noch für den Frieden. *Blablabla.* Wenn man für die Wissenschaft Frösche aufschneiden und Ratten ihre Gehirne weggrillen darf, dann muss es doch wohl für die nationale Sicherheit in Ordnung sein, ein paar Zivilisten einzusperren und in Lebensgefahr zu bringen!«

»Stopp, Edgar!«

Mr. Ritter verlieh seiner festen Stimme Nachdruck, indem er sich zur Seite drehte und Auge in Auge mit Mr. Berghof stand. »Felden hat recht: Wer bin ich, über ihn zu urteilen? Er war es nicht, der uns eingesperrt hat. Und als Wissenschaftler ist seine Sicht auf die Dinge gewiss eine andere als Ihre oder meine. Wir müssen zusammen klarkommen. Schuldzuweisungen nutzen uns nichts. Wir sind dieses Gespräch falsch angegangen. Außerdem möchte ich wenigstens für den Moment glauben, dass in General Jager mehr schlummert als der Unmensch, den Barbara und ich kennengelernt haben.«

Mr. Berghof rümpfte die Nase, entschied sich aber dazu, Mr. Ritters Aufforderung nachzukommen und das Thema ruhen zu lassen.

»Was interessiert Sie beide dann?«, erkundigte sich Mr. Berghof. »Es kann doch nicht sein, dass hier alle so phlegmatisch sind! Wo ist das

Adrenalin, mit dem Sie alle vollgepumpt sein müssten? Sind sie nicht gespannt, was uns erwartet? Wie können hier nur alle herumdösen?«

Beinahe schien Mr. Ritter lächeln zu müssen.

»Also gut, Edgar, wenn Sie unbedingt möchten, erhellen Sie den Professor und mich. Warum sind wir in einem Ballon? Hätte nicht ein Hubschrauber oder was ähnliches es auch getan?«

Mr. Berghof konnte nicht umhin, breit zu grinsen.

»Ich wäre nicht im Traum auf den Ballon gekommen! Scheinbar habe ich den General ebenfalls falsch eingeschätzt. Zumindest was sein taktisches Geschick und seine Problemlösefähigkeit angeht. Ein Heißluftballon ist zu langsam für viele Radare. In diesem Ding sind wir für die meisten Luftüberwachungen unauffindbar. Viele Radarsysteme auf der Welt sind so eingestellt, dass sie nur Objekte erkennen, die schneller als 30 Knoten fliegen. Die Lieferwagen, die Routen, die wir gewählt haben, jetzt der Ballon: Wenn wir Glück haben, sind wir unsichtbar geworden, bis wir beim Roraima sind.«

Felden staunte. Das war das erste Mal, dass er davon hörte. »Und das ist Ihnen jetzt wieder eingefallen?«

»Seien Sie nicht albern. Ich bin Archäologe. Vielleicht auch Anthropologe. Kein Fluglotse. Carlos hat es mir gesagt, als ich danach gefragt habe. Er hat das ganze Teil zerlegt auf einem LKW hierher gefahren und in den letzten zwei Tagen zusammengebaut. Scheinbar auf Jagers persönlichen Wunsch hin. Die beiden kennen sich von früher. Wahrscheinlich irgendwas Militärisches. Würde jedenfalls die Begrüßung der beiden erklären.

»Wir können die beiden ja später fragen, wenn sie aufgewacht sind. Vertrauen und so«, scherzte Mr. Ritter.

Sie sahen, wie auch Carlos sich zum Dösen hingelegt hatte. An seine Stelle war Vincent getreten, der offenbar von Carlos instruiert war und nun den Brenner überwachte. Immerhin hatte der auch schon auf der Fahrt in den Lieferwagen und im Flugzeug geschlafen!

»Legen Sie drei sich noch etwas hin. Sie brauchen Ihre Kräfte spätestens dann, wenn wir angekommen sind. Morgen Nachmittag ist es soweit. Und wenn wir Carlos und Wilmer glauben dürfen, ist es bei Tag nur schwer, hier oben zu schlafen. In zwei Stunden geht die Sonne auf …«

Als Vincent davon sprach, wurde Felden sofort müde. Auf merkwürdige Weise hatte das kurze Gespräch mit Mr. Ritter und Mr. Berghof ihn ruhiger werden lassen. Obwohl sie so ein zusammengewürfelter Haufen waren, schienen doch alle einigermaßen verständig zu sein. Wer weiß, vielleicht lüfteten sie bereits morgen oder übermorgen eines der größten Geheimnisse der Menschheit?«

»Ich werde wirklich versuchen, etwas zu schlafen. Und Sie sollten das auch.«

Mr. Ritter setzte sich zu seiner Frau, während Mr. Berghof sich absichtlich umständlich zwischen Bäumer und Talsum niederließ, die beide aufgrund dessen wach wurden, allerdings sofort wieder einschliefen, als sie Mr. Berghofs schadenfrohes Gesicht sahen.

Nun setzte sich auch Felden. Sein Horizont verkleinerte sich von jetzt auf gleich extrem: Wo vorher die Weite des Himmels über dem Dschungel gewesen war, waren nun bloß noch die Brüstung des Weidenkorbs und die müden Gesichter seiner Mitreisenden, von denen die einen mehr und die anderen weniger den Schlaf der Gerechten schliefen. Vincent hantierte am Brenner, das Feuer zischte unter dem schlürfenden Gas hoch und füllte den Ballon mit heißer Luft. Bald hatte ihn das Geräusch so weit eingelullt, dass er sich in einer Zwischenwelt zwischen dem Wachsein und dem Schlaf befand. Vor sich sah er eine begeisterte Menschenmenge. Sie klatschte und jubelte und begrüßte ihn, während er feierlichen Schrittes über einen roten Teppich vor dem gelandeten Heißluftballon stolzierte. Er hatte eine Entdeckung gemacht, für die er mit einem Preis geehrt werden würde. Noch einmal schreckte er aus dem Halbschlaf hoch. Was hatte er da geträumt? Er dachte daran, dass Jules Verne in seinem Roman noch 80 Tage für eine Weltreise veranschlagt hatte. Er selbst war in den letzten zwei Tagen praktisch um den halben Globus gereist. Bald wäre auch das Schall und Rauch, wenn er, Jager und die anderen Erfolg haben würden. Das war sein letzter Gedanke. Dann schlief er endlich ein.

Die Sonne blendete Felden und riss ihn aus einem Schlaf voll seltsamster Träume. Er schreckte hoch und sah sich panisch um. Um ihn herum war ein Stimmengewirr zu hören.

»Beruhigen Sie sich!« Jagers Stimme übertönte alle anderen. »Carlos hat alles unter Kontrolle! Beruhigen Sie sich endlich!«

Mühsam setzte Felden sich auf. Er war im Schlaf auf die Seite gerutscht. Die Sonne stand hoch am Himmel. Der Morgen musste schon eine ganze Weile angebrochen sein.

»Was ist denn los?«, stammelte Felden. Er rappelte sich ganz auf.

Die anderen sahen irritiert aus. Oder verängstigst? Irgendetwas stimmte nicht.

Thomas Ritter drehte sich zu ihm um. Er machte ein ernstes Gesicht. Noch ernster als während ihrer Unterhaltung in der Nacht.

»Vincent ist verschwunden«, sagte er.

»*Verschwunden*?«, wiederholte Felden verdattert. »Wie meinen Sie das?

»So, wie ich es sage. Einfach verschwunden. Sehen sie sich doch um.«

Felden sah sich um. Kein Vincent weit und breit. Er war wirklich verschwunden.

»Ist er etwa?«

Mit einem mulmigen Gefühl sah Felden über die Brüstung. Wenn es so etwas wie eine grüne Hölle gab, dann flogen sie gerade darüber. Bis zum Horizont und weiter erstreckte sich der Dschungel. Sie flogen als winziger Punkt über einem undurchsichtigen und wilden Meer aus Grün.

»Ruhe!« Noch einmal versuchte Jager mit bedrohlicher Stimme, die aufgebrachten Agenten Bäumer, Talsum und Weißhaupt sowie Wilmer zum Schweigen zu bringen. Und er hatte Erfolg.

»Wir werden eine Erklärung dafür finden«, sagte er nun wieder in normaler Lautstärke.

»Ich weiß es nicht«, flüsterte Thomas Ritter Felden auf die Frage hin zu, die der Professor ihm zuvor gestellt hatte. »Vielleicht erfahren wir es, wenn wir gelandet sind. Ich vermute, wir sind da. Sehen Sie doch!«

WEISSE FLECKE

Der Roraima-Tepui lag wie eine Insel über dem Dschungel. Langsam setzte sich der Heißluftballon in den Sinkflug und mit jedem Meter fühlte es sich so an, als würde auch das Herz in Thomas' Brust hinabsinken, tief in seine Eingeweide. Der Anblick des Tepuis hatte etwas Urgewaltiges. Eine Aura umgab diesen Koloss, der so unbewegt über dem Urwald thronte und aus längst vergangener Zeit zu kommen schien. Thomas wusste aus den Erzählungen Jagers und Berghofs, dass dieser Ort zu den letzten weißen Flecken der Erde gehörte. Unter den Baumkronen – das riesige Felsplateau war dicht bewaldet – schlummerten Pfade, die erst noch begangen werden, und Höhlen, die erst noch erforscht werden wollten. Oder auch nicht, wenn Thomas daran dachte, was Finn, Decora, Kiran, Woti, Veda und Raukelunk von Telluriscor mitgebracht hatten. Er dachte an die Robe und an die Zeichnung einer Robe, die sich augenscheinlich in Berghofs Notizbüchlein befand, soviel wusste er. Außerdem hatte sich einer von ihnen schon verabschiedet. Im Landeanflug rätselte er weiter, was in den Agenten Vincent gefahren war. Allem Anschein nach war er nämlich nicht Opfer eines Unfalls geworden: General Jager durchsuchte abermals mehrere ihrer Taschen und Rucksäcke.

»Kein Zweifel«, zischte er. Thomas spürte förmlich, dass der General seine Wut unterdrückte. »Eine unserer WiSBASE-Ausrüstungen ist verschwunden. Vincent muss sie genommen haben und abgesprungen sein, als wir schliefen.«

»*WiSBASE*?« Professor Felden war irritiert. Ihn schien es ebenso wie Thomas ernsthaft mitzunehmen, dass einer der Agenten fehlte. Thomas fragte sich allerdings immer wieder, *warum* ihn diese Tatsache so traf. Ein fieser Agent weniger hätte ihn doch eigentlich freuen sollen?!

Die Baumkronen des Tepuis kamen derweil immer Näher. Thomas konnte viele Kilometer entfernt eine gigantische Schachthöhle erkennen, die in das Innere des Tafelberges führte. Vielleicht, überlegte er, traf es ihn deshalb so, weil Vincent es ganz richtig gemacht hatte: Der Agent hatte den Absprung geschafft, noch bevor etwas Schlimmes passiert war.

Sicherlich auch deshalb konnte Thomas seine Augen gar nicht mehr von der riesigen Höhle abwenden. Sie schien das Tageslicht zu absorbieren, als wäre sie das Versteck eines urzeitlichen Wurmes.

»WingSuit-BASE-Jumping«, antwortet Jager viel zu spät und stand dabei auf. »Kurz *WiSBASE*. Um später wieder vom Tepui hinunterzukommen. Wenn wir keine geeignete Stelle zum Abseilen finden.«

Felden nickte abwesend. Ihm schien das WingSuit-BASE-Jumping ebenso wenig zu sagen wie Thomas.

Wilmer, der Kletterexperte, lachte heiser. »Wird schwer. Die Steilwände sind fast zweieinhalb Kilometer hoch.«

Jager sah ihn streng an.

»Aber wer weiß«, beschwichtigte er. »Ich finde schon was. Habe ich noch immer.«

Als die Bäume nur noch wenige Meter von ihnen entfernt waren, fühlte Thomas Barbaras Hand. Er war froh, dass Berghof in dieser Situation nichts Neunmalkluges beizusteuern hatte. Barbara und ihre Hand waren mehr als genug. Verfluchter Vincent! Hatte sich einfach aus dem Staub gemacht und die Gefangenen zurückgelassen!

Eine halbe Stunde später hatte der Ballon bereits an den baumfreien Rändern einer der schlotförmigen Höhlen aufgesetzt. Das Gepäck mit dem Equipment war entladen und auf alle aufgeteilt. Auch Thomas und Barbara bekamen jeweils einen schweren Militärrucksack.

»Jetzt dürfen wir also?«, erkundigte sich Barbara schnippisch bei Jager. »Keine Handschellen mehr, also sind wir nun gut genug für den Transport Ihrer Ausrüstung?«

Mit Jager war seit Vincents Verschwinden noch weniger zu spaßen, also hielt Thomas seine Frau mit einem eindringlichen Blick zurück. Jager aber riss sich zusammen und sagte stattdessen: »Sie beide tragen den Proviant. Passen Sie also gut darauf auf. Wir alle sind darauf angewiesen.«

»Warum starten wir auf dem Rückweg eigentlich nicht wieder mit dem Ballon?«

Professor Felden stellte die eine Frage, die auch Thomas die ganze Zeit umgetrieben hatte.

Berghof lächelte säuerlich. Er antwortete anstelle von Jager. »Erinnern Sie sich noch an die beiden Lieferwagen? Passen Sie gut auf, Professor.«

Als hätte Berghof das Kommando gegeben, näherten sich Bäumer, Talsum und Weißhaupt noch einmal dem Heißluftballon. Zum Schrecken von Thomas und Felden schoben sie den Passagierkorb mitsamt Ballonstoff an den Rand der Höhle, drückten das Gefährt über deren Rand und versenkten es auf Nimmerwiedersehen in den dunklen, unerforschten Tiefen.

»Was zum …?«, rief Barbara.

Sie sah Berghof fragend an. Der flüsterte ihr und Thomas jetzt zu: »Ein Nachtflug und ein halber Tag – da ist die Chance groß, hier draußen unentdeckt zu bleiben. Wenn er allerdings hier liegen bleibt, könnte der Ballon von einem überfliegenden Flugzeug gesehen werden. Wir sind mehrere Tage unterwegs. Vielleicht sogar eine Woche. Oder noch mehr, wenn wir Pech haben. Das ist ein viel zu großes Risiko. Und in den Wald ziehen können wir ihn auch nicht. Sehen Sie doch, wie dicht die Bäume stehen!«

Thomas hatte bereits festgestellt, dass der Dschungel sich wie eine Wand vor ihnen auftürmte. Sie würden sich an der einen oder anderen Stelle regelrecht zwängen müssen, um da durch zu kommen, dachte er.

Berghof flüsterte noch leiser weiter: »Hier noch ein Geheimnis für Sie beide: Jager geht überhaupt nicht davon aus, dass wir später klettern oder einen BASE-Jump oder was auch immer machen müssen. Er ist fest davon überzeugt, dass wir mit einem Portal hier wegkommen. Und wenn ich ganz ehrlich bin, dann teile ich seinen Optimismus.«

Seit einer Stunde schlugen sie sich durch den Dschungel. Oder waren es zwei Stunden? Thomas hatte das richtige Gefühl für die Zeit bereits verloren. Er war nicht gemacht für eine solche Expedition. Der Weg durch das Dickicht war beschwerlich, um es milde auszudrücken. Sein Rucksack drückte ihn mit jedem weiteren Schritt mehr herunter und die Sonne, die mit ihrem Licht so etwas wie Freundlichkeit an diesen Ort geworfen hatte, war unter den Bäumen einem diffusen Dämmerlicht gewichen, das auch aus den Erzählungen Finns aus dem Robenwald hätte kommen können. Überhaupt waren Thomas' Sinne vor Nervosität geschärft, denn je tiefer sie sich in den unbekannten Dschungel kämpften, desto mehr rechnete er damit, dass aus den stachligen Schlingpflanzen, die hier meterhoch wuchsen, oder hinter den leuchtenden Blüten giftgrüner Hecken etwas lauerte, das nicht in diese Welt gehörte …

»Was meint ihr, warum Vincent abgehauen ist?«

Weißhaupt und die anderen Agenten scherten sich offensichtlich weniger um das, was um sie herum vielleicht oder vielleicht auch nicht lauerte. Sie unterhielten sich lauthals miteinander, selbst dann, wenn sie zeitweise viele Meter voneinander entfernt mit ihren Macheten Pfade ins Unterholz schlugen. Vielleicht waren es aber auch die automatischen Gewehre, die sie in Sicherheit wiegten. Wie auch immer – Talsum brüllte zurück: »Hat Schiss gekriegt! Jede Wette!«

Von der Seite kommentierte Weißhaupt: »Ich weiß nicht. Könnte auch was anderes gewesen sein. General, was meinen Sie? Hat er uns verraten?«

Jager, der ein Stück vor Thomas und Barbara zusammen mit Carlos und Felden vorsichtig ein im Durchmesser rund eineinhalb Meter großes Senkloch umlief, dachte gar nicht erst über eine Antwort nach. Es war das erste Mal seit Vincents Verschwinden, dass er seine Meinung dazu kundtat: »Ich glaube nicht, dass ein hoch dekorierter Agent des Nachrichtendienstes Angst bekommt. Aber ich will mich jetzt nicht damit belasten. Darum werde ich mich kümmern, wenn wir hier wieder raus sind.«

Das war eine ziemlich vernünftige Antwort, musste Thomas zugeben. Allerdings verwunderte es ihn schon, dass Jager seinen Zorn scheinbar doch schneller in den Griff bekommen hatte, als sein vorheriges Verhalten es hätte vermuten lassen. Die Autos, der Ballon, so viel Geheimniskrämerei bis jetzt! Der mögliche Verrat eines hochrangigen Agenten musste doch ungleich schwerer wiegen als ein entdeckter Lieferwagen. Andererseits konnten sie im Moment nun wirklich nichts deswegen tun. Vielleicht war die Ruhe zu bewahren in der Tat das Beste.

Barbara setzte sich im Gehen vor Thomas. Sie war still geworden, seit sie losmarschiert waren. Er konnte es ihr nicht verübeln. Auch sie war das hier bei weitem nicht gewohnt. Wenngleich sie insgesamt fitter war als er.

Sie ließen eine sumpfige Stelle, neben der zwei besonders hohe Bäume locker 25 Meter in die Höhe schossen, hinter sich und näherten sich von einer Anhöhe kommend einer weiteren Senke, die ausnahmsweise frei von Bäumen nur mit halbhohen Pflanzen bewachsen war. Üppige, traubenähnliche Blütenstände schimmerten darin in allen Farben des Regenbogens, denn vereinzelt zwängten sich hier Sonnenstrahlen durch das Blätterdach auf das Gesträuch. Fast war es, als markierte die Natur hier eine Stelle, an der etwas Besonderes zu finden war.

»Was ist das da?« Barbara deutete nach vorn, genau in das Blütenmeer der Senke hinein. »Siehst du das, Thomas?«

»Sie haben es gefunden!« Statt Thomas antwortete Berghof. »Ich wusste, wir würden eine der Senken entdecken. »Gut gemacht, Barbara!«

Barbara ächzte. Sie war froh, als sich alle anderen nun zu ihnen hinarbeiteten und sie einen Moment verschnaufen konnten.

»Ich habe immer noch nichts gesehen!«, erklärte Thomas.

»Die kleinen Dinge!«, rief Berghof. »Ihre Frau hat die kleinen Dinge im Blick! Kommen Sie! Sie alle!«

Berghof war kaum mehr zu halten. Zusammen liefen und rutschten sie die Senke hinab und zertrampelten dabei einen guten Teil der Pflanzen. Aus irgendeinem Grund gefiel Thomas das gar nicht.

Als sie in der Mitte der Senke ankamen – Berghof und Jager waren schneller als alle anderen und warteten ungeduldig – sah auch Thomas, ganz zuletzt, die kleine Säule, die zwischen den Blüten herausragte. Die Säule war in etwa so breit wie ein Oberschenkel und reichte Thomas bis hoch zum Kinn. Sofort fiel ihm das katzenartige Gesicht mit den verengten Augen auf, das in den Stein der Säule gehauen war.

Er schnappte nach Luft. »Wir sind nicht die Ersten hier!«

Berghof lachte. »Thomas, in diesem Moment fangen Sie an zu begreifen! Weiße Flecke schön und gut – das bedeutet aber nicht, dass niemand aus einer anderen Welt hier gewesen sein kann!«

Thomas starrte fassungslos das Katzengesicht an. »Und Sie, Edgar? Waren Sie schon hier?«

Berghof umrundete die Säule und knickte dabei den letzten Rest der Pflanzen um, die noch standen. Er bückte sich auf der Rückseite der Säule, fuhr mit dem Finger daran entlang und lächelte.

»Das will ich meinen.« Er hatte etwas gefunden. »Wenn ich Sie nun um mein Notizbüchlein bitten dürfte, Jager?« Er wandte sich an den General. »Ich kann für uns feststellen, in welcher Richtung es wirklich spannend wird.«

Nachdem Berghof seine Aufzeichnungen studiert hatte, hielten sie sich streng nordwestlich. Ihr neuer Führer hatte nämlich damals, als er schon einmal hier gewesen war, eine Art Karte angefertigt, die sich an den kleinen Säulen orientierte, derer sich auf dem Tepui anscheinend noch mehr finden ließen.

Thomas spukten wilde Gedanken im Kopf herum, genau wie Barbara. Er erkannte es an ihrem Blick, dass auch sie so viele neue Fragen aufwühlten. Und da es weniger unheimlich war, wenn sie sich unterhielten, löcherten sie Berghof, während sie um die Stämme der Urwaldriesen schlichen oder mannshohen Spinnennetzen auswichen, die handtellergroße, achtbeinige Monster mit deutlich sichtbaren Fangzähnen zwischen die Äste der unteren Dschungelebene gesponnen hatten.

»Ich verstehe immer noch nicht, wie Sie damals weggehen konnten, ohne die Geheimnisse dieses Ortes zu lösen, Edgar! Wie sind sie überhaupt hoch- und wieder weggekommen, wenn ich fragen darf!«

»Sie dürfen mich alles fragen, Thomas!«, rief Berghof. Zusammen mit Weißhaupt zog er einen Wildwuchs an dünnstämmigen Bäumchen zur

Seite, sodass Professor Felden mit Carlos und Wilmer durch den neuen Durchgang klettern konnte. Jager kümmerte sich derweil einige Meter weiter zusammen mit Talsum und Bäumer per Kompass um die richtige Marschroute.

»Damals kam ich mit dem Hubschrauber. Das ist schon etwas mehr als fünfunddreißig Jahre her. Wir waren zu zweit. Leider schaffte es meine Begleitung nicht wieder herunter.«

Barbara blieb stehen. »Was ist passiert?«

Berghof ließ die Stämme wieder zurückpeitschen, nachdem sich auch Thomas und Barbara durch den Durchgang bugsiert hatten.

»Schlangenbiss«, erklärte er ohne große Umschweife. »Glaube ich jedenfalls. Als ich morgens neben ihm aufwachte, war er längst tot. Schaum vor dem Mund, geplatzte Augäpfel, bläuliche Venen. Ich bin kein Experte, aber das war doch ziemlich eindeutig!«

Thomas durchfuhr es heißkalt. Er wollte sich am liebsten schütteln, aber er hatte Angst, dabei vielleicht Schlangen aufzuscheuchen, die neben ihm durchs Unterholz glitten. Er hatte im Krankenhaus schon viele hässliche Dinge sehen müssen, aber Schlangen und deren Bisse hatten etwas, das ihm so gar nicht gefiel.

Er fragte: »Das kann uns auch passieren, Professor, oder nicht? Sie sind doch Biologe. Sagen Sie schon!«

Anscheinend hatten auch Wilmer und Carlos mehr Respekt vor dem Dickicht bekommen, denn ihre Blicke wanderten unsicher umher.

»Ich will Sie nicht anlügen«, antwortete Felden wenig erbaulich. »Im ganzen Amazonasbecken gibt es viele Giftschlangen, die wirklich verflucht schlimme Dinge anrichten könnten.«

»Und hier oben?«, sponn Barbara den Gedanken weiter. »Das ist schon echt heftig, was Edgar da berichtet.«

»Das ist die große Frage, Barbara.« Felden atmete schwer. Das gleichzeitige Vorwärtskommen und Reden fiel ihm extrem schwer. »Die Tepuis waren über Jahrmillionen völlig vom Regenwald isoliert, der sie umgibt. Diese Isolation verbunden mit der Höhe von teilweise bis zu dreitausend Metern führten dazu, dass sich auf den Tepuis eine endemische Flora und Fauna bilden konnte.«

»Was für'n Gemisch?«, erkundigte sich Wilmer plump. Wahrscheinlich war er nicht der Hellste.

»*Endemisch* bedeutet, dass es hier oben Pflanzen und Tiere gibt, die es anderswo nicht gibt. Die Spinnen hier zum Beispiel habe ich in so einer Färbung noch nie gesehen. Möglich wäre es also auch, dass bestimmte

Schlangen hier oben einen Giftcocktail verspritzen, der es verdammt noch mal in sich hat. Denken Sie daran, wonach wir auf der Suche sind und was Mr. Berghof in sein Notizbüchlein gezeichnet hat …«

Wilmer schluckte und zurrte seinen vollgepackten Kletterrucksack enger, als könnte ihn das irgendwie vor den Angriffen wilder Tiere schützen.

»Wir haben ein Breitspektrum-Antidot gegen alles mögliche dabei«, beruhigte sie Jager. »Herausfordern sollten wir es aber trotzdem nicht. Halten Sie alle immer die Augen offen.«

Eine Weile gingen sie wortkarg nebeneinander. Schließlich erzählte Berghof doch weiter: »Nach zwei Tagen allein hier oben stieß ich auf die Zeichnungen, wegen der wir hier sind. Da waren Abbildungen von runden Toren in den Steinen, die ich fand. Wesen, riesenhafte, ungeheuerliche Vögel sprangen daraus hervor. Und noch andere: Mischwesen, die ich noch weniger einordnen konnte. Es gibt eine Ruine auf der anderen Seite dieses Tepuis. Unter der Ruine verzweigt sich eine weitere Schachthöhle, die selbst für einen durchschnittlich begabten Kletterer wie mich zu erreichen ist. Eine der Steinfiguren dort unten war derart beeindruckend, dass ich sie so originalgetreu nachzeichnete wie nur möglich. Sie alle haben mittlerweile das Bild der Robe gesehen …«

Barbara schüttelte den Kopf. »Dann sollten wir besser dorthin.«

Berghof blieb nicht stehen, sondern traf hinter einem Erdhügel, auf dem zwei leuchtend gelbgrüne Kröten saßen und glotzten, wieder mit Jager und den Agenten zusammen.

»Irrtum, Mrs. Ritter«, korrigierte sie der General. »Das hat Mr. Berghof von vornherein ausgeschlossen.«

»So ist es«, bestätigte dieser. »Diese Höhle war eine Sackgasse. Damals entschloss ich mich aber, auch noch die andere Seite des Tepuis zu erkunden. Meinem Freund, der wie ich Mitglied des Flammendes Auges war, war ich es schuldig. Außerdem war ich auf etwas gestoßen, das im Vergleich größer war als alles, was mir bei einem Unfall hätte passieren können. Eine ganze Woche irrte ich umher, bis ich eher zufällig bemerkte, dass die Säulen, von denen Sie gerade eine gesehen haben, in exakt gleichen Abständen auf den Ringen konzentrischer Kreise überall hier oben zu finden sind. Daran konnte ich mich endlich orientieren. Schließlich kämpfte ich mich weiter bis zur Nordseite des Tepuis vor. Auf etwa Dreivierteln des Weges dorthin entdeckte ich einen zweiten Schacht, der vielversprechend aussah. Leider ist der nicht aus der Luft zu erreichen, denn er ist bis an den Rand Zentimeter um Zentimeter dicht bewachsen. Dort geht es hinunter ins Herz der Finsternis, das kann ich Ihnen versichern. Aber die Säulen und Steinfiguren, die dort zu finden sind, werden auch in allen von Ihnen den Entdeckergeist wecken. Da ist unsere kleine Katze von vorhin nichts dagegen. Unsere moderne Ausrüstung sollte es ermöglichen, Seile so zu spannen, das wir die ersten Meter hinunter überbrücken können. Weiter unten waren nämlich intakte Bauten in der Höhlenwand. Ich spreche von Toren und Gängen im Fels. Tunnel, die von jemandem gebaut wurden, der nicht wie wir hierher gekommen ist.«

Keiner wagte etwas zu sagen. Zu unglaublich waren Berghofs Schilderungen. Doch eines war auch klar: Er hatte überhaupt keinen Grund, zu übertreiben, würden Sie sich doch bald selbst ein Bild von seinen Erzählungen machen können.

»Und als Sie nicht weiterkamen, sind Sie allein wieder fortgeflogen?«

Aus Barbara sprach die Polizistin, die alles wissen wollte. Thomas interessierte es aber genauso.

»Exakt. Damals war noch alles anders. Mein Hubschrauber hat damals nicht so viele Leute interessiert wie er es heute täte. Und vielleicht hatte ich auch Glück, dass mir niemand auf die Schliche gekommen ist und Fragen gestellt hat. Jedenfalls habe ich sehr lange gewartet, bis sich mir erneut die Gelegenheit bot, meine Expedition zu Ende zu bringen. Und dieses Mal ist es gewiss: Ich werde das Portalgeheimnis dieses Tepuis lüften. Und so wie es aussieht, mit Ihrer aller Hilfe.«

Jager durchbohrte Berghof mit seinem stechenden Blick. Thomas beschlich plötzlich wieder das Gefühl, dass der General seinen ganz eigenen Plan verfolgte. Aber was sollte das überhaupt heißen: *Gefühl*? Einhundertprozentig verfolgte Jager seine eigenen Ziele! Zumindest würde er Berghof nicht so einfach das Feld überlassen. Natürlich war da noch diese eine Sache, von der Berghof ihnen erzählt hatte. Thomas rätselte beim Weitermarschieren hin und her, welches letzte As ihr Mitgefangener – waren sie hier oben überhaupt noch Gefangene? – noch im Ärmel hatte.

Kurze Zeit später fanden sie eine weitere Steinsäule und befreiten sie von ihrem moosigen Bewuchs. Diesmal handelte es sich eher um eine Stele, denn merkwürdige Zeichen waren darin eingekerbt, die keiner von Ihnen entziffern konnte. Thomas fragte sich, ob Finn sie vielleicht hätte lesen können. Als er zusammen mit Barbara die Rückseite der Stele inspizierte, entdeckten sie darauf das Konterfei eines Pferdes. Obwohl nur der Oberkörper zu sehen war, wirkte das Abbild irgendwie *falsch*. Ein Pferd besaß ja keinen Oberkörper im eigentlichen Sinne, trotzdem sah es so aus, als Stünde das Wesen auf zwei Beinen. Einiges von der Stele war verwittert, von der Mähne und den Augen des Pferdes war nur noch wenig zu erkennen, vielleicht täuschte er sich auch. Trotzdem blieb Thomas ein mulmiges Gefühl. Das Wesen kam ihm seltsam bekannt vor. Doch das war verrückt! Barbaras Blick verriet ihm aber, dass das falsche Pferd auch sie beschäftigte.

Noch zwei Handvoll weiterer Säulen fanden sich auf ihrem Weg durch den Dschungel. Seltsame Katzenköpfe, Schlangen, Spinnen, unidentifizierbare Schriftzeichen waren darauf zu sehen, wo der Stein nicht schon zu zerbröckelt war. Aber ein weiteres Pferdebild oder ein Hinweis auf Roben befand sich nicht darunter. Nach der neunten Säule wurde der Weg so beschwerlich, dass das Weiterkommen kaum mehr möglich war. Selbst Jager war mittlerweile oft aus der Puste, obwohl es zeitweise so ausgesehen hatte, als könnte ihm – mit Ausnahme vielleicht vom ebenso zähen Berghof – niemand an Ausdauer und Verbissenheit das Wasser reichen. Also machten sie sich auf die Suche nach einem halbwegs geeigneten Platz für die Nacht. Am nächsten Tag sollte es bei Sonnenaufgang weitergehen.

Die nunmehr dreizehnte Senke, die sie unter Berghofs Führung, der zwischendurch immer wieder tief in seine Aufzeichnungen vertieft war, fanden, schien als Nachtlager angemessen, da hier kaum Äste in niedrigeren Höhen über ihnen wucherten. Ballonpilot Carlos plädierte ganz besonders dafür, an dieser Stelle den Tag zu beschließen, denn er wusste zu berichten, dass beinahe alle Baumschlangenarten höchst giftig waren und sie an dieser Stelle wenigstens etwas geschützter vor möglichen Bissen waren. Also rodeten sie die meisten Schling- und Blühpflanzen um die Säule herum, durchforsteten die nun frei gewordene Fläche nach übriggebliebenen, giftigen Krabbel- und Kriechtieren und stellten anschließend sechs Ultraleicht-Militärzelte auf, die sie mit sich führten, und verankerten diese sorgfältig im Boden.

»Es wird kalt nachts, das wissen Sie aus dem Ballon«, erklärte Jager, »also legen sie sich später alle in ihre Schlafsäcke, auch wenn Sie sich noch so erhitzt vom Marsch fühlen sollten.«

Dann steckten der General, Weißhaupt und Wilmer insgesamt acht kleine Geräte am oberen Ende der Senke kreisförmig um ihr Lager in den Boden und knipsten jedes einzelne an einem kleinen Schalter an der Oberseite an.

»Wofür sind die?«, fragte Thomas.

»Diese Dinger geben in kurzen Abständen Impulse ab, die Schlangen und andere Tiere als Schwingungen im Boden wahrnehmen.« Jager sah selbst etwas skeptisch aus. »Und den Bereich dann hoffentlich meiden.«

»Halten die auch Roben fern?«, witzelte Professor Felden, aber Jager überhörte diesen Anflug eines Scherzes. Dafür warnte er: »Ich werde es später nicht noch einmal sagen, daher merken Sie es sich lieber sofort: Carlos hat mich darüber aufgeklärt, dass jeder von Ihnen, der bei Dunkelheit einen Fuß außerhalb unseres Lagers setzt, mit seinem Leben spielt. Schlangen, Skorpione, was auch immer hier herumkriecht: Das meiste davon ist nachtaktiv. Breitband-Gegengift hin oder her. Wenn Sie pinkeln müssen, dann machen Sie es lieber direkt am Zelt! Um uns auch vor *größeren Gefahren*« – er sah dabei Felden an – »zu schützen, umgebe ich unser Lager gleich noch mit einer Laserbarriere kurz über dem Boden. Die warnt uns mit einem Signal, falls etwas die Verbindung durchbrechen sollte. Außerdem werden wir stets eine Wache aufstellen. Das zusammen mit den Impulsgebern sollte uns während der Nacht genügend Sicherheit verschaffen. Und jetzt hätte ich gerne ein Feuer in der Mitte unserer Zelte, damit wir uns ein paar warme Gedanken machen können!«

Wenige Meter neben der dreizehnten Säule, die wieder ein Katzengesicht zeigte – oder zumindest gezeigt hatte, nur noch die Ohren waren zu erkennen – prasselte bald ihr Lagerfeuer. So hell die Flammen ihre Gesichter erleuchteten, so pechschwarz war die Finsternis um das Lager herum. Die Nacht hatte unter den Bäumen des Tepuis alle Farben verschlungen. Dass sie sich nicht im Nirgendwo einer anderen Welt befanden, dass sie überhaupt noch irgendwo da waren, verrieten ihnen allein die unheimlichen Stimmen der Nacht, die so weit außerhalb der geschützten Atmosphäre eines Ballonskorbes noch um ein Vielfaches verstärkt erschienen.

Wahrscheinlich weil sich die ganze Situation so verrückt anfühlte, hatten sie alle artig ihre Protein-Kalorien-Vitamin-Riegel gegessen, Wasser abgekocht, genügend getrunken und weiteres Wasser für die Nacht abgefüllt. Nun saßen sie still im Rund und hingen ihren ganz eigenen Gedanken nach. Irgendwann sagte Felden: »Mr. und Mrs. Ritter, wollen Sie uns nicht ein wenig über ihren Sohn erzählen? Vielleicht würde es uns noch ein wenig ablenken, bevor wir schlafen.«

Der Professor hatte es wahrscheinlich nicht böse gemeint, aber Thomas und Barbara sahen sich sofort alarmiert an. Sie hatten sich fest vorgenommen, nichts über Finn und die anderen preiszugeben. So wie Berghof eine Lebensversicherung hatte, war ihre eigene, wahrscheinlich mehr über Portale zu wissen als jeder andere der Anwesenden. Darüber hinaus verspürte Thomas keine Lust, irgendwem die Laune aufzuhellen, indem er Finns

Schicksal als launige Anekdote zum Besten gab. Barbara und er wussten ja selbst nicht, wie es ihm gerade ging!

Berghof schien gleich zu bemerken, was in Thomas Kopf vorging, und noch ehe er oder Barbara etwas antworten konnten, half er ihnen aus der peinlichen Situation.

»Seien Sie nicht derart geschmacklos, Felden!« Er sah den Professor vorwurfsvoll an. »Sie wissen genau, dass ihr Sohn der Grund ist, warum sie auf so unfreiwillige Art und Weise hier sind. Und wenn sie klug sind, was ich meinen will, behalten sie es für sich, was sie über ihn und die Portale wissen.«

Dann wandte er sich an Jager, der das Geschehen sehr interessiert beobachtete: »Neues Vertrauen hin oder her.«

Jager fletschte als Antwort die Zähne, zwang sich dann aber zu einem Lächeln. »Vielen Dank, Berghof. Ihre Fürsorge ist wirklich rührend.«

Als es wieder still war, flüsterte Thomas: »Danke, Edgar.«

Ein paar Minuten später startete Professor Felden den nächsten Versuch, etwas Leben in die Gesellschaft zu bringen.

»Haben Sie eigentlich gewusst, was *Sir Arthur Conan Doyle* mit diesen Tepuis zu tun hat?«

Wilmer kratzte sich am Kopf: »Ist das nicht der Typ, der *Sherlock Holmes* geschrieben hat?«

»Herrje, Felden!«, stöhnte Jager. Anscheinend wusste er, worauf dessen Erzählung hinauslief. Und zum Rest sagte er: »Hören Sie gar nicht darauf, was der Professor zu sagen hat.«

»Absolut richtig, Wilmer«, antwortete Felden und kümmerte sich nicht um Jagers Bedenken.

»Aber Sherlock Holmes ist nicht das Einzige, was Sir Arthur geschrieben hat. Sagt Ihnen allen der Roman *Die vergessene Welt* etwas?«

Talsum und Weißhaupt murmelten etwas vor sich hin, doch Barbara war es, die antwortete: »Es geht um eine unentdeckte Welt, die von prähistorischen Wesen bewohnt wird. Von Dinosauriern hauptsächlich.«

Durch Feldens Gesicht huschten die Lichter und Schatten, die das Feuer warf. Thomas konnte dessen Blick nicht deuten. Ihm selbst lief jedenfalls ein Schauer über den Rücken, als jener weitererzählte: »Es war genau dieser Tepui, auf dem wir uns heute Nacht befinden, der Sir Arthur Anfang des letzten Jahrhunderts dazu inspirierte, seine Geschichte aufzuschreiben. Große Teile des Romans spielen genau hier. Die Geschichte umgibt uns, sozusagen. Wenn ich daran denke, was Sie da in ihrem Notizbüchlein haben, Berghof, dann meine ich, dass er gar nicht so weit von der Wahrheit entfernt war, wie alle dachten!«

Irgendwo außerhalb des Lagers war ein langgezogener Schrei zu hören. Vielleicht ein Affe. Vielleicht etwas anderes.

Alle hielten die Luft an. Talsum und Weißhaupt griffen instinktiv zu ihren Gewehren.

»Wirklich, Felden, herzlichen Glückwunsch! Sie wissen wie kein Zweiter, wie man Stimmung macht«, ereiferte sich Jager. »Hat nicht jemand ein unverfängliches Thema parat?«

Da räusperte sich Carlos. Er sah sich unsicher um. Doch das Geschrei des Tieres war wieder verhallt.

»Berghof, damals, als Sie hier waren«, fragte er, »haben Sie da etwas gesehen? Sie wissen schon. Oder ist da nur Ihre Zeichnung …?«

»Ich gebe es auf«, stöhnte Jager. Er drückte Talsums Waffe mit sanfter Gewalt zurück auf dessen Schoß, damit der nicht noch nervöser damit herumfuchtelte.

Berghof sah ins Feuer, dann blickte er Jager an, als würde er um Erlaubnis bitten wollen.

»Ihre Entscheidung, Berghof«, sagte der General müde. »Ich halte mich da raus. *Vertrauen* eben.«

Allein Jagers Kommentar reichte aus, damit allen klar war, dass damals mehr geschehen war, als Berghof ihnen bisher erzählt hatte. Er stützte die Hände auf seine Oberschenkel, dann begann er. Sein Tonfall war ernster als sonst. Nicht die Spur von Sarkasmus oder Ironie war darin zu finden.

»Ich weiß es nicht«, sagte er. »Jedenfalls kann ich Ihnen nicht mit Sicherheit sagen, dass da etwas war.«

»Aber …«, bohrte Talsum nach. Seine Hände packten das Gewehr noch fester.

»Aber«, führte Berghof den Gedanken fort, »eines Nachts wachte ich auf. Zu der Zeit war ich bereits allein. Ich fühlte, dass irgendetwas anders war. Ich bekam es mit der Angst zu tun, konnte mir aber beim besten Willen nicht erklären, warum. Also zwang ich mich nach ein paar Minuten, in denen ich wach gelegen und mich davon überzeugt hatte, dass es nirgends einen größeren Feigling gab als mich, draußen vor dem Zelt nachzusehen.«

Talsum hing geradezu verstört an Berghofs Lippen. Auch Thomas und die anderen lauschten zumindest angespannt.

»Zuerst sah ich gar nichts, aber irgendwann wurden die Schemen um mich klarer. Wie damals lagerte ich an einer der Säulen. Und plötzlich sah ich es!«

Berghof atmete jetzt schneller. Fast glaubte Thomas, er wollte über seine eigene Schulter sehen, bevor er weitererzählte, aber er tat nichts dergleichen.

»Drei oder vier Meter von meinem Zelt entfernt stand es. Das Wesen war groß, vielleicht so groß wie ich. Für ein paar Sekunden hatte ich das Gefühl, es würde mich ansehen, dann lief es davon. Vollkommen lautlos. Es war verschwunden. Und ich habe es niemals wiedergesehen. Aber den Rest der Nacht verbrachte ich in Schockstarre in meinem Zelt, wie Sie sich sicherlich denken können.«

Talsum hatte die Augen aufgerissen. »Was war es? Ein Vogel? Eine Robe?«

Berghof ließ die Luft aus seinen Lungen fahren.

»Es tut mir leid. Ich weiß es nicht. Ich habe viele Jahre darüber nachgedacht, ob es eines der Wesen war, von denen ich meine Zeichnung angefertigt hatte. Wenn ich darauf wetten müsste, dann würde ich es wahrscheinlich tun. Aber kann ich es beschwören? Nein. Fakt ist, dass ich kurze Zeit, nachdem es weg war, ein lautes Kreischen hörte, das nicht von einem mir bekannten Tier kam. Doch wie gesagt: Während meiner ganzen Zeit hier oben blieb es bei dieser einen Begegnung.«

Spätestens jetzt war die Stimmung im Keller angekommen. Nach Berghofs Ausführungen wollte keinerlei Konversation mehr aufkommen. Also beschloss Jager, dass es Zeit war, in die Zelte zu gehen.

»Berghof, um Sie kümmere ich mich persönlich. Sie kommen mit zu mir. Talsum, Sie und Felden beziehen das zweite Zelt. Wilmer und Bäumer, Sie nehmen das dritte, Weißhaupt und Carlos das vierte. Mr. und Mrs. Ritter beziehen das fünfte Zelt. Für ein bisschen Privatsphäre ist also gesorgt. Ich bin ja kein Unmensch.« Er grinste unpassend. »Das sechste Zelt dient uns als Lager für das meiste Equipment und einige Rucksäcke, dann wird es nicht so furchtbar eng zu zweit.«

Barbara sah ihn skeptisch an. »Keine Babysitter für uns beide, Jager?«

Jager lächelte nur: »Wohin wollen Sie denn fliehen, Mrs. Ritter? Außerdem wird es draußen am Feuer zu jeder Zeit eine Wache geben. Apropos: Bäumer, Sie übernehmen die erste Schicht. Für eine Stunde. Im selben Rhythmus folgen Talsum, Carlos und Weißhaupt. Die letzte Schicht übernehme dann ich bis es hell wird.«

Als alles geklärt war, verschwanden sie rasch in den Zelten. Es war ein merkwürdiges Gefühl, sich hinzulegen, an diesem Ort, aber was blieb ihnen übrig?

Eng aneinandergerückt zwängten sich Thomas und Barbara in ihre Schlafsäcke, die zwar sehr dünn, aber erstaunlicherweise sehr angenehm waren, trotz der Kleidung, die sie anbehielten. Nicht zu warm und nicht zu kalt.

Als auch in den anderen Zelten Ruhe eingekehrt war und es im Lager nicht mehr raschelte, flüsterte Barbara: »Glaubst du, es geht ihm gut?«

»Meine Antwort wird immer dieselbe bleiben, Barbara, so oft du mich fragst: Ich weiß, dass er das schafft.«

Barbara seufzte leise. »Und so oft du mir diese Antwort gibst, obwohl du nie sagst, dass es ihm gut geht, hilft mir dein Optimismus doch weiter. Und lass mich auch das noch einmal sagen: Ich bin so froh, dass du bei mir bist.«

»Und ich, dass du hier bei mir bist. Ich liebe dich.«

»Ich liebe dich auch«, antwortete Barbara. Und dann: »Wir werden Finn wieder in unsere Arme schließen.«

Eine Zeitlang blieben sie still. Schließlich fragte Thomas: »Schläfst du schon?«

»Machst du Witze?«, kam es sogleich zurück. »Ich denke immer noch über diese verfluchte Geschichte von Edgar nach.«

»Geht mir auch so«, sagte Thomas. »Was Bäumer am Feuer sich jetzt wohl denkt?«

Er grinste in die Dunkelheit ihres Zelts.

»Was immer es ist – jeder der Agenten hat es mehr als verdient, die Hosen gestrichen voll zu haben!«

Thomas überlegte: »Dafür war Edgar heute eine echte Hilfe. Bei der Sache mit Felden, meine ich. Es wäre mir komisch vorgekommen, ihn selbst so abzuweisen wie Edgar das getan hat.«

»Du hast recht«, bestätigte Barbara. »Bisher hat er uns unseren kleinen Ausflug wirklich etwas erleichtert.«

»Mmmh«, machte Thomas. Er war immer noch nicht bereit, einzuschlafen. »Da ist noch was.«

»Lass mich raten. Du meinst das Bild?«

»Berghofs oder das von dem Pferd auf der Säule?«

»Beide. Ich denke auch darüber nach. Als ich das Pferd sah, musste ich an die Kelpen denken. Du doch auch.«

Thomas nickte. »Aber das war kein Kelpe. Jedenfalls keiner, von dem Decora und die anderen erzählt haben. Und auch in den Videos im Internet sah kein Kelpe so aus wie das Pferd auf der Säule …«

»Und trotzdem glaubst du, es gäbe einen Zusammenhang?«

»Ich weiß es nicht«, musste Thomas eingestehen. »Das alles hier ist echt viel. Manchmal weiß ich selbst nicht, was ich eigentlich glaube.«

»Und die andere Sache? Das mit dem Wesen aus Edgar Erzählung und dem Bild aus seinem Buch?«

»Es geht um das Kreischen, von dem er uns berichtet hat.«

»Es deckt sich nicht damit, wie Finn und der Rest über die Geräusche der Roben erzählt haben. Das Jammern und Schreien von Kleinkindern, stimmt`s?«, fand auch Barbara.

»Woher wusstest du …?«

»Kleinigkeiten, weißt du noch, Schatz? Außerdem bin ich ja wohl die Polizistin. Das scheinst du manchmal zu vergessen, seit du selbst Abenteurer geworden bist!«

Thomas lachte leise. »Hier draußen kommt mir wohl einfach alles merkwürdig und unlogisch vor.«

»Das ist bloß gesund«, gab Barbara zurück. »Dein Überlebensinstinkt meldet sich. Vielleicht sind die Roben, die hier oben herumschleichen, aber auch einfach ein bisschen anders als die im Robenwald. Größer wahrscheinlich. Und dann kreischen sie auch lauter. Es handelt sich ja auch um eine endemische Spezies hier oben. Wusstest du das nicht? Hörst du etwa unserem Professor nicht zu?«

Thomas küsste seine Frau.

»Schön, dass du mich so ernst nimmst. Aber jetzt sollten wir wirklich versuchen zu schlafen. Wer weiß, was noch alles auf uns zukommt.«

»Gute Nacht, Thomas«, sagte Barbara.

»Gute Nacht, Barbara«, sagte Thomas.

Ein aufgebrachter Jager reckte seinen Kopf in das Zelt der Ritters, weckte sie unsanft mit dem Licht einer unglaublich hellen Taschenlampe und wedelte gleichzeitig mit einer Maschinenpistole über ihren Köpfen. Thomas schreckte hoch.

»Hier ist er auch nicht! Verdammt!«, rief der General. Dann zog er seinen Kopf wieder zurück. Draußen war Stimmengewirr zu hören.

»Raus hier!«, sagte Barbara und hatte sich schon fast aus ihrem Schlafsack geschält.

Sie sprangen aus dem Zelt.

Die Agenten Bäumer, Talsum und Weißhaupt leuchteten draußen ebenfalls mit Taschenlampen. Wilmer hatte eine Magnesiumfackel entzündet und lief dabei in rotes Licht getaucht aufgeregt zwischen den Zelten umher. Es war immer noch dunkel. Felden und Berghof standen am kleiner gewordenen Feuer und winkten Barbara und Thomas zu sich.

»Was ist denn los?«, fragte Barbara atemlos.

Berghofs Gesicht lag in Schatten.

»Carlos ist nicht mehr im Lager«, sagte er düster.

DIE GRÜNE HÖLLE

Sie mussten bis zum frühen Morgen warten, bis sie das Lager verlassen konnten und sich zu zweit oder zu dritt in der näheren Umgebung umschauen konnten. In der Dunkelheit wären sie Gefahr gelaufen, sich im Dickicht zu verlaufen und einfach nicht mehr zurückzufinden. Selbst ihre Lichtquellen schützten sie in der Nacht nicht vor dieser Gefahr. Natürlich hatte es auch kein Ergebnis gebracht, Carlos vom Lager aus zu rufen. Jede Antwort war ausgeblieben. Sie alle hatten ein furchtbar mulmiges Gefühl.

Als sie mit der Suche begannen, stellten sie fest, dass die Laser-Lichtschranke intakt geblieben war. Zumindest war niemand in ihr Lager eingedrungen.

Thomas und Barbara schlossen sich daraufhin auf Geheiß Jagers Weißhaupt an, der als Einziger von ihnen Dreien bewaffnet war. Sie durchstreiften den Wald östlich der Senke.

»Was glauben Sie ist passiert?«, fragte Weißhaupt in Richtung Barbara. »Sie sind doch Polizistin.«

»Ich wüsste nicht, was das hier oben für eine Rolle spielen sollte«, antwortete sie. »Ganz sicher aber nichts Gutes.«

Weißhaupt blieb daraufhin still und konzentrierte sich wieder auf das kaum zu durchschauende Unterholz. Doch es dauerte nicht lange, da wurden sie fündig. Keine zwanzig Schritte vom äußeren Rand des Lagers entfernt ragte neben einem dicken Baumstamm eine kalkweiße Hand aus dem Pflanzenteppich.

»Ist er das?«, murmelte Thomas erschrocken. Im ersten Moment wurde ihm schwindelig. Er hatte das Gefühl, sich übergeben zu müssen. Gerade so konnte er den Würgereflex unterdrücken, da rief Weißhaupt auch schon: »Hierher, Leute! Wir haben ihn gefunden.«

Als sie Carlos` Leiche zurück ins Lager bugsiert hatten, bot sich ein scheußlicher Anblick: Die Augen des toten Piloten waren blutunterlaufen. Einiges an Blut war sogar aus den Augenhöhlen ausgetreten, war an den Wangen hinuntergelaufen und klebte nun zähflüssig auf dem noch feuchten, aufgedunsenen Gesicht. Die Leiche hatte ihren Mund weit aufgerissen.

»Carlos hat wahrscheinlich verzweifelt versucht zu atmen«, mutmaßte Professor Felden. »Und sehen Sie sich seinen rechten Arm an.«

Carlos Unterarm war dunkel angelaufen, etwa auf Handgelenkhöhe war eine Bissspur zu erkennen.

»Es ist sein eigener Gebissabdruck«, sagte Felden und schien selbst vor dieser Erkenntnis zu erschaudern. »Ich kann zwischen den Zahnabdrücken kleine Löcher erkennen. Genau hier.«

Er nahm mit dem Stück einer medizinischen Binde, die er aus seinem Rucksack zog, Carlos' Arm behutsam hoch. Auch Thomas konnte die zwei Löcher gut erkennen.

»Eine Schlange«, erklärte der Professor. »Etwas anderes kann ich mir nicht vorstellen. »Er muss daran gesaugt haben, um das Gift herauszubekommen. Hatte das Gegengift im Rucksack gelassen und kam nicht mehr schnell genug zurück. Bei dem verzweifelten Versuch hat er zugebissen, weil er seine Muskulatur nicht mehr unter Kontrolle hatte.«

Die Agenten, Wilmer, Barbara und Thomas starrten Felden fassungslos an. Jager schüttelte nur den Kopf.

»Es gibt einige seltene Schlangen, die mit ihrem Gift sowohl das Nervensystem als auch das Blut und das Gewebe angreifen. Blutgerinnung, vielleicht ein allergischer Schock, beginnende Nekrose am Unterarm. Das muss ein unglaublicher Giftcocktail gewesen sein, der ihm da verpasst wurde. Er konnte nicht mal mehr rufen, sonst wären wir ja wach geworden. Als er versuchte, das Gift auszusaugen, hat er es nur schlimmer gemacht: Der Pulsschlag erhöht sich dabei und sorgt für eine noch schnellere Zirkulation des Giftes. Am Ende wird er einfach erstickt sein.«

Thomas juckte es am ganzen Körper. Er konnte nicht fassen, dass ausgerechnet Carlos einem Schlangenbiss zum Opfer gefallen war.

»Er hat uns doch noch gewarnt«, sagte er bestürzt. »Wieso hat gerade er das Lager verlassen?«

Weißhaupt sagte: »Es muss während seiner Wache passiert sein. Ich habe einen leichten Schlaf und als ich die Zeit checken wollte und merkte, dass Carlos mich nicht zur Ablöse geholt hatte, bin ich so aus dem Zelt gekommen. Da war er schon weg.« In Richtung Talsum fragte er: »Er hat dich doch vorher abgelöst, oder?«

Talsum nickte stumm und blickte verstört auf die Leiche. »Also musste er vielleicht groß und ist deswegen über den Laser gestiegen?«

Jager war erbost: »Befolgt seine eigenen Ratschläge nicht, dieser verfluchte Kerl! Hielt sich vielleicht für unverwundbar, weil er sich im Dschungel auskannte. Zwei Männer in zwei Tagen!«

Der General ballte die Fäuste.

»Nehmen Sie sich alle ab jetzt Carlos' Worte doppelt zu Herzen und bleiben sie nachts bei sich im Zelt oder auf Ihrem Wachposten. Das sollte Ihnen endgültig Warnung genug sein. Und seien Sie vorsichtig, wohin Sie treten oder was Sie anfassen!«

Nachdem Jager zu Ende gesprochen hatte, stand der Rest der Truppe vollkommen unschlüssig da. Wie sollte es jetzt weitergehen?

Doch Jager verlor keine Zeit: »Das hier ist nicht der richtige Ort zum Trauern. Zum Zaudern schon gar nicht. Beeilen Sie sich, das Gepäck und die Zelte zusammenzupacken. Ich will nicht länger als nötig in dieser grünen Hölle bleiben. Und machen Sie sich darauf gefasst, dass das Gepäck für jeden ein wenig schwerer wird. Wir haben jetzt einen Mann weniger zum Schleppen.«

»Das ist unmenschlich.« Berghof ging später am Tag zwischen Barbara und Thomas. »Jager ist ein Widerling. Mit Ausnahme von Ihnen haben hier sicherlich alle schon mehr oder weniger schlimme Dinge getan, aber das? Ihn einfach so zurückzulassen und sich noch über ihn aufzuregen. Das war bestimmt nicht das, was Carlos sich vorgestellt hat, als Jager ihn zu diesem Job beauftragt hat.«

»Und außerdem kannten sie sich von früher.« Barbara sprach leise genug, damit die anderen, die um sie herum gingen, nicht mithörten.

»Was meinen Sie?«, fragte Berghof.

»Bei ihrer Begrüßung sagte Jager so etwas wie *Ganz wie in alten Zeiten*. Erinnern Sie sich nicht? Es sind die kleinen Dinge, Edgar.«

Anerkennend nickte Berghof ihr zu. Auch Thomas musste zugeben, dass er das nicht mehr auf dem Schirm gehabt hatte.

»Ich stimme Ihnen jedenfalls zu, was Jager angeht. Er ist ein Arschloch von einem General«, erklärte Barbara. »Ich traue ihm nicht einen Meter über den Weg!«

Berghof nickte. »Wahrscheinlich täten alle hier sehr gut daran.«

Eine Weile – es ging bereits auf den frühen Nachtmittag zu – wurde der Marsch wieder sehr herausfordernd. Dicke Wurzeln verbargen sich unter den großen Blüten breitstängliger Pflanzen und zwischen Farnen, deren Blattkanten in jedes Stückchen Haut schnitten, das nicht unter ihrer Funktionskleidung verborgen war. Mehr als einmal stolperte Thomas und bekam es jedes Mal mit der Angst zu tun, in die Fangzähne irgendeiner Schlange zu greifen, als er sich abstützte, um sich nicht den Hals zu brechen.

»Nicht so schreckhaft!«, baute ihn Berghof auf. »Unsere Stiefel verscheuchen die Schlangen. So etwas wie uns sind sie hier oben schon gar nicht gewöhnt.«

»Sagen Sie das Carlos«, antwortete Thomas.

Eine weitere halbe Stunde später hielt Berghof an einem umgestürzten Baum schließlich inne. Er rief alle zu sich. »Laut meinen Berechnungen müsste hier irgendwo die letzte Säule stehen, bevor wir die Schachthöhle davon ausgehend in Nordnordwest erreichen.«

»Aber hier ist nichts«, stellte Jager wenig hilfreich fest.

»Was Sie nicht sagen, General Blitzgescheit! Fünfunddreißig Jahre sind nicht gerade eine kurze Zeit. An einen umgestürzten Baum in Säulennähe kann ich mich auch nicht erinnern. Ich schlage vor, alle fangen an zu suchen, damit wir nicht am Ende zu weit gehen. Wir sollten es wieder machen wie bei Carlos. In Zweier- oder Dreierteams und in Kreisen ausgehend vom umgestürzten Baumstamm.«

»Also schön«, entschied Jager. »Vergessen Sie nicht, Zweige und Pflanzen auf Sichthöhe umzuknicken, damit sie den Rückweg wiederfinden. Ich habe heute bestimmt schon zehnmal gedacht, an derselben Stelle gewesen zu sein. Hier sieht alles gleich aus!«

Diesmal machte sich Bäumer zusammen mit Barbara und Thomas auf den Weg. Zunächst durchkämmten sie den Dschungel noch recht schnell nach einer der nunmehr bekannten Senken, aber als sie plötzlich in feuchteres Terrain gelangten, verlangsamten sie ihre Suche augenblicklich.

»Ich werde nicht in irgendeinem Sumpf hier oben verrotten!«, sagte Bäumer entschieden. Er wirkte plötzlich sehr angespannt. »Und Sie beide will ich auch nicht aus einem dreckigen Pfuhl herausziehen, nur damit mich währenddessen Zecken und Blutegel auffressen! Passen Sie auf, wohin Sie treten, wir gehen wieder zurück in die andere Richtung!«

»Nett«, zischte Barbara. »Ich fange fast an, sie lieb zu gewinnen, Bäumer. »Sie waren mir schon im Adlerturm richtig ans Herz gewachsen.«

»Passen Sie auf, was Sie …« Doch weiter kam Bäumer nicht. Schüsse ertönten und hallten zwischen den Stämmen der Bäume wieder. Jemand schrie.

»Verdammte Scheiße!«, fluchte Bäumer. »Kommen Sie endlich!«

So schnell sie konnten, sprangen, duckten und rannten sie zurück durch die Schneise, die sie hinterlassen hatten. Thomas` Herz klopfte so schnell, dass er dachte, es wollte aus ihm herausspringen. Barbara zog ihn hinter sich her, damit er Schritt hielt. Wieder Schüsse!

»Wir brauchen Hilfe! Alle zu mir! Folgen Sie meiner Stimme!«

Das war Jagers Stimme! Thomas wurde es heißkalt. Eine innere Stimme bat bloß nur darum, dass Barbara und er heil aus diesem Schlamassel herauskamen.

Der umgestürzte Baum markierte die Stelle, von der sie losgelaufen waren. Sie trafen dort auf Weißhaupt und Berghof sowie auf Wilmer, der zusammen mit Felden nach der Säule gesucht hatte.

»Jager ist mit Talsum los, weil der schon den ganzen Tag so nervös war!«, rief Weißhaupt. Sie vereinigten sich und folgten der Stimme Jagers, der immer noch nach ihnen rief.

Zehn Meter hinter dem Baumstamm fanden sie die Macheten-Schneise des Generals und folgten dem hohlen Weg in einer langen Kurve, bis sie Jager am Fuße einer glitschigen Böschung fanden. Er hielt seine Automatikpistole im Anschlag und stierte in Richtung einer Baumgruppe, die ihnen gegenüberlag.

»Da hinten haben sie uns aufgelauert. Haben uns überrascht. Eins hat Talsum angesprungen. Aber er konnte es abwehren und ist darein geflüchtet!«

Jager zeigte mit der Waffe auf einen Durchgang zwischen den Bäumen, in den kaum ein Lichtstrahl fiel. Die Dämmerung schien dort bereits angebrochen zu sein, obwohl es irgendwo über ihnen noch taghell war. Zu allem Überfluss fielen Lianen wie ein Vorhang auf den feucht glänzenden Boden, die ihnen die Sichtachse nahmen.

»*Wer* hat sie angegriffen?« Bäumer schnappte nach Luft und schien seine Gedanken nur mit Mühe ordnen zu können. Auch seine Waffe war auf Anschlag und zeigte in die von Jager gewiesene Richtung. Dabei zitterte er.

»General, Sie müssen es uns erzählen!« Felden schien indes die schiere Panik gepackt zu haben. Hinter den Agenten und Jager duckte er sich im Angesicht des unheilvoll verhangenen Durchgangs.

»Später, wir müssen zuerst Talsum retten. Mindestens eins ist ihm gefolgt. Glaube ich«, sagte Jager ohne irgendetwas zu sagen.

Rücken an Rücken schlichen sie vorwärts. »Lassen Sie die Ritters endlich eine Machete oder ein Messer haben!«, verlangte Berghof. »Und mich auch! Wir sind doch auf derselben Seite hier oben! Ich weiß, was hier auf uns lauert. Seien Sie nicht dumm, Jager.«

Einen Augenblick schien der General mit sich zu kämpfen, dann nickte er ohne sich umzudrehen.

Erleichtert hörte Thomas Barbara aufatmen. Er war ebenfalls erleichtert. Irgendetwas in der Hand zu haben war schon einmal ein Anfang. Ohne Umschweife gaben Weißhaupt und Bäumer ihre Macheten an Barbara und Thomas weiter. Berghof erhielt von Weißhaupt ein Jagdmesser, das in Gewicht und Größe gut und gerne mit den Macheten mithalten konnte.

»Und erneut – Danke!«, sagte Thomas zu Berghof. Seine Hände schlossen sich fest um den Machetengriff.

Der Boden wurde immer rutschiger. Auch hier schien der Untergrund überall morastig zu sein. Hinter den Lianen wurde es noch schlimmer: Der Blätterteppich unter ihren Füßen sackte ab, als sie ihn betraten und raubte ihnen den sicheren Stand.

»Jager, was erwartet uns hier?« Felden schien schon wieder vergessen zu haben, dass Jager nicht antworten wollte.

»Reißen Sie sich zusammen, Professor!«, entgegnete Weißhaupt gereizt.

Jager rief: »Talsum, sind Sie hier? Hören Sie mich?«

Er bekam keine Antwort.

Hinter einer jähen Biegung zeigte sich ein neuerlicher Anblick hinter dem düsteren Hohlweg: Es wurde wieder heller. Und es ging noch weiter bergab.

»Wir haben die Senke gefunden«, sagte Berghof in die gespannte Stille.

»Und Talsum«, ergänzte Jager bitter. Er ließ seine Waffe nicht einen Zentimeter sinken.

Das zerkratzte Gesicht Talsums war kaum wiederzuerkennen. Mittlerweile mussten sie einfach davon ausgehen, dass der oder die Angreifer verschwunden waren. Die Geräusche der kleinen unsichtbaren Tiere des Dschungels waren so schrill und emsig wie schon den gesamten Tag und nichts deutete darauf hin, dass sich noch ein oder mehrere große Angreifer in der Nähe befanden. Trotzdem blieben sie auf der Hut.

»Die Schüsse müssen sie vertrieben haben«, mutmaßte Bäumer. Er hatte sich über Talsums Leiche gebeugt, die nur ein paar Schritte von der letzten Säule entfernt auf dem Rücken lag, das Gewehr des Agenten befand sich noch einmal einige Schritte weiter die Senke wieder hinauf auf der dem Zugang gegenüberliegenden Seite. »Er selbst scheint nichts getroffen zu haben. Außer seinem eigenen Blut um ihn herum sehe ich keine Blutspur zwischen die Sträucher führen. Felden, schauen Sie sich das bitte genauer an!«

Widerstrebend kam der Professor heran und ließ sich neben Bäumer nieder. Während Jager, Bäumer und Talsum die Senke weiter absicherten, warfen auch Barbara und Thomas zusammen mit Berghof und Wilmer einen Blick auf Talsums Leiche.

»Diese Furchen ziehen sich durch die Kleidung und darunter durch den gesamten Brustbereich. Es sind eindeutig drei große Risse zu erkennen. Und ein kleinerer vierter. Genau hier.« Mit einem Stock schob Felden konzentriert die Feldbluse des Agenten zur Seite, um einen besseren Blick auf die Verletzungen zu werfen.

»Wie von den Klauen eines großen Vogels, darf ich annehmen?« Jager warf einen Blick über seine eigene Schulter. »Ist es also gewiss, Felden?«

Der Professor schluckte. »Ich fürchte, ja. Das Gesicht und der Halsbereich sind zu zerkratzt und aufgerissen, als dass ich es mit Sicherheit sagen könnte, aber der Brustbereich ist viel eindeutiger. Jager, was ist? Haben Sie nun Roben gesehen oder nicht?«

Jager überlegte lange, bevor er eine Antwort gab. »Es ging verflucht schnell. Und in diesem Dickicht ist einfach alles so grüngraubraun und düster. Fakt ist, da war etwas Schwarzes, das unseren Weg mit enormer Geschwindigkeit wie aus dem Nichts gekreuzt hat.«

Thomas dachte unwillkürlich daran, was Finn und Decora ihnen über den Fichtan-Tempel und die Attacke der Roben erzählt hatten. Und auch die Robe bei ihnen zu Haus war schnell gewesen …

Jager berichtete weiter: »Ich wurde in die Sträucher geschleudert, schoss mit der MP nach oben und konnte das Ganze dann nur noch aus dem Augenwinkel und zwischen den Blättern hindurch sehen. Als ich mich aufrappelte, war Talsum schon durch den Durchgang verschwunden. Eins der Dinger war ihm wohl auf den Versen. Er hatte keine Zeit sich auf die kurze Entfernung umzudrehen und zu zielen …«

»Sie haben uns immer noch keine Antwort gegeben, Jager«, erinnerte ihn Berghof kühl daran, dass Felden ihm eine Frage gestellt hatte. Er schien mit den eigenen Gedanken weit weg zu sein. Vielleicht in jener Nacht, in der er hier vor so langer Zeit selbst etwas gesehen hatte.

»Ja«, entschied Jager endlich. »Ich lege mich fest. Es waren Roben.« Er biss die Zähne zusammen. »Wenn das so weitergeht, ist bald niemand mehr übrig, der noch etwas entdecken kann. Berghof, können Sie uns anhand dieser Säule nun endlich sagen, wann wir den Dschungel gegen die Höhlen tauschen können?«

Der Abstieg

Alle waren in höchster Alarmbereitschaft. Thomas und Barbara fühlten sich wie in einem Alptraum gefangen, doch auch der Rest der Verbliebenen war bleich und schreckhaft, wenngleich man Jager und Berghof, vielleicht auch Weißhaupt, etwas weniger anmerkte, dass sie nervös waren.

Berghof hatte, nachdem sie Talsums Überreste mit großen Blättern notdürftig verdeckt hatten, eine Viertelstunde seine Notizen studiert und war dann in Absprache mit dem General sowie einem GPS darin übereingekommen, in welcher Richtung es weiterging.

»Vielleicht zwei Stunden«, mutmaßte Berghof. Dann sollten wir es geschafft haben.

Diesmal hielten sie sich noch nördlicher und folgten verschlungenen Pfaden unter tief hängenden Lianen hindurch zu einem Ziel, von dem Thomas immer nachdrücklicher hoffte, es bald zu erreichen. Er wusste selbst nicht, warum der Wunsch danach so groß wurde, denn ob das, was sie in den Tiefen des Tepuis erwartete besser war als das, was hier zwischen den Dschungelbäumen auf lautlosen Krallen herumschlich, blieb fraglich.

Nach drei Stunden strammen Marsches mit gezückten Gewehren und griffbereiten Macheten, in denen sie die Schachthöhle immer noch nicht erreicht hatten, begann es über ihnen zu donnern. Erst noch weit weg, doch dann kam das Gewitter mit Macht heran und mit ihm auch der Regen: Obwohl der Himmel unter den dichten Baumkronen nicht zu sehen war, verdunkelte sich die Umgebung um sie noch einmal und zwischen kleinsten Lücken innerhalb der Baumkronen bahnten sich unablässig dicke Tropfen ihren Weg zu ihnen herunter. Das Wasser verdunstete bald auf dem feuchten Boden und an den glitschigen Stämmen, bis ihre Welt unter den Blättern zu einer Sauna wurde, deren warme Dämpfe sich wie nasse Laken auf sie legten und ihre Gemüter noch mehr beschwerten als das Gewicht ihres Gepäcks ihre Körper.

»Es wird Zeit«, sagte Bäumer nach fünf Stunden ermattet und blieb abrupt stehen. Seit der Untersuchung von Talsums Leiche hatte er kaum ein Wort mehr gesagt. Das Gewitter hatte zeitweilig aufgehört, und doch schwankte der Agent wie von unsichtbarer Hand hin und her bewegt, als folgte sein Körper dem Rhythmus eines langsamen und unheilvollen Donnergrollens. Thomas dachte, dass er wirklich schlecht aussah. Fast bekam er Mitleid mit dem Agenten.

»Wann erreichen wir die Höhle, Berghof?« Bäumer war ganz leise geworden. »Ich kann nicht mehr.«

Im nächsten Augenblick kippte er einfach um.

Felden musste sich zwingen, hinzusehen, als er über Bäumers Leichnam hockte.

»Herzstillstand. Vielleicht die Anstrengung. Oder er wurde ebenfalls von einer Schlange gebissen und hat es nicht mal bemerkt. Ich weiß es nicht ...« Der Professor sah verzweifelt aus. »Hier oben geht es nicht mit rechten Dingen zu!« Seine Lippen zitterten.

»Verflucht recht haben Sie!«, klagte Berghof. Er atmete schwer. »Wir sind Dingen auf der Spur, die in der Zeit verloren waren. Das hier« – er machte eine ausladende Geste – »ist kaum Teil der Welt, die wir kennen.« Er schloss die Augen und krallte die Finger um sein Jagdmesser. »Aber wir können gerade deswegen nichts mehr für Bäumer tun. Lassen Sie uns weitermachen, es kann nicht mehr weit sein. Ich bin mir sicher, dass wir hier richtig sind. Der Regen und das Gewitter müssen uns zuvor etwas vom Weg abgebracht haben. Vielleicht stimmt hier oben auch mit dem GPS etwas nicht. Wir erweisen Bäumer und seiner Leiche die letzte Ehre und dann nichts wie weg ...«

Nicht einmal eine halbe Stunde nachdem sie auch Bäumers Gepäck aufgeteilt hatten und weitermarschiert waren, öffnete sich der Dschungel vor ihnen wie durch mehrere Fenster und helles Tageslicht fiel zwischen die Bäume.

»Verflucht, Bäumer, hätten Sie nicht noch ein bisschen durchhalten können?!«

Jager schimpfte leise, doch Thomas hatte es dennoch gehört. Er entgegnete nichts, beobachtete den General aber aufmerksam, als dieser gesenkten Kopfes voranschritt und an die Dschungelgrenze trat. So hatte sich Jager seine Expedition sicher nicht vorgestellt ...

Der kreisrunde Schlund der Höhle, der keinen halben Meter hinter der Baumgrenze begann, fiel steil abwärts und machte erst in etwa fünfzehn Metern einen Knick. Bis zu diesem Knick war er auch recht gut einzusehen. Doch dahinter wurde es rasch dunkler und die schattenhafte Tiefe war gleichermaßen verlockend und angsteinflößend. Thomas schluckte, als er sah, wovon zuvor Berghof gesprochen hatte: Noch gut zu erkennen waren kurz vor dem Knick zahlreiche Durchlässe im Fels, die mit schnurgeraden Kanten und säuberlichen Winkeln exakt wie Fenster anmuteten. Thomas wusste sofort, dass keiner dieser Durchlässe auf natürliche Art und Weise entstanden war. Hier hatte jemand im Fels Tunnel und Kammern geschlagen und mit Werkzeugen Fenster hineingebaut. Die Frage war, ob die geheimnisvollen Bauherren wirklich aus der Tiefe gekommen waren. Doch wie sonst, denn der Felsschlund führte so schroff nach unten, dass es Thomas unmöglich schien, auf irgendeine erdenkliche Weise von der Dschungelkante auf die Höhe des Knicks zu gelangen. Er war nicht mehr im Geringsten verwundert, dass Berghof damals keinen Weg hinab gefunden hatte – zumal der allein gewesen war!

Allerdings waren die Fenster nicht die einzigen Zeugnisse dafür, dass jemand hier gewesen war und den Fels verändert hatte. Hinter dem Knick schien der Schacht für drei bis vier Meter gangbar zu sein, erst dahinter fiel er wieder steiler ab. Noch weiter unten ließ sich dann ohnehin nichts mehr erkennen. Doch auf diesem kurzen Stück befanden sich offenbar zwei höhere Durchlässe in den Berg hinein.

»Tore! Da sind Tore! Verflucht, Sie hatten wirklich recht, Berghof!«

Jager war die Freunde in seiner Stimme anzuhören. Doch selbst Thomas war plötzlich aufgeregt und konnte die erwartungsfrohe Stimmung des Generals nachvollziehen.

»Was dachten Sie?«, gab Berghof zurück. »Und sehen Sie genau hin! Wer hat die Feldstecher dabei?«

Felden setzte umständlich seinen Rucksack ab und kramte darin herum. Dann zog er waschechte Hightech-Ferngläser daraus hervor. Reihum sahen sie hindurch.

Thomas bemerkte sofort, dass die Ferngläser die Umgebung aufhellen konnten. Er justierte die Sichtweite und suchte eines der Tore.

Erst konnte er nicht glauben, was er sah, doch sein Blick täuschte ihn nicht: Die Tore im Knickbereich gehörten offenbar zu einem mehr oder weniger vollständigen Gebäude im Fels!

»Krass!«, kommentierte er. »Da sind Räume hinter, oder?«

»Habe ich auch so gesehen«, antwortete ihm Barbara.

»Was denn?«, dröhnte da Jager. Er hatte für den Moment seine niedergedrückte Stimmung komplett vergessen. »Sie sind doch am Ende nicht froh, dass ich Sie auf die Expedition mitgenommen habe, Mr. Ritter?«

Thomas antwortete nicht. Er nahm weiter das Gebäude in Augenschein.

»Schau über den Toren nach!«, sagte Barbara zu ihm.

Thomas brauchte einen Augenblick, dann hatte er die Stelle gefunden. Noch einmal vergrößerte er das Bild. Zeichnungen – oder besser Reliefs, die aus größeren Steinplatten geschlagen waren. Wieder sah Thomas die Körper von Pferden, die aufrecht standen und so etwas wie Speere in ihren Händen hielten. Er wusste, dass Barbara ebenfalls darüber nachdachte. Hatte Trucido seine Kelpen vielleicht von hier geholt? Konnte das möglich sein? Aber Kelpen besaßen nur Klauen und keine Hände. Decora hatte jedenfalls nicht gewusst, woher die Armee des Zauberers gekommen war …

»Sehen Sie sich das Portal an, Thomas«, forderte Berghof ihn auf und lenkte ihn von den Pferden ab.

Thomas wusste nicht, was Berghof meinte, doch dann sah er auch Letzteres: Zwischen zwei Pferdewesen war auf einem breiteren, sehr glatten Teil des Felsens einige Fingerbreit tief ein Kreis eingelassen. Kleinere Punkte in Form weiterer Vertiefungen, die rund um den Kreis platziert waren, konnten nur die Funken sein, die Thomas schon mit eigenen Augen in seinem Wohnzimmer gesehen hatte.

»Haben Sie *es* auch gesehen?«, erkundigte sich Berghof. »Ich bin so froh, dass es die letzten Jahre unbeschadet überdauert hat. Aber wer weiß, wie lange es schon hier war, bis ich gekommen bin …«

»Ich sehe das Portal in diesem Moment«, gab Thomas zurück.

»Er meint nicht das Portal, Mr. Ritter«, sagte Jager. »Er meint das Ding, das aus dem Portal kommt …«

Thomas stand stocksteif da. Was sagte Jager? Er fokussierte noch einmal das Innere des Portalkreises. Da war doch tatsächlich …

Thomas bekam eine Gänsehaut. Er hatte die dunklen Augenschlitze, die zu irgendeiner Art überdimensionierter Fratze gehörten, zuerst gar nicht wahrgenommen. Und doch kam er nun nicht mehr darum umhin zu glauben, dass die Künstler dieses Bildnisses ein Wesen in das Portal gemeißelt hatten, dass eindeutig auf dem Weg heraus zu sein schien!

Thomas setzte das Fernglas ab. Er schaute in die Runde. Professor Felden schien ganz beseelt von ihrer Entdeckung. Auch er hatte offensichtlich den toten Rest ihrer Truppe für den Augenblick vergessen.

»Und Sie waren sich von Anfang an sicher, dass da unten auch echte Portale zu finden sind?« Thomas sah Berghof verwirrt an. Das alles war schön und gut, aber ohne richtigen Beweis – wie konnte er so sicher sein?

Berghof blieb vollkommen ernst. »Zweifeln *Sie* denn noch, Thomas? Nach allem, was Sie in letzter Zeit gesehen haben?«

Thomas wandte sich Hilfe suchend an Barbara. Seine Frau lachte etwas unpassend und schüttelte bloß den Kopf. Das alles war nur verrückt.

»Eigentlich nicht«, antwortete er dann. »Aber Sie wussten damals noch nicht das, was ich heute weiß.«

Berghof klopfte ihm freundschaftlich auf die Schulter. »Sehen Sie sich diesen Schacht an und schalten Sie Ihren Verstand ein. Aus welcher Richtung kamen die Erbauer dieser Dinge da unten? Das muss Ihnen doch auf den ersten Blick klar sein.«

Bei Thomas machte es *klick*. »Jedenfalls nicht von hier oben …«

»Aber einen anderen Weg gibt es nicht, Thomas. Das ist einer der letzten unerforschten Orte auf der Welt. Jemand, der vor langer Zeit da unten war, kam nicht auf unserem Weg. Er kam von Innen. Von *woanders*.«

»Also schön«, akzeptierte Thomas. »Und wie kommen wir jetzt darunter?«

Wilmers Equipment war aus den Taschen geholt. Sorgsam vertäute der Kletterexperte Seile an faustgroßen Widerhaken, die wie Speerspitzen das obere Ende von unterarmlangen Stahlpfeilen bildeten.

»Und jetzt das aus Ihrer Tasche, Mrs. Ritter«, forderte er. »Also, die Sache aus Bäumers … Sie wissen schon …« Er druckste herum.

Barbara fackelte nicht lange. Sie zog aus ihrem umgepackten Rucksack eine Art Armbrust hervor.

»Ich dachte erst die wäre zur Verteidigung«, sagte sie. Sie reichte ihm die Waffe.

»Denkbar wäre es. Aber hierfür ist dieses Schätzchen viel besser geeignet!«

Wilmer nahm die Armbrust und spannte einen der Pfeile hinein. »Da vorn ist eine gute Stelle, was meinen Sie?«

Thomas war nicht sicher, wen Wilmer fragte, vielleicht wollte er auch einfach nur seine Unsicherheit überspielen, denn viel geredet hatte er in ihrer gemeinsamen Zeit noch nicht. Der Schuss, der auch ohne Antwort folgte, zeugte jedoch nicht von Unsicherheit. Im Gegenteil: Schnurgerade flog Wilmers Pfeil schräg nach unten, schoss durch eines der ominösen Fensterlöcher auf etwa halber Höhe zum Knick, das kaum eine Unterarmlänge in der Diagonale maß, und schlug dahinter dumpf in irgendeine weitere Steinwand. Sofort machte Wilmer sein Seilende an einer dicken Palme fest, die in nächster Nähe zu ihnen an der Dschungelgrenze hochschoss und leicht gebeugt über den Schacht ragte.

»Etappe eins«, verkündete er. »Wenn ich da vorn an der Wand bin, setzte ich den nächsten Schuss zu den Toren. »Sie werden sich jeweils selbst mit zwei Karabinern sichern. Achten Sie darauf, dass immer mindestens ein Karabiner fest am Seil ist, lösen Sie niemals beide Sicherungen gleichzeitig.«

Thomas wollte gerade Einspruch erheben, aber im selben Moment wurde ihm klar, dass sie in keiner Situation waren, in der es großartige Wahlmöglichkeiten gab. Stattdessen entschied er sich mit Barbara dazu, einfach so gut wie möglich zuzuschauen, was Wilmer ihnen nun zeigte. Das war sicherlich die beste Chance, die sie hatten. Außerdem trieb es ihn jede Minute mehr nach dort unten. Der unheimliche Dschungel mit seinen Monstervögeln sollte ihn gern haben! Jetzt konnte diese ganze Expedition ruhig mal einen Erfolg verbuchen. Wenn Sie kein Portal fanden, hatten sie ohnehin keinen Ballon mehr, der sie von hier wegbrachte …

Wilmer gab ihnen nun eine kurze Einführung in die Benutzung der Sicherungen, dann holten sie Gurte hervor, die sich alle verbliebenen wie ein Geschirr anzogen. Wilmer hing sich die Armbrust um, dann holte er zwei Apparaturen hervor, die entfernt wie Kleiderbügel aussahen. Allerdings spannte er eines davon seitlich über das Seil, sodass zwei Metallradführungen von unten und oben greifen konnten.

»Zwei Schalter«, erläuterte er. »Rechter Bügel Motor vorwärts.« Er drückte einmal die Seite des rechten Bügels. Ein gelbes Lichtband in der Mitte der Bügelgriffe flackerte auf und der Bügel arbeitete sich mithilfe der Metallräder sogleich über das Band nach vorn und zog Wilmers Arm hinter sich her. Sofort drückte er den Knopf am langen Arm ein zweites Mal und der Bügel stand wieder still. »Sie müssen das Ding drücken, damit Sie an der Wand zum Stehen kommen. Wenn Sie nicht drücken, dann zuckelt es immer weiter. Und das wollen Sie nicht. Denn Sie möchten es wieder hochschicken.« Thomas sah ihn fragend an.

»Der linke Knopf«, lächelte Wilmer. »Motor zurück. Kapiert?«

Thomas nickte vorsichtig. Schien selbst ein Idiot benutzen zu können. Allerdings war es vielleicht etwas anderes, wenn unter einem ein gähnender Schacht klaffte.

Barbara fasste seine Hand. »Das schaffen wir doch erst recht«, sagte sie.

Wilmer machte natürlich den Anfang. Die Bügelvorrichtung trug ihn zuverlässig bis zur gegenüberliegenden Schachtwand. Thomas hörte, wie der Motor des Geräts ausging, als Wilmer den Knopf drückte. Da hing er nun, griff leicht um, bis er einhändig die Mitte des Bügels fassen konnte, ohne dass eine der beiden Seiten des Geräts ausbrach. Er überprüfte mit der anderen Hand noch einmal sein Geschirr und seine Karabiner, dann ließ er sich in die Sicherungen fallen und ließ das Bügelgerät ganz los. Seine Füße hielten ihn auf Abstand zur Schachtwand. Aus seiner Tasche holte er mehrere Metallklemmen hervor, die er in kleine Lücken und Risse im Gestein setzte, wo sie sich verankerten. Er überprüfte, ob die Klemmen seinem Zug standhielten, dann, als er sich dessen vergewissert hatte, befestigte er ein weiteres Seil an den Enden der Klemmen, das vorne zu einem seiner vorher präparierten Pfeile führte, und spannte Letzteren in die Armbrust ein, und das alles, während er im ersten Seil an der Schachtwand baumelte. Thomas war allein vom Zusehen schon völlig nervös.

Wilmer fackelte nicht lange, drehte sich, sodass er mit dem Rücken an der Schachtwand lehnen konnte, und setzte die Armbrust an. Er nahm sich jetzt Zeit, zielte sorgfältig und schoss dann. Auch der zweite Schuss saß perfekt. Thomas und die anderen konnten durch die Ferngläser sehen, dass die Spitze des Pfeils genau über dem linken der beiden Tore eingeschlagen war und ein Pferdewesen dabei ziemlich mittig durchbohrt hatte.

Im Anschluss zog Wilmer das zweite Seil auf Spannung, erneuerte die Knoten an den Klemmen und legte das zweite Bügelgerät an das Seil. Dann löste er seinen ersten Karabiner, verhakte diesen an Seil Nummer zwei, überprüfte den Halt, und verfuhr erst dann mit dem zweiten Karabiner auf dieselbe Weise. Bevor er weiter hinabrutschte, betätigte er noch den linken Knopf an Bügelgerät eins und schickte es so zurück zu Thomas und dem Rest der Truppe.

Unten vor den Toren angekommen löste er seine Sicherungen, verstaute Karabiner und Gurte zusammen mit der Armbrust in seinem Rucksack und schickte ganz zum Schluss den Motorbügel wieder am Seil empor. Vorsichtig lugte er durch das Tor vor ihm. Er drehte sich zu ihnen um.

»Sie sollten wirklich kommen«, rief er. »Beeilen Sie sich!«

»Was sehen Sie!?«, rief Jager.

Doch Wilmer blieb ihm die Antwort schuldig. »Sehen Sie es sich selbst an!« Dann trat er durch das Tor und verschwand.

Die oben verbliebenen sahen erst sich nervös an, dann blickten alle Augen auf Jager. Wer war der Nächste? Einen Moment herrschte Schweigen, dann seufzte Barbara.

»Ein schöner Held sind Sie, Jager. Ich werde es machen. Wie ich Sie kenne, bilden Sie ohnehin die Nachhut. Nicht, dass Edgar, Thomas oder ich noch davonlaufen, was?«

Jager schnaubte, aber widersprach nicht. Also legte Barbara los. Als sie den Knopf schon drücken wollte, hielt Thomas sie zurück.

»Wir sehen uns unten«, sagte er und küsste sie.

»Bis gleich!«, gab sie zurück. Dann surrte sie los.

Thomas wagte erst wieder zu atmen, als Barbara sicher vor dem Durchgang stand. Alles war gutgegangen! Er schnaufte durch. Wenn das Finn sehen könnte, kam es ihm in den Sinn. Er lächelte.

Dann ließ Jager Felden weitermachen. Auch der Professor überstand von Barbaras Erfolg angespornt die Fahrt unbeschadet. Nun folgten nacheinander Weißhaupt, Berghof, er selbst und zuletzt – wie Barbara vorhergesehen hatte – Jager.

Unten verstauten sie wie Wilmer ihre Sicherungen und Gurte und blickten sich an. Sie waren alle noch da. Sie hatten beim Abstiegt keinen weiteren Verlust erlitten. Unglaublich, wenn sie bedachten, dass sie bereits vier Leute verloren hatten!

»Wollen Sie jetzt endlich kommen?«

Wilmers Kopf erschien hinter dem Durchgang. »So etwas haben Sie noch nicht gesehen!«

Thomas und die anderen schlichen vorwärts. Erst nahm sie Dunkelheit in Empfang, weil hierher kaum mehr Licht hinabfiel, doch dann gewöhnten sich ihre Augen an die Verhältnisse und Konturen wurden sichtbar. Sie waren nicht mehr im Dschungel. Nein, wahrhaftig nicht!

»Treppen!«, raunte Felden.

»Und Gänge!«, rief Berghof. »Es geht abwärts! Ich hatte recht! Die ganze Zeit!«

Wilmer entzündete rasch mehrere Magnesiumfackeln, gab sie bis auf eine weiter und hielt die eigene hoch erhoben vor sich und die anderen. Die anderen folgten seinem Beispiel. Ihre Lichtkegel verschmolzen zu einem und brachten die Erleuchtung. Lichtreflexe schimmerten ihnen entgegen, helles, sattes Gelb brannte in ihren Augen.

»Ist das …« Felden schnappte jäh nach Luft.

»Es sieht ganz so aus«, bestätigte Jager. »Das ist Gold.«

Die Stadt aus Gold

Barbara stapfte eng an Thomas gedrückt immer tiefer in das Herz des Berges, den man von außen als Roraima-Tepui kannte. Als weißen Fleck auf der Landkarte. Als vergessene Welt. Die Geheimnisse in seinem Innern aber wurden wahrscheinlich nicht einmal in den kühnsten Fantasien irgendeines Abenteurers geträumt. Jeder Gang, den sie durchquerten, jede Stiege, die sie weiter hinabführte, jede Kammer, in denen sie an Obelisken und Säulen die Bildnisse uralter, fremdartiger Götzen anglotzten: Wirbelte man den Staub auf, den die Zeit hier wie einen schützenden Teppich hinterlassen hatte, dann leuchtete alles von purem Gold. In den Lichtkegeln ihrer Magnesiumfackeln kam es zum Vorschein, wohin auch immer sie traten. Alles um sie herum war daraus gebaut. Liegen und Stühle, auf denen sich scheinbar lange niemand mehr niedergelassen hatte, Torbögen, die die niedrigen Hallen miteinander verbanden, sogar die Wände und Böden selbst glänzten davon.

»Eine Stadt aus Gold«, hauchte Berghof ergriffen. »Wissen Sie, was das bedeutet?«

Wilmers Stimme klang belegt und hohl, als sie dumpf von den Wänden widerhallte. »Die Konquistadoren waren also doch auf der richtigen Spur. Die Gier nach Gold von Eldorado wurde durch keine bloße Legende genährt …«

»Sie meinen …?«, fragte Barbara gedämpft. »Seien Sie nicht albern!«

»Was sonst, Mrs. Ritter? Kein Wunder, dass nicht eine der Expeditionen in der Frühen Neuzeit erfolgreich war. Und doch war diese Stadt die ganze Zeit über da. Ich frage mich, wie die Gerüchte damals nach außen gedrungen sind. Ob die Erbauer dieser Stadt sich noch weiter vorgewagt haben als auf die Oberfläche dieses Plateaus?«

Wilmer redete nun so viel wie in den gesamten zwei Tagen zuvor: »Und sind noch welche von ihnen hier? Ich meine, sind wir allein hier? Wohin führen diese Wege? Sind wir sicher, dass sie von dort unten kamen?«

Endlich unterbrach ihn Jager: »Wir sind uns dessen sicher! Sie haben es doch selbst zugegeben: Die Erbauer dieses Ortes *müssen* von Innen gekommen sein. Und *ich* werde ihr Geheimnis entschlüsseln …«

Barbara verzog ihr Gesicht. Ausgerechnet jetzt begann der General das Wort *ich* in den Mund zu nehmen. Galt sein viel beschworenes Vertrauen etwa nicht mehr, wenn es hart auf hart kam?

Auch Thomas hatte bemerkt, dass Jagers Art sich plötzlich wieder verändert hatte. Er sah Barbara alarmiert an. So auch Edgar. Ihr Mitgefangener schaffte es, ihr und Thomas unbemerkt ein Zeichen zu geben. Unauffällig ließen sie sich ein paar Meter zurückfallen. Zwischen ihnen dreien und dem General tuschelten Felden und Wilmer aufgeregt über ihre Entdeckung, während Weißhaupt mit dem Lichtkegel seiner Maschinenpistole ihre Umgebung absicherte und ebenfalls nicht auf sie achtete.

»Was ist denn, Edgar?«, flüsterte Barbara.

»Was soll schon sein? Haben Sie den kleinen Ego-Trip von unserem fürsorglichen Lieblingsgeneral nicht bemerkt?«

Barbara und Thomas nickten unisono.

»Und jetzt?«, fragte Barbara. Ihr fiel nicht ein, warum das irgendeinen Unterschied machte. Sie hatte ohnehin nicht mit etwas anderem gerechnet.

Berghof wurde daraufhin noch verschwörerischer und zog sie nah zu sich. Ihr Glück war, dass Jager ganz vorn viel zu sehr mit dem Weg beschäftigt war. Wahrscheinlich vernebelte Gold sogar die Sinne eines Militärs, der laut Eigenaussage an nichts anderem als an Frieden und Freiheit interessiert war …

»Ich mache mir Sorgen«, gab Berghof zu. Er klang anders, so, als belastete ihn ihre Situation zum ersten Mal überhaupt. Er wirkte geradezu angespannt.

»Der General …«, begann er. Doch als sie hinter einer Biegung am Ende eines mit verschlossen Truhen flankierten Gewölbes eine goldene Brücke erreichten, schwieg er ehrfürchtig. Unter der Brücke gähnte jäh ein Feldspalt, der in vollendeter Schwärze bis wer weiß wo hinabreichte. Hier war höchste Konzentration gefragt.

Vorsichtig traten sie hintereinander auf die massiven Schwellen der Brücke. Doch das war leichter gesagt als getan: Eine einzelne Schwelle maß kaum eine Fußlänge und jeder dieser Tritte lag im Abstand von etwa einem Meter zum nächsten. Die Löcher würden jeden von ihnen problemlos durchlassen, wenn sie …

Vorn in der Gruppe schrien drei Männer gleichzeitig! In einer Traube stürzten Jager, Felden und Weißhaupt übereinander – einer von ihnen musste abgerutscht sein und riss die anderen mit sich. Doch Wilmer war sofort zur Stelle. Er warf sich heldenhaft nach vorn. Blindlings griff er zu, denn seine lichtspendende Magnesiumfackel entglitt ihm. Sie segelte in die Finsternis und zeichnete dabei einen hellen Ball fallenden Lichts in den endlos dunklen Schacht.

»Ich hab Sie! Beruhigen Sie sich!«

Jager rief einem von ihnen zu. Felden kreischte laut. Wilmer zerrte und zerrte an irgendetwas und rief ebenfalls. Barbara, Thomas und Berghof hatten Mühe, mit ihren Fackeln in dem Durcheinander vor ihnen den einen vom anderen zu unterscheiden.

»Ruhig, Mann! Verdammt, ich hab Sie doch!«, fluchte Jager noch einmal.

Da erkannte Barbara, dass der General Professor Felden fest umklammerte, damit der nicht zwischen die Schwellen rutschte. Wilmers Hände umschlossen ebenfalls den kreidebleichen Professor. Aber, als wäre eine grauenhafte Zeitlupe aktiviert worden, konnte Barbara im nächsten Augenblick genau sehen, wie Weißhaupts Hände sich von der staubigen, glatten Goldschwelle, an der er sich gerade noch so festkrallte, lösten, weil die ebenfalls nach Halt suchenden Stiefel von Felden und Jager gnadenlos auf sie traten. Der Agent fiel, sah noch einmal überrascht zu Barbara und den anderen auf und wurde gleich danach von der Dunkelheit unter der Brücke verschluckt. Nur der Lichtkegel seiner Waffe, die ein Stück neben ihm fiel, war noch länger zu sehen. Erst als auch deren Licht schon sekundenlang nicht mehr zu ihnen hochreichte, schlug irgendwo ein Körper auf. Ein dumpfes, schweres Echo vom Aufprall bahnte sich den Weg zu ihnen nach oben.

Barbara war stocksteif vor Schreck. Sie wollte zittern, aber selbst davor hatte sie zu viel Angst. Sie würden hier alle sterben! In einer Stadt aus Gold, umgeben von uralten und ungelösten Geheimnissen, begraben, wo keine Menschenseele sie je vermuten würde …

Doch mitten in ihre Zweifel legten sich zwei Hände auf ihre Schultern. Thomas und … *Edgar*!

»Ich weiß, das ist *Ihr Abenteuer*!«, flüsterte Berghof ihr und Thomas zu. Auch seine Stimme bebte. »Aber lassen Sie mich bitte mit Ihnen zusammen heil aus dieser Sache herauskommen. Geht das?«

Barbara umfasste als Antwort die Hände beider Männer. Als sie sah, wie Jager Professor Felden unsanft hochzog, vor sich herschubste, auf der anderen Seite von der Brücke sprang und mit einem eiskalten *Weiter!* keine Anstalten machte, Weißhaupts wenige Sekunden alten Tod auch nur zu erwähnen, wusste sie, dass Thomas und sie einen echten Verbündeten bitter nötig hatten.

Eine Zeitlang arbeiteten sie sich noch tiefer in die Eingeweide der goldenen Stadt vor. Je weiter sie vordrangen, desto weniger kühl und verlassen wirkten die ominösen Katakomben: Zwar begegneten sie keiner Seele, doch die im Fackellicht glänzenden Wände und Decken zogen sich um sie enger zusammen und in den Fluren und Räumen standen immer mehr Artefakte: Da gab es Vasen, heillos überwuchert mit wild sprießenden, fleischigen Ranken, riesige Feuerschalen, Tische, Stühle, Récamieren oder von den Decken hängende Käfige, in denen vielleicht einst Vögel gesessen hatten und die wie alles andere aus Gold waren. Darüber hinaus Statuen und Bildnisse von aufrecht gehenden Pferden und einer katzenhaften Gestalt, bei der Barbara rätselte, ob es sich immer um das gleiche Wesen handelte und ob sie selbiges auch schon im Dschungel gesehen hatten.

Immer wieder waren nun auch breite Becken im Boden eingelassen und aus Abflüssen und Zuläufen in den edelmetallenen Wänden flossen Wasserläufe in künstlichen Gräben in diese Becken hinein und wieder hinaus. Das Säuseln des Wassers klang fein und melodisch und Barbara konnte mit jedem Schritt weniger Glauben, dass sie hier unten allein waren. Doch außer ihren eigenen Lichtquellen blieb es stets dunkel. Hätten sie nicht selbst Licht mit in diese Tiefen gebracht, es wäre stockfinster geblieben. Anderseits gingen sie auch davon aus, dass die Erbauer dieses Ortes zaubern konnten …

»Wie lange werden wir noch suchen?«

Irgendwann traute sich Professor Felden endlich, etwas zu sagen und dem strammen Tempo von Jager etwas entgegenzusetzen.

Der General warf einen gewaltigen Schatten an die goldene Wand, als er sich zu ihnen umdrehte. Barbara dachte, dass in seinem Blick etwas Unheilvolles lag.

»Bis wir gefunden haben, was wir gesucht haben«, brummte er. »Ein Portal hinaus!«

Wilmer richtete seine Fackel in Richtung General. »Aber wir haben uns den Weg bis jetzt gemerkt. Wir wissen, wie wir wider nach oben zurückkommen, richtig? Falls wir doch nichts finden. Unser GPS zeichnet doch den ganzen Weg auf. Ihre Militärtechnik kann natürlich auch Höhenunterschiede und kleinere Wegabschnitte kartografieren. Jager, sagen Sie schon!«

Der General grummelte etwas Unverständliches.

»Weiter, Sie alle!«, sagte er dann deutlicher. »Und Sie, Felden, ich haben Ihnen das Leben gerettet. Sie sollten sich an mich halten, nicht an die Gefangenen!«

Dann drehte er sich um. Als er weiterging, klickte seine Maschinenpistole bei der Entsicherung.

Wieder fielen Barbara und Thomas auf Berghofs Geheiß zurück. »Hören Sie«, flüsterte er. »Es wird schlimmer mit ihm, je weiter wir gehen. Das bemerken Sie doch auch! Ich kann mir nur vorstellen, dass er all dem am Ende doch nicht gewachsen ist. General hin oder her. Er erscheint mir instabiler zu sein als noch im Dschungel. So etwas wie das hier hat er sicher noch nicht mitgemacht. Aber ich kenne mich im Untergrund aus.«

Thomas zischelte: »Was für eine Idee haben Sie, Edgar?«

Barbara nickte ihrem Mann zu. Berghof hatte sich mehr als einmal als echte Hilfe erwiesen. Auch sie wollte seine Idee hören. Sie saßen mit ihm zusammen in einem Boot.

»Ich habe zig Ausgrabungen mitgemacht«, erklärte Berghof daraufhin. »Bin schon in unzähligen Gräbern gewesen. Das hier ist nicht so anders. Viele macht so etwas mürbe. Man leidet schnell unter Verfolgungswahn oder anderen Wahnvorstellungen. Vielleicht denkt Jager, dass wir ihm seine Entdeckung streitig machen wollen. Oder er fühlt sich bedroht, weil wir mehr wissen als er. Mit seiner Waffe im Anschlag ist er im Moment doch geradezu unzurechnungsfähig. Vor allem im Angesicht so eines Vermögens, das er hier unten neben der Portalentdeckung machen könnte.«

»Aber die Regierung weiß doch Bescheid?«, wand Barbara ein.

»Benimmt sich so vielleicht ein Mann, der sich um die Regierung schert? Er hat nicht einmal mit der Wimper gezuckt, als jeder Einzelne seiner Agenten gestorben ist. Das muss er doch auch irgendwem erklären, wenn er nach Hause kommt. Ich glaube, er ist in Gedanken schon lange nicht mehr bei der Regierung. Nehmen Sie wenigstens den da, Thomas.«

Berghof wies auf das Ende des Ganges, durch den sie gingen. Vor dem Konterfei des Gesichtes der bekannten Katzengestalt, die in einem runden Kreis aus Wellen von der Wand auf sie blickte, war ein Waffengestell aufgefaltet. Daran lehnte ein einzelner goldener Speer, dessen Spitze auch ein Diamant sein konnte, so glänzte sie.«

»Als Beute?«, witzelte Thomas. Doch sein eigenes heiseres Lachen blieb ihm vor Aufregung im Halse stecken.

»Zur Verteidigung«, zischte Berghof. »Der ist zumindest besser als die Machete. Und ich komme derweil mit meinem Messer ganz gut klar. Wegschneiden brauchen wir hier unten wohl auch nicht mehr viel. Und vielleicht finden wir für Sie auch noch etwas Besseres, Barbara.«

Thomas nahm Berghofs Rat kurzerhand an.

»Und Jager?«, meinte er sorgenvoll. Er besah sich die Waffe in seiner Hand.

»Der interessiert sich für den Weg nach vorn, nicht für Speere. Und wenn er doch etwas dagegen hat, dann können Sie ihn ja immer noch weglegen. Aber wenn es brenzlig wird …«

Er führte den Gedanken nicht weiter aus.

Der General hatte nichts einzuwenden. Er schien es nicht einmal zu bemerken, dass Thomas sich anderweitig bewaffnet hatte. Stattdessen ging es unter seiner Führung immer noch weiter und tiefer in den Tepui. Barbara, Thomas und Berghof bildeten jetzt stets die Nachhut.

In einem langen, schnurgeraden Gang, in dem sie über weitere künstliche Rinnsaale stiegen, wurde Barbara wieder langsamer.

»An allem, was Sie sagen, ist etwas dran, Edgar.« Sie überlegte. »Ich glaube auch, dass Sie sich gut auskennen. Schlagen Sie also vor, auf eigene Faust den Portalort zu suchen. Falls so einer existiert?«

Sie gelangten plötzlich durch einen runden Bogen in ein mächtiges Gewölbe. Jager, Felden und Wilmer hatten ein gutes Stück Vorsprung und begannen bereits mit der Erkundung. Rechter Hand war die Höhle groß und geräumig und seitlich durch eine hohe, noch oben kuppelförmig verlaufende Felswand begrenzt. Die war ausnahmsweise nicht aus Gold. Vielleicht hieß das ja, dass sie an einen besonderen Ort gelangt waren. Linker Hand erstreckte sich auf gesamter Gewölbelänge ein paar Schritt neben ihnen ein Felsvorsprung, der wie schon der Spalt unter der Brücke jäh in die Tiefe abfiel. Doch wie weit genau oder was dort unten lang, war beim besten Willen nicht zu erkennen. Auch, als sie ganz nah herantraten, konnten sie den Boden des Abgrundes nicht ausmachen. Dafür erspähte Barbara in der Ferne gegenüber ihrem Eingang vier Ausgänge, durch die es immer noch weiter hinunterzugehen schien. Vielleicht ja dorthin, wohin die Schlucht führte …

Als sie sich neben der Kante stehend – weit weg von Jager – ebenfalls ein wenig orientiert hatten, nahm Berghof Barbaras Frage wieder auf. »Wenn ich so etwas vorschlagen würde, dann wäre wohl jetzt der richtige Zeitpunkt. Hier gabelt sich unser Weg. Wenn wir einen guten Moment abpassen, dann können wir Jager und seinen beiden letzten Getreuen entwischen, ohne dass sie großartig etwas dagegen machen können. Wir haben Licht und können schnell sein.« Er grinste. »Außerdem haben wir ja jetzt noch einen echten Speer«, versuchte er die Situation aufzulockern.

Thomas ging nicht darauf ein und sprach, ohne den Speer in seiner Hand auch nur anzublicken. »Woher wissen wir, dass unser der richtige Weg ist.« Er fixierte angestrengt die Ausgänge.

»Woher wissen wir, dass der Ausgang, den Jager wählt, der richtige ist?«, stellte Berghof die Gegenfrage. »Jeder Weg hat dieselbe Chance zum Ziel zu führen. Und wenn ich es mir genau überlege, möchte ich am liebsten, dass *wir* diejenigen sind, die einen Weg heraus entdecken. Gerne ohne Jager.«

Barbara sah Thomas an. Der biss sich auf die Lippe. »Wir können Wilmer und Felden aber nicht allein mit Jager zurücklassen. Immerhin gehen wir davon aus, dass der General nicht mehr Herr seiner Sinne ist …«

Berghof starrte ihn an. Barbara fragte sich wirklich, ob Edgar auch dafür Verständnis hatte. Denn Wilmer und den Professor ins Vertrauen zu ziehen und alle gemeinsam gegen Jager aufzubegehren, war mehr als riskant. Doch sie sah es so wie er. Thomas hatte selbst hier unten in dieser verrückten Situation nicht sein gutes Herz verloren.

»Verflucht«, raunte Berghof. Er dachte nach und schien dabei mit sich zu ringen. Barbara hielt gespannt die Luft an. Sie hatten nicht mehr allzu viel Zeit, bevor Jager alles inspiziert hatte. Gerade studierte der General Zeichnungen, die vielleicht mit Meißeln in den Fels rechts des Eingangs gehauen waren. Vielleicht glaubte er, Hinweise auf den richtigen Weg darauf zu finden.

Plötzlich hellte sich Berghofs Blick auf. »Ich muss mich bei Ihnen entschuldigen, nicht selbst den Vorschlag gemacht zu haben. Fast könnte man meinen, Sie wären das Mitglied eines Geheimbundes, der sich dem Wohle der Menschheit verschrieben hat, und nicht ich. Wir sollten die beiden tatsächlich mitnehmen. Sie sind unschuldig. Danke, Thomas! Ich weiß, dass es nicht leicht ist, sich für den schwierigeren Weg stark zu machen.«

Barbara war stolz auf ihren Mann. Sie lächelte ihn an.

»Also schön«, schlug Berghof vor, »ich gehe zu Felden und Sie zu Wilmer. Einverstanden?«

Barbara nickte. Aber Thomas zögerte noch.

»Wie sollen wir sie überzeugen, mit uns zu kommen? Wir haben nur einen Versuch. Sicher werden sie zuerst Zweifel haben, uns zu folgen.«

Berghof machte ein ratloses Gesicht. »Wir sollten ihnen klarmachen, dass wir gegenüber Jager einen entscheidenden Vorteil haben. Vielleicht …« Er stockte und dachte nach. Offenbar wusste auch er nicht, worin dieser Vorteil bestehen sollte. »Naja, vielleicht machen sie es so oder so. Wie Sie schon sagen, Thomas, wir dürfen es zumindest nicht unversucht lassen. Das Glück ist mit den Mutigen …«

Barbara und Thomas sahen sich gegenseitig im selben Augenblick an. Es war einfach zu gefährlich, es ohne richtigen Trumpf zu versuchen. Vielleicht war jetzt der richtige Zeitpunkt gekommen. Es durften nicht noch mehr von ihnen sterben. Sie dachten beide dasselbe. Barbara konnte Thomas auch ohne Worte verstehen: Berghof war ihr Verbündeter. Also sollte er ihr Geheimnis erfahren. So wie Wilmer und Felden. Gemeinsam hatten sie eine viel bessere Chance, lebend hier herauszukommen und Jager die Stirn zu bieten.

Barbara seufzte. »Wir sagen Ihnen, wie man ein Portal öffnet. Das wird sie überzeugen.«

Berghof sah Barbara irritiert an. »Sie wollen mir ihr Geheimnis erzählen?«

»Und Sie erzählen es dann Felden. Auch der wird nicht so dumm sein, Jager dieses Geheimnis auf dem Silbertablett zu liefern.«

Thomas stieg mit ein. Er sah Berghof ernst an. »Hören Sie gut zu, Edgar: Alles hat mit Spiegeln zu tun. Vielleicht auch mit anderen spiegelnden Oberflächen. Augen zum Beispiel. Sobald man ein für den Portalzauber vorgesehenes Spiegelobjekt besitzt, dann verstärken Augen die Magie. Der Portalaufrufer muss sich selbst in die Augen schauen – zum Beispiel mithilfe mehrerer Spiegel, die Helfer um ihn herum positionieren – und dann den Wunschort für das Portal aussprechen. Immer wieder, bei absoluter Konzentration. Dann öffnet sich irgendwann ein Portal.«

»Das ist alles?« Berghof war verdutzt. »Konzentrieren, anschauen, sprechen?«

Thomas nickte. »Schwieriger ist es wahrscheinlich, die Spiegelobjekte zu verzaubern. Die eigentliche Prozedur ist weniger kompliziert. Wir haben gesehen, wie Finn es mit seinen Freunden gemacht hat. Natürlich muss man noch den richtigen Ort finden oder die richtigen Teile besitzen …«

»Danke«, sagte Berghof. »Sie sind ein guter Mensch.« Er lächelte.

»Dann los!«, flüsterte Barbara.

»Dann los!«, erwiderte Berghof.

Er machte einen Satz nach vorn und stieß Thomas über den Felsvorsprung in die Schlucht.

Der Hohepriester

Barbaras entsetzter Schrei erstarb, als Berghof sich auch auf sie warf. Er überrumpelte sie und presste sie auf den harten Stein. Ihre Machete war Barbara längst entglitten. Die Schüsse aus der Maschinenpistole, die in der Höhle widerhallten, drangen bloß dumpf zu ihr. Sie hatte Mühe zu verstehen, was geschah, und vor ihrem inneren Auge sah sie allein Thomas, der erschrocken in die Tiefe stürzte. Es war vorbei. Ihr Abenteuer in einem einzigen scheußlichen Augenblick ausgelöscht. Berghof hatte Thomas umgebracht. Die Erkenntnis erschütterte sie und traf sie wie ein Schlag in die Eingeweide. Viel härter als das Gewicht Berghofs, der sie weiter nach unten drückte. Ihr wurde speiübel. Sie wollte sich übergeben, schaffte es aber nicht. Hustend krümmte sie sich unter Berghof und als sie ihren Kopf zur Seite drehte, sah sie in die weit aufgerissen, toten Augen von Professor Felden. Er lag in seinem eigenen Blut, das sich langsam ausbreitete und mit jenem des ebenfalls toten Wilmer vermischte, der daneben lag. Barbara schloss die Augen. Das alles wollte sie nicht sehen. Sie spürte, dass sie zusammen mit Thomas auch Finn verloren hatte. Allein schaffte sie es nicht. Vielleicht wollte sie gar keine Antworten mehr. Vielleicht wollte sie zusammen mit Thomas sterben.

»Barbara, ich werde Sie nun hochziehen! Sie werden doch keine Dummheiten machen, oder?«

Berghofs Stimme war kalt und ungerührt. Sie hatte sich verändert. Da sprach ein anderer Mann zu ihr. Einer, der kein Mitgefangener war. Kein Komplize. Kein Freund.

Doch Barbara hatte keine Kraft, die Dinge zu hinterfragen. Ihre Gedanken sprangen bloß noch von Thomas zu Finn und wieder zurück. Worauf warteten die beiden Männer? Wollten sie sie nicht auch töten? Jager trat zu ihnen.

»Edgar, zieh sie hoch und bring sie von dem Vorsprung weg. Ich möchte Sie noch bis zum Schluss dabei haben.«

Unsanft zerrte Berghof an ihr, ließ von seiner Umklammerung ab und fasste ihr stattdessen unter die Arme. Er musste spüren, dass er keine Gegenwehr von ihr zu erwarten hatte.

»So ist es gut«, sagte er angestrengt. Er hievte sie auf die Beine. »Ist auch besser für Sie, Barbara. »Bitte seien Sie beim Fesseln gleich ebenso vernünftig und kooperativ. Das mit Thomas tut mir leid. Ehrlich. Aber es war nötig. Das werden Sie sicher einsehen.«

In dem Moment legte sich ein Schalter bei Barbara um. Wie konnte Berghof es nur wagen, über Thomas zu sprechen? Und dann auch noch, als ob er nicht viel mehr als ein unbedeutender Gegenstand wäre, bei dem man sich kurz entschuldigte, wenn man ihn zerbrochen hatte! Blanker Hass stieg in ihr auf. Und dann hatte sie rein gar nichts mehr zu verlieren.

Ungeachtet der Maschinenpistole in Jagers Hand und Berghofs Griff riss Barbara die Arme hoch und sprang nach vorn. Berghof war überrascht und ließ zu locker, um sie festzuhalten. Im Sprung rammte Barbara Jager das Knie in den Unterleib, schob sich neben den zusammenbrechenden General, packte sein rechtes Ohr und riss daran. Es riss vom oberen Ende her ein, bis es nur noch zur Hälfte am Kopf baumelte. Das Geräusch hörte sich an, als würde ein dicker Stofffetzen von einem Mantel abgerissen. Barbara schrie ihre Wut und ihr Entsetzen wild heraus. Sie hechtete zu ihrer Machete noch ehe Berghof diese erreicht hatte. Von unten nach oben schlug sie zu und traf Berghof satt an der Brust. Die Klinge schnitt durch das Hemd eine Kerbe längs ins Fleisch. Berghof taumelte zurück. Intuitiv ließ Barbara von ihm ab und drehte sich wieder Jager zu. Und das war nur gut: Sein Ohr haltend krümmte und krabbelte der General seiner Waffe entgegen. Fast hatte er sie erreicht, doch Barbara war schneller: Sie sprang mit der Stiefelsohle auf sein Handgelenk und stieß mit dem Knie noch einmal gegen das verwundete Ohr. Jager schrie und fiel auf die Seite. Barbara war wie im Blutrausch. Sie überlegte nicht mehr, hob die Maschinenpistole auf und richtete sie auf Jager. Und drückte ab. Der Schuss löste sich, doch im selben Augenblick warf sich Berghof von der Seite auf sie und begrub sie ein zweites Mal unter sich. Die Kugel verfehlte Jager um Haaresbreite.

Keuchend hielt Berghof Barbaras Arme fest. Warmer Schweiß tropfte von seinem in ihr Gesicht. Barbara zappelte und strampelte, aber es nützte nichts. Berghof war jetzt gewarnt. Und er war bärenstark.

Neben ihnen richtet sich mühsam Jager auf.

»Du hast mir das Leben gerettet, Edgar. Danke.«

»Für die Flamme, Hohepriester«, antwortete der.

Barbara wollte gar nicht wissen, was das nun wieder bedeutete. Ihre Kräfte schwanden. *Hohepriester*?

»Sieh zu, dass du ihre Hände richtig fesselst«, sagte Jager. »Schlag sie K.O.«

Als wäre es ein Befehl, rammte Berghof Barbara seine Stirn gegen den Schädel.

Barbara erwachte mit dröhnendem Schädel. Sie musste sich orientieren. Wo war sie? Eine Stimme drang an ihr Ohr.

»Das ist alles? Verzauberte Spiegel und Konzentration?«

»So haben sie es mir gesagt. Ganz schön verrückt, oder?«

»Wie dem auch sei. Jetzt kennen wir das Geheimnis. Der Plan ist aufgegangen.«

»Und Barbara? Wollen wir sie wirklich behalten?«

Barbara erkannte Berghofs und Jagers Stimmen. Ihre Brust tat weh. Sie schmeckte Blut. Sie blinzelte, damit sich ihre Augen an die Umgebung gewöhnten. Was meinten die Männer mit *behalten*?

»Natürlich«, sagte Jager. »Das ist doch der Punkt. Sie bleibt solange unsere Geisel, bis wir die Portale aufrufen können. Dann können wir selbst dafür sorgen, dass uns ihr Sohn nicht mit wer weiß was für Begleitern und Waffen überrascht.«

»Und danach …«, fragte Berghof, doch seiner Stimme nach zu urteilen wusste er die Antwort bereits.

»Töten wir sie. Es darf keine Mitwisser geben. Du weißt das genauso gut wie ich. Für die Flamme.«

»Für die Flamme«, erwiderte Berghof.

Die Flamme! Barbara versuchte, alle Informationen miteinander zu verbinden: Beide Männer gehörten zum Flammenden Auge! Sie hatten alle getäuscht. Und Jager war … *Hohepriester*!? Barbara keuchte. Sie musste Thomas erzählen, dass …

Dann wusste sie es wieder! Berghof hatte ihn getötet! Er hatte ihn den Felsvorsprung hinuntergestoßen. Tränen schossen in Barbaras Augen. Sie biss sich auf die Lippen, bis sie bluteten. Ihr letzter Wunsch war es, den beiden Verrätern ihren Plan zu durchkreuzen. Sie versuchte ihre Arme zu bewegen. Doch ihre Hände waren stramm hinter dem Rücken gefesselt. Vielleicht konnte sie sich auf die Beine kämpfen. Aufstehen und wenigstens einen der beiden ebenfalls in den Abgrund stoßen! Sie waren noch immer in der großen Höhle. Und der Felsvorsprung war nicht weit weg … Barbara zog ihre Knie an.

»Da ist ja wieder jemand wach!«

Berghof hatte sofort bemerkt, dass sie sich bewegte und etwas versuchte. »Sie wollen doch nicht wieder etwas Dummes versuchen, Barbara! Haben Sie Verständnis dafür, dass ich Sie dann noch einmal schlagen müsste. Ich würde das wirklich gerne vermeiden!«

Barbara fletschte die Zähne. Sie hasste es, vor dem Mörder ihres Mannes im Staub zu liegen.

Jager schien weniger als Berghof daran interessiert, irgendeine Art Konversation mit ihr zu betreiben. Und er schien sie auch nicht mehr als potenzielle Gefahr zu sehen. Stattdessen fuhr er Berghof an: »Edgar, ich will dich nicht noch einmal bitten.«

»Keine Sorge, Hohepriester. Ich beeile mich. Barbara kann sich nicht befreien.«

Leider hatte er recht. Barbara merkte, wie jeder Versuch, ihre Hände freizubekommen, die Schlingen der Fesseln noch fester zuzog.

Also musste sie mitansehen, wie Berghof begann, Jagers Ohr wieder an seinen Kopf zu flicken. Er holte Nadel und Faden hervor, desinfizierte die Stelle mit einem Spray aus einem Erste-Hilfe-Kit und nähte das Ohr mit zehn Stichen fest. Jager schaffte es, nicht einen Mucks von sich zu geben. Als Berghof fertig war, atmete der General durch.

»Verflucht seien Sie, Mrs. Ritter. Auf ihr Ableben freue ich mich schon.«

Barbara funkelte ihn wütend an. Sie konnte nichts sagen. Das alles war verrückt.

Vorsichtig befühlte Jager sein Ohr.

»Das wird wieder, Hohepriester«, sagte Berghof fürsorglich. »Sieht schlimmer aus, als es ist.«

Jager grummelte etwas. Dann wandte er sich an Barbara.

»Edgar hat mir alles erzählt. Über die Portale. Ist das, was Sie und Thomas ihm erzählt haben, auch wirklich alles.«

Barbara wurde heiß vor Wut. Wie kam er auf die Idee, dass sie ihm auch nur ein Fünkchen Entgegenkommen gewähren würde?

Sie fuhr ihn erstickt an: »Angelogen haben wir ihn. Sie wissen also gar nichts.«

Eine Zeitlang musterte Jager sie. Dann sagte er. »Ich besitze eine sehr gute Menschenkenntnis, Mrs. Ritter. In meiner Position ist das überlebenswichtig. Ich danke Ihnen, dass Sie so offen zu lesen sind, wenn die Wut Sie überkommt. So lange haben Sie beide durchgehalten und Ihr Geheimnis gewahrt. Thomas und Sie hätten weiter schweigen sollen. Aber das haben Sie nicht. Nein, ich sehe es in Ihren Augen. Sie sind wütend auf sich selbst, weil Sie auf Berghof reingefallen sind. Sie haben ihm die Wahrheit gesagt.«

Barbara ließ verzweifelt den Kopf hängen.

»Gut gemacht, Edgar. Ich hätte mir niemand Besseren für diese Mission aussuchen können. Und verzeihen Sie mir, dass ich Ihnen all die Jahre nicht geglaubt habe.«

»Vielen Dank, Hohepriester«, entgegnete Berghof mit einer leichten Verbeugung. »Das bedeutet mir mehr als alles andere. Es ist immer noch unvorstellbar, dass die Arbeit meines Lebens bald Früchte trägt.«

»Das wird sie«, sagte Jager fast väterlich. »Und nun hilf bitte Mrs. Ritter hoch. Sie kann nicht hierbleiben. Am Ende stürzt sie sich noch selbst in die Schlucht.«

Berghof zögerte keine Sekunde. Unsanft zog er Barbara auf die Füße. Sie war wackelig auf den Beiden, aber schließlich stand sie vor den beiden Männern. Die hatten der Schlucht ihre Rücken zugedreht. Da sah sie etwas. Ihre Augen weiteten sich. Jager missinterpretierte ihren Blick.

»Keine Angst, Mrs. Ritter. Sie werden schon bald ihren Frieden finden und müssen mich nicht länger als nötig ertragen. Ich werde Ihr Ableben ganz zum Schluss kurz und schmerzlos gestalten. Alles andere würde sich für das Flammende Auge sowieso verbieten. Ich möchte kein Leid produzieren, wenn es sich doch vermeiden lässt. Apropos: Edgar, du warst ein guter Mensch.«

»Ich verstehe nicht, Hohepriester …«

»Das musst du auch nicht mehr. Für die Flamme!«

Dann feuerte Jager eine Salve seiner Maschinenpistole in den Bauch des verdutzten Berghofs. Als er tot zu Barbaras Füßen lag, waren nur noch sie und Jager übrig.

Barbara hatte etwas gesehen. Sie fühlte plötzlich, dass vielleicht doch noch nicht alles zu Ende war. Aber dafür musste sie reden, musste sie mehr aus Jager herausbekommen. Vielleicht …

Doch da meldete sich schon der General zu Wort. Sein plötzlich gut gelaunter Tonfall ließ ihn wie einen waschechten Geisteskranken wirken. Er hatte doch gerade noch seinen Gehilfen erschossen. War Berghof das gewesen? Ein *Gehilfe*?«

»Wie machen wir es, Mrs. Ritter? Folgen Sie mir freiwillig? Oder muss ich Sie außer Gefecht setzen und mir auf die Schulter laden? Denken Sie aber an den armen Edgar, bevor Sie sich entscheiden. Er hat Sie extra noch für mich aufgehoben, bevor er …«

Schulterzuckend sah er auf die Leiche am Boden. »Nun ja, Sie wissen schon.«

In jedem von Jagers Worten erkannte Barbara pure Menschenverachtung. Sie hatte nur eine Chance!

»Ich werde freiwillig mitkommen, Jager«, sagte sie um Stärke in ihrer Stimme bemüht. »Aber nur, wenn Sie mir vorher Antworten geben.

Ansonsten rühre ich mich nicht vom Fleck. Und wenn Sie mich nicht hier an Ort und Stelle erschießen wollen, schwöre ich Ihnen zu versuchen, Ihnen auch noch das andere Ohr abzureißen, bevor Sie mich über Ihre Schuler legen können.« Kämpferisch fügte sie hinzu: »Also, was soll es sein?«

Lächelnd legte Jager den Kopf schräg und musterte sie. »Sie wären in einem anderen Leben ein fantastisches Mitglied meines Ordens gewesen.«

»*Ihres* Ordens? Soll ich Sie ab jetzt vielleicht mit Hohepriester anreden?«

Jager lachte laut auf. Es funktionierte. Er schien aufgrund ihrer Flucht nach vorn gewillt zu reden. Und anscheinend hatten der ganze Verlauf der Expedition bis hierhin und die drei Morde ihm zu bester Laune verholfen.

»In Ordnung. Ich erzähle es Ihnen. Aber danach folgen Sie mir. Selbst in Ihrer Situation wäre es doch schade, wenn Sie bewusstlos das Ziel erreichten. Sie wollen doch sicher sehen, wie das Portal aussieht, das mich wieder hier hinausführt. Also, versprechen Sie es mir.«

Barbara legte ihre ganze Schauspielkunst in nur drei Worte: »Ich verspreche es.«

Jager nickte. Er war zufrieden.

»Hohepriester also?«, fing Barbara an.

»Sie haben richtig gehört. Der Orden des Flammenden Auges wird von mir angeführt. Gleichwohl wissen das nur die wenigstens unserer zahlreichen Mitglieder. Die meisten können meine Person nicht mit dem Hohepriester verbinden. Er tritt normalerweise maskiert auf. Nur eine Handvoll hochrangiger Mitglieder besitzt dieses Wissen. Es schützt sowohl mich als auch die Ziele des Ordens.«

»Die Ziele des Ordens oder Ihre Ziele?«

Jager lachte wieder.

»So und so. Normalerweise wären es die Ziele des Ordens. Heute sind es eher meine. Ein Portal ist zu wichtig und mächtig, als dass das Wissen darum in zu viele Köpfe darf …«

»Also war alles eine Lüge? Berghof hat uns von den Zielen des Flammenden Auges erzählt. Dass es zum Wohle der Menschheit handelt …«

Jager schnalzte mit der Zunge. »Sehen Sie sich um, Mrs. Ritter. Sieht das hier wie zum Wohle der Menschheit aus? Zum Wohle von bestimmten Menschen, ja. Aber selbst wir können nicht alle auf der Welt im Blick haben.«

»Wusste Berghof von Ihren Machenschaften?«

»Natürlich. Sonst hätte er mir wohl nicht so besonders talentiert geholfen, das alles einzufädeln. Unser Ziel war es von vornherein, Ihnen und

Ihrem Mann auf unserem Weg das Geheimnis der Portale zu entlocken. Das Einzige, das Berghof nicht wusste, war …« Erneut sah er zur Leiche. »Sie denken es sich sicherlich.«

Obwohl Barbara eigentlich Zeit schinden wollte, kamen ihr etliche weitere Fragen in den Sinn, die sie auf einmal tatsächlich beantwortet haben wollte.

»Warum dieses ganze Theater? Gab es keinen anderen Weg?«

»Welchen anderen Weg meinen Sie?« Jager wirkte überrascht über die Frage. »Wir sind auf dem einzigen Weg. Hier erwartet uns irgendwo die Antwort auf die Portalfrage. Nur hier. Und Sie hätten uns niemals die Information über Ihren Sohn gegeben, wenn wir Ihnen nicht vorgespielt hätten, dass Sie zusammen mit einem Mitgefangenen, der in der gleichen misslichen Lage wie Sie ist, das ganze Unterfangen gegen den bösen General doch noch für sich entscheiden könnten. Nachdem einer nach dem anderen den Weg alles Irdischen gehen musste …«

Barbara schwante plötzlich Böses. »Sie meinen …«

»Sie sind doch Polizistin, Barbara. Denken Sie genau nach, dann werden Ihnen zu viele Ungereimtheiten auffallen, als dass alles hier Zufälle oder Unglücke hätten sein können.«

»Sie haben die anderen umgebracht? Wie Felden und Wilmer? Carlos …«

Jager unterbrach sie und führte ihren Satz rasch weiter: »Carlos hat sich natürlich nicht gegen seinen eigenen Ratschlag vom Lager entfernt. Wie naiv Sie alle waren, das zu glauben. Nein, wir haben ihn in der Nacht vergiftet. Das Gift hatten wir seit dem Flughafen dabei.«

»Sie und Berghof?«

»Und Weishaupt. Auch er war Mitglied des Flammenden Auges. Und wie Berghof starb er für etwas Größeres.«

Barbara konnte es nicht fassen. »Er war eingeweiht in das alles?«

»Exakt«, antwortete Jager. »Weishaupt war schon früh von mir ins Sperrgebiet eingeschleust worden. Und zusammen mit Berghof haben wir dann alles geplant. Seit Berghof *zufällig* …« – Jager machte Anführungszeichen mit den Fingern seiner freien Hand – »… just an dem Tag auftauchte, als das Portal Ihres Sohnes verschwand, war das Ganze eine ziemlich gute Theatervorstellung. Weishaupt half Berghof und mir sowohl bei Carlos als auch bei Vincent. Da wir drei waren, konnten wir die Wachschichten so einteilen, dass niemand Verdacht schöpfte. Es war leicht, Vincent aus dem Ballon zu werfen, während die anderen schliefen. Und nachdem sein Dienst für das Flammende Auge vollbracht war, habe ich bei der Brücke selbst dafür gesorgt, dass Weißhaupt nicht mehr im Weg ist.«

»Aber wieso töten Sie ihre eigenen Mitglieder?«

»Mrs. Ritter. Beleidigen Sie nicht Ihren eigenen Verstand. Ich kann nicht riskieren, dass das Portalgeheimnis hinaus in die Welt getragen wird. Es war ein echter Glücksfall, dass das Portal Ihres Sohnes verschwunden ist. Andernfalls wäre ich zwar immer noch in sämtliche Forschungen eingeweiht gewesen, aber es wäre sehr viel schwieriger gewesen in die Wege zu leiten, die Erkenntnisse von Felden und seinem Team nicht mit der Regierung und der Wissenschaft teilen zu müssen.«

Langsam glaubte Barbara hinter Jagers Geheimnisse zu kommen. »Also sind Sie gleichzeitig General und Hohepriester?«

»Sie haben es erfasst. Es war nicht gelogen, dass das Flammende Auge viele Mitglieder in hohen Positionen auf der ganzen Welt besitzt. Wir lenken und leiten wie Berghof es Ihnen verraten hat.«

Barbara nickte düster. »Aber eben nicht zum Wohle der Menschheit.«

»Ansichtssache«, entgegnete Jager beinahe amüsiert.

»Was ist mit Bäumer?«

»Gute Frage. Bäumer haben wir ebenfalls vergiftet. Berghof hat uns am Ende so lange durch den Dschungel geführt, bis sein Herz förmlich explodiert sein muss. Es war nur eine Frage der Zeit, bis das Gift wirkte, nachdem ich morgens ein paar Tropfen in seine Feldflasche gegeben hatte. Natürlich hätten wir viel schneller aus dem Dschungel heraus sein können.«

Die Kaltherzigkeit Jagers schockierte Barbara, obwohl sie ja insgeheim immer gewusst hatte, dass er ein schlechter Mensch war.

»Bitte sagen Sie nicht, dass auch Talsum für Ihren Wahnsinn bezahlen musste. Gibt es dort oben Roben? Und lügen Sie mich nicht an!« Barbara aber wusste insgeheim nicht, ob sie die Antwort überhaupt hören wollte.

Wortlos legte Jager seinen Rucksack ab, behielt sie dabei im Blick und zog dann eine Art Vogelkralle an einem kurzen Stock daraus hervor. Stolz präsentierte er das Stück, an dem getrocknetes Blut klebte.

»Hier in Venezuela angefertigt. Von einem Kontakt Berghofs. Praktisch in einen Rucksack verpackt und abholbereit am Flughafen direkt nach unserer Ankunft. Die Kralle ist komplett künstlich. Soll ich sie Ihnen einmal demonstrieren?«

Der General führte die Kralle an ihre Brust und fuhr damit an ihrem Oberkörper entlang. Barbara musste sich zusammenreißen, nicht die Fassung zu verlieren. Sie hatte Angst. Doch dann zog Jager die Kralle zurück.

»Ich bin ziemlich sicher, dass es hier niemals eine Robe gegeben hat,

Mrs. Ritter. Wahrscheinlich würden wir nicht mal einen Geier da oben auf dem Tepui finden.«

»Aber die Zeichnung in Edgars Notizbuch …«

»Muss ich der Polizistin wirklich alles erklären?«

Jager schien langsam die Lust zu verlieren, ihre Fragen zu beantworten. Er warf die Kralle achtlos neben sich.

»Gefälscht«, sagte er gleichgültig. »Gefälscht, um in erster Linie Professor Felden und den Kanzler zu täuschen. Wir haben die Zeichnung nach dem toten Vogel aus Ihrem Haus angefertigt. Die gewünschte Wirkung hat sie jedenfalls nicht verfehlt: Der Professor konnte den Kanzler aufgrund von Vogel und Notizbüchlein überzeugen, die Expedition zu genehmigen und Geld locker zu machen. Wie schnell die Menschen den Blick für das Offensichtliche verlieren, wenn ihnen ein Schatz die Sinne vernebelt …« Der General schüttelte versonnen den Kopf. Dann sah er wieder Barbara an. »Außerdem war die Geschichte mit den Roben dazu geeignet, noch eine weitere Person loszuwerden. Es wäre doch auch wirklich zu auffällig gewesen, alle den Gifttod sterben zu lassen!«

»Das ergibt doch keinen Sinn!«

Barbara versuchte ihn aus der Reserve zu locken. Vielleicht redete er auf diese Weise einfach weiter.

»Warum haben Sie den Kanzler da überhaupt mit hineingezogen? Oder Felden? Bloß um ihn hier zu erschießen?«

Jager lächelte hartherzig. »Man kann wohl kaum von *hineinziehen* sprechen. Meinen Posten hatte ich schon lange vor dem Vorfall in der Wohnung Ihres Sohnes. Ich hätte mir nicht träumen lassen, dass das Abzeichen eines Generals mir einmal solch eine Chance bieten würde. Aber natürlich musste ich den Schein wahren: Undenkbar, bei so einer Sache nicht einen Wissenschaftler hinzuzuziehen, der Ahnung auf so einem Gebiet hat. Auch wenn ich natürlich lieber jemanden aus meinen eigenen Reihen dafür genommen hätte. Aber Professor Felden war einfach der Beste. Leider war selbst er erfolglos was die Portalforschung betrifft. Das Portal verschwand, bevor er einen Durchbruch erzielen konnte. Beim ganzen Rest war er trotzdem nützlich. Als ich erfuhr, dass Portale wirklich existieren und Sie eine tote Robe im Keller versteckten, wollte ich darüber hinaus jemanden haben, der auch in Biologie bewandert war.«

»Ich verstehe nicht …«

»Hören Sie, Mrs. Ritter, wir haben nicht den ganzen Tag Zeit. Wollen Sie mich etwa hinhalten? Es war so: Edgar kam schon vor vielen Jahren zum Orden und wollte die Führungsebene davon überzeugen, dass es im Amazonasbecken Portale gibt.«

»Und warum sind Sie dann nicht schon damals aufgebrochen und haben danach gesucht?«

Jager kräuselte die Lippen. »Weil ich ihm nicht glaubte. Ich hielt ihn für verrückt. Dachte, er hätte irgendwo im Gefängnis seinen Verstand verloren. Was soll ich sagen? Irren ist menschlich … Und als der Zwischenfall bei Ihrem Sohn mich eines Besseren belehrte, erinnerte ich mich an Edgar und seine Geschichten und holte ihn zu mir. Das Amazonasbecken war unser Plan B, falls wir im Sperrgebiet nicht weiter kamen. Und jetzt würde ich gerne weiter. Wenn Sie gestatten?«

Aus dem Augenwinkel sah Barbara über Jagers Schulter. Ein Schauer lief ihr über den Rücken. Sie brauchte nur noch ein wenig mehr Zeit. Fieberhaft verband sie all die losen Enden von Jagers Geschichte zu einem großen Ganzen. Alles schien perfekt geplant worden zu sein. Bis auf eine Sache!

»Das mit dem Kanzler ist trotzdem schlecht überlegt«, sagte sie und bemühte sich, nicht an ihm vorbeizusehen. »Ihn einzuweihen, ihn um Geld zu bitten, die Aufmerksamkeit, die das Ganze am Flughafen nach sich gezogen hat. Wie wollen Sie in Ihrer Position untertauchen? Und bei etwas so Wichtigem wird man Sie suchen. Die Regierung lässt nicht locker, glauben Sie mir. Sie werden irgendwann auf die Leichen der anderen stoßen.«

Jager bleckte fies seine weißen Zähne. »Da irren Sie sich, Mrs. Ritter. Die Einweihung des Kanzlers war das Herzstück des Plans. Was glauben Sie, wo wir uns gerade befinden, Mrs. Ritter.«

Barbara war ehrlich verdutzt. Was sollte die Frage?

»In Venezuela. Nahe der Grenze zu Guyana. Irgendwo im Roraima-Tepui«, antwortete sie vorsichtig.

»Sehen Sie? Und deshalb bin ich der Hohepriester des Flammenden Auges. Ich denke weit voraus. Wir sind im Surisarinama-Tepui, etwa 750 km westlich von der Grenze zu Guyana. Sicherlich wird man nach uns suchen. Eine gewisse Zeitlang. Aber man wird nichts finden. Unsere Expedition wird als verschollen gelten, niemand wird auf die Idee kommen, dass etwas anders gelaufen ist als vereinbart. Dutzende Mitarbeiter der venezolanischen Regierung haben uns am Flughafen gesehen. Und auch die Portale wird niemand finden, mit denen ich von hier wegkommen werde. Oder wiederkommen, wenn mir danach sein sollte. Im Roraima ist nämlich nichts verborgen. Also wird man auch nicht annehmen, dass einer aus unserer Expedition das Geheimnis hat entschlüsseln können. Schon damals hat Edgar hier auf dem Surisarinama seine Feldstudien durchgeführt und nicht auf dem Roraima.«

In Barbaras Eingeweiden kribbelte es. Sie wusste nun alles. Aber das war nicht entscheidend. Es kam bloß darauf an, dass das Licht und die Gestalt hinter Jager auf leisen Sohlen immer näher kamen.

Jager sagte: »Ich fordere Sie ein letztes Mal im Guten auf, Mrs. Ritter. Ich bin sehr zuvorkommend zu Ihnen gewesen, das müssen Sie zugeben. Keine Geheimnisse mehr – am Ende stimmte die Devise doch. Erweisen Sie dem Flammenden Auge einen letzten Dienst.«

Es war soweit. Barbara sah ihm fest in die Augen.

»Sie sind kein guter Mensch, Jager.«

Bevor der verdutzte General etwas erwidern konnte, bohrte sich eine diamantglänzende Speerspitze von hinten durch seinen Oberbauch.

»Die Flamme ist erloschen«, sagte Thomas. Er trat über den toten Jager zu Barbara und schloss sie in seine Arme.

Der Speer

»Aber wie …?«

Barbara hatte zwar gewusst, dass Thomas noch lebte – zum ersten Mal, als sie ihn in einem Lichtkegel an der Schluchtwand auf einem zuvor verborgenen Weg gesehen hatte – doch das beantwortete nicht eine ihrer Fragen.

»Ich bin ins Wasser gestürzt«, antwortete Thomas knapp. Er atmete jetzt in kurzen Schüben. Der Schock, das alles überstanden und Jager getötet zu haben, schien ihn erst jetzt so richtig einzuholen.

»Atme ruhig!« Barbara hielt ihn ganz fest. Nie mehr würde sie ihn loslassen.

Langsam beruhigte sich seine Atmung wieder.

»Ich sagte doch, dass das unser Abenteuer würde.« Er zwang sich zu einem schiefen Grinsen. Seine Stimme aber blieb belegt. »Nur wir zwei sind noch übrig.«

Als Antwort drückte sie ihn noch fester an sich.

»Wasser also …«, nahm sie daraufhin seine Erklärung wieder auf. »Aber bevor du mehr erzählst, lass uns ein Stück von der Leiche weggehen.«

Sie sah auf Jager, dessen Augen sich mit seinem letzten Atemzug nicht geschlossen hatten. Sein Mund stand ebenfalls offen. Thomas hatte ihn getötet. Das machte etwas mit einem …

»Du kannst mir auch da vorn berichten.«

Sie standen auf.

»Der Speer muss aber mit«, sagte Thomas unvermittelt. Er starrte Jagers Leiche sowie die Waffe an und machte keine Anstalten sich wegzubewegen.

Wenn es für ihn wichtig war, dann sollte es eben so sein! Kurzerhand stemmte sich Barbara mit den Stiefeln gegen die Leiche, zog die Waffe mit einem einzigen kräftigen Ruck heraus und gab sie Thomas zurück, der seine Hand schon danach ausstreckte. Ein bisschen verwunderte Barbara sein Verhalten schon. Trotz allem.

Gemeinsam gingen sie weiter zu den Durchgängen, durch die Thomas kurz zuvor zurück in die Höhle gefunden hatte.

»Ich muss mich doch wieder setzen«, entschied er.

Er lehnte seinen Speer an die Wand des zweiten Durchgangs von links, ließ sich nieder und fixierte die leicht glimmende Waffenspitze. Er sah jetzt richtig verwirrt aus. Barbara konnte es ihm nicht verübeln. Doch dann löste er sich von der Waffe und blickte zu ihr hoch.

»Ich bin so froh, dich wiederzuhaben«, sagte er.

»Du machst wohl Witze!«, antwortete sie. Sie setzte sich neben ihn. »*Ich* bin froh, *dich* wiederzuhaben. Ich war sicher, du wärest tot. Bis ich dich irgendwo da unten gesehen habe. Du bist also im Wasser gelandet? Ab wie hast du es so schnell zurück geschafft?«

Barbara sah, wie Thomas sofort wieder seinen Speer in Augenschein nahm. Den Blick, den er aufgesetzt hatte, kannte sie nicht von ihm. Es war nicht nur die Aufregung, die darin lag.

»Wasser, ja …«, sprach er abgehackt. Er musste sich sammeln. »Da unten ist ein richtiger See. Ich dachte auch, ich wäre tot. Ich schwebte im Wasser. In tiefster Finsternis. Oben … unten … Alles war gleich. Ich weiß nicht warum, aber aus irgendeinem Grund habe ich den Speer nicht losgelassen. Und dann fing die Spitze an zu leuchten. Und mit ihr das Wasser. Und die Wände … Habt ihr hier oben nichts davon gesehen?«

Barbara war überrascht.

»Nein … Ich sah dich erst damit leuchten, als du wieder weiter oben an der Felswand warst. Wir waren hier wohl mit anderen Dingen beschäftigt.«

Thomas nickte abwesend. Er schien sie kaum gehört zu haben.

»Dieser Speer …«

»Was ist denn damit?«

»Er hat mir das Leben gerettet. Ist es nicht pure Ironie, dass Edgar ihn mir aufgeschwatzt hat …«

Barbara erwiderte zuerst nichts.

»Schon möglich«, murmelte sie schließlich. »Er hat dich gerettet? Durch sein Licht? Vielleicht ist er so eine Art Eisenholzstab. Wie der von Decora.«

»Daran habe ich auch gedacht«, überlegte Thomas etwas gefasster. »Aber es war nicht nur das Licht.«

Thomas streckte die Hand nach der Waffe aus und schloss seine Finger um den Schaft. Vorsichtig zeigte er mit der Spitze in den dunklen Gang, der vor ihnen hinab führte. Sofort begann die Speerspitze heller zu leuchten. Barbara hatte das Gefühl, dass nicht Thomas' Hand die Richtung vorgab, sondern der Speer selbst. Er schien regelrecht an Thomas zu ziehen.

»Er hat mich geführt«, bestätigte er. »Der Weg war das reinste Labyrinth.

Ganz anders als bisher. Aber ich wusste genau, wohin ich gehen musste. Der Speer ist verzaubert. Das ist die einzige Erklärung.«

Barbara kam gut damit klar. »Das ist nicht das Verrückteste, was ich heute gehört habe.«

Thomas lachte leise. Langsam wurde er wieder, dachte Barbara.

»Ich frage mich, wie Jager den Weg finden wollte«, rätselte er.

Barbara wusste die Antwort sofort. »Er war wahnsinnig«, entschied sie klipp und klar. »Und er war felsenfest davon überzeugt, hier Portale zu finden. Wahrscheinlich hätte er mich tagelang auf der Suche nach ihnen durch die Gänge geschleift. Bei seiner Geschichte!«

Barbara konnte selbst nicht glauben, welche Wendungen die ganze Sache zuletzt genommen hatte.

»Kaum zu fassen, dass wir überhaupt hier stehen. Und das Lebendig. Ich hoffe nur, dass in den Rucksäcken zwei von diesen WiSBASE-Ausrüstungen zu finden sind, oder wie die Dinger hießen. Wir müssen nur zurückfinden, an Wilmers Seilen hochklettern und lernen, wie man einen BASE-Jump von einem Tepui macht. Dürfte im Vergleich zu allem anderen doch eine Kleinigkeit sein!«

Thomas sah sie entgeistert an. »Wovon sprichst du?«

»Vom Rückweg«, erklärte Barbara. »Oder möchtest du den Rest unserer Tage zusammen mit viel Gold und einem Zauberspeer im Eldorado der Pferde- und Katzenstatuen verbringen?«

Thomas Lippen zeigten erneut den Anflug eines Lächelns.

»Ich verzichte«, sagte er entschieden. »Im Gegenteil: Wir machen uns aus dem Staub und werden Finn wiedersehen. Jager war verrückt, aber in einer Sache hatte er recht.«

Der Speer in Thomas` Hand zuckte. »Da unten gibt es Portale. Und ich weiß den Weg zu ihnen.«

Barbara küsste ihn vor Glück. Es war so viel geschehen, dass sie einfach nicht mehr daran zu glauben gewagt hatte, ein wahrhaftiges Portal zu finden.

»Komm«, sagte er. »Unser Abenteuer ist noch nicht vorbei. Ich denke, es geht mir wieder besser. Aber wir sollten uns jetzt beeilen.«

Barbara fragte sich allen Ernstes, warum jetzt noch besondere Eile geboten war. Da marschierte Thomas schon los.

»Wie wäre es, wenn du mir auf dem Weg zum Wasser erzählst, was hier oben in meiner Abwesenheit passiert ist?!«

Sie fand, dass sein Tonfall bemüht locker klang.

»Und dass der General es wirklich verdient hat, hinterrücks aufgespießt zu werden!«

STILLE WASSER

Barbaras Geschichte war bald erzählt. Es beruhigte sie, auf den verschlungenen Wegen zu Thomas' See zu reden. So musste sie nicht darüber nachdenken, warum ihr Mann immer noch so verändert wirkte. Irgendetwas stimmte nicht. War es nur deswegen, weil er Jager aufgespießt hatte?

»Wenn wir da unten wirklich Portale aufrufen können«, sagte Barbara, »dann haben wir es endlich geschafft. Wir müssen nicht mehr so rennen. Willst du vielleicht darüber reden, was mit Jager geschehen ist. Oder mit den anderen?«

Sicherlich brauchte er einfach noch ein bisschen. Sie würde es noch Tage hier unten aushalten, wenn es dafür Thomas besser ging und sie am Ende Finn wiedersehen würden.

»Thomas, bleib doch mal stehen!« Sie fasste seine Schulter und hielt ihn im Gehen zurück. »Sieh mich an! Mit dir ist doch was!«

Thomas wurde endlich langsamer. Er machte die letzten paar Schritte in einen kleinen Raum, aus dem heraus Barbara geschlagene sieben schmale Durchgänge zählte. Hinter jedem war es stockfinster. Sie hatte nichts anderes erwartet. Der Speer zuckte nun sanft in der Hand ihres Mannes und zeigte auf den Ausgang, der ihnen direkt gegenüber lag.

Seufzend drehte Thomas sich zu ihr um. »Das ist es nicht«, sagte er.

»Was dann«, bohrte Barbara nach. »Du solltest mir nichts vorenthalten. Und hier unten schon gar nicht.«

Sie bemerkte, wie er sich gleich wieder umdrehen wollte und in den Gang schielte, in den die Speerspitze ohne Unterlass zeigte. Ihr Herz begann schneller zu klopfen. Sie hatte eine Ahnung.

»Was ist noch da unten?«

Thomas antwortete nicht.

»Thomas!?«

»Ich weiß es nicht«, antwortete er schließlich. »Aber als ich aus dem Wasser kam, habe ich es hinter mir gesehen.«

Barbara lief es kalt den Rücken herunter, so wie Thomas das sagte.

»Was hast du gesehen?«

Er biss sich auf die Lippe.

»Ich hatte Angst. Ich bin so schnell wie möglich weg.« Er ließ den Kopf hängen. »Und ich musste zurück zu dir. Ich weiß es wirklich nicht.«

Barbara nickte.

»Aber warum wolltest du dann so schnell wieder hinunter? Ich weiß nicht, ob das eine gute Idee ist …«

»Barbara!«

Thomas blickte auf und sah sie jetzt aus wachen Augen an. »Da unten liegt unser einziger Weg zu Finn. Wenn auch nur der Hauch einer Chance besteht, ihn wiederzusehen, dann werden wir es auch versuchen. Aber wenn da unten wirklich etwas im Wasser war, dann müssen wir so schnell wie möglich handeln. Ich bin sicher nicht unbemerkt geblieben. Und bevor ich beim darüber Nachdenken vor Angst sterbe oder irgendetwas noch mehr Zeit, uns aufzulauern, sollten wir einfach so schnell wie möglich machen.«

Barbara brauchte nur einen einzigen Herzschlag: »Dann los! Es wird Zeit für das nächste Kapitel unseres Abenteuers!«

Die letzte Windung ihres Wegs führte ein Stück nach oben. Dann standen sie vor einem schmalen, rechteckigen Durchlass, der etwa auf Hüfthöhe in den Fels gehauen war. Auf natürliche Weise war er nicht entstanden.

»Wir müssen kriechen«, erklärte Thomas.

Sein Speer schien beinahe durch die enge Stelle hüpfen zu wollen. Dahinter war es absolut dunkel.

»Bist du sicher?«, fragte Barbara. »Ich sehe keinen See. Kein Leuchten …«

»Nein«, sagte Thomas. Aber der Speer ist es.«

Dann zwängte er sich durch den Spalt und Barbara folgte ihm.

Dahinter standen sie wieder aufrecht. Die Speerspitze warf weißliches Licht um sie. Ein Kreis breitete sich um sie aus, dahinter aber lag die ewige Dunkelheit des Tepuis. Mehr als zwei Meter konnten sie nicht sehen.

»Sind wir wirklich richtig?«, flüsterte Barbara. Vor Nervosität taten ihr die Eingeweide weh. Hier unten im Ungewissen zu stehen war schlimmer als von Berghof und Jager verraten zu werden.

»Hoffentlich«, gab Thomas zurück. »Hörst du etwas?«

Was für eine schreckliche Frage! Barbara standen die Haare zu Berge.

»Zum Beispiel? Gruselige Pferde oder Katzen? Seeschlangen? Ein Tepui-Monster? Wo ist dein See überhaupt? Und was ist mit den Portalen?«

Sie standen so eng, dass kein Blatt zwischen sie passte.

»Der Speer fing einfach an zu leuchten und mit ihm …«

Aber Thomas brauchte nicht zu Ende zu sprechen: Ein gleißend helles Licht breitete sich von der Speerspitze aus und offenbarte ihnen ein gigantisches Gewölbe. Über ihnen, weit oben, mussten irgendwo die Leichen der anderen liegen, aber dahin gelangte selbst das magische Licht nicht. Dafür trafen die Strahlen weiter hinten an den Felswänden auf zwei in ihrer schieren Größen den Atem raubende Katzenfiguren. Beide glänzten von Gold und streckten sich nebeneinander aus zwei hausgroßen Nischen mit ihren Körpern und Vordertatzen über einen langen See.

Die vordere Katze wirkte wie eine Löwin, während die hintere monsterartige Züge aufwies. Wildes, schlingpflanzenähnliches Haar bedeckte ihr Haupt und das weit aufgerissene Maul offenbarte schwertlange Zähne. Während die Löwenkatze mit dem Kopf nach oben strebte, schien die Monsterkatzenstatue sich der Wasseroberfläche anzunähern.

»Meintest du die beiden?«, fragte Barbara. Sie war fast erleichtert.

Thomas sah sie nicht an, sondern blickte nach vorn. »Das, was ich gesehen habe, war mit mir im Wasser. Komm jetzt!«

»Wohin denn?«

Thomas holte tief Luft. »Ins Wasser.«

Langsam näherten sie sich dem Ufer. Auf den letzten Metern klopfte der Speer wie ein Blindenstock auf den Boden. Es gab kein Vertun: Sie waren richtig.

Schon berührten ihre Füße das stille Wasser und im selben Augenblick leuchtete es unter der Oberfläche hell auf und blendete in ihren Augen.

Barbara erschrak: »Die Spiegel!«

Thomas hielt ihre Hand. Gemeinsam wateten sie vorwärts, bis sie zu den Knien im Wasser standen. Zu zögern machte keinen Sinn. Was hier war, wusste über sie Bescheid oder würde nicht mehr lange dazu brauchen.

»Sie sind unter Wasser!«, rief Barbara erstickt.

Draußen im See, dort, wo die Katzen aus dem Fels kamen, schien eine gleißend helle Plattform unter der Wasseroberfläche fest verankert zu sein. Ihre Oberfläche bestand aus unzähligen Spiegeln und das Mosaik der einzelnen Stücke leuchtete – vielleicht angetrieben vom magischen Speer, vielleicht auch umgekehrt – aus sich heraus ins Wasser hinein und ebenso darüber hinaus und tauchte das Gewölbe in ein Licht, das nicht in tausend Jahren von dieser Welt herrührte! Barbara war verzaubert und angsterfüllt zugleich: Die Strahlen des Spiegellichts schienen sich nicht gerade auszubreiten, sondern bogen und krümmten sich, bahnten sich ihren Weg auch unter die Plattform, hinein in den schwarzen See, der sie irgendwann, viel weiter als irgendjemand tauchen konnte, verschluckte.

»Wir müssen da rausschwimmen.« Thomas Stimme zitterte. »Ich habe eine Ahnung, wie es funktionieren könnte. Das da draußen sind die einzigen Spiegel.«

Barbara nickte gefasst. Und doch wusste sie nicht, ob sie den Mumm aufbringen konnte, so weit in den See zu schwimmen. Keine fünf Schritte vor ihnen endete das seichte Wasser. Dahinter fiel der Grund steil ab. Doch dann dachte sie an Finn. Und an Thomas. Einen ihrer Männer hatte sie bei sich, den anderen würde sie ebenfalls wiedersehen. Kein See konnte sie daran hindern. Nicht einmal, wenn darin Monster tauchten. Ihre Hand hörte auf zu zittern, als Thomas sie ganz fest griff. Sie spürte, dass er ihre Gedanken teilte.

»Unser Abenteuer?«, fragte sie.

»Lass es uns zum Familienabenteuer machen«, antwortete Thomas. Er ließ ihre Hand los und sprang den Speer nach vorn gerichtet mit einem Kopfsprung ins tiefe Wasser. Barbara folgte ihm auf dem Fuße.

Es dauerte eine Weile, bis Barbara sich ans Schwimmen gewöhnt hatte. Sie konnte schlecht sehen, denn Thomas und sie wühlten die Oberfläche des Sees auf und ihre Kleidung sog sich bald voll und wurde schwer. Aber schließlich bekam sie doch ein Gefühl dafür und ihre Brustzüge wurden kontrollierter und effektiver. Als sie es bis zur Hälfte ihres Weges zur Plattform geschafft hatten, sah sie ihn: einen Umriss. Dann einen zweiten. Weit unter ihr tauchte etwas und war gleich darauf aus ihrem Blickfeld verschwunden. Vor Angst kämpfte sie mit den Tränen, doch was immer da unten war, gab ihr einen zusätzlichen Antrieb. Sie kämpfte sich mit gewaltigen Zügen nach vorn und noch ehe sie ein zweites Mal etwas gesehen hatte, berührten Thomas und sie die spiegelglatte Plattform weit draußen. Sie drückten sich gemeinsam darauf und richteten sich auf. Außer Atem wateten sie Richtung Mitte, das Wasser stand ihnen etwa bis zum Bauchnabel. Es war merkwürdig, auf dem Spiegelboden zu laufen, denn das Wasser brach ihre Abbilder auf, verzerrte sie und gaukelte ihnen einen schwereren, trunkenen Irrweg vor. Aber es war immer noch keine Zeit zu verschnaufen.

»Noch weiter weg vom Rand!«, keuchte Barbara. »Wir sind nicht allein.«

»Ich habe es auch gesehen. Konntest du erkennen …« Thomas hatte einige Mühe, aufrecht zu bleiben.

»Nein«, antwortete Barbara. »Ich weiß nicht, was es war.«

Vielleicht war das auch besser so. Sie hoffte nur, dass Thomas wusste, was zu tun war. Sie wollte sich nicht ausmalen, was geschah, wenn dieser See eine Sackgasse war …

»Noch weiter!« Thomas verschluckte sich und hustete Wasser aus. Dann sagte er: »Ich glaube, die Wasserspiegelungen helfen uns. Wahrscheinlich verstärken sie den Zauber wie Augen!«

Barbara dachte über seine Worte nach. Endlich waren sie in der Mitte der Plattform angekommen. Über ihnen bleckte die gigantische Monsterkatzenstatue ihre Zähne. »Dann müssen wir einfach nach unten in die Spiegel schauen? Durchs Wasser hindurch?«

»Siehst du eine andere Möglichkeit?« Thomas war wie sie stehengeblieben. Das Spritzen und Rauschen des Wassers verhallte. Nur ihre Stimmen echoten leise an weit entfernten Wänden. Dann war alles ganz still. Das Licht unter ihnen blendete sie nun nicht mehr. Doch in seltsam stofflichen Fäden schlängelte es sich durchs Wasser, wie es unnatürlicher nicht sein konnte.

»Verzaubert sind sie allemal«, flüsterte Barbara. »Lass es uns versuchen. Weißt du nicht mehr? Unsere Prüfungen sollten doch erfolgreich sein …«

Thomas lächelte. Er sah nach unten. Barbara tat es ihm gleich. Sie sah sich selbst. Aber nicht nur einmal. Die sanften Wellen des Wasser, die Lichtfäden der Spiegel – sie fragmentierten ihr Abbild, spalteten es auf, vermehrten es. Und am Ende standen sie vielen ihrer Ichs unter Wasser gegenüber, als Thomas sprach:

Zu unserem Sohn Finn Ritter.

Es dauerte, bis Barbara miteinstieg.

Zu unserem Sohn Finn Ritter.

Und immer aufs Neue:

Zu unserem Sohn Finn Ritter.

Viele Versuche später merkten sie, dass nichts geschah! Kein Portalkreis öffnete sich vor ihnen. Kein Funkenflug zeugte davon, dass sie in irgendeiner Weise erfolgreich waren.

Zu unserem Sohn Finn Ritter.

Es war doch ihr Abenteuer! Seit wann durften Abenteuer schlecht ausgehen?

Zu unserem Sohn Finn Ritter.

Oder war Finn am Ende …?

Unter Wasser berührten sich wie schon so oft ihre Hände. Das hieß, dass sie noch nicht bereit waren, loszulassen. Noch nicht bereit waren, den einen Gedanken zuzulassen.

Zu unserem Sohn Finn Ritter.

Und da passierte es! Barbara stieß gemeinsam mit Thomas einen erstickten Schrei aus: Von allen Seiten zog sich eine dünne, hellviolett leuchtende Haut aus Licht auf der Oberfläche des Wassers immer enger um sie zusammen. Und mit ihr kamen die Funken! Erst als sich das Portal, das offenbar auf dem Wasser horizontal vom Ufer her zur Mitte angewachsenen war, fast im Mittelpunkt zusammenschloss, wo Thomas und Barbara inmitten dessen gefangen waren, schossen sie überall in kleinen Fontänen aus der wabernden Portalwasserhaut. Sie tanzten und flirrten umher, stiegen höher und höher oder sanken tief hinab, um zu versuchen, es mit der Finsternis des Sees aufzunehmen. Dann war das Portallicht nur noch eine Armlänge von ihnen entfernt. Der Kreis verengte sich weiter. Das Portal würde sie jetzt umschließen. Barbara hielt die Luft an! Aber das alles machte ihr keine Angst mehr. Sie hatte nur noch Hoffnung. Und Vorfreude. Finn lebte! Der Zauber wusste, was er tat. Zuletzt berührte sie das Licht. Es fühlte sich warm an, aber mehr war es nicht: Nur der Hauch einer magischen Ahnung, die sie durchfuhr. Und als sich das Licht durch sie hindurch schob, vollendete das Portal sich in ihrer und seiner eigenen Mitte. Ein Ruck durchfuhr Barbara, dann sank sie hinab in einen See, der verschwunden war. Hinein in ein Bad aus Licht und Funken und Wärme. Sie schloss ihre Augen, hörte ihr Herz, und als sie sie wieder öffnete, sah sie hinter dem runden Portalfenster, das in rasender Zeitlupe näherkam, ihren Sohn Finn zu sich hochschauen.

4. Teil – Unerreichbar

Vier Schlüssel fehlen

Der Gwilling aus Telluriscor, in dessen Leben so viele wundervolle und schreckliche Dinge zugleich geschehen waren, atmete tief ein und aus und sog die köstliche fremde Luft Aethras ein. Er fragte sich einmal mehr, wie er, Woti aus den Sieben-Brot-Landen, in dieses unglaubliche Abenteuer hineingeraten war. Er sah neben seinem Freund Finn von der Erde, der aus uralten, unglaublichen und wahrscheinlich unermesslichen Gründen auch der Dritte Engel war, vorbei nach Süden: Von der südöstlichen Festungsmauer reichte sein Blick weit in die mäandernden Hügelwiesen der Unerreichbaren Festung, ganz östlich nur abgefangen von den Kuppen des namenlosen Gebirges, die ihr Weiß trugen, als herrschte dort in der Ferne noch immer jener Winter, dem sie an den Ebenen des Hirschkopfes entkommen waren.

Woti hörte Finn seufzen. Sie waren stehengeblieben und hatten ihr Gespräch unterbrochen. Zwischen gelben und weißen Meeren von Frühblühern, die den Frühling herbeizurufen schienen, konnten sie die Scharen von Soldatinnen und Soldaten beobachten, die sich weiter draußen auf den Wiesen zum alltäglichen Waffentraining zusammengefunden hatten. Die alonischen Kämpfertruppen hatten nach etwas mehr als einer Woche, die sie nun hier waren, die versprengten Mitgereisten aus Königin Idisis Heer und die kleine Schar Widerständler aus Celsa-Stadt in ihre Mitte geholt. Wenn sie eine Chance haben wollten gegen die Kelpenheere Trucidos, dann zählte jedes einzelne Schwert. Kiran, der sich mit Leib und Seele verbissen der Kommandantur der Truppen verschrieben hatte, wurde nie müde, das zu betonen, und alldieweil schienen es ihm die allermeisten der Kämpfenden auch zu glauben!

Sicherlich, so dachte Woti, während er Finn im Augenwinkel genau studierte, hatte der frischgebackene König auch deshalb erste Erfolge bei dieser gewaltigen Aufgabe des Heerestrainings erzielt, weil er schlichtweg nichts anderes tat: Die Kommunikation von Kiran, Decora und Finn war komplett eingeschlafen. Woti oder bisweilen auch einer der Piraten waren Mittelsmänner, wenn es darum ging, dass die Informationen zwischen den Dreien weitergegeben werden mussten. Der Gwilling war sich nicht einmal sicher, nach wie vielen Tagen Decora davon erfahren hatte, dass Finn sich zwischen einem Haufen später Kämpfer der aethraischen Seite der beiden Heere Telluriscors und der Reise zur Festung angeschlossen hatte. Neu war aber, dass nun auch zwischen Kiran und Decora Funkstille herrschte.

Wotis Freund stand also da und spähte hinaus, hörte die entfernten Rufe und die metallenen Schläge des Waffentrainings und wollte sicherlich nur, zwischen all den Dingen, die es da unten zu sehen gab, einen flüchtigen Blick auf seinen einstigen Freund und Konkurrenten Kiran erhaschen.

»Hast du ihn schon gefunden? Meinem Blick bleibt er entschwunden!«

Finn zuckte zusammen. Er konnte es nicht allzu gut verbergen, wenn man ihn auf dem falschen Fuß erwischte. Anstatt zu antworten, setzte er sich wieder in Bewegung.

»Wen meinst du? Denkst du etwa, ich würde Kiran suchen?«

Er sprach geradezu erzwungen beiläufig.

Woti beeilte sich, dem raschen Schritt Finns zu folgen.

»Wieso sollte ich auch? Er redet sowieso nicht mit mir«, ergänzte sein Freund schnippisch. Sein Tonfall hätte selbst einem vierjährigen Gwilling verraten, dass er sich von Woti ertappt fühlte.

Der hatte aber keine Lust, sich über das Verhalten der drei aufzuregen. Obwohl dort Tausende ihre Kampftechniken verbesserten, schien der eigentliche Kampf hier in der Unerreichbaren Festung weit weg zu sein. Viel weiter jedenfalls als auf Telluriscor. Natürlich war das ein törichter Trugschluss, denn Trucido lauerte irgendwo hinter den Sturmnebelwiesen. Und sicher viel näher, als dieser friedliche Ort den Anschein machte: Die Luft war lau geworden und auch alles andere hier hatte Wotis Laune schlagartig verbessert. Es war hell. Der Himmel war weit und klar. Selbst das Grab des Sursulums, das niemand angetastet hatte, verleitete Woti dazu, oft an die wenigen unbekümmerten Stunden zu denken, die sie im letzten Sommer hier verbracht hatten. Wenn doch nur Ina und Raukelunk ebenfalls hier wären!

Finns erneuter Seufzer holte ihn allerdings aus seinen angenehmen Gedanken zurück. Missmutig grummelte Woti: »Alle beide schweigt ihr euch nur an! Dabei brauchst du deinen Freund Kiran!«

Finn reagierte beleidigt und beschleunigte seinen Schritt noch weiter. Am südwestlichen Turm wurde er nach halber Umrundung aber wieder langsamer.

»Helle Wege!«, murmelte er zu den zwei Wachposten, die dort standen.

Mittlerweile hatten sich viele daran gewöhnt, dass der Dritte Engel unter ihnen weilte, aber Woti hatte das Gefühl, dass richtig souverän keiner der Soldaten Telluriscors damit umging. Einer der Wachposten jedenfalls stieß vor Schreck beinahe seinen Helm von den Zinnen. Der andere brachte mit Mühe und Not eine Antwort hervor.

»Erfolgreiche Prüfungen, Herr Engel!«, stammelte er.

Woti rollte mit den Augen. Aber natürlich war ihre Reaktion nachvollziehbar. Wie würde er wohl reagieren, wenn er Finn nicht gekannt hätte, bevor er zum Dritten Engel geworden war? Oder war er es schon immer gewesen?

Als sie außer Hörweite der Wachen waren, klagte Finn: »Freunde? Schließlich geht *er* doch ständig da runter!«

Woti musste sich zusammenreißen. Sollte das etwa eine Entschuldigung sein?

Er sagte: »Wenn ihn seine beiden besten Freunde meiden, kein Wunder!«

Finn sah ihn erstaunt an.

»Wie meinst du das?«

Eigentlich hatte Finn es gar nicht verdient, dass man es ihm sagte. Woti war viel zu gutmütig!

»Decora und Kiran schlafen allein. Das ist das eine und obendrein – auch sie reden nicht mehr! Gleich morgens geht Kiran hinunter zum Heer!«

Finns Blick ging abermals weit über die Zinnen. Westlich der Festung, im Rücken des Wachturmes, lag – wegen des Trainings verwaist – das gewaltige Zeltlager, das sich großzügig erbaut etwa bis auf einen Viertel der Strecke heran zu Decoras See erstreckte. Finn schien noch darüber hinweg zu sehen, dorthin, wo die südöstlichen Ausläufer des Sees in der Ferne gerade noch zu erkennen waren. Spiegelglatt und ruhig lagen die Wasser da. Woti begriff natürlich, wie sehr es nach dieser Offenbarung in Finn arbeitete.

Irgendwann sagte sein Freund: »Hast du etwas dagegen, wenn ich mich zurückziehe? Ich denke, ich möchte ein wenig allein sein.« Finn wartete nicht einmal auf eine Antwort, sondern lief sofort los.

Woti schnaubte verächtlich. Er rief ihm hinterher: »Iwo! Mach es nur so!« Zu sich selbst sagte er: »Es ist verrückt hier! Hat er überhaupt mal mit wem gesprochen außer mit mir?«

Dann rief Finn doch noch einmal zurück: »Danke für dein Verständnis, Woti!«

Gleich darauf war er hinter dem Turm treppab verschwunden. Von hier brauchte er nicht lange zu seiner Unterkunft. Er war der Einzige der

Reisenden, der im Kirchengebäude wohnte. Alle anderen hatten ihre Lager in den nördlichen Hauptgebäuden bezogen.

Woti schüttelte den Kopf. Er ging das letzte Stück um den Turm herum, bis das Innere der Festung wieder zu sehen war. Das freie Feld im südlichen Teil der Anlage diente um das umzäunte Grab des Sursulums herum als Markt- und Umschlagplatz für alles, was man benötigte. Köche, Waffen- und Hufschmiede, Schuster, Seifensieder und manche Handwerker mehr hatten sich hier eingerichtet. Es hatten sich kurz nach ihrer Ankunft ein paar Handvoll Kämpfer berufen gefühlt, auf diese Weise den Truppen dienlich zu sein und zu zeigen, welches Handwerk sie außer dem des Krieges noch beherrschten. Und das genügte. Alle, die hier ihr Werk taten, waren mit Herzblut dabei und nutzten geschickt, was in und um die Festung zu finden war. Zwei Gwillinge der alonischen Eisenholzstab-Truppe hatten sich sogar im ursprünglichen Lager der Reisenden im Südwestteil der Anlage niedergelassen und schafften es mithilfe ihrer magischen Fertigkeiten allabendlich, ein paar Dutzend Fässer Wasser mit aufgekochtem Sud aus Früchten, die in der Gegend zu finden waren, zu einem leicht alkoholischen Wein zu verkochen. Das Wichtigste aber, das hier zu finden war, war das gesprochene Wort. Hier wurden Information weitergegeben und es gab einen öffentlichen Raum fernab der Zelte, in dem man gemeinsam darüber staunen konnte, wie sehr sich das Leben nach dem Sprung durch das Portal verändert hatte. Woti dachte, dass es nicht übertrieben war, wenn man sagte, dass das eigentliche Herz der Unerreichbaren Festung nun nicht im, sondern vor dem Festungshain lag!

Jetzt, wo Finn weg war, konnte eigentlich auch Woti zum Training aufbrechen. Einen Moment aber wollte er die Ruhe hier oben noch genießen, denn es war Morgen und auf dem Umschlagplatz war kaum etwas los. Er sah von seiner erhöhten Position aus, wie Finn sich vor dem Eingang zur Kirche am Waldrand niedergelassen hatte. Von dort aus war er für alle anderen kaum zu sehen, denn eine Soldatin, die das Handwerk einer Seilerin ausüben konnte, hatte sich dort in nächster Nähe einen kleinen Stand gebaut und versperrte mit dessen Rückseite nun den Blick. Finn hatte ein kleines Buch in der Hand, das er zu studieren schien, jedenfalls sah es so aus, doch bevor Woti sich weiter den Kopf darüber zerbrechen konnte, wurde er auf etwas ganz anderes aufmerksam!

Griesgrämigen Gesichtes schlich eine hagere Gestalt aus dem Hohlweg heraus, der in den Festungswald hineinführte. Prüfend blickte sie sich nach allen Seiten um. Woti duckte sich auf der Festungsmauer weg. Er wollte auf keinen Fall, dass Brien ihn sah! Der alte Wasserzwerg war nach den letzten Augenblicken im Vorhof zur Dunkelburg und nach den Vorfällen im Heerlager so stark in Wotis Gunst gesunken, dass es ihm selbst dann schon zuwider war, wenn sich ihre Blicke auch nur kreuzten. Vielleicht war Woti mit Ausnahme von Melvin und Flacka auch der Einzige, dem Brien derartig suspekt war, aber seit den Tagen unter Celsa war der Gwilling anders geworden und sein Gespür sagte ihm, dass Brien immer noch mit Vorsicht zu genießen war. Selbst hier, weit weg von der Autorität, die er in der Zisterne genossen hatte. Dabei war es eigentlich kein Geheimnis, was Brien den lieben langen Tag trieb: Als Woti zusammen mit den anderen letztes Jahr hergekommen war, hatten sie überall in der Festung verborgene Kammern mit Schreinen gefunden. Jeder Schrein beherbergte einen Schlüssel. Ganze sechzehn Stück hatten sie davon ausfindig gemacht. Während sie aber auf Decoras Wunsch hin nicht ausprobiert hatten, ob diese Schlüssel zu dem Tor mit den zwanzig Schlössern passten, zu denen einer der drei Wege innerhalb des Waldes führte, hatte Brien nicht lange gezögert! Nachdem er bereits am zweiten Tag so viele vergilbte Schriften durchgeblättert hatte, wie er in den unzähligen Hallen in der Nordburg hatte finden können und tatsächlich auf eine Passage in einem mottenzerfressenen Offizierslogbuch gestoßen war, die von einer mächtigen Waffe hinter dem Tor im Wald sprach, war sein Tag allein darauf ausgerichtet, die verbliebenen vier Schreine aufzustöbern, deren Verstecke Woti und den anderen entgangen waren.

Woti hielt es allerdings für keine gute Idee, zumal ihm wie allen anderen auch das Tor im Wald unheimlich vorkam. Aufbrechen ließ es sich mit keiner Form von Gewalt, das hatte Brien mit mehreren Soldaten und den Gwilling-Magiern bereits herausgefunden, also war es wie so vieles hier verzaubert. Welche Waffe aber, fragte sich Woti immerzu, musste in einer Festung, die unerreichbar war und starke Mauern besaß, zusätzlich eingeschlossen werden? Dazu versteckte Schlüssel – in der Dunkelheit hinter dem Tor lauerte sicher nichts Gutes! Da Brien vor Decora und Kiran und den anderen aber herumstänkerte, wenn sich nur die kleinste Möglichkeit dazu bot, und nicht locker damit ließ, sie alle daran zu erinnern, was für ein Fehler es war, die Truppen Idisis ziehen zu lassen, hatten sie ihm letztlich erlaubt, auf eigene Faust weiter dem Geheimnis der Schlüssel und des Tores auf den Grund zu gehen. Wenigstens mieden Ammi, Ashnaprilla und Mahasim den alten Zwerg mittlerweile auch, denn mit seiner unverschämten Art, die sich eher noch verschlimmerte, stieß er auch sie völlig von sich weg. Genügend Platz, um ihm aus dem Weg zu gehen, gab es hier reichlich. Und wenn die drei Widerständler nicht trainierten, tüftelten sie mit Decora und Flacka Pläne aus, wie und wo sie gegen Trucido zuschlagen konnten.

Brien verschwand indes zwischen den Ständen. Woti grübelte. Er war sich sicher, dass er bisher nicht einen der vier fehlenden Schlüssel in die Finger bekommen hatte. Und das in ganzen fünf Tagen! Wie wahrscheinlich war es da, dass er sie überhaupt noch finden konnte? Sie mussten viel zu gut versteckt sein! Oder es gab sie gar nicht mehr. Wer wusste schon, was sich in den siebenhundert Jahren seit dem Großen Krieg der vier Völker hier alles verändert hatte?! Bestimmt musste sich Woti keine großen Sorgen machen. Vier fehlende Schlüssel! Es war nur ein winzig kleiner Teil von Woti, der sich Sorgen darum machte, was war, wenn Brien recht hatte. Was, wenn ihre Truppen wirklich nicht reichten? Warum sollten sie die Chance auf eine mächtige Waffe nicht ausnutzen, wenn sie so nahe lag? Ach was! Woti biss grimmig die Zähe zusammen. Sie waren stark. Kiran trainierte das Heer wie ein Besessener. Bisher hatten sie am Ende immer richtig gehandelt. Das würde auch diesmal so ein. Ab jetzt verlief einfach alles nach Plan! Ab jetzt …

»Woti!«

Woti erschrak.

»*Woti*!«

Bei allen Engeln! Woti sah Finn, der wie wild mit den Armen ruderte und zu ihm hoch rief.

»Woti, nimm das Horn!«

Finn schmiss sich schützend auf den Boden. Er war nicht mehr zu sehen.

Das Horn! *Natürlich*! Sie hatten mehrere Signalhörner strategisch auf dem Gelände verteilt. Eines war gleich in der Nähe am südwestlichen Wachturm bei den beiden Wachposten. Für den Fall, dass etwas passierte. Dass vielleicht ein Kelpe gesichtet wurde. Woti erinnerte sich noch genau an den Anblick des toten Sursulums. Aber jetzt sah er vor seinem inneren Auge nur das hellviolett leuchtende Portal, das sich über Finn geöffnet hatte und immer weiter ausbreitete! Über ihm! Das konnte nicht Raukelunk sein … *Trucido*, schoss es ihm durch den Kopf! Kelpen! Woti rannte, als ginge es um sein Leben. *Ein horizontales Portal*! Mittlerweile war es fast so breit wie ein Haus und verdeckte, was darunter geschah! Konnte es nicht einmal nach Plan verlaufen?

Elterlicher Rat

Die Soldatinnen und Soldaten hatten ihre Beine in die Hand genommen. Aufgereiht und mit gezückten Waffen standen sie ringsumher im Festungshof. Knapp über ihren Köpfen waberte das Portal, als hätte sich der leuchtende Himmel einer fremden Welt wie eine Decke auf die Festung gelegt. Violette Funken regneten hinab und setzten sich auf Schwerter, Lanzen und Helme der tapfer ausharrenden Masse. Das Wort verbreitete sich rasch zu denen, die keinen Platz mehr im Hof gefunden hatten und nicht sehen konnte, was dort vor sich ging. Jeder wusste, dass es jetzt hieß kampfbereit zu sein. Kiran war ganz vorn an der Spitze gerannt und staunte und schwitzte nun neben Finn, wo das seltsame Portal beim Kirchengebäude seinen Anfang genommen hatte.

»Keiner berührt es!«

Kirans Stimme schallte unter dem Portalhimmel zu den Männern und Frauen. Streckte man sich, konnte man leicht mit der Hand in den Portalhimmel greifen. Alle aber hüteten sich und passten auf, dass kein Schopf oder die Spitze einer Waffe mit den fließenden Strömen in Kontakt kamen.

»Was auch immer da herauskommt«, Kiran hatte ein prächtiges Zweihänderschwert aus den alten Waffenkammern zutage gefördert und hielt es mit eisenhartem Griff quer vor seiner Brust, »behaltet Ruhe! Wir haben den Feind eingekreist. Wir lassen ihn nicht durchbrechen!«

Finn, der wieder stand und hochsah, nachdem er sich instinktiv weggeduckt hatte, beobachtete in ungläubiger Faszination, wie sich das Portal verhielt: die Hütten, Bäume und Stände, auf die es auf seinem Weg traf, umschlang und umwand die Strömung des Portals, sodass kein Blatt mehr zwischen dessen Wellen und die Hindernisse passte. Es verhielt sich wie Wasser, das um die Dinge herumfloss, die es berührte. Halt schien es erst an den Festungsmausern zu machen.

»Finn, was ist das nur?«

Kiran sah ihn atemlos an. Das letzte Mal hatten sie auf Telluriscor miteinander geredet.

»Ich weiß es nicht!«

Aber Finn wusste, dass sie beide dasselbe dachten. Kelpen!

Kiran fletschte die Zähne. Er rief: »Jeden Augenblick ist es soweit! Seid bereit!«

Das Portal hatte aufgehört zu wachsen. Die Spannung wurde unerträglich. Finn fragte sich noch, wie das Portal wohl von oben aussah und ob Decora es sehen konnte, als zwei Gestalten mitten zwischen ihn und Kiran aus dem Portalhimmel fielen und unsanft auf den Füßen aufkamen. Ein Mann und eine Frau hielten sich umschlungen, dann richteten sie sich auf. Sie führten einen Speer bei sich.

»Runter mit den Waffen!«, hörte Finn Kiran rufen. Dann nahm er nichts mehr um sich herum wahr. Seine Eltern und er lagen sich in den Armen.

»Woran denkst du, Finn?«

Finn sah nach Westen. Er saß auf den Zinnen der Festungsmauer und ließ die Beine baumeln. Decoras See lag in der Abenddämmerung glitzernd am Horizont. Er gab keine Antwort, sondern lächelte seine Mutter einfach nur an. Irgendwann sagte er: »Ich bin froh, dass ihr hier seid.«

Barbara wischte sich Tränen aus ihren Augen. Sie umarmte Finn von der einen Seite, Thomas legte seine Arme von der anderen um sie beide.

»Und wir erst. Aber wir haben immer daran geglaubt!«

Finn schniefte und sah wieder in die Ferne. Er genoss es, seine Eltern bei sich zu haben. Vielleicht sogar mehr als jemals zuvor in seinem Leben.

»Daran, dass wir uns wiedersehen würden?«

Barbara stupste ihn freundschaftlich an. »Natürlich, auch wir sind ziemlich hart drauf! Weißt du doch mittlerweile! Venezuela, Stadt aus Gold und so weiter …«

Finn lachte.

»Daran, dass du es schaffen würdest.« Thomas` Stimme hatte einen ernsten Ton angenommen.

Finn sah seinen Vater an.

»Du bist gut!«, sagte er. »Meinst du nicht, dass wir weit davon entfernt sind?«

Finns Vater überlegte, bevor er antwortete. Es waren bereits zwei Tage vergangen, seit er und Barbara in die Festung gekommen waren, und sie wussten, was inzwischen alles geschehen war.

»Finn, ich kenne niemanden, der das geschafft hat, was du geleistet hast.«

Er verzog keine Miene und Finn hatte das Gefühl, als wollte sein Vater ihn dazu bringen, über seine Worte nachzudenken. Wie zum Beweis sagte er: »Fremde Welten, Portale, Prophezeiungen … Und ich hüte mich davon anzufangen, wie oft ihr es mit Monstern und Feinden zu tun bekommen habt! Überleg mal, wie viele Leute so etwas auch nur ansatzweise von sich behaupten können!«

Finn ließ den Kopf hängen. »Nicht viele vermutlich. Aber es sind ja auch nicht alle von uns mit dem Leben davongekommen.«

Die Worte trafen Thomas wie ein Tiefschlag. Finn konnte förmlich sehen, wie sehr sein Vater damit kämpfte, das Falsche gesagt zu haben.

»So meinte ich das nicht … Finn, es tut mir leid … Ich …«

Finn hätte sich ohrfeigen können! Das Letzte, was er wollte, war, seinen Eltern ein schlechtes Gefühl zu machen.

»Nein, mir tut es leid! Ich weiß, was du mir sagen möchtest. Und ich weiß auch, dass ich dankbar sein sollte.« Er machte eine ausladende Geste, als wollte er die ganze Welt mit seinen Armen umschließen. »Für das Glück, das ich hatte. Dass ich das alles erleben darf. Und das bin ich auch. Wirklich. Und trotzdem gibt es noch so viele Fragezeichen. Trucido ist immer noch da draußen.«

Nun sahen sie alle drei auf den See, der in der Dämmerung immer mehr mit den Abendnebeln verschwamm.

Irgendwann sagte Barbara: »Ich bin Optimistin. Mehr denn je. Ich glaube, diese Gemeinschaft ist gut gewappnet, bald dem Zauberer entgegenzutreten. Die Fragezeichen scheinen mir eher innerhalb der Gruppe zu liegen.«

Finn zog empört seine Augenbraue hoch. »Vom Dritten Engel sprichst du nicht zufällig …?

»Zufällig nicht, mein Sohn. Wir wissen, dass das sicher nicht leicht für dich ist. Aber wir glauben, dass es dich am Ende noch stärker machen wird.« Sie grinste ihn frech an. »Außerdem hat es für deinen Vater und mich nur Vorteile: *Die Eltern des Dritten Engels*! Du hast ja keine Vorstellung, wie höflich und zuvorkommend hier alle zu uns sind. Man könnte glatt meinen, wir wären selbst König und Königin zwischen den ganzen echten, mit denen du es ständig zu tun bekommst!«

Finn verzog das Gesicht zu einer Grimasse.

»Toll, dass mein Schicksal euch so zu gute kommt. Welche Eltern wünschen sich das nicht von ihren Kindern!«

Auch Thomas konnte wieder lächeln. Aber nach einer Weile sagte er: »Spaß beiseite. Was ist da zwischen euch beiden?«

Barbara stieg sofort mit ein: »Seit wir angekommen sind, gehst du uns damit aus dem Weg!«

Finn atmete schwer. War ja klar, dass er da nicht drum herum kam! Irgendwann murmelte er: »Ich hätte früher nie gedacht, dass ich der Typ wäre, der mit seinen Eltern über eine Frau redet.«

Thomas und Barbara sahen sich an und zogen die Mundwinkel nach unten. Aber sie konnten ein Grinsen nicht unterdrücken. »Wenn wir ehrlich sind, dachten wir das auch nicht.«

»Mama!«

»Komm schon! Du willst mir doch nicht sagen, dass der Mann, der mit Bären, Wölfen und Seeungeheuern kämpft, sich geniert, vor seinen Eltern sein Herz auszuschütten!«

Finn lachte matt. »Ich finde nicht, dass das Eine unbedingt leichter als das Andere ist ...«

»Raus mir der Sprache!«, forderte ihn Thomas auf. »Sind wir nicht genau dafür eine Familie?«

»Ja«, flüsterte Finn. Dann sagte er abermals: »Und ich kann euch gar nicht sagen, wie froh und dankbar ich bin, dass ihr hier seid.«

»Aber ...?«

»Aber ich denke«, antwortete er, »dass ihr schon alles wisst. Decora und Kiran und ich ... Es ist kompliziert. Allein jetzt und hier darüber nachzudenken ...«

Schmerzerfüllt verzog er das Gesicht.

Betroffen sahen sich Barbara und Thomas an.

»Wann habt ihr das letzte Mal miteinander geredet? Decora und du.« Barbara nahm Finns Hand. »Sieh mich an, Finn.«

Seine Antwort kam stockend. Er schämte sich plötzlich.

»Wir reden nicht mehr.«

Barbara nickte. »Wir dachten uns schon so was.«

»Siehst du!«, protestierte Finn.

»Sicher, entschuldige! Aber für uns ist es auch nicht einfach, die richtigen Worte zu finden.«

»Dann sind wir schon mal drei!«

Finn rieb sich durchs Gesicht. Er war hundemüde.

»Und wie geht's jetzt weiter?«

Mit einem Mal erhoben sich seine Eltern. Finn war verwirrt. »Was wird das? Wo wollt ihr hin?«

»Reden«, sagte Thomas.

»Mit wem?«

»Was glaubst du wohl, Finn Ritter?« Seine Mutter sah ihn mit liebevoller Strenge an.

»Nein!«, wehrte sich Finn. »Ihr solltet hier bei mir sein!« Er stand protestierend auf.

Thomas legte seine Hände auf Finns Schultern.

»Nur, weil es kompliziert ist, heißt das nicht, dass man aufhört zu reden.«

»Im Gegenteil«, ergänzte Barbara.

»Ist klar! Aber ihr? Außerdem seid ihr doch gerade erst angekommen …«

»Was meinst du, wie lange so etwas warten kann, Finn?« Sein Vater sah ihn eindringlich an. »Wo sind Kirans Eltern?«

»Oder Decoras?«, fragte Barbara.

Finn war wie vor den Kopf gestoßen.

Thomas sagte: »Sie gehören zu dir. Das kannst du nicht abstreiten. Das, was ihr zusammen erlebt habt, das geht nicht mehr weg. Nie wieder. Egal, wie lange du oder ihr alle versucht es fortzuschieben.«

Finn war sprachlos. Der Gedanke, dass Decora und Kiran litten, weil er im Gegensatz zu ihnen seine Eltern wiederhatte, war ihm nicht einmal in den Sinn gekommen. Jetzt fragte er sich, wie er so egoistisch und engstirnig sein konnte.

»Wenn sie zu dir gehören, gehören sie auch zu uns. Und vielleicht brauchen sie uns. Bisher haben wir uns kaum mit ihnen austauschen können. Und allein und in Ruhe schon gar nicht.« Barbara streichelte ihrem Sohn durchs Haar. »Bleib nicht zu lange auf, Finn Ritter. Wir sehen uns morgen!«

Seine Eltern waren längst weg, aber Finn dachte immer noch über ihre Worte nach. *Sie gehörten zu ihm und er zu ihnen.* Finn wusste das. Natürlich wusste er das. Er hatte es auch nie in Abrede gestellt. Ganz im Gegenteil! Aber so klar, wie es ihm seine Eltern durch ihr Weggehen vor Augen geführt hatten, war es ihm selten gewesen. Die Reisenden waren seine Familie. Das Heer, der Widerstand, Raukelunk, Woti. Und Kiran und Decora. Bedingungslos. Und nun, da seine Eltern wieder zu ihm gefunden hatten, war seine Familie komplett. Er hatte kein anderes Leben mehr. Die Erkenntnis traf ihn mit voller Wucht. Nie wieder würde etwas so sein wie vor Decoras Portal. Es gab keine Rückkehr zur Erde von damals. Während er den Gedanken hin- und herüberlegte, stellte er fest, wie glücklich er trotz allem darüber war.

Die Wandelhalle war vollgestopft mit Truhen und Rüstzeug aus dem Großen Krieg der Vier Völker. Die ziselierten Ornamente auf den Helmen und

Brustpanzern der Wasserzwerge, Menschen und Lunatae glänzten nach all den Jahrhunderten immer noch matt im Schein der Kerzenleuchter, nachdem der zentimeterdicke Staub von ihnen gefegt worden war. Schon schoss auch der nächste Windstoß von einer Seite der Halle zur anderen! Schmutz und Staub erfüllten die Luft, als der mächtige und gezielte Stoß mitten auf einen schweren Waffenständer traf. Äxte und Kriegshämmer polterten auf den steinernen Boden. Der Waffenständer selbst neigte sich, stand einen Augenblick in Waage, kam, weil der Windstoß nicht nachließ, ganz langsam über den Kipppunkt und fiel scheppernd auf die Seite. Als sich der Staub und der Krach schließlich gelegt hatten, lächelte Decora. Sie hielt ihren Eisenholzstab immer noch auf das eiserne Chaos gerichtet, das sie zu verantworten hatte. Langsam aber sicher wurde sie richtig gut darin, ihren Stab als Distanzwaffe zu benutzen.

Sie richtete den Stab wieder auf und lief zum Waffenhaufen. Es spielte keine Rolle, ob sie auf Telluriscor oder auf Aethra war: Der blaue Stein glomm und summte und vibrierte von Innen heraus, wenn sie die Luft um sich herum darin aufsog und mit der Magie vermischt wieder hinausfahren ließ. Dafür musste sie nicht einmal draußen sein. Blitze heraufzubeschwören klappte zwar bloß unter freiem Himmel, aber das Element Luft und die Energie des Stabdiamants ließen sich auch in Gebäuden als Waffe oder Schutzschild nutzen.

Als sie beim Waffenständer angekommen war, nahm sie ihre Kopfhörer aus den Ohren und ließ sie locker über den Schultern hängen. Die Musik der Erde verstummte. Finns Musik. Es war sein altes Handy, das sie beim Trainieren stets bei sich zu tragen pflegte. Die alte Ladestation mit den Solar-Modulen war hier in der Festung bei Wotis Sachen von der Erde erhalten geblieben. So konnte Decora so viel Musik hören, wie sie mochte. Und den Gedanken nachhängen, die sie umtrieben. Oder besser, die sie nicht losließen.

Sie wischte sich den Schweiß von der Stirn. Wie lange sie bereits trainierte, wusste sie selbst nicht. Aber es war längst später Abend.

Halbwegs interessiert stocherte sie mit dem Eisenholzstab in den Resten des Großen Krieges herum. Ob irgendwann in ferner Zukunft jemand in den Überbleibseln und Artefakten ihres Krieges herumwühlen würde? Der Gedanke ließ sie erschaudern. Schnell wollte sie die Kopfhörer wieder aufsetzen. Doch als sie ein Geräusch hörte, fuhr sie erschrocken herum.

»Du hast ja ganze Arbeit geleistet!«

Thomas Ritter nickte anerkennend zu den vielen Haufen umgeworfener Waffen und Rüstungen. Dann lächelte er sie vorsichtig an.

»Bitte entschuldige, dass ich erst jetzt komme.«

Decora schaute Finns Vater lange an. Dann rannte sie zu ihm und umarmte ihn.

»Hör bloß auf dich zu entschuldigen!« Ihre Stimme war belegt. »Ist doch klar, dass ihr bei ihm seid! Und trotzdem bist du gekommen!« Dann löste sie sich von ihm. Ihre Haare glommen. »Es tut gut, dass du hier bist. Wie geht es ihm?«

Thomas zog seine Augenbraue hoch wie Finn es immer tat. Empört sagte er: »Kein *Wie geht es dir?* Gleich mit der Tür ins Haus?«

Decoras Haare blitzten noch heller auf. »Thomas, du weißt doch, entschuldige …«

Thomas lachte laut. »Ich mache bloß Scherze! Ist doch klar, dass es hier nicht um mich geht!« Er zwinkerte ihr zu. »Außerdem geht es uns gut. Jetzt. Wir sind wieder zusammen. Aber um deine Frage zu beantworten: Es geht Finn nicht gut. Er hat Liebeskummer.«

Decora wusste, dass sie wie eine weiße Fackel aussehen musste. Wie war sie denn bloß in dieses Gespräch geraten? Doch es half nichts, die Gefühle mussten einfach aus ihr heraus! Viel zu viel hatte sich in ihr aufgestaut. In einer Mischung aus Weinen und Lachen lag sie erneut in Thomas' Armen.

»Ihr seid in einem Ballon aus heißer Luft über den Dschungel geflogen?«

»Der Ballon ist mit heißer Luft *gefüllt*«, erklärte Thomas fachmännisch, während Decora und er langsam nebeneinander durch die Festungsgänge spazierten. »Man selbst ist in einem großen Korb darunter untergebracht!«

»Diese zwei Katzenfiguren über dem See, könnten das nicht Silem und Gilgathan gewesen sein? Und da waren Katzen- und Pferdewesen auf den Stelen im Wald?« Decora kam ein Gedanke.

Thomas grinste verwegen. »So war es!« Er war sichtlich stolz auf sein Abenteuer. Decora verlor ihren Gedanken wieder. Sie sagte: »Ihr habt ganz schön was durchgemacht!«

Thomas nickte. »Nicht so viel wie ihr! Ich finde es immer noch unglaublich, dass ihr so weit gekommen seid! Ich wünschte, es wäre euch erspart geblieben, in so jungen Jahren schon so viel durchmachen zu müssen.«

Decora wusste genau, was Thomas meinte. Sie sah seinen unsicheren Blick. Er dachte vor allem an ihre Eltern.

Sie sagte: »Danke.«

Eine Weile gingen sie weiter und staunten lieber über die langen, ausgeschmückten Räume, in denen die geheimnisvolle Aura längst vergangener Jahrhunderte lag, als sich weiter zu unterhalten. Die Festungsbebauung war verwinkelt und es dauerte, bis sie von Decoras Trainingswandelhalle hin zu ihrem Schlafgemach gelangten. Zwischendurch begegneten ihnen hin und wieder Offiziere oder andere Kämpfer aus dem Heer. Als sie Finns Vater mit Decora sahen, hatten sie oft ihre liebe Mühe damit, zu entscheiden, wem sie zuerst salutieren sollten – der Königin oder dem Vater des Dritten Engels?!

Die Gebäude waren bis auf einzelne Schlafkammern jedenfalls unverschlossen. Die ganze Festung sollte ein öffentlicher Ort sein. Sie standen kurz vor einer Schlacht, in der Decora nicht weniger als das Leben dieser Kämpfer einforderte, für eine Sache, der sie selbst nicht einmal begegnet waren. Zumindest in der Festung durfte es keine Geheimnisse geben. Decora und Kiran und die anderen spielten mit offenen Karten.

Als sie in einen rechtwinkligen Gang mit löchrigen Wandteppichen kamen, blieben sie neben einem abgerückten Schrank stehen. Dahinter konnten sie in eine der sechzehn winzigen, versteckten Kammern sehen, in denen sie letzten Sommer die dazugehörigen Schlüssel in ihren Schreinen vorgefunden hatten.

»Es scheint hier noch viele Geheimnisse zu geben«, sinnierte Thomas laut.

Decora blickte ihn von der Seite an. »Überhaupt steht noch so vieles in den Sternen. Ich habe Angst, dass dieser Kampf noch längst nicht entschieden ist.«

Thomas sah sie prüfend an. »Darf ich ehrlich zu dir sein, Decora?«

Ihre Augen leuchteten.

»Ich sollte mich schlecht fühlen, weil du mich überhaupt danach fragen musst!«

»Entschuldige meine Offenheit!«, sagte Thomas. »Vor uns liegt die letzte Hürde. Ich glaube, dass ihr sie nur gemeinsam nehmen könnt.«

Decora wurde es warm.

»Du, Kiran, Finn. Ich erinnere mich daran, dass wir schon einmal ein ähnliches Gespräch geführt haben.«

Auch Decora erinnerte sich gut daran. Es schien ihr eine Ewigkeit her zu sein, dass sie in Finns Elternhaus gewesen waren. Und obwohl sie damals noch kaum etwas erreicht hatten, kam ihr die Zeit rückblickend einfacher und unbekümmerter vor.

»Thomas, du weißt, dass Finn und ich …«

»Bitte, Decora, du sollst hier keine Position beziehen oder eine Entscheidung treffen. Natürlich möchte ich gerne Finn unterstützen. Aber auch Kiran und du seid mir ans Herz gewachsen. Diese ganze Welt ist es, um genau zu sein.«

Er lächelte versonnen. »Ihr seid alt genug, um eure eigenen Entscheidungen zu treffen. Alt genug, um sie allein treffen zu *müssen*. Ihr könnt nicht Kriege führen, während ihr euch gegenseitig von Beziehungsfragen lähmen lasst.«

Decora wollte am liebsten jedes einzelne von Thomas` Worten unterschreiben.

»Wenn das nur so einfach wäre, wie es sich anhört …«

Thomas lachte bitter.

»Darauf darfst du nicht hoffen! Aber ich verspreche dir, es wird zumindest mittelfristig einfacher, wenn man offen damit umgeht!«

Decora ging in sich.

»Aber ich werde einen von ihnen verletzen …« Sie spürte, dass sie verzweifelt auf Thomas wirken musste.

»Das lässt sich nicht verhindern«, sagte Finns Vater ernst. »Aber im Moment verletzt du sie beide. Je eher du dich entscheidest, desto früher können sie damit anfangen, darüber hinwegzukommen.«

»Also bin ich diejenige, die etwas tun muss, richtig?«

Vor Decoras Kammer blieben sie stehen. Sie waren angekommen.

Thomas sagte: »Sie lieben dich beide. Die ganze Zeit schon. Wenn du ihnen nicht vollkommen klar machst, für welchen von beiden dein Herz schlägt, frisst euch die Eifersucht alle drei auf!«

Noch einmal nahm Thomas sie in den Arm.

»Barbara und ich sind für euch da. Wie auch immer du dich entscheidest. Aber«, beschwor er sie, »entscheide dich!«

Dann drehte er sich um und ließ Decora mit ihren Gedanken allein.

Die Strohpuppe explodierte förmlich, als sie der Schlag traf. Halme wurden durch den Raum gesprengt. Der Kopf der Strohpuppe hatte eine gewaltige Delle. Der Oberkörper hing schief herunter. Nun sah sie in etwa so aus wie zwei weitere Strohpuppen, die in dem kargen Schlafgemach nebeneinander aufgereiht standen. Außer einem wuchtigen Bett mit Vorhang, das für mehr als eine Person gemacht war, einer Kommode, auf der prominent das Symbol der Wasserzwerge prangte, sowie einem Kamin gab es dort nichts weiter. Dicke Kerzen auf der Kommode waren fast heruntergebrannt, aber kämpften noch weiter tapfer gegen die Dämmerung, die durch ein kleines Westfenster fiel. Kiran setzte den nächsten Schlag an. Er traf die Puppe mit einem seitlichen Schwinger satt auf Lungenhöhe. Obwohl er das Quietschen der Tür hörte, drehte er sich nicht um. Er hatte absichtlich nicht abgeschlossen.

»Die Armen müssen ja ganz schön leiden!«, sagte eine Stimme im Eingang.

Es war nicht die Stimme, die Kiran sich erhofft hatte. Er drehte sich um.

»Ich hatte nicht mit dir gerechnet!« Plötzlich war er atemlos. »Aber Finn und ich sind … Wir sind keine …« Er wusste nicht, was sie noch waren.

Barbara Ritter sagte: »Und jetzt denkst du, das, was auch immer ihr seid oder nicht mehr seid, würde uns davon abhalten, dich allein aufzusuchen? Was ihr durchmacht, macht euch nicht zu schlechten Personen! Thomas und ich möchten, dass du eins weißt: Wir sind auch für dich da.«

Kiran stand unschlüssig da. Seine Arme, die gerade noch vortreffliche Arbeit geleistet hatten, hingen nutzlos herab.

»Komm schon her, Herr König! Oder muss man hier Angst haben, auch so auszusehen wie die?«

Barbara zwinkerte in Richtung der Strohpuppen.

Da fasste sich Kiran ein Herz. Erleichtert ging er auf Finns Mutter zu und umarmte sie.

»Echt stark, wie ihr das alles gemacht habt!«

Kiran schlug zu. Die Strohpuppe ließ ordentlich Federn.

»Aber seid ihr beiden auch okay?«

Barbara duckte sich wie beim Schattenboxen vor dem unsichtbaren Gegner und bearbeitete die Puppe ebenfalls mit zwei Schlägen.

»Danke, dass du fragst. Ehrlich gesagt …« Sie machte eine Pause für den nächsten Wirkungstreffer. Der Kopf der Strohpuppe wurde von der einen Seite auf die andere befördert. Nur noch wenige Halme hielten ihn auf dem Hals. »… ich denke schon. Die Sache mit Finn und dem Portal hat alles anders werden lassen. Als wir von euch und den verschiedenen Welten und von Trucido erfahren haben, sind wir andere geworden. Ich bilde mir gern ein, auch schon vorher zäh gewesen zu sein. Aber sicherlich hat der aethraisch-telluriscorianische Besuch bei uns zu Hause dafür gesorgt, die Situation in Venezuela besser meistern zu können.«

Sie tänzelte um die Puppe. Ein Tritt gegen die Hüfte, dann folgten drei schnelle Schläge gegen Hals und Kopf.

»Und *das hier* hilft auch! Ich hab schon lange nicht mehr geboxt!« Schweiß rann von ihrer Stirn. Die Kerzen hatten Kirans Schlafgemach sowieso schon aufgeheizt. »Seit wann boxt du denn? Hätte irgendwie nicht gedacht, dass man das auf Telluriscor macht.«

Kiran lachte.

»Schlägereien gibt es überall. Aber solche Puppen benutzen wir normalerweise zum Waffentraining. Als ich bei euch war, habe ich im Fernsehen jemanden auf diese Weise boxen gesehen!«

Barbara hielt inne. »Und da soll noch mal einer sagen, das Fernsehen würde seinem Bildungsauftrag nicht nachkommen!«

Kiran sah sie verwirrt an.

»Nicht so wichtig. Ich rede nur Blödsinn!«

»Wenn du meinst! Jedenfalls weiß ich jetzt, dass du ab morgen mit zum Training kommen solltest! Diese Sache, die du da mit den Beinen machst …«

Barbara lächelte. »Ich bin zwar etwas eingerostet, was das angeht, aber zum Boxen gehört eben eine gute Beinarbeit. Und mit vernünftigen Tritten wird das Ganze noch effektiver.«

»Du kannst es mir ja beibringen.«

Kiran wusste selbst nicht, wie ernst er seinen Satz gemeint hatte.

»Ein Kämpfer bist du jedenfalls durch und durch. Allerdings hilft es nicht immer, auf Strohpuppen einzuschlagen.«

Barbara sah ihn mit festem Blick an. Sie standen sich jetzt direkt gegenüber.

»Stimmt! Vor allem dann nicht, wenn die Leute einen mit Pistolen niederschießen.«

Obwohl er wusste, dass sie in diesem Moment ernst mit ihm reden wollte, konnte er sich den Seitenhieb nicht verkneifen. Aber sie sah ihn nur weiter an und ging nicht darauf ein.

Kiran senkte zuerst seinen Blick.

»Du redest von Finn und mir.«

»Ich rede von euch dreien«, erklärte Barbara. Aber ihr Blick hellte sich auf.

»Wenn man sich ansieht, was ihr zusammen geleistet habt, dürfte man zu dem Ergebnis kommen, dass ihr wahrscheinlich die größten Kämpfer aller Zeiten seid. Aber diese eine Sache macht ihr jeder für sich allein im stillen Kämmerlein aus? Kann es sein, dass ihr eure Beziehung gerade jetzt aufgebt, wo es mehr denn je von Bedeutung für euer gemeinsames Ziel ist, dass ihr eine Lösung findet anstatt alles zu verdrängen?«

Kiran nahm ihr nicht ein einziges ihrer wahren Worte übel. Er konnte es nicht erklären, aber es half ihm, dass sie die unbequemen Dinge aussprach. Mehr noch, als wenn es Woti oder Flacka oder die andern taten. Lag es daran, dass sie Finns Mutter war?

»Die Worte einer Mutter?«, fragte er mehr sich selbst als sie.

»Die Worte von Eltern«, korrigierte sie. »Thomas würde dir dasselbe sagen. Und nicht nur dir. Auch Decora. Oder Finn.«

»Und was heißt das?«

Sie zwinkerte ihm zu.

»Dass das Leben dort draußen stattfindet, nicht hier zwischen ramponierten Strohpuppen.«

Das Seeportal

Thomas und Barbara waren nun schon fünf Tage bei den Reisenden. Ihre Ankunft und ihre Erlebnisse in der Stadt aus Gold hatten neue Erkenntnisse in die Unerreichbare Festung gebracht. Die wichtigste darunter war vielleicht die Sache mit dem horizontalen Portal. Thomas hatte in allen Einzelheiten davon berichtet, wie er und Barbara das Portal zu Finn auf dem Wasser geöffnet hatten. Decora hatte daraufhin einen Geistesblitz gehabt: Vielleicht verschaffte ihnen das die Möglichkeit, die Masse an Kämpfern und Tieren schneller zu teleportieren, möglicherweise sogar in einigen wenigen Großgruppen. Das Portal zu Finn hatte erst an den Festungsmauern aufgehört zu wachsen. Vielleicht breitete sich ein horizontales Portal über den ganzen See aus, wenn sie es schafften, eine ähnliche Plattform wie die in der Stadt aus Gold darin zu bauen!

Die Arbeiten am See waren deshalb in vollem Gange. Eine Hundertschaft Soldatinnen und Soldaten war von Kiran abbestellt, um das Großprojekt auf die Beine zu stellen. Unter Decoras, Barbaras und Thomas Leitung, die auf die tatkräftige Hilfe der Trolle Fred und seinem Freund Badrak als Bauleiter zählen konnten, schleppten und maßen und sägten und behämmerten die Frauen und Männer geeignete Holzstämme und Bretter aus dem Wald und der Festung, damit in Kürze eine ansehnliche Plattform daraus entstehen konnte.

»Badrak, was glaubst du, wann wir das Ganze ins Wasser lassen können?«

Decora ging mit Ammi und Ashnaprilla im Schlepptau hierhin und dorthin, half und packte mit an, wo sie konnte, und näherte sich nun dem Troll aus Felsgau, der einem jungen Soldaten auf seine nicht sehr feinfühlige Weise gerade zu erklären versuchte, warum dessen Art des Sägens nicht die allerbeste war.

»Königin!«, rief Badrak schallend und ließ vom bedröppelten Soldaten ab. »Ich sehe, du scheust dich nicht davor, dich schmutzig zu machen! Es schmerzt mich, eine so hochwohlgeborene Frau vor Dreck starrend zu sehen. Erlaubst du deinem ergebenen Bauleiter und Diener, dich mit ein wenig Seewasser zu säubern?«

Dann lachte er viel zu laut, als hätte er einen besonders originellen Witz gemacht. Man musste den Troll schon mögen, um seine Art mit Gelassenheit hinzunehmen. Aber auf Decora traf das zu.

Die Lunata putzte sich die dreckigen Hände an ihrem Oberteil ab und wischte sich mit dem Ärmel notdürftig durchs Gesicht. Sie hatte einen langärmligen Überwurf an, wie ihn die Soldatinnen Weit-Alons gewöhnlich unter ihrer Rüstung zu tragen pflegten. Nach der Schlacht am Hirschkopf waren viele davon überzählig gewesen. Badraks Distanzlosigkeit wusste sie mittlerweile sehr gut zu nehmen.

»Wenn du das Wasser schöpfst, mein lieber Badrak, lässt sich damit nichts mehr säubern. Schau dich nur an! Wir müssen wohl beide dreckig bleiben.«

Badrak und die Umstehenden lachten herzhaft. Es gefiel ihnen ganz offensichtlich, wie nahbar Decora auftrat. Und Decora selbst genoss es ebenfalls. Gleichzeitig merkte sie, dass die Frauen und Männer sich dennoch auf ihre Führung einließen. Ihrer Laune tat das gut.

Fred kam herbeigelaufen. »Entschuldige, Decora! Den darf man keine Sekunde aus den Augen lassen!« Er funkelte Badrak empört an.

»Mich darf man nicht aus den Augen lassen?«, johlte Badrak. »Wer hat dich denn zum Boss gemacht?«

Schon kabbelten sich die beiden.

Decora, Ammi und Ashnaprilla sahen sich einigermaßen verständnislos an.

»Fred, Badrak …!«

Die beiden Trolle merkten sofort, dass es genug war. Und obwohl Decora sich nicht in der Position sah, den beiden irgendetwas zu befehlen oder vorzuschreiben, hatten sie selbst ein gutes Gespür dafür. Badrak entließ Fred aus dem Schwitzkasten. Er sagte: »Ich kann nicht genau sagen, wann wir die Plattform ins Wasser bekommen. Wir müssen noch eine Menge Spiegelscherben daran anbringen, wenn wir die einzelnen Holzelemente zusammengesetzt haben. Es gäbe natürlich die Möglichkeit, die Scherben und das Holz mit Lehm und Schlick zu verkleben, aber das dauert zu lange und würde sicher nicht unter der Wasseroberfläche halten. Ich denke, wir könnten mit den Gwilling-Magiern sprechen, ob sie es hinbekommen, dass die Scherben auf dem Holz halten.«

»Gute Idee, Badrak!« Decora war zufrieden. »Übernehmt ihr beide das? Ich zähle auf euch, dass ihr das hinbekommt!«

Fred stellte sich schnurgerade hin. »Ein Troll aus Felsgau bekommt alles zusammengebaut!«

Badrak knuffte seinem Kumpel in den Magen. »Sei nicht so ein Angeber!« Decora, Ammi und Ashnaprilla dachten alle dasselbe. Da war sich die Lunata sicher: Wenn hier einer der Angeber war, dann Badrak! Nun machten sich die beiden jedoch eilig in Richtung Waffentraining davon.

Fred rief noch hustend: »Wir sind bald zurück, Decora!«

Die Lunata sah, wie den beiden Trollen Thomas und Barbara von einer anderen Gruppe Holzarbeiter entgegenkamen. Die vier kannten sich längst. Sie begrüßten sich herzlich, dann machten sich Fred und Badrak endgültig von dannen.

Schon waren Finns Eltern bei ihnen. Thomas hatte seinen Speer dabei. Sie konnten nicht ausschließen, ob dieser vielleicht auch eine Rolle bei dem horizontalen Portal gespielt hatte.

»Wir kommen gut voran!«, sagte Thomas erfreut.

Barbara nickte. »Echt verrückt, wie schnell hier alle arbeiten!«

Ammi legte ihren Arm um Ashnaprilla: »Sie spüren eben, wofür sie das alles machen!«

Ashnaprilla sah ihrer Freundin glücklich in die Augen. »Und du spürst es auch, oder? Dass wir auf der Zielgeraden sind!«

Ammi gab ihr einen innigen Kuss. Das war Antwort genug.

Decoras Haare leuchteten auf. So stellte sie sich einen guten Tag vor. Sie schafften etwas, kamen voran. Und diejenigen, die um sie herum waren, waren zufrieden. Zumindest für den Moment. Auch wenn nicht alle da waren. Schon drohte Decora wieder in schlechte Stimmung abzudriften. Doch sie wehrte sich dagegen! Nein, heute würde sie keine schlechte Laune haben!

»Wir werden schneller fertig, wenn wir alles hier haben«, sagte sie voller Tatendrang. »Ammi, Ashnaprilla, holt ihr die Spiegelscherben aus der Festung? Bei euch sind sie in guten Händen! Ich helfe weiter hier!«

»Das machen wir, Decora!« Ammis Augen leuchteten erfreut. Decora hatte ihr bestimmt fünfzigmal sagen müssen, sie nicht mit Königin oder Himmelsfürstin anzureden. Sie und die anderen vom Widerstand hatten Woti gerettet. Und damit gehörten sie zu Decoras Freunden!

»Dann los, Ammi!« Ashnaprilla zog ihre Freundin mit sich. »Vielleicht sind wir vor den Trollen wieder hier!«

»Und wir gehen Brien aus dem Weg! Um die Mittagszeit ist er meistens im Festungswald unterwegs!«

Die beiden Frauen hatten schon seit Briens, wie sie es nannten, *unverzeihlichem Verhalten* am Hirschkopf und in der Alten Stadt keine große Lust mehr, sich mit dem Wasserzwerg abzugeben. Also rannten sie los.

Ashnaprilla lachte: »Ich hoffe, er versauert da und findet keinen einzigen von diesen Schlüsseln!«

Sie brauchten noch zwei Tage, bis die Plattform endlich vollständig fertig war. Die Holzdielen und Bretter waren mit Bolzen aneinandergefügt, gute zwei Drittel der Spiegelscherben, die Melvin, Ina, Raukelunk, Vanell und Mergo aus dem Fichten-Tempel gerettet hatten, und viermal so viel normales Spiegelglas aus der Festung hielten darauf mithilfe einer speziellen Lehmmischung und Gwillingmagie bombenfest. Zuletzt hatten Fred und Badrak mit einem Dutzend an Helfern Eisenketten aus der kaputten Zugvorrichtung des Festungs-Nordtores herausmontiert und mit drei wahrhaft mächtigen Ambossen unter der Plattform angebracht. Diese maß zum Schluss etwa fünf mal fünf Meter.

Beim Ins-Wasser-lassen packten noch einmal alle mit an: Die Soldatinnen und Soldaten, Ammi, Ashnaprilla, Fred, Badrak, Thomas, Barbara, auch Mergo, Charadri und Melvin waren mit Woti und Mahasim dabei, Flacka schaute zu und feuerte an, natürlich waren auch Kiran und Finn gekommen, selbst Brien stand abseits und wollte nichts verpassen. Das alles geschah unter den Augen des restlichen Heeres, das das Training ausgesetzt hatte, um auch mit dabei zu sein. Vorneweg aber zog und schwamm Decora selbst! Insgesamt gingen abwechselnd etwa vierzig Mann in den See, die Ambosse transportierten noch einmal auf kleinen Flößen immer etwa sieben Schwimmer. Nach fast drei Stunden Plackerei war die Arbeit vollbracht: Die Arbeiter waren durchgefroren, aber die schwimmende, leicht konvexe Plattform war ein gutes Stück hinein in den See verfrachtet worden. Die drei Ambosse hielten sie, nachdem die dazugehörigen Ketten in der Länge dem Niveau des Grundes angepasst worden waren, etwa einen halben Meter unter der Wasserfläche fest. Jubel brach bei den Zuschauern aus, als alles vollbracht war. Decora stand pitschnass und glücklich bis zu den Oberschenkeln im Wasser, ihre Haare leuchteten in der lauen Mittagssonne und sie winkte den Soldatinnen und Soldaten zu. Es war ein herrliches Gefühl, gemeinsam dieses Ziel erreicht zu haben! Thomas und Finn und Kiran und die anderen saßen auf dem Plattformrand und waren ebenso zufrieden. Charadri trug Mergo auf den Schultern, dessen schimmernde Flügel über der Wasseroberfläche freundlich blitzten! Hatte Decora richtig gesehen? Hatten sich da nicht eben gerade sogar Finn und Kiran gegenseitig zugenickt? Decora schloss die Augen und genoss den Moment. Vielleicht blieb ab jetzt alles so. Jetzt musste nur noch das mit dem Portal klappen!

Zum Horn auf den Hügeln auf der Ostseite der Unerreichbaren Festung …

Zum Horn auf den Hügeln auf der Ostseite der Unerreichbaren Festung …

Decora intonierte das Portalziel mit solcher Inbrunst, dass sie das Gefühl hatte, das gesamte den See umstehende Heer müsse sie hören! Vielleicht stimmte das auch, denn die Frauen und Männer waren mucksmäuschenstill und beobachteten gebannt, ob Decora es tatsächlich schaffte.

Zum Horn auf den Hügeln auf der Ostseite der Unerreichbaren Festung …

Mit auf der Plattform standen Thomas und Barbara. Sie flankierten die Lunata und hielten vor Spannung nicht nur den Atem an, sondern auch Stöcke mit Spiegelscherben im schrägen Winkel zu ihr, um Decora zusätzliche Spiegelungen zu verschaffen. Sie selbst schaute ins Wasser, hinunter auf den Spiegelscherben-Mosaikboden, in dem sie durch das Wasser verzerrt wieder und wieder zu sich selbst hochblickte. Thomas hatte noch seine Lanze auf den Rücken geschnallt, für mehr Leute aber war kein Platz bei ihnen. Sie mussten die ganze schwimmende Insel ruhig halten, sodass Decoras Blick so starr wie möglich sein konnte!

Plötzlich ging ein Raunen durch die Menge! Decora wurde heiß. Es tat sich etwas!

»Weiter!«, flüsterte Thomas. »Du schaffst es!«

Zum Horn auf den Hügeln auf der Ostseite der Unerreichbaren Festung …

Decoras Haare begannen zu flackern. Aus dem Augenwinkel sah sie, wie sich in der Ferne Funken im Rund über der Wasseroberfläche erhoben. Ein gelbes, schimmerndes Lichtermeer trennte sich vom Wasser und stieg in den Himmel empor. Das Raunen wurde lauter. Decora hörte sogar Jubelschreie.

»Noch einmal!«, machte ihr Barbara Mut.

Zum Horn auf den Hügeln auf der Ostseite der Unerreichbaren Festung!

»Es ist soweit!« Thomas lockerte seinen Stand. »Decora, sieh nur!«

Decora blickte auf. Auf der Wasseroberfläche bewegte sich ein leuchtender Teppich wie flüssiges, warmes Gold auf sie zu. Das Portal verwirbelte sich auf dem Wasser und floss in unbeschreiblichen Drehungen beim

Näherkommen in und um sich selbst. Funken sprühten und während der Zauber das Portal einen immer engeren Kreis um die Plattform ziehen ließ, lag Decoras See bald weit und breit unter dem gelben Portalteppich verborgen. Ihr Herz klopfte vor Freunde und Aufregung als sie sah, dass das Portal zurückging bis ganz zum Seeufer!

Sie rief: »Wartet auf meinen Hornstoß, dann kommt nach!«

Dann umschlang das Portal Finns Eltern und sie, fuhr durch sie hindurch, es kribbelte, dann fiel Decora in den warmen Tunnel aus Licht.

Als Decora relativ hart mit den Füßen auf die Wiese stieß, nahm sie sich nur eine Sekunde Zeit, um nach oben zu schauen. Über ihr war das Portal! Ein gelb leuchtender Himmel, der sich rundherum erstreckte. Weit weg schien es erst aufzuhören, aber sie war nicht sicher. Barbara und Thomas standen neben ihr. Es hatte geklappt! Eilig hob Decora das Signalhorn auf, das zu ihren Füßen im Gras lag. Sie blies hinein. Ein tiefer, durchdringender, lang anhaltender Ton schickte die Botschaft zurück zu den weit entfernten Ufern des Sees.

Es dauerte nur Sekunden, da fielen am Horizont, da, wo irgendwo die Ränder des Portals sein mussten, mehrere Dutzend von Decoras Mitstreitern auf die Hügelwiesen. Wenn man vom Ufer des Sees hinein ins Portal stieg, spuckte es einen am anderen Ende ebenfalls an den Rändern aus! Jetzt wussten sie, wie sie Kämpfer und Tiere in großer Zahl gleichzeitig und schnell zu einem Schlachtfeld bekamen. Sie mussten sich nur um den See positionieren. Sie hatten die Lösung gefunden!

»Das verdanken wir euch!«

Decora drückte Thomas und Barbara an sich. Heute war ein guter Tag! Zusammen waren sie so stark, dass sie am Ende einfach gewinnen mussten! Die Lunata war in diesem Moment so froh, dass sie den so viele Meilen weit entfernten, sich leise immer wiederholenden Ton des anderen Signalhorns zuerst gar nicht hörte. Aber als Kiran mit weiteren Soldaten aufgeregt vom Portalrand gerannt kam, realisierte auch Decora das Geräusch.

»Das war nicht vereinbart!« Kiran verzog angespannt sein Gesicht. Er hatte seine Spiegelscherben schon gezückt. »Das ist ein Alarm. Beim See stimmt etwas nicht!«

DER BRUDER, DIE URGEWALT

Decora sprang mit Kiran, Thomas und Barbara gemeinsam durch das kleine Portal. Sie stürzten auf der anderen Seite wieder heraus und rollten kopfüber über die Uferwiese. Sie brauchten nur Sekunden, um wieder zu stehen, der Rest von den Osthügeln purzelte hinter ihnen aus dem Portal. Eisenholstab und Waffen waren gezückt, der warnende Hornstoß hallte immer noch in ihren Ohren nach. Decora hatte mit allem gerechnet: mit Kelpen, mit einer unvorgesehenen Reaktion des Seeportals, vielleicht mit Trucido selbst. Nur damit nicht!

Die riesenhafte Katze kam vom Wald her auf sie zu. Vielleicht war sie zuerst geschlichen wie ein Raubtier, da sie gerade einmal auf halber Höhe zum See und den auseinanderfliehenden Kämpfern angekommen war. Doch jetzt rannte und sprang sie in Sätzen, von denen jeder einzelne so gewaltig war, den großen Festungsplatz in einem überqueren zu können.

»Silem!«, keuchte Decora. »Er ist noch hier!«

Mehr Gedanken konnte sie nicht an das Warum, das Woher oder das Wie verschwenden. Sie rannte der Katze mit Kiran entgegen. Und auch Finn war jetzt bei ihr. Die beiden zögerten nicht eine Sekunde, ihr zu folgen. Alles, was Beine hatte, fegte auseinander. Soldatinnen und Soldaten rannten ostwärts ihrem weit entfernten Lager entgegen. Die Monsterkatze würde nur Sekunden brauchen, sie zu erreichen! Aber sie strebte stattdessen dem Seeufer zu. Der Blick des Tieres ging zur Portalplattform, jedenfalls glaubte Decora das. Das Portal selbst war verschwunden, einige hatten sich deshalb ins Wasser geflüchtet. Eine schlechte Idee! Decora dachte daran, wie sie Silem zum ersten Mal in den Nebeln im See gesehen hatten. Von der Seite preschte Melvin zu ihnen. Der Beinschienenapparat katapultierte seine Schritte meterweit.

»Zurück, Decora!«

Die anderen Piraten waren ein gutes Stück hinter ihm. Auch sie waren nicht zurückgewichen, als sie das kleine Portal gesehen hatten. Ammi,

Ashnaprilla und Mahasim waren ebenfalls dabei, Barbara und Thomas hatten wieder zu ihnen aufgeschlossen, und dazu noch einige andere Kämpfer mehr, die so unvernünftig waren, zu Hilfe zu kommen. Woti rannte von der anderen Seite dazu, im Schlepptau Flacka, die irgendwie mitzuhalten versuchte.

Die Katze zeigte ihre Zähne und sperrte ihr Maul auf. Ein langgezogener, pfeifender Ton durchschnitt die Luft, irgendetwas, das so außerweltlich für Decora klang, als hätte die große Katze es mit ihrem Geiste und nicht mit dem Rachen und dem Maul gemacht!

»Nicht weiter, Decora!«, warnte Melvin, der ja vor ihnen war.

»Nein, ihr geht!«, widersprach sie. »Wer soll diese Leute retten?«

Decora sah immer noch auf diejenigen, die im See verzweifelt zur Plattform schwammen. Silem würde das Ganze einfach in Stücke reißen! Die landeinwärts Flüchtenden waren immer noch in der Ferne zu sehen, Silem würde auch sie zu fassen kriegen, ehe auch nur einer von ihnen den Fuß in ein Versteck setzen konnte!

Decora drückte entschlossen das Holz ihres Stabes. »Ich schaffe es mit meinen Blitzen, das Ding zu verscheuchen!«

Melvin sah sie mit großen, erschrockenen Augen an. Sein Gesicht färbte sich im rasenden Takt des pulsierenden Blutes bläulich. Er wusste, dass er sie nicht umstimmen konnte, egal, was er sagte. Silem war nicht Teil ihres Plans gewesen. Aber in diesem Augenblick zählten kein Trucido und kein Celsa-Stadt. Hier waren nun diejenigen, die Decora verteidigen musste!

Die Katze änderte plötzlich ihre Richtung. Mit einem gewaltigen Satz sprang sie heran. Ammi, Ashnaprilla und Mahasim rannten fast in das rechte Vorderbein des Tieres hinein, so nah war es ihnen gekommen. Haushoch stand es jetzt vor ihnen. Woti, die Piraten, Thomas, selbst Flacka, alle hatten tapfer eine Waffe in der Hand. Kiran und Finn versuchten sich vor Decora zu schieben, aber sie ließ es nicht zu.

»Zurück! Geht in Deckung!«

Silem schaute zu ihnen hinunter. Die Katze zögerte. Decoras und ihr Blick trafen sich. Die Katze sah wahrhaftig sie an! Die Lunata dachte an Lilli und an Gilgathan. Aber sie hatte fleißig geübt. Diesmal würde ihr Blitz nicht sein Ziel verfehlen. Sie brauchte nur ein paar Sekunden Zeit, um ihre Kräfte zu sammeln. Sie schloss die Augen.

»Geht endlich zurück!«

Sie spürte, wie ihre Freunde ihr endlich Platz ließen. Wenn Silem sie nicht verschlang, sollten sie auch nicht vom Blitz gebraten werden!

Die magische Energie in ihr wurde stärker. Vom Kopf floss diese in ihre Hände. Ihre Ringhand wurde warm. Der Eisenholzstab wurde zu einem Teil von ihr. Sie spürte nicht mehr, wo sie aufhörte und wo das Holz begann.

Sie öffnete ihre Augen. In diesem Moment nahm die Katze ihren Kopf herunter. Das Maul senkte sich genau auf Ammi herab. Ashnaprilla legte schützend ihre Arme um sie. Die Katze würde sie beide bekommen!

»Hier bin ich!«

Flacka schrie die Katze an, als wäre sie kein mythisches Monster sondern bloß irgendein dahergelaufener Halbstarker in einem Piratennest.

»Ich hab mich schon mit deiner Schwester angelegt!«

Silem ließ sich davon tatsächlich beeindrucken. Das Tier ließ von Ammi und Ashnaprilla ab, drehte den Kopf zur Kapitänin und musterte diese. Mit der Vordertatze stapfte es nach vorn. Die schwertlangen Krallen gruben sich vor Flackas Bauch in den Boden. Silem schnupperte und seine Augen verengten sich noch mehr als ohnehin zu Schlitzen. Es war soweit. Flacka hatte Decora genug Zeit verschafft!

»*Bli…*«, rief sie, als das Schnurren ihr wortwörtlich durch Mark und Bein fuhr. Silems Geräusch war weniger zu hören als zu spüren. Decoras Körper vibrierte, ihre Arme und Beine zitterten. Sie verstummte. Die Töne berührten ihr Innerstes. Wie Wellen fuhren sie durch ihren Körper. Irgendwann plumpste Decora einfach auf den Hintern. Das Schnurren war unglaublich. Und wundervoll! Decora und Finn und Kiran und all die anderen waren vollkommen baff. Sie wussten in diesem Augenblick, dass keine Gefahr drohte. Decora ließ den Eisenholzstab in dem Moment fallen, in dem sich auch Silem ins Gras fallen ließ. Das gigantische Tier lag zwischen ihnen. Sein weiches, gelbbraunes Fell berührte ihre Beine und Arme und sein Schnurren ließ sie von Innen wohlig erbeben. Sie sahen sich an. Sie sahen Silem an. Silem sah sie an. Es war atemberaubend. Wann die Soldatinnen und Soldaten zurückkamen, wusste Decora nicht, aber irgendwann waren die Uferwiesen erfüllt von Kämpfern, die sich Kreis um Kreis zu ihnen legten und lauschten.

Stürme gingen bald hernieder,
tobend, kreisend, immer wieder.
Silem schützte so sein Reich
regiert dort einem König gleich.
Als Herrscher aber ist er gut,
kennt keinen Hass, kennt keine Wut.

Das Gedicht! Wieder hatten sich uralte Worte bewahrheitet. So böse Gilgathan war, so war Silem gut. Decora stellte sich vor, dass die große Katze schon Jahrhunderte keinen Laut mehr von sich gegeben hatte. Seit wann waren sie die Ersten, die in seine Nähe gekommen waren? Oder war überhaupt schon jemand bei ihm gewesen? Aber es waren Fragen, die nicht beantwortet werden mussten. So, wie es war, war es gut.

Decora streckte ihre Hand aus. Sie streichelte Silem. Sein Schnurren verstärkte sich. Decoras Haare flirrten mit jeder neuen Vibration stärker. Neben ihr waren Finn und Kiran. Und die anderen. Sie alle teilten dieses unglaubliche Erlebnis.

Flacka und Melvin hielten Händchen, Thomas und Barbara hatten Tränen in den Augen, Woti lachte leise vor Glück, sodass man seinen Bauch auf und ab wackeln sehen konnte. Gemeinsam lagen sie dort und träumten zu Silems Schnurren, das noch kilometerweit bis hin zu den letzten Soldatinnen und Soldaten der Unerreichbaren Festung zu hören war.

Der Sarkophag

Tags darauf gab es bei allen Reisenden, egal ob innerhalb oder außerhalb der Festung, nur ein Thema: *Silem*!

Die große Katze hatte bis in den Abend hinein beim Heer am Ufer von Decoras See verweilt. Jeden, der dort gewesen war, hatte dieses Zusammentreffen in seinem Innersten berührt. Warum und wie genau, war schwer zu erklären. Aber magisch war es gewesen. Da waren sich alle einig. Und dass Silem, die Katze der großen Stürme, die angeblich dereinst aus den Himmeln gekommen war, schließlich auf gewaltigen, still-samtenen Pfoten hinter dem See in den nördlichen Nebelbänken wie ein uralter Geist in der lauen Frühlingsnacht verschwunden war, mehrte den mystischen Charakter der Begebenheit noch.

Auch Thomas und Barbara hingen noch mehr der wundersamen Erinnerung an den Vortag nach, als dass sie trainierten oder Pläne schmiedeten. Schließlich aber entschied Thomas, dass es an der Zeit war, wieder den Fokus auf den kommenden Kampf zu legen. Während Barbara noch etwas aß, suchte er sich schon einen Platz am Waldrand innerhalb der Festung. Er fand ihn nahe dem Eingang zum Kirchengebäude, wo Barbara und er angekommen waren. Dort ließ er sich nieder und untersuchte und schwang seinen Speer ganz nach der Art und Weise von Decora. Da er noch nicht genau wusste, welche Art Zauber diesem innewohnte, fragte er sich, ob er den Speer irgendwann genauso einsetzen konnte wie den Eisenholzstab.

Während Thomas auf diese Weise konzentriert hin- und herprobierte, schreckte er plötzlich auf. Eine reibeiserne Stimme rief von zwischen den Bäumen her. »Ah, der ältere der beiden Herren Ritter! Seid gegrüßt!«

Thomas fuhr herum. Er hatte seinen Speer fest im Griff.

»Ich wollte Euch nicht erschrecken«, krächzte der Wasserzwerg, der ihm so unerwartet gegenüberstand. Es war genau jener uralte Zwerg, der sich hier überall und nirgends herumtrieb. Thomas kannte ihn schon vom Sehen, wusste aber eigentlich nichts über ihn. Irgendetwas hatte er mit Flacka zu tun. Oder mit Woti. Und bestimmt war er ein Freund vom Widerstand Celsas. Wahrscheinlich kam er ursprünglich dorther …

»Wollt Ihr mich etwa aufspießen, Herr Ritter?«

Der Zwerg lachte heiser, wobei jedes krause Haar seines Bartes und seiner Augenbrauen zitterte. Thomas merkte erst jetzt, dass die Spitze seiner Waffe gefährlich weit nach vorn zeigte. Peinlich berührt nahm er den Speer herunter.

»Ihr seid … *Brien*!«

Thomas war froh, dass ihm wenigstens der Name des Zwerges eingefallen war.

»Woti hat mir von Euch erzählt …«

Der Zwerg sah ihn schief an. Es war unmöglich zu sagen, was er dachte.

»Ich hoffe nur Gutes«, murrte Brien der Zwerg schließlich.

Thomas war sich nicht mal mehr sicher, ob Woti es gewesen war, mit dem er über ihn gesprochen hatte. Aber er wollte auf keinen Fall unhöflich sein.

»Absolut«, log er. »Und entschuldigt bitte!« Er hob zur Erklärung für die Entschuldigung noch einmal seinen Speer.

»In dieser Zeit kann man nicht vorsichtig genug sein.« Der Zwerg klang nun etwas freundlicher. »Eine gute Waffe in unseren Händen ist sicher Gold wert. Zumal wir ja alle dasselbe Ziel verfolgen.«

Thomas nickte ernst.

Brien trat nun näher und begutachtete den Speer.

»Apropos: Ich hörte auch von Eurem Abenteuer. Ist es war, dass Euch dieser Speer den Weg zeigen konnte?«

Dieser Brien war gut informiert! Nun war die Sache klar. Woti oder irgendwer anders stand ihm nahe und hatte ihn in die Geschichte eingeweiht. Aber Geheimniskrämerei gab es hier sowieso nicht.

Bereitwillig erzählte Thomas: »Er hat meiner Frau und mir das Leben gerettet.«

»Beeindruckend«, entgegnete Brien. »Der Stab von Königin Nubigena ist ebenfalls magisch. Als ich Euch hier üben sah, kam mir eine Idee.«

»So?« Thomas wurde neugierig.

»Ich bin ebenfalls auf der Suche nach einer Waffe. Ich habe Schriften gefunden, die davon künden, dass hinter dem Gitter im Festungswald eine verborgen sein soll. Und mächtig soll sie noch dazu sein. Wir stehen kurz vor dem Kampf mit Trucido. Ich bin zu alt zum Trainieren und Kämpfen, aber vielleicht kann ich trotzdem meinen Beitrag beisteuern.«

»Indem Ihr diese Waffe findet!«, nickte Thomas. »Ihr wollt demnach hinter das Gitter gelangen?«

Thomas wusste von Finn, was sich im Hain befand. Er konnte sich also gut vorstellen, worum es ging.

»Exakt!«

Briens Barthaare flatterten im Wind, der plötzlich aufkam.

»Aber mir fehlen vier von zwanzig Schlüsseln dazu. Bisher konnte niemand diese letzten Schlüssel finden. Doch ich weiß, dass sie hier irgendwo sein müssen.«

Thomas konnte den Alten gut verstehen. Allein, was das mit ihm zu tun hatte, blieb schleierhaft. Doch Brien ließ ihn nicht lange herumrätseln.

»Euer Speer«, erkundigte er sich, »zeigte er Euch Verborgenes an? Öffnete sein Zauber gar Türen auf dem Weg zurück zu Eurer Frau?«

Thomas blickte den Zwerg an. Der beobachtete ihn seinerseits sehr genau. Er war ziemlich groß gewachsen, fiel Thomas in diesem Moment auf.

»Wenn ich es recht überlege ... Ja!«, rief er. »Es war zwar sehr dunkel, doch einmal hatte ich das Gefühl, durch eine in der Wand verborgene Tür zu laufen. Sie zeigte und öffnete sich erst, als mir der Speer mit der Spitze den Weg wies.«

Brien zupfte sich lächelnd den verwehten Bart. »Vielleicht kommen wir doch noch voran ...«

Thomas ahnte natürlich schon, was der Zwerg vorhatte. Doch er hatte eine andere Idee.

»Warum versuchen wir es nicht mit einem Portal?«

Brien lachte und hustete so laut, dass es Thomas geradezu unangenehm war. Aber einem alten Mann musste man das wohl durchgehen lassen.

»Ihr seid nicht auf den Kopf gefallen, Herr Ritter! Ich und viele andere glauben, dass der Weg hinter dem Gitter mit Fallen gespickt ist. Es wäre töricht, sich dort hineinzuteleportieren. Aus demselben Grund schneien wir ja auch nicht einfach bei Trucido hinein. Leider ist es bei den Schlüsseln dasselbe: Sie scheinen nicht hier zu sein, obwohl sie es ganz sicher sind. Vielleicht ist der Ort ihres Versteckes also sehr eng oder schwer zugängig.«

»Oder sie sind vielleicht doch nicht mehr hier. Ich weiß, dass mein Sohn und die anderen die restlichen Schlüssel leicht finden konnten.«

Briens Brauen zogen sich zusammen. Seine Augen waren unter den vielen Haaren kaum noch zu sehen. »Ich kann Euch beruhigen: Ich habe ein Portal zu einem noch verborgenen Schlüssel aufgerufen. Das Portal stand bereit. Ich habe nur niemanden gefunden, der hindurchspringen wollte. Niemand ist sich sicher, ob man in dem beengten Versteck hinter dem Portal auch ein neues aufrufen kann. Oder in dem Moment zu Mus gequetscht wird, wenn man auf der anderen Seite herauskommt.«

»Kluge Leute!«, erwiderte Thomas. »Das ist ein Problem. Aber denkbar wäre es doch, dass die Schlüssel gar nicht hier sondern anderswo sind.«

»Mmmh, mmmh«, murrte Brien. Unwirsch schüttelte er seinen Kopf. »Das will ich eben herausfinden!«

»Ich verstehe.« Thomas dachte nach. »Und nun glaubt Ihr, mein Speer könnte das Gitter öffnen!«

»Leider nicht«, antwortete Brien, dessen Miene sich wieder etwas aufhellte, wenn man da überhaupt von aufhellen sprechen konnte. »Ich kann mir nicht vorstellen, dass sich ohne die Schlüssel da was tun lässt. Nein, ich denke an etwas anderes. Würdet Ihr mich ein Stück in den Wald hinein begleiten, Herr Ritter?«

Als die Lichtung mit dem Sarkophag in Sicht kam, zuckte der Speer in Thomas Hand. Für Außenstehende war es sicherlich kaum wahrzunehmen, aber Thomas spürte die Bewegungen der Waffe, als sendete sie ihm kleine Botschaften zu, die nur für den Träger der Waffe bestimmt waren. Er gab den Schwingungen und Zuckungen nach, sodass der Speer weit ausgestreckt anzeigen konnte, was mit der Magie in seinem Inneren auf so geheimnisvolle Weise im Einklang stand. Brien freute sich über Gebühr, als der Speer nacheinander auf die steinernen Säulenspitzen zeigte, die den Sarkophag säumten, noch bevor dort die weißen Flammen aufloderten. Es wirkte ganz so, als hätte diesmal der Speer den Zauber ausgelöst und nicht die Ankunft von Thomas und Brien.

»Lasst uns näher herangehen«, flüsterte Brien.

Sie machten ein paar Schritte vorwärts. Der halb in den Boden eingesunkene Sarkophag wirkte auf unerklärliche Weise neu und uralt zugleich. Wenn er schon Hunderte von Jahren hier stand, warum war er nicht von Schmutz und Pflanzen bedeckt? Die Antwort war klar – Magie! Dennoch war die Aura hier eine ganz besondere und Thomas lief ein Schauer über den Rücken, als sich sein Speer plötzlich mit Kraft niedersenkte und schnurgerade auf den Sarkophag wies, als würde die Waffe von einem eigenen Bewusstsein geführt.

»Nicht verwunderlich!«, sinnierte Brien in seinen Bart hinein. »Die Magie ist stark. Hier und in Eurem Speer. Ich glaube, er kann uns helfen.«

Thomas fragte: »Was glaubt Ihr, soll ich tun?«

»Das ist die Frage«, krähte der Zwerg und umschlich den Sarkophag. »Könnt Ihr den Speer bewegen oder zeigt er fest auf den Sarkophag?«

Thomas strengte seine Muskeln an, doch der Speer rührte sich kaum. »Er klebt in der Luft, könnte man meinen.«

»Lasst ihn los!«, wies Brien an.

Thomas ließ los. Im selben Moment fiel der Speer zu Boden wie jede andere gewöhnliche Waffe.

»Interessant«, raunte Brien. »Nehmt ihn wieder hoch.«

Thomas ließ sich bereitwillig vom Zwerg kommandieren. Aber sowie er die Waffe wieder in den Händen hatte, zeigte sie wieder die starre Richtung zum Sarkophag an.

Brien untersuchte in direkter Linie zur Speerspitze, ob sich vielleicht ein verborgener Schalter oder Hebel im Deckel des Sarkophags befand, konnte aber nichts finden.

»Es muss anders gehen. Ich habe eine Idee, woran es liegen könnte. Wie habt Ihr den Weg zurück zu Eurer Frau gefunden?«

Thomas meinte, die Frage müsste sich eigentlich erübrigen. Trotzdem sagte er: »Ich bin einfach immer weiter emporgestiegen. Es war wie ein Labyrinth, an dessen Ende meine Frau sein musste. Der Speer führte mich. Nichts weiter. Ich habe gar nichts mit ihm gemacht. Er lag locker in meiner Hand und zeigte und leuchtete hierhin, dann wieder dorthin.«

»Das ist es! Ihr habt nichts mit dem Speer gemacht.«

»Das tue ich jetzt auch nicht!«, erklärte Thomas. Vielleicht war der Zwerg doch nicht so klug, wie man es bei einem uralten Mann erwartete.

»Aber auf andere Weise!«, lachte Brien und kümmerte sich nicht darum, dass Thomas einigermaßen von oben herab gesprochen hatte. »Ihr dachtet an Eure Frau und der Speer zeigte Euch den Weg. Probiert bitte, an den Inhalt dieses Sarkophages zu denken.«

»Und an was? Einen skelettierten Leichnam?«

Der Speer in Thomas' Hand zeigte immer noch starr nach vorn.

»Ich glaube nicht, dass das eine Rolle spielt, aber eine Leiche wird es sicher nicht sein. Warum sollte man Knochen so gut schützen?«

Thomas seufzte. Dann versuchte er es mit Briens Plan. Vor seinem Inneren Auge öffnete sich der Sarkophag und Zwergenknochen in einer staubigen Rüstung inmitten von Gold und Edelsteinen kamen zum Vorschein. Beinahe erschrak Thomas, als sein Speer sich wieder führen ließ. Er zuckte in seiner Hand und schien nur darauf zu warten, dass Thomas den Bewegungen mit seinem Arm folgte.

»Ich hätte nicht gedacht …«

»Keine Sorge! Das macht die Lebenserfahrung«, knurrte Brien. »Und nun los!«

Schon beschrieb Thomas mit seinem Speer schwungvolle Kreise in der Luft, direkt über dem Sarkophagdeckel!

»Ich hätte es wissen müssen!« Brien war plötzlich ganz aufgeregt. Auch Thomas spürte, dass es *richtig* war, was er tat.

»Das Symbol der Zwerge! Die umspülte Perle! Erkennt Ihr es, Thomas?«

Jetzt machte es auch bei ihm Klick! Er hatte das Zwergensymbol hier allerorten gesehenen. Natürlich, es waren auch die Zwerge gewesen, die damals im Krieg die anderen Völker angeführt hatten.

»Und nun?«

Brien rief: »Weiter! Nicht aufhören! Lasst den Speer arbeiten!«

Thomas ließ die Bewegungen zu. Er zählte. Siebenmal hatte der Speer nun dieselben Kreisschwünge vollzogen und am Ende jeweils einen Stoß in dessen Mitte gesetzt, der die Perle anzeigte. Mit einem Mal stand der Speer still. Thomas musste sein Gewicht abfangen, denn er lag nun wieder wie jede andere Waffe in seiner Hand.

»Das war's?«, fragte er unsicher. Brien und er sahen sich an.

»Geduld«, antwortete der Zwerg voller Ungeduld.

Dann knackte es im Sarkophag. Und noch einmal. Es machte Töne, als wäre ein Mechanismus im Inneren aktiviert worden.

»Ausgezeichnet!«, freute sich Brien und hustete schwer.

Noch einmal gab es einen dumpfen Schlag wie von Stein auf Stein und der Deckel schob sich zur Seite. Nur einen Spalt breit, aber Thomas' Herz klopfte vor Aufregung, als wäre ihm soeben ein Zwergenskelett höchstpersönlich in die Arme gesprungen.

»Nur Mut!«, spornte Brien ihn an. »Ich werde Eure Hilfe brauchen. Packt mit an!«

»Sollten wir nicht die anderen rufen?«

»Das hat wohl noch ein paar Minuten Zeit. Wir werden nicht weglaufen mit unserem Fund, aber wer weiß, wie lange dieses Ding offen bleibt! Was ist nun?«

Das Funkeln und Glitzern der Edelsteine, die alle Farben des Regenbogens aufwiesen, war überwältigend.

»Eine Schatztruhe«, flüsterte Thomas. »Kein Sarg!«

»Mmmh«, knurrte Brien in bereits bekannter Manier. »Nehmt Euch doch ein paar«, forderte er Thomas auf.

Empört sah er den Zwerg an. Dessen Barthaare schüttelten sich im lachenden Geröchel, das daraufhin folgte.

»Ich wollte Euch bloß testen! Wir werden alles zu den anderen bringen und gemeinsam entscheiden, was damit geschieht.«

»Und worauf warten wir dann noch?« Thomas war unschlüssig. Irgendwie fühlte sich das alles seltsam an.

Briens Augen blitzten plötzlich wie die eines jüngeren Mannes. »Findet Ihr es nicht merkwürdig, dass es sich um eine Schatztruhe handelt? Davon gibt es sicherlich zwei Dutzend mehr in den Nordgebäuden. Und nicht eine davon ist ansatzweise so gut gesichert wie diese hier.«

Das musste auch Thomas zugeben.

Brien kam ihm so nah, als planten sie eine Verschwörung. »Ich habe solche Sarkophage bereits früher gesehen. Es gibt welche in den Museen von Lakonia und Delia. Man hat sie schon vor Urzeiten aus Höhlen in den Himmelsbergen geborgen und dort ausgestellt. Sie haben geheime Fächer. Der Schatz soll davon ablenken, was eigentlich darin verborgen ist.«

Ohne weitere Erklärung trat Brien an den Sarkophag und wühlte die oberste Schicht der Edelsteine zu einem Haufen zusammen, sodass er die Truhenwand besser untersuchen konnte. Thomas sah ihm über die Schulter. Schon nach kurzer Zeit lachte der Zwerg heiser.

»Passt auf!«

Er fasste beherzt zu und zog, wo tatsächlich so etwas wie ein verborgener Hebel sein musste! Es klickte. Brien zog rasch seine Hand zurück, denn eine schwere Klappe fuhr aus der Innenwand des Sarkophags heraus und drückte mühelos selbst die schweren Massen an Edelsteinen weg. Aus der Klappe heraus neigte sich ein kleines Büchlein. Brien holte es gleich heraus.

»Das hier ist der eigentliche Schatz!«

Thomas kam der Zwerg nun beinahe gierig vor. Er klammerte das Buch mit seinen knorrigen Händen fest und ließ nicht eine Sekunde verstreichen, bevor er darin zu blättern begann. Abermals ließ er Thomas dabei über die Schulter schauen.

»Die Schlüssel, der Weg zu den Schlüsseln! Da werden die anderen Augen machen!«

Brien freute sich diebisch. Gemeinsam konnten sie sehen und lesen, wo die Schlüssel verborgen waren.

»Die drei Lichtungen! Sie gehören alle zum selben Rätsel!«

Thomas fand es immer noch unbegreiflich, dass er ohne Probleme in einem uralten Zwergenbuch lesen konnte, das in einer Sprache verfasst war, die es vielleicht nicht einmal mehr gab. Trotzdem konzentrierte er sich auf den Buchinhalt. Wie es aussah, waren die vier übrigen Schlüssel nicht in der Festung, sondern *unter der Festung* zu finden.

Brien freute sich: »Der kleine Teich am Ende des zweiten Weges ist der Eingang zu einem weitläufigen Tunnel- und Höhlensystem! Seht nur – alle vier Schlüssel sind dort unten!«

Thomas amtete schwer. »Gut, dass niemand in Euer Portal gehen wollte. Das ganze Buch besteht daraus, die Fallen und Irrwege zu beschreiben, die sich da unten befinden. Manches scheint völlig unterwassert zu sein.«

Brien blätterte weiter. »Anderes wiederum scheint verzaubert und nur gelegentlich mit Wasser gefüllt. Seht hier: In dieser Kammer zum Beispiel sind sieben Zwergensiegelsteine versteckt. Nur wer alle findet und sie drückt, entkommt in den nächsten Raum …«

»Das erscheint mir auch mit Buch unmöglich! Hier steht, dass die Symbole nicht zu sehen sind. Man muss sie ertasten. Obwohl«, er sah noch einmal genauer hin, »diese Kammer liegt gar nicht auf dem Weg zu den Schlüsseln!«

Er überflog die nächste Seite. »Steht denn überhaupt irgendwo, wie man wieder zurückkommt? Hier scheint dieses Tunnelsystem zu enden.« Er blätterte zurück auf eine der ersten Seiten, die eine verwirrende Karte des Tunnelsystems enthielt. Die Zeichnung war klein und er hätte Stunden gebraucht, um sich darauf zu orientieren. Da unten schien ein echtes Labyrinth zu sein.

»Ich glaube nicht, dass jemand freiwillig in diesen Teich springt, um dort unten zu ertrinken. Waffe und Schlüssel hin oder her.«

»Da könntet Ihr recht haben«, schnarrte Brien.

Ansatzlos stieß der Zwerg seinen harten Schädel gegen Thomas` Kiefer. Thomas ließ seinen Speer fallen. Er sah Sterne. Er wusste nicht, wie ihm geschah. Blindlings schlug er nach dem Zwerg, aber er traf mehr schlecht als recht. Im nächsten Augenblick spürte er einen Stich am Hals. Ihm wurde heiß, sein Sichtfeld verschwamm. Dann spürte er nichts mehr.

Brien keuchte und röchelte über dem Körper von Thomas. Als er wieder Kräfte gesammelt hatte, suchte er sorgfältig das Gras ab, hob kurze Zeit später die giftgetränkte Nadel vom Boden auf, die ihm nach dem Stich in Thomas' Hals heruntergefallen war, und verbarg sie wieder in seiner Hemdtasche. In aller Seelenruhe nahm er daraufhin das Buch wieder in die Hände und riss eine Seite nach der anderen heraus, bis keine einzige Information über Fallen mehr darin zu finden war. Er legte die entfernten Seiten sorgsam zu einem Bündel übereinander, streckte sich zu den Flammen auf den Säulen empor und wartete, bis die Seiten Feuer gefangen hatten. Er trat mit dem lodernden Papier in seinen Händen an den Waldsaum, verharrte, bis fast alles verbrannt war, dann ließ er den kläglichen Rest auf einen Stein fallen und beobachtete, wie auch dieser Rest zu Asche wurde. Sogleich pustete er die Beweisspuren beiseite ins dichte Unterholz und trat wieder an Thomas Körper und das verkümmerte Buch heran. Er streckte und dehnte sich, dass alle Knochen in seinem Körper auf ungesündeste Weise knackten, dann steckte er das Buch in seinen Gürtel, klemmte Thomas' Speer unter den Arm und begann unter Ächzen und Stöhnen, den schlaffen Körper zurück in den Festungswald zu schleifen.

Am Teich auf der zweiten Lichtung angekommen brauchte er eine ganze Weile, bis er sich von der Strapaze erholt hatte, Thomas mitsamt Speer hierher zu bugsieren. Er betrachtete den Körper von Thomas von allen Seiten und schien zufrieden. Beim Schleifen war dieser nicht allzu dreckig geworden.

Garstig lachend sprach der Zwerg mit sich selbst, während er die letzten Arbeitsschritte vollzog: »Ich habe genug von diesem Kindergarten! Nehmt es mir nicht übel, Thomas! Ihr wart sicher der bessere Ritter! Aber auf diese Weise bekomme ich nun entweder meine Waffe, oder ich entledige mich endgültig dieser unsäglichen Truppe von selbsterklärten Helden und Königen!«

Er lachte und fasste Thomas unter den Armen. Hustend schaffte er es, ihn hochzuhieven. Er trippelte zwei Schritte vorwärts, dann schubste er Thomas von sich weg. Kopfüber tauchte der in den kreisrunden Teich ein. Zwischen schimmernden und spiegelnden Kristallwasserprismen und einem vorwurfsvoll quakenden gelben Frosch ging Thomas unter wie ein Stein.

»Sehr gut!«, murmelte Brien. »Leider braucht Ihr Eure Waffe, Thomas. Ich hätte sie gern behalten. Aber alles andere wäre zu verdächtig.«

Er wartete ein paar Augenblicke, dann schob er auch den Speer in den Teich hinein, bis der nur noch wenige Zentimeter herausguckte. Endlich ließ er den Schaft los und beobachtete zufrieden, wie der letzte Rest Speer geradewegs in die undurchsichtige Tiefe des Teiches herabsank.

Brien atmete durch. Er schloss die Augen. Reglos stand er da. Sein Bart und seine Brauen zitterten im Takt des wild quakenden Frosches.

Er öffnete die Augen wieder. Eilig hastete er aus dem Wald. Auf dem Festungsplatz angekommen herrschte nur wenig betrieb. Brien setzte, so gut er konnte, ein sorgenvolles Gesicht auf und humpelte eilends auf die erstbeste Wache zu, die in Sicht kam.

»Holt mir König Kiran her!« Er sprang den perplexen Mann förmlich an. »Sagt ihm, Brien vom Widerstand hat schlimme Nachrichten für ihn! Es geht um den Dritten Engel! Er soll kein Aufhebens machen und in den Festungswald kommen! Schafft Ihr das, Soldat?«

Die Wache nickte verdattert.

»Dann los, die Zeit drängt!«, befahl der Zwerg.

Brien schien noch nichts verlernt zu haben von seiner Zeit damals in der Flotte des Seenfürsten – die Wache rannte verwirrt aber ohne zu Zögern los. Brien wartete noch, bis die Wache außer Sicht war. Er setzte sich schnaufend in Bewegung.

»Jetzt muss ich vorher nur noch diesen falschen Engel finden!«

Briens List

Finn las in den *Portalstudien*. Jede neue Passage faszinierte ihn mehr als die vorangegangene. Es war ein bemerkenswertes Buch. Ob Kalva und Ventosa wirklich nicht wussten, welchen Schatz er sich von ihnen auserbeten hatte? Zusammen mit der Kugel natürlich, die Finn mit ihrem sonderbaren Leuchten verlockte, sobald er sie in die Hand nahm. Wie schon so oft in den letzten Tagen, war er beim Kapitel *Das Weltennetz* hängengeblieben.

> *… das Problem besteht, ein herkömmliches Portal als Waffe einzusetzen. Während es sicherlich Arten und Weisen gibt, den unvorsichtigen Feind in bestehende Portale hineinzulocken, mäßigt doch das vorzeitige Erscheinen des Portals sowie die relativ lange Dauer des Aufrufens die Nützlichkeit in brenzligeren Situationen. Das legendäre* Weltennetz *war wohl als Antwort darauf zu verstehen. Da es nur einen einzigen mir bekannten halbwegs glaubwürdigen Bericht in den alten Schriften über die Existenz des* Weltennetzes *gibt, müssen wir es dabei belassen, diese Form des Portals lediglich in den Bereich des Möglichen zu zählen. Ähnlich wie auch das* Zeitfenster *und der* Seelenschatten *soll oder sollte es nur in einer Handvoll Ausfertigungen existieren, gefertigt von jenen Magiern, die nicht am ursprünglichen Portalzauber beteiligt waren und dessen Vorsichtsmaßnahmen missachteten. Womöglich in einer leuchtenden Kugel mit dem* Zeitfenster *und dem* Seelenschatten *zusammengefasst, soll es sich durch goldgelbes Licht auszeichnen, welches durch die Ritzen des winzigen, ovalen Kügelchens schimmert. Will man es benutzen, so heißt es, bringt man es mit einem gezielten Wurf in der Nähe des Ziels zum bersten, woraufhin eine Art* Portalnetz *selbiges kuppelförmig umschließt, jeden Fluchtweg versperrt und es schließlich – sekündlich schrumpfend – an den gewünschten Ort teleportiert. Ich brauche sicherlich nicht zu erwähnen, dass – sofern wir hier von einer real existierenden Form des Portals ausgehen – die Gefahr für Leib und Leben bei einem solchen Angriff immens ist. Das Ziel*

unter dem Portal- oder eben Weltennetz *hat keine Möglichkeit, der Teleportation zu entgehen, mag das gewählte Ziel auch noch so niederträchtig oder tödlich sein. Es gibt aber noch einen weiteren Haken: Der Benutzer des Weltennetzes muss sicherstellen, ein geübter Werfer zu sein. Steht er nämlich zu nah an der Bruchstelle der Kugel, fängt er sich selbst unter dem Netz mit ein. Kommen wir nun also zur Quelle, von der ich dieses überlieferte Wissen …*

Schritte im Gang ließen Finn zusammenfahren. Eilig steckte er Buch und Kugel weg. Seine Idee war ihm schon vor ein paar Tagen gekommen. Um jeden Preis aber wollte er diese Idee und die *Portalstudien* für sich behalten. Die anderen würden …

»Hier bist du!«

»Decora!« Finn schnappte nach Luft. Er stand so abrupt wie umständlich vom Boden auf.

»Ich habe dich draußen gesucht …« Die Lunata trat unschlüssig in der Tür zu Finns Kammer von einem Bein auf das andere. »Aber hier bist du ja. Schön, dass du von der Kirche hierher gezogen bist …«

»Ja, stimmt. Hier bin ich.«

Was redete er da bloß für einen Unsinn! Er riss sich zusammen. »Decora, schön, dass *du* hier bist.«

Decoras Haare schimmerten heller.

»Ich habe mit deinem Vater geredet.«

Finn sah sie ratlos an. »Okay …«

»Und jetzt müssen wir reden! Ich kann das so nicht mehr.«

Sie machte einen Schritt über die Schwelle.

Finn schluckte. Es war verrückt, wie er einerseits darauf gehofft hatte, dass sie zu ihm kam, und sich andererseits so sehr davor fürchtete.

»Wir beide …«, begann Decora.

Ein raues Krächzen unterbrach sie. Sie und Finn traten augenblicklich auf den Gang. Am Ende des Flures lief ächzend und stöhnend der alte Wasserzwerg Brien auf sie zu. Dieser widerliche Kerl war nicht nur unerträglich, er kam auch in den unpassendsten Momenten!

»Finn Ritter!«, krähte der Alte. »Finn Ritter!«

Während er lief, hustete er schrecklich.

»Was wollt Ihr?«, rief Finn und Decora blickte sorgenvoll auf den humpelnden Zwerg.

»Königin Decora! Ihr auch hier! Verzeiht mein ungestümes Auftreten!«, keuchte Brien, als er endlich bei ihnen angelangt war. »Wir hatten einen schwierigen Start. Aber das darf nun keine Rolle spielen. Ihr müsst mir vertrauen. Es geht um Leben und Tod!«

»Langsam, Brien!« Finn war gleich zurückgesprungen. Er hielt sein Schwert fest im Griff und war ziemlich misstrauisch. Auch Decora hatte ihren Eisenholzstab dabei und sah Finn nervös an, während sie die Waffe fester drückte.

»Für langsam ist keine Zeit«, keuchte Brien. »Ihr müsst mir folgen. Und zwar sofort. Es geht um Euren Vater Thomas. Ich fürchte, er wird sonst sterben!«

»Er ist gesprungen?«

Finns Gedanken trudelten.

»Dort hinein? Wie lange ist das her?«

Tigernd trat Finn einen Schritt vor und zurück. Sein Innerstes schien sich nach Außen kehren zu wollen. Ihm war speiübel.

Er hörte kaum, was Decora auf den Zwerg einredete. Der kreisrunde Teich wirkte in diesem Augenblick wie das Tor zur Unterwelt.

»... vor ein paar Minuten«, hörte er Brien krächzen.

»Finn, wir müssen es mit einem Portal versuchen ...« Decora redete jetzt auf ihn ein.

»Nein, nein, enge Räume, Wasser ...« Briens Gefasel trieb Finn zur Weißglut.

»Gibt es Hinweise in diesem Buch, wie ich da unten durchkomme?«

Brien schüttelte den Kopf. »Viele Seiten fehlen. Aber die Schlüssel sind dort unten. Und Wasser. Ich weiß nicht, was sonst noch. Aber ich würde lügen, wenn ich dort keine Fallen vermuten würde ... Herr Ritter, wenn ich meinen Rat geben dürfte ...«

»Das dürft Ihr nicht!«

Finn unterbrach den Zwerg barsch. Es war kaum ein klarer Gedanke möglich. Warum war sein Vater nicht erst zu ihm gekommen?

»Ich werde springen!«, entschied Finn. Was gab es da noch zu überlegen? Er musste seinem Vater helfen.

Decora hielt ihn fest. Sie leuchtete wie eine weiße Fackel. »Finn, denk doch nach! Wir müssen es anders versuchen. Bitte riskiere nicht, dass ...

In diesem Augenblick kam Kiran um die Ecke des verwunschenen Hainweges zu ihnen gepoltert.

»Was tut ihr hier?« Er kam vom Training und war ganz außer Atem.

»Er wird Euch ebenfalls aufhalten wollen!«, flüsterte Brien Finn zu, dass nur er es hörte. »Denkt an Euren Vater. Ich fürchte um ihn. Ich habe Angst. Es ist auch meine Schuld!«

Da hatte der verfluchte Zwerg gleich zweimal recht! Schon stapfte Kiran zwischen sie. Zuerst würde er tausend Fragen haben, aber am Ende würde er natürlich dagegen sein. Hier ging es aber nicht um Kiran.

»Verzeih mir!«

Finn sah Decora an. Es war eine scheußliche Entscheidung. Aber er musste sie treffen. Sein Herz klopfte vor Angst. Dann sprang er kopfüber zwischen schimmernden Kristallwasserprismen in den verzauberten Teich.

Kiran stand schockiert da. »Kann mich endlich jemand aufklären?«

Decora drehte Kiran und Brien den Rücken zu. Sie starrte in den Teich, der immer noch Wellen von Finns Sprung warf. Sie machte einen Schritt auf das Wasser zu.

»Der junge Ritter folgt seinem Vater und holt der Prinzessin Nubigena die vier letzten Schlüssel«, flüsterte Brien ganz leise in Kirans Ohr. »Wir haben herausgefunden, dass sie dort unten sind. Er will die Prinzessin von Euch zurückerobern und sie mit dieser Waffe beeindrucken! Natürlich würde sie nicht wollen, dass Ihr springt. Doch seht nur, wie sie leuchtet - es imponiert ihr! Ich für meinen Teil dachte, der telluriscorianische König würde ebenfalls alles für Decora Nubigenas Sieg tun …«

Kiran sah den Zwerg entsetzt an. Es dauerte nicht eine Sekunde, da riss er sich seinen Harnisch herunter, schob sich an Decora vorbei und sprang hinterher.

IN DER ZWISCHENZEIT

»So war das wirklich nicht geplant. Ich muss mich bei allen hier entschuldigen. Ich fühle mich verantwortlich!«

Briens Barthaare kräuselten sich zu beiden Seiten wie die Wurzeln einer herausgerissenen Kartoffelpflanze. Vor versammelter Mannschaft stiefelte der alte Zwerg nervös durch die Sitzbankreihen im Kirchengebäude.

»Du kannst dir deine Entschuldigung sonst wo hinstecken!« Mergos Flügel waren zornesschwarz.

»Ruhig, Mergo!« Charadri nahm seinen Ziehsohn in den Arm, Flacka und Melvin flankierten die beiden.

»Es ist doch so!«, protestierte Mergo. »Kommt das niemandem hier komisch vor?«

Barbara war völlig durcheinander. Decora und sie standen zwischen den anderen. Decora aber fiel einfach nichts Gescheites ein, was nun zu tun war. Sie fragte sich, ob ihre Angst oder ihre Wut größer war.

»Das passt überhaupt nicht zu ihm – wir haben immer alles gemeinsam entschieden …«

Barbara ließ sich von Woti trösten.

»Ich weiß, ich weiß, das habe ich auch gesagt!«, krächzte Brien. »Aber ich denke, dass er seinen Sohn nicht noch weiter belasten wollte …«

Barbara fuhr ihn an: »Was wollt Ihr damit sagen?«

Brien giftete plötzlich zurück: »Ein etwas höflicherer Ton wäre durchaus angebracht! Wenn ich nicht so schnell bei Finn Ritter und König Kiran gewesen wäre, hätte womöglich niemand davon erfahren …«

Flacka hatte sich ihre Augenklappe eng gebunden. Ihre blauen Adern traten noch mehr hervor als sonst. »Vorsichtig, Flussratte! Mergo hat ein gutes Gespür – niemand hier findet, dass das alles Sinn ergibt. Also raus mit der Sprache. Sonst vergesse ich, was ich unten in der Alten Stadt und am Hirschkopf über dich gesagt habe!«

Sie überragte Brien und trat drohend näher. Melvin versuchte nicht, sie aufzuhalten. Im Gegenteil: Die Ventile seines Beinapparates zischten, als er zähnefletschend an Flackas Seite trag.

»Du hast nur diese eine Chance, Brien. Erkläre, was du meinst!«

»Schon gut! So sieht also der Lohn dafür aus, Geheimnisse zu entschlüsseln und sich Sorgen um andere zu machen …«

Flacka fasste den Griff ihres Säbels, da fing Brien an zu erzählen.

»Thomas Ritter erzählte mir von den Problemen, die sein Sohn, der König und Frau Nubigena haben. Er sagte mir wörtlich, dass sie bereits genug durchmachen würden. Die Sache mit den Schlüsseln wollte er ihnen wohl ersparen. Wir haben die Karte des Labyrinths gemeinsam angesehen, nachdem er mit dem Speer den Sarkophag öffnen konnte. Es waren sogar zwei brauchbare Karten in dem Buch. Ein paar Seiten riss er sich deshalb heraus. Ich hatte überhaupt keine Chance, ihn aufzuhalten.«

Zum Beweis präsentierte Brien das Buch aus dem Sarkophag. Es stimmte: Mehrere Seiten fehlten. Decora konnte sehen, dass jemand sie herausgetrennt hatte.

»Mein erster Impuls war es, König Kiran und seinen Sohn zu holen. Wollt Ihr mir nun sagen, dass das auch falsch war?«

Ammi und Ashnaprilla funkelten den Zwerg grimmig an.

»Und ihr beiden«, meckerte Brien sie an, »könntet mich ruhig etwas mehr unterstützen! Ich habe viel für uns getan! Erinnert ihr euch?«

Ammi machte ein abschätziges Geräusch. »Ich halte es mit Mergo – ich habe gar keine Lust mehr, dir über den Weg zu trauen. Selbst wenn es die Wahrheit ist, die du da von dir gibst, hört sie sich fürchterlich an, weil sie aus deinem Mund kommt!«

Ashnaprilla legte Ammi die Hände auf die Schultern. »Lass gut sein. Er ist es doch wirklich nicht wert.«

Mergo flog auf die dicke Rückenlehne einer Sitzbank. Nun überragte er alle anderen.

»Decora, wir müssen handeln! Finn und Kiran sind da unten!« Es war ihm anzusehen, dass er nicht verstehen konnte, warum immer noch alle hier herumstanden und Brien verhörten.

»Mergo, glaub mir bitte! Ich würde nichts lieber tun als ihnen zu helfen. Aber nach allem, was wir wissen, gibt es dort unten enge Gänge und viel Wasser. Es ist alles verzaubert. Entweder wir springen auch hinterher oder öffnen ein Portal und riskieren, dass es uns an einen Ort bringt, an dem wir ertrinken. Stell dir vor, du springst in einen unterwasserten Tunnel und weißt nicht, in welche Richtung du schwimmen musst.«

Mergos Flügelschwarz wurde immer silbriger.

»Feiglinge, das sind wir! Finn und Kiran haben nicht gezögert Thomas zu helfen!«

Babara kämpfte von Sekunde zu Sekunde mehr mit sich und der Situation. Es schien, als machte sie sich nun auch Vorwürfe und wäre drauf und dran, den Männern hinterherzuspringen.

Auch Mahasim sah das. Er kam neben die Bank zu Mergo, sprach aber auch zu Barbara.

»Meint ihr nicht, dass die beiden ausreichen, um Thomas zu unterstützen? Es sind unsere besten und stärksten Krieger. Kiran, König von Weit-Alon und Finn Ritter, der Dritte Engel! Wenn sie es nicht zusammen mit Thomas schaffen, sich da unten durchzukämpfen, dann doch wohl wir auch nicht. Außerdem haben sie diese Karten dabei …«

Mergo machte ein trauriges Gesicht. Er verstand jetzt, warum sie nichts tun konnten. Aber akzeptieren wollte er es keineswegs.

»Ihr findet mich vor der Festung. Ich trainiere mit den Soldaten. Das nützt wenigstens irgendetwas!«

Dann flog er wütend von dannen.

Charadri wollte schon hinter ihm her, aber Melvin hielt ihn auf.

»Lass ihn. Er kennt viele der Soldaten mittlerweile sehr gut. Da draußen ist er bestens aufgehoben. Es ist nichts Schlechtes daran, seine Wut in vernünftige Bahnen zu lenken. Training kann ihm kaum schaden.«

Flacka stimmte zu. »Er wird schon nicht auf dumme Ideen kommen. Dazu ist er zu klug. Wenn er sagt, er geht vor die Festung, dann tut er das auch.«

Charadri blaffte sie an: »Als wenn ich das nicht wüsste! Trotzdem mag ich ihn nicht aus den Augen lassen. Außerdem ist er nicht der Einzige, der wütend ist.«

Damit verabschiedete sich auch Charadri.

Auch Wotis Gesicht sprach Bände. Er war wie Barbara voller Sorge. Decora wusste natürlich, wie er sich fühlte.

Er sagte: »Und nun? Wir können doch nicht nichts tun?«

Decora schluckte ihre Angst und ihre Wut auf die drei leichtsinnigen Männer herunter. »Nein, mein Freund. Hat denn jemand einen Vorschlag?«

Sie quälte sich zu einem vollkommen niedergeschlagenen Lächeln.

Flacka sagte: »Ich hätte tatsächlich eine Idee.«

Decoras Mundwinkel zuckten dankbar. Flacka und die anderen um sich zu haben, machte sie wenigstens nicht völlig mutlos.

Flacka wollte schon loslegen, aber Melvin gab ihr ein Zeichen und trat direkt vor Brien. »Du verschwindest, Flussratte. Ich will nicht, dass du hierbleibst! Mach schon!«

Er ließ sich vom widerwilligen Brien das Buch geben, dann begleitete er den Zwerg zusammen mit Ammi und Ashnaprilla nach draußen. Als sie wieder zurück waren, sah Flacka einäugig in die Runde.

»Ich finde, wir sollten die Zeit, bis Finn, Kiran und Thomas zurück sind, nutzen.«

Decora war unendlich dankbar für Flackas Wortwahl. Natürlich würden sie bald zurück sein. Sie durfte gar nichts anderes denken. Hoffnungsvoll drückte sie Barbaras Hand.

»Danke«, flüsterte ihr Finns Mutter zu. »Das tut gut.«

»Was schlägst du vor, Flacka?«, fragte Melvin.

»Ich meine, dass wir bald soweit sind. Die Kämpfer sind gut trainiert. Bisher hat Trucido immer noch nicht herausgefunden, wie er ein Portal aufrufen kann. Wie wir es drehen und wenden: In einer Woche, maximal zwei, sollten wir unser Heer gegen den Zauberer führen.«

»Soweit stimme ich dir zu«, sagte Melvin.

Woti fragte: »Und welchen Vorschlag hast du?«

»Ich denke«, erklärte Flacka, »jemand von uns sollte sich in Celsa umschauen. Nach dem Angriff auf die Sternenhallen wissen wir nichts mehr. Wo hält Trucido sich auf? Sind die Sternenhallen noch bewohnbar? Wenn wir gegen ihn kämpfen wollen, dann sicher nicht in der Stadt. Wir müssen ihn weglocken. Dahin, wo wir einen taktischen Vorteil haben. Aber dafür müssen wir wissen, wo er ist und wie es um ihn bestellt ist. Möglicherweise finden wir jemanden in Celsa, der uns mehr sagen kann. Es gibt sicher immer noch einige wenige, die dort ausharren. Aber am allerwichtigsten erscheint es mir, einen Blick auf die Sternenhallen zu werfen. Vielleicht geben sie Aufschluss darüber, welchen Schaden auch Trucido genommen hat. Ich meine jedenfalls, dass das etwas ist, bei dem wir nicht ahnungslos sein dürfen. Unseren Angriff können wir dann vielleicht passgenau anbringen.«

Woti schwang sich wie Mergo zuvor auf eine Bank, damit auch er besser sehen konnte. Auf der Sitzfläche stolzierend sagte er: »Ein Blick könnte uns sicher gelingen …«

Decora kannte den Gwilling. Es steckte ihm immer noch in den Knochen, dass ihr Angriff fehlgeschlagen war. Natürlich war es deshalb kein ungefährlicheres Unterfangen, nur weil sie noch eine Rechnung in der Stadt offen hatten.

Sie sagte: »Es ist das gleiche Problem wie immer. Im Prinzip erscheint auch mir der Vorschlag gut. Aber wohin sollen wir teleportieren, damit ganz sicher ist, keinem Kelpen in die Klauen zu springen?«

Flackas verbliebenes Auge blitzte verwegen.

»Melvin, erinnerst du dich an den Keller der Botschaft?«

Decora hatte das ganz und gar sonderbare Gefühl, dass Melvin rot wurde.

»Du meinst *den Keller*?«

Flacka warf ihm einen fast unanständigen Blick zu. »Ich meine *den Keller*, in dem du und ich …«

»Ich verstehe!« Melvin bemühte sich um Fassung. »Ja, natürlich! *Diesen Keller* wird kein Kelpe entdeckt haben. Und von dort könnten wir uns langsam durch die Botschaft und dann Stück für Stück durch die Stadt vorarbeiten. Bis morgen haben wir sicherlich Zeit, bis die drei wieder zurück sind!«

Er sah Decora an. »Majestät?«

»Bitte Melvin, für dich werde ich nie *Majestät* sein. Und in diesem Kreis entscheiden wir alle. Wenn ihr beide es für eine gute Idee haltet, dann ist es doch schon abgemacht. Vielleicht finden wir ja heraus, dass ein großer Teil meiner Sternenhallen noch steht …« Sie lächelte zerknirscht. »Und wer geht nach Celsa?«

»Naja«, lachte Flacka entwaffnend, »ich bin im Zweifelsfall kein großer Verlust. Wer braucht schon eine einäugige Piratin? Ich bin doch mittlerweile mehr ein Klischee als eine Kapitänin.«

Mahasim widersprach ihr empört, doch Melvin stieg gleich mit ein: »Da bist du aber nicht die Einzige, meine Liebe! Denk an mich: ein Eisenfuß, ehemals humpelnder Flinkfuß – mit meinen Schienen bin ich bald mehr Maschine als Zwerg! Wir sollten zu zweit reisen!«

Woti stand immer noch auf der Bank. »Hab ich eine Chance, mich auch zu beweisen?«

Mahasim klopfte dem Gwilling auf die Schulter. »Denk noch mal nach Woti. Wenn du scharf darauf bist, mit den beiden zusammen in *den Keller*«, er machte Anführungszeichen mit den Fingern und setzte einen vielsagenden Gesichtsausdruck auf, »zu teleportieren, dann nur zu.«

Woti schaute belämmert.

Mahasim, Ammi und Ashnaprilla lachten. Selbst Barbara seufzte etwas erleichtert.

Decora atmete tief durch. Sie sagte: »Dann macht es so. Beeilt euch, aber seid nicht unvorsichtig!«

Melvin und Flacka verschwendeten keine Zeit.

»Wir gehen sofort«, erklärte der Zwerg.

Auch er und Flacka verließen das Gebäude.

Decora zog ihren Eisenholzstab und wandte sich ihrerseits zum Gehen.

Ashnaprilla fragte: »Und was hast du jetzt vor?«

»Wenn unser Oberbefehlshaber und unser Symbol schon weg sind, dann trainiere ich das Heer bis dahin eben selbst!«

Drei Sterne und der Mond

Decora wurde ihre Nervosität natürlich nicht vollkommen los, aber es half leidlich, sich zwischen die Kämpfer und Kämpferinnen zu stürzen. Sie kam auf andere Gedanken. Immer wieder stieß sie zu einzelnen Gruppen und Kampfverbänden, beantwortete unermüdlich Fragen über sich, ihre Familie, Aethra oder ihre bisherige Reise, spornte die Kämpfer an, weiterzutrainieren, und ging dabei selbst mit gutem Beispiel voran: Sie demonstrierte weiter draußen in den Feldern, zu was ihr Eisenholzstab in der Lage war, stieg selbst mit in Übungskämpfe ein und dankte jedem Einzelnen, mit dem sie ein paar Worte wechselte, dass er oder sie sich ihrem Kampf angeschlossen hatte.

Am Nachmittag stand Decora mit vor Anstrengung und Einsatz knallrotem und dreckigem Gesicht zusammen mit Barbara, Ammi und Ashnaprilla auf einem Hügel südöstlich der Festung und sah halbwegs zufrieden über die Gruppen ihrer Armee. Es war ein ständiges Kommen und Gehen derer, die wieder mittrainierten, und derer, die pausierten, um zu essen, die Tiere zu versorgen oder sich ein wenig anderweitig abzulenken. Decora aber war geblieben. Ihre Haare flirrten golden in der schon tiefer stehenden Sonne.

»Du bist eine gute Anführerin«, sagte Barbara. »Sieh doch nur, was du geschafft hast. Sie sehen zu dir auf.«

Decora wusste Barbaras Aufmunterung zu schätzen, aber sie machte sich keine Illusionen.

»Erstens habe ich das nicht allein geschafft und zweitens wissen sie ja doch noch nicht, worauf sie sich eingelassen haben.«

Ashnaprilla sah sie tadelnd an. »Jetzt muss ich meiner Königin doch widersprechen! Die meisten sind nicht so ahnungslos, wie du vielleicht denkst. Jeder hier spürt, dass die Welt sich um ihn herum verändert hat.«

Ammi sagte: »Es geht nicht nur um Portale oder diesen Ort.«

Ashnaprilla deutete in die Ebene herab. Lachen und Grölen drang an ihre Ohren. Sie konnten Mergo sehen, der mit einem Übungsschwert und rosaroten Flügeln flitzend und fliegend gleich eine ganze Horde gut gelaunter telluriscorianischer Soldaten auf Trab hielt.

»Sie doch nur! Obwohl so viele so viel verloren haben, ist hier und da ein wenig Glück zu finden. Ein aethraischer Piraten-Elf verbündet sich mit den gestandenen Kämpfern der Sieben-Brot-Lande. Warum glaubst du, ist das möglich?«

Ammi nahm Decora die Antwort vorweg: »Es sind diejenigen, die mit gutem Beispiel vorangehen, die etwas ins Rollen bringen. Was glaubst du, wie viele Herrscher die da unten kennen, die sich so viel Zeit für alle und jeden nehmen wie du? Die mit ihnen trainieren und sich für sie schmutzig machen. Und die alle gleichermaßen akzeptieren?«

Decora schluckte schwer. Sie sagte leise: »Meine Eltern hätten es genauso gemacht.«

Die vier Frauen fassten sich an den Händen.

»Und jetzt ehrst du sie, indem du diese Leute in ihrer Art führst.«

»*Wir* tun das gemeinsam«, stellte Decora klar. »Ohne euch alle, ohne unsere Gemeinschaft, wären wir niemals so weit gekommen!«

»Naja, also schön!«, grinste Ammi frech.

Decoras Haare flammten auf, als sie sich eine kleine glückliche Träne von der Wange wischte.

»Ich hoffe nur, die anderen kommen bald zurück.«

»Das werden sie. Wir müssen Vertrauen haben. Wenn sie heute nicht wiederkommen, dann eben morgen.« Barbara lächelte tapfer in die Spätnachmittagssonne. Decora aber hörte sehr wohl die Unsicherheit in ihrer Stimme.

Auch am Abend blieb Decora bei den Truppen. Es verlockte sie nicht im Geringsten, allein in die Festung zu gehen, also hatte sie mit den Frauen das Lager aufgesucht. Woti hatte sich ihnen ebenfalls angeschlossen. So saßen sie auf Baumstämmen, die zu Bänken umfunktioniert waren, zusammen mit mehreren Dutzend Kämpferinnen und Kämpfern um ein mächtiges Lagerfeuer herum, aßen über den Flammen gebackenes Brot und lauschten den Geschichten, die zum Besten gegeben wurden.

»Vielleicht möchte ja die Himmelskönigin etwas beitragen!«

Decora schreckte aus ihren Gedanken hoch. Wie lange hatte sie in die Flammen gestarrt? Die Soldatin, die gesprochen hatte, schaute sie erwartungsvoll an. Es war mucksmäuschenstill geworden.

Ammi hatte sofort bemerkt, dass Decora nicht wusste, worum es ging. Sie flüsterte: »Sie spielen ein Spiel, das *Schmunzeln, schlottern, staunen* heißt. Jeder muss aus seiner Heimat drei Sachen erzählen. Eine, die ihn zum Lachen bringt, eine, die ihm Angst macht, und eine, die ihn Staunen lässt. Sie spielen das jeden Abend. So lernen sich alle kennen. Scheinbar hat Mergo es ihnen beigebracht!«

Decora war verblüfft. Mergo war unglaublich! Wäre er erwachsen, wäre er sicherlich ein fantastischer Anführer.

Einer rief, seinen Krug hoch erhoben: »Erzählt uns über Celsa-Stadt, Königin Nubigena!«

Decoras Haare leuchteten auf. Einige der Umsitzenden raunten. Die Lunata wusste, dass in diesem Augenblick alle nur sie beobachteten. Sie aber hatte immer noch einen Schleier von den hellen Flammen auf den Augen und sah kaum etwas. Also schloss sie die Augen und dachte nach. *Schmunzeln, schlottern, staunen.* Das Spiel hatte etwas. Aber was konnte sie erzählen?

Plötzlich hatte sie einen Einfall. Sie öffnete ihre Augen und blinzelte in die Runde.

»Die Sternenhallen sind der Sitz meiner Familie«, begann sie. »Bevor Trucido kam und bevor der Widerstand die Türme zum Einsturz brachte, konnte man über steile Treppen bis hinein in die Wolkendecke steigen.«

Sie spürte, wie alle anderen Gespräche vollkommen zum Erliegen gekommen waren.

»Das, was ich jetzt erzähle, wussten nur meine Brüder und Schwestern!« Sie scherzte: »Also seht zu, dass der Unsinn, den ich hier zum Besten gebe, nicht die Runde macht!«

Die meisten lachten höflich.

Decora fiel es wider Erwarten nicht schwer zu erzählen. Es war für sie tatsächlich eine witzige Erinnerung, an die sie selbst aber schon lange nicht mehr gedacht hatte.

»In Celsa-Stadt«, erklärte sie, »fällt weniger Schnee als in anderen Regionen Aethras. Aber im tiefsten Winter kann es trotzdem mal ordentlich schneien. Die Bürger haben den Schnee in den Straßen natürlich immer schnell ganz platt getreten und verschlammt, aber an manchen Tagen, wenn man sehr früh wach ist und ein wenig Glück hat, kann man in der aufgehenden Wintersonne den weißen Teppich noch über der ganzen Stadt sehen.« Grinsend fügte sie hinzu: »Natürlich nur, wenn man sich gleich nach dem Aufstehen bis in die höchsten Türme der Sternenhallen heraufquält.«

Alle warteten auf die Pointe. Sie war ja beim *Schmunzeln.*

»Im Südwesten liegt am Rand der Stadt das *Labyrinth.* Aber darunter gibt es die Überreste teilweise verschütteter Stadtgebiete von einst.«

Sie schüttelte sich bei Gedanken daran, was Kiran, Woti, Veda und sie unter dem Labyrinth erlebt hatten. Einige der Anwesenden vom Widerstand wussten genau, wovon sie sprach.

»Nicht alle Gänge dort sind verlassen. Es gibt Straßenzüge unter der Erde, die immer noch genutzt werden. Besonders im Winter, wenn es dort wärmer ist als in den Bretterbuden des Labyrinths. Es gab zur Zeit meiner Eltern einen ganzen Straßenzug, in dem die Bäckermeister des Labyrinths die Öfen unterirdisch anheizten und auch ihre Waren dort zubereiteten, ohne dass die Kälte sie sofort hartfrieren ließ. Dadurch, dass aus Abzügen am Boden die heiße Abluft entwich, schmolz der Schnee, noch bevor er sich richtig auf der Straße niederlassen konnte.«

Absolut jeder fragte sich, worauf das Ganze hinauslief. Selbst Ammi und Ashnaprilla lauschten höchst gespannt.

»Aus den Turmzimmern meiner Eltern hatte man einen guten Blick auf die Bäckerstraße. Sie beschreibt zwei ovale Kurven. Und eine kleine Sackgasse gibt es ebenfalls. Von oben ist also überall in der Stadt die weiße Schneedecke zu sehen. Nur dort nicht. Die schneelose Form, die sich so ergibt, sieht genauso aus wie ein großer Hintern. Und die kurze Sackgasse in der Mitte der zwei Pobacken ...«

Decora überließ den Rest der Fantasie ihrer Zuhörer. Ihre Haare loderten weiß. Jetzt war es ihr doch peinlich. Warum sagte denn keiner etwas? Doch da fingen die ersten an zu klatschen. Bald stiegen alle mit ein. Viele prosteten Decora zu. Das Lagerfeuer war erfüllt von Lachen und Gemurmel. Decora war erleichtert. Sie sah zufrieden, dass auch Ammi und Ashnaprilla ihre Anekdote gelungen fanden.

»Jetzt *Schlottern*!«, forderten einige.

»*Schlottern, schlottern*!«, stimmte die Menge mit ein.

Das war nicht schwierig! Decora wusste sogleich, was sie erzählen konnte.

»Es gibt in den Sternenhallen immer wieder Bereiche, die man zum ersten Mal sieht, selbst wenn man dort zu Hause ist. Als Kinder – ich muss so ungefähr neun oder zehn gewesen sein – sind meine Geschwister und ich oft auf Entdeckungsreise gegangen, wenn wir uns wie Abenteurer fühlen wollten. Einmal haben wir uns sogar getraut, in einem Bereich, in dem wir zum ersten Mal waren, verstecken zu spielen.«

Decora konnte auch jetzt noch die Aufregung spüren, die sie damals als Kind empfunden hatte.

»Irgendwann war ich mit dem Suchen an der Reihe. Das war schon furchtbar, wenn ich den Ort gut kannte, an dem sich die anderen versteckten. Aber nun musste ich davon ausgehen, hinter irgendeiner Ecke erschreckt zu werden, von der ich nicht einmal wusste, dass es sie gibt. Ständig rechnete ich also damit, von meinen älteren Brüdern angesprungen zu werden, die das für einen gelungenen Scherz hielten.«

Woti war eng an sie gerückt und hörte gespannt zu.

»Dann ist da plötzlich dieser lange Korridor, unter dessen unbehauener, steinerner Decke summende Kristalle fliegen, in dem ich zuvor noch nie in meinem Leben gewesen bin. Natürlich wusste ich, dass überall viele interessante magische Orte von früher zu finden sind. Trotzdem denke ich in diesem Moment nur an meine Brüder und an die dunklen Ecken, in denen sie hocken und auf mich warten! Jedenfalls, als ich in der Mitte des Korridors angelange, suche ich weiter die Schatten links und rechts neben mir nach einem Zeichen von meinen Geschwistern ab. Plötzlich springt mich eine Gestalt an! Ich falle nach hinten, das Wesen ist schon über mir. Es sieht aus wie eine Mischung meines Bruders und eines Ungeheuers. Es hat eine lange Zunge und glühende Augen. Es greift nach mir! Ich schreie wie am Spieß und schließe die Augen. Erst, als meine echten Brüder mir zu Hilfe kommen, kann ich mich wieder beruhigen.«

Decora unterbrach die gespannte Stille mit einem Lachen. »Ich habe erst später herausgefunden, dass die fliegenden Kristalle das nachbilden, was man sich vorstellt. Es ist ein uralter und mächtiger Zauber. Und obwohl ich das auch damals schon verstanden habe, läuft mir manchmal noch immer ein Schauer über den Rücken, wenn ich daran denke, wie ich mich vor meiner eigenen Fantasie gefürchtet habe!«

»Ein Hoch auf die Königin!«, riefen die Kämpfer. »Ihr ehrt uns mit Euren Geschichten!«

Jetzt fehlte nur noch *Staunen*. Decora dachte nach. Ihre Augen hatten sich mittlerweile gut an die Lichtverhältnisse gewöhnt und sie sah wieder, wer da alles mit ihr am Lagerfeuer saß. Sie schaute in die Gesichter von Männern und Frauen, denen Decora sich in diesem Moment sehr nah fühlte. Ihr wurde erneut klar, was sie längst wusste. Der Kampf, in dem sie gemeinsam steckten, schweißte sie zusammen. Und Mergos Spiel half dabei, so verrückt es auch klingen mochte.

»*Staunen*«, murmelte sie. »Was bringt mich dieser Tage *nicht* zum Staunen, sollte die Frage eigentlich lauten …« Sie selbst und viele andere lachten und nickten. Denn das war die reine Wahrheit.

»Aber da gibt es schon etwas«, sagte sie ehrfürchtig. Sie spürte, wie ihr jetzt der Schauer über den Rücken lief, den sie eigentlich bei *Schlottern* erwartet hatte. »Einige von Euch kennen den Weg der Geschichte. Für alle anderen: Es ist eine Straße in Celsa, in der die Geschichte Excelsas erlebt werden kann. Es gibt Museen, Statuen, Gedenktafeln und dergleichen mehr. Als ich mit meinem Freund Woti und König Kiran dort war, um zu Botschafter Melvin Eisenfuß zu gelangen, fanden wir am Ende des Weges eine riesige Szenerie marmorner Statuen: Trucido und seine Kelpen standen zu diesem Zeitpunkt noch dort auf den Leichen derjenigen, die sie umgebracht haben. Es ist vielleicht nicht dasselbe wie Staunen, aber unglaublich war es dennoch!« Sie machte eine Pause. Ihr Blick ging ins Leere. Er war ganz und gar nach innen gerichtet.

»Ich denke daran«, sagte sie in die Stille, »wie schnell sich alles ändern kann. Den einen Tag ist noch alles wie immer. Man glaubt, es würde immer so bleiben. Doch tags darauf bricht eine furchtbare Katastrophe über das Land herein und reißt alles mit sich in den Abgrund. Und schon kurz danach gibt es da eine Statue, auf der ein Selbstverständnis ruht, als sei alles, was geschehen ist, bloß die unausweichliche Konsequenz dessen, was vorher da war.«

Decora riss sich zusammen. Die Bilder ihrer marmornen Eltern unter Trucidos Füßen konnten sie lähmen wie ein Bleigewicht, wenn sie nicht aufpasste. Doch diese Botschaft wollte sie nicht vermitteln. Weder sich selbst noch ihren Zuhörern. Sie war hier. Und der Widerstand hatte dieses scheußliche Mahnmal zerstört. Sie konnte den Frauen und Männern dieses Feuers in die Augen sehen und stark sein.

»Was ich damit sagen will: Wenn wir nicht aufpassen, kann uns die Freiheit schnell entrissen werden. Einerseits ist es furchtbar, aber andererseits bin ich auch froh darüber, dass wir diese Lektion lernen konnten. Unsere erlittenen Verluste werden uns beflügeln, damit wir am Ende siegreich aus diesem Krieg hervorgehen!«

Woti drückte Decoras Hand. Sie sah ihn unsicher an. Er aber lächelte. Sie hatte wieder das Richtige gesagt. Und zwar deshalb, weil es die Wahrheit war. Für diesen einen flüchtigen Moment am Feuer fühlte sie sich gut. Und das hatte sie bloß Mergos Spiel zu verdanken.

Es war spät geworden. Barbara und Woti hatten sich längst zur Nachtruhe begeben, Decora aber hatte es an diesem Abend noch lange am Feuer ausgehalten. Doch nun packte auch sie die Müdigkeit mit unnachgiebiger Hand. Einzig Ashnaprilla und Ammi waren noch bei ihr und schleppten sich einsilbig aber zufrieden mit ihr zurück zur Festung. Decora dachte an Finn und Kiran und Thomas, aber sie wollte weder Ammi noch Ashnaprilla damit auf die Nerven gehen. Die beiden waren überzeugt davon, dass alle drei am nächsten Tag wieder auftauchten.

Decora war fasziniert, dass auch mitten in der Nacht noch Leben im Lager herrschte. Natürlich war um diese Zeit nicht viel los, aber hier und da gab es doch noch Zusammenkünfte von Nachtschwärmern, zu denen der Schlaf nicht kommen wollte. Da waren zum Beispiel eine Handvoll Trolle, die in der Dunkelheit der Sterne grün schimmerten und Rüstungen putzten, sie schlichen auch an Zelten vorbei, aus denen das intime Lachen zweier Seelen drang, die sich gefunden hatten, oder an Feuern, über denen sich Gwillinge einen duftenden Mitternachtsimbiss brieten.

»Hey, stehenbleiben!«

Ashnaprilla fuhr herum und rief einem Schatten hinterher, der ein Stück weiter in einem Zelt verschwand.

»Ashna, was ist denn?«

Decora war gleich auf das Schlimmste vorbereitet. Auch Ammi späte nervös in Ashnaprillas Blickrichtung.

»Das da vorn war Mergo! Ich habe ihn in das Zelt da hinten rennen sehen!«

Ammi lachte erleichtert. »Du bildest dir was ein! Der liegt sicher längst in der Festung im Bett.«

»Wieso sollte ich mir das einbilden?«, entgegnete Ashnaprilla nicht sonderlich amüsiert. »So wahr unter Celsa riesige Altweltkrokodile ihr Unwesen treiben – das vorhin war sicher Mergo!«

Decora kam die Sache merkwürdig vor. »Charadri hätte sicher etwas dagegen! Wenn du recht hast, sollten wir der Sache nachgehen. Wir können das nicht einfach ignorieren.«

Ashnaprilla nickte. »Ich täusche mich nicht.«

Ammi war weniger überzeugt. »Ihr wisst schon, dass er ziemlich gut allein zurecht kommt, oder? Sicher möchte er nicht, dass wir ihn bemuttern. Vielleicht hat er ja eine Freundin gefunden?«

Aber Decora und Ashnaprilla waren schon in Richtung Zelt gezogen. Als sie näher kamen, drang lautes Gelächter aus dem Inneren zu ihnen. Hinter dem dicken Stoff befand sich sicher ein halbes Dutzend Leute.

»So viel zu der Freundin«, kommentiert Ashnaprilla.

Beherzt schlug Decora den Zeltvorhang zur Seite. Das Zeltinnere war geräumig und mit Feuerschalen unter zwei Abzügen in der Zeltdecke gut ausgeleuchtet. Inmitten einer Gruppe Soldaten saß – *Mergo*!

»Seht ihr!«, rief Ashnaprilla! »Mergo, was geht hier vor?«

Der Elfenjunge erschrak, als er die drei Frauen erblickte. Er drehte sich rasch weg und fummelte an seiner Kleidung herum. Seine Flügel leuchteten hellgelb. Die Sache war ihm offensichtlich hochnotpeinlich.

»Was tut ihr denn hier?«, stammelte er halb von ihnen weggedreht.

»Das fragen wir dich!«, erwiderte Ammi. »Weiß Charadri, dass du dich hier herumtreibst?«

Mergo gab keine Antwort. Nur seine Flügel leuchteten noch intensiver.

Decora aber hatte bereits begriffen, was es mit der seltsamen nächtlichen Begebenheit auf sich hatte. Die restlichen Anwesenden setzten Gesichter auf, als könnten sie kein Wässerchen trüben und hätten darüber hinaus keinerlei Ahnung, wo sie sich gerade befänden, also trat Decora in ihre Mitte.

»Mergo, krempele mal deinen Ärmel hoch, bitte!«

»Wieso denn das?«

»Du kannst dich nicht herausreden. Siehst du das hier? Ich kenne mich aus.«

Sie zog ihren Umhang lockerer. Zum Vorschein kamen die Tätowierungen auf ihrem Hals und ihrem Schlüsselbein. »Also los, ich will sie wenigstens sehen!«

Mergo schüttelte den Kopf. »Das geht nicht. Es ist noch nicht fertig!«

»Mir kannst du es ruhig zeigen! Charadri wird wahrscheinlich nicht gerade begeistert sein, aber ich?«

Mergo schüttelte den Kopf noch heftiger. »Es geht nicht, Decora.«

Ihm standen schon beinahe die Tränen in den Augen.

Ashnaprilla schalt ihn: »Du kommst jetzt mit uns, junger Mann! Wenn diese Tätowierung so schlimm ist, dass du sie Decora nicht zeigen kannst, dann solltet ihr hier lieber nicht weitermachen.«

Plötzlich erhob sich ein Soldat inmitten der Anwesenden. »Königin Decora, erinnert Ihr Euch noch an mich?«

Decora brauchte nicht lange. Sie erkannte ihn wieder. Es war ebenjener Soldat, mit dem sie gemeinsam vom Hirschkopf zur Festung durch das Portal gegangen war.

»Menewal, richtig?«

Der Soldat Menewal lächelte. Der Rest raunte erstaunt, weil Decora tatsächlich seinen Namen kannte.

»Alles, was wir von Euch lernen«, sagte Menewal, »hängt damit zusammen, dass Ihr eine verständnisvolle und zugewandte Königin seid. Tut Eurem jungen Gefährten den Gefallen und lasst ihn hier. Ich persönlich bürge dafür, dass ihm nichts geschieht. Wie Ihr selbst zugebt, seid ihr ebenfalls tätowiert. Und ich habe gehört, bei den Lunatae geschieht die Prozedur oft bereits viel früher.«

Decora sah Menewal pflichtschuldig an. Dabei hatte ihr schon gereicht, wie flehentlich Mergo sie gebeten hatte, die Tätowierung für sich zu behalten. Natürlich würde sie seinen Wunsch akzeptieren.

»Bist du sicher, dass alles in Ordnung ist«, fragte sie Mergo abschließend.

Der nickte eifrig.

»Kommt«, sagte sie mit Bestimmtheit. »Mergo ist kein Kind mehr. Jedenfalls kein richtiges. Und ein Pirat, der auf der Feuerente gesegelt ist, darf sich tätowieren lassen, finde ich. Aber du bist dafür verantwortlich, das Ganze Charadri zu erklären, Mergo!«

Sie wandte sich zusammen mit Ammi und Ashnaprilla zum Gehen. »Nur eins noch: Ich möchte es sehen, wenn es fertig ist!« Sie zwinkerte Mergo zu. »Das ist eine königliche Anweisung!«

»Das wirst du!«, sagte Mergo erleichtert. »Versprochen!«

Alle Anwesenden lachten. Das kam Decora dann doch ein wenig seltsam vor …

Am nächsten Morgen fühlte sich Decora wie gerädert. Sie war übernächtigt. Es war wirklich viel zu spät geworden. Zwar konnte sie seit Telluriscor endlich wieder ein bisschen Frieden finden im Schlaf, aber wenn sie den dann versäumte, machte es das auch nicht besser. Sie setzte sich in ihrem Bettlager auf. Der erste Gedanke, der ihr kam, galt Finn und Kiran. Wenn sie schon zurück waren, hätte man sie doch sicherlich geweckt …

Wie auf ein Zeichen hin drangen aufgeregte Stimmen zu ihr. Augenblicke später klopfte es.

»Decora, bist du wach? Du musst dir da was ansehen. Es geht um Mergo …«

Es war Charadris Stimme! Decoras Erinnerung kam langsam zurück. Die Tätowierung – Mergo! Sicher war der Schiffskoch sauer auf sie. Aber da musste sie jetzt wohl durch.

»Ich komme schon!«, rief sie durch die geschlossene Tür. Rasch zog sie sich an.

Draußen warteten Charadri, Ammi und Ashnaprilla.

»Du wusstest also davon?«, stellte Charadri sie zur Rede.

»Charadri, er ist doch kein Kind mehr. Überleg doch mal, was er alles für uns getan hat!«

Plötzlich lachte Charadri. »Ja, sicher. Aber vielleicht hättest du dir die Tätowierung doch zeigen lassen sollen!«

Decora hatte plötzlich ein ganz merkwürdiges Gefühl.

»Wie meinst du das?«

»Da musst du jetzt selbst durch!«, entgegnete Charadri kryptisch. Auch Ammi und Ashnaprilla lächelten nur geheimniskrämerisch.

Charadri sagte: »Die anderen warten schon. Beeil dich!«

»Welche anderen? Woti und Barbara?«

»So ähnlich«, sagte Charadri. Und jetzt komm endlich!«

Sie stiegen, angeführt vom Schiffskoch, von den nördlichen Hallen aus direkt auf die Wehrmauer und von dort weiter auf die Südseite der Festung. Oberhalb des Südtores warteten Woti, Barbara, Mahasim, der Soldat Menewal und Mergo. Aber das waren längst nicht alle! Die Soldatinnen und Soldaten des Heerlagers hatten sich zu Hunderten, wenn nicht zu Tausenden vor der Festung versammelt.

»Wie früh ist es denn?«, stammelte Decora. Sie sah, dass der Himmel noch nicht lange hell war. »Warum habe ich nichts mitbekommen? Und warum sind alle hier versammelt?«

»Weil es eine Überraschung ist«, antwortete Mergo.

Ammi, Ashnaprilla, Woti und Mahasim zuckten nur mit den Schultern. Charadri sagte: »Auch ich wusste bis vorhin nichts davon. Das haben die sich ganz allein ausgedacht.« Er sah ehrfürchtig hinab auf die unzähligen Kämpfer.

»Nicht ganz!«, widersprach Menewal. »Das alles war bloß Mergos Idee. Er hat auch die Tätowierung entworfen. Ein paar andere und ich haben nur dafür gesorgt, dass genügend mitmachen!« Er legte Mergo die Hand auf die Schulter. »Na los, Junge, zeig sie der Königin!«

Mergos Flügel wechselten ständig die Farbe zwischen Grün und Gelb. Dann zog er seinen Ärmel hoch. Darunter zum Vorschein kam ein tätowierter Viertelmond, zwischen dessen Spitzen in gerader Linie drei blitzende Sterne gestochen waren.

»Ein Viertelmond und drei Sterne bilden ein *D*«, erklärte Mergo glücklich. »Der Viertelmond steht für dich, Decora. Genau wie das D!«

Decora wusste nicht, was sie sagen sollte. »Mergo, das ist wirklich unfassbar lieb von dir …«

»Das ist noch nicht alles!«

Mergos Flügel wurden immer violetter. Er war zu aufgeregt und erleichtert, Decora aussprechen zu lassen.

»Die drei leuchtenden Sterne sind Telluriscor, die Erde und Aethra. Drei Welten vereint unter dem Viertelmond!«

»Mergo, ich …« Decora war überwältigt. Ihre Haare begannen wild zu flimmern.

»Drei Welten vereint«, wiederholte Menewal. »Ich fand, dass war die beste Idee, die seit langem irgendjemand gehabt hat. Ihr könnt Euch glücklich schätzen, einen solchen jungen Mann unter Euren Freunden zu haben!«

»Das bin ich!«, flüsterte Decora. Sie umarmte Mergo. »Aber was sollen all die anderen hier?«

Mergo strahlte jetzt über sein ganzes Gesicht. »Drei Welten kämpfen gemeinsam.«

»Und die drei Welten, das sind wir alle«, ergänzte Menewal. Jetzt schob auch er seinen Ärmel hoch. Darunter zum Vorschein kam auf seinem Unterarm dieselbe Tätowierung.

Decora war baff. »Womit habe ich das verdient?«, brachte sie heraus. Ihre Stimme war vor Verlegenheit ganz und gar belegt. »Ihr kennt mich doch gar nicht …«

Menewal funkelte sie an. »Die da unten sehen das sicher anders, Königin Nubigena.«

Decora drehte sich und sah zu den Soldatinnen und Soldaten des Heers. Überall wurden nun Ärmel zurückgezogen, Hosen hochgekrempelt oder Hemden gelüftet. Decora stand da und hatte keine Worte für das, was dort geschah.

»Solange haben wir einer Lüge aufgesessen«, erklärte Menewal. Wir lechzen danach, endlich für das Richtige zu kämpfen. König Kiran, Finn Ritter, alle, die mit Euch reisen – vor allem aber Ihr habt uns mit Eurer Art dazu gebracht, nicht nur an etwas zu glauben, sondern auch dahinterzustehen. Dieses Symbol hilft uns dabei, uns der Sache noch näher zu fühlen. Das da ist keine einfache Armee mehr. Es ist Eure Armee.«

Auch er sah nun auf die Kämpfer hinab.

»Ein Viertelmond und drei Sterne bilden ein D. Wir sind jetzt *Decoras Armee.*«

Vor der Festung begannen die Massen zu intonieren.

Decoras Armee! Decoras Armee!

Und immer weiter.

Decoras Armee! Decoras Armee!

Charadri sagte: »Menewal, wo genau sagtet Ihr, kann ich mir auch so was stechen lassen?«

Mergo lachte glücklich.

Woti sagte: »Du hast es weit gebracht, Decora!« Doch er war nachdenklich. »Aber es fehlen Finn und Kiran und Raukelunk und Ina! Auf dass ich sie bald wiederseh'!«

Er grinste.

»Hier in Decoras Armee!«

5. Teil – Die Narben eines Baumes

In die Lichterstadt

»Wo kann er denn nur bleiben?«

Ina, die Gwilling-Dame, beobachtete aus ihrem Versteck heraus angestrengt eine Stelle etwas weiter entfernt. Dort, zwischen kahlen Bäumen, in deren kläglichem Rest Blätter ein abendlich rotgelber Schimmer lag, führte ein breiter Pfad bergab. »Was mag er bloß treiben?«

Nervös rieb sie sich die Augen. Vielleicht konnte sie einfach nur nicht erkennen, ob er zwischen all den Ästen und Stämmen just wieder zurückkam. Das Licht schwand jetzt immer schneller. Bald würden auch die letzten winterharten Blätter des Lampignon-Waldes ganz erlischen. Die Sichtweite war zu dieser Stunde bereits eingeschränkt und die Konturen der Dinge verschwammen zu dieser Jahreszeit im geheimnisvollen Schimmer der Pflanzen.

Ein besorgtes Piepsen war von ihrer Schulter aus zu hören. »Weiß ich, weiß ich«, antwortete Ina dem Piepsen. »Aber er lässt uns sicher nicht im Stich!« Sie tätschelte das Gefieder der kleinen roten Sonnenfeder, die dort saß, ohne sie dabei anzusehen. »Das weißt du doch am besten, Veda. Er widersteht jeder Gefahr!«

Veda, Decora Nubigenas Sonnenfeder, schien damit zufrieden zu sein. Sie humpelte seitwärts, schmiegte sich ganz nah an Inas Hals und spähte ebenfalls zwischen den Zweigen der Büsche hindurch, in denen sie recht gut verborgen saßen.

Ina hatte zuvor nur viel von Veda gehört und wenig von ihr mitbekommen – die paar Stunden ausgenommen, in denen Renkeja damals noch nicht sein wahres Gesicht gezeigt hatte und sie zusammen die Vogelmärkte besucht hatten. Aber in den letzten vier Tagen hatte sie den kleinen Vogel lieben gelernt, zumal es sicherlich ein Wunder war, dass Veda ihren Weg zurück zu ihnen gefunden hatte. Eine Klaue würde wohl nie wieder richtig greifen können und sie hatte ordentlich Federn gelassen. Trotzdem war sie immer noch eine stolze kleine Sonnenfeder.

»Rettet dich aus den Drosselklauen!«, beschwichtigte sie Veda und gleichzeitig sich selbst. »Da können wir ihm hierbei auch vertrauen!«

Die Rede war von Innis. Der grünen Sonnenfeder, die Ina und die anderen auf den Vogelmärkten davor bewahrt hatten, gebraten zu werden. Sie hatte nicht nur im tiefsten Schnee und Eis Veda vor einer Zyklopendrossel gerettet, sondern auch einen entscheidenden Anteil daran gehabt, dass Ina, Melvin, Vanell und Raukelunk aus dem Heerlager Renkejas hatten entkommen können. Und dieser kleine Held Innis, der dank Melvins Erfindungsgabe blitzschnell und bärenstark für einen Vogel seiner Größe war, kundschaftete nun den Eingang zur Lichterstadt für sie aus. Denn sie waren auf einer heiklen Mission unterwegs. Was für eine Mission das war, stand aber noch auf einem anderen Blatt. Ina hatte sich vor dem Abschied von den anderen mit Raukelunk verschworen, aber viel hatte er damals nicht erzählt. Lediglich, dass die Infiltration der Lichterstadt unter dem Wald sowie der großen Kasernenanlage der Wachbacariten zu Raukelunks geheimem Plan gehörte. Er hatte tatsächlich vor, heimlich irgendeine alte Bekanntschaft aufzusuchen, die ihnen bei ihrem Kampf hilfreich sein konnte. Aber war das überhaupt noch etwas Besonderes? Zumindest konnte es gemessen an dem, was sie bereits zusammen erlebt hatten, wohl nicht mehr viel verrückter werden.

»Was meinst du, Veda? Spricht er heute Abend klar? Oder müssen wir warten bis ganz zum Schluss?«

Veda piepste leise. Nein, sollte das bestimmt heißen. Sie kannte Raukelunk immerhin besser als Ina.

»Ach, was! Er muss!«

Sie schüttelte entschieden den Kopf. Es war unerträglich, immer noch nicht alles zu wissen. Was war mit ihrem Freund geschehen, das ihn so mitgenommen hatte? Der Schlüssel lag weit in seiner Vergangenheit, auch das hatte er verraten. Ohne die genauen Hintergründe zu kennen, warf das aber noch viel mehr Fragen für Ina auf.

Um nicht länger über das müßige Thema zu sinnieren, zumal sie hier ohne Raukelunk ohnehin nichts erfahren würde, konzentrierte sie sich wieder auf die Stelle des Weges, an der Innis zwischen den Bäumen verschwunden war.

»Wie lange ist er jetzt schon fort? Er soll ihn doch nicht ganz allein auskundschaften, diesen Ort!«

Wahrscheinlich wäre der Sonnenfeder aber auch das zuzutrauen gewesen: Wer die Fährten Vedas und einer Zyklopendrossel im tiefsten Winter über den halben Kontinent verfolgen, einen Kampf gegen ein gemeines Riesenvieh von Vogel gewinnen und einen schwer verletzten Artgenossen wieder ebenso weit zurücktragen konnte, der konnte auch ganz gut auf sich selbst aufpassen.

»Schrecklich, wenn man zum Ausharren verdammt ist!«, murmelte Ina. Veda piepste kläglich Zustimmung und rieb ihre schmerzende Klaue an Inas Schulter. »Echter Papageienmist!«, bekräftigte die Gwilling-Dame ihren eigenen Gedanken.

Nach einer Weile sagte sie gedankenverloren zur Sonnenfeder: »Du magst ihn gern leiden.«

Ina hatte sich in den letzten Tagen durchaus daran gewöhnt, mit Veda Gespräche zu führen. Auch wenn es für einen Außenstehenden womöglich so ausgesehen hätte – es waren mitnichten Selbstgespräche! Veda verstand alles, was man ihr sagte.

»Am Anfang wolltest du ihn aber bloß meiden …«, führte sie weiter aus.

Veda tschiepte beleidigt in die andere Richtung, als wüsste sie gar nicht, was Ina eigentlich meinte. Dabei konnte sich die Gwilling-Dame noch sehr gut daran erinnern, wie ablehnend die erste Reaktion Vedas auf Innis ausgefallen war. Spätestens nachdem es der grüne Vogel aber vollbracht hatte, mit Veda bis zurück in die Gegend Weit-Alons zu fliegen, um dort nach einem Anhaltspunkt ihrer Gefährten zu suchen, hatte sich Vedas Stimmung geändert. Innis und Veda hatten Raukelunk, der vieles verstehen konnte, was die Vögel redeten, nämlich erzählt, wie Innis tagelang Futter aus der Stadt und von den Vogelmärkten stibitzt hatte, um Veda wieder aufzupäppeln. Sie hatten in den Hügelwäldern südlich der Hauptstadt einige Zeit lang ein Nest bezogen, bis Veda trotz ihrer Verletzungen wieder fitter geworden war. Von dort aus hatten die Sonnenfedern sich überlegt, die große Schlacht der beiden Königsheere, von der die Vögel allerorten berichteten und die just bevorstand und in deren Nähe sie ihre Freunde vermuteten, von Süden her anzufliegen, um auf ihrem Weg nicht auf noch mehr gefiederte Späher wie die Drossel oder Frostien zu stoßen, die ihnen gefährlich werden konnten. Als sie deswegen über den Lampignon-Wald flogen, hatte Veda plötzlich Raukelunks Witterung aufgenommen. Es hatte sich herausgestellt, dass der Bacarit und Ina sowie Innis und Veda gar nicht weit voneinander Rast gemacht hatten. So hatten sie sich wiedergefunden!

Ina dachte nach. Es war schon merkwürdig, was für Zufälle es gab. Andererseits – dies war nicht das erste Mal gewesen, dass Raukelunk Teil ebenso seltsamer wie seltener Begegnungen im Lampignon-Wald geworden war. Wobei Ina wieder bei dem Bacariten und seinen Geheimnissen angekommen war.

Nein, sie würde ihn nicht mehr davonkommen lassen, diesen Raukelunk! Spätestens morgen hatte sie ihn geknackt! Die Lichterstadt würde ihr schon dabei helfen seinen verflixten, verschlossenen Mund endlich öffnen …

In Raukelunks Hütte war es angenehm warm. Ina, die Sonnenfedern und der Bacarit waren mit ihren neuen Portalscherben von der Stelle im Wald zurückgereist, an der Raukelunk versteckt zwischen alten Stämmen auf die Rückkehr seiner drei Freunde gewartet hatte.

Noch ein letztes Mal hieß es durchschnaufen und Kraft sammeln, denn in dieser Nacht würde es losgehen. Zumindest hoffte Ina das.

Schon einmal hatten sie versucht, die Stadt zu infiltrieren und in die Nähe des Festenwirts zu gelangen, so viel hatte Raukelunk hinsichtlich ihres Ziels durchblicken lassen. Mithilfe eines Portals natürlich. Aber sie hatten nicht gewusst, wo und von wem an den verschiedenen Stellen patrouilliert wurde und hatten Pech gehabt: Ihr Portal war eine Sackgasse gewesen und sie hatten verflucht viel Glück gehabt, dass es in dieser Nacht nicht entdeckt worden war. Also waren sie zurückgereist und hatten entschieden, dass es besser war, sich zu Fuß in die Lichterstadt hineinzupirschen, wobei sie jeden Schritt deutlicher vor sich sehen konnten. Die Sonnenfedern waren dabei der entscheidende Faktor!

Vier Abende lang hatten Ina und die Sonnenfedern sich also seit diesem gescheiterten Versuch auf die Lauer gelegt, vier Abende lang hatte Raukelunk entschieden, dass es zu gefährlich war, den Abstieg in die Stadt zu wagen. Vielleicht erkannte man sein Gesicht, hatte er zu Bedenken gegeben. Denn er war bei Weitem kein Unbekannter unter dem Wald, wie Ina festgestellt hatte. Innis hatte deshalb im Verborgenen gelauscht, welche Gwillinge die Wachhabenden am einzigen Zugang hinab in die Stollen waren. Waren Raukelunk die Namen bekannt vorgekommen, war es zu heikel gewesen. Aber diesmal hatten sie vielleicht Glück. Die heutigen Namen hatten nicht sofort zum Ausschluss der Nacht geführt!

»Lortal und Aurulion …«

Raukelunk sinnierte vor sich hin, während seine trüben Augen unterschiedliche Stellen im Raum fixierten. Die Sonnenfedern hatten sich aneinandergekuschelt und gaben im Schlaf leise, fiepende Geräusche von sich, die Ina eher den Murmlern zugetraut hatte. Auch heute wuselten die kleinen Pelztiere emsig in Raukelunks Hütte umher. Ein besonders frecher Murmler kletterte gerade auf dem Tisch in die fast leere Schüssel, aus der Ina bis eben noch eingemachte Pilze verspeist hatte, die Raukelunk zuhauf bei sich aufbewahrte. Nun machte sich der Murmler aufgeregt schnüffelnd über die Reste her.

»Lortal und Aurulion …«

Raukelunk wiederholte die Namen nun schon das vierte Mal in Folge. »Auch diese beiden Namen habe ich schon mal irgendwo gehört. Aber ich bin mir fast sicher, dass sie in meiner Zeit noch nicht da waren. Warum kommen sie mir so bekannt vor? Lortal und Aurulion …«

Abwesend kratzte sich der Bacarit an der hölzernen Stirn und pflückte dabei auch gleich eine dicke, gelbblaue Beere ab, die ihm vorwitzig aus der Blättermähne ragte.

»Lortal und Aurulion …«

Er schob sich die Beere in den Mund. Als er sie hinuntergeschluckt hatte, schreckte er plötzlich auf.

»Entschuldige bitte, Ina, es steht viel auf dem Spiel … Manchmal vergesse ich meine guten Manieren. Willst du auch eine?«

Er fuhr sich konzentriert durch die Mähne. Zum Vorschein kamen einige weitere der gelbblauen Beeren.

»Wachsen nur im Winter an mir. Verrückt, oder? Nimm ruhig eine!«

Er hielt Ina seine offene Hand entgegen.

Ina hatte überhaupt keine Lust mehr auf Essen. Die Pilze waren mehr als ausreichend gewesen. Außerdem saß sie auf heißen Kohlen.

»Lass sie dort! Ich will lieber fort!«

Sie funkelte ihren Gefährten an. Er hatte Glück, dass er ihren genervten Gesichtsausdruck nicht sehen konnte.

»Es wird nicht leichter für dich! Und meine Geduld ist endlich. Was auch immer dich dort Dunkles erwarten mag – es wird dort bleiben, Tag um Tag!«

Raukelunk schüttelte seine Blätter, als hätte ihn ein kalter Windstoß getroffen.

»Ich weiß, meine Liebe. Ich weiß. Und ich danke dir für deine bisherige Geduld. Aber es steht wirklich viel für mich auf dem Spiel. Für uns alle.«

»Auch dann, wenn man das Problem weiter vertagt.« Ina lächelte jetzt nachsichtig. Sie spürte, wie sehr Raukelunk die Situation belastete. »Du weißt doch, wie man sagt.«

Raukelunk schielte nun in ihre Richtung. Er schien zu überlegen, was sie meinte. »Ich fürchte, nein.«

Jetzt musste Ina herzhaft lachen. Was ihnen noch fehlte, war allein der Mut.

»Mögen unsere Wege und unsere Prüfungen erfolgreich sein!«, rief sie lauthals.

Für einen Moment war alles ganz still. Verschlafen reckten Veda und Innis ihre Köpfe hoch und dem Murmler in Inas Schüssel fielen erschrocken winzige Pilzkrümel aus dem Maul.

Raukelunk regte sich nicht. Es arbeitete in ihm. Endlich schlug er mit der hölzernen Faust auf den Tisch.

»Lortal und Aurulion! Die kennen mich sicher nicht! Lasst uns aufbrechen!«

Die Nacht hatte ihren Höhepunkt erreicht, als Raukelunk, Ina und die beiden Sonnenfedern den Abstieg zum Stadttor unter dem Wald antraten. Sie waren die einzigen Wanderer weit und breit – kein Wunder, denn der Spätwinter bedrückte Telluriscor unverändert. Und es war Nacht. Dazu noch stockfinster. Der Mond war irgendwo hinter dichten Wolken verborgen. Einzig Fackeln etwas weiter den abschüssigen Weg hinab zeigten an, dass sie hier nicht allein waren. Trotzdem war es die richtige Zeit, um in die Stadt zu schlüpfen: Nachts waren nur zwei Wachposten zu erwarten. Innis hatte ihnen das bestätigt. Tags war der Durchgangsverkehr selbst im Winter sehr hoch, sodass Raukelunk fürchtete, doch noch einem alten Bekannten über den Weg zu laufen. Wenngleich die Wachposten bei Nacht nachzuprüfen hatten, wer und aus welchem Grund zu so einer Zeit Einlass in die Stadt haben wollte …

»Wird schon!«, raunte er. Inas Worte hatten ihm mehr Mut gemacht, als sie es sich vielleicht vorstellte. Und überhaupt: Er hatte die anderen verlassen und die Wirtin mit in diese Sache gezogen. Jetzt musste er Taten folgen lassen. Warum fiel ihm nur nicht ein, wo er Lortal und Aurulion schon einmal gehört hatte?

Als sie die Fackeln erreichten, die beidseitig den Weg säumten, zog Raukelunk sich eine breite, silberdurchwirkte Kapuze über den Kopf. Sie gehörte zu einem weiten Umhang, den er noch irgendwo bei sich im Keller ausgegraben hatte. Es war nicht unbedingt üblich unter den einheimischen Bacariten, so etwas zu tragen. Aber in Weit-Alon gab es durchaus einige, die diese Art der Kleidung für modisch hielten. Ihrer Tarnung half es sicherlich.

Innis piepste leise. Er saß mit Veda ebenfalls unter der Kapuze. »Ja, ich sehe sie auch.«

Ein Stück hinab des Weges standen die beiden Gwillingwächter unter einem hölzernen Bogen. Er markierte die Stadtgrenze. Dahinter ging es steil abwärts in die Tunnel und man befand sich innerhalb der Grenzen der Lichterstadt. Und unter der Aufsicht der Waldwächter. Raukelunk schluckte. Die Gwillinge hatten sie erspäht und setzten sich in Bewegung. Schon waren sie beieinander angelangt.

»Wohin soll's denn gehen?«

Der fettere der beiden Gwillinge hatte sich vor seinen Kollegen gedrängelt und versperrte ihnen mit einem für einen Gwilling seiner Größer recht wuchtigen Spieß den Weg. Er machte einen mürrischen Eindruck und schien überhaupt keine Lust zu haben, in dieser Kälte Wache zu stehen. Die Waffe hielt er in seiner Hand, als wäre ihm nichts lästiger. Raukelunk war ein bisschen erleichtert. Das konnte ihnen in die Karten spielen. Wenn sie Glück hatten, wurden sie schnell durchgewinkt.

»Wir wollen jedenfalls nicht hier stehen!«, blaffte Ina zurück.

Raukelunk durchfuhr es wie ein Blitz: Sie sollte doch keinen Streit anfangen!

»Ist das eure Art einen Gast zu empfangen? Damit sollt' ich vielleicht mal den Wachchef belangen!«

Sie baute sich prompt zu voller Größe auf und überragte damit beide Wachen zumindest ein kleines Stückchen.

»Wisst ihr eigentlich, wer ich bin? Kam euch das schon in den Sinn?«

Die Wachen sahen einander dümmlich an. Wie es schien, war ihnen auf diese Art noch niemand gekommen. Und nachzudenken, mit wem sie es zu tun hatten, war wohl auch nicht ihre Spezialität.

»Ähm, nichts für ungut«, der zweite Gwilling schob sich umständlich nach vorn und drückte dabei den Spieß seines Kollegen zur Seite. »Gebt nichts darauf, was mein Freund hier so tut …«

Dann beugte er sich zu Ina nach vorn und flüsterte verschwörerisch: »Wir haben den Job noch nicht lange, die meisten stehen dafür auch nicht Schlange. Ist aber immer noch besser als keiner, besonders für unsereiner. Wir sind nämlich erst vor kurzem, die Dame, …«

»*Mein Name*«, unterbrach ihn Ina mit dem unhöflichsten Tonfall, den Raukelunk jemals von ihr erlebt hatte, »ist Ina von Weit-Alon! Und ihr? Lortal und …«

»Aurulion«, sagte Aurulion kleinlaut. Er sah plötzlich so eingeschüchtert aus, als stünde ein wilder Papagei vor ihm und nicht Ina.

»Mir, *Ina*, gehört der berühmte Birkenblick.« Ina spielte unverändert weiter die Karte der eingeschnappten Herbergswirtin aus: »Ich weiß sehr wohl, von hier ist das ein Stück. Aber selbst zwei Dorftrottel wie ihr, wart sicher schon einmal woanders als hier. Gehört habt ihr sicherlich schon davon, ja, selbst ihr, Lortal und Aurulion!«

Weder Lortal noch Aurulion brachten eine auch nur ansatzweise angemesse Reaktion hervor. Sie schauten bloß belämmert. Raukelunk überlegte, was Ina als nächstes tat: Wollte sie die beiden vielleicht anspringen? Lortal und Aurulion schien jedenfalls ein ähnlicher Gedanke durch den Kopf zu gehen. Als Ina weiterschimpfte, zuckten sie zusammen.

»Ich werde euch melden! Die beiden Wächter-Helden: Lortal und Aurulion – keine Fragen, erstmal droh'n!«

Lortal und Aurulion erinnerten sich nicht mehr, dass Lortal sehr wohl zunächst gefragt hatte, wohin es gehen sollte. Ina machte ihnen viel zu viel Angst. Lortal quiekte erschrocken bei der Vorstellung, dass Ina sie anzeigen könnte.

»Der Birkenblick, *der* Birkenblick …«, keuchte Aurulion, dem der Schweiß bereits auf der Stirn stand.

»Vielleicht habt ihr aber noch einmal Glück«, lenkte Ina nun geschickt ein. Sie vermied es, die beiden anzusehen, sondern reckte ihr Kinn beleidigt nach oben.

»Mein Küchenhelfer Umpfer«, sie wies ganz beiläufig auf Raukelunk, »und meine Wenigkeit«, sie vermied es weiter betont, die beiden Gwillinge eines Blickes zu würdigen, »sind wohl gerade noch dazu bereit, diese unschöne Angelegenheit rasch zu vergessen, wenn ihr uns nun stattdessen, Einlass gewährt und nicht mehr stört, vorher uns aber Auskunft gebt, wo der Festenwirt lebt.«

Lortal und Aurulion, voller Schamesröte, nickten wie Zwei, die zu viel Bier getrunken hatten und nun allem zustimmten, weil sie nicht mehr durchblickten, worum es eigentlich ging. Lortal quäkte: »Beim violettblauen Wurzelbaum, man verfehlt ihn kaum …«

Aurulion ergänzte unterwürfig: »Ein großes, rotbraunes Haus, nicht weit aus dem sechsten Tunnel heraus.«

»Und mögen eure Wege hell und eure Prüfungen …« Ina hatte sich mit Raukelunk im Schlepptau schon in Bewegung gesetzt, als Lortal ihr kläglich hinterherrief und mit seinem Spieß winkte.

»Schont eure Lungen!«, fuhr sie ihm dazwischen, ging einfach weiter und ließ die beiden bedröppelten Wachen in der Kälte stehen.

»Das hast du großartig gemacht!« Raukelunk kam gar nicht mehr aus dem Schwärmen heraus. »Ich weiß schon, warum ich dich mitgenommen habe!« Er lachte, dass seine Blätter rauschten. »*Umpfer*! Was für ein wunderbar dämlicher Name!«

Sie wanderten vorsichtig durch einen kreisrunden Tunnel hinab, der vollständig mit Holz ausgekleidet war. Kalte, magische Flammen, wie Raukelunk noch von seiner Zeit hier wusste, brannten an Wandfackeln, damit die Bretter nicht versengten und Feuer fingen. Bald würden sie in die Halle der neun Schlangen kommen. Von dort gelangte man weiter überall in die Stadt.

Ina schmunzelte. »Ich hatte wirklich mal einen Gehilfen Umpfer. Leider fiel dem alles sehr schwer. Kartoffeln schälen, Pilze braten, selbst das Kochen von Tomaten …«

Raukelunk gluckste. Ihm war ein Stein vom Herzen gefallen, nachdem Ina sie in die Lichterstadt eingeschleust hatte, ohne dass er erkannt worden war. Er stellte sich den einfältigen Küchengehilfen Umpfer vor. »Bist du mit dem auch so umgesprungen wie mit den beiden?«

»Ich kann mich so selbst nicht leiden«, gab Ina zu. »Aber ich kenne solche Typen – sie prahlen gerne, sie zechen und wüten. Im Umgang beweise ich da oft ein gewisses Geschick.« Sie stupste Raukelunk gut gelaunt in die Seite. »Sonst wär' ich nicht Wirtin vom Birkenblick!«

Als ein einzelner Wanderer ihnen im breiten Tunnel entgegenkam, zog Raukelunk seine Kapuze tiefer. Mehrere Wegspuren führten hinein und hinaus. Der Tunnel war für eine Menge Verkehr ausgelegt.

Im Vorbeigehen raunte der Fremde ihnen den allseits bekannten Gruß zu. Es handelte sich um einen Bacariten. Raukelunk erkannte ihn nicht. Ina grüßte zurück, dann trennten sich ihre Wege auch schon wieder. Eine ganze Weile begegneten sie niemandem mehr.

Als Ina plötzlich weitersprach, erkannte Raukelunk an ihrer Stimme, dass es ihr ernst war. Sie griff den Gedanken von vorhin wieder auf: »Du hast mich aber nicht deshalb mitgenommen. Was glaubst du, was wir von diesem Wirt bekommen? Das ist doch kein Zufall, er und ich – wir beide Wirte, erkläre dich!«

Raukelunk seufzte. Spätestens jetzt war es an der Zeit. Irgendwann musste er mit der Sprache rausrücken. All seinen Freunden musste er die Wahrheit erzählen. Und mit Ina, Veda und Innis würde er anfangen.

Der Tunnel machte eine Biegung, dann tat sich eine weite Halle vor ihnen auf. Helles Licht leuchtete von den magischen Fackeln zu ihnen herab, die zu Hunderten an den holzvertäfelten Wänden hingen. Oben, aus der hohen Decke, arbeiteten sich zwischen mit Ornamenten kunstvoll beschnitzten Holzpanelen lange, dicke Wurzeln hervor, aus deren Enden bei Tag, wenn die magischen Fackeln erloschen, bunt die Lichter des Waldes erstrahlten.

»Die Halle der neun Schlangen«, raunte Raukelunk ehrfürchtig. Er spürte sofort, dass sie angekommen waren. Wehmütig erinnerte er sich daran, wie er sich in einer anderen, längst vergangenen Zeit an den leuchtenden Farben erfreut hatte.

Ina räusperte sich protestierend, weil er scheinbar wieder ausgewichen war. Aber das hatte er mitnichten tun wollen. Hier war doch der Ort, wo die Geschichte stattgefunden hatte. Dieser Ort war seine Vergangenheit: Die Stadt unter dem Wald. Die Tunnelfeste. *Danaa* …

»Du brauchst dich nicht mehr weiter zu gedulden, Ina«, lenkte er rasch ein. »Ihr sollt nun meine Geschichte erfahren. Veda, Innis, diese Worte sind für euch alle bestimmt.«

Die beiden Sonnenfedern rückten an den Rand der Kapuze und schauten neugierig, wo sie gelandet waren.

»Hier begann es«, sagte Raukelunk. Er ging festen Schrittes vorwärts. Sein Holz erinnerte sich nach all den Jahren immer noch daran, welche Schritte zu tun waren. Obwohl es ihm damals leichter gefallen war. *Sehend.*

»An diesem wunderbaren Ort.«

Noch einmal ging er in sich, um die Bilder von damals heraufzubeschwören.

»Die Halle der neun Schlangen - von hier gelangt man in jeden der acht Distrikte. Jeder Distrikt ist von hier durch einen großen Haupttunnel zu erreichen. Acht Distrikte, ein Ein- und Ausgang: neun Schlangen. Schlangen, die sich unter dem Wald durch den Felskegel winden. Verbunden im Rund durch hunderte kleinere Durchgangstunnel, in jedem Distrikt durchwirkt mit noch einmal so vielen Stollen, die erst dort enden, wo der Fels zu hart wurde. Die Farben der Pflanzen schimmern hier in der Tiefe. Ja, es sind helle Wege, auf denen ich damals einen anderen Bacariten getötet habe.«

Helle Wege

Die Farben der Pflanzen schimmerten in der Tiefe. Es waren helle Wege, auf denen Raukelunk ging.

Der Bacarit war heute ausgesprochen gut gelaunt. Sein Training in der Tunnelfeste machte sich bereits seit vielen Wochen bezahlt: Er war so zäh und wehrhaft wie kaum ein anderer Rekrut geworden, der sich zum Wachbacariten ausbilden ließ. Irgendwann würde er sicherlich in der Hauptstadt einen Platz in den Hallen des Königs finden. Wer wusste schon, was die Zukunft bringen würde? Vielleicht gab es sogar einmal Krieg, in dem Raukelunk seine Heimat verteidigen konnte. Der alte Vultos war zwar ein Friedenskönig, aber – den Engeln sei Dank – alles konnte sich rasch ändern. Es dürstete ihn, seine neue Kraft endlich in einem echten Kampf unter Beweis zu stellen …

Seine kämpferischen Fähigkeiten in allen Ehren – vor allen anderen Dingen war es jedoch diese eine Sache, die seine Laune in ungekannte Höhen trieb: *Danaa*!

Während Raukelunk zwischen den unzähligen Hochbeeten, in denen leuchtende und summende Pilze jeglicher Farbe und Form wuchsen, durch den siebten Distrikt wanderte, konnte er den herrlichen Duft der Bacaritin in seiner Nase spüren. Er roch ihre zarten Blätter und Beeren und stellte sich vor, wie lauer Wind durch ihre Mähne fuhr. Heute Nacht würde er sie wieder in seinen Armen halten! Es war egal, dass sie in ihrer Ausbildung nach Höherem strebte als er und bald schon einen Rang zu erwarten hatte, der weit über dem seinem stand. Und noch weniger wichtig war es, dass sie sich mit diesem Gernegroß Lorodron eingelassen hatte. Bei jedem ihrer heimlichen Treffen war Raukelunks Gewissheit größer geworden: Sie und er gehörten zusammen und nicht Danaa und der Erste Offizier der Ausbilder!

»Helle Wege, mein Lieber!«, riss ein freudiges Hallo Raukelunk aus seinen Träumereien.

»Erfolgreiche Prüfungen!«, schmetterte Raukelunk lachend zurück. »Bist du wirklich schon wieder auf den Beinen? Siehst aus, als wären dir heute Nacht die Hälfte deiner Blätter abgefallen!«

Der zweite Bacarit, der in etwa die gleiche Größe wie Raukelunk hatte, aber viel rötlicher gefärbte Blätter besaß, näherte sich schwankend vom Eingang einer Taverne, deren Eingangsschild *Beerenstube* von tief hängenden, leuchtenden Wurzeln angestrahlt wurde. Meterlang hingen diese von der Decke, die hier wie auch überall anders in der Stadt unter dem Wald holzvertäfelt war. Die Wurzeln strahlten um diese Tageszeit rosarot oder orangefarben und ließen die Straße vor der Beerenstube sowie die angrenzenden Häuser lichtüberflutet daliegen, als ginge selbst hier die Sonne auf.

»So fühle ich mich auch«, gab der andere Bacarit röchelnd zurück. Er schien noch nicht viel gesprochen zu haben an diesem Morgen. »Wir hätten nicht so viel von diesem Wein trinken dürfen«, brachte er gequält hervor, schien aber doch stolz darauf zu sein, was in der Nacht vorgefallen war.

Raukelunk lachte noch lauter. »*Du* hättest nicht so viel von dem Wein trinken dürfen! Allein, dass Lindivi ihre eigenen Beeren dafür genutzt hat, hätte uns allen Warnung genug sein müssen …«

»Ihre Beeren sind mir die allerliebsten! Das weißt du doch, Raukelunk.« Der zweite Bacarit grinste schelmisch.

»Das wissen wir jetzt alle«, gab Raukelunk feixend zurück. »Mach dir also darüber keine Sorgen mehr. Und wer weiß, vielleicht hat Lindivi später noch mehr von ihrem Wein für dich übrig, Baxus.«

Baxus sah aus, als setzte ihm allein der Gedanke an noch mehr Wein gehörig zu, daher winkte er ab.

»Vielleicht belassen Lindivi und ich es während unseres nächsten Treffens bei anderen Dingen.« Seine Augen blitzten. »Aber was ist eigentlich mit dir? Hast du immer noch bloß das Kämpfen im Kopf? Du siehst selbst jetzt so aus, als würdest du nur auf jemanden warten, der dich falsch ansieht. Vielleicht solltest du dir auch jemanden suchen, der dich auf andere Gedanken bringt.

Raukelunk war sich nicht sicher, ob er Baxus gegenüber vielleicht einen Tick zu lange überlegt hatte, denn der Blick seines Freundes hatte sich verändert. Dann aber sagte er: »Du weißt doch: *Nichts* ist so gut wie ein gewonnener Kampf. Dafür trete ich gern bei anderen Dingen kürzer. Und jetzt muss ich weiter. Auch wenn heute frei ist – verboten ist das Training nicht. Vielleicht finde ich ja doch den ein oder anderen in der Arena, der sich mit mir messen möchte. Erfolgreiche Prüfungen, Baxus!«

»Und dir helle Wege, Raukelunk«, rief Baxus ihm hinterher.

Die im lauen Wind, der alldieweil durch die heimeligen Tunnel blies, wehenden Wurzeln, die nun ihre Farbe veränderten und immer heller wurden, begleiteten Raukelunk auf seinem letzten Stück durch den siebten Distrikt bis zur Tunnelfeste. Darin hatten schon Generationen von Bacariten und Gwillingen vor ihm trainiert, um irgendwann einmal Soldat in den großen Städten zu werden. Er rannte das letzte Stück über den Holzschlangenmarkt sogar, der mit seiner einzigartigen Riesenwurzel in dessen Mitte, die allein schon ausreichte, um dem großen Marktplatz Tageslicht zu spenden, und die die größte einzeln hängende Wurzel in der gesamten Lichterstadt war, auch diesem Distrikt seinen Namen gab: *Holzschlangendistrikt.*

Raukelunk war plötzlich ärgerlich, dass er Baxus und seinen anderen Freunden nicht die Wahrheit erzählen konnte. Die Wahrheit über Danaa und ihn. Aber er hatte ihr hoch und heilig versprochen, nichts zu sagen. Und daran hielt er sich. In Kürze aber würde sie ihm erlauben, endlich den Mantel des Schweigens fallen zu lassen. Daran glaubte er fest. Ihre Zuneigung zu ihm sprach für sich. Sie hatte sich für ihn anstatt für Lorodron entschieden. Vielleicht war es ja schon heute Nacht soweit! Bis dahin würde er sich seinen Frust schon von der Seele kämpfen, wie er es immer machte …

Als die Feste zwei kurze Tunnel hinter dem Markt, in denen in hölzernen Blumenkästen rundherum lilablaue Zierpilze summten und brummten, auf einem unterirdischen Platz in Sicht kam, der groß genug war, dass neben der aus Stein erbauten Anlage auch noch zwei Übungsarenen und ein Dutzend Wirtschafts- und Versorgungsgebäude Platz fanden, verbesserte sich Raukelunks Laune wieder schlagartig. Zwar herrschte auf den Pfaden zwischen den Gebäuden und auf dem Vorplatz der Feste gähnende Leere, aber aus seiner Lieblingsarena, dem *Blätterfallplatz*, waren Rufe und Kampflärm zu hören. Jemand trainierte bereits. Deren Blätter würde er gleich zu Fall bringen! Das Beste an einem eigentlich freien Tag nämlich war, dass man so viele Übungskämpfe machen konnte, wie man wollte. Lästige Schrittfolgen, Waffentraining und Geistesübungen unter der Aufsicht ihrer Ausbilder waren Dinge der Alltagsroutine.

Raukelunk legte noch einen Zahn zu. Aus seiner kämpferischen Laune heraus tat er, was bei Strafe verboten war! Aber heute sah ihn ja kein Vorgesetzter und konnte ihm daher auch keinen Küchendienst oder sonst etwas aufbrummen: Anstatt den Eingang durch das Schmiedeeiserne Tor in die Arena zu nehmen, schoss Raukelunk einfach durch das Holz der massigen Palisaden hindurch, die die Arena im Rund begrenzten. Er kannte jeden Winkel hier unten in- und auswendig und wusste daher genau, an welcher Stelle er durch das Holz springen musste. Vor Energie und Kampfeslust strotzend fegte er auf der anderen Seite wieder heraus und blieb wie angewurzelt stehen: *Lorodron*!

Was hatte der verhasste Offizier hier verloren? Zusammen mit ein paar seiner Lieblingsrekruten, die dafür bei allen anderen umso unbeliebter waren, stierten sie Raukelunk in einer Mischung aus Überraschung, Abneigung und wahrscheinlich auch Missgunst an, da er Dinge wagte, an die keiner von ihnen auch nur im Traum dachte.

Lorodron aber war es, der zu ihm sprach. Seine Stimme konnte auch seine Abneigung und Wut nicht verbergen, vielleicht wollte der Erste Offizier das auch gar nicht: »Wen haben wir denn da?«

Lorodron und Raukelunk stierten sich an. Raukelunk wusste, dass er jetzt nichts erwidern durfte, ansonsten hatte er nicht nur in den nächsten Tagen, sondern den ganzen Monat eine schwere Zeit zu erwarten. Aber er kochte innerlich, dass gerade Lorodron ihn erwischt hatte. Den hätte er zusammen mit seinen Schergen sowieso am liebsten zu Feuerholz verarbeitet. Kräftig genug war er, es mit jedem hier aufzunehmen, inklusive Lorodron …

»Wen haben wir denn da?«, wiederholte der Ausbilder stattdessen, da Raukelunk still blieb. »Raukelunk, Raukelunk, Raukelunk«, gab er sich die Antwort auf die rhetorische Frage gleich selbst. »Den großen Raukelunk, unseren kräftigsten Rekruten.«

Der Offizier sagte es so, als wäre das keinesfalls etwas Gutes. Ein paar seiner Lieblinge lachten. Anscheinend wussten sie schon, worauf das Ganze hinauslief.

»Unser allseits beliebter Raukelunk hält sich also gar für so stark und wichtig, dass er sich nicht an Regeln halten muss. Oder wie seht ihr das?«

Die Meute um Lorodron nickte eifrig. Fast alle hielten Speere oder andere Stabwaffen in ihren Händen, die hier übliche Ausstattung für Bacaritinnen und Bacariten. Raukelunk vermied es hingegen so oft es ging, eine Waffe beim Training zu führen. Er war ohne sie viel wendiger. Effektiver. Und das schreckte seine Gegner ab.

»Vielleicht, lieber Rekrut Raukelunk, hast du nicht damit gerechnet, dass nach den Feierlichkeiten heute Nacht Ausbilder in den Arenen anwesend sind.«

Genauestens wog Lorodron seine Worte ab, machte es Raukelunk den Anschein.

»Aber«, und nun sprach keine einfache Abneigung, sondern schwerste Antipathie aus dem Offizier, »da einige der *tatsächlich* besten Rekruten, die sogar imstande sind, sich an Regeln zu halten, nicht zu dem Umtrunk eingeladen wurden, dachte ich, es wäre nur fair, wenn ich diesem auch fernbleiben und den Unwillkommenen stattdessen ein Sondertraining anbieten würde.«

Raukelunk biss sich auf die hölzerne Lippe. Er, Baxus und ein paar andere waren die Vorredner dabei gewesen, nicht alle Rekruten des siebten Distrikts einzuladen. Besonders Arbutus, das Schoßhündchen Lorodons, wie ihn alle nannten, war bei niemandem gern gesehen. Warum also hätte man ihn einladen sollen? Er war ein Widerling und niemand, schon gar keine Frau, fühlte sich in seiner Gegenwart wohl. Genau jener bullige Bacarit trat aus der Gruppe heraus und stand nun Schulter an Schulter mit seinem ausbildenden Offizier. Raukelunk ballte seine Fäuste. Mit Sicherheit vermuteten diese Mistkerle schon, dass die nicht erfolgten Einladungen auf seine Rechnung gingen.

»Drei Monate Küchendienst. In der Kaserne des fünften Distriktes. Ohne deine Freunde.« Lorodron hatte ein spitzes Grinsen aufgesetzt.

Raukelunk hatte das Gefühl, als hätte ihn der Blitz getroffen! Drei Monate? In der Abbrecherkaserne? Das war die längste und härteste Strafe, von der er jemals gehört hatte. Er war ein Kämpfer und gehörte nicht zu denen, die sich nicht sicher waren, ob sie ihre Ausbildung zu Ende bringen würden …

Er war kurz davor, doch noch den Mund zu öffnen, da hob Lorodron drohend den Finger. »Wage es nicht, hier zu sprechen. Deine täglichen Aufwiegeleien gegen meine Truppe reichen aus, um ein ganzes Leben an Fehlverhalten und Unfug auszufüllen. Es langt mir damit. Also schweig.«

Er breitete seine Arme aus und das Licht der unzähligen Wurzeln, die die Arena beschienen, ließen ihn im morgendlichen Glanz erstrahlen. »Heute ist ein freier Tag. Das hier ist kein offizielles Training. Also will ich dir, Raukelunk, einmal in deinem jämmerlich selbstverliebten Rekrutendasein den Wunsch erfüllen, der so stark unter deiner Borke brennt. Weißt du eigentlich, was es heißt, einen richtigen Kampf auszufechten? Weißt du das? Bist du wirklich so stark und unerschrocken, wie du vorgibst? Vielleicht lehrt diese Lektion deine Freunde und Bewunderer, die dich doch einzig deiner Kraft wegen anhimmeln, doch nicht auf einen wie dich zu setzen!

Jetzt war sein Grinsen geradezu höhnisch geworden. »Ihr habt es gehört, Rekruten. Zeigt unserem Möchtegern-Kriegsfürsten doch einmal, was eine echte Abreibung bedeutet.«

Die Truppe um Lorodron zögerte, allein Arbutus ging mit gezücktem Speer auf Raukelunk los.

»Was ist denn?«, rief Lorodron wütend. »Das war ein Befehl! Ihr alle!«

Jetzt setzte sich auch der Rest in Bewegung.

Die ersten Schläge parierte Raukelunk noch leicht, aber irgendwann waren es zu viele Stöcke, Speere und Lanzen auf einmal: Eine Spitze bohrte sich von hinten in seinen Oberarm. Er ging in die Knie und spürte den stechenden Schmerz in der Wunde.

»Ihr sollt ihn nicht umbringen!«, hörte er Lorodrons amüsierte Stimme. Schmatzend zog jemand die Speerspitze aus ihm heraus. »Aber ich habe auch nichts von Aufhören gesagt!«

Dann hagelten die Schläge nur so auf ihn ein und Raukelunk spürte zum ersten Mal wirklich und wahrhaftig, was Blätterfallplatz zu bedeuten hatte.

Raukelunk torkelte über den Holzschlangenmarkt. Es war bereits Abend, die Lichter der Wurzeln hatten eine warme, orangebraune Färbung angenommen, bevor sie zu späterer Stunde ganz verblassen würden und bloß noch Fackeln die Nacht der Lichterstadt erleuchteten. Nun aber war der Distrikt noch voller Leben und zwischen Türen und Tunneln herrschte reger Betrieb. Bacariten, Gwillinge, vereinzelt auch Trolle und Menschen – wer noch Durst, Hunger oder Lust auf eine Unterhaltung hatte, fand reichlich Angebote an den Marktständen oder in den Kneipen, die den runden Platz säumten.

Zwischen seinen aufgeplatzten Wangen und Augenhöhlen sah Raukelunk mehr schlecht als recht, aber er schaffte es, sich weiter vorzukämpfen und ohne anzuecken vor der Welt zu verbergen, wie übel zugerichtet er war. Seine Mähne, die ordentlich Blätter gelassen hatte, verbarg so gerade die zahlreichen Wunden in seinem Gesicht, und dass sein Bein an mehreren Stellen angebrochen war und er deshalb nicht richtig laufen konnte, konnte man auch für die Wirkung von zu viel Bacaritenwein oder gegorenem Blaupilzsaft halten – wenn man nicht zu genau hinsah. Raukelunk wollte jedenfalls um keinen Preis, dass ihn seine Freunde so sahen. Er war Raukelunk, er wurde nicht verprügelt! Schon gar nicht von den Schoßhündchen Lorodrons! Tief in ihm kochte eine Mischung aus Wut und Unverständnis.

Den Engeln sei Dank hatte ihn an dem freien Tag niemand in der Arena gefunden und er war allein wieder aufgewacht. Es gab nur eine Person, bei der sich so blicken lassen konnte. Die ihn sehen durfte, wie auch immer es um ihn bestellt war. Gerade jetzt sehnte er sich mehr denn je nach ihr. Danaa würde seine Schmerzen und seinen Zorn lindern!

Der Bacarit ließ alsbald die große Höhle des Holzschlangenmarktes hinter sich und machte sich auf, ostwärts davon einen breiten, gewundenen Tunnel hinabzuschleichen. In die Wände dieses Tunnels waren nach einiger Zeit herrschaftliche Türen eingelassen, die mit ihren geschnitzten Ornamenten und ziselierten Metallarbeiten verrieten, dass es die Behausungen reicherer Bürger des sechsten und siebten Distrikts waren. Ging man noch ein gutes Stück weiter, kam man in den angrenzenden *Wurzelbaumdistrikt*, denn es handelte sich um einen Verbindungstunnel.

An einer roten, halbrunden Tür blieb Raukelunk stehen. In die obere Hälfte hatte ein Schnitzkünstler eine in einer Abwärtsspirale dreimal gedrehte Wurzel eingearbeitet, von deren hängendem Ende sattgelb gemalte Lichtstrahlen über die gesamte Tür ausströmten.

Umständlich blickte Raukelunk sich um. Seine verletzte Schulter schmerzte, wenn er seinen Kopf drehte. Ein paar Leute waren unterwegs, aber niemand, den er kannte. Normalerweise kam er immer durch einen winzigen, kaum bekannten Nebentunnel von der anderen Seite aus zu diesem Ort. An der Rückseite des Erdhauses befand sich ein herrlicher, romantischer Garten: verwachsen und verwinkelt, voller Nachtmoos, Schattenefeu und unzähliger kleiner Ecken, in denen krumme, von dunkellila leuchtenden Wurzeln beschienene Höhlentannen wuchsen und man sich vor aller Augen verstecken konnte. Er besaß einen Schlüssel für das Gartentürchen, welches am Ende des Gartens in besagten Geheimtunnel führte. Der aber war nur über einen langen Umweg zu erreichen und die Kraft dafür fehlte Raukelunk heute. Noch einmal spähte er halbherzig in die Gegend, die Luft war rein, dann klopfte er dreimal an die Tür. Einmal langsam, zweimal schnell. Ihr geheimes Zeichen. Raukelunk musste warten, bis sich die Tür öffnete.

Danaas Mutter starrte Raukelunk an.

»Was tust du denn hier?«

Raukelunk fand, dass sie in einem merkwürdigen Tonfall sprach, aber in Wahrheit interessierte ihn das gar nicht. Wahrscheinlich ärgerte sie sich einfach darüber, dass er zur Vordertür gekommen war.

Ehe er etwas erwidern oder sie etwas zu seinen Verletzungen sagen konnte, erschien auch Danaa in der Tür. Ohne Umschweife zog sie ihn mit sich, durch die komplette untere Etage hindurch, vorbei an den Türen, die zu den Wohnstuben führten, und hinein in den verwunschenen Garten, so schnell, dass Raukelunk gar nicht wusste, wie ihm geschah. Er humpelte einfach mit. Danaa sagte keinen Ton, drehte sich nicht zu ihm um, führte ihn immer weiter weg vom Haus, am kleinen Türchen auf der Rückseite des Gartens vorbei, das Raukelunk bis jetzt noch nie hatte offen stehen sehen, wenn er nicht selbst hindurchgekommen war. Danaa schien es nicht zu bemerken oder es störte sie nicht weiter und Raukelunk war sich ein paar Meter weiter schon nicht mehr sicher, ob ihm seine aufgequollenen Augen nicht einen Streich im schummerigen Licht gespielt hatten.

Endlich hielt die Bacaritin an. Dort standen sie nun, Raukelunk und Danaa, regungslos, atemlos, im Schutz überhängender Höhlentannen, unter ihnen eine samtige Decke leuchtenden Mooses. Ein paar Murmler rannten aufgescheucht ins Unterholt, dann war es ganz still.

Danaas sonst blasse Borke war gerötet. Sie war aufgeregt. Ihre türkisblauen und dunkellilafarbenen Blätter waren so schön, dass es Raukelunk wie ein Wunder vorkam, hier mit ihr sein zu dürfen. Er war wie verzaubert, ganz gleich, was an diesem Tag zuvor geschehen war. Bei ihr war er ein anderer.

»Du hättest nicht so einfach herkommen dürfen!«

Danaa starrte ihn an wie zuvor ihre Mutter. Überhaupt waren die beiden sich ziemlich ähnlich. Danaas Mähne rauschte vorwurfsvoll, als sie weitersprach: »Meine Eltern mögen es nicht, wenn du die Vordertür nimmst. Du weißt das! Hat dich jemand beobachtet?«

Raukelunk versetzte es einen Stich, dass sie sich nur darum sorgte. Sah sie nicht seine Verletzungen?

»Nein«, sagte er knapp. Was war mit ihr? Sie wirkte verändert. Raukelunk sackte in die Knie. Vielleicht verließen ihn endgültig seine Kräfte. Oder es kam daher, dass er sich einfach eine andere Reaktion erhofft hatte. Er wusste es nicht, aber die ganze Situation schaffte ihn endgültig.

Doch dann war Danaa bei ihm. Sie beugte sich zu ihm. Berührte ihn. »Was ist nur mit dir passiert?«

Raukelunk sog ihren betörenden Duft ein. Er spürte ihre Mähne an seinen Schultern und an seiner Brust. Seine Lebensgeister erwachten wieder.

Sie sagte: »Du bist schwer verletzt!«

»Jetzt ist es nicht mehr so schlimm«, flüsterte Raukelunk. Sie war wieder die Alte. »Du bist alles, was ich brauche.«

Dann küssten sie sich und die Gedanken an Lorodron, Arbutus und den Blätterfallplatz waren wie weggeweht.

Als Raukelunk und Danaa später im Moos lagen und die Wurzellichter beobachteten, die über ihnen durch die Lücken der Tannenzweige funkelten und langsam erloschen, wurde es kalt. Raukelunk hatte ihr erzählt, was vorgefallen war. Seither hatte sie bloß geschwiegen. Je länger Danaas Reaktion ausblieb, desto mehr zwickte es in Raukelunks Eingeweiden. Aus irgendeinem Grund hatte er plötzlich Angst, sie sehr verärgert zu haben. In der Rückschau war er wirklich nicht sehr klug gewesen. Die Sache mit den Sticheleien gegen die anderen Rekruten war unnötig gewesen, und was Lorodron ärgerte, mochte meist auch Danaa nicht. Der Sprung durch die Palisaden war noch eine ganz andere Sache, denn es war vor allem Danaa, die als Offiziersanwärterin alle Regeln streng befolgte.

»Du weißt, was ich für dich empfinde.« Danaa setzte sich plötzlich auf. Sie streichelte seine Brust, während sie mit ihren türkisblauen Augen in die seinen sah.

Raukelunks Bedenken wurden größer. Der Satz machte ihn misstrauisch.

»Und du weißt, was ich für dich empfinde«, antwortete er. Er wollte nicht weiter daran anknüpfen. »Belassen wir es einfach dabei.«

Wenn er ihr einfach keine Chance gab, dieses Thema weiterzuspinnen, kam er vielleicht mit einem blauen Auge davon. Nicht auszudenken, was ein *Aber* an dieser Stelle zu bedeuten hätte …

Mühsam rappelte auch er sich auf. Er strich durch ihre Mähne, aber sie zog ihren Kopf weg und erhob sich vor ihm.

»Aber …«, begann sie.

Raukelunk hatte das Gefühl, plötzlich allein auf der Welt zu sein.

»… so kann das nicht mehr weitergehen.«

»Wie meinst du das? Wir sind füreinander bestimmt. Wir lieben uns.«

Raukelunk geriet in Panik. Gerade noch hatten sie eng umschlungen im Moos gelegen, jetzt war Danaa auf einmal unendlich weit von ihm abgerückt.

»Das stimmt.« Danaa war ganz leise geworden. »Zum Teil …«

Raukelunk hatte keine Ahnung, was sie da andeutete. Sie hatte leise zu schluchzen angefangen. Auch ihm kamen jeden Moment die Tränen.

»Ich liebe dich«, erklärte sie weiter. »Und du liebst mich. Aber du liebst auch andere Dinge. Du liebst deinen Kampf, deine Prahlerei. Du liebst es, dich vor deinen Freunden aufzuspielen.«

Raukelunk wollte widersprechen, aber tief in sich wusste er, dass ihr Vorwurf nicht falsch war. Ihre Worte schnitten wie ein Schwert durch das Band, das sie über viele Monde in diesem Garten geknüpft hatten.

»Aber das alles«, sagte sie weiter, »bin nicht ich. Du weißt nur zu gut, was mir lieb und teuer ist. Meine Ausbildung zum Beispiel. Das Verhältnis zu meinen Eltern. Ich habe dich schon oft um Vernunft gebeten, darum, dich stiller zu verhalten. Aber mir ist klar geworden, dass ich es mir nicht mehr leisten kann, dich um mich zu haben. Du bist jeden Tag wieder der Raukelunk, der gegen die ganze Welt in den Kampf ziehen möchte und hinter jeder Ecke am liebsten eine Herausforderung sieht. Ich wollte aber den Bacariten haben, der sich mir immer dann offenbart, wenn wir zusammen in diesem Garten liegen. Ich glaube nicht mehr, dass es diesen Bacariten auch dort draußen geben kann. Nicht nach heute.«

Sie versetzte Raukelunk mit jedem neuen Satz einen herberen Schlag als Lorodrons Rekruten es je gekonnt hätten. Seine Glieder zitterten. Doch dann mischte sich Wut in seine Enttäuschung: Was erwartete sie denn? Dass nur sie allein sie selbst sein durfte? Dass seine Wünsche und Fähigkeiten nichts zählten?

Sie schien seine Gefühle zu erraten. Vielleicht standen sie ihm auch ganz offensichtlich in seine Gesichtszüge geschrieben.

»Ich glaube, es ist besser, wenn wir das zwischen uns beenden, bis dir klar geworden ist, was du eigentlich vom Leben willst. Vielleicht sind drei Monate in der Abbrecherkaserne genau die Zeit, die wir brauchen, um zu sehen, wie es mit uns weitergeht. Lorodron und ich …«

Wie sehr sein Holz auch schmerzte, bei Lorodrons Namen sprang Raukelunk auf und funkelte sie zornerfüllt an.

»Ist es das? Du und Lorodron? Gib es zu: Du hattest dich schon vorher entschieden und wolltest nur noch einmal ein paar Stunden in diesem Garten mit mir genießen!«

Seine Worte Taten ihm sofort leid. Er konnte die Bestürzung in Danaas Blick erkennen. Er war zu weit gegangen.

»Dieser Garten …«, sagte Danaa traurig. Mehr Tränen rannen über ihre Wangen. Doch ihr Tonfall veränderte sich und wurde nun scharf: »Ein Blatt kann über die Mauer reichen, Raukelunk, aber deshalb gehört der Baum doch nicht in den Garten.«

Die Leere, die sich in Raukelunk ausbreitete, verschlang ihn von Innen. *Er* war der Baum, der nicht in ihren Garten gehörte. Seine Verletzungen waren ihm egal. Danaas Eltern waren ihm egal. Danaa war ihm egal: Er schnaubte und fegte wie wild durch die Tannen hindurch. Er wollte weg. Einfach nur weg. Auf seinem Weg durch den Garten riss er Büsche und Sträucher um, sprang durch das Hintertürchen und verschwand im nachtdunklen Tunnel dahinter.

Ausserhalb des Gartens

Die Schattenwürfe magischer Feuer durchzuckten den schmalen Tunnel. Raukelunk bog schlurfend um eine Ecke und blieb stehen. Im roten Licht leuchtete seine Mähne in derselben Farbe. Der Bacarit weinte, rannte ein Stück vorwärts, blieb dann wieder stehen und weinte noch mehr. Wut und Schmerz vermischten sich zu einem widerlichen Gefühl der Ohnmacht: Seine Hände zitterten wie die Blätter in seiner Mähne und suchten etwas, an dem sie sich festhalten oder das sie zerschmettern konnten.

Heulend schleppte sich der Bacarit weiter und scherte sich nicht darum, ob hinter den anderen dunklen Gartentoren, die als einzige Abzweigungen hier und da in jenem Tunnel zu finden waren, jemand war, der ihn hören konnte.

Meter für Meter stolperte er vorwärts, rannte zwischendurch wieder, aber immer noch schien der Tunnel kein Ende zu nehmen. Verfluchte Danaa! Sie hatte ihn aus ihrem Garten verbannt. Der Zorn der Engel sollte sie treffen!

Aber sogleich merkte Raukelunk, wie sehr er sie liebte und bereute noch mehr als seine Taten seine boshaften Gedanken.

Er sank auf die Knie. Einzelne Bodenplatten aus Holz waren auch hier mit Lichtstrahlen bemalt, genau wie die Tür an Danaas Elternhaus. Einen Augenblick starrte er die Zeichnung unter ihm an und stellte sich vor, wie hell sie bei Tag im Licht der Wurzeln leuchtete. Dann schlug er auf sie ein. Immer und immer wieder. Erst als sein rechter Mittelfinger brach, ließ er von der zerstörten Holzfliese ab.

Verzweifelt fuhr er sich mit seiner Hand durch die Mähne. Sie zitterte dermaßen, dass er sich selbst dabei Blätter ausriss. Als er das Gefühl hatte, es wäre besser, einfach hier und jetzt zu sterben, näherte sich von vorn ein Schatten.

Raukelunk hielt den Atem an. Er war trotz allem überrascht, hier jemanden zu treffen. Um diese Zeit.

Die Silhouette, zu der der Schatten gehörte, kam weiter auf ihn zu. Raukelunk schniefte verwirrt, denn der Ankömmling trat rasch noch näher heran, anstatt erst einmal verwundert zu sein und dann herauszufinden, wer ihm dort kniend den Weg versperrte. Im nächsten Augenblick hörte Raukelunk die Stimme, die er am wenigsten vermutet hätte: »Gehst du jetzt immer vor mir auf die Knie?«

Arbutus' hässlich kehliges Lachen war zu hören. »Kein Wunder, bei der Lektion, die wir dir heute Morgen beibringen durften. Vielleicht kannst du deinen neuen Freunden vom fünften Distrikt beim Küchendienst erklären, welche Vorteile es hat, seinen Platz zu kennen! Die haben sicherlich ein Ohr für so etwas.«

Raukelunk konnte es in jedem noch so kleinen Zweig seines Körpers fühlen: Sein Schmerz wurde verdrängt von der brennenden Wut, die aus ihm herauswollte. Nicht hinaus auf die verschnörkelten Holzplatten zu seinen Füßen, sondern in Arbutus' dummdreistes Gesicht. Was meinte das Schoßhündchen damit? Warum meinte heute ein jeder zu wissen, wo und wohin nicht er gehörte?

Drohend erhob er sich. Die kalten Flammen leckten an den Wänden. Das rote Licht tanzte zwischen den beiden Bacariten. Ein gebrochener Finger, ein angebrochenes Bein, ein vermindertes Sichtfeld – was machte das schon? Er war Raukelunk! Selbst blind hätte er es mit Arbutus aufnehmen können.

Er machte einen Schritt nach vorn. Genau wie Arbutus. Raukelunk Fäuste waren geballt. Genau wie die von Arbutus. Doch im letzten Augenblick hielt Raukelunk inne. War es nicht das gewesen, was Danaa ihm vorgeworfen hatte? Seine Kampfeslust? Sein Ungestüm? Vielleicht war es dieses eine Mal an der Zeit, nicht die Fäuste sprechen zu lassen. Vielleicht gab es noch eine Möglichkeit …

Doch weiter konnte Raukelunk den Gedanken nicht fortführen. Arbutus verkürzte mit zwei großen Schritten die Distanz zwischen ihnen so weit, dass kaum ein paar Blätter zwischen sie passten.

»Worauf wartest du, Rekrut? Nur dazu bist du hier. Nur dazu bist du gut. Mädchen *ihrer Art* werden sich nie mit einem *wie dir* abgeben. Bevor sie auch nur noch ein einziges Mahl durch deine dreckstarrende Küchenhelfermähne fährt, liegt sie schon zufrieden seufzend in Lorodrons Armen. Aber mal unter uns«, er kam nun ganz nahe und flüsterte in Raukelunk Mähne, »solche Schlampen sind es doch gar nicht wert, dass man für sie einen guten Kampf liegenlassen würde …«

Noch bevor Arbutus überhaupt wusste, wie ihm geschah, hatte sich Raukelunk schon auf ihn gestürzt. Wahrscheinlich hatte das Schoßhündchen nicht mit so viel Kraft und Kampfeslust gerechnet bei jemandem, der so geschwächt wirkte.

Arbutus schrie erschrocken auf und parierte Raukelunks Angriffe viel zu halbherzig. Mehrere Treffer auf seinen Hals raubten ihm den Atem. Die beiden Bacariten rollten sich über den Boden und während Arbutus die Arme hochwarf, um Raukelunks unablässigen Faust- und Ellbogenschlägen zu entgehen, schmetterte der auch noch seinen Schädel gegen den seines Gegners. Der Kopfstoß saß! Arbutus Stirn knackte. Stöhnend ließ der Bacarit seine Arme sinken. Raukelunk saß über ihm. Arbutus schaffte es nicht mehr, sich zu wehren. Aber die Wut steckte immer noch in Raukelunks Fäusten. Sie zitterten nicht vor Schwäche. Im letzten Augenblick, bevor Schlimmeres passierte, riss er sich jedoch zusammen und rollte sich von Arbutus herunter. Wortlos stand er auf und drehte dem geschlagenen Gegner seinen Rücken zu.

Als Raukelunk spürte, wie sich die feine Spitze eines Wurfmessers in seine Schulter bohrte, nur haarscharf an seinem verletzlichen Hals vorbei, setzte jegliche Überlegung in ihm aus: Er sprang mit seinem ganzen Gewicht zurück auf den Feigling Arbutus und hielt ihn am Boden. Es erfolgte kaum eine Gegenwehr. Dann schlug Raukelunk zu. Mit aller Kraft traf seine hölzerne Faust Arbutus' Schädel. Die Augen seines Gegners schlossen sich. Er hob seine Faust aufs Neue, aber als er voller Entsetzen und Horror auf den leblosen Bacariten unter sich blickte, ließ er sie herabsinken. Was hatte er getan?

Panik machte sich in Raukelunk breit. Das war es nicht gewesen, was er sich unter einem Kampf vorgestellt hatte! Er hatte doch nicht gewollt, dass wirklich jemand starb …

Während er fieberhaft überlegte, was er nun tun konnte, starrte er entsetzt auf seine klebrig-harzigen Fingerknöchel. Wie lange saß er schon da? Plötzlich näherten sich Stimmen und Fackeln. Raukelunk schaffte es nicht mehr, aufzuspringen, er stand zu sehr unter Schock.

Lorodrons Stimme hallte durch den Tunnel. »Das ist Raukelunk! Was hat er getan?«

Raukelunk hörte das aufgeregte Geplapper um ihn herum wie durch Watte. Er wusste nicht, wer sonst noch dort war. Nur Lorodron war klar herauszuhören: »Nehmt ihn in Gewahrsam und sperrt ihn in eine Zelle. Er muss vor das Tribunal geführt werden!«

NEUMONDNACHT

Das Erwachen war grausam. Raukelunks glaubte in den ersten Sekunden noch, ein böser Alptraum hätte ihn endlich aus seinem erbarmungslosen Griff entlassen. Aber als sich die Schleier seines unruhigen Schlafes endlich vollends auflösten, kam auch die erdrückende Gewissheit zurück, dass sein Leben von nun an verwirkt war. Er hatte jemanden getötet. Er hatte einen Mord begangen.

In diesen Augenblicken der Erkenntnis, in denen der Bacarit bald froh war, in der Enge einer vergitterten Zelle unterhalb der Tunnelfeste eingesperrt zu sein, fernab aller Augen, war es für ihn belanglos, dass es sich dabei um Arbutus gehandelt hatte. Ein Mord fühlte sich nicht weniger grausam an, wenn es einen verhassten Gegner getroffen hatte. Das wusste Raukelunk jetzt. Seine Kühnheit und seine Kampfeslust, derer er sich noch so kurz vorher gerühmt hatte, die ja sein ganzes Dasein bestimmt hatten, sie waren davongeblasen, als hätte sie ein unangekündigter Herbststurm erwischt. Sie waren entschwebt an einen Ort, der unerreichbar geworden war, den es vielleicht nicht einmal mehr gab. Sie waren zu einer Ahnung geworden, einem einst vertrauten Gefühl, dem Raukelunk sich entfremdet hatte. Nur mehr ein Rascheln, kam es ihm in den Sinn. Ein Blätterrascheln der Vergangenheit.

Unschlüssig stand Raukelunk auf und missachtete dabei jegliche Schmerzen, die ihm vom Vortag noch geblieben waren. Vielleicht, überlegte er, war der begangene Mord auch nicht das Schlimmste: In seinem jämmerlichen Anfall von Tobsucht, Eifersucht und Unvernunft hatte er durch seine Taten das Band zwischen Danaa und ihm unwiederbringlich zerschnitten. Als überführter Mörder war er für sie ohnehin gestorben. Das führte ihn unweigerlich zur dritten Erkenntnis dieses Erwachens: Als überführter Mörder war er ohnehin so gut wie tot.

Raukelunk lehnte an den Gitterstäben und horchte auf sein leises Blätterrascheln. Von irgendwo kam ein Windzug daher, beständig, gerade dazu geeignet, um ihm ein bisschen Linderung zwischen seinen düsteren Gedanken zu verschaffen. Er musste sich nur genügend auf den Luftstrom konzentrieren. Wahrscheinlich war es sogar das Beste, den Todesbecher zu trinken, entschied er nach einer ganzen Weile. Die Hinrichtung eines Mörders in der Lichterstadt dauerte nicht lange. Bacaritengift konnte Schreckliches ausrichten, aber dies auch schrecklich schnell. Ohne Danaa gab es sowieso keinen Grund mehr, weiterzuleben. Die Lust aufs Kämpfen und auf das Erwarten eines Krieges war ihm dazu gehörig vergangen. Das, was er für lohnenswert gehalten hatte – es waren bloß törichte Machtfantasien gewesen. Das Harz, das an seinen Händen klebte, würde ihn für immer verfolgen. Wie lange dauerte es noch, bis sie ihn vor das Tribunal führten? Raukelunk zitterte bei dem Gedanken, dass er vielleicht noch Tage eingesperrt bleiben könnte, bis das Urteil vollstreckt würde. Und er zitterte noch mehr bei der Frage, wer bei seiner Hinrichtung dabei wäre.

Zwei Tage vergingen, vielleicht auch einer mehr, Raukelunk wusste es nicht. Die Wärter brachten ihm keinerlei Mahlzeiten, wohlwissend, dass er nicht verhungern oder verdursten musste mit dem, was er an sich selbst trug. Sogar ausreichend Wasser für eine ganze Woche boten einige gewisse seiner Beeren, insbesondere, da Bacariten nicht dafür bekannt waren, viel Flüssigkeit zu benötigen.

Die Stunden verrannen, immer wieder blitzten nun die letzten Momente vor Raukelunk auf, die er in Freiheit verbracht hatte: Er spürte das scharfe Wurfmesser in seiner Schulter. Er erinnerte sich, wie mächtig und unaufhaltsam seine Wut gegen den Feigling Arbutus daraufhin gewesen war. Doch er erinnerte sich auch an das erschrockene Gesicht des Feiglings, als er auf ihn gesprungen und zugeschlagen hatte. Er erinnerte sich, wie schlaff Arbutus' Körper gewesen war. War der Bacarit wirklich so wehrlos gewesen wie es Raukelunk nun den Anschein machte? Immerhin hatte er ihn hinterrücks ermorden wollen. Nur um ein Haar hatte er seinen Nacken oder seinen Hals mit dem Messer verfehlt! Doch das alles hatte ihm doch kein Recht dazu gegeben, noch einmal zuzuschlagen. Hätte er beim zweiten Mal von ihm abgelassen, dann wäre es nun Arbutus gewesen, der an seiner statt hier unten auf das Tribunal gewartet hätte …

Der Kampf mit Arbutus legte sich schon bald wie eine Endlosschleife über Raukelunks Denken. Er verfolgte sich in seiner Erinnerung selbst, beobachtete sich, quälte sich mit der Frage, an welcher Stelle er die Konfrontation hätte anders gestalten können. Wann war der Zeitpunkt gewesen, an dem ein würdigerer, reiferer Bacarit den Absprung geschafft, sich zurückgezogen und gewartet hätte, bis er noch einmal mit Danaa hätte sprechen können. Nur noch einmal, um alles geradezubiegen.

Und dann stand sie da. Vor seiner Zelle. Mit Tränen in ihren wundervoll türkisblauen Augen. Raukelunk erschrak so sehr, dass er glaubte, sein Herz hätte ausgesetzt. Aber er schaffte es doch, sie anzusehen, obwohl er vor Scham im Boden versinken wollte.

Lange blickte Danaa einfach nur zurück. Sie versuchte ihn zu lesen: Was war wirklich in der Nacht vorgefallen? Außerhalb ihres Gartens. Endlich legte sie ihre offenen Handflächen auf das Gitter. Es war eine Einladung. Raukelunks Herz klopfte wild. Er konnte es nicht fassen, dass er seine in ihre Hände legen durfte. Es kam ihm wie eine unendliche Erlösung vor. Danaas Blätter raschelten in dem schwachen Luftzug. Ihre Stimme bebte.

»Hast du ihn wirklich ermordet?«

Raukelunk sah sie still an. Sie hatte ihn doch noch nicht völlig aufgegeben. Die Art, wie sie ihre Frage gestellt hatte. Sie hatte Zweifel. Dass er getötet hatte, wusste sie. Aber ermordet? Ihre Augen glänzten in der Dunkelheit vor seiner Zelle.

»Lorodron hat mir erzählt, wie er und die anderen euch gefunden haben …«

Die Vorstellung von Lorodron zusammen mit Danaa versetzte Raukelunk einen Stich. Aber daran konnte und durfte er nun nichts mehr ändern. Er hatte seine Chance verspielt.

Er brauchte einen Moment, bis Worte aus seinem Mund kamen. Seine Kehle war ganz trocken und seine Stimme klang tief und belegt.

»Du bist das Einzige, was mir noch wichtig in meinem Leben ist. Ich kann dich nicht anlügen, Danaa.«

Er ließ den Kopf sinken. Er war es doch so oft durchgegangen: Er hatte nicht getötet. Er hatte gemordet. Er hätte sich anders entscheiden können.

Danaa schniefte leise. »Danke, dass du mir die Wahrheit gesagt hast, Raukelunk. Danke.«

Als sie ihre Hände wegzog, zerbrach seine unendliche Erlösung und verwandelte sich dafür in unendlichen Schmerz.

»Danaa, bleib doch. *Bitte.*«

Sie hörte sein Flüstern nicht mehr. Er rief ihr auch nicht hinterher. Er wollte sie nicht noch mehr belasten. Ohne ihn war sie besser dran.

Danaa war schon lange fort, da weinte Raukelunk noch immer. Er weinte, wie er noch nie in seinem Leben geweint hatte, und betete zu den Engeln, dass das Tribunal seinem Leben endlich ein Ende machte.

Der vormals unbesiegbare Raukelunk saß als gebrochener Bacarit in der Mitte des großen Saals der Tunnelfeste. Erhoben über seinem Kopf thronten mehrere Ränge ringsum. Getragen wurden sie von den mächtigen Stämmen einst noch mächtigerer Bäume, die die Bacariten und Gwillinge vergangener Generationen beim Bau der Stadt und der Feste dem Lampignon-Wald abgetrotzt hatten. Der große Saal war ein besonderer Ort, ein Platz von erhabener Schönheit, in dem jede noch so winzige Holztafel, jeder in der Architektur verarbeitete Stamm, jede bunt leuchtende Laterne mit Schnitzereien verziert, mit feinsten Ornamenten bemalt oder mit Wurzelgeflechten verschnörkelt war. Es war der Ort für wichtige Anlässe und wichtige Personen. Nur selten kam man in den Genuss, hier geladener Gast zu sein. Wahrscheinlich hatte niemand in der Stadt unter dem Wald je alle Holztäfelchen mit eigenen Augen gesehen, die hier Geschichten und Geschichtchen erzählten. Denn das war eine Aufgabe für mehr als ein Leben. Raukelunk jedenfalls würde niemals in den Genuss kommen, die Pracht hier zu genießen, um sich einstweilen daran zurückerinnern zu können: Vor ihm, auf einem kleinen Holztischchen, stand bereits der Becher mit der gelbgrünen, todbringenden Flüssigkeit. Das Tribunal war nur eine Formsache. Jeder wusste, welche Strafe auf Mord stand. Wenn die Richter einschließlich ihres vorsitzenden ältesten Kollegen erst einstimmig entschieden hatten, würde Raukelunk den nächsten Morgen nicht mehr erleben.

Ihm war das alles nicht nur egal, er wünschte es sich sogar. Danaa hatte ihn aufgegeben. Und der Tod würde ihn vor dieser freudlosen Welt retten, in der er sich für seine Tat schämte.

Es fiel Raukelunk schwer, den Ausführungen der acht Richter - einem für jeden Distrikt – zu folgen. Gesenkten Hauptes saß er da und ließ ihre Worte wie Blätter im Wind an ihm vorbeifliegen. Er wusste doch selbst am besten, dass all ihre Anschuldigungen der Wahrheit entsprachen.

»Möchtet Ihr Euch dazu äußern, Rekrut Raukelunk?«

Die Flüssigkeit im Todesbecher dampfte ganz leicht. War es nicht ziemlich morbide, demjenigen, dem der Prozess gemacht wurde, das Ende desselben schon auf diese Art vor Augen zu führen? Hätte man den Becher nicht auch am Ende der Veranstaltung hineinbringen können?

»Ich wiederhole - möchtet Ihr Euch dazu äußern, Rekrut Raukelunk?«

Erst jetzt merkte Raukelunk, dass der vorsitzende Richter des achten Distrikts ihm eine Frage gestellt hatte. Wozu sollte er sich äußern?

Da er nichts erwiderte, erhob nun der Richter des dritten Distrikts das Wort: »Eure Chance wird verstreichen, uns noch zu erweichen. Äußert Ihr

Euch nicht, entscheidet nun das Gericht. Für Euer Schweigen haben wir keine Geduld. Wir werten das als Eingeständnis Eurer Schuld.«

Die Richterin des vierten Distrikts pflichtete ihrem Kollegen bei: »Die Engel der Vergangenheit mögen auf Euch achtgeben – denn Schweigen kostet Euch das Leben.«

Raukelunk hatte Mühe, nicht verängstigt zu klingen. »Ich bin schon tot.«

Wann war es endlich vorbei?

Mit heischender Stimme verschaffte sich nun der vorsitzende Richter des siebten Distrikts Gehör. Es war Lorodron. Raukelunk hatte ihm nicht einmal in die Augen gesehen. Er wollte seinem Ausbilder nicht die Genugtuung geben, ihm auf diese Weise Bedeutsamkeit zuzumessen. Ob solcher Trotz angebracht war? – Sollten ruhig die Engel der Vergangenheit darüber ihr Urteil fällen!

»Ihr hört es doch, verehrte Kolleginnen und Kollegen! Oder besser gesagt, ihr hört nichts! Und ich habe es darüber hinaus mit eigenen Augen gesehen. Arbutus Schädel wurde geradezu zermalmt. Worauf warten wir noch? Unsere Gesetze sind eindeutig. Ich stimme für die Todesstrafe!«

Raukelunk spürte Lorodrons Blick auf sich haften. Bestimmt war die ganze Angelegenheit mitsamt Verurteilung dem Ausbilder, der bei einer Tat, die seine Rekruten betraf, per Gesetz auch das Richteramt ausüben durfte, eine Genugtuung. Konnte ihm Raukelunk das wirklich verübeln?

Lorodrons Urteil ließ Gemurmel aufbranden. Eigentlich war er noch nicht an der Reihe. Die Urteile wurden gesprochen in der Reihenfolge der anwesenden Distrikte, angefangen beim ersten. Die paar Dutzend prominenten Beisitzer, die sich neben den Richtern auf den Rängen eingefunden hatten, rümpften jedenfalls empört ihre Nasen. Lorodrons Affront gegen die Tradition des Tribunals aber blieb für ihn folgenlos. Im Gegenteil: Er hatte die Urteilsverkündung endgültig ins Rollen gebracht.

»Dann also ist es Zeit für die Abstimmung!«, tönte die vierte Richterin. »Ich bitte nun um die Urteilsnennung!«

»Schuldig!« Der Richter des ersten Distrikts hatte gesprochen.

»Schuldig!« Die Richterin des zweiten Distriktes hatte gesprochen.

»Die Schuld ist sein, nur der Tod wäscht sie rein!« Der dritte und vierte Distrikt hatten gesprochen.

Auch der fünfte und sechste Distrikt schlossen sich an: »Schuldig!«

»Mein Urteil kennt Ihr bereits«, zürnte Lorodron. »Raukelunk ist schuldig!«

Nur noch das letzte Urteil fehlte. Raukelunk schielte auf den Todesbecher. Er würde ihn schnell trinken. Bald hatte er es hinter sich …

Doch mit einem Mal brandete erneut Gemurmel auf!

Raukelunk sah erstaunt auf die Ränge. Eine vermummte Gestalt – dem Gang und der Statur nach zu urteilen eine Bacaritin – verschaffte sich resolut Durchgang zwischen den hochrangigen Beisitzern und hielt direkt auf den Richter des achten Distrikts zu.

Danaa!

Aber wie hatte sie es geschafft, hier Zutritt zu bekommen? Sie war noch zu jung und nicht ranghoch genug, um einem Tribunal beizuwohnen. Und wenn sie es doch geschafft hatte, warum zeigte sie sich nicht? Verbarg sie sich vor ihm? War ihre Abscheu vor seiner Tat und ihm so groß?

Das Gemurmel wurde lauter, denn Lorodron schimpfte auf übelste Art und Weise über diese Verzögerung. Doch die Gestalt scherte sich nicht darum und gelangte endlich zum achten Richter. Raukelunk erkannte, wie sie ihm etwas in die Mähne flüsterte. Natürlich waren auch alle anderen Augen auf die sonderbare Begebenheit gerichtet und viele beobachteten lieber als weiter zu tuscheln. Je länger nun das Flüstern der Vermummten andauerte, desto leiser wurde auch Lorodrons Schimpfen. Resigniert hörte er schließlich ganz damit auf.

Minuten vergingen. Raukelunk wurde nervöser und nervöser. Aber dann zog die Gestalt ihren Kopf zurück und löste sich vom Richter. Der nickte ihr nachdenklich zu, dann eilte die Gestalt auf der Rückseite des Richterstuhls zu den gegenüberliegenden Rängen und verließ durch eine Tür fernab der Richter eins bis sieben eilig und ohne sich zu offenbaren die Halle. Raukelunk versuchte verzweifelt, einen Blick auf die Gestalt – auf Danaa – zu erhaschen, hoffte, dass sie sich noch einmal zu ihm umdrehte, aber sie war verschwunden, ehe sich ihre Blicke noch einmal treffen konnten. Raukelunk blieb noch verzweifelter als vorher zurück.

Gespannte Stille herrschte im Saal. Was hatte der Richter des achten Distrikts zu sagen? Der schien noch einmal in sich zu gehen. Nach kurzer Bedenkzeit erhob er sich, um besser zu seinen Amtskollegen und den Beisitzern, ja auch zu Raukelunk zu sprechen.

»Zwar blieb eine Verteidigung von Euch selbst aus, Raukelunk«, der Richter sah ihn scharf an, »aber zu Euren Gunsten, wie mir scheint, wurden am Ende doch noch wichtige Argumente hervorgebracht.«

Lorodron konnte es nicht glauben. In das erneut aufbrandende aufgeregte Flüstern der Menge donnerte er: »Vorsitzender, es muss sich um einen schlechten Witz handeln. Der Angeklagte streitet seine Tat nicht einmal ab!«

»Bei den Engeln!«, unterbrach ihn der achte Richter barsch, »Unser Gremium ist der Gewissenhaftigkeit verpflichtet. Als Vorsitzender des

Tribunals werde ich daher selbstverständlich *jegliche* Argumente, die für oder gegen einen Angeklagten sprechen, auch berücksichtigen.«

Lorodron tobte weiter: »Wer war diese Person, die Euch ränkeschmiedend zuflüsterte, während ihre Worte doch in Wahrheit für alle bestimmt sein mussten? Ihr könnt keine weiteren Be- oder Entlastungen in diesem Fall dulden, wenn Ihr nicht sicher sein könnt, dass alles mit rechten Dingen zugeht. Die Engel sind meine Zeugen: Ja, dieses Gremium *ist* zur Gewissenhaftigkeit verpflichtet. Aber ist ein solch geheimniskrämerisches Verhalten gewissenhaft? Wer war unter dem Mantel verborgen?«

Raukelunk war atemlos. Er hatte keine Ahnung, worauf das Ganze hinauslief.

»Wollt Ihr etwa andeuten, Lorodron«, die Zweige des vorsitzenden Richters zitterten vor Empörung, »ich könnte nicht unterscheiden, ob es sich bei den vorgebrachten Argumenten um Stichhaltiges zu diesem Fall oder um Unfug handelt? Oder ich würde mich zum Werkzeug eines Verbrechers machen, der ein Tribunal mit unlauteren Mitteln besudeln möchte? Lorodron, sprecht frei heraus, wenn ihr dieser Meinung seid!«

Der alte Bacarit redete nun so laut, dass abermals jegliches Gemurmel erstarb. Lorodron starrte ihn wild an. Dem Ausbilder lag etwas auf den Lippen. Noch einen Augenblick funkelte er den Vorsitzenden an, setzte sich dann aber schweigend zurück auf seinen Stuhl.

»Eine weise Entscheidung«, sprach der alte Bacarit in Lorodrons Richtung und widmete sich dann wieder dem Plenum. »Wie wir alle nur zu gut wissen, können Zeugen in einem Tribunal dann anonym bleiben, wenn sie berechtigte Sorge haben, dass ihnen im Falle der Offenbarung ihrer Identität Unbill droht, und einer der Richter diese Sorge für gut begründet erachtet. Ich halte die Sorge des Zeugen, dessen Auftritt wir alle soeben miterleben konnten, für gut begründet. Demnach werde ich seine Argumente auch in meiner Urteilsfindung berücksichtigen.«

Er wandte sich nun wieder Raukelunk zu: »Nun gut. Da das geklärt wäre, müsst Ihr mir doch noch eine Frage beantworten, Raukelunk: Hattet Ihr an besagtem Tag schon vorher ein Aufeinandertreffen mit dem Rekruten Arbutus?«

Raukelunk wusste nicht, was er antworten sollte. Gab es doch noch eine Chance auf einen Freispruch? Und wollte er diesen überhaupt? Eins war klar: Wenn sie darauf zu sprechen kamen, was für eine Person er war, wie er Regeln missachtet und den Palisadenzaun durchsprungen hatte, dass er streitlustiger war als alle anderen – all das würde ihm bei diesen Richtern keineswegs helfen. Wie schnell sie mit seinem Todesurteil bei der Hand gewesen waren! Und am Ende hatte er Arbutus doch ermordet. Er musste für seine Taten geradestehen. Andererseits – er sah auf den dampfenden Becher …

»Ja«, sagte er gefasst.

Der Vorsitzende nickte.

»Ich verstehe. Da Sie, verehrte Kolleginnen und Kollegen, Ihr Urteil bereits gefällt haben, und gemäß unserer Statuten dieses unwiderruflich ist, möchte ich nun das meine kundtun. Ich halte den Angeklagten Raukelunk nur für teilweise schuldig.«

Jetzt wurden alle guten Manieren und die Etikette schlicht beiseite geschoben: Allerorten flüsterte es, man tuschelte aufgebracht und aufgeregt miteinander, und es wollte so gar keine Ruhe mehr eintreten. Raukelunk rätselte, was das alles für ihn bedeutete.

Durch das wilde Gemurmel und das Schimpfen Lorodrons schnitt das dröhnende Rufen des Vorsitzenden: »Ruhe! Bei den Engeln – Ruhe!«

Da wurde es wieder still.

»Das Todesurteil«, fuhr der Bacarit immer noch mit erhobener Stimme fort, »konnte von diesem Tribunal heute nicht einstimmig beschlossen werden. Der Angeklagte Raukelunk wird daher nicht den Engeln der Vergangenheit überantwortet.«

Raukelunks Herz raste genauso schnell, wie ihm verschiedenste Gedanken kamen: Welche Strafe hatte er dann zu erwarten? Der Vorsitzende hatte ihn nicht freigesprochen. Er hatte ihn *teilweise* schuldig gesprochen. Dem Tod war er also nur mit einer halben Stimme entronnen …

»Da ein schweres Vergehen dennoch unbestritten bleibt – sogar vom Angeklagten selbst – sehe ich mich gezwungen, das ansonsten eindeutige Votum meiner Kolleginnen und Kollegen in eine Bestrafung umzusetzen, die, wie soll ich sagen, etwas aus der Mode gekommen ist. Nun erscheint sie mir aber das Mittel der Wahl zu sein!«

Was meinte der Richter? Raukelunk hatte eine dunkle Vorahnung. Er bekam es mit der Angst zu tun. Wenn es wirklich das war, woran er dachte, war der Tod da nicht die mildere Strafe?

»Wachen!«, rief der Vorsitzende, »sucht den Giftmeister auf und bringt die *Vier Becher* zum Angeklagten!«

Es dauerte eine ganze Weile, bis die Wachen ein hölzernes Tablett hineintrugen, auf dem vier identische Becher in einer Reihe standen. Sie stellten das Tablett wortlos vor Raukelunk ab und entfernten sich rasch, ohne ihn dabei anzusehen.

Raukelunk schielte auf die schwarze Flüssigkeit in den Bechern. Jeder war exakt gleich hoch befüllt, jedes Schwarz war exakt gleich dunkel. Das war das Grausame an dieser Bestrafung: Raukelunk hatte genug Zeit gehabt, sich wieder an die Schauergeschichten aus seiner Kindheit zu erinnern, die man kleinen Bacariten gern erzählte. Besonders schlimme Verbrecher, die nicht mit dem Tod bestraft wurden, mussten ihr Schicksal selbst wählen, indem sie sich per Zufall für einen der so genannten Vier Becher entschieden. Es war eine uralte Strafe und Raukelunk konnte sich nicht daran erinnern, dass selbige während seiner Zeit in der Lichterstadt einmal praktiziert worden wäre. Das also war Danaas Hilfe gewesen? Hätte sie ihn lieber sterben lassen …

Während sich der vorsitzende Richter erhob und sich die Meute auf den Rängen in höchstwahrscheinlich gespielter Empörung über die antiquierte Bestrafung die Mäuler zerriss, ging Raukelunk die vier Gifte durch, von denen er in Kürze eines zu trinken hatte.

Das so genannte *Winterkleid* ließ ihn für immer alle Blätter am ganzen Körper verlieren. Zusammen mit der *Borkenpest* war es das vielleicht schlimmste der vier Gifte. Weder ein blätterloser noch ein mit Borkenpest überzogener Bacarit konnte irgendwo in der Gesellschaft einen angesehen Platz einnehmen. Man verachtete allerorten beide nur durch Gift hervorgerufene Krankheiten und wollte so bestrafte Bacariten keinesfalls in seiner Nähe haben.

Die *Neumondnacht* ließ einen erblinden, was gleichfalls bedeutete, höchstens nach langen Jahren der Übung und Gewöhnung wieder ein halbwegs normales Leben führen zu können. Die Wunder der Welt nicht mehr erblicken zu dürfen, war für einen Sehenden an Grausamkeit jedoch kaum zu übertreffen. Im Allgemeinen war die Neumondnacht aber das Gift, mit dem man am besten weiterleben konnte und am wenigsten gebrandmarkt war.

Am schmerzhaftesten hingegen war das *Strohholz*. Befiel dieses Gift den Körper, wurde das Holz brüchig und schwach und zerbrach schon bei der kleinsten Belastung. Kaum ein Bacarit, der von Strohholz befallen war, schaffte es, ein langes Leben zu führen, sondern brach sich irgendwann buchstäblich den Hals. Nicht zu vergessen die Angst, die man haben musste, sich überhaupt richtig zu bewegen.

Raukelunk wusste beim besten Willen nicht, welchen Becher er lieber haben wollte. Jedes Schicksal, das die Vier Becher boten – vielleicht mit Ausnahme der Neumondnacht – war kaum lebenswert. Es wäre wirklich besser gewesen, ihn einfach hinzurichten.

»Verurteilter Raukelunk«, meldete sich der Richter, nachdem er Raukelunk Zeit gegeben hatte, die Tragweite seiner Entscheidung zu erfassen, »wie mir scheint, muss Euch die Prozedur nicht mehr erklärt werden. Auch bin ich sicher, dass Euch die Vier Becher ein Begriff sind. Wählt nun einen Becher aus und trinkt ihn aus freien Stücken«, der Richter schien zu ahnen, dass Raukelunk mit dem Gedanken spielte, sich zu weigern, um stattdessen den Todesbecher vorgesetzt zu bekommen, »andernfalls werden Euch alle vier Becher eingeflößt.«

Raukelunk schluckte. Das war keine Option! Besser nur einen dieser vier Becher als allesamt ertragen zu müssen. Vielleicht erwischte er ja das Strohholz und konnte sich rasch das Genick brechen!

»Wählt nun Euer Gift«, forderte ihn der Richter geduldig auf. »Vergesst auch nicht, dass Ihr nach Vollstreckung des Urteils noch ein wenig Zeit habt, um diese Stadt für immer zu verlassen. Das Gift ist so dosiert, dass die Wirkung erst nach einiger Zeit einsetzt. Ihr seid von nun an Zeit Eures Lebens aus der Lichterstadt verbannt und dürft hier keinen Wohnsitz mehr haben oder einer Ausbildung oder einem Beruf nachgehen. Selbst der Besuch ist Euch nicht gestattet. Kommt Ihr dennoch zurück, droht Euch der Tod.«

Vielleicht war das die Lösung. Einfach das Gift trinken, sitzen bleiben und sich weigern zu gehen? Auf diese Weise mussten sie ihn doch noch hinrichten …

Erneut schien der Vorsitzende seine Gedanken erraten zu haben. »Wenngleich diese Bestrafung mancherorts grausam und nicht mehr zeitgemäß genannt wird, bietet sie doch die einzige Möglichkeit unseres Strafsystems, einem Mörder seine zweite Chance zu ermöglichen. Eure Wege werden vielleicht nicht mehr so hell wie früher sein, aber Prüfungen lassen sich auch erfolgreich absolvieren, wenn die Tage dunkel scheinen.«

Lorodron vergaß abermals seine Stellung innerhalb der Richterschaft: »Was soll dieses Gerede, Vorsitzender? Geben wir hier neuerdings praktische Tipps zur Lebensführung oder verurteilen wir einen überführten Mörder?«

Das Raunen der Menge deutete Raukelunk als Zustimmung zu Lorodrons Empörung. Doch der Vorsitzende beachtete den Ausbilder nicht mehr und sah bloß Raukelunk geradewegs in die Augen. Dann richtete er seine letzten Worte an ihn: »Wohin der Weg Euch auch von nun an führt, wisset, dass jeder irgendwann seine zweite Chance bekommt. Ob ihr nun links geht oder rechts, oder einfach geradeaus – ein Ziel gibt es selbst dort, wo der Pfad im Trüben liegt. Vielleicht ist es da manchmal am besten, einfach durch die Mitte zu verschwinden …«

Raukelunk starrte den Vorsitzenden an. Er fragte sich, ob es sein konnte ... Er sah erst auf den linken und dann auf den rechten Becher. Nein, diese beiden würde er nicht wählen. Doch in der Mitte standen immer noch zwei Becher. Welchen sollte er nehmen? Wenn er alles richtig verstanden hatte, musste er es darauf ankommen lassen. Diese skandalliebende Stadt war nicht mehr sein Zuhause. Sie dürstete danach, ihn Gift trinken zu sehen. Und wenn Danaa ihn nicht mehr ansehen wollte, dann wollte er überhaupt nichts mehr sehen. Wo verbarg sich die Neumondnacht?

Raukelunk streckte seine Hand aus und nahm den zweiten Becher von rechts. Er sah die Flüssigkeit, die kleine Bläschen warf, und spürte ihre Wärme selbst durch den Becher hindurch.

Es war soweit. Mochten die Engel der Vergangenheit auf ihn achtgeben und ihm seine Sünden verzeihen! Er setzte den Becher an und trank ihn in einem Zug aus, während die Zuschauer bloß so taten, als würden sie vor Entsetzen nicht hinsehen. Als er losrannte, hielt ihn niemand auf und Raukelunk drehte sich auch nicht mehr um.

Erst als Raukelunk die Stadt weit hinter sich gelassen hatte und er eine ganze Zeitlang querfeldein gelaufen war, wagte er es, stehenzubleiben. Irgendetwas stimmte nicht. Ein heftiger Kopfschmerz durchzuckte ihn ganz ohne Vorwarnung. Es ging los, stellte er fast nüchtern fest.

Im nächsten Moment riss ihn der Schmerz beinahe von den Füßen. Angeschlagen taumelte er vorwärts und ließ sich neben einem Baum auf die Knie fallen. In seinem Schädel pochte es jetzt, der Schmerze verlagerte sich hinter seine Stirn. Raukelunk schrie. Der Schmerz wanderte nun in Wellen über die Schläfen und drückte dabei seitlich in den Schädel hinein. Raukelunk legte sich längs auf den Boden, er hatte keine Kraft mehr, sich zu halten. Sein letztes Gefühl war Scham gegenüber Danaa und Hass auf sich selbst, dass er es so weit hatte kommen lassen. Er schloss die Augen.

Als er bewusstlos wurde, hatte ihn die Neumondnacht bereits befallen.

Zum Wurzelbaum-Distrikt

Es brauchte Zeit, Raukelunks Geschichte zu verdauen, dessen war Ina sich bewusst. Von jetzt auf gleich war das nicht möglich. Sie sah ihren Freund nun in einem anderen Licht. Nie hätte sie sich träumen lassen, dass Raukelunk ein so düsteres Geheimnis gehütet hatte. Die Zeit, die seither vergangen war, hatte ihn zu einem anderen werden lassen. Sie wusste sicher, wer er nun war. Aber damals? Sie fragte sich allen Ernstes, ob Raukelunk der Böse in der Geschichte war. Er hatte einen Mord begangen, ja. Aber er hatte lange dafür büßen müssen. Und die Ereignisse, wie Raukelunk sie geschildert hatte, schienen ihr Fragen aufzuwerfen, die sie noch nicht einmal formulieren konnte. Vielleicht hatte sie später Zeit, darüber nachzudenken. Nun stellte sie sich Danaa vor. Und Lorodron. Sie malte sich die strengen Züge des obersten Tribunal-Richters aus, der Raukelunk möglicherweise geholfen hatte. Und sie zeichnete im Kopf ein Bild vom Kampf der beiden Bacariten, der tödlich geendet hatte. Was konnte sie zu all dem sagen? Musste sie wirklich in Worte fassen, dass sie trotzdem noch auf seiner Seite stand? Dass Raukelunks schlimme Vergangenheit nichts an ihrer Gegenwart änderte? Er hatte sich doch als viel mehr als ein bloßer Freund erwiesen. Sie waren alle Teile einer Familie geworden. Sie entschied sich dazu, einfach seine Hand zu fassen und fest zuzudrücken. Auch für Veda und Innis gab es offensichtlich keinen Grund, sich von ihrem Freund abzuwenden. Sie zeigten ihm gleich ihre Zuneigung, indem sie sich an die Borke unter seiner Mähne schmiegten und aufmunternd piepsten. Raukelunk seufzte, als fiele ihm ein Stein vom Herzen. Er hatte verstanden. »Danke«, sagte er.

»Und du hast wirklich die ganze Zeit allein gelebt? Hat dir das nicht widerstrebt?«

Nachdem sie schon eine ganze Weile durch den nachtstillen sechsten Tunnel zum Wurzelbaumdistrikt gewandert waren, fiel ihnen das Sprechen langsam wieder leichter. Der erste Schock über Raukelunks Offenbarung war bei der Gwilling-Dame verflogen.

Raukelunk lachte freudlos: »Die ganze Zeit über. Ich habe es oft gehasst, Ina. Mir fehlte etwas. Nur eine Handvoll Leute habe ich im Laufe der Jahre kennengelernt. Fred aus Felsgau zum Beispiel. Ab und zu bekam ich Besuch, ab und zu habe ich auch die Städte im Wandernden Wald besucht. Aber nie habe ich jemandem meine Vergangenheit offenbart. Die Gwillinge, die die Waldgrenze bewachen, wussten nicht, dass ich ein Verbannter bin. Zumindest nicht diejenigen, mit denen ich Kontakt hatte. Und ich redete mir natürlich ein, dass dieses Leben mein Schicksal war. Dass ich es verdient hatte. Und das hatte ich ja auch. Diese Schuld werde ich immer in mir tragen. Erst als Finn und Decora mich fanden, änderte sich meine Sicht auf das Leben im Allgemeinen. Und auf mein Leben im Speziellen. Nicht sofort, wie du weißt, aber nachdem die beiden mich wieder verlassen hatten, ergriff die Idee immer mehr Besitz von mir, dass es das nicht gewesen sein konnte …«

Ina überlegte: »Weil dir Unvoreingenommenheit begegnet war? Von Finn und Decora drohte keine Gefahr.«

Raukelunks Blätter raschelten. Sein Mund verzog sich zu einem hintergründigen Lächeln. »Ich muss zugeben, dass das eine bestechende Komponente war. Obwohl ich sie nur ein paar Stunden kannte, fühlte ich mich zum ersten Mal seit damals wirklich sicher in Gegenwart anderer.«

»Aber noch etwas kam hinzu …« Ina spähte beim Weitergehen in den gewundenen Tunnel vor ihnen. Die sechste Schlange machte einen Bogen und führte aufwärts. Standen dort Wachen? Sie mussten vorsichtig sein, obwohl sie ein gutes Gefühl hatte, auch mit anderen Wachen fertig zu werden. In einiger Entfernung bewegte sich etwas.

»Sag schon, was dachtest du?«, flüsterte sie weiter und blieb vorsichtshalber stehen.

»Weißt du noch, was der oberste Richter mir damals gesagt hat? Dass auf jeden eine zweite Chance wartet. Das war sie. Ich war mir nach ein paar Tagen so sicher, dass es mich fast auffraß, nicht sofort mit ihnen gegangen zu sein. Aber alles passierte so schnell – im ersten Moment habe ich wahrscheinlich nicht einmal gemerkt, dass das Schicksal an meine Tür geklopft hatte.«

Ina nickte nachdenklich. »Das Schicksal ist unser täglicher Begleiter geworden, meine ich. Es hat von uns allen Besitz ergriffen, ganz still und heimlich.«

Als sie über ihre eigenen Worte nachdachte, bemerkte sie erst, wie zutreffend sie gewesen waren. Sie war wirklich überzeugt von der Sache mit dem Schicksal.

»Beruhigend, nicht wahr?« Raukelunk ließ sich von Ina an die Tunnelwand drücken. Er hockte sich hin. »Dass uns so etwas wie das Schicksal leitet. Vielleicht haben die Engel ja ganz persönlich ihre Finger im Spiel.«

Ina spürte, wie er ein Lachen unterdrückte. Schön, dass er wieder besserer Laune war! Obwohl sie doch gerade mitten in die Höhle des Löwen schlichen, wenn man Raukelunks Position bedachte. Auf jeden Fall hatte es ihm geholfen, sich ihr und den Sonnenfedern anzuvertrauen.

»Und dann machtest du ihres zu deinem Ziel?«

»So war es. Das meiste weißt du ja. Dich habe ich von allen ja praktisch als Erste getroffen. Und nun weißt du auch, warum ich nicht in meiner Hütte bleiben konnte. Ich wollte wieder eine Aufgabe haben. So eine, von der ich in meiner Jugend geträumt hatte. Und ich wollte mich nicht länger wie ein Feigling verstecken. Ich hatte in all den Jahren der Abgeschiedenheit Scham mit Angst verwechselt, glaube ich. Ich schäme mich heute noch für damals, aber das ist nicht gleichbedeutend mit Furcht vor der Welt. Doch was mich wirklich antrieb, ihnen zu folgen, war ihr leuchtendes Vorbild. Ich kann es nicht anders sagen, obwohl es pathetisch klingt. Decora hatte so viel Schreckliches erduldet, und Finn – wenn man es genau nimmt – wurde noch viel abrupter und unumstößlicher als ich aus seinem vertrauten Leben gerissen. Verzweifelten sie deswegen? Mitnichten. Sie machten den Eindruck, als beflügelte sie ihre ausweglose Situation sogar mehr als dass sie sie bremste. Das wollte ich auch für mich haben.«

Ina hatte verstanden. Gerade wollte sie den Mund öffnen, um Raukelunk weiter auszufragen, da zwitscherte Innis energisch dazwischen. Sie sollten ruhig sein, denn was auch immer vor ihnen im Tunnel war, kam nun näher.

»Kapuze drüber!« Ina schob sich vor Raukelunk. »Da kommen wirklich welche vorüber. Steh auf, du musst gehen. Sie dürfen in dir nichts Verdächtiges sehen!«

Tatsächlich kamen zwei Wachen auf sie zu und hielten ihnen ihre Fackeln und Speere entgegen. Diesmal handelte es sich um zwei massige Bacariten.

Ina hörte Raukelunk unter seiner Kapuze schwer atmen. Er musste wissen, dass sich Bacariten näherten.

Noch bevor die Wachen eine Frage stellen konnten, kam Ina ihnen zuvor.

»Ina von Weit-Alon«, stellte sie sich vor. »Aber das wisst ihr sicher schon. Meine Anwesenheit verbreitet sich immer viel zu schnell. Zum Glück ist es nachts weit weniger hell, daher mache ich am Tag auch kaum Geschäfte.

Ungestört zu arbeiten spart viele Kräfte! Und wenn es euch nun nicht weiter stört …« Sie machte Anstalten weiterzuziehen und ließ die Wachen im Vorübergehen wissen: »Echt anstrengend, dass mir der berühmte Birkenblick gehört …«

Die Wachen reagierten vielleicht nicht ganz so perplex wie Lortal und Aurulion, aber Ina hatte sie dennoch auf dem falschen Fuß erwischt.

»Der Birkenblick!? Sicher sehr anstrengend …«, sagte einer der beiden dümmlich und guckte dazu noch ausnehmend doof.

»Bestimmt ist es das, ähm, Frau Ina«, ergänzte der andere.

»Verständige Kerle seid ihr!«, redete Ina munter weiter. Sie war mit Raukelunk schon ein Stück an den Wachen vorbei. »Kommt ruhig mal zu mir! Ich erwarte euch als Ehrengäste im Birkenblick! Komm, Umpfer, bleib nicht so faul zurück!«

Raukelunk huschte Ina unterwürfig hinterher. Die Wachen schauten ihnen noch eine Weile hinterher. Innis und Veda beobachteten den zurückliegenden Gang zwischen Raukelunks Blättern hindurch und piepsten erleichtert: Die Bacariten kamen ihnen nicht hinterher. Ina hatte es zum zweiten Mal geschafft.

»Genau so habe ich mir das vorgestellt!«, freute sich Raukelunk. So zuversichtlich hatte sie ihn damals im Birkenblick kennengelernt.

Er sagte: »Jetzt musst du nur noch die Sache mit dem Wirt hinbekommen. Aber da bist ja ganz in deinem Metier!«

Das Ende des Tunnels zeigte sich, noch ehe Raukelunk fertig gesprochen hatte. Hinter einem letzten Anstieg schwirrten in der weitläufigen Haupthöhle des sechsten Distrikts unzählige blau und violett schimmernde Mitternachtswürmchen zwischen einem Wurzelflechtwerk beeindruckenden Ausmaßes. Zwar war Ina noch nie hier gewesen, aber sie erkannte auch so, dass der Wurzelbaumdistrikt hier seinen Namen her hatte. Die lautlos fliegenden, handtellergroßen Mitternachtswürmchen, die eher wie große Motten aussahen, entfernten sich nicht weit von besagten Wurzeln und kennzeichneten so noch besser, was vom etwas weiter entfernten Aufgang in die Höhle wie ein umgedrehter, kahler Baum aussah, der kopfüber aus der Decke wuchs.

»Ist der Wurzelbaum immer noch so schön?«, erkundigte sich Raukelunk. Ein bisschen Wehmut lag ihn seiner Stimme. »Hier ist der einzige Ort in der Stadt, an dem nachts nur ganz wenige Fackeln leuchten. Die Mitternachtswürmchen kämen sonst kaum zur Geltung …«

»Schön?« Ina fand, er untertrieb gewaltig. »Du solltest es seh'n …«

Gleich taten ihr ihre Worte leid, aber Raukelunk konnte damit umgehen.

»Was du nicht sagst!«, entgegnete er. »Aber wir sind ja auch nicht hier, um die Sehenswürdigkeiten abzuklappern. Lass uns lieber schauen, ob du das Haus des Festenwirts sehen kannst! Rotbraun, nicht weit vom Tunnel entfernt, haben die beiden Gwillinge gesagt.«

Ina schaute sich die nähere Umgebung an. Die getäfelten Wege verzweigten sich hinter dem Aufgang vielmals und führten zwischen üppig bepflanzten Hochbeeten und vereinzelten, mannshohen Höhlentannen zu Häuserinseln, die schon von weitem nach Geld aussahen.

»Hier wohnt also die Elite der Stadt!« Ina staunte, dass man es geschafft hatte, solche Häuser unter die Erde zu bauen. »Wer hat, der hat ...«

»Ja«, gab Raukelunk zurück. »Es gibt in der Lichterstadt viele Einwohner und nicht wenige von ihnen haben es zu Geld und Reichtum gebracht.«

»Wer hätte das gedacht?« Ina stellte sich noch einmal Raukelunks Tribunal vor. Vor ihrem inneren Auge erschienen die Schaulustigen fast wie der heuchlerisch klatschende Hofstaat des Verräters Renkeja. Doch solche Gedanken behinderten sie bloß. Viel wichtiger war, das Haus des Festenwirts zu finden. Dabei hatten sie wirklich Glück: Sie konnten sich umsehen, ohne als Neulinge große Aufmerksamkeit auf sich zu ziehen. Die Holzwege waren wie leergefegt. Einzig der frische Wind trieb von irgendwo aus der Höhle ein paar Stimmen zu ihnen, aber die dazugehörigen Personen waren nicht zu sehen.

»Schaut euch auch um, ihr beiden!«

Veda und Innis flogen auf Raukelunks Geheiß los. Schon nach wenigen Sekunden waren sie verschwunden. »Bestimmt werden sie eher fündig als wir«, sagte Raukelunk und ließ sich von Ina hinein in die Höhle führen.

Er behielt recht: Nach kaum ein paar Minuten kam Veda zurückgeschwirrt, dicht gefolgt von Innis, der sich in einer blauen Wolke dampfend neben ihr auf einer Höhlentanne niederließ. Der kleine Vogel versengte dabei deren Zweige und fiel fast hinunter, da es ihm ganz offenbar Schwierigkeiten bereitete, gleichzeitig Melvins Apparat mit den Krallen auszumachen, sich festzuhalten und zu allem Überfluss zu verschlingen, was mit ziemlicher Sicherheit der Überrest eines Mitternachtswürmchen war.

»Ich glaube sie sagt, er wäre ein Vielfraß«, übersetzte Raukelunk Vedas empörtes Piepsen.

Raukelunk hörte angestrengt auf das Würgen und Schmatzen des grünen Vogels, nachdem der seinen Flügelapparat endlich ausbekommen hatte und sich der Dampf gelegt hatte.

»Das Mitternachtswürmchen muss wohl größer als er gewesen sein!«, sagte er anerkennend.

Ina rollte mit den Augen. »Haben sie etwas gefunden? Hier ist alles voll in ein paar Stunden!«

Jetzt hatte Innis endlich seinen Imbiss heruntergewürgt. Er zwitscherte frech in Inas Richtung, schlug die Flügel vor dem Körper zusammen und erhob sich in einer neuerlichen blauen Wolke. Veda ließ sich nicht lange bitten und flog ihm nach.

»Er fragt sich, warum wir überhaupt in Betracht ziehen, dass sie das Haus nicht finden könnten«, übersetzte Raukelunk weiter. »Wir sollen ihnen folgen.«

Das hatte Ina auch so verstanden. Eilig zog sie den Bacariten hinter sich her.

(Ein-)Gefasst!

Veda und Innis hatten sich vor dem rotbraunen Haus des Festenwirts wieder in Raukelunks Mähne versteckt. Vor allem Innis' Flügelapparat warf Fragen auf, die sie ja nicht unbedingt heraufbeschwören mussten. Raukelunk musste einfach der etwas einfältige Umpfer sein, nicht der Freund zweier außergewöhnlicher Sonnenfedern.

»Du machst das schon!«, flüsterte Raukelunk aufgeregt. Ina hatte sein vollstes Vertrauen. Sie würde den Wirt überzeugen. Einen Plan hatte sie bereits ausgearbeitet. Und in dieser Nacht hatte sich darüber hinaus bereits zweimal gezeigt, was es hieß, ein Gasthaus zu führen, dass nicht nur in den gesamten Sieben-Brot-Ländern bekannt war.

Raukelunk hörte, wie Ina energisch an die Tür des Hauses klopfte.

Gespannt warteten sie, ob ein Geräusch zu hören war. Sicherlich war jemand zuhause, denn der Tagesanbruch war noch eine ganze Weile entfernt. Es war zwar unhöflich, mitten in der Nacht an fremde Türen zu klopfen, aber bei Tag war die Chance einfach zu groß, dass Raukelunk jemanden aus seiner Vergangenheit traf. Nur eine einzige Person musste er wiedersehen – und sie heimlich zu erreichen hatte oberste Priorität!

Nach einigen Sekunden schepperte es im Haus. Raukelunk hörte ein leises Fluchen. Zumindest hatten sie es geschafft, den Herrn des Hauses zu wecken. Raukelunk verfolgte die Geräusche von der oberen Etage treppab und weiter, bis sie schließlich hinter der Eingangstür angekommen waren.

Eine missmutige Stimme brummte: »Wer da mitten in der Nacht? Neue Fässer werden erst morgen ausgeliefert! Wenn ihr betrunken seid, hetze ich euch gleich die Wachen auf den Leib!«

Ina ließ sich davon nicht beeindrucken. Selbstbewusst wie zuvor rief sie: »Ich bin nüchtern und bei klarem Verstand. Heute Nacht benötige ich auch keinen Fässerversand! Herr Wirt, ich habe Euch viel eher ein Angebot zu unterbreiten. Sagt, konntet Ihr schon einmal den Weg in die Hauptstadt beschreiten?«

Drinnen war es einige Sekunden lang still. Der Wirt dachte nach, vermutete Raukelunk. Sicherlich war er neugierig, was das zu bedeuten hatte.

Der Bacarit hörte jetzt, wie ein kleiner Riegel beiseite geschoben wurde. Wahrscheinlich ein Guckloch.

»Seht Ihr?«, sprach Ina weiter. »Frau Ina und Umpfer heißen wir. Er ist mein Diener und Kochaspirant, ich die bekannteste Wirtin im ganzen Land.«

»Was redet Ihr da bloß?« Der Wirt auf der anderen Seite des Gucklochs hatte immer noch einen feindseligen Tonfall aufgesetzt. »Ich habe keine Zeit für Scherze. Schon gar nicht mitten in der Nacht. Schert euch davon!«

Raukelunk hörte, wie der Riegel wieder zugeschoben wurde. Er war nervös. Vielleicht war der Wirt eine Spur härter zu knacken als die nicht besonders hellen Wachen.

»*Der Birkenblick von Weit-Alon*!«, rief Ina so laut, dass der Wirt, dessen Schritte sich schon von der Tür entfernten, es gar nicht überhören konnte. Mehr musste sie nicht sagen. Augenblicklich herrschte wieder Stille. Der Wirt war stehengeblieben. Es dauerte kaum einen Moment, da wurde der Riegel erneut aufgeschoben.

»Was sagt Ihr da? Ich warne Euch, wenn das ein Trick ist … Ihr seid wirklich die Wirtin des Birkenblicks?«

Raukelunk konnte förmlich spüren, wie Ina ein gewinnendes Lächeln aufgesetzt hatte. Jeder kannte den Birkenblick!

»Wenn ich es Euch doch sage«, antwortete Ina keck. »Und nun gestattet mir bitte die ein oder andere kleine Frage.«

»Ach verflucht!«, rief der Wirt hinter der Tür. »Ich bin ja ohnehin schon wach. Aber weckt mir nicht meine Leute auf …

Nach ein paar Minuten anfänglicher Skepsis wurden Ina und der Festenwirt schnell warm miteinander. Raukelunk wurde als schweigsamer Umpfer Zeuge davon, wie die Gwilling-Dame den Wirt, der der Inhaber des *Knirschenden Bechers* war, einer nicht nur unter den Rekruten beliebten Kneipe in den Kellern der Tunnelfeste, und deshalb Festenwirt genannt wurde, in Rekordzeit um den Finger wickelte. Dral, so hieß der Wirt, witterte nämlich gleich das große Geschäft, als Ina ihm ihr Angebot unterbreitete: »Viele meiner wohlhabenden Gäste kommen herum in der Welt.« Ina flüsterte konspirativ und beugte sich nah zu Dral herüber. »Dabei verprassen sie eine Menge Geld. Von zahlungskräftiger Kundschaft kann man nie genug haben. Sollen sie ihr Vermögen ruhig zu mir tragen. Doch erwirtschaften möchte ich noch viel mehr – und da kommt Ihr ins Spiel, mein Herr.«

Ina machte es sich allem Anschein nach auf ihrem gepolsterten Stuhl gemütlich, denn sie legte eine Pause ein, um die Spannung Drals noch weiter zu steigern.

»Ich verstehe noch nicht ganz«, gab dieser zu. Er konnte die Neugier in seiner Stimme schon lange nicht mehr verbergen.

»Zurzeit bin ich auf geschäftlicher Reise«, führte Ina genüsslich weiter aus. »Ich ging schon zu anderen Wirten in gleicher Weise. In Städte ringsum im ganzen Land – Grinningen, Korallig, Kristasand ... Nordwärts und südwärts, nach West und Ost – doch machte ich nur bei den Besten Rast! Ein Netzwerk von Wirten ist mein Ziel, in jeder Stadt einer, bloß nicht zu viel. Und bei diesen Besten unserer Zunft, da liegt fürwahr eine goldene Zukunft!«

Raukelunk stellte sich vor, wie Drals Augen die Farbe eines Goldbarrens angenommen hatten. »Und nun kommt Ihr zu mir?«, sagte er japsend. Ina hatte ihn endgültig eingewickelt. »Frau Ina, es ist mir eine Ehre! Es war eine gute Entscheidung, Euch hineingelassen zu haben. Die Wirtin des Birkenblicks in der Lichterstadt – bei mir zuhause!« Er war ganz außer Atem, so freute er sich. »Aber wie stellt Ihr Euch dieses *Netzwerk* genau vor?«

Ina schnalzte mit der Zunge. »Es ist kinderleicht, Dral! Gegenseitige Werbung ist unser Kapital. Wenn die Kunden in die nächste Stadt weiterreisen, werden wir immer auf einen von uns verweisen. Wir versprechen zusätzlich einen kleinen Rabatt – und schon haben wir alle Kunden satt!«

Dral schien keine Bedenkzeit zu benötigen. Er sprang freudig auf und schlug geräuschvoll in Inas Hand ein.

»Sehr gut!«, sagte Ina schmeichelnd. »In Euch fließt echtes Wirtsblut.« Dann machte sie erneut eine bedeutungsschwere Pause. »So weit, so gut, Dral. Natürlich seid Ihr unter dem Wald meine Erstwahl ...«

Der Festenwirt schluckte hörbar. Es schien ein *Aber* zu kommen.

»Aber, werter Dral ...« Ina dehnte ihre Worte: »Unsere Vereinbarung ist natürlich noch nicht final. Die Übergabe der Namen unserer Wirte, der Knirschende Becher als einer der Netzwerk-Orte: Ja, die Geschäftsbeziehung startet erst dann, wenn ich mich von der Qualität Eurer Ware überzeugen kann.«

Jetzt war es raus! Raukelunk war sich sicher, dass nichts mehr schiefgehen konnte. Und die ganze Zeit über hatte Dral ihn nicht einmal beachtet. Es lief wie am Schnürchen.

»Dürfte ich nun rasch euer Pilzsaft-, Met- und Bierfass-Lager in Augenschein nehmen, Dral?« Ina erhob sich noch vor dem Festenwirt, denn sie kannte seine Antwort schon. Raukelunk grinste zufrieden unter seine Kapuze. Die Gwilling-Dame trieb Dral gemäß ihrer Rolle zur Eile: »Das Morgengedränge ist doch wirklich die reinste Qual.«

Raukelunk folgte ein paar Schrittlängen hinter Ina und Dral. Er war der beste Umpfer, den man sich vorstellen konnte: Ina führte ihn nicht, da sie sich ganz Dral widmete. Stattdessen verließ er sich rein auf das leise Gezwitscher von Veda und Innis, die ihn an Inas Stelle lotsten. Manches Mal – auch, weil die beiden Sonnenfedern sehr leise blieben – kostete ihn das einige Mühe und er schlurfte vorwärts, dass es für Dral den Eindruck machen musste, er wäre entweder sehr einfältig oder er hätte einen über den Durst getrunken. Vielleicht sogar beides! Jedenfalls hatte Raukelunk nicht das Gefühl, dass Dral ihm seine Rolle des Küchen- und Leibknechtes Inas nicht abkaufte. Dass er blind war, hatte der Wirt unter der tief sitzenden Kapuze Raukelunks wahrscheinlich erst gar nicht bemerkt. Zusammen mit Dral konnten sie darüber hinaus auch viel unbehelligter an den Nachtwachen vorbeigelangen. Niemand stellte sich ihnen entgegen, obwohl ihnen auf dem Weg zum Fasslager gleich mehrere Wächter begegneten. Außer ein paar eilig gesprochenen Grußworten hörte Raukelunk nichts von ihnen.

Der Rest, der nun folgte, war wirklich ein Kinderspiel: In einem günstigen Moment flog Veda aus ihrem Versteck in Raukelunks Mähne heraus und setzte sich geschickt vor ihre kleine Gruppe ab. Als sie am Ende eines engen Versorgungstunnels am vergitterten Eingang des Fasslagers angelangten, hatte sie sich bereits in einer Fackelnische über dem Tor verkrochen. An diesem hing, wie Raukelunk es noch von damals wusste, auch heute noch ein massives Vorhängeschloss, an dem fünf eiserne Rädchen mit den unterschiedlichsten Symbolen den Mechanismus verriegelt hielten.

»Ihr versteht sicher, Frau Ina, wenn …«

Dral druckste herum, aber Ina machte es ihm leicht. Sie und Raukelunk drehten sich höflich weg, damit der Wirt das Schloss öffnen konnte, ohne die Kombination der Symbole preiszugeben. Als er fertig war, bat er Ina und Raukelunk vollmundig herein: »Ein hochwertigeres und größeres Spirituosenlager werdet Ihr nirgendwo unter dem Wald finden! Kommt nur, wir müssen noch ein Stück weiter …«

Als sie die Lagerstätte zu erkunden begannen, hatte sich Veda vor der Gittertür längst die Kombination des Schlosses gemerkt.

Eine Stunde später ließ Ina das Vorhängeschloss wieder zuklicken und zog ihre Hände hinter die Gitterstäbe zurück. Sie, Veda, Innis und Raukelunk standen am Anfang des Fasslagers. Niemand würde ahnen, dass sie sich innerhalb des Lagers befanden, denn sie hatten keine Einbruchsspuren hinterlassen müssen. Und das Beste war: Noch hatten sie etwa eine Stunde Zeit, bis der Morgen endgültig graute. Das sollte reichen, um ihren Plan abzuschließen! Zügig marschierten sie los.

Eine Handvoll stark gewundener und mehrmals verzweigter Tunnel weiter – hier war besonders Innis eine wertvolle Hilfe, denn er hatte sich den Weg bei ihrer ersten Begehung am besten eingeprägt – tat sich das eigentliche Lager vor ihnen auf: Es handelte sich um eine ausnahmsweise mal nicht vertäfelte sondern gekachelte Höhle, die unzählige gestapelte oder in Aushöhlungen und Löcher geschobene Fässer beheimatete.

»Sucht die Fässerrutsche«, wies Raukelunk sie an. »Ich weiß, dass sie hier irgendwo sein muss.«

Eilig begannen sie mit der Suche. Raukelunk hatte ihnen bereits auf dem Weg von Dral zurück zum Lager von der Fässerrutsche erzählt, deren anderes Ende in einem Versorgungsraum im Keller der Tunnelfeste zu finden war. Ein kompliziertes Tunnelsystem, das die hier gelagerten Fässer teilweise auf unterirdischen Wasseradern, teilweise auf Rutschbahnen schnell zum Knirschenden Becher transportierte, war deshalb möglich, da sich die einzelnen Distrikte an vielen Orten auf unterschiedlichen Höhenniveaus befanden. Jedenfalls sah es ihr Plan vor, auf diese Weise in die Tunnelfeste einzudringen. Sie mussten so an keinen Wachen vorbei, die weit weniger einfältig waren als die bisherigen und womöglich sogar Raukelunk wiedererkannten.

Endlich hörten sie ein aufgeregtes Piepsen von Veda. Hinter einem Stoß abfahrbereiter Fässer war, etwas versteckt, ein fassgroßes Gitter in der Höhlenwand zu finden. Der sich anschließende Schacht führte steil abfallend in eine unbeleuchtete Tiefe. Sie konnten Wasser rauschen hören.

»Verschlossen, war klar!«, konstatierte Ina. »Das wäre ja auch zu leicht, nicht wahr?«

Raukelunk konnte das nicht entmutigen. »Das haben wir doch bereits vermutet. Außerdem würden wir den Weg wahrscheinlich ohnehin nicht finden und uns heillos in diesen Schächten verirren. Wir würden stecken bleiben und elendig verhungern.«

Ina schluckte: »Rosige Aussichten.« Sie spähte durch das Gitter die dunkle Rutsche hinab. »Darauf kann ich verzichten. Und nun – was sollen wir tun?«

Raukelunk lachte dunkel. Seine Blätter raschelten vor Aufregung. »Wir beide begeben uns in die Fässer, Ina. Am Morgen kommen Drals Arbeiter. Diese Fässer hier werden die nächsten sein, die den Weg über die Rutsche ins Innere der Tunnelfeste nehmen. Ich war damals oft dort. Morgens kamen jeden Tag frische Lieferungen.«

Ina schien plötzlich weniger überzeugt zu sein von seinem Plan. »Bist du sicher, dass am Ende die Feste ist? Denk noch mal drüber nach, dass du nichts vergisst!«

Raukelunk atmete tief durch. Nein, er hatte sich alles tausendmal überlegt. Er musste einfach mit ihr sprechen. Er brauchte sie, um diesen Kampf zu gewinnen. Sein Schicksal war der Kampf, in den er hineingeraten war. Und sie besaß ein wichtiges Puzzleteil, um am Ende siegreich zu sein.

»Ich weiß, dass das alles viel verlangt ist, Ina. Aber ich glaube, dass dies unsere einzige Möglichkeit ist. Ich würde es auch nicht machen, wenn ich nicht sicher wäre, dass wir sie bräuchten. Und ich habe sogar einen Plan, wie ich sie überzeugen kann. Wie ich alle überzeugen kann. Aber dafür muss ich sie erst sehen, sonst werden sie mich hinrichten, bevor ich überhaupt die Möglichkeit habe, in Ruhe mit ihr zu sprechen.«

Ina nickte wohl, aber Raukelunk konnte sich nicht sicher sein. Schließlich sagte sie: »Wenn du meinst, sie hört dich an. Dann nur heran!« Sie klopfte auf das erste Fass.

Raukelunk tastete sich vor. »Metall!«, stellte er fest. Um die Fässer waren Ringe gelegt, um das Holz zu stabilisieren. »Dann muss ich wohl herkömmlich hineinkriechen. Wo kann ich den Wein ausgießen?«

Als sie zwei Fässer hinter einer uneinsichtigen Ecke entleert hatten, war es soweit. Raukelunk sagte: »Veda, Innis, ihr beide bleibt draußen. Fliegt zurück und wartet außerhalb der Stadt auf uns. In zwei oder drei Tagen stoßen wir zu euch. Zusammen mit der Armee der Tunnelfeste! Bis dahin haltet einfach die Stellung. Wenn etwas passiert und wir nicht zurückkommen …« Er hielt inne. »Es wird schon alles gutgehen. Wir sind aus Renkejas Heerlager entkommen, da scheitern wir doch nicht an der Fassrutsche zum Knirschenden Becher …«

Die Sonnenfedern waren von Raukelunks Plan wenig begeistert und wollten sich nicht von ihren Freunden trennen, folgten am Ende aber schweren Herzens seiner Bitte, zurückzufliegen. Als Ina und Raukelunk allein waren, krochen sie in die Fässer und warteten. Es konnte nicht mehr lange dauern. Jede Minute rechneten sie mit Drals Lagerarbeitern.

Zuerst tat sich nichts und sie verhielten sich in ihren Verstecken still und lauschten. Irgendwann wurde es ihnen aber doch zu langweilig.

»Hörst du mich?«, flüsterte Raukelunk halblaut. »Ist es bei dir auch so unbequem?« Er war sich nicht sicher, ob Ina ihn durch die Fässer verstehen konnte.

»Nein, nein …«, flüsterte Ina zurück. Raukelunk war froh, dass sie ihn hörte. Er war nervös.

»… es ist hier drin echt angenehm.«

Sie machte sich lustig. Raukelunk grinste. Gut, dass Ina nichts so schnell die Laune verderben konnte.

Nach einer ganzen Weile sagte Ina: »Das war wirklich eine blöde Idee. In Fässern verstecken, herrje! Wir sind jetzt Portalspringende, Königsflüchtige, Geheimtürfindende! Und bald noch Fassreiter – wie geht das bloß weiter?«

Raukelunk wusste nicht, wie ernst sie das gemeint hatte. Bestimmt fühlte sie sich genauso ausgeliefert wie er in ihrem hölzernen Gefängnis. Als er noch überlegte, was er antworten konnte, sagte sie: »Ich bin zwar gern daheim, aber noch glücklicher bin ich, ein Teil unseres Unterfangens zu sein.«

Da war Raukelunk erleichtert und er war sich nun ganz sicher, dass alles genau so klappen würde, wie er es sich ausgerechnet hatte.

In der Stille seines Fasses stellte er sich zum ersten Mal seit langem vor, wie Danaa wohl heute aussah. Natürlich würde er sie nicht sehen können, aber immer, wenn er an sie gedacht hatte, hatte er sie wie die Danaa von damals vor Augen gesehen. Bestimmt war sie immer noch die schönste Bacaritin weit und breit! Vielleicht hatten sich ihre Blätter mittlerweile leicht verfärbt? Ob im Lila ihrer Mähne vielleicht kleine, graue Reflexe hindurchschimmerten? Nein, dafür war sie noch zu jung … Aber sie hatte es weit gebracht. Raukelunk hatte über die Jahre sehr wohl mitbekommen, dass Danaa nun Oberkommandantin der Tunnelfeste war. Sie hatte es geschafft. Ihr Traum war in Erfüllung gegangen. Dieses Wissen war auch der Hauptgrund, warum er an den Erfolg seines Plans glaubte. Er brauchte einen ranghohen Fürsprecher. Und jemanden mit noch höherem Rang als Danaa gab es nicht in der Lichterstadt.

Ach was, er hatte wirklich alles bestens durchdacht. Er hatte ein Argument auf seiner Seite, das weder sie und noch irgendeinen anderen Bacariten kalt lassen würde. Am Ende würde sie ihre Streitkräfte für den Kampf gegen Trucido zur Verfügung stellen. Jeder Einzelne zählte, egal, wie erfolgreich Decora, Kiran und die anderen bei den beiden großen Heeren waren. Und nachdem Danaa ihn und sein Anliegen gehört hatte, würde sie ihn wieder aus der Stadt schleusen. Als wäre er nie hier gewesen …

Noch eine Zeitlang dachte Raukelunk über dieses und jenes nach, vor allem, wie sich ihre Freunde geschlagen hatten. Aber am Ende kam er immer wieder auf Danaa zurück. Es war wie verhext: Ob sie wohl manchmal auch an ihn dachte? An die gemeinsame Zeit im Garten ihrer Eltern …

Plötzlich hörte er aus Inas Fass energisches Klopfen. Er horchte auf. Stimmen! Die Arbeiter waren da. Nicht mehr lange und er konnte Danaa selbst fragen …

Raukelunk dankte den Engeln, dass alles geklappt hatte. Sowohl seines als auch Inas Fass standen – zumindest war er sich sehr sicher – direkt neben der Fassrutsche und würden die nächsten sein, die hinuntergeworfen wurden. Weder beim Herrollen hatten die Arbeiter den Eindruckt erweckt, dass ihnen etwas merkwürdig vorkam, noch hatten sie ihren Gesprächen nach zu urteilen die Weinlachen bemerkt, die Raukelunk und Ina gut versteckt hinterlassen hatten.

Jetzt spürte Raukelunk, wie zwei der Arbeiter sein Fass flankierten, um es endgültig auf die Rutsche zu schubsen.

»Auf geht's!«, schnaubte einer von ihnen.

Doch im selben Moment tönte die Stimme vom Vorarbeiter von weiter hinten. »Wartet mal kurz!«

Raukelunks Herz klopfte schneller. Worauf sollten sie denn warten?

»Haben wir heute eigentlich schon diese Stichproben gemacht?«, fragte dieselbe Stimme. »Ihr wisst schon – das, was Dral uns heute Morgen mit auf den Weg gegeben hat. Wegen dieses Quatsches mit dem Wirtshaus-Netzwerk … Jedenfalls wollte er sichergehen, dass heute nur Fässer bester Qualität nach unten geschickt werden!«

Ein anderer Arbeiter antwortete: »Ach ja, wegen dieser Ina aus Weit-Alon. Ihr wisst schon, die vom berühmten Birkenblick. Dral hat ja die ganze Zeit nur davon gefaselt. Falls die Wirtin unangekündigt in den Becher käme, um mal selbst von seiner Ware zu probieren!«

Die Arbeiter lachten ausgelassen.

»Dann sollte er lieber seine Gläser richtig putzen!«, rief einer von denen, die schon Hand an Raukelunks Fass gelegt hatten, und der Rest lachte noch lauter.

Jetzt wurde dem Bacariten heiß. Sie waren gefangen, auf keinen Fall durften die Arbeiter ihre Fässer öffnen! Nicht einmal er konnte durch das Holz gleiten, da die Eisenringe um das Fass zu eng beieinander lagen.

»Anweisung ist Anweisung«, stellte der erste Arbeiter klar, als sich alle wieder beruhigt hatten. »Ist wirklich in einem Fass der Wein umgekippt und Dral kriegt raus, dass das in unserer Schicht passiert ist, sind wir unsere Jobs los.«

Die beiden Fassträger stöhnten. »Wie viele sollen wir denn aufmachen? Ein oder zwei reichen doch als Stichproben. Es ist eine Mordsarbeit, die Dinger wieder so zu verschließen, dass nichts ausläuft!«

Der Vorarbeiter überlegte anscheinend. Dann antwortete er. »Die sind ja alle aus der gleichen Abfüllung. Sicher, wenn zwei gut sind, sind auch die andern gut. Macht einfach die auf, die ihr gerade habt, dann reicht mir das.«

Raukelunk rutschte das Herz in die Hose. Er hatte keine Ahnung, wie er sie da wieder herausholen sollte. Hilflos hörte er mit an, wie die Arbeiter seinen und den Deckel von Inas Fass mit Werkzeugen bearbeiteten. Er betete zu den Engeln für ein Wunder, verfluchte seinen missglückten Plan, aber konnte doch nichts weiter tun. Nur wenig später schmatzte der Deckel, als die Arbeiter ihn über seinem Kopf vom Fass zogen. Ein Augenblick ungläubigen Schweigens folgte, dann drückten die Arbeiter den Deckel so fest zurück aufs Fass, dass Raukelunks ganze Stärke nicht ausreichte, um sich zu befreien. Er hörte, wie Ina schimpfte und sich ebenfalls zu befreien versuchte, aber auch ihre Anstrengung war vergeblich.

»Holt Wachen!«, riefen die Arbeiter. »Helft uns, die Fässer zuzuhalten! Gebt Dral Bescheid! Das glaubt uns niemand!«

Nur mehr ein Rascheln

Raukelunk erinnerte sich nicht mehr, ob er damals genauso gefühlt hatte. Er dachte an die Zelle während seiner ersten Verurteilung: Hatte sie ihn genauso eingeengt? Er konnte sich kaum vorstellen, dass das Gefühl der Hilflosigkeit genauso groß und furchtbar gewesen war. Vor kurzem hatte er noch geglaubt, Herr über seine Erinnerungen zu sein, aber jetzt überlagerten sich seine Gefühle und Empfindungen von damals mit der Angst von heute. Sie hatten ihn geschnappt und abgeführt. Irgendwem war er zu allem Überfluss bekannt vorgekommen. Natürlich hatte es so kommen müssen. Sein ganzes Vorhaben war von Anfang an Wahnsinn gewesen! Was hatte er sich nur gedacht?

In Windeseile hatten sie alte Urkunden über seinen Gerichtsprozess hervorgeholt und ihn als Raukelunk, der seine Verbannung missachtet hatte, in irgendeine Zelle in einem dunklen Loch geworfen. Ihm schien es, als wog diese Verfehlung in den Augen der Wachen noch mehr als sein Mord von damals. Aber all das war nicht das Schlimmste: Sie hatten auch Ina fortgeschleppt. Er wusste nicht, wo sie war oder was ihr nun blühte, ob sie sie auch gefangen hielten und ihr wegen Beihilfe der Prozess gemacht werden würde. Sicherlich würde Dral gegen sie aussagen wollen. Sein Wort hatte Gewicht hier unten. Aber darüber hinaus war er auch auf seiner Mission gescheitert. Er hatte seinen Freunden versprochen, zurückzukommen. Und er hatte vor allem sich selbst versprochen, etwas beizutragen zu ihrem Kampf. Ihn gemeinsam mit ihnen zu gewinnen. Sein Leben lag in Trümmern. Schon zum zweiten Mal. Er hatte die Chance vertan, die ihm das Schicksal eingeräumt hatte.

Reglos saß Raukelunk in seiner Zelle und lauschte. Wieder hörte er nur den leisen Wind heulen. Oder war es damals windstill gewesen? Er rätselte fieberhaft, in welchem Gefängnis er sich befand. Ihm war nicht einmal klar, ob sie ihn in den sechsten oder siebten Distrikt gebracht hatten. Zu gern wollte er aufstehen und seine Ohren zwischen das Zellengitter stecken, aber er konnte sich kaum rühren. Sie hatten ihn zu fünft zusammengeschnürt. Eiserne Ketten lagen so fest um seine Arme, seinen Rumpf und seine Beine, dass er sein Holz nicht wachsen lassen konnte, um sich aufzurichten. Nachdem ihr erster Versuch mit einem Portal gescheitert war, hatte er sogar Notfallspiegelscherben dabei, aber auch diese konnte Raukelunk in den zugewachsenen Astlöchern unter seiner Borke nicht erreichen. Geschweige denn hätte es eine Chance gegeben, sie gefesselt zu benutzen. Einem wie ihm, der eine Verbannung missachtete, ließen sie keine Chance zu entkommen.

Wieder konzentrierte er sich auf den Wind. Vielleicht lenkte ihn das Pfeifen ab, bis es diesmal wirklich mit ihm zu Ende ging. Er hoffte bloß noch, dass für Ina und die anderen alles gut würde. Er hoffte …

Und dann war er plötzlich nicht mehr allein.

Raukelunk spürte, dass jemand vor seine Zelle getreten war.

Er war ganz still und horchte.

Jemand beobachtete ihn.

Er sog einen Geruch ein, den er seit Ewigkeiten nicht mehr gerochen und doch nie vergessen hatte. Er erschrak.

»*Danaa …*«

»Raukelunk«, antworte Danaa.

»Ich musste es selbst sehen«, flüsterte Danaa. »Warum bloß bist du zurückgekommen?«

Raukelunk war atemlos. Ihm schossen so viele Gedanken durch den Kopf! Sie war hier – das war es, was er gewollt hatte. Ein Gespräch unter vier Augen!

»Ich …«, stammelte er. Er rang um Fassung.

»Ist es«, sagte sie leise. Sie schien ihn genau im Blick zu haben, »meinetwegen?« Irgendetwas lag in ihrer Stimme. Vielleicht war es Mitleid. Oder …

Raukelunk versuchte verzweifelt sich aufzurichten. Sie sollte ihn so nicht sehen. Nicht so hilflos. Das war er nicht! Doch sein Versuch missglückte und er fiel unsanft auf die Seite.

»Nein, es ist anders!«, sagte er kläglich. Warum bekam er seine Stimme nicht in den Griff? »Ich musste dich sehen. Ich wollte mit dir sprechen …«

Das klang falsch!

»Nicht über uns!«, verbesserte er sich. »Über etwas Wichtiges!«

Danaa erwiderte nichts. Was redete er da? War das mit ihnen nicht wichtig gewesen? Er verfluchte sich selbst.

»Danaa.« Es war komisch, ihren Namen nach so langer Zeit wieder zu benutzen. *In ihrer Gegenwart.*

»Ich wollte mit dir sprechen, weil so viel auf dem Spiel steht, das uns betrifft!« Ihm rannen Tränen aus seinen blinden Augen. Seine Gefühle übermannten ihn.

»Wie meinst du das? Was betrifft uns?«

»Nicht *uns*. Uns *alle*!«

Sie wartete mit ihrer Antwort.

»Warum jetzt, Raukelunk? Du wusstest, was dich hier erwartet. Und wenn du so einen Plan auf dich nimmst, um mich zu sehen, dann wusstest du auch, dass das ein schlechter Zeitpunkt ist. Hast du es noch nicht gehört? Die Schlacht am Hirschkopf? Die Flucht der Könige? Der Dritte Engel? Raukelunk, wir haben gewiss *noch Wichtigeres* zu tun!«

Die Schlacht kannte er. Aber die *Flucht der Könige*? Und *Der Dritte Engel*? Raukelunks Gedanken überschlugen sich. Er konnte sich keinen Reim darauf machen, aber das alles ließ nur einen Schluss zu:

»Davon rede ich doch, Danaa. Das hängt alles miteinander zusammen. Ich kann dir nicht erklären, was dort draußen geschehen ist, aber wohl, wie es dazu kam. Bitte, Danaa, unserer Vergangenheit wegen – vertrau mir …«

Es war unerträglich, wie lange sie sich abermals mit ihrer Antwort Zeit ließ. Wusste überhaupt jemand davon, dass sie ihn in seiner Zelle besuchte? Vielleicht war sie heimlich bei ihm. Selbst die Kommandantin der Tunnelfeste hatte sich an die Etikette zu halten. Oder besser – *besonders* die Kommandantin der Tunnelfeste. Zumal dann, wenn sie und ein Verbrecher eine gemeinsame Vergangenheit hatten. Doch schließlich willigte sie ein: »Was hast du sagen, Raukelunk.« Auch ihre Stimme war belegt. »Beeil dich!«

Raukelunk ächzte erleichtert. Aber noch hatte er es nicht geschafft. Was sollte er ihr denn erzählen? Die Geschichte von Finn Ritter und Decora Nubigena aus anderen Welten? Von Trucido mit seiner Maske und der Marionettensichel? Oder von der riesigen Kelpenarmee, die sie alle bedrohte, wenn der Zauberer erst hinter das Portalgeheimnis kam? Nein, er musste es ihr zeigen. So wie er es die ganze Zeit über vorgehabt hatte. Er zitterte, als er sie bat: »Du musst in die Zelle kommen und meine Ketten lösen. Dann kann ich es dir zeigen. Bitte, Danaa, diesen einen Gefallen musst du mir tun. Du wirst alles verstehen.«

Aber Danaa gab keine Antwort mehr. Raukelunk hörte nicht, wie sie seine Zelle öffnete.

»Danaa?«

Jetzt war seine Stimme nur mehr ein Rascheln.

»Danaa?«

Sie war fort. Nur noch das Säuseln des Windes war zu hören. Er hatte verloren.

Der Baum und der Garten

Danaa lag wach in ihrem Bett. Sie war wütend. Sie war ängstlich. Aber am schlimmsten war ihre Hilflosigkeit. Sie war die Oberkommandantin der Tunnelfeste. Und doch war sie machtlos: machtlos gegenüber Raukelunks Einkerkerung. Und machtlos ihren Gefühlen gegenüber.

Die ganze Zeit hatte sie an nichts anderes denken können als an Raukelunk. Was hatte er sich nur gedacht? Er musste doch wissen, dass ihm der Todesbecher nun sicher war. Selbst in ihrer Position konnte sie nichts für ihn tun. Dazu war das Gefängnis gut bewacht, sodass sie ihn nicht nach draußen hätte schmuggeln können, selbst wenn sie es gewollt hätte. Seine Rückkehr war Wahnsinn. Er hätte einfach für immer fortbleiben müssen.

Sie spürte einen bitteren Geschmack in ihrem Hals. Nach all den Jahren schaffte er es immer noch, sie nicht loszulassen. Wie er sich wohl fühlte? Zitternd biss sie die Zähne zusammen. Im Augenblick hatte sie das Gefühl ihn zu hassen. Aber hasste sie ihn, weil seine Rückkehr ihr ihre Grenzen aufzeigte, oder weil sie insgeheim …?

Als die Tür quietschte, zuckte sie zusammen. Schnell wischte sie sich ihre feuchten Augen trocken.

»Du bist doch sonst nicht so schreckhaft, Liebste. Ist es wegen dem Mörder und Verräter?«

Lorodron setzte sich auf die Bettkante und legte mühsam seine Offiziersrüstung ab.

»Du weißt schon von ihm?«

Danaa setzte sich hastig auf.

»Jeder weiß von ihm. Ich bin Offizier. Was dachtest du? Dass so einer hier gefasst werden kann und das nicht sofort die Runde macht?«

Er drehte sich zu ihr um und sah ihr genau in die Augen.

»Und du weißt es ja immerhin auch schon.«

Danaa hasste es, wenn Lorodron sie auf diese Weise musterte. Sie hasste es schon lange, wenn er sie überhaupt ansah. Mit den Jahren war ihre

Zuneigung zueinander immer kleiner geworden. Aber seit sie Oberkommandantin geworden war und damit im Rang höher als er stand, war ihr Verhältnis selbst an besseren Tagen frostig. Da sie sich jedoch bereits jahrelang etwas vormachten, spielten sie ihr Spiel einfach weiter.

»Du bist Offizier. Ich bin die Oberkommandantin«, konterte sie. »Wie du schon sagt: Natürlich weiß ich schon Bescheid.«

Lorodron nickte, ohne sie aus den Augen zu lassen. »Aber du hast ihn noch nicht gesehen.« Er musterte sie abermals. »Oder?«

Danaa war in Gegenwart ihres Mannes eine gute Schauspielerin, sie ließ sich nichts anmerken.

»Nein, ich habe gerade wirklich Wichtigeres zu tun. Du weißt wohl noch, was da draußen in der Welt los ist!?«

Lorodron verzog das Gesicht.

»Die Zeiten werden wirklich immer verrückter«, sagte er. »*Steigt durch die Lüfte rasch herab, unversehens, helle. Schneidet der Welt den Wahnsinn ab, ist hier und dort zur Stelle.*«

Er schüttelte sich. Es war ein Zitat aus der Prophezeiung über den Dritten Engel.

»Meinst du, es ist wirklich wahr?«

»Was ist das denn für eine Frage«, entgegnete Danaa schnippisch, obwohl sie ihn sehr gut verstanden hatte. Sie hatte bloß überhaupt keine Lust, sich mit ihm über all das unterhalten. Vielleicht bemerkte er einfach nicht, dass sie ihn provozierte. Oder die ganze Sache beschäftigte ihn einfach zu sehr, um darauf einzugehen. Stattdessen erklärte er: »Man sagt, wenn der Dritte Engel kommt, werden die, die Böses getan haben, gerichtet. *Der Dritte Engel.* Das alles war doch bloß ein Mythos …«

Danaa verdrehte die Augen. »Sogar du müsstest wissen, dass alle Mythen einen wahren Kern haben.«

Lorodron schien die Antwort nicht zu gefallen.

»Du glaubt also daran?«

Sie atmete tief durch. Er *würde nicht locker lassen, ehe sie* auf ihn einging. Also sagte sie: »Die Botschaften, die uns erreichen, sprechen alle darüber. Und wir haben auch schon erste Augenzeugenberichte. Gerade gestern ist eine Gruppe vom Schlachtfeld zurückgekommen. Sie sagen, die meisten Kämpfer beider Heere wären immer noch da und warteten darauf, welchen Weg ihnen der Dritte Engel weisen würde. Es heißt, Hildir und Renkeja seien Geschichte. Und es werden noch andere merkwürdige Dinge berichtet. Von Portalen und anderer seltsamer Magie. Von einer Mondprinzessin. Oder sogar Königin …«

Obwohl sie es nicht vorgehabt hatte, war sie plötzlich selbst in die Unterhaltung eingestiegen. Wahrscheinlich beschäftige auch sie das alles mehr, als sie zugeben wollte. Wenn sie nun darüber nachdachte – war es wirklich so unglaublich, dass Raukelunk gerade jetzt zurückgekommen war? Er hatte davon gesprochen, dass alles miteinander zusammenhing.

Lorodron stand auf, umrundete das Bett und setzte sich neben sie. »Ich weiß nicht mehr, was ich glauben soll.« Er erschien ihr plötzlich geradezu gedankenversunken. Von der Schärfe, die ihn beim Betreten des Zimmers begleitet hatte, war nichts mehr zu spüren.

»Lass uns schlafen«, sagte er schließlich matt. Er legte sich neben sie. Seine Blätter berührten ihren Körper. Sie rückte ein Stückchen weiter zur Bettkante.

Minuten vergingen.

»Vielleicht tust du bloß heute Nacht so, als wären wir noch ein echtes Paar«, sagte er in die Stille hinein.

Danaa erwiderte nichts. Sie dachte an Raukelunk.

»Aber selbst das ist in diesen Zeiten wohl noch zu viel verlangt«, legte er nach. »Vielleicht wird die Hinrichtung dieses Mörders uns morgen daran erinnern, dass man sich doch noch auf ein paar althergebrachte Traditionen unseres Strafsystems verlassen kann. Wo doch sonst schon alles verrückt spielt.«

Aus irgendeinem Grund hatte Danaa das Gefühl, dass auch Lorodron diese beiden Ereignisse miteinander verknüpfte. Allein wieso, wollte ihr nicht in den Sinn kommen.

Es war stockdunkel in ihrem Schlafzimmer. Danaa hatte noch kein Auge zugetan. Neben ihr wälzte sich Lorodron in einem unruhigen Schlaf. Er atmete schwer.

Blatt … Mauer …

Lorodron redete im Schlaf. Das tat er nur sehr selten. Die Situation musste ihn wirklich sehr beschäftigen. Wieder fragmentierte er.

… nicht in den Garten …

Sie hörte genauer hin. Was sagte er da?

Blatt über die Mauer …

Da endlich verstand sie: *Ein Blatt kann über die Mauer reichen, aber deshalb gehört der Baum doch nicht in den Garten.*

Als sie begriffen hatte, was das bedeutete, lief ihr ein eiskalter Schauer den hölzernen Rücken herunter.

Die ganze Wahrheit

Als Raukelunk erwachte, schienen die Wände seiner Zelle näher gekommen zu sein. Obwohl er nichts sehen konnte, spürte er, wie sie ihn förmlich erdrückten. Nicht einmal der Wind säuselte eine Melodie und kitzelte seine Blätter. Stattdessen schnürten ihn die schweren Ketten ein und raubten ihm die Luft zum Atmen. Er wusste, dass dies sein Ende sein würde. Aus all den Abenteuern, aus denen er heil herausgekommen war, war das hier also sein Letztes. Es hörte dort auf, wo es angefangen hatte. Eigentlich ganz passend.

Der Bacarit röchelte. Sein Hals tat weh. Er zwang sich dazu, ein paar Beeren aus seiner Mähne mit dem Mund abzuzupfen und hinunterzuwürgen. Der Geschmack und die Feuchtigkeit der Beeren verschafften ihm wenigstens etwas Linderung. Besser war es trotzdem, wenn seine Häscher langsam anrückten und ihm endlich den Giftbecher auftischten. Was nutzte schon das Warten auf das Unvermeidliche?

Während er so dalag und verzweifelt versuchte, nicht an Danaa zu denken, beschlich ihn plötzlich abermals ein merkwürdiges Gefühl: Wie schon am Vortag lauschte er angestrengt. Er war so müde, verwirrt und schwach: Hatte vielleicht auch sein Gehör gelitten: Nein, etwas hatte sich verändert. Er war nicht mehr allein.

Das Atmen des Fremden war kaum wahrnehmbar. Er verbarg sich in der ewigen Finsternis von Raukelunks Augenlicht. Und doch war er da. Wie lange beobachtete er ihn schon? Wer war er? Nur eines war sicher: Es war nicht Danaa.

Raukelunk hielt die Luft an, um noch besser zu hören. Nein, dort draußen stand jemand. Die Augen des Fremden ruhten auf ihm, er konnte es fühlen. Ein winziger Luftzug fuhr plötzlich durch die Zelle und zwischen den Gitterstäben hindurch und erfasste die Blätter und Zweige des Unbekannten. Für einen Augenblick war es gänzlich still. Auch der Fremde hatte den Atem angehalten. Doch er wusste sofort, dass in das Rascheln enttarnt hatte.

»Du bist also zurückgekehrt.«

Raukelunk trafen die Abscheu in der Stimme seines Gegenübers und die Erkenntnis, wer dort stand, wie die Wucht eines Schlages. Warum gerade er? Hatte er so wenig Anstand, selbst einem Todgeweihten nicht den letzten Frieden zu gewähren? Verlockte es ihn wie schon damals, sich an Raukelunks Schicksal zu ergötzen?

»Lorodron!«, keuchte Raukelunk. »Was willst du hier? Bereitet es dir einfach Freude, einen Toten anzugaffen?«

Er musste ein letztes Mal stark sein. Er würde Lorodron nicht die Genugtuung bereiten, verängstigt und schwach zu wirken. Eine staubige Zelle und Eisenketten konnten ihm nicht die Selbstachtung rauben, die er nach so vielen Jahren in Einsamkeit endlich wiedergefunden hatte.

»Starke Worte für jemanden, der einmal fast und nun ganz zum Tode verurteilt ist«, zischte Lorodron. »Du freust dich bestimmt schon darauf, bald eine kleine Erfrischung serviert zu bekommen. Wo du doch schon beim letzten Mal Erfahrung mit den hiesigen Spezialitäten gemacht hast.«

Lorodron schien bemüht amüsiert wirken zu wollen. Aber Raukelunk hatte auch Überraschung in seiner Stimme wahrgenommen. Hatte er wirklich erwartet, Raukelunk winselnd und um Gnade flehend vorzufinden?

Er erwiderte tapfer: »Starke Worte für jemanden, der sich wie ein Feigling vor die Zelle eines Blinden schleicht, weil ihm der Mut dazu fehlt, gleich mit der Sprache rauszurücken.«

Lorodron schlug zornerfüllt gegen die Gitterstäbe. »Hüte deine Zunge, Raukelunk!«

»Sonst was?«, konterte Raukelunk. Sie hatten ihn so sehr eingeschnürt, dass seine Lungen wehtaten. Aber seine Stimme sollte um jeden Preis fest bleiben. »Willst du etwa reinkommen und mich verprügeln? Komm schon, Lorodron, die Ketten könnten ohnehin mal etwas bewegt werden. Vielleicht gelingt es dir am Ende sogar, diesen Kampf zu gewinnen. Obwohl du heute gar keine Verstärkung dabei hast, die für dich die Drecksarbeit erledigt.«

Natürlich ließ sich Lorodron nicht dermaßen einfach provozieren. Raukelunk hätte sich auch gewundert. Stattdessen riss sich der Offizier zusammen und wurde ruhiger. Nach kurzer Zeit sprach er mit beinahe milder Stimme weiter. Fast hatte es den Anschein, als hätte er erst gar nicht wütend werden wollen.

»Wir wollen die alte Feindschaft ruhen lassen, Raukelunk. Das alles lohnt sich doch nicht. Du willst wissen, warum ich dich besuche: Ich wollte es verstehen. Es interessiert mich aus einem bestimmten Grund, warum du wiedergekommen bist.«

Raukelunk lachte kehlig auf.

»Und du glaubst, ich möchte deinen Wissensdurst stillen? Eher würde ich zehn Giftbecher trinken, als dir deine Fragen zu beantworten.«

Er spürte, wie erneuter Zorn in Lorodron aufwallte. Die Luft knisterte förmlich vor Spannung. Doch sein ehemaliger Ausbilder riss sich weiter fest zusammen.

»Das ist wirklich zu schade. Dabei soll es angeblich helfen, sich die Dinge kurz vor dem Ende von der Seele zu reden. Ich fühle mich mitverantwortlich für das, was damals geschehen ist. Ich biete dir an, dir zuzuhören, bevor die Engel der Vergangenheit über dich richten werden.«

Wie konnte einer nur so scheinheilig sein? In Lorodrons Worten steckte nicht ein Fünkchen Ehrlichkeit. Seine Stimme verriet mit jedem Wort die Heuchelei, mit der er Raukelunk nunmehr begegnete. Warum auf einmal dieses Getue?

»Binde mich los, Lorodron, dann kann ich dir sogar am eigenen Leib zeigen, wofür mich die Engel alles zur Rechenschaft ziehen können.«

Lorodron musste vor Wut schäumen. Aber er ließ es sich noch immer nicht anmerken und schwieg.

Raukelunk aber rief: »Scher dich endlich fort! Ich bevorzuge, mit meinen Gedanken allein zu sein. Außerdem fällt mir das Atmen so schwer, wenn deine Heuchelei die Luft verpestet.«

Raukelunk hörte Lorodron tief durchatmen. Ein letztes Mal versuchte er es im Guten, wenn man das so sagen konnte.

»Wie du willst, Raukelunk. Ich wollte dir dein Schicksal wirklich erleichtern, glaube mir. Es war sicher nicht einfach für dich, gestern mit Danaa über das alles zu reden. Wegen eurer gemeinsamen Vergangenheit, meine ich. Das ist auch besagter Grund meines Besuchs. Vielleicht kannst du mir noch einmal erzählen, was du ihr erzählt hast. Sicher kann ich das Ganze dann aus einem anderen Blickwinkel bewerten. Ich bin nämlich nicht schlau geworden aus Danaa. Sie war so aufgewühlt. Ich hatte sogar das Gefühl, sie wollte, dass wir uns unterhalten, damit ich ihr helfen kann, das Ganze zu verarbeiten. Wenn sie einen falschen Eindruck von der Sache bekommt, dann lässt sie das am Ende Jahre nicht mehr los, verstehst du?«

Im ersten Moment war Raukelunk überrascht, aber dann verstand er: Lorodron setzte alles auf eine Karte. Er war bloß hier, um herauszufinden, was er Danaa erzählt hatte. Denn nie ihm Leben hatte sie ihm von einem Gespräch berichtet. Da hätte es auch nicht viel zu erzählen gegeben. Möglicherweise hatte Danaa Lorodron nicht einmal erzählt, dass sie bei ihm gewesen war. Vielleicht hatte er das bloß im Gespür. Aber warum war er so erpicht darauf, mehr zu erfahren? Er hatte noch sein ganzes restliches Leben vor sich, um mit Danaa zu sprechen. Während Raukelunk ohnehin bald Geschichte wäre. Das alles war merkwürdig. Plötzlich war Raukelunks Neugier geweckt. Er entschied, sich doch noch ein wenig zusammenzureißen. Und er musste sofort jeden Verdacht Lorodrons zerstreuen. Er musste ihn in Sicherheit wiegen, denn aus irgendeinem Grund erschien es ihm plötzlich so, als hätte sein ehemaliger Ausbilder etwas zu verbergen.

»Wovon redest du, Lorodron?« Raukelunk versuchte, so überrascht wie möglich zu wirken. »Woher weiß Danaa, dass ich hier bin? Ich möchte sie sehen!«

Mit großer Wahrscheinlichkeit musterte ihn Lorodron ungläubig. Raukelunk wollte ihm keine Zeit lassen, Zweifel aufkommen zu lassen. Womöglich war es doch Zeit für ein bisschen Gewinsel. Dem sadistischen Ausbilder würde das sicherlich den Verstand vernebeln.

»Bitte, Lorodron«, heule Raukelunk nun auf, »lass sie mich sehen! Sie hat mein Schicksal also mitbekommen? Was hat sie in deiner Gegenwart über mich gesagt?«

Raukelunk tat so, als kämpfte er nun wirklich mit den Tränen. Er spürte instinktiv, dass seine Reaktion Lorodron zutiefst befriedigte. Lockerte sie am Ende gar seine Zunge? Er musste Lorodron noch einen letzten Knochen hinwerfen: »Ich bin bloß ihretwegen zurückgekommen. Ihr steht euch so nah. Wenn du mein Schicksal wirklich erleichtern willst, Lorodron, bevor ich hingerichtet werde, dann überzeuge sie bitte, zu mir zu kommen. Ich möchte ihr meine Liebe gestehen …«

Raukelunk hörte, wie Lorodrons Blätter vor Genugtuung raschelten. Er hatte es geschafft. Der Ausbilder dachte nur daran, wie schlecht es Raukelunk ging, nicht mehr, was Danaa vielleicht oder vielleicht nicht von ihm wusste.

»Raukelunk, Raukelunk, Raukelunk«, flötete Lorodron plötzlich überaus gut gelaunt. »Nach all den Jahren? Ist es wirklich die Liebe, die dich zurücktreibt? Aber hätte ich dich für klüger gehalten? Eher nicht.« Er lachte grässlich. »Wenn es nicht so herrlich erheiternd wäre, müsstest du einem fast leidtun.«

Raukelunk schniefte. Er wollte Lorodrons Redseligkeit keinesfalls unterbrechen. Deshalb sagte er: »Du hast gewonnen, Lorodron. Du hast damals sie bekommen, ich nur meine gerechte Strafe. Quäl mich nicht weiter. Lass sie mich einfach einmal sehen, bevor ich sterbe.«

»In der Tat, Raukelunk«, sagte Lorodron. Seine Stimme hatte sich nun wieder verändert. Bösartig traf es wohl am besten. »Ich habe dich besiegt. Möchtest du nicht wissen, *wie sehr* ich dich besiegt habe?«

Raukelunk blieb in seiner Rolle. »Hör auf! Ich flehe dich an. Du wolltest mir doch die letzten Stunden erleichtern.«

Lorodron freute sich diebisch. »Irrtum, Raukelunk. Zunächst bin ich gekommen, um sicherzugehen, ob jemand ein Spiel mit mir treibt. Aber nun, da ich diesen Verdacht ausgeräumt habe, möchte ich viel lieber die letzten Stunden deines Lebens nutzen, um es mir recht angenehm zu machen. Dabei sollte ich besser sagen *die letzten Minuten*.«

Raukelunk war es einerlei, ob sein Ende noch Stunden oder bloß noch Minuten entfernt war. Darauf kam es längst nicht mehr an. Sein letzter Wunsch war es zu erfahren, was Lorodrons Geheimnis war.

»Hör auf! Ich will das alles nicht hören!«, jaulte er. Lorodron war so berechenbar.

»Ich werde dir jetzt etwas verraten, das dein Ende radikal verändern wird. Für dich wird es um ein Vielfaches bitterer, für mich umso süßer. Erinnerst du dich an die Mordnacht, Raukelunk.«

Es war eine rhetorische Frage. Er wusste, dass man so etwas nicht vergessen konnte.

»Hast du dich nie gefragt, Raukelunk, warum ich und die anderen so schnell am Tatort waren?«

Raukelunk schnappte nach Luft. Mit einem Mal kam auch ihm das seltsam vor. Aber erst jetzt, nachdem er es aus Lorodrons Mund gehört hatte.

»Dachte ich mir, dass dich das zum Nachgrübeln bringt. Wahrscheinlich hat dich das alles so sehr mitgenommen, dass dir gar kein klarer Verstand bleiben konnte. Deine *Schuld* hat dich aufgefressen. Dazu der Verlust von Danaa.«

Raukelunk bemerkte sehr wohl, dass Lorodron das Wort Schuld ganz besonders betont hatte. Ihm wurde schlecht. Es war kein Spiel mehr, um sich die letzten Minuten zu erleichtern. Er wollte nur noch wissen, wovon Lorodron sprach. Den Engeln sei Dank redete Lorodron sich quasi in einen Rausch.

»Deine unausstehliche Art war mir damals schon so lange ein Dorn im Auge. Aber weshalb ich dich wirklich hasste, war deine elende, nicht standesgemäße Beziehung zu Danaa. Ich war es, der sie damals von Anfang an hätte bekommen sollen! Wärest du nicht gewesen, hätte ich ihre Karriereambitionen im Keim ersticken können. Aber selbst nach dem du verbannt warst, hat dein Schatten sie mir noch abspenstig gemacht. Du hast dich immer so aufgespielt, hast auf alle Regeln gespuckt - sie aber hätte niemals eine deinen Ambitionen entgegengesetzte Militärlaufbahn durchlaufen, wenn sie nicht von deinem unrühmlichen Beispiel gelernt hätte.«

Das war Wahnsinn! Das konnte Lorodron unmöglich ernst meinen. Und doch sagte seine schneidende Stimme etwas anderes.

»An jenem Abend habe ich dich zusammen mit Arbutus verfolgt. Ich war mir sicher, dass du zu ihr gehen würdest, nachdem wir dich in die Mangel genommen hatten. Du warst verletzt und nicht besonders schnell, also konnten wir bei Danaa angelangen, noch bevor du dort warst. Ich verbarg mich mit Arbutus heimlich im Garten. Danaas Mutter half uns sogar dabei! Sie wusste schon damals, wer der Richtige für ihre Tochter war. Danaa hatte keine Ahnung, genauso wenig wie du. Aber als wir euch im Garten beobachteten und Zeuge eures Streits wurden, wusste ich sofort – das war meine Chance, dich endgültig loszuwerden. Und ich hatte auch gar keine andere Wahl: Danaa hat ein viel zu weiches Gemüt. Es bestand die Möglichkeit, dass sie dir doch wieder verziehen hätte.«

Raukelunk schnürte es die Kehle zu. Er bekam einen schrecklichen Verdacht. »Du also hast das Aufeinandertreffen mit Arbutus eingefädelt. Gib es zu!«

Lorodron johlte. »Du armseliger, nichts ahnender Bacarit! Ich habe viel mehr als das getan.«

Raukelunk keuchte. »Der Kampf war echt. Es gab nichts, was du hättest beeinflussen können …«

»Bist du dir da auch ganz sicher? Hattest du mich oder ihn denn vorher im Garten bemerkt, Raukelunk? Deine Gedanken waren so vernebelt an jenem Abend. Liebe und Hass sind starke Gedankentrüber, wusstest du das nicht? Nicht einmal, dass ich vergessen hatte, das Gartentor zu schließen, welches ich mit dem Schlüssel von Danaas Mutter aufgeschlossen hatte, stimmte dich misstrauisch. Wenn du nur einmal klar nachgedacht hättest an diesem Tag, hätte es spätestens an dieser Stelle vorbei sein können mit meinem Plan.«

Raukelunk hatte Angst, welche Offenbarung als Nächstes kam. Er schnappte nach Luft.

»Gleich ist es vorbei, Raukelunk. Halt nur noch ein bisschen durch. Du musst nur noch die letzte Pointe begreifen. Ich schickte dir also Arbutus auf den Hals, um dir noch einmal zu zeigen, wer hier das Sagen hatte. Es war gar nicht schwer, ihn zu überzeugen, zumal ich ihm versicherte, zur Not mit einzugreifen. Während Arbutus also hinter dir herrannte, präparierte ich zwei nützliche Utensilien für den Fall, dass Arbutus dir trotz deiner Verletzungen unterlegen wäre. Nachdem sich meine Sorge bewahrheitet hatte und du Arbutus nach deinem Sieg den Rücken zudrehtest, trat ich aus meinem Versteck heraus.«

Raukelunks vergangene zwanzig Jahre zogen an ihm vorbei. Lorodrons Worte fühlten sich an wie tückische Messerchen, die ihn unbarmherzig von all jenem abschnitten, was er für die Wahrheit gehalten hatte.

»Spürst du jetzt meinen Sieg, Raukelunk?«, höhnte Lorodron. »In formvoller Vollendung? Ich bereue selbst heute nichts von dem, was ich damals tat. Alles, was du bekommen hast, hast du auch verdient. Ahnst du schon, wie das Ganze ausgeht?«

Raukelunk strampelte und kämpfte gegen den Druck der Ketten. Er hatte die leise Hoffnung, dadurch die letzte Offenbarung abzumildern, aber Lorodrons lachend vorgetragene Wendung brachte alles Bisherige ins Wanken. Sein Augenlicht, sein ganzes Leben, Danaa – Lorodron hatte ihm alles genommen und ihn auch noch im Glauben gelassen, er wäre selbst schuld daran gewesen.

»Der Dolch, von dem du getroffen wurdest, den habe allein ich geworfen. Aber zuvor habe ich Arbutus mit einem vergifteten zweiten Dolch gestochen. Den, den ich auch benutzt hätte, falls Arbutus dich besiegt und umgebracht hätte, um ihn als Mitwisser loszuwerden. Nicht dein erbärmlicher Schlag hat ihn getötet, Raukelunk, sondern mein Gift! Du allerdings warst abwechselnd so in Rage und in Verzweiflung, dass du weder mich in den Schatten bemerkt hast, noch, dass ich mich davonschlich, um Hilfe zu holen.«

Raukelunk lag jetzt ganz still da. Er versuchte zu verstehen, was das für ihn bedeutete. Er hatte das Gefühl, dass kein Moment der Welt lang genug sein konnte, um all das zu begreifen. Er würde Jahre brauchen, um mit diesem Wissen umgehen zu können. Doch da dämmerte es ihm – diese Jahre hatte er nicht.

»Warum erzählst du mir das alles?«, flüsterte er schließlich kraftlos. »Ich verstehe, dass du mich quälen willst. Aber hast du keine Angst, dass ich dein Geheimnis verrate? Bei meiner Hinrichtung werde ich nicht schweigen.«

Lorodron lachte auf. »Zu dumm, dass deine Hinrichtung gleich hier stattfinden wird. Ich habe extra ein paar der dümmsten und grobschlächtigsten Rekruten des diesjährigen Durchgangs angewiesen, mir den Todesbecher zu uns herunterzubringen. Sie müssten jeden Moment da sein. Es bedarf keines erneuten Tribunals oder Publikums, um einen so klaren Fall abzuwickeln. Schrei, soviel du willst, wenn sie dir das Gift einflößen. Keiner von denen wird dir auch nur ein einziges Wort glauben.«

Einen Augenblick war es ganz still im Gefängnis. Der Wind zog durch die Gittertüren und piff leise. Da ertönten Schritte im Gang.

»Siehst du, Raukelunk. Sie sind ganz pünktlich zu deiner Hinrichtung. Weißt du, was du von Anfang an hättest beachten müssen? Danaa selbst hat es dir damals im Vertrauen in ihrem Garten gesagt. Ich habe lange darüber nachgedacht und finde es äußerst passend.«

Er lachte fies.

»Vielleicht stimmt dieser Gedanke dich auf den Weg zu den Engeln der Vergangenheit ja tatsächlich etwas milde. Das Schicksal wollte es nämlich schon immer so, wie sich die Dinge damals und heute gefügt haben: *Ein Blatt kann über die Mauer reichen, aber deshalb gehört der Baum doch nicht in den Garten.*«

»Allein, Lorodron, wer ist der Baum in diesem Bildnis?«

Raukelunk hörte, wie eine fremde Stimme Lorodron aufschreckte. Von allen Seiten näherten sich jetzt die schweren Schritte von Soldaten. Es wurden jeden Moment mehr. Und sie schienen ihre Speere gezückt zu haben, andernfalls hätte Raukelunk deren Schafte auf dem Boden ebenfalls ausmachen können.

»Am Ende bist du dieser Baum«, fuhr die weibliche Stimme fort. Raukelunk erkannte sie jetzt. Es war Danaas Mutter!

»Wie außergewöhnlich nett und dumm zugleich von dir, uns dein ganzes Geheimnis zu verraten. Wir haben alles mitgehört.«

Dann vernahm Raukelunk eine zweite Stimme.

»Nehmt ihn fest, Wachen.«

Raukelunk lachte und weinte vor Erleichterung. *Danaa*!

Im nächsten Augenblick knackte ein Schlüssel im Schloss und Danaa war bei ihm.

Nah am Herzen

Das Ganze mutete für Raukelunk wie ein Traum an. Danaa hatte ihn befreit, dann hatte er etwas zu essen und trinken und ein wenig Zeit für sich allein bekommen, zuletzt hatte man ihn wieder mit Ina zusammengebracht. Auch sie war nach ihrer Ergreifung eingesperrt gewesen, aber sie beteuerte, dass ihr währenddessen nichts zugestoßen war und dass es ihr gutging. Sie war überaus erleichtert, dass sich anscheinend doch noch alles zum Guten gewandt hatte. Ihre Fragen und Befürchtungen, wie es nun weiterging und was Raukelunk am Ende vorhatte, bekam der Bacarit allerdings kaum mit und war bei seinen Antworten einsilbig und noch weit weniger aufschlussreich. Sein ganzes Leben lang hatte er einem Irrtum aufgesessen. Er hatte an eine schreckliche und scheußliche Lüge geglaubt und sich zwanzig Jahre selbst dafür gehasst, wer er einmal gewesen war. Aber mit einem Mal hatte sich herausgestellt, das er nie dieser jemand gewesen war. Zumindest nicht zur Gänze. Er war kein kaltblütiger Mörder. Seine Verbannung, seine Blindheit, seine Trennung von Danaa – er hatte einen so hohen Preis für Lorodrons Hass auf ihn bezahlt. Es war Raukelunk nahezu unmöglich, diesen eigentlich einfachen Gedanken vollkommen zu begreifen.

Selbst als Ina und er später am Tag in den großen Saal der Tunnelfeste geführt wurden, schockierte ihn diese vermeintlich größte Offenbarung seines Lebens immer noch über die Maßen. Und dass sie nun Beisitzer beim rasch einberufenen Prozess gegen Lorodron sein sollten, war gleichfalls unbegreiflich. Seine Lebensgeschichte hatte sich in wenigen Stunden einfach verkehrt.

»Was wird das hier? Was machen wir?«

Ina zischelte ihm aufgeregt zu. Raukelunk bekam keinen Ton heraus. Wachen führten sie – wie er vermutete – auf den Rängen im Rund bis zu ihren Sitzplätzen. Sie hießen sie sich niederzulassen und entfernten sich wieder von ihnen. Raukelunk hörte Stimmen ringsum. Vielleicht waren es ebenso viele wie damals bei seinem Tribunal. Ob sich die Anwesenden auch die Mäuler zerreißen würden wie bei ihm? War Lorodron bereits anwesend und hatte die abschätzigen Blicke auf ihm zu ertragen?

»Ist er dort unten?«

Es war seltsam für Raukelunk, seine eigene Stimme hier an diesem Ort zu hören, an dem beinahe sein Leben geendet hatte. In gewisser Weise hatte es das auch. Sein altes Leben hatte in der Tat geendet.

Raukelunk erschrak, als nicht Ina antwortete. Die Stimme von Danaas Mutter war ganz nah. Sie hatte sich neben sie gesetzt. Oder vielleicht hatte sie schon die ganze Zeit dort gesessen.

»Er ist dort. Er sieht ängstlich aus.«

Raukelunk hatte einen fahlen Geschmack im Hals. Er wusste, wie Lorodron sich fühlte. Wenn man einmal dort unten gewartet hatte, war die Erinnerung daran nicht mehr abzuschütteln. Fast war es, als müsste Raukelunk selbst die Prozedur noch einmal durchstehen. Er wusste nicht, ob er dazu in der Lage war. Nein, das war nicht ganz richtig: Er wusste nicht, ob er dazu in der Lage sein *wollte.*

»Und ...«, bekam er heraus.

»Danaa sitzt als Vertreterin dieses Distriktes im ehrenwerten Kreis der Richter«, antwortete Danaas Mutter. Sie hatte seinen Gedanken sofort erraten. »Aber eigentlich sieht sie die ganze Zeit nur zu dir herüber.«

Raukelunk wusste nicht, ob und wie er darauf reagieren sollte. Stattdessen fuhren seine Finger ziellos am Holz der vor ihm stehen Bank umher und fühlten die kunstvollen Schnitzereien, die diesen Ort zierten. Er hatte seit damals recht behalten sollen: Zwar war das Tribunal nicht sein Ende gewesen, aber die Schönheit dieses Ortes würde er niemals mit seinen eigenen Augen bewundern können.

»Ich muss mich bei dir entschuldigen, Raukelunk. Und einiges klarstellen«, fuhr Danaas Mutter fort. Ihrer Stimme nach zu urteilen, lag eine Last auf ihrem Herzen und es fiel ihr nicht leicht, das Besagte loszuwerden.

»Als ich damals Lorodron Tür und Tor öffnete, damit er euch belauschen konnte, wusste ich nicht, wozu dies führen würde. Ich war bloß sicher, dass er die bessere Partie für meine Tochter wäre. Nur daher hinterging ich Danaa und dich. Ich ahnte ja nicht, wozu er imstande war. Wenn ich nun daran denke, dass er all die Jahre mit ihr zusammen war ...«

Es fiel ihr schwer, darüber zu reden. Raukelunk dachte, wie ihr Geruch ihn an Danaa erinnerte. Und er verstand sie. Hätte eine solche Tat überhaupt jemand ahnen können?

Sie sagte: »Er hat auch mich hinters Licht geführt, Raukelunk. Ich wollte nicht, dass alles so kommt. Erst bei deinem Prozess kamen mir Zweifel, ob ich richtig gehandelt hatte. Zu meiner einzigen Verteidigung kann ich sagen, dass meine Bedenken, die ich dem vorsitzenden Richter damals übermittelt habe, dazu führten, dass du nicht hingerichtet wurdest und eine bessere Chance hattest, die Neumondnacht unter den Vier Tränken auszuwählen. Ich weiß sehr wohl, dass das nicht für eine Vergebung ausreicht.« Sie schniefte. »Und dennoch: Es tut mir leid, Raukelunk.«

Raukelunk konnte sich nicht dazu durchringen, seine Finger von den Schnitzereien zu nehmen. »Du warst das?«, fragte er abwesend. »Ich war so sicher, dass es Danaa war …«

»Sie war untröstlich, Raukelunk. Sie hat damit gehadert, was dir vorgeworfen wurde. Auch noch Jahre später. Sie und Lorodron sind nie glücklich geworden. Jedenfalls«, sie besann sich wieder auf das Eigentliche, »hatte sie niemals Zugang zum Tribunal und wäre auch nicht vom Richter in so einer Weise angehört worden. Aber da ich mich am Ende doch mitverantwortlich fühlte, tat ich, was ich für richtig hielt.«

Sie machte eine kurze Pause, in der Raukelunk immer noch zu ertasten versuchte, was für eine Szenerie in die Bank geschnitzt worden war.

»Ich kann mir nur ansatzweise ausmalen, wie es sein muss, dein Leben gelebt zu haben. Blind zu sein. Geächtet zu sein. Bitte, Raukelunk, wenn ich irgendetwas für dich tun kann, dann sag es mir ruhig. Warum bist du überhaupt zurückgekommen …«

Weiter kam sie nicht. Der Prozess begann. Der vorsitzende Richter begrüßte die Anwesenden und verkündete die Anklage. Raukelunk hörte alles wie durch einen riesigen, rauschenden Blättervorhang. Während er weiter die Bank befühlte, lag seine zweite Hand in Inas Händen. Sie beruhigten sich gegenseitig. Die Nähe zur Gwilling-Dame befähigte ihn, allmählich wieder klarer zu denken. Während die Richter schon kurze Zeit später ihre raschen Urteile sprachen, hatte Raukelunk endlich den heftigen Kampf gegen die Wucht der Offenbarung zu Ende gefochten. Fürs Erste zumindest. Nun war das Urteil Danaas an der Reihe. Was musste sie in diesem Augenblick fühlen, ihren eigenen Mann in einem Tribunal zu verurteilen?

Ihre Stimme zitterte. »Schuldig.«

Auch die letzten Richter sprachen sich für Lorodrons Schuld aus.

Nun würde der vorsitzende Richter das Strafmaß verkünden. In diesem Moment begriffen Raukelunks Finger, was auf dem Holz der Bank dargestellt war: Vier Becher waren da geschnitzt, auf jedem dieser vier Becher fanden Raukelunks hölzerne Finger ein erhabenes Symbol. Auf dem ersten fühlte er ein Blattgerippe – das Symbol des Winterkleides. Auf dem zweiten ein Quadrat mit Rissen, Furchen und Knubbeln – die Borkenpest. Das dritte Symbol war ein Kreis, gezogen aus einer dünnen Linie – die Neumondnacht. Und schlussendlich war da ein in der Mitte gebrochener Ast – das Strohholz.

»... muss sich der Angeklagte Lorodron in Anbetracht des Leids, dass er dem ehemaligen Rekruten Raukelunk bereitet hat, ebenfalls für einen der Vier Becher entscheiden. Darüber hinaus sei er für den Rest seines Lebens ein Verbannter dieser Stadt, in die er ...«

»*Nein*!«

Raukelunks Stimme erhob sich schallend über die des Richters. Im Saal herrschte augenblicklich Totenstille.

»Nein«, wagte es Raukelunk ein zweites Mal zu widersprechen. Ihm war es mit einem Mal klar geworden. Was er einmal gewesen war, war er wirklich und wahrhaftig nicht mehr. Er war ein anderer geworden. Und dieser jemand musste und durfte sich erheben, wenn es notwendig war.

»Lorodron wird zum Begleichen seiner Schuld keinen der Vier Becher anrühren. Nicht ein Schluck daraus wird mir das Augenlicht zurückbringen, das mir die Neumondnacht damals genommen hat. Ich habe ein wenig gebraucht, um alles zu verstehen. Aber nun kann ich klar erkennen: Ich bin nicht mehr derjenige, der damals verängstigt und voller Scham aus dieser Stadt gejagt wurde. Das Schicksal ist mir in einer Form begegnet, die sicherlich niemand der hier Anwesenden – mit Ausnahme meiner Begleitung Ina – auch nur annähernd begreifen kann. Aber ich weiß nun, dass dieser schicksalhafte Weg mir niemals offengestanden hätte, wenn die Dinge nicht genau so geschehen wären, wie Lorodron und ich sie damals angestoßen haben. Weil ich aber nun der Geschädigte in dieser Sache bin, bitte ich mir aus, selbst das Strafmaß für Lorodron zu bestimmen. Er soll nichts weiter als auf der Stelle verbannt werden. Gewährt mir diesen Wunsch und ich offenbare den hier Anwesenden den wahren Weg, auf den das Schicksal mich geführt hat. Jetzt und auf der Stelle. Ihr habt es doch selbst vernommen. Und sogar bis in meine Zelle sind die Neuigkeiten schon gedrungen! Gestürzte Könige, der Dritte Engel – was auch immer dort draußen vor sich geht, wenn ihr mich weiter reden lasst, werdet ihr sehen, dass ihr alle ein Teil davon seid. Niemand kann sich davor verstecken, was uns schon bald bevorsteht.«

Zuletzt wandte sich Raukelunk direkt an Danaa.

»Danaa, vor allem du musst mich jetzt anhören. Du bist die Oberkommandantin der Tunnelfeste. Dir werde ich die Geschichte, die ich zu erzählen habe, beweisen.«

Mit angehaltener Luft erwarteten die Anwesenden die Antwort des vorsitzenden Richters. Die Spannung war greifbar. Raukelunk spürte es am Kribbeln unter seiner Borke.

Endlich sprach der Richter nach langem Überlegen: »Raukelunk, wenn

Ihr wirklich Licht in die verworrenen Nachrichten bringen könnt, die uns allerorten erreichen, dann bin ich bereit, dieser ungewöhnlichen Bitte nachzukommen.«

Vielleicht vollführte er einen stummen Befehl mittels Handbewegung, denn Augenblicke später konnte Raukelunk hören, wie Lorodron erleichtert aufstöhnte. Die Wachen führten ihn unsanft in Richtung Ausgang.

»Warum, Raukelunk?«

Lorodrons Stimme war beinahe schrill. Er musste sehr verängstigt sein. Seine Wachen schienen ihn schon beinahe hinausgeführt zu haben. »Willst du Danaa mit deiner Milde beweisen, dass du der Bessere von uns beiden bist?«

Raukelunk drehte seinen Kopf in Lorodrons Richtung. Er konnte ihn nicht sehen, aber dieses letzte Aufeinandertreffen der beiden endete nicht wieder damit, dass er sich klein machte. Er baute sich stattdessen zu voller Größe auf. Er hegte keinen Groll mehr. Dafür war er zu stark. Es war ein seltsames Gefühl. Doch Raukelunk mochte es.

»Das brauche ich längst nicht mehr zu beweisen, Lorodron. Aber ich habe gelernt, dass Grausamkeit nicht die Antwort sein kann. Grausamkeit führt dazu, dass noch schrecklichere Dinge folgen.«

Er dachte an Renkejas grausame Machtspiele. Er dachte an die Seepferde, die ihr Leben gelassen hatten, um auf grausamste Art und Weise zu Monstern zu werden. Er dachte an Trucidos furchtbares Leben, dass ihn zum grausamsten aller Monster hatte werden lassen.

»Außerdem kann es sein, dass zweite Chancen auch auf diejenigen Warten, die gar nicht daran glauben, sie verdient zu haben. Ich habe gehört, dass tief im Wald eine Hütte frei geworden ist. Wenn ich in ein paar Tagen alles herausgeräumt habe, kannst du ja versuchen, ob du sie findest. Es ist nicht der schlechteste Ort, weißt du. Man hat dort viel Zeit, um nachzudenken. Vielleicht ist es nicht besonders aufgeräumt, darum müsstest du dich dann kümmern. Aber ich hatte nie ein besonderes Auge für die Ordnung, wenn du verstehst.«

Als Lorodron abgeführt war, hatte immer noch niemand gewagt, zu sprechen. Raukelunk hatte das Gefühl, alle starrten ihn an. Mit Sicherheit entsprach das der Wahrheit. Er drehte sich langsam herum. Dorthin, wo er Danaa vermutete. Als er gerade sprechen wollte, kam sie ihm zuvor: »Ich bin schon hier, Raukelunk.« Er konnte ihren süßen Duft wahrnehmen, so nah stand sie bei ihm. Sie sagte: »Ich kann noch nicht begreifen, was das alles zu bedeuten hat. Aber ich bitte dich, erzähle uns nun deine Geschichte.«

Die Geschichte war zu ihrem Ende gekommen. Nun wussten sie es. Alle, die hier versammelt waren. Raukelunk hatte ein paar Geheimnisse ausgespart – zum Beispiel, wo sich die Portalscherben befanden oder wie genau man sie benutzte, ansonsten hatte er alles wahrheitsgemäß berichtet.

»Raukelunk, ich …«

Danaa atmete bedrückt aus. Sie tat sich schwer, etwas Angemessenes zu erwidern. Sie startete einen neuen Versuch. »Das ist einfach unglaublich. Aber ich verstehe noch immer nicht ganz: Weswegen bist du zurückgekommen? Warum kämpfst du nicht an der Seite deiner Freunde?«

Raukelunks Herz wurde schwer. Er sammelte sich, denn diese Frage hatte er sich ja selbst so oft gestellt. Und Ina ihm zwischen den Zeilen ebenfalls. Die Antwort, von der er so sehr hoffte, dass sie wahr war, ließ ihn die furchtbaren Ereignisse des Tages noch weiter überwinden: »Genau das tue ich hier. Danaa, du bist die Oberkommandantin. Ich möchte, dass du die Armee der Tunnelfeste mit in den Kampf gegen Trucido schickst.«

Ein Raunen ging durch den Saal.

Raukelunk fuhr fort: »Ich weiß, die ausgebildeten Kämpfer der Feste stellen sich gern in den Dienst des Königs. Aber der alte König ist nicht mehr der König, wie mir scheint. Und was Kiran betrifft, hoffe ich sehr, dass es ihm gutgeht und er nun das Kommando übernommen hat. Aber meines Wissens hat noch nie ein König von Weit-Alon Befehlsgewalt über die vielen Männer und Frauen gehabt, die sich hier in der Tunnelfeste aufhalten. Sie unterstehen für die Zeit ihres Verbleibs in der Feste nur dem Oberkommandanten oder der Oberkommandantin allein. In der Lichterstadt herrschen andere Regeln als in den Sieben-Brot-Landen. Ich weiß aber, dass wir jede verfügbare Seele brauchen werden, um den Kampf, der bald kommen wird, zu gewinnen. Wir sind von Aethra hierher zurückgekommen, um ein Heer zu hohlen, dass eine Chance gegen die Kelpen Trucidos hat. Das hier ist mein Versuch, dich davon zu überzeugen, mit der geballten Schlagkraft der Tunnelfeste und der acht Distrikte mit in diesen Krieg zu ziehen.«

Danaa rang nach Worten. »Raukelunk, diese Geschichte, ich …«

Raukelunk konnte förmlich vor seinem inneren Auge sehen, wie sie sich Hilfe suchend umsah. »Woher weiß ich …«

»Obwohl du sicherlich keinen Grund hättest, mir nicht zu glauben«, unterbrach er sie schnell, um ihre Zweifel erst gar nicht anhören zu müssen, »habe ich bereits angekündigt, dir zu beweisen, dass jedes Wort, das heute aus meinem Mund gekommen ist, der Wahrheit entspricht. Wenn du nach diesem Beweis immer noch nicht sicher bist, ob du dich der Sache der Reisenden anschließen sollst oder nicht, werde ich die Lichterstadt auf der Stelle verlassen und zu meinen Freunden zurückkehren.«

»Raukelunk, so einfach ist das …«

Doch Raukelunk unterbrach sie erneut.

»Oberkommandantin Danaa, welches von all den Sachen, die ich dir heute erzählt habe, war das Unglaublichste? Was könntest du nur glauben, wenn du es mit eigenen Augen gesehen hättest? Denke genau nach! Ich bitte dich.«

Raukelunk dachte an seinen großen Trumpf. Das Finale seiner Geschichte. Das, was Danaa packen würde. Das, was sie alle packen würde! Er wusste nämlich bereits, was sie antworten würde. Es musste einfach so sein.

Endlich hörte er ihre Blättermähne rascheln. Er spürte ihren durchdringenden Blick auf sich ruhen. Ihre Stimme war leise aber klar, und da alle anderen gebannt lauschten, war sie überall zu vernehmen.

»Ich bin Bacaritin. Das, was am Unglaublichsten an all dem ist, das ist der Stadtbaum. Ein Baum im Meer, der eine Verbindung zu so vielen Lebewesen hat. Es muss unglaublich für dich gewesen sein, dort zu sein.«

Raukelunk lächelte. Er würde das Gefühl nie vergessen, das er gespürt hatte, als er sich mit dem Stadtbaum verbunden hatte. Das Gefühl, das er gehabt hatte, als der Baum sein Ende gefunden hatte. Es war überwältigend gewesen und mit nichts zu vergleichen.

»Unglaublich. Und schmerzhaft«, nickte er. Er hatte richtig gelegen. Kein Bacarit auf der ganzen Welt hätte sich für etwas anderes als für den Stadtbaum entschieden.

»Ich habe etwas für dich, Danaa.«

Raukelunk für mit seiner Hand gegen seine Brust. Sie verschmolz mit seinen Holz und verschwand ein Stückchen hinter seiner Borke. Als er sie wieder herauszog, lag ein dunkles Stück Holz darin, viel dunkler als Raukelunk selbst. Ein eigentümlicher Geruch ging davon aus. Es war ein Geruch, der ebenso wie das Gefühl von damals, als er auf den Stadtbaum getroffen war, mit nichts zu vergleichen war, was man hier in der Tunnelfeste riechen konnte. Es war der Geruch einer anderen Welt. Es war der Geruch von Grausamkeit und Tod, aber auch der Geruch von Schönheit und Erhabenheit, verbunden zu einer einmaligen Mischung, die Raukelunks Herz schneller schlagen ließ. Er hatte das Stück Holz bisher nur wenige Male und dabei verborgen vor aller Augen aus seinem Versteck herausgeholt.

»Ist das …?«, flüsterte Danaa.

Raukelunks Hand zitterte, als er ihr das dunkle Holz reichte.

»Verbunden mit einem Bacariten ist immer noch ein letztes Stück Leben in diesem Holz bewahrt geblieben. Der Baum, zu dem es gehörte, leidet nicht mehr. Er ist jetzt Geschichte. Doch ich habe die Hoffnung, dass ich dieses letzte Überbleibsel dereinst von den Vergiftungen heilen kann, die Trucido und ich ihm zugefügt haben. Ich konnte der Versuchung nicht widerstehen, es mitzunehmen, da ich spüre, dass in diesem Stück keine Verbindung mehr zu Trucido liegt.«

»Wusstest du die ganze Zeit, was du damit anfangen wolltest? Dass du es zu mir bringen wolltest?«

Danaa griff das Stück Holz. Als ihre Hand es berührte, erbebte ihr ganzer Körper.

Raukelunk hatte sich diese Frage selbst oft gestellt.

»Vielleicht«, antwortete er. »Ich bilde mir jedenfalls ein, eine Ahnung davon gehabt zu haben.«

Jetzt musste Danaa nur noch die Empfindungen zulassen, die gleich auf sie einstürmen würden. Es war unglaublich und schrecklich und wundervoll, was ihr nun widerfahren würde. Mit einem Wort: *wahrhaftig.*

»Ich bitte dich, Danaa, nimm es ganz und verbinde dich mit dem letzten Überbleibsel des Stadtbaums.«

Er ließ das Holz los. Seine Mission war beendet. Ob sie erfolgreich war, lag nun allein in Danaas Händen. Aber noch zögerte sie.

Er sagte: »Bitte, ich möchte die Erinnerungen des Baumes mit dir teilen.«

In die gespannte Stille hinein klopfte er sich auf die hölzerne Brust.

»Ich habe sie für dich getragen, wo ich auch dich all die Jahre aufbewahrt habe: nah am Herzen.«

6. Teil –
Das Geheimnis der Krone

Decoras Armee

Es war erst einen halben Tag her, seit Mergo und das Heer der Festung Decora ihre Tätowierungen offenbart hatten, da leuchtete genau in der Mitte des großen Hofes das türkisfarbene Portal. Woti war auf der Mauer unterwegs gewesen, deshalb hatte er es als einer der Ersten gesehen. Decora und die anderen waren auch schon hinzugeeilt, Kämpfer um Kämpfer drängte sich für alle Eventualitäten zwischen den Hütten und Ständen um das Portal. Stunden zuvor hatte Woti seinen innigsten Wunsch ausgesprochen, nun kribbelte es in seiner Brust vor Aufregung. Finn, Kiran und Thomas waren es ohne Scherben sicher nicht, was aber, wenn …

Als sich die Blättermähne seines alten Freundes aus den Funken schob und daneben eine ganz bestimmte Gwilling-Dame im Portallicht erschien, hielt ihn nichts mehr auf seinem Platz: Woti stürzte los übertönte alle, die da waren.

»Hier bin ich! Raukelunk, Ina, hört ihr mich?!«

Raukelunks Blätter raschelten verblüfft, Ina erstarrte bei seinem Anblick, während Woti wie vom Blitz getroffen den Wehrgang entlangrannte.

»Ich bin hier!«, schrie er. »Kommt zur mir!«

Und dann gab es kein Halten mehr: Noch bevor Decora an die Reihe kam oder irgendeine Frage beantwortet werden konnte, lagen sich Ina, Raukelunk und Woti auch schon in den Armen!

Raukelunk schluchzte nur immer wieder: »Du lebst! Woti, du lebst!« Woti aber heulte dabei wie ein Schlosshund. Da löste sich Ina aus ihrer Umarmung. Wie den Männern standen ihr die Freudentränen in den Augen. »Nie wieder darfst du mir solchen Kummer bereiten, Woti!« Sie fasste ihn am Kragen, schüttelte ihn und zog ihn zu sich. »Hörst du, niemals und nie!« Dann zog sie ihn noch näher und küsste ihn. Die Menge jubelte und pfiff, Raukelunk lachte und weinte und Ina und Woti hörten einfach nicht mehr auf sich zu küssen.

Im Laufe des Nachmittags kamen immer mehr Bacaritinnen und Bacariten durch die Portale, vereinzelt auch Gwillinge und Trolle. Das Aufrufen der

Portale koordinierten federführend Ammi, Ashnaprilla, Barbara, Mergo, Charadri, Fred und Badrak. Nachdem sich die erste Aufregung gelegt hatte, war Danaa, die Oberkommandantin der Tunnelfeste des Lampignon-Waldes höchstpersönlich, von Raukelunk in die Festung geholt worden. Sie, Ina und Woti, Decora und Raukelunk wachten auf der Mauer über die Portalreisen, die von der Lichterstadt hierher gingen, und die selbst am frühen Abend noch nicht abreißen wollten. Danaa stand von allen zuvorderst bei den Zinnen über dem Tor im lauen Wind von Aethras Abenddämmerung.

»Raukelunk, wenn ich das alles nur gewusst hätte …«

Der Bacarit trat zu ihr. »Verstehst du jetzt, dass ich zu dir kommen musste.«

»Ja«, sagte sie. »Und ich danke dir dafür. Danke, dass du dieses Geheimnis trotz allem mit mir teilen konntest.«

Sie sah über die Weite, in der sich ihre Truppen allmählich mit dem Heer Telluriscors und den anderen Reisenden vereinten.

»Aber du …« Sie stockte. »Diese Welt … diese neuen Wunder … Du kannst das alles nicht sehen. Und doch ist so viel davon dein Verdienst! Ich weiß – das alles ist meine Schuld.«

Raukelunk lachte in sich hinein. Er dachte nach, bevor er seine Antwort gab.

»Ich habe in all den Jahren gelernt, auf andere Weise zu sehen.« Auch durch seine Mähne ging der Wind der unendlichen Wiesen und Hügel. »Ich kann Überwältigendes ebenso spüren wie du oder jeder andere hier. Lass uns an diesem Ort also nur nach vorn blicken, wenn ich das so sagen darf!«

Woti und Ina sahen, wie sich die hölzernen Finger der beiden Bacariten ganz sacht berührten und lediglich eine Haaresbreite – mit dem bloßen Auge nur schwer auszumachen – ineinander verschmolzen. Doch auch Decora bemerkte es.

Raukelunk aber drehte sich schnell wieder um.

»Woti, Decora! Ich hoffe, ihr könnt mir meine Geheimniskrämerei einstweilen verzeihen. Aber ich hatte keine Wahl. Ich musste fort. Wenn ich euch später alles erklärt habe, werdet ihr vielleicht verstehen, warum. Doch mein unerschütterlicher Glaube ist es, dass uns diese Bacaritenarmee dort draußen dem Sieg über Trucido ein Stück näher bringt! Ich spüre sie im Wind – die Wurzeln und Äste und Blätter, die nach jahrelangem Training bereit sind für einen Kampf.«

Decora schüttelte den Kopf, obwohl er sie nicht sehen konnte. »Nur du könntest glauben, dass du mit einer Armee zurückkommst und dich dafür auch noch entschuldigen musst!«

Raukelunks Mund formte ein erleichtertes Lächeln. Aber dann sagte er ernst: »Wir haben es in der Tunnelfeste gehört: Die Schlacht am Hirschkopf, Renkeja und die Hexen, *Der Dritte Engel* … Und wo sind Kiran und Finn?«

Woti lachte nervös. Er beeilte sich, Raukelunks Hand zu umschließen.

»Diese Sache, mein Freund, mit Decoras Armee«, er sah dabei fast ungläubig auf seinen Unterarm mit der frisch gestochenen Tätowierung, die er sich noch an diesem Morgen hatte machen lassen, »sie ist dieser Tage nicht das Unglaublichste!«

Am nächsten Morgen waren alle übernächtigt, denn die Erzählungen, die ausgetauscht worden waren, hatten beinahe die Nacht überdauert. Während Decora trotz Finns, Kirans und Thomas andauernder Abwesenheit wegen des vergrößerten Heeres, vor allem aber aufgrund der unverhofften Nachricht darüber, dass Veda und Innis zwar verschollen, aber am Leben waren, einigermaßen zuversichtlich in den Tag blickte, hatte Raukelunk nach lange schweigsam am Feuer gesessen, und seine Freunde hatten ihn gelassen.

»Ich muss die Nachricht zu meinen Soldatinnen und Soldaten bringen«, hatte Danaa in der Früh entschieden. »Wenn sie es nicht schon längst von den anderen Kämpfern wissen. Diese Offenbarung darf niemanden von ihnen länger vorenthalten werden. Ihr habt sicher nichts dagegen.«

Selbstverständlich hatte niemand etwas dagegen. Dass der Dritte Engel kein Telluriscorianer sondern am Ende Finn Ritter war, verbreitete sich wohl ohnehin wie ein Lauffeuer in der Welt hinter den Portalen.

»Raukelunk, treffen wir uns später?«

»Ich bestehe darauf!«, antwortete er. Hinter seiner Nachdenklichkeit kam ein Lächeln um die hölzernen Mundwinkel zum Vorschein. Danaa ging und auch ihr Lächeln war dabei nicht zu übersehen.

Woti wandte sich an Decora, als auch die anderen ihrem Tagewerke zugegangen waren. »Geben wir ihm noch ein wenig Zeit. Vor der Wucht dieser Offenbarung ist selbst er nicht gefeit! Ich bleibe hier, wenn es ihm gefällt. Dann sind wir zwei Telluriscorianer mit erschüttertem Weltbild.«

Decora tat sich schwer, über die Schwelle der kleinen Halle zu treten, in der sie saßen.

»Aber ihr wisst doch …«

Woti lächelte nachsichtig, aber seine Augen blitzten messerscharf.

»Finn Ritter, das ist er noch. Und immer wird er`s sein. Für jeden von uns zwei`n.«

Und damit war alles gesagt.

Am Mittag suchte Decora die Trainingsplätze auf. Es war windig und von Minute zu Minute frischte es mehr auf. Ein Duft wie von kalten, wundervollen Frühlingsboten wehte über die Hügelketten im Südosten zu ihnen. Sie schritt durch die Reihen der Kämpfer und inspizierte und spornte an, wurde laut begrüßt und herzlich empfangen und nicht wenige ließen im Wind ihre Umhänge und Ärmel wehen, sodass der Viertelmond und die drei Sterne von Decoras Armee sichtbar wurden. Es war ein seltsames Gefühl, beinahe surreal, aber doch sehr erfüllend. Decora wusste, dass sie ausgesprochenes Glück hatte, dieses Vertrauen und diesen Zuspruch bei den Männern und Frauen zu genießen, die sie sich eigentlich noch gar nicht verdient hatte. Umso mehr schritt sie unermüdlich weiter durch die Truppenverbände, wünschte den Offizieren und den Soldaten gleichermaßen helle Wege, bis sie irgendwann auf einer der vielen Anhöhen angekommen war, von denen man einen guten und weiten Ausblick hatte. Sie war müde, ein wenig außer Atem, und dass ihre Gedanken nicht zur Gänze bei den Männern und Frauen in den Hügelwiesen waren, sondern bei Finn und Kiran und Veda, konnte und wollte sie in diesem Augenblick gar nicht verhindern. Sie schloss die Augen. Nur ganz kurz, es gab auch viele schöne Erinnerungen, die ihr ihre Reise beschert hatte, doch schon nach wenigen Augenblicken merkte sie, wie still es um sie wurde. Das Lärmen und Rufern der Massen war mit einem Male wie von einer flüchtigen Böe davongeweht. Als sie die Augen öffnete, tat ihr Herz einen Hüpfer. Auf samtenen Pfoten, riesenhaft und wie ein uraltes göttliches Wesen, näherte sich Silem, die große Katze, von Westen her. Diesmal floh keiner, es gab auch keinen Aufruhr und die Neuankömmlinge aus der Lichterstadt taten es den übrigen Kämpfern gleich und ließen das Schauspiel verzaubert geschehen. Mit Silems Kommen hallte ein leises Pfeifen über die Wiesen. Ob es von der Katze herrührte? Vielleicht, dachte Decora. Wahrscheinlich. Doch die große Schnauze des Tieres blieb die ganze Zeit über geschlossen. Jedenfalls kam das Pfeifen von allen Seiten und berührte und zupfte und kitzelte Decora, ganz sacht und mit aller Macht zugleich. Und so traf es auch alle anderen, die da waren. Die Begebenheit war so unglaublich wie sie von kurzer Dauer war. Silem schritt inmitten der Truppenverbände, nicht eilig, sondern geschmeidig, aber durch seine Größe nahm er rasch Kilometer um Kilometer. Am Ende kam er Decora so nahe, dass sie ihn vielleicht noch einmal hätte berühren können. Doch sie versuchte es erst gar nicht. Ihr Blick und der der Katze trafen sich länger, als dass es Zufall sein konnte. Im nächsten Augenblick aber steuerte die große Katze nach Südosten und nahm den Wind mit, der sich gedreht hatte. Nebel zog landeinwärts auf und Silem war nicht mehr zu sehen. Das Pfeifen blieb als Erinnerung noch lange in den Ohren erhalten, aber schließlich kehrte in das Heer das vormalige Leben zurück. Decora atmete tief durch. Ihre Haare blitzten so, dass sie ihr eigenes Licht auf dem Boden vor sich sehen konnte, den die gräulichen Wolken mit Schatten bedeckten.

»Diese Katze, gehört sie hierher? Wie viele Wunder sind möglich in so wenigen Stunden, Königin Nubigena?«

Danaa, die Oberkommandantin der Tunnelfeste hatte Decora auf ihrem Hügel gefunden.

Decora hatte keine Antwort auf Danaas Fragen. Sie lächelte ehrlich überrumpelt.

»Ihr seid hier oben nicht zu übersehen«, sagte Danaa und blieb vor ihr stehen. »Und Euer Licht lässt sich sicherlich spüren. Ich verstehe jetzt, dass Raukelunk Euch Eure Geschichte glaubte. Euch und dem Dritten Engel.«

»Bitte«, antworte sie, »nennt mich Decora. Es wäre merkwürdig, wenn mich eine alte Freundin von Raukelunk mit Königin Nubigena ansprechen würde. In diese Rolle muss ich ohnehin erst noch hineinwachsen.«

»Das würde nur eine wahre Königin sagen«, entschied die Bacaritin. Ihre türkise Blättermähne mit purpurnen Beeren raschelte freundlich. »Dann bestehe ich aber ebenso auf Danaa.«

»Danaa«, sagte Decora. »Es freut mich. Erneut. Helle Wege!«

»Meine Welt ist wenigen Augenblicken auseinandergebrochen«, erklärte Danaa. Sie kam noch ein Stück den Hügel herauf und stellte sich genau neben Decora. Gemeinsam sahen sie auf die Truppen. »Ich könnte mir vorstellen, dass du dieses Gefühl gut kennst.«

Decora lachte. »Wenn du wüsstest, was für ein Wrack ich bin.«

»Dann kannst du es aber gut verbergen. Ich könnte von dir lernen.«

»Von mir? Die Oberkommandantin der Tunnelfeste?« Decora hielt das für eine gut gemeinte Nettigkeit, mehr nicht.

»Ich habe jahrelang kommandiert. Ich bin nicht schlecht in dem, was ich tue. Aber sieh dich an: Wie lange stehst du schon auf so einem Hügel, dass sie dich sehen können? Trotzdem wirst du akzeptiert. Mehr noch, wie ich glaube. Und du kommst nicht mal aus derselben Welt wie die meisten hier.«

»Ich hatte eine Menge Hilfe. Und wahrscheinlich noch mehr Glück.«

Danaa schüttelte ihre Mähne. »Fast alle hier tragen den tätowierten Mond mit den drei Sternen. Selbst ich weiß schon, was er bedeutet. Das ist kein Glück, glaube mir. Das hört sich eher nach Schicksal an.«

Decora legte den Kopf in den Nacken und sog durch die Wolken das Licht der Sterne ein. Das tat sie viel zu selten in letzter Zeit.

»Das mit dem Schicksal ist so eine Sache«, sagte sie schließlich. »Hoffentlich meint es das am Ende auch gut mit uns.«

»Dann helfen wir uns doch gegenseitig dabei, den Kampf zu meistern. Ich schulde es Raukelunk ohnehin und für den Dritten Engel zu kämpfen steht für mich außer Frage. Ich habe das Gefühl, dass ich an deiner Seite etwas bewegen kann. König Kiran ist, wie ich hörte, ebenfalls ein fähiger Kommandant, aber auch er ist noch unerfahren. Ich möchte mich euch anvertrauen. Glaubst du, du und deine Freunde könnten eine Bacaritin mit theoretischer Kriegserfahrung, die den Sinn in ihrem Leben neu suchen muss, an eurer Seite gebrauchen?«

»Nur, wenn du mir zuerst eine Frage beantwortest.«

Danaa schaute verwundert. »Natürlich. Was möchtest du wissen?«

»Du sagtest, du würdest es Raukelunk schulden. Kämpfst du mit, weil du diese Schuld begleichen möchtest, oder ist da noch mehr?«

Danaa schien sofort zu verstehen, was Decora meinte. Vielleicht konnte sie sich auch deshalb ein Grinsen nicht verkneifen.

»Das ging ja schnell mit dem Vertrauen zwischen uns. Und offensichtlich ist deine Auffassungsgabe recht gut. Zu deiner Frage: Ich weiß es wirklich nicht. Nach all diesen Jahren. Und nach dem, was ich getan habe …«

Decora legte die Hand auf ihre Schulter.

»Vielleicht kann ich dir hier und jetzt etwas aus meinem reichen Erfahrungsschatz in Liebesdingen raten.« Sie lachte laut auf. »Wenn da etwas zwischen euch ist, dann klärt das besser sofort. Rückblickend würde ich sagen, dass nichts schädlicher ist, als auf Zeit zu spielen und den Mund nicht aufzubekommen. Geh zu ihm.«

Danaa zögerte noch.

»Ich meine jetzt sofort. Wolltest du ihn nicht ohnehin treffen? Außerdem kann dieses Heer eine Oberkommandantin nur dann gebrauchen, wenn die sich nicht mit anderen Fragen herumplagt!«

Die Bacaritin grinste wieder. »Und du meinst, ich sollte auf der Stelle mit ihm über alles reden?«

Decora schlenderte süffisant den Hügel hinunter, als hätte sie ihren Lebtag nichts anderes getan, als Tipps bei Beziehungsfragen zu geben. »Es sind ein paar Kilometer bis zurück zur Festung. Ich habe ihn gut kennengelernt, deinen Raukelunk. Ich würde sagen, er wartet dort sehnsüchtig auf dich! Du solltest dich also beeilen!«

Es war längst dunkel. Der süße Duft, den der Wind vor sich hertrug, hatte sich bei Beginn der Nacht noch verstärkt. Auf dem Festungsplatz war noch einiges los. Die Reisenden hatten sich mit Decken und Umhängen auf dem Wehrgang versammelt und genossen es, das Treiben unter sich und die Sterne am Nachthimmel zu beobachten und beisammen zu sein. Decora, Barbara, Mergo, Charadri, Mahasim, Ammi, Ashnaprilla, Fred und Badrak saßen im Schneidersitz nebeneinander, etwas abseits hatten sich Woti und Ina in die Schatten der Zinnen gedrückt und waren nicht zu sehen.

»Knutschen die etwa?«, grölte Badrak lauthals und ließ dabei fast seine glühende Pfeife von der Burgmauer fallen.

Mergo, der genau neben den Trollen saß, bekam rote Ohren und seine Flügel leuchteten gelb auf.

»Sei nicht eifersüchtig!«, rief Fred. Er gab Badrak einen krachenden Schlag auf die Schulter. »Nur weil in Felsgau jeder weiß, dass du beziehungsunfähig bist!«

»Aber da sind wir ja zum Glück nicht mehr! Und wenigstens du scheinst es bei mir auszuhalten. Oder wie soll ich es verstehen, dass du immerzu an meiner Seite klebst!«, johlte Badrak. »Apropos: Wir sollten langsam mal schlafen gehen! Diese ganzen Portale schlauchen ganz schön.«

Die beiden Trolle standen zusammen auf und verschwanden schnurstracks auf dem dunklen Wehrgang.

»Das ging jetzt aber schnell. Eigentlich sahen die beiden noch gar nicht müde aus!«, sagte Mergo. Seine Flügel hatten wieder ihre normale Farbe angekommen.

»Ich glaube, die gehen auch knutschen«, flüsterte Barbara ihm zu. Charadri stimmte mit einem Grinsen zu.

Aus der Dunkelheit war eine Stimme zu hören. Es war Woti. »Besetzt ist dieser Ort!« Inas Stimme kam dazu: »Verschwindet jetzt sofort!«

Da mussten alle lachen.

Als von den zwei Gwillingen und den zwei Trollen nichts mehr zu hören war, lauschten die anderen wieder auf die Geräusche der Festung. Es war wie an den Abenden zuvor, mit einer Ausnahme: Aus dem Festungswald ertönte ein lautes, dröhnendes Lachen.

»Raukelunk«, sagte Charadri. »Ich bin froh, dass er mit seiner Vergangenheit ins Reine kommen konnte.«

Raukelunks Lachen folgten die erstaunten und glücklichen Rufe einer Frau.

»Oberkommandantin Danaa«, lächelte Decora versonnen. »Ich könnte mir vorstellen, das Ganze geht über eine Aussöhnung hinaus.«

»Meinst du etwa …?«, erkundigte sich Mergo mit großen Augen.

Abermals machte Charadri ein vielsagendes Gesicht.

»Das ist ja nicht auszuhalten heute Abend!«, rief der Elf. »Bevor gleich auch noch Flacka und Melvin knutschend aus Celsa zurückkommen, gehe ich lieber wirklich ins Bett!«

Die Stadt der Geister (1)

Langsam und bedächtig setzten Melvin und Flacka einen Fuß vor den anderen. Das leise, metallene *Klonk, Klonk* von Melvins Beinschienenapparat hallte wie ein geisterhaftes Echo in den leeren Straßen Celsas. Sie bewegten sich schon seit geraumer Zeit von der Botschaft aus Richtung Nordwesten, jeder Schritt brachte sie näher an das zerklüftete Monstrum, das einstmals die Sternenhallen gewesen waren, nun aber wie ein gefallener Riese jäh und ruinös über der Stadt wankte.

»Unglaublich, dass soviel davon noch steht …«, flüsterte Flacka.

»Unglaublich, dass soviel davon eingestürzt ist«, gab Melvin zurück. Er hatte in seiner Erinnerung ein anderes Bild von Celsa vor Augen. Die grotesken noch stehenden Türme der Sternenhallen aber passten mit ihren gefallen Brüdern zum Rest der Stadt: leere Straßenzüge, in denen der Wind durch die klappernden Türen verlassener Häuser pfeifen konnte. Eingedrückte Dächer und von Trümmerteilen der Sternenhallen begrabene Plätze. Keine Seele war unterwegs. Alles wirkte wie ausgehöhlt. Ob überhaupt noch jemand hier war, stand in den Sternen - doch die Ahnung, wie alles einmal gewesen war, drückte wie ein unsichtbarer, bleierner Teppich auf jede Gasse, in der die Steine noch aufeinander lagen.

»Wir müssen noch näher heran«, mahnte Flacka. »Vielleicht finden wir heraus, ob er noch da ist.«

Vorsichtig marschierten sie weiter. Melvin kannte die Stadt wie seine Westentasche. Doch das hier war nicht mehr seine Stadt. Schleichwege, die er früher gegangen war, waren verschüttet, und Treppen und Brücken, die die Straßen einst verbunden hatten, waren zerstört.

Nicht selten brauchten sie zwischen den Trümmern eine gewisse Zeit, um von einer Straßenseite auf die andere zu kommen. Dazu mussten sie aufpassen, keinen Kelpen in die Arme zu laufen, denn die Monster des Feindes suchten Celsa noch immer heim. Den Kelpen aber, die sie sahen, konnten sie in dem staubigen Nebel, der zwischen den verlassenen

Gebäuden hing, leicht aus dem Weg gehen. Melvin hatte gar das Gefühl, die Kelpen würden ziellos wirken, und sie schienen insgesamt unbestrebt, diejenigen Orte, die sie passierten, genauer zu untersuchen.

Dann aber gelangten die beiden Wasserzwerge wieder zu den Straßen, die nicht von den Trümmerteilen getroffen worden waren, und kamen dort rascher und sicherer voran.

Vor einem schiefen Häuschen blieb Melvin stehen.

»Hier habe ich früher immer Zitronensterne und Mondkekse gekauft.«

Von dem kleinen Laden, der einstmals im Untergeschoss gewesen war, waren nur noch zersplittertes Fensterglas und ein halb heruntergerissenes Schild übrig. *Kuchencelsa* war dort zu lesen.

Flacka sagte betrübt: »Das haben sie gern gemocht. Ich erinnere mich. Du hast es mir schon einmal erzählt.«

»Nikra und Arkin …«, flüsterte Melvin.

»Melvin, wir dürfen nicht so lange an einem Ort bleiben. Ich kann nur ahnen, was in dir vorgeht, aber …«

»Nikra und Arkin sind nicht die einzigen, Flacka.«

Flacka sah ihn aus ihrem verbliebenen Auge an. »Ich weiß, Melvin.«

Der Botschafter aber starrte weiter auf das Schild der Konditorei.

»Was denkst du, wie viele Kinder hier ihr Taschengeld für Süßigkeiten ausgegeben haben?«

Flacka biss die Zähne zusammen. »Viele.«

»Und wo sind sie jetzt?«

Flacka schwieg. Auf diese Frage gab es keine zufriedenstellende Antwort.

»Geflohen. Oder tot«, konstatierte Melvin. Er ließ den Kopf hängen. Plötzlich aber sah er wieder zu Flacka. »Trucido hat das Unheil über diese Stadt gebracht. Und der Angriff auf die Sternenhallen hat dazu beigetragen, diesen Ort noch lebensfeindlicher zu machen.« Tief in seinem Inneren wusste Melvin, dass der Versuch richtig gewesen war, aber hier und jetzt fühlte es sich so an, als träfe auch ihn eine Schuld. »Hätte ich irgendetwas anders machen können, Flacka? Hätte ich sie retten können?« Ihm standen die Tränen in den Augen.

Flacka ging zu ihm und nahm in fest in den Arm.

»Du hast getan, was du konntest. Und du hast immer das Richtige getan. Damals wie heute. Ohne dich wäre Decora niemals so weit gekommen. Wir alle wären niemals so weit gekommen.«

»Danke.« Melvins Stimme war belegt. »Es kommt mir so vor, als wäre dies nur noch eine Stadt der Geister.« Er löste sich aus ihrer Umarmung. »Fast glaube ich, sie zu hören.«

»Wen?« Flacka schaute besorgt zu den Ruinen.

»Die Kinder und Eltern, die lachend im *Kuchencelsa* eingekauft haben.« Er schniefte. »Die Männer und Frauen, die bei den Kämpfen weinend geflüchtet sind. Und diejenigen, die um ihr Leben schrien, bevor die Kelpen sie getötet haben.«

Flacka fand nur schwer ihre Worte. »Und deshalb müssen wir Decora und den anderen auch helfen, diesen Krieg zu gewinnen.«

Melvin horchte auf.

»Damit wir das Lachen wieder zurückholen können. Es stimmt. Das hier *ist* eine Geisterstadt. Aber die Männer und Frauen und Kinder können zurückkommen. Wir könnten helfen, alles wieder aufzubauen. Aber über Erfolg oder Misserfolg werden die nächsten Stunden und Tage entscheiden. Wir dürfen uns jetzt keine Schwäche erlauben.«

Melvin war nun wieder etwas gefasster. »Danke, Flacka.«

»Sei bitte ehrlich, Flacka«, fragte Melvin ein paar Straßen weiter. »Hier beide gibt es ja nur uns: Glaubst du an sie?«

»An wen? An Decora?«

»An Decora. An Kiran. An Finn. Sie sind der Schlüssel. Sie alle drei. Aber sie sind noch so jung.«

»Und unerfahren im Herrschen und Anführen«, ergänzte Flacka.

»Und so voller Gefühle, die ihnen im Wege stehen«, seufzte Melvin.

Flacka ergänzte: »Keiner von ihnen hat sich von vornherein dafür entschieden, wie die Dinge laufen würden. Sie wurden allesamt in diesen chaotischen Strudel der Ereignisse hineingezogen …«

»Also, was ist, Flacka? Du hast die Frage nicht beantwortet. Du bist doch sonst um keine Antwort verlegen.«

»Ich will dir etwas zeigen, alter Zwerg«, sagte Flacka schließlich. Melvin staunte nicht schlecht, als sie ihren Gürtel löste und ihre Hose hinunterließ. Auf ihrem rechten Oberschenkel kam ein tätowiertes Symbol zum Vorschein: Ein Viertelmond, zwischen dessen Spitzen drei Sterne in gerader Linie funkelten.

»Mergo hatte da so eine Idee. Er kam, um mich diesbezüglich um Rat zu fragen. Ich fand seine Idee spitze. Ich erkläre dir, was das für ein Symbol ist.«

»Nicht nötig, meine Liebe.«

Melvin knöpfte sein Hemd unter der Weste drei Knöpfe weit auf. Auf seiner Brust kam dasselbe Symbol zum Vorschein. »Ich dachte mir, ich könnte dich damit überraschen, wenn wir das nächste Mal unter uns wären …« Er grinste sie an. »Mergo hat mir seine Idee ebenfalls erzählt.«

»Also ist deine Frage beantwortet?«, lachte Flacka.

»Ja«, sagte Melvin versöhnlich.

Ein Räuspern ließ sie zusammenfahren. »Ich möchte nicht stören! Aber Ihr seid Melvin Flinkfuß!«

Die alte Lunata humpelte auf dem rechten Bein, als sie den beiden Wasserzwergen aus der schmalen Gasse gegenüber entgegenkam. Auch ging sie leicht gebückt, aber ihre grauen Haare leuchteten silbrig auf und in ihren Augen lag der Schimmer einer jüngeren Frau.

»Melvin Flinkfuß, wahrhaftig, ich täusche mich nicht! Und ich dachte, alles was Rang und Namen hat, hätte der Stadt schon lange den Rücken gekehrt. Die Botschaften sind leer, wie man hört. Oder wie man gehört hat ...«

Flacka und Melvin blieben vorsichtig, obwohl sie sich nicht vorstellen konnten, welche Gefahr von der Frau ausgehen sollte. Woher sie aber seinen Namen kannte, war nicht schwer zu erraten, denn sein Gesicht war kein unbekanntes in Celsa. Wenn Sie schon immer hier gelebt hatte, standen die Chancen nicht schlecht, dass sie ihn schon einmal gesehen hatte. Also fragte er: »Wer seid Ihr?«

Die Lunata blieb stehen. Ihre Augen blitzten. »Ich bin Valiria Altovolata. Meine Familie lebt schon lange in der Nähe der Sternenhallen. Nun bin nur noch ich hier.«

Flacka sagte: »Altovolata. Wir kennen Euren Namen. Alter excelsischer Adel. Ihr besaßt früher mal eine Menge Handelsschiffe ...«

»Ihr sagt es, Frau ...?«

Flacka zögerte keinen Augenblick. »Seeschwalbe. Flacka Seeschwalbe.«

Valiria Altovolata lachte und ihre Haare leuchteten heller.

»Dann ist mir klar, warum Ihr über die Schiffe Bescheid wisst. Aber das ist Schnee von gestern. Mich interessiert nur, warum der Botschafter der Wasserzwerge mit der Piratenfürstin Aethras gemeinsame Sache macht. Ist es ein weiterer Feldzug gegen den Zauberer?«

»So ist es«, erklärte Melvin. »Aber warum seid Ihr hier?«

Valiria Altovolata verzog ihr Gesicht. »Ich weigere mich zu fliehen. Wohin auch? Wie man hört, ist dieser Teil der Welt bereits überrannt von den Monstern Trucidos. Und mich verbindet ein zu starkes Band mit den Sternenhallen. Wenn auch der Himmelsfürst tot ist, ich bleibe. Solange noch ein Turm des Palastes in den Himmel ragt, gibt es noch eine Chance.«

»Eure Treue in allen Ehren«, sagte Melvin und meinte es so. »Aber es ist sehr gefährlich hier.«

Jetzt lachte Valiria Altovolata. Spöttisch verkündete sie: »Sehe ich so aus, als wüsste ich nicht, was Gefahr bedeutet? Halte ich es nicht schon fast drei Jahre in der Gegenwart dieser grauenerregenden Kelpen aus? Außerdem sollte man keine klugen Ratschläge geben, an die man sich selbst nicht halten kann. Also, was sucht Ihr hier? Ich nehme nicht an, dass Ihr den Zauberer zu zweit stellen wollt. Aber dabei hättet Ihr ohnehin kein Glück.«

»Wie meint Ihr das?« Flacka klang misstrauisch. Melvin wusste, dass sie zeitlebens keine besonders hohe Meinung vom lunatischen Erbadel gehabt hatte. Aber natürlich waren auch für sie spätestens seit Decora andere Zeiten angebrochen.

»Ich meine«, sagte Valiria Altovolata scharf, »dass Ihr hier keinen Zauberer finden würdet. Er ist nicht mehr im Palast. Richtung Süden, dahin ist er aufgebrochen. Mit dem Schiff und einer ganzen Armada seiner Kelpen. Nach Ukonien, wenn man mich fragen würde. Aber genau weiß ich es natürlich nicht. Ist jetzt schon eine Weile her. Seither versuche ich einen Weg in den Palast zu finden. Aber es ist schwierig, weil Trucido so viele seiner garstigen Schoßtiere zurückgelassen hat.«

Flacka und Melvin sahen sich an.

Der Botschafter sagte: »Vielen Dank! Das ist ein wichtiger Hinweis, den Ihr uns da gebt. Eigentlich war das der Grund, warum wir hier sind. Herauszufinden, ob Trucido seit dem Angriff immer noch hier ist.«

»Um ihn noch einmal anzugreifen?« Valiria Altovolata sah Flacka plötzlich mit jähem Schrecken an. »Ich weiß, dass Ihr beim ersten Angriff dabei wart. Einen zweiten Angriff dieser Art würden die Hallen nicht überleben.«

Flacka zischte: »Meint Ihr nicht, dass der Verlust von Mauern und Steinen ein kleiner Preis für den Tod des Zauberers wäre?«

»Meint Ihr nicht, dass eine Piratin der Wasserzwerge herzlich wenig beurteilen kann, welcher Verlust die Sternenhallen für das Volk der Lunatae bedeuten würde?«

Flacka ging einen Schritt auf die alte Frau zu. »Welches Volk? Ich sehe nur Euch.«

Melvin zog sie zurück. »Das führt zu nichts. Wir haben die Information, die wir wollten. Lass uns umkehren. Wir müssen mit den anderen besprechen, was das für uns bedeutet.«

»Schon gut.« Flacka beruhigte sich. »Ich mag es nur nicht, wenn jemand die Nase so hoch hält, als würde sie bis in die Sterne reichen.« Dann wandte sie sich noch einmal zu Valiria Altovolata. »Wir werden Euch jetzt wieder verlassen, *Hochwohlgeboren.* Danke für Eure Auskunft. Verratet mir nur eins: Was glaubt Ihr da drinnen zu finden, wenn Ihr es hinein schafft? Ihr spracht von einer Chance?«

Valiria Altovolatas Augen blitzten auf. »In einen der Türme hinaufzuklettern. In die Türme, die schon so lange Wahrzeichen unseres Volkes sind.«

»Und dann?«, fragte Flacka missbilligend. »Wozu diese Gefahr auf Euch nehmen?«

»Um die Wolken zu spüren. Um den Sternen nah zu sein.« Valiria Altovolatas Haare glühten weiß. »Und um dann hinunterzuspringen.«

»Oh!«, sagte Flacka entwaffnet. Die Überraschung war ihr anzusehen. »Vielleicht habe ich Euch doch falsch eingeschätzt. Viel Erfolg dabei.«

»Warum genau sind wir eigentlich noch einmal zurück zur Botschaft?«

Flacka saß im Dunkeln in einem schweren Ohrensessel. Nur ein paar Lichtfetzen fielen von draußen durch die Fenster herein. Es war eine mondlose Nacht. Die Straßenzüge waren wie leergefegt. Falls Kelpen sich näherten, würden sie schon von weitem das Hufgetrappel hören und könnten dann immer noch in den verborgenen Kellerräumen Unterschlupf suchen.

Melvin antwortete nicht. Stattdessen lächelte er versonnen in das düstere Zimmer, in dem er früher seiner Arbeit nachgegangen war.

»Ich kann dein Grinsen förmlich spüren, alter Zwerg!«, flüsterte Flacka. »Ich habe erst kürzlich ein Auge verloren, ist dir das klar?«

»Und was soll das bedeuten?«, gab Melvin betont ahnungslos zurück.

»Dass ich nicht voll einsatzfähig bin, Herr Eisenfuß. Du denkst wohl, hier in deiner lauschigen Botschaft hättest du leichtes Spiel mit einer invaliden Piratin!«

»Solange ein Tropfen Blut durch deine Adern fließt, meine Seeschwalbe, wirst du niemals invalide sein. Außerdem wollte ich die Gunst der Stunde nutzen, um ein wenig allein zu sein. *Mit dir* allein zu sein. Wenigstens noch einmal. Und da du nur noch ein Auge hast, musst du auch nur den halben Anblick eines einst stattlichen Zwerges ertragen. Es wird noch lange dauern, bis mein Bart wieder der alte ist. *Win-win* heißt das, hat Finn mal gesagt.«

Flacka lachte. »Ich weiß nicht, ob er das so gemeint hat. Aber du wusstest schon immer, wie du deine Worte zielführend einsetzen kannst. Dann sag doch mal, wie du dir ein paar Stunden allein mit mir vorstellst …«

»Warum sagen?«, flüsterte Melvin. Er stand auf und ging zu ihr. »Ich werde es dir zeigen.« Dann beugte er sich hinunter, umfasste ihre Hüften und küsste sie. Sie erwiderte seinen Kuss. Langsam zog er sie hoch und drückte sie an sich.

»Lass uns in mein Schlafzimmer gehen.«

»Warte!«

Melvin ließ sie los. »Was ist denn? Ist es das Auge?«

»Wie man es nimmt«, sagte die Piratin. Ihre Stimme war ernst. »Mein gesundes Auge sagt mir nämlich, dass wir Gesellschaft bekommen. Sieh doch, da unten!«

Melvin fuhr herum. Tatsächlich! Auf der Kreuzung, im fahlen Licht vereinzelter Sterne, standen drei Personen vor der Botschaft. »Sind das Wasserzwerge? Und was ist das für ein Monster von einem Kerl?« Die drei Fremden aber waren nicht allein. »Ist das etwa eine Sternenmaus?« Melvin war völlig entgeistert, als er die Umrisse einer riesigen Fledermaus erkannte.

»Ich hab schon Verrückteres gesehen«, sagte Flacka. Sie setzte ihren Hut wieder auf. »Die müssen vor ein paar Sekunden gelandet sein. Ganz schön starkes Tier, wenn es die alle drei getragen hat. Und es sieht ganz so aus, als wollten sie zu uns.«

Der König und die Königin

Bratuck schoss durch den Tunnel zwischen den Welten. Er spürte seinen Herrn über ihm, die alte Hexe des Nordens krallte sich an sie beide. Während seine Augen brannten und Funken und Wellen aus Licht um sie und um sich selbst kreisten, schwante ihm Böses. Er wusste nicht, wohin ihre Reise sie führte, er wusste auch nicht, wie dieser absolut unglaubliche, dieser vielleicht sogar unerklärliche Portalzauber in geordnete Gedankenbahnen zu lenken war, aber er spürte, dass Renkeja hinter dem runden Fenster, das vor ihnen lag und rasend näherkam, nicht mehr derselbe sein würde. Der König würde nicht mehr der Mann sein, den Bratuck gekannt hatte. Woher diese Ahnung kam? Er wusste es selbst nicht. Aber er wusste wohl, dass Hildir den König zeitlebens in einem Bann verstrickt gehalten hatte. Und nun hatten sich die Wege seines Herrn und der Hexe am Hirschkopf abermals gekreuzt. Dabei hätte Hildir sterben müssen. Doch ihre Schicksale hatten sich im Sprung durch dieses Portal vereinigt. Oder täuschte er sich? Vielleicht würde ja doch noch alles ein gutes Ende nehmen …

Das Portalfenster wurde im letzten Augenblick größer, der leuchtende Raum hinter ihnen blähte sich auf und verschwand. Dann kam die Wiese. Eine so schnöde, einfache Wiese, dass sie nicht ansatzweise zu dem magischen Weltentunnel passen wollte, der sie just ausgespuckt hatte.

Bratuck landete, rutschte von Renkeja gezogen und Hildir gedrückt auf der lehmigen Grasnarbe vorwärts und blieb am Ende rücklings liegen. Er sah das Portal hinter ihnen, lilafarbene Funken setzten sich auf den braungrünen Rasen. Es war kalt, aber bei Weitem nicht so kalt wie im Schnee und Eis beim Hirschkopf.

Als Hildir aufsprang, trat sie mit ihren schweren Stiefeln auf ihn. Bratuck stöhnte, aber die Hexe schien ihn kaum zu bemerken. Keine Sekunde nach ihr war auch Renkeja auf den Füßen. Die beiden Könige, die keine mehr waren, wie es Bratuck in den Sinn schoss, standen sich einen Herzschlag verwirrt gegenüber, während Bratuck zwischen ihnen lag.

Renkejas und Hildirs Blicke trafen sich. Bratuck verspürte Hoffnung: Er sah Blicke, die töten wollten. Die Muskeln der beiden waren gespannt. Bratuck dachte an zwei Raubtiere, die sich belagerten. Dann sprang Hildir schreiend nach vorn und grub ihre spitzen Finger in Renkejas Gesicht.

Die beiden stolperten nach hinten, Renkeja fiel rückwärts, die Hexe hatte sich in ihn verkrallt. Stöhnend und fluchend rollten sie übereinander, dann schaffte es Renkeja, einen Hieb zwischen Hildirs Rippen anzubringen. Die Alte kreischte und Renkeja beförderte sie mit einem schweren Tritt von sich herunter. Doch schon im nächsten Augenblick waren sie beide wieder auf den Beinen. Hildir funkelte ihren Todfeind an. So war es richtig, dachte Bratuck! Die Hexe war seinem Herrn unterlegen. Er würde ihr schon die Krallen stutzen!

Doch anstelle des nächsten Angriffsschreis hallte Hildirs raue Stimme über die öde Wiese. Ihre Stimme schien Renkeja zu schneiden wie eine alonische Klinge.

»Da sind wir also.«

Renkeja atmete schwer. Er öffnete den Mund, ohne etwas zu sagen. Wann hatte Bratuck ihn je sprachlos erlebt? Nach all den Intrigen, die sie zusammen gesponnen hatten. Nach all den Jahren, die Renkeja dem einen Tag entgegengefiebert hatte, sich Hildir und ihren Töchtern zu entledigen. Aber die alte Hexe besaß mehr Macht, als Bratuck je vermutet hatte. Gerade hatte sie ihm blutige Wunden gekratzt! Warum stürzte sich Renkeja nicht endlich selbst auf sie?

»Vielleicht sollten wir es jetzt beenden!«

Hildir funkelte Renkeja aus ihren grünen Hexenaugen an. Damit hatte sie recht! Renkeja musste nur zupacken und ihre Kehle zudrücken. Sie war für alles verantwortlich, was an scheußlichen Dingen mit seinem Herrn und ihm selbst geschehen war! Der Krieg ging auf sie, die Schlacht am Hirschkopf ebenfalls, all das Ränkeschmieden der vergangenen Jahre, die zerbrochene Beziehung Renkejas zum Königssohn, das Blut und der Schmerz, und zu allem Überfluss die Flucht durch das Portal vor den eigenen Truppen! All das wäre niemals geschehen, wenn Hildir von Anfang an ihren Platz auf Telluriscor gekannt hätte …

Doch Renkeja rührte sich nicht. Nur Hildir setzte sich erneut in Bewegung und umrundete Renkeja wie ein hungriger Wolf seine schockstarre Beute.

»Was ist, alter König?«, rief sie. »Du hast doch wahrlich Übung darin, eine Frau zu töten.«

Bratuck hatte jene Erkenntnis bereits viel früher gehabt. Zwar hatte Renkeja ihn nie in diese eine Sache eingeweiht, ihn sogar angelogen, aber insgeheim, so glaubte der Gwilling, hatte der König doch gewusst, dass Bratuck ihn durchschaut hatte. Vielleicht hatte er gerade deshalb so lange an des Königs Seite verweilen können: Bratuck hatte gewusst und stillschweigend akzeptiert, dass auch diese Handlung letztlich richtig gewesen war. Eine Krone zu behalten erforderte Opfer. Und die eigene Macht auszubauen Blut. Das hatte Renkeja wie kein Zweiter verinnerlicht. Er scheute sich nicht, sich die Finger schmutzig zu machen. Und er scherte sich nicht einmal darum, was die verfluchten Engel dachten! So mutig war Bratuck selbst nicht. Es war das einzig Richtige gewesen, den Mord an Isabella zu begehen und ihn Hildir anzuhängen. Renkeja musste nur wiederholen, was er bereits beherrschte …

Noch einmal erhob die Hexe das Wort: »Was denn? Bist du denn nicht hier, um mich zu verschlingen?« Sie kam wieder ein Stückchen näher. Bratuck wollte seinen Herrn warnen, denn er dachte, dass die Hexe erneut auf ihn stürzen würde. Aber er brachte keinen Ton hervor.

»Das waren deine Worte!«, schrie sie Renkeja entgegen. »Zusammen mit der Welt, die sich für uns beide just verschlossen hat? Eines von beiden hast du bereits geschafft! Antworte mir, Renkeja! Vielleicht mögen unsere Herzen im Gleichklang schlagen – aber ist da nicht nur Platz für ein einziges Lied dieser Art?«

Sie klang wie das Abziehbild einer Wahnsinnigen. Ihre Augen flammten auf. Im giftigen Grün zeigte sich ein feuerroter Schimmer. Ihre Hände krümmten sich.

»Herr Renkeja, gebt Acht! Verschließt den Geist vor ihrer Macht!« Endlich war Bratucks Stimme wieder da.

Doch Hildirs Blick schnellte in seine Richtung. Sie hatte von Anfang an gewusst, dass er ebenfalls da war. Sie machte einen Buckel wie eine besessene Katze und sprang nach vorn. Ihr Arm schoss nach oben und im selben Moment versenkte eine aus der Grasnarbe emporschießende Flamme Bratucks Mantelzipfel. Seine Kleidung fing Feuer. Er quiekte, schmiss sich längs auf den Boden und wälzte sich hin und her, um die Flamme zu ersticken. Währenddessen wandte sich die Hexe schon wieder Renkeja zu.

Renkeja hatte nur Augen für Hildir. Er schien gar nicht zu bemerken, dass Bratuck in Gefahr gewesen war oder dass die Flammen wieder gelöscht waren. Ohne seine Krone kam er Bratuck wie ein Fremder vor. Oder war es der Blick seines Herrn? In seinen Augen brannte kein Hass, Bratuck konnte etwas anderes sehen …

»Hildir«, sagte er schließlich, als die Hexe ganz nah an ihn herangeschlichen war. Sein Gesicht blutete. Und noch einmal: »Hildir.«

Nur dieses eine Wort.

Hildir ging zum Angriff über. Flammen schossen aus ihren Handflächen, aber das Feuer schien auf Renkeja keine Wirkung zu haben, als es seinen Wams und seinen Umhang entzündete. Diesmal stand er felsenfest da und wartete auf den Zusammenprall mit der Hexe. Er fing Hildir in der Luft, drückte sie an sich und schleuderte sie wieder davon. Die Hexe trat und kratzte um sich und würgte Laute hervor, als würde sie sich an ihrem eigenen Hass verschlucken.

»Hildir!«, rief Renkeja noch einmal und setzte ihr nach.

»Das ist mein Name«, spie die Hexe aus.

Wahrscheinlich sollte es spöttisch klingen, als sie wieder auf ihre Füße sprang. Aber ihre Stimme zitterte. Nur die Glutaugen funkelten, als wollten sie Funken sprühen. Sie trat dem herankommenden König in den Magen. Der krümmte sich und sank auf die Knie.

»Bist du ohne deine Armeen etwa nicht Manns genug, den letzten Schritt zu tun, Renkeja? Hier bin ich! Komm schon, kämpf endlich!«

Hildir war über ihm. Renkeja passte den Moment ab und stieß mit seinem Kopf ihrem Kinn entgegen. Er traf genau. Hildir taumelte nach hinten. Sie fiel, ihre Hände immer noch zuckend auf Renkeja gerichtet. Kleine, nutzlose Flammenspiralen wanden sich ihm entgegen aber verpufften wie die letzten Flämmchen in seiner Kleidung in der kalten Luft. Renkeja blieb genau über ihr stehen. Bratuck sah, dass er nur einen Tritt von seinem Ziel entfernt war. Er konnte ihr mit seinem Stiefel den Schädel zertrümmern. Sein Bein zuckte schon … Worauf wartete er?

»Oder …« Hildirs Stimme brach. Sie schien gar verzweifelt. Wollte sie am Ende, dass Renkeja zutrat? Was ging hier vor? »… oder bist du wie gelähmt, weil dein eigener Sohn gegen dich intrigiert?«

Alles, was sie sagte, klang hässlich. Diese Hexe war von Innen zerfressen. Der König musste doch merken, dass das Brechen ihres Banns nur einen Stiefeltritt entfernt war! Bratuck wusste jetzt, dass nicht Kiran der Grund für Renkejas Zaudern war. Was seinen Sohn anging, hatte der König gleichfalls allen etwas vorgespielt. Einschließlich bisweilen sich selbst.

»Du willst über Kinder sprechen?«

Endlich ließ Renkeja seine raue Stimme ertönen. Er sammelte sich, um es zu beenden. Seine eigene Stimme zu hören konnte einem Kraft geben …

»Gewagt für jemanden, der der eigenen Tochter den Kopf abschlägt!«, sagte er und wischte sich Blut aus dem Auge.

»Ich bin eben allzeit bereit!«, erwiderte Hildir.

Sie lag da und starrte ihren Todfeind an. »So wie du es mir über dich selbst prophezeit hast. Anscheinend lassen wir doch nicht beide Taten auf unsere Worte folgen …«

Renkeja biss sich auf die Lippe. Noch mehr Blut rann in seinen grauen Bart.

»Es stimmt, das waren meine Worte. Aber es waren nicht die einzigen.«

Jetzt hatte Bratuck den Faden verloren. Worüber redeten die beiden? Renkeja sah so aus, als würde er jeden Moment auf die Knie sinken.

»Ich erinnere mich. Wie könnte ich jemals vergessen«, sagte Hildir.

»Und das eben?«

»Was meinst du?« Hildir wirkte so irritiert wie Bratuck sich fühlte. Das Feuer in ihren Augen ließ nach.

»Die Schlacht … der *Dritte Engel* …«, sagte Renkeja abgehackt.

Hildir schüttelte vehement den Kopf. »Was noch zu klären wäre! Ich verstehe nicht, wie das alles zusammenhängt, aber dieser Engel war keiner von unseren Engeln. Und das mit deinem Sohn. Sie kannten sich …«

»Deine Enkelin kannte ihn ebenso«, fügte Renkeja hinzu. »Jedenfalls …« Der König bemühte sich um Festigkeit in seiner Stimme. »Das alles war kein Zufall. Was hältst du stattdessen von *Schicksal*?«

Nun ging er tatsächlich auf die Knie.

Hildir lachte auf. Ein Windstoß fegte über die öde Wiese und trug das Lachen mit sich davon.

»Du willst damit sagen, dass dies hier dann ebenfalls Schicksal wäre.«

Sie setzte sich auf, blickte umher und breitete ihre Arme aus. »Welch Schicksalsironie, möchte ich dann behaupten: Die Königin und der König von nichts!«

»Ja, die Kronen. Die haben sie uns wohl genommen.« Renkeja seufzte. »Aber …«

»Aber was?«

Hildir war jetzt leise geworden. Sie sah ihn an, als wüsste sie zum ersten Mal nicht, was er gerade dachte. Bratuck kam schon lange nicht mehr mit.

»*Aber was?*«, fragte sie noch einmal. Diesmal so nachdrücklich, als wäre die Antwort auf diese Frage ihre einzige noch intakte Triebfeder.

Renkejas stechender Blick stand den Glutaugen der Hexe in nichts nach.

»Frag dich selbst«, sagte er.

Sie ließ sich mit der Antwort lange Zeit.

»Ich hasse und liebe.«

Mit einem Mal verstand Bratuck alles. Alles, von dem er gedacht hatte, dass er es in den vielen Jahren schon längst durchschaut hätte. Die Blicke der beiden waren gleich. Dasselbe Feuer loderte sowohl in Renkeja als auch in Hildir.

Als sie aufeinanderstürzten, musste Bratuck sich aus dem Weg rollen. Er war nicht mehr als bloße Luft für sie. Doch die beiden kämpften nicht. Sie küssten sich. Und sie küssten sich wieder. Und bald schien es, als wollten sie ihre Drohung, sich zu verschlingen, wahrhaftig in die Tat umsetzen.

Die Könige von Nichts

Versonnen wanderte Renkeja die kleine Anhöhe hinauf. Ein paar Zypressen wuchsen hier und dort, jedoch ohne die charakteristisch freien Stämme, die Renkeja kannte. Die immergrünen Zweige säumten bauchig bereits die unteren Enden der Stämme und verjüngten sich hoch bis zu den spitzen Baumkronen. Neben ihm stapfte Hildir, die ihn mit einem unergründlichen Lächeln musterte. Ihm gefiel ihr Blick auf sich. Er war *anregend.* Und es war anregend gewesen, sie am liebsten tot zu wissen und sie währenddessen verschlungen in den eigenen Armen zu spüren. Vielleicht ging es ihr genauso. Sicher war es so. Die Leidenschaft, mit der sie ihn beinahe aufgefressen hatte, sprach ihre ganz eigene Sprache und ließ sich nicht leugnen. Den Hass hatte ihre Liebe viele Jahre noch geschürt, aber am Ende hatte die Liebe sich durchgesetzt. Sie waren ja von Anfang an füreinander bestimmt gewesen.

Renkeja verspürte nun keinerlei Lust mehr, ihr das Leben zu nehmen. Stattdessen wollte er sie lieber wieder küssen. Hatte er erst seine Krone verlieren müssen und durch ein Portal springen müssen, um wahrhaftig noch einmal zu erfahren, wovon er immer geträumt hatte?

Hildir blieb auf dem Hügelkamm stehen und pflückte einen rundlichen Zapfen von einer windschiefen Zypresse. Sie ließ ihn zwischen den Fingern hin- und hergleiten und schaute in die Ferne.

»Wo auch immer wir hier sind. Es ist weit weg von zuhause«, sagte sie.

Bratuck holte sie und Renkeja ächzend ein und musterte Hildir abschätzig aus dem Augenwinkel. Der König wusste nur zu gut, dass seinem Diener und Sekretär mindestens ein Dutzend Fragen im Kopf herumschweben mussten. Andererseits, so missbilligend wie er auf Hildir blickte, hatte er sich das meiste sicher auch so schon zusammengereimt. Bratuck war klug, viel klüger, als Renkeja bisweilen zugeben wollte, und seine Auffassungsgabe wurde nur durch seine unbedingte Loyalität zu ihm in den Schatten gestellt. Allein deshalb, da war Renkeja sicher, hatte er sich bisher zurückgehalten. Nicht ein Wort war aus dem Mund des Gwillings gedrungen, seit sie dem Ort den Rücken gekehrt hatten, an dem sie das

Portal ausgespuckt hatte. Wenn man über die Schulter sah, konnte man weit entfernt immer noch die Stelle erkennen, an der Hildir und Renkeja sich nach all den Jahren endlich wieder vereint hatten.

»Was glotzt dein elender kleiner Diener mich so an?«

Hildir machte einen drohenden Schritt auf Bratuck zu.

»Welche Geheimnisse kannte er bereits und welche hast du ihm anvertraut, Renkeja? Wenn er bei uns bleiben will, dann sollte er sich schnell einen anderen Blick zulegen, sonst brenne ich ihm eigenhändig das Misstrauen aus seiner hochnäsigen Visage.«

Renkeja blieb wie angewurzelt stehen und sah sie an. Ein breites Lächeln umspielte plötzlich die kantigen Züge seines grauen Bartes.

»*Bei uns*? Du meinst also, wir bleiben zusammen?«

Hildir ließ von Bratuck ab uns sah ihn amüsiert an. »Das hast du gehört, alter Mann? Stört es dich gar nicht, dass ich deine verwünschte Kammerzofe bedrohe?«

Bratuck verschluckte sich vor Empörung beinahe, aber Renkeja hatte dafür kaum Gehör. »Weich nicht aus, Liebste.«

»*Liebste?*«

Hildir warf den Zapfen den Hügel hinab und ging jetzt auf ihn zu.

»*Liebste*«, wiederholte Renkeja inbrünstig. »Vom Schicksal füreinander ausersehen. Endlich vereint. Hast du vergessen, was dort unten den Hügel hinunter geschehen ist? Leugne nicht, dass hier eine größere Macht ihre Finger im Spiel hatte! Bei den Engeln, an die ich kaum glauben mag! Wer hätte sich das ausdenken können? Es kann nur so sein, dass wir einander von nun an nicht mehr loslassen dürfen.«

»Soso.« Hildir kam noch weiter heran, bis sie ganz nahe bei ihm war. »Ich leugne es ja gar nicht.«

»Dann schwöre ich es«, hauchte Renkeja, »hier und jetzt. Ich werde dich nicht mehr gehen lassen. Die Liebe triumphiert über den Hass. Ich weiß es. Deine Gegenwart hat mich nach all den Jahren noch einmal zu einem anderen werden lassen.«

Er packte die Königin und zog sie zu sich. Ihr rotes Haar verwehte sich im Wind. Sie ließ es geschehen.

Sie fragte misstrauisch: »Und es hat nichts damit zu tun, dass die Ketten unseres alten Lebens gesprengt wurden? Dass die Bande gekappt ist zu den Thronstühlen unserer Heimat?«

Renkeja sah in ihre wunderschönen, eiskalten Augen, in denen es dennoch brodelte. Weit-Alon war plötzlich so unendlich weit weg, als wäre es bloß noch die Ahnung eines alten Lebens. Doch ganz weg war es nicht:

»Alles hat miteinander zu tun, wenn man an das Schicksal glaubt. Und ich tue es nun.« Er zögerte. »Obwohl das nicht immer so war.«

Hildir zierte sich noch einen letzten Augenblick. Aber dann küsste sie ihn endlich. Der Kuss währte eine Ewigkeit. Schließlich löste sie sich von ihm.

»Das Schicksal also?«, sagte sie beinahe sanft.

Renkeja nickte. »So ist es. Es hat uns zusammengeführt. Ich spüre, dass wir gemeinsam viel stärker sind als jemals zuvor.«

Hildir lachte kalt und fegte den kurzen Moment ihrer Sanftheit fort: »Die Liebe macht auch blind. Siehst du nicht, was uns geblieben ist? Ein hässlicher Gnom von einem Diener und die Erinnerung an zwei Kronen, die nun unsere verkommene Nachkommenschaft innehat.«

Erst jetzt räusperte sich Renkeja höflich und wies auf Bratuck. Der war sprachlos ob Hildirs Beleidigungen.

»Dieser *hässliche Gnom* hat uns unsere Flucht erst ermöglicht, Hildir. Vergiss das nicht! Er ist auf unserer Seite. Seid nicht undankbar. Ohne ihn würden wir wahrscheinlich bald in einem Kerker verrotten oder bereits kopflos im Schnee liegen. Außerdem ist er so treu wie nur irgendwer. Und da wir von nun an zusammengehören, wird er natürlich auch dich als Herrin akzeptieren.«

Hildir musterte Bratuck von oben bis unten.

»Was sagst du dazu, kleiner Mann? Wenn deine Loyalität genauso groß ist wie dein Geschmack für Kleidung schlecht, dann bin ich vielleicht bereit, dich anzuerkennen.«

Bratuck hustete vor Empörung, bekam sich aber schnell in den Griff. Er sah Renkeja beinahe flehentlich an, aber der König zeigte keinerlei Reaktion. Bratuck hatte lange genug in seinen Diensten gestanden und wusste schon, dass es von hier an nur mit Hildir weiterging. Und natürlich akzeptierte er schließlich.

Mit knirschenden Zähnen sagte er: »Ich werde von nun an auch Euch Herrin nennen. Verzeiht unseren holprigen Start, Hildir, ich entschuldige mich dafür.«

»Das rate ich dir auch, Diener!«, antwortete sie gönnerhaft. Dann funkelte sie ihn halb böse, halb belustigt an. »Renkeja kann ich nun vertrauen, das Band der Liebe ist stärker als alles, was es sonst gibt. Aber ich weiß nicht, welche Ränke er mit dir all die Jahre gegen mich geschmiedet hat: So etwas vergisst ein falsches kleines Gwillingherz kaum auf die Schnelle. Ich rate dir also, dich von deiner besten Seite zu zeigen, Kammerzofe.«

Bratuck lief rot an. Hildirs Beleidigung hatte ihn sicherlich tief getroffen. Aber Renkeja sah keinen Grund, sich noch mehr einzumischen. Die beiden würden sich schon aneinander gewöhnen. Warum sollte er seiner süßen Hildir gleich zu Beginn vor den Kopf stoßen? Und ein paar kleine Nadelstiche konnte Bratuck gut und gerne vertragen, selbst wenn sie ungerechtfertigt waren und sie ihre Rettung hauptsächlich ihm zu verdanken hatten!

So standen sie nun zu dritt auf der Hügelkuppe zwischen den Zypressen und sahen über das karge Land. In ein paar Kilometer Entfernung schienen sich die Ausläufer eines Wäldchens zu befinden, ansonsten lagen die weiten Wiesen von der kalten Jahreszeit ausgezerrt und öd da.

»Und was tun wir jetzt?« Es schien Renkeja wie die offensichtlichste Frage. »Suchen wir uns erstmal einen besseren Ort, um uns zu besprechen?«

Er war so lange der König von Weit-Alon gewesen und kam sich, wenn er ehrlich war, noch immer wie ebendieser vor. Er hatte eigentlich gar keine Ahnung davon, was in so einer Situation zu tun war. Bratuck schien ebenso ratlos zu sein. Hildirs Blick allerdings war konzentriert auf den Horizont gerichtet. Was suchte sie? Einen Anhaltspunkt vielleicht, wo sie waren? Während er sie beobachtete und ihre Stärke bewunderte, dachte er plötzlich an seinen Sohn. Kiran hatte ihn gestürzt. Er war wütend auf sich selbst, dass er nicht geschafft hatte, was Hildir bei ihrer Tochter zustande gebracht hatte. Er malte sich aus, wie es wohl gewesen wäre, diesen verkommenen Nachkömmling Isabellas getötet zu haben. Kiran hatte ihn hintergangen. Mehrmals. Sein Tod wäre mehr als verdient gewesen. Er, der König, hatte ihm doch immer wieder versucht, die Hand zu reichen und auf seine Seite zu ziehen. Und dann waren da noch die Freunde seines Sohnes. Allen voran dieser verfluchte Finn Ritter! Renkeja lief ein frostiger Schauer über den Rücken, als er daran dachte, wie der Fremdling, den er damals selbst aus dem Kerker geholt hatte, als Dritter Engel in die Schlachtreihen gefegt war. Seine verhexte Stimme hallte immer noch in seinen Ohren. Oder auch Decora Nubigena, die …

Doch weiter kam er nicht mit seinem Groll, denn Hildir wandte sich zu ihm. Sie schien die gleichen Gedanken wie er zu haben: »Du willst wissen, was wir machen? Ganz einfach!«

Renkeja und Bratuck zugleich sahen sie verblüfft an. *Ganz einfach?*

»Nun tut nicht so überrascht«, sagte sie. »Man könnte glauben, dass keiner von euch König oder dessen Sekretär gewesen ist. Wie habt ihr es bloß geschafft, euch so lange an der Macht zu halten?«

Sofort machte sie ein säuerliches Gesicht. »Obwohl wir darüber vielleicht nicht nachsinnieren sollten: Es wirft ein schlechtes Licht auf mich. Schließlich habe ich es in all den Jahren nicht geschafft, euch vom Thron Weit-Alons zu vertreiben.« Nun lächelte sie schräg. Offenbar hatte sie einen Witz gemacht.

Bratuck quiekte so etwas wie eine gequälte Zustimmung, Renkeja dachte nach.

»Was ich nicht geschafft habe«, nahm sie den Gedanken wieder auf und wartete nicht darauf, ob Renkeja etwas dazu zu sagen hatte, »haben unsere Kinder und Enkelkinder jedoch in die Tat umgesetzt! Sie haben uns unsere Plätze als König und Königin gestohlen. Sie, zusammen mit diesen *anderen.*«

Es war klar, an wen sie dachte.

»Engel und andere Personen, die nicht von dieser Welt sind. Liege ich da ungefähr richtig, Renkeja?«

Der ehemalige König brummte Zustimmung.

»Dachte ich es mir!« Hildirs Augen flammten auf. »Keiner von ihnen hatte das Recht dazu. Sie verdienen es nicht, in unseren Hallen zu sitzen. Wer weiß, was sie just in diesem Augenblick über unsere Heere verfügen? Ich glaube nicht, dass sie weiterkämpfen. Vielleicht schmieden sie bereits Pläne, wie sie unsere Reiche zusammenführen möchten …«

Renkeja überlegte. Das konnte er sich tatsächlich gut vorstellen. »Und was bedeutet das nun, Hildir? Du sagst, du wüsstest, was zu tun wäre?«

»Natürlich, *Liebster.*« Sie sah wieder in die Ferne. »Im Augenblick sind wir die Könige von nichts. Schau dich um. Das Schicksal aber hat Größeres für uns vorgesehen. Hast du nicht selbst gesagt, dass wir nun stärker sind als jemals zuvor?«

Renkeja nickte. »Das habe ich.«

»Dann ist es unsere vom Schicksal ausersehene Pflicht, unsere missliche Lage zu ändern. Wir werden uns zurückholen, was uns gehört. Und wir werden unsere verräterischen Kinder und Enkelkinder und diejenigen, die noch weniger Anspruch auf einen Titel Telluriscors haben, auf ihren rechtmäßigen Platz verweisen.«

Bratuck wagte endlich zu sprechen. »Wo ist denn der? Euer Ansatz, Hildir, gefällt mir sehr …«

»Mein Kleiner«, sagte Hildir und setzte einen Tonfall auf, als spräche sie mit einem begriffsstutzigen Kind, »fein, dass du mir zustimmst, der Hellste bist du aber nicht.«

Bratuck machte ein zischendes Geräusch, fast wie von einer Schlange. Hildir aber überhörte es. Vielleicht sogar absichtlich.

»Der Platz unserer Kinder«, erklärte sie grimmig, »ist im Staub zwischen unsere Stiefeln. Mit einem Schwert in der Brust und mit einer von Schuld beladenen Seele sollen sie vor die Engel der Vergangenheit treten. Die werden ihnen schon deutlich machen, was es heißt, im Leben Verrat an den eigenen Eltern zu begehen.«

Renkeja war plötzlich Feuer und Flamme. Alles, was Hildir sagte, sprach ihm aus der Seele.

Beiläufig sagte sie: »Apropos Engel: Ihr beide könntet mir bei Gelegenheit eine ganze Menge erklären. Was da genau auf dem Schlachtfeld geschehen ist. Was es mit diesen Portalen auf sich hat und so weiter … Ich habe nämlich das Gefühl, ihr wisst viel mehr als ich. Und dann werden wir schon eine Lösung finden.«

Renkeja seufzte. »Wo sollen wir da anfangen?«

Hildir zuckte mit den Schultern. »Zum Beispiel damit, wo wir hier sind. Habt ihr eine Ahnung?«

Renkeja und Bratuck sahen sich hilflos an.

»Bei den Engeln!«, stöhnte Hildir. »Dann finden wir es eben heraus. Und dort fangen wir an!«

Sie wies weit hinaus bis zum Rand des Wäldchens am Horizont.

»Was ist dort?« Renkeja bemühte sich verwirrt zu erkennen, wovon sie sprach.

»Sieh genau hin«, wies Hildir ihn spöttisch an. »Oder ist deine Sehkraft schon so schwach, alter Mann?«

Empört kniff Renkeja die Augen noch weiter zusammen. Dann endlich sah er, was Hildir meinte: Zwischen den vorderen Bäumen stieg sanft Rauch in den Himmel auf.

»Sieht aus, als befände sich dort ein Gebäude. Ich wette, dort finden wir Antworten.« Hildir setzte sich in Bewegung. »Und bis wir da sind, erzählst du mir einfach alles, Renkeja.«

Adel verpflichtet

Salzfürst.

Salzfürst.

Der Titel hörte sich so anders an. Anders als noch vor kurzem, als Waldris Wetterstern der Salzfürst gewesen war. Aber das gehörte nun der Vergangenheit an. Sein Vater war tot und Walerian Wetterstern war damit unweigerlich zum Salzfürsten geworden.

Salzfürst. Es war zum Verzweifeln.

Rastlosen Gedanken folgend tigerte Walerian auf den Zinnen Burg Immersteins umher. Er war bald schon ganz vorn auf dem Wehrgang der Westseite der Festung angelangt, sodass der gewaltige vordere Innenbereich nun hinter ihm lag. Die Baracken, die darin standen, waren gut in Schuss und Walerian musste nicht hinsehen, um erneut darüber nachzugrübeln, warum sein Vater bloß immer das Abenteuer außerhalb dieser Mauern gesucht hatte! Dabei war Immerstein seit jeher uneinnehmbar. Gerade in diesen Zeiten wäre es doch ratsam gewesen, hier zu verweilen! Oder betrachtete er die Dinge am Ende falsch und war zu feige?

Walerian sah ostwärts über die unzähligen Bauernhäuser, Felder, Gehöfte, Schenken, und Getreidemühlen Ukons, die zu den Füßen Immersteins in der kalten Morgensonne glänzten. Selbst das Volk hatte Platz in der Burg: In den Baracken des vorderen Innenbereiches konnte das zweitausend Mann starke Leibheer des Salzfürsten Platz finden, dahinter, vor der Hauptfeste, in einem zweiten, separat verschließbaren Innenbereich ein noch größerer Teil der Bevölkerung. Wenn es wirklich zu einem Konflikt auf dem Boden Ukons kommen sollte – auch wenn ein solcher schon seit dem Vier-Völker-Krieg nicht mehr ausgebrochen war – dann war man hier am sichersten.

Walerian sah seinen Vater im Geiste vor sich: hoch gewachsen. Muskelbepackt. Furchtlos. Nicht das genaue Gegenteil von ihm selbst, aber doch in allen wichtigen Bereichen überlegen, die ihm einfielen. Dass sein Vater ausgerechnet einem dieser Kelpen des wahnsinnigen Zauberers zum Opfer gefallen war, der zurzeit die Sternenhallen der Himmelsfürsten okkupierte, war besonders tragisch. Waldris hatte sich kaum Sorgen über die Geschehnisse gemacht, die Celsa-Stadt heimsuchten, selbst als vor einer Woche die beunruhigenden Nachrichten über einen regelrechten Krieg in den Straßen der Küstenstadt per Botenvögel überbracht worden waren. Jedenfalls war Waldris trotz allem zur Jagd in die Zypressen aufgebrochen. Sein Nachtlager war dann anscheinend von versprengten Kelpen gefunden und überfallen worden. Walerian hatte sich selbst ein Bild des Gemetzels am Ort des Geschehens gemacht. Es hatte ein wahres Massaker gegeben. Von den vier Kelpen war zwar nicht viel übrig gewesen, ebenso wenig allerdings von seinem Vater. Das war nun drei Tage her.

Einmal mehr ließ Walerian seinen Blick schweifen und mit ihm die Gedanken, die voller brennender Fragen waren: Was sollte er nun tun? Was für ein Salzfürst würde er sein? Einer, der das Abenteuer suchte wie sein Vater? Aber was hatte ihm das gebracht? Oder einer, der sich wieder mehr in die Politik der anderen Reiche einmischte? Der Zauberer von Celsa machte nicht den Anschein, als würde er sich mit dem Reich der Himmelsfürsten zufrieden geben. Es gab Nachrichten über Kämpfe mit den Zwergen und Elfen entlang des Oberen Flusses bis hin zu M`hidi Stadt und an den Ausläufern des Inneren Ozeans sowie der Goldenen Wüste. Manche sagten, die Reiche wären schon gefallen oder stünden zumindest kurz davor. Und das, obwohl die Kelpen nun anscheinend verwundbar waren. Wenn das alles stimmte, wann kamen die Menschen Ukoniens an die Reihe? Wenn er seinem Vater Glauben schenken wollte, dann niemals.

Vielleicht konnte er auch einfach ein Herrscher sein, der noch nicht wusste, welchen Weg es einzuschlagen galt. Besagten denn irgendwelche uralten Regeln, dass ein nachgerückter Salzfürst gleich wissen wusste, was zu tun war? Er hatte doch gar keine Zeit gehabt, sich auf diese Aufgabe vorzubereiten. Zu der Trauer um seinen Vater, den er trotz seiner leichtsinnigen Eskapaden sehr geliebt hatte, kam nun auch noch das Gewicht der Krone dazu. Das war nicht fair.

Wie sehr wünschte er sich hier und jetzt seine Eltern herbei. Seinen Vater als Entscheider, der im Nachhinein nicht ein einziges Mal einen eigenen Entschluss infrage gestellt hatte und vollkommenen ohne Selbstzweifel durchs Leben gekommen war, und seine liebe Mutter, die ihm im Chaos des Lebens eines Hochadligen immer Anker und Trostspender gewesen war, bis sie vor vier Jahren nach einem schweren Fieber morgens einfach nicht mehr aufgewacht war!

Schließlich kehrte Walerian mit diesen düsteren Gedanken im Kopf seiner Stadt und dem Fluss Ukon im Osten den Rücken und machte sich auf den langen Weg zurück über die Zinnen bis zum Balkon des Thronsaals, der mit den Wehrgängen hinter dem zweiten Innenbereich der Feste verbunden war. Nein, Walerian hatte keine Zeit gehabt, sich auf diese Aufgabe vorzubereiten. Nichtsdestotrotz musste er ihr gerecht werden. Auf die eine oder andere Weise. Denn zwischen all den Fragen, die ihm auf der Seele lasteten, wusste er doch eine alte Weisheit mit Sicherheit: Adel verpflichtete. Die Krone mit dem Fünfeck der Punkte auf seinem Haupt, die das Salz des Meeres symbolisierten, war der untrügliche Beweis.

Walerian ging nun schneller. Er schritt vorbei an wehenden Bannern, die ebenfalls das Fünfeck zeigten, blieb auch nicht stehen, als ihm schneidender Ostwind ins Gesicht blies und reagierte kaum, als ihm die Wachen auf seinem Weg salutierten. Walerian wusste, dass der Thronsaal voller Berater war. Der ganze Hofstaat war anwesend. Drei Tage hatten sie ihm Zeit gegeben, eine Entscheidung zu fällen. Drei Tage und einen weiteren, um eine genaue Vorgehensweise zu präsentieren. *Drei Tage.* Diese erste Frist war nun vorüber. Bisweilen fragte sich Walerian, ob die Könige eigentlich die wahren Herrscher waren oder ob sie nicht bloß das Geschrei von anderen Politikern in rechte Bahnen lenken und dabei aufpassen mussten, nicht selbst unter die Räder zu kommen.

Ein letzter langer Wehrgang lag vor ihm. Im Halbrund führte er oberhalb um den zweiten Innenbereich Immersteins, der zu Zeiten des Großen Krieges eine so enorme Mauerverstärkung erhalten hatte, dass die seit siebenhundert Jahren noch so unbezwingbar war wie damals.

Der Balkon lag leer vor Walerian wie ein Marktplatz an einem Feiertag, aber die Ruhe war trügerisch. Im Thronsaal wartete seine erste Prüfung als Salzfürst. Vielleicht auch seine letzte, wenn er sich falsch entschied. Würde er dem Lager seiner Berater nachgeben, die sich am liebsten ganz aus der Trucido-Sache herausziehen würden in der Hoffnung, die Angelegenheit würde sich schon irgendwann von selbst lösen? Oder würde er denjenigen entgegenkommen, die die Flucht nach vorn anstrebten und es für das Beste hielten, einem Angriff mit einem Präventivschlag zuvorzukommen?

Walerian sog ein letztes Mal die kalte Morgenluft ein. Er trat zwischen zwei Wachen hindurch und schlug einen blaugrünen, dicken Samtvorhang zur Seite. Kleine Feuer brannten in Schalen dahinter. Sofort wurde es wärmer. Er marschierte festen Schrittes durch eine Säulenhalle. An deren gegenüberliegendem Ende öffnete ihm eine weitere Wache wortlos eine eisenbeschlagene Doppeltür. Das angestrengte Flüstern, das neugierige, aufgeregte Wispern dahinter erstarb augenblicklich.

Walerian warf seinen grünen Umhang mit dem weißen Salzfünfeck ab und durchquerte die Menge seines Hofstaates und Beraterstabes. In deren Mitte blieb er stehen. Er verspürte keinen Drang, sich auf seinen Thron am Ende der Halle zu setzen. Der runde, reich verzierte und üppig gedeckte Tisch in der Mitte der Menge gefiel ihm weit besser. Er hielt es für klug, diesen Leuten nah zu sein. Adel verpflichtete.

Einen Moment lang sammelte er sich. Noch einmal ging er die Entscheidung durch, die er getroffen hatte, als er draußen auf den glitzernden Fluss Ukon geblickt hatte. Dann räusperte er sich und die Stille, die zuletzt wieder einem nervösen Murmeln gewichen war, wurde perfekt.

»Ich habe mich entschieden«, sagte er mit fester Stimme.

»Dann teilt uns Eure Entscheidung nun mit, Heer Walerian!« Martin Zwölfhaar, der Zahlmeister, hatte gesprochen. Er verwaltete den königlichen Thronschatz und war der Ansicht, man sollte besser einen weiten Bogen um Trucido und das Reich der Himmelsfürsten machen.

»Hört, hört!«, sagte Unkerich Acerbus, der bärige Hauptmann der Wache und stets Verfechter raubeinigerer Methoden, zwar etwas ungelenk, aber keinesfalls böswillig.

Walerian stützte die Hände auf die große Tafel. Das hier würde seine erste Tat als Salzfürst sein. *Salzfürst.* Er dachte an seinen Vater. Er dachte an seine Mutter. Er fühlte sich so unendlich allein.

Als keiner der beiden zu ihm sprach, sagte er in die Runde blickend: »Adel verpflichtet. Die Krone, die mein Vater an mich weitergegeben hat, sie ist nicht bloßer Schmuck. Ihr Gewicht erinnert einen Herrscher Tag und Nacht daran, dass es drängende Entscheidungen zu treffen gibt. Deshalb sage ich: Wir müssen unsere Untertanen schützen! Die Menschen Ukoniens sind in Gefahr.«

Schweigen.

Endlich stellte Unkerich Acerbus stellvertretend für den Rest die Frage aller Fragen: »Aber wie stellen wir das nun an, mein König? Wie sieht euer Plan aus?«

DAS BAUERNHAUS

Bratuck watschelte hinter Renkeja und seiner neuen Herrin her. Er wusste immer noch nicht, ob er überrascht sein sollte, welchen Sinneswandel der König offenbar vollzogen hatte. Oder vielleicht war es ja auch gar kein Wandel! All diese Jahre – war der Hass Renkejas wirklich in falsche Bahnen gelenkte Liebe gewesen? Sicher, die Anzeichen dafür hatte es stets gegeben. Aber dass alles so einfach wäre und vor allem so schnell ginge, nachdem die Fesseln der telluriscorianischen Kronen den beiden abgenommen waren – das hätte der Gwilling sicher nicht gewettet.

Viel schlimmer war jedoch, wie sehr der König der Hexe nach dem Mund redete. Und Bratuck selbst zählte dabei gar nichts! Für die jahrelange Treue hätte er sich wahrlich mehr Fürsprache und Verteidigung von Renkeja gewünscht. Es machte ihn wütend, aber das zu zeigen war unklug. Also fügte Bratuck sich in die neue Situation und hoffte darauf, dass der König schon irgendwann Vernunft annehmen und wieder selbst denken würde, anstatt der Hexe das Ruder komplett in die Hand zu geben. Vielleicht würde es ihm ja irgendwann langweilig mit ihr. Sicher, so würde es sein! Wenn erst einmal das – er traute sich kaum, das Wort zu denken – neue *Verliebtsein* der beiden abgeklungen war. Schließlich kannte er, Bratuck, seinen Herrn doch viel besser als die rothaarige Vettel aus dem Eis!

Hildir hielt als Erste an. Am Fuße des Hügels, über den sie gestiegen waren, kam ein kleines, windschiefes Bauernhäuschen zum Vorschein. Der Schornstein blies grauen Rauch in den verhangenen Himmel. Bratuck musste zugegen, dass das Haus vor der geschlossenen Baumfront, die sich etwa hundert Meter weiter hinten anschloss, und zwischen den einzelnen Zypressen, die kleine Felder rechts und links einrahmten, auf denen in der richtigen Jahreszeit wahrscheinlich Obst und Gemüse angebaut wurde, richtig idyllisch wirkte. Weit und breit war kein anderes Gebäude zu sehen mit Ausnahme eines Stalls, aus dem das Wiehern von Pferden zu hören war. Hühner mit goldenen Kämmen und grüngoldenen Federn spazierten hier und da unaufgeregt durch die Gegend, wie Bratuck vorher noch niemals welche gesehen hatte. Er spürte nun plötzlich zum ersten Mal ganz deutlich, dass sie irgendwo weitab ihrer Heimat gelandet waren. Dass etwas so Ordinäres wie Hühnervögel ein solch starkes Gefühl bei ihm auslösen konnten, überraschte den Gwilling. Und es ängstigte ihn gleichzeitig. Er fühlte sich fehl am Platze. Die Hexe und Renkeja hatten die sonderbaren Hühner ebenfalls bemerkt und ihre Blicke ließen vermuten, dass sie Ähnliches dachten wie er.

Ohne lang zu zögern zog Hildir Renkeja beinahe spielerisch mit sich, zu allem Überfluss gab sie ihm dabei auch noch einen Klaps auf den Hintern. Bratuck traute seinen Augen nicht, diese Könige benahmen sich nicht wie Herrscher, sondern wie Kinder. Niemand hätte so etwas jemals in Weit-Alon wagen dürfen. Bratuck unterdrückte ein Würgen, als die beiden sich erst lange küssten und dann, ohne ihn zu beachten oder etwas mit ihm abzusprechen, den flachen Hügel zur Haustür hinunterhuschten. Hatten die beiden überhaupt verstanden, wie ernst die Lage war? Hildir hatte alle Offenbarungen, die der König ihr auf dem Weg erzählt hatte, mit erstaunlichem Gleichmut aufgenommen. Irgendetwas war faul an dieser giftigen Person. War ihr Plan vielleicht, einfach an diese fremde Tür zu klopfen? Sie war so unglaublich sorglos, obwohl sie doch jetzt über alles Bescheid wusste. Renkeja hatte keine Einzelheit ausgelassen, nicht einen taktischen Vorteil gab es in Bezug auf ihr Wissen. Alles, was Kiran und seine Begleiter dem König erzählt hatten, wusste nun auch Hildir. Bratuck bereitete das noch mehr Bauchschmerzen. Doch mit einer Ausnahme! Der Gwilling überprüfte, ob der Gegenstand, den er noch vor der Schlacht eingesteckt hatte, noch in seinem Mantelbausch steckte. Er konnte ihn fühlen. Eigentlich hatte er es selbst gar nicht gewusst, warum er ihn beim Heerzug mitgenommen hatte, aber da Renkeja ihn ihm zur Aufbewahrung anvertraut hatte, hatte er es ohne groß zu überlegen einfach getan. Vielleicht konnte es ihm bald nützlich sein.

Bratuck versuchte durch die verhangenen Fenster des Hauses zu spähen. War überhaupt jemand daheim? Die Pferde legten zumindest die Vermutung nahe …

Noch bevor Hildir klopfen konnte, waren aus dem Haus Geräusche zu hören.

»Mami!« Es war die Stimme eines kleinen Mädchens.

»Was ist denn, Schatz? Ich kann jetzt nicht! Du weißt doch …«, antwortete die Mutter kurz angebunden. Doch ihre Tochter unterbrach sie prompt.

»Da draußen sind Leute, Mami!«

Einmal rumpelte es noch kurz, dann war es drinnen still.

Endlich hörten sie wieder die Mutter: »Schon in Ordnung. Lass mich das machen. Geh doch bitte in den Keller und hohl zwei oder drei Flaschen Milch hoch. Würdest du das machen? Sofort!«

Hildir und Renkeja sahen sich über Bratuck hinweg an. Der Tonfall der Mutter war eindeutig. Sie vermutete eine Gefahr. Vielleicht war das mit der Milch eine geheime Aufforderung für das Mädchen, sich in solchen Situationen zu verstecken.

Hildir lachte leise. Ihre Augen funkelten. Bratuck gefiel nicht, was er sah, aber Renkeja schien der Blick nicht weiter zu stören.

Schließlich klopfte die Hexe.

»Bitte, gnädige Frau, öffnen Sie uns die Tür. Wir sind auf Ihre Hilfe angewiesen. Wir sind unbewaffnet und haben nichts Böses im Sinn. Bitte, vergewissern Sie sich selbst. Wir sind nur zu dritt. Mein Mann Renkeja, unser Diener Bratuck und ich. Mein Name ist Hildir. Wir haben einen sehr langen Weg hinter uns und sind erschöpft.«

Bratuck verwunderte es nicht einmal, wie sich Hildirs Tonfall mit einem Mal verändert hatte. Sie hatte es geschafft, etwas Sanftes und Aufrichtiges in ihre Stimme zu legen. Aber so kam ihm die Hexe nur noch unseliger vor. Fast wollte ihm die Frau hinter der Tür leidtun, obwohl sie natürlich wirklich nicht in schlechter Absicht zu dem Häuschen gekommen waren. Und andererseits hatte Hildirs Art möglicherweise auch ihr Gutes. Vielleicht schaffte sie es so ohne große Umschweife, an Antworten zu kommen …

Und wirklich: Nach wenigen Sekunden hörten sie ein Seufzen. Die Tür wurde entriegelt. Das Holz knarrte beim Öffnen und hinter dem Eingang kam eine noch recht junge Frau zum Vorschein. In ihren zerschlissenen Kleidern wirkte sie, als wäre sie harte Arbeit gewöhnt. Ihr Lächeln war freundlich und ehrlich, obwohl sie zumindest bei Bratucks Anblick sehr irritiert wirkte. Vielleicht gab das den letzten Anstoß dazu, dass Hildir sich sicher war, nicht mehr auf Telluriscor zu sein. Auch für Bratuck gab es kaum noch ein Zweifeln, dass sie am Ende in der Heimat Decora Nubigenas gelandet waren.

»Keine Angst«, sagte Hildir. »Unser Diener wurde deformiert geboren. Er war daher schon immer etwas kränklich und schwächlich, aber in seinem Herzen ist er ein guter *Zwerg*. Was er den anderen an Körperlichkeit unterlegen ist, versucht er durch seine extravagante Garderobe zu kompensieren.« Hildir sah ihn lächelnd an, doch Bratuck wusste, dass es bloß aufgesetzt war. »Stimmt es nicht, Bratuck? Nicke, wenn ich recht habe!« Dann wandte sie sich wieder an die Bauersfrau. »Ihr müsst wissen, gnädige Frau, er ist nämlich leider auch stumm.«

In Bratuck brodelte es. Aber bevor es zu einem Unglück kam, riss er sich erneut zusammen. Hildirs Stimme konnte täuschen, aber die Flammen in ihren Augen sprachen eine andere Sprache. Ihr zu widersprechen war eine schlechte Idee. Also nickte er mit hochrotem Kopf und machte umständlich einen Knicks.

»Feines Kerlchen!«, sagte Hildir. Sie tätschelte ihn, als wäre er ein Schoßtier oder nicht ganz dicht. Vielleicht auch beides. Am liebsten hätte Bratuck ihr in den Finger gebissen. Warum sagte Renkeja nicht endlich etwas? Sollte Hildir alles Sprechen übernehmen? Sein König hätte ihn sicherlich nicht so klein gemacht. Nicht einmal vor dieser Fremden.

Die Frau auf der Schwelle begutachtete sie noch einmal von oben bis unten, dann sagte sie: »Gut, kommt herein und erzählt, was Euch geschehen ist. Ich bin Insara. Mein Mann Tilbert wird sicher jeden Moment von der Jagd heimkommen.«

Sie saßen schon eine geraume Weile in Insaras und Tilberts Häuschen, als die Kaninchen, die Tilbert aus dem Wald mitgebracht hatte, im Eintopf der Bauersfrau schmorten. Kurz danach ließen sie es sich schmecken. Bratuck hatte einen Bärenhunger und auch Renkeja und Hildir waren dem warmen Essen Insaras gegenüber nicht abgeneigt.

»Es tut uns leid. Es ist wirklich nicht viel«, entschuldigte sich Insara bei ihren Gästen.

In der Tat waren die zwei Kaninchen nur für die kleine Familie gedacht gewesen. Drei weitere Mäuler zu stopfen, dafür war die Jagdbeute nicht vorgesehen. Doch Bratuck bemerkte wohl, dass weder Insara noch Tilbert eine richtige Portion aßen, sondern ihnen den Löwenanteil überließen. Kurz nach ihrer Ankunft war auch die Tochter der Familie aus dem Keller gekommen, wahrscheinlich als ihr klar geworden war, dass es keinen Überfall oder etwas Ähnliches gab. Jetzt scherzte sie mit Bratuck, indem sie ihm Grimassen schnitt, die er bisweilen sogar erwiderte. Weil er ja nicht sprechen durfte, konnte er sich genauso gut so die Zeit vertreiben. Und darüber hinaus hatte es etwas sehr Befreiendes, einmal nicht so ernst sein zu müssen. In Weit-Alon hatte er alldieweil damit zu tun gehabt, Ränke gegen den König aufzudecken, Emporkömmlinge des Hofstaats in ihre Schranken zu weisen oder die Kriegspläne Renkejas auf die eine oder andere Weise seinen Getreuen zu verkaufen. Er dachte daran, wie weit die

Leichen seiner Heimat nun fort waren, die Renkejas und seinen Weg zum Krieg mit den Hexen gepflastert hatten. Durch den Portalsprung schien er zumindest teilweise ein ganz neuer Gwilling sein zu können. Wenn der König und er sich nun irgendwie noch der alten Hexe entledigen könnten, dann … Doch schon riss ihn die kleine Bauerntochter wieder aus seinen Gedanken. Sie verdrehte derart die Augen und grunzte dabei, dass Bratuck lauthals loslachen wollte, doch er riss sich im letzten Moment zusammen. Stattdessen drückte er seine Nase in bester Schweinemanier platt, bis das Mädchen vor Freude gluckste.

»Mehrere Tage also?«, vergewisserte sich indessen Tilbert. Hildir hatte ihm und Insara eine mehr als haarsträubende Entführungsgeschichte aufgetischt. Sie hatte alles auf eine Karte gesetzt und dabei erfreulicherweise keinen erstaunten Widerspruch geerntet.

»Genau«, setzte zur Abwechslung einmal Renkeja ein. »Die Räuber haben uns auf der Flucht aus Celsa-Stadt in einem Planwagen festgehalten. Über eine Woche haben wir nicht mitbekommen, wohin sie uns verschleppten. Es war pures Glück, dass wir letzte Nacht aus dem Wagen fliehen und uns in die Büsche schlagen konnten.«

Tilbert nickte fürsorglich. »Ein Glück habt Ihr uns gefunden. Auf Meilen sind wir das einzige Haus der Gegend. Wir haben zwar nicht viel, aber für heute Nacht soll es zumindest ein richtiges Bett für Euch tun. Unsere Tochter wird bei uns schlafen, dafür könnt Ihr es Euch in ihrer Kammer zurechtmachen. Es wird Euch sicher gut tun, nicht mehr in einem harten Planwagen eingepfercht zu sein.«

Insara stimmte ihrem Ehemann sogleich zu: »Wir würden uns sehr freuen, wenn Ihr über Nacht bei uns bleibt. Ohnehin seid Ihr nicht dafür gerüstet, um des Nachts weiterzureisen.«

»Apropos«, sagte Hildir wie beiläufig. Bratuck horchte sofort auf. »Wohin genau hat es uns eigentlich verschlagen?« Und sie setzte noch einen drauf: »Entschuldigt, die Tage im dunklen Planwagen haben uns wirklich völlig orientierungslos gemacht.«

Tilbert sagte: »Macht Euch darüber keine Sorgen. Das muss Euch nicht unangenehm sein. So eine Entführung würde doch jeden durcheinander bringen, will ich wohl meinen. Ihr befindet Euch nordöstlich von Ukon, etwa einen Tagesritt von Berenikia an der Salzstraße entfernt. Wir leben weit draußen, etwas weiter nördlich liegt die Grenze zum Zypressenwald. Diese Banditen haben euch ganz schön weit von Celsa fortgeschleppt.«

Hildir und Renkeja sahen sich für einen kurzen Augenblick mit einem vielsagenden Blick in die Augen. Dann widmeten sie sich gleich wieder ihren Gastgebern und ließen sich nicht ein winziges Bisschen anmerken, ob sie nun überrascht waren oder nicht.

Tilbert aber war neugierig geworden: »Ihr sagt, Ihr hättet für die Nubigenas gearbeitet? Wie ist es denn zurzeit in der Hauptstadt? Man hört hier nur Gerüchte über den Zauberer. Dabei fällt mir ein: Wenn ihr schon so lange aus Celsa fort seid, wisst Ihr womöglich auch noch nichts von den Gefechten dort …«

Hildir stupste Renkeja an, damit er von hier an weitermachte. Bestimmt hätte der König das auch von sich aus getan, dachte Bratuck, denn er war ja nicht blöde. Doch dann hatte Bratuck keine große Lust mehr, sich über Hildirs Bevormundungen aufzuregen. Stattdessen genoss er es auf ganz und gar unerklärliche Weise, dass Tilberts und Insaras Mädchen sich inzwischen an ihn gekuschelt hatte und ebenfalls den Erzählungen lauschte. Obwohl sie noch nie in ihrem Leben einen Gwilling gesehen haben konnte, nahm sie ihn so an wie er war. Ganz behutsam wagte er es, ihr durch ihr lockiges Haar zu streicheln. Dabei war ihm mehr als bewusst, dass der Bratuck aus Weit-Alon niemals auch nur ansatzweise etwas Derartiges getan hätte. Langsam fragte er sich, ob an der Schicksalssache von Renkeja und Hildir etwas dran war.

Der König setzte sich ganz aufrecht hin und begann der Familie zu erzählen, was er von Decora Nubigena selbst gehört hatte. Er verstand es, noch das ein oder andere auszuschmücken und doch dabei deutlich zu machen, dass er und Hildir lediglich Sternenhallen-Architekten waren und die Königsfamilie kaum zu Gesicht bekommen hatten, sondern immer von Mittelsmännern beauftragt worden waren. Mehrmals beschrieb der König Besonderheiten seines eigenen Palastes in Weit-Alon. Für Außenstehende musste die ganze Geschichte insgesamt stimmig wirken. Schließlich fragte er: »Aber was meint Ihr mit Gefechten, Tilbert?«

»Verzeiht, Renkeja. Leider können wir Euch auch nicht viel darüber berichten. Aber als ich gestern in Berenikia war, habe ich doch ein paar Dinge aufschnappen können. Offenbar hat sich eine Gegenbewegung im Untergrund Celsas bilden können, die Trucido und seine Monster im eigenen Palast angegriffen hat. Das war erst vor wenigen Tagen. Angeblich sollen Teile der Sternenhallen explodiert sein!«

Tilbert lief rot an. Wahrscheinlich fiel ihm ein, dass für Palastarchitekten diese letzte Offenbarung doppelt und dreifach schlimm sein konnte. »Renkeja, Hildir, verzeiht meine Direktheit.«

Aber Renkeja biss in gespielter Duldsamkeit die Zähne zusammen. »Nein, Tilbert, wir danken Euch für Eure Offenheit. Es ist wichtig, dass wir das wissen. Denn wir wollten nicht für immer aus der Stadt fliehen. Von einem Widerstand haben wir bisher nichts geahnt. Eigentlich sind das gute Nachrichten.«

Tilbert sagte. »Zur Wahrheit gehört aber auch, dass nicht alles davon stimmen muss. Nicht jedes Gerücht, das uns erreicht, entspricht der Wahrheit. Und in diesen Zeiten weiß man sowieso nicht, was man noch glauben soll. Es ist ja mehr als fraglich, ob überhaupt noch Nachrichten aus Celsa geschickt werden können, wenn es dort angeblich so schlimm zugeht. Sicher, ein paar Verrückte gibt es immer, die sich in Gefahr begeben und auch von den ungastlichsten Orten noch Botenvögel senden können …« Plötzlich sprang er auf und klopfte Renkeja freundschaftlich auf die Schulter. »Ach, was, lieber Freund! Bestimmt stehen große Teile Eurer Sternenhallen noch. Und auch wenn der verrückte Zauberer sicherlich noch da ist, vielleicht ist er geschwächt.« Er zwinkerte Renkeja zu. Der König erwiderte die Geste mit einem halbherzigen Lächeln.

Insara hatte inzwischen ihre Schüsseln abgeräumt. Sie fragte: »Und was wollt Ihr nun tun? Adlige, ehemals im Dienst des Himmelsfürsten – zurück könnt Ihr noch nicht. Wäre Ukon nicht ein guter Anlaufpunkt für Euch? Vielleicht findet ihr jemanden am Hof des Salzfürsten, der Euch gesicherte Informationen über das Schicksal Celsas verraten kann. Wie wir hörten, gab es auch dort ein Unglück. Aber das Haus Wetterstern hat sicherlich trotz alledem ein offenes Ohr für jemanden, der für die Nubigenas gearbeitet hat und die Katastrophe am eigenen Leib miterlebt hat.«

Bratuck sah, wie Hildir Renkeja anstupste. Sie war einverstanden. Bratuck musste zugeben, dass er ebenfalls schon schlechtere Vorschläge gehört hatte. Da stand Hildir auf und ging zu Insara, die den Herd reinemachte. Bratuck traute seinen Augen nicht, als sie der Bäuerin bei ihrer Arbeit zu helfen begann.

»Sagt, Insara«, sprach sie nach einer Weile. »Ist es beschwerlich, von hier nach Ukon zu kommen? Werden wir drei es schaffen, bevor Celsa noch weiter im Chaos versinkt und wir nichts davon mitbekommen?«

Hilfe suchend sah Insara sich zu ihrem Mann um, der gerade einen Krug Bier mit Renkeja leerte.

»Nun ja« sagte der ausweichend. »Zu Fuß ist es schon eine gewaltige Strecke. Und Eure Pferde wurden von den Banditen gestohlen …« Etwas peinlich berührt sah er gen Fußboden. »Wir würden Euch gern noch mehr behilflich sein«, sagte er ausweichend, »aber Ihr habt längst bemerkt, dass wir selbst nur das Nötigste haben. Unsere zwei Pferde im Stall sind unser größter Schatz. Wenn es so einfach ginge, würden wir sie Euch gern für eine Weile überlassen. Aber falls einer von uns krank wird, dann brauchen wir sie alle beide, um schnell in die Stadt zu gelangen. Ohne die Pferde ist es hier draußen zu unsicher. Vor allem mit einer kleinen Tochter. Das werdet Ihr sicher verstehen.«

Hildir ließ ein eisiges Lachen ertönen. Zumindest kam es Bratuck so vor. »Tilbert, bitte! Ihr seid ohnehin viel zu gut zu uns. Wir würden es niemals in Betracht ziehen, Euch um die Pferde zu bitten. Ich wollte lediglich wissen, worauf wir uns einzustellen haben.«

Eine Weile sprachen sie nicht. Aber dann hielt es Insara offenbar nicht mehr aus. Beinahe flehentlich beschwor sie ihren Mann: »Schatz, was ist mit Fridolin?«

»Fridolin?«, fragte Hildir erstaunt. Sie stand immer noch mit Insara in der kleinen Küchenzeile am anderen Ende des Esstischs.

»Fridolin ist unser Esel. Er ist im Stall bei den Pferden. Er ist schon alt, aber dafür auch nicht mehr so störrisch wie früher. Tilbert, könnten wir ihnen nicht Fridolin mitgeben? Der könnte abwechselnd jeweils einen von ihnen tragen und währenddessen auch den Proviant schleppen, den wir ihnen mitgeben …«

Tilbert schluckte. Er schien mit sich zu ringen, aber dann lächelte er aufrichtig: »Das ist eine gute Idee, Insara. Fridolin wird dann auf seine alten Tage zu einem richtigen Helden. Und wenn sie in Ukon Antworten gefunden haben, schicken sie einen Boten mit Fridolin zu uns zurück, nicht wahr?«

Renkeja prostete Tilbert zu. »Ihr seid ein feiner Kerl! Wir trinken auf Euch!«

Schließlich schickte Insara ihre Tochter noch einmal in den Keller. Sie kehrte mit zwei Einmachgläsern zurück, in denen rotes Gelee im Schein der Kerzen leuchtete. Draußen war es längst stockfinster geworden.

Insaras Augen funkelten vor Freude mit den Kerzen um die Wette. »Die holen wir nur zu ganz besonderen Gelegenheiten hoch. Ich habe die Früchte selbst eingemacht. Es sind rote Regenpflaumen. Die sind ganz selten. Tilbert hat sie mir zum Geburtstag geschenkt. Zusammen mit anderen Kostbarkeiten und Gewürzen aus den Ländern der Elfen. Die hier stammen aus der Gegend um Dimakisda …

Sie ließen sich den Nachtisch schmecken. Bratuck war erstaunt, dass es diese gewöhnliche Bauersfrau hier in ihrer kleinen Hütte geschafft hatte, eine derart vortreffliche und außergewöhnliche Speise herzustellen. Das Gelee, das sie auf ein weiches Brot strichen, war fruchtig und bittersüß und dabei von Aromen aus Vanille und anderen Dingen durchzogen, die er so noch nie gekostet hatte.

Alsbald hatten sie den kostbaren Inhalt beider Einmachgläser geleert. Das Mädchen war im Begriff, diese abzuräumen, um abschließend noch einen letzten Schlummertrunk aufzutischen.

Hildir wandte sich an Insara: »Es fällt mir erst jetzt ein – Ihr habt uns noch gar nicht den Namen Eurer entzückenden Tochter genannt. Sie ist wirklich ein Abbild von Wohlerzogenheit.«

Insara fühlte sich geschmeichelt. Sie lächelte: »Sie heißt Isabella.«

Stille. Bratuck verschluckte sich beinahe am letzten Rest Gelee. Er sah seinen Herrn an, doch der sah in die entgegengesetzte Richtung zu der kleinen Isabella. Auch Hildir sah die Tochter der Familie an. Doch ihre Augen konnte der Gwilling dabei genau sehen.

»Ein hübscher Name«, sagte Hildir nach einer gefühlten Ewigkeit. »Ich glaube, wir sollten jetzt zu Bett gehen. Es ist sehr spät geworden.«

Tilbert war verwundert. Er protestierte: »Ihr wollt doch sicher nicht ohne Schlummertrunk schlafen! Wir haben eine letzte Spezialität Insaras für euch. Wir ...«

Doch Hildir schnitt ihm das Wort ab. Sie wirkte fast ungehalten. »Ihr habt doch gehört, Tilbert, es ist spät geworden. Schließlich sind wir über Tage in einem Planwagen festgehalten worden. Oder habt Ihr das schon vergessen?«

Tilbert antwortet kleinlaut: »Keineswegs. Entschuldigt bitte, Hildir. Wir sollten jetzt alle schlafen gehen. Morgen früh sieht die Welt schon wieder anders aus.«

Er stand auf. »Dort hinein ist das Zimmer unserer Tochter. Fühlt Euch wie Zuhause. Gute Nacht.«

Bevor sie sich auf die zwei Schlafzimmer aufteilten, sagte Hildir: »Gute Nacht, Tilbert, gute Nacht, Insara. Und gute Nacht, Isabella.

Bratuck wurde wach, weil er das Schnauben und Wiehern von Pferden neben seinem beschlagenen Fenster hörte. Verwirrt sprang er auf. Er erinnerte sich an die Schlacht vom Hirschkopf, an den Sprung durch das Portal und an den Abend mit der Bauernfamilie. Und er erinnerte sich an Isabella.

Von Renkeja und Hildir war nichts zu sehen. Mit flauem Gefühl im Magen zog er sich an und eilte in die Stube. Auch hier war es seltsam still. Von Tilbert, Insara oder Isabella fehlte ebenfalls jede Spur. Aus irgendeinem Grund machte Bratuck das noch unruhiger. Fast wollte er laut nach ihnen rufen, da fiel ihm wieder ein, dass er ja ein stummer, missgebürtiger Zwerg war. Unsicher durchquerte er das Zimmer und stand auf der Schwelle zum Schlafzimmer. Er hatte jetzt eine furchtbare Ahnung. Draußen wieherten die Pferde. Er schien mit einem Mal wieder in sein altes Leben gestürzt zu sein. Denn mit unerklärlicher Gewissheit wusste er, was er im angrenzenden Zimmer finden würde. Die Blutlachen im und um das Bett reichten aus, dass Bratuck seinen Kopf sogleich wieder zurückzog. Zitternd am ganzen Körper rannte er nach draußen. Da drinnen hatten nur zwei Leichen gelegen. Isabella war nicht bei ihren toten Eltern.

Zwischen dem Haus und dem Stall saßen Renkeja und Hildir bereits auf den zwei Pferden. Sie waren gesattelt und aufbruchsbereit. Säcke und Taschen hingen an einem alten Esel, der ebenfalls dabei stand. Hatten die Hexe und Renkeja das ganze Haus der Familie geplündert? In Bratucks Kopf drehte sich alles. Wo war das Mädchen? Und noch etwas: »Wolltet Ihr ohne mich reiten? Den Weg allein bestreiten?« Seine Stimme klang kläglich. Sie war vom Schlaf und von Angst belegt.

Hildir sah ihn vom hohen Ross herab spöttisch an. »Was ist los mit dir, kleiner Mann? Hast du drinnen etwas gefunden, was dich erschreckt hat? Oder warum bist du so blass um deine Gwillingnase?«

Bratuck zitterte noch immer.

Renkeja saß ebenfalls schon zu Pferde. »Keine Sorge. Wir wollten dich gerade rufen. Stimmt es nicht, meine Liebe?«

Hildir lachte nur, aber für Renkeja schien dies Zustimmung genug zu sein. »Siehst du, alter Gefährte, kein Grund schlechter Laune zu sein. Wir wollten dich bloß noch etwas schlafen lassen nach den Anstrengungen gestern. Und Hildir hat sogar schon die ganze Drecksarbeit für uns erledigt. Ist das nicht wunderbar?«

Bratuck wurde speiübel.

»Wo ist …« Er wagte nicht, ihren Namen auszusprechen, »… das Kind? Es war uns nicht übelgesinnt …«

Er wusste selbst, wie verzweifelt er klingen musste. Aber das scherte ihn nicht. Hastig sah er sich um, aber nirgends war eine weitere Leiche zu entdecken. Vielleicht hatte Hildir die Kleine einfach laufen lassen.

Die Hexe lächelte. »Was ist los, Bratuck? Gewissensbisse stehen dir gar nicht gut. In den Diensten meines Geliebten warst du nach seiner Aussage nie so zimperlich.«

Bratuck schossen Bilder durch den Kopf. Bilder von Leichen, die seinetwegen gestorben waren. Es stimmte, er hatte für Renkeja gemordet und nie ernsthaft Reue dafür empfunden. Aber das hier war anders.

Hildir funkelte ihn beinahe belustigt an. »Dabei hab ich es doch für dich getan, werter Bratuck. Da wir doch keinen guten Start hatten. Die

Kleine war schon vor ihren Eltern wach. Als ich sie im Stall traf, hat sie es sofort gewusst. Kluges Ding. Sie hat mich bloß darum gebeten, ihr den Esel zu lassen, damit sie es bis in die Stadt schaffen kann.«

Bratuck sah von Hildir zu dem Tier und wieder zurück, dann in den Stall, nirgends war etwas von Isabella zu sehen.

Hildir schien sehr zufrieden mit sich, denn ihr eisiges Lächeln wurde immer breiter. »Das konnte ich natürlich nicht durchgehen lassen. Immerhin soll unser Diener doch nicht laufen müssen. Komm, kleiner Zwerg, nimm Platz. Fridolin ist jetzt dein!«

Bratuck hatte keine Kraft etwas zu erwidern. Er war im Kopf wie gelähmt. Er bemerkte kaum, wie er zum Esel watschelte und das Tier mühsam gerade so erklimmen konnte.

Die drei Reiter setzten sich in Bewegung. Immer noch konnte er nirgends ein Zeichen dafür erkennen, dass Hildir auch Isabella umgebracht hatte. Hatte sie das Mädchen zu Fuß fortgescheucht? Dann blieb ihr zumindest theoretisch eine Chance, es ins nächste Dorf zu schaffen. Ja, vielleicht verhielt es sich so …

Als der Hof in ihrem Rücken lag, bemerkte Bratuck den schwelenden schwarzen Haufen, der sich in der Nähe einer Baumansammlung in einen letzten Rest Schnee gefressen hatte.

»Fast hätte die Göre es geschafft«, kommentierte Hildir mit zufriedenem Unterton. »*Isabella*! Dass ich nicht lache. Ich bin wirklich froh, dass wir die Möglichkeit haben, von hier aus unsere Vergangenheit auszulöschen. Nicht wahr, Renkeja?«

Als sie an dem Haufen entlangritten, konnte Bratuck gut die Form des kleinen gekrümmten Körpers darin erkennen.

Renkeja schloss zu ihr auf. »So ist es, Geliebte. Die Vergangenheit ist untergegangen. Dafür werden wir uns umso mehr zurückholen. Und kein Schatten unserer jämmerlichen Familien wird uns daran hindern können.« Er wandte sich um. »Bratuck, das haben wir immer gewollt. Wir können nun ganz frei schalten und walten. Sei froh, dass wir Hildir bei uns haben. Ihr wird auch bei dem König Ukons etwas einfallen, das uns weiterhilft. Komm!« Dann lachte er laut: »Und bedank dich bei der Göre, dass du ihren Esel reiten darfst.«

Der Esel Fridolin trottete langsam hinter Renkejas und Hildirs Pferden her, während der schwelende Aschehaufen in seinen Augenwinkeln, der einmal die fröhliche kleine Isabella gewesen war, Bratuck die jähe Erkenntnis vermittelte, dass alles, einfach alles von seiner Vergangenheit mit durch das Portal gekommen und rein gar nichts davon auf Telluriscor zurückgeblieben war.

Eltern und ihre Kinder

»*Aber wie stellen wir das nun an, mein König? Wie sieht euer Plan aus?*«

Unkerich Acerbus' Frage fasste ungemein treffend zusammen, was in Walerian vorging. Was sollte getan werden? Was sollte *er* tun? Es war Sache des Salzfürsten, dem Hofstaat und dem Volk klare Botschaften zu senden. Kampf oder Rückzug, Wegducken oder etwas ganz anderes tun: Wichtig war für viele zunächst, dass es ein klar formuliertes Ziel gab. Und Walerian hatte sich immerhin entschieden: Trucido, wer auch immer er war, woher auch immer er gekommen war, er war ein Feind. Die Menschen Ukoniens waren in Gefahr, und anders als sein Vater war sich Walerian im trügerischen Schutze seines Schlafgemachs nun noch sicherer, dass der Zauberer schon bald versuchen würde, auch hier seinen Einfluss geltend zu machen. Es war naiv zu glauben, dass ein Potentat wie Trucido einfach aufhörte zu erobern. Die Salzlande waren da doch nur der unausweichliche nächste Schritt. Einzig, war es der richtige Weg, selbst in die Offensive zu gehen? Oder war es klüger zu warten, bis der Kampf nach Ukon kam, um auf heimischem Boden vielleicht einen taktischen Vorteil zu haben?

Walerian wälzte sich unruhig in seinem Bett. Er hoffte so sehr, dass bald der Schlaf zu ihm kam. Wenigstens für ein paar Stunden. Sein Vater hatte damit nie ein Problem gehabt. Walerian wünschte sich erneut, seinen alten Herrn noch bei sich zu wissen, selbst wenn der viel zu unbeschwert gewesen war. Zusammen hätten sie vielleicht eine Antwort gefunden, die von allem etwas gehabt hätte: die Zuversicht Waldris' gepaart mit dem vorausschauenden Kalkül Walerians. Es ging doch immerhin um einen waschechten Krieg. Was hatte er denn nur verbrochen, dass derart wegweisende Entscheidungen warteten, noch bevor er einmal richtig auf seinem Thron gesessen hatte? Und die Nachrichten aus Celsa-Stadt waren seit gestern sogar noch beunruhigender geworden. In den Schlachten schienen Aufständische tatsächliche Teile der Sternenhallen gesprengt zu haben, als Antwort des Zauberers, der überlebt hatte, hatte es dann wohl noch weitere Explosion in anderen Teilen der Stadt gegeben. Walerian fragte sich – wenn das alles stimmte – was überhaupt noch zu retten war von Celsa-Stadt. Morgen Abend würde der Hofstaat das nächste Mal zusammenkommen.

Krieg für Frieden. Der Zauberer und seine Kelpen. Das Fieber seiner Mutter. Der Tod seines Vaters. Walerian und der Thron, für den er noch nicht bereit war. Krieg und … Über diese Gedanken schlief der junge Salzfürst endlich ein.

Am nächsten Morgen klopfte es bestimmt an der Tür zu Walerians Schlafgemach. Verwirrt und übernächtigt schlug der Salzfürst die Augen auf. Er brauchte einige Sekunden, bis ihn die schweren Gedanken des Vorabends wieder eingeholt hatten, doch dann belasteten sie ihn umso drückender: Nur wenige Stunden blieben, bis er zu verkündenden hatte, ob das Heer Ukoniens gen Celsa ausrückte …

Wieder klopfte es. Wie spät war es überhaupt? Draußen dämmerte es schon. Zumindest hatte er ein wenig geschlafen …

»Herein!«, rief Walerian. Er setzte sich auf.

Sein Kammerdiener Ionathan öffnete und verbeugte sich höflich. Der bereits in die Jahre gekommene Mann hatte lange unter seinem Vater gedient.

»Verzeiht mein Eindringen, Herr. Aber es schien mir wichtig zu sein.«

»Schon gut, Ionathan.« Walerian hatte die leise Hoffnung, dass die Störung seines Dieners nichts mit den brennenden Kriegsfragen zu tun hatte. Er rieb sich gespannt die Augen. »Was gibt es denn?«

»Da sind drei Fremde vor den Toren aufgegriffen worden, Herr.«

Walerian stutzte.

»Und?« Reisende waren dieser Tage nichts Ungewöhnliches. Nicht wenige Flüchtlinge Celsas hatten sich in den letzten Monaten bis nach Ukon durchgeschlagen.

»Und«, sagte Ionathan kryptisch, »sie erzählen eine haarsträubende Geschichte. Einer von ihnen ist ein Wasserzwerg, sieht aber nicht wie einer aus. Sie berichten Dinge über Celsa, die Nubigenas und den Zauberer, als wären sie Eingeweihte. Und sie erbitten eine Audienz beim Salzfürsten.«

Walerian war verwirrt. Also doch wieder der Krieg aus Celsa! Andererseits war es merkwürdig, dass diese Fremden genau heute auftauchten.

»Sie sind also des Nachts hergekommen?«

Ionathan nickte: »Richtig. Auf zwei Pferden und einem alten Esel. Außerdem tragen sie Kleidung, als wären es hochrangige Adlige.«

Die Sache erschien Walerian äußerst mysteriös. »Und ihre Geschichte?«

Ionathan räusperte sich. »Ich möchte Euch bitten, Fürst, Euch selbst ein Bild davon zu machen. Zumal die Frau, die dabei ist, eine Zauberin zu sein scheint. Ich halte es für das Beste, Ihr würdet die drei empfangen.«

»Eine Zauberin?«

»In der Tat, Herr. Sie hat nichts dergleichen gesagt, aber ich hatte bereits ein langes Leben und bilde es mir ein zu sehen, wenn jemand die Magie beherrscht. Glaubt mir, in unseren Landen ist die Zauberei so selten geworden, dass es umso leichter wird, in den Augen von jemandem zu erkennen, ob er sie beherrscht.«

Walerian stand endlich auf.

»Also schön, Ionathan. Vielen Dank für Eure Einschätzung. Schickt gleich nach Unkerich Acerbus. Er soll einige Wachen mitbringen. Und Ihr selbst, Ionathan, bleibt bitte ebenfalls in der Nähe. Zusammen werden wir die Fremden in einer Stunde im Thronsaal empfangen.«

Bratuck huschte hinter Renkeja und Hildir her, vermied es aber, zu nah an die Fersen der Hexe heranzukommen. So es ihm denn gelang, blieb er stets im Schatten Renkejas. Obwohl zweieinhalb Tage vergangen waren, seit sie dem Bauernhaus den Rücken gekehrt hatten und danach erst die kleine Stadt Berenikia erreicht, dann einen Außenposten Ukons passiert hatten und schließlich in der Hauptstadt selbst angelangt waren, hatte er nicht eine Minute lang vergessen, was dort geschehen war. Während Renkeja und Hildir bester Laune die Vorräte Insaras und Tilberts aufgebraucht hatten, war Bratuck weitestgehend schweigend hinter ihnen geritten und hatte seine Zeit damit verbracht, die Hexe voller Inbrunst zu hassen und zu überlegen, wie er Renkeja wieder von ihr forttreiben konnte. Allein, es war ihm nichts eingefallen. Nun war sein einziger Plan, die Nähe zu seinem Herrn zu suchen und die spöttischen Kommentare Hildirs zu ertragen, gegen die Renkeja ihn kein einziges Mal verteidigte und schlimmstenfalls mitlachte, als hätte es all die Jahre Treue Bratucks ihm gegenüber nie gegeben.

Leider spielte Hildir bei allem, was sie taten, das Glück in Karten – oder das von den Engeln verfluchte Schicksal, wenn man ihrem Gefasel glauben wollte: Irgendwie hatte sie es im ersten Anlauf geschafft, erst die Wachen vor dem Schloss zu überzeugen, einen Diener des Königs zu sprechen, und - zu allem Überfluss - ebenjenen dazu zu bringen, sie zum König vorzulassen. Selbst Finn Ritter und Decora Nubigena hatten trotz ihres dreisten Verbrechens in der Inobliten-Gilde und der Fürsprache der

Gwilling-Dame Ina erst geraume Zeit im Kerker gesessen, bevor Renkeja sie empfangen hatte. Und sie wurden als völlig Fremde, die sich bei ihrer Räubergeschichte wahrscheinlich ein Dutzend Mal hinsichtlich ihrer Fluchtroute in Widersprüche verstrickt hatten, gleich in den Thronsaal zu einer Privataudienz geführt? Doch auch hier schien die Hexe eine erstaunliche Gabe zu besitzen, die Dinge zu ihren Gunsten zu beeinflussen.

Er hörte, wie sie Renkeja zuflüsterte: »Der alte Diener war von Anfang an fasziniert von uns. Ich habe ihm die Magie in meinen Augen gezeigt, spätestens da konnte er nicht mehr umhin, seinem Herrn aufgeregt von uns zu berichten …«

Bratuck rümpfte die Nase. Diese Hexe becircte alle in ihrer Gegenwart. Renkeja hatte sie wahrscheinlich auch nur mit einem unseligen Fluch belegt. Ihm musste endlich einfallen, wie er sie vor ihm entlarven konnte. Oder zumindest wie er Renkejas Gunst zu ihm selbst wieder herstellen konnte … Vielleicht konnte ihm ja irgendetwas einen Ansatz dafür bieten, was im Verlauf dieser Audienz geschah!

Die Wachen, die von einem garstig aussehenden Riesen von einem Kerl namens Unkerich Acerbus angeführt wurden, machten in der Mitte eines mit feinstem roten Teppich ausgelegten Prachtganges vor einer Flügeltür halt. Jede Seite dieser Tür zierte die Hälfte eines Emblems, das ihnen überall auf der Reise begegnet war: Ein Fünfeck aus Kreisen. Sie wussten sogar schon, dass die Kreise Salz symbolisierten und der König in diesem Land den Titel *Salzfürst* trug. Seltsam passend, befand Bratuck, wenn man bedachte, dass Weit-Alon Hauptstadt der Sieben-Brot-Lande war. *Verfluchtes Schicksal*!

Die Wachen öffneten besagte Tür und gemeinsam mit Unkerich Acerbus und seinen Männern betrat Bratuck hinter Renkeja und Hildir den Thronsaal. Noch bevor sie die erste Stufe der breiten Treppe erreicht hatten, die zum erhöhten Mittelteil des Saales führte, flüsterte Hildir erneut ins Ohr seines Herrn, so leise, dass die Wachen nicht mithörten, er jedoch verstehen konnte: »Ich denke, wir sollten von hier an die Wahrheit sagen. Erinnere dich an die Audienz mit den Freunden deines verräterischen Sohnes! Wenn ein Herrscher auch nur den Hauch von Verstand hat, wird ihn eine Geschichte mit Portalen zu sehr in seinen Bann ziehen, um nicht daran zu glauben.«

Bratuck sah, wie Renkejas Blick eine Mischung aus Verblüffung und Protest annahm. Richtig so! Endlich merkte sein Herr, dass nicht jede von Hildirs Entscheidungen von ihm gebilligt werden musste! Doch im Weitergehen fügte die Hexe siegessicher lächelnd hinzu: »Vertrau mir auch hier, Liebster. Denk daran, was wir auf dem Weg hierher gehört haben: Der Salzfürst hat erst kürzlich seinen Vater verloren. Als König von Weit-Alon kannst du ihm in dieser Situation doch gut zureden. Sprich vom Verlust deines eigenen Sohnes, vom Verrat, den er begangen hat. Erzähl ihm von Decora Nubigena, die lieber Krieg in einem fremden Land führt, als ihr eigenes zu verteidigen.«

Renkeja sprach erregt: »Aber mit welchem Ziel? Was fordere ich von diesem Fürsten?«

Nun sah Bratuck das Feuer in den Augen der Hexe auflodern: »Gar nichts, Liebster. Natürlich wollen wir zurück, was uns gehört – aber zunächst bieten wir ihm unsere Hilfe bei seinem Kampf an. Wenn wir ihm die Geheimnisse Decora Nubigenas und ihrer Portale verraten, um Trucido zu bekämpfen, wird er uns schnell vertrauen. Außerdem haben wir ja noch unseren kleinen Schatten dabei. Lass ihn ein paar Sätze reden, dieses Reim-Gefasel kann sich doch gar keiner ausdenken. Keine Sorge, Renkeja, das Ganze wird ein Kinderspiel.«

»Und was dann?« Renkeja schien immer noch nicht überzeugt.

»Das, Liebster, bleibt mein Geheimnis.«

Sie küsste ihn leidenschaftlich und es war ihr offensichtlich egal, dass die Wachen und dieser Unkerich sie ungläubig anstarrten, als sie dafür stehenbleiben mussten.

»Ich will dich überraschen. Und jetzt sei wieder ein König wie es dir gebührt. Genau das ist unser Weg zurück an die Macht.«

Sie küsste Renkeja noch einmal und Bratuck wusste, dass Renkeja sich hatte überzeugen lassen.

Es hatte nicht allzu lange gedauert. Salzfürst Walerian hatte zuletzt sogar angewiesen, dass sie gemeinsam mit ihm am runden Tisch Platz nahmen, der vor seinem Thron in der Hallenmitte stand. Wuchtiges, starkes Holz ließ dieses Möbelstück wahrlich wirken, als könne es nur hier in der Halle eines Königs stehen. Hildir lächelte fortwährend, seit der König nicht mehr auf seinem Thron sondern auf Augenhöhe mit ihnen an die Tafel gekommen war. Sie wusste längst, dass sie gewonnen hatte.

Der junge Mann sagte: »Von König zu König und Königin: Ich bin froh, dass Euch Euer langer Weg zu mir geführt hat. Zwar überrascht mich Eure Offenheit, aber nichtsdestoweniger bin ich froh darüber. Euren Mut, solch Unglaubliches vorzutragen, möchte ich damit belohnen, Euch zu glauben. Bitte nehmt meine Anteilnahme an. Es ist schrecklich, was Euch alles widerfahren musste!«

Renkeja sah Walerian genau in seine Augen. Es war sein typisch stechender Blick und er wusste ihn genau einzusetzen. Bratuck hatte ihn tausendmal dabei beobachtet, wie er in ähnlicher Weise zu Prinz Kiran gesprochen hatte.

»Wir danken Euch sehr, König Walerian. Und wenn Ihr auch mir erlaubt, von König zu König zu sprechen: Ihr erinnert mich sehr an meinen eigenen Sohn, Prinz Kiran von Weit-Alon. Versteht mich nicht falsch, König Walerian – ich meine, bevor mein Sohn das Vermächtnis seiner Familie verraten konnte und nach der Macht griff, noch bevor er an der Reihe war. Wenn ich Euch so anschaue, wünschte ich mir gar, Kiran hätte am Ende mehr von Euch gehabt, Herr Walerian. Jeder König wünscht sich doch diese eine Gnade: Kinder zu haben, die die Geduld aufbringen, sich bei ihrem Erbe so lange zu mäßigen, bis ihre Eltern einst von ihnen gegangen sind. Euer Vater hat das geschafft, wie wir hörten. Wir möchten Euch daher unser Beileid über Euren Verlust ausdrücken, König Walerian. Doch seid gewiss, wenn ich aus dem jenseits auf meinen Sohn herabblicken und ihn so sehen könnte wie Euch, ich wäre stolz auf ihn.«

Bratuck sah genau, wie König Walerians Augen für einen Augenblick feucht wurden. Renkeja hatte ihn in der Hand, kein Zweifel. Hildir hatte in ihrer Einschätzung goldrichtig gelegen. Es war zum Verzweifeln!

»Vielen Dank, Renkeja von Weit-Alon«, sagte Walerian gleichsam ergriffen und ehrerbietig. Ihm schien es wichtig, den Namen der fremden Stadt auszusprechen, darum betonte er ihn besonders. Es musste verrückt sein, zum ersten Mal von alledem zu hören. Bratuck erinnerte sich daran, wie er von den anderen Welten erfahren hatte und es kaum hatte glauben können.

»Eure Kinder haben sich also gegen Euch zusammengerottet?« Walerian schluckte. Der Gedanke widerte ihn ganz offensichtlich an. »Und Eure Enkelin, Hildir, tötete sogar ihre eigene Mutter?«

Hildir war sogleich bei der Sache. Wenn es um Lug und Trug ging, war sie einsame Spitze. »Richtig, König Walerian. Es schmerzt mich, daran zu denken. Denn obwohl wir so weit von den schrecklichen Orten entfernt sind, die unsere Kinder entweiht haben, so ist das alles doch erst kürzlich geschehen und ich werde die Erinnerung daran ohnehin fortan in meinem Herzen tragen.«

Walerian nickte betroffen, Hildir wartete aber nicht, bis er eine weitere Nachfrage stellte. Sie wickelte ihn mit ihren Enthüllungen ganz und gar ein.

»Meine Enkelin Prinzessin Idisi und Prinz Kiran schmiedeten ein Bündnis hinter unserer aller Rücken. Meine Tochter Siri hat den höchsten Preis dafür bezahlt: Sie fiel den heimtückischen Plänen ihrer eigenen Tochter zum Opfer. Danach ließ meine Enkelin mich glauben machen, Renkeja hätte ein Attentat verüben lassen. Mit der Hilfe von ihren neuen Freunden, einschließlich Eurer Prinzessin Decora Nubigena, schafften sie es, alles so aussehen zu lassen, als wäre auch Renkejas Frau Isabella vor vielen Jahren keiner Krankheit, sondern durch ein feiges Mordkomplott meinerseits aus dem Leben geschieden. Erst auf dem Schlachtfeld, auf dem sie mich und Renkeja gegeneinander ausspielen und unsere loyalen Truppen aufreiben wollten, zeigten sie ihre wahren Gesichter. Denn, den Engeln sei Dank, ließen unsere Götter ihr Treiben nicht gänzlich ungestraft.«

»Die Engel«, König Walerian hing an Hildirs Lippen. »Sie sind demnach wahrhaftige Götter?«

»In unseren Augen, ja«, bestätigte Hildir. »Aber ich bin klug genug, um zu wissen, dass Fragen religiöser Art sehr heikel sein können, wenn sie auf unterschiedliche Weise oder aus anderem Blickwinkel betrachtet werden. Ich bin sicher, Eure Götter sind eben anderer Natur.«

Walerian schien das nicht zu stören. Er war viel zu interessiert. »Wohl war, dennoch möchte ich es genau wissen. Diese Engel erhoben Einspruch?«

»Noch bevor die Schlacht ihren Höhepunkt erreichen konnte, tauchte *er* auf.« Hildirs Augen funkelten.

»Der Dritte Engel?« Walerian schluckte. Renkeja prostete ihm unter Seufzen mit einem verzierten Weinkelch zu. Der König erwiderte die Geste. Ihm schien es allerhöchste Anerkennung abzuringen, was alles in dieser fremden Welt geschehen war.«

»Der Dritte Engel«, wiederholte Hildir bedeutungsschwanger. »Seit mehr als achtzig Jahren hat sich keiner der Engel vor den Völkern Telluriscors mehr gezeigt. Und dann auf einmal – die alte Prophezeiung wurde wahr: Der Dritte Engel schneidet der Welt den Wahnsinn ab. Er verhinderte die Schlacht, stoppte die Kämpfe und seine Stimme fuhr in die Köpfe der Krieger und Kriegsbestien. *Haltet ein – Eure Anführer versuchen Euch etwas vorzumachen!* Da kamen die Waffen zum Erliegen, jedoch schwand gleichzeitig auch die Kraft des Engels. Seine Federn fielen, seine Stimme verlor sich in der kalten Ebene. Und bald griffen Kiran, Isi und Decora Nubigena wieder zu ihren Schwertern. Fast hätte Prinz Kiran seinen Vater ebenfalls getötet, doch das neue Portal, das sich plötzlich zeigte, wies uns den letzten Ausweg. Wir sprangen also und landeten hier bei Euch.«

Walerian war atemlos. »Aber warum hier?«

Hildir sah Renkeja für einen Herzschlag eindringlich an. Es war kaum zu bemerken, aber der nickte als Antwort so flüchtig, dass wohl nur Hildir und Bratuck es bemerkt hatten. Daraufhin rückte Renkeja ein Stück näher zu dem frischgebackenen König. »Wir werden Euch alles darüber erzählen, wie das mit den Portalen funktioniert, Walerian. Aber vielleicht hat das noch Zeit bis nachher. Ihr wisst schon, bis wir ganz unter König und Königinnen sind.«

Unkerich Acerbus schnaubte. »Was soll das nun wieder? Ich bin der Hauptmann der Wache und lasse den König sicher nicht mit Fremden allein – egal, um wie viele andere Könige es sich dabei handelt!«

Doch Walerian schritt sofort ein: »Mäßigt Euch, Hauptmann Unkerich! Was richtig und was falsch ist, entscheide allein ich, der König. Falls ich es später wünsche, mit unseren Gästen allein zu sein, werde ich das auch tun. Ich glaube nicht, dass Ihr es gewagt hättet, meinen Vater in seinem eigenen Thronsaal derart zu bevormunden.«

Hildirs Mundwinkel zuckten nach oben. Bratuck kam sich vor wie bei einem Theaterstück, das zur bitteren Realität geworden war. Leider war er seine Hauptrolle dabei losgeworden und konnte nur noch als Statist zusehen, was als Nächstes geschah.

»Ich werde darauf zurückkommen«, nahm Walerian den Gedanken an Renkeja gerichtet wieder auf. »Und nun? Wie geht die Sache nun weiter?«

Wie auf ihr Stichwort räusperte sich nun wieder Hildir. »Wenn du erlaubst, Renkeja.«

»Sicher, Hildir.« Der König widmete sich wieder seinem Weinglas wie einer, der viel Schmerz hatte erfahren müssen.

»Auch Ihr seht, Walerian«, sagte Hildir«, dass Renkeja und ich mehr als nur die früheren Herrscher zweier Königreiche sind. Nachdem Isabella – mögen die Engel der Vergangenheit auf sie achtgeben – lange gestorben war, lernten wir beide uns schließlich lieben. Ich nehme an, dass es diese Verbindung war, die unseren Kindern und Enkeln letztlich ein Dorn im Auge war. Friedliche Verbindungen zwischen zwei Häusern bedeuteten auch, dass weniger gekämpft wird. Vielleicht war ihnen diese Verbindung zu unkriegerisch. Wer weiß? Jedenfalls wollten sie uns nicht mehr auf dem Thron oder in ihrer Gegenwart. Deshalb ihr Plan. Und nun arbeiten sie mithilfe dieser Nubigena daran, die Macht zu verschieben oder planen weitere Kriege, wo wir in den letzten Jahrzehnten den Frieden bewahrt haben.«

»Das ist unglaublich.« Walerian schüttelte seinen Kopf. »Wie schafft Ihr es da, so ruhig zu bleiben, Hildir? Aber vielleicht ist das die Gabe von Müttern. Auch in Zeiten der Aufruhr einen kühlen Kopf zu bewahren. Wie dereinst meine eigene Mutter …«

Er versank für einen Augenblick in Gedanken. Bratuck war sicher, dass Hildir innerlich höchst zufrieden war.

Dann sagte Walerian bestürzt: »Prinzessin Nubigena lebt. Und sie führt anderswo Kriege. Was ist mit Trucido?«

Hildir senkte ihren Kopf. »Wir haben darauf keine Antwort, König Walerian. Wir wissen nur, wie sie entkommen konnte. Und mittels der Portalzauber schaffte sie es, dieses ganze Unheil erst möglich zu machen. Das Attentat auf meine Tochter geht auf die Rechnung dieser Zauberei, gegen die selbst die Meine wie ein schlechter Witz aussieht.«

»Aber Decora Nubigenas Reich geht unter. Zusammen mit dem Vermächtnis ihrer Familie. Sie ist die neue Himmelsfürstin. Wie kann sie nur tatenlos zusehen, dass all das geschieht, wo sie über eine so mächtige Waffe verfügt? Warum kam sie nicht zurück hierher? Zu den anderen Fürsten? Zu meinem Vater?«

Bratuck musste sich sehr wundern. Waren alle jungen Herrscher so leicht zu beeinflussen? Auch Kiran war seinem Vater immer wieder aufgesessen. Und dieser Walerian glaubte Renkeja und Hildir ihre Lügen, obwohl er die richtigen Schlussfolgerungen anstellte: *Es war unglaublich*!

»Womöglich sah sie die Chance, in ein anderes Imperium einzusteigen. Und ganz offenbar waren ihr die Königshäuser einer fremden Welt näher als die ihrer eigenen.« Renkeja blickte beim Sprechen versonnen in sein Glas, bei dem er schon längst bis auf den Grund schauen konnte. »Aber nicht wir. Weder Ihr noch Hildir oder ich sind so gestrickt. Fürsorge gegen die eigenen Untertanen muss für einen Herrscher oberste Pflicht sein. Dieser Trucido darf genauso wenig Eurer Reich zerstören wie unsere Kinder das unsrige. Walerian, helfen wir uns doch gegenseitig. Deshalb sind wir hier. Was sagt Ihr?«

Walerian dachte nach. »Ich teile Eure Einstellung, König Renkeja. Mein Plan sieht es vor, Trucido die Stirn zu bieten. Meint Ihr, das Geheimnis der Portale kann dabei von Nutzen sein?«

»Darauf, Walerian, könnt Ihr gut und gerne Eure Krone verwetten.«

Abermals ging der junge König in sich. Schließlich erhob er sich. »Hildir, Renkeja, schließt Euch mir an: Wir sollten uns jetzt in meine Privatgemächer zurückziehen. Eurem Diener wird es derweil an nichts mangeln.« Er wies auf Bratuck. »Ionathan, kümmert Euch um ihn.«

Doch da stand auch Unkerich Acerbus auf und warf dabei fast seinen Stuhl um. Hildir sah ihn aus den Augenwinkeln hasserfüllt an.

»Mein König, verzeiht meine ungestüme Art! Bei allem nötigen Respekt, hört mich an: Ich habe Eurer Familie lange gedient und bilde mir ein, Euer Vertrauen oder das Eures Vaters niemals missbraucht zu haben. Es ist nicht gut, diese ganzen Dinge mit ihnen allein zu besprechen. Heute Abend steht das Treffen mit dem Hofstaat an. Die Zukunft des ganzen Reiches hängt davon ab. Und diese drei tauchen just heute auf. Ich kann mir nicht helfen, aber irgendetwas stimmt an der ganzen Sache ganz und gar nicht …«

Bratuck beglückwünschte den Hauptmann insgeheim für seine Menschenkenntnis. Zwar war ihr Auftauchen heute wahrlich ein Zufall, aber bei allem anderem täuschte er sich sicherlich nicht. Er wurde das Gefühl nicht los, dass Hildir noch etwas ganz anderes plante. Etwas, mit dem weder Walerian noch Renkeja rechneten.

Walerian stierte seinen Hauptmann an. »Habe ich Euch nicht zuvor darauf hingewiesen, dass …«

Doch Unkerich fuhr ihm ins Wort, sodass es selbst den Wachen unangenehm zu werden schien. Unter ihren Helmen blickten sie nervös drein. »Ich habe es nicht vergessen, Herr Walerian. Aber seid, ich bitte Euch, Euren eigenen Worten eingedenk: *Adel verpflichtet.* Dazu gehört auch, Entscheidungen genau abzuwägen. Euer Vater war zeitlebens impulsiv und er hätte mich für meine Ungebühr längst in Ketten legen lassen. Aber so wie ich Euch kennengelenrnt habe, seid Ihr es nicht. Der Schutz Eures Volkes liegt Euch sehr am Herzen, das kann jeder sehen. Es kostet Euch nichts, bei dieser Sache ebensoviel Umsicht walten zu lassen wie bei Eurer Kriegsentscheidung, die mehrere Nächte in Anspruch genommen hat, wenn ich mich recht entsinne.«

Plötzlich veränderte sich Walerians Gesichtsausdruck. Er zögerte.

Hildir fragte nicht um Erlaubnis, sondern stand ebenfalls auf und legte Walerian sanft ihre spitzen Finger auf die Schulter. »Wenn ich Euch einen mütterlichen Rat geben darf, König Walerian: Falls ich alles richtig verstanden habe, bleibt uns bis zu Euren Treffen heute Abend nicht viel Zeit. Manchmal muss es als Herrscher richtig sein, seinem Instinkt zu folgen. Auch das bedeutet Adel verpflichtet. Aber wofür Ihr Euch auch entscheidet, Euer Vater wäre jetzt schon stolz auf Euch. So viel Last in den ersten Stunden einer Herrschaft – weder Renkeja noch ich hätten dabei den Mut gehabt, einen so unglaublichen Weg einzuschlagen, wie wir ihn Euch nur anbieten können …«

Gerissenes Biest! Diese Hexe war der Inbegriff der Manipulation. Fast wollte Bratuck neidisch sein. Aber der Wunsch, dass Hildir doch noch scheiterte, überschattete diesen Gedanken um ein Vielfaches.

»Unkerich, meine Entscheidung ist gefallen, Ihr und Eure Männer …«

»Dann fordert wenigstens einen Beweis von ihnen, Walerian! Was für eine Sicherheit können sie Euch für all Ihre Geschichten geben? *Portale*? Warum wissen wir nichts davon? Eine fremde Welt? Und woher wissen *sie* all das über den Zauberer? Selbst die Reime dieses Zwergs könnten einstudiert sein! Ich bitte Euch, Walerian …«

Die Worte Unkerichs waren nun beinahe flehentlich.

Der junge König atmete schwer. Er war in einer Zwickmühle gefangen: Er wollte sich als neuer Herrscher behaupten und hatte hier eine Gelegenheit, die zum Greifen nahe war. Andererseits war es wirklich impulsiv und vielleicht gefährlicher, als es den Anschein hatte, den Fremden zu vertrauen.

»Vielleicht …« Er machte eine Pause. In diesem Moment musste es offensichtlich für alle Anwesenden sein, dass die Krone Walerians erst wenige Tage alt war. Er druckste herum. »Vielleicht … Nehmt es mir nicht übel …« Noch wusste niemand, wen er da eigentlich meinte. Doch dann wandte er sich an Hildir: »Vielleicht hat Hauptmann Acerbus recht. Adel verpflichtet. Warum das Risiko eingehen? Wir können doch auch hier weitermachen. Oder könnt Ihr mir einen wirklichen Beweis für alles liefern?«

Bratuck sah, welche Überwindung es Walerian gekostet hatte. Aber er hatte seine Zweifel doch ausgesprochen. Und damit hatte Hildir versagt. Sie würden sich nicht allein mit dem König zurückziehen, was sie anscheinend so sehnlich gewünscht hatte. Bratuck war plötzlich in Hochstimmung. Denn mit einem Mal war sie da: Hier lag die Chance, Renkeja wieder für sich einzunehmen. Er war derjenige, der des Königs treuer Begleiter war. Nicht diese berechnende Hexe! Er würde zwar Hildirs Wunsch wahr machen, doch allein durch seine Hilfe …

Heimlich fuhr der Gwilling mit der Hand in seine Innentasche und fand, was er suchte. Er hatte gleich gespürt, dass es wichtig gewesen war, diesen Gegenstand mitzuführen. Renkeja würde wieder wissen, wie wertvoll er doch war!

Unter dem Tisch stupste er seinen Herrn mit dem Bein an und reichte seinen Schatz von Schoß zu Schoß weiter. Im ersten Augenblick war Renkeja verwirrt, doch als er ertastete, um was es sich handelte, hellte sich sein Blick sogleich auf. Niemand würde auf die Idee kommen, Renkeja und Hildir als Hochstapler oder Lügner abzutun, der einmal die monströse Aura dieser auf den ersten Blick unscheinbar wirkenden Kleinigkeit wahrgenommen hatte.

Renkeja nickte Bratuck anerkennend zu. Wie gut das tat! Dann erhob sich sein König.

»Hier ist Euer Beweis, König Walerian.«
Auf dem Tisch glänzte eines der Blutbücher Trucidos.

Nachricht von Burg Immerstein

»Wahrlich, eine höhere Macht muss Euch zu mir geschickt haben! Dieses Buch … Es sagt uns so viel über den Mann hinter der Maske. Vielleicht liegt darin wirklich ein Ansatzpunkt, wie wir gegen ihn vorgehen können!«

König Walerians Umhang flatterte unstet im Mittagswind der hohen Zinnen Immersteins. Das Kleidungsstück schien seinen Herrn nachahmen zu wollen, denn auch der wirkte in seiner hoffnungsvollen Aufregung nervös und rastlos.

Renkeja und Hildir sahen sich indessen lächelnd an. Doch dann schenkte Renkeja auch Bratuck ein breites Grinsen. Ein Gefühl der Wärme legte sich über ihn, beinahe wie eine Decke, und er war so froh, dass er seinem König endlich wieder seine Unersetzbarkeit vor Augen geführt hatte. Als Renkeja entgegen Hildirs Wunsch nachdrücklich darauf bestanden hatte, dass er mit auf den Rundgang über die Zinnen kommen sollte, hätte er am liebsten einen Luftsprung gemacht. Nun stiefelte er eng an Renkejas Rockzipfel neben den drei Königen und fragte sich, wie genau sich Hildir alles Weitere vorstellte. Ob Renkeja bereits mehr wusste? In den Gemächern Walerians hatten sie jedenfalls kaum Gelegenheit gehabt, sich auszutauschen, sondern waren gemeinsam bloß das Blutbuch des Zauberers durchgegangen.

Sie waren nun endlich auf der weit entfernten, dem Throntrakt gegenüberliegenden Seite der Burgzinnen angelangt. Man konnte weit hinausblicken über die Stadt Ukon und die dazugehörigen Ländereien, noch weiter draußen floss der Fluss selbigen Namens in der mäßig kalten Luft des ausgehenden Winters.

Aber die Aussicht schien nicht auf dem Ausflugsprogramm zu stehen. Stattdessen drehte Walerian sich um und wies auf den inliegend befindlichen Hof, in dem sich Baracken und einige andere größere Gebäude befanden.

»Dieser Bereich, zusammen mit dem zweiten Innenhof dort hinten«, er deutete auf ein mächtiges Torsystem am Ende des Hofes, welches etwa in der Mitte Immersteins lag, »bildet das Herzstück der Burg. Auf Aethra ist es einmalig.«

Hildir reagierte skeptisch. »Innenhöfe sind aber keine Seltenheit«, erklärte sie. »Daheim in Orrast habe ich etwas Ähnliches. Er ist für Soldaten, richtig? Kann man den Platz als Winterlager benutzen?«

Walerian lächelte breit: »Das könnte man sicher, aber die Soldaten haben es in den Kasernen der Stadt viel bequemer. Nein, diese Bereiche sind Relikte des Großen Krieges der vier Völker.«

»Der Krieg der vier Völker?« Renkeja spitzte die Ohren.

»Er ist schon siebenhundert Jahre her, aber so manches ist uns trotzdem noch davon geblieben. In allen Gegenden Aethras finden sich noch Spuren von damals. Denkmäler, Tempel, Festungen …«

»Und was ist nun so besonders an Euren Plätzen, wenn ich fragen darf, Walerian?«

Hildir spähte hierhin und dorthin, aber auch Bratuck konnte nicht erkennen, was diese Exerzierplätze, oder was auch immer sie waren, so besonders einmalig machen sollte.

»Das will ich Euch gern sagen. Denn ich überlege schon seit Tagen, ob sie sich nicht im Kampf gegen Trucido einsetzen lassen. Kommt!«

Eilig wanderten sie die Zinnen auf der anderen Seite wieder zurück, bis sie letztlich den Bereich der Burgmitte erreichen, wo die große Toranlage den Übergang zum zweiten Innenbereich bildete.

»Seht ihr, wie massiv und riesig die Eisentore sind?« Walerian wirkte sehr stolz, während er seine Burg so präsentierte. »Wenn man genau hinsieht, kann man sehen, dass es gleich mehrere Gitter sind, die hintereinandergeschaltet sind.«

»Walerian, wir verstehen immer noch nicht ganz …«, gab Renkeja zu.

»Diese beiden Bereiche hier, der vordere mit den Baracken und der hintere mit den Feldern und Lagern für Saatgut, sind uneinnehmbar.«

Renkeja lächelte gutmütig. »Das denkt jeder von seiner Burg. Aber in Wahrheit ist alles einnehmbar. Es gibt einen Grund, warum viele Kämpfe auf offenem Gelände stattfinden. Und selbst wenn etwas uneinnehmbar ist, dann bedeutet es nicht, dass man die verschanzten Truppen nicht aushungern könnte.«

Walerian ließ sich nicht anmerken, falls ihn Renkejas Belehrung gekränkt hatte. Stattdessen erklärte er lieber weiter. »In diesem Fall ist es anders. Immerstein hatte ihren Namen nicht von Anfang an. Erst nach dem Großen Krieg bekam die Burg ihn. Die Mauern, die die Innenbereiche umgeben, sind so dick, dass eine Armee sicher Jahre bräuchte, um durchzubrechen. Aber viel wichtiger sind die beiden Zugangstore und dieses Verbindungstor: Sie sind ebenfalls Relikte der Kriegszeit. Und damals war die Zauberei noch viel wirkmächtiger als heute. Die Tore wurden magisch verstärkt, selbst langem Feuer und Donnersteinbomben halten sie stand – auch wenn es davon kaum mehr welche gibt! Im Vergleich zu dieser Anlage sind die Sternenhallen ein Witz.«

Renkeja lachte bitter. »Also wollt Ihr Kämpfer und Volk hier verstecken, wenn es zum Kampf kommt? Trucido würde sich sicher freuen, wenn er die Schreie von verhungernden Gefangenen von draußen hören könnte …«

»Ihr versteht nicht! Die Anlage hat noch eine Besonderheit: Alle Tore sind so konstruiert, dass man sie von den Königsgemächern aus fernsteuern kann. Es gibt auch eine Signalvorrichtung, die man von dort aus ertönen lassen kann und mit der man das Heer oder die Bevölkerung oder gleich beide warnt und in die Burg ruft, wenn Gefahr droht. Gleichfalls lässt sich das Heer aber auch rufen, wenn ein nichts ahnender Feind die Burg stürmt und vom König per Gittertorsteuerung eingesperrt würde …«

Renkeja und Hildir schien im selben Augenblick ein Licht aufzugehen.

»Und Ihr meint, hier ließe sich auch eine Kelpenarmee einschließen?«, erkundigte sich die Königin grübelnd.

»Das ist es, worüber ich die ganze Zeit nachdenke. Aber bisher war mein Problem, wie ich es anstelle, den Zauberer hierher zu locken. Doch ich glaube, in den Zeilen seiner Aufzeichnungen eine Antwort darauf gefunden zu haben. Gehen wir wieder hinein, dort werde ich Euch meine Idee genauer erklären …«

Es war bereits früher Nachmittag, als sie mit dem Blutbuch bewaffnet in einem Teil der Königsgemächer standen, die einzig und allein dem Herrscher vorbehalten waren.

»Kaum einer außer meiner Familie und unseren Dienern war je hier«, erklärte Walerian. »Aber durch das hier«, er deutete auf das Blutbuch«, glaube ich, dass mein Vater nichts dagegen gehabt hätte, Euch einzuweihen. Ihr hattet also recht, Königin Hildir: Es kann sehr befreiend sein, wenn man seinen Instinkten folgt. Bevor ich heute Abend meinen Plan vor dem Hofstaat präsentiere, möchte ich sehr gern wissen, ob ihr ihn für gut haltet. Eure langjährige Erfahrung kommt genau zur rechten Zeit!«

Hildir äußerte sich nicht. Stattdessen umrundete sie ein massives Gestell, in dem die Unterseiten dreier Hörner eingefasst waren.

»Das ist die Signalanlage?«

Weiter oben führten diese Hörner wie Rohre hinein in die kuppelförmige Decke, auf Kopfhöhe endeten die gigantischen Signalgeber mit Mundstücken, in die man kräftig hineinblasen musste.

»Das ist sie!« Walerian wirkte stolz.

»Das linke Horn ruft nach zweimaligen Blasen das Heer herbei in den Immerstein, das mittlere ebenso die Bevölkerung, wenn es Zeit ist, sich zu verschanzen. Das rechte stößt einen tiefen, dunklen Ton aus, der dem Heer signalisiert, dass Feinde im Inneren der Anlage gefangen sind.«

»Höchst interessant.«

Hildir war sehr aufmerksam.

»Aber jetzt kommt das Beste! Folgt mir!«

Walerian führte sie in den nächsten Raum, der den Beginn eines Aufgangs zu einem Turm markierte. Es schmeichelte ihm natürlich, mit welch großen Augen Hildir sich für diese einzigartige technische Meisterleistung begeisterte.

»Seht, am Fuße der Treppe befindet sich die dazugehörige Torsteuerung. Fünf Hebel, einfach zu bedienen. Hoch oder runter, auf oder zu. Der erste Hebel ist für das erste Tor auf der Ostseite.«

»Und wofür sind der vierte und fünfte Hebel? Noch mehr Geheimnisse?«

Auch Renkeja inspizierte alle Hebel sehr genau.

Walerian sagte: »Der vierte verriegelt die königlichen Gemächer mitsamt diesen Räumen. Niemand kommt hinein oder hinaus. So lange, bis die Soldaten den Feind innerhalb der Mauern niedergemacht haben.«

»Wie stellen sie das an?« Hildir schien ehrlich verblüfft über die ausgeklügelten Geheimnisse Burg Immersteins. »Ich kann mir kaum vorstellen, dass das alles funktioniert. Wie alt sind noch gleich diese Mechanismen?«

»Ihr habt doch von den Wundern der Sternenhallen gehört. Zu mir gekommen seid Ihr mit einem Portal. Und bei Euch fahren verzauberte Schiffe über die Flüsse! Die Magie, die in diese Wehranlagen gewirkt wurde, hat die Zeit überdauert und ist so stark wie eh und je. Zweimal im Jahr – zu besonderen Gelegenheiten, bisweilen auch öfter - testet der König die Verteidigungsfunktionen und übt das Verschanzen und Feind überfallen gleich mit. Glaubt mir, man merkt den Vorrichtungen ihre siebenhundert Jahre nicht an.«

»Schon gut, ich glaube Euch, aber Ihr habt meine Frage nur halb beantwortet: Wie bekämpfen die Soldaten von draußen den Feind im Inneren? Muss das Vordertor wieder hochgelassen werden? Dann haben beide Armeen die gleichen Vor- und Nachteile, wenn sie beim Tor aufeinanderprallen ...«

Walerian lächelte verschmitzt. »Der fünft Hebel! Wenn er betätigt wird, dann fahren in der Außenmauer Trittsteine aus dem Mauerwerk und bilden Treppen auf die Burgzinnen. Von oben haben die Soldaten mit Bögen und Pechfallen leichtes Spiel.«

Renkeja und Hildir sahen sich an. Stillschweigend schienen sie zu einer Übereinkunft gekommen zu sein.

Renkeja sagte: »Es ist sicher eine gute Idee, die Kelpen auf diese Weise einzuschließen. Und Ihr denkt, dass es möglich ist, den Zauberer mit seiner Armee herzulocken?«

»Eben das will ich mit Euch beratschlagen! Was ist Eure Einschätzung? Ihr kennt seine Aufzeichnungen. Haltet Ihr es für möglich, ihn bei seinem Hochmut zu packen und ihn als Erlöser herzubitten? Wird er dem Ruf folgen, wenn er hier seine untertänigen Diener erwartet?«

Renkeja schien plötzlich sehr angetan zu sein von Walerians Idee. »Ihr könntet da wirklich auf etwas gestoßen sein. Vielleicht sollten wir ihm gleich morgen eine Nachricht schicken!«

»Eine letzte Frage noch, Walerian.« Hildir machte ein Gesicht, als würde sie angestrengt nachdenken. »Wohin führt diese Treppe?«

»Zu den Volieren.« Walerian antwortete fast beiläufig. »Selbst wenn der König eingeschlossen ist, kann er noch Nachrichten nach draußen schicken. Wir züchten auf Immerstein viele Botenvögel, aber noch besser lassen sich Nachrichten mit unseren Fledermäusen und Ukoneulen überbringen. Außerdem kann man von einem Ausguck beobachten, wann die Hebel betätigt werden müssen, um Freund oder Feind einzuschließen.«

»Danke, König, ich habe nun genug Informationen beisammen. Würdet Ihr Euch das hier kurz ansehen?«

Walerian schaute verwirrt drein, denn in der Hand, die Hildir ihm präsentierte, war absolut nichts.

»Seht genau hin, Walerian. Vertraut mir!«

»Aber da ist ni …«

Doch da schoss eine Flamme aus Hildirs flacher Hand direkt in des Königs Gesicht. Erschrocken schrie dieser auf, fiel mit brennendem Haar und Augenbrauen nach hinten, und noch bevor er sich wieder fangen oder sonst wie reagieren konnte, hatte Hildir schon das kurze Schwert aus der Scheide gezogen, das er unter seinem Umhang trug. Ein gezielter Stich genügte und die eigene Klinge steckte tief in der Brust des Thronfolgers.

»Adel verpflichtet wirklich, Herr Walerian.«

Sie zog das Schwert aus dem Körper des Sterbenden und wischte es an dessen grünem Umhang ab.

»Vor allem zu mehr Umsicht. Ihr hättet besser auf Euren Hauptmann hören sollen.«

Bratuck stand wie vom Donner gerührt da. Von Walerian waren die letzten rasselnden Atemzüge zu hören.

»Hildir, was …«

Scheinbar war nichts davon mit Renkeja abgesprochen.

»Bei den Engeln!«, sagte Hildir genervt. »Denkt denn keiner von euch praktisch? Kleiner Diener, walte deines Amtes!«

Bratuck stand bloß da. Er spürte das Zittern seiner Knie. Er hatte keine Ahnung, was sie von ihm wollte.

»Die Hörner!«, sagte sie gedehnt und verdrehte dabei die Augen. »Aber gut aufpassen! Nur das erste, verstanden?«

Bratuck bewegte sich immer noch nicht. Walerian hatte aufgehört zu atmen.

»Bist du wirklich so blöde? Blas das Horn Nummer eins, Diener! Na wird`s bald, oder soll ich dir auch ein Feuer unterm Hintern machen?«

Da rang Bratuck sein Zittern nieder, rannte los und dachte dabei immer wieder, dass es von hier an nur schlimmer werden konnte.

»So, das sollte ihn herbringen. Was meinst du, Liebster?«

Ein wenig später nahm Renkeja den Text entgegen, den Hildir auf ein Stück Briefpapier aus den Kammern Walerians geschrieben hatte.

»Eure ergebenen Diener von Ukon auf Burg Immerstein? Ist das nicht zu viel des Guten? Vielleicht wäre eine dezentere Formulierung …«

»Renkeja, denk nach! Dieser Zauberer ist besessen davon, dass man zu ihm als dem Erlöser emporschaut. Er wünscht sich nichts sehnlicher als jemanden, der seine Taten als so herrlich erachtet wie er selbst.«

»Du wirst sicherlich recht haben …« Renkeja war geradezu kleinlaut geworden.

In der Ferne sahen sie, wie die Soldaten Ukons zur Burg eilten. Der Ausguck vom Balkon des Volierentraktes war wirklich wie geschaffen, um den Überblick zu behalten.

»Sie haben keine Ahnung«, orakelte Hildir.

»Und diese Sache mit Decora Nubigena?« Bratuck merkte, dass Renkeja seine Worte mit Bedacht sprach. Geradezu vorsichtig.

»Vertraust du mir nicht, Liebster?«

»Doch, Liebste, natürlich«, versicherte Renkeja rasch. Bratuck biss sich auf die Zunge. Er durchschaute nicht mehr, welches Spiel Hildir trieb. Warum hatte sie Walerian umgebracht? Sicher standen Unkerichs Männer, die in der Burg stationiert waren, schon an den verschlossen Toren der Königsgemächer und suchten einen Weg zu ihnen hinein.

»Also wollen wir nun allein gegen Trucido und seine Kelpen kämpfen? Hätte uns Walerian nicht unterstützen können?«

»Renkeja …«

Hildir drehte sich zu ihm und kam ihm ganz nahe. »Meinst du, nach allem, was dir Decora Nubigena über diesen Zauberer erzählt hat, Trucido ließe sich durch die lächerliche, ein- oder zweitausend Mann starke Armee eines grünschnäbligen Königssöhnchens aufhalten?«

Renkeja blickte auf die immer größer werdenden Massen, die die Burg schon beinahe erreicht hatten. Noch immer hallten die Hornstöße in Bratucks Kopf nach. Das alles hatte etwas Wahnwitziges.

»Nein … *nein.*« Renkeja wurde zusehends verwirrter. »Sicher nicht.«

»Das denke ich auch, Renkeja. Deshalb werden wir auch nicht gegen ihn kämpfen.«

»Aber …«

»Aber was?«, entgegnete die Hexe. »Was ist es, das du am meisten begehrst?«

Renkeja musste diesmal weniger lange überlegen. »Außer dir nur die Krone Telluriscors.«

Hildir lächelte kalt. Glutäugig sagte sie: »So geht es auch mir. Aber unsere verkommene Brut hat sich unserer Heere bemächtigt, unsere Kinder haben die Krone unrechtmäßig auf ihren Häuptern. Wer weiß, welches Gift den Soldaten schon von Finn Ritter, dem Dritten Engel, oder wer auch immer er ist, und der falschen Natter Decora Nubigena, die dir deinen Sohn wegnahm, eingeflüstert wurde. Die Männer und Frauen werden uns nie wieder folgen. Das muss dir doch klar sein.«

»Ich stimme dir zu, aber …«

»Nichts aber!«

Sie küsste ihn lange. Bratuck bemühte sich, nicht allzu offensichtlich in die andere Richtung zu starren. Dieser Kuss war unpassend und auf eine ganz und gar seltsame Art unanständig.

»Wir kämpfen nicht gegen diesen Zauberer«, sagte Hildir endlich und ließ von Renkeja ab. »Wenn alles, was ich über ihn gehört habe, stimmt, dann wird er am Ende als Sieger aus diesen Konflikten hervorgehen. Ob er der Erlöser ist oder nicht, spielt für mich keine Rolle. Ich pfeife darauf genauso wie auf das Auftauchen des Engels am Hirschkopf. Am Ende zählt nur, ob ich mich auf der Gewinnerseite oder der Verliererseite befinde.«

Renkeja sah erneut herab in die Ebenen vor der Burg. Die ersten Krieger hatten das Osttor jetzt erreicht.

»Und diese Leute …«

Hildirs Augen leuchteten in heller Vorfreude.

»Diese Leute geben wir unserem neuen Herrn und Meister als Willkommensgeschenk. Sie werden vor ihm knien im Angesicht der Monster, die er mitbringt. Und wir werden sie ihm auf dem Tablett serviert haben. Ich meine, dass dieses Geschenk genügen wird, damit er uns vertraut und als die Seinen anerkennt. Und wenn wir ihm erst das Geheimnis offenbart haben, wie er an Decora Nubigena herankommt, dann wird es ihm sicherlich eine Freude sein, bei seinem Rachefeldzug auch für uns, seine treuen Vasallen, die Thronstühle Telluriscors freizuräumen.«

Bratuck schluckte. Sie wollte allen Ernstes mit Trucido paktieren? Er musste etwas dagegen sagen! Doch den Engeln sei Dank sprach Renkeja für ihn mit. Er konnte nur hoffen, dass der irgendwie seine Courage wiederfand.

»Hildir, bei allem, was recht ist, hältst du es nicht für gefährlich …«

»Warst du es nicht, Liebster, der ganz offen von Schicksal sprach? Derjenige, der der Überzeugung war, wir wären nun sogar stärker und könnten alles schaffen? Warum sonst fällt uns das alles in die Hände, wenn wir es nicht auch nutzen sollten? Sag mir einen anderen Weg, wie wir zurück in unser Reich gelangen sollen, außer mit einem Portal. Und die Spiegel dazu befinden sich in den Sternenhallen oder in deren Ruinen. Unser Weg führt uns mit dem Zauberer zusammen. Wie heißt es so schön? Der Feind deines Feindes …«

»… ist dein Freund …«, murmelte Renkeja.

Renkeja hatte nichts mehr einzuwenden. In seinem Kopf sah Bratuck die Leichen Insaras, Tilberts, Isabellas und Walerians vor sich. Hildir hatte alles an sich gerissen. Vielleicht musste er sich einfach fügen. Loyal sein. Auf der Gewinnerseite sein. Er musste womöglich auch ihr zeigen, dass er wertvoll war. Trucido war stark. Hildir schätzte die Sache wahrscheinlich richtig ein. Bratuck liebte Stärke. Vielleicht nahmen Renkeja und Hildir ihn weiterhin an ihre Seite, wenn sie mit der Hilfe des Zauberers erst die Herrscher über ganz Telluriscor waren. Ja, vielleicht war das sein weg. Vielleicht musste er auch hier in der Fremde wieder der Bratuck von früher sein. Nur ganz im Verborgenen, versteckt vor der Hexe, würde er ein kleines Stückchen von dem Bratuck kultivieren, den er hinter dem Portal entdeckt hatte …

»Königin Hildir, ich bin für Befehle bereit. Für die Hebel erscheint es mir bald die Zeit. Erweist mir die Ehre Euren Plan auszuführen, Eure Weisheit und Stärke, endlich kann ich sie spüren.«

Hildir sah ihn mit ihrem Feuer überrascht an. »Dein Sinneswandel kommt gerade noch rechtzeitig. Zumindest bist du klug genug zu wissen, welcher Seite du angehören solltest. Ich bin bereit, dich das für mich tun zu lassen. Immerhin hast du auch die Hörner zu meiner Zufriedenheit geblasen. Und die Sache mit dem Buch haben wir tatsächlich dir zu verdanken. Ohne diese Aufzeichnungen hätte ich sicher länger gebraucht, bis der König uns eingeweiht hätte. Geh, Diener Bratuck, und beeile dich!«

Als Bratuck sich hastig umdrehte und zurück ins Innere springen wollte, war ein dumpfer Schlag zu hören.

»Was war das?«

Renkeja, der auf Hildirs Geheiß inzwischen Walerians Schwert an sich genommen hatte, trat schützend vor sie.

»Wie galant von dir, edler König! Du bist wohl mein Beschützer.« Sie klang äußerst belustigt. »Doch ich kann gut auf mich selbst achtgeben. Außerdem haben wir nichts zu befürchten. Du hast Walerian doch gehört. Hier sind wir für alle unerreichbar. Vertraut auf unser Schicksal! Ihr beide! Das war bloß einer der Botenvögel.«

Sie trat vor Renkeja über die Schwelle und zog ihn am Umhang hinter sich her.

»Während Bratuck die Tore schließt, suchen wir uns jetzt ein Botentier, das einem großen Zauberer wie Trucido würdig ist! Und danach, Liebster, haben wir endlich ein wenig Zeit ganz für uns. Hoffentlich bieten die Gemächer Walerians genug Annehmlichkeit für das, was ich mir vorstelle …«

Nur ein Weg (2)

Die markerschütternden Hornstöße hallten immer noch in der Luft nach, als Enwin Seenfürst erschrocken zurückwich. Er hatte nicht einmal geklopft und trotzdem öffnete sich das Tor! Jemand hatte ihn beobachtet! Freund oder Feind? Doch dann zeigte sich auf der Torschwelle ein erstauntes und erschrockenes Gesicht, so als wäre es sein eigenes Spiegelbild.

»Bei den heiligen Hallen von Harandol!« Der Zwerg auf der Schwelle fuhr sich durch seinen wuchtigen, nahezu rechteckig herunterhängenden Bart. »Ihr seid es! König Enwin, ich erkenne Euch! Was ist mit Euch geschehen?«

Enwin fiel ein Stein vom Herzen. Der Botschafter wusste also, wen er vor sich hatte. Das machte es einfacher.

»Ich brauche Eure Hilfe, Botschafter Rillendi. Rasch, lasst mich hinein!«

Botschafter Rillendi blieb verwirrt, sah an Enwin vorbei in den Himmel, schüttelte aber abschließend den blauen Vollbart, der mit seinen karmesinrot gefärbten Brauen kontrastierte.

»Natürlich, König Enwin. Sicher wird es nur eine außerplanmäßige Übung sein. Euer Besuch ist wichtiger.«

Während Enwin sich wunderte, dass gerade heute die Hornstöße der Burg eine wie auch immer geartete Übung ankündigten, führte Rillendi ihn hinein in die Zwergenbotschaft der Stadt Ukon.

Enwin stieg mit Rillendi die breiten Stiegen in den ersten Stock des Gebäudes hinauf. Er spürte jeden Knochen seines Körpers. Seit der Schlacht beim Zwergenwall hatte er das Gefühl, ein alter Zwerg geworden zu sein. Sicher, das war er auch schon zuvor gewesen, aber nun konnte er sich dahingehend nicht mehr selbst betrügen. Seine Bauchwunde hatte den langen Ritt von Celsa-Stadt nicht besonders gut überstanden und nässte wieder, selbst nach den mehr als drei Wochen, die vergangen waren, seit er den Katakomben der Sternenhallen durch die verzauberte Wasserader des Großen Krieges entkommen war.

Zum oberen Ende hin machte die Treppe der Botschaft eine Biegung, wurde steiler, über dem Handlauf hingen an den Wandtäfelungen

Gemälde in schweren, verspielten Goldrahmen. Enwin keuchte. Ein zwergenhohes Bild mit satten, leuchtenden Farben zeigte eine Herde Donnerponys, die friedlich in einer Gebirgsaue grasten. Vor sein inneres Auge drängte sich das Abbild Ellis. Sie brannte im Feuer des Zauberers, mit schaumigem Maul und erschrockenen Augen erwartete sie ihr Ende. Aber selbst in ihren letzten Sekunden kämpfte sie weiter und rannte gegen die Kelpenhorden an. Der Tod schaffte es nicht, ihr ihren Stolz zu nehmen.

Enwin riss sich zusammen. Er ignorierte das Pochen in seinem Unterbauch und nahm entschlossen die letzte Stufe. Zu viel war geschehen, als dass er auch nur einen Moment auf sich selbst verschwenden durfte. Nicht nur Elli war für seinen Hochmut gestorben. Er hatte auch Horellio ein Versprechen gegeben …

Einen langen Gang später schob Botschafter Rillendi eine massive Tür auf, die kaum ein Geräusch machte, als sie über den dicken Samtteppich im angrenzenden Raum geschoben wurde. Eine Bibliothek tat sich vor den beiden Zwergen auf. Die ringsum führenden Regale waren so hoch, dass sie sicher drei Stockwerke umfassten. Bis auf die unzähligen Bücher, die sich oft liegend und scheinbar ungeordnet in den Fächern türmten, war die Bibliothek aufgeräumt, besser noch leer. Nur in der Raumesmitte stand verlassen eine Sitzgruppe gepolsterter Ohrensessel, auf einem Glastisch dazwischen reich gefüllte Obstschalen, Teller mit verschiedensten Spezereien und Glaskaraffen mit leuchtenden Flüssigkeiten. Als er Rillendi dorthin folgte, bemerkte Enwin, dass das Licht nur durch ein einzelnes großes Oberlicht in den Raum fiel, welches wohl ins Dach der Botschaft eingelassen sein musste.

»Setzen wir uns doch.«

Geistesabwesend spitzte Rillendi die Ohren und sah in den Himmel hinter dem Oberlicht, aber es war längst nichts mehr von draußen zu hören. Im nächsten Augenblick galt seine Aufmerksamkeit allerdings ganz dem König.

»Verzeiht, Seenfürst. Aber normalerweise gehöre ich nicht zu denen, die von den *unangekündigten* Truppenübungen nichts wissen. Aber wer weiß schon, was sich der junge König so alles ausdenkt …«

Enwin stutzte. »Der junge König?«

»Verzeiht, ich hätte Euch diese Nachricht sicher taktvoller mitteilen können. Aber Eure Ankunft kam so überraschend, dass ich …«

»Schon gut, Rillendi. Ich weiß, dass ich auf Staatsbesuchen nicht immer der angenehmste Zeitgenosse gewesen bin. Aber ich versichere Euch, die Tage sind gezählt, an denen man in meiner Gegenwart jedes Wort auf die Goldwaage legen musste! Sprecht frei, denn umso schneller kann ich berichten, wieso es mich hierher verschlägt.«

Rillendi musterte ihn einen Tick zu lange, um seine Überraschung zu überspielen. Doch als Enwin ihn gequält anlächelte, erwiderte der Botschafter die Geste. Er bugsierte ihn endlich auf einen der Ohrensessel, schenkte ihm zu trinken ein und sprach.

»König Waldris ist tot. Er kam nicht mehr von seiner letzten Jagd zurück.«

»Ein Unfall? König Waldris starb beim Jagen? Welches Tier könnte das fertiggebracht haben?«

Rillendi schüttelte den Kopf mitsamt Bart.

»Das Jagdlager wurde des Nachts von Kelpen überfallen. Es blieb nicht viel übrig von ihm, das sein Sohn Walerian beisetzen konnte …«

Rillendi sah Enwin prüfend an, wohl um zu erfahren, wie groß seine Kenntnisse von Kelpen oder den Vorkommnissen an den Westküsten des Kontinents waren.

»Keine Sorge, ich weiß, welche Plage diese Wesen sind. Und welche noch größere ihr Gebieter.«

Er deutete auf seine Wunde. »Ich habe selbst Erfahrungen gemacht, wegen derer ich nun bei Euch sitze. Doch sagt mir noch eins: Walerian ist nun König. Und Ihr glaubt, die Hornstöße sind Teil einer Übung gewesen, über die Ihr nicht informiert wurdet? Es kann also«, er zögerte, »nichts mit mir zu tun haben?«

Rillendi sah ihn noch einmal von oben bis unten an.

»Nein, Herr Enwin. Es muss eine Übung sein. Wenn der Seenfürst höchstpersönlich gesichtet worden wäre, dann wüsste es auch der Botschafter. Außerdem sind diese Hörner nicht dafür da, um Staatsbesuche zu beschallen. Ihr kennt doch selbst den Ruf Immersteins. Damit die Burg uneinnehmbar bleibt, müssen auch die Soldaten Ukons stets auf dem Posten sein. Es ist nur ärgerlich, dass die Zwergenwachstube nicht mit zum Manöver ausrücken konnte. Ihr wisst, dass diese in Ukon an den Befehl der Botschaft gebunden ist und nicht eigenmächtig handelt. Selbst, wenn die Hörner der Burg erschallen oder der Salzfürst selbst sie aus ihren Betten schütteln würde. Aber nehmen wir dies dem neuen König nicht übel. Er kennt noch nicht alle Protokolle. Walerian will nur auf Nummer sicher gehen, dass alles einsatzbereit ist, falls …«

»… falls noch mehr Kelpen kommen? Oder der Zauberer selbst auf die Idee kommt, Ukon einen Besuch abzustatten?«, vollendete Enwin den Gedanken des Botschafters.

»Aus Euch spricht wahrlich nicht mehr der König, dessen Krönung ich vor vielen Jahren als jüngerer Zwerg beigewohnt habe. So viel ist sicher. Bei Harandols Thron, dann trinkt und stärkt Euch und erzählt mir nun endlich, was es mit Eurem Auftauchen in Ukon auf sich hat!«

»Das sind furchtbare Nachrichten, die Ihr mir bringt.« Rillendi nippte nachdenklich an seinem Glas unterlingischem Feuerwasser. »Ach, was sage ich?! Es sind furchtbare Nachrichten für die ganze Welt. Excelsa, dann Horellio und die Elfen. Dazu das Zwergenheer. Und Trucido will sich noch mehr holen? Aber was?«

»Ich habe gegen seine Truppen gekämpft. Ich habe verloren. Und ich habe vor ihm im Wüstensand gelegen und in sein verfluchtes Antlitz geblickt. Hinter dieser Maske verbirgt sich nur Hass. Und der ist durch keinen militärischen Sieg kontrollierbar.«

Enwin nahm ebenfalls einen Schluck Feuerwasser. Es fühlte sich an, als würde es seine Eingeweide zum Glühen bringen. Aber es erweckte gleichsam seine müden Lebensgeister wie ein Lagerfeuer in kalter Winternacht.

»Er wird nicht Halt machen, bevor er die ganze Welt in Schutt und Asche gelegt hat. Er ist davon überzeugt, irgendeine heilige Rache zu verüben. Ich fürchte, das Reich der Seen und alle anderen Länder sind vollkommen dem Untergang geweiht, wenn wir dem nichts entgegenzusetzen haben.«

Rillendi seufzte. »Die Nachrichten aus Celsa sind in diesem Lichte noch weitaus schlimmer zu bewerten. Es scheint nicht so, dass die Kämpfe des Widerstandes erfolgreich verlaufen sind. Der Zauberer herrscht nun scheinbar über einen Trümmerhaufen, der einstmals Sternenhallen genannt worden ist. Das wird seine Wut und den Rachegedanken nur noch angefacht haben.«

»Kämpfe? Widerstand? Die Sternenhallen sind zerstört?« Und ganz leise sagte Enwin: »Vielleicht hätte ich in Celsa doch …«

Rillendi zuckte mit den Schultern und ging nicht darauf ein. »Es sind kaum noch Kontakte da, die zuverlässig von dort berichten können. Anscheinend gab es einen Angriff im Zusammenhang mit dem Piratenschiff Feuerente. Sagt Euch das etwas?«

Enwin murmelte so etwas wie eine Zustimmung.

»Sie haben den Palast beschossen und zumindest teilweise zum Einsturz gebracht. Eine meiner Quellen berichtete mir, dass die Verbindungen dieses Angriffs bis in die Botschaft von Celsa reichte.«

»Der alte Melvin Flinkfuß ist involviert?«

»Das weiß ich nicht, Seenfürst. Ich habe eine Weile nichts von ihm oder über ihn gehört. Und wie gesagt, dass alles ist mit Vorsicht zu genießen. Flüchtlinge, die meine Informanten ausfindig machen können, neigen dazu die Dinge etwas aufzubauschen.«

Die beiden Zwerge schwiegen. Rillendi sah in sein orangerotes Feuerwasser. Dann leerte er sein Glas in einem einzigen Zug. Er kämpfte den Drang zu husten erfolgreich nieder und atmete tief durch, als das Brennen abebbte.

»Aber Ihr, Seenfürst, sprecht davon, dem Ganzen etwas entgegenzusetzen. Sagt mir, was Ihr vorhabt, und ich werde Euch folgen!«

Enwin wog ab, ob er es wagen konnte, sein Glas ebenfalls in einem Zug zu leeren. Wahrscheinlich würde sich das Feuerwasser direkt aus seiner Bauchwunde wieder herausbrennen. Sei es drum!

»Auf Horellio!«

Er schüttete den Schnapps hinunter und genoss das furchtbare Brennen, weil er auf diese Weise spürte, noch da zu sein. Nun war es auch endlich Zeit, etwas zu unternehmen. Denn es war schon spät. Enwin und Rillendi hatten sich lange ausgetauscht.

»Was haben wir also vor?«, fragte Enwin ohne die Antwort zu erwarten, die nur er kannte. Er stellte das leere Glas vor sich auf den Tisch. »Nichts weniger, als die Völker Aethras zu vereinen. Was von den Elfen noch da ist, muss zusammen mit uns kämpfen. Und die Menschen Ukoniens sollen ebenfalls an ihrer Seite stehen. Doch um den König zu überzeugen, seine Soldaten in den Kampf zu schicken, brauche ich Euch, Rillendi. Vielleicht wird es ja sogar einfacher, mit Walerian am runden Tisch zu sitzen als mit seinem sturen Vater. So oder so, Ihr seid mein Trumpf. Waldris gehörte nicht zu meinen größten Fürsprechern, sein Sohn sicherlich auch nicht, allein schon aufgrund der Familientradition. Aber zusammen können wir es wagen, ihm unser Anliegen vorzutragen. Vielleicht ist es ein gutes Zeichen, dass sich bereits alle Soldaten der Stadt in den Wehranlagen Immersteins befinden. Wir sollten noch heute Abend aufbrechen.«

Er erhob sich.

»Welches Gewicht hat Euer Wort als Botschafter hinsichtlich einer schnellen Audienz? Immerhin, so wie ich es verstanden habe, trifft der König in Kürze die vielleicht wichtigste Entscheidung seiner gesamten Regentschaft.«

Noch bevor der Botschafter antworten konnte, war unten ein Pochen an der Eingangstür zu vernehmen. Alarmiert sahen sich die beiden Zwerge an.

»Unkerich, alter Freund, du bist es!«

Enwin konnte aus den Schatten des Nebenraumes heraus hören und sehen, was sich an der Tür abspielte.

»Und du beehrst mich ebenfalls, Ionathan! Wieso seid ihr so kurz vor dem Treffen mit dem Hofstaat nicht bei König Walerian?«

Der Tonfall in Rillendis Stimme hatte sich verändert. Er klang nun anders als zuvor, als sie noch ihre Unterredung in der Bibliothek gehabt hatten. Irgendetwas machte den Botschafter nervös. Enwin zwickte es ebenfalls in den Eingeweiden. Da stimmte doch etwas nicht!

Der Brocken von einem Kerl namens Unkerich trat an Rillendi heran. »Rillendi, bitte sag mir, dass die Zwerge deiner Wachstube heute nicht in die Burg gezogen sind, als die Hörner erschallten!«

Der Botschafter blickte verstohlen über seine Schulter in Richtung Enwins Versteck. Enwin hatte es gleich gewusst! Was wurde hier gespielt?

»Unkerich, ich verstehe das alles nicht.«

Rillendi wandte sich wieder dem Riesen zu, zog ihn über die Schwelle und winkte auch den älteren Mann Ionathan zu sich.

»Was hat das zu bedeuten? Meine Zwerge brauchen eine extra Anweisung von mir, das weißt du doch! Wieso hat niemand deiner Männer vor der Übung eine Botschaft zu mir oder in die Wachstube übermittelt?«

Unkerich bleckte die Zähne. »Wir haben ein echtes Problem, wie es aussieht. Sind die Zwerge dir wahrhaft treu ergeben? Und stehen noch alle in deinen Diensten, die bei der letzten gemeinsamen Übung dabei waren?«

Rillendi stand da und schien nicht zu wissen, ob er vor oder zurück sollte.

»Unkerich, was auch immer du mir mitteilen möchtest - offen gesagt machst du mir Angst. Und natürlich sind sie mir treu ergeben und stehen noch in meinen Diensten. Doch genau genommen gehorchen sie zurzeit jemand anderem. Unkerich, Ionathan, ich muss euch jemanden vorstellen.«

Nur ein Weg (3)

Der Himmel über Ukon war verhangen. Die Fünfergruppe starrte in die grauen Wolken, offenbar Ausschau nach etwas haltend. Selbst als es schwere Tropfen zu regnen begann, reckte sie weiter ihre Hälse und beobachtete den dunklen Umriss, der nicht weit von ihr entfernt in die Höhe schoss.

»Die Burg wirkt so anders bei diesem Wetter.«

Ionathan, der Kammerdiener Walerians, sprach mit belegter Stimme. In den letzten zwei Tagen hatte er sich überhaupt kaum geäußert, aber wenn, dann waren seine Worte meist Ausdruck der düsteren Gedanken, die in ihm wohnten. »Unruhig. Unheilvoll. Als fühle sich der Stein nicht wohl unter einem Himmel, dem das Licht fehlt.«

Enwin Seenfürst, Botschafter Rillendi und Unkerich Acerbus sahen sich an. Sie wussten, dass die zwei Tage ohne Nachricht von seinem König Ionathan in tiefste Verzweiflung gestürzt hatten. Er rechnete mit dem Schlimmsten. Vielleicht sollten sie das alle. Aber deshalb waren sie hier: um herauszufinden, was dort oben in der Burg geschehen war. Die Geschichte von den Neuankömmlingen aus der anderen Welt kannten nun auch Enwin und Rillendi, aber so sicher der Winter auf den Hängen der Himmelsberge früher im Jahr kam als im Rest der Seenlande, so sicher war Lug und Trug mit im Spiel gewesen, als das seltsame Paar von König und Königin im Beisein Unkerichs und Ionathans ihre Geschichte vorgetragen hatte!

»Darf ich offen sprechen, Majestät?«

»Bei Harandols Thron, Eiwerink! Öfter kann ich es dir nicht sagen – sprich einfach, wenn du etwas zu sagen hast!«

Der König schüttelte seinen Bart und sah den Fünften in ihrem Bunde schräg von der Seite an. Der korpulente Zwerg, dessen Haupthaar ihm wahrscheinlich vor langer Zeit ausgefallen war, sah mit seinem buschigen, rostbraunen Schnauzbart, den er mit den ebenso wuchtigen und spitzen Augenbrauen irgendwie auf Höhe seiner Schläfen zusammengeflochten hatte, aus wie eine seltene Mischung aus Greifvogel und Nagetier. Enwin jedenfalls war sich sicher, nie einen merkwürdigeren Zeitgenossen gesehen zu haben. Und seine übertriebene Höflichkeit ihm gegenüber machte ihn noch sonderbarer.

»Habt Dank, Seenfürst, ich könnte mir nur vorstellen, dass Ionathans Bauchgefühl ihn nicht trügt. Die ganze Atmosphäre heute ist ein schlechtes Omen.« Die übergroßen Zähne des Zwerges schimmerten unter seinen schmalen Lippen hervor.

»Nicht du auch noch, Eiwerink!«

Rillendi atmete genervt aus. »Ionathans Pessimismus reicht doch wahrlich für uns alle! Lasst uns nicht verzweifeln, ehe wir keine Gewissheit haben. Wer weiß, welche Nachricht wir bekommen.«

»Falls wir überhaupt eine Nachricht bekommen«, unkte der Hauptmann und machte seinem Namen damit alle Ehre.

»Wenn ich mich recht entsinne, war das Eure Idee, Unkerich«, wies ihn Enwin zurecht. »Und nun still, ich kann mich nicht auf diesen hoffnungslosen und trostlosen Himmel über uns konzentrieren!«

Jetzt mussten sie alle lachen. Aber das war nur von kurzer Dauer. Im nächsten Augenblick trug der schneidende Wind Klagerufe aus dem Burginneren über einen der Vorplätze Immersteins, an dessen Ende sie sich im Grenzbereich zu einer schmalen Gasse hinter einer halbhohen Mauer versteckt hielten.

»Ich kann sie einfach nicht mehr hören!«

Unkerich nahm mehr noch als das fragliche Schicksal des Königs das Leid der Truppen mit, die seit den Hornstößen nun schon mehr als achtundvierzig Stunden in den Wehranlagen gefangen gehalten wurden. Mit Nichten war das Ganze eine Übung gewesen! Vielmehr hatte es dazu gedient, die Truppen Walerians in der Burg festzusetzen. Zu welchem Ziel? Unbekannt! Aber hatte es etwas mit diesem Renkeja und seiner Königin Hildir zu tun? Selbstredend. Fakt war, dass mittlerweile auch die Bevölkerung Wind von der Sache bekommen hatte. Und mit den Unruhen in den Straßen stieg eben auch die von Ionathan, Eiwerink, Unkerich, Rillendi und Enwin.

»Ich kann sie auch kaum mehr hören.«

Enwin klopfte Unkerich tröstend auf die Schuler. »In meiner Gegenwart sind mehr als genug Soldaten für ein Leben gestorben. Wollen wir einfach hoffen, dass unser Plan bald aufgeht!«

Sie alle sahen Eiwerink an. Der Zwerg wurde rot und seine blauen Adern traten überall im Gesicht hervor.

»Ich habe mein Bestes getan, König Seenfürst. Wenn ihm nichts geschehen ist, dann wird er schon in Kürze mit einer Nachricht zurückkommen!«

»Entweder König *oder* Seenfürst, Herr Zwerg. Eins von beiden reicht aus. Selbst Enwin wäre in unserer Lage akzeptabel.«

»Ich verstehe, Majestät König Seenfürst.«

Enwin rollte mit den Augen. Es war hoffnungslos. Eiwerink, der aus Rillendis Wachstubentruppe stammte, war bereits mehr als verdattert, seit der Botschafter, sein König, der Hauptmann der Wache und Walerians Kammerdiener bei ihm aufgetaucht waren. Hauptmann Unkerich hatte die Idee ausgebrütet, diesen seltsamen Kauz von einem Zwerg mit ins Boot zu holen. Denn ebenjener besaß aufgrund gemeinsamer Übungen der Zwergenwachstube und Unkerichs Truppen einen recht einprägsamen Ruf, dessen sich Unkerich in dieser Notsituation eingedenk geworden war.

»Wie lange hast du eigentlich gebraucht, um auf diese besondere Weise mit den Vögeln zu kommunizieren?«

Wahrscheinlich war das Warten einfach nicht Unkerichs Sache. Es zitterte sich leichter mit ein paar Worten auf den Lippen.

Eiwerink schoss erneut die Farbe ins Gesicht. »Ach, das würde den König Seenfürst sicher nicht interessieren, wenn …«

»Eiwerink«, warnte Enwin nur halb scherzhaft, »wenn du nicht endlich deine Scheu mir gegenüber ablegst, schütte ich später so viel unterlingisches Feuerwasser in dich hinein, bis du die Worte *Majestät*, *König* oder *Seenfürst* für immer vergessen hast!«

»Sehr wohl … *Herr*!«

Eiwerinks Augenbrauen-Bartgeflecht bebte, als er zu erzählen begann. »Ich arbeite schon viele Jahre daran, Hauptmann Acerbus. Erst war es nur ein Hobby. Als ich nach Ukon kam, flogen mir ein paar zahme Zypressengeier zu. Nach einiger Zeit aber merkte ich, wie gelehrig und verständig diese Tiere waren.«

»Zahme Zypressengeier? Und gleich ein paar?«

Unkerich schien die eingesperrten Soldaten wenigstens für einen Moment verdrängen zu können. »Die allermeisten Leute, die ich kenne, wären schreiend davongelaufen!«

Eiwerink lachte heiser und bleckte seine großen Zähne. »Ich wohnte damals noch draußen vor der Stadt. Da war viel Platz. Und ich kannte den Ruf dieser Vögel noch nicht. Vielleicht war es Zufall, dass sie an mich geraten sind. Aber ich weiß, dass ich schon als Kind im Reich der Seen besonders empfänglich für den Gesang der Vögel war.«

»Ich wusste nicht mal, dass die Biester singen«, warf Rillendi ein.

»Das liegt im Auge des Betrachters«, wagte Eiwerink zu widersprechen und grinste schief. »Jedenfalls studierte ich in den folgenden Jahren die Vögel Ukoniens und brachte mir bei, sie abzurichten.«

»Und sie zu verstehen?«

Unkerich klang skeptisch, obwohl es ja seine Idee gewesen war, Eiwerink um Hilfe zu bitten.

»Verstehen ist ein Wort mit vielen Abstufungen, Hauptmann Acerbus.« Eiwerink hatte endlich mehr Mut gefasst, offen zu reden. »Ich behaupte nicht, ihre Sprache zu sprechen. Aber ich kann Signale in ihren Stimmen und ihre Bewegungen deuten, die mir ein wenig oder ein wenig mehr über das verraten, was sie zu sagen haben.«

Unkerich nickte.

Eiwerink aber ergänzte: »Das Verstehen ist ohnehin nicht das Schwerste. Schwieriger ist es, was ihr von mir verlangt. Einen komplizierten Auftrag weiterzugeben.«

Rillendi hakte nach: »Aber es gehen ständig Vögel aus den Volieren mit Aufträgen ab, um sie in alle Welt zu tragen.«

Eiwerinks Nasenlöcher sogen empört die kalte Luft ein, jedoch tat ihm sein Gefühlsausbruch gleich leid. »Verzeiht, Majestät Seenfürst, ich …«

Doch Enwin winkte bloß ab, da fasste sich Eiwerink wieder. »So ist es nicht, Botschafter Rillendi. Bei Weitem nicht! Diese Vögel haben doch immer *ein und denselben* Auftrag. Sie schleppen einen Brief oder etwas anderes von A nach B und schaffen es dabei gerade noch, auch den richtigen Empfänger ausfindig zu machen. Das ist leicht. Ein Stein mit Flügeln könnte dasselbe vollbringen! Aber selbst Informationen beschaffen – das ist eine ganz andere Sache. Wenn unser kleiner Freund es wirklich schafft, dort oben herauszufinden, was geschehen ist, und uns das auch noch irgendwie begreiflich machen kann, dann habe ich mit ihm – verzeiht das Eigenlob – in den zwei Tagen Vorbereitungszeit wahrhaft gute Arbeit geleistet!«

Nun wagten Unkerich und Rillendi keinen Einwand mehr. Ihre Blicke richteten sich wieder stumm in den düsteren Himmel und zum Volierenturm Immersteins, der in diesem Bollwerk die vielleicht einzige Schwachstelle bildete, wenn man es mit Unkerichs Hoffnung halten wollte. Geraume Zeit tat sich nichts, außer dass das Wehklagen aus der Burg wie das leise und monotone Auf- und Abebben der Salzsee durch den Wind und den Regen zu den Wartenden trieb. Doch dann, in einem Moment, in dem die Wolken fast schwarz geworden waren, erhob sich ein Schemen auf der Volierenzinne. Der Schemen verbreiterte sich und stürzte sich auf dunklen Flügeln vom Balkon hinab in die Tiefe.

»Aber das wird doch nicht …« Eiwerink verschluckte sich vor Aufregung und röchelte. »Er hat doch nicht …«

Enwin hatte eine Ahnung, was geschah, doch bevor er oder einer der anderen eine Vermutung kundtat, besann sich Eiwerink wieder seiner Aufgabe und rang seinen Hustenanfall nieder.

»Er kommt zurück, anders kann es nicht sein!«

Sogleich hörten sie aus den gespitzten Lippen des Zwerges einen langgezogenen, hellen Pfeifton. Kaum zu glauben, dass der Zwerg zwischen seinen wuchtigen Zähnen und seinem struppigen Bart so etwas hervorbringen konnte! Aber nicht genug: Dem Pfeifen folgte ein gellender, sich immer weiter aufschwingender Ruf, als hockte nicht Eiwerink neben ihnen sondern ein waschechter Singvogel aus den Blaublatt-Wäldern oder den Prismatischen Ebenen.

Es dauerte nicht lang, da reagierte der fliegende Schemen auf Eiwerinks Ruf, indem er prompt seine Richtung änderte und geradewegs auf ihr Versteck zuhielt!

»Na hoffentlich ist das keine Falle von diesem Königspaar!«

Kammerdiener Ionathan hatte schon lange keine Befürchtung mehr zum Besten gegeben.

»Ach, sei still, du Pessimist!«, schalt ihn Unkerich. »Ich weiß, was das ist!«

Und dann wussten es auch alle anderen. Enwins Vermutung stimmte: Den Wind aufpeitschend landete eine wahrhaft monströse Fledermaus bei ihnen hinter der Mauer, auf deren kahlem Kopf – der ganze Schädel hatte von der Schnauzenbehaarung bis hin zum Gesichtsausdruck durchaus Ähnlichkeit mit dem Eiwerinks – ein kleiner, blaugelber Vogel saß. Tirilierend flog der auf und steuerte mit seinen wippenden, in der Art von ausgefransten Antennen abstehenden Kopffedern in Eiwerinks ausgebreitete Handflächen. Die Fledermaus leckte mit ihrer viel zu langen, spitzen und rosafarbenen Zunge über ihr plattes Gesicht und schnüffelte in die regenschwere Luft. Sie überragte Unkerich ein kleines Stückchen und war daher gut und gerne zweieinhalb Meter groß. Ihr etwas treudoofer Blick deutete allerdings darauf hin, dass von ihr keine Gefahr ausging. Stattdessen schien sie interessiert abzuwarten, was nun weiter geschehen würde.

»Yeevi! Warum hast du *die* denn mitgebracht?«

Eiwerink streichelte den kleinen Vogel behutsam, und was in Worten eher wie ein Vorwurf klang, wurde durch die Milde in seiner Stimme konterkariert. »Seit wann haben Besenköpfchen denn eine so enge Verbindung zu Sternenmäusen?« Aus analytischen Augenwinkeln taxierte er das große Tier.

Enwin wunderte sich nicht, wie innig Eiwerinks Verbindung zu dem kleinen blaugelben Besenköpfchen Yeevi anmutete. Er dachte an Elli und fragte sich, wie lange Eiwerink und der Vogel sich bereits kannten, ob sie vielleicht sogar so etwas wie Freunde waren. Was es mit der immer noch unbedarft dreinblickenden Sternenmaus auf sich hatte – wie die großen Fledermäuse Ukoniens genannt wurden, die nur an den Hängen des Sternenschnitters beheimatet waren – gab auch ihm Rätsel auf.

»Kann dein Vogel irgendetwas berichten? Eiwerink, spann uns nicht auf die Folter!«

Unkerich sprach, während er die Sternenmaus nicht aus den Augen lies. Ihm schien die Sache keinesfalls geheuer.

»Bitte hetzt mich nicht, Hauptmann Acerbus! Und Yeevi bitte auch nicht. Wer weiß, was angesichts unseres neuen Riesenfreunds dort oben geschehen ist! Ich hatte unserem Kundschafter nicht aufgetragen, dass er Verstärkung mitbringen soll.«

Sodann machte sich Eiwerink daran, Yeevi abwechselnd an sein Ohr zu halten und dem energischen Piepsen zu lauschen, oder dessen Kopfnicken und Aufplustern in seiner hohlen Hand genauestens zu studieren. Mit jeder neuen »Botschaft«, die ihm das Besenköpfchen vermittelte, wurde der Gesichtsausdruck des Zwergs beunruhigter.

»Yeevi ist wirklich aufgebracht«, versuchte er es mit einer Erklärung an die anderen gerichtet.

»Das sehen wir auch!«

Unkerich war aufgestanden und trat nervös von einem Fuß auf den anderen. Ionathan mochte längst gar nicht mehr hinsehen, hatte aber auch kein Glück damit, sich verzweifelt an die Mauer zu drücken. Dort rückte ihm nun die Sternenmaus auf die Pelle, hielt sein abweisendes Stöhnen offenbar für ein tolles Spiel und versuchte ihn abzuschlecken.

»Eiwerink, bitte! Wenn es etwas zu sagen gibt, dann tu es auch!« Jetzt packte auch Enwin die pure Nervosität. Die ganze Situation war kaum auszuhalten.

»Wie Ihr wünscht, König Majestät! Offenbar«, Eiwerink hielt Yeevi nun fast in sein Ohr hinein, »gab es in der Voliere einen Aufruhr …«

Der Zwerg legte sein Gesicht in Falten. »Vielleicht weil Yeevi aufgetaucht ist. Oder weil andere Fremde dort gewesen sind …«

Rillendi hakte nach: »Kann es sich um Renkeja und Hildir handeln?«

Eiwerink flüsterte dem Vogel etwas ins Ohr, der gab einen kurzen Piepser als Antwort.

»Ich denke schon«, mutmaßte Eiwerink. »Namen sind äußerst schwierig aus Yeevis Lauten herauszuhören, wenn überhaupt. Aber da ist noch mehr. Diese Sternenmaus hat etwas kaputtgemacht – vielleicht ihren Käfig.«

»Warum?«

»Ich kann nur vermuten«, erklärte Eiwerink. »Die Fremden. Oder mein Besenköpfchen. Diese Tiere dort oben sind schlau.« Er sah die Sternenmaus von oben bis unten an. »Die einen mehr, die anderen weniger. Aber wenn etwas Ungewöhnliches geschieht, dann handeln sie ebenfalls ungewöhnlich. Vielleicht war sie einfach neugierig oder hat nicht verstanden, dass Yeevi nur Informationen wollte.«

»Verstehe.« Und dann stellte Rillendi die wichtigste Frage: »Was ist mit Walerian? Wird er gefangen gehalten? Wissen die Tiere etwas über seinen Verbleib?«

Eiwerink lief einmal mehr an. Sein Blut pulsierte tiefblau in den Adern unter seiner Haut. Er konnte niemandem etwas vormachen.

»Halte nicht hinter dem Berg mit dem, was du weißt!«

Hauptmann Unkerich baute sich zu voller Größe auf, als erwartete er nichts weniger als einen Schlag, den es zu parieren galt.

»Ich … ich …« Eiwerink stotterte. Aber als er des Königs strengen Blick sah, sprach er klarer. »Ich kann es nicht mit Sicherheit sagen, aber ich glaube, es steht nicht gut um ihn. Yeevi war nicht nur in der Voliere. Er hat es wohl bis in die Gemächer des Königs geschafft. Die Gitter und Schutzvorrichtungen lassen ein Tier seiner Größe durchschlüpfen. Wie gesagt, es lassen sich nicht alle seine Worte und Gesten in unsere Sprache übersetzen …«

Enwin wusste gleich, dass Eiwerink nur aus Rücksichtnahme oder Scheu nicht mehr sagte.

»Aber wenn du es müsstest? Wenn dein König dich darum bittet, es dieses eine Mal doch zu versuchen?«

Eiwerink schluckte schwer und schloss Yeevi schützend in seine Hände, als könne der kleine Vogel etwas dafür, was er im Herzen Immersteins gesehen oder gehört hatte.

»Dann würde ich sagen«, sprach Eiwerink matt, »dass er tot ist.«

Unkerich tigerte wie ein wild gewordenes Tier vor den anderen hin und her, die sich erschöpft an die Mauer lehnten und schwiegen. Selbst die Sternenmaus hatte es irgendwie geschafft, sich neben ihnen hinzusetzen. Offenbar hatte sie nicht vor, ihren neuen Bekanntschaften so schnell Lebewohl zu sagen.

»Ich glaube, ich nenne sie Karinkina. Es ist ein Weibchen.« Eiwerink schniefte.

»Wovon redest du?«

»Von der Sternenmaus.«

Eiwerink schniefte erneut. Diesmal lauter.

»Karinkina. Nach meiner ersten Frau. Sie sehen sich ein bisschen ähnlich.«

Unkerich trat erbost einen Schritt näher an ihn heran. »Wie kannst du in dieser Situation überhaupt darüber nachdenken, dieser …«

Doch Enwin gebot dem Hauptmann Einhalt. »Er ist ratlos. In Trauer. Genau wie du. Jeder geht anders damit um. Manchmal ist es tröstend, den Blick auf einfachere Dinge zu richten.«

Unkerichs Züge wurden sogleich milder. Er hatte verstanden. Seine ganze Kraft und Erfahrung nützten ihm in diesem Augenblick rein gar nichts. Alles, was sich in der Burg abspielte, war für sie unerreichbar.

»Es tut mir leid, Eiwerink. Ich wollte nicht …«

»Schon gut. Meine erste Frau hätte ähnlich reagiert.«

Ein zartes Lächeln zeigte sich unter seinem Brauenschnauzer. »Harandols Thron sei Dank sind sie und ich lange getrennt. Karinkina …«

»Karinkina!« Unkerich ballte die Fäuste. »Das ist es!«

Enwin, Rillendi und Ionathan blickten auf.

»Was ist mit ihr?« Eiwerink war ebenfalls verwirrt.

»Nicht deine Frau!«

»*Ex*frau …«, warf Eiwerink ein.

Doch Unkerich unterbrach ihn gleich wieder.

»Die Fledermaus! Wir haben die Fledermaus!« Er sah zum Volierenturm hoch, der unter dem bedrohlichen Himmel auf sie herabzublicken schien. »Vielleicht ist es mit jemandem, der von dort flüchten konnte, doch nicht unmöglich, in die Burg einzudringen!«

Er machte zwei Schritte auf die Sternenmaus zu. »Bringst du mich dort hinauf, Karinkina? Kannst du mich verstehen? Vielleicht besteht noch Hoffnung. Solange ich nicht mit eigenen Augen gesehen habe, dass der König tot ist, werde ich nichts unversucht lassen. Vielleicht gelingt es dir, auch eines der inneren Gitter aufzubrechen, damit ich die Soldatinnen und Soldaten befreien kann …«

Die Sternenmaus und der Hauptmann sahen einander an. Dann drückte sich das Tier mit den Flügeln auf die Beine, beschnüffelte Unkerich und machte schließlich einen runden Buckel. Mit großen Augen wartete es ab.

Wortlos sah Unkerich seine Mitstreiter an. Keiner von ihnen hatte eine bessere Idee. Und jeder von ihnen wusste, dass ohnehin kein gut gemeinter Rat den Hauptmann von seinem Entschluss abgebracht hätte.

Mit gespannten Muskeln erklomm Unkerich Sternenmaus Karinkinas Rücken. Er hatte nicht einmal mehr Zeit, ein Abschiedswort zu sagen, so schnell hatte sich das Tier mit ihm in die Luft geschwungen, als wäre seine Riesenstatur in Wahrheit nur ein Fliegengewicht.

»Und was tun wir jetzt?«

Rillendi sah dem ungleichen Flugduo nach, das mittlerweile auf halber Strecke zum Volierenturm war.

»Warten. Auf noch mehr schlechte Nachrichten«, orakelte Ionathan düster.

König Enwin setzte sich neben Eiwerink. Er war schon so nass, dass die Pfützen unter ihm auch keinen Unterschied mehr machten.

»Vielleicht können wir uns derweil damit zerstreuen«, er klopfte Eiwerink auf die Schulter, »uns die Exfrau unseres Freundes vorzustellen. Mir geht sie jedenfalls nicht mehr aus dem Kopf.«

Der Himmel überm Immerstein

Die Soldatinnen und Soldaten der Hauptstadt reckten ihre Köpfe und Hände in den Himmel. Sie konnten die fliegende Sternenmaus auch durch den Regen erkennen, der immer dichter wurde, einzig der genaue Inhalt ihrer Rufe verwehte im Wind bis zu Unkerich Acerbus, der sich an die ledrigen Flügel seines Reittiers krallte. Aber der Hauptmann wusste auch so, was sie von ihm wollten. Sie riefen um Hilfe. Sie wussten seit dem ersten Tag, dass etwas nicht stimmte. Und nun waren sie als Gefangene von Burg Immerstein, die sie doch schützen sollte, der Witterung, ihrer Übermüdung und dem beißenden Hunger ausgesetzt.

Unkerich kniff die Augen zusammen und spähte nach unten, um mehr zu erkennen. Lenken konnte er seine Fledermaus wohl ohnehin nicht und war also auf Gedeih und Verderb ihrem wilden Flug ausgeliefert. Aber lieber so vorankommen als gar nichts tun.

Wie viele Frauen und Männer da unten waren! Er wusste, dass es um die zweitausend sein mussten, aber von oben auf sie herabzublicken und dabei so machtlos zu sein wie er, machte ihre Zahl und ihre Situation noch unbegreiflicher. Daran musste sich etwas ändern! Er war Unkerich Acerbus, Hauptmann Ukons, von allen aufgrund seiner Erfahrung und Stärke gefürchtet! Er würde sich zur Not von Karinkinas Freunden helfen lassen und mit roher Gewalt durch die Versiegelungen in die Gemächer des Königs brechen! Irgendeinen Weg musste es schließlich geben. Vielleicht hatte es bisher noch niemand geschafft, aber er war kein Niemand!

Unkerich kniff die Augen zusammen. Er konnte den Durchgang hinter der Aussichtsplattform bereits sehen. Karinkina hatte es fast geschafft. Sie war doch schlauer, als es auf den ersten Blick den Anschein machte.

Die Sternenmaus schlug noch einmal gewaltig mit den Flügeln und setzte zum Gleitflug auf ihr Ziel an. Da erschien eine Gestalt im Durchgang zur Voliere. Unkerich erschrak. Der König! Eiwerink und Yeevi hatten sich geirrt! Sein Herz schlug ihm vor Aufregung und Freude bis zum Hals.

»Herr Walerian! Mein König! Ich bin es, Hauptmann Acerbus! Wartet, ich komme zu Euch!«

Seine Rufe kämpften sich durch das Unwetter, aber ob sie ihr Ziel fanden, wusste Unkerich nicht. Der König blieb reglos. Unkerich hatte das Gefühl, er würde nicht einmal zu ihm aufsehen.

»Hier bin ich, Walerian! Macht ein wenig Platz, damit ich …«

Aber die Worte blieben Unkerich im Halse stecken. Hinter dem König trat eine weitere Gestalt hervor. Sie hatte den König am Kragensaum seines Umhangs gepackt. Und nun sah Unkerich auch, dass Walerians Kinn auf seiner Brust lag und auch sein restlicher Körper erschlafft war. Das war der Körper eines …

»Euer lieber, junger König ist tot!«

Die fremde Königin trat zusammen mit Walerians Leiche an den Rand der Plattform. Ihre Augen, die feuerrot den Regenvorhang zerschnitten, blickten wahnsinnig zu Unkerich, während sie schrie.

»Das Heer Ukons soll ihn haben. Vielleicht gesellt Ihr Euch auch zu ihnen?«

Im selben Augenblick fing die Königsleiche Feuer. Die Flammen züngelten am Leib und Umhang Walerians empor und tanzten wie eine Krone aus heller Glut um seinen Kopf. Königin Hildir riss den Brennenden empor und warf ihn lachend über die Brüstung hinab in die Tiefe. Der gleißende Feuerball bahnte sich unter den entsetzten Augen Unkerichs seinen Weg zu den Soldaten. Karinkina indessen hatte sich weniger verwirren lassen als Unkerich und hielt weiter auf den Vorsprung zu, auf dem sich Hildir zu voller Größe aufbaute.

»*Niemand* stellt sich mir in den Weg! Die Zeiten, in denen ich still hielt, sind vorbei!«

Karinkina und Unkerich kamen immer näher. Nur wenige Meter trennten sie und die Königin. Unkerich hatte nur Sekunden gebraucht, um wirklich zu verstehen, was geschehen war. Denn nun hatte er es wahrlich mit eigenen Augen gesehen! Sein Entsetzen verwandelte sich in blanke Wut. Er schaffte es, eine Hand loszulassen und sein Breitschwert zu packen. Gleich würde er abspringen. Seine Muskeln waren bis aufs Äußerste gespannt. Er würde der Hexe ihren falschen Schädel spalten, die seinen König auf dem Gewissen hatte! Es war soweit. Er zog die Beine an und stieß sich ab.

Das Feuer zuckte ihm wie die Riemen einer vielschwänzigen Peitsche entgegen. Es erwischte Karinkina ebenso wie ihn: Die Sternenmaus drehte kreischend ab, Unkerich selbst sprengte es aus der Flugbahn, als er verzweifelt versuchte, mit einer Körperdrehung den Flammen auszuweichen. Die Königin beobachtete belustigt, wie seine Hand an der Brüstung vorbeifasste und sein Breitschwert nur Regentropfen anstatt ihrer Kehle zerschnitt. Dann stürzte der Hauptmann in die Tiefe, seinem König folgend.

Unkerich dachte im freien Fall darüber nach, welche Fehler er gemacht hatte. Es war sicher seine Schuld gewesen, dass Walerian sich den Fremden anvertraut hatte. Er fragte sich, ob er sein Ende verdient hatte. Zwei Könige zu verlieren in so kurzer Zeit. Welcher Hauptmann konnte das von sich behaupten? Grimmig schloss er die Augen. Er hätte gerne noch alles in Ordnung gebracht, bevor er starb.

Dumpf prallte er auf. Erstaunt riss er die Augen auf. Und krallte sich sogleich fest, denn es ging wieder nach oben. Er lebte! Karinkina! Die Sternenmaus hatte ihn aufgefangen und gerettet!

»Danke … dir …!«

Unkerich versuchte erst gar nicht, mehr aus seinen Lippen zu quetschen. Er drehte sich mit Mühe auf dem Rücken Karinkinas um, denn er wollte erst sicher sein, bevor er sich am Ende noch einmal im freien Fall in den sicheren Tod befand.

»Ich danke dir, Karinkina«, setzte er noch einmal an. »Bin froh, dass du ausgebrochen bist«, schob er hinterher, als er wieder einigermaßen sicher saß. Er hielt sich beidhändig fest, sein Breitschwert hatte den Flug nach unten allein vollendet.

Die Sternenmaus hatte offenbar noch immer vor, ihren Plan fortzuführen, denn sie steuerte immer weiter nach oben in Richtung Volierenturm. Sie war ein tapferes Biest, dachte Unkerich. Er erkannte, dass sie das linke Auge zukniff und ihre Gesichtspartie schwarz und dunkel von Ruß waren. Das Feuer Hildirs musste sie frontal erwischt haben! Dass sie es mit einer waschechten Zauberin zu tun hatten, machte die Sache nicht besser! Doch als sie genügend weit emporgestiegen waren, folgte die nächste Ernüchterung: Im Durchgang von der Aussichtsplattform hinein in den Volierenturm zuckte eine weithin sichtbare Feuerwand und versperrte den Weg.

»Verflucht, da kommen wir nicht durch!«, rief Unkerich. Auch Karinkina schien dies so zu sehen und drehte pfeifend im hohen Bogen über den Turm hinweg ab.

»Wir müssen zurück zu den anderen und die Lage besprechen!« Der Regen lief Unkerich beim Sprechen in den Mund, so sehr schüttete es. Es war noch Tag, aber die Sichtverhältnisse kamen denen der Nacht gleich.

Im nächsten Augenblick blitzte es weit draußen. Vom Himmel über der Burg aus wurden die Ebenen südlich der Zypressenwälder sichtbar und die Straße, die in ebendieser Richtung schnurgerade von Ariadnia an der Küste nach Ukon führte. Unkerich stockte der Atem.

Die Armee der Kelpen schob sich wie eine Lawine auf die Stadt zu. Tausende Monster rückten vor, Meter um Meter. Sie waren vielleicht auf einen Kilometer an die Grenzposten vorgerückt. Unkerich standen die Haare zu Berge. Inmitten der breiten Heereswelle sah er eine riesige Steinplatte, unbehauen und an den schiefen Seiten bröckelnd, die von sicherlich Hunderten der darunter verborgenen grauenhaften Wesen mitgeschleppt wurde. Darauf, inmitten des Klauenmeeres, prangte ein Thron. Dunkle Lichtreflexe umgaben den Herrschersitz, der mit seinem steinernen Unterbau wirkte, als wäre er einfach aus dem Herzen eines Palastes herausgerissen worden. Die Luft flirrte, dann stand sie im Lichte des nächsten Blitzes still. Der Zauberer mit der Maske hatte sich erhoben. Und während er seinen Kopf in den Nacken legte und sich seine Maske direkt auf Unkerich zu richten schien, der hoch über allem schwebte, riss der Hauptmann Karinkina in blanker Panik herum.

»Er ist hier!«, rief er in Karinkinas Ohren und in den brausenden Sturmwind. »Trucido ist gekommen!«

Nur ein Weg (4)

Das Rasseln der Nüstern, das Trappeln der Hufe, das Wetzen der Klauen – die Geräusche, auf denen Trucido sich gebettet hatte, muteten ihm an wie für einen Gott geschaffen, der als Richter und Vollstrecker durch die Welt reiste. So verkündete er die Botschaft vom Ende der alten Ordnung. Der Zauberer genoss das prächtige Zusammenspiel der Klänge seiner Armee, dieses Werkzeugs, das er allein den Tiefen des Meeres und den verstreuten Winkeln der Welt entrissen hatte. Die wunderschöne Musik seines Racheinstruments, geschnitzt in grauer Vorzeit von einer Göttin, besiegt und umgeformt von ihm und nur von ihm: Trucido.

Während er über seine zurückliegenden Erfolge nachdachte, war es ihm wenigstens nicht ganz so sehr zuwider, eine solch lange Zeit mit der Reise nach Ukon zu vergeuden. Sicher, zwei Tage waren nicht viel gemessen daran, dass der Durchschnitt von Celsa-Stadt aus mindestens zwei Wochen benötigte, wenn nicht mehr! Aber der Durchschnitt besaß auch keine Kelpen, die ihn wie auf einer gigantischen, nie ermüdenden Welle zuerst Tags zuvor per Schiff nach Ariadnia gebracht hatten, und, nachdem die Stadt mehr oder weniger überrollt worden war, dann immer weiter nach Süden in Richtung Hauptstadt der Menschen. Trotzdem waren zwei Tage eine lange Zeit für jemanden, der mit so großer Ungeduld auf etwas wartete: Am Ende seines Weges nämlich lag dasjenige, was ihn bereits seit jenen Nächten beschäftigte, in denen er als Junge allein durch die Gassen Celsas geschlichen war. Dort befanden sich diejenigen, die sein Werk sahen. Die wahrhaft *sahen*, dass er der Auserwählte war und so viele Opfer gebracht hatte, um seine heilige Rache zur Vollendung zu bringen. Diejenigen, die vielleicht an seinem Tisch sitzen durften, wenn alle anderen Tische zerbrochen waren …

Der Regen war den ganzen Tag lang stärker geworden, aber das störte den Zauberer nicht. Die Magie in ihm war frisch und machtvoll. Schon seit einiger Zeit hatte er kaum mehr eine Mahlzeit zu sich genommen, ohne nicht zumindest etwas zerstoßenes und aufgelöstes Holzschildkrötenpulver dabei einzunehmen, das ihm seine Kelpen aus dem Großen

Meer in recht passablen Mengen heranbrachten. Und nun gab es für ihn längst keine Grenzen mehr. Innerlich und äußerlich. Äußerlich auch deshalb, weil die Sternenhallen in Schutt und Asche lagen. Die Grenzen seines Herrschaftsbereichs in dieser Welt würden bald nur noch die seiner Fantasie sein. Und er besaß viel Fantasie.

Er ließ ein wenig Magie in einem heißen Film irisierenden Lichts um seinen Körper und in alle Richtungen fahren. Kein Regentropen gelangte so in die Nähe seines Throns, den seine Kelpen mitsamt dem Thronsaalboden einfach aus den Trümmern der Sternenhallen gezogen hatten. An die hundert Kelpen hatte es bei dieser Arbeit zerquetscht, aber wo es keine Grenzen mehr gab, konnte es auch keinen Ort mehr geben, an dem er herrschte. Oder vielmehr – der Ort, an dem er herrschte, musste nun überall sein.

Wie wichtig doch der Brief gewesen war, den die Eule ihm in seinem schwächsten Moment überbracht hatte. Und wie großartig sich alles im Auge des Schicksals fügte! Es konnte doch keinen Zweifel mehr geben. Es gab nur diesen einen Weg. Sein Etappenziel hieß Ukon. Und dort Burg Immerstein. Diejenigen, die an jenem Ort auf ihren Erlöser warteten, waren bereit, ihm ihre Leiber, ihre Seelen und ihre Treue zu schenken. Und darüber hinaus, wonach es ihn am meisten dürstete: den Weg zu Decora Nubigena und in andere Welten!

Trucido lachte schrill dem Blitz entgegen, den das Gewitter, das sich nun zusammengebraut hatte, über Ukon jagte: Die Stadt flackerte vor ihm auf! Im grell erleuchteten Himmel über ihm zog eine Riesenfledermaus ihre Runden. Er wusste aus *Von den Völkern und ihren Ursprüngen. Aethras vergessene Wurzeln*, dass es sich um eine Sternenmaus handelte. Wie passend. Vielleicht, so dachte er, schwebte auf diese Art ein Stück Sternenhalle immer noch über ihm. Und wenn es nur des Namens wegen war. Jedenfalls konnte es keinen Zweifel geben. Sein Ziel war dort oben bei der Sternenmaus. Über einem hohen Turm im Inneren der Stadt drehte das gewaltige Tier ab. Sicher gehörte dieser Turm zur Burg.

Trucido lachte erneut. Diesmal lauter. Und länger. Als er fertig war, stand seine Armee still. Sie waren angekommen.

Einen Augenblick lang dachte Trucido vor sich hin. Es bereitete ihm Freude, so seinen nächsten Zug zu planen. Dann hatte er sich entschieden. Er dachte seinen Befehl, der im selben Moment bereits ausgeführt wurde. Seine Armee marschierte weiter. Hinein in die Stadt. Nur er blieb zurück. Zurück auf seinem Thron und auf seinem Thronsaalboden. Beides schwebte einfach in der Luft, als schließlich kein einziger Kelpe mehr unter ihnen war. Es fühlte sich herrlich an, wieder einmal richtige Magie anzuwenden. Zu fühlen, dass die Energie in seinem Inneren pulsierte, nach draußen drückte und sich durch seinen Geist ihre Wege bahnte. Es war unvergleichlich. Stimulierend. Er war zu unendlich viel Größerem in der Lage, aber auch das hier war die spürbare und lebendige Kraft seines Geistes.

Trucido dachte an damals, als er das Schiff der Seepferde über die Wasser des Großen Meeres gehoben hatte. Damals war er nur ein Junge gewesen. Nicht Trucido. Jetzt war es einfach. Er spürte einen wohligen Schauer durch seinen Körper fließen. Er sprühte vor Magie, als sich die Bodenplatte anhob und auf den dunklen Turm zusteuerte, über dem die Sternenmaus längst verschwunden war. Der Regen, der sich wie aus Eimern über Ukon ergoss, traf in seiner Nähe auf einen leuchtenden Schutzschild der Magie. Zu allen Seiten prallte das Wasser ab, Trucido blieb weiter trocken inmitten seiner flirrenden Energiewellen. Schon schwebte er weit über der Stadt. Unter ihm war die Burg Immerstein. Darinnen schienen Menschen auf großen Exerzierplätzen eingeschlossen zu sein. Das gefiel ihm. Nur im höchsten Turm der Burg war Licht zu sehen. Es war ein Feuer, das dort brannte. Eine *Feuerwand*, um genau zu sein. *Interessant.*

Als er auf seinem Thron näherschwebte, erlosch das eine Feuer, dafür wurde ein anderes entfacht. Drei Personen standen zu seiner Begrüßung bereit. Ein hässlicher Zwerg und zwei schöne, hoch gewachsene Menschen. Nicht etwa aus einer Fackel, nein, aus der Hand der Frau loderte eine helle Flamme hervor. Eine Zauberin! Trucido hatte ein merkwürdiges Gefühl. Eines, das er seit vielen Jahren nicht mehr gespürt hatte. Auch das war interessant.

Als seine Bodenplatte an die Aussichtsplattform stieß, erhob er sich. Sogleich fielen die drei Personen auf die Knie. Es war die Frau, die er die ganze Zeit unter seiner Maske beobachtete, die sich als Erste aufrichtete und zu ihm sprach.

Trucidos Geschenk

»Trucido!«

Hildirs Stimme strotzte vor Kraft. Sie legte all ihr Gewicht, ihre Erfahrung und zauberisches Geschick in jene ersten Worte, die sie an den Mann mit der Maske durch die Luft schickte.

»Trucido!«, wiederholte sie feierlich.

Sie hatte es gewagt, sich zu erheben, aber ihr Blick blieb gesenkt. Sie durfte sich nicht klein machen, aber auch nicht zu groß – ihr Plan war ein Akt auf dem Drahtseil. Aber was konnte ihr schon passieren? Auch dieses Kunststück würde ihr noch gelingen!

»Ihr seid gekommen! Unser Erlöser ist zu uns geeilt!«, hob sie an. »Wir danken Euch, Trucido, der Ihr der Welt Erneuerung schenkt. Danke, dass Ihr uns von den Fesseln der Vergangenheit losschneidet und uns wieder hoffen lasst! Wir wussten von Anfang an, dass unser Vertrauen in Euch gerechtfertigt war. Selbst Eure Ankunft übertrifft in ihrer Einzigartigkeit und Macht alles, was vorher kam, und alles, was noch folgen könnte. Erlaubt uns, Trucido, Herr der Welten, Euch auf Burg Immerstein willkommen zu heißen. Unser Diener Bratuck, König Renkeja von Weit-Alon und ich, Königin Hildir von Telluriscor, sind Euch auf ewig zu Treue verpflichtet und stehen Euch zu Diensten.«

Sie zeigte der Reihe nach auf ihre Gefährten und schließlich auf sich selbst. Dann hob sie ihren Kopf und sah den Mann mit der Maske direkt an. Sie erinnerte sich an jedes Wort, das in seinem Blutbuch geschrieben stand. Und sie würde sich jedes einzelne davon zu Nutze machen.

Über ihr Gesicht huschte der Anflug eines scheuen Lächelns. Sogleich senkte sie ihre Augen wieder und tat, als errötete sie, um dem Lächeln den Anschein der Spontaneität zu geben.

»Verzeiht mir bitte meine Freude, Trucido. Aber es ist schwierig, sich ganz vornehm zu zeigen, wenn sich alles Hoffen und Beten endlich in Wirklichkeit verwandeln. Vor allem, wenn man als Mutter wie ich in so vielerlei Hinsicht Enttäuschungen gewohnt ist.«

Bisher hatte der Zauberer noch keinen Schritt auf sie zu gemacht oder gesprochen, aber das hatte er auch gar nicht gesollt. Erst jetzt, als Hildir fertig war, gab sie die Gesprächsführung aus der Hand.

»Wie meint Ihr das, Königin Hildir? Enttäuschungen als Mutter?«

Trucido biss an! Hildir hatte längst wieder den Blickkontakt zur Maske hergestellt. Sie wusste, dass die Augen, die darunter lagen, sie in diesem Moment genau studierten. Durch die Maske hindurch gaben sie nichts preis, doch es war die Stimme des Zauberers, die verriet, was in ihm schlummerte. Nicht alles, sicherlich! Aber doch genug, um ihrem Plan recht zu geben. Vielleicht war Trucido der mächtigste Zauberer, den diese Welt kannte, aber er war doch im Kern bloß ein einsamer Junge. Für sie war das mehr als eindeutig. Sie hatte dafür nicht einmal groß zwischen den Zeilen lesen müssen. Und sie war Hildir! Sie hatte schon ganz andere um den Finger gewickelt.

»Verzeiht, Trucido. Diese Begrüßung hätte eigentlich anders laufen sollen!« Hildir entschuldigte sich einesteils scheu, einesteils einnehmend lächelnd. »Aber ich versuche die meiste Zeit, meine Kinder zu vergessen. So gut es geht, versteht sich. Es ist schrecklich, wenn das eigene Fleisch und Blut das Andenken der Familie mit Füßen tritt und sich seiner Verantwortung entzieht. Oder schlimmer noch – gegen die Vernunft aufbegehrt. Als ich Euch aber sah, edler Trucido, da kam es mir vor wie ein Zeichen des Schicksals: Es gibt wirklich eine Zukunft, so wie ich sie mir vorstelle. Zwar nicht durch die Meinen, wohl aber durch Euch. Und das macht mich wehmütig und glücklich zugleich.«

Sie trat einen Schritt auf den Zauberer zu. »Aber schon wieder gehen die Gefühle einer Mutter mit mir durch. Lasst uns besser hineingehen. Wir haben ein Geschenk für Euch!«

Zu Hildirs Überraschung folgte Trucido ohne Umschweife ihrer Einladung und trat zusammen mit Renkeja und Bratuck, die sich ebenfalls erhoben hatten, ein in den Volierenturm.

Sollte es wirklich so einfach sein? Hildir lachte innerlich, aber nach außen hin gab sie sehr sorgfältig darauf Acht, in einer Mischung aus feierlichem Ernst und gekünstelter Freude einherzuschreiten.

Als sie ein paar Schritte gegangen waren, berührte sie ganz beiläufig Trucidos Hand und tat so, als bemerkte sie seine Überraschung darüber erst gar nicht. Als aber der Zauberer nichts erwiderte, nur einen ganz kurzen Moment innehielt und sich auch nicht sträubte, wusste sie, dass sie ihn knacken würde.

Bratucks Gesicht glühte. Er war aufgeregt. Er hatte Angst. Dies alles war viel zu einfach. Er sah und hörte und spürte in jeder Handlung der bösen Hexe, wie sie den gleichfalls bösen Zauberer um ihren Finger wickelte, als wäre es ihre einfachste Übung. Das Schlimmste aber war: Erneut blieb Renkeja passiv und überlies Hildir das Feld. Bratuck traute sich kaum hochzuschauen und die Maske anzublicken. Tief in sich wusste er – das Ganze würde keinesfalls ein gutes Ende nehmen. Seit der leibhaftige Zauberer auf seinem Thron zu ihnen geschwebt war, hatte wieder der Bratuck die Oberhand gewonnen, der am Ende des Portals in diese neue Welt gefallen war.

Renkeja stapfte neben Bratuck, beide hielten sich etwas hinter Trucido und Hildir. Es half nichts! Vorsichtig zupfte Bratuck seinen Herrn am Umhang. Der aber schien nichts davon zu bemerken. Erneut versuchte Bratuck die Aufmerksamkeit Renkejas zu erhaschen. Erneut schlug er damit fehl. Endlich – die vier waren bereits treppab unterwegs zu den Gemächern des Königs – traute er sich zu flüstern.

»Renkeja, Renkeja!« Bratuck war schrecklich heiß. Der Zauberer oder Hildir sollten ihn nicht hören. Aber er war sich sicher, dass Hildir nicht allein Bande zu diesem maskierten Verrückten knüpfen durfte. Die ersten Momente waren oft entscheidend. Die Hexe hatte einen genauen Plan, dessen war er sich sicher. Es war unklug, an Renkejas Stelle nur passiv zu bleiben. »Ihr wirkt, als wäret Ihr nicht da!«

Wieder keine Reaktion. Nun waren sie schon am Fuße der Treppe angelangt. Was war nur mit seinem Herrn los? Während Bratuck weiter eilig Schritt hielt, linste er nach oben, um Renkejas Gesicht besser sehen zu können. Seine Miene wirkte wie versteinert. Sicher hatte er sich das alles ebenfalls anders vorgestellt. Aber nicht einmal darüber hatte er in den letzten zwei Tagen mit ihm sprechen können. Hildir und Renkeja hatten sich praktisch zu zweit in den Kammern Walerians eingeschlossen und ihn außen vor gelassen.

»Renkeja!«, flüsterte er noch einmal. In diesem Moment prallte er gegen Trucido.

Bratuck stolperte rückwärts und plumpste zu Boden. Der Schweiß brach ihm aus. Jetzt bekam er es so richtig mit der Angst zu tun. Die Maske des Wahnsinnigen starrte ihn an. Trucido war stehengeblieben und hatte ihn genau im Blick. Es brauchte keine Sekunde, dass Bratuck die Augen des Mannes auch durch die Maske spüren konnte. Er konnte sehen, einfach hindurchsehen! Vom Zauberer ging keine Regung aus, aber ein prickelndes Gefühl fuhr über Bratucks Brust und seinen Rücken, als würden spitze

Fingernägel zu einem scheußlichen Rhythmus drauf hin- und herkratzen.

»Herr, Herr Zauberer, verzeiht – es tut mir so leid …«

Dann schnürte ihm etwas die Kehle zu. Er konnte kein einziges weiteres Wort mehr sprechen.

»Was für eine Art Zwerg führt Ihr da mit Euch, Hildir?«

Bratuck hörte die Worte des Zauberers gedämpft. Es schien, als wollten sie nicht zu ihm durchdringen, als weigerte sich etwas in der Sprache des Zauberers, mit ihm zu kommunizieren.

Hildirs stechend wütender Blick traf ihn. Aber nichts hätte Bratuck in diesem Augenblick egaler sein können. Seine ganze Angst, sein komplettes Bewusstsein, wurden ganz und gar durch den Zauberer und die Maske aufgebraucht, deren Blick weiter starr auf ihm haftete. Er dachte, dass er sicher verrückt werden müsste, wenn sich die Fratze nicht bald wieder abwendete. Er versuchte zu husten, aber nichts als ein paar heisere Laute drangen aus seinem Hals.

»Verzeiht ihm dieses ungestüme Benehmen, Trucido. Er ist sicher sehr aufgeregt, wer könnte es ihm in Eurer Anwesenheit verübeln? – gerade in seiner Position. Und wie könnte denn ein Gwilling wie er in seinem kleinen Geiste vollends begreifen, was hier gerade geschieht? Nichtsdestoweniger ist er Renkeja und mir ein treuer Begleiter gewesen, der uns oft geholfen hat. Natürlich wird ein derartiger Ausrutscher von nun an nicht mehr vorkommen. Er wird keinesfalls noch einmal sprechen, wenn Ihr ihn nicht dazu auffordert.«

Noch immer regte sich der Zauberer keinen Millimeter. Doch plötzlich ließ der Druck auf Bratucks Hals nach. Die Maske ließ von ihm ab.

»Ein Gwilling?« Nun konnte Bratuck den Zauberer wieder klar hören. »Er ist also ein *Tier* und kein Mensch?« Bratuck wusste nicht, ob er schon einmal so viel Abscheu in irgendeiner Stimme gehört hatte.

Abermals wurde ihm heiß. Das konnten sie niemals so stehen lassen! Seine Augen suchten Hilfe bei Renkeja. Einen Herzschlag trafen sich ihrer beiden Blicke, aber schon sah der König wieder weg. Verletzt und verzweifelt stand Bratuck da. Renkeja blickte Hildir an, die sah bloß streng zurück. Im Stillen flehte Bratuck, dass Renkeja nun etwas sagen musste. Irgendetwas zu seiner Verteidigung. Aber wieder sprach nur Hildir.

»Ihr habt vollkommen recht, Trucido. Aber bisweilen hält man sich gern ein Schoßtier. Vor allem, wenn es so ein vorzüglicher Diener ist.« Sie lachte etwas zu aufgesetzt, aber wer wusste schon, was der Mann hinter der Maske dachte. Er lachte jedoch nicht.

»Ich will wissen …«, begann der Zauberer.

»… was Euer Geschenk ist?«, vollendete Hildir seinen Satz.

Hildir schien den Zauberer kurz aus dem Konzept gebracht zu haben. Er drehte seinen Kopf zu ihr, schwieg einen Ticken zu lang, dann kicherte er völlig unpassend.

Hildir wagte es, seine Hand zu nehmen. »Warum über Haustiere reden, wenn man sich die Zeit mit den schönen Dingen vertreiben kann? Kommt!«

Sie gingen weiter und nicht einmal schaffte es Bratuck, Renkeja währenddessen in seine Augen zu sehen.

Wenige Räume und eine zweite Treppe später fanden sie sich an der Hebelsteuerung wieder, die Walerian ihnen vor seinem Ableben in aller Ausführlichkeit erklärt hatte. Die Leiche einer großen Fledermaus befand sich ebenfalls unter den Hebeln liegend. Hildir hatte darauf bestanden, dass Renkeja und Bratuck eine der Botenfledermäuse getötet und sie hierher geschafft hatten. Bratuck wurde übel, als er den leicht süßen Geruch in seiner Nase spürte, der nunmehr von der Leiche ausging.

»Darf ich vorstellen?« Hildir lächelte, als gäbe es auf einer Feier zwei Neuankömmlinge, die einander vorgestellt werden müssten. »Das ehemalige Lieblingstier des Königs von Ukon. Leider konnte es sich in seiner Kleingeistigkeit keine Welt ohne seinen Herrscher darin vorstellen und verfolgte uns, nachdem wir Euch eine Nachricht geschickt hatten. Aber die Fledermaus hat sich mit den Falschen angelegt. Wie schon der ihres Herrn, war auch ihr Tod höchst unerfreulicher Art.«

Hildir lachte auf. »Entschuldigt, Trucido, aber ich muss immer noch daran denken, wie lange es gedauert hat, bis dieses Vieh schließlich aufgehört hat zu atmen. Aber ich finde, wer sich im Leben versündigt hat, der darf auch keine Milde im Tod erfahren! Egal ob Tier oder Mensch.«

Trucido lachte schrill. Er huschte neben die Leiche des gewaltigen Tiers, der die Flügel abgeschnitten waren und sein Kopf bewegte sich wiegend hin und her, als er sie betrachtete. »Ich wage es kaum zu sagen, Hildir«, Trucido sah nun wieder zurück auf die Königin, »aber wir beide scheinen uns sehr ähnlich zu sein. Wisst Ihr, dass ich lange darauf gewartet habe, jemanden zu treffen wie …« Der Zauberer machte eine Pause. Er wirkte ehrlich verblüfft. Trotz seiner Maske. Vielleicht traute er seinen eigenen Worten nicht über den Weg. Doch schließlich beendete er seinen Satz: »… *Euch.*«

Bratuck sah das Feuer in Hildirs Augen. Und ihre Gewissheit siegreich zu sein. Wie konnte der Zauberer das nicht sehen?

Zu allem Überfluss schaffte Hildir es, sich eine Träne aus den Augen zu drücken. Gekünstelt wischte sie sich diese von der Wange, als sie sicher war, dass der Zauberer auch hinsah.

»Wahrscheinlich ebenso lange wie ich darauf gewartet habe, jemanden wie *Euch* zu treffen. Aber nun nehmt Euer Geschenk in Augenschein.« Sie wies auf die Hebelsteuerung. »Mir scheint, als hätte Renkeja noch keine Gelegenheit gehabt, Euch ebenfalls ein wenig kennenzulernen. Er wird Euch nun erklären, wie dieser Apparat funktioniert.«

Kurze Zeit später hatte Renkeja – in Bratucks Augen etwas ungelenk – die Hebelsteuerung und ihre Funktionen dem Zauberer näher gebracht.

»Schön und gut!«, sprach der Zauberer. »Aber Ihr wollt mir doch auch sicher noch erklären, wie das mit den eingeschlossen Männern und Frauen auf den großen Exerzierplätzen zusammenhängt?«

Hildirs Mundwinkel verzogen sich zu einem furchtbaren Grinsen.

»Euch kann man nichts vormachen! Natürlich habt Ihr sie bei Eurer Ankunft bereits gesehen. Euer Geschenk ist nicht diese Burg oder diese Hebelanlange. Euer Geschenk sind zweitausend Seelen, die vor Euch niederknien werden. Der Erlöser dieser Welt benötigt Untertanen. Das können nicht allein wir sein. Selbstverständlich sind auch zweitausend Männer und Frauen zu wenig, aber sie könnten einen Anfang machen.«

Trucido schwieg. Zum ersten Mal schien Hildir mit einer anderen Reaktion gerechnet zu haben. Denn Bratuck sah, dass es in ihr arbeitete. Warum reagierte der Zauberer nicht? Was dachte er? Aber anstatt ihnen die Antworten auf diese Fragen zu geben, umrundete er hüpfend die Hebelapparatur.

»Ist … ist etwas nicht in Ordnung?«

Hildir näherte sich Trucido. »Ich hatte gehofft, Ihr würdet Euch über dieses Geschenk freuen. Aber ich kann verstehen, wenn …«

Abrupt blieb der Zauberer stehen. Seine Maske sah nun wieder Hildir an. Augenblicklich schwieg sie. Vielleicht hatte auch sie sich erschreckt. Die Bewegungen des Zauberers waren unnatürlich und kaum vorherzusehen. Bratuck merkte immer wieder, dass er zitterte, obwohl er nur stiller Zuhörer war.

»Macht Euch keine Sorgen, Hildir! Ihr habt genau verstanden, was mir gefällt. Allein, es ist selbstverständlich an mir, zu entscheiden, wie ich mit meinem Geschenk verfahre.«

Hildir schluckte. »Selbstverständlich, Trucido.«

Bratuck schluckte ebenfalls. Was sollte das bedeuten?

»Sagt mir, Hildir«, erkundigte sich Trucido kichernd, »wie viele von diesen Menschen da unten haben unter dem verblendeten alten König gedient?«

Hildir zögerte nur kurz, bevor sie ihre Antwort gab.

»Alle.«

»Dachte ich es mir«, nickte Trucido. »Dann sind sie es nicht wert, unter mir einen Platz zu haben. Walerian wollte mich bekämpfen, wie Ihr sagt, und sie alle wären an seiner Seite in den Krieg gezogen. Ganz ähnlich dieser Sternenmaus. Da haben wir es. Sie sind alle nicht mehr wert als eine dreckige Sternenmaus.«

Er hüpfte einen Schritt auf Hildir zu.

»Wisst Ihr, Hildir. Ich vollende etwas, das ich *Rache* nenne. Möchtet Ihr sehen, wie sich eine so wahrhaftige Rache anfühlt, die Platz für eine saubere neue Welt hinterlässt?«

Diesmal zögerte Hildir zu Bratucks Schrecken nicht mal mehr einen einzigen Augenblick.

»Ich möchte alles mit Euch teilen, das die Welt besser macht, Trucido.«

Trucido ließ ein Lachen aufbranden. Als er fertig war, sagte er: »Das Schoßtierchen soll am Hebel ziehen. Kann es das?«

Hildir sah Bratuck nur flüchtig an, bevor sie sich wieder Trucido zuwendete.

»Das ist eines seiner leichtesten Kunststücke«, antwortete sie.

»Ich habe meine eigene Armee mitgebracht«, erläuterte Trucido daraufhin beinahe geschäftsmäßig. Sie wartet bereits vor den Mauern auf meinen Befehl.«

Hildir nickte ohne mit der Wimper zu zucken.

»Renkeja, sag unserem Schoßtierchen, dass es den Hebel bedienen soll. Danach kann es gerne zu uns nach oben kommen.«

Hildir und Trucido setzten sich bereits in Bewegung. Flehentlich blickte Bratuck seinen Herrn an. Aber Renkeja sah ihm abermals kaum in die Augen. Während er ihm den Rücken zukehrte und hinter Hildir und dem Zauberer hereilte, sagte er: »Du hast es gehört, Bratuck, zieh den Hebel. Beeil dich.«

Als Bratuck auf die Aussichtsplattform rannte, war ihm, als drehte sich alles. Er musste sich in einem Fiebertraum befinden, das war die einzige Erklärung! Doch dann sah er die Trauben von Kelpenmonstern, die über die Trittsteine, die er selbst hatte aus der Mauer fahren lassen, ihren Weg hoch auf die Zinnen gefunden hatten. Hildir, Renkeja und der Zauberer sahen entsetzt und interessiert in die Tiefe.

Als die ersten Kelpen sprangen, wurden die Schreie der Soldaten lauter. Es konnte nicht anders sein, als dass viele der Kelpen von der Wucht ihres Aufpralls beim Sprung ins Burginnere zerschmetterten. Erst die zweite und dritte Welle konnte weicher auf den Leichen ihrer Vorkämpfer landen. Aber dem Zauberer schien es einerlei. Er klatschte, als gefiele es ihm womöglich. Bratuck kämpfte damit, sich nicht zu übergeben. Er überlegte nur immerzu, was grauenvoller war: die Schreie von zweitausend Sterbenden, die in einer ausweglosen Falle saßen und von einer Armee der Monster aufgeschlitzt wurden. Die Maske des Zauberers, unter deren Dunkelheit irgendwo Augen lauern mussten, die das ganze Schauspiel wie eine Droge gierig in sich aufsogen. Oder das brennende Feuer im Blick der Hexe, welches offenbarte, dass es nichts zwischen Himmel und Erde gab, vor dem sie zum Erreichen ihrer Ziele zurückschrecken würde.

Der Treuebeweis

Bratuck saß in einem kleinen Salon, den er heute zum ersten Mal betreten hatte. Er sah in den kalten Kamin, der in einer Ecke zwischen staubigen Gemälden aus der Wand ragte. Darin lag noch alte, halb verwehte Asche vom letzten Mal, als hier jemand Feuer gemacht hatte. Doch so leblos wie sich alles in dieser verfluchten Burg anfühlte, so leblos war nun auch der Kamin, und Bratuck hegte keinerlei Wunsch, daran etwas zu ändern. Wenn er ehrlich zu sich war, dann hatte er das Gefühl, es nicht verdient zu haben, im Warmen zu sitzen. Ihm gebührte einzig und allein die Kälte. Denn die Kälte war es, die auch in sein Innerstes gekrochen war. Die Schreie der sterbenden Soldaten im Angesicht der Kelpen hallten in seinem Kopf wider und erinnerten ihn daran, dass er Teil von etwas geworden war, das - wie konnte man es anders sagen? - *falsch* war. Diese Schreie, diese entsetzlichen Schreie! Er erinnerte sich wie schon oftmals zuvor an die vielen Leichen, über die er in seinem Leben gegangen war, und fragte sich, warum es dieses Mal so anders war. Warum war es dereinst richtig gewesen, die Engel zu erzürnen und zahllose Meuchelmorde in Auftrag zu geben? Es hatte Opfer gegeben, die fast noch Kinder gewesen waren. Er hatte sich an ihnen schuldig oder mitschuldig gemacht. Und doch: Diesmal war es anders.

Die kalte Asche des Kamins wollte nicht aus seinem Blickfeld entschwinden. Wie gebannt starrte der Gwilling in die Öffnung aus Stein. Er sah den dunklen Schlund, der dahinter nach oben aufstieg. Ja, hier und jetzt war etwas vollkommen anders als zuvor. Er war ein anderer Bratuck. Diese Erkenntnis war ihm nun schon mehrmals gekommen. Aber während der Raum um ihn verblasste und er nur noch den Kaminschlund sah, wusste er plötzlich, *warum* sich alles verändert hatte. Die eisige Aura des Zauberers, die Monster, die jener mit sich hergebracht hatte, das berechnende Gift in den Augen Hildirs, all dies setzte ihm schwer zu. Aber nichts davon war - selbst zusammengenommen - schwerwiegend genug, um aus ihm einen gänzlich anderen zu machen.

Erst in diesem Augenblick wurde Bratuck klar, dass es einen ganz ähnlichen Kamin zuhause in Weit-Alon in den Gemächern Renkejas gab.

Einen, in den er und sein König oft geschaut hatten, während sie sich gemeinsam beraten hatten. Das war es! Von dem Moment an, in dem er zusammen mit der Hexe und Renkeja durch dieses Portal gekommen war, hatten sich er und sein Herr voneinander entfremdet. Die Vertrautheit, die er zuvor mit Renkeja genossen hatte, war ihm durch Hildirs Gegenwart abhanden gekommen. Und wo zuvor die Entscheidungen Renkejas gezählt hatten, in die er immer eingeweiht gewesen war, gab es nun bloß noch Hildir. Hildir, die alles in ihre Hexenklauen riss und nicht vorhatte, irgendetwas davon wieder herzugeben. Hildir, die im Gegensatz zu seinem Herrn nicht wirklich liebte und ihn nur für ihre eigenen Zwecke benutzte. Hildir, die schuld daran war, dass Renkeja und er entzweit waren. Renkeja, der immer so etwas wie ein Vater für ihn gewesen war. Renkeja, der ihn, Bratuck, so viel mehr verdient hatte als den untreuen, selbstgerechten Prinzen Kiran. Renkeja, der ihn schlussendlich nicht einmal mehr ansehen konnte. Renkeja, der ihn aus blinder, naiver Liebe fallengelassen hatte.

Tränen rannen aus Bratucks Augen. Er hasste es zu weinen, aber jetzt war auch das eine angemessene Bestrafung für ihn. Renkejas fehlende Unterstützung hatte ihn weich gemacht, ihn in einen falschen Bratuck verwandelt. Dieser fremde Gwilling sollte ruhig leiden. Ihm wurde klar, dass er für seinen alten Herrn gut und gerne zweitausend weitere Seelen gegeben hätte. Und jede Isabella dieser Welt. Denn wäre erst wieder Renkeja da, um sein wahrer Herr zu sein, dann wäre auch er wieder stark und könnte jede Sünde, die er einmal begangen hatte, wieder vergessen.

Leise schluchzend saß er weiter da und ließ sich immer stärker vom Kaminloch hypnotisieren und immer tiefer in den Strudel seiner trüben Gedanken ziehen. Wenn doch nur alles wieder so wäre wie früher! Wenn doch nur Renkeja zu ihm käme und ihm versicherte, dass er ihn doch nicht fallen ließ!

In derselben Sekunde schreckte der Gwilling hoch. Die Tür zum Salon schob sich sacht auf. Einen Augenblick glaubte Bratuck, die grässliche Maske des Zauberers würde sich dahinter hervorschieben und dass sein letztes Stündlein geschlagen hätte, doch als er stattdessen das vertraute Gesicht sah, pochte sein Herz noch schneller.

»Renkeja! Ihr seid da!«

Bratuck war vollkommen außer Atem. Hatte er seinen Herrn mit seinen Gedanken herbeigerufen?

»Natürlich bin ich da, alter Freund. Ich habe dich überall gesucht. Der Zauberer wurde schon misstrauisch, weil du nicht aufzufinden warst. Aber ich konnte ihn beruhigen. Er nimmt einstweilen mit Hildir vorlieb.«

Als Bratuck von den beiden Feinden hörte, verzog er sein Gesicht. Renkeja aber hatte einen milden Gesichtsausdruck aufgesetzt und trat sogleich näher an ihn heran.

»Doch wir wollen nicht von Hildir oder Trucido reden. Ich mache mir Sorgen um dich! Ich weiß, dass du unzufrieden bist. Und ich glaube, dass ich der Grund dafür bin.«

Bratuck traute seinen Ohren kaum. War das wirklich möglich? Noch eben hatte er sich genau das gewünscht und nun trat es ein? Sicher träumte er!

»Herr, bitte, ich würde Euch nie eine Schuld dafür geben. Es sind vielmehr die Umstände, die wir erleben …«

Renkeja lächelte und kam noch einen großen Schritt näher. Er hatte seinen Mantel abgelegt. Nun sah er kaum noch wie ein König aus. Dafür mehr wie ein … *Vater.*

»Nein, bitte, Bratuck. Ich möchte mich bei dir für die letzten Tage entschuldigen. Du weißt, dass ich mit Hildir so etwas wie mein spätes Glück gefunden habe. Auch wenn ich das in unserem alten Leben niemals zugegeben hätte: Ich bin sehr froh, wie die Dinge sich entwickelt haben. In fast jeder Beziehung. Hildir und ich. Diese Burg, die wir einnehmen konnten. Der Zauberer, der Hildir aus der Hand zu fressen scheint und uns bald zurück nach Telluriscor bringen wird. Aber eben doch nicht in jeder Beziehung! Ich habe in den letzten Tagen nicht einmal gewürdigt, was du alles für mich getan hast. Ohne dich würde ich heute nicht hier stehen. Und nicht allein, weil du auf dem Schlachtfeld für Ablenkung gesorgt hast. Du hast zeitlebens so viel für mich getan. Und auch früher habe ich dir nicht immer so viel Anerkennung für deine Dienste gegeben, wie du verdient hattest. Aber dich nun vor dem Zauberer und Hildir kleinzumachen und nicht zu verteidigen, das kann und will ich mir nicht länger erlauben. Wir haben das Vertrauen Trucidos erlangt. Er und Hildir werden akzeptieren müssen, dass du wichtig bist und nicht zum Gespött dienst.«

Bratuck wusste nicht, was er sagen sollte. Dicke Tränen quollen aus seinen Augen. Er war glücklich. Er wusste, dass nun wieder alles gut werden würde. Es war Renkeja, der den ersten Schritt auf ihn zugemacht hatte. Von nun an würde er ihm wieder zuhören und sie würden das alles gemeinsam meistern.

»Ich bin so froh, so froh«, murmelte er. Seine Stimme war ganz und gar beschlagen. »Erleichtert ebenso …« Er war kaum zu verstehen. Aber

Renkeja schien genau zu wissen, wie es in ihm aussah. Vorsichtig beugte er sich zu ihm hinunter.

»Steh auf, Bratuck.«

Schniefend kletterte der Gwilling aus seinem Lehnsessel.

Dann umarmte Renkeja ihn.

»Entschuldige, Bratuck. Ich schäme mich dafür, nicht sofort Partei für dich ergriffen zu haben.«

Bratuck war es nun plötzlich so wohlig warm, als hätte der Kamin schon tagelang angeheizt.

Bratuck und Renkeja gingen um eine Ecke, als Hildir, der Zauberer und vier Kelpen ihnen entgegeneilten. Bratuck hatte ein flaues Gefühl im Magen, aber er fühlte sich dieses Mal im Angesicht des Zauberers viel sicherer als zuvor. Renkeja war da, um ihn zu beschützen.

»Wo wart ihr?«

Hildir war wütend.

Bevor Renkeja antworten konnte, schaltete sich Trucido ein.

»Ich schätze es nicht, wenn ich nicht weiß, was genau meine Untergebenen treiben. Und wo habt Ihr *ihn* aufgefunden?«

Des Zauberers Maske blickte unheilvoll auf Bratuck. Der Gwilling fürchtete sich sehr, aber er riss sich zusammen und drückte sich eng an Renkeja.

Mutig räusperte sich der König und baute sich vor Trucido, Hildir und den Kelpen auf.

»Darum geht es. Ich wollte mit Euch über meinen Diener Bratuck sprechen.«

»*Diener* Bratuck?«

Trucido kreischte, sodass man nicht wusste, ob sich darin auch ein Lachen verbarg. »*Haustier* meint ihr wohl eher? Hildir hat mir alles über *Gwillinge* erzählt.«

Bratuck hatte das Gefühl, dass plötzlich gewaltiger Ärger in der schwierig einzuschätzenden Stimme des Zauberers zu hören war. »Noch schlimmer als Wasserzwerge. Eher eine Zwergenmissgeburt!«

Sofort lachte er wieder schrill und Hildir stieg gleich mit ein. Renkeja blieb still.

»Trucido, ich …«

»Schweigt!«

Der Zauberer hatte seine Stimme erneut verändert. »Ich weiß nicht, ob ich Euch trauen kann. Ihr seid nicht wie Hildir, König Renkeja von

Weit-Alon. Wie kann ich jemandem vertrauen, der die Gesellschaft eines reimenden Tieres so derart schätzt wie Ihr?«

Renkeja räusperte sich noch einmal. Es klang diesmal weniger mutig, aber Bratucks Vertrauen in seinen König war ungebrochen. Das Treffen zuvor hatte alles verändert. Der alte Renkeja würde selbst dem grässlichen Zauberer die Stirn bieten, wenn es darauf ankam.

»Aber das könnt Ihr, Trucido.«

Renkeja senkte ehrerbietig den Kopf. Unser Geschenk an Euch, seid Euch dessen eingedenk! Wir setzen unser ganzes Vertrauen in Eure Vision. Ich halte Euch für mehr als klug und fähig, um zwischen Freund und Feind zu unterscheiden. Seht in mir einen solchen Freund und Diener, großer Trucido.«

Die Maske des Zauberers wiegte hin und her, während Trucido den König musterte. An Bratuck verschwendete er nicht einen einzigen weiteren Blick.

»Es wäre nur zu schön, dies entspräche der Wahrheit.«

Trucido kicherte. Oder war es ein groteskes Weinen? Bratuck erschauderte.

»Ich habe Enttäuschungen zur Genüge hinter mir. Es gibt wohl kein größeres Gut in dieser Welt als mein Vertrauen zu genießen. Aber Ihr schleicht hier umher, um Eurem reimenden Hündchen nahe zu sein. Ich frage mich, wie ich weiter mit Euch verfahren soll …«

Bratuck glaubte, in Renkejas Blick einen Schrecken zu sehen, der zuvor nicht da gewesen war. Er fürchtete sich, dachte der Gwilling. Und trotzdem konnte dies nur jemand sehen, der den König bereits viele Jahre lang kannte. Für einen Fremden blieb Renkejas Blick unerschrocken. Der Zauberer musste doch endlich einsehen, dass er seinem Herrn vertrauen konnte! Doch stattdessen belagerte der unangenehme Blick der Maske Renkeja weiter und weiter und keiner sagte mehr ein Wort. Die Stille wurde gespenstisch. In diese Stille hinein flüsterte die Hexe Hildir dem Zauberer schließlich etwas ins Ohr. Bratuck wurde es zusehends ungemütlicher in seiner Haut. Das war nicht gut! Aber sein König würde auch damit fertig werden.

Da lachte der Zauberer jäh auf.

»Ein Treuebeweis! Vorzüglich, Hildir. Allein, wie könnte dieser aussehen? Um sich meine Achtung zu verdienen, bedarf es schon einer ganz besonderen Geste.«

Renkeja stand wie versteinert da. Sein starrer Blick ging nun zu Hildir, doch die beachtete ihn nicht. Schon beugte sie sich wieder murmelnd zu

Trucido. Noch während sie dabei war, ihm ihr Gift einzuflüstern, wurde die Lache des Zauberers immer irrer und schriller.

»Vorzüglich, Hildir! Ich bin einverstanden! Das gefällt mir! Die Idee hätte von mir sein können!«

Er klatschte in die Hände.

Als sich der Blick der Maske zu Bratuck drehte, wurde dem Gwilling schrecklich übel. Er hatte Mühe, die Hand seines Herrn zu drücken, so sehr zitterte er.

»Euer Schoßtier ist Euch etwas wert, das haben wir ja bereits herausgefunden. Ich fürchte, damit ich mir Eurer gewiss sein kann, müsst Ihr Euch von ihm trennen. Ein für alle Mal«

Bratucks Herz klopfte so wild wie nie zuvor. Er fragte sich, wie all das überhaupt geschehen konnte und wusste doch im selben Moment die Antwort: Er sah sie in Hildirs hämischem Gesicht. Schweißnass packte er Renkejas Hand noch fester. Niemals würde er sie loslassen! Was sollten der Zauberer und die Hexe schon dagegen tun?

Dann wandte sich Hildir an Renkeja in einer Stimme, die nichts mehr von Häme erahnen ließ. Dieser Gesichtsausdruck zuvor war einzig und allein für ihn, Bratuck, bestimmt gewesen.

»Liebster, du weißt sehr genau, wem du tief in deinem Herzen verpflichtet bist. Zieh das hier nicht unnötig in die Länge. Verabschiede dich von ihm und schicke ihn fort.«

Bratuck wollte Hildir am liebsten ins Gesicht spucken und ihr auch gleich die verderbte Zunge herausreißen, aber dafür hätte er Renkeja loslassen müssen. Mit der Kraft seiner Überzeugung rief er: »Selbst Ihr könnt uns nicht trennen! Der eine wird den anderen immer Gefährten nennen!«

Erst als Bratuck verzweifelt einen Schritt nach vorn machte, merkte er, dass Renkeja ihn bereits losgelassen hatte.

»Renkeja … Was … was tut Ihr da?«

Aber der König sah ihn nicht an. Stattdessen sagte er etwas, das so schmerzte, als hätte man Bratucks Herz mit einem stumpfen Schwert der Länge nach durchgesägt.

»Hinfort mit dir, Bratuck! Meine Treue gehört allein Trucido. Und keinem unbedeutenden Schoßtier wie dir!«

Der Zauberer jauchzte vor Freunde über Bratucks blankes Entsetzen. Sein Lachen hallte durch die Burg und verlor sich in den Gängen um sie herum.

»Sehr schön, sehr schön! Renkeja, ich bin erleichtert, dass Ihr keinen Moment gezögert habt. Gut für Euch! Aber ich fürchte, Ihr habt mich nicht ganz verstanden, als ich *ein für alle Mal* sagte.«

Plötzlich blitzte eine lange Klinge in den Händen des Zauberers. »Nehmt dies hier, mein treuer Vasall, und bezeugt damit Eure wahre Verbundenheit zu mir. Das Geheimnis der Treue kann nur Blut sein!«

Bratuck wollte wegrennen, aber seine Beine versagten ihm den Dienst. Er war stocksteif. Die Angst lähmte ihn. Nicht einmal seine Augenlider wollten sich schließen, als er den König nach dem langen, krummen Messer greifen sah, das der Zauberer ihm feixend entgegenstreckte.

»Macht es diesem kleinen Plagegeist nicht zu leicht, König Renkeja«, johlte Trucido. »Ein Wesen wie er hätte besser nie auf die Welt kommen sollen. Daher soll es wenigstens keinen leichten Abschied aus ihr genießen dürfen! Sollte es in ein paar Stunden immer noch zucken, weiß ich, dass Ihr ein noch größerer Gewinn für mich seid, als Hildir es mich jetzt schon glauben machen will!«

Bratucks Atmung setzte aus. So fühlte sich also das Ende an. Wie ein Schrei, der nach außen dringen wollte, aber keinen Platz dazu fand. Er wusste nicht einmal, ob er die Klingenstiche in seinem Bauch fühlte, die Renkeja ihm mit eiskalten Augen und versiegelten Lippen beibrachte. Das letzte, das er wahrnahm, war der Schleier, der sich gnädig vor seine Augen legte. Dann wurde es dunkel und still an dem furchtbaren Ort, an dem er von seinem Herrn und Meister verraten und verlassen worden war.

Das Geheimnis der Krone (1)

In dem angenehm warmen Schlafgemach prasselte und knackte das Holz im Kamin. Renkeja saß auf dem Bett, sah dabei in die Flammen und fragte sich schon eine ganze Weile, ob in seinem Schloss in Weit-Alon nicht ganz ähnliche Kamine die Zimmer der weniger oft von ihm besuchten Trakte schmückten. Als ihm nach einiger Zeit die Antwort auf seine Frage immer noch nicht einfallen wollte, erhob er sich abrupt. Er stand einen Herzschlag lang wie ein verwirrter Geist mitten im Raum, dann ging er ein paar Schritte, packte sich einen mit violetten Edelsteinen verzierten Krug von dem runden Tisch, der neben dem breiten Doppelbett stand, und schleuderte ihn mit voller Wucht in die Flammen. Es schepperte an der Rückwand des Kamins, aber Renkeja hatte noch nicht genug! Er griff sich einen vollen Teller mit geschnittenem Brot und warf ihn ebenfalls hinterher. Als auch der zweite Krug und der zweite Teller hatten daran glauben müssen und nichts mehr übrig war zum Werfen, riss der König den gesamten Tisch empor und schmetterte ihn in die Flammen, als wollte er dem ungerührten Feuer endlich zeigen, wer hier in Wahrheit das Sagen hatte. Der Wurf jedoch misslang und der Tisch kippte wieder aus dem Kamin heraus. An einer Stelle war Ruß zu sehen, sonst fehlte ihm nichts, als wollte nun der Tisch den Exkönig verhöhnen. Renkeja war völlig außer Puste. Er atmete in kurzen Schüben. Seine Wut hatte sich so lange aufgestaut, dass sein Ausbruch nicht mehr abzuwenden gewesen war. Obwohl er langsam ruhiger wurde, ging es ihm dabei kaum besser. Er dachte an das krumme Messer in seiner Hand und daran, wie das Blut aus den Bauchwunden Bratucks die Kleidung des Gwillings rot gefärbt hatte. Und er dachte an Hildir. Einen ganz kurzen Augenblick stellte er sich vor, *sie* wäre etwas, das er ins Feuer schleudern konnte. Doch der Moment war so flüchtig, dass er sich mit demselben Gedanken bereits fragte, ob er verrückt geworden war. Hatte sie ihm nicht einen Weg aufgezeigt, wie er wieder zurück an seine Krone kommen konnte? War das Geheimnis der Krone nicht immer die Bereitschaft, große Opfer zu bringen?

Plötzlich öffnete sich die Tür. Hildir trat ein.

»Was tust du hier?!«

Renkeja fuhr sie extra bösartig an, damit ihr sofort klar war, dass das heute nicht die Art und Weise gewesen war, wie man mit ihm umzuspringen hatte!

»Bei allen Engeln!«, entfuhr es ihr mit spöttischem Unterton. Sie war wie Renkeja nicht besonders fromm, was die Engel betraf. »Nun sag mir nicht, du hast dieses Chaos hier angerichtet und blökst mich an wie eine wilde Habergeiß, weil du ein wenig Blut vergießen musstest?«

Renkeja verzog das Gesicht. Er war derjenige, der wütend sein durfte. Warum lag nun in ihrer Stimme ein Vorwurf?

»Du hast mich nicht nur gedemütigt, indem du mithilfe deines neuen Freundes diesen kruden Treuebeweis ins Spiel gebracht hast, du hast mir auch Bratuck genommen!«

Hildirs Stimme wurde milder. »Liebster, dir ist klar, dass wir keine andere Wahl hatten, oder?«

»Liebster?!« Renkeja wurde noch wütender. »Behandelt man so seinen Liebsten? Ich dachte, wir stünden das von nun an gemeinsam durch! Aber es wirkt auf mich, als würdest du mit Absicht das Vertrauensband nur zwischen dir und diesem wahnsinnigen Zauberer knüpfen!«

»Nicht so laut!«

Hildir ging mit warnenden Augen auf ihn zu. »Die Kelpen patrouillieren durch die Gänge. Er sieht, was sie sehen. Wer weiß, was er hören kann!«

»Ist das deine einzige Sorge? Du streitest meinen Vorwurf also nicht einmal ab?«

Jetzt wurde auch Hildir böse. »Ja, das *ist* meine Sorge! Und die deine sollte es ebenfalls sein. Wenn er herauskriegt, dass wir so reden, dann ist es aus und vorbei mit dem Vertrauen. Und mit uns auch. Aber im Übrigen streite ich deinen Vorwurf mit Nachdruck ab! Ich tue vieles mit Absicht, das ist dir klar, seitdem wir uns vor vielen Jahren das erste Mal trafen. Aber ich habe es nicht zu verantworten, dass Trucido insbesondere durch mich beeinflussbar ist. Du kennst seine Aufzeichnungen vielleicht sogar besser als ich: Er sucht keinen Vater, sondern lechzt nach der Anerkennung einer Mutter. Um unser Ziel zu erreichen, nutze ich das allemal aus.«

Sie umfasste seine rechte Hand und legte sie sich auf ihre Brust.

»Unser Ziel?«, fragte Renkeja ein wenig besänftigt.

»Ist das wirklich eine Frage, du dummer, alter König? Seit uns das Schicksal endlich zusammengeführt hat, gibt es nur noch uns und unsere Zukunft. Was ist es denn, das du mehr willst als alles andere?«

Renkeja überlegte nicht. Sie hatte ihn bereits danach gefragt. Er spürte die Wärme ihrer Brust. Plötzlich fühlte er sich mit allem einverstanden, obwohl das keinesfalls seine Absicht gewesen war.

»Ich will nur dich. Und unsere Kronen.«

Hildir lächelte mit breiten Mundwinkeln. »Und ich will dasselbe. Nur dich. Und unsere Kronen.«

Sie ging nach vorn und schob ihn dabei mit sanftem Druck rückwärts.

Noch einmal versuchte es Renkeja mit Gegenwehr: »Aber warum Bratuck? Gib es zu: Du mochtest ihn nicht!«

Hildir flüsterte jetzt. »Sei nicht albern. Natürlich mochte ich ihn nicht! Aber du musst selbst bemerkt haben, dass das die einzig logische Möglichkeit war. Trucido verachtet alle anderen Geschöpfe außer den Menschen. Bratuck hätte niemals lange bei uns bleiben können. Hätte ich zu entscheiden gehabt, hättest du ihn behalten können. Ich habe sogar selbst einen Gwillingdiener!«

Sie waren jetzt ganz nah am Bett angelangt.

»Aber um das zu erreichen, was wir wollen, kann es da überhaupt ein zu großes Opfer geben? War er ein größeres Opfer oder Risiko als Isabella? Als die Liebe deines Sohnes zu dir? Oder als das Leben meiner Tochter? Es war ja nicht so, als hätte ich niemals etwas für sie übrig gehabt. Aber hast du vielleicht gehört, wie ich mich in letzter Zeit darüber beschwert hätte?«

»Nein, aber ...«

»Schhhh!«

Sie legte ihm den Finger auf den Mund und drückte ihn rücklings aufs Bett. »Das war eine rhetorische Frage, Dummerchen! Das Geheimnis der Krone ist immer Blut. Das ist etwas, das du früher gewusst hast. Erinnere dich daran, dann vergisst du ihn bald, deinen kleinen Berater. Aber auch für den Moment wollen wir an etwas anderes denken, meine ich.«

Sie küsste ihn sacht auf den Hals und fuhr mit der Hand unter sein Hemd.

»Und Trucido?«

Hildir küsste ihn weiter, während sie antwortete.

»Ich habe dem Zauberer ein Lager weiter weg hergerichtet. In Walerians ehemaligem Königsbett. Er wird uns in dieser Nacht nicht stören. Ich weiß es bestimmt!«

»Hildir, wie kannst du dir da sicher sein?«

»Vertraust du mir?«

»Ja.«

»Dann halt endlich deinen Mund und benutze lieber den Rest deines Körpers!«

Später am Abend lagen Renkeja und Hildir nebeneinander und starrten an die langsam tanzenden Schatten unter der Zimmerdecke. Das Feuer war noch nicht ganz heruntergebrannt, aber das Licht war weniger geworden. Es war die perfekte Atmosphäre, um in den Schlaf wegzudämmern. Renkeja hatte längst eingesehen, dass alles genauso lief, wie es laufen sollte. Bratuck war ein notwendiges Opfer gewesen. Natürlich hätte der berechnende kleine Mistkerl umgekehrt genauso gehandelt. Was geschehen war, war geschehen.

Stattdessen schob er sein Bein unter der samtenen Decke hinüber zu Hildir, um ihre warme Haut zu spüren. Seine Hand fuhr über ihren Bauch und ihre Brüste.

»Hast du noch immer nicht genug?«

Sie sah nach oben, als sie sprach. Renkeja glaubte, eine Art freudige Erwartung in ihrer Stimme wahrzunehmen.

»Wie könnte ich davon jemals genug bekommen?«

Plötzlich setzte sie sich auf. Die Decke rutschte von ihren Schultern, aber sie bemühte sich nicht darum, sie wieder hochzuziehen.

»Dann muss ich etwas mit dir besprechen.«

Renkeja merkte gleich, dass sie ein besonderes Anliegen hatte. Er setzte sich ebenfalls auf. Im Hintergrund knackte das letzte große Holzscheit im Feuer.

Sie sagte: »Aber ich muss mir sicher sein.«

»Sicher sein wobei?«

»Bei dir.«

»Bei mir?«

»Bei dir«, flüsterte sie. »Ich trage mein Herz auf der Zunge. Ich würde alles für uns tun. Für *das hier.* Aber ich muss es noch einmal von dir hören. Schwöre es mir. Aber nicht bei den Engeln!«

Renkeja sah sie an. Die einzige Frau, die er jemals geliebt hatte.

»Ich schwöre es bei allen Kronen der Welt!«

»Das ist mehr als genug.« Sie seufzte schwer und lächelte. »Ich denke, es gibt einen schnelleren Weg zurück. Und einen ohne wahnsinnigen Zauberer als Vormund.«

Renkeja war verwirrt. »War das Ganze hier nicht deine Idee?«

Hildir stand auf. Unbekleidet stand sie vor ihm. Er wollte nicht über Trucido nachdenken. Er wollte sie.

»Und überhaupt - wir haben uns den Zauberer in unsere Mitte geholt. Wir werden uns nun damit arrangieren müssen.«

»Das dachte ich auch.«

Hildir ging zum Kamin. Sie legte den Arm auf den Sims und starrte ins fast erloschene Feuer. »Aber ich denke wirklich, wir können *alles* haben.«

Renkeja stand ebenfalls auf. »Alles, was ich im Augenblick will, befindet sich in diesem Zimmer.«

Er umfasste von hinten ihre Hüften. Doch sie hielt seine Hände fest und drehte sich in seiner Umarmung um. Sie sah ihm tief in die Augen.

»Genau deshalb spreche ich doch mit dir: Ich weiß, dass wir seine Armee für den Kampf auf Telluriscor brauchen. Aber *das* hier würde viel einfacher werden, wenn er gleichzeitig nicht dabei wäre.«

Renkeja verstand nicht, was sie sich vorstellte.

»Ich habe dir geschworen, dass du dir meiner sicher sein kannst. Wir werden das gemeinsam durchstehen. Auch mit dem Zauberer. Auf Telluriscor wird er uns alle Freiheiten lassen. Wenn wir ihm das Portalgeheimnis zeigen, dann wird er in andere Welten vordringen wollen.«

»Und du möchtest es ihm einfach so geben?«

Renkeja befreite seine Hände aus ihrem Griff.

»Selbstverständlich nicht. Ich würde es lieber für uns behalten. Aber du warst es, die diesen Plan geschmiedet hat. Du hast mich überzeugt, dass er unser Schlüssel zurück an die Macht ist.«

»In Prinzip ist das richtig.«

»Aber? Sei nicht so geheimniskrämerisch. Mir wird kalt, wenn wir nicht zurück ins Bett gehen.«

Eigentlich brauchen wir nur seine Kelpen. Wen sie uns gehorchen würden, dann hätte das verrückte Muttersöhnchen keinen Wert mehr für uns.«

Renkeja lachte belustigt. »Dagegen hätte er aber sicher etwas einzuwenden. Und mir scheint es aus jüngerer Erfahrung keine gute Idee, ihn zu erzürnen.«

»Ich will ihn auch nicht erzürnen«, sagte Hildir.

Renkeja dachte über ihre Worte nach. Dann grinste er. Doch Hildir blieb vollkommen ernst. Das konnte sie unmöglich in Betracht ziehen …

»Du sprichst davon …«

Er stockte.

Sie vollendete seinen Gedanken vollkommen ruhig. »… ihn zu töten.«

Renkeja drehte sich um und fing an, im Raum wie eine Raubkatze hin und her zu tigern.

»Kaum denke ich, wir verfolgen endlich ein klares Ziel, kommst du mit so etwas. Bitte sag mir, dass du nur scherzt. Mir fallen so viele Dinge ein, die dagegen sprechen.«

Aber Hildir antwortete nicht. Sie beobachtete ihn einfach.

Er sagte: »Zunächst das Offensichtlichste: Warum sollten uns seine Horrorpferde gehorchen? Im besten Fall marodieren sie durchs Land, wenn ihr Herr und Meister Geschichte ist.« Der König schnaufte. »Ich fasse es nicht, dass ich überhaupt mit dir darüber rede.«

Ein neues Lächeln blitzte auf Hildirs Gesicht auf. »Deshalb auch der ursprüngliche Plan. Die Kelpen gehorchen nur ihm.«

»Das sage ich doch.« Renkeja war die Diskussion zusehends leid.

»Das war, bevor du Bratuck getötet hast.«

Renkeja blieb stehen. »Was soll das? Warum fängst du davon wieder an?«

»Erinnerst du dich, welche Waffe er dir gegeben hat?«

Der König verzog das Gesicht. Die letzten Sekunden im Leben seines Sekretärs spielten sich erneut vor seinem inneren Auge ab. »Es war ein krummes Messer. Eine Art Sichel.«

Da ging ihm ein Licht auf. »Es war seine Marionettensichel.«

»Richtig.« Hildirs Augen glänzten. »Er trägt sie bei sich. Ich habe gesehen, wie er sie wieder in seinen Gewandbausch gesteckt hat. Bis ich ihn verlassen habe, hat er sie nicht wieder herausgeholt.«

»Und du glaubst, wir könnten damit Macht über die Kelpen gewinnen?«

Die Königin nickte eifrig. »Ich bin mir sicher. Ich habe das Blutbuch sehr genau gelesen. Er hat sein Blut mit dem des Stadtbaumes vermengt und ihn dann quasi vernichtet. Als das unsichtbare Band riss, das den Baum mit den Seepferden verband, ging eine ähnliche Verbindung auf ihn über. Ich denke, dass etwas von seinem Blut in unserem dazu führt, dass wir die Gebieter seiner Armee wären.«

»Falls er stirbt.«

»Falls er stirbt«, bestätigte Hildir.

Kopfschüttelnd dachte Renkeja nach. Er wollte etwas finden, das dagegen sprach. Das war viel zu verrückt, um es auch nur in Betracht zu ziehen.

»Selbst wenn das stimmt …«, begann er.

»Es stimmt«, war sich Hildir sicher.

»Selbst wenn«, sagte Renkeja, »Trucido ist mächtig. Wir könnten ihn nicht einfach umbringen. Seine Magie würde uns zerquetschen wie die Käfer, an denen er sich so gerne rächt.«

Abermals lächelte Hildir siegessicher. »Es gab schon viele mächtige Männer, die ganz plötzlich merken mussten, dass auch sie nicht unverwundbar sind. Manchmal ist es ganz einfach, die Mächtigen zu Fall zu bringen. Vor allem, wenn sie geblendet sind.«

Renkeja hatte einen Verdacht. »Du hast schon mit dem Plan, wenn man es so nennen kann, begonnen! Bitte, rück einfach heraus mit der Sprache!«

Hildir trat näher und schmiegte sich an ihn.

»Dir kann ich nichts vormachen. Aber sei beruhigt: Es ist nichts, von dem man nicht auch wieder Abstand nehmen könnte. Diese Sache kann ich nicht allein entscheiden. Entweder wir handeln gemeinsam oder bleiben bei unserem alten Plan.«

Bei den Engeln, es war zum Verrücktwerden! Aber jetzt wollte Renkeja es auch wissen. »Sag schon! Was kann so einfach sein, den Mächtigsten aller Zauberer zu Fall zu bringen. Ob du ihn jetzt um den Finger gewickelt hast oder nicht ...«

»Du sagst das, als wäre es etwas Schlechtes. Dass ich in ihm als Mutterfigur Zutrauen geweckt habe, spielt uns doch in die Karten. So konnte ich ihm nahe kommen. Wir haben heute Abend in Walerians Kammer noch beisammen gesessen und geredet.«

»Geredet? Worüber kann man denn mit dem reden?«

»Über die Rache, über Kinder und enttäuschte Erwartungen, über die Zukunft der Welten - eben darüber, was fehlgeleitete Egos gern hören. Aber darum geht es nicht.«

»Worum dann?«

»Darum, dass ich ihm ganz mütterlich wie ich eben bin einen Schlummertrunk zubereitet habe. Natürlich hat er ihn mit der Maske nicht in meiner Gegenwart getrunken. Aber er versprach mir, das vor dem Zubettgehen nachzuholen. Er schien richtig gerührt zu sein. Ich glaube nicht, dass so etwas schon jemals jemand in seinem Leben für ihn getan hat.«

Renkeja schloss die Augen und seufzte. »Der Trunk ist vergiftet!«

»Sei nicht dumm! Ich sagte doch schon, dass es keine Alleingänge mehr gibt. In dem leckeren Tee ist bloß ein starkes Schlafmittel. Ich habe zufällig Walerians Hausapotheke gefunden. Darin waren auch Schlafsamen. Meine Mischung reicht für einen tiefen und traumlosen Schlaf bis morgen früh. Wenn wir nichts tun, wird Trucido morgen einfach nur sehr ausgeruht sein. Aber falls sich jemand heute Nacht in sein Gemach schleicht, wird er auch dann noch schlafen, wenn eine Klinge gegen seine Kehle drückt.«

»Hildir, wir können doch nicht einfach ...«

»Liebster«, Hildir küsste ihn sacht. »Wir können alles. Das sind deine Worte: Nichts wird uns aufhalten!«

»Und die Kelpen? Trucido wird bewacht. Vor seiner Kammer. Wie kommen wir …«

»Einer von uns müsste sie weglocken. Wir könnten Geräusche machen. Die Kelpen sehen nach, in der Zeit besucht der andere Trucido.«

Renkeja wollte am liebsten böse werden, denn jetzt dachte er tatsächlich darüber nach, Hildirs Idee in die Tat umzusetzen. Er hatte das Gefühl, Bratucks Tod war plötzlich nur ein Vorgeschmack auf den Wahnsinn, den er mit Hildir erlebte. Aber gleichwohl liebte er diesen Wahnsinn. Genau wie er sie liebte.

»Du hast dir ja bereits alles genau überlegt!«

»Natürlich! Ich wäre nicht ich, wenn ich mit etwas Halbgarem zu dir käme.«

»Und wer wird sein Blut mit dem des Zauberers mischen. Wer würde die Kelpen befehligen. Du etwa?«

Hildir löste sich von ihm. »Ich werde einfach darüber hinwegsehen, dass deine Frage eigentlich bloß eine verletzende Unterstellung ist. Aber auch darüber habe ich nachgedacht: Ich bin mir deiner sicher. Du hast mir deinen Schwur gegeben, dass wir zusammengehören. Daher kannst du wählen. Ich bin einverstanden, wenn du dem Zauberer sein Blut abzapfst und Herr der Kelpen wirst. Ich vertraue dir, dass du deine Macht nicht missbrauchen wirst und wir trotz deiner Macht gleichberechtigt in allen Bereichen bleiben werden. Egal wohin wir gehen oder welchen Thron wir zurückerobern.«

Renkeja sah sie an. Das wilde, entschlossene Feuer ihrer gemeinsamen Vergangenheit loderte in ihren Augen.

»Du würdest mir dabei den Vortritt lassen?«

»Ich würde alles tun, um unsere Zukunft zu sichern. Aber es ist nicht so, als fiele es mir schwer. Denn du wirst mich nicht enttäuschen. Wir sind noch dieselben wie früher. Aber eben anders.«

»Wie lange haben wir Zeit?«

»Die ganze Nacht. Aber die Wirkung des Trunks ist am stärksten, kurz nachdem man ihn eingenommen hat. Was ist nun, Liebster? Brauchen wir einen König über uns oder sollte die größte Armee, die wir je gesehen haben, nicht einzig und allein uns gehorchen?«

Renkeja atmete tief durch.

»Ich hasse dich!«

Sie küsste ihn.

»Ich weiß.«

DAS GEHEIMNIS DER KRONE (2)

Der Gang, der zu Walerians Schlafgemach führte, war eiskalt. Eine bedrückende, unheimliche Aura lag in der Luft. Die Ritterrüstungen, die links und rechts den Teppich säumten, schienen hinter ihren Visieren hervorzuglotzen, als warteten sie nur darauf, sich bei Sichtkontakt zu beseelen und auf unvorsichtige Eindringlinge zu stürzen.

Renkejas Herz klopfte gewaltig, obwohl er sich noch gut in den Schatten halten konnte, denn die Tür zum Zauberer war noch weit weg. Immer wieder gab es Stichgänge, die rechts vom Hauptgang wegführten. In so einen hatte Hildir die Kelpen locken wollen, die vor der Tür wachten. Endlich war die Tür im blassblauen Mondlicht zu sehen, das linker Hand durch eine mit schweren Gardinen bestückte Reihe Fenster fiel. Keine Kelpen in Sicht! Hildir hatte es geschafft. Jetzt hieß es schnell sein! Wer weiß, wie lange die Monster die falsche Fährte verfolgen würden. Renkeja hatte Hildir ziemlich genau fünf Minuten Vorsprung gegeben. Der König trat in die Mitte des Gangs, wo man ihn gut sehen konnte, und zog sein Tempo an. Als er die Tür erreichte, war es hinter ihm immer noch ruhig. Er lauschte. Auch jenseits der Tür war nichts zu hören. Kein Schnauben von Kelpen, kein Zauberer, der rastlos durch sein Schlafgemach wanderte. Das Herz schlug ihm bis zum Hals. Er drückte den Knauf - und die die Tür glitt lautlos auf.

Hatte Renkeja noch gedacht, draußen vor der Kammer wäre es furchtbar gewesen, so packte ihn hinter der Tür ein Gefühl schieren Grausens. Das große Bett thronte an der Mitte der Zimmerrückwand, kleine Kommoden und zwei Schränke standen darüber hinaus an den Wänden verteilt. Auch hier drang der Mond durch ein großes Doppelfenster, aber das Licht schien sich ebenso zu verfinstern wie die dichten Schatten der Möbel. Hier lauerte etwas Monströses und in einem Moment der wahren Erkenntnis wurde Renkeja klar, dass das Monster, das schlimmer als die Kelpen war, der Zauberer selbst war. Er betete, dass Hildir mit ihrem Schlaftrunk recht hatte! Aber nun gab es kein Zurück mehr und der Mut der Verzweiflung sagte ihm, dass er das Richtige zu tun gedachte. Er würde es sein, der das Monster Trucido zur Strecke brachte und sich seine Kraft einverleibte!

Langsam trat er näher. Einen Schritt vor den anderen. Dem Bett entgegen. Er dachte an die Maske, die irgendwo in den Kissen verborgen war und starrte und lachte und die Augen aufriss, selbst wenn ihr Herr schlief. Nur noch einmal die Zähne zusammenbeißen. Ein Schritt neben das Bett und ein beherzter Griff unter die Decke zur Sichel. Das war nicht unmöglich. Trucido schlief. Er hatte keine Gegenwehr zu befürchten. Jetzt konnte Renkeja sogar leise Schlafgeräusche hören. Unter der Decke atmete der Zauberer. Renkeja keuchte fiebrig. Er streckte seine Hand aus. Er konnte die Maske sehen. Sie sah ihn an. Sah in seine Augen. Sah in sein Innerstes. Er berührte die Decke. Und plötzlich schwebte der Zauberer über dem Bett.

Renkeja stieß einen Schrei aus. Kerzen entflammten auf den Kommoden. Der Zauberer war wach. Sein Kopf lag schräg. Renkeja plumpste vor Schreck zu Boden. Jeder klare Gedanke blieb ihm versagt. Er zitterte unkontrolliert. Irgendwo in seinem Unterbewusstsein schien ihm die Frage aufzukommen, warum die Magie des Zauberers eine solche Macht auf ihn haben konnte, wo er doch selbst so furchtbare Dinge in seinem Leben getan und bereits alles erlebt hatte. Aber die Antwort darauf wollte ihm nicht mehr einfallen, denn stattdessen hörte er die Stimme, die nicht die des Zauberers war.

»Was habe ich Euch gesagt?«

Jemand trat von hinten an ihn heran. »Wenn ich ihm erzähle, dass Ihr tief und fest schlaft und keine Kelpen Nachtwache halten, dann würde er kommen.«

Der Zauberer schwebte unbeweglich weiter. Nur der Stoff seines Umhangs flatterte in einem Windzug.

»Ich habe mich all die Jahre so bitter in ihm getäuscht. Der Tod eines Schoßtieres lässt ihn alle Ideale über Bord werfen. Er setzt dafür sogar die Zukunft der Welten aufs Spiel. Er ist eines Erlösers wie Euch nicht würdig.«

Renkeja hatte Angst. Zum ersten Mal in seinem Leben wusste er wahrhaftig, was Angst war. Er konnte sich nicht rühren. Er sah, wie sich die Maske langsam bewegte. Der Zauberer hielt ihn mit seiner Magie am Boden. Seine Arme klebten an seinem Oberkörper als wäre er eingeschnürt.

Die Stimme sagte: »Aber ich bin nicht traurig. Eure Anwesenheit hat mir gezeigt, dass es nur eine Person gibt, die ich in meiner Nähe haben möchte. Ich bin froh, dass ich Euch von nun an allein dienen kann, Trucido.«

»Dann tut es!«, sagte Trucido.

Lächelnd zückte Hildir ein Messer, drückte es gegen Renkejas Hals und zog die Klinge ansatzlos durch seine Kehle. Der König kippte in das Blut, das aus seinem Hals quoll.

Trucido taxierte die Leiche Renkejas.

»Ihr habt ihn nicht lange leiden lassen.«

»Wenn ich mich noch länger mit ihm beschäftigt hätte, wäre das nur vergeudete Zeit gewesen. Denn jede Minute, die ich mich Euch widmen kann, ist mir kostbar.«

Trucido schien die Antwort zu gefallen. Ein leises Kichern war zu hören.

»Ich finde«, schlug Hildir vor, »Ihr solltet nach diesen Unannehmlichkeiten wirklich einmal richtig ausschlafen. Würde es Euch gefallen, wenn ich Euch hier Gesellschaft leistete? Nur für den Fall. Falls Ihr etwas benötigt ...«

Das Angebot wirkte wohl entwaffnend auf den Zauberer, denn das erneute Kichern war von verlegener Art.

»Ich könnte mir nicht vorstellen, was ...«, sagte der Zauberer, aber Hildir war bereits ungefragt an sein Bett gekommen.

»Verzeiht, lasst mich mein Nachthemd noch richtig zuknöpfen«, sagte sie ganz beiläufig. »Es muss sich etwas gelöst haben vorhin.« Sie nestelte umständlich an ihrem Ausschnitt. Als sie schließlich fertig war, sagte sie: »Würdet Ihr kurz hinunter kommen?«

Als wäre es keine Bitte gewesen, sondern ein Befehl, sank der Zauberer in sein Bett hinab.

Hildir fragte: »Wie lange ist es her, dass Ihr Euch einmal richtig entspannen konntet, Trucido?«

Der Zauberer wartete mit seiner Antwort. Wahrscheinlich hatte er keine Ahnung, was er auf so eine Frage überhaupt antworten sollte.

»Sicherlich ewig«, nahm ihm Hildir die schwierige Entscheidung nach der Antwort einfach selbst ab. »Wie wäre das hier?«

Sie fasste seine Hand und rückte ganz nah an ihn. Als sie merkte, dass der Zauberer nur kurz zurückschreckte und sie dann gewähren ließ, lehnte sie sich mit dem Rücken an die hölzerne Kopflehne des Bettes und zog ihn zu sich. »So habe ich es früher auch bei meinem Kind gemacht«, erklärte sie. »Habt keine Scheu. Auch ein Erlöser darf sich ab und an mal ein paar Stunden der Erholung gönnen.«

Vorsichtig führte sie seinen Hinterkopf an ihre Brust und stellte sicher, dass er weich gebettet lag. So hielt sie ihn. Sie merkte, dass sein Herzschlag schneller ging, denn sie beide waren ganz still und regten sich nicht. Nach kurzer Zeit spürte sie, wie Trucido - sachte, so, als könnte es auch ganz unabsichtlich sein - seinen Kopf noch etwas tiefer zwischen ihre Brüste drückte. Sie ließ es zu und streichelte ihm währenddessen behutsam den Arm und den Rücken.

Als sie dort lange schweigend gesessen hatten, drehte Trucido ihr seine Maske zu.

»Verratet Ihr mir nun, wie ich ein Portal zu Decora Nubigena und in andere Welten öffnen kann?«

Hildir ließ sich nichts anmerken, aber sie hatte bereits auf diese Frage gewartet.

»Ich würde Euch alles verraten, Trucido. Und eigentlich ist es ganz leicht: Es geht nur mit bestimmten verzauberten Spiegeln. So wie sie in den Sternenhallen zu finden sind. Man stellt sich in die Mitte, konzentriert sich und sagt laut das gewünschte Ziel seiner Reise. Mit ein bisschen Übung öffnet sich alsbald ein Portal.«

Der Zauberer löste sich aus ihrer Umklammerung und setzte sich auf. »Das kann es nicht sein. Tausendmal habe ich das versucht. Es muss noch ein Geheimnis geben.«

»Oh, ja«, bestätigte Hildir. »Eine Decora Nubigena kann nicht in tausend Jahren erreichen, was Ihr in einer Sekunde mit Eurem kleinen Finger machen könntet!«

»Und doch konnte sie eines öffnen!« Trucidos Stimme bebte.

»Aber dafür könnt Ihr nichts, Herr. Glaubt mir. Es gibt ein Geheimnis, welches Euch diesen Zauber verwehrte.«

Trucido wartete gespannt. Vielleicht war er auch gereizt.

Hildirs Stimme offenbarte nicht den Hauch von Nervosität. Sie sagte: »Nur eine Frau kann ein Portal öffnen.«

Ein paar Sekunden lang erwiderte Trucido nichts. Dann entspannten sich seine Muskeln und er legte sich zurück auf Hildirs Brust. Die Kerzen erloschen.

Er sagte: »Dann ist es ja gut, dass ich nun Euch habe. Bald kehren wir gemeinsam nach Celsa-Stadt zurück.«

Die Königin konnte ihn nicht sehen, aber sie wusste, dass hinter dem Bett auf dem Boden der tote Renkeja lag. Lediglich ein bisschen Blut des alten Königs war in ihr Blickfeld geflossen und schimmerte nun im Mondlicht. Schon komisch, dachte sie. Dabei hatte doch gerade er wissen müssen, dass das Geheimnis der Krone Blut war. Aber wie sie es ihm gesagt hatte: Manchmal war es ganz einfach, die Mächtigen zu Fall zu bringen. Vor allem, wenn sie geblendet waren. Während sie den Zauberer weiter streichelte, lächelte Hildir zufrieden in die Dunkelheit der Kammer hinein.

TEIL 7 – ZWEI FREUNDE

Die Stadt der Geister (2)

»Man könnte glatt meinen, wir wären wirklich in einer Geisterstadt, wenn man euch so anschaut!«

Flacka Seeschwalbe guckte einäugig in fünf gedankenverlorene Gesichter. Enwin Seenfürst, die beiden Zwergenbotschafter Melvin und Rillendi und Hauptmann Unkerich Acerbus sahen wortlos dabei zu, wie die Sternenmaus Karinkina mit ihrer langen spitzen Zunge an den Buchdeckeln der vielen alten und wertvollen Bücher der Botschaftsbücherei leckte. Flacka bemühte sich, wieder ein bisschen Leben in die von den neuen Informationen geradezu erschlagenen Männer zu bringen.

»Enwin, Ihr seid aus einem bestimmten Grund nach Celsa zurückgekommen!«

»*Enwin*«, paraphrasierte der Seenfürst. »Erfrischend, wenn mal jemand das *Seenfürst* weglässt. Oder das *König*.«

»Freut mich, dass ich Euch mit dem Ignorieren der Etikette entgegenkomme«, entgegnete die Piratin spitzfindig. »Aber jemand, der sich während seiner gesamten Regentschaft so vehement gegen jedes Ideal gestellt hat, das unter meiner Flagge hochgehalten wurde, sollte sich nicht wundern.«

Das ließ Melvin wieder zu sich kommen. Er grinste sie bittersüß an. Sie lies sich davon nicht beirren und holte ihn gleich mit ins Boot. »Melvin war auch nie begeistert davon, mit welchem Selbstverständnis Ihr den anderen Völkern gegenüberstandet! Womöglich ist das der Grund, warum Ihr zunächst Rillendi aufsuchtet und nicht uns!?«

Enwin widersprach keineswegs. Er sah stattdessen traurig aus. Melvin aber sagte: »Flacka spricht die Wahrheit. Auch wenn ich Euch König nenne, will ich in diesen Zeiten kein falsches Signal senden! Wenn Ihr gekommen seid, um …«

Unter einigem Ächzen erhob sich der Seenfürst und schnitt Melvin das Wort ab. »Ich entschuldige mich dafür, Kapitänin Seeschwalbe und Botschafter Melvin, wenn ich gegebenenfalls nicht mit dem nötigem

Nachdruck über die vergangenen Wochen und Monate berichtet habe. Der König Enwin, den Ihr kanntet, ist zum ersten Mal im Wüstensand, und zum zweiten Mal im Verlies unter den Sternenhallen zusammen mit König Horellio gestorben. Alles, wofür mein Herz jetzt noch schlägt und was mit Glück vielleicht noch folgt, dient dem einen Ziel: Trucido zu besiegen und allen Völkern den verdienten Frieden zu bringen. Bei den heiligen Hallen von Harandol, so wahr ich hier vor Euch stehe, nehmt dies als mein Ehrenwort!«

Flacka und Melvin sahen sich an. Flacka sagte: »Wie Ihr meint, Enwin. Es ist ein Glücksfall, dass wir nun wissen, wo genau Trucido sich befindet, aber ein weitaus größerer Unglücksfall, da wir ebenfalls wissen, was er dort getan hat und mit wem. Trotzdem erklärt uns nun, was Euch zu uns führt! Woher wusstest Ihr, dass wir in diesem Augenblick hier zu finden sind? Die Botschaft steht in Wahrheit seit Monaten leer.«

Rillendi schaltete sich ein: »Es gibt eine Menge Flüchtlinge aus Celsa, die die abenteuerlichsten Geschichten zu berichten wissen. Es waren natürlich auch welche vom Widerstand dabei, den Kommandant Brien zusammen mit den Elfen anführte. Nach dem gescheiterten Angriff sind wohl nicht alle der Überlebenden mit Euch in diese …« Er stockte. »… neue Welt gekommen. Als Botschafter aber ist es meine Aufgabe, solche Dinge schnellstmöglich zu erfahren. Und gerade in diesen Zeiten ist es hilfreich, seine Augen und Ohren Überall zu haben. In Anbetracht der Information, die wir uns gegenseitig geben können, wollt Ihr da doch nicht widersprechen, Seeschwalbe!«

»Da habt Ihr einen guten Punkt«, musste Flacka zugeben.

Enwin beteuerte: »Und weil in Ukon nichts mehr getan werden konnte und wir Karinkina hatten«, die Sternenmaus machte sich derweil glücklich daran, Bücher in hohem Bogen aus den Regalen zu werfen, »wollten wir auf dem weiten Weg nach M`hidi nichts unversucht lassen, um möglichst alles über die Geschehnisse hier zu erfahren. Zumal uns hier im Augenblick weit weniger Gefahr von Trucido droht.«

Melvin schüttelte den Kopf. »Und Ihr seid ganz sicher, dass *sie«,* er rang nach Worten, »sich mit ihm *zusammengetan* haben?«

Unkerich Acerbus, der Riesenhauptmann, ballte die Fäuste.

»Bei allen Salzkörnern Ukons, ich schwöre es! Ich habe mit eigenen Augen gesehen wie diese Hexe … Wie sie unseren König Walerian …« Ihm versagte die Stimme.

»Schon gut«, sagte Flacka. »Ihr müsst es nicht noch einmal berichten.«

»Dann müssen wir jetzt sofort den anderen Bescheid sagen!« Melvin mahnte zur Eile. »Sie müssen es wissen. *Kiran* muss es wissen!«

Flacka machte ein betrübtes Gesicht. »Wenn sie schon wieder da sind …«

»Und was schlägst du stattdessen vor?«

»Bisher noch gar nichts, mein Lieber, aber ich ahne, worum uns Herr Enwin sogleich bitten wird.« Sie lächelte wissend und ihre Augenklappe machte sie dabei noch verwegener. »Sagt es einfach frei heraus, Enwin. Ich finde, wir sollten wirklich darüber nachdenken.«

Enwin Seenfürst sah in fünf gespannte Gesichter. Selbst Karinkina hielt einen Moment beim Bücherwerfen inne und starrte mit heraushängender Zunge und schiefem Kopf auf den König.

»Wenn das mit den Portalen wahr ist«, und er bemühte sich sogleich darum, seinen mehr oder weniger unausgesprochenen Zweifel abzuschwächen, »was es natürlich ist, dann sollten wir damit schnellstmöglich zu Horellios Witwe reisen. Wer weiß, wie schwer es das Reich der Elfen getroffen hat, aber ist es nicht das, was ihr gerade ohnehin tut - einen Krieg vorbereiten? Vielleicht hat die neue Wüstenfürstin wertvolle Tipps in Bezug auf die Schlacht gegen die Kelpen für uns. Oder sie und all ihre Krieger leben schon längst nicht mehr. Aber dann wüssten wir es wenigstens genau. Wenn ich alles richtig verstanden habe, dann kostet es uns kaum Zeit, dorthin zu springen. Was haben wir zu verlieren? Und ist die beunruhigende Nachricht über Trucido und das Königsgespann aus der anderen Welt es nicht wert, ebenfalls alle Optionen im Blick zu behalten? Zuletzt«, er lächelte müde«, würde meine Bauchverletzung es Euch tausendfach danken, wenn ich nicht noch so eine Strecke auf dem Rücken einer Sternenmaus zurücklegen müsste.« Er schaute verkniffen zu dem großen Tier. »Nichts für Ungut, Karinkina …«

Melvin seufzte. »Ihr habt es Horellio vor seinem Tod versprochen, Enwin, sehe ich das richtig? Ich kannte ihn. Er war ein guter König. Aber ein noch besserer Mann.«

Enwin brauchte gar keine Antwort zu geben.

Flacka zog ihren Hut und ihre Augenklappe in Position.

»Melvin, Schatz, zeigen wir ihnen, wie ein Portal funktioniert!«

Die Stadt Vilcazon

Alles drehte sich. Kreise und Farben verwoben zu Fäden, die wie langgezogene Straßen den Raum überbrückten. Das Licht war in einem, um einen, es war einfach überall. Enwin Seenfürst konnte das Hinweggleiten dieses namenlosen Raumes in seiner Bauchwunde spüren. Ein warmes Ziehen in seinem Körper, der ihn zu einem Teil des Ganzen werden ließ. In der Sekunde, in der er gesprungen war, wusste er, dass alles wahr war. Die verrückte Geschichte des noch verrückteren Melvin Flinkfußes, der jetzt ein Eisenfuß sein wollte. Die unglaublichen Reisen der noch unglaublicheren Flacka Seeschwalbe zu den Schlachtfeldern einer anderen Welt und zum Ursprung der Seepferde, aus denen die Kelpen geworden waren. Der Seenfürst konnte nur erahnen, welches Geschenk ihm das Schicksal gemacht hatte, als er diesen beiden so unverhofft begegnet war. Noch größer hätte dieses Geschenk sicher kaum sein können. Und jetzt war er zusammen mit diesen unverhofften aber willkommenen Mitstreitern, um wenigstens einen Teil dazu beizutragen, dass am Ende doch noch das Gute über das Böse triumphierte. All das und so viel mehr tanzte in Enwins Gedankenkarussell, bis er aus dem Portal fiel und sich der Dschungel um ihn aufbäumte.

Flacka und Melvin waren schon dort, hinter ihm sprangen Hauptmann Unkerich Acerbus, Eiwerink von der Zwergenstube mit seinem strubbeligen kleinen Vogel Yeevi, Kammerdiener Ionathan, Botschafter Rillendi und am Ende die Sternenmaus Karinkina aus dem Portal. Bevor sie hierhergekommen waren, hatte Unkerich Acerbus mit Melvins Portalhilfe noch Ionathan und Eiwerink aus ihrem Versteck in Ukon geholt. Das waren sie den beiden und Yeevi schuldig gewesen.

»Das ist nicht M`hidi«, stellte Melvin zuvorderst trocken fest.

»Deshalb haben wir ja auch entschieden, bloß *in die Nähe* von Königin Hikabes Aufenthaltsort zu reisen«, flüsterte Rillendi, obwohl sie zwischen den dichten Urwaldbäumen sicher niemand hören konnte.

Enwin blickte sich um. Früher wäre er sicherlich darüber in Groll geraten, in welch zwergenfeindliche Umgebung er gekommen war, aber dieser jemand war für immer fort. Es trieb ihm Tränen in die Augen, weil er in diesem Moment anerkennen konnte, wie wunderschön dieser Ort war, und weil er sich gleichzeitig daran erinnerte, dass der alte Enwin diesen oder tausend andere solcher Orte für das Wohl des Zwergenreiches geopfert hätte.

Aber nun musste er stark sein, um seine alten Fehler wenigstens ein wenig abzuschwächen. Er sah sich weiter um: Der Wald platzte beinahe vor Farben. Blüten und Büsche leuchteten, Rinnsale tropften und plätscherten aus den unermesslichen Höhen der Bäume hinab und glänzten dabei, als fielen Bäche von geschliffenem Diamant aus den Baumkronen. Paradiesvögel kreischten auf den grünen Ästen, als wollten sie den kleinen Affen und glotzäugigen Himmelsbärchen antworten, die in Lianenschaukeln turnten und ungläubig die Neuankömmlinge anschrien.

»Ich weiß, wo wir sind!«, sagte Flacka halblaut. »Ich habe von Vanell und Bekassine Geschichten über diesen Ort gehört. Sie deutete schräg nach vorn. Enwin schloss mit den anderen zu ihr und Melvin auf und folgte ihrem Fingerzeig. Dort tat sich im Dschungel ein rundes Panorama auf. Enwin war sich nicht sicher, was er dort sah. Zur Hälfte war es eine gigantische Elfenfestung, zur Hälfte eine uralte Ruine, die der Dschungel mit seinen Pflanzen langsam aufzufressen schien.

»Das«, sagte Flacka«, ist die Stadt Vilcazon.

Karinkina kam von allen naturgemäß am besten voran. Obwohl sie jederzeit hätte wegfliegen können, dachte die Sternenmaus gar nicht daran, sich irgendwie von ihrer neuen Gesellschaft zu trennen. Sie flatterte mit Yeevi neben und über ihnen, schwang sich spielerisch kopfüber an dicken Lianen, jagte vergnügt hinter den eilig in Asthöhlen flüchtenden Himmelsbärchen her, und pfiff dann wieder munter durch ihre knollige Nase zu den Reisenden hinunter, um sie anzutreiben. Die Wasserzwerge, Unkerich und Ionathan hatten derweil ihre liebe Müh, im dichten Unterholz voranzukommen. Es war eine ungeheuerliche Plackerei, auch nur das kleinste Stück gutzumachen. Aber am Ende half es nichts: Wenn sie Königin Hikabe, die offensichtlich hier in der Dschungelfestung Zuflucht gefunden hatte, nicht überrumpeln wollten, mussten sie auf herkömmlichem Wege den letzten Rest des Weges zurücklegen. Melvin half den anderen dabei so gut es ging, denn sein Beinapparat ließ ihn vergleichsweise sicher die Wurzeln, Schlingpflanzen und Sumpflöcher überwinden, die gut versteckt unter den feuchten Blättern verborgen lagen. Auch Unkerich hatte durch seine schiere Stärke und Masse einen Vorteil, und so kämpften sie sich Meter um Meter gemeinsam vorwärts.

»Wie kommen wir denn hinein?« Ionathan ließ sich mehr schieben, als dass er selbst ging. Auch Enwin zerbrach sich darüber den Kopf, denn der Boden wurde immer feuchter, und die bröckeligen Mauern, die in etwa zweihundert Metern vor ihnen ähnlich wie die Urwaldriesen ringsum himmelhoch schossen, offenbarten keinen Eingang ins Innere der alten Festungsstadt.

»Das wird sich bald finden«, erklärte Flacka aufmunternd. »Da sie uns bisher noch nicht erschossen haben, werden uns die Elfen sicherlich bald in Empfang nehmen.«

»Ihr meint …« Ionathan wurde noch blasser um die Nase.

»Das will ich wohl meinen!«, bekräftigte Melvin. »Wir trampeln wie eine Herde Donnerponys durch den Dschungel. Über uns flattert eine Sternenmaus. Ich bin sicher, dass fünf Dutzend Pfeile auf jeden von uns gerichtet sind.«

Melvin und Flacka behielten recht. Sie mussten sich nicht mehr viel länger im Unterholz plagen. Kurz bevor sie auf Steinwurflänge an die Mauer herangekommen waren, ging alles sehr schnell. Das Surren der Flügel kam von allen Seiten. Ein Netz flog durch die Luft und wickelte Karinkina im Flug ein. Sie verhedderte sich und fiel unsanft zu Boden. Aus den Bäumen und aus dunklen Aussparungen in der Stadtmauer, die sie vorher nicht einmal gesehen hatten, schwebten mit Speeren und Bögen bewaffnete Elfen herab. Noch ehe sie richtig reagieren konnten, waren sie bereits umzingelt. Karinkina wand sich verzweifelt in ihrer Falle. Die anderen wagten sich nicht zu regen.

»Wer seid Ihr?«, fragte einer der Elfen. Er trat bedrohlich nahe vor. Mit Sicherheit war er der Kommandant der Truppe.

»Sprecht, oder all Eure Mühen, hierher zu gelangen, waren umsonst!« Sein Speer glänzte bedrohlich in der feuchten Luft. Aber sie kamen gar nicht erst dazu, eine Antwort zu geben, denn ein weiterer Elf trat vor.

»Verzeiht, Hauptmann Villograll, aber den einen kenne ich. Ich war in der Leibgarde des Königs. Das ist Enwin Seenfürst, der König der Wasserzwerge.«

Hauptmann Villograll musterte Enwin von oben bis unten. Ohne Zweifel hatte er eine ganz bestimmte Meinung von ihm.

»Bist du ganz sicher, Djinlio?«

»Das bin ich, Hauptmann.« Der Soldat Djinlio trat wieder an seinen Platz.

»Enwin Seenfürst …« Hauptmann Villograll umrundete den König. Seine Flügel wurden mit jedem Schritt dunkler. »… damit hätte wohl niemand gerechnet. Bevor die Königin Euch und Eure Gesellschaft hoffentlich aufknüpfen lässt, sagt mir bitte noch, wie Ihr diesen Ort finden konntet. Andererseits«, er leckte sich über die Lippen, »vielleicht schweigt Ihr auch noch eine Weile, dann darf ich Euch möglicherweise auf meine ganz persönliche Art und Weise überzeugen, den Mund aufzumachen. Ihr habt einen Fehler begangen, *König*, herzukommen, nachdem ihr Horellio und unser ganzes Reich verraten habt.«

Enwin spürte, wie ihm die Verachtung in Hauptmann Villogralls Stimme durch Mark und Bein ging. Und das Schlimmste war: Er hatte sie verdient. Er schluckte. Die Zeit war gekommen. Jetzt kam es darauf an, einen Teil seiner Verfehlungen wieder gutzumachen.

»Ich möchte Euch nicht widersprechen, Hauptmann Villograll.« Er neigte reuig seinen Kopf. »Und keinesfalls möchte ich hier oder anderswo irgendeine meiner früheren Entscheidungen entschuldigen. Aber das meine Begleiter und ich hier sind, hat einen guten Grund. Wir sind gekommen, um Euch allen und der Wüstenfürstin die letzte Kunde von Eurem König zu bringen.«

»Dann ist er wirklich …« Villogralls Augen weiteten sich.

Enwin nickte betroffen. »Ihr habt mein höchstes Mitgefühl«, sagte er mit fester Stimme.

Der Elf war atemlos. »Und Ihr wart …?«

»Ich war dort, ja. Ich weiß, wie und wo es mit ihm zu Ende ging. Ich bitte Euch deshalb inständig, mich zur Königin zu bringen. Seht, wir stellen keine Gefahr dar. Wir wollten uns nicht verbergen. Und ich komme ohne meine Krone.« Er wagte es, dem Hauptmann ins Gesicht zu sehen. »Aber da ist noch mehr. Verschafft uns zutritt, dann erfahrt Ihr alle, wie wir Euch hier haben finden konnten!«

Königin Hikabes Flügel waren unter einem dicken, purpurnen Umhang verborgen. Ihr langes, grauschwarzes Haar mit den Edelsteinspangen hing ebenso schwer herab und die zahlreichen, zur Zierde auf ihr grünviolettes Königinnenornat gesetzten Gemmen mussten sie gleichfalls bedrücken. Nichtsdestotrotz stand sie hoch erhoben und mit der Krone der Wüstenfürstin vor Enwin und den anderen und sah sie aus traurigen, dunkelbraunen Augen an.

»Ich dachte immer, diese Krone sei das Letzte, was mir von ihm geblieben wäre.«

Hikabe ging die bröckelnde Treppe herab, die im Herzen der großen und alten Ruinenstadt Vilcazon hinauf auf ihren Thron führte. In der

Königshalle fraßen sich Ranken durch das Gestein, die mit ihren blutroten Blüten die Wände wie Teppiche verkleideten. Runde Springbrunnen hatten hier einst gesprudelt, nun waren die Becken bis auf kleine Wasserlachen weitgehend leer. »Aber wie es scheint, habt Ihr mir noch eine weitere Erinnerung von meinen Mann gegeben, so unwahrscheinlich das auch klingen mag.«

Ein nicht gerade kleiner Hofstaat hatte sich ebenfalls versammelt, dazu eine beachtliche Truppe Soldatinnen und Soldaten, die die Seiten der Königshalle flankierten, darunter auch Hauptmann Villograll und seine Männer.

Hikabe war nun in der Mitte des Raumes angelangt.

»Flacka Seeschwalbe, die berühmte Piratin, ein Zwergenstubler, ein Kammerdiener und ein Hauptmann des gefallen Salzfürsten, gleich zwei Botschafter. *Und* der Seenfürst höchstpersönlich. Das ist so unglaublich, dass ich geneigt bin, Euch Eure restliche Geschichte zu glauben. Einfach, weil Ihr hier leibhaftig vor mir steht.«

Enwin wollte sprechen, aber sie sah ihn scharf an, also schwieg er.

»Ihr und Eure Gefährten habt mir nun dieses wahnsinnige Abenteuer berichtet. Doch nun bin ich dran. Was, König Enwin, glaubt Ihr, haben wir verloren?«

Enwin biss die Zähne zusammen.

»Ihr habt Männer und Frauen verloren. Ihr habt Euren König verloren …«

Hikabe durchschnitt sein Flüstern und fuhr ihn an und ihre Stimme hallte im bröckligen Stein wider.

»Alles!«, rief sie. »Wir haben einfach alles verloren!«

Sie kam ihm nun ganz nahe. »Mein Mann kam zu Euch, bevor er wegen Eurer Selbstüberschätzung starb. Das wisst Ihr nur zu gut! Aber wisst Ihr auch, was mit ihm starb?«

Enwin wusste, dass sie keine Antwort von ihm wollte. Jedenfalls jetzt noch nicht.

»Unser ganzes Reich!«, rief sie. »Ihr wart nicht dabei, als die Aprikosentürme M`hidis brannten. Der Zauberer und seine Monster ließen nur Ruinen zurück. Und die, die überlebten, haben M`hidis Ruinen gegen eine neue Ruinenstadt getauscht. Vielleicht hätten wir es zusammen schaffen können. Zumindest eine Chance gehabt. Die Elfen und Zwerge vereint gegen den Zauberer. Aber wir waren allein, als die Monster des Nachts aus den Flüssen stiegen. Dabei hat Horellio Euch doch darum gebeten … Sagt es mir, Enwin Seenfürst, war es das wert?«

Alles war ganz still. Nur Hikabes Atmen war in der Halle zu hören, sonst nichts. Enwin erinnerte sich an die unzähligen Gesichter von so vielen Elfen, die ihn wütend angestarrt hatten, während sie durch die Straßen und Gärten Vilcazons geführt worden waren. Es hatte schnell die Runde gemacht, wer er war. Wahnsinnig schnell. Enwin sah auch die Gesichter seiner sterbenden Zwergenarmee. Er sah Elli. Er sah Horellio. Er sah die Maske des Zauberers.

»Nein, Königin«, flüsterte er. »Das hat es nicht.«

»Nein, das hat es nicht«, wiederholte sie müde. »Natürlich nicht.«

Enwin sagte: »Und doch hat Horellio seine letzte Kraft dazu genutzt, um mich zu retten. Ihm ist es zu verdanken, dass ich hier vor Euch stehe.« Er blickte zu Hikabe auf. »Und auch wenn es vielleicht vermessen klingt, dies hier vor Euch zu sagen: Es ist noch jemand gestorben.«

Nun sah er sich selbst. Einen alter Zwerg, den er selbst nicht mehr für einen König hielt.

»Ich habe es bereits meinen Begleitern gesagt: Den alten Enwin Seenfürst gibt es nicht mehr. Ich bitte Euch als geläuterter Zwerg: Lasst den Tod so vieler Unschuldiger, seien es Zwerge oder Elfen, seien es einfache Männer und Frauen oder sei es König Horellio selbst - lasst deren Tod nicht das schreckliche Ende sein, das der Zauberer für diese Welt vorgesehen hat. Lasst uns dem Wunsch Eures Mannes nachkommen und kämpfen. Nur dieses Mal zusammen. Folgt uns, und der Rest dieser Kämpfer bekommt eine zweite Chance auf Sieg und Frieden. Helft uns, Hikabe, so wie wir hier stehen, und helft allen Völkern. Ihr habt es wie ich mit eigenen Augen gesehen: Jedes Schwert und jeder Speer zählt! Helft Euren Elfen, die bereits so viel bezahlt haben, wieder nach vorn zu blicken. Ich bitte Euch, Wüstenfürstin.«

Enwin wusste, dass es, wenn es überhaupt eine Chance gab, noch einer großen Geste bedurfte. Die aber fiel ihm nicht schwer. Seine Gedanken waren bei Horellio und bei allen anderen, für deren Tod er mitverantwortlich war. Er ließ sich vor Hikabe auf die Knie fallen. Ein Raunen ging durch den Raum. Noch nie war ein Zwergenkönig vor einem Elfen auf die Knie gegangen. Aber die alten Zeiten waren vorbei.

»Kommt mit zur Himmelsfürstin, Hikabe. Lasst uns Euch den Portalzauber zeigen. Ich aber stelle mich in Eure Dienste.«

Im Zwergenwasser (1)

Die Panik in Finns Herzen machte seine Armschläge lang und länger. Er tauchte tiefer hinab in das dunkle Wasser, immer tiefer, und der senkrecht nach unten führende Teich schien kein Ende mehr zu nehmen. Bald war er so weit unten, dass es kein Zurück mehr gab, und er war für einen flüchtigen Augenblick fast sicher, dass sein Vater tot war. Er teilte das Wasser mit noch gewaltigeren Armen, aber es dauerte nicht mehr lange, da schien auch er näher dem Tod als dem Leben zu sein. Seine Luft ging rasant zur Neige. Er konnte noch Sekunden so weitermachen, aber mehr nicht. Vielleicht konnte er sich einen oder zwei Herzschläge lang erholen, um dann noch einmal mit mehr Kraft ein rettendes Luftloch zu erreichen! Aber wo sollte das sein? Gab es hier unten so etwas überhaupt? Es grenzte an ein Wunder, dass Finn sich zwingen konnte, ruhiger zu werden, so dringend brauchte er Luft. Sterne tanzten vor seinen Augen. Er konzentrierte sich. Eine letzte Anstrengung! Vielleicht war dort unten etwas … Doch plötzlich kam Bewegung in das träge Wasser! Als er sich selbst nicht mehr rührte, erfasste ihn ein Sog, der zuvor nicht dort gewesen war. Immer schneller riss es ihn mit. Finns Lungen wollten platzen, aber er schloss seine Augen und dachte an alles, was er bisher geschafft hatte. Er konnte auch das schaffen! Er konnte es … konnte es … Er brauchte … nur zu atmen … atm…

Und dann tauchte er auf! Finn wurde beinahe ohnmächtig, so heftig sog er die Luft ein und atmete. Einatmen, ausatmen! Und noch ein Atemzug! Langsam kam das Leben ihn in zurück. Finn riss sich zusammen. Einen Moment musste er überlegen, wo er überhaupt war. Und warum. Aber dann dämmerte es ihm. Es ging um seinen Vater! Wenn er selbst es nur so knapp geschafft hatte, dann …

Finn probierte zu stehen. Es klappte. Er konnte aufstehen, auch wenn seine Beine wackelig waren. Tropfnass watete er langsam vorwärts. Das Wasser reichte ihm bis zur Mitte der Oberschenkel. Von einem Tunnel, durch den er gekommen war, fehlte jede Spur. Er schien in einer Art unterirdischer Höhle zu sein. Vielleicht war er aus dem Wassertunnel herausgefallen oder gerutscht. Aber es war bloß eine Vermutung, denn über ihm hing undurchsichtiger Dunst unter einer verborgenen Decke.

»Dad?« Finn keuchte mehr, als das er rief. Er spuckte Wasser aus. Doch seine Stimme erholte sich rasch. »Dad, bist du hier? Ich bin es!«

Aber Thomas Ritter gab keine Antwort. Finn bekam es mit der Angst zu tun. Vielleicht lag die Leiche seines Vaters irgendwo unter der Oberfläche dieses dunklen Sees. Vielleicht würde er im nächsten Augenblick auf den leblosen Körper treten …

Die Vorstellung allein ließ ihn taumeln. Er zitterte. Es war kalt. Wie groß war diese Höhle? Alles sah gleich aus. In welcher Richtung sollte er suchen? Ein diffuses Licht sorgte dafür, dass es nicht stockfinster war, aber woher es kam, wusste Finn nicht.

»Dad?«

Jetzt flüsterte Finn. Er hatte solche Angst, wieder keine Antwort zu bekommen. Doch diesmal bekam er eine. Wenn auch nicht jene, die er erwartet hatte.

»Hier, Finn! Ich bin's«, sagte Kiran und wankte bleich wie eine Wasserleiche auf ihn zu.

Finn starrte ihn an. »Warum bist du hier?«, presste er hervor.

»Du bist wirklich der größte Ignorant und Dummkopf von allen!« Kiran hatte Mühe, sich auf den Beinen zu halten. Er rang immer noch nach Luft.

»Du willst Decora beeindrucken!«

»Eigentlich sollte ich dich dafür ertränken, Finn, dass du so etwas auch nur denkst!«

»Warum dann?«

»Ich bin nur gesprungen, um …!«

»Um was zu tun?«

»Du merkst es nicht, oder?«

»Was genau denn? Das alles den Bach runtergeht? Wir, Decora …« Finn hatte Tränen in den Augen.

Kiran rang nach Worten: »Du sagst es. *Wir!* Decora, Woti, Raukelunk. Egal, wer von uns! Wenn einer springt, dann springe ich hinterher. Wir sind …«

»Was sind wir?« Finn war atemlos.

»Wir sind …«

Ein Röcheln unterbrach den jungen König.

»Ich störe nur ungern, Jungs, aber ich bin echt froh, dass ihr hier seid! Habt ihr diesen falschen Zwerg da oben erwischt?«

»*Dad*!«

Finn ließ Kiran links liegen und fiel seinem Vater um den Hals. Beinahe stürzten sie zurück ins Wasser.

»Vorsicht! Ich bin etwas wackelig auf den Beinen. Dieses Gegengift hat es mindestens so in sich wie das Zeug, das Brien mir gegeben hat«, sagte Thomas Ritter.

Kiran kam heran und stützte ihn mit einiger Mühe. Er sah aus, als käme er nicht mehr mit. »Wovon sprichst du?«

Thomas wedelte mit einem leeren Fläschchen, auf dem ein feuchtes Etikett kaum noch zu lesen war.

»Breitbandantidot«, sagte er knapp.

Kiran und Finn standen die Fragezeichen ins Gesicht geschrieben.

»Eigentlich gegen alle möglichen Schlangenbisse. Hab es noch aus Venezuela zufällig in der Tasche gehabt. Barbara und ich hatten beide eins. Verfluchter Jager und seine Scharade! Hätte nicht gedacht, dass ich es tatsächlich brauchen würde.«

»Bitte der Reihe nach, Thomas!«

Kiran beugte sich nach vorn und stemmte erschöpft die Hände auf die Oberschenkel. »Ich dachte, du, ach was, ich dachte, *ihr* wolltet die Schlüssel finden, um an diese Waffe zu gelangen.«

»Das dachte ich auch!«, bekräftigte Finn.

»Ihr denkt, ich wäre *freiwillig* hier runtergetaucht?« Sein Lachen ließ ihn schwanken, so entkräftet war er. »Ich muss euch etwas Wichtiges erzählen. Aber bevor ich anfange - ihr habt nicht zufällig ein paar Spiegelscherben dabei, damit wir das oben bei den anderen machen können?«

Kiran schüttelte den Kopf.

Finn sah bestürzt aus. Er sagte: »Es war keine Zeit. Ich dachte, ich müsste dich retten. Es tut mir leid.«

»Wage es nicht, dich zu entschuldigen!« Thomas nahm seinen Sohn in den Arm. »Und du kommst auch her, Kiran!« Der König zierte sich, aber Thomas zog ihn einfach dazu. Dann drückte er sie beide an sich. Als er sie wieder losgelassen hatte, sagte er: »Wie es aussieht, müssen wir uns alle drei retten. Kommt, gehen wir los und sehen, ob wir irgendeinen Anhaltspunkt finden können. Es muss ja einen Ausgang hier unten geben. Und auf dem Weg erzähle ich euch etwas mehr über unseren Freund Brien.

Finn und die beiden anderen setzten mühsam einen Fuß vor den anderen. Das Wasser machte das Gehen unglaublich anstrengend.

»Je länger ich darüber nachdenke, scheint es mir gewisser zu sein, dass Brien auch hinter Bekassines Tod steckt«, sagte Kiran nach einer Weile.

»Aber abgesehen hatte er es eigentlich auf Decora. Er wollte sie vergiften! Aber warum?«

»Ist das wichtig?« Finn fletschte die Zähne. »Er ist ein verfluchter Mistkerl! Wenn wir hier jemals wieder herauskommen, dann ...«

»Dann wird er seine gerechte Strafe bekommen!«, nahm Thomas seinem Sohn das Wort aus dem Mund.

»Ich hätte es ein wenig anders formuliert«, knurrte Finn.

»Ich weiß«, sagte sein Vater ernst. »Deshalb ja. Aber um überhaupt an so etwas zu denken, haben wir ein ganz anderes Problem. Und Brien glaubt derweil, sein Ziel erreicht zu haben. Mich hält er sicher für tot und bei euch hofft er, dass euch diese Katakomben entweder ebenfalls den Garaus machen, oder dass ihr ihm auf dem Rückweg die Schlüssel bringt. Der Zwerg würde wahrscheinlich vor Wut im Dreieck hüpfen, wenn er wüsste, dass ich noch bei euch bin. Für den Moment ist er uns jedenfalls alle drei los.«

»Im Dreieck?« Kiran schien seinem Tonfall nach zu urteilen nicht sicher, ob es sich lohnte, weiter darauf einzugehen.

Aber es ließ ihn dann doch nicht los. Er fragte: »Wieso sollte er so etwas machen?«

»Vergiss es«, lächelte Thomas matt. »Das ist wie die Sache mit dem springenden Punkt, stimmt's Finn?«

Als Finn seinen Vater hörte, dachte er an Decora und den Lampignon-Wald. Damals waren ihre Probleme irgendwie *einfacher* gewesen.

»Der springende *was*?«, fragte Kiran.

»Zerbrich dir nicht den Kopf«, witzelte Thomas. »Sonst ist das Kind bald wirklich in den Brunnen gefallen.«

»Thomas, *wir* sind gefallen. Und zwar in einen ...« Doch da verstand er, dass Finns Vater ihn aufzog. Wie beiläufig sagte er: »Da wird doch der Hund in der Pfanne verrückt.«

Thomas blieb erstaunt stehen. »Diese ganze Zeit auf der Erde - und das merkt er sich?«

Finn schwieg.

Sein Vater versuchte es noch einmal: »Aber das hat er bestimmt von deiner Mutter, was Finn?«

Kiran konnte sich ein Grinsen nicht verkneifen.

Finn aber hatte keine Lust mehr darauf. »Wollt ihr noch länger so weitermachen, oder versuchen wir ernsthaft, einen Weg raus zu finden? Wir sollten überhaupt nicht hier sein!«

Kirans Züge wurden wieder hart. »Der Dritte Engel hat gesprochen. Also Spaß beiseite.«

Finn wollte etwas entgegnen, aber Thomas kam ihm eilig zuvor. »Sagt mal, wie lange sind wir eigentlich schon unterwegs? Ich glaube nicht, dass wir so weiterkommen.« Er blieb erneut stehen. »Vielleicht trügt mich das Zeitgefühl auch schon, aber das war doch jetzt mindestes eine Stunde.«

Auch die anderen machten Halt.

Missmutig stimmte Finn ihm zu: »Es fühlt sich so an, als würden wir überhaupt nicht von der Stelle kommen. Oder im Kreis gehen. Wie groß kann diese Höhle schon sein?«

»Der ganze Ort ist verzaubert«, vermutete Kiran.

Finn maulte: »Was du nicht sagst. Was wir brauchen, ist ein Plan!«

»Was *du* nicht sagst!«, gab Kiran gereizt zurück.

»Langsam, ihr beiden!« Thomas stellte sich zwischen sie. »Vielleicht gehen wir wirklich im Kreis. Möglicherweise können wir Markierungen zurücklassen, die ...« Doch da veränderte sich plötzlich sein Gesicht. »Merkt ihr das auch?«

Finn hatte keinen Schimmer, wovon er sprach.

»Das Wasser!«, sagte Thomas und bückte sich. Er war mit einem Mal ganz aufgeregt. »Ich habe es nicht gemerkt, als wir gingen. Aber es gibt eine Strömung. Ich bin ganz sicher. Konzentriert euch, dann merkt ihr es auch!«

Finn versuchte, sein Augenmerk nur auf das Wasser zu legen, das ihn sanft umspülte. In der Tat: Nach ein paar Augenblicken konnte auch er es spüren.

Kiran sagte: »Dass wir das nicht bemerkt haben! Es fühlt sich an, als wären da Wellen. Aber unter der Oberfläche.«

»Oder Strudel, die seitwärts gehen«, bestätigte Finn.

»Folgen wir ihnen!«, schlug Thomas vor.

Finn und Kiran sahen sich an. Dann nickten beide.

»Sehr gut! Das ist ein Plan!« Thomas sah die beiden jungen Männer versöhnlich an.

Finn verstand sehr gut, dass sein Vater einen Streit zwischen ihm und Kiran verhindern wollte. Wie zum Beweis sagte Thomas betont hoffnungsvoll: »Wir werden schon einen Ausweg finden. Es wird auch ohne das Buch aus der Truhe funktionieren.«

Ganz langsam wateten sie weiter und versuchten alle paar Meter, die Richtung der Wellenbewegungen auszumachen. Es funktionierte mehr schlecht als recht, aber es funktionierte. Zumindest war es das Beste, was sie gerade tun konnten.

Nach einiger Zeit sagte Thomas: »Sammeln wir auf dem Weg jetzt eigentlich diese Schlüssel ein?«

Eine ganze Zeit versuchten es die drei mit ihrer Taktik. Erfolgreich waren sie aber nicht. Es gelang ihnen zwar, der Strömung zu folgen, aber auch nach einer gefühlten Ewigkeit blieb unklar, mit welchem Ziel sie das taten. Das immer gleiche Wasser und die scheinbar endlose Höhle veränderten sich kein Stück. Sie wurden zusehends unruhiger.

»Ich glaube nicht, dass die anderen mit einem Portal kommen werden.« Thomas sprach mehr zu sich selbst. »Sie können ja nicht wissen, wie es hier unten aussieht. Sie müssten damit rechnen, in irgendeinen Unterwassertunnel zu springen und zu ertrinken.«

Das leuchtete auch Finn und Kiran ein. Das machte ihre Situation natürlich noch heikler. Irgendwann brannten ihre Oberschenkel vom ständigen Wasserwiderstand regelrecht und ihre nassen Hosen scheuerten ihre Beine blutig.

»Das hat keinen Sinn!« Endlich blieb Finn stehen. Er war ganz außer Atem.

Seinem Gesicht nach urteilen tat Kiran sich schwer damit, ihm zuzustimmen, aber er sagte: »Das glaube ich auch.«

»Und wollen wir deshalb einfach stehen bleiben und uns geschlagen geben? Ich dachte, ihr hättet schon schwierigere Prüfungen gemeistert!« Thomas sah sie mit einer seltsamen väterlichen Strenge an.

»Natürlich nicht«, erklärte Kiran, als fühlte er sich ertappt. Diesen Vorwurf konnte er natürlich nicht auf sich sitzen lassen. »Aber wir sollten darüber nachdenken, welche Möglichkeiten wir noch haben. Wenn hier Schlüssel versteckt sind, dann muss man auch rankommen.«

»Und wieder rauskommen«, ergänzte Finn.

»Eben. Aber das, was wir jetzt tun, führt offensichtlich nicht zum Ziel.«

Unschlüssig sahen sie sich um.

»Vielleicht tut sich ja erst nach einer bestimmten Zeit etwas«, mutmaßte Finn. »Oder es hat was mit der Tageszeit zu tun und wir sind zu früh oder zu spät.«

»Oder es ist etwas ganz anderes. Wenn wir doch nur das Buch hätten! Warum war ich nur so leichtgläubig?!« Thomas kniete sich hin, um zu verschnaufen. Unschlüssig fuhr er mit seiner Hand durchs Wasser. »Moment mal, seht ihr das da vorne auch?«

Finn und Kiran hockten sich neben ihn.

»Da!« Thomas deutete ins Wasser.

Finn sah das Schimmern sofort. Sein Vater zögerte nicht. »Sei vorsichtig!« Sein Herz klopfte schneller.

Thomas rief: »Macht euch bereit!«

»Wofür?« Kiran war misstrauisch.

»Hoffentlich auf etwas Gutes!« Dann fasste Thomas beherzt ins Wasser. Er sah überrascht aus. »Damit habe ich nun nicht gerechnet.«

Als er sich wieder erhob, lag sein Speer in Thomas' Hand. Auf dessen Edelsteinspitze glitzerten Wassertropfen. »Brien muss ihn in den Teich geworfen haben, um seine Spuren zu verwischen. Ich frage mich …« Noch bevor er zu Ende gesprochen hatte, begann die Waffe schon zu zucken.

Es war verrückt, aber wie schon in Venezuela oder beim Sarkophag schien der Speer auch hier in der Lage zu sein, einen Weg aufzuzeigen, der dem bloßen Auge verborgen war. Rasch eilten sie vorwärts. Ihr neuer Wegweiser stimmte sie wieder zuversichtlich. Ihre Kräfte kamen zurück. Meter um Meter ging es vorwärts, immer dem Speer nach. Zwar erkannten sie kein Muster darin, aber das hieß nicht, dass die abrupten Richtungswechsel nicht nach einem bestimmten Schema verliefen, das sie aus ihrer misslichen Lage herausführte. Thomas ging zuvorderst, Finn und Kiran folgten ihm. Es dauerte nicht lange, da schimmerte vor ihnen wieder ein Licht. Erst noch schwach, dann immer deutlicher.

»Ist das …?«

»… die Höhlenwand!«, beantwortete Kiran Finns Frage.

Finn kniff ungläubig die Augen zusammen. »Aber wie haben wir die nicht selbst finden können?«

»Lass uns nicht versuchen, irgendeinen uralten Zauber zu verstehen, Finn.« Kiran sah ihn herausfordernd an. »Es gibt ja auch sonst viele Dinge, die wir nicht verstehen.«

Finn entgegnete: »Komisch, warum hört sich dein netter Rat dann wie ein Vorwurf an?«

Kiran kam nicht zum Antworten. Denn wieder unterbrach sie Thomas: »Jetzt weiß ich, was das ist!«

Die Höhlenwand erhob sich vor ihnen. Ein paar Meter über ihnen begann sie sich zu wölben, schien aber auch nach der Wölbung noch um einiges höher zu reichen, als sie von ihrem Standpunkt aus sehen konnten. Interessanter war ohnehin das, was sich vor ihnen offenbarte: Auf Brusthöhe ragten zwei hölzerne Hebel aus Schlitzen im Stein. Eine Apparatur oder dergleichen war nicht zu sehen.

Finn versuchte, nicht an Kirans Kommentar zu denken. Stattdessen untersuchte er sogleich die Hebel. »Da ist was drauf.« Ein paar Augenblicke später lachte er bitter. »Wenn das nicht mal ein übler Scherz ist.« Auf dem linken Hebel war ein Schlüssel abgebildet. Auf dem rechten ein

Schlangenkopf mit bedrohlichen Fangzähnen. »Ich bin für den Hebel mit Schlüssel«, sagte er trocken.

Kiran fragte: »Thomas, was sagt dein Speer dazu?«

»Jetzt?«

»Komm schon, worauf wartest du?« Kiran wurde ungeduldig.

Sie hatten sich nach kurzem Hin und Her dafür entschieden, tatsächlich den Schlüsselhebel zu ziehen. Der Speer half ihnen leider nicht weiter, denn der zeigte abwechselnd auf beide Hebel.

Finn spürte die Schweißtropfen auf seiner Stirn. Worüber dachte er noch nach? Entweder sie hatten Glück, oder …

Er hielt die Luft an. Kiran und Thomas behielten die Umgebung im Auge. Den Speer hatte Thomas Kiran gegeben. Für alle Fälle. Aber natürlich war da nichts. Die Höhle war zwar unheimlich, trotzdem war sie leer und still. Wie schon die ganze Zeit. Finn zog den Hebel.

»Ist was passiert?« Kiran drehte sich zusammen mit Thomas wieder um.

»Keine Ahnung. Ich glaube nicht.« Finn schaute erst planlos auf die Hebel, dann über das Wasser und in die Höhle. »Vielleicht ist er kaputt.«

Urplötzlich fiel etwas von oben zwischen sie. Finn zuckte zusammen. Ein Platschen war zu hören, als der Gegenstand ins Wasser fiel.

»Kam das von der Decke? Ein Stein?« Thomas kniff die Augen zusammen und versuchte im Wasser etwas zu erkennen.

»Kann das wirklich so einfach sein?«, murmelte Kiran. Er bückte sich. Seine Hand verschwand unter der Wasseroberfläche.

Er tastete den Grund ab. Dann zog er sie wieder hinaus. In seiner Handfläche lag ein Schlüssel. Er sah genauso aus wie die sechzehn, die sie schon hatten.

»Fehlen noch drei«, sagte er humorlos.

»Aber wir sind immer noch gefangen«, sagte Finn.

»Ich weiß schon, worauf das hinausläuft«, sagte Thomas.

Alle drei blickten den Schlangenhebel an.

Kiran schnaufte. »Was soll's!«

Er stand auf, atmete durch und zog kräftig am Hebel.

Zuerst geschah nichts.

»Gerade hat es auch einen Moment gedauert.« Finn versuchte im fahlen Licht mehr zu erkennen. »Aber wenn hier eine Schlange wäre, hätten wir das doch merken müssen.«

Er hatte sich zu früh gefreut. Mit einem Mal kam das Wasser um sie herum in Bewegung. Aus den Tiefen der Höhle gurgelte und sprudelte es.

»Das Wasser steigt!« Kiran klang alarmiert. Er steckte den Schlüssel ein und fasste Thomas' Speer fester.

Jetzt ging alles in Sekundenschnelle: Das Wasser rauschte förmlich höher, bald stand es ihnen bis zum Hals, bald mussten sie schwimmen. Selbst Kiran konnte nicht mehr stehen. Eine Strömung drückte sie weiter von der gewölbten Höhlenwand in das, was nun ein richtiger See geworden war. Von der Wand war nichts mehr zu sehen. Dann ebbte das Gurgeln abrupt ab.

Finn spuckte einen Schwall Wasser aus.

Irgendwo vor ihnen war ein lautes, absolut furchteinflößend hässliches Zischen zu vernehmen.

»Ich hab ein furchtbares Gefühl«, sagte Thomas.

Wenn Finn eines hasste, dann war es, die Gefahr nicht zu sehen.

»Seht ihr etwas?« Er hörte die eigene Panik in der Stimme seines Vaters.

»Ruhig bleiben«, gurgelte er verzweifelt.

Das Wasser hatte sie auseinandergetrieben.

»Ich kann nichts sehen!«, rief Thomas. »Ich glaube, hier ist was!«

»Verflucht!« Kiran war nicht weit von Finn entfernt. Er prustete Wasser. »Der Speer nützt mir nichts!«

Finn paddelte einfach drauflos. Sein Puls raste. Das Wasser war trüb. Nichts war zu erkennen. Dann riss die Wasseroberfläche vor ihm auf. Der riesige, gewundene Körper einer Schlange schob sich aus dem Wasser und tauchte wieder unter.

Finn war wie in Schockstarre. Das war ihr Ende. Kein Zweifel.

»Schwimmt weg!« Er hörte Kiran wie durch Watte. »Vielleicht kann ich sie ablenken!«

Was hatte Kiran gesagt? Er wollte *was* tun? Die Schlange ablenken? Wollte er sich dazu vielleicht fressen lassen? Finn riss sich zusammen.

»Kiran, nicht!«, rief er.

Aber aus den Augenwinkeln sah er, wie sein Gefährte mit dem Mut der Verzweiflung untertauchte. Wieder ertönte das Zischen, das Finn beinahe aus der Haut springen ließ, diesmal ganz nah. Er ruderte herum. Der grünschwarze Kopf des Monsters ragte aus dem Wasser: Dunkel schimmernde Augenschlitze, groß wie ein Unterarm, starrten ihn von oben herab an. Einen Augenblick stand die gigantische Schlange ganz still. Dann riss sie ihr Maul auf. Wasser und andere Flüssigkeit, die mit Sicherheit kein Wasser war, spritzten Finn entgegen. Er versuchte auszuweichen und schaffte es gerade so. Mit ausgefahrenen Giftzähnen platschte der Schlangenkopf zurück unter die Oberfläche. Dafür kam der Schlangenkörper zum Vorschein. Finn zählte fünf lange, baumstammdicke Windungen und ein dünneres Stück Schwanz, die hintereinander auf- und abtauchten. Das Wasser schäumte auf und warf Blasen. Die Schlange war unter ihm!

»Finn, hierher!« Sein Vater rief von irgendwo. Aber in diesem Augenblick dachte Finn an Kiran. Er war wahnsinnig. Verrückt. Er wollte sich für sie opfern. Aber da hatte er die Rechnung ohne Finn gemacht! Immerhin hin waren sie …

»Schwimm, Dad!«, rief er. »Ich komme nach!«

Er wartete nicht auf eine Antwort. Stattdessen tauchte er ab. Zu Kiran.

Kaum etwas war zu erkennen. Doch dann schob sich das gewaltige Ungetüm an ihm vorbei. Was zum Henker wollte er eigentlich tun? Verzweifelt sah er sich nach Kiran um. Und dann entdeckte er das fahle Leuchten der Speerspitze. Finn schwamm darauf zu. Er erreichte Kiran, bevor einer von ihnen auftauchen musste. Kiran bemerkte ihn. Er gab ihm ein Zeichen. Finn verstand nicht. Vor Kiran tauchte der Schlangenkopf auf. Der aber rührte sich nicht. Er sah Finn bloß an. »Die Schlange!«, rief Finn. Aber seine Worte drangen nicht durch das Wasser. Kiran lächelte. Die Schlange riss ihr Maul auf. Wie ein gewaltiges Geschoss hielt sie auf ihn zu. Der Speer leuchtete der Schlange den Weg. Die Fangzähne blitzten auf. Einen Sekundenbruchteil sah es aus, als würde der schwimmende Kiran wie schwerelos zwischen den Zähnen des Monsters schweben. Dann schnappte das Maul zu. Das Monster verschlang Kiran. Der Körper wand sich an Finn vorbei. *Kiran …*

Wieder kam das Wasser in Bewegung. Finn wurde mitgerissen. Ein Sog zog ihn runter. Oder nach vorn. Finn hatte keine Orientierung. Er sah nur Dunkelheit. Wo war die Schlange? Wo war sein Vater? Ein gewaltiges Schlürfen und Dröhnen drang dumpf an sein Ohr. Ein weiterer Strudel erfasste ihn. Sein Körper wurde herumgewirbelt. Oben und unten waren nicht mehr zu unterscheiden. Dann schlug er auf. Er war immer noch unter Wasser. Das Wasser presste ihn gegen Stein. Wieder das Schlürfen! Und dann ging das Wasser weg. Sein Kopf fand die Wasseroberfläche. Finn holte Luft. Er sah nur verschwommen. Jetzt floss das Wasser noch rascher ab. Er saß auf dem Boden. Da waren Fliesen. Alte, schimmlig-modrige Fliesen. Er blinzelte den Schleier, der auf seinen Augen war, weg. Er war in einem Tunnel. Von der Höhle war keine Spur. Die Kacheln an der Wand glommen dunkelblau, fast schwarz, und sie warfen ein unbeschreibliches Licht in den Tunnel, das zugleich hell und dunkel zu sein schien. Ein Stück vor ihm saß ebenso verdattert sein Vater. Und daneben saß …

»Kiran!« Finn sprang auf und wäre fast wieder hingefallen, so schwindlig war ihm. Sein Gefährte grinste ihn an, sah dabei aber beinahe ebenso verdattert aus. In der einen Hand hielt er Thomas' Speer. In der anderen Hand einen zweiten Schlüssel.

»Wie hast du das gemacht?«, keuchte Finn.

»... und deshalb glaube ich auch nicht, dass das eine echte Schlange war«, schloss Kiran.

Thomas machte große Augen. Sie saßen immer noch dort, wo das Wasser sie hingespült hatte.

»Und das hat dir mein Speer gezeigt?«

»Naja«, sagte Kiran beinahe entschuldigend, »ich musste es wenigstens versuchen. Der Speer zeigt seinem Träger ganz offenbar den Weg oder zumindest spürt er magische Signaturen auf. Und weil er schnurgerade auf dieses Ding zeigte, dachte ich, das Ganze wäre nur so zu lösen.«

»Dich verschlingen zu lassen?« Finn zog seit langem zum ersten Mal wieder seine Braue hoch. »Du hast mir einen ganz schönen Schrecken eingejagt.«

»Umso besser!«, antwortete Kiran im ernsten Tonfall. Finn war sich nicht sicher, ob Kiran ihn im Halbschatten angrinste. Doch es fühlte sich so an.

»Irgendwie musste man das ja schaffen können«, erklärte Kiran weiter. »An einen Kampf war nicht zu denken. Genauso wenig an Flucht. Ich hatte keine andere Wahl, als auf den Speer zu vertrauen. Und das hier unten alles verzaubert ist, stand für mich außer Frage.«

Thomas nickte. »Wenn man weiß, wie es geht, ist es einfach. Die Schlange war also nie eine Gefahr.«

Kiran überlegte. »Wie man es nimmt. Man hätte sicherlich vor Entkräftung ertrinken können, bevor man sich verschlingen lässt.« Er sah auf den Schlüssel in seiner Hand. »Man muss die Schlüssel ja auch bekommen können. Diese letzten Schlüssel sind zwar schwerer zu erreichen als die oben. Aber wenn man den Ort und die Zauber kennt ...«

»... dann ist es machbar«, schloss Finn. »Und als die Schlange dich verschluckte ...«

»... war der Schlüssel in meiner Hand«, übernahm wieder Kiran. »Einfach so. Ein Zauber. Die Wasserzwerge müssen eine verflucht gute Waffe hinter diesem Gitter versteckt haben, wenn sie sich so viel Mühe bei den Schlüsselverstecken gegeben haben.«

»Als du den Schlüssel hattest, war sofort alles vorbei?« Thomas schien die Sache immer noch nicht ganz verdaut zu haben. »Die Schlange verschwand einfach?«

»Sie war immer nur ein Trugbild«, sagte Kiran.

»Eines, das Wasser in Bewegung bringt und dich anspeien kann«, warf Finn in den Raum.

»Genau so eines!«, lachte Kiran. »Vielleicht war sie auch so lange echt, bis sich einer bereitwillig verschlucken ließ. Wir sollten einfach zufrieden sein, dass wir da lebend rausgekommen sind.«

Thomas stand auf.

»Ein wahres Wort. Dann plädiere ich dafür, weiterzugehen. Den Ausgang haben wir immer noch nicht gefunden.« Er zwinkerte Finn und Kiran zu. »Und zwei Schlüssel fehlen auch noch. Wenn hier unten eh alles bloß magisch ist, haben wir ja kaum was zu befürchten, richtig!?«

Der folgende Marsch durch feuchte Gänge und Tunnel war weniger beschwerlich als das Waten durch die Wasserhöhle. Das seltsame, dunkelblaue Leuchten begleitete sie dabei ebenso wie die Führung durch ihren Speer. Es gab Abzweigungen, Kreuzungen und Hallen mit mehreren Ausgängen, aber stets zeigte die Waffe aus der Goldenen Stadt ihnen die Richtung und sie zögerten nicht, dieser zu folgen. Blubbernde Geräusche aus der Dunkelheit und das Plätschern von Rinnsalen, die hinter den Wänden zu fließen schienen, verbanden sich zu einer schaurigen Wassermelodie, unter Gittern, die sie überquerten, taten sich gähnende schwarze Abgründe auf, aber nie mussten sie umdrehen, weil sie in eine Sackgasse gerieten, oder hatten das Gefühl, auf dem falschen Weg zu sein. Immer öfter stießen sie auf das Symbol der Zwerge, das sie von Türstürzen oder Wänden halb verwittert und abgebröckelt in dem magischen Blau anleuchtete. In langen Fluren fanden sich Reliefs von Katzen und einmal führte sie der Speer am Ende eines leeren Gewölbes durch das steinerne Maul einer Löwin.

»Schon wieder verschluckt«, witzelte Kiran und seine Stimme hallte im düsteren Gang dahinter wider.

»Silem«, sagte Finn nur.

Danach dauerte es noch eine Weile, bis eine spürbare Veränderung auf ihrem Weg eintrat: Am Ende eines kurzen Ganges führten mehrere Stufen hinab in einen großen, quadratischen Raum, der ein gutes Stück unter Wasser stand.

»War ja klar!« Finn fühlte sein Oberteil. »Ich hatte gerade das Gefühl, ich wäre wieder einigermaßen trocken.«

»Der Speer zeigt ins Wasser«, flüsterte Kiran.

Also stiegen sie hinein. Das Wasser reichte ihnen diesmal bis zum Bauch. Sie wateten ein paar Schritte vorwärts. Das Wasser war ganz ruhig.

Thomas sagte: »Da vorn!«

Von der Decke fielen dicke Strahlen des dunkelblauen Lichts genau auf ein mannshohes Podest. Etwas blinkte darauf.

Kiran hielt inne. »Da liegt der dritte Schlüssel.«

Im selben Moment fiel ein Fallgitter im Eingang herunter. Sie waren eingeschlossen.

Im Zwergenwasser (2)

»Wir könnten ihn einfach holen«, schlug Finn vor. »Wie beim ersten Schlüssel.« Langsam kam er im hohen Wasser näher an das Podest. Der Raum war vielleicht zwei Steinwürfe lang und breit, nichts deutete darauf hin, dass außer besagtem Podest noch etwas hier war. Bis auf einen vergitterten Ausgang am gegenüberliegenden Ende, der dem im Eingang wie ein Ei dem anderen glich. »Wahrscheinlich brauchen wir erst den Schlüssel, bevor sich die Tore öffnen.«

Kiran und Thomas folgten Finn. Nun näherten sie sich gemeinsam dem Podest.

»Der Speer scheint uns diesmal nicht weiterzuhelfen«, sagte Kiran. Er hielt die Waffe über der Wasseroberfläche, aber die blieb ruhig. Weder leuchtete sie, noch zeigte sie an, wie es weitergehen könnte.

»Was soll der Speer auch zeigen?«, überlegte Finn. »Der Schlüssel liegt doch da.«

Kiran aber blieb vorsichtig. »Ich weiß nicht. Das schreit förmlich nach einer Falle.«

»Ach, wa …«, wollte Finn sagen, da war plötzlich das Geräusch von Stein zu hören, der sich über einen anderen Stein schob.

»Vorsicht!«, schrie Kiran.

Noch ehe Finn wusste, was geschah, hatte sich Kiran schon auf ihn gestürzt. Der Krieger drückte ihn unter Wasser. Sie hielten die Luft an. Finn sah unter Wasser kaum etwas, aber er spürte, wie Kiran ihn weiter zurückhielt. Dann zog er ihn unter Wasser zurück. Näher am Eingang ließ er sie beide wieder auftauchen.

»Was war los?«, keuchte Finn. Thomas hatte sich ebenfalls zurückgezogen.

»Da!« Kiran deutete atemlos auf die Wände, die nur schwach zu erkennen waren, und den Bereich vor dem Podest. Finn konnte im dunkelblauen Licht kleine Silberpfeile sehen, die von einer Seite zur anderen schossen. Es zischte jedes Mal, wenn ein weiterer Pfeil quer durch Raum sauste. Auf Halshöhe, wohlgemerkt. Das steinerne Geräusch war eine Öffnung gewesen, aus der sich die Abschussvorrichtung herausgeschoben hatte.

»Danke«, murmelte Finn verdattert. Er hatte Mühe in den Kopf zu kriegen, dass ihn beinahe ein uralter Zwergenpfeil umgebracht hätte. »Und nun?«

Thomas atmete so schwer, als hätte es ihn selbst erwischt. »Du hast Finn und mich gerettet. Schon wieder!«

Kiran wischte Thomas Dank mit einer Handbewegung fort, als wäre es gar nicht der Rede wert. Er sagte: »Findet ihr es nicht doch merkwürdig, dass der Speer so ruhig bleibt?«

Thomas und Finn stimmten zwar zu, aber waren genauso ratlos wie Kiran. Derweil schossen weiterhin munter Pfeile kurz vor dem Podest durch den Raum.

»Vielleicht müssen wir es unter Wasser versuchen«, überlegte Thomas. »Wenn diese Pfeilschussanlage alles ist …«

Kiran schüttelte den Kopf. Er zeigte den beiden, was sie ebenfalls übersehen hatten: Unter der Wasseroberfläche fuhren in unregelmäßigen Abständen und an unterschiedlichen Stellen dunkle Metallstacheln aus dem Boden. Ein falscher Tritt, und sie würden bis zum Unterbauch aufgespießt werden.

»Wer weiß, was es noch für Fallen gibt«, warnte Kiran. »Ich glaube, wir sollten erstmal nicht zu nah an das Podest. »Aber wenn wir vorsichtig sind, könnten es wir es vielleicht zur anderen Seite schaffen. Unter den Pfeilen tauchen wir durch und die Stacheln scheinen nur um die Raummitte aus dem Boden zu kommen. Zu dritt könnte es uns gelingen, das Gitter aus der Verankerung zu reißen.«

Schritt für Schritt arbeiteten sie sich vor. In der Mitte angekommen tauchten sie unter den Pfeilen her, die neben ihnen lautlos herabsanken und den dunklen Boden übersäten. Finn las einen von ihnen auf. Wieder aufgetaucht fühlte er, wie auch nach all den Jahren das Metall unglaublich glänzend und spitz war. Es schüttelte ihn bei der Vorstellung, wie so ein Ding in einem ihrer Hälse steckte. Schnell warf er den Pfeil zurück ins Wasser. Bald erreichten sie die entgegengesetzte Raumseite. Sie hielten sich immer in Wandnähe. Doch bevor sie den Gitterausgang erreichten, ließ sie ein Rumoren innehalten. Wieder schoben sich schwere Steine über- oder ineinander. Alarmiert sahen sie sich an. Sie hatten keine Ahnung, aus welcher Richtung sie die nächste Gefahr erwartete! Gehetzt blickten sie sich um. Diesmal bemerkte Finn die Veränderung. Und nicht einen Augenblick zu früh! Über ihnen hatte sich die Decke geöffnet. Finn krallte sich seine Mitstreiter und warf sich mit ihnen nach hinten. Die zacken- und hakenbewährte Metallsense fiel hinab und sauste im Halbkreise knapp über ihre

Bäuche. Sie zerschnitt gerade so die Wasseroberfläche, unter der Finn mit Thomas und Kiran rücklings zurücktauchte. Hinter der Pfeilschussanlage wagten sie es, wieder aufzutauchen. Aber der Raum hatte sich noch weiter verändert. Mehr Sensen schwangen aus Deckenlöchern links von ihnen und weiter vorn. Eine neue Pfeilschussanlage surrte hinter ihrem Rücken. Mehrere Blöcke waren aus dem Boden gefahren und reichten nun wie Säulen bis an die Decke. Auch aus den Blöcken schnellten Metallstacheln. Aber das Schlimmste geschah direkt neben ihnen.

»Leute, merkt ihr das auch?« Sie drückten sich mit ihren Rücken an die Wand, aber die begann - ganz langsam - Richtung Raummitte zu fahren.

»Ich weiß nicht, was wir tun sollen!«, rief Kiran und schob sich seitwärts weiter zurück zum Eingang. »Die Schlange mag Zauberei gewesen sein, aber das hier ist echt! Wir könnten wirklich ein bisschen Hilfe gebrauchen!« Er starrte den Speer in seiner Hand an. »Thomas, muss ich noch etwas damit tun?«

»Ich hab doch keine Ahnung!«, rief Thomas. Finn und er drückten sich hinter Kiran her.

Langsam schob sich die Wand immer weiter. Die Sensen kamen näher. Zwei weitere Pfeilschussanlagen bröckelten aus den Blöcken hervor. Sofort schossen mehr Pfeile aus ihnen heraus, diesmal diagonal zu den anderen.

»Wir müssen zum Gitter zurück«, mahnte Kiran. »Das ist unsere einzige Chance.« Er zwängte sich noch enger an die Wand. »Weiter! Da vorn müssen wir wieder tauchen.«

Plötzlich kam Finn ein Gedankenblitz. Oder so etwas Ähnliches. Vielleicht war es auch einfach nur dämlich. Trotzdem hielt er seinen Vater und Kiran fest.

»Der Speer hat ins Wasser gezeigt, richtig?«

»Richtig!«, rief Kiran. »Da sind wir auch. Aber geholfen hat uns das nicht!«

Überall surrten und sausten die Fallen. Die Wand schob sich beständig weiter. Es dauerte nicht mehr lange, da würden sie in irgendetwas gedrückt werden, das sie aufspießte.

»Vielleicht doch!«, keuchte Finn. Es war schwer, einen vernünftigen Satz herauszubringen. »Wir sollten ins Wasser. Und jetzt macht der Speer nichts.«

»Finn, beeil dich!«, ermahnte ihn sein Vater.

»Wir versuchen die ganze Zeit, irgendwie weiterzukommen. Vielleicht müssen wir aber einfach nichts tun!«

»Du bist verrückt!«, rief Kiran.

»Du auch!«, rief Finn. Er lächelte. Kiran lächelte zurück. Dann entschied Finn einfach. »Stehenbleiben. Und nicht rühren!«

Finn konnte nicht nur sein eigenes Herz schlagen hören, er bildete sich ein zu fühlen, wie auch die seines Vaters und Kirans vor Aufregung fast zerspringen wollten. Die Wand drückte sich weiter nach vorn. Eine Sense kam bereits so nah, dass sie das Wasser traf, welches die Klinge beim Eintauchen aufspritzen ließ. Das Klacken der Pfeile an den Wänden war nervenzerreißend. Aber sie blieben still.

»Keiner rührt sich!«, mahnte Finn. Vielleicht war er sich nicht hundertprozentig sicher, aber einen anderen Ausweg gab es sicher nicht. Die Sekunden verrannen. Wie viele Minuten waren vergangen? Die nahe Sense blies ihnen bereits ihren Luftstoß entgegen.

»Finn, wie lange noch …«, stöhnte sein Vater. »Wir müssen jetzt tauchen!«

»Noch einen Moment!«, zischte Finn. »Noch einen …«

Und dann stand die Wand hinter ihnen still. Die drei rührten sich nicht. Finn hielt sogar die Luft an. Eine Säule fuhr zurück in den Boden. Dann die nächste. Finn beobachtete, wie die Sensen hochklappten und wieder in der Decke verschwanden. Das Surren der Pfeile hörte auf.

Kiran stöhnte erleichtert. »Passiert sowas eigentlich auch anderen?« Er war völlig verkrampft. Aber es gelang ihm trotzdem, halbwegs frech zu grinsen. »Und du hast *Engelsgeduld* bewiesen, Finn!«

Finn lächelte schief. Er war vollkommen geschafft. Ein paar Augenblicke später war alles wieder ruhig. Keine Vorrichtung oder Falle war mehr zu sehen. Dann geschah das, womit selbst er nicht gerechnet hatte: Das Podest schob sich in ihre Richtung. Das dunkelblaue Licht wanderte gleich mit. Während sie noch an der Wand lehnten, fuhr der dritte Schlüssel einfach zu ihnen! Erst als das Podest eine Armeslänge vor ihnen stehenblieb, wagte Finn wieder sich zu rühren. Er griff den Schlüssel, das Licht erlosch. Im selben Moment ratterte das Gitter beim Ausgang nach oben.

Er sagte: »Nichts wie raus hier.«

IM ZWERGENWASSER (3)

Hinter dem Fallenraum schloss sich wie bereits davor ein Wirrwarr von düsteren Gängen und Wegen an. Doch schon als sie die Schwelle hinter dem Gitter übertraten, meldete sich der Speer zurück. Den dritten Schlüssel in der Tasche und von der Waffe geführt erholten sie sich schnell von ihrem Schrecken. Thomas bildete die Vorhut, während sie vorbei an dunkelblau leuchtenden Perlen und Wellen, die in die Wände gemeißelt worden waren, immer tiefer und weiter ins unterirdische Reich vordrangen. Es ging durch Becken, in denen das Wasser knöchelhoch stand, kleine Wendeltreppen hoch und wieder hinunter veränderten immer wieder ihr Tiefeniveau, ein paar Mal mussten sie sogar kriechen, und hätten sie den Speer nicht gehabt, wären sie gewiss niemals auch nur annähernd so weit gekommen oder hätten sich getraut, diejenigen Wege einzuschlagen, die kaum einen Meter hoch waren. Es mochten drei oder vier weitere Stunden vergangen sein, da erreichten sie endlich ein weitläufiges Tunnelsystem, in dem Rinnsale und kleine Bäche an der Decke über ihren Köpfen dahersprudelten und deren verzaubertes Wasser der Schwerkraft trotzte. Steinerne Löwenköpfe ragten aus diesen Wasserläufen hervor und spien in plätschernden Fontänen blau leuchtende Sturzbäche in ihren Weg. So ging es immer weiter, bis sie irgendwann einfach zu erschöpft waren.

»Wir sind sicher schon einen halben Tag oder länger hier unten«, sagte Thomas. Sie waren in einem halbwegs trockenen Raum stehengeblieben, der nur zwei Ausgänge besaß. Dafür pustete durch ein rundes Gitter an der linken Wand lauwarme Luft aus einem dahinterliegenden Rohr, welches sonst nichts außer tiefster, undurchsichtiger Schwärze zu bieten hatte. Aber das war immerhin mehr als nichts.

»Wir sollten uns ausruhen«, schlug Kiran vor. »Hier wird uns wenigstens nicht kalt.«

Finn und Thomas waren einverstanden. Kiran sagte: »Ich übernehme die erste Wache.«

Thomas setzte sich in eine Ecke, lehnte seinen Speer neben sich und war im nächsten Augenblick eingeschlafen.

Kiran setzte sich auf die gegenüberliegende Seite des Raumes, dort, wo das altbekannte, dunkelblaue Licht durch enge Ritzen im Stein fiel.

»Mach ruhig auch die Augen zu«, nickte er Finn zu.

Finn sah seinen Vater an, der sogleich angefangen hatte, lauthals zu schnarchen. Unglaublich, dass sie zusammen dieses Abenteuer erlebten! Es war richtiggehend seltsam, wie viel Kraft es ihm gab, seine Eltern um sich zu wissen. Die anderen waren zwar ebenso zu seiner Familie geworden, aber das war trotzdem anders. Wie hatte es ihm Angst gemacht, als er seinen Vater tot geglaubt hatte! Er freute sich darauf, wenn sie wohlbehalten zu seiner Mutter zurückkehrten. Und selbstverständlich würden sie auch das schaffen! In letzter Zeit war ihm das nicht häufig bewusst gewesen, in diesem Augenblick aber schon: Er hatte trotz aller Widrigkeiten *Glück*. Und dann drehte er sich endlich um. Kiran sah ihn an. In den Augen seines Gefährten lag die eine Bitte, die deutlicher nicht sein konnte: *Setz dich zu mir!*

Und genau das wollte Finn. Er wollte sich endlich zu Kiran setzen.

»Bevor du irgendetwas sagst«, erklärte Finn, »muss ich dir etwas Schlimmes erzählen.« Umständlich setzte er sich.

»Ich hätte es sofort tun sollen. Aber das war nicht so einfach.«

Er überlegte, wo er anfangen sollte. Schließlich sagte er: »Wenn wir wieder oben sind, dann habe ich ein paar Briefe für dich. Aber ich denke, ich bin jetzt soweit, dir alles zu berichten, was Isi und ich herausgefunden haben. Es war feige und egoistisch, es dir bis jetzt vorzuenthalten, das weiß ich, aber ich hatte wohl einfach Angst, mit dir zu sprechen. Wegen allem.« Er presste beschämt die Lippen zusammen. »Aber ganz sicher auch deswegen.«

Und dann erzählte er Kiran alles, was Isi und er in Hildirs geheimem Herrenhaus über die Beziehung von Renkeja und Isis Großmutter herausgefunden hatten, und was sie in den Briefen Renkejas über Kirans Mutter Isabella und über Kiran selbst gelesen hatten.

Als Finn fertig war, weinte Kiran. Zum ersten Mal sah Finn ihn weinen. Finn nahm ihn in den Arm und Kiran drückte ihn fest an sich.

»Danke. Danke, dass du mir alles erzählt hast.« Er schniefte. »Danke, dass du das alles für uns getan hast. Jetzt weiß ich, was Königin Idisi nicht übers Herz brachte, mir zu sagen.«

»Wovon sprichst du?« Finns Stimme war ganz belegt. Am liebsten hätte er mitgeweint.

Kiran sagte: »Aber so ist es besser. Ich bin froh, dass du derjenige bist, der es mir gesagt hat. Das muss eine schlimme Bürde für dich gewesen sein. Und es war auch sonst nicht leicht, diesen Weg mit Königin Idisi zu bestreiten. Während Decora nicht da war.«

»Ich habe nicht nur Decora vermisst.« Finn lächelte seine belegte Stimme so gut als möglich weg.

»Ich bin nicht naiv: Es war ganz sicher noch schwerer, zu einem Engel zu werden.« Kiran sah ihm fest in die Augen. Fast, als wollte er sich entschuldigen. »Und dabei trotzdem Finn Ritter zu bleiben.«

Finns Mundwinkel zitterten. »Sicherlich nicht so schwer, wie alles, woran man geglaubt hat, auf die Probe gestellt zu bekommen. Mitzuerleben, wie aus einem Freund plötzlich etwas wird, das man sich ganz anders vorgestellt hat. Von dem man gar nicht wollte, dass das aus seinem Freund wird.«

»Aus einem Freund?«, fragte Kiran.

Finn hatte einen Kloß im Hals. Von allen Sachen, die Kiran aufgriff, war es bloß das: *Freund*! Er sagte: »Wenn du noch möchtest, nach allem, was geschehen ist.«

Kiran lachte und schluchzte gleichzeitig: »Ihr seid meine Familie und meine Freunde. Und du, Finn Ritter, egal wie viele Flügel dir noch wachsen mögen, du bist mein bester Freund, wenn *du* noch möchtest!«

»Ich bin ziemlich oft ein echter Dummkopf und kriege es selten genug hin, damit rauszurücken, was ich eigentlich möchte. Aber bitte glaube mir: Nichts möchte ich lieber!«

Kiran und Finn lagen sich in den Armen und schluchzten um die Wette.

»Ich denke, nachdem das geklärt ist, solltet ihr jetzt die ersten sein, die sich ausruhen.«

Thomas war aufgewacht, ohne dass sie etwas gemerkt hatten! Er gähnte. »Ich übernehme die erste Wache, ihr zwei besten Freunde!«

Das ließen sie sich nicht zweimal sagen. Sie legten sich nebeneinander.

»Freunde«, sagte Finn.

»Für immer«, sagte Kiran.

IM ZWERGENWASSER (4)

Nachdem sie alle ein paar Stunden geschlafen und wieder halbwegs ausgeruht waren, setzten sie ihren Marsch fort. Finn sah Kiran an. Sein Freund erwiderte seinen Blick und es war gar nicht nötig, noch mehr zu sagen. Finn wusste, dass auch Kiran dachte, was er selbst dachte: Sie beide hatten es wahrlich nicht leicht gehabt, aber hier unten, so kurz vor dem Ende, hatte sich ihre Freundschaft am Ende stärker gezeigt als alle Widrigkeiten. In seinem Herzen wusste Finn, dass dies auch immer so bleiben würde. Diese gleichermaßen neue und alte Erkenntnis spornte ihn an – ja, spornte sie alle an – und sie machten sich kaum Gedanken um die anderen, die oben sicherlich allergrößte Sorgen um sie hatten. Dabei stellte sich die Frage, was eigentlich *oben* war: Mittlerweile waren sie so lange und weit unterwegs gewesen, dass sie sicherlich meilenweit fort von der Unerreichbaren Festung waren. Zumindest, wenn die alte Zwergenmagie nicht dafür sorgte, dass Entfernungen hier unten anders funktionierten als über der Erde.

Immer weiter ging es jedenfalls ihrem Speer nach und nach mehreren Stunden Labyrinthen und Gängen ohne auf Fallen zu stoßen, tat sich vor ihnen schlagartig ein weites Gewölbe auf: Ein kühler Wind blies ihnen schubartig in die Gesichter und brach sich pfeifend und sausend an Gesteinsformationen, die weit über ihnen zerklüftet und spitz aus der Decke ragten.

»Vorsichtig!«, mahnte Kiran. »Der Boden ist bloß ein Gitter!«

Finn betrachtete nervös den dunklen Boden, der etwa einen Meter tiefer als ihr Zugang lag: Erst bei genauem Hinschauen offenbarte sich das breitmaschige Gitternetz, das es dort anstatt eines festen Untergrunds zu überqueren galt. Darunter tat sich ein gähnender Abgrund auf, dessen Boden sich jeder Einsicht entzog.

»Passen wir durch die Löcher?«, fragte Thomas. Er spähte nach vorn. Das Gitter zog sich vermutlich so weit wie das Gewölbe selbst, aber die Seiten oder das andere Ende waren noch nicht zu sehen.

Kiran schluckte. »Darauf kannst du wetten!«

»Aber irgendwie müssen wir hinüber.« Finn überlegte, ob er den ersten Schritt machen sollte. Der Speer seines Vaters zeigte mitten ins Gewölbe hinein.

»Lass mich vorgehen!«, sagte sein Vater kurzentschlossen.

»Dad, du …«

»Keine Widerrede!«, entschied Thomas. »Ich habe den Speer. Und außerdem will ich deiner Mutter auch mal ein paar Heldengeschichten über mich erzählen können! Ich bin der Leichteste. Solche Brocken wie ihr sollten dieses Gitter sowieso nicht testen. Wie lange war der Krieg der vier Völker noch gleich her?«

Finn rechnete es seinem Vater hoch an, dass er sie schützen wollte. Aber besser fühlte er sich deshalb trotzdem nicht. Auszureden war ihm die Vorhut aber nicht. Finn hielt die Luft an, als Thomas sich vorsichtig auf eine der ersten Querverstrebungen hinunterließ: Das Gitter schien bombenfest. Thomas wagte es, sein Gewicht zu verlagern. Nicht mal ein winziges Geräusch war zu hören.

»Fühlt sich gut an!«, flüsterte er zuversichtlich.

Er ließ den Boden des Eingangs los. Die Querverstrebungen waren breit genug, um einigermaßen darauf zu stehen. Trotzdem war höchste Konzentration nötig. Und nach unten schaute man besser auch nicht.

»Ich gehe vor und ihr kommt ein paar Schritte später nach!«, sagte Thomas. »Dann sehen wir, ob alles hält. Merkt euch, wo ich hintrete.«

»Und wenn es nicht hält?«

Finn sah seinem Vater besorgt nach. Aber der kümmerte sich nicht mehr um ihn, sondern schwankte wie ein aus der Übung gekommener Artist von Gitterkreuz zu Gitterkreuz.

»Er wird es schaffen«, sagte Kiran. Er legte die Hand auf Finns Schulter. »Wir sind so weit gekommen …«

Ein Rauschen unterbrach ihn! Augenblicklich versuchte Thomas so regungslos wie möglich stehenzubleiben. Finn konnte nicht erfassen, von wo das Wasser kam, das Rauschen schien überall zu sein, aber das Wasser kam, war absolut klar.

»Komm zurück!«, rief er. In wenigen Sekunden war das Rauschen so laut geworden, dass er kaum dagegen an kam.

»Umdrehen ist nicht so einfach!« Thomas stand immer noch da und kämpfte damit, nicht umzufallen. »Wo kommt das her?«

Aber so wie Thomas sahen Finn und Kiran das Wasser erst, als es bereits da war. Thomas traf es in seiner kläglichen Position noch unvorbereiteter:

Das Wasser drückte sich mit solcher Wucht von unten durch das Gitter, dass es ihn buchstäblich von den Beinen riss! Eine mannshohe Welle klatschte in den Gang zu Finn und Kiran, erfasste auch sie und zog sie mit sich. Sie konnten rein gar nichts dagegen tun. Erst ein gutes Stück zurück legte sich die Welle tiefer, spülte sie auf den Boden und ebbte wieder zurück Richtung Gewölbe. Das Rauschen war nicht mehr zu hören.

Finn und Kiran sprangen auf. Sie rannten drauflos!

»Dad!«

»Thomas!«

»Dad, halt durch!«

Als sie am Gewölbeeingang ankamen, stand Thomas Bauchhoch im Wasser. Jetzt war es vergleichsweise einfach für ihn, sich auf dem Gitter zu halten. Trotzdem sah er sie alarmiert an.

»Alles okay?«, keuchte Finn.

»Wie man es nimmt«, antwortete sein Vater besorgt. »Mir ist nichts passiert.

»Aber?«

»Aber der Speer …« Er schluckte. Sein Blick ging auf das Gitter unter ihm. »Den bekommen wir nicht zurück, denke ich.«

Wohl oder übel mussten sie nun ohne Speer weiter. Die Hauptsache war natürlich, dass es ihnen gutging, aber der Verlust ihres Orientierungsschlüssels machte sie nervöser, als sie dachten. Glücklicherweise kamen sie diesmal auch ohne Hilfe ans Ende des Gewölbes. Schon nach ein paar Minuten Waten und Schwimmen erreichten sie drei Türen, die goldbeschlagen und mächtig gute zehn Schritte auseinanderlagen und jeweils über drei Stufen erreichbar am Rand Wasserkante nur auf sie zu warten schienen. Auf der linken Tür waren die Wellen des Zwergensymbols zu sehen, aber die Perle fehlte. Auf der rechten Tür war es umgekehrt: Es war zwar die Perle da, doch die Wellen fehlten. In der Mitte war das Symbol umgekehrt worden: Es gab Wellen, aber hier wurden sie gesäumt von vielen kleinen Perlen. Über den Türen war eine Botschaft in übergroßen Buchstaben in den Stein gehauen:

Wähle die Tür der Zwerge

»Es ist mir jedes Mal unbegreiflich, dass wir das lesen können!«, schüttelte Kiran den Kopf. »Echt krass, dieser Portalzauber!«

Finn grinste. »Stimmt, krass.« Er zog seine Augebraue hoch. »Oder die Wasserzwerge haben vor siebenhundert Jahren einfach Deutsch gesprochen.«

Kiran verbessert ihn: »Alonisch, meinst du wohl! Trotzdem, das will mir nicht in den Kopf, wie das funktioniert …«

»Viel wichtiger ist doch, welche davon jetzt die Zwergentür ist?«, sagte Thomas. »Wenn wir den Speer hätten …«

Noch während sie dastanden und die imposanten Ausgänge und die Steinschrift anstarrten, trug der Wind ein Raunen an Finns Ohr. Da war eine Stimme, aber nur in seinem Kopf. Es war wie damals, als er mit Decora in der Inobliten-Gilde die Bücherregale durchforstet hatte.

»Ihr habt das nicht gehört, oder?«, fragte er.

Kiran sah ihn erstaunt an. »Doch, habe ich. Aber ich dachte, nur ich hätte es hören können.«

Thomas lächelte. »Na, dann haben wir es immerhin alle drei gehört.«

Finn sagte: »Das war ja leicht. Wir sollen die Perlentür nehmen.«

Kiran lachte. »Von wegen einfach! Angeblich ist es die Wellentür.«

Thomas rieb sich das Gesicht. »Ihr irrt euch beide. Die Stimme hat gesagt, es wäre die mittlere.«

»Aber wir sollen bloß eine Tür wählen!«, gab Finn nun schon zum sicherlich fünften Mal zu Protokoll. »Die mittlere Tür hat ein vollständiges Symbol!«

»Vollständig, aber falsch herum«, widersprach Kiran. »Wie oft haben wir dieses Symbol gesehen, Finn? Nicht einmal waren Perlen um Wellen zu sehen. Nicht einmal!«

»Die Perle ist doch sicherlich wichtiger als die Welle«, stellte Thomas in den Raum.

»Es sind *Wasser*zwerge, Dad! Da erscheinen mir die Wellen schon wichtig. Hier unten dreht es sich auf jeden Fall mehr um Wasser als um Perlen. Das mit der Perle habe ich eh nie verstanden …«

»Decora hat uns doch vom Korallenhandel erzählt. Vielleicht haben die Zwerge damals Konzessionen auf Perlen erhoben. Oder die Zwergenseen sind berühmt für ihre Perlen …«

»Uns läuft die Zeit davon!«, mahnte Finn. »Die anderen halten uns sicher längst für tot. Wir müssen uns entscheiden. Ich glaube, dass wir hier rauskommen, wenn wir diese Prüfung bestehen.«

»Ich stimme dir zu«, sagte Kiran. »Also losen wir?«

Finn zuckte mit den Schultern. »Die Chance steht eins zu drei. Warum nicht! Ich hoffe nur, wir kommen ohne magisches Monster aus der Nummer raus!« Er sah alle drei Türen noch einmal an. »Wie sollen wir es machen?«

Kiran seufzte. »Ich kenne einen Abzählreim.«
»Im Ernst?«, fragte Finn.
»Im Ernst. Sag mir nur, wo ich anfangen soll.«
Finn dachte nicht lange nach. »Rechts.«
Kiran nickte.

»In Weit-A-lon da ist es schön,
du musst den Markt der Vö-gel sehn!
Sie-ben-brot und Kö-nigs-schloss,
komm auch du in den Ge-nuss!«

Finn und sein Vater sahen verblüfft dabei zu, wie Kiran bei jeder Silbe mit dem Finger von Tür zu Tür wanderte. Schließlich blieb sein Finger bei der mittleren Tür stehen.

»Was guckt ihr denn so? Der ist für Kinder …«

»Nichts!«, sagte Finn. »Die Abzählreime, die ihm einfielen, waren ziemlich dämlich. Kirans ergab sogar Sinn. »Die Mitte also.«

Kiran stieg aus dem Wasser die Stufen hoch. »Soll ich sie einfach aufdrücken?«

»Versuch es einfach. Eins zu drei!« Finn war nervös.

Kiran atmete durch.

»Halt!«, rief plötzlich Thomas. »Ich glaube, wir machen einen Fehler.

»Und welchen?« Finn wollte nicht mehr länger warten.

Thomas sagte: »Es sind alles drei Zwergentüren! Die Zwerge haben sie gebaut, oder nicht?! Und wir haben die Anweisungen gehört? Zaubergeflüster hin oder her – jeder von uns soll eine Tür nehmen. Hier unten ist alles gemacht, um zu verwirren: Es gibt keine eindeutige Lösung, also müssen wir sie alle drei aufmachen. Wie bei den Hebeln vor dem ersten Schlüssel …«

»Und wenn wir nur zwei hier unten wären?«, gab Finn zu Bedenken.

»Vielleicht gäbe es dann auch nur zwei Türen … Ich habe es im Gefühl, glaubt mir! Und es so auszuprobieren ist auch nicht schlechter als mit dem Abzählreim!« Entschuldigend blickte er zu Kiran.

»Schon gut! Ich glaube, er könnte damit richtig liegen, Finn!«, überlegte Kiran.

»Ich will nur nicht länger bis zum Bauch aufweichen«, sagte Finn. »Versuchen wir es eben so!«

Rasch stellten sie sich jeder an die Tür, die ihnen die Stimme zugeflüstert hatte. Zuletzt nickten sie sich noch einmal zu.

»Auf drei!«, rief Kiran. »Eins, zwei …

Bei *drei* drückten sie sich mit ihrem ganzen Gewicht gegen ihre Tür: Alle drei öffneten sich viel leichter, als sie gedacht hatten! Sie schwenkten auf und Finn, Thomas und Kiran stolperten in den dahinterliegenden Gang. Das dunkelblaue Licht schimmerte aus Decke und Seitenwänden. Es ging jeweils einige Meter nach vorn, wo sich alle drei Gänge in einer kleinen Kammer trafen.

»Jede Tür war also die richtige.« Finn war erleichtert.

»Oder sie wurden zu richtigen Gängen, weil wir alle drei Türen benutzt haben.« Sein Vater knuffte ihm in die Seite.

»Wie auch immer!«, unterbrach Kiran. »Ich habe jedenfalls eine Vermutung, was wir darin finden werden.«

In der Kammer war ein Schrein, wie sie auch oben in der Festung zu finden waren. Kiran öffnete den Schrein. Der vierte und letzte Schlüssel lag vor ihnen.

»Nimm ihn«, forderte ihn Finn auf. »Vielleicht erfahren wir dann, wie es hinausgeht.«

Kiran fasste sich ein Herz und griff den Schlüssel. Einen Lidschlag später war ein ohrenbetäubendes Quietschen und Reiben zu hören. Sie rannten durch den mittleren Gang zurück zur Zwergentür. Unter der Wasseroberfläche war gerade noch zu erkennen, wie sich das Gitter von ihnen weg in die Richtung schob, aus der der sie gekommen waren.

»Der Weg nach unten ist frei«, konstatierte Kiran.

»Trocken werden wir jedenfalls nicht mehr«, sagte Finn missmutig.

Thomas blickte mit einer gehörigen Portion Respekt in das tiefe Wasser. »Zumindest ist da unten irgendwo der Speer.«

Da war etwas dran!

»Diesmal zusammen?«, fragte Finn. »Oder kennst du noch einen Abzählreim?«

Kiran verzog das Gesicht. »Nein, Herr Ritter! Zusammen finde ich gut!«

»Zuerst tauchen wir nach dem Speer«, sagte Thomas. »Eins, zwei, drei …

Das Wasser kam in Bewegung, als sie es berührten: Eine gewaltige Kraft zog Finn in die Tiefe. Ob er schwamm oder nicht, machte keinen Unterschied. Schon nach wenigen Augenblicken konnte er nichts mehr erkennen und seine Orientierung kam ihm abhanden. Er hatte das Gefühl, sich zu drehen. Der Druck auf seine Lungen wurde größer. Die anderen waren vielleicht bei ihm – oder auch nicht. Aber gefühlt war er allein. Allein in der rauschenden Dunkelheit, dem Wasser ausgeliefert. Es gab nichts mehr, das er tun konnte, außer die Luft anzuhalten. Das dunkelblaue Licht war das Erste, das er wieder sehen konnte. Das Wasser trug ihn immer noch weiter voran. Er wurde schneller. Ein Bild kam vor sein inneres Auge: Er flog auf dem Rücken eines Papageien durch die Wolken über dem Wandernden Wald. Es war ihm, als wäre er nicht mehr unter Wasser, sondern auf einem wilden Ritt durch die Luft. Fast fühlte er sich schwerelos. Das dunkelblaue Licht umstrahlte ihn, und er wurde noch schneller. Er raste zum dröhnenden Rauschen der Wassermassen durch den blauen Tunnel und fühlte nichts mehr.

Finn schlug die Augen auf. Er lag auf einem feuchten Untergrund. Über sich erkannte er den Himmel. Und er stellte fest, dass er lebte. Neben ihm hustete jemand. *Kiran*!

Finn drehte sich mühsam auf die Seite. Neben Kiran lag auch sein Vater.

»Ihr seid hier …« Viele Worte bekam er nicht heraus. »Wir haben es geschafft!«

Kiran hustete Wasser und stützte sich auf die Knie. Dann half er Thomas auf.

Sie schauten sich um. Das feucht-sandige Kiesbett gehörte zu einem munteren Bachlauf. Hügelwiesen wölbten sich unter hochgewachsenem Gras, das im frischen Wind schaukelte, so weit das Auge reichte.

»Sind wir etwa aus dem Bach gekommen?« Thomas fühlte, ob noch alles an ihm heil war.

»Woher sonst? Er muss uns ausgespuckt haben. Ist vielleicht mit den Gewölben verbunden …« Finn sah sich genauer um. »Was ist das?«

Ein paar Meter weiter blinkte etwas zwischen einer Ansammlung von Schilfhalmen. Er kroch näher.

»Ihr werdet es nicht glauben!« Er erhob sich zusammen mit dem Speer seines Vaters. »Hier, Dad, du darfst ihn wieder tragen.«

Kiran und Thomas waren offenbar zu froh, den Katakomben entronnen zu sein, um sich darüber zu wundern, dass der Speer wieder zu ihnen gefunden hatte. Andererseits war er wahrscheinlich wie sie vom Grund des unterirdischen Wassers mithilfe der Strömung hierhin geschwemmt worden.

Er fragte: »Haben wir noch alle Schlüssel?«

Sie schauten nach und stellten fest, dass es alle vier Schlüssel mit ihnen an die Oberfläche geschafft hatten.

»Das ist das erste und letzte Mal, dass ich in einen Untergrund gehe, den Wasserzwerge gebaut haben«, erklärte Thomas. »Hat schon einer von euch eine Idee, wie wir zurück zur Festung kommen?«

Kiran sah in den Himmel. »Die Sonne steht hoch am Himmel. Es ist Mittag. Wenn dort Süden ist«, er wies zum Horizont, »dann sollte dort Westen sein. Wenn ich raten müsste, dann sind wir da unten die meiste Zeit Richtung Osten unterwegs gewesen. Der Bach fließt ebenfalls ostwärts. In diesem Fall liegt die Festung entgegen der Fließrichtung. Wer weiß, vielleicht sind wir mehr als einen Tagesmarsch fortgespült worden. Wir sollten uns rasch für eine Richtung entscheiden.«

Finn hatte nichts dagegen, es mit Westen zu versuchen.

»Ich bin auch dafür«, erklärte Thomas. »Und mein Speer übrigens auch.«

Als sie hinter einer nahe gelegenen Hügelkette mehr von ihrer Umgebung sehen konnten, fiel ihnen sofort ein zerklüftetes Gebirge auf, das sich im Nordosten in gewaltige Höhen erhob.

»Die Stelle da«, zeigte Finn«, kommt mir wage bekannt vor. »Ich könnte mir vorstellen, dass das die Berge sind, die wir von der Ostseite der Festung sehen können. Wer weiß, vielleicht stehen Decora und die anderen ja schon auf den Zinnen, um uns zu begrüßen …«

Sie gingen noch eine ganze Weile schweigsam weiter. Da sagte Kiran: »Apropos Decora …«

Finn fühlte sogleich eine bleierne Schwere, die sich auf ihn legte. Doch er zwang sich, diese abzuschütteln. Sie waren Freunde, Kiran und er. Als Freunde mussten sie darüber reden. Er lächelte seinen Freund schief an.

»Ich bin bereit«, sagte er.

Kiran lächelte nicht weniger schief, dafür trauriger. »Sie hat sich für dich entschieden, Finn.«

»Kiran, ich …«

»Du brauchst dich nicht zu entschuldigen oder sonst was. Hör einfach zu. Ich möchte jetzt und für allemal für klare Verhältnisse sorgen. Es ist doch so: Gegen dich hatte ich nie eine Chance. Das zwischen Decora und mir war bloß …« Er suchte nach den richtigen Worten. » … wir waren verletzt. Wir beide. Du warst weg. Und was ich für sie empfinde, wussten wir alle schon längst. Natürlich bilde ich mir ein, dass sie mich mag. Wirklich mag …« Er schniefte. »Aber sie liebt nur dich.«

»Danke, Kiran, ich weiß das sehr zu schätzen.« Nun überlegte er, was es noch zu sagen gab. »Wenn wir sie wiedersehen …«

Kiran ließ ihn nicht ausreden. »Wenn wir sie wiedersehen, dann wirst du Gewissheit haben. Und jetzt lass uns nach vorn blicken!«

Sie sahen Thomas an, als ob der auch etwas zur Sache sagen wollte.

»Da halte ich mich raus«, wehrte er ab. »Aber ich bin stolz auf euch. Ihr könnt euch glücklich schätzen, euch zu haben. Was auch immer geschehen wird.«

Die nächsten Stunden sah ihr Rückweg – zumindest hofften sie, dass es ihr Rückweg war – recht gleich und eintönig aus. Die Hügelwiesen veränderten sich kaum, aber es war natürlich gut möglich, dass hinter der nächsten Kuppe endlich die Festung in Sicht kam. Der Speer wurde indes nicht müde, ihnen die Richtung zu weisen, und so wurden auch sie nicht müde, immer noch ein wenig weiterzugehen. Als es dann aber doch Abend geworden war und sich eine blasse Mondsichel am Himmel zeigte, machten sie Halt. Ihre Beine taten weh. Eigentlich tat ihnen alles weh. Mit gemischten Gefühlen legten sie sich in das kniehohe Gras.

Es war eine seltsame Nacht. Sie schafften es kaum zu schlafen, obwohl es weit weniger kalt war, als für die Jahreszeit üblich. Melodien im lauen Wind hielten ihre Augen und Ohren offen und am nächsten Morgen fühlten sie sich tatsächlich noch müder als am Abend zuvor. So trotteten sie ein paar Stunden weiter, bis am Horizont tatsächlich ein massiges Bauwerk in der Ebene sichtbar wurde.

»Die drei Türme!«, rief Finn. Sofort hellte sich seine Laune auf. »Und daneben der Wald! Wir haben es geschafft!«

»Da sind auch die Truppen, wenn ich mich nicht täusche.« Kiran kniff die Augen zusammen. Winzige Punkte waren südlich in den Wiesen neben der Festung zu sehen. »Trainieren die etwa ohne uns?«

»Was hast du gedacht?«, seufzte Finn. »Dass die Zeit stehenbleibt, wenn wir einfach verschwinden?«

»Wenigstens schicken sie ein Begrüßungskomitee!«, freute sich Thomas. Etwa ein Dutzend der kleinen Punkte näherte sich ihnen. »Bestimmt können sie uns durch Fernrohre sehen.«

Sie beobachteten eine Zeitlang verwundert, wie die kleinen Punkte näher kamen. In enormem Tempo nahmen diese Hügel um Hügel.

»Die sind aber verflucht schnell«, stellte Thomas fest. »Wer könnte das sein? Bacariten?«

Kiran und Finn sahen sich an. Dann sahen sie wieder nach vorn.

Finn sagte: »Ich glaube nicht, dass das welche von uns sind, Dad.«

Der Festungssturm

Wüstenfürstin Hikabe war schon eine ganze Weile zusammen mit einigen ausgewählten Kriegern ihrer Leibgarde auf Erkundungstour in und auf der Festung. Decora hatte selbstverständlich nichts dagegen, aber sie fragte sich doch, was im Kopf der Königin vor sich ging. Gemeinsam mit Raukelunk, Danaa, Woti, Ina, Barbara, Ammi, Ashnaprilla, Charadri, Mergo, Mahasim, Fred und Badrak wartete sie in der Kirche, wie Finn sie damals genannt hatte. Auch Flacka und Melvin waren wieder da, zusammen mit den neuen Ankömmlingen Unkerich Acerbus, Kammerdiener Ionathan, Botschafter Rillendi und dem Wasserzwerg Eiwerink.

Aber noch eine weitere Person hatte sich ihrer verrückten Truppe angeschlossen. Enwin Seenfürst blickte in die Runde und war immer noch so verblüfft wie in der Sekunde, als er zusammen mit Flacka und Melvin von Vilcazon zurückgekommen war.

»Das hätte ich mir niemals träumen lassen!« Er hatte Tränen in den Augen. »Ich schäme mich jeden Tag mehr dafür, wer ich früher gewesen bin. Was Ihr geschafft habt, Himmelsfürstin, wird in die Geschichte eingehen!«

Decora fiel es schwer, dem Wasserzwerg ein Lächeln zu schenken, das er dringend zu brauchen schien. Nicht, weil sie ihn nicht dort haben wollte – im Gegenteil – sondern weil er die Situation doch falsch einschätzte.

»Wir haben das zusammen geschafft. Alle, wie wir hier stehen. Nur das macht uns stark. Und doch ist noch nichts gewonnen. König Kiran von Weit-Alon, Thomas Ritter und Finn Ritter … sie fehlen.«

»*Finn Ritter* …«, wiederholte König Enwin. »Der Dritte Engel aus der anderen Welt, von dem ich soviel gehört habe. Er ist für das Heer ein Symbol.«

Decora sah an Enwin vorbei, vor ihrem inneren Auge erschienen Bilder, die nur für sie bestimmt waren.

»Wir brauchen ihn … sie alle … nicht nur deswegen.«

Enwin nickte. »Aber da ist noch Hikabe …«

Es war seltsam. Enwins Stimme hallte zwischen den Bänken wider, obwohl er nur leise sprach. Sie waren so viele, aber das Warten schnürte ihnen die Kehlen förmlich zu.

»Ja«, sagte Decora. Sie bemühte sich um eine feste Stimme. »Für die allerwenigsten von uns ist die Vergangenheit dieses Ortes so bedeutsam wie für sie. Die schreckliche Geschichte der Elfen des Großen Vier-Völker-Krieges manifestiert sich hier, obgleich es für uns heute keinen günstigeren Ort geben könnte.«

»Und dann bin noch ich da ...«

Nun sah Decora dem König fest in die Augen. Er sah gezeichnet aus. Geläutert. Sie glaubte daran, dass er seine frühere Art bereute. Aber ob das im Zusammenhang ausreichte? Sie standen kurz vor ihrem Kampf gegen Trucido. Ob Hikabe und ihre übrig gebliebenen Krieger eine Hilfe waren, oder jetzt noch Probleme brachten, musste sich noch zeigen.

»Ja«, bestätigte Decora abermals. »Ihr, König Enwin, zusammen mit der Festung ... Wir müssen hoffen, dass Königin Hikabe sich nicht doch dazu hinreißen lässt, hier zu jemandem zu werden, der Ihr einmal gewesen seid. Königin Hikabe ist ...«

» ... *beeindruckt.*«

Die Wüstenfürstin selbst stand plötzlich im Eingang. »Diese Truppen ... dieser Ort ... Ihr habt ihn zu etwas gemacht, dass ich wahrlich nicht für möglich gehalten hätte. Ich stelle mir vor, dass Horellio von so etwas geträumt hat, als er noch lebte.«

Mit stechendem Blick sah sie Enwin an. »Aber hier ist noch nicht alles getan. Wenn wir uns zusammenschließen sollen, wenn ich meine Krieger in dieser vereinigten Welt gegen Trucido schicken soll, dann lasst mir freie Hand.«

Decora spürte, dass es hier nicht viel Spielraum gab. Aber sie trug Verantwortung. So einfach war das also nicht.

»Freie Hand wobei?«

Hikabe lächelte unergründlich. »Das müsst Ihr schon mir überlassen. Ich werde Eure Antwort als Zeichen des guten Willens und des Vertrauens werten. Oder als Beleg dafür, dass die Vergangenheit sich doch nicht so leicht abschütteln lässt, wie es hier oberflächlich den Anschein haben mag. Überlegt gut, was Ihr nun antwortet, Himmelsfürstin Nubigena.«

Decora konnte beinahe körperlich fühlen, wie schwer die Verantwortung sein konnte, die auf ihren Schultern ruhte. Nicht nur die Personen in diesem Raum waren davon betroffen, sondern die Vieltausenden Männer und Frauen da draußen.

»Ich gewähre Euch freie Hand, Wüstenfürstin Hikabe. Unter einer Bedingung.«

Hikabe zögerte. »Welche Bedingung?«

»Niemandem in dieser Festung wird ein Schaden zugefügt.«

Hikabe sagte: »Ihr habt mein Wort.« Sie wandte sich zum Gehen. »Meine Gemächer habe ich bereits ausgesucht. Haltet Euch einen Tag bedeckt. Morgen Mittag treffen wir uns vor der Festung.«

Zuletzt sah sie Enwin an.

»*Wir alle.*«

Dann öffnete sie die Tür und verschwand.

Als die Sonne, die am nächsten Tag wenig Kraft hatte, im Zenit stand, standen auch die Reisenden vor der Festung. Vorneweg Decora, hinter ihnen hatten sich beinahe die gesamten Heerestruppen eingefunden. Es hatte sich rasch herumgesprochen, dass ein wichtiges Treffen von Decora Nubigena und Wüstenfürstin Hikabe anstand. Außerdem hatten viele schon bemerkt, dass sich die Festung über Nacht verändert hatte. Fred und Badrak tuschelten mit Raukelunk. Fred sagte: »Die Elfen haben geschuftet. Da ist etwas an den Zinnen angebracht.«

Decora war nervös. Wenigstens musste sie nicht lange warten. Schon kam Hikabe durch das große Tor. Sie war allein. Ihre Leibgarde zeigte sich im gleichen Augenblick oben auf den Zinnen. Ohne Umschweife näherte sich die Wüstenfürstin den Reisenden. Vor Decora blieb sie stehen.

»Danke für Euer Vertrauen«, sagte sie.

Decora war sich immer noch unsicher, ob sie die richtige Entscheidung getroffen hatte. »Ich hoffe, es hat sich gelohnt«, antwortete sie ehrlich.

»Dann lasst uns nicht länger warten.« Hikabe gab ein Zeichen zu den Zinnen. Mehrere Elfen schwärmten nach links und rechts aus. An den äußeren Ecken machten sie Halt.

Hikabe rief, sodass es zumindest auch die vorderen Reihen der versammelten Kämpfer hören konnten.

»Wir kämpfen dafür, dass alle Völker frei sind. Wir kämpfen gegen das Leid, das es vor siebenhundert Jahren gab, und das es auch heute wieder gibt!«

An den Seiten der Festung entrollten sich zwei riesige Banner. Hikabe musste geschickte Elfen in ihren Reihen haben, die dies in so kurzer Zeit geschafft hatten. Auf den hellblauen und pink-roten Bannern prangte die sechzehnteilige Flügelblume, das Symbol der Elfen.

»Das ist nur fair«, flüsterte Enwin.

Decora nickte erleichtert. Natürlich war die Festung die längste Zeit ein altes Unterdrückungssymbol gewesen. Alles, was half, diese Vergangenheit zu bewältigen und stärker zu sein, war ihr nur recht.

Aber Hikabe gab ein zweites Zeichen. Im nächsten Augenblick entrollten sich zur Mitte hin sechs weitere Banner. Je zwei mit dem Symbol der Menschen, zwei mit dem der Lunatae und zwei mit dem der Zwerge.

Hikabe rief: »Wir kämpfen nun zusammen. Diese Banner zeigen, dass niemand über dem anderen steht!« Wie zuvor sah sie Enwin an. Diesmal aber lag Versöhnung in ihrem Blick. Decora konnte sehen, wie sich eine Mischung aus Verwunderung, Freude, Erleichterung und Dankbarkeit in Form einiger Tränen entlud.

»Danke, Hikabe«, sagte er. Und flüsternd fügte er hinzu: »Horellio, wo auch immer Ihr seid, ich hoffe, Ihr könnt dies sehen!«

Hikabe aber war noch nicht fertig. Auf ein drittes Zeichen hin entrollten sich noch zwei Banner, noch weiter zur Mitte hin als die der Zwerge. Sie zeigten eine Feuerkoralle mit fünf Enden. Decora kannte das Symbol von der Feuerente.

»Die Seepferde sind diejenigen, die von allen am meisten leiden mussten. Nichts ist vergleichbar mit dem, zu was sie durch Trucidos Zauber werden mussten.«

Decora hatte einen Kloß im Hals. Nun fühlte sie mit Enwin mit. Das Raunen, das durch die Massen ging, bestätigte ihr Gefühl. Sie hatte bisher nicht gewusst, was gefehlt hatte, aber in diesem Augenblick war es ihr klar geworden.

»Aber«, fuhr Hikabe fort, »dieser Ort ist durch die Himmelsfürstin und alle, die hier versammelt sind, zu etwas gänzlich Neuem geworden. Um die Vergangenheit wirklich abzuschließen und neue Horizonte zu erfahren, brauchen wir gleichfalls einen neuen Anker. Es war nicht schwer, diesen Anker zu finden, wenn man sich hier umschaut. Dann lächelte sie erst Enwin, dann Decora an. »Meinem Ehemann hätte das gefallen.« Sie zog ihren Ärmel hoch. Im selben Moment entrollten sich die zwei letzten Banner, die genau über dem Tor die Mitte bildeten. Sowohl die Banner als auch Hikabes Unterarm zeigten den Halbmond mit den drei funkelnden Sternen. Das Symbol für Decoras Armee. »Nehmt Ihr uns in Eure Kampfreihen auf, Himmelsfürstin?«

Unter den Jubelschreien Mergos und aller Soldatinnen und Soldaten, lachte und weinte Decora. Sie ging auf Hikabe zu. »Decora reicht, wenn es für Euch in Ordnung ist.«

»Das ist es«, lachte Hikabe und drückte Decora an sich.

Als sich die beiden Königinnen wieder losließen und Decora ihre Tränen trocknete, fragte Hikabe. »Wie werden wir weiter vorgehen?«

Noch immer jubelten die Kämpfer in der Ebene.

»Wir müssen den Angriff planen und koordinieren«, sagte sie ernst. »Aber einer Sache bedarf es vorher noch.« Sie wand sich zu Melvin und Flacka. Unkerich, Ionathan, Eiwerink und Rillendi standen ebenfalls dabei. »Wir wissen nun, was mit Renkeja und Hildir geschehen ist.«

Melvin ahnte sofort, worauf Decora hinaus wollte. Auch Woti und die anderen Telluriscorianer hatten es längst erraten.

Sie sagte: »Wir müssen Königin Idisi in Kenntnis setzen. Aber …« Woti fasste tröstend ihre Hand. »… aber ohne Finn und Kiran …« Sie atmete tief durch. »Es muss sein. Und es duldet keinen Aufschub. Ich werde es sofort tun!«

Sie wollte schon gehen, da erschien vor ihr, gleichsam aus dem Nichts, ein winziger feuerroter Funken.

»Was war das?«

»Was war was?«, fragte Woti.

»Da war ein …«

Doch ihre Antwort erübrigte sich. Im nächsten Augenblick erschienen mehr Funken in der Luft und flirrten und schossen zwischen sie. Die Freudenrufe im Heer wichen Erstaunen. Das Portal vor Decora wurde rasch größer. Es wuchs, bis es sie knapp überragte. Das Rot leuchtete bis weithin sichtbar in die Truppenreihen hinein. Decora und die anderen rückten ab und bildeten einen größeren Kreis um das Portal.

»Finn, Kiran und Thomas?«, rief Flacka.

»Sie haben keine Scherben!« antwortete Decora.

»Wen erwarten wir sonst?« Ammi war in höchster Alarmbereitschaft.

»Niemanden«, antwortete Decora. »Aber Trucido hat Renkeja und Hildir. Macht den Kreis noch größer! Wir müssen mit allem rechnen!«

Sie zog ihren Eisenholzstab, den sie mittlerweile mit einem Gurt auf dem Rücken trug.

»Charadri, Mergo: Holt Scherben aus der Festung. Vielleicht brauchen wir sie! Alle, die Waffen haben – schnappt euch eine!«

»Ich will hierbleiben!«, protestierte Mergo.

»Komm schon, du hast Decora gehört!« Charadri trieb ihn zur Eile. Er nickte Decora dankbar zu und rannte los. Mergo folgte ihm widerwillig.

Hikabe und Danaa gaben Zeichen zu den Elfen und Bacaritenwächtern. Melvin drehte an den Rädchen seines Schienenapparates. Decora hielt ihren Stab hoch, sodass alle ihn sehen konnten. Sie konzentrierte sich. Ein Blitz schoss daraus hervor. Ihre Haare leuchteten auf.

Sie rief: »Hier haben wir etwas Neues! Seid bereit!«

Decora starrte in das rote Portal. Ein einzelner Gedanke überlagerte alles: Sie hatten zu lange gewartet. Ihr Feind machte den ersten Zug.

Dann stürzten die Kelpen aus dem Portal.

Decora sah die Kelpen vor sich. Wilde, furchterregende Bestien, deren vorspringende Klauen nur einen Zweck hatten: töten. Aber auch sie hatte fleißig geübt. Sie konzentrierte sich. Ihr Splitterring leuchtete hell auf, genau wie sein großer Bruder, der Edelstein auf dem Eisenholzstab. Ein zitterndes, leuchtendes Band zuckte zwischen den Steinen, im nächsten Augenblick sirrte und blitzte vor Decora ein Schild aus Energie und Licht. Es kostete sie gewaltige Anstrengung, aber sie ging nach vorn: Die ersten Kelpen trafen mit Wucht auf ihren Schutzschild, aber Decoras Konzentration hielt der mächtigen Erschütterung stand. Die Kelpen schlugen und sprangen und bissen nach ihr, konnten sie jedoch nicht erreichen. Langsam setzte sie einen Fuß vor den anderen, weiter in Richtung Portal, und trieb auf diese Weise einen Keil in die Horde der Angreifer. Links und rechts von ihr bildeten sich zwei Ströme: Wie ein reißender Fluss, der sich an einem Felsen brach, schoben sich die Monster an ihr vorbei. Immer neue Kelpen sprangen aus dem Portal hervor, während die vordersten von ihnen an Decoras Flanken auf die Linien der Verteidiger trafen. Ein paar Dutzend Kelpen schlüpfen durch Schwert- und Axtlücken, bis die vereinten Kämpfer Aethras und Telluriscors einen Verteidigungsrhythmus in diesem Chaos gefunden hatten. Klauen und Hufe trafen mit ihren Waffen aufeinander, Kelpen fielen in Scharen, aber schon bald kletterten immer neue Kelpen über ihre erschlagenen Brüder und Schwestern. Melvin sprang zu Decora und schützte sie von hinten. Sein Eisenfuß traf einen Kelpen in den Rücken. Der Stoß katapultierte den Gegner direkt in Ammis und Ashnaprilla Arme, die ihm mit jeweils einem Säbel und einer Handaxt den Rest gaben. Fred und Badrak kämpfen in vorderster Reihe zwischen einem Trupp Bacariten, die mit langen Speeren und noch längeren Armen die Angreifer aufspießten und weiter nach hinten zu ihren Mitkämpfern fortschleuderten. Danaa selbst schwang eine mächtige Hellebarde und zerteilte zwei Kelpen, noch bevor sie Raukelunk zu nahe kommen konnten. Woti zog den Bacariten mit Ina weiter nach hinten, um ihn aus der Reichweite weiterer Klauen zu bekommen. Barbara half ihnen, hielt selbst ein Kurzschwert gezückt, aber in dem Moment, in dem sie sich tapfer einem schnaubenden Kelpen in den Weg stellte, stieß ihn Unkerich Acerbus fort, als wäre er bloß eine Puppe, und pflügte neben Barbara eine Schneise in die Angreifer. Er hatte zwei Äxte von irgendwo her bekommen, damit teilte er in einem riesigen Radius nach links und rechts und vor sich gleichzeitig aus. Fünf Kelpen schlug er dabei quasi entzwei und preschte weiter wie eine Dampfwalze nach vorn. Die Kelpen, die sich noch rührten, wurden von der Sternemaus Karinkina in die Höhe gehoben und zurück in die Truppe geschleudert. Noch im Sturz nahmen die Elfen Vilcazons die letzten zuckenden Teile der Kelpen mit ihren Bögen in Beschuss. Zwerg Eiwerink stand Rücken an Rücken mit Mahasim und Königin Hikabe und erwehrte sich mit ihnen eines eigentlich geschlagenen Kelpen, der aber, in der Mitte vertikal von Unkerich geteilt, immer noch keine Ruhe gab. Es waren keine fünf Minuten vergangen und eine Schlacht tobte vor der Unerreichbaren Festung, die so rasch gekommen war, als handelte es sich um einen wahnsinnigen Fiebertraum. Der Strom der Kelpen wollte nicht abreißen und während die Haufen der getöteten Monster sich immer höher auftürmten, versuchte Decora mit aller Kraft, noch näher an das Portal zu kommen. Sie wusste eines ganz sicher: Trucido besaß solch raue Mengen an Kelpen, dass diese eher tot bis an die Zinnen der Festung reichen würden, ehe der Zauberer ihren Zustrom abebben lassen würde. Ihr erster Gedanke, ein anderes Portal vor das rote Portal aufzurufen, in das die Kelpen springen würden, war nicht machbar. Jeder, der das versuchte, unterschrieb damit sein Todesurteil. Abgesehen davon würden sich Mergo und Charadri mit den Scherben auch nicht zu ihr durchschlagen können. Die einzige Chance, die sie sah, war, mit ihrem Schild nahe genug heranzukommen, um die Kelpen zurückzudrücken und irgendwo in die Weltgeschichte zu schicken. Aber sie musste sich beeilen. Aus den Augenwinkeln sah sie nicht nur Kelpenleichen. Viele Soldatinnen und Soldaten in den vorderen Reihen hatten den Angriff bereits mit ihren Leben bezahlt. Auf so engem Raum waren die Klauen der Kelpen eine verheerende Waffe! Decora biss die Zähne zusammen. Noch ein Schritt nach vorn. Das Portal war nur noch wenige Meter von ihr entfernt! Drei Kelpen warfen sich gemeinsam nach vorn. Decora taumelte. Den Bruchteil einer Sekunde flackerte ihr Schild, als wollte es sich auflösen. Weit über sich sah Decora die Banner, die Hikabe angebracht hatte. Der Viertelmond schien die drei Sterne zu umfassen. Sie dachte an die Tätowierungen dieser Männer und Frauen. Sie trug die Verantwortung für sie. Sie hatte doch damals alles ins Rollen gebracht! Decora zog ihre gesamte Kraft zusammen und spürte, wie diese in ihren Ring und ihren Stab floss. Ihr Schild erneuerte sich, die Kelpen prallten davon ab. Doch sie musste weiter nach vorn, sonst würde das Ganze kein Ende nehmen! Sie versuchte, ihren Fuß zu bewegen. Fehlanzeige! Ihre ganze Kraft ging in ihren Schild. Sie schrie, aber ihr

Fuß bewegte sich nur Zentimeter. Doch dann spürte sie neben sich eine vertraute Person. Flacka hatte sich zu ihr vorgekämpft. Unter ihrer Augenklappe tropfte Blut hervor.

»Streng dich an, Decora!«

Der Piratin waren weder ihr Alter noch ihre alten Verletzungen anzumerken, als sie sich seitlich hinter sie stellte und mit gegen die Kelpenwelle anschob.

»Nur noch ein kurzes Stück!«

Decora spürte neue Kräfte in sich. Zusammen schafften sie es! Ihr gelang ein Doppelschritt. Das Portal war jetzt ganz nah. Die neuen Kelpen prallten schon im Sprung vor ihren Schild und tropfen zu den Seiten hin ab. Der Kampflärm um sie herum war ohrenbetäubend.

»Einmal noch!«, drang eine zweite vertraute Stimme an ihr Ohr. »Du kannst es doch!«

Woti!

Jetzt drückten der Gwilling und die Wasserzwergin mit und stabilisierten sie. Ein letztes Mal sammelte Decora Kraft. Sie durfte den Schild nicht fahren lassen. Aber es waren auch nur noch zwei oder drei Schritte. Da spürte sie noch einmal Druck von hinten. Ammi und Ashnaprilla sicherten Woti, und Barbara und Ina hielten Flacka.

»Wir sind hier, Decora!«, brüllte da Fred, der Troll. Zusammen mit Mahasim, Badrak, Melvin und ganz hinten Unkerich Acerbus drückten sie sich ebenfalls in Decoras Bresche. Und irgendwie hatten es sogar Mergo und Charadri zurückgeschafft und schoben, damit Flacka, Barbara und Ina nicht ausbrachen.

Decora ballte ihre linke Faust und drückte mit der rechten ihren Stab. Ihre Haare standen wie elektrisch geladen in alle Richtungen und ihre Augen leuchteten fast weiß. Sie machte die letzten Schritte. Das Schild pulsierte und knisterte. Die letzten Kelpen schoben sich bei Aufprall daran vorbei, dann war sie nahe genug. Die neuen Kelpen wurden zurück in das Portal geschleudert und nahmen die, die nachkamen, gleich mit. Jetzt zeigten sich nur Köpfe oder Klauen und Hufe vor dem Portal, ganz heraus schafften es die Kelpen nicht mehr. Ein ums andere Mal vibrierte Decoras Schild, während weiter die Kelpenteile wie schwere Geschosse dagegenprallten und zurückflogen.

»Ich kann das nicht unendlich lange durchhalten.«

Neben ihr ebbte der Kampflärm langsam ab. Es kamen keine Kelpen mehr nach.

»Wir bleiben bei dir!«, rief Barbara. »Irgendwann schließt es sich!«

Aber Decora war sich da nicht so sicher. Trucido spürte, sah vielleicht sogar, was die Kelpen sahen. Er wusste, dass sie das nicht ewig aushielt. Und das Portal von Finn hatte er Monate aufrechtgehalten!

»Noch ein bisschen!«

Decora hörte sie Mahasims Stimme.

»Ich bin gleich wieder da! Ruft ein Portal zu Trucidos Portal auf!«

Die umstehenden Kämpfer feuerten Decora an. Sie sahen, was die Lunata leistete, aber auch ihnen war klar, dass das Ganze nur noch von sehr kurzer Dauer sein konnte. Währenddessen konnten sie beobachten, wie Mergo, Charadri und Melvin Mahasims Aufforderung folgten. Es dauerte eine gefühlte Ewigkeit, bis Mahasim zurückkam, aber plötzlich stand er wieder da. Und ein neues Portal war entstanden.

»Führt dieses Portal dorthin, woher die Kelpen kommen?« Er war ganz außer Atem.

Mergo nickte. »Wir hoffen es.«

»Dann wird das helfen!« Mahasim lachte und hustete. »Vielleicht hätten wir das schon vorher tun sollen. Einfach, um Trucido ein bisschen zu ärgern.«

Daraufhin zog er nicht eine, sondern gleich drei blaue Donnersteingranaten aus einer Tasche hervor.

»Bin gespannt, wie dem Zauberer das schmeckt!«

Ohne weiter Zeit zu verlieren, schmiss er die Granaten durch das Portal.

Es war verrückt, sich vorzustellen, wie die Explosion auf der anderen Seite aussah, denn auf ihrer Seite blieb ja alles still. Sekunden später aber kamen plötzlich keine neuen Kelpen mehr durch das Portal. Decora atmete auf. Es dauerte nur noch ein wenig länger, da wurde das Portal kleiner. Noch ein paar Augenblicke danach waren nur noch einzelne Funken übriggeblieben, die sich langsam in Luft auflösten.

Sie hatten es geschafft! Mahasim jubelte als Erster. Bald folgten seinem Beispiel Tausende.

»Das wird eine wunderbare Geschichte!«

Decora hatte jedoch keine Zeit, darüber nachzudenken, ob dies nun als ein Erfolg oder als ein Rückschlag gewertet werden konnte. Es galt zuerst, sich um die Verletzen zu kümmern. Aber sie kam nicht einmal dazu, sich einen Überblick zu verschaffen. Hikabe trat zu ihr.

»Meine Elfen haben etwas gesehen! Ihr müsst sofort mitkommen, Decora!«

»Nein, das sind definitiv keine Leute von uns!«

Kiran spähte in Richtung Festung. Die kleinen Punkte kamen immer näher und wurden dabei rasch größer, sodass sie ihre wahre Form offenbarten.

»Thomas, hast du was dagegen, wenn ich wieder den Speer nehme?«

Thomas antwortete nicht einmal, sondern reichte die Waffe wortlos rüber.

Finns Herz raste. Er hoffte nur eins – dass es Decora und den anderen gutging. Er sah Kiran an, Kiran sah ihn an, und sie beide wussten, dass sie ein- und dasselbe dachten.

»Also hat Trucido einen Weg gefunden? Aber warum jetzt? Was hat sich geändert?«

Kiran sah fassungslos, wie der Kelpenhaufen noch näher kam. Vielleicht waren sie noch einen Kilometer von ihnen entfernt.

Thomas flüsterte: »Barbara und die anderen …«

Finn legte seinem Vater die Hand auf die Schulter. »Bestimmt ist alles gut.« Er hoffte so sehr, dass er sich nicht täuschte. »Wie machen wir es?«, fragte er dann.

Kiran zog eine Grimasse. »Mit bloßen Händen ist da wenig zu machen. Ein paar kann ich mit dem Speer erwischen.«

»Und wir?« Finn suchte nach etwas, das er als Waffe benutzen konnte, aber weit und breit war nichts dergleichen zu finden.

»Wenn sich die Chance ergibt, brechen wir alle durch«, erklärte Kiran. »Wir nehmen die Beine in die Hand und sehen zu, dass wir zur Festung kommen.

Die Kelpen waren weniger als fünfhundert Meter weit entfernt.

»Aber bis dahin?«

Das Schnauben der Monster war jetzt zu hören. Selbst auf der Grasnarbe gab ihr galoppierender Gang dumpfe Töne von sich, die den Boden vibrieren ließen.

»Improvisieren«, schlug Kiran vor und stürmte nach vorn.

Finn blieb hinter Kiran, dahinter lief Thomas.

»Du schaffst das«, feuerte er seinen Freund an. Es tat gut, das zu sagen. Selbst wenn ein Dutzend Kelpen auf sie losstürmte. Die Monster waren zum Greifen nahe.

Kiran hielt den Speer wie ein Stabhochspringer nach oben und sprang in die Mitte ihrer Gegner. Er drehte sich im Kreis. Finn und Thomas gingen in der Bewegung mit. Der Schaft des Speeres fegte etwa die Hälfte der Kelpen von ihren Hufen.

»Weiter«, rief Kiran.

Sie sprangen über und zwischen die Monster und schafften es, den liegenden Kelpen und ihren Klauen und Mäulern auszuweichen. Kiran rannte vor ihnen weiter und hielt den Speer ausgestreckt nach vorn. Zwei Kelpen spießte er damit auf, mitten durch ihre Panzerung und ihren Rumpf hindurch. Die Monster rutschten nach vorn, aber bevor sie Kiran aufschlitzen konnten, riss er der den Speer in die Luft und schleuderte die Kelpen über ihre Köpfe nach hinten. Leider rutschte ihm die Waffe aus der Hand. Die Kelpen knallten auf den Boden, einer schien tot, aber die beiden Körper behinderten sich, sodass der noch lebendige Kelpe nicht wieder aufstehen konnte. Dafür waren alle anderen wieder oder immer noch auf den Beinen. Schon hatten zehn Kelpen sie in einem größeren Kreis umzingelt.

Kiran keuchte. »Sucht eine Lücke!«

Vor Finn hatten sich die Kelpen noch nicht vollends zusammengezogen. »Hier, bei mir!«, rief er.

Kiran und Thomas folgten ihm. Sie hechteten durch die Lücke, aber die Kelpen waren schnell: Eine Klauenspitze erreichte Finn auf der einen Seite, Kiran auf der anderen. Finns Wunde war nicht tief, aber sie raubte ihm kurzzeitig den Atem. Er strauchelte, aber lief weiter, und auch Kiran stolperte neben ihm. Thomas in der Mitte stützte sie. Sie schafften nur hundert Meter, bevor die Kelpen ihnen wieder so dicht im Nacken saßen, dass sie beinahe ihren Atem spüren konnten.

»Wir schaffen es nicht bis zur Festung«, keuchte Finn.

Weder Kiran noch sein Vater antworteten. Finn rechnete jeden Augenblick damit, dass ihn eine Klaue von hinten aufschlitzte. Ein Kelpe direkt in seinem Rücken schnaubte. Da sirrte mit einem Mal etwas so Schnelles an ihm vorbei, dass es ihm eher wie eine Täuschung vorkam. Aber er spürte, wie der Kelpe hinter ihm wiehernd zusammenbrach. Vor ihnen, da waren …

Noch mehr Geschosse flogen an ihnen vorbei. *Pfeile*!

Irgendwer kam von der Festung zu ihnen. Jemand rief: »Auf den Boden!«

Alle drei schmissen sich der Länge nach hin. Jetzt rauschten die Pfeile nur so über sie. Die Kelpen-Verfolger preschten einfach in den Pfeilhagel hinein. Einige rissen noch ihre Klauen hoch, aber nach wenigen Augenblicken war alles vorbei. Das Schnauben erstarb. Ein einzelner Kelpe, der noch keinen Pfeil in Brust oder Kopf stecken hatte und noch lebte, versuchte sich mit seinen Klauen zu ihnen vorzugraben, aber gleich mehrere Pfeile hatten ihn an den Hinterbeinen auf dem Boden festgespießt. Ein einzelner, letzter Pfeil senkte sich von oben herab und durchstieß geräuschvoll den Kelpenhals. Es gurgelte, dann war auch dieser Kelpe tot.

Finn, Kiran und Thomas atmeten erleichtert auf. Sie waren zu schwach, um aufzustehen, also drehten sie sich auf den Rücken und sahen in den Himmel.

Kiran röchelte: »Okay, jetzt glaube ich es auch. Man kann sie also töten.«

Finn sagte: »Wir können nicht liegenbleiben, die anderen …«

Sie schnauften noch einmal durch und erhoben sich. Blut troff aus Finns und Kirans Seiten.

»Alles okay bei euch? Und wer sind die?«, fragte Thomas.

Aber das war in diesem Augenblick kaum mehr von Bedeutung. Zwischen den unbekannten Elfen-Bogenschützen und vielen anderen Kriegern, die sich ihnen in schnellem Lauf näherten, bahnte sich nämlich Decora einen Weg zu ihnen.

Finn und Kiran riefen: »Decora!«

Die Haare der Lunata leuchteten weiß, als sie endlich ankam und zu ihnen stürzte. Auch Barbara und Woti und die anderen waren gekommen. Und … *Raukelunk und Ina*!

Barbara umarmte Thomas und Finn und wusste kaum, was sie sagen sollte, Woti und Ina und Raukelunk und Mergo kümmerten sich um Kiran. Decora aber, für die Barbara Platz machte, umschlang Finn. Sie sagte nur: »Ich bin so froh, dass es euch gutgeht!« Dann küsste sie ihn und es bedufte keiner weiteren Worte mehr. Finn spürte, wie in diesem Moment alles wieder gut geworden war. Er küsste sie zurück, lange und innig. Als sie ihren Kuss beendeten und sich glücklich ansahen und lachten, musste er sich nur noch einer Sache vergewissern: Er drehte sich um und sah zu Kiran. Dessen Gesicht zeigte ein schiefes, trauriges, aber auch wissendes Lächeln, als wollte er sagen: *Ich habe es doch gesagt. Sie hat sich für dich entschieden, Finn. Von Anfang an. Es tut zwar weh, aber es ist in Ordnung, so, wie es ist. Ich werde damit klarkommen.*

Erst da bemerkte Finn, dass auch Decora Kiran auf dieselbe Weise wie er ansah. Seine Botschaft galt ihnen beiden. *Danke, Kiran,* sagte er im Geiste und nickte seinem Freund zu. Dann war er wieder bei Decora und wirklich alles, *alles* war in diesem einen Augenblick gut.

Teil 8 – Der Krieg der Masken

Die Welten vereint

»Wie kann man nur so aufgeregt sein wie du?«

Decora sah Finn strafend an. »Erinnere dich, für wen du dich entschieden hast. Du bist mit mir zusammen, nicht mit Königin Idisi!«

Finn wurde knallrot. Er fühlte sich ertappt, obwohl an Decoras Andeutung rein gar nichts dran war.

»Decora, du weißt doch …«, stammelte er.

Der Weg in den Thronsaal von Orrast schüchterte Finn ein, er fühlte sich von Decora und Isi gleichermaßen beobachtet und auf den Prüfstand gestellt, obwohl sie Letztere noch gar nicht getroffen hatten.

»Komm schon, Finn, das war nur ein Scherz!«, neckte ihn Decora. Sie zog ihre Augenbraue hoch wie er. Dann sagte sie: »Ich kann mir schon vorstellen, dass das nicht einfach für dich ist.«

»Ach so. Witzig …«

Finn war erleichtert. Halbwegs.

Kiran, der bei ihnen war, lachte schallend. »Das ist der Preis der Liebe, mein Freund!«, erklärte er. Er setzte sich nun vor sie. Sein kleiner Anflug von Schadenfreude schien ihn zu beflügeln. Die selbst bei dem immer wärmer werdenden Wetter stets kalten Gänge der Königinnenburg nahm er jetzt mit großen Schritten.

»Komm, Finn, wir wollen Königin Idisi doch nicht warten lassen. Bin gespannt, was sie sagt, dass sie dich sobald schon wiedersieht.«

Er grinste ihn an.

»Ja, ich auch.«

Aber dann fasste Decora seine Hand und es fühlte sich schon bedeutend leichter an, die letzten Meter zur Thronsaaltür zurückzulegen. Eine Menge Wachen standen zu beiden Seiten des Gangs und starrten vor allem Finn an. Aber seit zwischen Kiran und ihm wieder alles in Ordnung war und Decora und er wieder zusammen waren, störte es ihn tatsächlich kaum mehr, als Dritter Engel gesehen zu werden. Dieses Kapitel seines Lebens gehörte zu ihm. Aber es hatte sich glücklicherweise geschlossen. Mit den Nachwehen lernte er täglich besser umzugehen.

Isi hatten sie nicht verschrecken wollen, also waren sie – wie es sich für einen offiziellen Besuch gehörte – vor die Tore der Burg teleportiert, wo sie alarmiert samt und sonders Dutzende Soldaten empfangen hatten. Isi wusste also Bescheid und empfing sie. Natürlich. Aber Finn hatte nicht die geringste Ahnung, wie sie auf die Nachrichten über Renkeja und Hildir reagieren würde. Nur, dass sie Bescheid wissen musste, stand außer Frage. Daher hatten sie sich auch nur einen Tag nach Finns, Kirans und Thomas Rückkehr in die Festung auf den Weg gemacht.

Als sie einen breiten Treppenaufgang bestiegen, fragte sich Finn, wie Isi die letzten Wochen überstanden hatte. Er glaubte zwar zu wissen, wie es sich anfühlte, verlassen zu sein, aber de facto war er niemals wirklich in dieser Situation gewesen. Isi jedoch … Sie war *ganz allein* mit sich. Ohne Großmutter, ohne Mutter, ohne einen Freund, der sie begleitet hätte.

Die Wachen öffneten ihnen die schwere Thronsaaltür am Ende der Treppe und das große, leere Schloss kam Finn plötzlich noch viel trostloser vor.

Isi saß nicht auf ihren Thron. Sie stand abseits und Finn hatte sogleich das Gefühl, dass auch sie ebenso wenig wie er oder Kiran oder Decora wusste, wie dieses Wiedersehen vernünftig glücken konnte. Aber vielleicht wurde es auch gar nicht so peinlich und schlimm. Einen Augenblick glaubte Finn sogar, ein Lächeln von Isi in seine Richtung wahrzunehmen. Doch bereits im nächsten Moment verhärteten sich ihre Züge.

»Hätte nicht gedacht, euch so schnell wiederzusehen«, sagte sie kurz angebunden.

Die Tannen, die hier wuchsen und unter der hohen Decke leicht schaukelten, ließen es wirken, als würde sie aus einem Wald heraus auf sie zutreten. Alle Wachen waren an den Ein- und Ausgängen postiert, im Herzen des Thronsaals waren sie mit Isi allein.

Der Reihe sah Isi sie an.

»Herr König.« Sie nickte Kiran wenigstens halbwegs freundlich zu.

»Königin Decora.« Ihre Stimme wurde sogleich kälter.

»Finn.« Ihre Mimik fror ganz zu einem schmallippigen, säuerlichem Gesichtsausdruck ein. »Raus mit der Sprach, was wollt ihr? Meine Entscheidung hat sich nicht geändert, falls ihr darauf aus seid, meinen Teil des Heeres nach Aethra zu führen.«

Kiran wollte bereits nach vorn treten, aber Finn drückte Decoras Hand, ließ sie dann los und schob sich vor seinen Freund.

»Isi, es tut mir leid, dass wir so schnell wieder bei dir auftauchen …«

»Warum denn?«, zischte sie. »Bilde dir bloß nichts ein! Ich kann dir sehr wohl gegenübertreten, ohne gleich sentimental zu werden. Es wundert mich einfach nur, euch zu sehen.«

»Okay, Isi …«

Ihre Worte waren hart gemeint und trafen ihn genau so. Und sie hatte jedes Recht dazu, auf diese Art weiterzumachen. Aber darum ging es nicht. Er musste darüber stehen.

»Das wollte ich damit auch nicht sagen. Entschuldige.«

»Entschuldige dich nicht, Finn Ritter. Du bist eben deinem Herzen gefolgt. Wie könnte man das jemandem verübeln?«

Ihr schneidender Blick traf Decora. Doch gleich sah sie wieder Finn an.

»Und jetzt verratet mir bitte den Grund eures Besuchs. Ich habe zu tun. Mich auf Hildirs Rückkehr vorzubereiten zum Beispiel. Um *unsere* Länder sicherer zu machen. Aber auch das wisst ihr.«

Diesmal traf ihr vorwurfsvoller Blick Kiran.

»Genau darum geht es, Isi.«

Finn wartete, bis eine Glauka, die zwischen den hohen Zweigen ungesehen blieb, ihren gellenden Schrei beendet hatte. »Wir wissen jetzt, was aus Renkeja und deiner Großmutter geworden ist.«

Sie tranken nun schon eine ganze Weile Schneeapfeltee. Selbst Decora nippte aus Höflichkeit an dem süßen Getränk. Isi stapfte derweil hin und her, mittlerweile hatte sie sogar ihre alte Axt gegriffen und sah aus, als wollte sie diese irgendwo hineinrammen. Allein ihr fehlte ein richtiges Ziel. Obwohl sie nun wusste, wo es sich befand.

Endlich fragte sie: »Wie sicher seid ihr euch?«

Finn sagte: »Völlig sicher. Die beiden haben es geschafft, sich Trucido anzuschließen. Wie auch immer sie das gemacht haben.«

Isi funkelte sie grimmig an. Aber im nächsten Augeblick entspannten sich ihre Züge. Sie schien sich zu erinnern, dass Hildir weit entfernt war. Ihre Axt lag lockerer in ihrer Hand. Einen Herzschlag stand sie da und überlegte. Dann sagte sie: »Danke, dass ihr gekommen seid.« Und leiser fügte sie hinzu. »Ich will versuchen, in Zukunft an unserem Verhältnis zu arbeiten …«

Decora und Kiran gelang ebenfalls ein Lächeln, Finn aber sagte: »Heißt das, du kommst mit uns?«

»Was würde mich jetzt hier halten? Meine Aufgabe ist es, Telluriscor zu schützen. Und sei es, diese Aufgabe ist nur auf Aethra und im Kampf gegen einem maskierten Zauberer und seine Monsterhorden zu bewerkstelligen.«

Decora, Kiran und Finn sahen sich an. Sie hatten wahrlich nicht gedacht, dass ihr Treffen ein so gutes Ende nehmen würde.

»Und Euer Heer?«, fragte Kiran. Dann verbesserte er sich. »Und *dein* Heer, Idisi?« Idisi und Kiran waren sich im Laufe ihrer Berichterstattung näher gekommen.

»Auch das Heer«, bestätigte Isi. »Ich stehe zu meiner Entscheidung, hierher zurückgekehrt zu sein. Mit den Soldatinnen und Soldaten. Aber niemand von uns konnte das ahnen!«

»Das stimmt«, nickte Kiran. »Mein Bild von dir hat sich geändert. Ich möchte, dass du das weißt. Finn hat mir von den Briefen erzählt. Es fühlt sich nicht gut an, sein ganzes Leben lang hintergangen worden zu sein. Telluriscor kann sich glücklich schätzen, dich zu haben.«

Isi sah ihn lange an.

»Ist bei dir wohl auch so«, sagte sie schließlich.

Decora schaltete sich ein. »Toll, dann ist ja alles klar. Wann können wir los?«

Isi blickte sie an überrascht an. »Sternchen, du musst dich noch ein wenig gedulden. Ich war nämlich in eurer Abwesenheit nicht untätig.«

»Ich bin kein *Sternchen*!«

Decoras Augen blitzten.

»Dann vielleicht *Möndchen*?« Isi schüttelte belustigt ihren Kopf. »Nee, das hört sich blöd an. Ich bleibe bei *Sternchen*.«

»Hör zu, du …«

Hektisch zwängte sich Finn zwischen die Frauen.

»Das war doch nur ein Scherz von ihr, Decora!«

Auf seinen Lippen zeigte sich ein gequältes Lächeln.

Decora fuhr ihn an: »Nimmst du sie etwa in Schutz?«

»Nein, nein …«

»Was heißt hier *nein, nein*?!« Nun machte Isi einen Schritt auf ihn zu.

»Isi, bitte, es lief doch so gut …«

»Gut lief es also?!«, zürnte Decora. »Wir sprechen uns später noch!«

Finn schluckte. Ihm war heiß. Hilfe suchend sah er Kiran an. Der verzog sein Gesicht und machte mit den Händen eine abwehrende Bewegung. Doch da fingen plötzlich beide Frauen gleichzeitig an zu lachen. Finn stand völlig verdattert da.

»Er kann schon süß sein«, sagte Decora, »wenn man ihn auf dem falschen Fuß erwischt.«

»Das musst du mir nicht sagen«, entgegnete Isi. »Aber manchmal ist er einfach ein wenig schwer von Begriff.«

Finn klappte förmlich die Kinnlade runter, als Isi der Lunata zuzwinkerte. Kiran machte ein ziemlich vergnügtes Gesicht.

Als sich alle genügend auf Finns Kosten amüsiert hatten, sagte Isi: »Das war übrigens kein Scherz gerade eben. Ich war wirklich nicht untätig.«

Prompt rief sie eine Wache zu sich.

»Bringt ihn herein.«

Die Wache entfernte sich. Finn, Kiran und Decora sahen sich fragend an.

Als sich eine Weile später das Tor zum Thronsaal wieder öffnete, kamen einige Wachen in Begleitung eines jungen Mannes in ihrem Alter zurück. Seine Haut war dunkel. Er war groß, größer als Finn, aber nicht ganz so hoch gewachsen wie Kiran. Über seiner kräftigen Statur trug er feine Kleidung. Am auffälligsten aber war seine Krone. Decora und Finn schauten sich verwirrt an. Sie hatten immer noch keine Ahnung, wer ihnen da gegenübertrat. Der fremde König indes lachte beinahe geheimnisvoll.

Isi sagte: »Kiran, ihr beide kennt euch ja bereits, wie ich jüngst erfahren habe.«

Kiran stand einen kurzen Moment ungläubig da, dann – zu Finns und Decoras großer Überraschung – umarmte er den Fremden. Der ließ es sich nicht nur gefallen, sondern erwiderte die Geste. Dann ließ Kiran ihn wieder los. Misstrauisch sah er ihn an.

»Alkarin, bei den Engeln, was tust du hier in Orrast?«

»Ich kann es nicht glauben, dass Alkander tot ist. Es tut mir unendlich leid.«

Kiran sah Alkarin, Sohn des verstorbenen Alkanders, genau in dessen dunkelbraune Augen, aber Finn war sich sicher, dass er für den Augenblick von längst vergangenen Erinnerungen heimgesucht wurde. Und in der Tat ging sein Blick mehr und mehr ins Leere. Nachdenklich murmelte er weiter: »… wirklich, Alkarin, es tut mir leid …«

Alkarin aber legte seine vielfach beringten Hände fest auf Kirans Schultern.

»Ich danke dir für deine Anteilnahme, alter Freund, aber es braucht dir nicht leidzutun. Mein Vater starb im Schlaf. Er war bereits ein älterer Mann und konnte zufrieden auf sein Leben zurückblicken. Was aber dir«, er sah zu Isi und Decora, »was *euch* geschehen ist, dafür muss es einem leidtun. Meine Gedanken sind in diesen Stunden mehr bei euch als bei meinen Vater. Ich bin sicher, die Engel der Vergangenheit geben gut auf ihn Acht. Apropos Engel …« Alkarin sah Finn an. »Ich weiß nicht, was ich vor dieser Begegnung erwartet habe. Aber nun seid Ihr es, der hier vor mir steht. Darf ich Euch die Hand reichen?«

Finn war überrascht. Sie hatten alles Wissenswerte längst ausgetauscht. Es war Abend geworden. Aber das waren die ersten Worte, die Alkarin an ihn richtete.

»Ihr dürft, Alkarin. Und außerdem dürft Ihr auch weniger förmlich sein, wenn es für einen König nicht unschicklich ist. Ich bin Finn Ritter. Für Freunde von Kiran aber einfach nur *Finn*.«

»In der Tat«, sagte Alkarin. Er lächelte. »Das bist du. Isi hat mir alles über dich erzählt. Wenn nur die Hälfte davon wahr ist, dann freut es mich, nicht nur die Bekanntschaft des Dritten Engels zu machen, sondern vor allem die von Finn Ritter.«

Finn sah aus dem Augenwinkel amüsiert, dass Isi die Situation peinlich war. Aber er ließ sich nichts anmerken. Stattdessen nahm er Alkarins Hand und erwiderte dessen festen Händedruck.

Er sagte: »Es freut mich gleichfalls.«

Kiran lächelte.

Alkarin fragte: »Ihr beide seid also …«

Kiran lächelte noch breiter. »Freunde«, sagte er zu Alkarin. Dann sah er Finn an. »Die besten.«

Alkarin nickte. »Das waren wir auch einmal. In den Sommern, als du nach Sikition gereist bist. Als wir Kinder waren. Ich weiß, dass diese Zeit nie wiederkommen kann. Dennoch würde ich mich freuen, daran anzuknüpfen. Es ist einsam geworden als König. Und wie ich nun lernen muss, sollte man aufpassen, was als Herrscher aus einem wird. Eure Gemeinschaft erscheint mir da genau der richtige Umgang zu sein. Was sagt ihr?«

Kiran und Finn brauchten nur einen einzigen Blick auszutauschen. Finn hatte keine Bedenken bei Alkarin. Er konnte sich Kirans Freundschaft sicher sein. Auch Decora bekundete ihre Sympathie.

»Heißt das, du wirst mit uns kämpfen?«

Kiran sprach das aus, was auch Finn auf den Lippen lag. Decora und Isi sahen Alkarin gespannt an.

»Na, was glaubt ihr denn? Ich war von der Sekunde an überzeugt, als Isi mich mithilfe eines Portals aufsuchte. Alles ergab einen Sinn. Sogar, dass mich letztes Jahr auf so geheimnisvolle Weise deine Bitte nach Goldschwerts Buch erreichte.« Er dachte nach, bevor er weitersprach. »Hildir, Renkeja, dieser Trucido. Wenn das keine Gefahr ist, dann weiß ich es auch nicht. Selbst wenn ich persönlich nicht überzeugt wäre – was ich bin – ein vorausschauender König könnte nicht anders als in diesen Kampf zu ziehen. Ich war ja schon zuvor bereit, mich mit Isi zusammenzutun, um unsere Länder zu schützen. Alles, was dieser Tage geschieht – es ist wirklich Zeit, mit einigen Traditionen zu brechen und Neues zu wagen. Außerdem«, er grinste in die Runde, »habt ihr ja schon die ganze Vorarbeit geleistet!«

»Ich bin froh, das zu hören«, sagte Kiran. »Die Truppen, die uns damit zur Verfügung stehen …« Er sah wahrhaftig hoffnungsvoll aus. »Ich glaube mehr denn je, dass wir es schaffen werden.«

Isi sagte: »Und ihr habt einen Weg gefunden, große Mengen an Truppen durch Portale zu bewegen?«

»Das haben wir«, bestätigte Decora.

Isi blickte dennoch sorgenvoll. »Ein Problem haben wir noch: Wie bekommen wir Trucido und unsere Verwandtschaft dazu, dort zu kämpfen, wo wir wollen? Wir können sie weder in den Ruinen der Sternenhallen noch auf Burg Immerstein angreifen. Und wie treten wir überhaupt in Kontakt mit ihnen? Vergessen dürfen wir natürlich auch nicht, dass Hildir und Renkeja den Zauberer beeinflussen werden. Er hält sich zwar für den Auserwählten, aber in Wahrheit ist er noch fast ein Junge. Und sie sind Meister der Manipulation …«

Isi redete immer schneller.

»Mach dir keine Sorgen, Schneeflöckchen.« Decora zwinkerte ihr frech zu. »Das übernehme ich. Er bekommt einen Brief von mir. Und jetzt sollten wir zurück zu den anderen und eure Truppen in die Unerreichbare Festung bringen!«

»*Schneeflöckchen*?!« Isi stand wie angewurzelt da. »Hast du das gehört Finn? Dabei habe ich rote Haare …«

Kiran und Alkarin lachten.

»Weil es hier kalt ist? Ist es das? Finn, sag doch was! Lässt du ihr das etwa durchgehen?!«

Aber Finn war bereits auf halbem Wege aus dem Thronsaal geeilt.

Im Bett mit einem Monster

Trucido tobte wie ein wahnsinnig gewordenes Tier durch den Herrschertrakt Immersteins. Hildir wahrte einigen Abstand zu ihm, denn er schien ihr mit jeder Minute unberechenbarer zu werden. Sie hielt den Brief in ihren Händen, den der Zauberer nach einmaliger Lektüre von sich geworfen hatte, als wären die Zeilen nicht auf Papier, sondern auf glühenden Kohlen geschrieben worden. Das Portal, durch das der Brief direkt zu ihnen gelangt war, war mittlerweile geschlossen, aber die Wirkung blieb erhalten. Und diese Decora Nubigena war nicht dumm, wahrlich nicht, das musste man ihr lassen! *Falscher Erlöser* war da im Brief zu lesen, oder Dinge wie *ohnmächtiger Scharlatan* und *Schwächling*. Zuletzt, und das war bei weiten das Wirkmächtigste gegen Trucidos Räson und ein besonders geschickter Schachzug, sogar das Wort *Rabenmuttersöhnchen*. Alles, was Trucido rasend machte, benutzte die Nubigena in Form eines einfachen Briefes gegen ihn, wahrscheinlich zusammen mit Renkejas verkommenem Sohn Kiran. Der Zweck dahinter war einfach und wäre für jeden, der kein größenwahnsinniger, naiver Jüngling hinter einer Maske war, leicht zu durchschauen: Decora Nubigena und ihre Verbündeten wollten Trucido zu einer Kurzschlussreaktion bewegen. Möglicherweise gelang ihnen das sogar! Hildir machte sich ernsthaft Sorgen, was geschehen würde, wenn Trucido tatsächlich auf diese Provokation reinfiel. War das Heer Telluriscors kampfstark und von der Sache überzeugt genug, um eine ernsthafte Schlacht gegen die Kelpenarmee zu führen? Wahrscheinlich nicht. Außerdem konnte es zahlenmäßig nur unterlegen sein. Niemals hatten sich alle Kämpfer Weit-Alons und des Nordens verbündet und zu so etwas überzeugen lassen! Dazu hätte es auch Idisis Zutun bedurft. Bekleidete ihre Enkelin denn überhaupt eine Rolle in diesem Spiel? Andererseits war beim Hirschkopf die Sache mit dem Dritten Engel gewesen. Verflucht sollte die ganze Situation sein, dass sie nicht genau wusste, wie es um ihre Gegner bestellt war!

Hildir hörte nun das Wehklagen und Schreien von Vögeln zusammen mit Trucidos kreischendem Lachen aus dem Stockwerk über sich. Verzweiflung und Wahnsinn lagen in dem irren Gekicher des Zauberers nah beieinander. Sie musste etwas unternehmen. Sie war Hildir, die zukünftige Königin Telluriscors! Sie wusste viel besser als ein unerfahrenes Wolkenmädchen, wie der Zauberer zu manipulieren war.

Rasch sammelte sie sich, faltete den Brief und versteckte ihn tief in der Kommode, die unter dem Gemälde, das saftige Auenwiesen des Flusses Ukon zeigte, an der rechten Zimmerwand stand. Dann eilte sie zur Treppe und stieg hinauf zur Voliere. Als sie die letzte Stufe nahm, erstarben die meisten Vogelschreie, die sie auf der Treppe zuletzt immer lauter gehört hatte. Die Szenerie, in die sie trat, war schauerlich, selbst für Hildir.

Trucido hatte in seiner Wut die gesamten übriggeblieben Vögel und Fledermäuse der Voliere getötet. Versengt und aufgerissen klebten Flügel und Köpfe, Krallen und Knochen in zahllosen warmen Blutlachen. Gedärm und Inneren besprenkelten die Wände und verbogenen Gitterstäbe der Käfige, hier und da zappelten und flatterten letzte deformierte Tiere in ihrem Todeskampf. In der Mitte hockte Trucido, seine Maske von Hildir abgewandt. Sein Kopf hing mit dem Kinn auf der Brust. Er kicherte. Mit spitzen Fingernägeln piekste er in einen kleinen topasgelben Vogel, der sich mit gebrochenen Flügeln in einer Blutpfütze verzweifelt um die eigene Achse drehte.

»Zerquetschen werde ich die falsche Hexe!«

Hildir zuckte zusammen. Trucido sprang wie von der Tarantel gestochen hoch in die Luft und landete mit seinen Pantoffeln auf dem gelben Vogel. Der Körper und die kleinen Knochen krachten und platzten unter der Last des Zauberers. Als Trucido zurückhüpfte, als wäre er versehentlich in einen Haufen Unrat getreten, war nichts mehr von dem Tier übrig, das man als Vogel ausmachen konnte.

»So wird die Hexe enden. Als Blutlache unter den Hufen meiner Kelpen! Einen Kampf wünscht sie sich! In den Luftfeldern, auf halber Strecke zwischen Celsa und den Elfendschungeln! Sie ist fehlgeleitet, dumm und töricht, sie wird vom Angesicht der Welten getilgt werden! Zusammen mit ihrer Familie ausgelöscht, als letzter Beweis dafür, dass ich derjenige bin, der aus Altem das Neue hervorbringt! Kein Zweifler wird überleben! Nicht ein einziger! Warum kommst du nicht zu mir, Hildir? Mache ich dir Angst? Ich dachte, wir beide teilen dieselbe Vision!«

Hildir erschrak. Er hatte sie längst bemerkt! Das Blut pochte in ihren Schläfen. Sie konzentrierte sich. Er durfte nicht eine Sekunde an ihr zweifeln.

»Ich teile alles mit Euch, Trucido. Es ist Eure Impulsivität und Stärke, die mir ins Blut fährt. Eure Macht und Kraft strahlt auch auf mich. Mir wird heiß in Eurer Gegenwart. Ich bin ich, aber durch Euch bin ich gleichzeitig noch so viel mehr.«

Sie knöpfte sich ihr Gewand bis fast zum Bauchnabel auf. Und sie tat es rasch, damit Trucido gar keine Zeit hatte, darauf zu reagieren. Vielleicht konnte sie ihn von einer anderen Konfrontation mit dem Feind überzeugen, ohne dass er es überhaupt bemerkte.

Trucido rührte sich nicht mehr. Hildirs Hemd wehte im Wind, der durch die Volierenfenster blies, und überließ nichts der Fantasie.

»Hildir, Ihr … Was tut Ihr da …?«

Es wäre beinahe amüsant zu sehen gewesen, wie der große Zauberer von einem Moment zum anderen zu einem kläglichen Jungen mutierte, wenn Hildir ihn dabei nicht so abstoßend gefunden hätte.

»Es ist Euch doch nicht unangenehm, Trucido?«

Sie legte ihren Kopf schief und lächelte verlegen. Gleichwohl hatte sie nicht vor aufzuhören.

»Die Welt, für die Ihr steht, Trucido, ist rein und frei von Unrat und Sünde. Ich kann nicht anders, als in Eurer Gegenwart das Alte abzustreifen. Diese Kleidung gehörte den Mätressen des toten Königs. Ich aber spüre von Minute zu Minute mehr Eure Macht. Ich will rein sein vor Euch. Was könnte reiner sein als eine Frau, die den Anbeginn von etwas Großartigem bewundert? Genau wie eine Mutter, die Ihr Kind auf die Welt begleitet! Auch eine Mutter ist bei der Geburt ihres Kindes nackt. Ich bitte Euch, Trucido, verwehrt mir dieses wundervolle Gefühl nicht.«

Sie streifte ihr Gewand ganz ab und sah ihn durchdringend an.

»Aber ich verstehe, wenn Ihr darauf besteht …

Trucido war zur Salzsäule erstarrt. Mühsam gelang es ihm, Worte herauszubringen.

»Hildir … nein …« Er räusperte sich, dann kicherte er lange und unbeholfen. »Wie könnte ich darauf … darauf bestehen, meine ich. Euer Begehren ist nur natürlich. Ihr seid … nackt …« Er sah sie genau an. Von oben bis unten. »Nackt … wie eine *Mutter.*«

»Kommt, Trucido. Kommt mit mir!«

Hildir lächelte und dachte daran, wie sie schon bald wieder über Telluriscor herrschen würde. »Lassen wir diesen schmutzigen Dachboden hinter uns. Wir lassen es nicht zu, dass uns eine kleine, klägliche Lunata mit ihrem lästerlichen Brief den Tag ruiniert. Jeder, der bei klarem Verstand ist, sieht, wie viel Wahnsinn in diesen Zeilen steckt. Tun wir dieser minderwertigen Hexe nicht den Gefallen, uns über sie aufzuregen. Ich weiß einen besseren Ort, um Euren nächsten Schritt zu planen. Einen Ort der Geborgenheit. Das ist es, was ich Euch schenken kann. Und ich schenke Sie Euch nicht nur, weil es meine heilige Pflicht gegenüber dem Erlöser ist.«

Ihren letzten Satz flüsterte sie und schaffte es dabei irgendwie, ihre Augen von falschen Tränen feucht werden zu lassen.

»Ich schenke Sie Euch, weil es mein unstillbares Verlangen als Mutter ist.«

Trucido schlief auf der Seite. Von Zeit zu Zeit kicherte er im Schlaf. Hildir lag daneben, ebenfalls auf der Seite. Seine Maske kam ihrem Gesicht ganz nah. Sie wartete. Regungslos. Atemlos. Trucidos spitze, von Vogelblut rotschwarze Fingernägel bohrten sich immer noch in ihre Brüste. Sein Griff ließ nur langsam nach, bis er irgendwann doch abschlaffte und seine Hände wie müde Raubtiertatzen herabsanken. Hildir wartete sicherheitshalber noch ab. Als eine Stunde vergangen war, setzte sie sich zuerst. Dann stand sie ganz ruhig auf und stellte sich neben das Bett. Sie lauschte. Trucidos Atem war ganz gleichmäßig. Jetzt kicherte er auch nicht mehr. Der starke Schlaftrunk, den sie ihm zubereitet hatte und kurz darauf wie zufällig noch einmal das Zimmer verlassen hatte, damit er seine Maske hatte hochschieben und trinken können, wirkte. Am nächsten Morgen würde er abermals aufwachen und sich fühlen, als wäre es allein ihr Zauber gewesen, der ihn so gut hatte schlafen lassen. Er war leichtgläubig in ihrer Gegenwart, aber als es entscheidend gewesen war, hatte sie doch versagt.

Hildir dachte über die vergangenen Stunden nach. Sie hatte es wahrlich versucht. Mehrmals sogar. Vorsichtig, geschickt. Aber nun war sie sich sicher, dass Trucidos dumm-naive Entscheidung all ihren Bemühungen zum trotz in Stein gemeißelt war: Sie würden tatsächlich zurück nach Celsa-Stadt in die teilweise zerstörten Sternenhallen reisen, von wo ihnen die Kelpen auch die Scherben gebracht hatten, die Hildir um sich angeordnet hatte und so für das Portal zum Angriff auf das Lager Decora Nubigenas benutzt hatte. Trucido glaubte immer noch, dass nur eine Frau in der Lage wäre, den Portalzauber zu wirken, aber auch das hatte Hildir am Ende nicht dabei geholfen, ihn von einer anderen Vorgehensweise zu überzeugen. Von Celsa-Stadt aus würden sie also der Einladung Decora Nubigenas folgen, um mit dem gesamten Kelpenheer kopflos in die Schlacht zu ziehen. Vielleicht war Trucidos Entscheidung auch schon in dem Moment getroffen worden, als die Nubigena auf ihren Kelpenangriff mit Granaten geantwortet hatte. Der halbe Burghof wäre beinahe in Schutt und Asche verwandelt worden, und sie gleich mit, wenn Trucido die Granaten nicht in letzter Sekunde mit seiner Zauberkraft gegriffen und hoch in die Luft hätte fliegen lassen! Die Detonation hatte selbst dabei aber noch einigen Schaden verursacht. Schon da hatte Trucido durch seine Verbindung zu den Kelpen die Kunde vernommen, wie ihr Angriff auf der anderen Seite des Portals von einem starken Heer und durch Zauberkraft abgewehrt worden war. Wahrscheinlich machte Hildir sich trotzdem zu viele Sorgen und bei einer tatsächlichen Schlacht ging alles gut. Aber für den Fall, dass der Zauberer in Zukunft noch mehr schlechte Entscheidungen treffen wollte, was zu erwarten war, brauchte sie ein As im Ärmel, das gewichtiger war als die Lüge mit dem Portalzauber. Und auch für den Zeitpunkt, an dem der Zauberer ihr irgendwann gegeben hatte, was sie wollte. Denn sie würde Ihre Macht nie mehr teilen!

Sie trat an das Kopfende des Bettes. Eine Sekunde überlegte sie, ob sie es wagen konnte, aber sie vertraute ihrer Kräuterkunde. Behände zog sie Trucidos Maske ab.

Die nässende, schorfige Haut erinnerte Hildir an ein schwer krankes Kind. Trucido hatte immer noch das Gesicht eines Jungen. Unter seiner Maske war er niemals erwachsen geworden. Einzelne, zu lange Barthaare kräuselten sich in seinem sonst milchigen Gesicht. Ein eigenartiger, unangenehmer Geruch verbreitete sich ausgehend von der Unterseite der Maske und Trucidos Hautoberfläche im Raum. Hildir war erschocken. Und noch angewiderter als zuvor. Trucido war selbst die Missgeburt, gegen die er so leidenschaftlich ins Feld zog! Hildir bereute es sofort, unter die Maske gesehen zu haben. Eilig setzte sie sie wieder auf, aber sie wusste, dass sie von nun an nicht würde vergessen können, was sich darunter verbarg. Während Übelkeit in ihr aufstieg, erinnerte sie sich daran, zu welchem Zweck dies alles geschah. Und daran, dass das Geheimnis der Krone Blut war. Nicht umsonst hatte sie den Zauberer an diesem Abend geküsst und gekratzt und gebissen und was sonst noch alles! In seiner Unerfahrenheit und Überwältigung hatte Trucido das getan, was auch sie getan hatte. Ihr Rücken und ihre Brust, ihre Beine und ihr Gesicht waren vollkommen aufgekratzt. Beim Aufwachen würde eine kleine Wunde mehr oder weniger nicht auffallen. Weder bei ihr noch bei ihm.

Hildir schob die Decke zur Seite. Sie tastete unter Trucidos offenes Gewand und fand schon bald, was sie suchte. Er trug die Marionettensichel, über die sie und Renkeja im Blutbuch gelesen hatten, immer bei sich. Selbst jetzt.

Hildir setzte die Sichel zuerst an ihrer eigenen Brust an. Blut rann aus dem frischen Schnitt. Den zweiten Schnitt brachte sie Trucido bei, ebenfalls an der Brust. Hier hatte sie ihn besonders fest gekratzt und gebissen.

Der Schlaf des Zauberers war so tief, dass er nicht einmal zuckte, während sie schnitt. Hildir wurde in diesem ganzen Wahnsinn plötzlich eines klar: Das war der Augenblick, in dem sie ihn töten konnte. Aber noch brauchte sie die Kelpenarmee und ihren Beherrscher. Sie glaubte nicht, dass sie durch den Mord an Trucido deren Gebieterin werden konnte. Was sie Renkeja erzählt hatte, war nichts als eine Lüge gewesen. Trotzdem: Von nun an war der große Trucido durch einen einfachen kleinen Schnitt auf Gedeih und Verderb ihr ausgeliefert! Das war mindestens genauso gut. Lächelnd beugte sie sich über ihn.

Ihre beiden Schnitte berührten sich. Es brannte, als sich ihr Blut vermischte.

Nach getaner Arbeit tupfte Hildir Trucidos Wunde ab. Sie wartete ein bisschen und tupfte wieder. Das wiederholte sie so lange geduldig, bis die Blutung endlich völlig versiegte.

Nun sah der Schnitt ganz so aus wie einer der vielen anderen tieferen Kratzer. Zuletzt schob sie die Sichel wieder unter seinen Gewandbausch und deckte Trucido zu. Dann legte sie sich selbst hin, schmiegte sich an ihn, schloss die Augen und tat für ihn und sich selbst bis zum nächsten Morgen so, als schiefe sie.

Es wird Zeit

Am Nachmittag des nächsten Tages lag eine seltsame Ruhe über der Festung. Das gesamte Heer war bereits aufgebrochen zu den Luftfeldern und war zu diesem Zeitpunkt schon in den Vorbereitungen, um dort die Kelpenarmee zu empfangen. Danaa, Hikabe und Kiran teilten sich in der Ferne das Kommando, besaßen aber mit all ihren Freunden und Begleitern so viele Offiziere, dass es ihnen trotz der Heeresgröße – obwohl ja Isis und Alkarins Truppen noch fehlten – niemals an Hilfe, Überblick und Ideen mangelte. Barbara, Thomas, Fred und Badrak hatten den Portaltransport vom See aus koordiniert, sodass nun auch die ehemaligen Lagerstätten auf der Westseite der Festung wie ausgestorben dalagen. Nur fünf Personen waren zurückgeblieben: Isi und Alkarin besprachen zusammen mit Finn, Decora und Melvin die letzten Einzelheiten. Sie umrundeten im Gespräch die Zinnen, für deren Ausblick sie sich nur wenig Zeit nahmen. Und doch gelang es den beiden Telluriscorianern nicht, ihr Staunen über die neue Welt vollends abzustellen.

»Morgen beginne ich damit, die Truppen nachzuholen«, legte sich Isi schließlich fest. Sie sah dabei nach Südwesten, wo die rötliche Sonne hinter dunklen, graublauen Wolken hervorblitzte. Es sah dramatisch aus. Irgendwo weit draußen regnete und gewitterte es. »Ich ziehe den einen Teil am Ufer des Schollenmeeres bei Böhn zusammen. Auch dort gibt es kleinere Seen, die wir zum Teleportieren benutzen können. Die Truppen, die ich in die Sieben-Brot-Lande geschickt habe, um Weit-Alon zu sichern, müssen zum Sichelsee marschieren. Ich kann das alles mit Portalen organisieren, aber dafür brauche ich Hilfe.«

»Meine Eltern werden dich begleiten«, sagte Finn. »Melvin, was ist mit dir?«

»Es wird mir eine Freude sein!«, bestätigte der Wasserzwerg.

Isi nickte.

Alkarin überlegte: »Ich werde weniger lange brauchen, weil meine Truppen beinahe alle um Sikition stationiert sind. Der Kristasand-See liegt nur einen halben Tag von unseren Toren entfernt. Aber auch ich benötige Hilfe beim Bau der Portalanlage.«

Decora sagte: »Fred und Badrak werden sicher mitkommen können. Und ich werde auch Ammi und Ashnaprilla bitten, mit dir zu gehen.«

Alkarin verbeugte sich. »Vielen Dank!«

»Jetzt, wo alles geklärt ist, sollten wir uns ebenfalls einen Überblick über das Schlachtfeld verschaffen. Ich bin sicher, dass es nicht lange dauern wird, bis Trucido unserer Einladung in die Luftfelder folgen wird.«

»Warum bist du dir so sicher, dass dein Brief Erfolg haben wird?«, fragte Isi.

»Wir haben seine Blutbücher gelesen«, erklärte Decora. »Die überlassen wenig dem Zufall, wenn es darum geht, worauf er anspringt.« Die Lunata sah in die Ferne und dachte nach.

Melvin wandte sich an Isi: »Viele von uns haben selbst miterlebt, was er aus Celsa gemacht hat. Es gibt da keinen Interpretationsspielraum.« Er sah bestürzt aus. »Aber Decora«, murmelte er, »kennt ihn von allen wohl am besten.«

Finn sah als Einziger nicht über die Zinnen, wo auf der Ostseite über Decoras See gerade ein Regenbogen vor einer grauen Regenwand leuchtete. »Eine letzte Sache gibt es hier aber noch zu tun. Tut nicht so, als hättet ihr vergessen, warum wir noch hier sind.«

Die vier letzten Schlüssel ließen sich in ihren Schlössern drehen, als wären erst sieben Tage vergangen, seit sie hier hingen, und nicht siebenhundert Jahre. Als das letzte der zwanzig Schlösser fiel, lösten sie sich alle gleichzeitig mit ihren Schlüsseln in Staub und Wohlgefallen auf und das befreite Gitter schob sich von selbst zur Seite.

»War klar!«, sagte Finn. »Verzaubert.«

»Was du nicht sagst«, zog ihn Decora auf. Das Leuchten ihrer Haare verriet aber, dass sie nervös war. »Zu blöd, dass Thomas' Speer beim Kampf gegen die Kelpen zerbrochen ist. Er hätte uns hier unten gute Dienste leiten können.«

Finn seufzte. Er dachte daran, wie sie den Speer nach dem Kampf nur in zwei Hälften aus dem toten Kelpen herausbekommen hatten. Seitdem schien er nicht mehr zu funktionieren, obwohl sie ihn notdürftig repariert hatten. »Ich glaube«, sagte er beschwichtigend, »der schwierige Teil liegt hinter uns. An die Schlüssel zu gelangen, das war kompliziert.«

»Aber wenn die Flussratte nicht gewesen wäre, wäre auch das einfacher gewesen …«

Decora schluckte. Sicher dachte sie an Bekassine, die Brien auf dem Gewissen hatte. Seit Thomas, Kiran und er aber wieder zurückgekehrt waren, war Brien spurlos verschwunden. Zwar lebte er, das hatten sie durch ein Portal herausgefunden, aber sie hatten sich doch dagegen entschieden, ihn zu jagen. Wer wusste schon, ob er sie mit einer Granate oder einem Dolchstoß empfing, wenn sie durch das Portal zu ihm sprangen. Außerdem hatte der Wasserzwerg sein Leben für immer verwirkt und konnte nie wieder zu ihnen zurückkehren, ohne Gefahr zu laufen, geschnappt oder erschlagen zu werden. Sollte er sich für den Rest seines Lebens doch irgendwo im Wald in einer fremden Welt verkriechen.

»Lasst uns nicht mehr über ihn nachdenken«, meinte Finn. »Blicken wir nach vorn. Immerhin hat er uns diese Sache hier eingebrockt. Machen wir was draus! Wenn es wirklich eine Waffe da unten gibt, sollten wir wenigstens einen Blick darauf werfen. Dann war unsere Tauchpartie nicht umsonst.«

Melvin knurrte so etwas wie eine Zustimmung.

»Ich gehe vor«, bestimmte Isi. Sie schloss die Augen. Ihre Axt loderte auf in kaltem Feuer, das Finn schon von ihrer gemeinsamen Reise kannte. Sie öffnete die Augen wieder. Nun konnten sie sehen, wie der Gang vor ihnen in die Tiefe führte.

»Ich spüre vielleicht besser als ihr, wenn es noch mehr Fallen gibt.«

»Und wieso das?« Decora zog ihre Augenbraue im Axtfeuer nach oben.

»Schon vergessen, Sternchen? Ich bin die Einzige von uns, die wirklich zaubern kann. Bei dir macht die Arbeit doch hauptsächlich die telluriscorianische Waffe!«

Decora machte ein empörtes Gesicht, sah aber dabei nicht Isi, sondern Finn an. Der zog eine zerknirschte Grimasse, dann gingen sie los.

Eine ganze Weile gingen sie nach unten, tiefer und tiefer unter die Erde. Isis Feuer wurde nicht müde und sie konnten jederzeit gut erkennen, was vor ihnen lag. Auch hinter ihnen blieb alles ruhig, wobei Decora mit ihrem Eisenholzstab die leuchtende Nachhut bildete. Finn fragte sich immer wieder, warum der Gang, der irgendwann nur noch ein Erdtunnel war, so trocken blieb, wo doch die Wassergänge und -höhlen, in denen er mit seinem Vater und Kiran gewesen war, um sie herum liegen mussten. Wahrscheinlich ließen sich diese Mysterien ohnehin nicht gänzlich aufklären, also zwang er sich, nicht weiter darüber nachzudenken. Stattdessen freute er sich darüber, dass sie ohne Schwierigkeiten vorankamen. Eine geraume Zeit später wurde aus den erdigen Wänden wieder ein mit breiten Steinfliesen getäfelter Gang, der nun schnurgerade verlief. Möglicherweise waren sie am tiefsten Punkt angelangt. Schon nach kurzer Zeit verbreiterte sich dieser Gang. Sie passierten nun mannshohe Nischen, in denen goldene Katzenköpfe mit Edelsteinaugen ihre Zähne zeigten.

»Soll das Silem sein?«, raunte Decora.

»Sieht mir eher nach seiner Schwester aus«, gab Melvin gedämpft zurück.

Auch Finn fühlte sich eher an ihre Begegnung mit Gilgathan auf dem Großen Meer erinnert als an Silem. Die Augen der Goldkatzenköpfe starrten sie böse an.

Endlich gelangten sie zu einem Durchgang. Dahinter eröffnete sich vor ihren Augen eine weite, unterirdische Halle. Mächtige Säulen hielten das Deckengewölbe, das mindestens fünf oder sechs Stockwerke über ihren Köpfen lag.

Alkarin zeigte voraus: »Dort, in der Mitte! Ist das etwa …?«

Sie näherten sich einem großen Podest, während in der Leere der Halle ihre Stiefel auf den Steinfliesen ein hohles Echo um die Säulen warfen.

» … ein Sattel?!«, vollendete Isi schließlich Alkarins Frage. Sie waren bis auf wenige Schritte an das Podest herangekommen. »Das ist alles? Ein riesiger Sattel?«

Finn beschlich gleich eine Vorahnung. Und so, wie er Decoras und Melvins Blicke deutete, teilten sie diese mit ihm. Gemeinsam umrundeten sie das Podest. Auf der Rückseite fanden sie Tafeln, die denen ähnelten, die überall oben in der Festung zu finden waren. Was sie zeigten, gefiel ihnen gar nicht.

Auf der ersten Tafel war Silem zu sehen, der mit friedlichem Blick auf den Hügelwiesen der Festung stand. Die zweite Tafel zeigte Zwerge, Lunatae und Menschen, die einen großen Sattel an einer gerüstähnlichen Konstruktion angebracht hatten. Als Drittes sahen sie, wie Silem unter diese Konstruktion geführt oder gelockt wurde. Die kleinen Figuren auf der Tafel hatten Körbe in den Händen, die sie der großen Katze präsentierten. Auf der vierten Tafel hatte Silem bereits den Sattel auf dem Rücken. Das Gesicht der Katze war verzerrt, sie bleckte ihre Zähne und sträubte sich, das Fell war buschig und stand ihr zu Berge. Zuletzt war der gesattelte Silem auf einem Wüstenschlachtfeld zu sehen. Vor den weit entfernten Türmen einer Stadt in einer Oase zertrampelte und fraß die Katze kopflos umherrennende Elfen.

Eine längere Texttafel befand sich unter den fünf Bildtafeln.

Stürme gehen bald hernieder,
tobend, kreisend, immer wieder.
Silem verteidigt so sein Reich
Zerreißt die Feindesreihen, gleich

seiner Schwester voll von Wut,
verspritzt mit Hass das Elfenblut.

Wie oben so unten
die Elfen geschunden.

Er streifte einsam Zeit um Zeit,
doch bringt bald Elfenvölkern Leid,
kein Flügel hält ihm da noch Stand
dem Sturme seiner Prankenhand.
So heißt es bald heraufgestiegen
auf Silem in den großen Kriegen.

Decora war entsetzt. »*Silem*! Silem ist die Waffe!«

Finn hatte alles erwartet, nur das nicht. Er dachte es, sie alle schienen es zu denken, doch Decora sprach es laut aus: »Das werden wir nicht tun. Seht euch die Bilder an!«

Finn sah die Bilder. Es war mehr als eindeutig. Auf irgendeine Weise sollte der Sattel Silem wild werden lassen. Ihn böse machen.

»Wie kann das überhaupt vonstattengehen?«, stammelte er. Er war überwältigt und angeekelt von der Idee. Er konnte immer noch fühlen, wie es gewesen war, als sie Silem am See gespürt hatten. Wahrhaft gespürt hatten, wie er etwas tief in ihnen berührt hatte!

Decora war auf das Podest gestiegen. Melvin und Isi ebenfalls. Sie halfen ihr, den Sattel genauer unter die Lupe zu nehmen. Sie hievten ihn hoch. Finns Augen weiteten sich, als er sah, was sich auf dessen Unterseite befand. Unterarmlange Spitzen waren dort angebracht. Dutzende davon.

Isi ließ den Sattel zusammen mit den beiden anderen angewidert zurück auf das Podest fallen.

»Diese Stacheln sind verzaubert!«, rief sie. »Vielleicht lösen sie sich nie wieder, wenn sie erst einmal im Rücken dieser Katze stecken. Möglicherweise glaubten die Sattler, das Tier auf diese Weise kontrollieren und als Kriegsbestie einsetzen zu können.«

Sie schüttelte sich. Vielleicht dachte sie an Cervo. »Wer denkt sich so etwas Grausames aus?!«

Auch Melvin und Alkarin hatten nur Abscheu übrig für eine derartige Idee. Es war nur gut, dass diejenigen, die den Sattel hier versteckt hatten, ihn scheinbar nie eingesetzt hatten. Vielleicht war der Große Krieg der vier Völker bereits kurze Zeit später vorbei gewesen, nachdem sie den Sattel gefertigt hatten. Der Legende nach waren Silem und Gilgathan ja überhaupt erst während dieser Kriege auf Aethra aufgetaucht …

»Lassen wir dieses furchtbare Ding für alle Zeit hier unten begraben!«, bestimmte Isi. »Ich kenne Silem nicht, aber ich bin nicht bereit, einen solchen Preis für eine Waffe zu zahlen, und ich hoffe, niemand von uns ist das.«

Und damit war alles gesagt. Sie kehrten dem seltsamen Kriegssattel den Rücken und wanderten zurück nach oben. Dort ließen sie das Gittertor und den Festungswald rasch hinter sich, holten Portalscherben hervor und verließen als Letzte die Festung, die vor kurzem noch unerreichbar gewesen war.

In den Luftfeldern herrschte am zweiten Tag nach der Entdeckung des Sattels reges Treiben: Decora und Kiran hatten sich – vor allem zusammen mit Hikabe und Enwin, die sich an diesem öden Ort etwas auskannten beziehungsweise bereits Schlachtenerfahrung gegen Kelpen besaßen – auf ein weitläufiges, gut einsehbares Areal festgelegt, in dem sie Trucido und seine Horden von Richtung Westen erwarten wollten. Während die einen wenige Kilometer entfernt in einer etwas baumreicheren Gegend mit Lagerarbeiten beschäftigt waren, trainierten bereits große Teile des Heeres, wie sie es schon von zuvor bei der Festung gewohnt waren, machten sich mit den Eigenheiten des Terrains vertraut oder teilten Zonen für bestimmte Truppenkontingente ein. Kiran entwarf mit Enwin, der dieser Aufgabe mit Hingabe nachkam, einen detaillierten Schlachtplan, der alle Orte und die dazugehörigen Kampfreihen sowie Rückzugszonen beinhaltete. Darin fanden nun auch Alkarins und Isis Kämpfer Berücksichtigung, mit denen sie sogar die Möglichkeit hatten, einige Flankenabschnitte und Angriffslinien doppelt zu besetzen. Insgesamt rechneten sie aufgrund von ihren Schätzungen der ehemaligen Seepferd-Population und Enwins Erfahrungen damit, etwa drei bis vier Quadratkilometer große Kampfgründe besetzen zu müssen. Die neuen Truppen aus Böhn waren noch nicht eingetroffen, während die Kämpfer aus Sikition zusammen mit Alkarin, Ammi, Ashnaprilla, Fred und Badrak bereits am Morgen vom Kristasand aus in ein nahe gelegnes Tal teleportiert waren. Sie sollten einen etwas höher gelegenen, vom ewig starken Wind teilweise erodierten, trockeneren Abschnitt im südlichen Teil des Schlachtfeldes besetzen, dessen Boden am ehesten dem ihrer Heimat in der Wüste ähnelte.

Danaa, Raukelunk und Kiran unterhielten sich gerade vor einer größeren Gruppe Wachbacariten aus der Lichterstadt, als Decora und Finn zusammen mit Woti, Ina, Flacka und Mahasim den Hügel zu ihnen emporstiegen. Sie hielten inne und schienen darauf zu warten, dass Decora etwas sagte.

»Seht mich nicht auf diese Weise an«, sagte sie mit leuchtenden Augen. »Ich weiß doch so wenig wie ihr, ob wir auf dem richtigen Weg sind!«

»Das sind wir!«, sagte Finn. »Wir müssen nichts mehr zerreden. Ein Blick reicht doch aus, um zu sehen, was wir bisher alles geschafft haben.«

Woti lächelte versonnen. »Die Welten sind vereint.«

Ina hielt seine Hand. »Das Schicksal hat es gut gemeint.«

»Was sich noch zeigen wird!« Danaas Blätter wehten in einer heftigen Böe. »Wir dürfen uns trotz allem nicht zu sicher sein. Manchmal kommt es anders als man denkt.« Lächelnd sah sie Raukelunk aus ihrem Augenwinkel an. »Besser, wir sind noch gründlicher vorbereitet als jetzt. Wir wissen ja nicht mal, wann der Feind eintreffen wird. Oder wo genau.«

»Du hast sicher recht, was die Vorbereitungen betrifft, Danaa!« Decora schaute besorgt zum Horizont. »Aber eines ist sicher: Trucido wird hier auf uns stoßen, genau hier. Celsa liegt in direkter Linie westlich. Der Zauberer ist niemand, der auf verschlungenen Pfaden wandelt. Er wähnt sich mit seiner Streitmacht im Vorteil und hält sich für den auserwählten Herrscher dieser Welt. Er glaubt, dass er nicht verlieren kann, und er kommt geradewegs, um uns zu vernichten.«

Niemand sagte etwas. Decora hatte es gut gemeint, aber ihre Worte erreichten eher das Gegenteil. Auch Finn fiel nichts Aufmunterndes ein. Doch da raschelten Raukelunks Blätter.

»Ja, ja. Aber wer von uns hat sich nicht schon einmal geirrt? Diese Lektion werden wir selbst dem großen Trucido noch beibringen. Und dazu habe ich auch eine Idee, die mir schon seit ein paar Tagen im Kopf herumgeistert. Danaa, erinnerst du dich noch an den Tag, an dem ich verletzt zu dir kam. Und warum?«

Danaa nahm seine Hand. Ihr Holz verschmolz miteinander.

»Wie könnte ich das vergessen! Worauf willst du hinaus?«

Raukelunk lächelte geheimnisvoll.

»Ich frage mich, ob wir mithilfe unserer Portale und der Bacariten nicht Palisaden errichten können. So ähnlich wie die, die die Blätterfallarena umgeben.«

»Du hast vor, diese Ebene einzuzäunen?«

»Eher nicht«, murmelte der Bacarit. »Ich habe viel mehr an viele kleine Blätterfallarenen gedacht. Hölzerne Wehranlagen. So in der Art. Überall auf dem Gelände verteilt … Was haltet ihr davon, wenn ihr versteht, was ich meine?«

Danaa machte große Augen. »Und die Wachbacariten könnten …!«

»Exakt!«

Raukelunks Mundwinkel formten ein breites, hölzernes Grinsen.

Finn sah Decora an. Sie hatten Raukelunks Idee ebenfalls durchschaut. Sie beide kannten mittlerweile die Geschichte ihres Freundes und was damals geschehen war. Die Idee schien gut!

Raukelunk sagte: »Aber ich glaube, wir könnten noch einen Schritt weiter gehen!« Er horchte in den Wind, als wäre darin eine Antwort auf seine nicht gestellte Frage zu finden? »Sagt, ist Fred schon zurück?«

Kiran bejahte: »Das ist er. Aber er und Badrak halten sich noch bei Alkarin und seinen Truppen auf.«

»Dann werde ich ihn dort aufsuchen. Ich muss etwas mit ihm besprechen. Wer begleitet mich?«

»Ich begleite dich!«, rief Woti. »Komm, alter Freund! Mal sehen, wo der Troll herumstreunt.«

In den nächsten zwei Tagen konnte Finn spüren, wie die Nervosität im gesamten Heer immer größer wurde. Aber nicht nur die Kämpfer waren angespannt, auch seine Nächsten wurden zusehends unruhiger. Decora, Kiran, Woti, Raukelunk und alle anderen warteten bloß noch darauf, sich auf irgendeinen Zeitpunkt einzustellen, an dem sie endlich zu den Waffen greifen konnten. Isis Truppen waren als Letzte zu ihnen gestoßen. Sie waren vollzählig. *Unzählig*, dachte Finn sogar, wenn er zwischen den Soldatenmassen und Kämpfern seine Runden in der Ebene zog. Raukelunk hatte mit Fred und Badrak eine Kriegslist ausgetüftelt, sie mit Danaa abgestimmt und dazu die Elfen Hikabes ebenfalls an Bord ihres Unterfangens geholt. Auch hier waren mithilfe der beiden Trolle und zahlloser Hände die Vorbereitungen abgeschlossen. Die sprichwörtliche Ruhe vor dem Sturm – sie war aufreibend, zersetzend. Der Gedanke an das, was da noch kommen sollte, nagte an Finn und jedem von ihnen, allen voran Decora.

An diesem Mittag hellte Finn einzig die Gesellschaft von Mergo seine trübe Stimmung etwas auf. Der Elf war der einzige gut Gelaunte hier, jedenfalls kam es Finn so vor, und er flog und sprang munter neben ihm her und machte sich lautstark darüber Gedanken, wie Decoras Armee Trucido und die Kelpen zermalmen würde. Sein Enthusiasmus war naiv – aber heilsam.

Es musste stramm auf den Nachmittag zugehen, als der ehemalige Ausguckjunge bei einer befreundeten Gruppe alonischer Schwertkämpfer zurückblieb und Finn sich irgendwann allein am Rande ihres Luftfeldes wiederfand. Er spürte, dass ihm dieses Alleinsein gut tat, obwohl er sich fragte, warum das so war. Seine Nervosität der letzten Tage kehrte nicht zurück, auch nicht, als er sich vom frischen Wind angeschoben weiter in das hügeligere Umland südlich ihres Schlachtfeldes treiben ließ. Seine einzigen Begleiter waren hier zahlreiche Vogelschwärme, die auf den Wiesen nach Nahrung suchten. Nach einiger Zeit – er war jetzt mutterseelenallein, denn die Schwärme hatten sich bei seiner Ankunft von dannen gemacht – fand er ein paar Findlinge in einer Senke, in die der pfeifende Wind hineinfuhr, sich an den Steinen brach, und eine Melodie erzeugte, die Finn dazu brachte, innezuhalten und zu lauschen. Nach einer ganzen Weile, in denen er auf diese Weise fast träumerisch seinen Gedanken nachgehangen hatte, fand seine Hand plötzlich wie von selbst unter seinem Umhang die *Portalstudien* und die schimmernde Kugel, die er das letzte Mal in der Festung studiert hatte. Er blätterte eine Zeitlang quer, bis er eine Passage fand, die er noch einmal lesen wollte, denn mittlerweile hatte er einen ganz guten Überblick darüber, was in den Studien stand.

> *... Orte zu bereisen, die normalerweise schwer oder überhaupt nicht zugänglich waren. So kommen wir schlussendlich zu dem Ergebnis, dass der Portalzauber ursprünglich eine Art Hilfswissenschaft anderer Studienfächer gewesen sein muss. Schon damals schienen die großen Fragen, die die Gemüter aller Völker bewegen, so brennend zu sein wie heute. Wo kommen wir her? Wo gehen wir hin? Einer verbrieften Urkunde aus dem königlichen Archiv konnten wir im Rahmen unserer Studien entnehmen, dass zumindest eine halbe Antwort auf die zweite Frage gefunden werden konnte. In Feldversuchen konnte ich das damalige Ergebnis sogar verifizieren: Wendet man den Zauber an, um in jenen Bereich zu gelangen, in dem die Seelen, die Geister – oder wie man das, was in uns steckt auch immer nennen mag – nach unserem Tode auf ihre geheimnisvolle Reise ins Jenseits gehen,* öffnet sich in der Tat ein Portal! Ein Portal ins *vollendete Jenseits ist uns alldieweil nicht gelungen, jedoch heißt das nicht, dass unseren Seelen die Reise von besagtem Ort dorthin nicht gelingen kann. Wahrscheinlicher erscheint uns, dass lediglich die Kraft des Portalzaubers nicht ausreicht. Vor allen Dingen, da eine Zwischenstation zwischen dem Leben und dem Tod mit an Sicherheit grenzender Wahrscheinlichkeit existiert. Andernfalls gäbe es ja auch kein Portal dorthin. Allein, was uns dort erwartet, und ob die*

Seelen dort wirklich einer Reinigung unterzogen werden, wie es in vielen Glaubensrichtungen heißt, entzieht sich unseren Blicken. Die Urkunde, die wir anfangs erwähnten, spricht davon, dass man zwar mithilfe eines Portals in diese Zwischenebene gelangen, aber niemals wieder zurückkommen könne. Fraglich wäre es also, ob man dort sofort stirbt, oder sich zwischen denjenigen, die dort auf dem Weg in den eigentlichen Tod sind, bewegen kann. Zwecks unserer Wissenschaft habe ich in den vergangenen drei Jahrzehnten dreimal einen geeigneten Kandidaten durch ein Portal in das Zwischenreich, *wie wir es seit geraumer Zeit nennen, geschickt, jedoch ohne dass eine Rückkehr stattgefunden hätte oder wir ein zweites Portal zu ebenjenen Kandidaten hätten aufrufen können. Geschweige denn ein Zeichen von der anderen Seite erhalten* hätten. *Reist man dorthin, gibt es nach heutigen Erkenntnissen keinen Weg zurück.*

Finn legte die *Portalstudien* zur Seite. Ein Zwischenreich zwischen Leben und Tod, ein Ort ohne Wiederkehr! Das kleine Buch war so interessant wie es unheimlich war. Und so oft er darin gelesen hatte, an keiner Stelle hatte er einen Hinweis dazu gefunden, wer der oder die Autoren waren …

Vielleicht war es für heute genug, sich damit zu beschäftigen! Wieder hörte Finn dem Klang des Windes zwischen den Steinen zu, dann verlockte es ihn aber doch, noch einmal in seinem Schatz herumzublättern. Bald gelangte er zu jener Passage, die näher auf das so genannte *Zeitfenster* einging.

Wie das Weltennetz und der Seelenschatten ist das Zeitfenster der Überlieferung nach einer von drei besonders mächtigen Portalzaubern, die als winzige Artefakte in den goldenen Kugeln verborgen nur wenige Male im Laufe der Jahrhunderte gefertigt wurden. Obschon es als das interessanteste und komplizierteste dieser drei mächtigen Portale erscheint, ist es uns auch hierbei niemals gelungen, Hand daran zu legen. Und daher bleibt, wie bereits mehrmals erwähnt, die Frage offen, ob das Zeitfenster real existiert oder jemals existiert hat. Es unterscheidet sich von den zwei anderen Portalkügelchen angeblich durch einen leichten grünen Schimmer, der in das silberne Metall eingearbeitet wurde, welches in seinem Inneren die Zauberessenz einschließt. Nun ist die Überbrückung von Zeit und Raum ein hochkomplexes Konzept, dessen Implikation auf die Vergangenheit, Gegenwart und Zukunft wir im Rahmen dieser Studien nicht besprechen können und wollen. Aber aufgrund verschiedenster Paradoxa, die ein solcher Zauber auslösen könnte, erscheint es bis zu einem gewissen Grade glaubhaft, was über das Zeitfenster berichtet wird: Niemals sei es oder würde es gelingen, ein lebendiges Wesen zielgerichtet durch die Zeit zu schicken. Gelänge doch jemand in das durch das Zeitfenster herbeigerufene Portal, würde es sich so verhalten, wie wenn man ein gewöhnliches Portal rückwärts durchreiste. Man käme an einen Ort, den man im Vorfeld weder zeitlich noch lokal bestimmt hätte. Wir brauchen wohl kaum zu erwähnen, dass aus diesem Grund der Nutzen des Zeitfensters stark begrenzt ist. Allerdings soll das Zeitfenster mit unbelebten Objekten funktionieren, je kleiner, desto besser. Ist man also im Besitz des Zaubers, bestimmt man – von seiner gegenwärtigen Position aus gesehen - Zeit und Ort und wirft ein beliebiges Objekt in das Zeitfenster-Portal, welches einem etwas kleiner als ein herkömmliches Portal erscheint, sobald man den Zauber aus dem Kügelchen entlässt. Wie genau …

Finn hielt inne. Seine Gedanken waren schwer zu ordnen, wie immer, wenn er in diesem Buch las. Er legte die Studien zur Seite und nahm die Goldkugel in seine rechte Hand. Er wusste nicht, warum genau jetzt, aber er war allein, und die treibende Melodie des Windes schien ihn darin zu bestätigen, was er als nächstes tat. Er folgte seinem Impuls und klopfte mit der Kugel einmal neben sich auf den Stein. Zu seiner großen Überraschung, fast schon zu seinem Schrecken, öffnete sie sich sofort: Die Hälften klappten auseinander! Ihm lief ein Schauer über den Rücken. Er war aufgeregt. Seine Wangen glühten förmlich.

Drei winzige Kügelchen rollten in der einen Hälfte hin und her. Eine davon erstrahlte goldgelb schimmernd – das *Weltennetz*! Eine andere Schlussfolgerung gab es nicht.

Wie um sich zu vergewissern, dass er wirklich allein war, schaute er sich zu allen Seiten um. Natürlich war niemand da! Es war töricht zu glauben, dass es nicht so war. Von einem Stein in seiner Nähe erhob sich ein kleiner Vogel piepsend in die Luft und ließ sich vom Wind davontragen. Finn sah dem Vogel nach. Er dachte an die Insel der Engel. Wenn das hier nicht für ihn bestimmt war, warum hatte er dann zwischen all den Büchern und Schätzen genau dieses unscheinbare Buch gefunden? Und die goldene Kugel war ihm praktisch von selbst in die Hände gerollt …

Das zweite Kügelchen warf kein Licht, dafür glänzte das silberne Metall in grünlichem Schimmer – das *Zeitfenster*! Das dritte Kügelchen leuchtete ebenfalls nicht. Es bestand dafür aus feuerrotem Metall. Feine, eingekerbte Linien umliefen dessen Rund in wellenartigen Mustern – *der Seelenschatten.*

Finn überlegte, ob er nicht vielleicht träumte. Aber dann berührte er das Weltennetz und wusste, dass das, was der mysteriöse Verfasser der *Portalstudien* zu Papier gebracht hatte, real war. Er hatte diese drei Portalzauber-Artefakte gefunden. Und weil er sie in den Händen hielt, glaubte er auch, dass sie funktionierten. Plötzlich, wie aus heiterem Himmel, zeichnete sich ein Szenario in seinem Kopf ab. Eines, das er so ähnlich bereits im Lager am Hirschkopf überlegt, aber nicht zu Ende gedacht hatte. Sicher, es war nur eine Möglichkeit von vielen, aber das Schicksal hatte ihm diese drei Kügelchen zugeworfen, also …

Es war wieder ein Impuls, dem er folgte. Das hier war für ihn bestimmt, jetzt, in diesem Moment. Aber nichts war von Dauer und er konnte nicht voraussehen, wie die Dinge enden würden. Aus den Tiefen seiner Umhangtaschen suchte er das, was er vor ein paar Tagen von seinen alten Dingen von der Erde aus der Festung hierher mitgebracht hatte: Er fand einen Stift, der bereits bessere Tage gesehen hatte. Zitternd begann er, in den Buchdeckel der Portalstudien zu kritzeln.

Als er fertig war, las er seine Worte. Dreimal. Er wusste, was sie zu bedeuten hatten: Es ging um Opfer, die jeder zu erbringen hatte, wenn eine Reise beendet werden wollte! Er hatte sich mit seiner Wahl, für den Frieden zu kämpfen, ganz und gar Decoras Sache verschrieben. Und er hatte sich in sie verliebt. Doch nun gab es vielleicht ein letztes Opfer, das er für seine Entscheidung erbringen musste. Er würde sich nicht von seiner Verpflichtung abwenden, denn er hatte es ihr und sich selbst versprochen. Er hatte seine Wahl längst getroffen. Und so forderte es das Schicksal. Wenn es wirklich so weit kam, würde ihr das hier für alles eine Erklärung liefern: Was geschehen war, und warum und wie es sich zugetragen hatte.

Finn erhob sich. Er dachte nicht mehr länger darüber nach. Er sprach laut aus, wohin und zu welchem Zeitpunkt sein Portal führen sollte. Entweder war dann alles in Ordnung oder er hatte bis dahin eine Lösung gefunden, oder …

Herzklopfend ergriff er das *Zeitfenster* und warf es gegen den Findling. Die winzige Kugel zerbrach in tausend Teile und das Portal öffnete sich noch im selben Augenblick. Es war gelb und violett und Funken flogen im Wind, der noch stärker geworden war, auf und davon. Der kleine Vogel von vorhin war wieder da und beobachtete ihn vom Findling aus. Finn riss ein Stück Stoff von seinem Mantelsaum. Die Linien in dem Portal verschwammen und kreisten und wirbelten schneller und schneller mit jeder Sekunde, die Finn sie zu beobachten versuchte. Er wickelte sie ein und warf seine Gegenstände hinein, drehte sich dann um und machte sich auf den Rückweg, ohne noch einmal zum *Zeitfenster* zurückzuschauen.

Als er das Lager erreichte, sah Finn bereits von Weiten, dass Mergo ihm aufgeregt entgegenflog.

»Ist was passiert?«

Finn war sofort in Habachtstellung. Er wischte sich durch die Augen und verdrängte seine Gedanken von vorhin.

»Wir haben dich gesucht!«, rief Mergo. »Wo warst du denn? Decora meint, du musst Bescheid sagen, wenn du fortgehst!«

Finn lächelte.

»Sie hat recht. Ich war nur ein wenig spazieren. Und jetzt rück mit der Sprache raus!«

Mergo strahlte: »König Alkarins Palmenreißer Kodavan ist mit Yeevi zuerst durch ein Portal und dann weiter an die Stadt herangeflogen. Sie sind wieder zurück und haben Eiwerink berichtet, dass sie Trucido und die Kelpentruppen gesehen haben. Der Zauberer beginnt damit, auszurücken! Enwin Seenfürst und Königin Hikabe sagen, dass wir in zwei Tagen mit ihnen rechnen können!«

Finn war sprachlos.

»Und jetzt?«

Er konnte nicht fassen, dass es wirklich so weit war. Er sah, wie Mergo ungeduldig von einem Bein auf das andere trat.

»Und wo sind die anderen?«

Der Elf war kaum zu bremsen. »Sie sind alle ganz aus dem Häuschen! Nicht unbedingt auf die gute Art. Ich weiß, dass sie Angst haben.«

»Und was ist mit dir?«

»Vanell und Bekassine und Lilli sind tot. Ich glaube nicht, dass sie Angst hatten.« Dann sagte er leiser: »Zumindest haben sie es nicht gezeigt. Ich bin ein Pirat aus Decoras Armee! Ich werde meine Angst ebenfalls nicht zeigen! Außerdem werden wir gewinnen!«

Finn drückte den Elfenjungen an sich.

»Wenn du nicht wärst, Mergo! Gehen wir zu ihnen!«

»Aber wir müssen uns echt beeilen!«, rief Mergo.

»Wenn es noch zwei Tage sind, müssen wir doch nicht rennen!«

»Falsch«, rief Mergo noch energischer. Er war schon ein Stück vorgeflattert. »Gerade *weil* es noch zwei Tage sind, haben Fred und Badrak etwas geplant. Damit nicht alle völlig verrückt werden, sagen sie! Die Ersten wollen gleich aufbrechen!«

»Aufbrechen!? Wohin denn?« Finn lief los. »Mergo, jetzt warte doch auf mich!«

Eine Nacht für die Ewigkeit

Es war nicht weit von den Portalen in Freds Haus bis zur Mitte der kleinen Stadt: Im Papageienreiter empfing sie genau jene heimelige Aura gepaart mit stickiger, warmer Luft, wie Finn sie noch von damals, als er mit Decora in Felsgau angekommen war, in Erinnerung hatte. Fred und Badrak standen grinsend und feixend vor dem Tresen, winkten und hatten bereits Dutzende Krüge mit Harzmet, Bier und gegorenem Blaupilzsaft aufgefüllt. Es dauerte nicht lange, da hatten sie alle einen Humpen in der Hand und standen nippend auf der Tanzfläche: Finn, Decora, Kiran, Isi, Raukelunk, Danaa, Woti, Ina, Thomas, Barbara, Mergo, Charadri, Ammi, Ashnaprilla, Mahasim, Flacka, Melvin, Enwin, Rillendi, Unkerich, Ionathan, Eiwerink mit Yeevi, Hikabe und Alkarin, sie alle waren Freds und Badraks Einladung gefolgt.

Fred schien mit ihrer Unsicherheit gerechnet zu haben.

»Dann wollen wir die Party mal in Schwung bringen!«

Er nahm einen beeindruckend großen Zug aus seinem Krug und wischte sich den Bierschaum vom Mund.

»Das soll eine Nacht für die Ewigkeit werden! Wir brauchen etwas, woran wir uns in der Schlacht erinnern können! Wärst du so frei, Badrak?!«

Badrak gab seinem Freund einen Kuss. Dann klatschte er in die Hände.

»Ist alles bereit, Albert?«

Hinter dem Tresen kam der Wirt des Papageienreiters zum Vorschein. Er hatte ein fleckiges Trockentuch in der Hand und wischte damit in einer bereits trockenen Schüssel umher. Er legte beides zur Seite und klingelte mit einem Glöckchen, das vor ihm auf dem Tresen stand. Auf dem Podest in der Ecke der Kneipe öffnete sich ein Vorhang. Zum Vorschein kam ebenjene Band, die bereits bei Finns und Decoras erstem Besuch hier aufgespielt hatte. Erstaunt sahen die Lunata und er sich an. Doch sie kamen nicht dazu, sich lange darüber zu wundern, denn es ging sofort los.

Die junge Frau auf der Bühne rief: »Wenn die Gläser nach unserem erstem Song noch voll sind, macht ihr etwas falsch!«

Sie klimperte mit ihren zahllosen Armreifen eine Art Takt vor, dann spielte ihr Kollege auf: Zunächst blies er mit seiner Flöte eine muntere, treibende Melodie, danach fing auch sie an zu singen. Aber erst, als auch der Gwilling zum Flötenspiel und Gesang der beiden anderen begann, an den Strippen für die Zahnräder, die über ihnen und über der Tanzfläche verzahnt waren, zu ziehen, fuhr die Musik Finn und den anderen in die Glieder: Die Töne des Gesangs, der nur Versatzstücke von fremden Worten zu beinhalten schien, das Flötenspiel und die eigenartigen Zahnradklänge begleiteten ihre Bewegungen, führten ihre Krüge zum Mund, ließen ihre Lippen lockerer werden. Sekunden später hatten sie fast vergessen, woher sie kamen und worauf sie warteten. Der Song war noch nicht zu Ende, da klimperte Albert zum zweiten Mal mit seinem Glöckchen. Badrak eilte zum Eingang.

»Noch mehr Stimmung, kommt sofort!«

Er öffnete die Tür. Draußen hatten sich bereits zahlreiche Einheimische versammelt.

»Es ist keine geschlossene Gesellschaft, Leute, kommt nur herein!«

Und sie kamen. Als der erste Song dann tatsächlich zu Ende war, waren sowohl die Einheimischen als auch die Reisenden bereits völlig im Papageienreiter angekommen. Ihre Krüge waren zum ersten Mal leer und das Spiel der telluriscorianischen Band ging munter weiter.

Die ersten Stunden dieses Abends erlebte Finn beinahe wie in einem Wachtraum. Er konnte sich nicht erinnern, jemals bei etwas so Verrücktem, Wunderschönem aber doch so Einfachem dabei gewesen zu sein. Hier im Papageienreiter, in Felsgau, mitten im Wandernden Wald, waren sie versammelt. Drei Welten vereint, im Angesicht der drohenden Schlacht, und doch feierten sie und lachten und weinten zusammen. So etwas, dachte Finn, für so etwas kämpften sie! Fred und Badrak hatten es geschafft, ihnen kurz vor dem Ende nach einmal die Augen so weit zu öffnen, wie kein Unglück zuvor es geschafft hatte.

Finn beobachtete seine Eltern, die sich in der Mitte der Tanzfläche zwischen einem Dutzend fremder Trolle und Gwillinge umarmten und küssten. Er sah Woti und Ina, die sich in die Augen sahen und glücklich waren und wie in jugendlicher Liebe ihre Krüge tauschten und vom jeweils anderen Blaupilzsaft tranken. Danaa hatte Raukelunk auf die Tanzfläche geführt. Sie waren miteinander verschmolzen und Danaa führte ihren Partner behutsam zur Musik der Band. In Raukelunks rauschender Mähne zeigte sich ein versonnenes Lächeln voller Glück, genau so eines, wie er es sich wohl ersehnt hatte, seit er ihnen von seiner einsamen Hütte im Wald aus gefolgt war. Finn sah auch Kiran. Sein bester Freund stand allein in der Ecke. Er sah ihn und Decora an. Die Lunata lag in seinen Armen und hielt ihn selbst in ihren Armen. Kiran hatte feuchte Augen. Er biss sich auf die Lippe. Finn wusste nur zu gut, was seine Gedanken waren. Aber schon kam Isi, ohne auf Finn und Decora zu achten, und zog Kiran mit sich weg zu Alkarin und Unkerich, die mit Ammi und Ashnaprilla um die Wette trinken wollten. Kiran prostete Finn noch schnell zu. Jetzt zeigte sich auch in seinem Gesicht ein vorsichtiges Lächeln.

»Danke für dein Verständnis und deine Freundschaft«, formte Finn wortlos mit den Lippen.

Finn sah Mahasim. Der erzählte vor einer Gruppe Einheimischer wilde Geschichten. Ob sie von Aethra handelten, wusste Finn nicht. Aber darauf kam es nicht an. Die Geheimnisse der verschiedenen Welten würden sich auf Aethra und Telluriscor schnell verbreiten. Überhaupt – sie hatten eine Elfe und Wasserzwerge dabei! Charadri saß zusammen mit einer wildfremden Frau zwischen Mahasims Zuhörern. Sie knutschten. Das Ganze wurde beobachtet von Mergo, der ausgelassen herumflog und lachend mit den Augen rollte.

Flacka und Melvin hatten wohl zuerst vorgehabt, den Abend ruhiger angehen zu lassen. Aber irgendwoher hatten sie bereits nach kurzer Zeit Trinkhörner aufgetrieben. Nun standen sie mit überschwappenden Getränken zusammen mit Botschafter Rillendi, Enwin Seenfürst und Eiwerink auf zwei Tischen und versuchten Ionathan davon zu überzeugen, ebenfalls hinaufzusteigen und ihm ein Trinkhorn anzudrehen, das in etwa so lang war wie der gesamte Arm des ehemaligen Kammerdieners.

Königin Hikabe wahrte am längsten die Etikette. Sie stand allein bei Albert am Tresen und nippte vorsichtig an einem kleinen Glas. Doch dann kamen Fred und Badrak zu ihr. Fred holte etwas aus seiner Tasche.

»Sind das …?«, fragte Finn.

Er sah die beiden Murmler, die von Fred zu Hikabe sprangen und ihr den Hals kitzelten. Es dauerte keine Sekunde, da lachte Hikabe. Ihr Ernst war verflogen, als sie die kleinen Pelztierchen streichelte. Und dann war sie mit Fred und Badrak in ein Gespräch vertieft.

»Lortal und Aurulion!«, antwortete Decora.

»Nein, sie heißen Tumri und Tamnario«, widersprach Finn. Aber Decora drehte ihn in die entgegengesetzte Richtung. »Nicht die Murmler, ich meine die beiden dort!«

Erst jetzt sah Finn, dass in einer Nische jene zwei Gwillinge saßen, die ihnen damals geholfen hatten, den Weg zu Freds Haus zu finden. Nicht ganz uneigennützig, wie Finn sich erinnerte.

»Bist du immer noch eifersüchtig auf die beiden!«, neckte ihn Decora.

Finn zog seine Augenbraue hoch. »Kommt drauf an, was du mit ihnen vorhast!«

»Wir schulden ihnen einen Drink. Ob sie sich noch daran erinnern?«

Decora zog Finn zum Tresen.

»Hallo, Albert«, sagte sie. »Sechs mal gegorenen Blaupilzsaft, bitte.«

Albert sah sie beide lange an.

»Ihr seht noch ziemlich jung aus, oder täusche ich mich!?« Finn schaute verdutzt, aber dann zwinkerte Albert ihnen zu.

»Hättet ihr mir nicht schon beim ersten Mal verraten können, dass ihr so etwas wie Berühmtheiten seid. Ich hab da was läuten hören ...«

Er nahm Finn genauer in Augenschein.

»Dritter Engel, sagt euch das was? Und ist das da drüben nicht der Prinz von Weit-Alon?«

Er zeigte auf Kiran, der gerade versuchte, mit Unkerich auf den Schultern Kniebeugen zu machen, und dabei die halbe Kneipe unterhielt.

Decora lächelte einnehmend.

»Das könnt ihr ihn sicher später selbst fragen. Aber ich dachte, hier wären wir immer richtig, wenn wir mal Hilfe bräuchten. Und im Moment wäre uns am meisten mit gegorenem Blaupilzsaft geholfen. Wir haben nämlich noch eine offene Rechnung zu begleichen.«

Albert zeigte grinsend seine breite Zahnlücke.

»Ja, obwohl ihr eindeutig Jungvolk seid, scheint ihr es weit gebracht zu haben! Empfehlt den Papageienreiter weiter. Ihr kommt wohl eine Menge herum! Hier sind eure Drinks!«

Decora ging zielstrebig zu dem versteckten Tisch der Gwillinge. Finn folgte ihr. Ehe sie etwas sagen konnten, stellte Decora die vollen Krüge mitten zwischen die Gwillinge. Wie damals waren sie mit ihren Begleiterinnen hier.

Lortal, der dickere Gwilling bekam sofort einen Hustenanfall, als er sah, wen sie da vor sich hatten. Die Gwilling-Damen rollten mit den Augen. Sie schienen sich ebenfalls zu erinnern.

»Decora! Ich kann mich doch recht entsinnen – ihr wollt uns die versproch'nen Getränke bringen!?«

Decoras Haare blitzten auf. Sie schien doch überrascht, dass Aurulion sich sogar an ihren Namen erinnern konnte.

»Ihr habt noch einen Drink gut«, sagte sie entschuldigend. »Ist ein bisschen verspätet, ich weiß, aber besser als nie, möchte ich meinen.«

Lortal hustete ein paar Worte heraus: »Die Überraschung angenehm – macht es euch doch gleich bequem!«

»Wir wollen unsere Freunde nicht zu lange allein lassen«, schlug Decora das Angebot aus. »Aber wir möchten uns trotzdem noch einmal dafür bedanken, dass ihr uns zu Fred geführt habt. Ohne ihn säße ich heute immer noch in Gefangenschaft des Königs!«

Lortal und Aurulion sahen sich verwirrt an.

Decora lächelte. »Wie auch immer, genießt eure Getränke!« Sie verteilte die sechs Krüge auf die Gwillinge und deren Freundinnen und auf Finn und sich selbst.

»Mögen unsere Wege hell und unsere Prüfungen erfolgreich sein!«

Sie trank ihren Krug fast in einem einzigen Zug aus. Finn machte große Augen und sah amüsiert, wie sie den Krug leicht schwankend wieder abstellte.

»Wer hätt's gedacht?!«, hustete Lortal.

»Das hat sie nicht zum ersten Mal gemacht!«, staunte Aurulion.

»Eins noch!«, rief Decora.

Sie beugte sich zu den Gwillingen und gab ihnen beiden nacheinander einen Kuss auf die Wange.

Aurulion prostete erfreut in die Luft, Lortal wurde knallrot und hustete seine Überraschung mühsam aber zufrieden weg.

»Hey, wir waren auch dabei!«, sagte da plötzlich die eine der Gwilling-Damen. »Ja, warum der Kuss nur für die Zwei?!«

Die andere sprang ihr bei: »Fairer wär` es voll und ganz, nun geht nicht vorschnell auf Distanz!«

Decora zuckte mit den Schultern und beugte sich schon nach unten. Aber die erste Gwilling-Dame stand auf.

»Wir wollen den da!«

Sie zeigte auf Finn.

»Süß ist er ja!«, bestätigte die andere.

Decora und auch Lortal und Aurulion standen die Münder offen. Finn grinste nur.

»Erscheint mir echt fair.«

Er gab der ersten Gwilling-Dame einen Kuss auf die Wange. Als er sich zur zweiten beugte, drehte die ihren Kopf im letzten Moment herum, sodass sich ihre Lippen berührten. Dann hielt sie seinen Kopf fest und ließ ihn erst einen sehr langen Kuss später wieder los.

Finn taumelte verdattert zurück. Decoras Haare blitzten. Die beiden Gwilling-Damen johlten, während Lortal und Aurulion einigermaßen belämmert schauten. Unter dem Gelächter anderer Gäste zogen Finn und Decora wieder ab.

Langsam wurde der Abend immer wilder. Die Reisenden tanzten und tranken und feierten und die Band wurde nicht müde, Felsgaus Nacht zum Tag zu machen. Irgendwann lagen sich alle in den Armen, Seite an Seite. Flacka führte sie an. Sie tanzten einen langen Reigen und riefen die seltsamen und wunderschönen Worte der Musik, die für jeden eine andere Bedeutung hatten. Raukelunk und Finn sanken schließlich erschöpft zurück. Finns Kopf ruhte auf der Schulter seines Freundes. Raukelunks Blätter raschelten.

»Heute habe ich das Gefühl, wir hätten schon gewonnen. Wie auch immer diese Geschichte ausgeht, ich bin froh. Ich weiß nicht, ob mein Leben hätte besser verlaufen können. Danke, dass ihr an meine Tür geklopft habt.«

Finns Lippen zitterten. »Danke, dass du uns geöffnet hast, mein Freund.«

Als die Nacht ihren Zenit längst überschritten hatte und Albert sie endlich aus dem Papageienreiter herausschmiss, verlagerten sie die Feier kurzerhand in Freds Haus. Sie plünderten einen großen Vorrat an Dörrfleisch aus seinem Keller und – was noch viel besser war – machten sich über seine Tabakvorräte her. Bald erhellte grüner Pfeifenrauch die Nacht über dem Flachdach des Trollhauses, denn Badrak hatte von irgendwoher noch mindestens zwei Dutzend alter Pfeifen für alle herangebracht. Es gab auch noch zu trinken! Mehrere Handvoll von Freds Nachbarn gesellten sich zu den Feiernden. An Schlaf war sowieso kaum zu denken. Sie brachten Flaschen voller Harzmet mit, so viel, wie sie tragen konnten. Dennoch – nachdem Botschafter Rillendi Kiran, Melvin und Woti erfolgreich dazu angestiftet hatte, an einer flachen Stelle des Ebole nackt baden zu gehen – fielen die ersten von ihnen ein wenig später doch noch in einen tiefen Schlaf. Die nächsten folgten nun immer rascher und bald lagen sie überall in Freds Haus verstreut – auf der Bank, auf dem Boden, auf dem Dach. Hikabe flüsterte noch leise mit Enwin, während Mergo genau zwischen den beiden eingeschlafen war. Auch Finn und Decora hatten bis zum Schluss durchgehalten. Vorsichtig stiegen sie über Unkerich und Kiran, die wie zwei Kolosse Rücken an Rücken schlafend den Eingangsbereich blockierten. Neben ihnen schnarchte, eingerollt auf zwei Stühlen, Alkarin. Auf der Eckbank saßen Fred und Badrak mit den Murmlern Tumri und Tamnario und rauchten noch ein letztes Pfeifchen.

Die Murmler piepsten erfreut, als Decora und Finn sich näherten.

»Danke, ihrr … beiden! Für diehiese … für diehiese unglaubliche Nacht«, flüsterte Decora. Sie klang nicht nur ein bisschen beschwipst.

»Da gibt es nichts zu danken«, antwortete Fred. Er wirkte geradezu entrückt. Auf dem Tisch vor ihm lag das Breitschwert, das einmal seinem Ururgroßvater gehört hatte. Er sah sie nicht an. »Das werde ich morgen wohl mitnehmen.«

Badrak aber lächelte ihnen zu.

»Wir haben so etwas auch noch nie gemacht.« Er blickte sich zufrieden zwischen den Schlafenden um. »Ich meine, *so etwas* schon! Aber nicht das andere. Wir haben Angst, was die nächsten Tage bringen.«

Decoras Augen leuchteten.

»Isch hab so viel Angst gehabtt in den letzten Jahren. Aber heute nihicht. Das haben wir euch su verdanken. Ihr wisst nicht sufällig, wo wir … ähhh …«

Badrak verstand sofort. Er fingerte einen schweren, schmiedeeisernen Schlüssel aus seiner Tasche, gab ihn Decora und nahm einen Zug aus seiner Pfeife.

»Der alte Wachturm ist toll, wenn man mal ungestört sein möchte. Es gibt nicht viele, die einen Schlüssel haben.« Er zwinkerte ihr zu. »Möge auch diese Nacht hell für euch sein!«

Decora kicherte unentwegt, während Finn ungeschickt versuchte, den Turm jenseits der Brücke bei Freds Haus mit dem riesigen Schlüssel aufzuschließen. Er hatte die Biere an diesem Abend nicht gezählt, aber hilfreich waren sie nicht gewesen. Endlich aber gelang es ihm und er kicherte mit Decora zusammen, während sie aufgeregt den windschiefen Turm erklommen. Sie hatten einen brennenden Kerzenhalter und noch einige Kerzen mehr von Fred dabei, mit denen sie schließlich die oberste Kammer des Turmes erleuchteten. Hier waren mal saubere Fenster gewesen, aus denen man weit hatte in den Ferne sehen können, aber nun waren diese verhangen und zugenagelt und die kühle Luft kam stattdessen unter losen Dielen und löchrigem Mauerwerk zu ihnen. Gemütlich hatten sie es aber trotzdem, denn in einer Ecke waren Felle und Decken und Schlafbänke gelagert. Bestimmt waren auch Badrak und Fred einstweilen hier gewesen. Decora zog Finn zu sich.

»Decora, ich muss dir etwas … etwas sagen …«

Das viele Bier und der Met machten das Sprechen mühsam.

»Du musst mir also etwas sagen? Sooo, was denn?«

Decora war bereits dabei, ihn auszuziehen.

»Gestern, da hahabe ich …«

Es war so anstrengend, in diesem Moment an die *Portalstudien* zu denken.

»Gestern, ja?« Sie zupfte weiter an ihm. »Was war denn?«

»Also, gestern ...«

»Uups!«, unterbrach sie ihn. »Wie schaaade ... Jetzt hast du wohl gaar kein Hemd mehr an ...«

Sie küsste seine Brust, sein Schlüsselbein, seinen Hals. Dann hielt sie abrupt inne.

»Was ist das?«

»Was? Ach *das*!«

Sie drehte ihn um. Er spürte ihre Hände auf seinem Rücken. Er grinste belämmert, weil er sich ihr überraschtes Gesicht vorstellte.

»Sollte `ne Überrassung sein! Ich hahabs mir gestern machen lassen ... oder vorgestern??! Wenn der Drihitte Engel schon in Decoras Armee kämpft, dann richtich! *Jedenfalls*, gestern ...«

Decora sah mit blitzenden Augen den Viertelmond und die drei blinkenden Sterne, die zwischen seinen Schulterblättern gestochen waren.

»Finn Ritter! Hör endlich auf zu reden! Überprüf lieber, ob meine Tätowiierunk zu deiner passt!«

Und dann zog sie auch sich aus.

Die Schlacht in den Luftfeldern (1)

Die Katerstimmung am nächsten Tag blieb weitestgehend aus. Die Reisenden kehrten bereits am späten Vormittag vollzählig zurück in die Luftfelder. Es dauerte zwar noch bis zum Nachmittag, aber spätestens da hatten sie in ihre Routinen zurückgefunden. Sie gingen letzte Feinheiten durch und stimmten sich zum x-ten Mal ab, wie die Schlacht ablaufen sollte. Kiran, Isi, Alkarin und alle anderen – jeder hatte seine Aufgabe. Finn und Decora selbst suchten so viele Kämpfer wie möglich auf, hatten für jeden ein offenes Ohr und ein paar Worte übrig – selbst dann, wenn sie vom Dritten Engel höchstpersönlich kommen mussten. Von ihrer Nacht im Papageienreiter und in Freds Haus aber sprachen sie nicht mehr. Doch wenn sie sich ansahen, dann war da neben der Unsicherheit und der Aufregung auch immer ein winziges Lächeln zu erkennen, eines, das ihnen aus Felsgau hierher zurückgefolgt war und ihnen Kraft schenkte. Niemand dachte daran, dass die Feier unvernünftig gewesen war. Dass es gefährlich gewesen war, falls Trucido ihnen Kelpen durch ein Portal auf den Hals gehetzt hätte. Es war in ihrer Situation richtig gewesen, sich ein letztes Mal auf ein wohlgesonnenes Schicksal zu verlassen. Außerdem hatten sie mit Kodavan, Karinkina und Yeevi drei Späher, die Trucidos Truppenbewegung aus verschiedenen Richtungen überwachten.

Dann kam die Nacht. Richtig schlafen konnte niemand. Die Nervosität und Unruhe erreichten bei den Reisenden und allen Kämpferinnen und Kämpfern ihren Höhepunkt. Nur wenige Sterne funkelten in der Dunkelheit. Es war Neumond. Am nächsten Morgen blieb der Himmel grau.

Als der Westwind am frühen Mittag noch heftiger als in den Tagen zuvor blies, trug er – erst noch leise, aber dann mit jeder großen Böe lauter und lauter – das Donnern Tausender Hufe über die Hügelkuppen zu ihnen. Noch war der Feind unsichtbar, aber er war gekommen. Ein fürchterlicher, dröhnender Klauensturm, gelenkt durch das verdorbene Herz Trucidos. Jeder, der Ohren hatte, bekam es mit der Angst zu tun.

Nervosität wich Furcht. Aber niemand rückte von seiner Position ab. Mergo wetzte und flatterte hin und her, von Heeresflügel zu Heeresflügel, von Kuppe zu Kuppe, und forderte einen jeden, zu dem er kam, auf, seine Tätowierung zu zeigen. Nicht selten erntete er dafür ein Lächeln und die Kämpfer, deren Beine und Arme zitterten, packten ihre Schwerter und Bögen wieder so fest wie in den Tagen zuvor.

Decora, Finn, Kiran, Raukelunk und Woti standen zusammen im Herzen des kampfbereiten Heeres. Ein letztes Treffen vor dem großen Knall, den sie am Ende selbst in die Wege geleitet hatten.

Woti durchbrach ihr Schweigen: »Damals im Wandernden Wald, da bekam mein Leben erst Gestalt. Dem Tode knapp entronnnen, hat mit euch alles neu begonnen. Zu sagen hätte mein Herz noch viel, aber mein Mund schweigt lieber still.«

Die Wangen des Gwillings glühten rot. Seine Lippen zitterten. Er weinte.

Dann lächelten sie sich an und fassten einander bei den Händen.

»Seht euch um. Seht, was wir zusammen geschafft haben.« Kirans Stimme war belegt. »Einen unglaublichen Sieg haben wir bereits davongetragen.«

»Dann wird es Zeit, noch ein wenig mehr zu erreichen. Unsere Einigkeit hat doch erst begonnen. Nun darf sie nicht mehr zerbrechen.« Der Wind fuhr in Raukelunks Mähne. »Als ich jung war, habe ich von so etwas hier geträumt. Nun träume ich davon, wie es nach dem Krieg werden wird.«

Finn erinnerte sich an das, was ihm und ihnen allen bisher widerfahren war. Ihre Abenteuer zogen so glasklar an seinem inneren Auge vorbei wie schon lange nicht mehr. Er sagte: »Wir stehen nicht ohne Grund hier. Wir haben immer mit ganzem Herzen gekämpft. Nach besten Wissen und Gewissen.« Er hielt inne. »Und das werden wir auch diesmal tun. Kämpfen, ohne eine Wahl gehabt zu haben, aber dafür mit Leib und Seele.«

Eine leuchtende Aura umgab Decora. Sie schien in ihn hineinzublicken, doch dann wandte sie sich wieder zu ihnen allen, als sie sagte: »Mögen unsere Wege hell und unsere Prüfungen erfolgreich sein.«

Mahasim kam den Hügel herauf. Er sah aus, als müsste er sich gleich übergeben. Aber er stand ganz aufrecht, als er sagte: »Es ist soweit!« Er mühte sich um eine feste Stimme. »Wir müssen beginnen! Alle sind in Position und bereit. Jetzt oder nie …«

Decora sagte: »Sorge dafür, dass wir Trucidos ungeteilte Aufmerksamkeit haben.« Sie wandte sich an Kiran: »Und du gib Alkarin Bescheid. Kodavan und Karinkina sollen sich noch einmal auf den Weg machen.

Mahasim und Kiran machten sich eilig von dannen. Sie liefen, bis sie Ammi und Ashnaprilla an der Nordseite des Schlachtfeldes zusammen mit Flacka, Melvin, Enwin, Barbara, Thomas, Ina, Fred und Badrak antrafen. Auch Alkarin und Eiwerink standen dort, zusammen mit der Sternenmaus Karinkina und Kodavan. Yeevi saß wie auf einer Schaukel auf den zusammengeknüpften Bart- und Augenbrauenhaaren an Eiwerinks Wange.

»Kann es losgehen!?«, rief Mahasim.

Da traten Ammi und Ashnaprilla, Flacka und Melvin und die Trolle zur Seite und im selben Moment offenbarten sich hinter ihnen fünf Portale, die schon anwuchsen und ein paar Sekunden später in voller Größe funkelten.

Fred und Badrak sprangen zu ein paar Kisten und kehrten mit vollen Händen wieder zurück.

»Schritt eins!«, lachte Badrak. »Zwanzig sollten fürs Erste reichen! Die gehen jetzt an alle vier Enden und in die Mitte des Monsterheeres. Wenn den Zauberer das nicht erzürnt, weiß ich auch nicht!«

Die Trolle schmissen die blauen Donnersteingranaten, die sie hielten, mit Wucht hinein in die Portale. Es dauerte ein paar Sekunden, dann drangen die Explosionen wie dumpfe Donnerschläge vom westlichen Horizont her an ihre Ohren.

Alkarin und Eiwerink traten zu Kodavan und Karinkina.

»Ihr seid stark und fliegt schnell!«, flüsterte Eiwerink Yeevi zu, der sich sofort daran machte, für ihn zu übersetzen, falls die beiden großen Tiere ihn nicht ohnehin verstanden hatten. »Tragt Granaten zu den Kelpen, werft sie ab und lockt sie hierher. Aber nehmt euch vor dem Zauber Trucidos in Acht! Fliegt nicht zu nahe an ihn heran!«

Kodavan kreischte und stupste Alkarin aufgeregt in die Seite. Karinkina schleckte Eiwerink durchs Gesicht, woraufhin Yeevi protestierend von ihrer Bartschaukel abhob. Die Tiere ließen sich Granaten in ihre Krallen geben, flogen los, und waren kurz darauf in den grauen, tief liegenden Wolken verschwunden.

Nun tauchte auch Idisi bei ihnen auf.

»Schritt zwei, nehme ich mal an!«

Sie hielt ihre Axt in der Art kampfbereit, als hätte sie in den letzten Stunden nichts anderes getan, als zu versuchen, den Axtgriff in ihren Fäusten zu Mus zu zerquetschen.

In der Ferne wurde die dröhnende Welle ihrer Feinde immer lauter. Der Boden erzitterte und bebte bis hierher zu ihnen, getroffen vom Meer der Kelpenhufen, aufgerieben vom Zorn und Hass Trucidos, und vielleicht auch von den Donnersteingranaten, die sie in ihre Mitte geschleudert hatten.

»Schritt zwei war zwar deine Idee«, sagte Kiran um Lockerheit bemüht. »Aber ich habe mir natürlich auch eine gemacht!«

Isi lachte dumpf, als Kiran eine selbst geschnitzte, rotschwarz bemalte Maske von unter seinem Umhang hervorholte. Sie zeigte eine unheimliche Fratze, ganz in der Art, wie sie zu den Feiern des Habergeißtages üblich waren. Die Augen der Maske waren ausgespart, aber als Kiran sie aufsetzte, sah er nicht weniger furchteinflößend aus als die kühnsten Bewohner der Eisinsel zur Wintersonnenwende.

»Wir wollen ihn doch wütend machen, oder nicht?«, grollte Isi. »Ich habe mit vielen hier gesprochen. Ich wäre nicht überrascht, wenn mindestens jeder zweite es geschafft hat, sich ebenfalls eine zu schnitzen. Und die Bacariten aus der Lichterstadt haben tatkräftig mitgeholfen sie zu fertigen und mit ihren Beeren einzufärben!«

»Schaden wird es wohl nicht!«, sagte Kiran.

»Im Gegenteil«, sagte Isi. Jetzt klang sie mit einem Mal unerschütterlich. Aber sie biss dennoch ihre Zähne zusammen. Seine Aufregung konnte niemand mehr verbergen, nicht einmal sie, die kühner als alle anderen war.

»Ich kenne das Blutbuch ebenfalls. Er hält sich für den Auserwählten. Für einzigartig. Wir zeigen ihm, was er alles nicht ist! Und je mehr er aus dem Konzept gerät, desto bessere Chancen haben wir! Wie sieht es mit euch aus?«

Während Isi sich selbst eine hölzerne Maske aufsetzte, taten es ihr auch die anderen gleich. Ina, Alkarin, Ammi, Ashnaprilla, die Trolle, Barbara und Thomas, Mahasim, Eiwerink, Melvin – selbst Flacka setzte eine auf, was ihre Augenklappe nun überflüssig machte.

»Monstermäßig!« Isi ließ die Axt in ihren Händen wie einen Tennisschläger gekonnt um die eigene Achse rotieren. »Mit Sicherheit schlimmer als jeder Kelpe!« Sie überlegte. »Gehen wir eine allerletzte Runde«, schlug sie vor. »Wir holen Finn und unsere Prinzessin und den Rest. Und wir behalten unsere Masken auf. Das Heer wird unserem Beispiel folgen.«

Decora freute sich, die anderen zu sehen. Selbst Königin Idisi mit ihrer Maske gab ihr etwas mehr an Zuversicht, um die sie in den letzten Stunden so verzweifelt in ihrem Inneren rang. Finn stand nah bei ihr, auch er zwang sich zu einem Lächeln. Es wirkte grotesk, denn seine Lippen zitterten im Takt der Horden, die hinter dem Horizont aufzogen. Einzelne Truppenverbände standen auf dem weiten Feld ringsum und sahen zu ihnen herauf, aber bis zum letzten Kämpfer wusste es jeder: Ihr Dritter Engel, Kiran, Alkarin, Idisi, sie selbst und alle anderen Reisenden – sie waren in ihrer Mitte, sie würden kämpfen und vor allen anderen hinein gegen die Kelpenarmee rennen. Und darauf kam es an! Die Tätowierungen schweißten sie wie ein unsichtbares Band zusammen. Aber ein sichtbareres Band war auch keine schlechte Idee. Wäre Idisi nicht so eine einmalige Ziege gewesen, hätten sie vielleicht gute Freundinnen sein können. Finn holte seine Maske hervor und setzte sie auf. Raukelunk und Woti trugen ihre bereits. Raukelunk hatte sie mit seinem Kopf verwachsen lassen. Lange, dolchspitze Hörner fassten sein maskiertes Gesicht noch zusätzlich ein. Er sah furchterregend aus. Decora holte als Letzte ihre Maske hervor.

»Ach, ich dachte die ganze Zeit, du würdest sie schon tragen!«, scherzte Idisi von der Seite. »Nur, du weißt schon, weil mir immer so ein Schauer über den Rücken läuft, wenn wir uns begegnen …«

Decora stierte die Königin durch ihre Maske hindurch an. Es musste von außen grotesk aussehen, wie sie alle dastanden, als wären sie auf der Eisinsel Gäste während der Feiertage.

»Das macht dir doch sicherlich wenig aus!«, raunte Decora. »Ich dachte nämlich immer, Hexen erschaudern allein dann schon, wenn sie in den Spiegel sehen …«

Idisis Axtblatt entzündete sich in einer Flamme ihres kalten Feuers. »Gut gekontert, Sternchen!«

Kiran trat aus ihrer Reihe hervor. »Heben wir uns unsere Kraft für ihn auf.«

Auf der Kuppe des weitläufigen Areals hinter ihrem Schlachtfeld war eine einzelne, hochgewachsene, schmale Gestalt erschienen. Sie konnten es nicht erkennen, aber sie wussten, dass auch diese Gestalt eine Maske trug.

»Er ist gekommen.«

Decoras Stimme war wie ein Flüstern.

Sie hatte das Gefühl, die Gestalt, die dort reglos verharrte, sah sie an. Sie, über die vielen Kilometer hinweg, sah ihr von hinter ihrer Maske direkt in die Augen. Oder vielleicht sogar noch mehr. Vielleicht konnte sie auch direkt in sie hineinsehen.

»Trucido …«

Das Donnern des Kelpenheeres war plötzlich verstummt. Erst jetzt, da sie weg war, bemerkten sie, wie die dumpfe Bewegung des Bodens sie den ganzen Tag geschaukelt und zermürbt hatte.

Da trat plötzlich eine zweite Gestalt neben die von Trucido.

Idisi machte unwillkürlich einen Schritt nach vorn, als hätte sie ein unsichtbares Seil in Richtung Horizont gezogen.

»Ist das …?«, hauchte sie.

»Sie beide könnten es sein«, antwortete Kiran. In seiner Stimme war ein Bruch zu hören, aber seine Fäuste waren fest und entschlossen geballt.

Und dann färbte sich die Hügelkuppe schwarz. Eine schwarze Wand von Kelpen verdunkelte den Horizont. Das Echo ihres gemeinsamen Hufdonners rumorte in den Eingeweiden der Reisenden und in den Herzen ihrer Kämpfer. Ein erschrockenes Raunen ging durch das Heer. Trucido und die zweite Gestalt waren in ihrem Meer der Monster verschwunden. Die Wand verbreiterte sich. Kilometerlang reihten sich die dunklen Kelpen aneinander und Decora ahnte, wie tief deren Reihen hinter der Hügelkuppe ins Land gingen mochten. Kodavan, der mit Karinkina in diesem Moment krachend neben ihnen landete, musste dies nicht erst bestätigen. Die Sorge war selbst in den Augen der Tiere zu sehen.

»Auf diesen Moment musste also alles hinauslaufen«, sagte da Finn.

Decora sah ihn an. Er stand aufrecht. Er wirkte gefasst. Seine Stimme war klar.

»Jeder hat seine Aufgabe. Aber wir müssen vor allem das leuchtende Beispiel sein. Lassen wir nicht *ihn* diktieren, wie dieser Kampf verläuft.«

Langsam ging er los. Die anderen folgten ihm mechanisch.

Decora aber half die Bewegung. Sie hatten das alles besprochen und geplant. Sie erhob ihren Stab. Als er hoch in die Luft zeigte, spürte sie die Kraft in sich. Die Energie des Himmels war mit ihr verbunden. Und sie mit ihr. Sie sprach nicht mehr, sondern dachte nur noch. Ihre Hand hielt der gewaltigen magischen Eruption des Eisenholzes stand. Ein Blitz zuckte vom Himmel in ihren Stabdiamanten, so, dass es ihr ganzes Heer sehen konnte. Und auch Trucido. Dann schoss derselbe Blitz wie ein Strahl weißgoldenen Lichts wieder aus dem Diamanten hinaus. Er knisterte und pulsierte über dem Schlachtfeld und über den Kampfreihen, sodass den Soldatinnen und Soldaten die Haare von den Köpfen abstanden. Krachend stieß der Blitz in die Kelpenwand, genau dort, wo kurz zuvor Trucido gestanden hatte. Ein blutroter Schild bäumte sich aus dem Nichts auf, halbhoch in den Himmel, und absorbierte Decoras Blitz prasselnd wie ein hungriges Feuer. Dunkle Leiber sprengten wie Strohpuppen hinter dem Schild in die Luft, eine gewaltige Explosion von Fleisch und Blut und Knochen.

Stille.

Decora hielt den Atem an. Sie war schockiert. Von ihrer Kraft. Von sich selbst. Und davon, was die Antwort sein könnte.

Dann erwachte das Schnauben und Brüllen der Kelpen. Die schwarzrote Lawine setzte sich brausend und tosend vom tausend- und abertausendfachen Widerhall des Klauenwetzens in Gang.

»Wir sprechen uns dann später«, sagte Finn. »Wenn wir gewonnen haben.«

Er rannte als Erster los.

Und mit Decora folgten ihm auch die anderen.

Die Schlacht in den Luftfeldern (2)

Trucido spähte durch seine Maske gen Osten. Er stand allein auf der Hügelkuppe, ganz so, wie es sich für den Bringer des Endes und des Neuanfangs gehörte. Hildir wartete hinter ihm, ein Stück nur, aber sie hatte natürlich instinktiv gewusst, dass sie ihm Platz lassen musste. Trucido sah immer noch nach Osten. Er sah eine Heerschar, verteilt in den Ebenen vor ihm, die zahlreiche Flanken für seine Kelpen aufbot. Gewiss verfolgten die Befehlshaber irgendeine jämmerliche Taktik, vielleicht eine, die ähnlich frech war wie die Granatenwürfe, mit denen sie ihn kurz vor ihrer Ankunft hatten schwächen wollen. Wie naiv sie doch waren! Glaubten sie wirklich, sie könnten ihm so ernsthaften Schaden zufügen oder ihn gar erwischen? Diese anmaßenden Attentatsversuche würden sie bereuen, genauso wie es bereuen würden, jemals ihre Füße auf den Boden gesetzt zu haben, auf dem er wandelte! Und dann erblickte er *sie*. *Sie*, die für dieses ganze ärgerliche Unterfangen verantwortlich war. *Decora Nubigena*. Trucido wusste, dass sie es war, genauso wie er auf eine unbestimmte, ja, fast unerklärliche Weise wusste, dass auch sie spürte, wie er auf sie blickte. Er dachte an den Brief, den sie ihm geschrieben hatte. Es machte ihn zornig, wie sie einfach nur so dastehen konnte, inmitten ihrer Begleiter, anderer Lebensmüder und Fehlgeleiteter, von denen ihm Hildir bereits teilweise erzählt hatte. Aber sich ihre Namen zu merken, war unnötig gewesen. Er verabscheute sie gleichwohl, aber die Spitze seines inneren Aufruhrs, das Brodeln und Kochen in seinem Blute, das war einzig für die Nubigena bestimmt. Er blickte erneut auf sie, *in* sie, und kreischte lachend seine Überraschung in den Sudwind, als es ihm klar wurde: Sie trug eine Maske! Sie *alle* trugen Masken! *Er* war derjenige, der eine Maske trug. *Er* war Auserwählte! Mit dem Feuer des Hasses durchbohrte er sie. Er wollte schon seine Gedanken erheben und sie in jeden Kelpen, der auf dieser Welt wandelte, schicken, um Decora Nubigena und alle anderen Hochstapler und Wahrheitsverleumder in ihrem Dunstkreis niederzutrampeln. Da trat Hildir neben ihn.

»Lasst Euch nicht hinreißen, Trucido! Macht, was ich … *was wir* gemeinsam besprochen haben. Vertraut mir!«

Trucido fletschte unter seiner Maske die Zähne. Er durfte keine Gnade walten lassen! Sie hatten doch so oder so keine Chance, egal, wie er es angehen würde …

»Sie tragen Masken!«, geiferte er.

»Sollen sie doch!«

Trucido überlegte, ob er so etwas wie Argwohn in ihrer Stimme hören konnte. Oder Zweifel.

Dann aber sagte sie: »Vertraut einer Mutter, die auf den rechten Verlauf der Dinge achtgeben möchte. Tut es mir zuliebe, auch wenn Ihr so oder so siegreich sein würdet! Ein Sohn ist stark, stärker als alles, eine Mutter aber bleibt dennoch vorsichtig, ihr Leben lang. Sie kann nichts dafür. Es liegt in ihrer Natur …«

Trucido war von ihrer Sanftheit und Fürsorge erregt. Was kostete es ihn schon, wenn es Hildir glücklich machte? Er schaffte es, seinen Zorn für den Moment zu zügeln.

Als er seinen Befehl beinahe in einen Gedanken gefasst hatte, kam der Blitz aus dem Himmel. Ein hässliches, grelles, zuckendes Licht, welches sich auf die Himmelshexe herabneigte. Trucido war tatsächlich verblüfft. Es musste ein mächtiger Zauber sein! Beinahe dachte er zu lange darüber nach, denn im nächsten Augenblick schoss ihm derselbe knisternde Blitz über die Ebene hinweg entgegen. Ein Erinnerungsfetzen flammte auf: Er dachte an den alten Händler, der mit seinen Feuerschlangen gegen ihn gekämpft hatte, bevor auch er hatte sterben müssen. Gerade noch rechtzeitig beschwor Trucido einen Schild herauf, um den feigen Angriff abzuwehren. Zeitgleich zog er Hildir an sich. Die Wucht des Aufpralls war gewaltig! Sein Schild fuhr in die Höhe, um die Kraft des magischen Geschosses zu verteilen, doch die Druckwelle fegte im Gegensatz zur Magie des Blitzes durch seinen Schild hindurch. Kelpen wurden in die Luft geschleudert, Klauen rissen von ihren Armen, Beine brachen entzwei und ein Berg von toten Kelpen kam links und rechts von Trucido zum Liegen.

Hildir lag fest in seinem Arm, er hatte sie gerettet. Was auch sonst? Allein das Holzschildkrötenpulver, das er in den letzten Tagen eingenommen hatte, reichte aus, um ihn so stark zu machen, dass er es allein mit der Armee Decora Nubigenas aufnehmen konnte. Sie hatten bisher ja nicht einmal einen Vorgeschmack von seiner Macht bekommen! Aber Hildir hatte dennoch Panik in ihren Augen. Er konnte spüren, was sie dachte.

Bleibt bei unserem Plan! Trucido, Ich bitte Euch!

Also würde er dabei bleiben. Ihr zuliebe.

Er fühlte, wie ihm der Stolz seiner toten Mutter in diesem Augenblick innewohnte. Sie konnte ihn aus dem Jenseits sehen. Ihr Geist war bei ihm. Und Hildir sah ihn im Diesseits. Sie beide waren seine Zeugen. Erst schrie Trucido, dann lachte er. Die Kelpenlawine setzte sich in Gang.

Die Schlacht in den Luftfeldern (3)

Decora, Kiran und Isi hatten Finn eingeholt. Zu viert standen sie an der Front ihres Heeres. Das Dröhnen der Kelpenhufen ließ ihre Herzen springen, als wären sie in einem fiebrigen Tanz gefangen. Aber dann hörten sie von hinten die Kampfschreie ihres eigenen Heeres und bald vermischte sich alles zu einem wahnsinnigen Rauschen, das zusammen mit dem Blut hinter ihren Schläfen pochte. Als es anfing, dachte Finn kaum noch, er ließ sich von seinen Instinkten leiten.

Vor ihnen tauchte Unkerich Acerbus auf. Er hatte eine Menge Kämpfer hinter sich geschart, darunter Enwin Seenfürst, die sie ebenfalls überholten. Aber der maskierte Riese Unkerich stand mit nacktem Oberkörper, seinen tätowierten Viertelmond auf dem Rücken weithin sichtbar, ganz zuvorderst da, als die Spitze der Kelpenwelle ihn erreichte. Er schwang eine riesenhafte Hellebarde und pflügte damit einer Urgewalt gleich durch die Frontreihen der Kelpen und wie ein Findling in der Sturmesbrandung trieb er einen ersten Keil zwischen ihre Angreifer. Ihre stärksten Vorkämpfer reihten sich ein und flankierten den ukonischen Riesen und den furchtlosen König der Wasserzwerge, der seine Axt sausen ließ, als wollte er die Schlacht beim Zwergenwall für sich selbst und für alle, die dort hatten sterben müssen, vergessen machen. Finn hörte es nicht, aber er sah es: Als er sein eigenes Schwert in den Hals des ersten Kelpen stach, der gegen ihn anstürmte, stießen Decoras Blitze vom Himmel und rissen Löcher in das schwarze Band der Monster. Ihre Vorderreihen lichteten sich auf einer Breite von mehreren hundert Metern, aber die Blitze regneten weiter und weiter. Finn wusste, dass Decora noch nah bei ihm war, und er sah auch Isi, die mit brennender Axt und brennender Maske in vollkommener Todesverachtung einer Fünfer- oder Sechsergruppe Kelpen entgegensprang. Jetzt spürte er plötzlich seine eigene Maske und gleichsam seine Wut auf all die Monster und auf Trucido und mithin wusste er, welche Stärke in ihm schlummerte. Er zog sein Schwert aus dem Kelpenhals. Kiran tauchte neben ihm auf. Ihre Blicke trafen sich, ganz kurz, grimmig und entschlossen hinter ihren Masken. Zu zweit schlugen sie Kelpen um Kelpen nieder, die, zersprengt von Decoras Blitzen, kopflos auf sie zustürzten, und wichen den rasselnden Klauen aus, wie sie es so unermüdlich trainiert hatten. Ihre Frontlinie hielt, was sie sich erhofft hatten: Die Kelpenlinien brachen nun allerorten auf und schoben sich wie die kleinen Flussarme eines dunklen Deltas zwischen ihnen hindurch schwarz und rot ins Herz ihres Schlachtfeldes. Finn und Kiran standen auf einem Haufen erschlagener Kelpen, als die ersten durchgebrochenen Kelpen die unzähligen langen Gräben erreichten, auf denen Fred und Badrak mit vielen Helfern auf Raukelunks Idee hin Holzstämme verlegt hatten. Als die Hufen daraufdonnerten, schossen von unten aus den Gräben her Wachbacariten durch die dicken Stämme hindurch zwischen die Kelpen, erschlugen und erstachen sie mit ihren Speeren oder rissen sie an ihren Gliedmaßen krachend zu Boden, während sie sich selbst wieder durch das Holz in die Verstecke hinabließen, und brachen den Angreifern dabei Beine und Arme. Zahllose Kelpen fanden hier ihr Ende, aber der nicht versiegen wollende Fluss spuckte immer mehr Monster auf ihr Schlachtfeld. Nun kamen die an die hundert kleinen Palisadenanlagen ins Spiel, die ebenfalls Raukelunk in Erinnerung an die Blätterfallarena erdacht hatte: Wie aus den Gräben schossen aus deren Innerem Bacariten hervor, stachen mit ihren Speeren zu und glitten gleich darauf zurück in den Schutz der Palisaden. Die Kelpen lockten derweil die Bogenschützen Hikabes und andere geübte Schützen an, die, erhöht auf Gerüsten und über die Palisaden hinweg, die Kelpen ins Visier nahmen und Pfeilhagel auf Pfeilhagel auf die Angreifer regnen ließen. Die Kelpen aber hatten keine Chance, die kleinen Holzfesten zu erstürmen. Sie wurden von den herausschießenden Bacariten zu schnell und zu effektiv erschlagen. Kelpenwelle reihte sich an Kelpenwelle. Finn spürte lange Zeit keine Müdigkeit. Er sah immer deutlicher, wie ihre Taktiken Erfolg hatten. Sie konnten Trucidos Monster zerstreuen, und die Palisadenfallen waren ihre unglaublich effiziente Geheimwaffe. Vom Schlachtenglück beseelt kämpften und rieben sich die Boden- und Reiter- und Bestientruppen auf, die nach und nach von den verschiedenen Flanken in die Mitte des Schlachtfeldes rückten, und hörten auch nicht auf zu kämpfen, als die Schacht bereits mehrere Stunden tobte. Doch irgendwann, als Finn das Gefühl hatte, dass er gar nichts mehr anderes tun konnte, als zuzuschlagen und sich Kelpenblut aus den Augen zu wischen, stolperte er. Der Kampf tobte um ihn weiter fort, aber trotzdem war er allein. Das brachte ihn aus dem Konzept. Keine Spur mehr von Decora oder Isi oder Kiran oder den anderen. Hatte er sie verloren? Und da lagen nicht nur Leichen von Kelpen, auch die Soldatinnen und Soldaten ihres Heeres waren in Scharen gefallen. Sie hatten so gut und tapfer gekämpft. Dafür musste diese Sache einfach gut ausgehen. Irgendwann versiegte zwangsläufig auch der größte Kelpenstrom, der den Horizont immer noch weiter rotschwarz färbte! Grimmig schrie Finn seine Wut heraus. Und wie er so kroch und sein Schwert auflas, um sich wieder den Kelpen entgegenzustellen, sah er vor sich seine Mutter liegen. Ihre Maske war von ihrem Gesicht gerutscht. Es dauerte nur eine Sekunde und er war an ihrer Seite, er hielt sie fest, aber da wusste er schon, dass sie starb.

»Ich bin stolz auf dich«, hauchte sie. »*Wir* sind stolz auf dich.«

»Warum kämpfst du auch hier vorn …?«

Er wollte noch mehr sagen, das Letzte, das sie von ihm hörte, sollte kein Vorwurf sein, aber es fiel ihm nichts ein. Sein Mund war trocken, sein Hals wie zugeschnürt. Tränen standen in den Augen unter seiner Maske.

»Ich bin froh, dass alles so gekommen ist«, sagte Barbara Ritter zu ihm. »Sieh jetzt zu, dass das alles zu einem guten Ende kommt, Finn.«

Und dann zwinkerte sie ihm zu, während Blut aus ihrem Mundwinkel lief.

»Die Engel der Vergangenheit werden schon auf mich achtgeben!«

Das waren ihre letzten Worte. Sie war tot.

Irgendwo in Decoras Nähe waren Finn und Kiran und Idisi zwischen den anderen Frontkämpfern, aber ihr weißglühender Blick war auf die Hügelkuppen gerichtet. Dort, wo Trucido wartete. Die Lunata kämpfte sich wie der fleischgewordene Kelpenschreck durch die Reihen der Feinde. Ihr Diamantsplitterring und ihr Stabdiamant surrten und knisterten, ein Schutzschild aus gleißendem Licht zwischen den zusammengehörigen Steinen ließ keine Kelpenklaue an sie herankommen. Stattdessen verbrannte der heiße und pulsierende Schild die Angreifer und riss ihnen die Klauen ab, wenn sie es wagten, hineinzuschlagen. Hatte Decora mehr Freiraum, ließ sie ihre Blitze zucken und wo sie einschlugen, blieben nur Krater voller Kelpenleichen zurück. Sie wusste, dass sie einem Leuchtfeuer glich, aber sie wurde noch kräftiger mit jedem neuen Gedanken daran, dass ihr Heer sie von überall auf dem Schlachtfeld sehen konnte. Und daran, dass Trucido sie sah. Eine Erinnerung an ihre ermordete Familie flackerte hinter dem Vorhang roten Kelpenbluts auf, der ihr Gesicht verklebte. Trucido durfte nicht davonkommen! Für einen Moment stand sie frei. Sie sah sich um: Kelpen waren gefallen, so viele Kelpen. Aber dazwischen lagen auch ihre eigenen Leute. Ihre Taktiken hatten Erfolg, aber jeder von ihnen, der starb, war ein herber Verlust. Sie musste etwas unternehmen. Ohne nachzudenken, preschte sie weiter nach vorn, allein, weiter von ihren Gefährten und den Vorkämpfern weg und das Licht ihrer glühenden Haare schwebte wie ein Schleier über den gefallen Kelpen. Wie lange Decora so kämpfte, wusste sie nicht, aber es war auch einerlei. Sie war wie ein einzelner heller Stern in einer dunklen, schwarzen Kelpennacht. Und sie würde so lange weiterleuchten, bis alle von ihnen mit Trucido untergegangen waren!

Kiran wischte sich Dreck und Blut vom Mund. Es war nicht sein eigenes. Er blickte sich um. Decoras Blitze schossen weit hinter den ersten feindlichen Linien unentwegt in die Kelpenhorden. Er hatte es bereits geahnt, aber nun ließ er den Gedanken zum ersten Mal wahrhaftig zu: Alle ihre Mühen und Vorbereitungen waren erfolgreich. Sie waren im Begriff, diese Schlacht zu gewinnen. Irgendwann musste der Nachschub an Kelpen ja versiegen. Diese Erleichterung ließ aber auch Platz für andere Gedanken. Idisi hatte er schon lange aus dem Blick verloren, aber nun war auch Finn verschwunden. Zwei Kelpen trampelten auf ihn zu. Er schwang seinen Zweihänder von rechts nach links. Die Klinge trennte den ersten Kelpen sauber entzwei und erwischte danach auch den zweiten so hart, dass dessen Brustpartie seitwärts aufriss und so weit auf der anderen Seite vom Rumpf kippte, dass das Gewicht das sterbende Monster zu Boden warf. Kiran sprang über die zuckenden Überreste und rannte einen dritten Kelpen über den Haufen. Plötzlich tauchte Melvin neben ihm auf. Sein Apparat qualmte und quietschte, aber der Zwerg sprang damit dennoch über die Köpfe der Kelpen, um sie beim Aufprall niederzumachen. In einer blauen Dampfwolke trafen sie aufeinander.

»Kiran, da bist du! Wir schaffen es!«, rief Melvin durch das Kampfgetümmel. »Viele Palisaden sind noch heil. Bald wird er keine Kelpen mehr haben! Ich werde mit Flacka wieder zur See fahren!«

»Das wirst du, mein Freund!«, rief Kiran. »Wo sind Finn und Idisi?«

Aber Melvin antwortete nicht mehr. Als sich der Rauch hinter dem Wasserzwerg lichtete, kam auch der Kelpe zum Vorschein, der ihn aus seinen rabenschwarzen Pupillen anglotzte und dessen Klauen in Melvins Rücken steckten. Kiran hatte ihn erschlagen, noch bevor der Botschafter zu Boden fiel, aber retten konnte er ihn trotzdem nicht. Hinter Melvins Leiche wurde eine Sichtschneise frei. Kiran stand wie erstarrt da. Dort vor ihm hockte Finn. Er hielt eine Tote in seinen Armen. Es war Barbara.

Raukelunk merkte, dass sie gewinnen konnten. Er spürte die Euphorie und die Erleichterung der Bacaritinnen und Bacariten, die durch die Palisaden sprangen. Von Stunde zu Stunde wurden sie siegessicherer. Seine Taktik war erfolgreich. »Seine« Palisadenfeste lag genau in der Mitte des Schlachtfeldes. Danaa war auch hier, sie war vom Feuer der Schlacht entbrannt und gab ihm Meldung, wann immer der Zustrom an Kelpen es für ein paar Augenblicke zuließ. Er selbst aber hielt sich zurück. Was konnte ein Blinder schon ausrichten? Er tröstete sich damit, dass seine Idee ein Schlüssel in diesem Kampf war. Und er tröstete sich damit, Danaa bei sich zu wissen. Sie hatten sich geküsst. Sich vereint. Er dachte daran, wie viel Zeit sie hiernach noch miteinander haben konnten. Ein zweites halbes Leben lag doch noch vor ihnen.

Das Surren der Elfenpfeile riss ihn wieder ins Schlachtgeschehen zurück.

»Dort vorn!«, rief einer der Elfen. »Nehmt sie bei den Gwilling-Magiern ins Visier!«

Raukelunk stellte sich vor, wie die Gwilling-Magier, die in Renkejas Armee noch die Mauer zum Robenwald geschmolzen hatten, nun Feuerregen auf die Kelpen prasseln ließen. Er konnte das sengende Feuer nicht nur riechen, sondern auch hören. In seinem Kopf zeichnete sich ein chaotisches Bild ab, das alles begleitet vom Donnern der Kelpenhufen, das in stärkeren und schwächeren Wellen um die Palisadenfeste tobte.

»Schützt die Magier!«, rief der Elf erneut. »Lockt sie zu uns!«

»Passt auf die Bodentruppen auf!«, schrie ein anderer. »Die sind zu dicht dran!«

»Wie läuft es?«, fragte Raukelunk. Er spürte, dass sich Danaa ihm näherte.

»Gut, würde ich sagen. Wir erleiden Verluste, aber die Kelpen sind uns an Toten zahlenmäßig um ein Vielfaches überlegen. Und wir wussten, dass es hart wird.«

»Und hast du gesehen …«

»Bitte, frag mich nicht danach! Ich muss wieder zurück nach oben.«

Aber Raukelunk ließ nicht locker.

»Du musst es mir sagen, Danaa. Du weißt nicht, wie schlimm es ist, hier zu stehen und im Ungewissen zu sein.«

Danaa atmete schwer.

»Wir können die Blitze von Königin Nubigena sehen. Sie sorgt dafür, dass die Kampflinien entzerrt werden. Sie ist unglaublich.« Danaa zögerte. »Aber sie kämpft sehr weit vorn. Allein.«

Raukelunk nickte. Ihm lief ein Schauer über die Borke. Aber er kannte Decora. Sie tat, was sie tun musste.

»Und die anderen?«

»Ich weiß es nicht, Raukelunk. Das Schlachtfeld ist riesig. Bloß …«

Sie brach ihren Satz ab.

»Bloß was?«

»Es macht keinen Sinn, darüber nachzudenken«, sagte Danaa. »Wir können wenig daran ändern.«

»Sag es mir!«

Sie musste in seiner Stimme erkennen, dass er sie vorher nicht gehen ließ.

Danaa seufzte. »Dein Freund Woti kämpft nicht weit von hier. Zusammen mit Ina. Sie versuchen, die Magier zu schützen. Aber sie sind zu nah dran an einer Horde Kelpen. Wir haben kein freies Schussfeld. Ich glaube, er ist verwundet. Es könnte knapp werden.«

Für einen Herzschlag standen sich die beiden still gegenüber. Dann vollführte Raukelunk eine Drehung, rannte nach vorn und sprang durch die Palisaden, ehe Danaa ihn zurückhalten konnte.

Das Schlachtfeld war wahrhaftig ein Chaos. Vor allem für einen Blinden. Es roch nach Blut und Schweiß und nasser Erde. Raukelunk rutschte auf dem feuchten Boden. Er stolperte auf einen Haufen Körper. Von überall drangen Schreie und Kampflärm an seine Ohren. Aber dann hörte er wieder das Prasseln des Gwillingfeuers. Dort war sein Ziel. Hier ging es nicht um ihn, das wusste er jetzt. Seine zweite Chance bestand darin, eine Familie zu haben. Und nur die zählte. Die galt es zu retten.

»Woti! Ina!«

Raukelunk brüllte. Seine Stimme war tief und donnernd. Es ging ums Überleben.

Auf gut Glück stolperte er weiter vorwärts.

Hinter ihm hörte er eine Stimme.

Schützt Raukelunk!

War es Danaa?

Pfeile schossen an ihm vorbei. Es gab schmatzende Geräusche, als sie in Körpern steckenblieben, die er nicht sehen konnte.

»Woti! Ina!«

Er musste noch weiter.

Da hörte er plötzlich eine leise Stimme unter sich.

»Woti ist bei mir. Was tust du hier?«

Ina war ihm ganz nahe. Er hatte sie gefunden. Den Engeln sei Dank! In der Nähe schnaubten Kelpen. Er konnte ihre Klauen hören, wie sie nicht nur die Luft, sondern auch das Fleisch ihrer Mitstreiter zerschnitten.

Raukelunk beugte sich hinunter. Er hörte Wotis Atem. Es ging ihm schlecht. Ina weinte.

»Ich werde ihn kein zweites Mal sterben lassen«, sagte Raukelunk.

Dann ließ er seine Arme wachsen. Sein Brustkorb verbreiterte sich. Seine Äste wurden knorrig und bildeten harte Knoten. Neue Zweige wuchsen und wurden ebenfalls hart und lang. Er beugte sich noch weiter über Ina und Woti und schirmte sie so vom Schlachtfeld ab. Es war, als befänden sie sich im Inneren eines hölzernen Schutzschildes.

»Raukelunk, ich bitte dich«, flüsterte da Woti. Er war wach. »Kümmere dich nicht um mich! Schütze Ina! Bring sie außer Gefahr! Rette sie und auch dich selbst. Renn, sodass du nicht wieder anhältst!«

Raukelunk schniefte. Er spürte, wie seine Blätter ein letztes Mal in seinem Leben rauschten, so als würde im Lampignon-Wald ein kühler, freundlicher Wind durch seine Mähne fahren. Aber es waren bloß die Kelpen, die Klaue um Klaue in seinen Rücken und seinen Hals trieben, ihn zerstachen und an ihm rissen und zogen. Aber Raukelunk spürte keinen Schmerz. Er lächelte.

»Euer Kind wird nicht ohne seinen Vater aufwachsen, mein Freund. Ina wird es dir noch nicht gesagt haben, Woti, aber ich konnte es wohl spüren und sie sicher insgeheim auch. Das ist für euch beide ein Grund, durchzuhalten. Ich bin doch bloß ein alter Baum, der seine zweite Chance genutzt hat.«

Woti hatte seine Augen weit aufgerissen. Aber es wurde dunkler um Ina und ihn. Raukelunks Äste und Blätter wurden noch dichter. Er strengte seine letzten Kräfte an. Kaum ein Lichtfetzen drang mehr durch seinen Körperschild. Sein Holz ächzte und knarzte, aber es gab nur nach außen nach. Im Inneren blieb es stark und intakt. Nur Raukelunks Blätterrauschen erstarb, als seine leblose, hölzerne Hülle die drei Gwillinge vor dem Kampfgetümmel rettete.

»Finn, steh auf.«

Kiran setzte seine Maske ab und reichte seinem Freund die Hand.

»Sie ist tot. Es tut mir leid.«

Finn rührte sich nicht.

»Wenn du nicht aufstehst, stirbst auch du. Es ist noch nicht vorbei. Wir kümmern uns später um sie.«

Finn blickte zu ihm auf.

»Decora hat es geschafft«, sagte Kiran weiter. Auch er hatte Tränen in den Augen. »Der Kelpenstrom ist versiegt. Sieh doch nur.«

Finn legte den Kopf seiner Mutter behutsam auf den Boden. Er sprach nicht, was hätte er auch sagen sollen, aber er stand auf.

Die Linien der Kelpen waren licht geworden. Über die Kuppe kam kein Nachschub mehr. Die letzten Kelpenhorden waren bereits an ihnen und dem kleinen Rest an verbliebenen Vorkämpfern vorbei zum Hauptheer unterwegs. Zwei Gestalten standen in der Ferne und sahen dabei zu, wie das letzte Dutzend an Kelpen-Hundertschaften im Begriff war, aufgerieben zu werden. Ein kleiner Rest bloß der einstmals Vieltausenden, die gekommen waren. Es war ein Gemetzel, überall lagen tote Aethraer und Telluriscorianer. Aber sie konnten es schaffen. Sie konnten es wirklich schaffen. Nun waren sie deutlich in der Überzahl. Es begann dämmriger zu werden, obwohl es noch früh war. Nebel zog an der nördlichen Flanke auf. Aber der Sieg war nah. Ein Drittel ihres Heeres lebte.

Finn sah Kiran schweigend an.

»Sorgen wir dafür, dass unsere Mütter und alle anderen nicht umsonst gestorben sind!«, sagte Kiran.

Da rannte von der Seite her Decora zu ihnen. Im Schlepptau hatte sie Enwin Seenfürst und Unkerich Acerbus, die es irgendwie geschafft hatten, zu überleben. Einzig Unkerichs linker Arm fehlte, aber das schien ihn nicht großartig zu behindern.

Als die Lunata Finn und dann Barbara sah, riss sie ihre Maske herunter und fiel ihm um den Hals. Das viele Blut und ihr Leuchten verbanden sich zu etwas, das Finn noch nie bei ihr gesehen hatte. Sie sah verändert aus, aber in ihrer Umarmung spürte er, dass sie die war, die damals durch das Portal zu ihm gekommen war.

»Finn, es tut mir leid.«

Finn nickte grimmig. Seine Mutter hatte verstanden, dass es noch nicht vorbei war.

»Zeigen wir es den letzten Kelpen!« Finn griff sein Schwert mit fester Hand. »Kannst du weiter Blitze schießen?«

Decora sagte: »Wenn es sein muss, höre ich nie mehr damit auf.«

»Erst die Kelpen, dann die da!« Kiran erschrak darüber, wie hohl seine eigene Stimme klang. Als spräche gar nicht er selbst. Er wusste, was zu tun war, aber dennoch hatte ihn das alles verändert. Er war schon lange nicht mehr derselbe, der damals von seinem Vater mit den Fremden ins Ungewisse geschickt worden war.

Finn, Decora, er selbst, Enwin und Unkerich sahen noch einmal die zwei dunklen Gestalten auf der Hügelkuppe an.

»Erst die Kelpen, dann sie«, bestätige Decora. Dann drehte sie ihnen den Rücken zu. »Zurück zu den Palisaden. Sie können uns dort gebrauchen.«

Sie befanden sich bereits hinter den ersten Palisadengräben, da flog, zwischen verteilten Kämpfergrüppchen, die aus den Verbänden ausgerissene Kelpen erschlugen, Mergo heran. In seinem Windschatten lief Idisi.

»Hab ihn am Rand des Schlachtfeldes aufgelesen!«, rief sie schon von weitem. »Wollte wohl doch mitkämpfen!«

Sie sah mitgenommen aus. Ihre linke Gesichtshälfte war so aufgequollen, dass Kiran sich nicht sicher war, ob darunter irgendwo noch ein Auge verborgen war. Ihre Maske hatte sie abgesetzt. Mergo aber war kreidebleich.

Decora und die anderen blieben stehen. Die letzten Kämpfe tobten bloß ein paar Steinwürfe weit entfernt.

»Mergo, geht es dir gut? Bist du verletzt?«

Decora hockte sich vor ihn, ließ ihren Stab sinken und nahm ihn in den Arm.

Mergo schossen Tränen in die Augen.

»Charadri … er ist …«

Decora drückte ihn fester an sich. Sie alle verstanden, was Mergo nicht aussprechen konnte.

»Aber ich habe …« Er wischte sich durchs Gesicht. Blut und Dreck von seinen Händen machten ihn noch schmutziger als vorher.

»Schon gut«, sagte Decora. »Du bleibst bei uns. Wir werden ihn nachher finden und ihm die letzte Ehre erweisen.«

»Nein«, widersprach Mergo. »Ich hab ihn gesehen! Da, hinter dem Nebel.«

Sie folgten Mergos Fingerzeig und sahen nach Norden. Wie konnte der Nebel so rasch so dick und undurchsichtig geworden sein? Kiran hatte ein merkwürdiges Gefühl. Es war vor allem die Art, wie Mergo gesprochen hatte. Er konnte unmöglich Charadri gemeint haben …

Der Elf schniefte. Seine Stimme überschlug sich. »Ich glaube …«

Aber da trug der urplötzlich heftig aufgehende Wind ein langgezogenes Pfeifen an ihre Ohren. Der Ton kam von dort, wo der Nebel am dicksten war und ging ihnen durch Mark und Bein. Er war so durchdringend und stark, dass er bald über dem ganzen Schlachtfeld tönte und widerhallte.

Als Kiran und die anderen verstanden, woher der Ton kam, brachen die Nebel auf und ein riesiger Schatten wurde offenbar.

Silem sprang mit aufgerissenem Maul und scheußlich verzerrter Fratze auf den Rest der kämpfenden Heere zu.

Die Sturmnebelwiesen

In dem Augenblick, als der Sattel mitsamt Brien auf den Rücken der großen Katze fiel, veränderte sich das Wesen des Tieres. Das konnte selbst der alte Wasserzwerg spüren. Es waren nicht die Eisendornen, die sich in den Rücken der Katze bohrten und sich in ihrem Fleisch festsetzen. Es war auch nicht das Gewicht des erstaunlich schweren Fremdkörpers, den die Katze keinesfalls gewohnt sein konnte. Nein, es war mit an Sicherheit grenzender Wahrscheinlichkeit der Zauber, der auch nach all den Jahrhunderten noch immer in der Lage war, seinem Sinn und Zweck gemäß in den Verstand des Tieres zu kriechen und es wild zu machen. Die Mordlust, die sich langsam wie ein kriechendes Gift von den verzauberten Dornen aus über Körper und Geist der Katze legte, war für das Ungetüm so wenig zu bekämpfen wie das eigene Blut. Brien war zufrieden, wie versiert der Zauber am Sattel vollzogen war und wie prima es klappte, was er sich als letzte Rettung für die verlorenen Seelen der Kämpfer beider Welten ausgedacht hatte.

Der Handvoll Gwilling-Magier, die er erst heimlich vergiftet und so mit Aussicht auf das Gegengift gezwungen hatte, den Portalen zur Schlacht fernzubleiben, war es in der Tat gelungen, nicht nur mit magischem Pfeifen und kleineren, künstlich duftenden Feuern das große Biest anzulocken, sondern sie hatten es auch beim ersten Versuch geschafft, ihn mitsamt dem Sattel über der Katze schweben und dann im rechten Moment fallen zu lassen.

Brien zurrte sich mit Ledergurten am Sattel fest und fasste ihn mit beiden Händen. Sobald er ihn berührte, wehrte die Katze sich, sträubte sich, bäumte sich auf. Aber er hatte nicht so lange Verstecken gespielt und sich im nahen Wald verborgen, um nun aufzugeben. Er war immer noch stark. Und der Zauber war noch viel stärker. Sobald seine Hände fest genug zupackten, spürte er die Verbindung zum Sattel und zu der Waffe, die dieser aus der Katze gemacht hatte. Er dachte daran, sie vorwärts laufen zu lassen. Daraufhin buckelte die Katze, fauchte wie vom Wahnsinn befallen, dann aber tat sie die Schritte, die er verlangte. Das warme Blut des Ungetüms, das unter dem Sattel hervorquoll, wärmte seine Beine. Es fühlte sich richtig an, diese Waffe zu benutzen. Hätte er Altweltkrokodile gehabt, er hätte mit ihnen dasselbe getan. Sicher, es war vielleicht schade um das Tier, aber das war es auch schon. Diese Heißsporne und Taugenichtse von jungen Prinzen und Prinzessinnen würden alles in den Abgrund ziehen, wenn er nicht aushalf! Mit diesem Monster konnten sie die Kelpenarmee zerschlagen, da war Brien sicher. Vielleicht würde er ja höchstpersönlich auf seinem neuen Reittier gegen Trucido anrennen!

Die Gwillinge, die ihm von tief unten verschüchtert zuriefen und nun, nach getaner Arbeit, ihr Gegengift erwarteten, waren da eher hinderlich. Zumal er ohnehin kein Gegengift parat hatte. Er dachte daran, wie die Katze die kleinen Zwergenimitate auffraß. Was folgte, übertraf jedoch seine kühnsten Erwartungen: Das Ungetüm schnellte herum und schaufelte sich die kreischenden Zauberer, die nicht ansatzweise schnell genug ihre Stäbe erheben konnten, alle zusammen ins zuschnappende Maul.

Während er mit der Katze loslief, hörte Brien die kleinen Körper in ihrem Maul brechen und knacken. Er dachte dabei an ein Hühnchen am Zisternenfeuer. Eine blutige Spur aus Knochen, Kleidern und Zauberstäben hinter sich lassend, ritt Brien von der Unerreichbaren Festung aus geradewegs nach Süden in Richtung Sturmnebelwiesen, wohinter sicher schon die Schlacht mit Trucido tobte. Niemand konnte dort hindurch. Mit einer Ausnahme natürlich. Und auf der saß Brien fest im Sattel.

Die Landschaft flog nur so an Brien vorbei. Er hatte das Gefühl, eine Portalreise konnte auch nicht viel schneller sein. Die Katze trug ihn daher, als wäre sie nicht an die Gesetze von Raum und Zeit dieser Welt gebunden. Wahrscheinlich war sie das auch nicht. Nach wenigen Stunden kamen die Sturmnebelwiesen in Sicht. Brien hatte sie nie zuvor gesehen. Aber das musste er auch nicht, um zu wissen, was er da vor sich hatte. Es waren dunkle, wirbelnde Luftkreisel, die die Ebene vom westlichen zum östlichen Horizont wie eine Wand durchbrachen. Brien war aufgeregt, aber siegessicher. Er tauchte in die Luftverwirbelungen hinein und genoss es, dass die Naturgewalten seinen Bart und seine Brauen verwehten. Selten hatte er sich so lebendig gefühlt. Die ersten paar Hundert Meter sah Brien noch, dass sich Boden unter den Füßen der Katze befand. Danach sah er nicht einmal mehr das gewaltige Tier unter seinem Sattel. Es wurde dunkel. Geradezu stockfinster. Und dann noch viel dunkler. Die Katze stieß Pfiffe aus. Lange, durchdringende Töne, die mit dem brausenden Sturmwind in Briens Ohren sausten. Erst hatte er das Gefühl, sie würden aufsteigen, dann, als wären sie auf einer Talfahrt. Schließlich begann es sich anzufühlen, als würde der Wind mit kleinen Messern nach ihm schneiden. Brien hatte gedacht, die Stürme würden sich auf seinem Ritt um die Katze herum lüften und auftun, aber je weiter sie vorwärtsdrangen, desto kräftiger und schneidender biss ihn der Sturm und bedrückte ihn schließlich mit einem Gewicht, das kaum mehr auszuhalten war. Brien realisierte, dass es ein Fehler gewesen war, in die Sturmnebelwiesen zu reiten, aber er schaffte es nicht mehr, einen klaren Befehl zum Rückzug an die Katze zu richten. Seine Gedanken rasten bloß fort und fort, Angst vermischte sich mit Schmerz, der sich von seiner Brust her ausbreitete, und er sah in der Schwärze keinen Weg, um die Lederriemen zu lösen, die ihn an den Rücken der Katze banden. Die Windkreisel, die um ihn brausten, pressten seinen Oberkörper zusammen, das Knacken seiner ersten brechenden Rippen ließ Brien jedwede Hoffnung aus dem Körper fahren. Der Wasserzwerg verkrallte sich in Todesfurcht in seinem Sattel, dann legte sich der Wind tonnenschwer auf seinen Nacken und drückte ihn erbarmungslos nach unten. Brien blieb die Luft weg. Er glaubte, jeden Moment bersten zu müssen. Seine Augäpfel traten aus den Augenhöhlen hervor und platzten, seine gebrochenen Rippen bohrten sich durch seine Organe und schlitzten ihn von Innen heraus auf. Zuletzt brach Briens Genick.

Silem aber lief mit dem toten Wasserzwerg weiter und weiter, im Zauberwahn dem Wunsch seines verstorbenen Reiters in den Kampf folgend, bis sich der Nebel, den sein Ritt im Süden hatte aufziehen lassen, lichtete. Silem stürzte sich auf das Schlachtfeld hinter dem Nebel, das voller kleiner Wesen war, die der wilde, beißende Zorn, der sich von seinem Rücken her ausbreitete, mit Haut und Haaren verschlingen wollte.

Die Schlacht in den Luftfeldern (4)

Die Katze brauchte nur Sekunden, um sich ins Kampfgetümmel zu stürzen. Decora war völlig überrumpelt. Obwohl sie deutlich sah, wie das große Tier ihre eigenen Kämpfer verschlang, realisierte sie zunächst keineswegs, dass von Silem eine Gefahr ausging. Sie und die anderen standen nur wie angewurzelt da und beobachteten voller Erstaunen, wie die Katze, die sie in so sanfter Erinnerung hatten, gleichsam vom Wahn befallen durch die Reihen von Freund und Feind marodierte:

Silem sprang wie ein Ungetüm aus alten, unvorstellbaren Sagen mitten in die Truppenverbände hinein und zertrampelte und zerriss, was in seinem Weg stand. Das verbliebene Heer der Reisenden geriet augenblicklich aus seinem Kampfestakt. Die Masken und Schwerter reckten sich in Silems Richtung, die Verbände zerrissen und wo die Katze ihre schwertlangen Zähne durch die Reihen fahren ließ, half auch keinerlei verzweifelte Gegenwehr mehr. Die verbliebenen Kelpen indes kümmerten sich nicht um den neuen Angreifer, sondern bekämpften weiter das Heer der Reisenden, wenngleich viele Kelpen von Silem niedergeworfen oder verschlungen wurden. Als die ersten Schreckmomente vorüber waren, realisierten endlich auch Decora und die anderen, was vor sich ging. Königin Idisi schrie irgendetwas vom Sattel aus der Festung, Decora glaubte zu verstehen, aber sie hatte bloß die Katze im Blick, die sie in ihrer Wildheit und Wut und in ihrem Wahnsinn an Gilgathan erinnerte. Diesmal aber würde sie ihre verbliebenen Leute schützen!

Sie rannte so schnell ihre Füße sie trugen das letzte Stück in Richtung Hauptkampffeld, wo derweil die Palisadenfesten zu fallen begannen, die bisher in großer Mehrheit dem Sturm der Kelpen standgehalten hatten. Nun aber lief Silem die Bollwerke einfach über den Haufen und verlangsamte nicht einmal seinen Lauf, wenn er durch die Holzpalisaden wie durch Streichhölzer sprengte. Reihenweise hagelten die Pfeilschauer der Elfen Hikabes auf Silem hernieder, aber das schien die Katze bloß noch wilder zu machen. Bald waren die Festen bis auf die letzte aufgerieben und die Bacariten und Elfen gerieten nun zwischen den Kelpen und der Katze in ein Schlachtgetümmel, das jedwede Übersichtlichkeit und Planung verloren hatte.

Als Decora geradewegs auf die Katze zurannte, häuften sich neben ihr die Toten ihres Heeres. Aber sie sah nicht hin, denn sie wusste auch so, wie groß und schmerzhaft ihre Verluste waren. Stattdessen behielt sie weiter die Katze im Auge, die ihrer in diesem Moment ebenfalls gewahr wurde! Das Leuchten von Decoras Haaren spiegelte sich in den toll glitzernden Augenschlitzen Silems. Das Tier stürzte los. Auf seinem Weg zertrampelte es noch mehr Kämpfer, einerlei, ob Bacariten, Elfen, Kelpen oder sonst wen. Decora konzentrierte sich. Sie dachte daran, wie ihr Blitz über dem Großen Meer Gilgathan verfehlt hatte. Und Silem war schnell. Nur noch Sekunden, dann hatte er sie erreicht! Aber Decora war geübt und nun war der Weg zwischen ihr und der Katze frei. Sie spürte, dass Silems Tod ein schlimmer Verlust sein würde, aber sie musste die verbliebenen Kämpfer und die Schlacht retten.

Ihr Blitz knisterte schon, noch bevor er zu sehen war. Dann zeigte sich das gelbweiße Licht zwischen ihrem Eisenholzstab und dem Himmel, stand dort, gezackt wie ein Riss im Raum, ganz still, nur für den Bruchteil einer Sekunde, und der Blitz schoss zuckend aus Decoras Eisenholzstab nach vorn.

Silem fiel in der Sekunde, als ihn der Blitz in der Brust traf. Die Vorderbeine versagten ihm den Dienst, sein Kopf und Hals erschlafften in Richtung Brust, hingen herab, und als sie den Boden berührten, überschlug sich das ganze Tier und stürzte und rollte Decora entgegen. Steine und Erde flogen wie Geschosse in alle Richtungen. Etwas traf Decora an der Brust. Sie hatte es nicht einmal kommen sehen. Ihr blieb die Luft weg. Sie sackte zusammen. Es war zu spät zum Ausweichen. Silem würde sie unter sich begraben. Doch als sie die Augen schon geschlossen hatte und ihr gleißendes Licht spüren konnte, das sie über und über ausströmte, wurde sie hochgerissen. Sie verlor ihren Stab, als Finn und Kiran sie gleichzeitig zu beiden Seiten aus Silems Sturzbahn retteten. Gemeinsam warfen die Männer sie und sich in Sicherheit. Silems gewaltiger Körper verfehlte sie um Haaresbreite. Ein Erdwall türmte und schob sich zu den Seiten auf, wo die Katze herrutschte. Decora, Finn und Kiran wurden darauf in die Höhe gehoben. Von dort sah sie, wie Silems Rutschpartie endlich aufhörte. Das Herz wollte ihr stehenbleiben, als sie merkte, dass die Katze noch lebte. Zuckend und fauchend versuchte sie aufzustehen. Decoras Stab war nirgends zu sehen. Nur Leichen, so weit das Auge reichte. Wahrscheinlich war die Waffe unter Silem begraben. Finn und Kiran stand der Schrecken wie ihr ins Gesicht geschrieben. Die Gefahr war noch nicht gebannt. Schon hatte die verletzte Katze eines ihrer Hinterbeine aufgestellt und suchte verzweifelt tretend nach mehr Halt. Decoras Gedanken trudelten auf der Suche nach einer Idee. Aber sie war machtlos. Doch da trat in die Schneise vor Silem Flacka. Mit ihrem verbliebenen Auge sah sie Decora stumm lächelnd an. *Das ist Sache der Kapitänin* sollte ihr Blick bedeuten. Und *Du machst das schon.* Decora rührte sich nicht. Einzig das Lächeln zaghaft zu erwidern, schaffte sie. Sie und Finn und Kiran waren bloß Beobachter, als Flacka Silem mit zwei Donnersteingranaten bewaffnet ganz nahe kam. Die Katze schien in ihrer Wut und Verzweiflung noch einmal zu schnüffeln, dann verschlang sie Flacka mit einem einzigen letzten Biss. Decora sah noch die schrecklich mitgenommene Leiche eines alten Wasserzwergs, der auf dem Sattel Silems festgeschnallt war. Dann riss die Explosion sie alle drei von den Füßen. Sie wurden von der Druckwelle von dem Erdwall nach hinten geworfen. Als sie alle drei halbwegs unverletzt wieder aufstanden und zurück auf den kleinen Wall kletterten, lagen dahinter Silems Kopf, Hals und Vorderbeine seltsam verzerrt ein Stück weiter entfernt, sein Hinterleib war mitsamt Hinterläufen in die Erde gedrückt worden. Die Mitte fehlte mehr oder weniger vollständig. Die große Katze und Flacka Seeschwalbe waren nicht mehr.

Die Überlebenden und die Toten

Finn, Decora und Kiran eilten durch die verbliebenen Reihen. Auch noch andere hatten sich zu ihnen gesellt. Isi mit Mergo. Auch Alkarin hatte es geschafft und stützte jetzt Kiran, der sich vollkommen aufgerieben hatte. Da waren Enwin und der einarmige Unkerich Acerbus. Eiwerink, Yeevi und die Sternenmaus Karinkina hatten Finns Vater im Schlepptau. Er und Finn sprachen nicht, denn sie wussten beide, dass in diesen Augenblicken kein Wort der Lage an sich oder dem Tod Barbaras gerecht werden konnte. Viele der verbliebenen Kämpfer fassten sich an den Händen und weinten zusammen Trauer- und Freudentränen und grüßten sie und klopften ihnen auf die Schultern. Die Kelpen waren besiegt. Einzelne der Monster waren noch am Leben aber in alle vier Winde versprengt. Silem war tot. Auch Finn und Decora fassten sich an den Händen. Es ging ein Flüstern durch den Rest ihrer Truppen:

Mögen unsere Wege von hier an hell und unsere Prüfungen erfolgreich sein. Und: *Mögen die Engel der Vergangenheit auf unsere Gefallenen achtgeben.*

Unterwegs hörten sie vom Tod Ammis und Ashnaprillas. Auch Fred und Badrak hatten es nicht geschafft und waren gestorben, als Silem einen Palisadengraben zum Einsturz gebracht hatte. Ionathan war verschwunden, vermutlich war auch er gefallen. Danaa und Hikabe hatten indes überlebt und kamen zusammen mit Woti und Ina zu ihnen. Die Gwillinge schluchzten und trugen Raukelunks harzüberströmte Leiche vor sich her. Mahasim fanden sie lebend unter einem Haufen toter Kelpen, nicht weit von dort, wo Charadri gefallen war.

Die Familie der Reisenden war in dieser Schlacht auseinandergerissen worden.

Raukelunk.
Barbara.
Flacka.

Melvin.
Charadri.
Ammi.
Ashnaprilla.
Fred.
Badrak.
Ionathan.

Sie alle gesellten sich zu denen, die schon vorher den Kampf gegen Trucido mit ihrem Leben bezahlt hatten. Das Heer war zu seinem Bruchteil seiner vorherigen Stärke zusammengeschrumpft. Vielleicht waren am Ende noch an die Tausend Kämpferinnen und Kämpfer übrig. Es war ein schrecklicher, scheußlicher Moment. Einer, der sich in seinem Grauen für immer in die Erinnerung der Überlebenden einbrennen würde. Aber doch konnte es nur ein Wort dafür geben.

Sieg.

Decora stand in der Mitte der Überlebenden. Finn und Kiran flankierten sie.

»Wenn alles vorbei ist, kümmern wir uns um unsere Gefallenen. Nun aber machen wir dem Ganzen ein Ende.«

Sie sah in die Ferne. Und dort, am westlichen Horizont, standen sie immer noch. Zwei Gestalten. Reglos. Tatenlos.

Einmal mehr war es Mergo, der sich Gehör verschaffte: »Vielleicht ist der hier noch nützlich, Decora.« Der Elf reichte ihr ihren Eisenholzstab. »Hab ihn bei Silems Leiche gefunden. Der Diamant ist zerbrochen, aber schießen kann er vielleicht trotzdem noch.«

Decora nahm den zerstörten Stab entgegen.

»Trucidos Zeit ist vorüber. Nun lasst uns gemeinsam ziehen. Wir sind Tausend zu eins.«

»Tausend zu zwei!«, sagte Idisi. Von irgendwo her fischte sie ihre Maske herbei und setzte sie wieder auf. Viele von ihnen taten es ihr gleich.

Decora sagte: »Zeigen wir Trucido, wie eine Zukunft ohne ihn aussieht.«

An der Spitze der Überlebenden marschierte die Himmelsfürstin gegen den Zauberer an.

Hildir wusste, wie knapp es in Wahrheit gewesen war. Dass sie am Ende gesiegt hatten. Wenn der verbohrte Zauberer nicht auf sie gehört hätte … Doch nun, mit dem kläglichen Rest der Verbliebenen, die vom

Schlachtfeld her gegen sie aufmarschierten, war das Schicksal dieser Schlacht besiegelt. Obwohl der Sieg ihr zuzuschreiben war, konnte sie verstehen, welches Wechselbad der Gefühle Trucido durchleben musste. Er schien erschrocken zu sein, dass Decoras Truppen tatsächlich so gut durchgehalten hatten und perfekt vorbereitet gewesen waren. Und mit dieser wahnsinnigen Riesenkatze hatte selbst sie nicht gerechnet. Aber nun würde der Rest der Schlacht sicherlich umso süßer sein. Selbst sie konnte das Spektakel nun einigermaßen entspannt genießen. In einer Mischung aus Faszination und Grauen beobachtete sie, wie Trucido mit bloß leicht hochgeschobener Maske zwei kleine Phiolen mit zerstoßenem und verdünntem Holzschildkrötenpulver hastig nacheinander austrank. Er hatte ihr davon erzählt. So war es damals gewesen, als er vom Balkon der Sternenhallen gesprochen hatte.

Sogleich veränderte sich der Zauberer. Er schien größer zu werden. Hildir erschauderte beim Anblick seiner Gestalt, die sich immer mehr krümmte. Viel Mensch schien im Mann mit der Maske nicht mehr zu stecken. Äußerlich zumindest. Seine Triebe aber waren so menschlich, wie sie nur sein konnten. Er ergötzte sich am Leid derer, die da kamen. Und mit ihm kicherte und lachte jetzt auch sie.

Die Gestalt auf der Hügelkuppe wuchs an. Finn und Decora bemerkten es als Erste. Decoras Augen erstrahlten. Finn fühlte es ebenso: Eine eisige Kälte erfasste ihn. Ein Zaudern beschwerte seine Glieder. Seine Beine wurden schwer. Das Gehen war kaum mehr möglich. Irgendwann standen sie da, auf halber Strecke zu Trucido. Hinter ihnen tausend Männer und Frauen, die ihre Köpfe starr vor Schreck in Richtung des Zauberers reckten.

»Ich kann ihn spüren …«

Decora brachte ihre Worte nur mit größter Mühe heraus. »Er verstärkt seine Magie. Wie damals … Wir müssen dagegen ankämpfen …«

Aber ihre Stimme brach und Finns Beine fühlten sich bleischwer an. Da bekam er es mit der schieren Angst zu tun. In den Augen seiner Freunde sah er dieselbe Furcht. Kiran, Isi, Woti, sein Vater. Sie alle dachten, was er dachte.

Wie konnten wir glauben, gesiegt zu haben?

Dann geschah zweierlei. Und beides war wie ein Schock, der Finn bis ins Mark erschütterte.

Zunächst ließ Trucido seinen Zauber und mithin seinen Einfluss auf sie fahren. Ihre Glieder gehörten wieder ganz ihnen, sie konnten wieder nach vorn. Aber ihre Unsicherheit wurde dadurch noch größer. Näherten sie sich, konnte er sie doch leichthin wieder unter seinen Einfluss zwingen und sie gaben ein leichtes Ziel ab. Mit pochenden Herzen schlichen sie dennoch vorwärts und klammerten sich in düsterer Vorahnung an ihre Waffen.

Doch dann zitterte und erbebte die Erde wie schon früher am Tag. Unter dunklen Wolken über die Hügelkuppe trat – von Süden nach Norden viele Kilometer lang, viel breiter und dichter als beim ersten Mal – ein zweites, noch viel gewaltigeres Kelpenheer.

Finn hörte Decoras entsetztes Flüstern: »Er hat sein Hauptheer bis jetzt zurückgehalten!«

Der vermeintliche Sieg – ein Trugbild. Das Opfer ihrer Freunde – vergebens. Finns Hoffnung erstarb. So also endete es.

DIE SCHLACHT IN DEN LUFTFELDERN (5)

Die zweite Kelpenlawine wälzte sich ihnen entgegen. Es gab keinen Ausweg außer dem sicheren Tod. Finns Hände verkrampften sich beim Griff um sein Schwert. Er sah Kiran an und Woti und Ina. Er sah auch Idisi. Sie war ganz nah. Da war Mergo. Da war sein Vater. Und da war Decora. Hinter ihrem Leuchten und dem Blut und dem Schmutz sah sie müde aus. Er lächelte sie an. Wenigstens starben sie alle zusammen und würden den Toten bald folgen. Die Genugtuung aber, voller Zweifel und Furcht zu sterben, würden sie Trucido nicht geben.

»Wir müssen kämpfen.«

Finns Stimme war nur ein Flüstern.

»Wir müssen kämpfen!«

Er wurde lauter.

»Zeigen wir ihm, dass wir nicht die sind, für die er uns hält. Kämpfen wir bis zum bitteren Ende!«

Jetzt schrie er und alle konnten es hören. Es war seltsam. Für einen Moment sah er sich, wie er vor alledem gewesen war. Er sah Finn Ritter, den Studenten, der in einer kleinen Wohnung unter dem Dach gewohnt hatte. Finn, der in seinen kühnsten Träumen nicht geahnt hätte, dass es ihn am Ende hierhin verschlagen hätte. Dass er seine Courage finden konnte an einem Ort, an dem seine Familie und die Liebe seines Lebens von einem Monsterheer in Stücke gerissen wurden.

»Bis zum Schluss!«, schrie er.

Er hob sein Schwert, um die Kelpen zu empfangen, und sie alle taten es ihm gleich.

Finn sah das Schlachtfeld vor sich. Die Kelpen rasten näher und näher. Vielleicht waren es noch dreihundert Meter. Vielleicht auch weniger. Ein Sonnenstrahl blitzte plötzlich durch die düsteren Wolken und fiel genau auf Finn und Decora und Kiran, die neben ihm verharrten. Inmitten des

Bebens und des Donners der Kelpenhufen dachte Finn noch, wie sonderbar und schön es war, diesen letzten warmen Sonnenstrahl zu spüren. Doch über ihm, erst nur aus dem Augenwinkel zu erkennen, doch dann klar und deutlich, färbte sich das Licht rubinrot und smaragdgrün. Zwei kleine leuchtende Edelsteine brachen das gelbe Sonnenlicht und kamen durch die Wolkenlücke auf sie herab, so schnurgerade und zielstrebig, dass es unmöglich Zufall sein konnte. Finn blickte empor, seine Augen weiteten sich. Neben ihm flammte Decoras Haar auf. In ihrer Überraschung rief sie bloß ein Wort: *»Veda!«*

Die zwei Sonnenfedern stiegen ganz hinab und ließen sich auf Decoras Schulter nieder.

»Veda, Innis, ihr habt uns wiedergefunden!«

Die Lunata hielt ihren kaputten Stab kampfbereit, doch sie weinte dabei.

»Aber ihr kommt, um mit uns zu sterben!«

Veda aber zwitscherte aufgeregt in Decoras Ohr und Finn spürte, dass die Sonnenfedern nicht zum Sterben gekommen waren. Das war der Moment, in dem die Wolken über dem Schlachtfeld aufrissen.

Als Veda und Innis wieder aufstiegen, kamen die Vögelschwärme vom Himmel herab. Dort, in der Abendsonne, hinter den fliehenden Wolken, hatten sich Portale geöffnet, Dutzende und Aberdutzende, und aus den leuchtenden Kreisen schossen mit Kreischen und Rufen und gewetzten Klauen die Vögel Telluriscors. Die Luft mutete an wie der Himmel über den Vögelmärkten, nur um ein Vieltausendfaches verstärkt. Plötzlich waren da unzählige Schwärme von Singvögeln, Verbände von Klippenpapageien, Kormorane, Palmenreißer, mannsgroße und furchterregende Glaukas in unvorstellbarer Anzahl und überhaupt alles, was Flügel zum Fliegen besaß: Der Himmel färbte sich in Sekunden wie ein Regenbogenzelt, das seine Schnüre eng und enger zog, um die rasenden Kelpen von ihren Hufen zu holen. Der Farbenregen der Vögel stürzte hinab in das rotschwarze Kelpenmeer und entfachte einen Sturm, der niemals seinesgleichen gesehen hatte. Und noch bevor das erste Untier aus Trucidos Reihen das verbliebene Heer der Reisenden erreicht hatte, waren die Klauen Telluriscors da: Ein einzelner Klippenpapagei nahm es mit zwanzig oder dreißig Kelpen auf, Zyklopendrosseln rissen die Kelpen an ihren Mähnen empor, Palmenreißer schlugen wie Felsbrocken auf die Erde und hinterließen Trichter wie von Bomben, in denen die Kelpen strauchelten und fielen. Es war unvorstellbar, aber dennoch standen Finn und Decora und

Kiran und die anderen da und wurden Zeuge davon, wie das wahrscheinlich größte Landheer, das es jemals gegeben hatte, von dem wahrscheinlich größten Luftheer, das es jemals gegeben hatte, aufgerieben und vollends niedergemacht wurde. Singvögelschwärme, in denen Hunderte Einzeltiere flogen, griffen sich Schwarm für Schwarm Kelpen, trugen sie fort und zerrissen die gegen diese unbändigen Kräfte machtlosen Ungeheuer, noch bevor sie wieder auf dem Boden aufschlugen. Bald schienen sich Himmel und Erde umzukehren, Trucidos Heer wurde emporgehoben und auseinandergezerrt, am Boden aber warteten wütende Schnäbel und Klauen, die zerpickten und aufschlitzten, was noch lebend wieder vom Himmel fiel. Das Schlachtfeld wurde in Minuten breiter, immer weiter gerieten die Kelpenreihen auseinander, und bald schon waren die südlichen und nördlichen Flügel des Kelpenheeres derart zerrissen, dass es keinem Kampf, sondern einem Gemetzel gleichkam. Schließlich, als in der Mitte des Schlachtfeldes vor den Reisenden der Sturm der Vögel am verheerendsten tobte, senkte sich ein neues Licht herab, heller als alle zuvor, und, mitten hinein in das Gewirr aus Flügeln und Klauen, sausten die zwei Engel in den Kampf.

»Kalva und Ventosa!«, rief Isi in absolutem Unglauben.

»Die Engel sind da«, flüsterte Woti.

Es war ein Moment, der selbst Finn ohnmächtig machte vor Staunen, obwohl er ja selbst Engelsflügel getragen hatte: Kalva und Ventosa schlugen den Kelpenverbänden unheilbare Wunden. Ihre Flügel schienen leicht und geschmeidig beim Ausweichen zu sein, aber auch hart und undurchdringlich, wenn sie einen Kelpen trafen. Die Monster, die gegen sie anrannten, waren schon im Ansatz zum Scheitern verurteilt. Der Flügelwind der Engel fegte sie von den Beinen und sie wurden erschlagen, bevor sie sich wieder erheben konnten. Kalva Sternenschopf trug ein leuchtend blaugraues Schwert, das doppelt so groß war wie er, und schwang es, als hätte es in seinen Händen kaum Gewicht. Seine Frau Ventosa hingegen warf weißglitzernde Netze aus und fing die Kelpen zu Vieldutzenden, um sie den Vögeln als leichte Beute vorzuwerfen. Kaum hatte sie eines weit in die Kelpenreihen geschleudert, hatte sie auf magische Art und Weise schon ein neues Netz in den Händen. So kämpften sie eine Weile, bis sich eine weite Schneise in der Mitte von Trucidos Heer gebildet hatte. Da erhoben sich die Engel und landeten sanft vor den Reisenden. Auf ihren Schultern aber saßen zwei Vögel. Kalva Sternenschopf trug Innis, Ventosa flog gemeinsam mit Veda.

»Hier also sind sie versammelt«, sagte Kalva. Die Stimme des Engels drang mühelos an die Ohren aller.

»Könige und Königinnen Telluriscors vereint«, fügte Ventosa sanft hinzu, doch auch ihre Stimme bahnte sich ihren magischen Weg, sodass alle sie hören konnten.

Kalva stieß sein Schwert in den Boden, das aus nächster Nähe anmutete wie eine unumstößliche Säule aus Stahl, so breit und hoch war es.

»Aber hier«, sagte er und machte eine kurze Pause, »kommt es auch zu einem Treffen der Welten. Und natürlich grüßen wir dich ganz besonders, Finn Ritter von der Erde.«

Der Engel sah Finn in die Augen und lächelte, als gäbe es zwischen ihnen ein Geheimnis, das alte Freunde miteinander teilten. Aber da war auch Sorge in seinen Augen zu sehen.

»Am Ende sehen wir uns also wieder, Dritter Engel«, sprach Ventosa weiter.

Doch es war Isi, die es nicht mehr aushielt und rief: »Ihr … Ihr … Kalva, Ventosa, ich verstehe das alles nicht!«

»Wir begleiten Euer aller Reisen schon lange«, erklärte Kalva, ohne sich um die Kämpfe in seinem Rücken zu kümmern. »Aber natürlich wisst Ihr das längst. Immerhin ist einer von uns selbst von Anfang an unter Euch gewesen.«

Wieder sah er Finn an. Warum sah der Engel dabei so mitleidig aus?

»Und nach der Schlacht am Hirschkopf …«

»… haben wir Euch gar nicht mehr aus den Augen gelassen«, beendete Ventosa den Satz ihres Mannes. »Wir sind auf Telluriscor an unsere Insel gebunden, aber unsere Augen und Ohren haben vielfältigere Möglichkeiten. Und die Vögel Telluriscors haben viele Spiegelscherben verstreut in den Wäldern der Roben gefunden.«

»Den Entschluss zu unserem Eingreifen haben wir uns dennoch nicht leicht gemacht. Eigentlich …« Kalva sprach ganz sanft, brach dann aber ab.

Ventosa lächelte gutmütig und schien sie alle gleichzeitig anzublicken. »Es brauchte einer Menge Überzeugungsarbeit. Wären Eure beiden Mitstreiter hier nicht gewesen …« Sie streichelte behutsam Vedas Federn.

Kalva schienen viele Gedanken gleichzeitig zu bedrücken: »Wer weiß, ob wir jemals unsere Insel verlassen hätten. Unser Eingreifen auf Telluriscor …« Er stockte abermals. In diesem Augenblick wirkte er kaum mehr wie ein Engel. Eher wie ein Mensch, dachte Finn.

Doch Ventosas Blick wurde schlagartig grimmig.

»Aber am Ende haben wir uns entschieden. Wir sind hier nicht auf Telluriscor! Wir sind auf Aethra. Und diese Bedrohung ist eine Bedrohung für alle Welten. Seit der Dritte Engel von unserer Insel in den Kampf flog und Portale für das Wohl und Wehe der Welten mitverantwortlich sind, hat sich alles verändert. Und nun zeigt sich endlich, dass auch wir immer wehrhaft waren und es noch immer sind.«

Kalva blickte sich um. »Wir sind stolz auf Euch. Auf alle, die Ihr hier seid. Und auf alle, die es nicht geschafft haben!«

Da wandte sich Ventosa ab und drehte sich zu den Kämpfen um. »In letzter Sekunde sind wir gekommen, wie es scheint.«

Kalva tat es ihr gleich, aber für einen kurzen Augenblick sah er zuvor noch einmal in Finns Augen.

»Ihr müsst es nun beenden«, sprach er, als er von ihnen abgewandt war. »Der wahre Feind wartet noch immer. Wir kümmern uns um seine Monster. Zögert nicht mehr. Seid stark. Wir stehen Euch mit unserer Magie bei, wenn wir können! Aber bedenkt, auch unsere Kräfte werden bald schwinden.«

Veda flog von Ventosas Schulter und schmiegte sich piepsend an Decoras Hals.

»Ich habe dich auch vermisst!«, flüsterte Decora.

Doch die Sonnenfeder erhob sich gleich wieder. Und damit stießen sich auch Kalva und Ventosa wieder in die Lüfte und mit ihnen Innis und Veda. Sie flogen zurück in die Schlacht und machten den Weg frei für die Reisenden. Beseelt von der Macht und der Kraft der Engel rückten diese vor. Trucido und sein letzter verbliebener Mitstreiter waren nun allein.

Auf der Hügelkuppe

Ihre Kräfte und ihr Mut waren nun aufs Neue entfacht. Die Schlacht dauerte schon fast einen Tag, und doch liefen sie, als wäre das erste Schwert noch nicht geschwungen worden. Auf ihrem Weg durch die Reihen der Kelpen stießen die Vögel zu ihnen und schirmten sie ab, wenn überhaupt noch eine Gefahr von den wenigen übriggebliebenen Kelpen ausging. Ihre Schneise blieb frei und ihr Kampfeswille ließ sich nicht mehr brechen. Und doch hatten sie die Rechnung ohne Trucido gemacht. Der Zauberer stand hoch auf der Kuppe vor ihnen, regungslos, ob vor Entsetzen über den Verlust seines Heeres oder vor Mordlust und Wut und Wahnsinn wie paralysiert – sie wussten es nicht. Aber seine Kräfte waren längst nicht erloschen! Plötzlich spürten sie wieder seinen monströsen Griff, der sie bei den Gliedern packte. Ihr Wille war da, aber sie wurden langsamer und der Schatten, den die Abendsonne von Westen über Trucidos Rücken warf, legte sich auf sie und lähmte sie. Und dann hörten sie sein irres Lachen, das ihnen ihr Blut gefrieren ließ. Finn kämpfte mit aller Macht gegen den lähmenden Einfluss an, aber er spürte, wie immer mehr von ihnen zurückfielen. Mahasim, Mergo, Woti, sein Vater. Als letzter neben Decora, Kiran, Isi und ihm hielt der einarmige Unkerich Acerbus durch, aber schließlich versagte Trucidos Aura auch ihm die Kräfte. Da landeten plötzlich wieder Kalva und Ventosa neben ihnen und auch Innis und Veda waren noch dabei.

»Für Euer ganzes Heer reicht unsere Magie nicht aus«, rief Ventosa. Sie klang erschöpft.

Auch Kalva schien nicht mehr bei voller Kraft zu sein. Trucidos mächtiger Zauber setzte den Engeln wie ihnen selbst zu. Er ließ sein Schwert fallen, jetzt schien das enorme Gewicht ihn zu behindern. »Aber Euch begleiten wir, denn allein könnt Ihr es nicht schaffen!«

Zu Acht kämpften sie sich weiter vor: Finn, Decora, Kiran, Isi, Veda, Innis, Kalva und Ventosa. Schritt für Schritt. Meter um Meter. Näher an Trucido. Und nun sahen sie auch Hildir, Isis Großmutter, die neben dem Zauberer stand, und von schierem Entsetzen gepackt zu sein schien. Trucidos Maske verbarg seine Gefühle, aber seine monströse, langgestreckte

Gestalt und das unentwegte Lachen ließen doch nichts verschleiert: Hinter der Maske war kein Mensch mehr zu finden, den das Leid, das um ihn herum geschah, zur Räson rufen konnte. Da war nur eine gequälte Seele, die gar nicht mehr in der Lage war, aus ihrem selbst geschaffenen fiebrigen Wahn zu entkommen.

»Decora, nehmt Euren Stab und Euren Ring und schützt uns damit!«, rief Ventosa, aber der sausende Sturm hinter ihnen ließ sie leise werden.

Kalvas Stimme bebte. »Wir sorgen dafür, dass es funktioniert!«

Decora trat mühsam nach vorn und schaffte es, ihren Stab hochzuhalten. Sie waren am Fuße der Kuppe angelangt. Finn spürte, wie sehr es sie anstrengte. Er senkte sein Schwert und legte seine Hand auf ihre Schulter. Kiran tat es ihm gleich. Sie beschworen sie, flüsterten ihr zu, dass sie bei ihr waren. Dass sie es schaffen würden. Und mit ihrer und mit der Hilfe der Engel gelang es ihr. Zwischen ihrem Ring und dem lädierten Stabdiamant blitzte es, dann breitete sich ein Schutzschild um sie aus und hüllte sie alle ein. Trucidos Gelächter wurde im Wind zu einem grausigen Heulen.

»Ich werde dich von dieser Welt fegen, Decora Nubigena, wie ich es mit deiner Familie getan habe!«

Trucidos Stimme schien nicht von vorn zu kommen, sondern aus ihnen selbst heraus. Sie saß in ihren Eingeweiden und fraß sich von dort durch ihre Körper. Es schmerzte fürchterlich, aber gemeinsam gingen sie weiter den Hügel empor.

Das Heulen des Zauberers wurde zu einem Schreien. Energiegeschosse, schwarze, alles Licht absorbierende Kugeln prallten ihnen aus Trucidos geöffneten Handflächen entgegen. Sie kochten förmlich und Finn konnte noch hinter dem Schild ihre sengende Hitze spüren. Aber Decoras Schild hielt stand. Er fing die Kugeln auf, sodass sie als grauer, heißer Ascheregen neben ihnen niedergingen.

»Setzte Eure Masken wieder auf!«, keuchte Ventosa, deren Kraft und Glanz beinahe ganz fort zu sein schienen. »Er muss in Zweifel geraten!«

Da setzten auch Finn, Kiran und Decora ihre Masken wieder auf. Sie hatten es bis zur Hälfte geschafft. Isi schrie ihren gellenden Kampfschrei aus Leibeskräften den Hügel hinauf. Er galt nicht nur Trucido, sondern gleichfalls ihrer Großmutter. Da entflammten ihre vier Masken von Isis Magie berührt im kalten Feuer der Königin. Glühendes Rot fasste ihre gelb leuchtenden Augenschlitze ein. Trucido konnte sie sehen und musste nun in ein vielfaches Spiegelbild seiner Selbst blicken: Es machte ihn kleiner, weil er nun nicht mehr der Einzige war, der mit einer Maske Unsicherheit in die Herzen seiner Feinde trug. Finn spürte, wie ihr Gang leichter wurde und beinahe glaubte er, in Trucidos Maske eine flüchtige Angst zu erkennen, die sich in dem Holz manifestierte, als wäre es gar keine Maske mehr, sondern vielmehr zu Trucidos wahrem Gesicht geworden.

»Wir schaffen es!«, brüllte Kiran. »Vorwärts!«

So nahmen sie auch das letzte Stück des Hügels hinauf zu Trucido und Hildir. Der Zauberer kreischte und hüpfte und ließ zuckend Energiegeschosse auf sie prasseln, doch sie wichen nun nicht mehr zurück. So standen sie sich plötzlich gegenüber, während weit hinter ihnen die letzten Kelpen von den Vögeln in alle vier Winde gejagt wurden.

»Einer muss sich lösen und den vernichtenden Schlag setzen!« Kalva redete in das Sausen, das von Trucido ausging. Der Zauberer vibrierte und zuckte. In Wellen breiteten sich Energieschübe von ihm aus und drückten sie wieder abwärts.

Decora hielt ihren Schild noch immer aufrecht, aber die Engel waren bald am Ende ihrer Kräfte. Es musste jetzt gleich etwas geschehen.

»Ich kann es schaffen!«, brüllte Kiran, doch das Sausen ließ ihn dumpf und leise klingen.

»Zusammen!«, rief Finn. »Wir alle!« Und Kiran nickte.

Hildir indes wirkte wie eine leblose Hülle. Sie war bleich und sah auf die Engel ihrer Heimat, die gekommen waren, um auch sie zu bekämpfen. Da kam, gerade als Finn und Kiran gemeinsam hinter dem Schild hervortraten, Bewegung in Isis Großmutter. Sie stand näher bei Trucido und stürzte sich auf ihn. Im nächsten Augenblick hielt sie eine Klinge in den Händen. Finn wusste sofort, um was es sich handelte.

Hildir aber rief: »Kalva, Ventosa, ich kämpfe mit Euch! Mögen es die Engel der Vergangenheit bezeugen! Alles diente nur dazu, die Fäden in der Hand zu halten!«

Und als sie die Klinge packte und hochriss, ging ein neuerliches Zucken und Vibrieren durch Trucido, und jedes letzte bisschen Rest Menschlichkeit entfuhr seinem Körper. Wie eine Marionette verzerrten sich seine Glieder, sein Hüpfen glich einem Tanz. Finn hatte keinen blassen Schimmer, wie die Hexe das alles geschafft hatte, aber für den Augenblick war er in ihrer Gewalt. Die Maske des Zauberers verzerrte sich in seiner unbändigen Enttäuschung und selbst Finn konnte spüren, wie grauenerregend der Verrat auf Trucido lasten musste. Doch jetzt war es soweit. Sie konnten zuschlagen!

Finn und Kiran nahmen ihre Schwerter. Noch immer drückte die Magie des Zauberers machtvoll gegen sie. Decora und Isi aber waren an ihrer Seite. Die Lunata hatte den Schild fahren lassen. Wenige Schritte trennten sie von Trucido, der sich noch ein letztes Mal verzweifelt aufbäumte.

Ein tiefes Brummen ertönte. Das gequälte Geräusch, das hinter der

Maske hervorkam, durchfuhr sie und ließ ihr Blut pulsieren. Der Zauberer zuckte jetzt unentwegt. Auch er kämpfte. Wie sie: gegen eine Macht, die zuvor unvorstellbar gewesen war. Gegen die Reisenden und die Engel. Gegen die Kraft der Marionetten-Sichel und Hildir, die ihn verraten hatte. Gegen sein Ende, das er nicht akzeptieren konnte.

Zerfetzen … Töten …

Seine irren, fragmentierten Drohungen verloren sich hohl in der heißen, flirrenden Luft, die den Zauberer umgab. Er war ein Fremdkörper zwischen ihnen, der sich immer noch verbissen an seiner Magie festkrallte. Dann entfuhr ihm ein gellender, spitzer Schrei, und bevor die Reisenden ihren Schlag anbringen konnten, schaffte Trucido es unter Aufbringung all seiner gewaltigen Macht, Hildirs Einfluss für wenige Moment zu unterbrechen. Isis Großmutter riss es von ihren Füßen, die Sichel entglitt ihren Händen, und es war Finn, der sie auffing. Diese wenigen Sekunden aber reichten Trucido: Seine Arme schienen gebrochen, doch die langen, dürren Finger, fischten gleichwohl eine kleine Ampulle unter seinem Umhang hervor. Wie damals, als er im Mondanker schon einmal kurz vor seinem Ende gestanden hatte, würgte er mit schiefer Maske das verdünnte Holzschildkrötenpulver hinunter. Er hustete und geiferte. Sein Körper verdrehte sich in Windungen, die unmöglich erschienen. Finns Augen schmerzten und er hatte Mühe, sie geöffnet zu halten und Trucido überhaupt noch anzusehen. Wieder wurden seine Glieder bleischwer. Der Zauberer schrie immerfort. Eine zweite Ampulle landete in seinen Händen, die vielmehr langen Klauen glichen. Er trank auch sie aus. Als er die dritte und vierte Ladung getrunken hatte, war Finn gelähmt. Er beobachtete unter größter Anstrengung, wie Trucido lachte und kreischte, dann erhob sich der Zauberer, drehte und drehte sich um sich selbst, kreiselte in der Luft über ihnen. Vielleicht hatte er sich selbst nicht mehr unter Kontrolle. Dann schoss er hoch in den Himmel, sein Dröhnen ging über das verheerte Schlachtfeld und je höher er stieg, desto tiefer wurden die Vögel in Richtung Boden gedrückt. Finn realisierte, dass sie ihre Chance vergeben hatten. Dann donnerte es, und wie bei einem Blitz, der dem Donner folgt, explodierte die flirrende Luft um Trucido. Die Druckwelle, die er auf sie hernieder ließ, fegte sie alle auseinander. Finn flog kopfüber, überschlug sich in der Luft und wusste nicht mehr, wo oben und unten oder die anderen waren. Irgendwo schlug er auf. Er lag auf dem Rücken. Der Himmel über ihm war weit und offen. Dort war er. Trucido. Aber er entfernte sich. Erst als der Zauberer als immer kleinerer Punkt langsam im Westen verschwand und schließlich nicht mehr zu sehen war, erst da konnte sich Finn wieder rühren.

Das Schicksal des Engels

Finn kam nur stolpernd vorwärts.

»Decora!« Er konnte seine eigene Enttäuschung und Angst hören.

»*Decora*!«

Warum konnte er sie nicht finden?

Doch da sah er sie. Nicht weit vom Hügel entfernt, von dem sie Trucidos Magie gestoßen hatte. Kiran war schon bei ihr. Er kniete über ihr. In seinem schmutzigen Gesicht sah Finn Ratlosigkeit. Als er ankam, war Decora wach. Ihr rechtes Bein war gebrochen, aber sonst schien sie unverletzt. Er wusste nicht, was er sagen sollte, also umarmte er sie. Er hatte Tränen in den Augen. Das alles war einfach zu viel. Von der Seite kam Isi dazu. »Geht es euch gut?«

Es war eine merkwürdige Frage. Denn obwohl sie lebten, war nichts an ihrem Befinden gut. Aber Isis Mund entwichen bloß Floskeln, sie hatte denselben leeren Blick wie sie.

»Und …«

»Ich weiß nicht«, flüsterte Kiran. »Geflohen …« Er wusste auch so, wen Isi meinte. Auch ohne dass sie es extra sagte. »Ich habe gesehen, wie sie auf einem Pferd davongeritten ist.«

»Vielleicht zu deinem Vater?!«, überlegte Isi.

Kiran lächelte müde. »Ich denke nicht, dass er noch irgendwo da draußen ist.«

»Was tun wir jetzt?« Mühsam setzt sich Decora auf.

Aber als Antwort erhielt sie nur Schweigen.

In diesem Moment spürte Finn, wie sich zwei Hände auf seine Schultern legten. Wie aus dem Nichts waren sie da und Finn wusste im Moment ihrer Berührung, dass noch ein letzter Rest Magie in Kalva und Ventosa schlummerte.

»Wir haben es auf diese Weise versucht!«, sagte Kalva. Auch in seiner Stimme lag Enttäuschung. »Und sind gescheitert.«

»Er ist zu mächtig. Selbst für uns«, stellte Ventosa fest.

Nun unterschieden sich die beiden Engel überhaupt nicht mehr von ihnen. Es waren bloß Zwei, die wie sie verloren hatten, obwohl sie alles gegeben hatten.

»Also ist es vorbei?«, fragte Isi bestürzt. »War alles umsonst?«

»Vielleicht«, antwortete Kalva.

»Aber vielleicht auch nicht«, milderte Ventosa Kalvas Einschätzung.

Kalva zitierte: »*Die Länder sind in großer Not, Verderben durch Tyrannen …*«

Und Ventosa schloss ab: »*… in einer Zeit von Leid und Tot, wird* er *die Bösen bannen.*«

Decora realisierte, was Finn schon tief in seinem Inneren geahnt hatte, seit die Hände der Engel auf ihm ruhten.

»Das könnt Ihr nicht ernst meinen! Wir kämpfen gemeinsam!«

Doch keiner antwortete etwas. Da wandte sie sich an Finn: »Du darfst nicht gehen. Es ist zu gefährlich. Ich kann dich nicht verlieren.«

Ventosa blickte traurig. »Trucido ist fort, für den Moment. Aber Ihr habt es gesehen: Er lässt sich nicht aufhalten. Nicht auf herkömmliche Weise. Er mag geschwächt sein, geschwächt und verwirrt durch den Verrat Hildirs, wenn es so etwas in seinem Zustand überhaupt noch gibt. Aber er ist dort draußen und wird zurückkommen. Wenn du nicht gehst, Finn, ist auch unsere letzte Chance verspielt. Dann verlieren wir nicht nur uns, sondern alles ist verloren. Es kann keine sichere Zukunft geben, in der dieser Zauberer in unseren Welten verweilt.«

Decora blieb still.

Und dann, während seine Hand auf ihm blieb, ging Kalva Sternenschopf um Finn herum, und blickte ihn direkt an.

»Ich glaube, dass du nur eine einzige Chance hast. Du weißt, welche ich meine.«

Finn nickte stumm.

Ventosa trat ebenfalls vor ihn. »Du schneidest der Welt den Wahnsinn ab, Finn Ritter.«

Und im nächsten Augenblick waren seine Flügel wieder da. Eine jähe, machtvolle Kraft durchfuhr Finn. Aber dieses Mal wusste er besser als beim ersten Mal, was ihn erwartete.

»Unsere Magie ist erloschen«, sprach Kalva.

»Nun ist es ganz an dir«, sagte Ventosa und schenkte Finn ein letztes Lächeln.

»Finn, versprich mir, dass du zurückkommst!« Decora stand auf und hielt sich mit ihrem gebrochen Bein mühsam aufrecht. »Ich liebe dich!«

»Ich liebe dich auch.«

Er küsste sie.

Der Kuss fuhr wie warme, unerschütterliche Magie durch seinen Körper. Die Flügel des Dritten Engels und der Kuss beseelten ihn mit der Entschlossenheit, sich zu erheben und alles zu beenden. Kalva hatte recht. Es gab eine Möglichkeit, wie er es schaffen konnte. Genau eine.

»Versprich es mir!«, forderte Decora und ihre gleißende Aura flammte auf.

»Ich habe dir bereits etwas versprochen!«, sagte Finn, stieß sich ab und stieg auf in den Himmel.

DAS ENDE DER HEXE

»Ich bleibe beim Heer und den anderen. Und bei Decora.« Kiran sah zu Idisi auf. »Finde du sie und kümmere dich um sie. Für uns beide.«

Nachdem Finn fort war, hielt es Isi nicht mehr auf dem Schlachtfeld. Immer noch kämpften hier und dort Vögel gegen übriggebliebene Kelpen.

»Das tue ich«, sagte sie entschlossen. »Ich bestelle ihr schöne Grüße von dir.«

Sie schaute sich bereits nach einem versprengtem Pferd um, bereit, sofort loszureiten und die Verfolgung aufzunehmen.

Da trat von der Seite her Ventosa auf sie zu. Ihre Flügel bauschten sich im Abendwind auf.

»Noch sind wir hier. Lasst mich Euch tragen, Königin Idisi. Hildirs Taten müssen gesühnt werden. Aber ich werde Euch bei diesem Kampf nicht zur Seite stehen können. Meine Kraft ist endgültig erschöpft.«

Isi nickte ehrfürchtig. »Es wird keinen langen Kampf geben, aber es wäre mir dennoch eine Ehre, Ventosa.«

»Danke, dass du auf unserer Seite kämpfst, Idisi Siristochter«, sagte Kiran. Auch Decora nickte ihr zu. Die beiden Sonnenfedern Veda und Innis waren zurückgekehrt und wachten nun an der Seite der Lunata.

Kirans Gesicht war hart wie Stein, als er zu den nördlichen Ebenen sah. »Dorthin ist sie geritten!« Er biss seine Zähne zusammen. »Helle Wege.«

Es schien für Isi gleichzeitig richtig und falsch zu sein, seinen Abschiedgruß zu hören.

»Erfolgreiche Prüfungen«, erwiderte sie schließlich.

Sie hatte ihre Axt im Anschlag. Ventosa umklammerte sie und stieg mit ihr in die Luft. Als sie hoch genug waren, legte sich Ventosa in den Wind und flog auf raschen Flügeln nordwärts, um Hildirs Verfolgung aufzunehmen.

Kühl blies es in Isis Gesicht. Es wurde dunkler, während sie flogen. Die Welt unter Isi und Ventosa zog nur so daher und wirkte fremder denn je, je weiter sie die Orte der verheerenden Schlacht hinter sich ließen. Ventosa aber schien den Weg wohl zu kennen, denn sie drehte nicht einmal bei oder verlangsamte ihren Flug, wenngleich viele Kilometer unter ihnen ins Land zogen. Doch dann, in raschem Senkflug, ließ Ventosa sich hinabsinken. Unter ihnen kam, einen langen Hügelrücken abwärts reitend, Hildir in Sicht. Unbarmherzig trieb sie ihr Schlachtross an und ihre roten Haare schimmerten dunkel im Licht des aufgehenden Mondes. Als Hildir und ihr Reittier ebenes Gelände erreichten, landeten sie vor ihnen.

Das Pferd wirbelte Matsch auf, als es sich auf die Hinterbeine stellte und Hildir abwarf. Wiehernd stampfte es zurück auf den Boden und jagte im Mondschein auf und davon in die Nacht hinein. Isi kam langsam näher und als ihre Axt in kaltem Feuer aufflackerte, kroch Hildir rücklings davon, ihr Blick aber ging über Isis Schulter an ihr vorbei. Die züngelnden Flammen verdunkelten ihre Umgebung, aber zwischen Isi und Hildir tanzte das Licht hell auf.

»Ihr seid hier … *meinetwegen* …«

In Hildirs grünen Augen leuchtete der Schrecken. Vielleicht wusste sie, dass es nun auf ihr Ende zuging.

»Mein ganzes Leben lang hatte ich fromme Absichten. Ventosa, ich wollte Telluriscor einen! Dafür mussten Opfer erbracht werden! Ventosa, hört Ihr mich? Seid Ihr noch dort?«

Ventosa aber, falls sie immer noch in den Schatten hinter Isi war, blieb still.

»Sieh mich an, Großmutter. Ich bin es, der deinetwegen gekommen ist!«

Da endlich richtete Hildir ihre Augen auf ihre Enkeltochter. Was Isi darin sah, war nichts als Hass und Abscheu, trotz all der Furcht, die ihre Großmutter durchfuhr. Sie sah alt aus, wie sie da auf dem feuchten, lehmigen Boden kroch.

»Du, Enkelin, du wagst es, so mit mir zu reden!«

Isis Axthand zitterte. In den harten Zügen ihrer Großmutter sah sie immer noch ein Stückchen von sich selbst. Sie war trotz allem ihr Fleisch und Blut.

»Deine Mutter hätte dir den Mund verboten!«

Doch da wusste Isi, dass kein einziges Stückchen von Hildir einem Teil von ihr glich.

»Du hast sie getötet. Deine eigene Tochter. Meine Mutter.«

»Und Renkeja. Und so viele andere. Ja, auch sie. Und ich würde es wieder tun, Idisi. Selbst dich hätte ich ohne mit der Wimper zu zucken erschlagen …

Langsam kehrte der Mut der Verzweiflung zu Hildir zurück.

»Euch fehlte der Schneid, das große Ganze zu sehen. Deine Mutter war weich und schwach. So wie du. Aber nun …«

Sie funkelte ihre Enkeltochter giftig an und sah noch einmal über ihre Schulter. Dahinter schien jedoch niemand mehr zu sein.

»Die Zeiten haben sich geändert. Alles ist anders. Zusammen könnten wir Großes erreichen. Noch immer! Begraben wir also die Vergangenheit. Wir können einen Weg finden, alles zu unserem Wohle zu wenden. Hilf mir auf die Beine, Enkeltochter, dann erobern wir uns die Throne gemeinsam zurück. Ich weiß jetzt, dass ich bei dir falsch lag. Ich hätte mich mehr dir widmen müssen als meiner Tochter, bei der von vornherein alles verloren war.«

Isi schluckte ihre Trauer hinunter. Sie sprach ganz leise. »Du warst die, die auf verloren Pfaden wandelte. Schon immer. Es gibt jetzt nichts mehr zu erobern, Großmutter. Die Zeit für Größenwahn ist vorüber. Und bevor ich es vergesse: Schöne Grüße von König Kiran. Mögen die Engel der Vergangenheit dich für deine Verbrechen richten!«

Da aber sprang Hildir kreischend auf. Feuer schoss aus ihren Handflächen und versengte Isis Haar. Aber die wich nicht zurück. Nicht einen Zentimeter. Bevor die Krallen ihrer Großmutter sie erreichten, um ihr die Augen auszukratzen, schwang sie ihre Axt und rammte Hildir das Axtblatt seitlich in den Oberbauch. Die Wunde ging tief. Warmes Blut spritzte heraus. Hildir sackte in sich zusammen und blieb verkrümmt auf dem Boden liegen.

»Sie werden mich nicht richten«, keuchte sie. »Sie werden mich nicht richten. Sie werden mich nicht …«

Hildirs Stimme versagte. Isis Axt erlosch. Sie hörte die letzten rasselnden Atemzüge einer Frau, die einmal eine Königin und eine Mutter gewesen war.

»Nur weil es dir nicht gefällt, Großmutter, heißt es nicht, dass es nicht wahr ist.«

Den Wahnsinn abschneiden

Die Wolken zogen nach Westen, wo der Wind sie auf das Große Meer Aethras blies. Dorthin flog auch der Dritte Engel, fort vom Morgenschimmer, der sich von Osten her anschickte, die Nacht zu vertreiben. Es war kaum Tagesanbruch, als er die Ruinenstadt erreichte, die vor nicht allzu langer Zeit Celsa-Stadt gewesen war. Er flog im Morgendunkel über die gespenstischen Straßenzüge, in denen anstatt von Bewohnern bloß noch der Wind fegte.

So sieht er also aus, dachte er, und die Macht des Engels schärfte seine Gedanken. Diesmal verwirrte sie ihn nicht, spielte ihm keine Streiche und stärkte nur das Gute in ihm. Er war mit sich im Reinen. Er sah klar und deutlich. *Der Krieg*, den er in seinem früheren Leben nur von Bildern und Erzählungen kannte. Der war hier, genau hier. Er war Leere. Er war Zerstörung. Und er war die Erinnerung an das, was mal war.

Die Sternenhallen klafften wie das offene Herz der gefallen Stadt inmitten von zerrissenen und zerfetzten Venen und Arterien, die die Straßen waren. Wie rasch sich die Dinge ändern konnten! Der Gedanke erschütterte ihn. Er hatte diese Stadt schon einmal von oben gesehen, aber da war er noch nicht der Engel gewesen. Oder doch? Wahrscheinlich spielte es keine Rolle. Doch wie damals galten seine Gedanken auch jetzt Decora, und ihr Kuss rauschte noch immer durch seinen Körper, vielleicht sogar stärker als die Magie des Engels. Und dann sah er vor seinem inneren Auge, was wieder sein konnte. Die Ruinen konnten sich erheben und wieder auferstehen. Das Heer des Zauberers war zerschlagen. Aber das Volk, das überlebt hatte, das war noch dort draußen, das Volk, das für den Wahnsinn von Wenigen einen unaussprechlichen Blutzoll gezahlt hatte. Aber es konnte zurückkehren. Neu anfangen. Nicht vergessen, aber weiterleben. Dazu musste er nur noch eine letzte Aufgabe erfüllen.

Selbst auf den dunklen Schwingen des Engels war die Suche in den Überresten der Sternenhallen schwer zu ertragen. Als er hinabtauchte in die zerstörten Korridore des Palastes und unter dunklem Stein durch verschüttete Tunnel rauschte, sprangen ihn die Reste der Zauber der Lunatae an, klagend, wimmernd, als wollten sie nicht in dieser Dunkelheit sterben. Die Erinnerungen Fremder berührten den Dritten Engel, riefen ihn lautlos wie die verzweifelten Echos der Vergangenheit, doch er durfte sich nicht von ihnen einfangen lassen. Er war auf der Suche nach jemand anderem. Trucido war in Celsa, das spürte der Dritte Engel. Aber mittlerweile ließen seine Kräfte langsam nach, wie schon beim ersten Mal als Engel, und er konnte in der Düsternis nicht erkennen, wo sich sein Feind verborgen hielt. Es dauerte, bis der Morgen vollständig über die Stadt gezogen war und die frühe Sonne auf dem Großen Meer glitzerte. Da verstand er, dass Trucido nicht hier war. Sie hatten seinem Größenwahn eine Wunde geschlagen und er hatte die Sternenhallen vorerst verlassen. Der Dritte Engel spürte es wie eine Erleuchtung, an welchem Ort er suchen musste. Vielleicht schuf die Magie des Engels eine Verbindung zur Macht Trucidos. Als er über den Sternenhallen aufstieg, da bemerkte er erst, dass er seine Maske wieder trug.

Auch als der Dritte Engel am Rande des Labyrinths auf einer feuchten, wilden Wiese landete, hatte er die Maske auf dem Gesicht. Die Kraft des Engels war nicht mehr ungetrübt, aber noch immer stark genug.

Ein Bach plätscherte hinter ihm in der Sonne. Dornenbüsche säumten das Ufer und einen alten Anbau auf der Rückseite eines verfallenen Hauses. Ein kaputter Waschzuber lag im matschigen Gras. Die Tür zum Anbau war bloß angelehnt. Der Dritte Engel kam langsam näher. Durch den Spalt war nichts zu sehen. Doch spüren konnte er, was sich dahinter verbarg. Dort wartete, in der reinen Finsternis, der Wahnsinn, den er abschneiden musste. Der Dritte Engel setzte seine Maske nicht ab. Klopfenden Herzens passierte er die Dornengewächse. Sie waren erst kurz zuvor niedergetrampelt worden. Er schob die Tür auf. Obwohl er der Dritte Engel war, fürchtete er sich.

OFFENBARUNG

Das Licht, das von draußen hineinfiel, verzerrte sich im Inneren des Anbaus. Es war dunkel und trüb und über allem lag ein blutroter Schimmer, so als würde sich in einem Kaminofen das letzte Stück Asche vor dem Erlischen wehren.

In einer Ecke lagen grauschwarze, schimmlige und von Pilzen durchsetzte, kleine Häufchen. Trucidos *Folterkammer.* Da waren auch Knöchelchen. Tierknöchelchen, um genauer zu sein, auf Inseln von schwarzen Flecken, wo schon vor vielen Jahren Blut in die nun aufgequollenen Holzdielen gesickert war.

Ein fürchterlicher Geruch lag in der stickigen Luft. Verwesung, Staub und Mäusedreck vermischten sich und kamen aus den Ecken und vom klapprigen Bett her, hinter dem der fleckige Teppich, der an den Wänden vernagelt war, beinahe hinunterfiel.

Der Dritte Engel ging vorwärts. Wie er es schaffte, wusste er selbst nicht, aber ohne die Magie in seinem Inneren wäre es ihm sicherlich unmöglich gewesen.

Zwischen seinen Stiefeln knirschten Scherben kleiner Phiolen. Wie viele Rationen Schildkrötenpulver hatte Trucido noch getrunken?

Ein Buch lag achtlos unter dem zerbrochenen Glas. *Vom kleinen Prinzen Nimmersatt.*

Das Bett des Zauberers stand vor ihm, aber das dunkle Licht spielte seinen Augen einen Streich. Es war gewiss nicht leer. Jemand lag darin, unter einer alten Decke und etwas, das vor sehr vielen Jahren einmal ein Kissen gewesen war, aber es schien kein Mensch zu sein. Es war etwas Unvorstellbares, das sich nicht regte. Für einen Herzschlag lang dachte der Dritte Engel, Trucido wäre tot.

Es kam ihm vor wie eine Erlösung, als sich die Gestalt bewegte. Sein Feind offenbarte sich endlich. Dunkel – rot und schwarz – krümmte sich der Körper gebeugt bis unter die Decke des Anbaus. Es ging so schnell, als wäre überhaupt keine Zeit vergangen zwischen dem wie tot liegenden Etwas im Bett und dem, was sich jetzt vor ihm aufgebaut hatte: das, was übrig geblieben war vom kleinen Jungen, der an diesem Ort seine schreckliche Reise begonnen hatte. *Trucido.*

»Du!«, hallte es in den Ohren des Dritten Engels.

Die Stimme schien von überall zu kommen.

»Ich habe dich auf dem Schlachtfeld gesehen. Und ich rieche es in deinem Blut. Dieser Zauber, den du in dir trägst, macht dich durchschaubar. Du hast mir etwas gestohlen!«

Trucidos Stimme schnarrte, als hätte er Blut oder Eiter im Mund, während er sprach. Blut lief unter seiner Maske hervor, als er sich am eigenen Lachen verschluckte.

»*Wer bist du?*«

Trucido kreischte jedes Wort heraus. Die Luft war heiß und der Dritte Engel glaubte, sich an ihr verbrennen zu müssen. Die Tür schnappte zu und sperrte sie ein.

Der Dritte Engel beschwor seinen Mut herauf. Er war stark. Und der Zauberer war angeschlagen. Zumindest geistig. Wenn ihn jemand besiegen konnte, dann er.

»Ich kenne dich!«, sagte er mit kräftiger Stimme. »Ich habe deine Blutbücher gestohlen. Wir haben dich besiegt. Du bist nicht der, für den du dich hältst. Und du warst es auch nie.«

»*Wer bist du?*«

Trucido schien nur diese eine Frage zu kennen. Der Dritte Engel spürte die Umklammerung der feindlichen Magie. Sein Engelszauber kämpfte dagegen an. Zwei Energien prallten aufeinander wie die zwei Masken, die sich einander gegenübersahen.

»Wer bist du? Wie kannst du dich mir widersetzen? Deine Maske, deine Maske …«

Trucidos Schreien ging in ein Heulen über, das an den Grundfesten des Bretterbaus rüttelte.

»*Ich* bin der Auserwählte. *Niemand* kann sich mir widersetzen!«

»Du bist nicht der Auserwählte!«, rief der Dritte Engel. »Das Schicksal hat dafür gesorgt, dass nichts jemals sein wird, was dein Wahnsinn dir eingeflüstert hat!«

Trucidos schrille Stimme schepperte, dann wurde sie tief und hohl. Sein gekrümmter Körper blähte sich auf.

»Wie kannst du es wagen?«

Mit einer einzigen Bewegung wälzte er seinen Körper gegen ihn. Der Dritte Engel wurde vom Druck nach hinten geschleudert. Er krachte gegen die Holzwand. Der Anbau ächzte und knarrte.

»*Wer bist du?*«

Trucidos Maske verzerrte sich abermals. Sie schien erst den ganzen Mann einzunehmen, dann den ganzen Raum. Aber der Dritte Engel war wieder auf den Füßen, als Trucido zum zweiten Mal gegen ihn taumelte. Seine Flügel stabilisierten ihn. Der Zauberer legte seine Pranken auf ihn. Die Hitze verbrühte ihn. Wie glühendes Metall fraßen sich Trucidos Finger in seinen Brustkorb.

»Sag es mir endlich!«

Das irre Schreien überschlug sich wie ein zu schneller Schluckauf.

»Sag es mir jetzt!«

Plötzlich merkte der Dritte Engel, wie er die Marionetten-Sichel in den Händen hielt, die er auf dem Schlachtfeld gefangen hatte. *Den Wahnsinn abschneiden*, dachte er.

Er stach zu.

Die Klinge steckte tief in Trucidos Brust. Aber der Körper des Zauberers zuckte und vibrierte weiter und wand sich, wo eigentlich kein Leben mehr sein sollte. Hinter der Maske gurgelte es.

»*Niemand …*«

Trucidos Hände drehten sich, während seine Unterarme steif blieben. Er brach seine eigenen Knochen, aber auch das hielt ihn nicht auf.

»*Niemand bezwingt mich! Ich werde dich und alles andere vernichten*!«

Die verdrehten Hände zogen die Sichel, die immer noch der Drittel Engel hielt, aus der Brust des Zauberers. Wie in Zeitlupe kehrten sie die Klinge um und brachen auch seine Handgelenke. Der Dritte Engel hörte das Schmatzen und sah die Waffe in seiner eigenen Brust, als gehörte sie nicht ihm selbst. Nur der Engelszauber hielt ihn am leben und verschleierte seine Schmerzen. Plötzlich sah er, über und über zu seinen Füßen, die Federn, die er bereits gelassen hatte.

»*Wer bist du?*«

Und der Dritte Engel verstand, was Finn bereits vor ihm verstanden hatte. Dass der Zauberer nur auf eine einzige erdenkliche Art und Weise zu besiegen war.

Mit letzter Engelskraft drückte er die Hände Trucidos fort, die seine eigenen wie einen Schraubstock umklammert hielten. Er schaffte es, die Sichel aus sich herauszuziehen. Die Magie unterstützte seine Hände, die sonst einfach schlaff heruntergehangen hätten. Er schlug mit seinem Flügelrest zu und der Zauberer wich ein winziges Stückchen zurück. In seiner Tasche fand er, was er als Letztes von seinem Geheimnis übrig behalten hatte. Das winzige Kügelchen leuchtete grünlich in seiner Handfläche.

Er zögerte nicht mehr. Das war sein Schicksal. Es ging um das Opfer, das jeder zu erbringen hatte, wenn eine Reise beendet werden wollte. *Der Welt den Wahnsinn abschneiden.*

»*Ins Zwischenreich*!«

Er warf das Weltennetz zu Boden. Es zerbrach und die winzigen Scherben legten sich zu seinen Federn und den Scherben der Holzschildkrötenpulverphiolen. Das Portal erschien aus dem Nichts. Es war dort, ohne sich aufzubauen, dort, wo vorher die glühende Luft seinen Atem erstickt hatte. Doch war es selbst nicht weniger erdrückend. Es zog sich zusammen, von den Wänden des Anbaus aus erfasste es zunächst den ganzen Raum, aber die dunklen Windungen der grünen Portalkuppel kamen rasch näher. Der Dritte Engel dachte an ein engmaschiges Netz, das sie in die Tiefen eines unbekannten Meeres ziehen wollte.

Der Zauberer schrie im Wahn, vielleicht realisierte er doch, was geschah. Der Dritte Engel beobachtete, wie der Unmenschliche zu fliehen versuchte. Aber er scheiterte an der Portalbarriere, die ihren Kreis unerbittlich enger zog und ihnen bereits sehr nahe kam.

»Aber wie …?«

Ganz zum Schluss wurde die hohle Stimme des Zauberers leiser.

»Warum kannst *du* eines öffnen, wo es mir nicht gelang?«

Im äußersten Fieberwahn stierte Trucido seine Maske an. Er stand nun ganz still. Blut rann an ihnen beiden hinunter. Vielleicht, so kam es dem Dritten Engel vor, sah Trucido in diesem Moment, wie das Zerrbild in einem kaputten Spiegel, sich selbst.

Es war diese eine Frage, die auch für ihn immer offen geblieben war. Aber nun kannte er die Antwort.

»Weil du zum Mann mit der Maske geworden bist. Trucido ist derjenige, der du bist. Der, der seine Maske niemals mehr absetzen konnte. Vom Jungen, der hier einst lebte, ist nichts mehr übrig. Aber dabei hättest du dir vor den Spiegeln nur selbst in die Augen schauen müssen, anstatt deine Maske zu sehen. Ein Auserwählter hätte das vielleicht tun können. Aber du konntest es nicht. Du bist zum Opfer deiner eigenen Lügen geworden. Du selbst warst der Grund, warum es nie klappte. Und es war das Schicksal, das dafür gesorgt hat.«

Der Zauberer schien kleiner zu werden. Ein Elendshaufen verglichen mit dem, was er zuvor gewesen war. Die Kraft wich aus ihm mit jedem Wort, das der Dritte Engel sprach.

»Mutter, *warum*?« Und dann zu ihm: »Wer bist du? Bist *du* der Auserwählte?«

Für einen letzten Augenblick machte der Wahn des Zauberers Platz, um die Erkenntnis einzulassen.

»Das bin ich nicht.«

Finn setzte seine Maske ab.

»Ich bin nur ein einfacher Ritter von der Erde.«

Die letzten Federn waren zu Boden gefallen und lagen in seinem Blut.

»*Finn Ritter.*«

Trucido schrie. Er taumelte. Als er sich lachend auf Finn stürzte, zog sich das Weltennetz zu, drückte sie aneinander und schnitt sie gemeinsam aus der Welt heraus.

Epilog – Die Masken

Die lange Tafel war reich gedeckt. Köstlichkeiten gab es im Überfluss. Die Halle drohte zu platzen von geladenen Gästen. Die Stimmung war einigermaßen gelöst nach den ernsten Feierlichkeiten, die fast den ganzen Tag gedauert hatten. Aber Decora Nubigena war in Gedanken noch immer da draußen. Sie dachte an die Gräber, zwischen denen sie eine lange Rede gehalten hatte. Es war warm gewesen. Der Herbst neigte sich zwar dem Ende zu, aber die Sonne hatte noch nichts von ihrer Kraft verloren. Decora fröstelte es dennoch. Aus den Grabungsfeldern des einstigen *Museums für Elementkunde und Frühgeschichte Celsas*, das nun schlicht *Museum der Geschichte* hieß, waren Gräberfelder geworden. Unendlich lange Reihen mit Stelen, auf denen unzählige Namen standen. All jene, die im Krieg gegen Trucido gefallen waren, all jene zumindest, deren Namen sie hatten herausfinden können. Und es kamen täglich noch neue hinzu. Aethraer, Telluriscorianer und auch ein Name von der Erde war dabei. Von Unbekannten, von Freunden, von ihrer Familie. Dazwischen die Namen von so vielen Seepferden, die als erste zu Opfern des Zauberers geworden waren. Ein halbes Jahr und viele Tausende Freiwillige hatte es gebraucht, bis die ehemalige Grabungsfläche nach ihrem Einsturz wieder zugeschüttet und dann so weit aufbereitet worden war, um nunmehr und für alle Zeit als Mahnmal dienen zu können. Überhaupt hatte sich das Areal vollkommen verändert. Aus den Stallungen war ein großes Mausoleum geworden. Raukelunk hatte hier seine letzte Ruhe gefunden. Ebenso Barbara, Ammi und Ashnaprilla sowie Djakabaly, die Decora selbst nie kennengelernt hatte. Fred und Badrak hingegen waren auf Telluriscor beigesetzt, Ionathan auf dem Friedhof Exukons, seiner Heimatstadt. Flacka Seeschwalbe jedoch und die Piraten, zusammen mit Melvin, lagen auf einem kleineren Gräberfeld, auf das auch die restaurierten Überreste der Feuerente gebracht worden waren. Das Schiff gehörte nun zum Teil einer Dauerausstellung, die seit diesem Tag den Weg der Geschichte ergänzte. Die Überreste der gesprengten Skulptur, die Trucidos vermeintlichen Sieg gezeigt hatte, befanden sich nun ebenfalls hier, auch ein Stück vom Thron der Sternenhallen, den sie zerfallen auf den Übungsplätzen von Burg Immerstein gefunden hatten. Es gab einen Raum, in dem Trucidos Blutbücher zu sehen waren und in der Halle daneben war die Hütte aus Trucidos Kindheit neu errichtet worden, nachdem sie sie im Labyrinth abgebaut hatten. Aber da war noch so viel mehr: Erzählt wurde die Geschichte der Reisenden bis zu diesem Tag, es gab Dutzende Räume mit Informationen über Telluriscor und die Erde, die stetig weiter ergänzt werden mussten, Decoras beschädigter Eisenholzstab war da, aber auch alltäglichere Dinge wie Bitterbeeren und Siebenkorn, es gab Bücherleihgaben aus der Inobliten-Gilde, die Briefe Hildirs und Renkejas waren in Kopie zu lesen, Landkarten gab es, Finns altes Handy von der Erde, Enwin Seenfürst hatte seine zerstörte Krone gestiftet. Selbst ein Stück der Mauer vom Robenwald war neu aufgebaut worden, und sogar ein Auto wie das der Ritters war zu sehen, welches sie mit Thomas` Hilfe von der Erde hierhergebracht hatten. Besucher konnten über eine Kirchenbank aus der Unerreichbaren Festung staunen oder sich an Melvins Schreibtisch aus der Zwergenbotschaft setzen. Wollte man sich alle Exponate ansehen, brauchte man mehrere Tage, so viele waren es: die Galionsfigur Marias aus der Mondanker-Ruine, Thomas` zerbrochener Speer, Habergeißtag-Schmuck von der Eisinsel und jeweils mehrere Kopien der Bücher *Von den Völkern und ihren Ursprüngen. Aethras vergessene Wurzeln*, *Artefakte* und *Vom kleinen Prinzen Nimmersatt*, die man sich sogar ausleihen konnte. Natürlich war da noch viel mehr, das Decora in Gedanken gar nicht alles aufzählen konnte. Und dann waren da noch Spiegelscherben und ganz zuletzt ein paar Federn, die sie in den zerstörten Überresten von Trucidos Kinderzimmer gefunden hatten. Es kam Decora seltsam vor, zwischen all dem zu sein, mitten in ihrer eigenen Geschichte, die ein paar Räume weiter hinter Glasvitrinen ruhte. Sie kam sich ihres eigenen Lebens seltsam entrückt vor. Was für ein Weg es war, den sie hatten beschreiten müssen! Und doch waren viele von ihnen noch hier und es war wichtig, dass sie diesen Ort geschaffen hatten, um alle Welt daran zu erinnern: So darf es nie wieder werden!

Decora sah auf das Banner, das im Eingang der Festhalle hing, wie an so vielen Orten der Stadt, in die langsam das Leben zurückkam. Es verkündete den Namen der großen Dauerausstellung: *Die Masken.*

Decora streichelte ihren Bauch. Er war mittlerweile ziemlich dick geworden.

»Davon werde ich dir eines Tages erzählen«, flüsterte sie.

Ein paar Minuten saß Decora bloß da und war froh, dass die Königin einen Augenblick lang nicht gebraucht wurde. Die Tafelgäste waren zumeist in angeregte Gespräche vertieft und beschäftigten sich mit ihren jeweiligen Sitznachbarn. Ihr Blick ging ins Leere. Wenn es die Umstände zuließen, driftete sie immer wieder ab in ihre Erinnerungen. In die guten. Und die schlechten. Da sagte eine Stimme zu ihr: »Hey, wo bist du mit deinen Gedanken?«

Es war Thomas. Er saß neben ihr. Väterlich lächelte er sie an. Decora beschlich plötzlich das furchtbare Gefühl, er müsste sich hier doch mutterseelenallein fühlen. Aber in seinen Augen sah sie das Gegenteil.

»Darf ich?«, fragte er.

Sie erwiderte sein Lächeln. Sie war froh, dass er hier war. Und dass er blieb.

»Du wirst Großvater«, antwortete sie. »Natürlich darfst du. Ich kann es jetzt immer öfter richtig doll spüren.«

Behutsam legte er seine Hand auf ihren Bauch. Das Baby strampelte. Er erschrak ein wenig, lachte und zog seine Hand vorsichtig zurück.

Nach einer Weile sagte er: »Wir werden es schon schaffen.«

»Welche unserer Aufgaben hast du im Sinn?«, fragte Decora müde. Als wenn ihre königlichen Aufgaben nicht schon genug waren, konnte sie aufgrund ihrer Schwangerschaft nicht besonders gut schlafen.

Er brauchte nicht zu überlegen: »Eine nach der anderen. Aber vor allem, uns mit der Vergangenheit zu arrangieren. Und wieder mehr in die Zukunft zu blicken. Für den da zum Beispiel!«

Thomas deutete auf Mergo, der ein paar Meter weiter gerade versuchte, von Enwin Seenfürst, der freundschaftlich mit Hikabe diskutierte, ein wenig Wein aus seinem Glas zu stibitzen. Er war zwar immer noch der junge Pirat der Feuerente, aber inzwischen fühlte er sich auch am Hofe sehr wohl. Das war die Hauptsache.

»Oder dafür!«

Auf Thomas anderer Seite saß Woti, daneben Ina, flankiert von Kiran und Idisi. Natürlich waren sie heute alle extra aus Weit-Alon und Böhn gekommen. Auch Inas Bauch war kugelrund und Woti strahlte nun wieder, nachdem er beim Besuch von Raukelunks Grab bittere Tränen vergossen hatte.

»Oder für dein Kind.«

Abermals sah er auf Decoras Bauch.

Schließlich sagte sie: »Ich vermisse ihn so sehr.«

Er sagte: »Ich weiß, wie du dich fühlst.«

Als es Abend geworden war, war der offizielle Teil der Eröffnungszeremonie beendet. Einige Gäste waren wieder abgereist, andere, wie Enwin,

Hikabe und Danaa, hatten sich schon zu ihren Schlafplätzen in den Teil der Sternenhallen auf den Weg gemacht, der stehengeblieben war. So konnten sie am nächsten Tag auch gleich noch die Wiederaufbauarbeiten in Augenschein nehmen, die sicherlich noch mindestens das ganze nächste Jahrzehnt in Anspruch nehmen würden. Der harte Kern aber war geblieben und die Festhalle wirkte nun gespenstisch leer mit der bloßen Handvoll an Leuten. Kerzen erhellten den Raum und warfen lange Schatten. Bald rückten sie nah zusammen.

Idisi hatte den ganzen Abend noch nicht viel gesprochen. Decora vermutete insgeheim, dass ihr die Schwangerschaft unangenehm war. Sicherlich konnte sie das nachvollziehen. Nun aber setzte sich die Königin zu ihr.

»Ich weiß, dass du nichts trinkst. Ich hoffe, du nimmst es mir nicht übel, wenn ich es trotzdem tue.«

Decora grinste. »Und was trinkst du? Sieht nicht so aus wie von hier …«

»Ist es auch nicht.« Idisi sah schief in ihre halbleere Flasche. »Hab`s extra mitgebracht. Wurmschnapps.«

Decora musste wohl fragend dreinblicken.

»Ist was Persönliches. Und ich kann damit alles etwas besser ertragen.«

Ganz flüchtig nur sah sie auf Decoras Bauch.

Da sagte Decora: »Ich bin froh, dass du hier bist. Noch einmal Danke für alles. Und entschuldige, dass ich nicht mittrinke.«

»Aber ich nehme vielleicht einen Schluck!«

Kiran setzte sich zu ihnen. »Wurmschnapps also. Hab schon einiges davon gehört. Soll widerlich sein. Gibst du mir was ab?«

Decora beobachtete, wie Idisi ihm die Flasche reichte und Kiran einen viel zu großen Schluck hinunterwürgte.

»So ungefähr hab ich mir das vorgestellt.« Angewidert schielte er die Flasche an. »Hast du noch mehr mitgebracht?«

Idisi musste lachen. Auch Kiran lachte.

Erst wollte Decora sich auf die Lippe beißen, aber dann rutschte ihr es doch heraus.

»Ihr beide habt ziemlich viel gemeinsam, wisst ihr das eigentlich?«

Kiran und Idisi blickten sich daraufhin lange an. Dann aber schüttelten beide im selben Augenblick den Kopf.

Idisi wandte sich an Decora: »Das hättest du wohl gern!« In ihrer Stimme aber hörte Decora, dass sie es nicht böse meinte. Nur ehrlich.

Kiran indes sagte: »Die Sache, die uns wirklich verbindet, ist die, aufgrund derer wir heute Abend alle drei allein ins Bett gehen werden.«

Decora öffnete den Mund, aber sie wagte nichts darauf zu sagen.

Kiran sagte: »Liebe lässt sich nicht abstellen. Auch wenn derjenige, den man liebt, unerreichbar ist.«

Decoras Augen blitzten.

»Ganz schön peinlich, Sternchen«, flötete Idisi. »Jetzt hole ich wirklich noch eine Flasche raus!« Aber bevor sie aufstand, zwinkerte sie Decora noch versöhnlich zu. »Nichts für ungut. Aber den Schnapps werde ich trotzdem in den Sternenhallen trinken. Morgen früh reise ich ab.«

Decora sagte: »Bis bald, oder?«

Idisi sagte: »Helle Wege, Decora Nubigena!«

Sie erhob sich.

»Kommst du auch, Kiran? Wenn schon nichts anderes, dann können wir wenigstens zusammen trinken.«

Kiran kam der Aufforderung nach. Decora erhob sich ebenfalls. Dann umarmte Kiran sie.

»Ich muss morgen auch wieder los. Aber ich komme, so oft es die Geschäfte zulassen.«

»Das weiß ich.« Decoras Haare schimmerten immer noch hell. »Wir haben uns ja auch immer noch nicht entschieden, wie wir mit den Portalscherben umgehen sollen.«

»Ein anderes Mal«, sagte Kiran. »Kümmern wir uns darum ein anderes Mal.«

Als Kiran und Idisi fort waren, wurde es noch stiller. Mahasim verabschiedete sich, um Mergo ebenfalls in die Sternenhallen zu begleiten. Sie wollten anstatt mit einem Portal lieber auf Pferden zurückreiten, denn das Reiten war Mergos neues Hobby. Und anscheinend hatte es besonderen Reiz, nachts zu reiten. Eiwerink und Unkerich Acerbus aber wollten es sich noch gemütlich machen, schenkten sich neu ein, und sahen, während sie langsam immer schläfriger wurden, zusammen mit Decora und Ina dem Tropfen der Wachskerzen zu. Wotis Augen aber waren ganz und gar wach, als könnte er im Kerzenlicht mehr sehen als den bloßen Feuerschein.

Irgendwann sagte er: »Die Reise lässt uns niemals los. Das alles war so furchtbar groß.«

Er legte die Hand auf Inas Bauch und es sah so aus, als hielte er sich fest, damit ihn die Erinnerung nicht fortriss.

»Mein ganzes Leben war ich Woti aus Weit-Alon. Doch längst läuft dieser Teil von mir davon. Was ich nun bin, das bin ich durch unsere Reise. Doch bin ich weder stark noch weise.«

Ina drückte Wotis Hand fester auf ihren Bauch.

»Stark sein wirst du allemal. Ich lasse dir da keine Wahl.«

Woti schüttelte sich und zog die Mundwinkel nach oben.

Er klagte: »Erst recht verletzlich mich gemacht – das hat diese Schwangerschaft!« Aber dabei lächelte er wieder. »Schlimm sind auch die off`nen Fragen, die seither häufig an mir nagen.«

»Nicht auf alle Fragen muss es eine Antwort geben«, überlegte Unkerich Acerbus. »Sicher, irgendwer hat die Antworten bestimmt, aber vielleicht sollten wir eben nicht alles so genau wissen. Es würde uns nur noch mehr zermürben. Heute zum Beispiel habe ich mit der Königin Idisi gesprochen. Sie macht sich Gedanken über den Verbleib so eines merkwürdigen Piraten. Sabant, glaube ich. Soll der doch hingehen, wo der Pfeffer wächst, wenn ihr es genau wissen wollt! Ich habe mittlerweile auch aufgehört mich zu fragen, welche Würmer meinen Arm aufgefressen haben oder wie genau die letzten Stunden Walerians aussahen.«

Eiwerink zeigte seine großen Zähne und sein Bartgeflecht bebte. Er schien das anders zu sehen: »Was meinst du denn, Woti?«

Der Gwilling sah wieder in die Kerzenflamme vor sich.

»Tief unter uns, das Reich dort unten, irgendwas hat mich gefunden. Zwar träum ich nicht mehr von der Stadt, Bestand das Rätsel dennoch hat. Was ging dort vor sich? Wer war`s, der dort schlich? Und bin ich noch immer ich?« Er sah Ina an. »Und auch noch genug für dich?«

Die aber lächelte aus ganzem Herzen und sagte: »Wir machen dich schon sorgenfrei, denn du bist genug für drei!«

Decora wachte mitten in der Nacht auf. Sie schwitzte. Sie hatte geträumt. Aber was, daran konnte sie sich nicht mehr erinnern. Die Bilder verblassten in dem Moment, in dem sie darüber nachdachte. Aber sie hatte das Gefühl, dass es kein besonders guter Traum gewesen war. Plötzlich wurde das Baby munter. Es trat. So eine Schwangerschaft war wirklich verrückt! Die Tritte taten ein kleines Bisschen weh, aber sie beruhigten Decora auch. Denn sie lenkten sie ab von anderen Gedanken. Vor allem, wenn sie abends und nachts allein war. Eigentlich hatte sie sich in solchen Situationen selbst verboten, an Finn zu denken. *Eigentlich.* Aber die Tritte hörten auf und wie schon so oft lag sie nun wach und zermarterte sich den Kopf darüber, was am Ende wirklich geschehen war. Sie hatten nichts gefunden. Obwohl sie und unzählige Soldatinnen und Soldaten lange gesucht hatten. Trucido und Finn schienen gemeinsam verschwunden zu sein. Wie vom Erdboden verschluckt. Und die Engel waren ebenfalls fortgegangen. Ohne Antworten zu geben. Falls sie sie überhaupt wussten. Waren Finn und Trucido tot? Decora hatte Hunderte Male versucht, ein Portal zu Finn aufzurufen. Vergeblich. Ihr Verstand wusste natürlich, was das zu bedeuten hatte. Und dennoch. Sie hatten keine Leichen gefunden. Aber wenn Finn lebte, mittlerweile hätte er doch einen Weg zu ihr zurück finden müssen …

Eine Weile noch lag sie mit offenen Augen da, sah aus dem nahen Fenster und fing ein paar Mondstrahlen ein, die zu ihr hineinschienen. Es war merkwürdig, nicht wie früher hoch oben in den Türmen zu schlafen, aber das war viel zu gefährlich. Die Arbeiten dort waren die kompliziertesten. Trotzdem konnte sie von hier bis fast auf die andere Seite der Stadt blicken. Im Mondschein sah sie die Silhouette des großen Baumes, der nur ein halbes Jahr gebraucht hatte, um alle anderen Gebäude mit Ausnahme der Sternenhallen an Höhe zu übertreffen. Er war entstanden aus dem letzten Rest des Stadtbaums, den Danaa aus Raukelunks Leiche geborgen hatte. Nun wuchs und gedieh er dort, wo ehemals Trucidos Statue gestanden hatte. Ein passender Abschluss für den Weg der Geschichte und die Dauerausstellung. Nur vermutlich mussten sie bei Zeiten den Platz vergrößern. Decora fragte sich einmal mehr, wie wohl die Zukunft aussah.

Nun war Decora jedenfalls wach und dachte noch mehr an die, die sie verloren hatte. Wenigstens war der Trakt hier nicht gänzlich unbewohnt. Thomas, Mahasim und Mergo lebten hier. Und in ihren Privatgemächern hatten sich Innis und Veda ein Nest gebaut.

Auf leisen Sohlen stieg Decora aus dem Bett und schlich zu den Sonnenfedern. Veda piepste im Halbschlaf, sie merkte sofort, wenn Decora in ihrer Nähe war. Sie hatte ohnehin einen leichten Schlaf.

»Alles in Ordnung, Veda. Es ist noch Zeit. Ich kann bloß nicht schlafen.« Sie streichelte Veda über das Gefieder.

Im Nest lag ein Ei. Es war eine besondere Situation. Vielleicht würde das Küken schon am nächsten Tag schlüpfen. Im Ei zeigten sich erste Risse. In der Dunkelheit des Zimmers bemerkte Decora etwas: Aus den Rissen in der Schale schimmerte es weißlich. War das normal? Doch sie wollte Veda und Innis nicht beunruhigen. Also ließ sie sie weiter schlafen und brüten. Es hatte sicher schon alles seine Richtigkeit.

Jetzt musste sie aber wieder ins Bett! Wenn sie nicht schlafen konnte, würde sie wenigstens etwas ruhen. Vielleicht half es, wenn sie sich vorher noch etwas frisch machte.

Auf Zehenspitzen schlich sie an den Sonnenfedern vorbei. Zwei Räume weiter befand sich ein Bad mit Waschzeug. Darin füllte ein kleiner, verzauberter Wandbrunnen mit einem lautlosen Wasserstrahl ein steinernes Wachbecken. Sie benetzte sich die Hände und wusch sich das Gesicht.

Plötzlich blitzte gleißend helles Licht hinter ihr auf. Das kleine Bad versank für einen Augenblick in Silberglanz. Decora fuhr herum. Das Licht war fort, aber dafür entstand ein kleiner, lilafarbener Funken vor ihr aus dem Nichts. Decoras Herz klopfte wie wild.

Der Funken ließ sich auf ihrem Unterarm nieder. Decora wusste, was nun folgte, aber ihr wurde so heiß dabei, als wäre es das erste Mal, dass sie das Schauspiel miterleben durfte: Das Portal war erst winzig, dann wuchs es rasch an und überragte sie bald. Die lilafarbenen Funken, die vom Rand her in alle Richtungen schwebten, ließen das Bad in einem wunderlichen Glanz erleuchten, und lange Schatten erhoben sich an den Wänden. Decora hielt die Luft an, so erschrocken und nervös war sie. Nun hieß es warten.

Es waren furchtbare Minuten, die daraufhin folgten. Die Zeit schien ganz und gar stehenzubleiben und gleichsam mit dem Wabern und Pulsieren des Portals, das jemand zu ihr aufgerufen hatte, hüpfte Decoras Herz im Takt des leuchtenden Funkentanzes. Jeden Augenblick würde er zurück zu ihr kommen. Jeden Augenblick war es so weit. *Finn, komm zu mir*!

Aus dem gefalteten Stück Mantelsaum, das aus dem Portal fiel, kamen ein kleines Büchlein und eine goldene Kugel zum Vorschein, die sich beim Aufprall auf den Boden daraus lösten. Mit zitternden Händen hob Decora das Buch auf. Es war eine Botschaft. Decora wusste es in der Sekunde, als sie sie sah. Und sie wusste, was sie zu bedeuten hatte. Ihre Aura flammte auf. Ihre Haare schimmerten heller als die Portalfunken. Ihre Augen leuchteten, als fiele reines Mondlicht in sie hinein und nicht die Verse, die Decora so gut kannte:

»So sei es nun, ihr habt die Wahl -
wählt einmal zwischen Kopf und Zahl.
Doch wisset, habt ihr erst entschieden,
so müsst ihr kämpfen für den Frieden.
Denn jede angebroch'ne Reise
fordert dich in ihrer Weise.«

Hineingekritzelt mit zitternder Hand in den Buchdeckel
von *Portalstudien*

Dies ist das Ende des vierten Buches der Reisenden. Aber natürlich sind die, die überlebt haben, immer noch dort draußen. Irgendwo zwischen den Welten.

Liebe Leserin, lieber Leser,

ich hoffe, das vierte Abenteuer der Reisenden zwischen den Welten hat Dir gefallen und ich konnte Dich für ein paar Stunden in die gefährlichen und schönen Länder Telluriscors und Aethras entführen.

Als verlagsunabhängiger Autor bin ich auf Bewertungen angewiesen und würde mich freuen, wenn Du Dir einen Moment Zeit nehmen würdest, um mit ein paar Worten auf *Amazon.de* zu beschreiben, ob Dir das Buch gefallen hat und ob Du es weiterempfehlen würdest.

Vielen Dank für Deine Unterstützung!

Beste Grüße

Henry Brodersen

henry_brodersen_autor

Printed by Amazon Italia Logistica S.r.l.
Torrazza Piemonte (TO), Italy

57286891R00442